中国现当代著名人士对联赏析辞典

ZHONGGUO XIANDANGDAI ZHUMING RENSHI DUILIAN SHANGXI CIDIAN

编著 ◎ 丁茂远

商務印書館国际有限公司

中国·北京

图书在版编目(CIP)数据

中国现当代著名人士对联赏析辞典 / 丁茂远编著. — 北京：商务印书馆国际有限公司，2012.3(2022.5 重印)

ISBN 978-7-80103-815-9

Ⅰ.①中… Ⅱ.①丁… Ⅲ.①对联－鉴赏－中国－辞典 Ⅳ.①I207.6－61

中国版本图书馆 CIP 数据核字(2011)第 246564 号

ZHONGGUO XIANDANGDAI ZHUMING RENSHI DUILIAN SHANGXI CIDIAN

中国现当代著名人士对联赏析辞典

编　　著	丁茂远
出版发行	商务印书馆国际有限公司
地　　址	北京市朝阳区吉庆里 14 号楼 佳汇国际中心 A 座 12 层
邮　　编	100020
电　　话	010－65592876(编校部) 010－65598498(市场营销部)
网　　址	www. cpi1993. com
印　　刷	鑫艺佳利(天津)印刷有限公司
开　　本	850mm×1168mm　1/32
字　　数	1866 千字
印　　张	61.5
版　　次	2022 年 5 月第 1 版第 2 次印刷
书　　号	ISBN 978－7－80103－815－9
定　　价	98. 00 元

总　　目

凡　例

一、本辞典共收录现当代 100 多位著名人士的对联 2200 多副。

二、作者和作品按老一辈革命家、现代著名作家、爱国民主人士和国民党知名人士四部分分别排列。

三、同一作者的作品，按写作时间顺序排列。

四、使用规范简体字。必要时酌用繁体字、异体字。

五、作品中的疑难词语随文注释。部分难字用汉语拼音注音。

六、常用的引用文献采用简略写法，如《诗经》略作《诗》；《尚书》略作《书》。

七、赏析文中，引述作品原文处，都不加引号。

序

黄金贵

对联，对偶工整、表意巧美、声律和谐，是一种短制型的传统文学品种，其应用与普及程度，或居一切文学品类之首。整个现当代，对联的应用不亚于近代、古代。特别是民国时期，社会生活中，处处事事、上下老少皆能为之、用之。其时无论政治信仰和党派有何不同，因都受共同的中华文化和道德的熏陶，政治、经济、文化各方面的知名人士，人人会对联，很多是高手，故名人名联特别多，这也是一份宝贵的民族文学遗产，在文学史中当有一席之地；同时，其中很多还可供了解社会重大事件和一些名人的思想情操与社会关系，有一定的史料价值，因此，应当花大力气，予以搜集、整理、研究。但是，由于过去受“左”的思想局限，“名人”只限于红色或无色。早在十年前，我就希望有一种五彩缤纷的现当代对联汇辑大书出来。等待了十年，终于见到了这本大书，而且作者竟是我的老同学、老同事、老朋友茂远兄，真是喜上加喜。

茂远兄多年前就独自开始了此项工作，最后编撰成了这部《中国现当代著名人士对联赏析辞典》。笔者有幸先睹为快，感到此书在辑录与研究两方面成绩突出：

其一，具全面、系统、准确性的对联辑录。

本书分四类：老一辈革命家、现代著名作家、爱国民主人士以及国民党知名人士。这四类著名人士，确实可以代表社会的各类精英，他们所创作的对联流传广泛、影响较大，且水平较高。四类著名人士入选者共 102 人，收录他们各个历史时期所著对联共计 2201 副，是迄今所见辑录现当代特别是民国时期名人名联数量最多的。其内容有庆诞、祝寿、挽丧、自箴、赠友，还有景观、行业、机构等的题署，丰富多彩。值得注意的，每一副都是作者从公开出版的有关图书资料与各种报刊中收集的，即都有可靠依据，无一转录、传闻，而且对流传中的不同文本都一一认真校订，仔细鉴别是非真伪。可见作者辑录并非多多益善或是猎奇，而是态度严肃、谨慎。因此，本书对现当代特别是民国时期对联的辑录兼具全面性、系统性、准确性（其中，新中国成立后的部分，或因多见于其他辑录类书籍，故较少收入）。

其二，集注释、分析、评述一体的篇章赏析。

对联作为文学作品，其思想与艺术多不是一望即知，越是名联越要解析。作者不仅辑录，而且对每一联都做了解析。考虑到普及与量多，就采用了简明篇章赏析的体式。篇章式的鉴赏辞典是二十世纪八十年代中期出现而后流行的辞书新品，可读性强，但多用于短小的诗词曲文学作品，而不用于上规模的联书，后者因量大而多用注评式。本书则采用新的鉴赏篇章式：将注、析、评融为一篇赏析，去除过度抒发与种种浮词，简明扼要。故本书赏析少则三五百，多则千余字，兼取鉴赏与评注的优点，此是本书体式上的创新。

最重要的是注、析、评三者如何安排。大量的联品，因其作者思想素养、背景及作品用途、风格、表现方法等的差异而显得颇为不同。作者以注为基础，用力甚勤。首先是背景故实注，每联的《赏析》均在篇首说明写作“故实”，即起缘、背景。凡疑难字词、典故出处，甚至难字音读，都有注释，它们被融入赏析中自然带出。然后是分析，分上下联析其表述思想与语言艺术特点。其析多清晰简要，得其肯綮。注析后作评述。其评多客观有据、公允合度。对国民党知名人士对联的评析，可能是联坛甚至文坛学者的“第一次”，最可看出本书评析的上述特点。总体看来，本书对联虽然数量很大，但篇章式赏析，每篇都持之有故，言之成理，独出机杼。

由此可见，本书确实是一部辑录现当代尤着重民国时期、可信可据的对联辞典，有重要的资料价值；也是一部可以阅读的辞典，有广泛的普及功用；对所辑名联一一作了注评析的研究解析，有可贵的学术价值。

一本有如此分量的大书，按常例当是一个国家社科项目的成果，今却以一退休的学术老兵一人之力，不花国家一分钱而成事，使人颇为感慨。它再次证明真正的学术成果不唯钱。茂远兄之成事，不仅由于他的学术献身精神，而且还有赖于四十年高校专业教学生涯所作的独特铺垫。四十年前，他作为杭州大学中文系优秀本科生留校，进现代文学教研室，专攻现代文学。改革开放后，他转向新设置的当代文学，并参与组建全国的本学科研究会。他一直喜爱古典诗词，并有深厚的素养，于是他的研究便侧重现当代作家的诗词方面。他对茅盾、郭沫若和一些老革命家的诗词创作都有精湛的研究，并有专著专文。同时，他的研究特点与一般搞现当代的不同，颇有乾嘉遗风：崇实求源，擅长考证与作品分析。因此对民国时期的作家和各界知名人士的史事、文事、人事非常熟悉，也因此自然早就注意到其中的对联创作。一俟退休，便全力以赴，开始了此项艰难的大工程。知于此，也就对作者凭一人之力而成此大事，篇篇赏析能如数家珍、游刃有余，不会感到奇怪了。

此书的出版，很有现实意义。今日社会进步了，对联却枯萎了。君不见：庆诞唯歌“生日乐”，哀丧一式“千古”悲，何其单调、肤浅！对联是人际交流中特有的一种“机锋”形式，社会缺少了对联，就少了一种文化智慧与情趣。其实，于对联，人们非不爱，盖不善也。现在有了这本《辞典》，就可以向先辈们学学了。我亦不善，很惭愧，但愿学焉。在此先试拟一联以祝贺茂远兄大功告成：

四秩皋比，殚精竭虑，育之江学子，泽流四海；
十年书城，挹海披沙，成联苑异葩，功惠中华。

于浙江大学西溪校区（原杭州大学）伏雪斋

篇　目

老一辈革命家对联

毛泽东

周恩来

现代著名作家对联

爱国民主人士对联

张治中

陈寅恪

许德珩

杨杏佛

陶行知

华罗庚

国民党知名人士对联

孙中山

老一辈革命家对联

应对塾师邹春培二联

毛泽东*

一

濯足；（邹春培）
修身。（毛泽东）

二

牛皮菜；（邹春培）
马齿苋。（毛泽东）

作者

*毛泽东（1893—1976），字润之，湖南湘潭人。1921 年以湖南共产主义小组代表身份出席中国共产党第一次代表大会。为中国共产党、中国人民解放军、中华人民共和国主要缔造者。曾任中共中央主席、中华人民共和国主席、中央军委主席。有《毛泽东选集》、《毛泽东文集》和《毛泽东诗词选》传世。

赏析

此联成于 1903 年夏天。当时，毛泽东只有九岁，在湘潭韶山冲南岸私塾读书，由塾师邹春培教《三字经》、《百家姓》、《论语》、《孟子》等启蒙读物。邹先生对学生要求颇为严格，幼年毛泽东虽对其常用戒尺体罚学生表示不满，但对他的辛勤教诲仍非常感激。

这位塾师考虑到孩子小怕出事故，禁止学生到附近水塘游泳。有一天因事外出，布置学生在教室里温习功课。毛泽东和几个小朋友在做好功课后到门前池塘戏水。邹先生回来看到他们满身是水，脚上尚有污泥，本来要打板子，转而想以对对子为难他们。随口念出上句“濯足”，让学生对，如果对得好，可以免打。毛泽东年幼聪慧，旋即对出下句“修身”。先生转怒为喜，不禁暗暗赞叹。显然，以“修身”对“濯足”，要比其他同学所对“梳头”、“刷牙”之类高出一筹。不仅对仗工稳，而且语义双关。这里既有注意仪表衣衫整洁之意，又有身体力行以身作则内涵。“濯（zhuó）足”，即洗脚，语出《孟子·离娄上》，文中引用孔子的话：“清斯濯缨，浊斯濯足矣。”《楚辞·渔父》亦言：“渔父莞尔笑，鼓枻而去，乃歌曰：沧浪之水清兮，可以濯吾缨；沧浪之水浊兮，可以濯吾足。”这里意谓人处不同条件之下，应取不同对策。“修身”，即修养自身，语出《礼记·大学》：“欲齐其家者，先修其身。”意谓人在社会中应当加强自身的品德修养，因而常把它与齐家、治国、平天下联系在一起。如果说邹先生上句只是即景生情，毛泽东下句则为应对有方。内容既是答辩，声称玩水可以锻炼身体提高修养，又含婉转反击，言外之意是老师不应体罚学生。

邹春培为进一步测试幼年毛泽东的应对能力，有一天在放学后从菜地边上扯下一株“牛皮菜”，让他第二天带一根与其能“对仗”的菜来。毛泽东明白对方的用意，遂在回家与塾师同行的路上，灵机一动从路边拔了一棵“马齿苋”递上。邹先生为其如此敏捷，而且对得极工，感到非常满意。连声称赞：“牛皮菜对马齿苋，牛马相对，对得好！好！”牛皮菜，又名厚皮菜，二年生草本植物，叶片厚肥而有光泽，可以食用。马齿苋（xiàn），通称长寿菜，一年生草本植物，茎叶均可食用。毛泽东从小就吃过这些野生的蔬菜。以“马齿苋”对“牛皮菜”，不仅文字上完全符合联语对仗的规则，而且均为湖南乡间常见的野菜，能给人留下深刻鲜明的印象。

这种应对，亦称对对子，往往先由简单的两个字、三个字，渐渐增至五个字、七个字以上。本为我国宋代以来各地私塾进行启蒙教育的组成部分，意在培养学生思维与文字表达能力，为将来从事诗文写作打下一定的基础。我们从《应对塾师邹春培二联》中，不难看出毛泽东童年时代的思维敏捷与应对裕如，虽属牛刀小试，亦已显露出自身的艺术才华。

应对东山小学老师

毛泽东

跳跳跳跳下地；（老师）
飞飞飞飞上天。（毛泽东）

赏析

此联成于1910年秋天。当时，毛泽东经过种种努力，已进入湘乡县东山高等小学堂读书。有一次因老师忘记带教具，刚出教室去取，毛泽东即纵身跳上讲台，学着一本书中描绘的造反人物的架势，向同学们讲起了故事。待听到室外响起脚步声，迅即溜回座位。老师已经看到了这一情景，便以对"对子"给予惩罚，声称如果对不出定要追究。随即脱口说出上联，还当众人面面相觑之时，毛泽东很快对出了下联。此事详见龙剑宇《毛泽东巧对孰师》一文，载《民间对联故事》1991年第4期。

"跳跳跳跳下地"，老师的出句完全针对实际状况，而又语含讽刺故意刁难。"飞飞飞飞上天"，毛泽东的对句与之呼应，自然天成，而又意象超脱辩解有方。这就成了一副绝妙的口语对，一"跳"一"飞"，形象鲜明。对句从今天的"跳下地"到日后的"飞上天"，更能给人以丰富的艺术想象。难怪老师听后，也忘记了责备，而且连声称赞："好！飞上天好！"由此一个才华横溢的英俊少年形象仿佛展现在我们的面前。

应对萧三

毛泽东

目旁是贵，瞶眼不会识贵人；（萧三）
门内有才，闭门岂能纳才子。（毛泽东）

赏析

此联成于1910年秋冬之间。萧三（1906—1983），湖南湘乡人。现代著名诗人和传记作家。1920年赴法勤工俭学。1922年加入中国共产党。1927年赴苏养病，曾任中国左联驻苏代表，并在莫斯科东方学院任教。1939年回到延安负责文协工作，主编《大众文艺》和《诗歌报》。建国后历任中国文联委员、中国作协书记处书记、中国对外文化协会常务理事等职。先后撰写《毛泽东同志传略》、《毛泽东同志的青少年时代》等多种传记读物，产生颇为广泛的影响。

有关此联写作背景，据赵治超《萧三——第一位写毛泽东传的人》（载《退休生活》1991年第9期）一文介绍：1910年秋，毛泽东考入湘乡县东山高等小学堂读书。入学之后，毛泽东得知比他早两级的萧三有本《世界英雄豪杰传》，很想借来阅读。当时萧三却自有借阅规则：无真才实学者不借，出联而对不出者不借。萧三见毛泽东求借心切，便出了上联。毛泽东悟出联句内涵带有讽刺之意，仍不露声色地对出了下联。

上联中，瞆（guì），眼睛昏花。出句颇为巧妙，将汉语中的拆、析、合三者结合在一起。“目旁是贵”，为拆合“瞆”字，进而对瞆字的字义、字形与结构予以描绘和解析。此中还隐含了作者视《世界英雄豪杰传》中的人物为高贵的人。“瞆眼不会识贵人”，意谓贵人就在你的身旁，而你因有眼疾而不会识别，这里明显带有瞧不起借书者的意思。

下联对句同样拆字组合，“门内有才”，为拆合“闭”字，进而是对闭字的字义、字形和结构的描绘和解析。这里既隐含作者对萧三才能的肯定，也显示了自身超人的智慧和才能。“闭门岂能纳才子”，正是对萧三借书设置关卡与上联用语失敬的颇有分寸的责难，不卑不亢，针锋相对。萧三为此深感内疚，连忙拿出书来，并且表示歉意：“请恕小弟无礼，贤兄人才，愿为知己，地久天长！”

这副对联虽属双方斗智的游戏笔墨，却能充分显示毛泽东与萧三早年的博学多才，并为现代联苑留下了一段佳话。

另据巫祖才《毛泽东制联的对立统一思想》（载《对联》1994年第1期）介绍：萧三出“目旁是贵，瞆眼不会识贵人”为上联之后，毛泽东本想以“口边有亚，哑嘴岂能呼亚圣”相对，转而想到对句虽针锋相对却又伤害同学感情，随即改成“门内有才，闭门岂能纳才子”。这就显得很有涵养，既巧妙化解难题，又含而不露地抒发了自己的情怀。

治学联

毛泽东

贵有恒，何必三更起五更眠；
最无益，只怕一日曝十日寒。

赏析

此联写于1914年春。这是毛泽东进入湖南省立第一师范学校读书之后写好挂在自己房中的一副用以自励自勉的对联。联语从正反两个方面，提醒自己学习要持之以恒，不能时冷时热。毛泽东当年砥砺勤学、明志自警的求知欲望与持之以恒、坚忍不拔的学习态度，为我们树立了很好的榜样。

治学联语言简意明，发人深省。既可用于律己，亦可借以励人。意在说明，平时读书既要抓紧时间，又要讲求实效。只要能够持之以恒，无需“三更起五更眠”；而且最为无益的是，只怕“一日曝十日寒”。三更，旧时一夜分为五更，三更指夜间十二时左右。五更，也叫五鼓，指天亮之时。曝（pù），晒。一日曝十日寒，为成语“一曝十寒”的拆用，语出《孟子·告子上》：“虽有天下易生之物也，一日曝之，十日寒之，未有能生者也。”后则用以比喻学习与工作没有恒心，时常中断。务必持之以恒，力戒一曝十寒，应当成为我们治学的座右铭。

需要指出的是，这副联语系毛泽东根据古人联语改作。明代学者胡居仁房中有过一副用以自勉的对联，原文为：“苟有恒，何必三更眠五更起；最无益，莫过一日曝十日寒。”二者文字虽差异不大，却已经过引用者点化，意在古为今用，从而鞭策自己不断提高学习效率，在学习上能取得更好的成绩。联中将“苟”、“莫过”换成“贵”、“只怕”，语气更为肯定，更加紧扣题旨。还将上联中的“眠”与

“起”换了一下位置，这样更为符合生活逻辑，且能形神兼备，从而收到点化之功。

这副联语所突出的“贵有恒”的精神，也是毛泽东一生长期倡导和遵循的一个准则。我们如果联系他的光辉一生，定能从中得到更多有益的启示。

贺廖廷璇皮述莲结婚

毛泽东

二月梅香清友；
春风桃灼佳人。

赏析

此联作于1915年春天。廖廷璇、皮述莲均为毛泽东在湖南第一师范学校读书期间的同班同学。1915年春，廖廷璇、皮述莲二人结婚，毛泽东送了这副表示庆贺的对联。

上联既点出友人结婚时间，又赞美友人有如梅花一样清纯的品格。宋代诗人林逋《山园小梅》：“疏影横斜水清浅，暗香浮动月黄昏。”原在描写梅花的姿态与香味，暗香、疏影后已成为梅花的代称。联中暗用林逋咏梅诗意，赞美新人有如早春二月的梅花时时发出阵阵清香，且不愧称为清平纯洁的朋友。

下联就其内容同样是在点明友人结婚时间与赞颂友人美好品格。作者高明之处在于，上句侧重新郎而言，“梅香清友”用作男性同学的赞语至为切当。下句侧重赞美新娘，语出《诗·周南·桃夭》：“桃之夭夭，灼灼其华。之子于归，宜其室家。”灼（zhuó），鲜明、鲜艳。诗句意谓，春天桃花盛开之时，正是适合男女青年结婚之日。这里尤其赞美待嫁女子之贤，必将宜其家室。“桃灼佳人”，正好化用上述诗意，热情赞美女性同学犹如桃花那样艳丽，将来必能组成美满幸福的家庭。

联语立意新颖，情景交融，意韵和谐，典雅工丽。这是一副切时、切景、切情的婚联佳作。联中以二月、春风等词直接点明友人结婚的时令；以梅香清友、桃灼佳人描绘这一对美满夫妻的形象。短短十二个字，既以称颂新人的思想品格，又能显示作者的挚友情怀。作者衷心祝愿新人如二月春风一样的温煦幸福！梅香、桃灼这样艳丽的花，必将结出人生幸福之果。清友、佳人更是直接称颂友人人品之高洁、才华之洋溢。凡此种种，均可收到言少意多的艺术效果。

挽易永畦

毛泽东

胡虏多反复，千里度龙山，腥秽待湔，独令我来何济世？

生死安足论，百年会有殁，奇花初茁，特因君去尚非时。

赏析

此联作于1915年5月。易永畦，字昌陶，湖南衡山人。湖南省立第一师范学生，与毛泽东为同窗好友。工书善文，多才多艺，不幸于1915年3月病逝于家中。经校长张干、学监王季范、教员杨昌济发起，学校于5月23日召开追悼会。毛泽东深情悼念，撰送挽联致哀。

上联从友人去世的社会环境写起。胡虏，秦汉时称匈奴为胡虏，后用为与中原敌对的北方部族的通称。这里是指当时不断侵略我国的日本、沙俄帝国主义者。千里度龙山，语出鲍照《学刘公干体》："胡风吹朔雪，千里度龙山。"龙山本指北方阴冷奇寒的连龙之山，这里是指随着日本帝国主义逼签二十一条，帝国主义势力已深入我国东北地区。腥秽，原指肉类腥臭气味，引申为丑恶罪恶，这里形容腐朽没落的社会。湔（jiān），洗涤。上联意谓，日本与沙皇俄国等帝国主义国家正对我国反复进行野蛮掠夺，殖民主义势力已深入到中国的内地。国内有志之士无不感到悲愤，决心洗刷民族耻辱。如今正是国难当头，而同窗学友却英年早逝，在今后漫长的革命斗争道路上，谁将与我共同担起挽救国家民族危亡的重任。作者悼念亡友之时，重点却落在拯救国家民族，感情深挚，意境超拔，实属不可多得。

下联直接对于友人不幸病逝表示沉痛哀悼。安，何、哪里，表示疑问。殁（mò），死亡。奇花初茁，奇花正在生长开放，称赞已逝友人年轻初露才华。下联意谓，一个人的生死何足议论，人生百年总有一死。问题在于友人正当年轻有为，这样离开人世实在不是时候，怎能不让人感到“悲奴有余哀”！思念之情，绵绵不绝。这里既表达了对于友人英年早逝的惋惜之情，更意识到生者责任的重大，充分抒发了一个青年革命者的爱国情怀。

此系感时伤怀悼友明志之作，意在悼念学友，毋忘国耻。1915年5月，正值北洋军阀政府不顾全国人民的强烈抗议，竟然准备接受日本帝国主义企图灭亡中国的《二十一条》，国势异常危急。这副挽联写得声情悲壮，既表达了对于易永畦这位早逝友人深沉悲痛的心情，同时还抒发了作者面对黑暗现实不忘国耻，忧国忧民的情怀。与此同时，作者还写了一首五言古体诗《悼易昌陶》，二者可以并读。诗意与联意相辅相成，在痛悼友人的字里行间，同样充溢着要为国效力、奔赴疆场、忧国忧民、洗雪国耻的英雄气概。

挽吴竹圃

毛泽东

吴夫子英气可穿虹，夭阙早知，胡不向边场战死；

贾长沙胜俦堪慰梦，永生何乐，须思道大肿方深。

赏析

此联写于1916年5月。吴竹圃（1896—1916），湖南汨罗人。为毛泽东在湖南第一师范学校求学期间的同窗好友。关心国家大事，各科成绩超群。1916 年 4 月不幸因病逝世。湖南一师的师长和同学为失去这样一位品学兼优的青年学生而深深悲痛，并在同年 5 月 7 日举行追悼会。这一天为“国耻纪念日”一周年。一年前日寇向袁世凯政府提出灭亡中国的二十一条后，就是在这一天发出最后通牒的。而今国耻未雪，精英早逝，毛泽东悲愤交加，写下了这副伤国悼友的联语。

上联意在悼念忘友。夫子，本为古代对男子的敬称，这里指吴竹圃同学。英气可穿虹，意同成语气贯长虹，谓正义之气直上高空穿过彩虹，形容精神崇高与气概豪壮。夭阙（yāo quē），阻碍，比喻夭折、短命。胡，何。上联意谓，吴竹圃英雄之气可以穿过长虹，早知如此短命，何不为驱外寇而战死疆场。这是在为友人代言，而又充满愤激之情。正值国难方殷之时，这样富有才华的莘莘学子却病死书斋，而未能实现其驱除外寇战死疆场的宏愿，怎能不为之深表惋惜！

下联侧重忧伤国事。贾长沙，即西汉政治家、文学家贾谊，18 岁被文帝委任为博士，不久迁太中大夫。曾多次上疏批评时政，力主抗击匈奴攻掠，受到朝廷重臣排挤，贬为长沙王太傅，后为梁怀王太傅。因长期心情悒郁而死，死时年仅 32 岁。胜俦（chóu），胜侣、胜友，良好的伴侣。肿，痈，亦称痈疽，恶性毒疮。《灵枢经·痈疽》：“痈疽之发于节而相应者，不可治也。”大肿方深，谓恶毒疮正深入肌里，实即病入膏肓。道，有引导之意。下联意谓，吴竹圃英年早逝，可以作为同样具有卓越才华和政治远见的古人贾谊的良好伴侣，梦中亦可得到安慰。其实永生又有什么乐趣，须思忖当权者已把国家引入病入膏肓奄奄一息的境地。这里借古人以称赞吴竹圃的才华和对国家大事的关心，进而转向当今社会，指斥当权者使国家变得像危重病人一样。在这样黑暗的社会里，生又有何乐趣，倒不如为国效命疆场。这样则与上联呼应一气呵成。

这副挽联寓意深沉，声情悲壮。既为悼念友人，又在感时伤怀。可与前一年的《挽易永畦》及下一年的《挽某同学》并读，同样展示这位青年爱国者立志为国效命，以死报国的崇高革命精神和宏伟抱负。

赠萧瑜

毛泽东

相违咫尺数日；
情若千里三秋。

赏析

此联写于1916年间。萧瑜，湖南湘乡人。为现代著名诗人萧三之兄，毛泽东湖南第一师范读书时的同学，新民学会发起人之一。1919年赴法勤工俭学，后长期旅居国外。毛泽东青年时代与之过从甚密，1916年间曾有一联题赠萧瑜。详见谷向阳《中国楹联学概论》一书第165页。

联句言简意明，极言友情深厚。只是极为巧妙地活用了两个常见成语，就将思友之情形象地表现出来了。咫尺千里，古代称八寸为咫，比喻很近。这里是说，相距虽然很近，却像相隔千里一样，很难相见。苏东坡《颍州初别子由》："咫尺不相见，实与千里同。"一日三秋，亦作"一日不见，如隔三秋"，意谓一天不见面，仿佛像过了三年一样，形容思念心情之殷切。《诗·王风·采葛》："彼采萧兮，一日不见，如三秋兮。"

此联属对工巧，语短情长。二人同在一地相违数日，竟然产生咫尺千里、一日三秋之感，足见友情非同一般。

写景联

毛泽东

云封狮顾楼；
桥锁玉潭舟。

赏析

此联作于1917年7月。当时，毛泽东和同学萧瑜（子升）利用暑假徒步从长沙出发，游历了湖南宁乡、安化、益阳、沅江等地。他们分文不带，采用古人“游学”方式，解决途中食宿问题。二人到达宁乡后，在做社会调查的同时，浏览本地自然风光。宁乡县城郊外有条玉潭河，上有一座精巧的小桥，河中经常停泊不少小船。远处还有一座看似高耸入云的狮顾山，上有一座楼阁在彩云中时隐时现。青山绿水，相映成趣。毛泽东面对这一美不胜收的自然景物，写过一首写景纪游的五言诗，可惜没有保留下来，同行者也只记得其中的两句。这两句实为对得极工的联语，故可作为写景联加以赏析。

此联真正抓住了眼前景物的特点，用语生动形象，文字对仗工整，给人留下深刻鲜明的印象。云与桥，一在天上，一在地下，俯仰之间，自然天成。狮顾楼与玉潭舟，既选择了狮顾山、玉潭河这样两个最能体现宁乡特色的自然景观，又衬之以山上的楼与河中的舟，更能给人以赏心悦目之感。中间用上“封”与“锁”，动词对动词，作者巧妙地采用了拟人化的表现手法，使人们眼前的自然景物——头上的蓝天白云，地下的小桥流水，还有山上的楼阁、河中的小船，均能产生立体的动感。难怪同行者萧瑜会在几十年后仍能记住这样精彩的诗句。

全联只有寥寥十字，却极其生动地勾勒出“云封狮顾”、“玉潭泊舟”两幅优美的图画，字里行间充满了诗情和画意。

题紫云山北宝塔

毛泽东

浉水拖蓝，紫云反照；
铜钟滴水，梅岭寒来。

赏析

此联作于1917年7月。当时，毛泽东与萧瑜以游学方式做社会调查。他们在安化县梅城，浏览孔圣庙、东华阁、北宝塔等名胜古迹，观赏了当年祭孔用的铜钟滴水（亦名铜壶滴漏，我国古代用于计时的仪器）。毛泽东爬上北宝塔的第七层，得以登高远眺，周围景物尽收眼底，于是即景生情，遂在壁上题写了这副文采华美的联语。

这是一副典型的写景联。作者笔下呈现的都是塔上所见的周围景物，每句叙写安化一景，构成优美山水图画。洢水、紫云山、梅子岭均在安化县境内。蓝，系用一种叫蓝草的植物制成的颜色，也叫靛青。白居易《忆江南》词中有句："日出江花红胜火，春来江水绿如蓝。"这里的拖蓝，可引申为拖着蓝色的丝带。反照，紫云山上那如镜子一嵌的巨石，为日光折射而形成变幻不定的美丽色彩。全联意谓，夏日的洢水向北流去犹如蓝色的绸带；巍峨的紫云山上因阳光折射而呈现出绚丽的色彩；古老铜壶不断流下计时水滴；梅子岭下的泉水给人带来凉爽宜人的感觉。

这幅壁上题字称作四言小诗亦未尝不可，只是因其对仗工稳，符合联语特点，故而纳入写景楹联范畴。作者运用富于诗意的语言，描绘祖国的壮丽山河，即兴抒发爱国主义的情思，能给人以思想上的启迪和艺术上的熏陶。联语只有短短四句，便觉作者的勃勃兴致、愉悦心情及安化县城许多美景尽纳其中。因其入景扣题，绮丽多姿，堪称描摹自然山水的联语佳作。

应对夏默庵

毛泽东

绿杨枝上鸟声声，春到也，春去也？（夏默庵）

青草池中蛙句句，为公乎，为私乎？（毛泽东）

赏析

此联成于1917年7月。当时，毛泽东和萧瑜在游学途中到达安化县城。他们曾去拜访当地知名人士夏默庵，不料两次均被拒之于门外。夏默庵何许人也？这位名士早年就读于清代两湖书院，酷好文史，学识渊博，时任安化县劝学所所长。有《默庵诗存》、《安化诗抄》等著述问世。此人生性颇为高傲，开始根本看不起这两个初出茅庐的年轻人，直到二人第三次登门拜访，见其谦恭才与相见。夏默庵为试试来访者有无真才实学，遂以眼前景物为题，出了上联要求应对。毛泽东略加思索，随即对出了下联。这位名士深感年轻人对句不凡，不禁击掌称妙，于是以礼相待。当日留宿家中，临别还送二人八块银元，以作旅费之用。

夏默庵何以前倨而后恭？先看联语出句："绿杨枝上鸟声声，春到也，春去也？"明明盛夏之时，却要蓄意问春，语中含讥，耐人寻味。上联妙在构思新颖，竟将鸟鸣拟为人语，提出春来还是春去的问题，让来访者作出自己的回答。这样的出句如若直解其意，势必正中下怀无言以对。

再看对句："青草池中蛙句句，为公乎，为私乎？"这个对句颇为奇特，较之出句更胜一筹。此系夏日情景，既有出典，又寓新意。赵师秀《约客》诗："黄梅时节家家雨，青草池塘处处蛙。"这里还隐用晋惠帝司马衷问蛙的典故。晋惠帝曾带近侍到洛阳华林园游玩，夏雨刚停，群蛙乱叫。惠帝转身问近侍："此鸣者为官乎，私乎？"近侍们无不窃笑。毛泽东应对的下联，巧妙地融进了这两个典故，且能再现夏日雨后的情景，青草池塘，处处蛙声。这里同样采用拟人化的手法，既然鸟语可以"声声"，因而蛙鸣亦可"句句"。"为公乎，为私乎？"更是神来之笔。显然语义双关，既可解为蛙鸣句句似在发问：究竟为了公众，还是个人？亦可解为人在问蛙：叫声发自雄性(公)，还是雌性（私)？这些均属让人发笑的问题。下联妙处在于，不仅文字上对仗工整，而且内容上针锋相对含而不露。夏默庵上联发出一个语义不清，待客欠妥的询问，毛泽东下联也以问句形式提出一个幽默风趣予以反诘的问题，且与出句完全呼应。这种极其巧妙而带漫画式的发问，颇为含蓄地批评了主人恃才傲物的态度。夏默庵毕竟是位名士，很快意识到了这一点，而对眼前的来访者刮目相看。这就构成了一段现代吟坛佳话。

这副联语风格独特，情景交融。上下联各自暗含机巧，包孕多层内涵。遣词造句亦自成一格，化用成语典故不露斧凿痕迹。因其富于传奇色彩，遂作为民间对联故事在当地为人们所广泛传诵。

赠王熙

毛泽东

爱君东阁能延客；
别后西湖赋予谁。

赏析

此联写于1917年7月。毛泽东与萧瑜利用暑假进行社会调查到达宁乡之后，曾去看望湖南一师同学王熙。王熙热情接待，临别要求客人题字留念，毛泽东当即书赠这副联语。

上联为作者感谢友人盛情款待之词。东阁，语出《汉书·公孙弘传》："数年至宰相封侯，于是起客馆，开东阁以延贤人，与参谋议。"后引申为款待宾客的地方。苏轼《寄馏合刷瓶与子由》："寄君东阁闲烝栗，知我空堂坐画灰。"延客，邀请、引进客人。上联意谓，我很喜欢你能开东阁以接待我们这些远方来的友人。

下联为相逢又要分手的惜别之词。西湖，在浙江省杭州市西，三面环山，一面濒城，湖光山色，风景如画，已成世界著名旅游景区。赋，给予，授予。苏轼《和晁同年九日见寄》："古来重九皆如此，别后西湖付与谁。"晁端彦和苏轼是"同年"（同科应试考取功名），有文名，擅书法，在任两浙刑狱提点官时，因违规私下参加西湖妓宴，被解任递赴润州受审。重阳日有诗寄苏轼，苏轼在密州作《和晁同年九日见寄》。"别后西湖付与谁"，诗句表面是说离开杭州之后西湖又托付予谁，而实际意谓友人离开了风景美好的杭州。毛泽东借用苏轼诗句，意在表示自己就要离开这个令人难以忘却的地方。

这里“西湖”已经成了美好居处的象征。“赋”与“付”均含授予之意，可以互通。诗句虚实结合，耐人回味。

此联即兴吟哦，蕴藉含蓄。采集古人诗文成句而能不露痕迹。上下联意均源自苏轼题赠至亲好友诗句，或集引，或化用，无不恰到好处，犹如己出一般。

游 泳 联

毛泽东

自信人生二百年；
会当水击三千里。

赏析

此联写于1917年夏天。作者在湖南第一师范学校读书期间，常与同学到湘江游泳。据《一师校志》记载，1917年毛泽东主持学友会时，参加游泳部活动的同学达80余人。这副联语为当时所作七古咏游泳诗中的残句。1958年12月1日，作者在大字本《毛主席诗词十九首》的书眉上，对《沁园春·长沙》词中的“击水”写有批注：“击水，游泳。那时初学，盛夏水涨，几死者数。一群人终于坚持，直到隆冬，犹在江中。当时有篇诗，都忘记了，只记得两句：自信人生二百年,会当水击三千里。”可见咏游泳全诗亦已失传，只有这两句近于对联形式的诗句保留了下来。

“自信人生二百年；会当水击三千里。”出句虽有夸张而恰到好处。我们通常都说人生百年，未免过于坐实，不如此说更富诗意。据有关材料介绍，毛泽东在湖南一师读书时，看到日本学者所写《人生二百年》一书十分喜爱，并对书中宣扬的人可以活二百岁的观点颇为相信。对句谓人长寿则应具有超凡的气魄。会当，应当、定要。水击三千里，《庄子·逍遥游》：“鹏之徙于南冥也，水击三千里，抟扶摇而上者九万里。”文中描绘大鹏飞向南冥时的非凡气势，作者加以化用，从而抒发自己游泳过程中酣畅淋漓的战斗情怀，进而让人从游泳中领悟人生的道理。

这是一副别具一格的集句或联语。上联主体部分集自一位日本学者的书名，下联“水击三千里”则来自《庄子·逍遥游》。作者巧借他人之语，精心构思，自成佳作。联语就对仗本身而言，自信与会当、人生与水击、二百年与三千里，对得颇为工稳。至于内容气势，更属让人拍案叫绝。恰同学少年，风华正茂，不难从中看到当时年轻人敢于中流击水，迎着风浪前进的豪情壮志，读来令人振奋。

挽湖南一师病故同学

毛泽东

为何死了七个同学？
只因不做十分间操！

赏析

此联写于1917年秋。当时，湖南第一师范学校只抓课堂教学，很不重视体育训练。不幸一场传染病竟夺去了傅传甲等七个同学的生命。广大师生终于看到了问题的严重性，并对学校忽视体育锻炼，连十分钟课间操时间也不保证的状况感到不满，特意举行了湖南一师病故同学追悼会。毛泽东撰送了这副别具一格的挽联。

这是一副设问式的联语。上联设问，意在引起人们注意；下联作答，用语简明而能切中时弊。作者目的在于批评校方不重视体育教育，以致产生这样严重的后果；同时为了唤醒全校同学，必须接受教训，注意锻炼身体。毛泽东当时还写过专题论文《体育之研究》，强调体育在德智体三育中应“占第一的位置”，并提出“德智皆寄于体”的主张，自己更是身体力行。这副挽联同样提出重视体育，锻炼身体的问题。

此联还有一个明显特点，就是通俗易懂，明白如话，可以视为我国“五四”新文化运动期间白话联语的典范。作者善于抓住典型事例，即小见大，进而提出质问和抗议，具有很强的说服力。

挽某同学

毛泽东

与其苟且偷生，生无足道；
非为奋斗而死，死有余哀。

赏析

此联写于 1917 年间。湖南第一师范学校八班有位同学不幸因病逝世，毛泽东为此深表哀悼，写了这副挽联。逝者姓名不详，可能即《挽湖南一师病故同学》中提到的患传染病而去世的七个同学之一，具体有待查考。

上联中，苟且偷生，只顾眼前安逸，得过且过，勉强生存下去。这里从辩证的角度谈“生”，意在说明人生应当奋斗，活得才有意义。不去奋斗求生，实即苟且偷生。这就有力地批判了生无足道与死无二的灰色人生。

下联中，死有余哀，语见曹植《七哀》：“上有愁思妇，悲叹有余哀。”联中加以活用，再从成语“死有余辜”转化而成，认为人生本已走完了自己的人生道路，但如不是为了理想与事业而死，死了也会有不尽的哀伤。这是革命者对于人生死亡的看法，也是对于苟且偷生的继续批判。

这副挽联从人生哲理的角度提出了如何看待生与死的问题。与其苟且偷生，不如为奋斗而死；因其生无足道，自然会死有余哀。指出人生活得要有意义，死得要有价值。这就是一个革命者的生死观。联语既为哀悼死者，也为激励生者，希望大家在内忧外患国难当头的年代，为人民的正义事业而奋斗不息。

赠周世钊

毛泽东

侯季多肝胆；
刘卢自苦辛。

赏析

此联写于 1917 年间。周世钊（1897—1976），湖南宁乡人。1914 年进入湖南第一师范，为毛泽东同窗好友。后长期从事教育工作，曾任湖南省教育厅长、湖南省副省长、省政协副主席。周世钊作为毛泽东挚友，二人常有书信来往和诗词唱和。可惜这些诗词均已散失，周世钊只回忆起 1917 年所赠五言律诗中的两句，仍可从中看出作者当年的爱国热情和对学友的热切期待。

上联中，侯季为古代两位名人。侯即侯嬴，魏国隐士，七十而为大梁守门小吏，被信陵君迎为上客。魏安釐（xī）王 20 年，秦国围赵，魏派将军晋鄙率军救赵，因受秦王恐吓观望不前。侯嬴献计信陵君，窃得兵符，并荐力士朱亥击杀晋鄙，夺得兵权，终于却秦救赵。季即季布，汉初游侠。原为项羽部将，数次围困刘邦。刘邦当国后先欲追捕而后赦免，任河东守。布以任侠著名，时人有“得黄金百斤，不如季布一诺”之说。侯季二人皆为忠肝义胆之士。

下联中，刘卢亦为有名历史人物。刘即刘琨，西晋将领。曾任大将军。晋室南渡之后，长期坚守并州。终因孤军无援失败。卢即卢湛，东晋将领。曾事刘琨，为司空从事中郎，后亦兵败被杀。二人为保晋室江山自多苦辛。

作者将这些历史人物写入诗联之中，用以题赠同窗好友，意在互相激励，从而共赴国难。我们从中不难窥见作者崇高的爱国主义精神和为国献身的宏伟抱负。

评点泡尔生《伦理学原理》

毛泽东

河出潼关，因有太华抵抗，而水力益增共奔猛；
风回三峡，因有巫山为隔，而风力益增其怒号。

赏析

此联写于1917年下半年至1918年上半年之间。泡尔生(1846—1908)，德国著名哲学家、伦理学家。代表性论著为《伦理学体系》。其中《绪论》和第二章《伦理学原理》于1900年由日本学者蟹江义丸译成日文出版，1909年蔡元培再由日文译成中文交商务印书馆出版，书名均为《伦理学原理》。湖南一师杨昌济开设修身课，确定以此为参考书。毛泽东精心研读，且在书上写了12000字的评注，还以联语形式就书中一段文字抒发自己的感想。郑以灵在《试析毛泽东外交思想的文化心理》一文中指出："毛泽东在青年时代反复精读了泡尔生的《伦理学原理》，并对泡尔生关于'抵抗'成就一切事业，'无抵抗则无动力，无障碍则无幸福'的观点十分赞赏。毛泽东在批语中写道：'至真之理，至澈之言。'他还题了一副气度非凡的对子：……敢于斗争，敢于挑战是毛泽东早年形成的人生风格，也是他一生的性格核心。"（载《厦门大学学报》1992年第3期）这一段话可以帮助我们理解联语的含义。

上联中，潼关，在陕西省潼关县北，古为桃林塞地，东汉末年设潼关。地当陕西、山西、湖南三省要冲。太华，即华山，在陕西省东部。主峰太华山，海拔1997公尺，有壁立千仞之势，古称西岳。上联意谓，黄河流经潼关之后，因遇太华山的阻挡，而使水力更增迅猛奔腾之势。

下联中，三峡，即长江三峡，为瞿塘峡、巫峡和西陵峡的合称。西起四川奉节白帝城，东至湖北宜昌平津关，全长193公里。两岸悬崖绝壁，江流湍急，为世界最大峡谷之一。巫山，在四川、湖北两省边境，海拔1000—1500米，长江穿流其中，遂成三峡。怒号，大风咆哮之状。下联意谓，风在三峡中回旋，因有巫山阻隔，而使风力达到咆哮的程度。

查泡尔生《伦理学原理》，毛泽东很欣赏的一段，原文为："世界一切之事业及文明，固无不起于抵抗决胜也。使田自生谷，圃自生蔬，则无所谓稼穑树艺；使气候适应于身体，则无谓建筑；使一切什器，天造地设，则无所谓工艺。如是，则与方士所谓仙境者无异矣。夫吾等所居之世界，所以异于仙境者，正以有各种抵抗，因而有与抵抗相应之动作。"这段文章的中心是，正是由于抵抗与反抵抗相应的动作才产生了世界一切事业与文明。

此联并非评价全书，而是就其中一段内容抒发自己读后的感想。作者颇为生动而形象地论证了因"抵抗"产生动力，因克服障碍而转化成幸福的生活真理。联中写潼关、太华、三峡、巫山之险峻，加之以奔猛写水势，以怒号写风力，无不显示作者非凡的气度，亦以表现深刻的人生哲理。

送别联

毛泽东

苍山辞祖国；
弱水望邻封。

赏析

此联作于1919年春。当时，毛泽东专程为赴法勤工俭学的新民学会的朋友送行。他们从北京出发，经过天津时，曾到大沽口观海。大家面对苍茫大海，显得异常兴奋，有人提议以观海为题赋诗志感。毛泽东当即乘兴赋五言古诗一首。全诗亦已失传，现只留下两句，因其对仗工整，可作送别联语加以赏析。

上联实为倒装句，实即"辞祖国苍山"，谓辞别祖国的万里江山。这是古诗文写作中的常用手法，显得音韵铿锵更有诗味。这里是说，赴法勤工俭学的朋友们，为寻求救国救民的真理，离开了自己的祖国。

下联亦属倒装句法，极写有

志青年出国求学的宽广胸怀。弱水，凡水道由于水浅或当地人不习惯造船而不通舟楫，只用皮筏交通的，古人往往认为是水弱不能胜舟，因称弱水。这里只是借用，意谓友人赴法，远涉重洋，该有多少艰险。邻封，本指邻近的封地，后泛指邻近之地。联中称赞友人虽远赴弱水阻隔的欧洲，仍与我们比邻而居一样。

此联用语典雅端庄，而又韵味深长，充分表现了这群爱国青年胸怀祖国放眼全球的豪情壮志。

挽母亲二联

毛泽东

一

疾革尚呼儿，无限关怀，万端遗恨终须补；
长生新学佛，不能住世，一掬慈容何处寻。

二

春风南岸留晖远；
秋雨韶山洒泪多。

赏析

此联写于1919年10月。母亲文氏（1867—1919），因排行第七，人称文七妹，湖南湘乡人。为人心地善良，慷慨厚道，经常接济别人。她的品德给毛泽东以很大影响。1919年10月5日因病逝世，终年52岁。毛泽东当时正在长沙领导驱逐湖南军阀张敬尧的斗争，接到二弟毛泽民的特急家信后，遂与在长沙读书的三弟毛泽覃连夜上路，赶赴家中时母亲已入棺两天。毛泽东守在母亲灵前，满怀极其悲痛的心情，既用四言骈体形式写了一篇高度赞扬母亲一生的《祭母文》，又写了两副哀恻感人的挽联，借以表达对于母亲的无限哀思。

先看第一副挽联：

上联文字较长，采用五、四、

七言的合成句式，表达对于母亲深沉怀念的感情。疾革尚呼儿，据毛泽民告知，母亲处于临终弥留之时，还在不断呼唤着毛泽东、毛泽覃的名字。革（jí），通亟，危急。疾革，即病危。语出《礼记·檀公上》："成子高寝疾，庆遗入请，曰：'子之疾革矣。'"万端遗恨，母亲去世留下的种种憾事。上联意谓，母亲处于病危的时刻，还在呼唤着儿辈的名字，可见一生对于儿辈都非常关怀，因此母亲离开人世还有诸多牵挂并留下种种缺憾，儿辈皆须全力补偿。这里极写作为人子未能报答母亲恩泽的遗憾心情。

下联意犹未尽，继续表达对于母亲深沉怀念的感情。学佛，母亲晚年笃信佛教，吃斋念佛，十分虔诚。掬，双手捧取。慈容，母亲慈祥和蔼的面容。下联意谓，母亲为求长生而去信奉佛教，但依然不能长留于人世，母亲那慈祥和蔼的面容，儿辈到哪里去寻觅呢？

此联叙事而兼抒情，颇为哀恻感人。上下联之前半部分追忆母事，后半部分痛陈己情，这样就使母亲的爱与自己的痛相互交织，更见母爱之深与己痛之切。作者以此挽辞呈现于亡母灵前，可谓至情之文。

再看第二副挽联：

上联以春风、春晖为喻，赞扬母亲的德泽永留人间。春风，"春风风人"的缩语，用以形容对人有益的教育。南岸，文七妹葬于韶山南岸。晖，春晖，春天的阳光。因其无比温暖常用以比喻母爱。孟郊《游子吟》："谁言寸草心，报得三春晖。"这里的春风、春晖均喻深沉的母爱和母亲对于儿辈的教育。毛母是一位勤劳善良、谦和正直的劳动妇女，她的种种美德给青少年时代的毛泽东及其弟妹们以深远的影响。

下联紧承上联，因母亲去世而使人洒泪如雨。秋雨一词语义双关，既指母亲死于秋天，亦指周围亲友泪雨如注。仿佛老天也以凄凉的秋雨与洒泪的人群一起悼念逝者，因而更能表达作者沉痛的心情与无尽的哀思。

此联作为典型的七言联语，情景交融，充满诗意。上联记述母恩母爱，极写慈母已逝春晖永存；下联表述己哀己思，犹如人间秋雨哀思绵绵。

毛泽东当时曾将这两副灵联与《祭母文》交堂兄毛宇居保存。毛宇居收藏保管了三十多年，直至新中国成立后上交韶山人民政府。1978 年 12 月，韶山有关部门将毛泽东父母合葬墓修缮一新，并将灵联与《祭母文》刊于墓地右侧，供人瞻仰凭吊。

挽父亲

毛泽东

决不料一百有一旬，哭慈母又哭严君，血泪虽枯恩莫报；

最难堪七朝连七夕，念长男更念季子，儿曹未集去何匆。

赏析

此联写于1920年1月。毛泽东的父亲毛贻昌（1870—1920），字顺生，一生务农经商，治家谨严，于1920年1月23日在湘潭韶山冲家中病逝。毛泽东当时在北京忙于驱逐反动军阀张敬尧的革命活动，未能回湘奔丧。同族毛麓钟代毛泽东写了这副“泣父顺生公灵”的联语。

上联中，一百有一旬，即一百又十天。一旬为十日。此指毛泽东母亲于1919年10月5日病逝，父亲于1920年1月23日病逝，其间相隔只有110天。严君，即严父。父为全家所尊，如同国有严君，因称父为严君。这里是说，料想不到只隔110天，就先哭慈母又哭严父，而今即使哭得血泪枯干也难报答父母的养育之恩。

下联中，难堪，即难以忍受。七朝连七夕，指逝者临终之前的七天七夜。长男，即长子，指毛泽东。季子，即幼子，指毛泽覃。儿曹，孩子们。《后汉书·耿弇传》：“光武笑曰：‘小儿曹乃有大意哉！’”这里是说，逝者最难以忍受的是在临终之前的七天七夜里，既想念长子毛泽东又想念小儿子毛泽覃，儿辈尚未聚集何以竟匆匆离别人世！

此联系由他人代笔，何以仍算毛泽东的联语？我们考虑其理由有二：一是已有先例可援。以往有过经毛泽东认可由他人代撰的挽联视为己作的例子，如谢觉哉代笔的《挽续范亭》。二是代笔者系至亲又有文采。毛麓钟为韶山冲唯一的秀才，又是毛泽东的老师，当年曾在云南蔡锷部队供职。这副挽联本身基本上真实地表达了毛泽东当时的思想感情。

此联用语典则，属对工稳，如泣如诉，感情深沉。作者深得挽辞写作要领，刻意注重纪实描写。上联极写得悉严父随母相继而亡的惊愕、悲痛之状与为人子者虽哭得血泪枯干也难以报答父母的内疚之情。下联则将父亲弥留之际思念儿辈却又不得一见的痛苦情状作了逼真描绘，父子情深，意象鲜明，读之让人潸然泪下。

挽杨昌济

毛泽东

忆夫子易箦三呼，努力努力再努力；
恨昊天不遗一老，无情无情太无情。

赏析

此联写于1920年1月。杨昌济（1871—1920），字华生，湖南长沙人。近代伦理学家、教育学家。早年就读岳麓书社，参加维新团体南学会。1903年留学日本，1909年留学英国，攻读哲学、伦理学、心理学。后赴德国考察教育制度，1913年回国，在湖南第一师范、第四师范、湖南高等师范专科学校任教。1918年调任北京大学教授。1920年病逝于北京。毛泽东作为逝者学生和未来女婿，参与治丧活动并献挽联致哀。

上联赞颂逝者作为近代著名爱国教育家，临终不忘呼唤国人为中华民族的新生而努力奋斗。夫子，对杨昌济先生的敬称。易箦（zé），语出《礼记·檀公上》。箦为华美光泽的席子。相传曾子临死之前要人换掉自己所用的高档席子，后因称人病重将死为易箦。三呼，典出《宋史·宗泽传》。宗泽为宋代抗金名将，曾重用岳飞屡败金兵。多次上书高宗还都开封，收复失地，均为投降派所阻，因忧愤成疾，临终时连呼“过河”者三。后有“宗爷三呼”之说。这里借用古书中的成语典故，可见当年宗泽临死三呼“过河”，今日杨公临终三呼“努力”，一片爱国爱民之心至死不渝。

下联沉痛哀悼逝者，深恨老天何以如此无情。昊（hào）天，即天。《书·尧典》：“乃命羲和，钦若昊天。”不遗一老，语出《诗·小雅·十月之交》：“不慭遗一老，俾守我王。”后多以“天不慭遗”作为哀悼大臣之辞。一老，指有德行的老人。这里借用古语，表示可恨老天何不留下这位有德之人。下句连用三个“无情”更加突出作者对于老天的痛恨之情。

此联情深意挚，属对工稳。用语文白相间，而又自然天成，完全符合逝者特定身份。“夫子易箦三呼”与“昊天不遗一老”，化用古诗文的成语典故，典则而雅致，且感人至深。联中辅以三个“努力”、三个“无情”，均以口语出之，同样对得很工。古语新词，融为一体，足见作者驾驭联语文字的深厚功力。

题湖南一师附属小学

毛泽东

世界是我们的；
做事要大家来。

赏析

此联写于1920年9月。毛泽东当时被聘为湖南一师附属小学主事（校长），鉴于学校以往教学管理制度存在的问题，大力倡导民主作风，聘用才德兼备的教员，并选用时文作教材。他还为学校礼堂写了一副对联，让人刻在竹板上悬挂起来。为适应当时新学的潮流，且从小学生实际出发，因而写了这一通俗易懂而又深入浅出的联语。

这是一副典型的“白话联”。全用口语，明白如话。大家看后却又颇为赞赏，因其好处在于让人一看就懂，而又语浅意深。首先，现实针对性很强，在封建统治依然根深蒂固的情况下，明确提出“世界是我们的”观点，号召人们冲决一切封建罗网，关心国家大事，敢做社会的主人翁。同时，具有极大的鼓舞作用，联中提出“做事要大家来”的要求，希望广大青少年应以主人公的态度，认真做事，群策全力，为建设一个新世界作出自己的贡献。因为我们是世界的主人，世界属于我们；所以世界上的事情要靠大家来做，我们有重任在肩。

这样的联语虽已经历近一个世纪，至今仍有其重大的现实意义。

挽易白沙

毛泽东

无用之人不死，有用之人愤死，我为民国前途哭；
去年追悼杨公，今年追悼易公，其奈长沙后进何！

赏析

此联作于1921年8月。易白沙（1886—1921），名坤，字越村，因住长沙白沙井，世称白沙先生。湖南长沙人。曾任长沙县立师范、湖南省立一师教员，天津南开大学、上海复旦大学教授。本人系近代民主革命烈士易培基之弟，且亦步先兄后尘，积极投入民主革命运动。1921年5月，只身赴北京刺杀北洋军阀首脑未获成功，旋下广州请求孙中山组织军队北伐亦未能如愿。在愤激之下于农历端午节在广东新会投海自杀，希望以死唤醒民众，年仅35岁。同年8月，长沙举行易白沙追悼会，毛泽东撰送挽联致哀。

上联显系愤激之词，意谓无用之人好好活着，有用人才激愤而死，这样下去怎么得了，我要为中华民国的前途痛哭。一片忧国忧民之情溢于言表。这里“愤死”，不仅指为唤醒民众愤然投海、投江的陈天华、姚宏业、易白沙，还有更多当时为民主革命献身的湖南英烈。面对他们的相继遇难，因而发出“我为民国前途哭”的慨叹，作者意在唤醒国人的良知，勿忘天下兴亡，匹夫有责。

下联紧承上联旨意加以具体阐释，仅在两年之内两位长沙名人相继离开人间。易公，即易白沙烈士。杨公，为杨昌济先生。随着他们相继辞世，我们这些“长沙后进”今后应该怎么办呢？这里追悼死者，激励生者，意在号召人们投入民主主义的革命斗争。

此联上下均用排比句式和词语同位之法，以“无用之人不死”、“有用之人愤死”、“去年追悼杨公”、“今年追悼易公”加强语气，增强悲剧气氛，因而具有振聋发聩促人猛省的艺术力量。

赠毛泽建

毛泽东

绳锯木断；
水滴石穿。

赏析

此联写于1921年9月，毛泽建（1905—1928），湖南湘潭人。毛泽东堂妹。其父母去世后由毛泽东父母收养。在毛泽东直接影响下，1921年参加社会主义青年团，1923年加入中国共产党。曾任衡阳省立第三女子师范学校学生支部书记、中共衡山县委妇女运动委员、耒阳县游击队队长。1928年6月战斗中被俘，8月不幸遇害，年仅24岁。1921年9月，毛泽东帮助堂妹解除了不合理的婚约，带到长沙进女子职业学校读书。当时为鼓励堂妹发奋读书而在她的日记本扉页上题赠此联。

此联语出《汉书·枚乘传》，又宋人罗大经《鹤林玉露·一钱斩吏》：“乖崖援笔判曰：‘一日一钱，千日千钱，绳锯木断，水滴石穿。’自仗剑，下阶斩其首。”原在劝人勿贪，毛泽东加以摘引有所发挥，意在鼓励堂妹学习上坚持不懈，只要持之以恒，必然会有成效。绳，绳墨，木工打直线的工具。《书·同命》：“绳衍纠谬。”孔颖达疏：“木不正者，以绳正之，绳为弹正。”这里是说，以绳正之，去锯各种各样木头均可锯断。水滴石穿，亦喻持之以恒自会成功。水滴虽小，终年不断，亦可滴穿石头。这些成语或词组，均能极其形象地告诉人们一些日常生活的道理。

此系摘句式联语，言简意深，蕴含哲理。“绳锯木断”文字虽属典雅而不难理解，“水滴石穿”则深入浅出通俗易懂。因其均为日常生活现象，且又包含一定人生哲理，二者均能给人以思索回味的余地。

出对李立三

毛泽东

洞庭有归客；（毛泽东）
潇湘逢故人。（李立三）

赏析

此联成于1921年11月。李立三（1899—1967），湖南醴陵人。1919年赴法勤工俭学。1921年回国，同年加入中国共产党。1922年任中共安源煤矿支部书记，参与领导了安源路矿工人大罢工。1924年任中共上海区委职工委员会书记，“五卅运动”时任上海总工会委员长。1927年参加南昌起义，后任广东省委书记。1930年在任中央政治局常委兼宣传部长期间，犯了“左”倾机会主义错误。建国后历任中华全国总工会副主席，中央人民政府劳动部部长等职务。

1921年11月，李立三从法国勤工俭学回国，接受党中央派遣，到湖南从事工人运动。他到长沙小吴门外清水塘看望毛泽东时，主人正在伏案写作。毛泽东听到杨开慧正与客人招呼连忙站起迎接，并风趣地说：“洞庭有归客。”李立三随即应对：“潇湘逢故人。”说罢二人紧紧握手，相视而笑，进而畅叙阔别之情。

此联语摘引南朝梁柳晖《江南曲》中的诗句。洞庭，即洞庭湖，在湖南省北部，为我国第二大淡水湖。潇湘，潇水与湘水，借以泛指湖南地区。上联主人言洞庭畔来了远方归来的客人，下联客人答在潇湘地区遇到了多年相知的友人。

这是一副不可多得的巧对，虽摘引自《江南曲》中的成句，但即兴对答反应迅速，可见二人有着很高的文学素养，并给民间对联留下这一联句迎客的动人故事。

挽黄爱庞人铨

毛泽东

奋斗为众生，千古伤心是工运；
取义拚一死，九泉含笑亦冤魂。

赏析

此联写于1922年1月。黄爱（1897—1922）湖南常德人。1919年考入天津高等工业学校，积极投入“五四”爱国运动，参加周恩来领导的觉悟社。次年回湖南读书并从事工人运动。庞人铨（1898—1922），湖南湘潭人。曾任湖南劳工会教育部委员。1922年1月16日，二人因领导长沙第一纱厂工人罢工，被当地反动军阀逮捕，次日凌晨即遭杀害。1月19日，毛泽东从外地赶回长沙，亲自主持两位烈士的追悼大会，印发《黄庞惨案纪念特刊》。

上联就我国工人运动落笔。黄庞二位烈士英勇奋斗完全是为了人民大众。今不幸遭到杀害，对于我国工人运动而言，从此失去了两位优秀的领导者，能不让人为之永远伤心！

下联就两位烈士自身而言。取义，就义而死。《孟子·告子上》：“生亦我所欲也，义亦我所欲也，二者不可得兼，舍生而取义者也。”九泉，地下，常指人死后埋葬之处。黄庞流血事件震惊全国，进一步激起了广大工农群众的反抗。中国劳动组合书记部、中国社会主义青年团分别就此发表宣言。同年召开的全国劳动大会上还决定每年1月17日为黄庞纪念日。烈士的鲜血没有白流！烈士的冤魂在九泉之下亦应含笑。

此联文字质朴无华，在沉痛悼念二位烈士的同时，指出了他们为工人运动奋斗而死的社会价值。一片愤激之情溢于字里行间。

挽陈子博

毛泽东

出师未捷身先死；
长使英雄泪满襟。

赏析

此联写于1924年1月。陈子博（1892—1924），湖南湘乡人。1919年底加入新民学会，在毛泽东主编的《湘江评论》上发表文章。1921年10月加入中国共产党，任中共湖南支部委员、社会主义青年团长沙执行委员会代理书记。曾组织长沙织造工人罢工，后只身刺杀湖南军阀赵恒惕未成。1924年1月23日在长沙大搜捕中牺牲。毛泽东惊闻噩耗，特书挽联致哀。

此联摘自杜甫七言律诗《蜀相》："丞相祠堂何处寻，锦官城外柏森森。映阶碧草自春色，隔叶黄鹂空好音。三顾频烦天下计，两朝开济老臣心。出师未捷身先死，长使英雄泪满襟。"据《三国志·蜀书·诸葛亮传》载，诸葛亮为完成北定中原大业，六出祁山。公元234年春再次出兵伐魏，在渭水南岸五丈原与魏军作战相持不下。同年8月病死军中。此联意谓，诸葛亮平定中原夙愿未遂而生命已终，这正是后代许多英雄为其感慨系之的原因。

这是一副典型的摘句联。原系杜甫深情怀念诸葛丞相的名句，这里移花接木，借以悼念这位壮志未酬英年早逝的湖南青年运动领导人，同样十分合适。这是对于逝者最为崇高的评价和表示最为深沉的敬意。

贺安源工人俱乐部大厦竣工

毛泽东

有团结精神，有阶级觉悟；
是劳工保障，是人类福星。

赏析

此联写于 1924 年 5 月 1 日。当时，中国工人阶级第一座自筹资金的建筑——安源路矿工人俱乐部大厦竣工，毛泽东欣然题联致贺。主持人将这副对联悬挂在大厦中央的舞台两侧，并在上方配以“无产者联合起来”的横幅。

先看上联。安源路矿工人俱乐部是安源煤矿和株萍铁路工人最早的工会组织。1922 年 5 月在中共湘区委员会毛泽东、李立三领导建成，不久发动安源路矿工人大罢工并取得胜利。1924 年自筹资金建成大厦。这一切正是安源路矿工人具有团结精神的体现，也是他们阶级觉悟空前高涨的表现。

下联中，劳工，旧时对工人的称呼。福星，象征能给大家带来幸福希望的人和事物。下联展望安源路矿工人在俱乐部大厦落成之后，有了自己的组织活动场所，这样劳工福利会更有保障，并给人类带来福音。

这副联语即是给安源工人俱乐部大厦竣工的贺词，也是对广大安源路矿工人斗争经验的总结和展望，从而大大推动整个工人运动的蓬勃发展和此后革命根据地的建设。

为宁乡五区农民协会成立大会题联

毛泽东

有钱人，穿绸着缎，田不耕，土不作，坐吃三餐，他还神气八担；

我农民，披簑戴笠，手叉水，脚叉泥，种出五谷，谁怜痛苦千般。

赏析

此联写于1926年间。当时，湖南农民运动蓬勃兴起，宁乡一带农民齐集太粮仓，成立宁乡五区农民协会。在庆祝大会上，时任中共中央农民运动委员会主任的毛泽东正在湖南农村考察农民运动，亲笔为会场题写了这副对联。

上联写出“有钱人”的不劳而获与作威作福。他们平日穿着绸缎，不用耕作，却坐吃三餐，神气之极。“神气八担”为湖南宁乡一带方言，即神气活现之意。这就形象地揭示了农村地主豪绅的本质与丑态。

下联反映“我农民”的辛勤耕作与生活悲惨。披簑戴笠，即披簑衣戴笠帽，不顾雨淋日晒，均须田间劳作。叉，原为叉手或刀叉之意。这里亦为当地方言，即以手脚与泥水接触耕作不止。农民如此辛苦，却又有谁怜惜！

此联深入浅出，通俗易懂。采用日常口语与当地方言，写出两种人截然不同的生活。生动形象，对比鲜明。切合成立农民协会题旨，能起到宣传鼓动作用。

挽罗宗瀚

毛泽东

羡哲嗣政教长才，竟成千古；
叹吾党革命先锋，又弱一个。

赏析

此联写于1926年间。罗宗瀚（1896—1926），湖南安化人。1914年考入湖南第一师范，与毛泽东同学。曾参与创办工人夜校、组织新民学会、主持平民通讯社，社会活动能力很强。1920年秋在湖南一师附小任教，次年又继毛泽东之后任主事。一度与何叔衡等编《湖南通俗日报》并任社长。1926年北伐军进入湖南，曾任国民党湖南省党部执行委员，坚持国共合作，支持工农运动，引起北洋军阀的痛恨。在因积劳成疾而去诊所治病时，被暗下毒药致死。当时，长沙各界800余人在湖南一师礼堂召开追悼会。毛泽东身在广州，亦给罗宗瀚父亲寄上这副挽联。

上联言逝者为政教长才。哲嗣，对别人之子的敬称。这里是指罗宗瀚烈士。政教，政治与教育。长才，高才、大才。杜甫《述古》："经纶中兴业，何代无长才？"千古，哀挽死者之词，意谓永别。上联是说，我很羡慕令郎这位政治与教育方面的大才，今天竟与我们永别。

下联赞逝者为革命先锋。吾党，此指国民党。罗宗瀚为国民党左派人士，毛泽东在第一次国共合作时期亦曾担任国民党中央代理宣传部长，因言"吾党"。又弱一个，又丧亡一个，语出《左传·昭公三年》："晏子曰：'二惠竞爽犹可，又弱一个焉，姜其危哉！'"后多用为悼亡之语。下联是说，让人叹息的是我党又丧失了一位革命先锋。

这副挽联因寄逝者之父，用语典则，感情深挚，读之让人扼腕。"哲嗣"与"吾党"均有特定含义，尤应引起注意。"政教长才"与"革命先锋"则是对于逝者的高度评价。

题军旗

毛泽东

旗开得胜；
马到成功。

赏析

此联写于1927年9月，当时，在毛泽东、卢德铭领导下，湘赣边界爆发了秋收起义。为了鼓舞起义部队的斗志，毛泽东在军旗上题写了这副带有宣传鼓动性质的联语。

“旗开得胜；马到成功。”这是对于古代作战场面的形象描绘。只要军旗一挥，将士掩杀过去便能赢得胜利。因为马在古代作战中占有重要地位，战马一到，亦可取得成功。关汉卿《五侯宴》楔子：“有五百义儿家将，人人奋勇，个个英雄，端的是旗开得胜，马到成功。”毛泽东将这两句军事成语摘出写在军旗上，成为军中楹联，实已赋予这两句成语以新的意义。

这次秋收起义打的是中国共产党领导的“中国工农革命军”的旗子。毛泽东曾以中共湖南省委名义致函中共中央，指出：这次秋收起义，“我们不应再打国民党的旗子了。我们应高高打出共产党的旗子。”因为“国民党的旗子已成为军阀的旗子，只有共产党的旗子才是人民的旗子。”这正标志着我国工人农民有了自己的革命武装。“旗开得胜，马到成功”，这副旗联言简意赅，主题鲜明，真正代表广大工人农民的革命意愿，从而起到鼓舞人心的巨大作用。中国共产党正是打着这面战旗，从井冈山出发，经延安，到北京，终于取得新民主主义革命的彻底胜利。

应对何长工

毛泽东

谷磨磨谷，谷随磨转，磨转谷裂出白米；（何长工）

门锁锁门，门由锁开，锁开门敞迎故人。（毛泽东）

赏析

此联成于1927年10月。何长工（1900—1987），湖南华容人。早年赴法勤工俭学。1922年加入中国共产党。参与秋收起义和井冈山根据地创建工作，曾任红八军军长，参加二万五千里长征。后任抗日军政大学副校长、东北军政大学代校长。

建国后，历任中央重工业部长、全国政协副主席等职。关于此联写作缘起：1927 年 10 月，毛泽东率领工农革命军进驻井冈山的中心茨坪，开始创建井冈山根据地的斗争。还将原驻这一带的农民武装改编为工农革命军第二团。为了协助王佐整顿部队，派出亲密战友何长工去这个团任党代表。有一天毛泽东出去散步，见一位农民正在磨坊磨谷，忙得满身是汗，他便上前帮忙，一边推磨一边谈心。这时何长工有事找他，打过招呼之后，即由眼前磨谷出了一副上联。毛泽东连声称妙，边走边思考下联，不觉回到驻地。当看到警卫员开锁推门，受到很大启发，随即吟出下联。

这副近于口语的对联，对仗整齐，生动鲜明，富有生活情趣。作者描绘从谷磨磨谷到出白米和门锁锁门到迎故人，均富于动作的逻辑性，连贯性和形象性，给人留下颇为深刻的印象。联中顶针格的运用亦恰到好处，使邻接的句子首尾蝉联而产生上递下接的无穷趣味。这里出现两种顶针：一为句子间字的顶针，如“谷磨磨谷，谷随磨转”与“门锁锁门，门由锁开”。二是句子间词的顶针，如“谷随磨转，磨转谷裂”和“门由锁开，锁开门敞”。作者巧妙地运用某些特殊的修辞手法，将平常事物写得生动风趣，既通俗易懂而又不失高雅精致，令人读后深感回味无穷。难怪毛泽东称上联“绝妙”，何长工品味下联亦佩服之至。

春联三副

毛泽东

一

过乱世新年，何分贵贱；
问苍茫大地，谁主沉浮？

二

一年好景随春到；
三亿苍生盼日升。

三

资水入湘江，涌入洞庭归大海；
天情怀众庶，长怀国运救中华。

赏析

这三副春联写于1927年冬天。当时，毛泽东领导秋收起义后，需要了解湖南农民运动的情况，来到湘阴南湖赛头湖南一师老同学刘能诗家。老同学见面格外亲切，白天一起访问乡亲父老，夜晚则在家中促膝谈心。不觉农历新年将至，毛泽东高兴地为刘家写了三副春联。

第一副贴于大门上。

毛泽东在1925年秋天写过一首《沁园春·长沙》，词的结句为："怅寥廓，问苍茫大地，谁主沉浮?"现将其中九字摘出，意谓人们不禁要问：这旷远迷茫的世界,究竟该由谁来主宰它的命运（升沉、兴衰）呢？这一设问句式，寓意颇为深沉。上联配以反映当时"过乱世新年"社会现实的句子，可谓虚实相间、珠联璧合。这就自然而深刻地反映了作者对大革命失败后社会现实的看法和共产党人伟大的理想抱负。

第二副用于横屋。

过去人家造房，常以南北向为正屋，用于起居会客；东西向为侧屋（亦称横屋），用于客房储物。

此联正面点出迎春主题。先以眼前自然现象说起，一年美好景物即将随着春天到来；进而谈到人类社会，三亿中国人民期盼太阳升起在东方。苍生，百姓、民众。《晋书·王衍传》："然误天下苍生者，未必非此人也。"当时中国约三亿人口，联中因言"三亿苍生"。大家都望太阳升起，寓意不言自明。

第三副用于堂屋。

上联先述地理。资水、湘江均为湖南省的主要河流。洞庭湖在湖南省北部，为我国第二大淡水湖。这里是说，资水流入湘江，一起涌入洞庭湖，最后（经长江）归向大海。联句既属写实，又寓"百川归海"哲理。

下联再言天情。众庶，众民、庶民。《周礼·地官·大司命》："大丧，帅六乡之众庶。"国运，国家的命运。这里是说，老天有情心里怀有民众，而且长久想着国家命运力图拯救中华。

试问：天意尚且如此，世人又当如何？理应“怀国运救中华”。

这三副春联均围绕迎春主题展开，就其内容则虚实相间，有分有合。第一副门联为总起，发出“谁主沉浮”的诘问。第二、三副为前者思想内容的扩展和注脚。三亿苍生正在“盼日升”、“怀国运”、“救中华”，从而正面回答了“谁主沉浮”的问题。

为井冈山老百姓写春联

毛泽东

大刀梭镖铲除旧世界；
斧头镰刀开创新乾坤。

赏析

此联写于1928年春节前夕。据张世安《毛泽东名联趣话》一书介绍：1928年初，毛泽东率领部队到达井冈山的茅坪、茨坪，见家家户户都在准备画圈的无字春联，原来因为当地没有识字的人。毛泽东深解民意，一口气写了几十副春联。此为其中之一。

此联中，梭镖是一种装上长柄的两边有刃的尖刀，是当时赤卫队使用的主要武器。乾（qián）坤，象征天地、阴阳，亦可代指整个世界。这里是说，大刀梭镖能够铲除旧世界，斧头镰刀可以开创新世界。

这副春联一反常用春联的写作范式，富于特定的革命内涵和时代特色。它完全符合当时工农革命的目的，就是要推翻旧世界，创建新政权。它还体现工农革命军军旗图案的宗旨，毛泽东1927年所作《西江月·秋收起义》词的开篇就是：“军叫工农革命，旗号镰刀斧头。”它是特定历史时代的产物，具有工农革命的气势与火药味很浓的特色。它在中国现代革命史上曾经有过广泛的影响，二十世纪三十年代流传、现存博物馆的“斧头劈开世界；镰刀割断旧乾坤”就是有力的明证。

公审土豪劣绅

毛泽东

你当年剥削工农，好就好，利中生利；
我今日宰杀土豪，怕只怕，刀上加刀。

赏析

此联写于1928年1月24日。当时为扩大与发展井冈山革命根据地，攻下了遂昌县城。这一天，江西省遂川县召开工农兵政府成立大会，并决定在会上公审几个土豪劣绅。毛泽东参加了这次大会，并在遂川首任县委记陈正人撰联的基础上稍加润饰写成这副对联，贴于主席台两侧。

这副对联完全根据会上公审土豪劣绅的特定要求，义正词严，锋芒毕露，就像一把利刃直接插入农村封建势力的心脏。联语构思新颖，因果分明。上联为因，描绘了当年土豪劣绅骑在工农大众头上作威作福的丑恶面目；下联为果，指出当工农大众觉醒之日，即土豪劣绅面临末日之时。大长革命人民的志气，大灭一切反动派的威风。此联贴出，会场沸腾，群众拍手称快。

此联在流传过程中，曾出现过异体。据《毛泽东大辞典》所载：首先题目即称《为遂川县工农兵政府成立大会题联》。正文亦有差异："想当年，你剥削工农，好就好，利中加利；到今日，我斩杀土劣，怕不怕，刀上加刀。"进而加以具体解释，1928年1月，毛泽东率领工农革命军攻占遂川县城，为巩固胜利成果，不久即成立工农兵政府。毛泽东为大会题联，悬于大会主席台两侧。看来此联应属异体。当时遂川县工农兵政府成立大会和斗争土豪劣绅群众大会同时举行，因此题目二者均可，不过就联语内容本身而言，还是以《公审土豪劣绅》为宜。

题沙田群众大会

毛泽东

旧世界打得落花流水；
新社会建设灿烂光明。

赏析

此联写于1928年3月30日。当时，毛泽东率领工农革命军第一团到达湖南桂东沙田圩，准备在当地召开群众大会。看到广场戏台两侧有油漆的柱子，便对八连党代表陈奇说："你是秀才，写副对联吧！"陈奇想出："旧的打它个落花流水；新的建设得灿烂光明。"毛泽东听后忙说："很好，不愧是秀才！不如改为：'旧世界打得落花流水；新社会建设灿烂光明。'"后由毛泽东写好悬于会场两侧。

毛泽东改动联语虽只数字，语气和语义均有变化，显得更为准确鲜明。因为"旧的"与"新的"未免过于空泛，不如改为"旧世界"与"新社会"。这样就总体而言，对仗虽欠工稳，仍可属于宽对。好在言简意明气势不凡，完全适合群众大会使用。

此联妙在化用成句成语。《国际歌》中留有名句："旧世界打个落花流水，奴隶们起来，起来！"联中借用此语，更能体现工农革命符合《国际歌》宗旨，就是要夺取政权。联中两个成语亦用得恰到好处。落花流水，原在形容残春的景象，亦可比喻残败零落的样子。《红楼梦》第四句："这回打了个落花流水，生拖死拽，把个英莲拖去。"联中意在形容旧社会被打得溃不成军。下联则充分展现革命前景，我们不仅要破坏一个旧世界，还要建设一个新社会。这个新世界灿烂光明无限美好。

挽王尔琢

毛泽东

一哭尔琢，二哭尔琢，尔琢今已矣！留却重任谁承受？

生为阶级，死为阶级，阶级后如何？得到胜利始方休！

赏析

此联作于1928年10月。王尔琢（1903—1928），湖南石门人。1924年考入黄埔军校第一期，同年秋加入中国共产党。曾任黄埔军校学生队分队长、国民革命军第三军二十六团党代表。1927年参加南昌起义。1928年4月，随朱德、陈毅到达井冈山，任红四军参谋长兼二十八团团长，在龙源口战斗中发挥了重大作用。同年8月25日，在追击叛徒的战斗中，不幸牺牲于崇义县思顺圩。10月中旬，红四军军部宁冈砻市举行王尔琢追悼会，毛泽东撰联并由陈毅手书悬于会场。

上联表达对于战友不幸牺牲的沉痛心情。已，原意停止，可引申为牺牲。这里是说，一哭王尔琢，再哭王尔琢，王尔琢今天已经牺牲，战友留下的重大任务谁来承担呢？联语在内容安排上有点与众不同，上联开篇即以“一哭”、“二哭”表示沉痛哀悼，然后再说出悲痛的原委，引出下联的文字。

下联在赞颂战友为无产阶级而献身的同时，也表明了广大红军指战员的态度。这里是说，生为无产阶级而生，死为无产阶级而死，无产阶级后来怎样？只有取得中国革命的彻底胜利，我们才会罢休。这是对于逝者的深情告慰，也是激励生者的内心自白，让我们为整个阶级的彻底解放而英勇奋斗。

这副挽联文情并茂，真挚感人，且在文字运用与修辞技巧上亦颇有特色。作者在上联中三次镶嵌王尔琢的名字，从而使联语题旨更加明确，意蕴更加深厚。

作者还成功地采用了"词语同位法"，即在上下联分别以"尔琢"与"阶级"重复三次出现于相对应的位置上。上下联又分别以"一哭"、"二哭"、"生为"、"死为"层层递进，这样既增强了语言的气势，又加深了悲恸的感情。上联"尔琢今已矣！留却重任谁承受？"以反问加重语气，给人以深沉的思考。谁来继承先烈的遗志？无需直叙，其意自明。下联"阶级后如何？得到胜利始方休！"这样自问自答，既是对烈士英魂的慰藉，也是对生者的鞭策。

此联在流传过程中存在诸多异体。荣斌主编的《中国名联辞典》，即为："一哭同胞，再哭同胞，同胞今已矣！留却工农难承受；生为阶级，死为阶级，阶级念如何？得到解放方甘心。"唐意诚《毛主席联话寓深情》（载《民间对联故事》1986 年第 6 期）一文，则为："一笑同胞，二笑同胞，同胞今已矣！留却重任咋承受？生为阶级，死为阶级，阶级会如何？得到胜利方始休。"其他版本亦往往稍有差异，我们只能择善而从，确定以本书所录文字为正体。

题苏区军民歼敌誓师大会

毛泽东

敌进我退，敌驻我扰，敌疲我打，敌退我追，游击战里操胜算；

大步进退，诱敌深入，集中兵力，各个击破，运动战中歼敌人。

赏析

此联作于 1930 年 12 月 25 日。当时，蒋介石调集十万兵力，长驱直入，对中央革命根据地进行了第一次大规模的"围剿"。12 月 25 日，红军总前委在江西宁都小布河滩上，召开了近万人参加的苏区军民歼敌誓师大会。毛泽东亲自为大会拟定联语并写好挂在主席台两侧。这副对联对我工农红军的作战原则和反

"围剿"斗争的战略指导思想作了高度的概括。毛泽东还在讲话中列举了战胜敌人的六个条件，这极大地鼓舞和增强了根据地军民粉碎敌人第一次"围剿"的勇气和信心。

上联中，游击战，是人民革命武装战胜强大敌人的一种作战形式。它是由民兵、游击队与人民群众密切配合，灵活机动地袭击敌人的作战形式。上联具体总结了开辟井冈山革命根据地以来的作战经验，提出了游击战争的基本原则。1929年4月，毛泽东在红四军前委给中央的信中曾对游击战的战术原则作了具体说明：大敌当前之际，应避其锐气，保存实力；敌军安营扎寨时，要不断骚扰，令其不安；敌军被拖垮累坏时，应抓住时机，各个击破；敌军向后撤退，要乘胜追击，消灭残敌。这"十六字诀"是红军作战稳操胜券的法宝，是毛泽东军事思想的重要组成部分。

下联中，运动战，是由正规部队在长的战线和大的战区上面，从事于战役与战斗的外线速决的进攻战的形式。同时，也把为了便利于执行这种进攻战而在某些必要时机执行的所谓"运动性的防御"包括在内。它的特点是：正规兵团、战役和战斗的优势兵力，进攻性和流动性。下联则在上述游击战原则的基础上，提出了粉碎国民党第一次反革命"围剿"的新的作战方针。面对国民党反动派十万大军的"围剿"，当时红军四万将士先于11月中旬退到吉安、南丰、漳树地区，12月上旬又退到宁都、黄陂、小布地区，把敌军主力张辉瓒、谭道源两个师诱至根据地中部。这就是"大步进退，诱敌深入"的具体实施。12月30日，连张辉瓒在内的九千余人全部被我俘获，吓得谭道源师向东韶逃跑，在我军追击中亦被消灭过半。我军在五天内打了两个大胜仗，第一次反"围剿"胜利结束。这就是"集中兵力，各个击破，运动战中歼敌人"的生动写照。

这副联语是对我党我军灵活机动的战略战术的形象阐述，是对毛泽东军事思想的艺术概括。在我国千年联苑的历史上，像这样概括多种战略战术，蕴涵着时代和战争风云的军事楹联尚属首见，因而有着重大的军事、艺术与历史的价值。

赠城岗乡党支部

毛泽东

主义遵马列；
政权归工农。

赏析

此联作于1931年7月。当时，正值国民党军队对中央革命根据地进行第三次大规模“围剿”。毛泽东率领工农红军来到江西兴国县城岗乡。他在登上白华山察看地形之后，来到山顶上的白华山书院——当地乡党支部开会地点时，应书院塾师要求，欣然题写了这副门联。

上联谓我们的“主义”必须遵循马克思列宁主义。这就旗帜鲜明地道出了工农红军和乡党支部工作的指导思想。

下联指出我们所要建设的政权应当归于工农大众。当时中国工农红军的战斗目的，就是要从反动派手里夺取政权，而且是枪杆子里面出政权，从而表明工农红军与工农政权之间互相依存的关系。

这副对联通俗易懂，旗帜鲜明，明显属于特定历史时代的产物。作为书院，本应桃李芬芳，书声琅琅，但处于国内革命战争年代，暂时用作乡党支部活动的场所，因而强调“主义遵马列，政权归工农”，也是完全可以理解的。特别需要指出的是，题联之后的第二天，红军在毛泽东、朱德的指挥下，就在附近打了个大胜仗，一举歼敌两个团。因此，这副对联在当地群众中的影响就更大了。

题 黄 陂

毛泽东

黄虎出洞吠白犬；

陂水长流锁蛟龙。

赏析

此联作于1931年8月。黄陂(pí)，江西宁都县的一个小镇，在第二次国内革命战争时期有过重大贡献。据有关材料介绍：1930年12月上旬，毛泽东率领工农红军首次来到黄陂，主持召开了总前委扩大会议，研究了第一次反“围剿”的战略部署问题。1931年2、3月间，毛泽东率领部队在黄陂休整，并在黄陂下坝召开万人动员大会，顺利完成了第二次反“围剿”的准备工作。同年8月，毛泽东率领红军包围驻黄陂的国民党军队毛炳文师，一举歼灭了四个团，又取得了第三次反“围剿”的胜利。毛泽东在不到一年时间里三次来到黄陂，对于这里的土地和人民产生了深厚的感情，因而兴致勃勃地写下了这副嵌入地名的对联。

上联是说，黄虎出了山洞很快制伏狂吠的白犬。联句巧妙运用比喻手法，将我英勇红军比作下山的猛虎，而将国民党军队视为一群狂吠的白犬。当地群众亦称国民党军队为白军，蔑称白狗子。

下联中，蛟龙，古代传说中的动物，民间相传蛟龙会发洪水危害人间。这里是说，黄陂之水长流锁住兴风作浪的蛟龙。同样采用比喻手法，生动形象，爱憎分明。

此联除采用比喻手法外，还成功采用嵌名艺术，将“黄陂”二字置于上下联句之首，更能显示作者战斗胜利之后的喜悦之情和对黄陂人民的热爱。

挽黄公略

毛泽东

广州暴动不死，平江暴动不死，而今竟牺牲，堪恨大祸从天落；

革命战争有功，游击战争有功，毕生何奋勇，好教后世继君来。

赏析

此联作于1931年9月。黄公略（1989—1931），湖南湘乡人。黄埔军校第三期毕业。1927年加入中国共产党。1928年参与领导平江起义，成立红五军，开辟湘鄂赣革命根据地。历任红五军副军长、红三军军长等职。1930年率部南下，到兴国、吉安一带农村，发动群众进行土地革命，开展武装斗争。1931年9月15日，他率部到达吉安东固村时，遭到敌人飞机扫射，不幸中弹牺牲。9月20日，红一方面军在兴国县莲塘村举行追悼会，毛泽东亲自主持，并与朱德合送了这副挽联。

上联结合黄公略所走过的革命道路，对他的不幸牺牲表示沉痛哀悼。广州暴动，即广州起义。1927年12月11日，由共产党人张太雷、叶挺、叶剑英等在广州领导工人和革命士兵举行的起义。平江暴动，即平江起义。1928年7月22日，由彭德怀、滕代远、黄公略等领导湖南平江革命士兵和农民举行的武装起义，起义部队编为工农红军第五军。这里是说，黄公略当年先后参与或领导了著名的广州起义和平江起义都安然无恙，今天却因遭到敌机扫射而牺牲，堪恨大祸突然从天而降。

下联在赞颂黄公略革命功绩的同时，指出将有更多的后来者沿着先烈走过的道路前进。革命战争，指第一次国内革命战争。黄公略由黄埔军校毕业后曾参与北伐，在国民革命军独立第五师担任大队长，立下过汗马功劳。游击游争，指黄公略在平江起义后率领红五军余部留在湘鄂赣边区坚持游击战争。毛泽东《蝶恋花·从汀州向长沙》词中有："赣水那边红一角，偏师借重黄公略。"即咏此事。正因为黄公略在北伐战争、土地革命战争时期都建立了不少功劳，所以作者高度评价其"毕生何奋勇"，自当会激起后来者向他学习，不断前进。

此联从艺术上看，不仅上下联文字对仗工稳，而且上下联内部亦对得很工。上下联中开头三句，选取黄公略一生最为典型的事迹，高度概括和评价其光辉战斗的一生。从北伐战争到广州暴动，从平江暴动到游击战争，都奋不顾身地站在斗争的最前线，为党和人民的革命事业立下了不朽的功勋。上下联的末句，则进而点明创作题旨：沉痛悼念黄公略的不幸牺牲，号召广大革命人民以黄公略为榜样，踏着烈士血迹前进。联中还采用词语同位法，上下联分别在相同位置上重复"暴动不死"和"战争有功"，以突现黄公略的不朽革命业绩和光辉英雄形象，并增强语言悲壮激越的气势。

为兴国农家菜命名撰联

毛泽东

上盘下盘，盘叠盘，猪肉、米粉、芋头片，盘盘装好菜；

主料配料，料拌料，酱油、辣椒、蒜头瓣，料料出佳肴。

赏析

此联作于1931年秋。毛泽东当时曾到兴国县长冈乡做社会调查，当地群众非常高兴。村中刘大娘得知毛泽东到来的消息，便用猪肉片蒸上米粉，下垫芋头片，拌之以酱油、辣椒粉、蒜头瓣等调料，分别盛在四个盘子里，三个小盘放在下层，上层叠放一个大盘，一起放在笼里蒸。这是当地人最爱吃的一道菜。毛泽东来到刘大娘家里，主人端上这道热气腾腾的菜。毛泽东见这大盘叠小盘的样式顿觉新奇，当他举筷一尝，味道极其鲜美。忙问在座的人，农民孙大爷告知这里世世代代只会做，却叫不出名字。陪同前来的乡干部马上建议请客人取个名字，毛泽东一边品尝佳肴，一边稍加思索，遂命名"四星望月"并撰此联。

这副别具一格的菜谱联语吟成之后，在场的人无不拍手叫好。大家都说联是"好联"、菜是"好菜"！此联好在什么地方呢？首先，全用口语入联，通俗易懂，明白如话，符合群众要求。且将"好菜"、"佳肴"直接写入联中，主旨鲜明，一望而知。同时，符合菜谱特点，具体点明以猪肉、米粉、芋头片为主料，以酱油、辣椒、蒜头瓣为配料，装盘方式为"上盘下盘，盘叠盘"。这样就把这道菜的制作方式、主要原料全列入联中。加上一个横批“四星望月”，更是画龙点睛之笔。以盘喻月，以星喻菜，同样切合这道菜的形貌特点，生动鲜明，形神兼备。这道美味佳肴有了这样一个高雅的名字，很快便在当地传开，因而“四星望月”成为兴国农村招待客人的一道名菜。

应对老者

毛泽东

雾锁高山，哪个尖峰可出？（老者）
火烧原野，这杆红旗敢行。（毛泽东）

赏析

此联成于1934年2月。当时，中华苏维埃共和国临时中央政府颁布了《优待红军家属礼拜六条例》，要求从中央到地方各级政府机关都积极参加礼拜六义务劳动。二月的一天，毛泽东与一批机关干部来到沙洲坝坞石垅为红军家属拉犁翻地。在工间休息时，有位老者为沙洲坝那云雾缭绕的山峰所吸引，于是吟出上联。毛泽东亦有感于眼前劳动竞赛的红旗，即兴对出了下联。在场群众听了，无不拍手叫好。

老者出句描绘了因大雾弥漫而遮住了远处崇山峻岭的奇异景象。既属眼前即景，而又寓有深意。用诘问式提出，更能发人深思。

毛泽东的对句则既工且巧，可谓妙语惊人。联句描绘了劳动竞赛的红旗在田间飘扬，一片火红，犹如火烧原野一般。人们透过文字表层含义，还会想到这火是熊熊燃烧的革命之火，这旗是引导中国革命走向胜利的火红战旗。

这副对联全用口语，既有文采，又含哲理。出句已自不凡，对句更为精彩。同属由眼前景物构成的画面，一句比一句更能引人深思。高山上的尖峰被大雾锁住，没有一个可出；原野上的红旗面对熊熊烈火，却奋然前行。这是何等气势！让人深受鼓舞。

应对私塾先生

毛泽东

涓涓溪流，岂能作浪？（私塾先生）
星星火炬，可以燎原。（毛泽东）

赏析

此联成于1934年2月。当时，毛泽东曾带领机关干部，冒着扑面寒风来到沙洲坝坞石垅，为红军家属犁田翻地。在田间休息时，与群众作对互娱。有位私塾先生路过，也被吸引加入。他为路旁小溪在涓涓流淌所触动，于是出一上联。大家一时无言以对，毛泽东偶然从人们抽烟动作中得到启发，很快对出了下联。

上联中，涓涓，形容细水慢慢流淌的样子。这里是说，山间小溪缓慢的流水，岂能掀起大浪？这一反诘句式，深含寓意，能给人以想象的余地。

下联中，火炬，原为火把，这里是指小小火苗。对句与“星星之火，可以燎原”意义相同，亦即星星之火可以燃遍整个原野。语出《尚书·盘庚上》：“若火之燎于原，不可向迩，其犹可扑灭？”后常用以比喻革命力量开始时虽然微小，但有旺盛的生命力和很大的发展前途。

毛泽东对出的下联，当时便赢得周围群众的喝彩，就连私塾先生也赞不绝口，这一则由于属对工稳，以“可以燎原”的星火与“岂能作浪”的涓流相对，可谓天衣无缝；二则有其深层寓意，井冈山革命根据地的星星之火已成燎原之势，而且必将燃遍全国。

贺乐能凤珠团圆

毛泽东

十年重逢，喜龙得凤；
历尽劫难，破镜重圆。

赏析

此联成于1934年7月。据余伯流、陈钢《毛泽东在中央苏区》一书介绍：1934年7月下旬，毛泽东来到瑞金附近云石山，住在云山古寺。寺中住持乐能，虽只30多岁，却很有才华。毛泽东与他谈诗论文非常投机。有一天，乐能见山中恶徒追一少妇，将其解救住入寺中。毛泽东劝其纳为内助。洞房花烛之夜，方知原为双方苦恋之人。乐能原名龙书文，为广东有钱人家少爷，与丫环凤珠相爱。后被父亲拆散，愤然当了和尚。凤珠亦曾跳海被人救起，辗转来到瑞金。意外相聚悲喜交集。毛泽东得悉此事高兴地说："好哇！十年重逢，喜龙得凤；历尽劫难，破镜重圆。恭喜恭喜！"话中隐含一副绝妙对联。

上联完全纪实，而又颇有诗意。龙凤本为我国古代传说中的神异动物。用在这里，既是现实生活中祥瑞的象征，又暗含男女主人公龙书文、凤珠姓名。上联是说，十年之后重逢，让人欣喜的是龙书文终于得到了凤珠。语义双关，谐趣横生。

下联中，破镜重圆，典出唐人孟棨《本事诗·情感》，南朝陈驸马徐德言与妻恐国破亡后夫妻不得相保，因破一铜镜各执其半，约于他年正月望日卖破镜于市以图相见。后陈亡，公主没入越国公杨素家。德言依期至京，见有苍头卖半镜，出其半相合。德言题诗云："镜与人俱去，镜归人不归；无复嫦娥影，空留明月辉。"公主得诗，悲泣不食。杨素知之，即召德言，以公主还之，二人偕归江南终老。后因以"破镜重圆"比喻夫妻离散后又重新团聚。

这副贺联言约意丰，虽只短短八字，却将一出人生悲喜剧尽纳其中，且有极强的故事性，构成一曲反对封建礼教、求得婚姻自主的赞歌。

集 句

毛泽东

莫愁前路无知己；
西出阳关多故人。

赏析

此联写于 1935 年 8 月。当时，红军长征至陇西附近时，部分同志既对国民党军队“围剿”心有余悸，又对继续北上表示担心，毛泽东遂以这副集句联语加以劝慰与开导。

上联集自唐代诗人高适的《别董大》：“莫愁前路无知己，天下谁人不识君。”意谓不要担心前进的路上没有自己可以信赖的朋友。这是宽慰大家定能挫败国民党军队的围追堵截，北上进军的路上会有兄弟部队和人民群众相助。

下联集自唐代诗人王维的《送元二使安西》：“劝君更尽一杯酒，西出阳关无故人。”阳关，故址在今甘肃敦煌西南，与玉门关当时同为对西域交通的门户。这里改“无”为“多”，妙笔生辉，将原句表现悲壮的别离，化为充满信心的进军。果然不久三大红军主力会师，并与陕北红军会合，建立陕甘宁革命根据地，开创抗日反蒋的新局面。

此联虽集自古代诗人成句，却能另出新意。上联录自原诗，下联化用成句，作为集句联语亦属自成一格。联句根据现实斗争需要，充满昂扬乐观的革命精神。

书赠叶剑英

毛泽东

诸葛一生惟谨慎；
吕端大事不糊涂。

赏析

此联写于1935年8月。叶剑英（1897—1986），老一辈无产阶级革命家、军事家。早年追随孙中山革命，参加东征、北伐。1927年加入中国共产党，参与组织和指挥广州起义。1934年10月参加长征。1935年6月，红军一、四方面军会合后，任红军前敌总指挥部参谋长。途中获取张国焘发给陈昌浩等命令右路军“南下彻底开展路线斗争”、企图分裂和危害党中央的密电，立即递交毛泽东。毛泽东、周恩来及时采取有效措施，使党中央迅速率领红一、三军团和军委纵队脱离险境先行北上，在紧急关头挽救了党、挽救了红军。为此，毛泽东在长征路上将此联书赠叶剑英。

上联赞扬叶剑英像当年诸葛一样，具有一生谨慎的品格。诸葛，即诸葛亮，三国时代西蜀丞相。一生辅佐先帝刘备、后主刘禅，鞠躬尽瘁，死而后已。诸葛一生谨慎，在《三国演义》中有许多生动而形象的描写，给人留下很深的印象。

下联赞扬叶剑英像吕端一样，具有在关键时刻善于决策的能力。吕端为北宋大臣，据《宋史·吕端传》载：“太宗欲相端。或曰：‘端为人糊涂。’太宗曰：‘端小事糊涂，大事不糊涂。’决意相之。”吕端为相后，果然在献策安抚割据一方的西夏与主张维护太子赵恒的皇位继承权问题上，均有颇为高明的见解与“大事不糊涂”的表现。

此联原为明朝思想家、文学家李贽的自题联语，意在勉励自己要像诸葛亮那样一生谨慎，像吕端那样善抓大事。毛泽东将这副联语转而书赠兼具上述两位历史人物优点的叶剑英参谋长，这是对于友人很高的评价。后来杨成武在《怀念叶剑英同志》文中曾经指出：“这一言简意赅的评语道出了大家的心声。”“充分反映出一个真正共产党人既谦虚谨慎、照顾大局，又无私无畏、大智大勇的高贵品格和革命风貌。”叶剑英晚年在粉碎“四人帮”反党集团斗争中的杰出贡献，再一次证明了毛泽东当年所书联语的论断。

戏赠周小舟

毛泽东

江河移胯下；
蚂蚁做波臣。

赏析

此联写于1936年8月。周小舟（1912—1966），湖南湘潭人。1935年加入中国共产党，在中共中央北方局联络部、中共中央军委工作，一度担任毛泽东的秘书。建国以后，历任湖南省委宣传部长、湖南省委书记。关于此联写作缘起：1936年8月，年轻的中共谈判代表周小舟出色地完成了与国民党南京谈判的任务，被调中共中央军委，任毛泽东的秘书。有一次，毛泽东看见一个两三岁的小孩在身边撒尿，冲击地上的蚂蚁，便当面对周小舟吟赠了这副对联。

“江河移胯下；蚂蚁做波臣。”胯，两股之间。波臣，典出《庄子·外物》：“周顾视车辙中，有鲋鱼焉……曰：‘我东海之波臣也，君岂有斗升之水而活我哉？’”波臣，鲋鱼自称，因谓水族之中臣仆。汪中《哀盐船文》：“旋入雷渊，并为波臣。”谓为水淹死。此联意谓，江河移于胯下，蚂蚁做了波臣。作者是在具体描绘小孩撒尿的情景。此中能给人以一定的艺术想象，胯下的尿流形成“江河”，地上蚂蚁则成了水族中的“波臣”，以致被淹死。

这副赠联为即兴之作。面对眼前小孩撒尿而产生艺术想象，构成一副极其幽默风趣的联语，书赠身边年轻的秘书以表示亲切友好。至于联中有无深刻用意？我们认为，既然作为比喻，自有一定象征意义。似乎希望人们要有将江河移于胯下的气魄，并将各种人间丑类（蝼蚁之辈）全部淹死。这里隐约可见作者对于周小舟曾赴南京谈判、舌战国府要员曾养甫的赞赏，隐喻曾养甫之流做了这位“娃娃代表”（人们对于周小舟只有24岁即任中共谈判代表的戏称）胯下的“波臣”。至于有人说这副联语成了他“一生的写照”，未免有点言过其实！

赠丁玲

毛泽东

昨天文小姐；
今日武将军。

赏析

此联写于1936年秋天。丁玲（1904—1986），原名蒋伟，字冰之，湖南临澧人。1922年在上海大学中文系学习。大革命失败后开始小说创作。1930年参加中国左翼作家联盟。1932年加入中国共产党，曾任左联党团书记。1936年赴延安，任陕甘文协副主任、西北战地服务团团长。建国后，历任中国作协党组书记和副主席、《文艺报》主编、《人民文学》主编。1957年被错划为右派分子。1978年平反改正后，任中国文联党组副书记、《中国》杂志主编。关于此联写作缘起：1936年秋，丁玲在党组织帮助下，离开南京国民党监狱，来到陕北革命根据地。中共中央宣传部在保安的一座大窑洞里，为她召开了欢迎会。毛泽东还即席题赠了这副联语。

"昨天文小姐；今日武将军。"丁玲早年一直在国民党统治区从事文化工作，而且是位出身大家闺秀的女作家。1936年到达陕北以后，应本人要求投笔从戎，进入红军总政治部工作，直接奔赴抗日前线。联语正是对于这段经历的高度概括。毛泽东对革命知识分子那种关怀爱护之情，丁玲在个人历史转折关头的向往追求及其自豪幸福之感，均跃然纸上。

1936年12月30日，丁玲随军经甘肃赴三原途中，还收到一份由红一方面军转交来的毛泽东所赠《临江仙》词的电文。词为："壁上红旗飘落照，西风漫卷孤城。保安人物一时新。洞中开宴会，招待出牢人。纤笔一枝谁与似？三千毛瑟精兵。阵图开向陇山东。昨天文小姐，今日武将军。"1937年初，丁玲到延安，毛泽东又手书此词相赠。从即席赠联到电文传词，直至写成条幅，充分体现了毛泽东对丁玲的关怀爱护和党对文学艺术工作者的高度重视。

赞朱德

毛泽东

度量大如海；
意志坚如钢。

赏析

此联写于1937年3月2日。朱德（1886—1976），字玉阶，四川仪陇人。中华人民共和国元帅。早年参加辛亥革命。1922年加入中国共产党。1927年参与领导南昌起义。新中国成立前，历任中国工农红军总司令、第十八集团军总司令、中国人民解放军总司令。建国后，历任中华人民共和国副主席、中央军委副主席、中共中央副主席、全国人大常委会委员长。关于此联写作缘起：1937年3月2日，延安抗日军政大学第二期开学，毛泽东、朱德亲自参加了开学典礼。毛泽东在发表讲话之后，还为该校二队学员题词："要学习朱总司令：度量大如海，意志坚如钢。"

这一联语式的题词，是对朱德一生，特别是他在红军长征时期所表现出来的超乎常人的思想品德的最好概括。朱德为人度量之大、意志之坚，联中没有抽象说明，而是用了两个形象比喻，却能给人留下深刻印象。

毛泽东何以如此赞扬朱德？据中央文献研究室所编《朱德传》介绍：从1934年10月到1936年10月，整整两年时间，朱德经历了红军长征艰难曲折的全过程。从一方面军突围转移，到一、四方面军懋功会师，再到二、四方面军甘孜会师，最后在西北实现三大主力的大会师，他作为红军总司令，始终挺立在这支钢铁队伍的前列。在革命濒于绝境的危急关头，他坚定不移地拥护毛泽东的正确领导。在张国焘分裂红军后，他身陷逆境，却能稳若泰山，成为中流砥柱，维护革命队伍的团结。他既坚持了高度的原则立场，又不轻率地采取任何决裂的做法，始终同四方面军广大指战员一起，以求化险为夷，终于完成把红军三大主力会合在一起的历史使命。1936年11月底，毛泽东代表党中央对朱德同张国焘的斗争给予高度肯定，说他斗争有理有节，临大节而不辱，“度量大如海，意志坚如钢”。这一赞词，一直为人们所沿用，并作为对于朱德一生的最好评价。

纪念孙中山暨追悼抗日阵亡将士

毛泽东

国共合作的基础为何？孙先生云：共产主义是三民主义的好朋友；

抗日胜利的原因安在？国人皆曰：侵略阵线是和平阵线的死对头。

赏析

此联作于1938年3月。同年3月12日，延安各界隆重举行纪念孙中山先生逝世13周年暨追悼抗日阵亡将士大会。毛泽东出席大会并发表演说，还为大会撰写了这副对联。据当时在毛泽东身边工作的郭化若介绍，毛泽东在开会前一晚曾撰有三副对联，因当时没有保存，现只能根据记忆想出其中一副。

上联侧重纪念孙中山先生，却又并不局限于此。作者高屋建瓴，从当时国内形势与现实生活出发，提出一个启人深思的问题：国(民党）共（产党）合作的基础为何？接着采用孙中山先生的话加以回答。共产主义是革命的科学的无产阶级思想体系，共产主义社会则为中国共产党人为之奋斗的长远目标。三民主义是孙中山提出的资产阶级民主革命纲领，即民族主义、民权主义和民生主义。初期的三民主义只是强调推翻清朝封建专制制度，建立资产阶级民主共和国，还不是一个彻底反对帝国主义和封建主义的纲领。孙中山后来在俄国十月革命的影响和中国共产党的帮助下，确定了“联俄、联共、扶助农工”的三大政策，并以此重新解释三民主义。也正因为如此，孙中山终于意识到“共产主义是三民主义的好朋友”。这就是我们今天能够实现国共合作、共同抗日的思想基础。因系采用孙中山精辟见解作答，使联中所提论点无懈可击，具有特别的权威性，而且意谓谁要是破坏国共合作，谁就是背叛孙中山先生。

下联侧重追悼抗日阵亡将士，同样提出一个引人注目的问题：抗日胜利的原因安在?进而以广大人民群众的说法，回答了这一问题。这里的侵略阵线，就世界范围而言，指由德国、日本、意大利三个法西斯国家组成的侵略阵线；就中国国内而言，当指日本帝国主义强盗。和平阵线，国际上由第二次世界大战中几十个被侵略国家构成的反法西斯统一阵线；在国内则为广泛的抗日民族统一战线。人们深深意识到，只有在国内外结成反法西斯战争的统一阵线，才能取得抗日战争的最后胜利。

这副对联采用设问、作答、集句、引证等新颖巧妙的方式，阐明了国民党共产党合作的思想基础和我国人民抗日战争必将取得最后胜利的原因，从而把纪念孙中山先生与悼念抗日阵亡将士以国共合作、共同抗日为连接点，将两件事情融为一体。作者还用孙中山先生之言、国人之语，把党的统战政策和抗日必胜的原因，作了高度的概括。若无高瞻远瞩之识和深入浅出之笔实难成此联。联语旗帜鲜明，对仗工整，形式活泼，耐人寻味。

挽王铭章

毛泽东

奋战守孤城，视死如归，是革命军人本色；
决心歼强敌，以身殉国，为中华民族争光。

赏析

此联作于1938年5月。王铭章（1893—1938)，四川新都人。早年入四川陆军军官学校，毕业后在川军任职。1935年任国民革命军第四十一军一二二师师长。抗战爆发后主动请缨，率部北上抗日。1937 年 10 月，尽管兵力不足与装备落后，仍在山西娘子关重创日军。1938 年 3 月中旬临危受命，任第四十一军代军长，率部固守滕县。全体守城将士抱与滕县共存亡的决心，与数倍于己的日军展开拼杀，血战四天四夜，终因孤军无援，全部壮烈殉国。王铭章所部死守孤城浴血奋斗，阻滞了日军由津浦路南下攻占徐州的军事计划，为我国军队调动部署赢得了时间。第五战区司令长官李宗仁曾说："若无滕县之苦战，焉有台儿庄之大捷?台儿庄之战果，实滕县先烈所创成也!"同年 5 月 8 日，当王铭章灵柩从山东滕县运抵武汉时，武汉各界举行隆重追悼大会，国民政府亦为之举行公祭。毛泽东与陈绍禹、秦邦宪、吴玉章、董必武联名送上这副挽联。

上联高度评价王铭章将军坚守孤城视死如归的革命精神。王铭章率部坚守孤城，浴血奋战，无愧于革命军人的英雄本色。他曾激励守城部队："我们全体将士誓与县城共存亡！城存与存，城亡与亡。"

下联热情赞颂王铭章将军以身殉职为国争光的历史功绩。以身殉国，为了忠于祖国而献出自己生命。这里是说，王铭章率领守城将士决心歼灭强敌，终因孤军无援以身殉国，他们为中华民族争得了光荣。这种崇高的爱国主义精神与视死如归的英雄气概，赢得了全国人民的尊敬。

这副挽联通俗易懂，明白如话，实际代表中国共产党人对于王铭章这位抗日爱国将领作出很高的评价。联语不仅肯定王铭章个人的历史功绩，而且对于全体坚守孤城以身殉职的将士表示沉痛哀悼。正是王铭章与其率领的抗日爱国将士，充分显示"革命军人本色"，并"为民族争光"。字里行间洋溢着爱国主义和革命英雄主义的精神。

题延安新市场

毛泽东

坚持抗战，坚持团结，坚持进步，边区是民主的抗日根据地；

反对投降，反对分裂，反对倒退，人民有充分的救国自由权。

赏析

此联作于1939年春天。1938年秋天延安遭日本飞机轰炸，市区几乎被夷为废墟。次年春天在延安南郊建起新市场，毛泽东应约为新市场开业题联。作者没有从发展生产、繁荣经济出发，而是突出边区在抗日战争中的地位和抗日军民的巨大作用，同时结合抗日战争形势阐明我党的政治主张。这样以政治主张入联并进行宣传鼓动，实属别具一格。

联中核心部分是“边区是民主的抗日根据地”和“人民有充分的救国自主权”。边区，是我国民主革命时期由共产党领导的在几省区之间所创立的革命根据地。如湘赣边区、闽浙赣边区、陕甘宁边区、晋察冀边区等。根据地，是在游击战争中赖以执行自己的战略任务，达到保持和发展自己、消灭和驱逐敌人之目的的战略基地。其条件需有共产党的领导、有相当力量的革命武装、有便利作战的地形和回旋区域，以便于建立人民自己的政权。毛泽东在充分肯定边区在抗日战争中的地位并阐释要给人民以充分的救国自主权的同时，还非常自然地在前面加上了三个“坚持”和三个“反对”。此语引自同年7月7日中共中央《为抗战两周年纪念对时局宣言》，原文为：“坚持抗战，反对投降；坚持团结，反对分裂；坚持进步，反对倒退。”因为只有边区才能真正做到三个“坚持”，也正因为广大抗日军民拥有救国自主权，所以才会发出三个“反对”的正义呼声。这副对联有意识地把这些政治口号都写了进去。这样的结合巧妙而自然，既符合延安新市场联语的特定要求，又自然嵌入了当时提出的三大政治主张。

联语深入浅出，针对现实，义正词严，大气磅礴。它是中国人民在共产党领导下抗战到底的宣言，又是针对国内外一切反动势力的战斗檄文。此联运用排比句式和词语同位法，上联连用三个“坚持”，下联连用三个“反对”，且在相同位置上出现，使语气更为强烈，而又富于节奏感。这样就将我党的政策和主张表述得一清二楚，反映了广大抗日军民的心声。此联以看似“政治口号”的形式，起到“报纸社论”的作用。

挽杨裕民

毛泽东

国家在风雨飘摇之中，对我辈特增担荷；
燕赵多慷慨悲歌之士，于先生犹见典型。

赏析

此联写于1939年7月。杨裕民（1989—1939），字灿如，排行十三，河北迁安人。1920年赴美国留学。1923年回国后长期执教，任河北省工业学院教授。三十年代广泛结交爱国志士，积极从事抗日救亡活动。抗日战争爆发后，在中国共产党领导下，组织冀东抗日武装力量。1938年被推举为冀东抗日联军政治部主任。同年冬应朱德、彭德怀电召，到八路军总部工作。因长期转战奔波，积劳成疾，于1939年7月21日不幸病逝。八路军总部由朱德主持召开追悼大会，毛泽东亦撰送挽联致哀。

上联中，风雨飘摇，语出《诗·豳风·鸱鸮》，原指树上的鸟窝被风雨吹打动摇不定，后用以比喻局势动荡不安。担荷（hè），肩上所挑的担子。上联从当时国内政治形势写起，我国抗日战争继武汉、广州相继失陷之后，亦已进入艰苦的相持阶段。我八路军、新四军在敌后开展了广泛的独立自主的游击战争，而国民党当局却采取“消极抗日，积极反共”的方针。整个国家处于风雨飘摇之中，挽救民族危亡的历史重任已落在中国共产党及其所领导的抗日军民的肩上。

下联中，燕赵，均为古国名，一般泛指河北、山西一带地区。韩愈《送董邵南序》：“燕赵古称多慷慨悲歌之士。”意谓燕赵一带历来就以有许多慷慨激昂见义勇为的豪杰义士著称。杨裕民系河北迁安人，古属燕赵之地。他弃教从军，投身抗日战争，成为冀东抗日英雄，故联中以此语赞誉。作者还指出，在诸多燕赵慷慨悲歌之士中，“于先生犹见典型”。这是对于逝者一生的高度评价。

此联属对工稳，用语文白相

间。古语、成语、文语、口语互相糅合，于典雅质朴之中亦不难让人看懂，实为雅俗共赏的一个成功范例。

挽平江惨案烈士（一）

毛泽东

日寇凭陵，国难方殷，枪口应当对外；
吾人主战，民气可用，意志必须集中。

赏析

此联作于1939年7月。平江惨案，为抗日战争时期国民党当局一手制造的破坏抗日民族统一战线的严重罪行之一。1939年6月12日，国民党第二十七集团军根据蒋介石的秘密指令，派兵包围新四军设在湖南平江嘉义的通讯处，惨杀我新四军上校参议涂正坤、八路军少校副官罗梓铭、新四军少校秘书曾金声，以及吴渊、吴贺泉、赵绿吟等六人。这一惨案激起全国人民的愤怒。同年8月1日，延安党政军民各界万余人举行了隆重的追悼会，毛泽东在会上发表了《必须制裁反动派》的演说，还献上了这副挽联。

上联严厉谴责国民党顽固派在抗日民族统一战线中搞摩擦、闹分裂的卑劣行径。凭陵，侵犯干扰。方殷（yīn），正盛、正严重。这里是说，日寇在大片侵占我国领土，祖国正处于危难深重时节，国内各派政治力量应当枪口对外，去共同对付日本侵略者。国民党当局却反其道而行之，不是枪口对外，而是枪口向内，竟然一手制造了让人为之震惊的平江惨案。

下联正面表达中国共产党人的严正主张。主战，在抗战问题上，当时有主战派（“战则存，和则亡”）和主和派（和则存，战则亡）。中国共产党人和许多进步民主团体属主战派。这里是说，我们共产党人主张奋起抗战，广大人民群众的抗战士气是可以依靠的，为此国内各派政治力量必须集中意志才行。事关抗战大局，应当全力以赴。

这副挽联上下联从文字到内容都对得很工。“日寇凭陵”与

“吾人主战”，“困难方殷”与“民气可用”，“枪口应当对外”与“意志必须集中”，上下文句完全对应，且在内容上明显存在着因果关系。这样就在沉痛悼念平江惨案死难烈士的同时，把我党“坚持抗战、坚持团结、坚持进步”的正义立场充分表达出来了。

挽平江惨案烈士（二）

毛泽东

顽固分子，罪不容诛，挟成见，作内奸，专以残害爱国英雄为能事；

共产党员，应该警惕，既坚决，又灵敏，乃是对付民族败类之方针。

赏析

此联写于1939年7月。据唐意诚《毛泽东楹联辑注》一书介绍，此联出于毛泽东手笔，落款原署“中国共产党中央委员会挽”，悬于同年8月1日延安举行的追悼会会场。

上联愤怒斥责国民党顽固派一手制造平江惨案的罪行。罪不容诛，语见《汉书·王莽传下》：“恶不忍闻，罪不容诛。”意谓罪大恶极，判处死刑犹不足以抵偿所犯的罪恶。挟（xié）成见，心里怀有成见。此指国民党当局在抗日战争期间仍怀有成见，继续执行“消极抗日，积极反共”的妥协投降政策。上联意谓，抗日统一战线内部的国民党顽固分子，真是罪大恶极，他们怀有成见，充当内奸，专以残杀抗日爱国英雄为自己的能事。这就充分点明了国民党顽固派一手制造平江惨案的罪恶本质。

下联具体提出“对付民族败类之方针”。我党为巩固抗日民族统一战线，必须坚持针锋相对有理有节的方针。作者号召广大共产党员，应该提高警惕，随时抵制国民党当局的一切反共阴谋活动。

此联旗帜鲜明，义正词严，充分表明我党对于国民党顽固派制造反共摩擦的态度。联中运用正反对比手法，将共产党员、爱国英雄的革命义举，与顽固分子、民族败类的卖国罪行加以对照，或褒或贬，泾渭分明。这是沉痛的悼词，也是战斗的檄文。

挽平江惨案烈士（三）

毛泽东

在国难中惹起内讧，江河不洗古今憾；
于身危时犹明大义，天地能知忠烈心。

赏析

此联写于1939年7月。据张世安《毛泽东名联趣话》一书介绍：1939年8月1日，中共中央在延安举行平江惨案烈士追悼会并通电全国。会场上毛泽东的两副挽联尤引人注目。第一副是以个人名义送的，再次体现了他的抗战战略思想。第二副是代表中共中央撰送的。不少联书也持这种看法。这里需要存疑的是，毛泽东代表中共中央撰写的两副挽联，是否同时出现在延安追悼大会的会场上，会不会其中一副是为重庆或其他地方举行平江惨案烈士追悼会而作。此事有待进一步研考。

上联斥责国民党反动当局一手制造了震惊全国的平江惨案。内讧（hòng），集团内部由于争权夺利而发生的冲突或战争。憾，令人失望、遗憾。这里是说，在日寇侵华国难当头的年代，却制造摩擦挑起内讧，出现用江河之水也难以洗清的古今一大憾事。这就对于国民党当局的倒行逆施，进行了义正词严的斥责。

下联赞颂平江惨案烈士为了中国人民的抗日事业英勇献身的崇高精神。大义，大道理。忠烈，忠臣烈士。这里是说，平江惨案烈士生前身处危境仍深明大义，相信天地定能理解忠臣烈士之心。

此联采用对比手法，国民党人国难当头惹起内讧，共产党人身处危境深明大义，谁奸谁忠，一目了然。联语上下前半述事，后半置评。妙在评价部分化用陆游《王给事饷玉友》诗句：“江河不洗古今恨，天地能知忠义心。”虽只改动两字，却将陆游个人壮志难酬之恨，化为全民族为之痛心的憾事。推陈出新，启人深思。

挽郭朝沛

毛泽东

先生为有道后身，衡门潜隐，克享遐龄，明德通玄超往古；

哲嗣乃文坛宗匠，戎幕奋飞，共驱日寇，丰功勒石励来兹。

赏析

此联作于1939年9月。郭朝沛（1854—1939），字膏如，四川乐山人。郭沫若之父。一生经商，因幼年失学，故对儿辈教育非常重视。平日乐善好施，除行医给人治病外，还热心乡里公益事业，为当地一位德高望重的长者。1939年7月15日，在乐山沙湾镇家中病逝，享年86岁。同年10月落葬，举行家祭。丧事受到各方关注，国共两党要人和各界知名人士纷纷敬献挽联、挽幛。毛泽东与陈绍禹、秦邦宪、吴玉章、林伯渠、董必武、叶剑英、邓颖超联名送上了这副挽联，借以表达深沉哀悼之情。

上联盛赞郭朝沛为一方德高望重的长者。有道，本为汉代选举科目之一，此指东汉末年郭泰。典出《后汉书·郭泰传》：“司徒黄琼辟，太常赵典举有道。”郭泰为太学生首领，不就官府征召，后归乡里。后身，佛家语，对前生而言，谓转世之身。李白《答湖州迦叶司马》：“湖州司马何须问，金粟如来是后身。”衡门，以横木为门，指简陋的房屋。遐龄，高龄。明德，语出《大学章句》，谓美德。明德通玄，谓美德之通彻幽远，引申为美德远播之意。上联是说，先生好像东汉年间名士郭泰的转世之身，长期隐居在简陋的住所里，能够享有高龄，其美好品德亦已达到很高境界，几乎超过往古之人。

下联转而评价其子郭沫若所取得的巨大成就。宗匠，指学术上成就巨大为社会所推崇的人。戎幕，为军营帐幕，此指郭沫若曾两次投笔从戎，身居军事要职。当时正担任国民政府军事委员会政治部第三厅中将厅长。勒石，意为刻于石上，可以永存于世。来兹，来年，泛指今后。下联是说，其子郭沫若乃文化界众所推崇景仰的人物，现正在军事战线从事文化宣传工作，并与广大抗日军民一起共同驱逐日本强盗，其丰功伟绩将镌刻在碑石上，以激励着后来的人们。这里是在称颂郭沫若堪称文武全才，既为文坛宗师，又有军事才能，在抗日战争中立下丰功伟绩。

此联既悼“先生”，又赞“哲嗣”。人们常说有其父乃有其子，故借悼念郭朝沛之机，盛赞郭沫若之功，实收一举两得的效果。挽联用语典则，属对工稳，大量采用文言词语，内容蕴藉含蓄。作者系从特定需要出发：一则这是一次大规模祭奠活动，国共两党要人和社会知名人士纷纷撰送挽联，因而庄重严肃，理应一显身手，文字则以古朴典雅为宜。二则郭沫若系我国现代文坛宗匠，悼念其父亦以写作文言联语为是。

挽白求恩

毛泽东

万里跋涉，树立国际和平，堪称共产党员模范；

一腔热血，壮我抗战阵垒，应作医界北斗泰山。

赏析

此联写于1939年11月。白求恩（1890—1939），加拿大共产党员、著名胸外科医师、伟大的国际主义战士。多伦多大学医科毕业，曾任蒙特利尔皇家维多利亚医院胸外科医师和圣心医院胸外科主任。1936年随加拿大志愿军到西班牙前线，为反法西斯的西班牙人民服务。中国抗日战争爆发后，受加拿大共产党和美国共产党的派遣，率领两国人民组成的医疗队来到中国抗日前线。1938年3月到达延安，不久转赴晋察冀边区。1939年11月

12日，因抢救伤员感染中毒，在河北定县逝世。11月17日，晋察冀边区为白求恩举行隆重葬礼。12月1日，中共中央在延安举行追悼会。毛泽东除发表《纪念白求恩》一文外，特意代表陕甘宁边区政府撰送挽联致哀。

上联从国际主义精神的角度，赞扬白求恩的高尚品格。跋涉，跋山涉水，形容旅途艰苦。白求恩不远万里长途跋涉，来到我国抗日前线，是为了建立国际和平。这种精神，就是共产主义精神和国际主义精神，就是共产党员模范。

下联从投身中国抗战和精湛医疗技术的角度，肯定白求恩的崇高地位。他一腔热血奔赴中国解放区，是为了壮我抗战阵垒。他经常在前线战地医院救治伤员，有时日寇扫荡已逼近手术室仍坚持为伤员动完手术。他还在抢救伤员的医疗实践中为我军培养了一批医务人员。就其革命精神和医疗技术，应作医界北斗泰山。北斗泰山，通作泰山北斗，古时称泰山为五岳之首，而北斗系七星中最明亮者且众星拱之，因常用以比喻负有威名众所景仰的人物。《新唐书·韩愈传》云："唐兴，韩以六经之文，为诸儒倡，自愈没，其言大行，学者仰之如泰山、北斗。"白求恩为当时世界著名胸外科专家、英国皇家医学会会员、美国胸外科协会理事，联中誉之为"医界北斗泰山"完全当之无愧。

此联既为代表陕甘宁边区政府而写，也是代表我党、我军和全国人民对白求恩作出的具体评价。言简意明，对仗工稳，立意高远，涵蕴深邃，实为悼念国际友人挽联佳作。

挽蔡元培

毛泽东

学界泰斗；
人世楷模。

赏析

此联写于1940年4月。蔡元培（1868—1940），字鹤卿，号孑民，浙江绍兴人。光绪进士。早年参加同盟会。曾任南京临时政府教育总长、北京大学校长、南京国民政府大学院院长、监察院院长、中央研究院院长。1932年与宋庆龄等发起成立中国民权保障同盟并任副主席。1935年为抗议国民政府杀害进步人士，辞去一切官方职务。后移居香港，1940年3月5日病逝。同年4月14日，延安各界举行蔡元培追悼会，毛泽东撰送挽联致哀。

上联充分反映蔡元培的学术地位。泰斗，即五岳之首的泰山与众星所拱的北斗，常用以赞誉某一时代或某一领域负有盛名众所景仰的人物。蔡元培早年中过举人、进士，后赴德国研究哲学、文学、美学。辛亥革命后历任教育总长、北京大学校长、中央研究院院长。他学识渊博，著作等身，就其学术成就与学术地位，堪称“学界泰斗”。

下联高度评价蔡元培的人品道德。楷模，模范、典范。辛亥革命之后，不满袁世凯擅权复辟，愤然辞去教育总长职务；五四时期同情爱国学生运动，多方营救被捕者；二十年代因不满北洋军阀政府，辞去北京大学校长职务；三十年代与宋庆龄、鲁迅等发起成立中国民权保障同盟，为争取民主自由而斗争。综观蔡元培一生，堪为“人世楷模”。

此联短短八字，言简意赅，评价精当，能将逝者一生的人品学问浓缩其间。蔡元培逝世后，毛泽东即由延安发出唁电，电文为:“香港九龙奥士甸道蔡孑民先生家属礼鉴:孑民先生,学界泰斗，人世楷模，遽归道山，震悼曷极，谨电驰唁，尚祈节哀。毛泽东叩。”延安追悼会上的挽联，来自唁电文中，二者可以并读。

挽徐谦

毛泽东

存亡攸关，抗战赖持久，而今正是新阶段；
死生同慨，团结须进步，岂能再抄旧文章。

赏析

此联作于1940年9月。徐谦（1781—1940），字季龙，安徽歙县人。清朝末年进士，曾任翰林院编修、京师审判厅厅长、高等检察长。作为国民党元老，历任北洋政府司法部次长、孙中山大元帅府秘书长、广州军政府司法部长。1926 年当选国民党中央执行委员，因反对蒋介石清共限共而遭通缉，多年避居香港。抗日战争爆发后，担任国防委员会委员、国民参政会参政员。1940 年 9 月 26 日在香港病逝，毛泽东撰送挽联致哀。

上联没有直接悼念这位爱国老人，而是着眼于抗日战争期间的政治形势。持久，南京失陷后，国民党统治集团发出“亡国论”的叫嚣，我们党内“速胜论”亦有所反映。1938 年 5、6 月间，毛泽东为此发表题为《论持久战》的讲演，指出抗日战争必须经过战略防御、相持、反攻三个阶段，阐释了抗日必须有赖于持久的理论。新阶段，指整个抗日战争进入了艰苦的相持阶段。1939 年以来，随着武汉、广州相继失守，国民党政府退守西南一隅。汪精卫已公开投靠日本帝国主义，蒋介石亦在执行“消极抗日、积极反共”的方针。我党则针锋相对地提出“坚持抗战，反对投降；坚持团结，反对分裂；坚持进步，反对倒退”的方针。为此，我们必须做好持久战的思想准备，这是关系到民族存亡的重大问题。

下联在悼念徐谦的同时，亦对国民党当局提出严正警告。旧文章，指第一次国共合作被蒋介石破坏的往事。这里是说，对于国共合作团结抗日，无论死者（徐谦）还是生者（广大抗日军民）都有共同感慨，两党之间必须坚持团结、坚持进步，岂能重蹈当年第一次国共合作破裂的覆辙！当时，“再抄旧文章”者大有人在，以蒋介石为首的顽固派不是正在不断酝酿与制造反共阴谋吗！

联语明白晓畅，意蕴深刻。这样的挽词，能站在历史时代的高度，提出现实生活中人们普遍关注的问题，特别是指出亦已进入“新阶段”，防止有人重抄破坏国共合作的“旧文章”，更加有其重大的现实意义。

挽张淮南

毛泽东

大计赖支持，内联共，外联苏，奔走不辞

劳，七载辛勤如一日；

斯人独憔悴，始病寒，继病疟，深沉竟莫起，数声哭泣已千秋。

赏析

此联作于1941年11月。张淮南（1904—1941），名冲，浙江乐清人。二十年代就读于北京交通大学和哈尔滨政法大学。三十年代历任国民党中央执行委员、大本营第六部主任秘书、国民党中央组织部副部长。1935年起奉命与中国共产党代表进行秘密谈判，对促成第二次国共合作发挥了重要作用。1941年8月11日，不幸因病逝世。11月8日，重庆各界举行追悼会，毛泽东与陈绍禹、秦邦宪、吴玉章、林伯渠、董必武、邓颖超联名送上这副挽联。

上联表彰张淮南在推动国共两党结成抗日统一战线方面所作出的贡献。大计，指国共合作、共同抗日的方针大计。张淮南于1934年曾赴苏联考察，并与冯玉祥等发起成立中苏文化协会，推行孙中山“联俄、联共、扶助农工”的三大政策。七载辛勤，指张淮南作为国民党代表，从1935年与中共秘密谈判到1941年因病逝世，七年间一直在为国共合作辛勤奔走。这里是说，国共合作抗日的方针大计有赖你的大力支持，国内联合共产党，国外联合苏联，辛勤奔走不辞辛苦，七年来做了大量有益的工作。

下联叙述张淮南的患病始末，并对他的不幸病逝表示沉痛哀悼。斯人，此人。憔悴，困顿萎靡之状。杜甫《梦李白》：“冠盖满京华，斯人独憔悴。”这里是说，张淮南为国共合作奔走，积劳成疾憔悴不堪，开始染上伤寒，后又患了疟疾，终于病势沉重卧床不起，以致很快离开人世。

这副挽联属对工稳，情真意切。有关人、事、情、境的表述都很具体贴切。无论表彰逝者生前业绩，还是对于逝者深沉悼念，用词都很客观公允，且有一定感情色彩。尤其是在下联叙写张淮南患病过程，絮絮而谈，如泣如诉，有着感人至深的艺术力量。此联言简、意深、情长，堪称现代挽联佳作。

题《解放日报》

毛泽东

深入群众；
不尚空谈。

赏析

此联写于1942年3月。当时，毛泽东应约为延安《解放日报》题词。因其言简意深，对仗工整，人们习惯上作为对联使用。这既是毛泽东在实际工作中的一贯思想，也应视为我党历年办报的一贯宗旨。

必须深入群众，不要崇尚空谈。二者之间的关系是辩证的，又是密不可分的。不深入群众去了解基层情况，经常浮在上面，就只能凭主观臆想空谈理论，就会在工作中瞎指挥而犯这样那样的错误；反之，要想避免空谈误事，就必须经常深入基层，深入群众。这不仅是办报工作中应当注意的问题，也是一切实际工作中应当遵循的原则，因而具有普遍的指导意义。

在毛泽东的题词中，与此内容相同或近似者曾有多次。同年3月，为“三八国际妇女节”题词：“深入实际，不尚空谈。”同年12月，为陕甘宁边区劳动模范题词：“实事求是，不尚空谈。”1945年夏，为中国共产党“七大纪念册”题词：“实事求是，力戒空谈。”凡此均应成为我们日常生活、工作的“座右铭”。

挽张浩

毛泽东

忠心为国；
虽死犹生。

赏析

此联写于1942年3月。张浩（1897—1942），原名林育英，湖北黄冈人。1922年加入中国共产党。1924年进入莫斯科共产主义劳动大学学习，次年回国后在上海开展工人运动。此后历任中共汉口市委书记、湖南省委职工委员会书记、中共沪西区委书记、八路军一二九师政委、中共中央职工委员会副书记等职。1942年3月6日，终因长期伤病坚持工作不幸突发脑溢血逝世。中共中央与延安各界举行张浩追悼会，毛泽东、朱德、任弼时、徐特立等中央领导同志，亲自为张浩执绋、抬棺，将烈士葬于桃花岭上。毛泽东还撰送挽联致哀。

“忠心为国；虽死犹生。”这是对于张浩一生的高度概括和很好评价。张浩一生忠于党和祖国，鞠躬尽瘁，死而后已。作为无产阶级革命战士，我国工人运动的先驱者，在武汉、长沙、上海、东北、延安，都为我国各个历史时期的革命工作做出了重大贡献。张浩将永远活在人们心中，其一生英雄事迹将永远激励着人们前进。

挽柯棣华

毛泽东

全军失一臂助；
民族失一友人。

赏析

此联写于1942年12月。柯棣华（1910—1942），印度医生，国际主义战士。1938年随印度援华医疗队来中国，次年到达解放区，任八路军医院外科医生，到华北抗日根据地服务。后任晋察冀边区白求恩国际和平医院首任院长。1942年加入中国共产党。同年12月9日因积劳成疾不幸病逝。12月30日，延安各界举行追悼会，毛泽东撰送挽联致哀。

联语写出柯棣华大夫之死给我国革命事业所带来的损失。臂助，似从日常用语愿助一臂之力转化而来，意谓能以自身臂膀之力帮助别人。这里是说，柯棣华大夫之死，使我们全军失去一位得力助手，亦即能够帮助我们的高明医生，还使中华民族失去一位具有国际主义精神的外国友人。

此联言简意明，感情深挚。联语在用字艺术与结构上均有自己特色。因在上下联相对应的位置上用了“失一”二字，这样就使内容更加集中，且有助于联语形成并列的结构。从全军失去一位臂助，到民族失去一位友人，上下联意并列而又层层递进，更能说明柯棣华大夫之死所造成的巨大损失。这样既表达了作者深沉悼念之情，也对逝者作出崇高评价。

挽葛健豪

毛泽东

老妇人新妇道；
儿英烈女英雄。

赏析

此联写于 1943 年间。葛健豪（1865—1943），湖南湘乡人。早期共产党人蔡和森、蔡畅的母亲，向警予的婆母。革命老人积极投入反帝反封建的斗争，支持儿女们的革命事业。辛亥革命时已年近半百，仍变卖妆奁带三个孩子一起进学校读书。这种全家入校且母亲与子女同学的事情，引起蔡氏家族反对和社会非议，却撰联反驳：“好学无分性别；有志不论年龄。”后又与子女一起赴法勤工俭学，支持年轻一代的革命活动。1943 年因病逝世，毛泽东闻讯撰送挽联致哀。

上联是对于葛健豪一生革命精神的赞颂与评价。葛健豪上学读书与参加革命均已年近半百，因称“老妇人”。这位老妇人遵循的却是新妇道。她在辛亥革命之后曾在家乡办简易小学，因而“女校长执教，男学生读书”，为普及国民教育开辟了新路。她冲破封建礼教束缚，与子女一起上学读书。她不仅支持子女投身革命运动，自己亦参加实际斗争。这一切都为我国现代妇女解放运动作出了很好的榜样。

下联谓葛健豪老人不愧为英雄的母亲，她一生的重大贡献还在于为国家培育英才。其子蔡和森为中国共产党早期领导人之一，不幸于1931年在广州英勇就义。其媳向警予曾任中共中央委员、妇女部部长。1928年在武汉被国民党杀害。其女蔡畅亦为我国妇女解放运动的先驱者。联中赞颂“儿英烈女英雄”，就是基于对上述事实的高度概括。

此联别具一格，全用口语，深入浅出。悼念这样一位早年具有新潮思想的革命老人，挽联亦应采用与之相应的形式，才能收到因人设联、交相辉映的艺术效果。

挽钟太夫人（一）

毛泽东

为母当学民族英雄贤母；
斯人无愧劳动阶级完人。

赏析

此联作于1944年4月。同年2月15日，朱德母亲钟太夫人在四川省仪陇县农村辞别人世，享年86岁。在延安纪念三八劳动妇女节的大会上，蔡畅宣布了钟太夫人不幸逝世的消息，号召妇女们学习她劳动终身和勤俭持家的精神。4月10日，延安各界千余人举行追悼大会，毛泽东撰送此联以表哀悼之情。

联语深情赞颂钟太夫人平凡而崇高的美德，号召人们，特别是广大妇女以她为学习的楷模。联语文字简朴凝练，蕴含深情。上联指出“为母当学民族英雄贤母”，这就充分肯定了钟太夫人作为贤母堪当人世楷模。此句赞母兼及其子，称颂朱德为“民族英雄”。下联直接回答了何以“当学”的原因，因为此人无愧劳动阶级出身的完美的人。

我们如果结合阅读朱德《母亲的回忆》一文，更能加深对于这副挽联的理解。朱德母亲是个贫苦农民，一生田间劳作，养育子女成人。特别是她

"勤劳俭朴的习惯"和"宽厚仁慈的态度"，给朱德留下终生难忘的印象。儿子当了八路军的总司令，她却依旧在家乡"过着勤劳的农妇生活"，直至临终前夕"仍不辍劳作"。这不正是革命战争年代千百万平凡而又伟大的人民子弟兵母亲的光荣代表！也正因为如此，毛泽东才在联中称颂"斯人无愧劳动阶级完人"，进而号召人们学习这位民族英雄的母亲。

挽钟太夫人（二）

毛泽东

八路功勋大孝为国；
一生劳动吾党之光。

赏析

此联作于1944年4月。据张世安《毛泽东名联趣话》一书介绍：1944年4月10日，延安各界代表集会追悼钟太夫人，中共党政领导出席并送了挽联。毛泽东在出席追悼会时，代表中共中央书写此联。

上联中，功勋，为国家建立的特殊的功劳。大孝，指非常之孝，如果说小孝为家，则大孝为国。上联表层含义为八路军所建立的特殊功劳是大孝为国。实际意谓，朱德总司令是八路军中效忠于祖国人民的功勋卓著的领导者，他虽未能在母亲身边守孝，却为抗日民族解放事业而坚守战斗岗位，这才是真正的大忠大孝。

下联中，光，光彩、荣耀。下联是说，钟太夫人一生热爱劳动实属我党之光。这里没有就事论事表彰朱德母亲勤劳终生，而是将她这种美德与我党代表劳动人民争取翻身解放的宗旨联系起来，并上升到我党之光的高度。

这副挽联的最大特点是，作者代表中共中央撰写，因此写作角度与口吻气势必须与之相应。上句赞颂八路军杰出代表朱德"大孝为国"，下句称颂一生劳动的钟太夫人为"吾党之光"。堪称高屋建瓴、出语不凡的大家手笔。

挽彭雪枫（一）

毛泽东

二十年艰难事业，即将彻底完成，忍看功绩辉煌，英名永在，一世忠贞，是共产党人好榜样；

千万里破碎河山，正待从头收拾，孰料血花飞溅，为国牺牲，满腔悲愤，为中华民族悼英雄。

赏析

此联写于1945年2月。彭雪枫（1907—1944），原名修道，河南镇平人。1925年加入中国共产主义青年团，1926年转入中国共产党。大革命失败后，在天津、上海从事地下工作。1930年被派到苏区，曾任红军师政治委员、红军大学政治委员、中革军委第一局局长。抗日战争爆发后，任八路军总部参谋处处长。1938年领导豫皖苏边区抗日游击战争。1941年"皖南事变"后，任新四军第四师师长兼淮北军区司令员。1944年率部进军津浦路西，9月11日在河南夏邑地区指挥对日伪作战中，不幸中流弹牺牲。次年2月7日，中共中央和八路军总部在延安中央大礼堂举行彭雪枫追悼会，毛泽东与朱德、刘少奇、彭德怀、陈毅等联名送上这副挽联。

上联结合我国革命的发展历程，表彰彭雪枫烈士光辉的革命生涯和不朽的英雄业绩。"二十年艰难事业"，指从1925年加入中国共产主义青年团到1944年光荣牺牲，整整经历了二十年艰难曲折的革命进程。忍看，眼看着，系激愤之词。这里是说，二十年艰难曲折的革命事业，不久即将取得彻底胜利，你在这一过程中"功绩辉煌，英名永存，一世忠贞"，堪称"共产党人的好榜样"。我们眼看着你却在战斗中英勇牺牲，这就在热情赞颂之中深深流露出悲愤惋惜的感情。张爱萍谱写的《彭雪枫同志挽歌》，概括其一生的英雄业绩："二十年来，为了人民，为了党，/你留下的功绩辉煌：首战长沙,八角亭光荣负伤；乐安事变，荣获红星章。/雪山草地，百炼成钢。/在豫东，燃起抗日烽火；在淮北，粉碎敌寇"扫荡"。/对党忠贞，为民赴汤；英勇善战，机智顽强。"这正是对于上联内容最好的注脚。

下联写出彭雪枫之死给我国革命所带来的巨大损失。"正待从头收拾"，化用岳飞《满江红》中的词句："待从头收拾旧山河，朝天阙。"熟料，哪里想到。这里是说，抗日战争即将取得胜利，祖国大片破碎山河，正待从头收拾，哪里料到你会"血花飞溅，为国牺牲"，我们无不怀着满腔悲愤，为我中华民族沉痛悼念为国捐躯的英雄。

这副长联高度概括彭雪枫的英雄业绩，抒发对于战友不幸牺牲的痛惜情怀。联语声情悲壮，对仗工整，具有感人至深的思想和艺术力量。

挽彭雪枫（二）

毛泽东

为民族为群众，二十年奋斗出生入死，功垂祖国；
打日本打汉奸，千百万同胞自由平等，泽被长淮。

赏析

此联写于1945年2月。据吴直雄《楹联巨匠毛泽东》一书介绍：1945年2月7日，中共中央在延安举行彭雪枫追悼会。毛泽东以中共中央名义撰写此联。

上联从总体上评价逝者一生的战斗业绩。出生入死，指冒生命危险参加战斗，随时都有可能牺牲。《旧五代史·末帝纪上》："我年未二十从先帝征伐，出生入死，金疮满身，树立得社稷，军士从我登阵者多矣。"功垂，功劳业绩永远流传。这里是说，彭雪枫为了民族解放，为了人民翻身，二十年来艰苦奋斗出生入死，其功勋业绩将永远流传并载入祖国史册。

下联则进而指出逝者光荣牺牲的价值和意义。泽，恩德、恩泽。被，覆盖、及于。泽被指恩泽所及。《荀子·臣道》:“功参天地，泽被生民。”长淮，指彭雪枫所率之新四军在广大的淮河流域活动的地区。这里是说，彭雪枫率领新四军健儿，为了千百万同胞的自由平等，打日本打汉奸，其恩泽及于淮河流域广大地区。

此联代表中共中央书写，善于总体把握，而又虚实结合。既从总体上肯定逝者的功绩将永远彪炳于祖国的史册，又抓住其一生关键性贡献在于开辟淮北根据地而“泽被长淮”。彭雪枫将永远活在全国人民，尤其是苏皖人民心中!

悼念抗日死难烈士

毛泽东

为人民而生，为人民而死，你们的事业永与人民同垂不朽;

为胜利而来，为胜利而去，我们的任务是向胜利勇往直前。

赏析

此联写于1945年6月。同年4月23日至6月11日，中国共产党第七次代表大会在延安召开。会上还通过《关于死难烈士追悼大会的决议》。全体七大代表于6月17日参加在延安举行的向抗日战争中牺牲的烈士志哀仪式。毛泽东代表中共中央敬献的这副挽联悬于会场正中。

上联高度评价为抗日而牺牲的革命烈士。他们为人民而生、为人民而死，所建立的功勋将永载史册，并与人民革命事业同垂不朽。这是对死难烈士的缅怀，也是对生者的鞭策。

下联号召全体七大代表向胜利勇往直前。这里没有直接提到七大代表，但从“我们的任务”中可以看出。大家为胜利而来，为胜利而去，回到战斗岗位之后仍应为彻底赶走日本帝国主义、建设和平民主新中国而勇往直前。

联语文字通俗易懂，条理分明。这次追悼抗日死难烈士系根据七大一项专门决议安排，如何能将二者有机联系起来，作者做了精心设计。上联就“你们的事业”赞颂抗日死难烈士，下联就“我们的任务”激励七大与会战友，顺理成章，巧妙自然。此联仅用两个普通成语亦颇有特色。“勇往直前”系原文照录，“同垂不朽”则有所变化，由永垂不朽化出而含义更为丰富。

挽范旭东

毛泽东

工业先导；
功在中华。

赏析

此联写于1945年10月。范旭东（1883—1945），湖南湘阴人。我国现代爱国实业家、化学工业开拓者。早年留学日本，毕业于京都帝国大学。辛亥革命后曾在南京临时政府财政部任职。1914年在天津塘沽开办久大盐业公司。1917年创办永利制碱公司。抗日战争爆发以后，顶住日本侵略者的利诱与威胁，带领几个厂的技术、管理人员迁入四川，积极支持抗战。曾任国民参政会参政员，却拒绝担任国民党政府部长职务。多次被选为中国化学学会会长。1945年10月4日病逝于重庆。其时毛泽东正在重庆与国民党谈判，闻讯后送了挽幛，上书这副联语致哀。

此联语文字属于宽对，而联意却极其鲜明。毛泽东高度评价逝者在发展我国民族工业上的成就和对整个中华民族所作出的贡献。范旭东敢于排除帝国主义和官僚资本的干扰，大力发展制造盐、碱、化肥的生产，成为发展我国现代化学工业的开路先锋。

这副挽联言简意明，虽只短短八字，却对范旭乐一生事业与功绩作出高度而又准确的评价。

挽四八烈士

毛泽东

天下正多艰，赖斗争前线，坚持民主，驱除反动，不屈不挠，惊听凶音哀砥柱；

党中留永痛，念人民事业，惟将悲苦，化成力量，一心一德，誓争胜利慰英灵。

赏析

此联写于1946年4月。四八烈士，1946年4月8日，因国民党当局不断阻挠破坏政协决议、停战协定和整军方案，当时在重庆与国民党谈判的中共代表王若飞、秦邦宪，为了向党中央请示汇报工作，与原新四军军长叶挺、中共中央职工委员会书记邓发，冒着恶劣天气，同机返回延安。他们因飞机在山西兴县黑茶山失事不幸遇难，同时遇难的还有进步教育家黄齐生、八路军军官李绍华、叶挺夫人李秀文等。4月19日，中共中央与陕甘宁边区政府在延安举行有三万人参加的四八遇难烈士追悼会。毛泽东除发表《向四八被难烈士致哀》的短文外，还为中共中央执笔写成这副挽联。

上联高度概括当时中国革命斗争的紧迫形势，进而表达对于四八遇难烈士的沉痛悼念之情。不屈不挠，比喻在丑恶势力与困难面前不屈服不低头，表现非常顽强。砥柱，即中流砥柱，原为河南省三门峡东的一座小山——砥柱山，屹立于黄河激流之中，后用以比喻能担当重任、支撑危局的人。这里是说，我国目前正处于艰难时刻，国内斗争前线正需要依赖诸位“坚持民主，驱除反动”，同国民党当局坚持不屈不挠的斗争。突然听到这一不幸消息，实在为革命队伍中失去这些坚强柱石而感到悲哀。

下联表示将化悲痛为力量，去争取新的胜利。一心一德，大家同心同德。英灵，杰出人物的灵魂。这里是说，我们党内留下了永久的痛楚，但一想到人民解放事业，只有将内心的悲痛化成力量，全党同心同德，争取更大的胜利，以此来告慰烈士们的英灵。

这副挽联文字篇幅较长，因系代表中共中央执笔，遂从党的组织角度，既为革命队伍中失去这样的坚强柱石而深表哀痛，又在号召革命人民化悲痛为力量，继承烈士遗志，夺取新的胜利。联语字字赞颂四八烈士的革命功绩，句句皆为四八烈士灵前的誓言。显得慷慨悲壮，斗志昂扬。

挽佟麟阁赵登禹

毛泽东

抗战到底；
浩气长存。

赏析

此联写于1946年7月。佟麟阁（1892—1937），河北高阳人。早年在冯玉祥部任职，1925年任国民军第一师师长。1935年任国民政府军第二十九军副军长，率部进驻北平南苑。1937年7月28日，作为南苑驻地指挥官在指挥抗击日军进攻的战斗中壮烈殉国。赵登禹（1898—1937），山东菏泽人。早年在冯玉祥部任职。“九一八”事变后，任陆军一〇九旅旅长。1933年率部在长城喜峰口抗击日本侵略军，战后升任二十九军一三二师师长。1937年7月在北平南苑战斗中不幸牺牲。二人均为抗日战争初期牺牲的国民党抗日爱国将领。抗日战争胜利后，为纪念佟麟阁、赵登禹的历史功绩，北平市政府及各界人士于1946年7月28日在中山公园举行追悼大会。国民党北平行营主任李宗仁主持，中共领导人毛泽东送了挽联。

此联既是对于国民党抗日爱国将领佟麟阁、赵登禹的深情悼念，也是对于抗战胜利之后时局的婉转进言。浩气，即浩然之气，盛大刚直之气，语见《孟子·公孙丑上》：“吾善养吾浩然之气……其为气也，至大至刚，以直养而无害，塞于天地之间。”后将其理解为一种最高的正气和节操。这里是说，佟麟阁、赵登禹当年抱着抗战到底的决心为国捐躯，他们身上所有的浩然之气将与世长存。当时正值抗日战争胜利以后与解放战争爆发之初，作者意在激励全国人民，包括国民党内的有识之士，应当发扬逝者当年的反帝爱国精神，把我国建设成为和平民主的国家。

挽李公朴闻一多

毛泽东

继两公精神，再接再厉争民主；
汇万众悲愤，一心一德反独裁。

赏析

此联写于1946年7月。李公朴（1900—1946），江苏扬州人。现代著名学者、社会活动家。闻一多（1899—1946），湖北浠水人。现代著名诗人，西南联大教授。二人均为中国民主同盟中央执行委员。1946年7月11日、15日，因反对蒋介石独裁统治，在昆明先后被国民党特务暗杀。李公朴、闻一多血案在全国引起强烈反响。7月26日，延安召开李公朴、闻一多追悼会，毛泽东手书此联悬于大会会场。10月4日，上海各界五千余人隆重举行追悼大会，此联则以中共中央代表团名义送上。

上联中，两公，公为对人的尊称，此指李公朴、闻一多两位爱国民主人士。再接再厉，亦作再接再砺，语出韩愈《斗鸡联句》引孟郊诗。接，接触、交战。厉，同“砺”，磨砺。原指公鸡相斗，多次交战之前都先把嘴磨利。后用以比喻勇往直前毫不松懈。上联意谓，我们将继承两位烈士的战斗精神，勇往直前毫不松懈地坚持当前争取民主的斗争。

下联中，万众，即万人。《后汉书·傅隽传》：“万众一心，犹不可当，况十万乎！”一心一德，即同心同德，谓思想行动完全一致。语出《书·泰誓中》：“乃一德一心，立定厥功，惟克永世。”下联意谓，汇聚成千上万人的悲愤心情，大家同心同德投入当前反独裁的斗争。

此联情真辞切，充满战斗精神。既宣传了我党争取和平民主、反对内战独裁的基本方针，又抒发了广大革命人民沉痛悼念李、闻烈士的悲愤之情。旗帜鲜明，声情悲壮，能给人以鼓舞和力量。

挽刘胡兰

毛泽东

生的伟大；
死的光荣。

赏析

此联写于1947年2月。刘胡兰（1932—1947），山西省文水县人。1946年加入中国共产党，曾任文水县云周西村妇救会秘书、区妇救会干事，积极带领群众参加土地改革和支援前线。1947年1月12日，山西军阀阎锡山的军队突然袭击云周西村，刘胡兰因叛徒出卖被捕。在敌人威胁利诱面前，大义凛然，从容就义，死于敌人铡刀之下。同年2月，毛泽东亲笔题词，表彰这位年仅15岁的女英雄。

联语只有八字，言简意明，对仗工整。作者在对刘胡兰烈士作出崇高评价的同时，也表明了无产阶级的生死观。刘胡兰烈士，既为革命而生显得多么伟大，又为革命而死同样无上光荣。她的短暂而光辉的一生，为人们树立了学习的榜样。

后来有人为纪念刘胡兰烈士，还据此加以引申，写了一副挽联："革命坚贞不屈，十五岁英雄，永树下青年楷模，确实生的伟大；临难慷慨就义，刘胡兰的名字，常活在人民心中，真个死的光荣。"这副联语显然既是对于毛泽东题词的阐释，也是对于原有内容的发挥。

1977年1月，我国邮电部发行"纪念刘胡兰烈士英勇就义30周年"邮票时，图案即采用这副挽联，连同毛泽东那刚劲有力、神韵飞动的手迹，在邮票上闪烁着耀眼的光芒。

赠彭德怀

毛泽东

谁敢横刀立马；
唯我彭大将军。

赏析

此联题于1947年8月。彭德怀（1898—1974），中国人民解放军元帅。革命战争年代，历任红五军军长、红一方面军司令员、八路军副总司令、第一野战军司令员兼政委。建国后，历任中国人民志愿军司令员、中央军委副主席、国务院副总理兼国防部长。1959年庐山会议上受到错误批判。“文化大革命”中更遭迫害。1974年病逝于北京。关于此联写作缘起，毛泽东转战西北期间，既要对付胡宗南二十余万追兵，又要指挥全国解放战争。1947年沙家店战役异常艰苦，一举歼灭钟松三十六师，俘敌6000余人。毛泽东为了表彰彭德怀指挥作战有方，给他题写了这副联语。

“谁敢横刀立马；唯我彭大将军。”一位骁勇善战威风凛凛的我军高级将领形象跃然纸上。谁敢横举大刀骑于马上，只有我方的彭大将军。这里“谁敢”与“唯我”，上下呼应，形神兼备，彭大将军的神勇亦随联文而彪炳史册。

需要指出的是，此联并非原创，而是截取三十年代作者已作而成。1935年10月，红军长征到达陕北吴起镇，国民党马鸿逵部骑兵万余人对我进行追剿，彭德怀率军设伏重创敌军。毛泽东欣闻胜利消息，写成六言诗《给彭德怀同志》：“山高路远坑深，大军纵横驰奔，谁敢横刀立马，唯我彭大将军。”由此可见，毛泽东一诗一联均成于我国第二、三次国内革命战争的关键时刻，因而更增我们对于彭大将军的崇敬与仰慕之情。

挽续范亭

毛泽东

为民族解放，为阶级翻身，事业垂成，公胡遽死；
有云水襟怀，有松柏气节，典型顿失，人尽含悲！

赏析

此联写于1947年10月。续范亭（1893—1947），名培模，山西崞县人。早年加入同盟会。辛亥革命时任革命军山西远征队队长。后任国民军第三军第六混成旅旅长、国民联军军事政治学校校长。1935年12月，亲往南京呼吁抗日，遭拒绝后到中山陵剖腹自杀，遇救未死。抗战时期，历任山西新军临时总指挥、晋绥边区行署主任、晋绥军区副司令员等职。1947年9月12日在山西临县病逝。根据本人请求，中共中央追认他为中共党员。同年10月18日，中共中央和西北各界在山西临县都督村举行续范亭葬礼时，毛泽东派人将此联送到现场，置于续范亭墓前。

上联首先颂扬续范亭作为一名抗日爱国将领的历史功绩。垂成，即将成功。公，对尊长或平辈的敬称。胡，何，怎么。遽（jù），骤然，仓猝。这里是说，他从早年投身辛亥革命，就是一位英勇善战的将领。后来直接参加中国共产党所领导的抗日救亡斗争，为开辟晋西根据地做出了很大的贡献。今天当中国人民的解放事业即将取得最后胜利的时候，将军何以突然去世呢？这里以设问句式抒发感慨，赞其革命气节，伤其寿年不永。联句显得悲壮激昂，笔力遒劲，深沉痛惜之情溢于言表。

下联进而赞誉续范亭的高风亮节。云水襟怀，像行云流水一样广阔的胸襟怀抱。松柏气节，语出《论语·子罕》：“岁寒，然后知松柏之后凋也。”比喻坚贞的人经得起任何严峻的考验。此处赞其具有云水之士的胸襟怀抱，有如松柏那样不畏风雪严寒的气节。续范亭在“九一八”事变后即要求蒋介石停止内战。1935年12月在南京中山陵剖腹自杀以死呼吁抗日。后来更在中国共产党领导下直接投身于抗日救亡运动。凡此种种，无不显示这位将军崇高的品格，确实不愧为当今革命军人的典范。如今“典型顿失，人尽含悲”，再次阐明续范亭这个典型人物在人民群众中威望和影响的深远。

联语对仗工稳，感情深挚，笔力遒劲，一气呵成。二“为”二“有”，高度概括逝者功德人品；其后各有八字，尽显作者深沉悼念之情。因其具有催人泪下、励人奋进的艺术力量，实属大家手笔。

需要指出的是，此联实由谢觉哉代拟初稿。据《谢觉哉日记》，1947 年 9 月 18 日“代毛主席撰挽续范亭”。字句与此稍有差异。续范亭逝世后，举行过两次悼念活动。第一次是 9 月 26 日，由林伯渠主持的西北各界追悼会，毛泽东没有送过挽联。第二次为 10 月 18 日在山西临县都督村举行安葬仪式。这次毛泽东特地派人送上花圈和挽联。看来，第一次追悼会时由谢觉哉代拟的挽联，当时因来不及送本人审阅而未用，后经毛泽东亲自改写作为定稿，至第二次举行安葬仪式时委派专人送至逝者墓前。

挽李鼎铭(一)

毛泽东

老成谋国，与本党合作无间；
民主参政，襄边区建设有成。

赏析

此联作于 1947 年 12 月。李鼎铭（1871—1947），名丰功，陕西米脂人。清末廪生。从事教育工作，精于医术。当地有名望的士绅。1941 年参加革命工作，历任米脂县参议会议长、陕甘宁边区参议会议员、陕甘宁边区政府副主席。1947 年 12 月 11 日因病逝世。经毛泽东批准，边区举行追悼会。毛泽东代中共中央西北局写了这副挽联。

上联中，老成谋国，为国家出计谋、办事情，老练而持重。本党，指中国共产党，因代中共中央西北局撰写，故称“本党”。间，间隙、嫌隙。《左传·哀公二十七年》：“三桓亦患公之妄也，故君臣多间。”上联意谓，逝者生前参与谋划国事老练而又稳重，与我党合作亦没有任何隔阂。

下联中，襄（xiāng），帮助。边区，此指陕甘宁边区。这里“民主参政”可作两种解释：一是发扬民主参与政事；二是与老成谋国对应，亦可释为爱国民主人士参与政权建设。当时陕甘宁边区政府即抗日民族统一战线政权，人员分配为共产党员、进步分子、中间分子各占1/3，俗称“三三制”。中间分子即包括中等资产阶级与开明士绅。下联意谓，逝者生前作为爱国民主人士参政，在协助边区政府建设方面颇有成就。

此联代表中共中央西北局执笔，作者特别注意两点：一是口吻与角度，二是逝者的身份。联语做到二者兼顾巧妙结合。先以党组织的口吻与角度，称赞逝者“与本党合作无间”；再从逝者“民主参政”的身份，肯定其协助政府事业有成。既切人切事，又恰到好处，堪称挽悼佳作。

挽李鼎铭（二）

毛泽东

抱正义感，反独裁，反内战，反卖国，大声疾呼为救国；

以责任心，倡精兵，倡简政，倡生产，睿思远虑建边区。

赏析

此联作于1947年12月。同年12月11日，李鼎铭在陕西绥德病逝。毛泽东代陕甘宁边区政府撰写了这副挽联。

上联盛赞逝者为抱有正义感的爱国民主人士。大声疾呼，向人迫切地呼吁，促人警觉。这里是说，李鼎铭在我国解放战争初期，作为爱国民主人士，反对独裁、反对内战、反对卖国，为挽救国家危亡而大声疾呼。一位富于正义感的爱国志士形象跃然纸上。

下联盛赞逝者为富于责任心的边区政府领导成员。精兵简政，1941 年 10 月，我党为战胜日本侵略者和国民党顽固派的封锁，克服抗日根据地的物资困难，提出了精兵简政的政策。内容主要是缩小机构、精简人员，以减轻人民的负担。这一政策就是根据李鼎铭“精兵简政”的提案而作出的。睿（ruì），通达、明智。《书·洪范》：“思曰睿。”睿思远虑，似由成语深思熟虑化出，谓明智的思考与长远的谋划。这里是说，李鼎铭以高度的抗日救亡的责任心，指导精兵简政，倡导发展生产，意在深谋远虑建设边区。

毛泽东因李鼎铭逝世而为中共中央西北局和陕甘宁边区政府代写的两副挽联，可谓各有千秋。如果说前者偏于整体把握，后者则侧重具体展开。《挽李鼎铭》（二），上联是讲解放战争以来的近期表现，下联则言抗战时期的历史功绩。作者从逝者一生活动中，选取影响最为深远的精兵简政方案入联，还有近期“骂蒋专制独裁，骂蒋卖国丧权”（贺连城语）。这样就将逝者晚年献身革命的政治态度与对人民的贡献和盘托出，能给人以颇为完整的印象。

题赠老革命根据地人民

毛泽东

发扬革命传统；
争取更大光荣。

赏析

此联写于 1950 年 2 月。当时，中共中央派出慰问团，给延安人民每家每户送上了根据毛泽东亲笔题词制成的印刷品，内容为：“发扬革命传统，争取更大光荣。”1951 年 8 月，中央人民政府组织的革命老根据地访问团分赴各地访问时，又将这幅题字印发给革命老根据地的千家万户。

这一题字本身就是一副很好的对联，因此人们往往将其贴于门边、墙上和厅堂。作者意在号召老革命根据地的人民，发扬过去战争年代的革命传统，在新的历史条件下，争取做出更大的贡献。这是毛泽东作为革命领袖对于老革命根据地人民所寄予的厚望。

这幅题词虽是题给老革命根据地人民的，但对全国各地人民同样适用，甚至已成激励人们前进的警句格言。大家都应继承光荣革命传统，投入祖国社会主义建设。联语言简意深有其巨大的生命力，因而激励着一代又一代人承前启后、继往开来，去夺取新的更大的胜利。

贺张维母亲八秩大寿

毛泽东

如日之升；
如月之恒。

赏析

此联写于1950年9月。张维(1898—1975)，湖南浏阳人。早年在长沙与毛泽东交往密切。1924年毕业于湘雅医学院，后赴美国进修，获医学博士学位。历任国立中央大学医学院、上海医学院、上海第二军医大学教授。1950年9月，张在母亲年届80时，写信给毛泽东，请求题写贺词。毛泽东欣然回复："来信收读，甚以为慰。令堂大人八十寿辰，无以为赠，写了几个字，借致庆贺之忱。"

这是一副摘句而又稍有变化的联语。出自《诗·小雅·天保》："如月之恒，如日之升。如南山之寿，不骞不崩。如松柏之茂，无不尔或承。"朱熹集注："恒，弦。升，出也。月上弦而就盈，日始出而就明。"这里"恒"读作"gèng"(更)，有绵延不断之意。按照我国的传统习惯，常常把月亮比作女性。毛泽东在这副寿联中，把张维母亲比作月亮，巧妙地把《天保》诗中的句子略作变动，使之产生出人意料的效果。作者祝愿友人之母，像初升的太阳越来越明亮，像上弦的月亮越来越圆满。

我们从这副寿联中可以看出，毛泽东作为党和国家领导人，对于自己年轻时代的友人和学有专长的知识分子是那么关怀爱护。难怪张维在接到回信和看到联语之后感奋不已。此联虽有所本，却又推陈出新，调整句子次序，象征人生历程。这就更加符合题赠对象身份，成为人们普遍传诵的佳作。

挽毛岸英

毛泽东

青山到处埋忠骨；
何必马革裹尸还？

赏析

此联写于1950年11月。毛岸英（1922—1950），原籍湖南湘潭，生于长沙。毛泽东和杨开慧的长子。1937年赴苏联，入伏龙芝军事学院、莫斯科语言学院学习。1943年加入苏联共产党，曾参加反法西斯战争。1946年回国转入中国共产党。1950年10月参加中国人民志愿军，任志愿军总部秘书。同年11月15日在朝鲜平安北道遭美机轰炸牺牲。毛泽东在得知这一消息后，强忍丧失亲子的悲痛，挥泪写成这副联语。

联句中，马革裹尸，用马皮把尸体包裹起来。典出《后汉书·马援传》："方今匈奴、乌桓，尚扰北边，欲自请击之。男儿要当死于边野，以马革裹尸还葬耳，何能卧床上在儿女子手中邪？"后谓英勇作战死于沙场。这里是说，青山到处可以植埋革命烈士的忠骨，何必再以马革裹尸还葬！这就比汉代名将马援更进了一步。马援当年强调有志男儿为报效祖国应战死沙场，让人以马革裹尸回故里安葬。毛泽东则进而强调在立功异域战死沙场之后，又何必以马革裹尸而还呢！这表现了无产阶级革命家何等的英雄气概！

这副挽联用语典则而气骨沉雄。岂止是悼念已经牺牲的孩子，实际是对所有革命者的劝勉与忠告。作为党和国家最高领导人，将自己的孩子派往抗美援朝前线，已足以振奋人心；孩子牺牲以后，将其埋骨异域，更是惊世骇俗之举。老一辈无产阶级革命家的胸襟气魄感人至深，一股爱国主义、国际主义精神充溢于字里行间。

毛泽东早在1910年秋天就曾写过一首七言诗《留呈父亲》："孩儿立志出乡关，学不成名誓不还；埋骨何须桑梓地，人生无处不青山。"可见他对自己、对儿辈几十年来要求是完全一致的。

联句题画

毛泽东

丹青意造本无法；（毛泽东）
画圣胸中常有诗。（郭沫若）

赏析

此联成于20世纪50年代初。当时，齐白石怀着对毛泽东一片敬仰之情，特别细心地用阴阳文刻制了"毛泽东印"两枚印章，用宣纸包好，托人送入中南海。毛泽东不久即在中南海设宴，请郭沫若作陪，以酬谢白石老人。毛泽东首先敬酒，表示感谢馈赠印章与画作。齐白石不禁一怔，实在想不起何时曾为主席作画。毛泽东秘书把画取来，方知这幅经过裱装的国画，原是白石老人练笔的"废品"，曾随手用来包装印章。齐白石深感自己疏忽，决意讨回重画。郭沫若、毛泽东更是妙语连珠，都用自己用过的名字去意会画面形象，希望争为己有。白石老人深为感动，遂请二人在画上题字。毛泽东欣然写下"丹青意造本无法"，郭沫若应以"画圣胸中常有诗"。诗、书、画相得益彰，堪称艺术珍品。

毛泽东、郭沫若题画，即兴应对本身就是一副集句联。上联集自苏东坡《石苍舒醉墨堂》："我书意造本无法，点画信手烦推求。"这里为适应题赠对象需要而改动两字。丹青，本为红色和青色颜料，亦可借指绘画艺术。意造，凭主观想象而造作。此句意谓，绘画艺术往往凭主观想象创作，本身没有什么固定的法则。

下联集自陆放翁《湖山寻梅》："路人看者窃相语，此老胸中常有诗。"作者为与出句相应，亦随之改动二字。画圣，指技艺超凡的画家。唐张彦远《历代名画家·论顾陆张吴用笔》："张既号书颠，吴宜为画圣。"此句意谓，技艺超凡的画家胸中常常富有诗意，亦即达到画中有诗的境界。

面对白石老人画上题字的要求，毛泽东、郭沫若即兴应对，各题一句，却又自成佳构。这副题画联语，既集自宋代诗人论画的名句，又切合白石老人画作的情境，才思如此敏捷，让人为之叹服。真是"三绝诗书画"，由毛泽东、郭沫若题写的联句和他们的书法，以及齐白石的画作，三者融为一体，堪称稀世艺术珍品。

题赠中华全国体育总会

毛泽东

发展体育运动；
增强人民体质。

赏析

此联写于1952年6月。同年6月20日至24日，中华全国体育总会第二届代表大会在北京举行。大会秘书组在会议筹备期间请毛泽东为大会题词，他欣然命笔，写出这一不朽名句，充分体现了党和国家领导人对新中国体育事业的高度重视与无比关怀。这一题词对仗工整，颇为近于对联形式，且在后来流传极广，人们习惯将它作为楹联书写、张贴与悬挂。

中华全国体育总会（简称"体总"），是全国性的群众体育组织。它在中国共产党的领导下，团结全国体育工作者贯彻执行：①广泛宣传积极开展群众性的体育运动，增强人民体质，提高运动技术水平。②团结全国体育工作者和体育爱好者，协同各有关部门，调动一切积极因素，为发展我国体育事业作出贡献。③举办全国性的体育竞赛和运动会。④加强与国际体育组织的联系，开展与各国的体育交流，举办和参加国际比赛。

这份题词言简意明，有的放矢，具有极大的号召力。上下句之间辩证地阐明了运动与体质的相互关系，指出“发展体育运动”的目的，在于“增强人民体质”。因此，一直以来对于开展群众性的体育活动，提高体育运动水平，都起着极其重要的作用。至今仍为我国体育工作的指导思想。

题肃反工作方针

毛泽东

提高警惕，肃清一切特务分子；
防止偏差，不要冤枉一个好人。

赏析

此联作于1955年5月。这是毛泽东在最高国务会议讲话中提出的肃清反革命运动的工作方针。肃反，即当时在全国范围内展开的“肃清反革命运动”的简称。通过这场政治运动，清查出一批暗藏的反革命分子，逮捕了一批有现行破坏活动的反革命分子，至1957年春肃反运动取得了重大的胜利。

上联指出开展肃反运动的根本目的，就是要提高革命警惕，肃清一切暗藏的和现行的反革命分子，以巩固我国社会主义革命和建设所取得的成果。

下联提出进行肃反工作的基本方针，要严格区分两类不同性质的矛盾，划清思想问题和政治问题的界线，防止工作中出现的偏差。

此联言简意明，易于记忆，能够深入人心。因其高度概括开展肃反运动的方针政策产生了极其重大的影响。当时就曾有人指出：“用对联形式说明党的工作方针，是毛泽东主席的一大创造。”

需要指出的是，1955年秋天最高人民法院院长董必武在甘肃兰州视察工作时，曾将此联书赠当地政法机关。近年出版的某些联书，如《近现代名人对联辑注》、《中国近现代名家名联》，均将此误为董必武所撰，应予更正。

评点萨都剌《彭城怀古》

毛泽东

项羽重瞳，犹有乌江之败；
湘东一目，宁为赤县所归。

赏析

此联写于1957年3月。萨都剌，先世为蒙古族，世居雁门。元朝著名诗人。曾任地方官吏多年。其诗各体皆备，内容多描写自然景物，也有反映民生疾苦的作品。彭城怀古，即萨都剌词《木兰花慢·彭城怀古》。此词通过对历史人物项羽与有关徐州历史遗迹的描述，寄托自己空怀雄心壮志的惆怅和人生匆匆的感慨。据杜忠明《毛泽东的对联艺术》一书介绍：1957年3月19日，毛泽东乘飞机经徐州到南京，途中与随行人员谈到萨都剌的《彭城怀古》。指出彭城即徐州，进而解释词中有关项羽的记述，还在书的下角信手写下一副对联，对于这段历史进行了评点。

上联中，项羽，秦末农民起义领袖。曾大破秦军，自立为西楚霸王。后在楚汉战争中，被刘邦困于垓下，突围至乌江自刎而亡。重（chóng）瞳，谓目有二瞳子。《史记·项羽本纪》：“闻项羽亦重瞳子。”上联是说，项羽目有双瞳其貌不凡，可惜有勇无谋，终因兵败自刎于乌江。

下联中，湘东，即湘东王萧绎，南朝梁武帝第七子。相传只有一只眼睛，史称“绎眇一目，聪悟好学，手不释卷，博极群书；善属文，援笔立就，冠绝一时”。下联是说，湘东王萧绎只有一只眼睛，因其好学成才，平定侯景，即位江陵，而使赤县神州为其所有。

这副评点古人古事的联语别具一格。作者成功地采用对比手法，以兵多将广其貌不凡的项羽只落得自刎乌江的下场，与只有一目其貌不扬的萧绎却成就帝业，形成强烈而鲜明的对照，让人从中受到有益的启示。与此同时，还将历史人物的生理特点入联，一个目有双瞳，一个却是独眼龙，明显含有诙谐戏谑的成分，能给人新鲜风趣之感。

评点贾谊之死

毛泽东

梁王堕马寻常事；
何必哀伤付一生。

赏析

此联写于1958年间。贾谊，为西汉著名政论家、辞赋家。少有才名称誉郡中。20岁时被汉文帝召入宫中任博士，次年迁为太中大夫。他曾多次上疏，力主改革朝政。受到当政大臣排挤，被贬为长沙王太傅。后被召回改任梁怀王太傅。梁怀王不慎坠马而死，贾谊自责没有尽到太傅责任，不久抑郁忧愤死去，年仅33岁。毛泽东对于贾谊的雄才壮志颇为赞赏，而对其壮志未酬英年早逝深表惋惜，在阅读有关史书时，曾采用联语形式，评点贾谊之死。

此联意谓，梁怀王堕马而死本来是件寻常与偶然发生的事件，贾太傅又何必过于自责，终日哀伤而付出自己的生命。这里既有对于贾谊英年早逝的痛惜之情，又有某种委婉批评。“何必哀伤付一生”，此中诸多蕴涵，令人深长思之。我们如果联系作者早年在党内斗争中多次受到排挤打击的政治际遇，也许更能领会这副对联的弦外之音。贾谊一生具有雄才壮志固然令人钦佩，最后没有奋起抗争，只能让人扼腕叹息。

毛泽东对于历史人物贾谊情有独钟，曾经写过一首七言绝句，诗云：“贾生才调世无伦，哭泣情怀吊屈文。梁王堕马寻常事，何必哀伤付一生。”评点贾谊之死联语实为诗中两句，因诗、联均为咏史佳作，可以一并加以鉴赏。

赠陈云

毛泽东

国乱思良将；
家贫念贤妻。

赏析

此联写于1959年6月。陈云（1905—1995），江苏青浦人。1925年加入中国共产党。参加上海工人为配合北伐举行的三次武装起义。曾任江苏省委书记、中央组织部长。建国以后，历任政务院副总理兼财政经济委员会主任、中共中央副主席、中央纪委检查委员会第一书记。关于此联写作背景：1959年6月，毛泽东在湖南视察工作，同王任重等谈话，有感于“浮夸风”的泛滥，说到有副赠送陈云的对联。

此联系摘引和化用古人成句。《史记·魏世家》中有：“家贫则思贤妻，国乱则思良相。”后成为《增广贤文》中的对句，在民间有着广泛的影响。联句意谓，国家混乱而思良将可以平乱，家里贫穷而念贤妻可以兴家。

毛泽东当时何以题赠此联？我国1959年可谓多事之秋。西藏地方政府和上层反动集团在拉萨发动武装叛乱，人民解放军驻藏部队在当地人民支持下短期内平定了叛乱。大跃进、人民公社化中出现的“共产风”“浮夸风”有待进一步纠正。毛泽东在庐山会议前也曾力图纠正上述的错误，而陈云是中央主持经济工作的能手，因此题赠这副对联。此举既是对陈云工作的肯定，也是对大跃进中错误的反思。

这副联语通俗易懂，启人深思。作者善于化用古人成句，既在慰勉战友，又能切中时弊。“国乱”“家贫”实属当时社会现实状况真实的写照，而“良将”“贤妻”亦正在为改变这种状况作努力。可惜这种“思念”好景不长，庐山会议之后又出现了反复。

应对毛宇居

毛泽东

主席敬酒，岂敢岂敢；（毛宇居）
尊老敬贤，应该应该。（毛泽东）

赏析

此联成于1959年6月。毛宇居（1881—1964），名泽启，湖南湘潭人。毛泽东的堂兄和少年时代私塾老师。早年长期在农村教书。建国后任湖南文管会委员、省文史馆馆员，与毛泽东仍保持书信联系。1959年6月下旬，毛泽东回到阔别32年的故乡。将要离开韶山告别乡亲时，用自己的稿费在松山寓所设宴招待。他在席间充满深情地说："离开韶山几十年了，今天请大家吃餐便饭，敬大家一杯酒。"接着亲自给在座的老人一一敬酒。当他走到启蒙老师毛宇居面前时，毛宇居站起来激动地说："主席敬酒，岂敢岂敢！"毛泽东对这位当年在父亲面前极力称赞自己天资聪颖，劝其让孩子到外地读书的老人，始终怀着深深的敬意。他遂即席回答："尊老敬贤，应该应该。"

这个联句自成一格，本为席间即兴对答，却已构成不可多得的口语妙对。毛宇居出句尚属一般应酬的客套话，毛泽东的对句却含有深意，强调发扬中华民族的优秀传统，指出尊重老人与敬奉贤者完全应该。这里可以看出毛泽东虽身居高位仍谦逊质朴的思想作风，亦可看出他的思维敏捷才智过人的应对能力。

题洞庭湖

毛泽东

八百里洞庭重入眼；

五千年历史再从头。

赏析

此联写于20世纪60年代。洞庭湖，在湖南省北部、长江南岸，为我国第二大淡水湖。据江涌《毛泽东同志的洞庭联》（《民间对联故事》2002年第4期）一文介绍：大约在六十年代，毛泽东同志书写了这副气象雄浑、境界阔大的洞庭联。

先看上联。洞庭湖上烟波浩渺，茫茫无际，昔日号称“八百里洞庭”。作者再次来到岳阳，则八百里洞庭重又呈现在自己眼前。

下联中，相传洞庭湖为古云梦泽的一部分，因而自然唤起人们对于远古时代的回忆，因言“五千年历史再从头”。

此联卓具特色。上联从空间落笔，下联从时间着眼，空间的开阔与时间的悠远凝结着历史的沧桑厚重之感。因其出语惊人，气势豪放，实属大家手笔。

关于此联写作时间，陈艳华《洞庭联质疑》（《民间对联故事》2002年第12期），一文提出异议，认为此联并非写于60年代，因为自己当时就在岳阳工作，了解毛泽东虽途径岳阳而未为洞庭湖题联。而且这副联语早在当地流传，世人公认只有毛泽东才有此等气魄。毛泽东大革命时期两次来过岳阳，此联似应写于20年代。现二说并存，尚有待研证。

题扇传周

毛泽东

各求各志，各行各路；
离凡离圣，离因离果。

赏析

此联作于1971年春。据有关材料介绍，林彪覆灭之前，周总理曾将林彪情况秘密地向毛泽东作出书面汇报。毛泽东阅后深思良久，随将四句话写在一把白色丝绸折扇上，让警卫员将扇送给周总理。扇上写道："各求各志，各行各路；离凡离圣，离因离果。"总理看后心中有数，知是一副内含禅机的联语。

上联意谓各人有各人的志向，各人有各人的道路，都在按照自己的愿望确定自己的前程。这里似在阐释人各有志不可强求的人生真谛。

下联意谓背离尘世凡人，背离古圣先贤，背离因果关系，这样做是不会有好结果的。这里"凡""圣"似有特定内涵，喻指人民大众和马克思主义。

这副题在折扇上的联语，显然是针对林彪反党集团而言的。其内在涵义是：人各有志，不可勉强。天要下雨，娘要嫁人，有什么办法呢？但是如果违背了人民的意志，背叛了党中央的领导，绝不会有好结果的。这里也暗示周总理要做好防备。不久林彪窃机外逃，摔死在蒙古温都尔汗，果真落得个"离因离果"的可耻下场。周总理毕竟是毛泽东几十年的亲密战友，心有灵犀一点通，自能领会联中的含意。这种有点像佛家偈语式的联语，这种题扇传话的方式，均为我国当代联坛留下一段佳话。

赠邓小平

毛泽东

柔中寓刚；
绵里藏针。

赏析

此联作于1973年12月。邓小平（1904—1997），四川广安人。1920年赴法勤工俭学。1922年参加中国社会主义青年团。1924年加入中国共产党。1927年任中共中央机关秘书长。1934年参加长征，任中共中央秘书长。抗日战争、解放战争期间，任八路军总政治部副主任、一二九师政委、中原野战军政委、中原局第一书记。新中国成立以后，历任政务院副总理、中共中央总书记、中共中央副主席、全国政协主席、中央军委主席等职。关于此联形成背景：1973 年 2 月，邓小平从江西农村回到北京，恢复国务院第一副总理职务。同年 12 月 12 日，毛泽东在中共中央政治局会议上，正式建议邓小平参加中央军委工作，并说："我请了一位军师，出任总参谋长。"还当着大家的面对邓小平说："我送你两句话，叫做'柔中寓刚，绵里藏针。'外面和气一点，内部是钢铁公司。"

联句称赞邓小平立身处世刚柔相济，既有灵活性，又有原则性。毛泽东排除"四人帮"的干扰，启用邓小平，以"柔"和"绵"为喻，肯定邓小平为人谦恭温和；以"刚"和"针"作比，赞扬邓小平具有高度的革命原则性。这是对邓小平复出之后的高度肯定，也是对邓小平委以重任的深情慰勉。作者以高度艺术化与形象化的语言，对身边战友作出了富于哲理性的科学评价。

勉励许世友

毛泽东

随陆缺武；
绛灌少文。

赏析

此联成于 1973 年 12 月。许世友（1905—1985），河南新县人。开国上将。1927 年加入中国共产党。历任红四军军长、华东野战军第九纵队司令员、中国人民解放军副总参谋长、国防部副部长兼南京军区司令员、广州军区司令员、中央军委常委等职。此联写作缘起：1973 年 12 月，中央军委发布命令，对八个大军区司令员实行对调。毛泽东接见各大军区负责人，会上对许世友等人说："你们只讲武，爱打仗，还要讲点文才行啊！"这副勉励许世友的联语，正是上述讲话精神的概括。

此联系摘句，出自《晋书·刘元海传》："常鄙随、陆无武，绛、灌无文。”联中改“无”为“缺”、“少”，语气委婉一点。随陆，指随何、陆贾，汉高祖刘邦的两位谋臣。均因谋划有功，官至护军中尉与太中大夫。绛灌，指绛侯周勃和灌婴，汉高祖刘邦的两员武将。均因作战有功，官至太尉、丞相。这里是说，随何、陆贾均系文臣，可惜缺少武功；周勃、灌婴均系武将，却又缺少文才。其意在于希望文官务武、武官务文，成为文武全才。

这副联语摘自古书，却能发人深省。可谓言少意多，语重心长。不仅勉励许世友要不断提高文化水平，同时也是对于全军将领，包括党政领导干部提出的要求。毛泽东本人在这方面作出了很好的榜样。

赠 邱 锋

毛泽东

风云帐下奇儿在；
鼓角灯前老泪多。

赏析

此联写于1975年间。邱锋，广东人，为毛泽东晚年治病的医务工作者。据唐意诚《毛泽东楹联辑注》一书介绍：晚年的毛泽东在病中为党为国为人民的前途感到颇为忧虑。有一次给他身边的工作人员邱锋写了一副对联，以表达自己的这种心情。

这是一副典型的摘句联。摘自清代诗人严遂成《三垂冈》，全诗为：“英雄立马起沙陀，奈此朱梁跋扈何！只手难扶唐社稷，连城且拥晋山河。风云帐下奇儿在，鼓角灯前老泪多。萧瑟三垂冈畔路，至今人唱《百年歌》。”这是一首过三垂冈有感于李克用事而作的怀古诗。诗中颈联尤显雄浑悲怆。奇儿指李存勖，因其外貌奇特，为李克用所喜爱。李存勖自小随父征战军中。李克用在三垂冈置酒时，伶人奏《百年歌》，至于衰老之际，举座凄怆。时存勖方五岁，克用慨然捋须笑曰：“吾行老矣，此奇儿也，后二十年，其能代我战于此乎？”后果应合此言。

毛泽东摘录此诗同样反映自己晚年雄浑悲凉而又寄希望于后人的心境。据陈晋《毛泽东之魂》一书介绍：步入晚年的毛泽东,多次谈起自己要见马克思见上帝了。有一次女医生小李来看望，临走时毛泽东送她两句话："风云帐下奇儿在，鼓角灯前老泪多。"又解释后面一句，"就是我此时此刻的心情!"

毛泽东之所以书面与口头反复摘引清人的诗句，看来并非在发思古之幽情，而是借他人酒杯，浇自己胸中块垒。联句是他晚年对待死之将至悲凉而又坦然的旷达态度的体现，也是他为了党和国家前途深表忧虑的真实写照。

应对何殿甲老人

周恩来*

不为列强奴仆；（何殿甲）
誓做中华主人。（周恩来）

作者

*周恩来（1898—1976），字翔宇，原籍浙江绍兴，生于江苏淮安。1922年加入中国共产党。1927年领导"八一"南昌起义。曾任中共中央组织部部长、中国工农红军总政委、中央军委副主席。新中国成立后，任国务院总理、中共中央副主席、全国政协主席。有《周恩来选集》、《周恩来青年时代诗选》传世。

赏析

此联作于1911年夏天。当时，周恩来在沈阳大东门外的"奉天东关模范学校"读书。他在这所新式小学里，既读我国古书，又学西方新学，课余则阅览各种进步书刊，深受爱国主义思想影响。这年夏天，接受同窗好友何履祯的邀请，到沈阳郊区农村魏家楼度假。同学祖父何殿甲是村里一位正直的私塾先生。老人常听孙子夸奖周恩来很有抱负，便想测试一下这个英俊少年的志趣和才华，遂在见面之后出了上联。周恩来也很尊重这位老人，随即应对，因而形成这副含意警策的联语。

从联句出句可知，何殿甲老人当年饱受日、俄帝国主义侵华的苦难，有着强烈的反帝爱国思想；从对句亦见，少年周恩来思想机敏、胸怀大志，誓做中华大地的主人。难怪何老先生因此而赞不绝口："周生少怀大志，必成大器，前途未可限量，中华之幸也。"二人从此成了忘年之交。当1913年8月周恩来考入天津南开学校即将离开沈阳时，何殿甲老人特地写了《赠周恩来文》和《赠周恩来南归诗》五首。这些诗文以历史上不少著名人物的故事，殷切勉励这位少年知已将来成为国家的栋梁之材。上述联语与何老诗文，已成我们把握周恩来少年时代思想发展的不可多得的史料。

自　勉

周恩来

与有肝胆人共事；
从无字句处读书。

赏析

此联作于1914年间。1913年8月，周恩来考进天津南开学校读书。次年3月，他与张瑞峰、常策欧发起组织敬业乐群会，本着“敬重学业、联络感情”的宗旨，很快就吸引了二百余人参加。周恩来因其品学兼优被选为该会的领导成员。这副自勉联语实为当时生活、学习的真实写照。

上联可以说是周恩来立身处事的准则。肝胆，语见《史记·淮阴侯列传》：“臣愿披腹心，输肝胆，效愚计。”后用以喻人之真诚、血性、勇气，亦即肝胆相照之意。能与这样的人共事自会大有长进。无论是初期的敬业乐群会，还是后来的觉悟社，周恩来在立身行事、交友待人方面都奉行这样的原则。

下联则是周恩来治学求知的格言。宋代朱熹指出：“读书不可只就纸上求理义。”清人张潮亦言：“能读无字之书，方可得惊人妙句。”联中“无字句处”，指书本以外的社会实践。敬业乐群会本身就强调“轶出于课程之外，研究各种学识，以作补助”，到了觉悟社时期，更是注重社会实践，积极投身于爱国学生运动。这就说明学生读书也不应脱离社会这个大课堂。我们应从社会实践中学习，要读社会这本无字的大书。

这副联语文字简洁，属对工巧，立意新颖，启人深思。过去联语中出现有、无之后，往往只带一个单音节名词，如有路、无涯、有幸、无辜等等，此联却带出有肝胆人、无字句处的多字词组，意义颇为严谨而文字上又不生涩，实在很不容易。周恩来青年时代以此自勉，意在强调交友要有选择，读书更重实践。此联作为人生治学、交友的格言，至今仍有重大的现实意义。

镜 铭 联

周恩来

面必净，发必理，衣必整，钮必结；气度：勿傲，勿暴，勿怠；

头宜正，肩宜平，胸宜宽，背宜直；颜色：宜和，宜静，宜庄。

赏析

此联写于 1913 年秋进入天津南开中学读书以后一段时间，作为附在居室镜子旁边的铭文。铭为古代一种写作体式，为文刻于器物之上。多称述生平功德以求传扬于后世，亦可用以自警激励个人奋发图强。

有关此联写作缘起，据谢传善《周恩来总理的一副铁联——镜铭联》（载《对联》1998 年第 3 期）一文介绍：周恩来总理在南开中学读书时，于大立镜旁糊了面“纸镜”，手书了一则《励己铭》，内容即为此联。在此铭文中，少年周恩来对自己仪容、举止、修养、气度都提出了明确的要求，以此作为策励与规箴。

我们赞同该文作者的观点，稍加推敲即可发现，这则《励己铭》本身就是一副极妙的对联。只要将铭文部分词句略作调整即可。虽下联少数地方对仗、平仄失调，算不得工对，但大体仍可纳入宽对范围。看来铭文作者并未着意撰联，否则据其功力稍作加工即可。我们从这副别具一格的《镜铭联》中，可见铭文本身声调和谐朗朗上口，而且一位气度恢弘、性格温和、严肃认真的少年周恩来形象亦跃然纸上。

赠张蓬仙

周恩来

险夷不变应尝胆；
道义争担敢息肩。

赏析

此联作于1916年4月。张蓬仙，名瑞峰，吉林人。1913年和周恩来一起考进天津南开学校。周恩来、张蓬仙、常策欧曾共同发起成立敬业乐群会。此联为七言律诗《送蓬仙兄返里有感》中的一联。原作署名飞飞，发表于《敬业》第4期。后曾手书此联，既为勉励同窗友人，亦在用以律己。

上联谓在任何情况下都应艰苦奋斗。险夷，险阻与平坦。语见《列子·汤问》："未尝觉山谷之险，平隰之夷，视之一也。"尝胆，典出《史记·越王勾践世家》："吴既赦越，越王勾践返国，乃苦身焦思，置胆于座，坐卧即仰胆，饮食亦尝胆也。"后人因以卧薪尝胆表示不忘国耻发愤图强。这里是说，在前进的道路上，不论一帆风顺，还是遇到艰难险阻，都要发扬古人卧薪尝胆、奋发图强的革命精神。

下联化用明代杨继盛与现代李大钊的对联，表示争挑救国救民的重担永不息肩。明代杨继盛曾为济南大明湖畔的铁公祠题写楹联："铁肩担道义，辣手著文章。"称赞明代忠臣铁铉有胆有识忠烈过人。早期共产党人李大钊则将此联改动一字题赠友人："铁肩担道义，妙手著文章。"用以相互勉励，可谓言简意深。周恩来又在上述基础上化为"道义争担敢息肩"，而且另出新意，既争担道义，又哪敢息肩！一个少年爱国者的形象跃然纸上。

这副联语言简意赅，含蕴丰富。于极其短小的篇幅之中，纳入成语典故，化用前人联语，显得自然而又贴切。作为二十世纪初年周恩来用以励友律己的格言，至今仍可作为我们的座右铭，有其一定的现实意义。

挽王允彰二联

周恩来

一

顿仅三旬，郯渺仪容，惆怅知音悲鲍叔；
裳才一奏，遽空色相，伤怀同调失钟期。

二

终贾英风空想象；
苏张雄辩尚依稀。

赏析

这两副挽联写于1917年3月。当时，天津南开学校专门一班学生王允彰不幸因病逝世。他在南开学习期间，积极参加学校社团活动，长于演说、歌唱。周恩来与其过从甚密，惊悉友人不幸病逝，连续写了两副挽联。

第一联发表于同年3月28日出版的南开《校风》周刊第60期。

上联中文言词语较多，需要加以诠释。顿，困顿、困厄。语见《荀子·仲尼》："顿穷则从之，疾力以申重之。"旬，十天。郯（tán），古国名，故地在今山东郯城县境。惆怅，因失意而哀伤。鲍叔，典出《列子·力命》，为春秋时期齐国大夫鲍叔牙，以知人善任著称。自幼与管仲交谊深厚。齐桓公即位，任命鲍叔牙为相。他却拜谢，保举管仲。世称"管鲍之交"。上联意谓，你病重卧床只有一月，就再也看不到这位郯城少年的仪表容颜，能不让人为失去像鲍叔牙这样的知音而怅惘悲伤？

下联文言词语亦复不少。裳，似指音乐，唐代有《霓裳羽衣曲》。遽（jù），疾、速。色相，佛教名词，指一切事物的形状外貌。《楞严经》："离诸色相，无分别性。"同调，本指音乐调子相同，亦可喻人之志趣或主张相同。钟期，典出《列子·汤问》，即春秋时代的钟子期。相传伯牙善鼓琴，钟子期善听。他能从伯牙琴声中听出对方心意，后世因称知己朋友为知音。这里是说，哀乐才奏过一遍，友人的形象即很快消失，能不让人为失去像钟子期那样的同调而伤怀？

此系典型的文言联语。用字遣词，古雅典则。这里既可看出周恩来早年有着颇为深厚的古典文学修养，也反映出五四以前某些知识青年过于追求典雅而失诸雕琢的弊端。“顿”、“裳”、“郯渺”等词，似均难于作出准确解释。周恩来撰联与写诗一样，五四运动之前多写旧体，五四之后转向新诗。因此应属特定历史时期的产物。

第二联发表于同年4月18日出版的南开《校风》周刊第61期。作者写成上一副联之后，怀念亡友之情意犹未尽，于是又撰一联。

此联为称颂和悼念亡友而提到四位有名的历史人物。终军、贾谊均为汉代名士。终军18岁被选为博士弟子，上书评论国事。汉武帝任为谒者给事中，迁谏议大夫。后奉命赴南越（今两广地区）被杀，死时年仅20余岁。贾谊为西汉政论家、辞赋家。18岁时以能诵读诗书、善写文章，为邦人所称誉。汉武帝任其为博士，迁太中大夫。他曾多次上疏，批评朝政，受到权臣排挤打击，以致抑郁而死。苏秦、张仪均为战国时代有名的纵横家，分主合纵与连横之说，并以善于辞令著称。这里是说，随着友人的逝世，终军、贾谊那样英武的气概已不复存在，只能让我们去凭空想象而已。只是苏秦、张仪那样善于雄辩的姿态尚依稀留在人间。

此联以古喻今，贴切自然。终军、贾谊均为汉代才子，且都英年早逝，用以说明王允彰聪明好学，不幸早逝。苏秦、张仪则为战国时代名人，均以雄辩著称于世，这里用以称赞王允彰富于演讲才能，亦非常贴切。作者深情赞美友人具有“终贾英风”和“苏张雄辩”之才，至今依然给人留下难忘的印象。

合挽王允彰

周恩来

童年与杨壮飞、段叔泉鼎足称南开三杰，气

毒尚依稀，胡张去萧留君竟死。

弱冠慕终博士、班定远并峙为两汉双英，英风空想象，遗亲悲友痛意滋伤。

赏析

此联写于1917年3月。王允彰去世之后，周恩来除单独献上两副挽联外，还与同学蔡凤、蔡卓东、李福景合送一副挽联。原文没有标点符号，现由笔者加上。此联发表于同年3月28日出版的南开《校风》第60期。

上联中，杨壮飞、段叔泉均为王允彰南开校友。鼎，古代供烹煮用的器物，其形三足两耳，因喻三者并列，亦称鼎足三分。气毒，指人极盛的气息。毒为很盛的热气。王充《论衡·言毒》："夫毒，太阳之热气也。"张去萧留，根据上下文意仍指南开校友，似指赴日留学的张瑞峰与留在校内的萧某某。上联意谓，逝者童年就与杨壮飞、段叔泉合称南开三杰，当年校友们活动的气息依稀尚存，何以张君出国、萧君留下，而你竟死去呢？

下联中，弱冠，古代男子20岁行冠礼，故用以指20岁左右的年纪。《礼记·曲礼上》："二十曰弱冠。"终博士，西汉名士终军，18岁被选为博士弟子。班定远，东汉名将班超，因镇守西域有功，被封为定远侯。遗（wèi），给予、致送。滋伤，增加悲伤。下联意谓，逝者年纪轻轻就仰慕终军、班超一并耸立着的两汉双英，而今友人华年早逝英风何存，给诸多亲友留下的悲痛更加让人黯然神伤。

这副由周恩来执笔的挽联大多采用文言词语，字句对称整齐，感情真挚深沉。上联采用当时尽人皆知的校中近事，下联则用广泛流传的历史典故，借以称颂亡友，贴切自然，恰到好处。童年与弱冠、鼎足与并峙、南开三杰与两汉双英，无不属对工稳，既可显露出作者有着颇为深厚的文学修养，进而由此引出的痛失亡友的诚挚感情亦充溢于字里行间。

赠王朴山

周恩来

浮舟沧海，
立马昆仑。

赏析

此联写于1917年6月。王朴山（1896—1930），吉林榆树人。1913年考入天津南开学校，与周恩来成为同窗好友。次年加入敬业乐群会，常以笔名发表诗文。1917年赴日本留学，入早稻田大学学习法律。1922年回国，一度从事教育工作，后在东北屯垦公署任职。1930年病故。1917年6月，王朴山中学毕业将赴日本留学，周恩来题写此联作为临别赠言。

此联系赠友壮别之辞。浮舟，即行舟，浮动在水上的船。沧海，大海。沧亦通“苍”，因大海水深呈青苍色，故称沧海。昆仑，即昆仑山，西起帕米尔高原东部，横贯新疆、西藏间，东延入青海境内。全长2500公里，为我国最大的山脉之一。此联意谓，乘船浮于大海之上，纵马立于高山之巅。作者展示丰富的艺术想象，认为新时代有志青年应当具有远大的抱负和非凡的勇气，以致敢在沧海之上浮舟，昆仑山上立马，去干一番轰轰烈烈的伟大事业。

这副联语气势恢弘，属对工巧，意象鲜明，虽由八字组成，却有非凡气势，能给人以极大的鼓舞和鞭策。此联既为勉励友人，亦属表述己志。作者自己不久亦赴日本留学，实现浮舟沧海之愿。王朴山生前颇为珍视这一临别赠言，直到1927年夏天还将此联特意刻在自己的铜镇尺上（此镇尺现存国家博物馆），以作永久纪念，且在尺上注明：“此十年前翔宇赠余之言也。”

与王朴山联句

周恩来

共扶元气回阳九；
各放光明照大千。

赏析

此联成于1918年。周恩来留学日本期间，与南开同学王朴山过从甚密。二人常在探讨学业之余，即兴联句互娱。联句本为旧时作诗方式之一，两人或多人合作，相联成篇。一般袭用一人出上句，续者对成一联。此系昔日文友之间常见的应酬活动。

上联出句颇有气势。元气，为我国古代哲学概念，指构成和产生天地万物的原始物质。一般谓人的精神、生气，亦可引申为人类社会的生命力。王充《论衡·言毒》："万物之生，皆禀元气。"阳九，是古代术数家的说法，后用以批灾年或厄运。文天祥《正气歌》诗中有句："嗟予遘阳九。"这里是说，我们决心共扶人间正气，以挽救处于厄运之中的多灾多难的祖国。

下联对句亦自不凡。大千，佛教名词，即大千世界的简称。这里是说，各人均在自己的岗位上放出光明，以照亮整个大千世界。

这一联句虽属友人之间即兴之作，仍应引起我们足够重视。它既是个人情怀的抒发，亦充分反映了当年留日学生的壮志豪情。一群青年爱国者的形象跃然纸上。王朴山为了留作永久纪念，特将此联篆刻在铜印章上，一直由本人及其亲属珍藏了几十年。

尚有两点需作说明：一是南开大学出版社出版的《周恩来早年文集》，收录此联时没有注明上下句各由谁写，因此笔者亦无法标明。二是当时周恩来与王朴山常在一起联句互娱，这是我们所能见到的仅存的一副，更应弥足珍惜。

挽于骏望父

周恩来

硕德竟辞尘，监狱有儿频堕泪；
仲男难视葬，囹圄同志共含悲。

赏析

此联写于1920年5月。于骏望，天津商业学校学生、天津学生联合会领导成员、天津国民大会调查委员。因积极参加抗议北洋军阀政府的爱国学生运动，1920年1月与周恩来、马千里等20余人先后被捕入狱。于骏望父亲因思念陷入狱中的儿子，身染重病，吐血身亡。狱中难友为此深感悲痛，送上这副挽联，以志哀悼之情。

上联哀挽于父，兼及其子。硕德，具有盛德、大德之人。上联意谓，像于父这样具有盛德之人竟然辞别人世，尚处狱中的儿子为痛悼亡父而频频堕泪。

下联极写于骏望与其狱中难友们的悲恸心情。仲，过去兄弟排行常以伯仲叔季为序，仲是老二。视葬，亲自参加葬礼。囹圄(líng yǔ)，牢狱。下联意谓，如今举行葬礼，于骏望作为他的次子却不能直接参加，全体狱中难友无不为之共含悲恸。

这副挽联写于监狱这一特殊环境之中，悼念难友之父，更显深情意挚，用语亦文白相间，完全切合逝者与其子的身份。采用硕德、辞尘、视葬等文言词语，更能表达对于已故老人的尊敬与怀念之情。此联录自周恩来执笔的《检厅日录》，与狱中20余位难友同献。周恩来参与署名且本人又精于此道，此联当为周恩来所作。

挽黄正品

周恩来

血儿滴在地上；
种子撒在人间。

赏析

此联写于1922年初夏。当时，周恩来正在法国，一边勤工俭学，一边从事建党活动。因从国内觉悟社友人信中惊悉革命战友牺牲而成此联，以表沉痛哀悼之情。

这是一副典型的白话联语，虽用口语写作，对仗却很工整，文字亦生动鲜明。此联意谓，革命者的鲜血滴在祖国的土地上，同时也把革命种子撒在了人间，将来一定会结出胜利的果实。此语既是对逝者的深情悼念，亦可作为生者的革命誓言。饱含革命哲理，可作人生格言。

需要指出的是，此联文字虽按《近现代名人对联辑注》收录，但该书从标题到诠释均有失误。首先将此联题为《挽黄正昌》，进而附有说明："此联作于1923年黄正昌牺牲时。"还有一条注释："黄正昌，中共党员，生平不详。"这些内容均需订正。

据1923年4月天津出版的《新民意报》副刊《觉邮》第2期，曾发表周恩来所作新诗《生别死离》，中有两句："种子撒在人间，血儿滴在地上。"作者还有附注："看到施山给念吾的信，知道黄正品因长沙工人罢工事，遭了赵恒惕和资本家的诱杀。一时百感交集；更念及当时的同志，遂作此篇。""正品的事，真是壮烈而又悲惨。这不仅在中国为创见，便在世界劳工运动中也是仅见。""我对他唯一的纪念便是上面表示我的心志的那首诗，和最近对于C. P坚定的倾向。"

由此可见，这副联事来自《生别死离》中的诗句，是为悼念黄正品而作。查阅有关材料可知：黄爱（1897—1922），字正品，湖南常德人。1919年考入天津高等工业学校，积极参加五四运动，并任《天津学生联合会报》编辑，与周恩来成了亲密战友。次年回湖南从事工人运动。1922年1月，因领导长沙纱厂工人罢工，与庞人铨同时被湖南反动军阀杀害，构成震惊全国的“黄庞流血事件”。毛泽东当即在长沙船山书社召开了黄爱、庞人铨烈士追悼会，并发行纪念特刊。周恩来在国外则因此写了联语和新诗，以悼念自己的革命战友，并发出坚定的誓言。

赠北伐将士

周恩来

饮马长江；
会师武汉。

赏析

此联成于1926年5月。时任中共两广区委委员长、黄埔军校政治部主任的周恩来，在广州住所约见国民革命军第四军独立团团长叶挺。叶挺首先汇报自己所率北伐先遣部队情况，随后陪同周恩来会见独立团连以上党员军官。周恩来代表广东区委向独立团提出具体要求，并以“饮马长江，武汉见面”这一豪言壮语作为结束，勉励先遣部队英勇作战为国立功。

这一临别赠言给北伐军先遣部队以极大的鼓舞。当时任国民革命军总政治部副主任的郭沫若，出于对周恩来的敬重在北伐途中将这一赠言稍作改动，成为：“饮马长江，会师武汉。”因其气势豪壮，对仗工整，有如催人出征的战斗号角，在北伐军中产生更为广泛的影响。这是采用联语形式，希望我北伐军全体将士，早日到达长江沿岸，并在武汉胜利会师。

时过不久，北伐军将士经过浴血奋战，果然实现了“饮马长江，会师武汉”的愿望。这一实际由周恩来、郭沫若合作的联语，已成为大革命时期北伐军中广泛流传的佳话。

挽空军勇士

周恩来

为五千年祖国英勇牺牲，功名不朽；
有四百兆同胞艰辛奋斗，胜利可期。

赏析

此联作于1938年2月。同年2月18日，日寇飞机轰炸武汉三镇，我空军第四大队飞行员英勇还击。此次空战仅用12分钟就击毁敌机12架，开武汉空战以来胜利之新纪录。在此次战斗中，我空军大队长李桂丹、队长吕基淳与飞行员巴清正、王怡、李鹏翔五人壮烈殉国。2月21日，武汉各界人士隆重召开“二·一八空战祝捷及追悼殉国空军将士大会”。毛泽东、朱德、彭德怀、邓颖超等献了花圈。中共八路军武汉办事处周恩来、董必武、叶剑英等亲临致祭并联名送了挽联。

联语紧扣主题言简意明，既高度评价我空军勇士壮烈殉国的伟大意义，又对广大抗日军民寄予殷切期望。五千年，指我国为已有五千年历史的文明古国。四百兆，即四万万，万万为兆。作者抓住大会庆祝空捷与追悼国殇的宗旨，指出我空军勇士为伟大祖国英勇献身将名垂不朽，只要四万万同胞坚持抗战艰苦奋斗，一定能够取得抗日战争的最后胜利。

挽吴复夏

周恩来

精诚团结；
驱逐倭虏。

赏析

此联写于1938年4月。吴复夏（1912—1938），浙江东阳人。国民党空军飞行员。1938年4月，奉命空袭被日军占领的杭州笕桥机场，完成任务返航时遭遇日本飞机狙击，与之展开激战。吴复夏在击落击伤敌机三架的情况下，不幸因自身飞机中弹爆炸而壮烈殉国。武汉各界举行追悼会，周恩来送上这副挽联。

挽联言简意明。精诚，真心诚意，倭虏，对日本侵略者的蔑称。我国古代称日本为倭。《汉书·地理志下》："乐浪海中有倭人，分为百余国。"颜师古注引《魏略》："倭在带方东南大海中，依山岛为国。"虏，为对于敌方的蔑称。此联意谓，值此民族危亡之际，应当真心诚意地团结起来，共同驱逐日本帝国主义强盗。我空军勇士吴复夏真正做到了这一点，因此值得人们景仰和怀念。同时亦在告诫国民党有关当局，应与共产党加强合作团结御侮，以期早日取得抗日战争的最后胜利。

联语短小精悍，妙在虚实相间。既在表彰这位为国捐躯的空军勇士，亦在提醒世人必须巩固和发展抗日民族统一战线，警惕国民党有关当局执行妥协退让的错误政策。

挽罗芳珪

周恩来

为国家合作抗日，南口防守决死战，声震中外；
作民族复兴英雄，台庄大捷成壮烈，独有千秋。

赏析

此联写于1938年4月。罗芳珪（1907—1938），湖南衡东人。1926年黄埔军校第四期毕业，加入北伐军。1934年任国民政府军第八十九师五二九团团长。1937年卢沟桥事变后，该团受命扼守北京昌平县南口，曾击退十倍于己之敌的进攻，被誉为抗战初期英勇杀敌的"四大名团"之一。1938年4月初，奉命率团赴台儿庄，向敌军右翼突击，配合友军夹击城内之敌。4月4日，台儿庄大捷消息传遍全国。4月6日，台儿庄残敌疯狂反扑，罗芳珪亲临前沿阵地，不料被突然飞来的炮弹击中而壮烈牺牲。灵柩运回湖南故乡后，各界隆重兴行公祭仪式。国共两党要人蒋介石、于右任、周恩来等均送挽联致哀。

上联赞扬逝者在南口防守战中的卓越贡献。南口，在北京昌平县西部，当燕山山脉与华北平原交接处，与居庸关、八达岭同为重要交通要冲，京包铁路经此。声震中外，声威震惊中外。这里是说，罗芳珪为坚持合作抗日，率领五二九团扼守南口，与敌决一死战，威名声震中外。

下联表彰逝者在台儿庄会战中壮烈殉国。台庄大捷，即台儿庄会战取得重大胜利。1938年3月下旬，日军第十师团向台儿庄进攻。4月3日，中国军队以40万优势兵力，包围进攻台儿庄之敌，并击退由临沂增援之敌第五师团一部。至4月6日取得了歼灭两万余人的胜利。独有千秋，独具流传久远的价值。这里是说，作为民族复兴的英雄，罗芳珪在台儿庄会战胜利之际壮烈牺牲，因而独具流传千古的价值。

这副挽联言简意明，对仗工整。作者对于这位国民党抗日爱国将领，紧紧抓住南口防守战与台儿庄会战两大典型事件，加以热情赞颂。既赞其壮烈殉国的历史功勋，又表示发自内心的深情悼念。

挽新升隆轮死难烈士

周恩来

江上焚舟，空负乘长风破巨浪之志；
后方殉国，同于执干戈卫社稷而亡。

赏析

此联写于1938年12月。新升隆轮死难烈士，1938年10月22日《新华日报》和八路军办事处部分工作人员，从武汉乘新升隆轮船撤往重庆，在长沙上突遭日寇飞机轰炸，船在江中被焚沉没，我方二十五位干部、战士为国殉难。12月5日，中共南方局在重庆隆重举行“保卫大武汉殉难同志追悼会”。周恩来作为中共南方局负责人撰送挽联致哀。邓颖超亦在当日《新华日报》发表自由体长诗《敬悼新升隆轮二十五位死难烈士》。

上联点出“江上焚舟”的不幸事件。当时，由于遭到敌机轰炸，江轮被焚沉没，全船乘客大多遇难。联中“乘长风破巨浪”化用乘风破浪的典故，语见《宋史·宗悫传》：“悫少时，炳问其志。悫答曰：‘愿乘长风破万里浪。’”这里是说，由于轮船在江上被焚，致使我党不少干部、战士空负乘风破浪之志。他们本想沿江而上，赴重庆为抗日救亡干一番事业。

下联强调“后方殉国”的历史意义。殉国，为国难而舍生，亦即为国牺牲。“执干戈卫社稷”，语出《礼记·檀弓下》：“执干戈以卫社稷。”干戈为古代作战常用的武器。社稷原指土神和谷神，可用作国家的代称。此谓拿起武器保卫国家。下联是说，烈士们在大后方为国殉难，与在前线战斗牺牲一样，同样应当受到人民的尊敬。

根据有关报道记载，我八路军办事处与新华日报社的勇士们，在敌机狂轰滥炸、江轮亦已被焚的危难时刻，仍在竭力抢救周围的战友和群众，把生的希望留给别人，把死的危险留给自己。他们用生命和鲜血写下了“江上焚舟”和“后方殉难”的可歌可泣的战斗篇章。

题南岳佛教救国协会

周恩来

上马杀贼；
下马学佛。

赏析

此联写于1939年春。周恩来曾应约到南岳衡山为游击干部训练班作报告。当时南岳寺庙里的僧人已组成抗日救亡团体南岳佛教救国协会，还打算成立一支僧军，直接奔赴抗日战场。周恩来作为军委政治部副部长特地去看望他们。他高度评价僧人们的爱国热情，并应丘赞法师要求挥笔题词："上马杀贼；下马学佛。"

丘赞法师望着题词，对于杀贼与学佛联系在一起是否有违教义心存疑虑而当面提出请教。周恩来笑着解释："阿罗汉的第一个汉译是杀贼，不杀除烦恼之贼，就成不了阿罗汉。我写的是杀贼不是杀人。现在日本强贼正在大批杀我同胞，我们不把杀人的贼除掉，怎么普度众生？杀贼是为了爱国，也是为了佛门清静。你们出家人只出家未出国，所以同样要保国爱国。抗战就是杀贼，杀贼就是爱国。"这一席话说得众僧口服心服，从而真正懂得了只有上马杀贼，才能下马学佛的道理。他们纷纷表示投身抗日，手持戒刀，上马杀贼。

这样采用对联式的题词激励南岳僧人的爱国热情，实属别出心裁。而且杀贼与学佛并举，表示共产党人并不排除宗教，主张信教自由，起到了团结宗教界人士投入抗日救亡的作用。

赠冼星海

周恩来

为抗战发出怒吼；
为大众谱写呼声。

赏析

此联作于1939年7月。冼星海（1905—1945），广东番禺人。1929年赴法国巴黎音乐学院学习。1935年回国后，在上海投入抗日救亡运动。1938年底到延安，任鲁迅艺术学院音乐系主任。次年加入中国共产党。曾创作《青年进行曲》、《热血歌》、《黄河大合唱》、管弦乐《民族交响曲》、歌剧《军民进行曲》，对抗日救国起了很大作用。1940年5月赴苏考察，1945年10月病逝于莫斯科。

1939年7月，周恩来由国民党统治区重庆返回延安。鲁迅艺术学院特地举行文艺晚会，人民音乐家冼星海亲自指挥演出了《黄河大合唱》。演出结束后，周恩来拉着冼星海的手，祝贺他们演出成功。冼星海拿出笔记本请求题词，周恩来欣然应允，随即写了这副题词。

此联高度评价冼星海在音乐方面的贡献，特别是像《黄河大合唱》那样的革命歌曲，真正发出全民抗战的怒吼，谱出人民大众的呼声。也正因为如此，冼星海得以成为现代著名的音乐家。

这一对联式的题词言简意深，内容丰富。这个"二为"提出本身，不仅是对人民音乐家冼星海创作经验的集中概括和高度评价，也是对于一切革命文艺工作者的热情鼓励和战斗号召。

挽平江惨案烈士

周恩来

长夜辄深思，团结精诚，仍是当今急务；
国人须猛省，猜疑摩擦，皆蒙日寇阴谋。

赏析

此联写于1939年7月。平江惨案，1939年6月12日，国民党当局派兵包围新四军设在湖南平江嘉义的留守通讯处，杀害该处负责人涂正坤、罗梓铭等六人，造成轰动全国的平江惨案。我党我军多次向国民党当局提出严重抗议。8月1日，延安举行追悼平江惨案遇害烈士大会，周恩来与会并献挽联致哀。

上联中，辄（zhé），犹即。韩愈《进学解》："跋前踬后，动辄得咎。"团结精诚，即精诚团结，真心诚意地搞好团结。这里是说，我于漫漫长夜就在深思，国共两党精诚团结合作抗日，仍是当前急务。此中“长夜”一语双关，既指作者惊闻惨案彻夜难眠，亦指抗日战争进入艰苦的相持阶段。

下联中，省（xǐng），醒悟、明白。摩擦，国民党当局消极抗日、积极反共，经常制造摩擦。蒙，遭、受。《易·明夷》：“以蒙大难。”这里是说，国人必须尽快明白，国民党当局不断制造猜疑摩擦，皆与日寇阴谋有关。这就直接点明了平江惨案的性质。正如周恩来致电国民党军政部长陈诚时所说：“其目的必在造成国共裂痕，以导致破坏抗战，走入不得不对日妥协之途，其处心之深，用意之毒，显系破坏分子所为。”进而提醒全国人民“坚持抗战到底，反对中途妥协；坚持统一战线，反对挑拨内讧。”

据《革命前辈联语辑注》一书，此联为：“长夜辄深思，团结精诚乃当今急务；同胞须猛省，猜疑摩擦皆日寇阴谋。”文字稍有差异，此系异体，可以参阅。

挽郭朝沛

周恩来

功在社稷，名满寰区，当代文人称哲嗣；

我游外邦，公归上界，遥瞻祖国吊英灵。

赏析

此联作于1939年9月。郭朝沛为郭沫若之父，1939年7月5日因病逝世。同年10月举行家祭，国共两党要人与各界知名人士纷纷献上挽联挽幛。周恩来当时正在苏联治疗右臂摔伤，惊闻噩耗，亦在家祭之前寄上挽联，以表深沉哀悼之情。

上联既悼逝者，又颂生者。在哀挽郭父同时，盛赞其子沫若之功。社稷，古代帝王、诸侯所祭的土神和谷神，亦用作国家的代称。《礼记·檀公下》：“能执干戈以卫社稷。”寰（huán）区，犹寰宇，即天下。哲嗣，旧时对他人之子的敬称，此指郭沫若。这里是说，当代文人郭沫若功在国家，名满天下。联句实际是在称颂逝者为国家民族生了这样好的儿子。

下联继称颂哲嗣之后，对于逝者表示沉痛哀悼。外邦，外国。邦为国家的代称。上界，即天界，道教仙人与佛教菩萨所居之地。旧有“人死升天”之说，故以“归上界”为人死的婉词。贾岛《题戴胜》：“能传上界春消息，若到蓬山莫放归。”英灵，即英魂，对死者的美称。这里是说，我在国外治病，您却魂归天界，只有遥望祖国南天凭吊老人英魂。

周恩来与郭沫若之父并无直接交往，而且老人长期家居，亦无特殊人生经历，因此哀挽联语如何写得恰如其分确实很不容易。此联立意新颖，情真辞切，且对仗极工，构思颇为巧妙。作者既悼逝者英灵，又颂生者功德，能于虚实结合之中组合成篇，切合人事地域特定情境，堪称现代挽联佳作。

挽 廖 磊

周恩来

百战仰勋劳，当时江右联镳，共誓澄清穷极塞。

一瞑为寂寞，此日山阳闻笛，遥看涕泪满江淮。

赏析

此联写于1939年10月。廖磊（1890—1939），字燕农，广西陆川人。曾任国民革命军第七军军长，驻守柳州达七年之久。抗战爆发后任第二十一集团军副总司令、总司令，参加徐州、随枣等战役。1938年9月任安徽省政府主席，公务军务繁忙，以致积劳成疾。1939年10月患脑溢血病逝，周恩来与叶剑英联名撰送挽联致哀。

上联言逝者卓著勋劳，与新四军联合抗日，且有澄清天下之志。勋劳，功勋劳绩，江右，一般为江西省的别称，亦可泛指长江中下游以西地区。古人叙地理以东为左，以西为右，故江东称江左，江西称江右。联镳（biāo），马衔相连，指并肩而行。澄清，谓澄之使清，比喻使混乱为治平。《后汉书·范滂传》：“滂登车揽辔，慨然有澄清天下之志。”极塞，最遥远的边塞。此指当时国共合作，廖磊主持皖政，能与新四军并肩作战，共同立誓澄清天下至于边塞，亦即将日本帝国主义强盗赶出中国。

下联对于逝者表达沉痛哀悼之情。一瞑，一闭眼，谓人死。为，使。谓廖磊一死使我们感到寂寞。山阳闻笛，典出晋向秀《思旧赋序》。魏晋之间，向秀与嵇康、吕安友善。嵇康、吕安被司马昭杀害，向秀经其山阳旧居，闻邻人笛声，感怀亡友，于是作《思旧赋》。后因以“闻笛山阳”为悼念故友之典。此日作者思念亡友，遥看江淮大地人们无不举泪交流。

此联写于国共合作共同抗日期间，对于已故国民党将领给予恰切评价。肯定其“江右联镳，共誓澄清”的抗日壮举，对其不幸病故亦表深切怀念和哀悼之情。

挽蔡元培

周恩来

从排满到抗日战争，先生之志在民族革命；
从五四到人权同盟，先生之行在民主自由。

赏析

此联写于1940年4月。蔡元培为我国近代民主革命家、教育家。早年参加孙中山领导的资产阶级民主革命，曾任南京临时政府教育总长。1917年任北京大学校长后，积极支持“五四”新文化运动。“九一八”事变后，参与抗日救亡运动。1940年3月病逝于香港。4月14日，延安举行蔡元培追悼会，周恩来撰送挽联致哀。

联语高度概括蔡元培一生的革命活动，充分肯定了他在我国民主革命时期所作的贡献。排满，蔡元培早年组织光复会、参加同盟会即致力于反对满清王朝的斗争。民族革命，指反对民族压迫，争取民族平等和自由的斗争。上联意谓，从20世纪初年的反清活动，到30年代的抗日战争，蔡元培的志向在于既投入反对国内民族压迫，也参与反对国际帝国主义侵略的民族革命的斗争。人权同盟，即中国民权保障同盟。1932 年 12 月，宋庆龄、蔡元培、鲁迅等发起组织的进步团体。下联意谓，从 1919 年“五四”爱国运动到 30 年代主持中国民权保障同盟，蔡元培的行动在于为广大人民群众争取民主自由。

此联内容丰富，构思新颖。“从……到……”，纳入我国四个不同历史阶段的斗争内容，从而涵盖了蔡元培一生的主要革命活动。而且上下联分别从民族革命与民主革命两个角度，对于先生之志、之行加以评述，也是颇有见地的。

挽吴承仕

周恩来

孤悬敌区，舍身成仁，不愧青年训导；

重振国学，努力启蒙，足资后学楷模。

赏析

此联写于1940 年4 月。吴承仕（1881—1939），安徽歙县人，我国现代著名经学家、教育家。历任北京大学、北京师范大学、中国大学等校教授。平生精研音韵、训诂、经学及古代名物制度，创办《文史》、《盍旦》、《时代文化》等进步刊物。积极支持北方左联，参与“一二·九”运动。1936 年加入中国共产党。抗战爆发后坚持党的地下斗争。1939 年 8 月病逝于北京。次年4 月 14 日，延安各界兴行吴承仕追悼会，周恩来撰送挽联致哀。

上联突出吴承仕作为革命教育家的崇高品德。孤悬，孤立无助、无所依倚。舍身成仁，语出《论语·卫灵公》：“志士仁人，无求生以害仁，有杀身以成仁。”后谓为正义而献出生命。训导，教诲开导。这里是说，这位知名教授在抗日战争爆发之后，只身留在日寇占领区，下定舍身成仁的决心，从事地下革命活动，真不愧为青年一代的导师。

下联表彰吴承仕在研究经学方面的杰出成就。国学，即国故，指本国固有的学术文化。启蒙，开发蒙昧，使初学的人得到基本的入门的知识。楷模，模范、典范。这里是说，吴承仕晚年能用马克思主义观点，重新整理与研究我国古代学术文化，努力从事传统文化的启蒙，更足以让后辈学人视为学习的榜样。

这副挽联属对工稳，内涵丰富，完全切合逝者的身份地位。联语突出他的教育（青年训导）与研究（重振国学）方面的杰出贡献，兼及“孤悬敌区，舍身成仁”的崇高气节，因而给逝者以全面准确的评价。

挽宋哲元

周恩来

失地未收回，虎威昭垂卢沟月，
绵阳惊不起，鹃声啼破锦江春。

赏析

此联作于1940年4月。宋哲元（1885—1940），山东乐陵人。早年在冯玉祥部供职，后任国民党第二十九军军长。1933年3月所部在长城喜峰口等处英勇抗击日本军队的进攻，一度取得鼓舞人心的胜利。1939年国民党政府与日本签订“何梅协定”，成立冀察政务委员会，任命宋哲元为委员长兼河北省政府主席。1937年“七七”事变中在卢沟桥奋起抗战，产生很大影响。因对和谈抱有幻想，举棋不定，致使二十九军抗战失利。次年3月调任第一战区副司令长官，因心存疑虑，积郁成疾，于是引病辞职，先后在衡山、阳朔、绵阳养病。1940年4月5日在绵阳病逝。4月17日，国民党有关当局在绵阳举行宋哲元追悼会与安葬仪式，周恩来撰送挽联致哀。

上联缅怀逝者奋起抗战的历史功绩。昭垂，昭示、垂示。卢沟，即卢沟桥，在北京西南约15公里的永定河上。桥东的碑序里立有清乾隆皇帝亲题的“卢沟晓月”汉白玉碑，为“燕京八景”之一。宋哲元所部当年曾在此抵抗日军进攻，因此虎将威名昭示天下垂之后世。这里在表彰宋哲元所部当年在卢沟桥奋起抗战历史功绩的同时，亦对国民党政府妥协退让政策加以严厉批评。尽管抗日将领虎威昭垂英名远播，可惜华北、东北大片失地仍未收回。

下联表达对逝者的哀悼和怀念。锦江，为岷江分支之一，在四川成都平原。鹃声啼破，暗用杜鹃啼血的典故，能给人以丰富的想象。杜宇为传说中的蜀国国君，号曰望帝，死后其魂化鹃，每逢春日声声悲啼。故《西厢记》中唱词有："不信呵去那绿杨影里听杜宇，一声声不如归去。"这里可解释在蜀地杜鹃声声悲啼的日子里，宋哲元将军魂归天界。亦可理解为将军离开人世之前仍念念不忘抗日救亡，仍在不断发出哀鸣。下联对于宋哲元的不幸病逝表示沉痛哀悼。在这杜鹃声声悲啼的日子里，竟至一病不起撒手人寰，怎能不让人为之痛惜！

周恩来有着颇为深厚的文学修养。这副挽联实为抒情寄怀之作，深沉委婉，情文并茂。即对逝者当年"虎威昭垂"与今日"绵阳惊不起"表示肯定与同情，又对国民党当局加以含蓄而严厉的批评。末句更启发人深思，颇多弦外之音。作者能在这样短小的篇幅里写景、抒情、言事、用典，那么巧妙结合贴切自然，实属大家手笔。

挽 徐 谦

周恩来

国难方殷，老成凋谢，愿先生精神不死；
抗战正急，团结濒危，幸同胞万众一心。

赏析

此联写于1940年9月。徐谦早年追随孙中山革命，为国民党左派元老之一。1926年起任国民党中央执行委员、国民政府委员临时联席会议主席。大革命失败后因反对蒋介石清共、限共而遭通缉，长期避居香港。抗战爆发后，出任国防委员会委员、国民参政会参政员。1940年9月26日在香港病逝。香港各界举行徐谦追悼会，周恩来、邓颖超联名送了这副挽联。

上联中，方殷，正深重。老成凋谢，谓年高而有德的人去世了。多用作挽词。清龚炜《巢林笔谈》："顾栗园茂，吾邑老成人也……栗园死，有老成凋谢之感。"上联意谓，我国抗战正处艰苦的相持阶段，而老成之人却已谢世，愿先生追求正义的精神永远不死。

下联中，急，紧急、窘迫。濒，迫近、靠近。下联意谓，当前抗战正处于急迫之时，由于国民党当局不断制造摩擦，团结抗战的局面濒于危险的境地。所幸广大同胞万众一心，正在投入抗日救亡的斗争。

这副挽联言简意赅，对仗工整，针对现实，蕴藉含蓄。作者既对徐谦这位爱国老人表示诚挚哀悼，又对目前时局怀着深深忧虑，并激励人们积极投入神圣的抗日民族解放战争。

为马寅初祝寿

周恩来

桃李增华，坐帐无鹤；
琴书作伴，支床有龟。

赏析

此联作于1941年3月。马寅初（1882—1982），浙江嵊县人。早年留学美国，获博士学位。1915年回国后，长期从事高校教育与学术研究工作。建国后曾任政务院财经委员会副主任、浙江大学与北京大学校长、中国科学院哲学社会科学学部委员等职。他在抗日战争期间，出任重庆大学商学院院长。目睹国民党政府官僚资本营私舞弊，公开要求民主政治，遭到当局逮捕被监禁达数年之久。1941年3月30日，重庆大学师生为声援和营救这位被关在贵州息烽集中营里的爱国经济学家，冲破国民党当局的种种阻挠和干涉，联合社会各界人士，在校园举行"遥祝马寅初先生六十荣寿大会"。我党南方局给予积极支持。周恩来、董必武、邓颖超作为中共驻渝代表联名献上这副祝寿对联。

联语主要部分直接借用南朝诗人庾信《小园赋》中"坐帐无鹤，支床有龟"的诗句，祝愿马老健康长寿坚持斗争。由于当时特定斗争形势需要，用了两个颇为生僻的典故。坐帐无鹤，典出《神仙传·介君》，原说三国时吴人介象隐身有术，死于武昌，魂归建业，常有白鹤集于座上。庾信赋中运用此典说明自己却无仙术可归梁都建业。支床有龟，葛洪《抱朴子》引古书云："江淮间居人为儿时，以龟支床。至死后，家人移床而龟犹生。此亦不减五六十岁也。不饮不食，如此之久而不死，其与凡物不同亦远矣。亦复何疑于千岁哉！仙家象龟之息岂不有以乎？"庾信赋中是说自己久住长安，犹如乌龟支床一样。周恩来有着颇为深厚的古代文学修养，遂将这些典故信手拈来，加以推陈出新，用得恰到好处。此联意在慰勉这位爱国民主人士，今天您已桃李满园，大批学生正在为您增华（增添光彩）祝寿，您却身陷牢狱分身无术，不能亲临现场。愿您继续坚持斗争，争取获得自由，以求琴书作伴，长期从事学术研究。联中既为马寅初祝寿，又在期盼他早日出狱，以"龟"谐"归"，尤为绝妙。

此联不同于一般的贺寿联，因为受贺人是被囚的"犯人"，而道贺者意在通过祝寿达到营救目的。这是一场运用传统文化形式进行的特殊政治斗争。祝寿联语写得如此言简意赅，典雅蕴藉，且又那么切合对方身份处境，至今尚属少见。马寅初一直将这副寿联珍藏在身边，直到1981年自己百岁寿辰时，遂将此联原件献给了中国历史博物馆。现已成为极其珍贵的历史文物。

挽张季鸾

周恩来

忠于所事，不屈不挠，三十年笔墨生涯，树立起报人模范；

病已及身，忽轻忽重，四五月杖鞋失次，消磨了国士精神。

赏析

此联写于1941年9月。张季鸾（1888—1941），陕西榆林人。

早年留学日本。1913 年起先后任北京《民立报》主编、上海《中华新报》总编辑，曾因反对北洋军阀袁世凯、段祺瑞两次入狱。1926 年起一直为《大公报》总编辑。抗日战争爆发前后，既支持蒋介石的不少反共阴谋活动，又能主张联合苏联及各党派坚持抗战。1941 年 4 月 6 日因病逝世。重庆新闻界人士召开张季鸾追悼会，周恩来、邓颖超联名送上这副挽联。

上联对于张季鸾一生作出了总体评价。所事，所从事的事业，即以办报写作为生。三十年，张季鸾从 1911 年任《民立报》记者起，至 1941 年逝世，正好三十年新闻工作历程。这里是说，张季鸾一生忠于自己所从事的新闻事业，不屈不挠，坚守岗位，这三十年的笔墨生涯，为我国报界同人树立了很好的榜样。

下联对于逝者的病中处境与不幸逝世表示同情与惋惜。杖鞋，亦作杖履，语出《礼记·曲礼上》：“侍坐于君子，君子欠伸，撰杖履，视日蚤莫（早暮），侍坐者请出矣。”古人席地而坐，老人出行，须持杖着履，后因以杖履为敬老之辞。联中“杖鞋失次”，意谓张季鸾病中持杖着履亦已失次，亦即病势日益沉重。国士，旧称一国杰出的人物。《史记·淮阴侯列传》：“诸将易得耳，至如信者，国士无双。”这里是说，张季鸾病势忽轻忽重，已有四五个月行动不便，在病榻上消磨了国士精神。

这是逝者生前病榻生活的写照。需要指出的是，“四五月杖鞋失次”，并非只是一般泛写病态，而是另有寓意存焉。同年四五月间，日寇进犯中条山地区，国民党军队望风披靡，丧失兵力五万多人。蒋介石为了掩盖失败真相，反诬八路军没有配合作战。《大公报》亦发表社论重复上述论调。周恩来当即致书张季鸾、王芸生，以大量事实驳斥《大公报》社论散布的谎言。《大公报》将此信全文发表，得以真相大白。联中针对此事（似亦包括以往某些类似事件），暗用“杖鞋失次”提出婉转批评。

这副挽联写得端重典雅，揄扬得当，完全切合逝者的身份。张季鸾作为我国现代报界的元老，三十年笔墨生涯对于我国新闻事业有过一定的贡献，堪称“树立起报人模范”。究其政治态度却又摇摆不定，既反对过北洋军阀，又追随蒋介石政权。作为挽联，虽无需全面评论逝者的功过是非，但亦应掌握分寸，下联则巧妙地做到了这一点。在状写逝者病榻生活时，既与悼念主旨有关，又能婉转陈辞，给人以诸多思索与回味的余地。

挽张淮南

周恩来

安危谁与共？
风雨忆同舟。

赏析

此联写于1941年11月。张淮南为国民党中有识之士。抗日战争爆发前后，一直担任国民党谈判代表。他曾响应中国共产党团结抗日的主张，为挽救国家与民族的危亡做了不少有益的工作。1941年8月14日不幸因病逝世。11月8日，重庆各界举行张淮南追悼会。周恩来作为中国共产党代表在会上讲话，并送挽联致哀。当天，重庆《新华日报》还发了周恩来执笔的社论《悼张淮南先生》。这对打击国民党顽固派，团结抗日进步人士，推动抗战事业，都产生了积极的影响。

上联首先提出，你现在离开了人世，今后国家民族的安危，谁来与我们共同承担呢？这里虽是问句，却又包含了答案。作者既肯定了张淮南与我党共过安危，又在热忱希望国共合作团结抗日的事业后继有人。

下联深情回忆，我们几年来一起为了抗日救亡，犹如坐在一条船上与狂风暴雨搏斗，经历了多少艰险！这就充分表达了对于逝者的深沉悼念与缅怀之情。

这副挽联寥寥十字，言少意多。安危与共与风雨同舟，本是两个常见的成语，只在中间加上“谁”、“忆”二字，就将作者深情缅怀与希冀的感情充分表达出来了，可谓妙笔生花。

挽戴安澜

周恩来

黄埔之英；
民族之雄。

赏析

此联写于 1943 年 3 月。戴安澜（1904—1942），安徽无为人。黄埔军校第三期毕业，在国民革命军中任职。抗日战争爆发前后，在古北口长城会战、台儿庄会战、武汉会战、昆仑关战役中屡立战功。1939 年起任国民党第五军二〇〇师师长。1942 年 3 月，作为中国远征军的先头部队赴缅甸对日作战。虽孤军深入，仍取得首战同古、收复棠吉的胜利。后在北撤回国途中身负重伤，5 月 26 日殉国异域。1943 年 4 月 1 日，国民政府在广西全州隆重举行追悼大会。毛泽东、周恩来、朱德等都献了挽诗、挽联。

上联中，英，精华。韩愈《进学解》："含英咀华。"戴安澜将军早年毕业于黄埔军校，参加北伐战争、抗日战争，堪称黄埔之英。

下联中，雄，喻杰出或强有力的人物。戴安澜在战争中参加过不少著名战役，后在远征缅甸对日作战中牺牲，堪称抗日爱国的民族之雄。

这副联语只有八字，却高度概括了戴安澜所走过的从黄埔到抗日的战斗人生道路，并作出很高的评价。上下联中的英、雄实为互文，解释上虽可稍有差异，但都为了说明逝者是位抗日的爱国英雄。戴安澜将军对日作战，威震缅邦，发扬当年黄埔精神，显露民族英雄本色。

挽马本斋

周恩来

民族英雄；
吾党战士。

赏析

此联写于1944年3月。马本斋（1901—1944），回族，河北献县人。早年曾在东北军任团长。抗战爆发后，组织回民义勇队，抗击日本侵略军。1938年率队参加八路军并加入中国共产党。1939年任冀中回民支队司令，率部转战冀中和冀鲁豫平原，配合主力部队作战。1942年6月任八路军冀鲁豫军区三分区司令员兼回民支队司令。1944年2月于山东莘县病逝。3月17日，延安举行马本斋追悼会，周恩来与会并献挽联致哀。

全联虽然只有八个字，却对马本斋一生作出全面恰切的评价。这里明确指出，马本斋既是一位出身于少数民族的抗日爱国将领，不愧为真正的民族英雄，而且还是我党一名忠诚的无产阶级革命战士。

这副挽联赞颂逝者要言不烦，精心选择两个特定的角度，点出逝者“英雄”与“战士”的本色。正像毛泽东赞颂蔡元培“学界泰斗；人世楷模”一样，简明而到位，同样显示了作者驾驭联语文字的功力。

挽邹韬奋

周恩来

忧时从不后人，办文化机关，组救亡团体，力争民主，痛揞独裁，哪怕冤狱摧残，宵小枉徒劳，更显先生正气；

历史终须前进，开国事会议，建联合政府，准备反攻，驱逐日寇，正待我辈努力，哲人今逝去，倍令后死伤神。

赏析

此联写于1944年9月。邹韬奋（1895—1944），江西余江人。毕生从事新闻出版事业，曾创办《生活周刊》、生活书店。“九一八”事变后，反对国民党的不抵抗主义，积极投入抗日救亡运动，遭到国民党当局逮捕，直至抗战开始后获释。抗战期间先后在上海、武汉、重庆主编抗战刊物。“皖南事变”后被迫流亡香港。1942年赴苏北解放区。次年秘密去上海治疗癌症。1944年7月24日病逝。中共中央接受其遗书申请，追认为中共党员。同年10月1日，重庆各界召开追悼大会，周恩来、邓颖超联名撰送挽联致哀。

上联高度评价邹韬奋在我国民主革命时期所作出的重大贡献。掊（pǒu），掊击、抨击。冤狱，谓蒙冤获罪，即冤屈的案件。宵小，宵小之徒，即盗贼之类。这里是说，邹韬奋在关心时局方面从不落在别人之后，曾创办生活书店与《大众生活》、《生活日报》、《抗战》等报刊。还曾参加中国民权保障同盟、上海各界救国会，并担任领导工作。一贯力争人民民主，抨击国民党独裁统治。1936年11月，全国各界救国联合会主要负责人沈钧儒、邹韬奋、李公朴等七人被捕入狱，史称“七君子事件”。他们在抗战开始后获释，虽遭冤狱摧残，并未停止斗争，国民党内宵小之徒亦无可奈何。这就更能显示先生的浩然正气。作者列举邹韬奋生平事迹，深情赞颂这位反帝反封建的英勇斗士。

下联对于邹韬奋在抗日战争即将胜利的重要时刻逝世深感痛惜。哲人，才能识见超越寻常的人。《礼记·檀公上》：“哲人其萎乎。”这里是说，现在全民抗战亦已进入最后阶段，我党代表在国民参政会上提出召开紧急国民会议，建立民主联合政府，得到各党各派的广泛支持。现在抗战亦已进入反攻阶段这样的关键时刻，邹韬奋先生的不幸逝世，更使我们这些后死者黯然神伤。

这副挽联文笔流畅，声情并茂，堪称哀挽佳作。联语长达80余字，而上下联对得那么工整，用词那么准确，确实堪称佳作。无论赞颂逝者生平业绩，还是联系当时社会现实，都能抓住若干典型事件，一气呵成，叙事抒情，融为一体，具有极其感人的艺术力量。

挽范旭东

周恩来

奋斗垂卅载，独创永利久大，遗恨渤海留残业；
和平正开始，方期协力建设，深痛中国失先生。

赏析

此联写于1945年10月。范旭东为我国民族资产阶级代表人物。早年留学日本。辛亥革命后曾在南京临时政府财政部任职。因抵制“洋盐”倾销我国，于1914年在天津塘沽开办久大盐业公司，1917年又创办永利制碱公司，为发展我国民族工业奋斗了30年。1945年8月赴欧考察归来，因建设十大化工厂，需向美国、加拿大接洽贷款。外商要求中国财政部担保，宋子文却乘机企图控制，否则拒不盖章。范旭东坚决拒绝，遂忧愤成疾，10月在重庆病逝。重庆各界举行范旭东追悼会，周恩来、王若飞联名送了这副挽联。

上联中，垂卅（sà）载，将近30年。渤海，为我国内海，在辽宁、河北、山东、天津三省一市间。这里是说，范旭东从开办久大、永利公司以来，至今已奋斗了近30年。由于日本帝国主义的侵略，遂使他在渤海沿岸留下残业而抱恨终天。

下联中，方期，正在等待或盼望。这里是说，今天抗战胜利和平开始，正期望大家同心协力建设国家，我们为中国失去了范旭东先生而深感痛惜。

这副挽联语言质朴，内容厚实。既对逝者过去为发展我国民族工业所作出的贡献给予高度评价，又对今天他不幸病逝表示沉痛哀悼，还为因此而造成和平建国的损失深表惋惜。

挽四八烈士

周恩来

因政协枝节横生，丧吾党一批优秀英才，此责任有人应负；

看反动阴谋层出，为祖国百年民主伟业，这斗争我辈当承。

赏析

此联写于1946年4月。同年4月8日，中共中央委员王若飞、秦邦宪、新四军军长叶挺、中共中央职工委员会书记邓发等人，从重庆飞返延安，因飞机在山西兴县黑茶山失事不幸遇难。4月19日，中共中央与陕甘宁边区政府在延安举行四八遇难烈士追悼会，周恩来与董必武、吴玉章、陆定一、邓颖超、廖承志联名送上这副挽联。

联语既对因飞机失事遇难的四八烈士表达了深沉悼念之情，又对国民党当局提出了严正的抗议。上联明确指出，因为中国政治协商会议不断有人破坏五项协议而枝节横生，才使我党丧失了一批优秀英才，这个责任应当有人来负。正如作者在《四八烈士永垂不朽》文中所说："如果没有反动派破坏政协决议的阴谋活动，也就没有你们冒着恶劣天气飞回延安的必要。"下联进而表明了中国共产党人的严正立场，面对国民党当局"阴谋层出"的严重局势，我党驻重庆代表团的同志们，决心"为祖国百年民主伟业"，一定继承革命先烈的遗志，将革命进行到底。

这副挽联义正词严，剑拔弩张，锋芒直指国民党当局。何以会"政协枝节横生"，以至"反动阴谋层出"？其罪魁祸首已不言自明。这是对于当时时局的宣言，也是一篇战斗的檄文。周恩来当时在重庆除与中共代表团成员合送挽联外，还写了《四八烈士永垂不朽》的悼文与"黑茶山顶，延水河边，人民英雄，永垂不朽"的挽词。

挽黄齐生

周恩来

服务人民，死而后已；
遗留事业，生者继之。

赏析

此联写于1946年4月。黄齐生（1879—1948），贵州安顺人。我国现代著名教育家。早年参加辛亥革命。1921年与外甥王若飞一起赴法勤工俭学。回国后在西南各地从事教育工作。1929年与陶行知创办晓庄师范。抗战爆发后，参与组织抗日救国会并赴延安考察，此后便以全力为抗日救亡奔走。因受国民党当局迫害，一度寓居延安。1946年3月，代表延安各界赴重庆慰问校场口血案中受伤人员。4月8日，与王若飞、叶挺等同机飞返延安途中遇难。4月19日，重庆各界举行四八遇难烈士追悼会。周恩来与董必武、吴玉章、陆定一、邓颖超、廖承志联名献上挽联致哀。

联语充分肯定逝者对于我国人民教育事业所作出的贡献。这位老一辈教育家，一生服务于人民，直到自己死去。他几十年如一日，精心培育了大批学生，可谓桃李满天下。他是王若飞的舅父，一手抚养外甥成人。王若飞被关在绥远监狱，他亦多次探望营救。他积极投入我国各个历史时期反帝反封建的斗争，不仅是位进步的人民教育家，还是一位坚强的民主斗士。他所遗留下来的事业，当由我们这些生者来继承。

这副挽联言简意明，雅俗共赏。既表达了对于黄老先生的由衷敬仰与怀念之情，又对生者提出继承“遗留事业”的殷切希望。

挽李公朴闻一多二联

周恩来

一

为民主，为和平，为大众，成仁取义；
反独裁，反内战，反特务，虽死犹生。

二

四日杀二贤，天下事可知矣；
兆民同愤怒，刽子手其念诸。

赏析

这两副挽联写于1946年10月。李公朴、闻一多为我国现代颇有影响的爱国民主人士。1946年7月，国民党政府在美帝国主义支持下发动全面内战。李公朴、闻一多作为中国民主同盟执行委员，积极投入争取和平民主、反对内战独裁的斗争。7月11日，李公朴在昆明被国民党特务暗杀。7月15日，闻一多在昆明主持李公朴追悼会后于归途中又遭暗杀。周恩来在南京、上海多次召开记者招待会，声讨国民党反动当局一手制造“李闻血案”的暴行，深信中国人民将踏着烈士的鲜血前进。10月4日，上海各界人士25000余人隆重举行追悼李公朴、闻一多大会，中共主要领导人与中共代表团成员均献挽词。10月6日，周恩来、邓颖超又率中共代表团参加上海各界公祭李公朴、闻一多的仪式，并献上两副挽联。

先看第一副挽联：

上联中，成仁取义，语出《论语·卫灵公》：“志士仁人，无求生以害仁，有杀身以成仁。”《孟子·告子上》：“生，亦我所欲也；义，亦我所欲也。二者不可得兼，舍身而取义者也。”后以杀身成仁、舍生取义赞颂为革命事业而献身的人们。上联对于两位爱国志士做出很高评价，指出他们为了民主、和平与人民大众而献出自己的生命，实为“成仁取义”的英勇壮举。

下联则进一步表彰李、闻二位烈士的历史功绩。他们敢于投入反对独裁、反对内战、反对特务的斗争，并为此而英勇献身，可谓“虽死犹生”。这里充分表明了我党对抗战胜利之后时局的看法，“三为”与“三反”实为我国人民当务之急，我们只有踏着烈士的血迹前进，才能真正完成反帝反封建的历史使命。

联语文字浅显却对仗工稳。不仅“成仁取义”与“虽死犹生”对得很工，而且采用了排比手法与复字艺术，将上下联中三个结构相同、字数相等的短语排在一起，内容互相关联，文字一气呵成。上联重复用了三个“为”字，下联重复用了三个“反”字，更加充分地表现了李、闻二位烈士为正义事业而献身的精神及其重大的现实意义。联中由几个复字构成的排比句，节奏强烈，层层深入，犹如利刃，所向披靡，具有感人的艺术力量。

再看第二副挽联：

上联中，四日杀二贤，指在1946年7月11日与7月15日四日之内被国民党特务杀害的李公朴、闻一多两位贤士。矣，了。文言助词，表示已然与必然的语气。这里是说，在四天之内杀了两位贤者，这究竟是什么世道也就可想而知了。

下联中，兆民，众百姓。《书·五子之歌》：“予临兆民，懔乎若朽索之驭六马。”孔传：“十万曰亿，十亿曰兆，言多。”诸，“之乎”的合音。《论语·颜渊》：“虽有粟，吾得而食诸？”下联意谓，亿万民众同声愤怒，刽子手们可曾想到这一点吗？

如果说第一副挽联主要在于肯定两位逝者历史功绩的话，那么第二副挽联则侧重谴责造成这一暗杀事件的罪魁祸首，批判锋芒直接指向国民党当局。联语义正词严，锋芒毕现，一股愤激之情溢于字里行间。国民党当局“四日杀二贤”而引起“兆民同愤怒”，实属势所必然。结果将会怎样呢？其意不言自明。联中采用文言词语“可知矣”、“其念诸”，更加显得深刻含蓄，给人以诸多思索回味的余地。

为徐特立祝寿

周恩来

人民之安；
我党之荣。

赏析

此联写于1947年1月。徐特立（1877—1968），湖南长沙人。早年曾创办长沙师范学校并任校长。第一次世界大战后，提倡并亲自参加赴法勤工俭学。1927年国民党叛变革命后加入中国共产党，同年参加八一南昌起义。随后在中央革命根据地任教育部长。1934年参加二万五千里长征，后在延安从事教育宣传工作。新中国成立后历任中央人民政府委员、全国人大常委会委员、中央宣传部副部长等职。1947年1月10日，中共中央办公厅在延安举行徐特立七十寿辰祝贺会。中共中央有关领导人纷纷撰送诗文、联语表示祝贺，周恩来则送上这副寿联。

徐特立与吴玉章、董必武、林伯渠、谢觉哉合称“延安五老”。徐老年长，德高望重。这副寿联只有八字，却从大处落墨，可谓语浅意深。联中指出，徐老的健康长寿辛勤工作，能给人民带来安康，给我党带来荣光。这既是美好的祝愿，也是客观的评价。

现代四言联语中，上下句采用“之”字的结构方式，时有所见。周恩来除此联外，还有《挽戴安澜》：“黄埔之英；民族之雄。”毛泽东亦有《贺张维母亲八秩大寿》：“如日之升；如月之恒。”似已成为一种常见格式。

题何香凝画

周恩来

鹊报援朝胜利；

花贻抗美英雄。

赏析

此联写于 1951 年 5 月。当时，由全国民主妇女联合会、中国文学艺术界联合会、中国美术工作者协会、北京市文学艺术工作者联合会发起组织的抗美援朝书画义卖展览会在北京举行。广大文艺工作者均以实际行动投入这场为争取抗美援朝斗争彻底胜利而掀起的爱国捐献运动。

全国政协副主席、全国妇联名誉主席、全国美术工作者协会主席何香凝老人怀着满腔爱国热忱，画了一幅色彩斑斓的花鸟图，题为《喜鹊与牡丹》。画面上有四只喜鹊，或栖于巨石之上，或在地下觅食，巨石旁丛生着盛开的牡丹。周恩来参观书画义卖展览会看到这幅国画后，欣然在画的右上方题了两句联语式的文言诗。

联语文字简洁，意象鲜明。喜鹊作为吉祥之鸟，正在报告抗美援朝胜利的喜讯；牡丹作为花中之王，正好可以送给抗美援朝前线的英雄。这就不仅高度概括了画面的内容，而且开拓和深化了国画的主题。这里既嵌入了“鹊”和“花”，又嵌入了“抗美”、“援朝”四字。鹊报胜利，花贻英雄，文字组合，天衣无缝。诗句采用完全对仗的修辞手法，既有浓郁的民族特色，又有强烈的时代精神。诗画配合，相得益彰。二者同时发表在同年 5 月 18 日《人民日报》上，曾产生颇为广泛的社会影响。

应对毛泽东

周恩来

橘子洲，洲旁舟，舟行洲不行；
天心阁，阁中鸽，鸽飞阁不飞。

赏析

此联成于 20 世纪 50 年代。当时，毛泽东与周恩来一起到湖南视察工作。有天二人同乘一辆小车浏览长沙风景名胜。轿车行至湘江橘子洲时，毛泽东诗兴勃发，即景吟出上联。这一出句用的是顶真修辞格，且气势不凡，应对实属不易。周恩来深思良久，当车行至天心阁时，看到阁中飞出的鸽子，旋即悟出下联。二人即兴联句，心有灵犀，诗意相通，遂成吟坛佳话。

毛泽东的出句确实应对不易。周恩来毕竟才思敏捷，精通联艺，得以颖悟对出佳句。为与出句完全对应，难就难在必须同时具备三个特点：一要用顶真修辞格，必须将前句的结尾用做下句的开头，使语句递接紧凑而生动自然。出句以洲、洲与舟、舟顶真式叠用相对，对句以阁、阁与鸽、鸽与其对应，同样前句末尾一字，分别是后句开头一字，显得颇为别致。二要使用谐音。出句以洲、舟相谐，对句则阁、鸽相谐，同样异字同音，读来像绕口令，可谓妙趣横生。三要即景生情、动静结合。出句将眼前湘江船只从橘子洲旁经过的景象呈现在读者面前。对句移步换景，同样意象鲜明，将眼前所见飞向蓝天的鸽群与高耸入云的天心阁融入一个画面。两位老一辈革命家虽系即兴联句互娱，亦足以显示其精湛的楹联技艺。

这里需要说明两点：一是交代出处。据笔者所见，最早将此联公之于世的是发表于1992年2月15日《光明日报》的一篇文章，题为《毛泽东周恩来互娱对联》。1995年当代世界出版社出版的吴直雄《毛泽东楹联艺术鉴赏》亦予收录。后在其他书刊也时有所见。二是尚需存疑。也有一些联书说法各异，或作湖南名胜古迹天心阁楹联收录，或作一副谐巧联早在长沙民间流传。我们对此只能录以备考，有待识者辨证。

题周郡社

周恩来

冲天干劲周郡社；
英雄人物数今朝。

赏析

此联写于1958年7月。当时，周恩来在广东新会县周郡农业生产合作社视察，应当地干部、群众要求，亲笔题词以作纪念。

这一题词明显近于对联形式，上下字数相等，句式相称，属宽对范围。联语是对广大农村干部、社员的热情赞颂，表彰他们正以冲天干劲投入祖国社会主义建设。这里化用毛泽东《沁园春·咏雪》词中“数风流人物，还看今朝”的名句，称赞他们不愧为今天社会主义时代的英雄人物。

此联写于1958年“大跃进”的年代，因而对于农业生产合作社的评价难免受到特定时期潮流的影响，以致产生某些认识上的局限。这里需要指出的是，周郡社当时还处农业生产合作社的阶段，尚未完全人民公社化，所以“共产风”、“浮夸风”的现象还不甚明显。而且，广大劳动人民为了改变国家“一穷二白”落后面貌所表现出来的冲天干劲，还是应当加以肯定的。此联作为特定历史年代的产物，应当加以具体分析。

题西联农场

周恩来

西联宝岛；
南国珍珠。

赏析

此联写于1960年春。西联农场，位于现海南省儋州市市郊。1952年，党和政府为粉碎帝国主义的经济封锁，作出了一定要建立我们自己的橡胶生产基地的决策。当时的海南岛儋县驻军与当地农民及部分归国华侨，很快办起了以种植橡胶为主的西联农场。此后附近相继建立农场，垦区规模不断扩大。1960年2月9日，周恩来总理视察海南地区，来到了全垦区最早建立的西联农场。亲眼看到垦区的创业者们，虽处经济困难时期，仍奋战在莽莽胶林。他向大家亲切问候，离开前还应创业者们要求，热情题词留念。

此联虽只短短八字，却把西联农场的地理位置与所起作用充分表现出来了。西联农场地处儋县宝岛公社，因称“西联宝岛”。“宝岛”二字，一语双关。既指当地宝岛公社，亦可泛指整个海南宝岛。西联农场规模虽然不大，却是南国一颗熠熠发光的珍珠，并在宝岛上放射出耀眼的光芒。这一比喻形象鲜明而寓有深意。

这副联语言简意深，对仗工整。联中以宝岛和珍珠为喻，充分反映出作者对于海南地区经济建设和胶园广大农工的一片深情。

题华南热带作物学院

周恩来

儋州立业；
宝岛生根。

赏析

此联写于1960年2月。当时，周恩来在海南地区视察，曾访问华南热带作物学院，并应广大师生要求，题写了这副对联。

上联中，儋（dān）州，即儋县，为现海南省儋州市。儋县古称儋耳、儋州，在海南岛西北部。华南热带作物学院设在这里。华南热带作物学院、热带作物研究所与农场，均建于1958年。该院教学、研究人员与广大学生，大都来自全国各地。周恩来针对这一情况，勉励他们要在这里安家立业、生根开花。

此联只有八字，可谓言简意深。“宝岛生根”一语明显采用拟物修辞手法。作者希望内地支援海南建设的科技人员，能在这里长期工作下去，字面上把人当作植物，因为只有植物才能生出根来，并深深扎入土壤之中。这样采用以人拟物的手法，就使联语更为生动形象。周恩来这一题词使该院广大师生受到很大的鼓舞和鞭策。

后来，郭沫若在《重访那大学院》诗中写有这样的句子：“生根根入铁，立业业登台。”这里明显化用周恩来的联语，同样具有鼓舞人心的艺术力量。

题中央财经小组会议

周恩来

先抓吃穿用；
实现农轻重。
横批：综合平衡

赏析

此联作于1962年3月。20世纪60年代初，我国国民经济处于暂时困难时期，党中央及时提出“调整、巩固、充实、提高”的八字方针。为了进一步贯彻落实这一方针，中央财经小组于1962年3月7日专门开会加以研究。中央分管经济工作的陈云主持会议并发表讲话。当他讲到对重工业、基本建设调整要“伤筋动骨”下大决心时，一些同志感到惊异。周恩来总理插话说：“我有一副对联，可以说明为什么这样调整”之后便提及此联。

联语完全符合党中央实行经济调整的八字方针，并将这一精神具体化。周恩来指出当前首要任务是解决人民群众的生活问题，进而摆正农业、轻工业和重工业三者的位置，必须以农业为基础，有计划、按比例地发展社会主义经济。这就向与会人员通俗而形象地提出了当时经济工作的指导思想与具体做法。完全合乎国情、顺乎民意。

此联属对工巧，言简意明。上下均以“先抓”与“实现”形成动宾结构的短语，而“吃穿用”与“农轻重”对得工整巧妙，可谓神来之笔。联语还有一个明显特点，就是加上一个横批，因而起到画龙点睛的作用。我们从“综合平衡”四个字中，可以进一步领悟对联的中心思想。运用对联形式，指导经济工作，可谓别具一格。这里亦可看出周恩来有着高明的领导艺术和深厚的文学修养。

题集美归来堂

周恩来

华侨旗帜；
民族光辉。

赏析

此联写于1962年8月。集美归来堂，厦门市集美镇是爱国华侨陈嘉庚的故乡，他在相继兴建集美学村、鳌园之后，1958年计划兴建归来堂。其目的在于启示海外游子不忘家乡祖国，回来后有个居住之所。后因陈嘉庚生病逝世，计划未能实现。周恩来得悉此事后，深感意义重大，指示立即动工并扩大建设规模，归来堂不久落成。1962年8月，在归来堂举行陈嘉庚逝世一周年纪念活动。周恩来应约为刚刚建成的归来堂题联。

“华侨旗帜；民族光辉。”陈嘉庚是著名的爱国华侨，早在1910年就在新加坡加入了同盟会，并曾募集巨款赞助孙中山的革命活动。1931年“九一八”事变后，积极投入抗日救亡运动。1940年回国曾到延安慰问边区抗日军民。陈氏一生热心兴办家乡文化教育事业，逐步建成拥有十余所学校的集美学村。1950年回国定居后，曾任中华全国归侨联合会主席、全国政协副主席等职。1961年8月12日在北京病逝。凡此无不说明，陈嘉庚不愧为爱国华侨的一面旗帜，并给中华民族增添了光辉。

需要说明的是，这副联语并非周恩来已作，而是毛泽东所作。1945年10月8日，重庆十团体举行“陈嘉庚安全庆祝大会”，庆贺陈于日本正式投降后从爪哇玛琅返回新加坡。当时毛泽东正在重庆参加国共两党的和平谈判，特为大会送去了这副贺联，实际是对这位爱国华侨领袖的历史性评价。周恩来借花献佛，时隔十年之后重新题写，同样寓有深意。此联以极其浓缩的文字写成，言少意多，耐人回味。归来堂既为纪念陈嘉庚而建，所以作者因堂及人，借用毛泽东之语赞颂陈嘉庚光辉一生。此联毛写周题影响深远，既可视为现代摘句联语，亦属两位伟人长期友谊的结晶。

贺罗汉哥观音妹结婚

刘少奇*

叹昔日阴差阳错，人鬼岂能成伉俪；
幸今朝名正言顺，自由方可结夫妻。

作者

*刘少奇（1898—1969），湖南宁乡人。1921年加入中国共产党。早年领导粤汉铁路和安源路矿工人大罢工。曾任全国总工会委员长、新四军政委、中共中央书记处书记。新中国成立后，任中共中央副主席、中华人民共和国主席、全国人大常委会委员长。“文革”中遭受迫害致死。有《刘少奇选集》传世。

赏析

此联写于1932年间。当时，刘少奇担任中共中央职工部部长、全国总工会党团书记，在瑞金一次工人诉苦大会上，听到罗汉哥、观音妹二人各自经历的不幸遭遇，不禁产生深切的同情。后又看到他们之间已有一定的感情，遂主动充当“红娘”，促成他们的姻缘。不久二人结婚时，刘少奇亲自撰写婚联，以示祝贺。

上联中，阴差阳错，本属旧时阴阳家术语，谓把阴阳弄混了。后用以比喻因各种偶然因素而造成了差错或引起了误会。伉俪（kàng lì），夫妻、配偶。《左传·成公十一年》：“不能庇其伉俪而亡之。”孔颖达疏：“伉俪者，言是相敌之匹耦。”后用作夫妻的通称。上联实即罗汉哥与观音妹二人不幸经历的高度概括。罗汉哥曾是一家杂货店的伙计，因与老板女儿相爱，店主发现后被打得死去活来。店主女儿因羞愤投河自尽。后店主捞上女儿尸体，让罗汉哥背着举行“冥婚”。观音妹原是一家洗染店的童养媳。她14岁那年，因老板儿子夭折，被迫与草扎的“丈夫”完婚。这里是说，可叹昔日真是阴差阳错，人鬼岂能成为夫妻。

下联中，名正言顺，语见《论语·子路》：“名不正则言不顺，言不顺则事不成。”后以“名正言顺”谓做事理由正当而充分，含有理直气壮的意思。下联是对二位新人的肯定与祝福。罗汉哥与观音妹结束了昔日不幸经历之后，在工作中产生了感情，终于自由恋爱结成了美满幸福的姻缘。这里既是对于二位新人的祝福，也是对于中央苏区婚姻制度的肯定。

这副婚联用语准确，属对工巧。“昔日阴差阳错”当然可“叹”，“今朝名正言顺”应当庆“幸”，上下联后半句则为可叹、可幸的原因与具体内容。联语文字文白相间，庄谐结合，能以收到雅俗共赏的艺术效果，堪称现代婚联佳作。因与联中人事相映成趣，又为现代联苑留下一段佳话。

赠盛多贤

刘少奇

陡山隐高士；
盛世期新民。

赏析

此联作于1940年4月。当时，新四军江北指挥部一度设在皖东北抗日根据地。刘少奇曾来到这里主持工作。我军不仅要抗击日本侵略者，还要防止国民党顽固派军队制造摩擦，斗争任务非常艰巨。刘少奇亦经常随军转移，并住在当地老乡家里。这副对联就是住在安徽来安县陡山乡盛郢村民间医生盛多贤家里应主人要求而写的。当时有位喜欢画画的工作人员给盛多贤画了一幅素描肖像，盛多贤非常高兴，并请刘少奇在画上题字留念。刘少奇略加思索，旋即挥毫题写了这副联语。

盛多贤为当地颇有影响的民间医生，因此所赠联语则紧扣其人其术的特点加以发挥。陡山，本谓山势峻峭，此指陡山地区。高士，志行高尚之士。《史记·鲁仲连邹阳列传》：“吾闻鲁仲连先生，齐国之高士也。”上联意谓，盛多贤堪称隐居于大山深处陡山地区的世外高人。这就非常切合乡间名医的身份，并给予很高的评价。下联则就主人的医术而寄予殷切的期望。新民，语出《大学章句》：“大学之道，在明明德，在新民，在止于至善。”朱熹注：“新者，革其旧之谓也。言既自明其明德，又当推以及人，使之亦有以去其旧染之污也。”这里是说，当今虽处于盛世，还期待着你去为民众解除疾苦，即医治所污染之疾病。

这副赠联用语贴切，言少意多。既完全符合受赠者的身份，又有颇为丰富的内涵。“新民”二字，可解为替民众解除疾病的痛苦，从而呈现新的精神面貌，似亦有提高民众觉悟，积极投入抗日救亡斗争的意思。此联将寄情与言志、赞扬与期望巧妙地融为一体，既表达了对于这位民间医生的期许，也反映了作者对于革命事业必胜的信心。作者还将盛多贤的住地“陡山”与其姓氏嵌入联中，巧妙而又自然，可谓神来之笔。需要指出的是，不少联书误将此联前句写成“深山隐高士”，似应更正为宜。

挽韩国钧

刘少奇

林下享贤名，兴利导淮，禹稷精神随左右；
报国怀壮志，陷敌之身，文张风节信有征。

赏析

此联作于1942年5月。韩国钧（1857—1942），字紫石，江苏泰州人。清末举人。曾任矿政调查局总办、沈阳开埠局局长、广州督练公所参议兼兵备处总办。1913年后历任江苏省民政长官、运河工程局会办、江苏省省长。1932年后任全国水利委员会委员、农民银行监理委员会委员等职。1940年新四军挺进苏北后，韩国钧虽年事已高，仍四处奔走，呼吁团结抗日，对新四军在华中敌后抗战有过极大支持。1942年5月初因病逝世，苏北盐阜各界在盐城召开追悼大会。刘少奇时任新四军政委，参加追悼会并送了这副挽联。

上联表彰韩国钧当年虽辞官归隐，仍关注家乡水利建设。林下，语见李白《安陆寄刘绾》："独此林下意，杳无区中缘。"本指幽僻之境，后引申为退隐乡间。兴利导淮，韩国钧在1925年后多次主持江苏水利工程，曾任苏北入海水道委员会主任。禹稷，夏禹和后稷。一为古代治水英雄，一为主管五谷之神。左右，古时书信中称对方，仅称其左右以示尊敬。这里是说，韩国钧当年曾几度辞官归隐，仍在乡里享有贤名。特别是重视苏北地区兴修水利治理淮河的工程，有着古代治水英雄大禹与主管农事之神后稷关心民众疾苦的崇高精神。

下联盛赞韩国钧临难不苟坚贞不屈的爱国精神。陷敌，1941年秋，由于韩国钧支持新四军并呼吁团结抗日，被国民党顽固派出卖而遭日寇逮捕。老人被囚数月屡遭酷刑，身心受到严重摧残，出狱不久即去世。文张，即文天祥、张世杰，二人均为南宋末年的抗元民族英雄。作者赞颂韩国钧具有文天祥、张世杰那样的高风亮节。信有征，即信而有征，确实可以得到验证。这里是说，韩国钧素来怀有报国之志，虽陷日寇之手依然坚贞不屈，古代民族英雄文天祥、张世杰那样的高风亮节，在这位爱国老人身上确实得到了验证。

这副挽联完全根据逝者的特定身份，写得简朴典雅，文情俱佳。既高度评价韩国钧造福乡梓、陷敌不屈的爱国爱民精神，又用颇为准确而又文雅的词句加以称颂。此联可与新四军代军长、"将军诗人"陈毅同期为韩国钧所写的挽联媲美，同样在苏北盐阜解放区产生颇为广泛的影响。

挽钟太夫人

刘少奇

教子成民族英雄，举世共钦慈母范；
毕生为劳动妇女，故乡永保好家风。

赏析

此联作于1944年4月。同年2月15日，朱德母亲钟太夫人以86岁高龄在四川省仪陇县农村因病逝世。4月10日，延安各界千余人举行追悼大会。刘少奇与周恩来、陈云联名撰送挽联致哀。

这副挽联颂扬了钟太夫人平凡而又伟大的人品风范。上联就国家民族而言。民族英雄，此指八路军总司令朱德。范，模范、典范。这里是说，钟太夫人教子有方，辛勤培育了朱德这样的民族英雄，举世之人无不钦佩，堪称人间贤母的典范。下联就四川乡里而言，钟太夫人出身于贫苦农民家庭，一生辛勤劳动，养育儿女。朱德已经当了红军、八路军的总司令，她依旧在家乡“过着勤劳的农妇生活”，直至临终之前“仍不辍劳作”。这样一位典型的农村劳动妇女，深深受到乡亲的尊敬和爱戴，而使当地永远保持一种良好的风气。

如将此联与前《挽韩国钧》加以比较就会发现，或典雅工丽，或质朴无华，均从逝者特定身份实际出发，力求文副其人。这里称颂朱母勤劳家风与贤母风范，亦用与之相应的朴实无华的文字更为合适，从而收到通俗易懂、语浅意深的艺术效果。

挽邹韬奋

刘少奇

噩耗传来，忆抗敌冤狱，民主文章，革命气骨，涕泪满襟哭贤哲；

胜利在望，看欧西革故，敌后鼎新，人民抬头，光芒到处慰英灵。

赏析

此联写于1944年秋。邹韬奋为我国现代著名政论家、出版家。毕生从事新闻出版工作，曾创办生活书店。20世纪30年代以来，积极投入中国共产党领导下的抗日救亡运动。1944年7月24日病逝于上海。同年11月22日，延安各界举行邹韬奋追悼会，刘少奇、陈毅联名送挽联致哀。

上联深情悼念逝者并表彰其一生的历史功绩。噩耗，凶信，多指人死的消息。抗敌冤狱，指“七君子事件”。1936年5月，沈钧儒、邹韬奋、李公朴等七人，响应中国共产党建立抗日民族统一战线的号召，在上海发起成立全国各界救国联合会，要求国民党政府停止内战，释放政治犯，并与红军议和建立统一的抗日政权。同年11月遭国民党当局逮捕，时称七君子事件。直至抗战爆发后才获释放。民主文章，邹韬奋出狱后在上海、武汉、重庆主编抗战刊物，发表民主文章。贤哲，贤良的哲人，才能识见超越寻常的人。上联意谓，作者惊悉邹韬奋不幸病逝的消息，想到逝者一生为抗日救亡运动奔走效力，写作民主文章，具有革命骨气，不禁为失去这样的贤者而涕泪满襟。

下联以国内外形势的巨大变化与胜利前景告慰逝者的英灵。欧西，即西欧，包括英、法、荷兰、西班牙等国家，亦可通指除东欧以外的所有欧洲国家。革故、鼎新，即成语“革故鼎新”之意，语出《易·杂卦》：“革，去故也；鼎，取新也。”意谓破除旧的，建立新的。邹韬奋于1933年至1935年间，曾游历、考察欧洲英、法、意、德以至苏联等国家，陆续写成《萍踪寄语》三集，出版后产生颇为广泛的影响。1942年至1943年间又在苏北解放区从事文化工作。作者因在联中结合逝者自身的经历，写出世界上的西欧与国内敌后抗日根据地所产生的变化，无论世界反法西斯战争，还是我国抗日战争均已胜利在望。正是这些人民到处抬头的光芒足以告慰烈士的英灵。

这副挽联属对工稳，语挚情深。上下联均以四字句为主，且中间三句前有“领字”，各以“忆”“看”一字领头而统领下文。这样中间三句就成了作者所忆、所看的具体内容，并使噩耗传来、痛哭贤哲与胜利在望，告慰英灵有了现实依据。此联文情俱佳，堪称哀挽佳作。

挽彭雪枫

刘少奇

淮上哀音，痛毁长城，忆杀敌中原，革故鼎

新，解放人类三千万；

全军素缟，永识典型，念服务群众，出生入死，致力革命二十年。

赏析

此联写于1945年春。彭雪枫于1927年加入中国共产党。曾任红军第八军团政委、中央军委第一局局长。抗日战争期间，任新四军第四师师长兼淮北军区司令员。1944年9月在河南夏邑抗日前线作战中牺牲。次年2月7日，中共中央在延安举行彭雪枫追悼会，刘少奇、陈毅联名送挽联致哀。

上联对于彭雪枫不幸牺牲表示沉痛哀悼。淮上，淮河流域，一般指皖北、苏北一带。痛毁长城，长城喻重要、坚固。典出《南史·檀道济传》，南朝宋名将檀道济为宋文帝所忌，被杀时乃脱帻投地曰："乃坏汝万里长城!"言可为倚重。此指让人痛心的是毁了我可倚重之人。革故鼎新，除去旧的，建立新的。这里是说，淮上传来哀音，让人痛心地失去我可以倚重的一代名将，忆起将军率领新四军健儿杀敌中原，除旧布新，解放人民三千万。这里是在歌颂彭雪枫率部英勇杀敌，扩大了华中抗日根据地。

下联深情赞颂逝者对于中国革命所作出的贡献。素缟，即缟素，白色的丧服。二十年，彭雪枫自1925年参加中国共产主义青年团到1944年牺牲正好二十年。这里是说，新四军全军将士都为之服丧，永识英雄典型，念及逝者一生服务群众、出生入死，致力于我国革命二十年。

这副挽联对仗工稳，感情深挚。刘少奇、陈毅作为新四军主要负责人，与彭雪枫在华中地区共同战斗，结下了深厚友谊。此联对于逝者一生作出了很高的评价。

需要说明的是，过去不少联书，包括《中国名联辞典》，均认为此联系陈毅所作，纳入陈毅名下。我们认为，此联既由刘少奇、陈毅联合署名，且刘少奇在前，文笔口吻亦符，似以收入刘少奇部分为宜。

题抗美援朝书画义卖展览会

刘少奇

唇亡齿寒，辅车相依；
披发缨冠，众志成城。

赏析

此联作于1951年5月。当时，由全国民主妇女联合会、全国文学艺术工作者联合会、全国美术工作者协会、北京市文学艺术工作者联合会共同发起组织了抗美援朝书画义卖展览会。广大文艺工作者均以实际行动投入这场爱国捐献活动。中央人民政府副主席刘少奇亲临视察，并为展览会热情题联。

上联先就抗美援朝而言。唇亡齿寒，嘴唇没有了，牙齿就会感到寒冷。比喻双方利害关系十分密切。《左传·僖公五年》：“晋侯复假道于虞以伐虢。宫子奇谏曰：‘虢，虞之表也；虢亡，虞必从之。……谚所谓‘辅车相依，唇亡齿寒’者，其虞、虢之谓也。’”辅车相依，出处同上。辅为嘴旁颊骨，车为口中牙床，后用以喻关系密切互相依存的事物。联中以“唇亡齿寒，辅车相依”说明抗美援朝与保家卫国的辩证关系。

下联再就书画义卖而言。披发缨冠，亦作被发缨冠，语出《孟子·离娄下》：“今有同室之人斗者，救之，虽被发缨冠而救之，可也。”谓披散着头发来不及系好冠带，形容急迫的样子，急于救助他人。当时，我国人民面对美帝国主义入侵朝鲜已将战火燃烧到鸭绿江边，立即行动起来，援助朝鲜打击美国侵略者。众志成城，语出《国语·周语下》，意谓万众一心，就会像坚固的城堡一样不可摧毁。这里是说，广大文艺工作者与全国人民一起，抗美援朝，保家卫国，万众一心，团结战斗，一定能够取得这场斗争的彻底胜利。

这副联语颇有特色，内容紧扣“抗美援朝书画义卖”题旨，深刻提示这一爱国壮举的重大意义。上下联各以两个四言成语组成，对仗工整，言简意明，能够收到雅俗共赏，振奋人心的艺术效果。

应对席聘三

朱　德*

路边梨不摘；（席聘三）

月里桂常攀。（朱德）

作者

*朱德（1886—1976），字玉阶，四川仪陇人。中华人民共和国元帅。早年参加同盟会。1922 年加入中国共产党。相继担任中国工农红军、八路军、中国人民解放军总司令。新中国成立后，任中共中央副主席、中央军委副主席、全国人大常委会委员长。有《朱德选集》、《朱德诗词集》传世。

赏析

此联成于 1905 年秋天。当时四川省仪陇县马鞍场农村正值秋收时节，有次塾师席聘三应一学生家长邀请，带着朱德去赴一种名为“打谷酒”的宴会。师生走在乡间大路上，只见路旁有棵高大的梨树结满果实。席聘三便即兴吟出了“路边梨不摘”的上联，让朱德应对。朱德想了一会儿，很有礼貌地对出了下联：“月里桂常攀。”席先生闻之随即惊喜地赞道：“对得好！对得好！”

席先生何以连声叫好？原来，“路边梨不摘”只是眼前即景就事论事，意在说明青少年应当懂得一般做人的道理。“月里桂常攀”，不仅属对工巧，而又寓有深意，且能不失年轻人的童真与自信。这一对句显然是从成语“蟾宫折桂”转化而来。“蟾宫”即月宫，传说月宫中有桂树，旧时因称科举及第为蟾宫折桂。对句化用此典，意在说明他日自当学有所成，去干一番事业。今日知书识礼，明日必成大器。这一生动鲜明的对句因而深得塾师的欢心。

朱德自幼爱对对子。他在家乡私塾读书时，就学习过《声律启蒙》，经常练习对句。这次路边巧对绝非偶然，而是早年就有一定文化修养的表现。

与蔡锷合题雪山关

朱 德

是南来第一雄关，只有天在上头，许壮士生还，将军夜渡；（蔡锷）

作西蜀千年屏障，会当秋登绝顶，看滇池月小，黔岭云低。（朱德）

赏析

此联成于1916年1月。雪山关，在四川省古蔺县南部边境。雪山海拔1800多公尺，是川黔两省的界山。此关建于山上，地势颇为险要。当时，蔡锷作为护国军第一军总司令率部北上讨袁，由云南宣威经贵州毕节入川。在夜渡赤水河之后，登上了古蔺雪山关。这时天已放亮，蔡锷与朱德（时任护国军第六支队长）立马关头，诗兴顿起，即兴吟咏，合成此联。

上联为蔡锷所吟，完全从眼前景物出发，描写护国军的军事行动，抒发自己的战斗豪情。雄关，即雪山关，因其高峻险要，遂以“南来第一雄关”誉之。壮士，指北上讨袁的护国军战士。作者深信反袁斗争必胜，壮士定能生还。将军，当指护国军将领。这里是说，巍峨的雪山关是南来第一雄关，因其位于山上高耸入云，故而感到只有天在上头。今日已许将军夜渡（赤水河），改日应许壮士生还（滇军凯旋）。

下联为朱德应对，同样即景生情，借以抒发讨袁必胜的自豪感情。西蜀，四川古称。四川在三国时为蜀国之地，因在西部，时称西蜀，且与吴、魏并称合为三国。会当，应当，含有将然的语气。滇池，亦称昆明湖，在云南省昆明市西南。黔岭，泛指贵州诸多山岭。这里是说，雪山关可作四川天然屏障，本来应在秋天登临绝顶之上，因为那时天高云淡，隐约可见滇池恰似一弯小月，俯视远方黔岭亦如片片低云。这里完全出于浪漫主义想象，大有“会当凌绝顶，一览众山小”之意，而将雪山关所处的地理形势与自身革命豪情均充分地表现出来了。

这副即兴吟咏川南雄关的对联，意境恢宏，气势豪壮。两位作者均以眼前景物为由，抒发了自己宽广的胸怀和护国的壮志，传达出北上讨袁此战必胜的信念。因其气度非凡，不愧将军手笔。此联后来由古蔺县令书写刻于关门石柱之上，成为不可多得的历史文物。过去不少联语书籍均将此联说成蔡锷一人所作，但据四川省泸州市图书馆珍藏的手抄本《沛云堂立雪杂录》并非如此。该书多载朱德早年在泸州时所写的诗文，其中亦收此联，而且附有题款云：“蔡松坡、朱玉阶率滇军入川讨袁过雪山关驻马题联。”由此可见实为蔡锷、朱德二人合作的产物。

纪棉花坡战役

朱　德

滇南壮士集云溪，听铁马声中，三渠洪水开天地；
翼北胸襟环纳带，看朱坪阵上，万里烽烟动古今。

赏析

此联写于 1916 年 2 月。当时，朱德获蔡锷急电，率部抵四川护国战争中的主战场纳溪，并在纳溪城外两公里处的棉花坡和敌人展开了激烈的争夺战，打退优势敌人的多次进攻，稳住了阵地，取得了棉花坡战役的胜利。棉花坡一战是护国军攻取泸州、保卫纳溪战争中最重要的阶段，其地为纳溪通往泸州的咽喉，双方争夺十分激烈。作者于戎马倥偬之中，有感而赋此联。

上联中，滇南，即云南，蔡锷率领护国讨袁部队的出发点。云溪，即纳溪县，宋代县名云溪。三渠洪水，1916 年 2 月 19 日，蔡锷指挥全军分三路向北洋军进行反击。禄国藩一营，由黄土坡向蓝田坝进攻；朱德率两营，由棉花坡向菱角塘进攻；何海清率两营，由永宁河右岸向双河场进攻。这三路像三条大渠的洪水一样，铺天盖地而来。经过激战，菱角塘方面敌军被击溃。

上联意谓，云南护国军壮士齐集于纳溪，听金戈铁马声中，他们像三渠洪水一样推进，英勇杀敌，开辟了一片新的天地。

下联中，翼北，向北趋进。语见《论语·乡党》：“趋进，翼如也。”邢昺疏：“谓疾趋而进，张拱端好，如鸟之张翼也。”此指北上讨袁。纳带，指纳溪县城郊外一带高地。朱坪，在棉花坡之顶。下联意谓，我军将士怀有北上讨袁的胸襟气魄，环绕在纳溪一带，看朱坪阵上万里战火烽烟震动了我国古今的历史。这里极写泸州、纳溪一带的战争局势与紧张气氛。

作者怀着护国讨袁战争不断取得进展的喜悦心情，写下这副近于战地纪实的对联。联语属对工稳，气势豪壮。滇南壮士的风采，翼北的心胸与襟怀，栩栩如生地呈现在读者面前。至于“开天地”、“动古今”，更从时间、空间上写出护国讨袁斗争非凡的气势，具有颇为感人的思想艺术力量。

题慰忠亭二联

朱　德

一

收拾河山埋战骨；
摩挲碑碣慰忠魂。

二

与黄花岗同一馨香，气象森严，乾坤只有两堆土；
续奇男庙无双祀典，风云叱咤，魂魄应归九虎关。

赏析

此联作于1916年夏秋之间。慰忠亭，在四川省泸州市。朱德为纪念护国讨袁战争中牺牲的滇军将士，在泸州城南大校场陵园前修建了一座纪念亭，命名慰忠亭，并亲自撰写了两副挽联。

第一副挽联：

摩挲，抚弄。碑碣，古人把长方形的刻石叫碑，把圆首形或形在方圆之间上小下大的刻石叫碣，后常用以纪事颂德，其形制也有了一定格式。联句意谓，我们将收拾祖国大好河山，以埋葬护国讨袁战争中牺牲将士的遗骨，同时虔诚地抚摸纪念碑，以告慰烈士的忠魂。

此联简单明了，直入本题。此地长埋阵亡将士遗骨，寄语告慰滇南壮士忠魂。这就直接点明了建立慰忠亭的主旨。

第二副挽联：

上联中，黄花岗，在广州市东郊白云山麓。1911 年 4 月，孙中山、黄兴组织同盟会员在广州发动武装起义，失败后死难烈士葬此。黄花岗七十二烈士墓已成全国重点文物保护单位。馨香，特指传播很远的香气，比喻可流传后代的好名声。《诗·大雅·凫鹥》："尔酒既清，尔殽既馨。"毛传："馨，香之远闻也。"两堆土，指广州黄花岗与泸州城南两处陵墓。上联意谓，这里与黄花岗七十二烈士墓同样发出芳香的气息，陵园气象森严，天下只有这两座坟墓更加引起人们的注意。这样就把护国讨袁与广州起义并列，同称为民国时期引人注目的两件大事。

下联中，奇男，即奇男子，不同于寻常的杰出人物。祀典，隆重的纪念活动。叱咤（chì zhà）风云，怒喝一声就可以使风云变色，喻人力量极大可以控制局势。九虎关，即天上、上界。《山海经·大荒西经》："昆仑，帝之下都，面有九门，门有开明之兽守之，虎身人面。"下联意谓，我们继续操办奇男子庙那样举世无双的祭奠活动，这些能叱咤风云的人物，魂魄应当归于天上。

此联精心围绕慰忠亭与烈士墓来做文章，极写此处与广州黄花岗一样，气象森严，流芳百世。其祭奠活动可与传说中的奇男庙比美，进一步赞颂护国讨袁战争中烈士们的不朽功业。

据《朱德风范词典》有关词条记载："1919 年底，朱德率领一个旅与川东军阀激战了一场，结果失利，全旅人员伤亡惨重。"为了缅怀阵亡将士的功绩，使活着的人永远不忘，特意修建一座慰忠亭。朱德撰写了这副楹联。此说显然欠妥。因为题意本身亦已不言自明，请看："与黄花岗同一馨香，气象森严，乾坤只有两堆土。"只有护国讨袁战争中牺牲的将士，才配与黄花岗七十二烈士"同一馨香"，才能列入"慰忠亭"让人永远纪念。朱德在护国、护法战争之后，竭力主张"撤回部队，还政于民，川滇和解"。1919 年底，奉唐继尧之命不得已而与川东军阀激战，失利之后虽痛惜此役不幸阵亡的将士，哪里还会大张旗鼓去建慰忠亭呢？

挽王团长弟兄二人

朱 德

公为护国英雄，最难堪马革裹尸还，玉后珠先，弟兄共入奇男庙；

我是王郎乡里，大可忧梅花落桥北，断肠凄骨，杨柳双青少妇楼。

赏析

此联写于 1916 年夏秋之间。讨袁护国战争胜利后，为悼念此役阵亡将士，特在泸州修建慰忠亭。朱德除题写亭联以外，还写了《挽王团长弟兄二人》，以表示沉痛哀悼。

上联称颂护国英雄王氏兄弟的历史功绩。公，为对人的尊称。马革裹尸，典出《后汉书·马援传》，一般指为正义事业而死在战场上。玉后珠先，玉珠为用玉琢成的珠，古代天子之冕常用真白玉珠装饰。此指弟兄先后相继阵亡。这里是说，二公均为护国英雄，最让人难以忍受的是而今以马革裹尸还葬。弟兄二人先后为国捐躯，可共入奇男子庙享受世人供奉。

下联对王团长弟兄二人表示沉痛哀悼。王郎，指王氏弟兄。乡里，家乡、同乡的人。梅花落桥北，既是实写自然界凄凉的景象，亦在暗用李白“黄鹤楼上吹玉笛，江城五月落梅花”的典故。断肠凄骨，即肠断骨凄，形容悲痛之极。少妇楼，王昌龄《闺怨》：“闺中少妇不知愁，春日凝妆上翠楼。忽见陌头杨柳色，悔教夫婿觅封侯。”联中化用唐人诗意，写出征妇凄凉处境。王氏弟兄均死于战场，因言“杨柳双青少妇楼”。这里是说，我是王家弟兄同乡之人，大可让人忧心的是梅花落于桥北，阵亡将士之妻能不悲痛之极？杨柳青青掩映着两处少妇小楼。

此联哀挽同乡战友，情见乎辞，凄恻感人。作者或正面歌颂护国英雄，或侧写家中亲人悲痛之情。联中用典亦恰到好处。上联马革裹尸、奇男庙系直接引用，下联梅花落桥北、双青少妇楼则化用唐代诗人的句意，更显蕴藉含蓄。

挽蔡锷

朱　德

勋业震寰区，痛者番向沧海招魂，满地魑魅迹踪，收拾山河谁与问；

精灵随日月，倘此去查幽冥宋案，全民心情盼释，分清功罪大难言。

赏析

此联作于1916年11月。蔡锷（1882—1916），字松坡，湖南邵阳人。近代著名军事家。辛亥革命爆发后，时任云南37协统领的蔡锷，与云南讲武堂总办李根源在昆明举兵响应，建立军政府，任云南都督。1913年被袁世凯调至北京暗中监视。1915年与梁启超策划反袁潜出北京，年底在云南组织护国军起兵讨袁。次年春与袁军激战于四川泸州、纳溪一带。袁世凯死后任四川督军兼省长。因长期征战积劳成病赴日本就医。1916年11月8日不幸逝世。朱德闻讯于12月1日在四川纳溪主持召开追悼会，并撰送挽联致哀。

上联中，寰区，广大的区域，犹言天下。者番，此番。这时。沧海，蔡锷逝世于日本，两国之间隔有黄海、日本海，因向沧海招魂。魑魅（chī mèi），古代传说中山林沼泽的鬼怪。上联意谓，蔡锷所建立的功勋业绩名震天下，这次我们痛心地向远方的沧海招魂，现在满地都有鬼怪的踪迹，收拾河山的重任谁与闻问呢？作者既对这位名震寰宇的将军给予很高的评价和表示深沉的怀念，又为民国的命运前途担忧，谁能继承将军的遗愿来收拾祖国山河呢？拳拳爱国之心，溢于字里行间。

下联中，精灵，旧指鬼神或神仙。左思《吴都赋》："精灵留其山河。"吕向注："精灵，神仙之类。"宋案，明代翰林学士宋濂，因其长孙受胡惟庸案牵连，贬官茂州中途病死。后以此案为冤案的代称。这里借指蔡锷生前蒙受了冤屈。下联意谓，逝者英灵可随日月，倘此次能去查明阴间冤案，全国人民都怀着沉痛的心情盼望得到解释，我们也深知能否分清功罪还很难说。作者对于蔡锷生前蒙受的冤屈颇为关切，多么希望早日得到澄清。这一冤案说来话长，当指辛亥革命之后，蔡锷对于北洋军阀袁世凯一度抱有幻想。他在不少重大问题上，包括1912年的"建都之争"（民国政府建都南京还是北京），1913年的"二次革命"（孙中山发动的讨袁之役），都站在袁世凯的一边，因此受到革命党人的指责。但到后来，当发现袁世凯出卖祖国与恢复帝制的阴谋时，则毅然举起武装讨袁的旗帜，并为此而献出了自己的生命。这些均需作出具体分析。

此联感情深挚，对仗工整。作者既为国家命运前途担忧，亦为友人蒙受冤屈不平，这就大大扩展了一般挽联的容量，而给人以深入思索的余地。

挽护国之役滇军死难将士四联

朱 德

一

人间正气聚于斯，建国无奇，只须蹈刃不辞，方挽出万里鸿基归诸掌握；

地下忠魂得知否，立名不易，必待盖棺而后，才得此一杯残酒来奠英雄。

二

千金弹业续群雄，偏留得朱坪襟带山河，招魂大哭屠龙党；

两次出师挽危局，幸勉从诸葛褒扬义烈，酹酒同浇落凤坡。

三

奇男庙惟吾蜀有之，谁云国士无双，诚看今日秋坟，战死累累，南天不少花敬定；

国殇辞仅屈原能作，倘使精魂不灭，扑入摩崖椽笔，招魂些些，万古重生蒋子文。

四

青青埋骨者，非忠山耶？今胡同归，俯仰千秋一洒泪；

细细铭功阙，惟我辈耳，英雄效命，苦战三年两出师。

赏析

这组联语写于 1917 年冬。同年 7 月，孙中山在广州因北洋政府总理段祺瑞拒绝恢复《临时约法》而宣布“护法”，提出在粤恢复国会再造共和。云南督军唐继尧为实现其称霸西南的野心，此时亦打出护法的旗帜，借机组织靖国军滇黔联军，发出“思惟北征，宜先靖蜀”的通电，对川大举用兵。朱德被委任为靖国军第二军三旅旅长，受命进军泸州，卷入到这场战争中去。当时滇军师出无名节节失利。作者对于这场缺乏明确政治目标的战争感到深深的困惑，因而更加怀念讨袁护国之役中阵亡的滇军将士，遂于组织追悼活动之时写了这四副挽联。

第一副挽联：

上联中，蹈刃，踩上兵刃。鸿基，宏大的基业。联句意谓，人间雄壮之气都聚集在这里，因此建国无奇，只因全军将士浴血奋战（迎着兵刃）在所不辞，才挽回万里宏大基业归之于自己掌握。这里是在充分肯定讨袁护国之役中滇军将士曾经起过的历史作用。

下联中，忠魂，指讨袁护国

战争中滇军阵亡将士的英灵。联句意谓，已经长眠于地下的讨袁护国之役牺牲将士的英灵可晓得吗？树立名声确实不易，必须等到盖棺而后方可断定，今天才得到一杯残酒来祭奠英雄。作者怀着沉痛的心情在与地下英灵对话，既因他们为国捐躯而表示深情悼念，而又面向现实别有一番滋味在心头。

此联句子虽长而对仗工整，内容深沉且蕴藉含蓄。无论表彰护国之役中滇军阵亡将士的历史功绩，还是对于他们表示沉痛哀悼，无不给人以悲壮苍凉之感。尤其是在取得胜利后，也只能以一杯“残酒”来祭奠已牺牲的英雄，更加让人为之感伤。

第二副挽联：

上联中，弹（tán）业，以弹压为功业，此指战争。朱坪，纳溪县棉花坡之顶。襟带，谓山川屏障环绕，如襟如带，比喻地势险要。屠龙党，此指滇系、桂系军阀。屠龙，典出《庄子·列御寇》：“朱泙漫学屠龙于支离益，殚千金之家，三年技成，而无所用其巧。”后因称技艺高超而不切实际为屠龙之技。党，同伙之人。联句意谓，西南群雄在耗费千金的战争中相继登场，而今偏留得朱坪作为山川屏障，在为滇军阵亡将士招魂时，想到号称革命党人的地方军阀能不让人大哭一场。

下联中，两次出师，指投身护国、护法战争。诸葛，三国蜀丞相诸葛亮，此指蔡锷将军。落凤坡，刘备谋士庞统，号称凤雏，与诸葛亮齐名。进军成都时因中流矢死于落凤坡。比喻滇军将士作战牺牲。联句意谓，为了挽救危局而两次出师，有幸勉力跟从当代诸葛褒扬义军的功业，而今只能酌酒同浇，亦即在护国之役滇军将士牺牲的地方以酒祭奠英魂。

此联虚实结合内涵丰富，如能结合时、地、人、事，自可有所体会。“大哭屠龙党”与“同浇落凤坡”，更能给人留有思索和回味的余地。

第三副挽联：

上联意在贬斥当代花敬定式的人物。奇男庙，供奉当地历代奇男子的神庙。国士无双，语出《史记·淮阴侯列传》，谓国中独一无二的人才。花敬定，唐代武将。肃宗上元二年梓州刺史段子璋反，占据绵州，自称梁王。成都尹崔光远率部将花敬定攻拔绵州。既诛子璋，敬定将士大掠东川。肃宗乃罢光远职，花亦不被重用。这里是说，吾蜀人才辈出，谁云国士无双，诚看今日秋坟无数战死者即为明证，只是南天却出现了不少花敬定式（居功自傲占地为王）的人物。

下联则为称颂堪称当代蒋子文的蔡锷将军。国殇辞，即屈原《九歌》中的国殇篇，歌颂为国牺牲的将士。摩崖，在山崖石壁上所刻铭功纪事等文字，称为摩崖。椽笔，如椽大笔，用以称颂他人文字。此指蔡锷当年曾在纳溪大洲驿为一块巨大岩石亲题“护国岩”三字，并附题记和诗文。些(suò）些，些为语末助词，为与上联“累累”相对，故成“些些”。蒋子文，东汉广陵人，常自言骨清，死当为神。汉末为秣陵尉，追贼至钟山伤额而死，葬于钟山。相传孙权都建业，曾见子文乘白马执羽扇出，遂立庙于钟山，封蒋侯。至南朝齐进号为蒋帝。这里是说，在为国捐躯的将士中，蔡锷将军精魂不灭，堪称万古重生的蒋子文。

此联妙在上下联结句所提到的两个历史人物，“南天不少花敬定”与“万古重生蒋子文”，联系当年护国军中不同类型的领导人，自能给人有益的启示和教育。

第四副挽联：

上联为埋骨忠山的战死者洒泪祭奠。青青，茂盛貌。忠山，在泸州城南，亦称枕山。俯仰，比喻时间短暂。千秋，婉言人死。联句意谓，埋骨于密林中的战死者，不是在忠山吗？而今何以同归，俯仰之间即逝，让人一洒痛苦泪水。

下联为滇军死难将士立阙铭功。细细，仔细、周密。阙(què)，古代墓门立双柱者谓之阙。耳，表语气，用同“矣”。此言惟我辈当为护国英雄铭功纪事，而今滇军将士仍在为国效命，亦已苦战三年两次出师。

此联用语平实，文白相间，对仗工稳，情深意挚。与前三副融为一体，实为哀挽联语佳作。

云南锦山二联

朱　德

一

退后几分，让他捷足先登，祸起萧墙将内战；
旁行一步，非我现身说法，人民无路走中间。

二

地狱天堂，分富室穷家而已；
刀山剑树，惟刁绅恶棍当之。

赏析

此联写于1918年秋。当时，朱德驻军泸州，兼任川南清乡司令，曾率师在泸县凤仪乡剿匪。当地名士艾承休等人相约拜访朱德，邀他同游泸州八景之一的云锦山。大家边走边谈，行至山顶关帝庙前，于是席地而坐饮酒赋诗。朱德此行留下七言古诗一首，联语两副。

第一副联语在与友人纵论时事，以表明自己的政治见解。

上联中，捷足先登，谓行动敏捷的人先达到目的。祸起萧墙，语出《论语·季氏》："吾恐季孙之忧，不在颛顼，而在萧墙之内也。"萧墙，原指宫室内当门的小墙，后用以喻祸乱发生在内部。这里是在议论护法战争期间云南、四川军阀之间的斗争。1917年冬，朱德奉命抵抗川军向泸州的进攻，开始因退让几分，让对方捷足先登以致泸州失守，后又会同滇军各路夺回泸州。联中因言祸起萧墙将爆发内战。

下联中，现身说法，原谓佛与菩萨显示种种化身宣说佛法，后喻以自身经历为例证，对人进行讲解或劝导。1918年2月，云南靖国军取得节节胜利，迫使川军请和。朱德曾提出"撤回部队，还政于民，川滇和解"的主张，还联合其他将领致电唐继尧，要求趁川军求和之机，息战回滇。唐继尧却置之不理。联中因言旁走一步，非我现身说法，实在处于战乱之中的人民已无路可走，才提出"川滇和解"的中间方案。

此联以说理议论为主，需结合当时斗争形势，方可理解联中要义。

第二副联语则为参观山上寺庙的述怀之作。据《泸县志》："云锦山，上有古刹，……"作者即景生情，有感而发。

上联中，地狱天堂，原为佛家语。天堂为人死后灵魂享受安乐之处。地狱为人死后灵魂备受折磨的地方。后以喻苦乐不同的两种生活遭遇。联中因言，所谓地狱天堂，只是分为富室穷家而已。

下联中，刀山剑树，原是佛教所说地狱中的一种酷刑，后以喻极其恶劣的地方。作者出身贫苦爱憎分明，联中因言刀山剑树，惟狡诈乡绅与地方恶棍当之，即应让这些人下地狱。

此联虽系即兴之作，却质朴无华、剑拔弩张，尽显平民将军本色。

泸州百子图亭

朱　德

百子图中百子戏百子；
三官祠内三官嘲三官。

赏析

此联作于1918年间。百子图亭，在泸州市郊区，因亭内绘有百子图，为当地有名景点之一。此地在忠山脚下，幽静清凉，为避暑胜地。当时，朱德曾与几位友人在此聚会，众人提出要以百子为联。朱德才思敏捷，脱口说出上联。众人纷纷应对，可惜皆不合格。朱德对出下联之后，举座为之叫好。

上联中，百子图，旧为祝子孙众多之图。吴敬梓《儒林外史》第二十八回："三间敞厅，……中间悬着一幅百子图的画。"这里是说，百子图中所绘百子好像相互嬉戏，多么活泼可爱。

下联中，三官祠，亦称三官寺，在泸州城西南郊，旧时香火很盛，游人亦多。原寺今仍残存。三官，道教所奉之神，即天官、地官、水官。传说天官赐福，地官赦罪，水官解厄。这里是说，三官祠内所奉三官似在互相嘲弄，让人感到可笑。

此联虽属游戏之作，却也暗藏机巧。出句点出景点名称，且将"百子"在句中出现三次，并与"图中戏"构成一幅画面。对句要求完全与之相应实属不易。下联三官祠亦系附近一处景点名称，又将"三官"重复三次，再与"祠内嘲"构成一幅画面。真是信手拈来，皆成妙语，可谓平中见奇。

题赵公祠

朱　德

骑鹤卧龙何处去，
春城花木一时新。

赏析

此联写于1918年间。赵公祠位于泸州小市镇，为纪念当地历史与文化名人而建。朱德时任泸州驻军负责人，曾应约为赵公祠题写联语。

上联追思泸州先贤。骑鹤，古代笔记小说中有“腰缠十万贯，骑鹤上扬州。”的说法，谓人可以骑鹤升空远去。卧龙，谓隐居的杰出人物。《三国志·蜀书·诸葛亮传》：“（徐庶）谓先主曰：‘诸葛孔明者，卧龙也，将军岂愿见之乎?’”联句以卧龙喻赵公，谓赵公已骑鹤不知向何处而去。

下联言泸州自然景象。春城。四季如春的城市，此指泸州。泸州地处四川南部、长江沿岸，气候宜人，四季如春。一时，一世。《三国志·魏书·邓艾传》：“诸葛亮一时之杰也。”联句谓春城花木茂盛一世常新。

此联语言清新，富有诗意。作者从赵公祠着笔，谓人间卧龙虽已骑鹤不知何处去，而春城花木却一时常新。人与自然景物交融，似有某种内在联系，能够引人遐想。

挽护法战争中阵亡的陈团长

朱　德

干革命奋不顾身，冒弹雨枪林，棋错竟生投鼠忌；
好男儿何惜一死，葬凤仪黄祠，军还怕听室人悲。

赏析

此联写于1918年间。护法战争，1917年7月，孙中山反对北洋军阀解散国会，提出拥护约法、恢复国会的主张，率驻沪海军到达广东。当即召开国会非常会议，组织护法军政府，并被选为大元帅。次年5月，桂系军阀陆荣廷排挤孙中山去职，护法军政府遂成为南方军阀的政权。滇系军阀唐继尧更借护法之名，不断扩大地盘，屡次出兵川、黔等省，企图称霸西南。朱德时任云南靖国军第2军第3混成旅旅长，亦曾参与地方军阀之间的战争。1918年间曾为护法战争中阵亡的陈团长撰联志哀。

上联首先称赞陈团长在护法战争中为了革命事业而冒着枪林弹雨奋不顾身。这里弹雨枪林，意同枪林弹雨，为押韵而倒置。进而笔锋一转，表达了作者对于这场战争性质的怀疑。投鼠忌，即成语投鼠忌器，语出汉贾谊《治安策》："里谚曰：'欲投鼠而忌器。'此善喻也。鼠近于器，尚惮不投，恐伤其器，况于贵臣之近主乎!"要扔东西打老鼠，又怕砸坏旁边的器物，常用以喻除害而有所顾忌。作者借用此语明显是在担心各地军阀混战会给国家民众带来灾难和不幸。

下联意在痛惜战友的不幸阵亡。凤仪，指泸州附近的凤仪乡。黄祠，即凤仪乡黄家祠。室人，语出《诗·邶风·北门》，指家中之人。这里意谓，好男儿岂惜一死，亦已葬身凤仪黄祠，只是滇军还乡之日我们还怕听到逝者家人悲伤的哭声。

此联为哀挽战友而作，蕴藉含蓄，感人肺腑。联语声情悲壮而又寓有深意，既以"军还怕听室人悲"表达悼念亡友的深情，又以"棋错竟生投鼠忌"喻指自己参与西南军阀混战后的复杂心态，并且预示意识到"棋错"而需进一步探索真正革命的道路。

悼念护法阵亡将士二联

朱　德

一

问沙场战骨，几人归是奇男，英雄二字空流血；

叹中国版图，诸军各怀异志，政客多门枉用心。

二

他乡埋没好男儿，并不须马革裹尸，把几点馨香血，染碧沙场，只争得一寸河山，便算葬身干净土；

今日共揩新眼泪，切莫问妆楼少妇，做多少寂寥诗，晒青杨柳，纵招返九关魂魄，也应啼断杜鹃肠。

赏析

此联写于 1918 年间。朱德作为云南靖国军著名将领，直接参与四川地区的护法战争，并为在护法之役中阵亡的滇军将士撰联志衰。

第一副挽联：

上联中，沙场战骨，作战中阵亡将士的骸骨。奇男，奇男子，不同常人的杰出男子。空流血，指无谓的牺牲。联句意谓，如果问问战场上阵亡的将士，凡是魂归故里能称得上是奇男子的，虽名义上成了英雄，实际上空流血而已。这里既反映了对滇军在护法战争中牺牲将士的同情，也表达了对各地军阀争权夺利行为的否定。

下联中，版图，版为户籍，图即地图，后指一国的疆域。政客，指从事政治活动而谋取私利的人。当时滇、川、黔各军首领曾因争夺四川督军职位而发生混战。联句意谓，可叹在中国疆域之内，诸军各怀异志，那些从事政治活动谋取私利的人们，打着各种各样的旗号枉自花费了心机。这是对于西南地区各地封建军阀本质的认识与无情的讽刺。

朱德在经历了自己良师益友蔡锷将军之死与西南各地军阀为争夺四川地盘的不义战争之后，写下了这副感情激越、锋芒毕露的对联。从当年的讨袁护国之役，到而今的护法靖国战争，作者感慨良多。联中既为诸多死难将士表示惋惜，又对各怀异志的政客进行谴责。

第二副挽联：

上联言逝者在护法之役中血染沙场寸土必争。马革裹尸，典出《后汉书·马援传》，用马皮把尸体包裹起来，谓英勇作战死于沙场。馨香，芳香，特指散布很远的香气。碧，青绿色。这里是说，好男儿已葬身他乡，并不要马革裹尸，只把热血染碧沙场，为争一寸山河，便算葬身净土。结句颇为含蓄，既有寸土必争之意，又有虽已葬身他乡难得干净寸土的感慨。

下联表生者追悼亡魂的沉痛心情。妆楼少妇，典出唐王昌龄《闺怨》："闺中少妇不知愁，春日凝妆上翠楼。忽见陌头杨柳色，悔教夫婿觅封侯。"联句化用上述诗意，谓莫问凝妆上楼的少妇为怀念征夫写了多少寂寞寥落的诗，只要看（眄 miàn）眼前青青杨柳，纵然招回逝者的魂魄，也应像杜鹃啼血那样为之断肠。这里又用了两个典故：一是战国宋玉《招魂》："虎豹九关，啄害下人些。"九关，指天门，计有九重，均有虎豹守着。二是唐白居易《琵琶行》："其间旦暮闻何物？杜鹃啼血猿哀鸣。"相传杜宇为蜀国国君，号曰望帝，死后其魂化鹃，每逢春日声声悲啼。杜鹃啼血成了哀伤感情的象征。

此联哀挽护法阵亡将士情真意挚、感人至深。作者尤善化用成语典故，既无斧凿痕迹，又能自出新意。马革裹尸、碧血沙场、妆楼怨妇、招魂九关、杜鹃啼血等成语典故，自然融入联中，构成哀挽氛围，让人为之感佩。

心系天下

朱 德

四面云山收眼底；
万家灯火系心头。

赏析

此联写于 1919 年间。当时，朱德作为云南靖国军第三混成旅旅长，驻守泸州兼任当地城防司令。这段时间没有大的战争，遂把主要精力放在安定民心以舒民困与治军之暇博览群书上。他曾参与组织颐园、振华等诗社，写了几十首旧体诗和一些联语。

此联意在抒发自己驻守泸州的感想，四面云山收于眼底，万家灯火系于心头。这里既属写实，而又寓有深意。四面云山表面是指泸州周围的自然景物，实为关心当时政局的风云变化；万家灯火亦然，既指泸州市井繁华，亦属关心民众疾苦。

联语虽然短小，含义却很深刻，能够充分显示作者早年忧国忧民的情怀。上联写景极为壮阔，泸州为长江、沱江汇合处，川滇黔三省公路运输枢纽。站在泸州高处极目远眺，四面云山尽收眼底。下联则表明作者并非只是欣赏眼前景物，而是怀有一片忧国忧民之心，大有宋人范仲淹“先天下之忧而忧，后天下之乐而乐”的宽广胸怀。上联写景为下联抒情作了铺垫，下联则以情反衬上联的景，在读者眼中得到升华。因此不同于一般的写景联语，应以即景抒怀作品视之。身居泸州，心系天下。

泸州二联

朱德

一

园可怡情，倘好山河，肯假我作小周旋，笑羽扇纶巾，许风流人物；

诗堪结社，是真名士，要将他来暂羁旅，凭桑田沧海，有大老神仙。

二

与朱穆结四海鸥盟，诗以言志；

同罗隐作残唐名士，天假之年。

赏析

此联作于1919年间。朱德当时驻守泸州，常于“治军之暇，博览群书”，还与当地文人名士谈诗论文组织诗社。据《朱德年谱》1919年部分记载：“和赵又新（时任靖国军第二军军长）等人参加颐园诗社，并和当地文人先后组织东华诗社、振华诗社和香山诗社。假日常在一起聚会赋诗。”这两副对联就其内容即与诗社活动有关。

第一副联语从首句看，即与颐园诗社的活动有关。

上联正面反映颐园诗社组织吟咏活动的情景。假，借用、给予。羽扇纶（guān）巾，手持羽毛做成的扇子，头戴青丝织成的便巾。这本为文人装束，魏晋时武将亦喜用，以表现从容潇洒的儒将风度。苏轼《念奴娇·赤壁怀古》：“羽扇纶巾，谈笑间，樯橹灰飞烟灭。”风流人物，亦见苏轼《念奴娇·赤壁怀古》：“大江东去，浪淘尽，千古风流人物。”意指英俊潇洒杰出不凡的人物。上联意谓，这座花园可以让人心情怡悦，倘若大好山河能够为我借用而小事周旋，可以笑傲古代令人称羡的儒将，应许成为今天的风流人物。

下联意在抒发作者儒雅旷达的胸怀。名士，特指以诗文著称，恃才放达不拘小节的人。羁（jī）旅，作客他乡。《左传·庄公二十二年》：“辞曰：‘羁旅之臣’。”杜预注：“羁，寄也；旅，客也。”桑田沧海，语出晋葛洪《神仙传》，后以沧海变为桑田喻世事变化之大。大老，元老，年纪与品格均高之人。下联意谓，我们这些诗友可以结社，如果愿做真的名士就要让他来暂时作客，管它外界有多少变化，这里有的是大老与神仙。此系作者作为军人涉足吟坛故作旷达之语。

此联是同当地文人名士交往结社的产物，显得风流儒雅放荡不羁。作者真正目的，在为诗社成立而写的一篇《小引》中表述得非常清楚，指出：“戎事余欢，逢场作戏，苦中寻乐，忙里偷闲。”“泄腹中牢骚，忧国忧民；舒心中锦绣，讽人讽事。”

第二副联语，原题《贺东华诗社并罗小吟五十寿》。

上联中，朱穆，字公叔，后汉文学宗师。这里借指东华诗社诗翁朱清长。鸥盟，谓与鸥鸟结为盟友同住水云乡里，旧指隐退。朱熹《过盖竹作二首》：“浩荡鸥盟久未寒，征骖聊此驻江干。”上联意谓，愿与朱夫子结四海鸥盟，从此解甲归田退隐乡间。此系借诗以言己志。

下联中，罗隐，唐朝末年著名诗人。这里借喻清末举人罗小吟。天假之年，上天赐给足够的年寿。下联意谓，同罗隐一起去作残唐名士，愿老天能给予诗人以更多的岁月。实即愿与罗小吟一起作当今名士，并望友人健康长寿。

此联系为东华诗社社长罗小吟五十寿辰而作。诗友之间祝寿，三句不离本行，作者的人品、学识由此可见一斑。朱、罗均为古代文人，以此借喻两位诗友，又兼祝颂之辞，雅中见巧，情味俱佳。

挽亡妻

朱德

举案齐眉，颇自诩人间佳偶；
离尘一笑，料仍是天上仙姝。

赏析

此联写于1919年间。1912年秋，时年26岁的滇军少校朱德，娶了昆明师院18岁的女学生萧菊芳为妻。他很喜欢这个思想解放没有缠足的姑娘。1916年9月生儿朱琦，在而立之年喜得贵子。1917年萧菊芳身染重病，虽经长期医治与疗养，仍于1919年不幸病逝。朱德怀着沉痛的心情，除撰此挽联志哀外，还写有《悼亡诗》七首。

上联忆及逝者生前夫妻之间的恩爱深情。举案齐眉，典出《后汉书·梁鸿传》。案为古代用以进呈食物的木制托盘。相传汉代梁鸿的妻子孟光，每次给丈夫送饭时总是把端饭的盘子举得高高与眉眼齐平。后用以形容夫妻恩爱相敬如宾。自诩（xǔ），自夸。佳偶，感情融洽生活幸福的夫妻。这里是说，作者夫妻之间相敬如宾，因而颇为自信地堪称人间佳偶。

下联述及妻子逝后仍给人们留下美好形象。离尘，离开尘世，此指人之死亡。姝（shū），美女。这里是说，妻子离开人世时回眸一笑，可以料想其美好形象仍不愧是天上仙女。

此联悼念忘妻情真意切，用语文白相间平实自然。或运用成语典故，以怀念昔日夫妻恩爱的幸福生活；或借助艺术想象，以赞美亡妻堪称天上仙女。“人间佳偶”与“天上仙姝”属对工稳且均系赞誉年轻女性之词，给人留下美好的印象。

挽兄弟三联

朱　德

一

随我自滇转战川南，痛马革裹尸，壮志未酬，一死负荣哀，竟借他州埋玉树；

行军进蜀支持革命，想冲锋摧敌，大功难泯，招魂伤手足，愿求来世作金昆。

二

埋玉树著土中，拼热血把帝制消沉，大功回首亡双弟；

奋金戈于海内，抱正义而为民请命，奔苦伤心剩一兄。

三

虎斗龙争，拼将热血扶危局；

兄存弟死，誓把余生靖险途。

赏析

此联写于1920年夏秋之间。当时，朱德率领的靖国军第三混成旅驻守泸州，与四川军阀熊克武、刘湘联军激战了一场，结果失利，全旅伤亡惨重。在泸县云锦地区一个星期残酷的争夺战斗中，朱德的两个胞弟朱代锟、朱代炳不幸牺牲。战斗结束后才运回弟弟未装殓的遗体，安葬在泸州忠山之巅。在此期间先后和泪为墨，连续写了三副挽联。

第一副挽联：

上联中，马革裹尸，典出《后汉书·马援传》，后谓英勇作战而死于沙场。负荣哀，享有生荣死哀，后已成为颂扬死者的套语。语见《论语·子张》："其生也荣，其死也哀。"上联意谓，两位弟弟随我自云南转战四川南部，让人感到痛心的是，虽战死沙场却壮志未酬，一死享有种种赞誉，竟埋于他州土地之中。

下联中，金昆，金友玉昆的缩语。典出《南史·王铨传》："铨虽学业不及弟锡，而孝行齐焉。时人以为铨、锡二王，可谓玉昆金友。"后常用作兄弟的美称。下联意谓，我们行军进蜀支持讨袁护国的革命，想起冲锋摧敌之事，大功自当难以泯灭。我却因伤同胞手足而为死者招魂，愿求来世仍作好兄弟。

此联哀挽两个兄弟，能将叙事与抒情融为一体，在记述转战川南与伤失手足之中抒发对兄弟之死的深沉悲痛的心情。声情悲壮，感人至深。

第二副挽联。

上联中，埋玉树，典出《世说新语·伤逝》："庾子康（亮）亡，何扬州（充）临葬，云：'埋玉树著土中，使人情何能已已！'"本谓把像玉一样姿质秀美、才干优异的人埋入土中，这里则用以比喻年少而有才华的人死后令人悲伤。消沉，消失、消逝。这里是指1916年3月22日，在护国军率先讨袁、各省纷纷响应的情况下，袁世凯被迫取消帝制。上联意谓，将兄弟埋葬之后，我们拼将热血终于使袁世凯不得不取消帝制，现在大功告成之日回首往事，两个弟弟已经死亡。

下联中，奋金戈，奋起金戈，拿起武器战斗。为民请命，为百姓请求解除他们的疾苦。下联意谓，拿起武器奋战于海内，抱定正义宗旨而为民请命，现在二弟俱亡只剩一兄，能不为此而悲苦伤心？

此联进一步将自身事业与感情的矛盾表现得淋漓尽致。"大功回首亡双弟"、"奔苦伤心剩一兄"，骨肉情深，哀恻动人。作为革命者仍"奋金戈于海内，抱正义而为民请命"，何等胸襟！让人感佩。

第三副挽联：

上联中，虎斗龙争，原谓群雄互相角逐，这里用以喻蔡锷率领的护国军与袁世凯北洋军阀势力之间的斗争。这里是说，在这场护国讨袁的战争中，拼将自身的热血以扶持国之危局。

下联中，靖，平定。这里是说，如今兄存弟死，我当发誓要把自己余生用于平定危险的征途，即投身于中国人民的解放事业。

此联言简意明，英勇悲壮。作者决心化悲痛为力量，"拼将热血扶危局"、"誓把余生靖险途"，明确表达了自己愿以满腔热血报效祖国的雄心壮志。

值得注意的是，关于此联写作时间，《古今名人联语》等联书认为写于1916年春夏之间。当年2、3月间，朱德率领护国军第三支队与袁军张敬尧部激战于纳溪、泸州之间。两位兄弟即在此次激战中牺牲。对于这些不同的说法，均有待进一步研证。

题武侯祠

朱　德

千古文章出师表；
一腔忠义八阵图。

赏析

此联作于1925年间。武侯祠，在四川省成都市南郊。西晋末年为纪念蜀汉丞相武乡侯诸葛亮而建。祠内古柏郁郁苍苍，殿宇宏伟壮观。1925年间，朱德驻军成都，曾游武侯祠并题写了这副对联。

上联中，出师表，即诸葛亮所作前后《出师表》。公元227年，刘备已死，刘禅在位，诸葛亮决心北伐，行前向蜀汉朝廷上《出师表》。表章强调为报答先帝恩遇和临终托付，以复兴汉室为己任，要求刘禅亲贤远佞，修明内政，以释后顾之忧。北伐失败之后，朝中议论纷纭。他在分析当时敌强我弱形势后，考虑到北伐关系国家的存亡，次年又上《出师表》，再次表达“鞠躬尽瘁，死而后已”的伐魏决心。诸葛亮前后《出师表》是其道德文章的集中展现，光彩照人，称得上“千古文章”。

下联中，八阵图，为三国时诸葛亮所创设的一种用于军事演练和作战的阵法。它由天、地、风、云、龙、虎、鸟、蛇八种阵势所组成。《三国志·蜀书·诸葛亮传》：“推演兵法，作八阵图。”相传诸葛亮曾聚石而布成八阵图形。《三国演义》第84回将八阵图的厉害作了精彩的描述，当时曾使东吴大将陆逊为之丧胆。这里尽显诸葛亮对于蜀汉王朝的一腔忠义之心。

此联妙在取材典型，赞语剀切。上联言《出师表》堪称“千古文章”，高度评价诸葛亮作为古代政治家的远见卓识；下联就“八阵图”尽显出“一腔忠义”，热情颂扬诸葛亮作为军事家的用兵如神。切人切事，要言不烦，能够给人留下极为深刻的印象。

贺艾成休寿辰

朱　德

持朱弁全山，望高百忍；
拟康侯松柏，寿永千秋。

赏析

此联作于1926年7月。当时，朱德根据我党组织安排，为配合北伐战争到四川一带进行革命活动。适逢四川泸县民政局局长艾成休六十寿辰，此人原系朱德早年好友、振华诗社成员。作者为叙昔日友情，也为争取国民党地方政府支持北伐，特赠送一只圭碗、四首贺诗和一副祝寿联语。

上联中，朱弁，字少章，婺源人，南宋文学家，为朱熹族叔祖。建炎初年，以太学生擢任通问副使赴金，不屈于金人引诱威胁，被扣留十六年方归。其诗作多抒怀念故国之情。全山，保全气节名誉之意。百忍，典出《旧唐书·孝友传》："郓城寿张人张公艺，九代同居。……麟德中，高宗有事泰山，路过郓州，亲幸其宅，问其义由。其人请纸笔，但书百余'忍'字。"旧时聚族而居，易起纠纷，非百般忍耐不能相安。上联意谓，持宋代文人朱弁之节，威望高于百忍。这里是在盛赞友人重视名誉节操，善于处理各种关系，因而具有很高威望。

下联中，康侯，周武王之弟姬封，初封于康，故称康侯。《易·晋》："是以康侯用锡马蕃庶，昼日三接。"寿永，即永寿，指长寿。潘岳《秋菊赋》："既延期以永寿，亦蠲疾而弭痾。"下联意谓，拟以康侯松柏，祝你寿长千年。直接点出祝寿主旨。

这副寿联写得典雅端庄，蕴藉含蓄。上联用了"百忍"与"朱弁全山"两个源自唐宋时代而且并不常见的典故，下联"康侯"、"寿永"亦属较为生僻的文言语汇，构成一副颇为典型的文言联语。这完全是出于某种特定的需要，因为寿翁与自己为早年振华诗社的诗友，有着较高的古典文学修养，且对方又是当年颇有影响的知名人士，因而有意将联语写得雅致一点。这里亦可看出作者驾驭联语这一传统艺术形式的文字功力。

挽李大钊

朱 德

为革命而奋斗，为革命而牺牲，死固无恨；
在压迫下生活，在压迫下呻吟，生者何堪。

赏析

此联作于1927年间。李大钊（1889—1927），字守常，河北乐亭人。中国共产党创始人之一。历任北京大学教授、《新青年》杂志编委。1920年在北京组织共产主义小组。中国共产党成立后负责北方党的工作。第一次国共合作期间，在帮助孙中山确立联俄、联共、扶助农工三大政策和改造国民党的工作中起过重要作用。1927年4月被奉系军阀张作霖杀害。朱德获悉李大钊英勇就义后写了这副挽联。

上联就逝者而言，一个人为革命事业而终生奋斗、英勇牺牲，死本来没有什么可怨恨的。这里既是对于李大钊战斗一生的充分肯定，同时也表述了共产党人的生死观，即为革命而生，为革命而死。

下联就生者而言，一个人在压迫之下生活、呻吟，这样的生活怎么忍受呢？言外之意在于，如何才能摆脱这样的生活？出路只有一条，就是参加中国共产党领导的革命斗争。

此联深入浅出，通俗易懂。两个“为革命而”重复出现，突出了逝者的战斗一生；两个“在压迫下”不断反复，强调了生者的艰难处境。作者悼念逝者的同时关心生者，希望生者在不堪忍受帝国主义、封建主义压迫之后，应当奋起抗争，去完成先烈未竟的革命事业。

军中戏题

朱　德

不费红军三分力；
打垮江西两只羊。

赏析

此联作于1928年6月。当时，蒋介石调集湘赣两省十个团的兵力，向井冈山革命根据地进行第一次“会剿”。湖南吴尚部五个团由茶陵向宁冈推进，江西杨池生部和杨如轩部共五个团由吉安向永新推进，企图分进合击，攻占井冈山。毛泽东、朱德根据敌军兵力部署情况，决定避强就弱，对吴尚部采取守势，集中兵力打击杨池生、杨如轩两部。经过新、老七溪岭战斗和龙源口大捷，赣敌全线崩溃。我军共歼敌一个团，击溃两个团，粉碎了敌军对井冈山地区的进剿，扩大了革命根据地。朱德则怀着喜悦兴奋的心情戏题了这副对联。

联中“两只羊”，指江西国民党军队指挥官杨池生和杨如轩，因取其姓氏谐音而戏称之为“两只羊”。联语意谓，不费红军三分力气，就打垮了江西的“两只羊”——杨池生、杨如轩“二杨”所率领的反动军队。

此联虽属军中戏作，却又寓庄于谐。表面上是些轻松愉快诙谐风趣的文字，所反映的却是井冈山地区首次反“会剿”斗争的胜利。联语文字信手拈来，皆成妙喻，充满了革命乐观主义精神。当时曾作为联谣在井冈山根据地军民中传唱，人们以此载歌载舞，欢庆红军的胜利。

军中春联

朱　德

红军中，官兵伕衣著薪饷一样，
白军里，将校尉饮食起居不同。

赏析

此联写于 1929 年春节。当时，朱德任红四军军长，率部驻防江西革命根据地莲花县农村。红军经过冬季整训，迎来了井冈山会师后的第一个春节。为了让红军战士过好年，朱德亲自下伙房帮厨做菜，炊事员中有一个白军起义的士兵，见此忍不住流下了热泪。这时有个战士提议，请军长写副对联，朱德当即找来纸笔写下此联。

上联中，官兵伕，指军官、士兵、伙伕。这里是说，红军中官兵完全平等，所有军官士兵伙伕所穿的衣服与所发的薪饷完全一样。我们的红军官兵，不仅政治上平等，经济上也是平等的。朱德军长就常穿旧衣草鞋，被人误认为“伙伕头”。

下联中，白军，指国民党的军队。将校尉，即将军、校官、尉官。这里是说，在国民党军队里，将军校官尉官等级森严，他们平时吃喝与居住条件是完全不同的。

联语只有短短两句，就揭示出人民军队与反动军队的不同本质。作者热情歌颂红军队伍官兵一致的原则，尖锐揭露反动军队官兵对立的腐败作风。文字朴实无华，用语准确深刻，生动勾勒出两幅截然不同的画面，给人留下极其深刻的印象。

挽刘桂五

朱　德

贵军由西而东，我军由南向北，正期会合进

攻，遽报沉星丧战友；

亡国虽生何乐，殉国虽死犹荣，伫看最后胜利，待收失地奠忠魂。

赏析

此联写于1938年5月。刘桂五（1902—1938），辽宁省凌南县人。20世纪30年代曾任陆军骑兵第六师十八团团长，赞成中国共产党团结抗日的主张，并与红军秘密谈判，达成停止内战联合抗日的协议。1936年西安事变中，接受张学良派遣参与完成"捉蒋"任务，因其有功晋升为骑兵第六师师长。抗日战争爆发后，奉命率部加入东北挺进军，在绥远地区抵御日寇，战功卓著。1938年春，挥师渡过黄河，准备进攻归绥、包头。4月21日，在固阳县遭日寇重兵围困，不幸壮烈殉国。后将遗体运回西安。6月9日，西安各界召开刘桂五追悼会，朱德、彭德怀联名撰送挽联致哀。

上联述及八路军与东北挺进军正配合作战，刘桂五将军却不幸阵亡，作者深为失去共同抗日的战友而哀伤。遽（jù），急、骤然。沉星，沉没坠落的大星，此指刘桂五将军。这里是说，东北挺进军在绥远渡河东进，我八路军由南向北，互相协同作战，以期开辟绥北抗日根据地。值此重要时刻，忽报天坠大星丧我战友。一片痛惜与哀伤之情溢于言表。

下联慰勉逝者并表示自身决心。伫（zhù），伫立，长时间站着。奠，祭奠，向鬼神献上祭品。这里是在表彰逝者为国尽忠的同时，指出如果国家灭亡虽然活着有何乐趣，而今为国献身实属虽死犹荣。作者进而表示，决心收复失地，争取最后胜利，用以祭奠为国捐躯的忠魂。

这副挽联属对工稳，感情深挚。联中将叙事（两军配合作战，不幸战友阵亡）、说理（虽生何乐与虽死犹荣）、抒情（哀沉星、奠忠魂）三者融为一体，因而具有较强的艺术感染力。

挽王铭章

朱　德

一旅守孤城，为民族解放事业牺牲，真是炎黄子孙，流芳青史；

万人兴义愤，抗日本帝国主义侵略，将使沦亡大地，复兴中华。

赏析

此联作于1938年5月。王铭章为国民党抗日爱国将领。生前任国民党第四十一军军长兼一二二师师长。同年3月中旬，指挥山东滕县战役，以少数兵力和落后装备，英勇抗击数倍于己的日本侵略军，血战四昼夜，阻滞了日军南下攻占徐州的计划，为台儿庄会战的胜利创造了条件。在滕县战役中，因孤军无援，王铭章与两千名守城将士壮烈殉国。同年5月9日，王铭章的灵柩从山东滕县运抵武汉，武汉各界举行公祭，朱德、彭德怀、周恩来联名撰送挽联致哀。

上联中，旅，并非实指部队建制，而是泛指军队。炎黄，我国传说中的上古帝王炎帝和黄帝。青史，古代在竹简上纪事，因称史书为青史。上联意谓，王铭章率一旅之师坚守滕县孤城，为民族解放事业而英勇牺牲，真不愧是炎黄的子孙，英名自会载入我国的史册。这是对于王铭章及一起坚守孤城壮烈殉国将士的崇高评价。

下联意谓，王铭章率部浴血奋战壮烈牺牲，激起了万人的义愤，大家决心抗击日本帝国主义的侵略，早日收复已沦亡的土地，以复兴我中华民族。这是发自中华大地上全体炎黄子孙的抗日救亡的呼声。

这副挽联用语通俗易懂，而又声情悲壮。既记录了山东滕县战役“一旅守孤城”这段悲壮的历史，也反映了王铭章将军以身殉国激起民众抗战热潮的声势。上下联之间有着明显的因果关系，读之令人在悲愤填膺的同时，当以实际行动迅速投入全民抗战的洪流。

挽范筑先

朱　德

战事方酣，忍看多士丧亡，显其忠勇；
吾侪尚在，誓必长期抵抗，还我河山。

赏析

此联作于1938年11月。范筑先（1881—1938），山东馆陶人，为国民党抗日爱国将领。早年在北洋陆军与冯玉祥西北军中任职。1936年任国民党山东省第六区行政督察专员、保安司令兼聊城县县长。抗日战争爆发后，在中国共产党帮助下，建立鲁西北抗日地方政权及武装力量，开展抗日游击战争。1938年11月15日，日军进犯聊城时，范筑先率部坚守而终因城破与六百守城将士一起壮烈殉国。11月下旬，延安各界举行范筑先追悼会，作者送此挽联致哀。

上联表彰逝者。多士，众多之士。《诗·大雅·文王》："济济多士，文王以宁。"这里指当时在聊城抗击日军阵亡的全体将士。这里是说，抗击日本侵略者的战斗正在激烈地进行，我岂忍心看着众多将士丧亡，这正足以显示他们忠诚勇敢的战斗精神。联语从范筑先牺牲而及于一起阵亡的勇士，并给予高度的评价。

下联要求生者。吾侪（chái），我辈、我们。这里是说，我辈（全体八路军、新四军将士）尚在，势必长期抵抗日本帝国主义，并从敌人手中早日收复失地，还我中华大好河山。这是在向为国捐躯的勇士们发出的庄严誓词。

这副挽联言简意明，慷慨悲壮。"忍看多士丧亡"，既写范筑先率领游击健儿浴血苦战以身殉国，又显朱总司令眼看众多抗日将士为国牺牲的悲壮情怀。"势必长期抵抗"则是面对逝者的誓言，也是向我全军将士发出的战斗号召。

挽平江惨案烈士

朱　德

须有同舟共济之心，方能制敌；
不明阋墙御敌之道，何足救亡。

赏析

此联写于1939年7月。同年6月12日，国民党第二十七集团军派兵包围新四军设在湖南平江嘉义的通讯处，杀害新四军参议涂正坤、八路军少校副官罗梓铭等六人，制造了震惊全国的平江惨案。8月1日，中共中央在延安举行平江惨案烈士追悼会，朱德、彭德怀合送此联致哀。

上联中，同舟共济，典出《孙子·九地》："夫吴人与越人相恶也，当其同舟而济，遇风，其相救也如左右手。"后用以比喻在危难的环境中同心协力共同解救。上联意谓，必须有同舟共济的思想，才能制伏外部的敌人。这是非常浅显的道理，可是偏偏有人不去同舟共济，而是专门在干同室操戈的勾当。

下联中，阋（xì）墙御敌，语出《诗·小雅·棠棣》："兄弟阋于墙，外御其务（侮）。"谓兄弟虽有时相争于内，一旦有了外侮就会同心抵御。下联意谓，如果不明白兄弟有时相争于内而遇有外侮仍同心抵御的道理，还谈得上什么抗日救亡呢？偏偏就是有人不明此理，而专门去干亲痛仇快的蠢事。

这副挽联没有直接悼念平江惨案烈士，而是从这一事件出发，阐明对于巩固和加强抗日统一战线的看法。联中用了两个通俗易懂的成语典故，深入浅出地说明国共合作团结抗日的道理。虽从正面说理入手，却又绵里藏针。尤其是在下联，透过"不明"与"何足"，不正是对制造"平江惨案"的国民党反动当局的愤怒谴责与严正抗议么！此联出于八路军正副总司令的手笔，更加有其不同凡响的气势与震聋发聩的威力。

挽廖磊

朱 德

星陨东南，长淮柱折；
耗传西北，燕赵悲歌。

赏析

此联写于1939年10月。廖磊（1890—1939），字燕农，广西陆川人。生前曾任国民革命军第七军军长、第二十一集团军总司令、安徽省政府主席。因公务军务繁忙，致积劳成疾，于1939年10月患脑溢血病逝。朱德、彭德怀联名撰送挽联致哀。

上联给予逝者高度评价。陨(yǔn)，坠落。首句以将星坠落东南，以喻廖磊之死。长淮，长长的淮水，此指淮河流域。柱折，即天柱折，谓古代神话中的天柱已折，比喻重要人物的死亡。《淮南子·天文训》："昔者共工颛顼争为帝，怒而触不周之山，天柱折，地维绝。"联中以大星、天柱喻逝者，实为高度评价。

下联言逝者产生广泛影响。耗，消息、音信，多指坏的消息。燕赵悲歌，此语从"燕赵多慷慨悲歌之士"化出，谓燕赵大地发出悲凉的歌声。这里是说，噩耗传到西北，整个西北、华北解放区军民均悲痛不已。

此联言简意赅，声情悲壮。朱德、彭德怀作为第十八集团军正副总司令，对于这位国民党抗日爱国将领表达了深沉悼念之情。

挽宋哲元

朱 德

一战一和，当年变生瞬间，可大白于天下；
再接再厉，后起大有人在，可勿忧乎九泉。

赏析

此联写于1940年4月。宋哲元为国民党抗日爱国将领。曾任第二十九军军长、察哈尔省政府主席。1933年率部在长城抗击日寇，不久奉蒋介石之命停止抵抗。后任冀察政务委员会委员长、河北省政府主席。1937年7月7日，卢沟桥事变中所部奋起抵抗。不久收到蒋介石电令而对和谈抱有幻想，因其举棋不定致失战机。华北失守后任第一集团军总司令、军事委员会委员。1940年4月5日于四川绵阳病故。4月17日，国民党军政当局在绵阳举行宋哲元安葬仪式，朱德、彭德怀合送此联致哀。

上联中，一战一和，指宋哲元在1937年7月7日卢沟桥事变中，开始主战，后在收到蒋介石电令与一片妥协气氛之下，遂于7月11日与日本人签订了停战协定。上联意谓，一会儿战，一会儿和，当年这种变化竟产生于一瞬之间，今天已能够大白于天下。此事不久即由事实证明，所谓“停战协定”完全出于日本侵略者的阴谋和蒋介石的妥协投降政策。宋哲元很快也就发现受骗上当，但已悔之晚矣。后虽继续抵抗，却已无法挽回。晚年心情抑郁，且有肝病，以致早逝。

下联中，再接再厉，语出韩愈《斗鸡联句》引孟郊诗，原指公鸡相斗未分胜负，磨嘴以后再战。后用以比喻继续努力毫不松懈。九泉，地下。后起，指国民党第二十九军在张自忠指挥下血战台儿庄战功赫赫。下联意谓，宋哲元所部在卢沟桥奋起抵抗，揭开了抗日战争的序幕。后虽在南京国民政府指令下一度妥协，但抗战事业后继有人，广大抗日军民正在排除各种干扰再接再厉，定能取得抗日战争的最后胜利。宋哲元在九泉之下也可不用担忧了。

这副挽联别具一格，没有具体表彰逝者平生功业与直接表达作者悼念之情，而是抓住逝者一生遭人非议的某些事件加以澄清，还历史以本来面目，给逝者作出公正的评价。联语言简意深，耐人回味。需结合宋哲元一生的复杂经历，方能正确理解联语的含意。

挽张自忠

朱 德

一战捷临沂，再战捷随枣，伟哉将军精神不死；
打到鸭绿江，建设新中国，责在朝野团结图存。

赏析

此联作于1940年8月。张自忠（1891—1940），字荩忱，山东临清人。为国民党抗日爱国将领。多年在冯玉祥部任职，曾任国民军第十五混成旅旅长、国民革命军第二十八师、三十八师师长。抗日战争爆发后，任国民党第五十九军军长、三十三集团军总司令，参加了台儿庄会战。1938年10月武汉失守后，率部驻守湖北襄阳、樊城一带。1940年5月16日，在襄河南岸南瓜店前线对日作战中牺牲。8月15日，延安各界举行隆重追悼大会，毛泽东亲书“尽忠报国”的挽词，朱德、彭德怀联名送挽联致哀。

上联中，临沂，在山东省东南部。1938年3月14日，张自忠曾率军在此反攻进犯的日寇，取得临沂战役的胜利。随枣，湖北省随县、枣阳地区。1940年5月，张自忠牺牲前曾在此反击日军，取得随枣战役的胜利。哉，表示感叹语气。上联意谓，张自忠将军一战取得临沂大捷，再战取得随枣战役的胜利，伟大呵将军，英勇抗敌的精神不死。作者选择逝者在抗日战争中亲自指挥的两次战役，以表彰他英勇抗日的历史功绩。

下联中，鸭绿江，中朝两国的界河。打到鸭绿江，也就是将日本帝国主义强盗赶出中国领土。朝野，朝廷和民间。图存，谋取生存。下联意谓，为了早日打到鸭绿江，进而建设新中国，全国上下都有责任，以谋求国家的生存与发展。

这副挽联用语通俗，言简意明。上联表彰逝者抗战功绩，下联提出今后历史任务，各自引出两个要点加以说明。临沂、随枣两次战役战绩辉煌；抗战、建国两大任务责无旁贷。这就完全切合挽悼国民党抗日爱国将领的题旨。

挽徐谦

朱　德

安得横磨十万，斩尽奸邪，慰先生平生抱负；
谨率貔貅百旅，扫尽妖氛，还中华锦绣河山。

赏析

此联作于1940年9月。徐谦早年追随孙中山革命，为国民党左派元老之一。在大革命时期和抗日战争中，均曾担任要职，并为促进国共两党合作做过不少有益的工作。1940年9月26日在香港病逝。香港各界人士举行徐谦追悼会，朱德、彭德怀、叶剑英联名撰送此联致哀。

上联中，横磨，即横磨剑，喻作战使用的精良武器。上联意谓，怎么能够得到大批精良的武器，用来斩尽世上奸诈邪恶之人，以慰先生平生爱国爱民的伟大抱负。这里从作者自我表态中赞赏爱国老人徐谦平生有着伟大的抱负。

下联中，谨，慎重小心。今多用以表示郑重和恭敬。貔貅(pí xiū)，为古籍记载中的两种猛兽。古代行军，前面如有猛兽，就举起画有貔貅的旗帜以警众。后以貔貅喻作战勇猛的将士。下联意谓，我们自当谨慎地率领百旅勇猛的将士，扫除荡涤日本侵略者制造的妖氛，还我中华大地以一片锦绣河山。

这副挽联完全以军人口吻写出，语言掷地有声，气势颇为豪壮。朱德、彭德怀、叶剑英为八路军主要领导人，在沉痛悼念徐谦这位爱国老人时，仍念念不忘"率貔貅百旅"、"得横磨十万"，早日取得抗日民族解放战争的胜利。此联用语文白相间，对仗极其工整，同样能够显示现代"将军诗人"的本色。

挽张淮南

朱　德

国士无双，斯人不在；
九原可作，万里相招。

赏析

此联作于1941年11月。张淮南为国民党中有识之士，早年曾赴苏联考察，坚持孙中山的新三民主义政策。抗日战争时期，维护抗日民族统一战线，代表国民党与我党代表团合作多年。1941年8月11日因病逝世。11月8日，重庆各界举行张淮南追悼会，朱德、彭德怀联名撰送此联致哀。

上联中，国士，旧称一国杰出的人物。《史记·淮阴侯列传》："诸将易得耳，至如信者，国士无双。"这里是说，像张淮南这样杰出的人物，在一国之内也难挑出第二个，可惜此人已经离开了人世。这里将逝者视为国民党内不可多得的有识之士，给予很高的评价。

下联中，九原可作，语出《国语·晋语八》："赵文子与叔向游于九原曰：'死者若可作也，吾谁与归。'"作，起，起死复生。后来设想已死之人再生，叫九原可作。招，招魂，古代民间祭奠死人的仪式。这里是说，逝者如能从坟墓里死而复生，我们当在万里之外为其招魂。这里在继续肯定逝者功业的同时，表示沉痛悼念之情。

这副挽联字句简短，意蕴深厚。大多采用文言词语，如国士无双、九原可作，虽有某些夸张与想象之处，用于哀挽国民党内有识之士，倒也恰到好处。

贺冯玉祥六十寿辰

朱　德

南山峨峨，生者百岁；
天风浪浪，饮之太和。

赏析

此联写于1941年11月。冯玉祥（1882—1949），字焕章，安徽巢县人。北洋军阀时期曾任师长、督军。1924年发动北京政变，任国民军总司令。1926年9月响应国民革命军北伐，以后历任国民党第二集团军总司令、军政部长、军事委员会副委员长。1946年出国考察水利，后在回国途中因轮船失火遇难。20世纪30年代以来，与共产党人密切交往，积极主张抗日，成为抗战时期有名的爱国将领。1941年11月14日，重庆各界举行冯玉祥六十寿辰庆贺会，朱德、彭德怀联名送上这副贺联祝寿。

这是一副集句寿联，集自唐人司空徒《诗品》。上联见《诗品·旷达》：“生者百岁，相去几何……孰不有古，南山峨峨。”南山，即终南山，在西安市南，为秦岭主峰之一。峨峨，高峻之貌。上联意谓，陕西终南山高峻巍峨，愿生者寿比南山长命百岁。这里意在庆贺寿翁与南山一样永世长存。

下联见《诗品·豪放》：“天风浪浪，海山沧沧。”《诗品·冲淡》：“饮之太和，独鹤与飞。”天风，即山风。立于高山之巅，风如天上吹来，因称“天风”。太和，中国哲学术语，原出《易·乾·象群》：“保合太和，乃利贞。”宋张载用来形容阴阳二气既矛盾又统一的状态。下联意谓，天风滚滚而来，如饮生生万物的太和之气。这里是在高度评价冯玉祥的为人与品质。一个人只要元气在胸，而又加以静养，甘于淡泊，便可心通造化。

这副寿联化用唐人司空图《诗品》中的成句，却又一气呵成，犹如己出。用古人成句，吐自己心声。既颂友人长命百岁，寿比南山；又赞友人豪放之中仍不失冲淡，具有清虚淡泊的人生追求和诗文风格。此联可与叶剑英《寿冯玉祥》联语并读，因为同集唐人司空图《诗品》成句而又各有千秋，可以相互参照。

挽鲁艺抗战五周年殉难校友

朱　德

从军杀敌，以笔当枪，正义宣传，参与政治战；
为国牺牲，血花齐洒，英勇楷模，是为艺术光。

赏析

此联写于1942年7月。鲁艺，为鲁迅艺术文学院的简称。1938年成立于延安，下设戏剧、文学、音乐、美术等系，并有研究室和实验话剧团。该院在抗日战争年代培养了大批革命文艺干部。1942年7月6日，延安鲁迅艺术文学院举行抗战五周年殉难校友追悼大会，朱德撰送挽联致哀。

上联是对“鲁艺”学员在抗日战争年代英勇斗争的真实写照。他们经常从军杀敌，以笔当枪，从事抗日宣传，伸张革命正义，投入神圣的抗日民族解放战争。

下联对于抗战五年来“鲁艺”殉难战友给予高度评价，表示沉痛哀悼。不少校友奔赴抗日前线，以至血染疆场，为国牺牲，为人们树立了英勇奋斗的楷模，也为无产阶级艺术事业增添了光彩。

这副挽联用语通俗易懂，对仗却很工整。作者紧扣“鲁艺”殉难校友的特定身份，表彰他们抗战五年来的历史功绩。这是朱总司令对于当时投身抗日救亡的文化人的充分肯定和深情慰勉，进而激励广大文艺战士为夺取抗日战争的最后胜利而继续英勇斗争。

需要指出的是，顾平旦等人主编的《中国对联大辞典》亦收录了这副对联，文字虽基本相同，题目却改为《挽周极明》。我们查阅了多种现代名人辞典，均未见有关周极明的资料。不知周极明是否即为“鲁艺”殉难校友之一，朱德当时亦以此联挽之，抑或别人转用。此事有待进一步查考。

挽左权

朱德

太行豪气存千古；
留得清漳吐血花。

赏析

此联写于1942年7月。左权(1906—1942)，湖南醴陵人。1925年加入中国共产党。黄埔军校毕业后，又去苏联伏龙芝军事学院学习。1930年回国，曾任红军第十五军军长、第一军团参谋长。抗战时期任八路军副参谋长。1942年5月25日，在山西前线对日作战中牺牲。同年7月上旬，中共中央和延安各界召开追悼会，朱德撰送此联致哀。

联句中，太行，即太行山抗日革命根据地。清漳，漳河上游分清漳河与浊漳河两条支流，左权当时就牺牲在清漳河畔的辽县。此联意谓，太行山革命根据地抗日名将的英雄豪气可以留存千古，因以使得清漳河的流水也在吐着革命的血花。这就具体点出了左权将军作战牺牲的地点及其所产生的巨大影响。

朱德作为八路军总司令，对于自己亲密战友的牺牲，心情是非常沉痛的。他在左权牺牲之后就曾写过一首七言绝句，诗为："名将以身殉国家，拼将热血卫吾华。太行浩气传千古，留得清漳吐血花。"此联即为诗中的两句，看来是在后来召开追悼会时摘引上述诗句而成。文字上稍作改动，再次表达了怀念战友的一片深情。

挽戴安澜

朱德

将略冠军门，日寇几回遭重创；

英魂羁缅境，国人无处不哀思。

赏析

此联作于1943年3月。戴安澜为国民党抗日爱国将领。黄埔军校第三期毕业。抗战初期任国民党第五军二〇〇师师长。1942年3月率部远征赴缅甸作战，屡次重创日军。后在回国途中遭日军袭击，不幸负伤身亡为国捐躯。次年4月1日，国民政府在广西全州隆重举行戴安澜将军追悼会，朱德、彭德怀联名送挽联致哀。

上联中，将略，将军作战的谋略。戴安澜堪称一代儒将，虽在戎马倥偬岁月，仍阅读军事政治著作，还自撰《磨砺集》上下册，印发给全师官佐。日寇几回遭重创，指戴安澜率远征军在守卫东瓜、收复棠吉等战斗中英勇杀敌，使日寇闻之丧胆。上联意谓，戴安澜将军的作战谋略，在国民党部队的军营中是首屈一指的，赴缅作战后已多次重创日寇。

下联中，英魂，杰出人物的灵魂。羁（jī），作客在外。下联意谓，戴安澜将军的英魂羁留在缅甸境内，国内人民无处不在哀思绵绵。当时，戴安澜将军灵榇运回祖国，途经保山、昆明、贵阳、桂林，每到一地常有数以万计的群众迎灵，人们手持香烛鲜花挥泪致哀。

这副挽联情恳辞切，感人至深。作者高度评价戴安澜将军赴缅作战中抗击日寇的赫赫战功，盛赞他在军事上才智超群的作战韬略，同时还充分表达了全国人民对其英勇献身的哀悼怀念之情。

挽马本斋

朱　德

壮志难移，回汉各族模范；
大节不死，母子两代英雄。

赏析

此联写于1944年3月。马本斋在抗日战争爆发后组织回民义勇队，抗击日本侵略者。1938年率部参加八路军，加入中国共产党。生前任冀鲁豫军区三分区司令兼回民支队司令。1944年2月7日因病在山东莘县逝世。3月17日，中共中央及延安各界举行马本斋追悼会。朱德正在抗日前线指挥作战，仍亲书挽联派人送至追悼会场。

上联表彰逝者投身于抗日战争，尽忠报国的雄心斗志坚定不移，堪称回汉各族人民学习的模范。马本斋系回族出身，又是回民支队司令。他曾转战于冀鲁豫各地，在与日寇作战中立下不少战功，联中因言“回汉各族模范”。

下联中，大节，语出《论语·泰伯》：“临大节而不可夺也。”后谓临难不苟的节操为大节。母，即马本斋之母。1941年9月，日伪组织为了诱捕马本斋而将马母抓去，老人经受种种折磨不屈而死。下联意谓，马本斋母子两代都能保持临难不苟的节操，堪称“母子两代英雄”。

这副挽联表彰逝者准确到位，既赞扬回族人民的优秀儿子马本斋，又颂扬英雄母亲视死如归的革命精神。联语文字朴实无华，对仗极其工整，且能赞其子兼及其母，具有颇为感人的艺术力量。

挽邹韬奋

朱　德

爱国志士；
民主先锋。

赏析

此联写于1944年11月。邹韬奋毕生从事新闻与出版工作，为我国现代著名记者、作家、出版家。20世纪30年代起积极投入抗日救亡与爱国民主运动，长期战斗在上海、武汉、重庆、香港等地，做出了多方面的杰出贡献。1944 年 7 月 24 日病逝于上海。同年 11 月 22 日，延安各界举行邹韬奋追悼会，朱德出席会议讲话，并送挽联致哀。

联语高度评价逝者不愧为抗日爱国的志士，争取民主的先锋。我们只要结合逝者一生的经历，不难理解联句内在的含义。邹韬奋早在 20 世纪 30 年代就积极投入爱国民主运动，先后参加中国民权保障同盟、上海各界救国会与全国各界救国联合会，并担任某些领导工作。1936 年 11 月，与沈钧儒、李公朴等同时被国民党反动当局逮捕入狱，史称救国会“七君子事件”。直到抗战开始后获释，继续投入抗日救亡的斗争。

这副挽联只有八字，显得要言不烦，言简意赅。作者紧扣逝者的身份地位，作出高度而准确的评价。爱国与民主、志士与先锋，对仗工整而实为互文，从抗日救亡与争取民主两个特定的侧面，反映了逝者在当时反帝反封建斗争中所起的作用。

贺林伯渠六十寿辰

朱 德

鹤发童颜；
老当益壮。

赏析

此联写于 1945 年 3 月。林伯渠（1885—1960），名祖涵，湖南临澧人。早年参加同盟会。1921 加入中国共产党。作为“延安五老”之一，1937 年起任陕甘宁边区政府主席。1945 年 3 月 28 日，中共中央办公厅为庆贺林伯渠六十寿辰而举行祝寿会，朱德亲往祝寿，并与周恩来、洛甫等联名共送贺联。

联语本身实为两个人们常用的成语。鹤发童颜，头发像仙鹤的羽毛那样雪白，面色却似儿童一般红润。意在形容老年人精神旺盛气色很好。老当益壮，意谓年纪大了志气应当更加旺盛。语出《后汉书·马援传》:“尝谓宾客曰:‘丈夫为志，穷当益坚，老当益壮。’”后用以表示年纪虽老而志气更旺干劲更足。联语称赞林伯渠虽已花甲之年，依然精神健旺老而弥坚。

这副寿联言简意明，只是用了两个尽人皆知的成语，却把林伯渠老人的身心特征全部反映出来了。虽已花甲之年，依然气色很好。更加难能可贵的是，人老心红，老当益壮，愿为党和人民革命事业作出更大贡献。

挽四八烈士

朱　德

为革命奋斗，坚持民主，出席巴黎，抗敌皖南，事业千秋垂青史；

谋国人利益，反对独裁，协商重庆，遇难晋北，英雄一代惜盛年。

赏析

此联写于1946年4月。四八烈士，指1946年4月8日由重庆返延安途中因飞机失事不幸遇难的王若飞、秦邦宪、叶挺、邓发等烈士。同年4月19日，中共中央与陕甘宁边区政府在延安召开四八遇难烈士追悼会。朱德作为第18集团军总司令撰送挽联致哀，原署“十八集团军总司令部敬挽。”

上联中，出席巴黎，邓发作为中共中央职工委员会书记，曾于1945年9月代表我国解放区职工出席法国巴黎世界职工大会。抗敌皖南，叶挺在抗日战争初期曾任新编第四军军长，军部设在皖南云岭，领导新四军健儿在华中地区展开抗日武装斗争。青史，古代在竹简上记事，因称史书为青史。上联意谓，四八烈士们为了我国革命，艰苦奋斗坚持民主，或远赴巴黎出席世界职工大会，或深入皖南率领新四军健儿展开敌后武装斗争，他们的战斗业绩将千秋万代名垂青史。

下联中，协商重庆，王若

飞、秦邦宪作为中共中央代表，一度在重庆与国民党当局进行政治协商与和平谈判。晋北遇难，四八烈士们由重庆返延安途中，在山西北部兴县黑茶山因飞机失事遇难。盛年，壮年。陶潜《杂诗》："盛年不重来，一日难再晨。"下联意谓，四八烈士们为谋求国家民族利益，反对国民党独裁统治，曾赴重庆进行谈判，返回延安途中不幸遇难，一代英雄人物可惜死于人生壮年。一片惋惜怀念之情溢于言表。

这副挽联感情深挚，对仗工整。作者既从总体上表彰四八烈士们在坚持民主、反对独裁斗争中所建立的光辉业绩，又能注意点面结合，突出中共中央委员王若飞与秦邦宪、新四军军长叶挺、中共中央职工委员会书记邓发的具体斗争史实。要言不烦，点到为止，虚实结合，恰到好处。凡此均能给人留下颇为深刻的印象。

题泸定桥

朱　德

万里长征，犹忆泸关险；
三军远戍，严防帝国侵。

赏析

此联写于1951年6月。泸定桥，即大渡河铁索桥。在四川省泸定县城西，横跨大渡河，桥东衔接泸定县城。这是一座铁索悬桥，桥长100米，净宽2.8米，由13根铁索上悬木板组成。该桥始建于清康熙四十四年。当年为大渡河上唯一的桥梁，是川藏交通的咽喉要道。1935年5月，红军长征至此，以22位勇士为突击队，冒着枪林弹雨缘铁索匍匐前进，一举消灭桥头守敌，红军得以过了大渡河。建国初期，为修建康藏公路而在泸定重新整修大渡河铁索桥，朱德应有关部门要求，题写此联刻于大桥附近石壁之上。

上联忆及万里长征往事。泸关，关为要塞之意，泸定桥地势险要，因称"泸关"。这里是说，我们谈起红军当年二万五千里长征，还要想到抢渡大渡河铁索桥关口的艰险。1935 年 5 月，中国工农红军正是从这里飞夺泸定桥，突破敌人的防线，打通了北上抗日的道路。当年抢渡大渡河的胜利，使蒋介石要红军重演 72 年前太平军石达开部失败的历史悲剧，要“朱德、毛泽东成为石达开第二”的妄想破灭了。过了大渡河，红军便开创了继续北上的新局面。

下联提出现实战斗任务。戍(shù)，军队防守。当时正值西藏和平解放，解放军进驻执行任务。这里是说，我军保卫边防，目的在于严防帝国主义的侵略。作者从当年的北上抗日，想到今天的守卫边防，依然保持由中国工农红军到人民解放军总司令的本色。

这副联语字句简短，含义深刻。作者追忆长征岁月，想起红军长征途中抢渡大渡河、飞夺泸定桥的往事，感慨万千欣然命笔。进而号召中国人民解放军全体将士，特别是进藏部队，继承光荣革命传统，提高警惕，保卫祖国，严防帝国主义的侵略。居安思危，语重心长，表现出作者高瞻远瞩的宽广胸怀。

题杜甫草堂

朱　德

草堂留百世；
诗圣著千秋。

赏析

此联写于1957 年2 月。杜甫草堂，在四川省成都市西郊浣花溪畔，为唐代大诗人杜甫旅蜀所居旧址。宋代开始建园立祠，明清时代两次大修，大体奠定现有规模。内有梅林、大廨、诗史堂、工部祠。诗史堂两侧为陈列室，环以回廊与大廨相连，布局紧凑别具一格。1957 年春天，朱德来四川视察工作，曾专程参观杜甫草堂，并应约为园中的诗史堂题写楹联。

联语中，草堂，即杜甫当年旅蜀在成都郊外所建的茅屋，且旧时文人亦常自称山野间的住所为草堂。百世，犹言百代，历时长久之意。诗圣，诗中圣人。宋杨万里推杜甫为“诗中之圣”，清叶燮亦云：“诗圣推杜甫。”著，昭著。此联意谓，杜甫草堂自当留传百世，诗圣称号亦将昭著千年。

此联紧扣题意，要言不烦，文辞淡雅，稳健深沉，实属大家手笔。作者采用简练而朴素的语言，深情赞美了杜甫在我国文学史上的重要地位，以及成都草堂不朽的文物价值。百世与千秋已属工对，而诗圣与草堂更加有着不可分割的内在联系。

题岳阳楼怀甫亭

朱　德

舟系洞庭，世上疮痍空有泪；
魂归洛水，人间改换已无诗。

赏析

此联写于1962年间。岳阳楼，在湖南省岳阳市，为西门古城楼，位于洞庭湖畔。与湖北武昌黄鹤楼、江西南昌滕王阁并称为我国古代三大名楼。相传为三国时东吴名将鲁肃训练水师的阅兵楼。唐开元四年中书令张说谪居岳州，进行扩建后命名岳阳楼。此后逐渐闻名，李白、杜甫、韩愈等历代诗人都曾登楼赋诗，尤以杜甫所作最为后人传颂。1962年间，湖南为纪念杜甫诞生1250周年，特在岳阳楼旁增建怀甫亭。朱德时在南方视察，应约为新建的怀甫亭题写楹联。

上联怀古。舟系洞庭，杜甫于唐大历四年5月，经洞庭去潭州（长沙），曾系舟岳阳楼下。疮痍，即战争带来的创伤。上联意谓，当年杜甫曾将自己所乘小船系在洞庭湖边，登上岳阳楼时为世上满目疮痍而空自流泪。杜甫在《登岳阳楼》诗中写道：“昔闻洞庭水，今上岳阳楼。吴楚东南坼，乾坤日夜浮。亲朋无一字，老病有孤舟。戎马关山北，凭轩涕泗流。”这里化用杜甫诗句，以描摹诗人登楼所见的凄凉景象。当年诗人在“老病有孤舟”的境遇下登楼，面对“世上疮痍”

而“凭轩涕泗流”。联中在“有泪”之前加上“空”字，既充分反映诗人当年报国无门空有爱国之心，也流露出作者对诗人杜甫不幸遭遇的深切同情。

下联颂今。洛水，即洛河，在河南省西部，经巩县（杜甫出生地）洛口以北入黄河，这里用以代指杜甫故乡。下联意谓，杜甫当年魂归故里，到了今天人间改换，已不会再有他那样悲愤沉痛的诗篇。这里有着巨大的时间跨度，已从杜甫生活的年代延伸到当代，当我们的国家已换了人间，诗人早已安眠在故乡的土地上。当年空自流泪，今日本应有诗。一片深沉叹息而又喜悦之情溢于言表。

这副为岳阳楼旁怀甫亭题写的对联，完全切合特定题意要求，而又意蕴深沉含蓄。联语怀古颂今，作者在倾吐对于古代诗人生不逢时的人生感慨之余，又以大跨度的今昔之比，给人以乐观向上的力量。旧时怀古往往伤今，此联则与颂今配合，不落前人窠臼。据《分类名联鉴赏辞典》介绍，此联为前人吴丈蜀所作，如属实则朱德为应约手书题写。

题伏虎寺

朱　德

幽谷多俊秀；
草木尽峥嵘。

赏析

此联成于新中国成立后十七年，具体写作时间待考。伏虎寺，为四川峨眉山主要庙宇之一。整个殿宇隐在深山密林之间，却从无枯枝败叶残存在院子里或屋顶上，因此人称“离垢园”。清朝康熙皇帝还曾亲笔题字。实际这是一种自然现象，因处群山环抱之中，阵阵山风吹来，形成环形气流，几经旋转吹拂，终将叶子吹走。建国以后，朱德曾游峨眉山，并结合伏虎寺的景物特点，题写了这副对联。

联语中，幽谷，幽深的山谷。《诗·小雅·伐木》：“出自幽谷，迁于乔木。”俊秀，本指人的容貌清秀美丽，这里借以形容山谷的美丽。峥嵘，高峻貌。此联意谓，深山幽谷显得多么美丽，眼前树木都很高大不同寻常。作者歌咏峨眉山的自然景色，完全抓住伏虎寺处高山密林深处的特点，极言其草木峥嵘不同寻常之处。

朱德于1957年写过一首五言古风《过五指山》，开篇即为：“深山建公路，崎岖使之平。幽谷多俊秀，草木尽峥嵘……”此联显系录自歌咏海南岛五指山中的成句，一经移花接木，却能妙趣天成。短短十字，言少意多，俊秀峥嵘，以人拟物。同样能将山间景物呈现在读者面前。

题清音阁

朱　德

绿叶栖黄鸟；
白浪满青山。

赏析

此联写于新中国成立后十七年，具体时间不详。清音阁，在四川峨眉山牛心岭下。岭东有白龙江，岭西有黑龙江，两水汇于清音阁下。山高谷深，两水飞泻，因称“双桥清音”。作者当年曾游峨眉，并应约题写此联。

这一联语只有短短十字，却能抓住景物特点加以描绘。清音阁地处深山，隐藏在一片葱茏翠绿之间。这里气候温暖宜人，常有许多黄鸟栖于绿叶之间。这里海拔很高，山间白云弥漫，构成云海奇观，仿佛青山之中涌起阵阵白色的波浪。

这副题写自然景物的联语，意象鲜明，平中见奇。“绿叶栖黄鸟，白浪满青山”，均系眼前即景，作者信来拈来，色彩鲜明而富有诗意。读者如已游过峨眉山这一景点，自当会有同感；即使没有去过，读后亦会产生身临其境的感觉。

朱德早在1942年7月所写五言古风《游南泥湾》中也曾留下这样的诗句：“白浪满青山，绿叶栖黄鸟。”当年是在描述北方桦树林中的景色。这里则另辟新径，结合四川峨眉山的特点，突现幽谷、云海所构成的自然奇观。

题路南石林

朱　德

群峰壁立；
千山叠翠。

赏析

此联写于新中国成立后十七年，具体时间待考。石林，在云南省路南彝族自治县内，面积四十余万亩，包括大石林、小石林、地下石林、石林湖、狮子池等，有石灰岩形成的石峰、石柱、石笋、地下溶洞。这里群峰壁立，千嶂叠翠，奇峰危石，千姿百态，远望如同一片莽莽森林，蔚为壮观，因称石林。现已开辟千余亩，成为著名风景区。朱德当年游览石林，应约为这一景点题联。

此联极写路南石林壮观景象。壁立，耸立如壁，形容山崖石壁的高峻陵峭。语见《水经注·河水》：“其山惟石，壁立千仞，临之目眩。”叠翠，重重叠叠一片青绿。这里是说，群峰耸立如壁极其陡峭，千山重重叠叠一片苍翠。

作者采用精练的语言描绘了路南石林的奇异景观。上联形象地写出风景区内石峰、石柱、石笋的峭拔高耸，而下联又使这片石林具有苍翠如海的魅力。联语只有两句八字，内容却可涵盖万千。这里不难看出作者用字遣词的艺术功力。

挽陈其美

董必武*

海外忆同盟，何沪水无情，又演遁初惨剧；
邦交正多事，独湖山有幸，更添武穆芳陵。

作者

*董必武（1886—1975），湖北黄安人。1921年作为武汉共产主义小组代表出席中国共产党第一次代表大会。曾任中共中央党校校长、华北人民政府主席。新中国成立后，任政务院副总理、最高人民法院院长、中华人民共和国副主席、代理主席。有《董必武选集》、《董必武诗选》传世。

赏析

此联写于1917年5月。陈其美（1878—1916），字英士，浙江吴兴人。1905年在日本加入同盟会。辛亥革命时，组织民军起义光复上海。历任沪军都督、北京政府工商部长、上海讨袁军总司令、中华革命党总务部长。1916年5月18日，被北洋军阀袁世凯派人刺杀于上海。次年5月，陈其美逝世一周年，上海各界举行开吊仪式，将其灵柩运回故乡湖州安葬，董必武与张国恩联名送挽联致哀。

上联中，同盟，即同盟会，中国资产阶级的革命政党，1905年成立于日本东京，推举孙中山为总理，在我国民主革命中发挥过重要作用。沪水，沪渎之水。沪为上海简称，相传境内吴淞江就是古代的沪渎，因而得名。遁（dùn）初，近代民主革命家宋教仁，字遁初，同盟会五位总干事之一。后任南京临时政府法制院总裁、国民党代理理事长。1913年3月被袁世凯派人刺杀于上海。这里是说，忆起海外成立的同盟会，陈其美为核心人物之一。沪渎之水何以如此无情，今日又在重演宋教仁被刺杀的悲剧。

下联中，邦交，原指古代诸侯国之间相互往来的关系，后泛指国与国之间的外交关系。湖山有幸，陈其美葬于湖州城郊碧浪湖畔的砚山上，因称湖山有幸。武穆，南宋抗金英雄岳飞死后，孝宗时谥武穆，宁宗时封为鄂王。芳陵，对别人陵墓的敬称。这里是说，今日正处我国多事之秋，帝国主义列强在瓜分我国，唯独碧浪湖畔的砚山有幸，更是增添了一座像岳武穆陵那样令人景仰的陵墓。

此联言少意多，属对工稳。沪地之水无情，家乡湖山有幸，不仅意象鲜明，且能耐人回味。更以古今重要人物作为烘托，从而涵盖逝者主要人生经历及其最后归宿，尽显逝者令人瞩目的历史地位。

题武汉中学

董必武

金石长不朽；

丹青本无双。

横额：朴诚勇毅

赏析

此联写于1920年3月。当时董必武为湖北教育界知名人士。经过多方筹划，私立武汉中学正式开学。他亲自为学校题写了一副对联，勉励全体师生努力上进。

此联本身就是堪称格言式的警句。金石，《吕氏春秋·求人》："故功绩铭乎金石。"高诱注："金，钟鼎也；石，丰碑也。"可见古人颂功纪事，大多铭刻于金石，以求长久不朽。丹青，本用于绘画艺术，这里指历史记载。古代以丹册纪勋、青史纪事，故丹青犹言史籍。宋代文天祥《正气歌》："时穷节乃见，一一垂丹青。"董必武联句勉励广大师生建功立业，能以长久不朽之业绩铭于金石，盖世无双的功勋载人史册。

"朴诚勇毅"，既是对联的横额，也是该校的校训。董必武以后曾就此加以解释："武汉中学过去的校训是：朴诚勇毅。朴就

是朴素，也就是艰苦朴素；诚就是忠诚、诚实；勇就是勇敢；毅就是要有恒心、毅力，能够坚持。”（见《董必武传记》）

董老写于上一世纪20年代的联语，尤其是“朴诚勇毅”的训词，实为有志青年治学求知的格言，至今仍有重大的现实意义。

挽张栗原

董必武

季良遇害，亦石病亡，挚友渐凋零，西来又哭先生恸；
琴台音沉，鹤楼笛裂，故乡久沦陷，东望弥增远客悲。

赏析

此联写于1941年11月。张栗原，名朗轩，湖北人。早年留学日本。20世纪20年代曾与董必武组织湖北新教育社，出版《湖北新教育》，大力鼓吹教育改革，积极拥护我党革命活动。后任广东省立文理学院教授。1941年8月因病逝世。11月30日，广东省立文理学院举行张栗原追悼会，董必武撰送此联致哀。

上联中，季良，即李汉俊，湖北潜江人。与董必武同为中共一大代表。大革命失败后被捕，在武汉遇害。亦石，即钱亦石，湖北咸宁人。1924年加入中国共产党，曾与董必武在武汉共事。作为现代著名学者、教授，一生致力于宣传马克思主义。1938年病逝于上海。凋零，本指草木凋谢零落，亦可引申为人的死亡。西来，指武汉沦陷以后，八路军办事处亦随国民政府西移重庆。恸（tòng），大哭，哀痛之至。上联意谓，李汉俊先在武汉遇害，钱亦石又在上海病亡，我的挚友相继离开人世，如今西来重庆又为先生之死而哭泣，使我哀痛之至。这里并列的三位都是湖北友人，且当年均曾有过共同战斗的经历，作者眼看挚友相继谢世，不禁悲从中来。

下联用了两个韵味深长的典故。琴台，在武汉，相传为战国时晋国琴师俞伯牙在楚鼓琴的地方。俞伯牙自楚返晋，行至汉阳龟山，舟泊江边，皓月当空，兴至鼓琴。此时恰遇樵夫钟子期，能从伯牙琴声中听出对方的心意。二人遂成知己，相约一年后再会于此。俞伯牙如约来时，钟子期已死。俞因痛失知音，遂摔琴不复再弹。宋人为纪念俞伯牙与钟子期友谊而建琴台。鹤楼笛裂，李白《与史郎中钦听黄鹤楼上吹笛》："黄鹤楼中吹玉笛，江城五月落梅花。"原为李白流放途中经武汉听到有人吹奏乐曲《梅花落》而作。这里以黄鹤楼代指武汉，笛裂则为再也听不到悠扬的笛声，暗喻武汉已被日寇占领。"东望"与"西来"对应，作者身居重庆，向东遥望湖北故乡。下联意谓，武汉的古琴台早已音沉，黄鹤楼上再也听不到笛声，我的故乡早就沦陷，极目东望更加增添身作远客的悲伤。

此联委婉深沉，声情悲壮。上联侧重怀人，为三位湖北挚友的相继死亡而悲恸不已。这里将张栗原与早期共产党人李汉俊、钱亦石并列，本身就是对他一种很高的评价。下联转而言事，为包括武汉三镇在内的湖北故乡的沦落而悲伤。作者身为远客遥望东方，多么希望早日收复失地，取得抗日战争的最后胜利！联语对仗工稳，语言凝练，或言今日人事，或用昔日典故，均能表达自己追念故友感时伤怀的沉痛心情。

题刘志丹陵

董必武

志士求仁，飞渡黄河勤讨贼；
丹心救国，誓扫倭奴不顾身。

赏析

此联写于1943年4月。刘志丹（1903—1936），陕西省保安县人。1925年加入中国共产党，为陕甘红军与陕甘革命根据地创建人之一。1935年任西北革命委员会副主任兼北路军总指挥。1936年春奉党中央之命率红二十八军抗日东征。同年4月，在山西省中阳县遭国民党军队狙击，不幸壮烈牺牲。此后党中央决定，为纪念刘志丹烈士，将其故乡保安县改为志丹县。1943年4月，刘志丹烈士陵园在志丹县落成，举行移葬追悼仪式。烈士灵堂四壁镶有毛泽东、周恩来、朱德等领导人题诗、题词五十余方，董必武亦题了这副嵌名联。

上联中，求仁，即求仁得仁，语出《论语·述而》：“求仁而得仁，又何怨?”后多用为适如心愿之意。飞渡黄河，1936年2月17日，中国工农民主政府和中国工农红军革命军事委员会组成抗日先锋军，正式发布了“东征宣言”，随即渡河进入山西。刘志丹亦率红二十八军飞渡黄河奔赴抗日前线。上联意谓，刘志丹作为我党革命志士亦已求仁得仁，率领工农红军飞渡黄河尽力讨伐日本侵略者。

下联中，丹心，即赤心，忠贞的心。文天祥《过零丁洋》：“人生自古谁无死，留取丹心照汗青。”倭奴，古称日本为倭国，倭奴是对日本侵略者的蔑称。下联意谓，刘志丹一片丹心挽救祖国，誓为扫清日本帝国主义强盗而奋不顾身地投入战斗。

这副挽联言简意明，对仗工稳。此外还有两个明显特点：一是上下联首字分别嵌入逝者名字，构成一副典型的鹤顶格嵌名联。二是上下联意并列，无论是“志士求仁”、“飞渡黄河”，还是“丹心救国”、“誓扫倭奴”，均从两个不同的角度说明同一件事情，即奔赴抗日前线抗击日本帝国主义强盗。

挽穆藕初

董必武

才是万人英，在抗战困难中，多所发明，自出机杼；
功宜百代祀，于举世混浊日，独留清白，堪作楷模。

赏析

此联写于1943年10月。穆藕初（1876—1943），上海浦东人。早年在棉花行当学徒，曾进夜校学习英文。1909年赴美留学，1914年获农学硕士学位回国。相继成立德大、厚生、豫丰纱厂。1920年被选为上海华商纱布交易所理事长。1921年创办中华劝工银行。1928年任南京国民政府工商部常务次长。“九一八”事变后，与黄炎培等设立上海地方维持会，积极募捐，支援抗日救亡。抗日战争爆发后，出任重庆国民政府经济部农本局局长。

1943年9月6日因患肠癌病逝。10月6日，重庆各界举行穆藕初追悼会，董必武撰送挽联致哀。

上联赞颂逝者才智过人，特别是在抗日战争困难时期，多有发明创造，做出独特贡献。英，杰出、优异，多指才能出众。《荀子·天论》："尧舜者天下之英也。"自出机杼（zhù），机杼为织机和梭子。语出《魏书·祖莹传》："文章须自出机杼，成一家风骨。"常用以比喻诗文具有自己独特的风格。穆藕初作为我国著名实业家，早在二十世纪二三十年代就在上海等地运用西方科学管理经验，成为我国现代企业科学管理的先驱。抗日战争时期出任农产促进委员会主任，大力发展农业和手工业。还在内地省市推广七七纺机，倡导手工纺织，以解决战时迫切需要，对于抗战大业贡献尤多。

下联极言逝者功业将流传百世，尤其是在举世混浊的年代，能以独留清白，堪称人间典范。祀（sì），祭祀。举世混浊，语出《史记·屈原贾生列传》："举世混浊而我独清，众人皆醉而我独醒。"穆藕初生前先后出任南京政府工商部常务次长、重庆国民政府经济部农本局局长，却并没有与那些国民党官僚政客同流合污，更没有利用抗战危局去发国难财，这是极其难能可贵的。作者事后将下联"功宜百代祀"在原手稿上改为"誉重千载令"。这样更为切合逝者身份地位，且以令（美好）誉（名声）流传千载，可与下联内容更加一致起来。

此联属对工稳，言简意切，紧扣才、誉两个方面对逝者的功业与品德作出高度概括与评价，完全符合其著名实业家与社会知名人士的身份。

挽张一麐

董必武

反对帝制，拥护共和，竟以去就争，大节凛然不可犯；
江汉朝宗，巴渝读诔，倍增生死感，高山仰止曷胜悲。

赏析

此联写于1943年11月。张一麐（1867—1943），亦作一麟

(廔，lín，为“麟”的异体字)，江苏吴县人。清末举人。曾为袁世凯心腹秘书。辛亥革命后任民国总统府秘书长兼机要局长。袁世凯称帝后，决然弃官归隐。抗日战争爆发后积极宣传抗日，发起组织“老子军”共御外侮。1938 年被选为国民参政员，曾大声疾呼：“团结则存，涣散则亡。”1943 年 10 月病逝于重庆。11 月 6 日，重庆各界举行追悼会，董必武撰送此联致哀。

上联充分肯定逝者在资产阶级民主革命关键时刻旗帜鲜明的政治立场。帝制，指 1915 年袁世凯梦想复辟帝制。去就，去留，进退。《荀子·乐论》：“唱和有应，善恶相象，故君子慎其所去就也。”大节，《论语·泰伯》：“临大节而不可夺也。”后谓临难不苟的节操为大节。这里是说，张一廔在辛亥革命之后，依然反对帝制拥护共和，当袁世凯妄图复辟帝制并以从舍、去留相要挟的时候，毅然辞官归隐，表现出大节凛然不可侵犯的威严气概。

下联意在表达作者对于逝者敬仰与怀念的感情。江汉朝宗，语出《书·禹贡》：“江汉朝宗于海。”谓百川归海，犹如诸侯朝见天子。因武汉在汉水与长江汇合处，似可释为张一廔在武昌起义之后投入孙中山领导的资产阶级民主革命的洪流。巴渝，古代的巴郡、渝州，均指四川重庆一带。诔（lěi），旧指在丧礼中宣读的叙述死者生前的行事的文章。高山仰止，语出《诗·小雅·车辖》：“高山仰止，景行行止。”高山比喻高尚的品德。止为语助词。谓品德像高山一样崇高的人受人敬仰。曷（hé），怎么、何以。下联意谓，当年你在武汉投入以孙中山为领导的资产阶级民主革命的洪流，今天则在重庆追悼会上听人宣读给你的祭文，这更使人对于生死增加诸多的感触，面对你的崇高的德行难以抑制悲痛的心情。

这副挽联对于年逾古稀的爱国老人表达了深沉悼念之情。用语文白相间，手法虚实结合。上联反对帝制、拥护共和、去就之争，均属实写，用语通俗，直接表彰逝者民主革命时期的历史功绩。下联江汉朝宗、巴渝读诔、高山仰止，均属虚写，语亦典雅，意在突出逝者一生崇高的德行。这样虚实结合，更能给读者留下较多思索回味的余地。

挽严重

董必武

贻我一本书，语重心长，自探立国千年奥；

奠君三爵酒，形疏礼薄，难诉回肠九曲深。

赏析

此联写于1944年4月。严重（1892—1944），字立三，湖北麻城人。保定陆军军官学校毕业后，历任黄埔军校教官、训练部主任、北伐军第二十一师师长。1927年“四一二”之后，所部被调卫戍南京，因与蒋介石有矛盾被迫辞职，遂在杭州、庐山等地隐居多年。抗日战争爆发后，出任湖北省民政厅长兼保安处长，一度代理湖北省主席。1940年坚辞本兼各职，耕读于宜恩长潭河畔。著有《大学释义》、《大学辨宗》等书。1942年被选为国民参议会参政员。1944年4月病逝于湖北恩施。湖北各界举行追悼会，董必武撰送此联致哀。

上联从二人交情入手，赞严重的学术成就。贻，赠送。一本书，指严重所著《大学辨宗》。自，用。《诗·大雅·绵》：“民之初生，自土沮漆。”毛传：“自，用；土，居也。沮水漆水也。”上联意谓，你送我一本书，其书语重心长，用以探索我中华民族立国千年的奥秘。1942年间，董必武与严重均为国民参政员，二人时相过从，所送之书当为此前耕读于宜恩长潭河畔所作。友人之间赠书虽属私谊，而又及于公义，因其语重心长，且在探索中华立国的根本。

下联表沉痛哀思。奠（diàn），祭奠，向鬼神献上祭品。爵，古代酒器，青铜制品，用以温酒或盛酒，盛行于殷代和西周初期。回肠九曲，语出司马迁《报任少卿书》：“是以肠一日而九回，居则忽忽若有所亡，出则不知其所往。”后因以此形容胸间郁闷，痛苦到了极点。下联意谓，我给你献上三杯祭酒，这样未免形疏而礼薄，难以倾诉我的忧伤痛苦的情怀。

这副挽联感情深挚，对仗工

稳。作者没有直接表彰逝者的生平业绩与历史贡献，而是完全从个人友谊出发，逝者昔日“贻我一本书”，生者今日“奠君三爵酒”，进而加以发挥，同样可以看出逝者的人品学识与道德文章。“难诉回肠九曲深”，此中既有对于亡友的深沉怀念之情，同样流露作者对于国民党当局“消极抗日，积极反共”的深沉愤激之情。

挽李公朴闻一多

董必武

我辈犹生，变悲痛为力量；

公等不死，继传统有人民。

赏析

此联作于1946年7月。李公朴为爱国民主人士，1936年“七君子事件”受害者之一。闻一多为现代著名学者、诗人。二人生前均为中国民主同盟中央执行委员，积极投入当时要求和平民主、反对内战独裁的斗争中。1946年7月11日与15日，二人在昆明先后遭国民党特务杀害。7月28日，重庆各界举行李公朴、闻一多追悼会，董必武与李维汉联名送上这副挽联。

上联直抒胸臆，表示我们这些生者应当化悲痛为力量，继续投入反对国民党政府勾结美帝国主义发动反人民内战的斗争中去。董必武本人就是抗议国民党政府暗杀李公朴、闻一多和慰问烈士亲属的中共代表团成员之一。8月16日、17日，董必武和李维汉在南京分别发表了《争民主的牺牲》、《悼李公朴先生》的文章，继续公开进行悼念活动。

下联告慰先烈在天之灵，你们的革命精神不会死去，广大人民群众自会继承革命传统，完成你们的未竟事业。

这副挽联，文字虽通俗浅显，却富有斗争精神。它既代表了中国共产党人对于“李闻事件”的态度，也反映了广大人民群众悼念逝者、抗议国民党当局的心声。

题晋冀鲁豫烈士陵园

董必武

爆革命火花，生有光芒昭日月；
作献身金鉴，死留正气壮山河。

赏析

此联写于1950年间。晋冀鲁豫烈士陵园，在河北省邯郸市中心。1946年3月动工兴建，1950年10月竣工。陵园正门悬有朱德所题“晋冀鲁豫烈士陵园”匾额。园内主要建筑有烈士纪念塔、烈士公墓、烈士纪念堂、左权将军墓、四八烈士阁、陈列馆等。中央领导人毛泽东、周恩来、朱德、刘少奇等纷纷题字、题词。董必武则为烈士纪念堂撰写了这副楹联。

上联指出烈士们生的价值。这些在晋冀鲁豫地区牺牲的烈士们，生前均曾爆发革命的火花，其生命的光芒可与日月同辉。

下联论及烈士们死的意义。金鉴，即金镜。语出《文选·刘峻〈广绝交论〉》：“盖圣人握金镜，阐风烈，龙骧蠖屈，从道汙隆。”李善注引郑玄曰：“金镜，喻明道也。”据《新唐书·张九龄传》载，唐玄宗时，以八月初五生日为千秋节，王公大臣并献宝鉴。张九龄献《事鉴》十章，号《千秋金鉴录》以伸讽喻。这里借喻为可作献身之明镜，以昭示后人，并留正气，以壮祖国山河。

这副为烈士纪念堂题写的联语，借以表述作为真正革命者的生死观。作者紧紧抓住“生”与“死”两个关键词语加以发挥，生能爆发革命的火花，且与日月同辉；死可作为献身的宝鉴，因而气壮山河。这就形象而生动地歌颂了烈士们“生当作人杰，死亦为鬼雄”的崇高品德与献身精神。此联实为一曲格调高昂的正气歌。

题东湖行吟阁

董必武

旨远辞高，同风雅并体；
行廉志洁，与日月争光。

赏析

此联写于20世纪50年代初。行吟阁，在武汉市东湖西沿听涛轩东侧小岛上，四面环水，由新筑长堤上之荷风桥通达，为纪念我国古代伟大诗人屈原曾来武汉而建。阁名取自《楚辞·渔父》："屈原既放，游于江潭，行吟泽畔。"阁高三层，宏伟壮丽。阁前屈原立像一尊，昂首视天，举步欲行，仿佛诗人正行吟泽畔，高诵《天问》。此阁建于新中国成立初期，董必武应有关部门要求题写此联。

上联中，旨远，语见《易·系辞下》："其旨远。"孔颖达疏："其旨意深远。"风雅，即《诗经》中的国风、小雅和大雅。《史记·屈原列传》："《国风》好色而不淫，《小雅》怨悱而不乱，若《离骚》者，可谓兼之矣。"上联赞美屈原之《楚辞》，意义深远，文辞高雅，应与《诗经》并称，同样具有不朽的艺术价值。这就充分肯定了它在我国文学史上的重要地位。

下联语见《史记·屈原列传》："其文约，其词微，其志洁，其行廉……推此志也，虽与日月争光可也。"下联意谓，屈原行止清廉，志趣高洁，其高风亮节可与日月争光。这是对于屈原人品极其崇高的评价。

这副联语文辞典雅，对仗工稳，并从德（人品）、才（诗歌创作）两方面加以称颂。且借古籍名句，对屈原文辞和人品作精当的评价。游人见之，无不赞赏。

此后，湖南省汨罗县玉简山上的屈子祠亦请董必武题词。董必武遂将此联稍加改动以应其请，为"阶高辞远，同风雅并体；行廉志洁，与日月同光"。联语文字与前文大同小异，故可作为异体看待。

题絜园

董必武

习劳自种千盆菊；
爱客同看百日花。

赏析

此联作于1953年11月。当时，董必武偕友人到北京净业湖畔的絜园（亦称洁园）赏菊。园内菊花盛开，争奇斗艳，惹人喜爱。后应该园主人著名园艺家刘文嘉之请，题联留念。

上联言絜园主人一向习惯于劳作，自己动手精心培植了千盆以上的菊花。这就既写出了园内具有数以千计的盆菊，又称赞该园主人栽培养植菊花的辛勤劳动。

下联言絜园主人热情好客，经常陪同客人一起观赏园中自种的菊花。秋天举办菊展与观赏菊花素称“三秋盛事”。“采菊东篱下，悠然见南山。”古往今来曾使多少人神往与陶醉其间。百日花期与客同看，而不是群芳自赏，足以显示絜园主人高洁的人品与旷达的风格。

这副近于七言古诗的联语，对仗工稳，通俗易懂。其中“习劳”与“百日花”均似一语双关。“习劳”既可解释为习惯于劳动，亦可解释为学习劳动，因而“习劳自种”颇能显示该园主人高雅而又勤劳的品格。“百日花”既指人们常见的菊花（百日黄花），亦指菊科中的一种“百日菊”。因其“爱客同看”，更能显示主人高洁旷达的风格。我们从园中花事与主人人品，可以看出“絜园”确实名副其实。

新中国成立后，不少老一辈革命家常于深秋季节前往絜园观菊，并与该园主人有着颇为密切的交往。朱德亦为园中常客，且曾写过《参观菊展》、《赠刘絜园》。二者可以一并阅读。

题集美鳌园

董必武

旋乾转坤，移山倒海；
济人利物，震古烁今。

赏析

此联写于1954年间。鳌园，在厦门市集美镇浔江之滨。原为鳌王宫，抗日战争期间毁于日军炮火。1950年，爱国华侨陈嘉庚为纪念集美解放着手兴建鳌园，1954年建成。园中央为高达28米的集美解放纪念碑。碑名为毛泽东所题，碑座四周刻有42幅我国领导人与知名人士的联语、题词。董必武亦应约题写了这副联语。

上联概括地写出了中华人民共和国成立之后所发生的巨大变化。旋乾转坤，谓把天地旋转过来，以喻根本扭转局面。韩愈《湖州刺史谢上表》："陛下即位以来，躬亲听断，旋乾转坤。"移山倒海，移动山岳，倒翻大海。旧时常用以形容神仙法术的灵妙，今则用以喻人类征服自然、改造自然的伟大力量和气魄。这里是说，我国人民正在进行着旋乾转坤、移山倒海的伟大事业。出语不凡，气势雄壮，正与高高耸立的集美解放纪念碑完全相称。

下联转而表彰陈嘉庚热爱社会主义祖国、关心家乡文化教育事业的崇高精神。济人利物，谓救助别人，对世事有益。震古烁今，震动古人，显耀当世，形容事业或功绩伟大。这里是说，陈嘉庚创办集美学村、修建集美鳌园，全属有益于人民大众的义举，可以说是干了一番远胜于古人、显耀于今世的伟大事业。

联语实由四个颇为通俗的成语组成，却能巧妙地将中国大陆得到解放与陈嘉庚的修建集美鳌园联系起来，构思相当精巧。

题《中学生》杂志

董必武

逆水行舟用力撑；
一篙松劲退千寻。

赏析

此联写于 1959 年 8 月。当时，董必武曾应《中学生》杂志编辑部要求题写此联，并在联下自注："古云此日足可惜，吾辈更应惜秒阴。"这一题注，既是对于上述联语的诠释，实际又是一则指导人们学习的箴言。

此联中，篙，撑船用的竹竿或木杆，撑到河底或岸边使船前进。寻，古代长度单位，八尺为寻。联语意在告诉人们，学习犹如逆水行舟，必须用力撑篙，一次松劲就会倒退千寻（意即一落千丈）。这是一种夸张的说法，意在激励人们努力学习，毫不松劲。

联语生动形象，意味深长。似从民间俗语"学如逆水行舟，不进则退"化出，而又更加引人注目。这里将写实（用力撑）与夸张（退千寻）结合起来，更能说明逆水行舟不进则退的道理。

人民文学出版社 1977 年 10 月出版的《董必武诗选》中，有一首《题赠〈中学生〉》，诗为："逆水行舟用力撑，一篙松劲退千寻；古云'此日足可惜'，吾辈更应惜秒阴。"因未注明写作时间，不知此诗是在上述联语基础上形成，还是联语摘引诗句而成？有待进一步核实。

题温泉宾馆

董必武

莫夸六国黄金印；
来试三迤碧玉泉。

赏析

此联写于1959年11月。温泉宾馆，在云南省安宁县。安宁温泉古称碧玉泉，泉水保持恒温，清澈碧透，质地柔滑，享有“天下第一汤”的盛誉。附近有葱岭与螳螂川，青山绿水，风景优美，为理想的旅游、疗养胜地。1959年11月，董必武曾来此地小憩，应宾馆人员要求，亲笔题写古人诗句以作纪念。需要说明的是，有的联书将此联误为董必武己作。据中国旅游出版社1982年出版的《中国名胜古迹概览》，该书云南安宁温泉部分介绍：“古诗道：‘莫夸六国黄金印，来试三迤碧玉泉。’”可见董必武所题应为录写古人诗句而成的一副摘句联。此诗究系何人所写，有待查考。

此联中，六国，指战国时期齐、楚、燕、赵、韩、魏六国。黄金印，古代用黄金铸造的官印。这里是说战国时代苏秦主张合纵，游说六国联合抗秦。他曾身佩六国相印荣归故里显耀一时。（详见《史记·苏秦张仪列传》）三迤（yǐ），清代雍正年间曾在云南地区设置迤东、迤西、迤南三道，因称“三迤”。联语意谓，不用去夸当年苏秦曾佩六国相印多么荣耀，还是来试试三迤地区犹如碧玉一般的温泉吧！

这副联语颇有特色。为了突出安宁温泉能给人以特殊的享受，以致认为苏秦身怀六国相印也没有什么可夸耀的。这里可以给人诸多启示，既是劝人前来充分享受安宁的温泉浴，似又告诉人们富贵荣华均系身外之物，并不值得羡慕，还是来尽情享受大自然的赐予吧！

题罗田王葆心墓

董必武

楚国以为宝；
今人夫所师。

赏析

此联写于20世纪50年代。王葆心（1864—1944），字季芗，湖北罗田人。为近代有名的方志学家。早年在黄州书院、两湖书院获中优贡，曾任湖北博通学院、潜江传经书院院长。1903年中举人，在京任总务司行走、图书馆编纂。辛亥革命后，任武昌师范大学教授、武汉大学教授、湖北省立国学馆馆长等职。抗日战争时期拒任伪职，潜心著述。著有《古文辞通义》、《历朝经学变迁史》等。1944年因病逝世。墓在湖北省罗田县东北滚石坳。新中国成立以后，董必武应湖北有关部门要求，为罗田王葆心墓题联。

此联对王葆心给予很高评价，且对他的辞世表示深深惋惜。楚国，春秋五霸之一，建都于郢，其疆域包括湖北一带。这里是说，楚地之人将王葆心视为国之瑰宝，今人则感到失去了一位可以师法的学者。王葆心毕生致力于经学与方志学研究，撰有多种著作，学术造诣甚深，因此在湖北产生很大影响。抗战时期拒任伪职，潜心著述，保持崇高的民族气节。这样一位道德文章均足以师法的人离开了我们，岂不让人为之惋惜。

联语言简意深，感情忱挚。为湖北近代地方名士墓道题联，对其墓主从国宝、人师角度加以称颂，至为切当。作者惜才与怀人之情溢于言表。

题南湖烟雨楼

董必武

烟雨楼台，革命萌生，此间曾着星星火；
风云世界，逢春蛰起，到处皆闻殷殷雷。

赏析

此联写于1963年12月。烟雨楼，在浙江省嘉兴市南湖湖心岛上。五代时建在湖滨，因唐人杜牧诗句“南朝四百八十寺，多少楼台烟雨中”而得名。后几经兴废，明嘉靖二十八年，移建在湖心岛上。楼为二层飞檐，外观壮丽，结构精细，周围风景优美。1921 年 7 月初，中国共产党第一次全国代表大会曾从上海移到这里继续举行。建国以后遂辟为嘉兴南湖革命纪念馆。1963 年 12 月，董必武作为当年中共一大代表，旧地重游，感慨万千，应约题写此联以作纪念。

上联即景生情，不禁想起当年中国共产党第一次全国代表大会曾从上海移至嘉兴南湖，在烟雨楼前的一条船上继续召开。我国新民主主义革命从此在这里发生，并且点燃了革命的星星之火。

下联写出中共一大所产生的影响。蛰（zhé），语出《易·系辞下》：“龙蛇之蛰，以存身也。”谓动物冬眠时潜伏于地下不食不动的状态。殷殷，象声词。《文选·长门赋》：“雷殷殷而响起兮，声象君之车音。”殷谐音隐，实即隐隐之声。这里是说，在这风起云涌的世界中，多少投身革命的有志之士，犹如龙蛟逢春破土而出，因此祖国大地到处可以听到殷殷的雷声。

这副联语主旨鲜明，情景交融。作者伫立烟雨楼前，从眼前自然景物想到当年建党初期的革命活动，即兴写下这副即景抒情的对联，让人眼前重现当年“星星火”，耳畔犹闻“殷殷雷”。作者作为老一辈革命家为南湖烟雨楼题写楹联，用意不在状写南湖佳景，而是触景生情，盛赞这一革命圣地的历史意义。这与历代文人墨客游览南湖时吟诗作对的心胸意境迥然有别，让人为之耳目一新。

赠河溶中学

董必武

因地制宜，为集体农民兴利；
实事求是，教青年子弟读书。

赏析

此联写于 1964 年 2 月。当时，董必武出席湖北省委召开的林业工作会议，且为会议题词，鼓励大家积极开展植树造林活动。该省当阳县河溶中学的师生们，把学校开展植树造林活动的情况向董老书面汇报。董老看了书面材料很高兴，随即复信给予勉励，还给学校师生题了一副对联。

这副赠联对于河溶中学积极开展植树造林活动给予很高评价。上联专就植树造林而言，肯定该校师生根据当地具体情况，制定植树造林办法，是为巩固农村集体经济做了一件好事。下联则就教育事业而言，指出该校领导与教师能够实事求是，根据农村中学的特点来教育青年子弟，把学校教学与生产劳动适当结合起来。

这副联语从农村中学实际出发，言简意明，通俗易懂，把植树造林与教书育人结合起来，给广大师生以极大的教育与鼓舞。联语虽通俗浅显，文字却对得很工，同样能显示作者写作白话联语的功力。

题襄樊古隆中二题

董必武

一

三顾频烦天下计；
一番晤对古今情。

二

诸葛大名垂宇宙；
隆中胜迹永清幽。

赏析

两副联语写于1965年1月。古隆中，为诸葛亮故居所在地，位于湖北省襄樊市襄阳城西北30里处。隆中山下耸立着一座石牌，上书“古隆中”三字。进入石牌坊，跨过小虹桥，便是武侯祠。附近还有三顾堂、草庐亭、抱膝亭、野云庵等建筑。四周群山环抱，松柏参天，溪流萦绕，景色佳丽。1965年1月，董必武曾来此地游览，并应管理人员要求题写了两副楹联。

第一副对联：

上联出自杜甫七言律诗《蜀相》：“三顾频烦天下计，两朝开济老臣心。出师未捷身先死，长使英雄泪满襟。”上联意谓，当年诸葛亮隐居隆中，刘备曾经三顾茅庐，不厌其烦，请他出山共商天下大事。诸葛亮生前在《前出师表》中也曾记述过这段历史。

下联则为董必武自撰。刘备三顾茅庐的诚意，感动了这位卧龙先生，二人遂有极其重要的“一番晤对”。诸葛亮向刘备讲述占领荆州、联吴抗曹，形成天下三足鼎立之势的战略，以及对于魏、蜀、吴三国天时、地利、人和条件的精辟分析。这就是历史上有名的“隆中对”，亦称隆中决策。他们志同道合纵论古今，感情非常融洽。

这副联语已制成木匾，悬于隆中武侯祠大厅内，后来还加以复制陈列于成都武侯祠内，可见亦已产生颇为广泛的影响。

第二副对联：

上联出自杜甫《咏怀古迹》之五：“诸葛大名垂宇宙，宗臣遗像肃清高。三分割据纡筹策，万古云霄一羽毛。”上联意谓，诸葛亮的大名永远流传于天地之间。

下联系作者自撰。胜迹，有名的古迹。孟浩然《与诸子登岘山》：“江山留胜迹，我辈复登临。”下联意谓，襄樊隆中这一有名的古迹永远显得那么清静幽深。如果说上联是对历史人物的评价，因此“大名垂宇宙”；下联则就隆中自然景物而言，因此“胜迹永清幽”。这种人文与环境的逆差，能给读者留下不少思索回味的余地。

这两副题写名胜古迹的楹联可谓别具一格，就其格式当在集句与自撰之间。每联出句都集自杜甫诗中成句，而对句则为作者自撰，却又结合得那么天衣无缝，让人叹为观止。两联写作上亦各有千秋。第一联用事对的形式，均系与诸葛亮有关的历史故事。上联——三顾茅庐；下联——隆中决策。君为“天下计”，臣有“古今情”。第二联则以人物与景物相对，人则名垂宇宙，地则胜迹清幽，无论文字与含义都对得很工。这在现代名胜联中，亦属不可多得的佳作。

挽黄炎培

董必武

论交近卅年，金错石磨，风雨同舟摅国难；
握别刚两月，壤崩栋折，幽明异路悼元良。

赏析

此联写于1965年12月。黄炎培（1878—1965），字任之，江苏省川沙县人。早年加入同盟会，辛亥革命后任江苏省教育司司长、省教育会副会长。1917年在上海创办中华职业教育社，次年办中华职业学校。1940年底参与筹组中国民主政团同盟。1945年底发起筹组中国民主建国会。新中国成立以后，历任国务院副总理兼轻工业部部长、全国人大常委会副委员长、全国政协副主席、中国民主建国会主任委员等职。1965年12月21日在北京病逝，董必武于次日即写挽联致哀。

上联首先回忆二人近三十年的交往和共同的战斗历程。卅（sà），三十。金错石磨，错为磨刀石，磨即石磨，意谓金玉在石上磋磨，可用以喻人之切磋琢磨。摅（shū），纾、舒展。这里是说，论起我们之间的交往已近三十年了，互相常在一起切磋琢磨。尤其是在抗日战争年代，我们一起在国民党统治区风雨同舟共纾国难。当时在重庆，董必武为中共中央代表，黄炎培为爱国民主人士，二人均为国民参议会参政员，在共同战斗中结下了深厚的友谊。

下联对于友人之死表示沉痛悼念。壤崩栋折，似为“榱崩栋折”笔误，语出《国语·鲁语下》：“夫栋折而榱崩，吾惧压焉。”栋，房屋的正梁。榱（cuī），屋椽、屋桷的总称。意谓正梁折断，椽子崩坏，屋将倾覆。一般喻大局崩溃，亦可用以喻重要人物的死亡。幽明，指生与死、阴间与阳间。元良，大善之人。这里是说，我们握手分别才两个月，你竟然不幸逝世，今日生死异路，大家都在沉痛悼念这位大善之人。

这副挽联，根据逝者特定身

份需要，多用文言词语，对偶、平仄均依严格要求，当属现代文言联语的范畴。上联追怀昔日友谊，下联悼念友人病逝，感情深挚，用语典则，堪称现代哀挽佳作。

赠 曹 瑛

董必武

读书难字过；
回首白云多。

赏析

此联写于 1966 年春。曹瑛（1908—1990），湖南平江人。1925 年加入中国共产党。曾任中共江苏省委巡视员、长沙市委书记。新中国成立后历任驻捷克斯洛伐克大使、对外文化联络委员会副主任、中央纪委检查委员会常委等。1966 年春，董必武在广州眼科医院治病，应曹瑛之请题写此联。

这是一副典型的集句联。上联集自杜甫《漫成二首》之二："读书难字过，对酒满壶频。"下联集自杜甫《九日奉寄严大夫》："遥知簇鞍马，回首白云间。"董必武可能记忆有误，或因当时某种需要，将"白云间"写成了"白云多"。

联语从字面上看，是说读书人学业有成之后，却无意于仕途，希望返回自然去过宁静的生活。我们如果联系特定的时代背景，亦即董必武在"文化大革命"风暴来临之际的处境与心境，自能领会集句的某些内在含义与弦外之音。联中"白云"，既为日常自然现象，亦属某种社会象征。杜甫《可叹》诗中有句："天上浮云如白衣，斯须变幻如苍狗。"意在比喻世事变幻无常。董必武所感叹的"白云多"，是否也有这样的寓意呢？这是需要加以体会的。联句韵味深长，值得读者深思。

挽陈叔通

董必武

于翻天覆地中论革命宏观，尝自笑为事后诸葛亮；
在广厦细毡上谈人民公敌，总不忘指班头约翰生。

赏析

此联写于1966年2月。陈叔通（1876—1966），浙江杭州人。清末进士，入翰林院。1904年赴日本留学。回国后曾任清政府资政院民选议员、南京临时政府第一届国会众议院议员。此后长期担任上海商务印书馆董事及浙江兴业银行董事长。新中国成立后，历任中央人民政府委员、全国人大常委会副委员长、全国政协副主席、全国工商业联合会主任委员等职。1966年2月17日病逝于北京，董必武撰送挽联致哀。

上联所记之事，当指新中国成立初期陈叔通与友人谈论我国革命发展历程时的情景。翻天覆地，亦作“天翻地覆”，形容发生根本的变化。此指我国人民在中国共产党领导下，推翻帝国主义、封建主义、官僚资本主义三座大山，建立了中华人民共和国。事后诸葛亮，比喻事后自称有先见之明的人。联中显系自谦之辞，似为新中国成立初全国政协开会之时，委员会以宏观视角谈论中国革命必胜，陈叔通曾经自谦并非自己高明，不过事后诸葛亮而已。一片喜悦之情溢于言表。

下联则为忆及抗日战争时期一起谈论蒋家王朝的情景。广厦细毡，亦作“广厦细旃”，谓高大的房屋、精致的毡毯，指居住条件优越。《汉书·王吉传》：“广夏之下，细旃之上，明师在前，劝诵在后。”颜师古注：“夏，大屋也。旃，与毡同。”班头，头目、首领。元关汉卿《不伏老》：“我是个普天下郎君首领，盖世界浪子班头。”约翰生，其人其事有待查考，看来似指来华为蒋介石撑腰的美帝国主义者。当年不少爱国民主人士在重庆谈到人民公敌蒋介石，总不忘指出有后台老板的撑腰。

这副挽联别具一格。不写逝者一生值得称颂的功德业绩，而是选取两个特定生活场景加以渲染，并在忆旧之中将悲哀自然流露，从而收到情深意切、真挚感人的艺术效果。

题白云山庄

董必武

绿树多生意；
白云无尽时。

赏析

此联写于新中国成立后十七年，具体写作时间不详。白云山庄，在广州北郊白云山上。白云山主峰摩星岭，峰顶常有白云飘绕，因此得名。此地名胜古迹颇多，亦已开辟麓湖风景区、山顶公园、山北公园，以及双溪旅舍、白云山庄等，成了广州郊外的旅游度假胜地。这里气候温和，风景宜人。董必武常来此地休养，遂给山庄题了这副对联。

“绿树多生意；白云无尽时。”此联真正抓住了山庄周围自然环境的特点。此地树木葱茏，生意盎然。据有关材料介绍，昔日山区，水土流失，树木尽毁。新中国成立以后，广州人民政府全面规划，植树造林，才使整个白云山披上了绿装。“白云无尽时”，更是此山的自然特色。山上设有白云晓望、白云晚望、白云松涛等景点，游人从早至晚可以观赏蓝天白云，耳听周围松涛发出的声响，还可以尽情领略天上白云与山间绿树相互辉映的乐趣。

1980年1月，叶剑英在广州曾手书董必武这副联语，以祝贺聂荣臻的八十寿辰。这里既反映了老一辈革命家之间常以诗词、联语互赠的深挚友谊；又可看出这副联语从原来的写景到现在的祝寿，亦已不断扩大了自身的寓意。

题报国寺

董必武

皓月无幽意；
清风有激情。

赏析

此联写于新中国立后十七年，具体写作时间待考。报国寺，在四川峨眉山麓，是游山的出入门户。原名会宗堂，建于明万历年间。清康熙年间重修改为今名。主要殿宇有弥勒殿、大雄殿、七佛殿、藏经楼等。各楼逐级升高，建筑宏伟，气势轩昂。寺内还有明代彩釉瓷佛、紫铜华严塔等著名文物。董必武曾游我国四大佛教名山之一的峨眉，并应报国寺管理人员要求题写了这副对联。

此联中，皓（hào）月，洁白的月光。清风，纯净的和风。此联意谓，皓月当空并无幽静之意，清风吹来却有几许激情。

作者何以如此描绘报国寺的景物呢？历来人们认为，峨眉山以清奇秀雅著称。每当月白风清之时，更能体现上述特点。作者却从自身感受出发，认为皓月并无幽意，清风却有激情，仿佛沸腾的社会主义建设与热烈紧张的时代气氛，亦对峨眉山的自然景观产生直接的影响。这是老一辈革命家对于现实生活的独特感受，因而具有极其鲜明的时代特色。

题书斋

董必武

生活恰似鱼饮水；
进修浑如燕衔泥。

赏析

此联写于新中国成立以后，具体时间不详。董必武一生好学不倦，虽因担任党和国家领导职务而政务繁忙，仍挤出时间读书。他曾手书治学联语悬于书斋，作为自己的座右铭。

我们查阅《董必武诗选》发现，此联系从1944年4月所作七言律诗《清明后一日得孔原书却寄》录出，字句稍有改动。原诗为："小园芳草绿萋萋，寒食清明日又迷。生活恰如鱼饮水，进修浑似燕衔泥。心悬大局忧无补，绩著边隅喜可稽。远念延安诸努力，奋飞不得亦思齐。"

此联中，浑，简直。杜甫《春望》："白头搔更短，浑欲不胜簪。"衔，用嘴含。联语意谓，生活完全就像鱼儿饮水一样，进修简直如同燕子衔泥一般。这里借助艺术形象说明学习的重要艰辛。鱼儿饮水是为了取得新鲜空气，我们生活中也离不开学习；燕子衔泥筑巢是多么艰辛，日常进修亦应如此。

这副治学联语不事雕琢，生动鲜明，浑然天成，语浅意深。让人从生动比喻和艺术形象中受到深刻的启示和教益，可以作为激励人们前进的格言。

书赠吴瑞林

董必武

风景这边独好；
江山如此多娇。

赏析

此联写于1968年4月。当时正值"文化大革命"初期，林彪反革命集团妄图篡夺党和国家领导权，直接插手军队，要把军队搞乱。周恩来、董必武一度坐镇广州，稳定南方政治局势。董必武曾集毛泽东诗句为南海舰队司令员吴瑞林书联。

上联集自毛泽东《清平乐·会昌》："东方欲晓，莫道君行早。踏遍青山人未老，风景这边独好。"正如作者自注："1934年，形势危急，准备长征，心情是郁闷的。"面对国民党军队对中央苏区的第五次反革命围剿，加上党内机会主义路线的严重失误，中央苏区土地大片丧失，革命处于危急关头。毛泽东既忧心如焚，却仍保持革命乐观主义精神，赞美会昌一带革命根据地"风景这边独好"。这里"风景"，既指眼前自然景物，亦指当时政治形势。董必武集引此句，同样寓有深意。"风景这边独好"，意在希望南海舰队能够顶住林彪反革命集团的压力，为稳定我国南方局势作出自己的贡献。

下联集自毛泽东《沁园春·雪》："江山如此多娇，引无数英雄竞折腰。"诗句原意是在告诉我们，祖国山河如此妩媚秀丽，惹得古往今来多少英雄争相奔走效劳，为之五体投地。董必武集引此句，亦在希望人们效法古人及时奋起，共同保卫社会主义的人民江山。

这副集句联颇有特色，而且寓意极其深刻。如将联语文字，从毛泽东诗词原意出发，结合"文化大革命"期间的政治形势，自能深入领会其言外之意与弦外之音。作者原拟将"风景"改为"形势"，后考虑到当时的环境，为含蓄一点，结果未作更动。

挽谢觉哉

董必武

长征老战士；
文革病诗人。

赏析

此联写于1971年6月。谢觉哉（1883—1971），湖南宁乡人。1925年加入中国共产党。曾任中华苏维埃共和国中央政府秘书长、内务部人民委员、陕甘宁边区政府秘书长。新中国成立以后，历任内务部长、最高人民法院院长、全国政协副主席。1971年6月15

日在北京病逝。林彪、江青一伙封锁消息，不准向遗体告别，不准开追悼会，不准送花圈。董必武正在病中惊闻噩耗，不禁失声痛哭，连忙让人拿来纸笔，用颤抖的手握笔写下挽词：“觉哉同志千古：长征老战士，文革病诗人。”写毕马上要人用小车推着自己到亡友灵床前，向遗体告别。

上联指出谢觉哉早在红军长征时期就是一位英勇无畏的老战士。1934 年 10 月，中央主力红军开始长征。谢觉哉、徐特立、林伯渠、董必武等老同志编在中央机关纵队干部特别连。谢觉哉时已年过半百，加上体弱多病，依然坚持行军。特别是在爬雪山、过草地的时候，更是经受了各种严峻的考验，终于胜利到达陕北。人们对于长征途中这几名“老战士”，无不怀着深深的敬仰之情。

下联表明谢觉哉“文革”期间虽已半身瘫痪，依然坚持学习与写作，同林彪、“四人帮”进行不屈不挠的斗争。谢觉哉在“文革”之前就因动脉硬化引起血栓导致半身瘫痪，“文革”期间只能卧病在床，仍时时受到林彪、江青、康生一伙的迫害与纠缠。谢觉哉以八十以上高龄，仍坚持写作诗词，用以言志述怀，充分显示这位老共产党人的高风亮节。

这副挽联短短十字，却概括了逝者战斗的一生。“长征”与“文革”为我国新民主主义革命与社会主义革命最艰难的时期，这位当年“老战士”与今日“病诗人”，均经受了严峻的考验。这是在十年浩劫特殊的环境里写成的挽联，作者沉痛悼念亡友以泪和墨，遂于写实之中蕴含深意，更加值得我们很好地珍视与体会。

挽张体学

董必武

策马挥戈，宁抛热血贻千古；
忠心赤胆，敢将铁骨铸高风。

赏析

此联写于 1973 年间。张体学（1915—1973），河南新县人。

1933年加入中国共产党。曾任红军游击队大队长、新四军第五师十四旅旅长、鄂豫军区四分区司令员兼政委。新中国成立后历任湖北省省长、省委书记、武汉军区政委。1973年因病逝世，董必武撰送挽联致哀。

上联言逝者革命战争年代驰骋疆场功勋卓著。挥戈，挥动干戈，挥动兵器。贻，遗留、留下。千古，不朽的意思，多作哀悼死者用词。这里是说，作为我军指挥员当年鞭策战马挥动干戈，宁愿抛洒自身的热血以留下不朽的英名。

下联言逝者社会主义建设年代继续革命再创辉煌。忠心赤胆，亦作赤胆忠心，形容极端忠诚。铁骨，筋骨由钢铁铸成，喻人意志坚强不屈。高风，高卓的风范。晋夏侯湛《东方朔画赞序》："睹先生之县邑，想先生之高风。"这里是说，为了党和人民的事业赤胆忠心，敢于将铮铮铁骨铸就高卓的风范。

此联用语准确，言简意赅，寥寥数语即勾画逝者一生，闹革命"策马挥戈"，搞建设"忠心赤胆"。此联出于八十八岁老人手笔，且在"文革"动乱年代，更属难能可贵。

九十自寿

董必武

新功未建长伏枥；
老本无多早啃枝。

赏析

此联写于1975年3月5日。这一天，中共中央政治局常委、全国人大常委会副委员长董必武正值九十寿辰。当时虽已重病在床，仍打起精神自题七言律诗一首和寿联一副。这位革命老人回顾自己一生所经历的曲折战斗的道路，进而表示愿在有生之年继续为党工作。

上联中，伏枥（lì），"枥"为养马的地方。"伏枥"即关在马房内。曹操《步出夏门行》："老骥伏枥，志在千里。烈士暮年，壮心不已。"上联意谓，我在人生晚年没有建立过什么新功，却像一匹老马一样长期关在马房内。这里既有自谦之意，深感自己无功受禄，得到党和人民过多的照顾；又在表述己志，暗用曹操诗意，老骥虽在伏枥，依然志在千里，暮年壮心不已，力争再建新功。

下联中，枝，即树木的枝条。下联意谓，我虽参加革命多年却老本无多，现在早就在啃剩余的枝叶了。这里仍属自谦之辞。董必武作为老一辈无产阶级革命家、中国共产党创始人之一，一生为了中国人民的解放事业立下了不朽的功勋。他却一再声称“老本无多”，这是多么谨慎自制谦逊质朴的品格！

九十老人撰联自寿，自谦自励，实属感人至深。联语出句暗用曹操诗意，给人以诸多思索回味的余地。对句则由民间“吃老本”一语化出，亦颇生动形象而能说明一定的问题。这是老人一生最后留下的文字，因为再过不足一月就已离开人世，因而更加值得我们珍视。

当时董老还有一首题为《九十初度》的七言律诗，与此联同时写成。诗为：“九十光明瞬息过，吾生多难感蹉跎。五朝敝政皆亲历，一代新规要渐磨。彻底革心兼革面，随人治岭与治河。遵从马列无不胜，深信前途会伐柯。”我们如将这首自寿诗与上述自寿联并读，自能更增对于这位革命老人的崇敬与爱戴之情。

自　题

徐特立*

于境知足，于学知不足；
其气有为，其品有无为。

作者

*徐特立（1877—1968），湖南长沙人。辛亥革命时期被选为湖南临时议会副议长，创办长沙师范学校。1927 年加入中国共产党，参加南昌起义和红军二万五千里长征。曾任苏维埃中央政府教育部长，陕甘宁边区教育厅长。新中国成立后，任中共中央宣传部副部长。有《徐特立文集》传世。

赏析

此联为自勉自励之作，写作时间不详。根据联意内容，似为老一辈革命家徐特立早年（清末民初）在湖南从事教育工作期间所写，用以作为个人修身治学的座右铭。

上联言知足与知不足的辩证关系。人生于境应当知足，于学则应知不足。即在个人生活境遇、生活追求上要知足常乐，而在学业事业上应当不断进取。这些道理古人早有明训。《老子》云："是故甚爱必大费，多藏必厚亡，知足不辱，知止不殆，可以长久。"宋代诗人林逋在《省心录》中也说："知足则乐，务贪必忧。"这是告诫人们在生活中对于财富享受应当自知满足而不可贪得无厌。《礼记·学记》云："是故学然后知不足，教然后知困。知不足，然后能自反也；知困，然后能自强也。"林逋在《省心录》中又说："知不足者好学，耻下问者自满，一为君子，一为小人，自取如何耳。"古人有关治学的言论，无不说明

"于学知不足"的道理。

下联言有为与有无为的人生哲理。《孟子·离娄下》早就指出："有所不为，而后可以有为。"谓人应对有些东西予以放弃，然后才能专心致志有所作为。徐特立所言："其气有为，其品有无为。"这里的"气"指人的气质、气节，因此其气理应有所作为。亦即"我善养吾浩然之气"，从而具有崇高的节操和精神境界。这里的"品"指人品、品格，因此其品亦有无为之处，亦即不妨遇事顺其自然无欲无求。正如古人所言："人到无求品自高。"

此联系徐特立早年之作，善于吸取我国传统文化的精华，阐明诸多人生的哲理。知足知不足，有为有无为，诚为真知灼见。这里充满了日常生活中的辩证法，符合对立统一的观点。境、学、气、品，内蕴丰富，值得深思。宋人王安石诗云："看似平常最奇崛，成如容易却艰辛。"上述联句需要我们在内涵上正确把握，并在生活中体验实践。

断指书联

徐特立

驱除鞑虏；
恢复中华。

赏析

此联写于1911年间。当时，徐特立在湖南长沙办学。他曾目睹英国传教士为非作歹欺压百姓、清政府崇洋媚外腐败无能，常常为之义愤填膺。有一天，他在修文学校讲演时，痛斥帝国主义列强和清朝卖国政府在湖南一手制造"辰州血案"的罪行，号召青年一代"要把救国的担子挑起来"，激励中华儿女"义之所至，虽赴汤蹈火，亦在所不辞"。徐特立讲到这里，不禁热血沸腾，声泪俱下，当即抽刀断指，用鲜血写下"驱除鞑虏，恢复中华"的联语。这一爱国壮举深深感染与教育了在场的学生，从而激励人们奋起投入反帝反封建的斗争中去。

“驱除鞑虏；恢复中华。”鞑虏（dá lǔ），对清朝统治者的蔑称。中华，古时对华夏民族汉族的称谓。联语意谓，我们要驱除清朝统治者，恢复华夏汉族的政权。

需要指出的是，“驱除鞑虏，恢复中华”本为资产阶级民主革命的口号。孙中山于1894年在檀香山创立兴中会时，早就提出“驱除鞑虏，恢复中华，创立合众政府”的主张。到1905年在日本东京成立同盟会时，正式确立了“驱除鞑虏，恢复中华，建立民国，平均地权”的资产阶级革命纲领。徐特立当时借用这一口号，意在激励广大青年学生，积极投入反帝反封建的斗争中去。

题仰光某大学

徐特立

万里旅居巡市井；
百年长计课儿孙。

赏析

此联写于1919年间。当时，徐特立亦已人到中年，作为长沙师范学校校长，带头倡导赴法勤工俭学。1919年本人亦赴法，船经缅甸仰光，某大学校长仰慕其为我国著名教育家，邀请讲学，并求题词。徐特立题写了这副联语。

上联中，巡，周行视察。《书·周官》：“王乃时巡，考制度于四岳。”后谓来往察看曰巡。市井，古代指做买卖的地方。《管子·小匡》：“处商必就市井。”尹知章注：“立市必四方，若造井之制，故曰市井。”这里是说，万里之行途中必到市井之中察看。

下联中，百年长计，意同百年大计，指关系到长远利益的计划或措施。课，考查、考核。凡定有程式而试验稽核，均曰课。《管子·明法》：“故明主之治也，明分职而课功劳。”这里是说，百年大计在于教育儿孙，亦即经常考核儿孙学习的情况。

此联虽即兴题咏，却言近旨远。因在旅途之中应邀讲学，故从察看市井讲起，接着进入正题，强调百年之计在教育儿孙。毕竟是位知名教育家，时刻不忘学校教育。这就再次印证了“十年树木，百年树人”的道理。

斥贪官

徐特立

父性秉豺狼，吞西德州数十万赈济民粮，忍其涂炭，杀亲塞国法，实天地之不容，想当年，身被雷诛，皮遭鬼剥。吁嗟！人心犹未歇也，如此贪污，真乃长留千古恨！

儿辈诚豚犬，管南楚地千百石冤枉租谷，用等泥沙，孽子出斧神，与禽兽又何异？趁今日，藉祝先考，位列蚂蟥。呜呼！戏云虽胜美矣，这种报应，果然能得几回荣？

赏析

此联写于1926年春天。当时，湖南省湘潭县永义乡一家姓成的劣绅，借超度祖先亡魂之名，搭台唱戏炫耀乡里。他们还在戏台的柱子上贴了一副对联：“能得几回荣？红岸绿杨，莺歌笙笛蝶歌舞；长留千古恨，忠臣孝子，人自伤心水自流。”另有横额：“民皆仰之。”许多乡民见了这副对联都很气愤，因为成家祖先本是清朝贪官，臭名昭彰，其后代子孙依然作威作福，人们很想杀杀成家的威风。徐特立正好路过此地，看到当地劣绅趾高气扬的作为，听到乡民对于成家老底的介绍，遂按民意一气呵成写了这副怒斥贪官的长联，并加横额：“民皆恶之。”当地群众非常高兴，即从戏台上取下成家的对联，而将这副换上。此联大长贫苦农民的志气，大杀土豪劣绅的威风。

上联揭露成家祖先当年贪赃枉法的罪行与其遭到报应的过程。西德州，地名，具体所在不详。赈（zhèn）济民粮，救济灾民的粮款。涂炭，涂为泥沼，炭为炭火，比喻极端困苦的境地。吁嗟（xū jiē），均为感叹声。这里是说，成家祖先原是清代贪官，具有豺狼本性。他在道光年间曾侵吞了西德州赈济几十万灾民的粮款，因而使当地灾民陷于困境，饿死无数。案发以后，竟将责任推到自己助手亲妹夫身上并将其斩首，以此向皇帝求饶，保住了一条性命。不久他即将贪污的巨款移到乡下购置土地房产，作威作福鱼肉乡民。凡此种种实属天地不容，后来果然遭到报应。本人遭到雷击而死，死后还被盗墓剥皮弃尸。此事让人为之感叹不已，可见如此贪污，能不因此而千古留恨！

下联斥责成家小辈种种劣迹，几与禽兽无异，因加无情讽刺。豚（tún）犬，猪狗。南楚地，湖南湘潭一带，古代原属楚国，为与西德州对应，因称南楚地。斧神，为鬼斧神工的缩语，形容技能精巧非人工所能。先考，旧时自称去世的父亲。蚂蟥，蛭纲类动物的通称，其中水蛭、山蛭等吸血。呜呼，即呜呼哀哉，旧时祭文中常用来表示对死者的悲悼，后亦借指死亡或事情终结，含有诙谐或讽刺的意味。戏云，游戏嘲弄之言。这里是说，成家后辈犹如猪狗一样，他们却拥有不少南楚之地，每年收取千百石租谷。平时将其像泥沙一样挥霍，这样的孽子继承祖先衣钵，真是神工鬼斧愈出愈奇，因而与禽兽又有什么两样。不如趁今日祝祷祖先的机会，可以一起列于吸血的蚂蟥之位。真是呜呼哀哉，这种报应不爽，父为已遭雷击的恶鬼，子则列位吸血的蚂蟥，果然能得几回荣？

这副怒斥贪官的长联，写得义正词严，酣畅淋漓。联中或叙述成家祖辈贪赃枉法的往事，或议论成家后人与禽兽无异的行为，作者无不带有强烈的感情色彩。用语文白相间，却又通俗易懂，难怪当地乡民见后，无不拍手称快争相传诵。

赠王汉秋

徐特立

有关家国书常读；
无益身心事莫为。

赏析

此联写于1939年春天。1937年11月，徐特立接受中共中央的委派，到长沙任中共中央驻湘代表，兼任第十八集团军驻湘高级参谋。次年，八路军驻湘办事处迁至湘潭，徐特立曾寄宿在一家盐铺里。他常向几位青年店员宣传革命的道理，王汉秋听后很受鼓舞，请求题词留念。徐老慨然应允，并于翌年春天，撰书此联寄上。

此联明白如话，语重心长。作为我国老一辈革命教育家，徐老谆谆告诫青年应该懂得读书、做人的道理，有关齐家治国的书需要常读，无益于身心的事切不可为。我们从这一纯系出自肺腑的赠言中，可以看出这位革命老人对于青年一代的关怀和期望。

联语平中见奇，语浅意深。正如宋人王安石诗句所言："看似平常最奇崛，成如容易却艰辛。"徐老语重心长，告诫青年读书、做事要有选择，方能走上正道。我们可以作为警句、格言置诸座右。难怪青年店员王汉秋收到这副联语以后激动不已，当地不少青年得悉亦争相传诵，以致湖南湘潭一带曾有"一联震湖湘"的说法。

挽何功伟刘惠馨

徐特立

革命青年只知有国，不愿煮豆燃萁，让步终当有限；

反动分子强调对内，反而认友为敌，横行竟到几时？

赏析

此联写于1941年11月。何功伟（1915—1941），湖北咸宁人。1935年"一二·九"运动时，参与组建武汉中等以上学校抗日救国联合会，任常务干事。1936 年加入中国共产党。后任中共湘南特委书记、湘鄂西区党委书记。1941 年因叛徒出卖被捕，同年 11 月 17 日英勇就义。刘惠馨（1914—1941），女，江苏淮阴人。1935 年参加革命。1938 年加入中国共产党。后任湘鄂西特委妇女部长、恩施县委副书记。1941 年 1 月因叛徒出卖被捕，11 月 17 日牺牲于恩施方家坝集中营。徐特立闻讯之后，有感于革命青年竟遭国民党当局杀害，愤而写了这副挽联。

上联中，煮豆燃萁，典出《世说新语·文学》：魏文帝曹丕曾令其弟曹植七步成诗，否则将受重罚。曹植应声吟道："煮豆燃豆萁，豆在釜中泣；本是同根生，相煎何太急。"后以"煮豆燃萁"喻兄弟之间骨肉相残。上联是说，革命青年只知有国家民族，不愿抗日统一战线内部相争，但让步总应当有个限度。这是对于国民党当局"同室操戈，相煎何急"的严正抗议。

如果说上联对于国民党当局还是婉转批评的话，那么下联则已锋芒毕露，直接愤怒谴责反动分子枪口对内、认友为敌的罪恶行为。当时，国民党当局消极抗战、积极反共，多次掀起反共高潮，因此作者加以愤怒责问，国民党内部的反动分子"横行竟到几时"？

此联为哀挽何功伟、刘惠馨二位烈士牺牲而作。作者没有具体记述颂扬逝者生平业绩与革命精神，而是直接控诉鞭挞杀害二位烈士的凶手，义正词严，剑拔弩张，直接射向国民党反动分子的胸膛。为与上述内容相应，联语文字亦简洁明快，锋芒毕露，具有强烈的感情与战斗色彩。

挽四八烈士

徐特立

为民主和平而死；
使亿万群众增哀。

赏析

此联写于 1946 年 4 月。四八烈士，指 1946 年 4 月 8 日从重庆乘飞机返回延安而在山西兴县黑茶山失事遇难的王若飞、秦邦宪、叶挺、邓发等烈士。同年4月19日，中共中央在延安举行追悼四八遇难烈士大会，徐特立撰送挽联致哀。

联句意谓，这次在四月八日因飞机失事而遇难的英雄们，是在抗日战争胜利之后为争取国内和平与民主建国而辛勤奔忙才献身的，这就更使亿万群众增添无限的哀痛。

这副挽联言简意明，通俗易懂。上下联之间明显有着因果关系，因为四八烈士是“为民主和平而死”，所以才“使亿万群众增哀”。这就充分揭示了四八烈士遇难的缘由和在亿万群众中产生的影响。作者当时还写了一篇《回忆留法勤工俭学时代的若飞同志和齐生先生》，以寄哀悼与怀念之情。

题晋冀鲁豫烈士陵园

徐特立

斗志长存漳河畔；
英灵横贯太行山。

赏析

此联写于1950年间。晋冀鲁豫烈士陵园，在河北省邯郸市中心。1946年3月动工兴建，1950年10月竣工。园内主要建筑有烈士纪念塔、烈士公墓、烈士纪念堂、左权将军墓、四八烈士阁、陈列馆等。不少老一辈革命家纷纷题字、题词，徐特立亦应约题写了这副联语。

联句是对当年牺牲在晋冀鲁豫地区烈士的高度评价。漳河，在河北、河南两省边境。有清漳河、浊漳河两源，均出自山西省东南部，在河北省南部边境汇合后称漳河，东南流入卫河，全长四百余公里。太行山，在山西高原与华北平原间，北起拒马河谷，南至山西、河南边境黄河沿岸，海拔均在一千米以上，抗日战争时期为北方著名抗日革命根据地之一。这里是说，烈士们为了中国人民解放事业而英勇献身的雄心壮志长存于漳河两岸，而其不朽的英魂则横贯整个太行山区。太行山为东北——西南走向，构成东西交通孔道，联中故有“横贯”之说。

这副七言联语言简意赅，对仗工稳。漳河流域和太行山区均为当年八路军与日寇浴血奋战的地方，多少英雄儿女在这里为国捐躯。他们自当英灵不灭、壮志长存，永远激励着人们为保卫和建设自己的伟大祖国而奋斗不息。

题欧阳梅生烈士墓

徐特立

公而忘私；
国而无家。

赏析

此联写于20世纪50年代，具体时间不详。欧阳梅生（1895—1928），湖南湘潭人。1913年考入湖南省立第一师范学校，毕业后任教员。1926年加入中国共产党。曾任湖南省总工会秘书长、中共汉阳县委书记。大革命失败后，主张立即武装工农群众，并带动教育妻子陶承及全家参加革命工作。1928年2月，因突发脑溢血在汉口病逝。当时草草葬于龟山脚下。新中国成立以后，陶承将其丈夫遗骨移葬长沙郊外，并请徐特立为墓碑题字。

联句是对于欧阳梅生烈士的高度赞扬与评价。公而忘私，亦作“公尔忘私”或“公耳忘私”，谓一心为公而忘却私事。国而无家，即“国而忘家”，亦作“国尔忘家”或“国耳忘家”，谓为国事而忘其家。语见汉代贾谊《陈政事疏》：“故化成俗定，则为人臣者主耳忘身，国耳忘家，公耳忘私。”联中借以表彰欧阳梅生烈士，在大革命失败前后的艰难岁月里，不顾个人与家庭安危带病坚持工作，直到逝世前一天还在研究党内工作、撰写材料，可谓鞠躬尽瘁死而后已。正是在他的影响之下，全家都参加了革命活动。正如徐特立在为陶承《我的一家》所写的序言中说：“这本《我的一家》反映着大革命失败后我们的党对敌斗争的真实故事。它反映着共产主义者不分男女大小均能机智勇敢地应付敌人，这是公而忘私、国而无家的典型之一。”“我们必须发扬先烈们那种坚决勇敢舍身为国的英勇精神！”看来，《题欧阳梅生烈士墓》挽词与上述序言有着密切的内在联系，二者可以并读。

联语言简意深，通俗易懂。作者为友人墓碑题词，只是化用两个常见的成语，就革命者革命征途上如何处理私与公、家与国的关系，给予欧阳梅生烈士以崇高的评价。

挽孙中山

吴玉章*

为东亚造和平，拯斯民于水火；
与列宁相伯仲，极世界之荣哀。

作者

*吴玉章（1878—1966），四川荣县人。早年参加同盟会和辛亥革命。1925 年加入中国共产党。1927 年参加南昌起义。曾任延安鲁迅艺术学院院长、华北大学校长。新中国成立后，任中国人民大学校长、中国文字改革委员会主任。有《吴玉章诗选》、《吴玉章文集》传世。

赏析

此联作于1925 年3 月。孙中山（1866—1925），名文，字逸仙，广东香山人。我国近代伟大的革命先行者。1905 年在日本建立中国同盟会，被推为总理，确定“驱除鞑虏，恢复中华，建立民国，平均地权”的资产阶级革命纲领。辛亥革命后任民国政府临时大总统。不久被迫辞职，多次组织讨袁活动。1917 年在广州组织护法军政府。1921 年就任非常大总统。1924 年在中国共产党帮助下，改组国民党，实行“联俄、联共、扶助农工”三大政策，重新解释三民主义。同年 11 月北上讨论国是。1925 年3 月 12 日在北京不幸因病逝世。3 月下旬，北京举行极其隆重的公祭仪式，吴玉章撰送挽联致哀。

上联中，东亚，指亚洲东部，通常包括日本、朝鲜、中国、蒙古。拯（zhěng），援助、拯救。斯民，此民、人民。上联赞颂孙中山为缔造东亚地区和平与拯救中国人民于水深火热之中，所进行的努力与所作出的贡献。

下联中，伯仲，原为兄弟之间排行的老大、老二，亦可用以喻不相上下的事物。荣哀，死后的荣誉，一般指殡葬哀悼仪式之隆重。下联意谓，孙中山当时就其地位与影响，可与俄国人民的伟大领袖列宁不相上下。他逝世以后，其悼念与公祭活动仪式之隆重，在当今世界上也算是达于极点了。

这副挽联言简意赅，用字遣词颇为考究。上联与下联用了四个颇为相似的句式，将我国近代革命先行者孙中山在中国与世界革命中的地位、作用、影响，作了高度概括与恰如其分的评价。

挽范筑先

吴玉章

三友见精神，松体遒，竹身直，梅花亦自清香，格高气苍，直到岁寒全晚节；

一门尽忠义，夫殉职，妻为民，子女都称勇武，顽廉懦立，共纾国难绍遗风。

赏析

此联写于 1938 年 11 月。范筑先为国民党抗日爱国将领，曾在冯玉祥部下任高级参议。1936 年任山东省政府委员兼第六区行政督察专员、保安司令。抗日战争爆发后，在中国共产党帮助下建立鲁西北抗日地方政权及武装力量，开展抗日游击战争。1938 年 11 月 15 日，日军进犯聊城时，遭国民党反动派阴谋陷害，终因城破壮烈牺牲。同年 12 月 23 日，重庆各界人士举行范筑先追悼会，吴玉章与董必武联名献上此联致哀。

上联以岁寒三友为喻，称颂抗日英雄范筑先的高尚气节。三友，人们通常将松、竹、梅合称岁寒三友。遒（qiú），强劲有力。苍，即苍莽，谓郊野或天空一望无际的样子。晚节，晚年的节操。杨万里《清虚子此君轩赋》：“愿坚晚节于岁寒。”这里是说，我们从松、竹、梅岁寒三友中可以看出精神，松体遒劲，竹身挺直，梅花亦自清香，显出格调老成、气色莽苍，直到严寒冬季仍然保持最后的节操。这里明显是在以物喻人，称颂逝者具有岁寒三友的高尚品德。范筑先晚年坚决抗日，以身许国，为官清廉，生活俭朴，在鲁西北民众中享有很高威望。

下联进而称颂范氏家庭“一门尽忠义”。忠义，忠臣义士。殉职，恪尽职守而牺牲。“子女”句，范筑先子女都是革命者。二子范树民是青年挺进大队长，1938年8月在山东齐河县抗击日寇时牺牲。此后范筑先又命二女树琨继任大队长，还送长男、长女、三女到延安抗大学习。顽廉懦立，语出《孟子·万章下》：“故闻伯夷之风者，顽夫廉，懦夫亦立志。”意谓使贪婪者变得廉洁，使懦弱者能够自立。形容志节之士对社会的感化力量之大。这里是说，范氏一门均系忠义之士，丈夫为国牺牲，妻子亦积极投入民众抗日运动，子女也都英勇威武，这样将使顽者廉、懦者立，共同为解除国难而继承烈士的遗风。

此联对仗工稳，虚实结合。上联虚写，以松、竹、梅岁寒三友为喻，借以赞颂逝者崇高的品德和坚贞的节操。下联则对于范氏一门加以实写，夫、妻、子女均为中华民族解放事业做出了自己的贡献。

挽平江惨案烈士

吴玉章

萁豆相煎，同类相残资敌笑；
天日可鉴，临危不苟动人哀。

赏析

此联写于1939年7月。同年6月12日，国民党当局派兵包围了新四军设在湖南平江嘉义的留守通讯处，杀害新四军上校参议、中共江西省委副书记涂正坤，八路军少校副官、湘鄂赣特委书记罗梓铭，新四军少校秘书、江西省委组织部长曾金生等六人，一手制造了震惊全国的平江惨案。8月1日，中共中央在延安举行平江惨案烈士追悼会，吴玉章、邓颖超、林伯渠、秦邦宪等联名送上这副挽联。

上联中，萁豆相煎，典出

《世说新语·文学》，曹植为长兄曹丕所迫，而七步成诗曰："煮豆燃豆萁，豆在釜中泣；本是同根生，相煎何太急。"后以此喻兄弟之间骨肉相残。资，供给，资助。上联直接指责国民党反动当局破坏国共两党合作，内部自相残杀，这样实际帮助了敌人，让敌人高兴。

下联中，天日可鉴，天日可以审察作证。临危不苟，遇到危难之时并不苟且偷安。下联是对平江惨案烈士临危不苟精神的赞颂，进而指出这一事件天日可以作证，实在让人感到无限悲哀。

这副挽联情真义挚，义正词严。作者对于平江惨案遇害的烈士怀着深深的敬意，表示忱挚的哀悼；而对国民党反动当局则无情谴责，指出他们犯了"萁豆相煎，同类相残"的罪行，干出亲者痛仇者快的蠢事。

挽蔡元培

吴玉章

正气长存，文章盖世，尤堪幸组织大同盟力保人权，众话申江思盛德；

寇氛尚恶，傀儡登场，更可痛纵容宵小辈横施奸计，我凭延水吊英灵。

赏析

此联写于1940年4月。蔡元培为我国近代民主革命家、教育家。辛亥革命后，历任南京临时政府教育总长、北京大学校长、中央研究院院长等职。早年反对北洋军阀政府，支持爱国学生运动。30年代投入抗日救亡斗争，参加爱国民主活动。1940年3月在香港病逝。4月18日，延安各界举行蔡元培追悼会，吴玉章撰送此联致哀。

上联对于蔡元培一生作出很高的评价。盖世，超过当代。大同盟，指宋庆龄、蔡元培、鲁迅等人于1932年发起组织的中国民权保障同盟。申江，即春申江，上海市境内黄浦江的别称。相传战国时楚春申君黄歇疏凿此江而得名。这里是说，你的浩然正气长留人间，学问文章盖过当世，尤感欣慰的是在上海组织中国民权保障同盟，大家一谈起当年在上海的这段历史都还思念你的大德。

下联结合抗日战争的政治形势进而悼念逝者。氛，凶气。语见《国语·楚语上》："故先王之为台榭也，榭不过讲军实，台不过望氛祥。"韦昭注："凶气为氛，吉气为祥。"傀儡，原指木偶戏中的木头人，后用以比喻受人操纵没有自主权的人或集团。此指汪精卫在日本帝国主义扶植下于1940年3月在南京成立的伪国民政府傀儡政权。宵小，本谓昼伏夜出的贼，亦泛指坏人，此指汉奸走狗。这里是说，日寇的气焰仍很嚣张，汪精卫傀儡政权又已粉墨登场，更可痛恨的是那些纵容汉奸走狗的人在横施诡计，我伫立在延水之滨吊祭逝者的英魂。这里既有对于日寇大肆侵华与汪伪政权为虎作伥的谴责，同时又揭露国民党顽固派"消极抗日，积极反共"的罪行。作者面对日、伪、顽沆瀣一气的现实义愤填膺。

这副挽联将悼念蔡元培因病逝世与议论国内政治形势结合起来。无论哀悼逝者还是纵论时局，又都采用点面结合的手法。上联称颂蔡元培的道德文章，更加突出他的反帝反封建的精神。下联指出日寇与汪伪合流，而又特别强调有人纵容宵小之辈。联中以"尤堪幸"与"更可痛"转折，更见作者强烈的感情色彩。

挽吴承仕

吴玉章

爱祖国山河，爱民族文化，尤爱马列主义真理，学贯中西，著述优于苍水；

受军阀压迫，受同事排挤，终受敌寇毒刃摧残，气压倭虏，壮烈比诸文山。

赏析

此联写于1940年4月。吴承仕为我国现代爱国学者、民主战士，清末举人。曾任北京大学等校教授，精研音韵、训诂及古代名物制度。1933年以后，创办进步学术刊物，投身中国共产党所领导的“一二·九”运动。1936年加入中国共产党。抗战爆发后，奉命去天津从事抗日宣传活动。1939年9月在沦陷区贫病至死。当时盛传被日寇杀害。1940年4月18日，延安各界举行吴承仕追悼会，吴玉章撰送挽联致哀。

上联热情赞颂逝者对于我国学术文化的重大贡献。学贯中西，在学术上对于中西文化能融会贯通。著述，吴承仕著有《经籍旧音辨正》、《经典释文序录疏证》、《三礼名物》、《六书条例》等。苍水，即明末抗清英雄张煌言，长于诗文，有《张苍水集》传世。这里是说，吴承仕热爱祖国壮丽山河，热爱民族传统文化，尤其热爱马克思列宁主义真理，一生学问贯通中西，其著述方面的成就超过明末的张苍水。

下联分析吴承仕之死的原因并给予很高的评价。毒刃，有毒的兵刃。虏，对敌方的蔑称。倭虏与倭寇同义。文山，即文天祥，南宋抗元英雄。这里是说，吴承仕一生深受军阀压迫，又受同事排挤，最后终受日寇有毒兵刃的摧残。吴承仕仍以浩然正气压倒日本帝国主义强盗，其壮烈的程度可以与南宋抗元英雄文天祥相比。

此联用语雅俗共赏，对仗亦很工整。作者采用排比句式与词语同位手法，以上联三“爱”与下联三“受”，高度概括逝者的生平业绩与所受迫害。“优于苍水”与“比诸文山”，在与历史人物的对比中，更能显示逝者的学术成就与崇高品德。

挽张自忠

吴玉章

降志图存，岂让汉奸轻借口；
盖棺论定，只须殉国便成仁。

赏析

此联写于1940年7月。张自忠为国民党抗日爱国将领。曾任国民党第二十九军三十八师师长。1933年3月在长城抗战中担任前敌总指挥，取得喜峰口、罗文峪战役的胜利。1935年华北事变后，任冀察政务委员会委员、察哈尔省主席、天津市市长。他忍辱负重与日方周旋，但抗日爱国之心矢志不移。后任五十九集团军军长，参加了台儿庄会战。1940年5月，在湖北对日作战中牺牲。7月22日，重庆各界举行张自忠追悼会，吴玉章送挽联致哀。

上联中，降志图存，违背自己意愿以图民族生存。张自忠在抗日战争前后，曾担任国民党当局为适应日本华北特殊化要求而设立的冀察政务委员会的委员与代理委员长。一度屈己从人自有苦衷，但他抗日爱国之心并未改变。因此，与投降变节不可同日而语，岂能让汉奸们从这里找到借口。这是对于逝者生前一段曲折经历的深刻而辩证的分析。正如周恩来所说："十年回溯，令人深佩他的卓识超群。迨主津政，忍辱待时，张上将迨又为人之所不能。抗战继起，张上将奋起当先……"

下联对于张自忠壮烈殉国给予肯定评价。盖棺论定，一个人的是非功过到了死后可以作出结论。殉国，为国牺牲。成仁，语出《论语·卫灵公》："志士仁人，无求生以害仁，有杀身以成仁。"下联意谓，现在可以盖棺论定，只要壮烈殉国杀身成仁，便不失英雄本色。正如他在受到人们怀疑与舆论指责时所说："这是因为他们不明白内情，我们决不应当怨恨，我们只有以事实表白自己的一切，历史会给我们以正确的结论。"

这副挽联自成一格，对于逝者并非一片赞词，而是首先抹去逝者身上的蒙尘，进而作出实事求是的评价。联语结合现实斗争，有的放矢，针锋相对，明显带有政论色彩。而其锋芒所向，对于汪精卫之流的汉奸和国民党内部的投降派都是有力的鞭挞。

挽徐谦

吴玉章

萁豆勿相煎，千里胡尘犹未扫；
薰莸终有别，十年往事忆先生。

赏析

此联写于1940年9月。徐谦为国民党元老之一。光绪年间进士。曾任京师审判厅厅长、高等检察长、孙中山大元帅府秘书长、国民党中央执行委员。抗战爆发后任国防委员会委员、国民参政会参政员。1940年9月因病逝世，吴玉章、林伯渠、董必武联名送挽联致哀。

上联中，萁豆勿相煎，活用曹植七步成诗的典故。据《太平御览·思疾》引《魏志》：“文帝尝欲害植，以其无罪。令植七步为诗，若不成，加军法。曹植应声曰：‘煮豆燃豆萁，豆在釜中泣；本是同根生，相煎何太急。’文帝善之。”后常以“萁豆相煎”喻内部自相残害。胡尘，胡人骑兵扬起的尘土。语见陆游《秋夜将晓出篱门迎凉有感》：“遗民泪尽胡尘里，南望王师又一年。”原指古代北方游牧民族进犯中原引起的战争，此指日本帝国主义发动的侵略战争。上联意谓，抗战时期国共两党应当联合抗日，切勿萁豆相煎，因为日寇铁蹄扬起的千里烟尘还没有扫清。

下联中，薰莸（xūn yóu），一种香草和臭草，常用以喻善恶。《左传·僖公四年》：“一薰一莸，十年尚犹有臭。”杜预注：“薰，香草；莸，臭草。十年有臭，言善易消，恶难除。”十年往事，指大革命失败后，徐谦作为国民党元老，坚持孙中山“联俄、联共、扶助农工”三大政策，反对蒋介石清共防共而遭通缉，隐退香港长达十年。下联意谓，国民党内有识之士与当局一薰一莸终有区别，我们忆起十年往事依然怀念先生。

此联感情忱挚，言简意深。上联言及国内政治形势，千里胡尘未扫，切勿萁豆相煎，锋芒指向国民党当局，不啻发出严重警告。下联深情悼念徐谦先生，忆起十年往事，善恶终究有别，先生因坚持新三民主义政策而遭长期迫害，共产党人永记先生高风亮节。三位作者与逝者生前均曾有过交往，身处第二次国共合作的抗战年代，一片凭吊故友之情溢于联文字里行间。

贺李丹生八十寿辰

吴玉章

八千为春，八千为秋，创制趣三三，上寿八旬逢八月；
四国联盟，四国联合，惩凶重七七，凯歌四十有四年。

赏析

此联写于1943年8月。李丹生（1864—1945），陕北社会知名人士。晚年曾任陕甘宁边区参议会第一、二届参议员。1943年8月，正值李丹生八十寿辰，吴玉章撰联致贺。联语前有一段文字说明："陕甘宁边区首届三三制参议员丹生先生八旬上寿，适值全世界反法西斯统一战线形成，中苏英美四国联合，今年打倒希特勒，明年打倒日本，胜利在握之际。七七肇端之世界大战可望于1944年凯旋，特献祝词，以申贺悃。"

上联表示对于友人八十寿辰的热情祝贺。八千为春，八千为秋，语出《庄子·逍遥游》："上古有大椿者，八千岁为春，八千岁为秋，此大年也。"这才是真正的长寿，彭祖只有八百岁，不可与其同日而语。趣，行动、作为。《列子·汤问》："汝先观吾趣，趣如吾，然后六辔可持，六马可御。"三三，即三三制，指从1940年起，中国共产党领导的各抗日根据地政权实行的共产党员、进步分子、中间分子各占三分之一的制度。上寿，表示祝颂之意。《史记·滑稽列传》："奉觞上寿。"后多指祝寿。这里是说，上古大椿，八千为春，八千为秋，可谓长寿。你已参加了中国共产党创立的三三制政权，而且你的八十大寿又在八月。

下联指出当时整个世界大战的形势和我国抗日战争胜利的前景。四国联盟、四国联合，均指中苏英美四国在第二次世界大战中所采取的联合行动。七七，即1937年"七七"卢沟桥事变，这里代表日本帝国主义。四十有四年，即1944年。这里是说，中苏英美四国建立了世界反法西斯联盟，采取了联合行动，现在意大利已经投降，对德作战亦将取得最后的胜利。因此，目前重点应当放在消灭日本帝国主义上，预期明年（1944年）亦会战胜日本，而使整个第二次世界大战取得最后胜利。

这副祝寿联语亦庄亦谐，别具一格。无论是祝寿用语“八千为春，八千为秋”，还是分析国际形势“四国联盟，四国联合”，就其内容都是颇为严肃的。联语文字却于严肃之中而又充满着谐趣，尤其是表现在八、八，三三，八、八与四、四，七七，四、四完全对称的数字应用，既可看出作者驾驭联语文字的功力，又使联语具有雅俗共赏、庄谐并举的特色。这与寿翁本人的身份以及制造喜庆气氛也是吻合的。

挽四八烈士

吴玉章

为民主奔波，为和平奋斗，山已及九仞，公等死无愧矣；
求团结巩固，求统一完成，功莫亏一篑，吾辈誓必念诸。

赏析

此联写于1946年4月。四八烈士，指1946年4月8日从重庆返延安途中因飞机失事不幸遇难的王若飞、秦邦宪、叶挺、邓发等烈士。同年4月19日，中共四川省委与重庆各界人士举行四八遇难烈士追悼会。吴玉章作为中共四川省委书记，亲撰此联悬于追悼会场，原署“中共四川省委敬挽”。

上联意谓，你们在抗战胜利之后，为实现国内民主、和平而辛勤奔波艰苦奋斗，已经尽了自己最大努力，并取得不少斗争成果。联中活用“为山九仞，功亏一篑”的成语。此语源自《书·旅獒》，犹言堆九仞（古时八尺叫一仞）高山，只差一筐土而未成功，明显含有惋惜之意。这里反其意而用之，指出四八烈士亦已为山九仞，可以死而无愧了。

下联意谓，今天为求巩固各党各派之间的团结和完成整个国家统一的任务，我辈誓必继续努力，切莫功亏一篑！篑（kuì），盛土的筐子。这里同样活用“为山九仞，功亏一篑”的古语，只是侧重后者，强调我们切莫功亏一篑，应当与国民党当局进行针锋相对的斗争。诸，犹“之”，意为我辈必须想到这一点。

此联用语文白相间，以求雅俗共赏。上下联取均采用词语同位之法，分别出现二“为”与二“求”，既可作为互文，又对当时斗争形势作了高度概括。更为值得人们注意的是，上下联同时活用来自《书经》的“为山九仞，功亏一篑”的成语，内容各有侧重，用法一反一正，因而对于逝者的功业与生者的使命均有所表述。前则深情告慰逝者，可以无愧于九泉；后则直接策励生者，勿忘当前的现实斗争。

代四川省委撰挽张自忠

吴玉章

已使日寇灭亡，忠魂可慰；
再令生灵涂炭，民命何堪。

赏析

此联作于1946年5月。张自忠为国民党抗日爱国将领。抗日战争爆发前后，在长城抗战与台儿庄会战中均曾立下功劳。1940年5月在湖北随枣战役中阵亡。1946年5月，冯玉祥被蒋介石排挤，逼令出国考察。冯玉祥临行之前在重庆北碚举行张自忠殉国六周年纪念会，吴玉章代四川省委撰作此联，由当时的省委秘书魏传统浓墨大书送至会场。

上联中，忠魂，指张自忠将军献身于民族解放事业的不朽英灵。这里是说，我们已经最后战胜了日本帝国主义者，现在可以告慰张自忠将军的在天之灵。

下联转而面向现实，对国民党当局妄图发动反人民内战提出了严正警告。生灵涂炭，生灵指人民，涂炭为烂泥和炭火，人民陷身在泥塘和火坑里，借以形容处于极端困苦的境地。何堪，何以承受得起。这里是说，今天国民党当局如果再使人民陷于极端困苦的境地，民众的命运怎么承受得了呢？

这副以中共四川省委名义撰送的挽联，用语通俗易懂，文字挥洒自如。其内容并不拘泥于赞颂逝者生平业绩，而是在悼念张自忠将军的同时，紧密联系当时社会现实，对于国民党当局发出严重警告，真正反映了广大人民群众的呼声。

挽陶行知

吴玉章

四日杀二贤，人人愤激，愤激夺去了我公生命；
殃民复祸国，个个怒吼，怒吼起来了大地光明。

赏析

此联写于1946年8月。陶行知（1891—1946），安徽歙县人。现代著名教育家。早年毕业于南京金陵大学，后赴美国哥伦比亚大学深造。1916年回国后，历任南京高等师范学院教授、东南大学教育系主任、中华教育改进社总干事。长期推行平民教育运动，先后创办晓庄试验乡村师范学校、生活教育社、新安小学、育才学校、社会大学等。1946年7月25日病逝于上海。8月4日，重庆各界举行陶行知追悼会，吴玉章撰送挽联致哀。

上联中，二贤，指李公朴、闻一多。二人分别于1946年7月11日与15日在昆明被国民党特务暗杀，相隔仅四天时间。上联意谓，国民党当局在昆明一手制造了“李闻惨案”，引起了广大人民的愤怒与激动。正是出于这种悲愤激动夺去了陶行知的生命。这里“愤激”一语双关，既指因“李闻事件”而引起的愤激情绪夺去了陶行知的生命，也指陶行知与李公朴、闻一多一样，同样因投身于反内战反独裁的爱国民主运动而遭国民党当局的迫害，以致英年早逝。

下联中，殃民复祸国，即祸国殃民，使国家受害人民遭殃。下联意谓，国民党当局祸国殃民，残酷镇压各地爱国民主运动，以致激起广大人民群众的愤怒，广大人民怒吼起来了，中华大地定会放出光明。

这副挽联在艺术上亦自成一格。作者几乎没有直接反映逝者的生平业绩，而是联系当时社会实际，谴责国民党当局“四日杀二贤”与“殃民复祸国”，针对现实，剑拔弩张。“人人愤激”、“个个怒吼”，极写全国人民义愤填膺的感情。联语还采用顶真格的修辞手法，在上下联内部分句与分句之间，将前一分句的句尾，作为后一分句的开头，使两个分句前尾相连，前后承接，环环相扣，连绵不断。联中“愤激”与“怒吼”，均系顶真格的修辞方式，能够产生特殊的艺术效果。

贺徐特立七十寿辰

吴玉章

七十更强歌战士；
万方救难赖人师。

赏析

此联写于1947年11月。徐特立为老一辈革命家、教育家。1927年加入中国共产党。一生主要从事学校教育与教育部门领导工作。曾任陕甘宁边区政府教育厅长。1947年1月10日，中共中央有关部门为徐特立七十寿辰举行祝贺会，吴玉章与会并送了这副寿联。

上联先歌战士。徐特立当年经历了二万五千里长征，人们早就尊称他为“长征老战士”。到了陕北以后，大家常称徐特立、吴玉章、谢觉哉、林伯渠、董必武为“延安五老”。这里是说，徐老虽然年已七旬，身体仍很强健，我们更应歌颂这位革命的老战士。

下联再颂人师。人师，德行与才识卓越，可以作为师表的人。这里是说，我们今天要挽救国家的危亡，正需要徐老这样足以为人师表的人。这里似乎一语双关，既指徐老德行卓越，亦指徐老长期从事教育工作。

此联言简意明，属对工稳。既为友人祝寿，又对友人从“战士”与“人师”两个特定的角度作出具体的评价。切人切事，恰到好处。

挽续范亭

吴玉章

取义孙陵，悲愤填膺为救国；
建功晋北，山河变色在新民。

赏析

此联写于1947年9月。续范亭早年参加辛亥革命，曾在冯玉祥组织的国民军中任职。西安事变后，响应中国共产党号召，回山西推动抗日救亡运动，为开辟晋西北抗日根据地作出了很大贡献。1947年9月12日，在山西临县病逝。9月26日，西北各界在山西临县都督村举行续范亭追悼会，吴玉章撰送此联致哀。

上联热情表彰续范亭当年的爱国壮举。取义，即舍生取义。语出《孟子·告子上》："生，亦我所欲也；义，亦我所欲也。二者不可得兼，舍生而取义者也。"后泛指为了维护正义不惜牺牲生命。孙陵，孙中山陵墓，即中山陵。填膺，充满了胸膛。这里是说，1935年冬天，续范亭为了挽救民族危亡，亲往南京呼吁抗日，遭国民党当局拒绝后，怀着满腔悲愤到中山陵剖腹自杀，因遇救未死。这一爱国义举在当时产生很大的影响。

下联高度评价续范亭在抗日战争时期的历史功绩。晋北，即山西省北部。新民，语出《大学章句》："大学之道，在明明德，在新民，在止于至善。"朱熹注："新者，革其旧之谓也。言既自明其明德，又当推己及人，使之亦有去其旧染之污也。"这里是说，续范亭从1939年起任山西新军总指挥，为开辟晋西北抗日根据地作出了贡献。后历任晋绥边区主任、晋绥军区副司令员。联中因此称他"建功晋北"，使山河变色，除旧布新，建立了抗日革命根据地，广大人民群众获得了翻身解放。

这副挽联赞颂逝者战斗的一生，重点抓住分别发生在抗日战争爆发前后的两件大事——"取义孙陵"与"建功晋北"。前者曾轰动一时，后者亦众所公认，因其突出重点，要言不烦，既表彰了逝者生前的历史功绩，又能给人留下极其深刻的印象。

挽杜斌丞

吴玉章

为民主而牺牲，精神不死；
陷生灵于水火，国贼当诛。

赏析

此联写于1948年10月。杜斌丞（1888—1947），陕西米脂人。早年毕业于北京高等师范学校，回陕西任榆林中学校长。1936年西安事变前后，任西北军杨虎城部总参议和陕西省政府秘书长。抗日战争时期在重庆、昆明、西安等地投入抗日救亡运动。1940年辞去国民党政府一切职务，并于次年加入中国民主同盟，任民盟西北总支部主任委员、民盟中央常务委员。1947年10月7日，因反对蒋介石的独裁统治，在西安被国民党中统特务杀害。1948年10月7日，延安各界举行杜斌丞遇害一周年纪念会，吴玉章撰送挽联致哀。

上联充分肯定杜斌丞是“为民主而牺牲”，因而“精神不死”。这位西北地区的爱国志士与西南地区的民主战士李公朴、闻一多一样，都是中国民主同盟执行委员，都为投入反对内战反对独裁的爱国民主运动而遭杀害，理应同样受到人们的敬重与怀念。

下联将斗争锋芒直接指向国民党当局。生灵，犹生民、人民。水火，喻灾难、艰险。《孟子·梁惠王下》：“今燕虐其民，王往而征之，民以为将拯己于水火之中也。”国贼，危害国家的人。诛，杀、惩罚。这里是说，蒋介石、胡宗南之流陷人民于水深火热之中，这些国贼应当受到人民的惩罚。

此联语言通俗易懂，感情真挚强烈。既高度赞扬爱国民主战士的斗争精神，又愤怒声讨荼毒生灵、危害国家的蟊贼，因而充分表达了广大革命人民的心声。

悼“三三一”惨案遇难者

吴玉章

想当年小丑跳梁，未克事先预防，深为遗恨；
看今日群魔歼灭，已能功毕一役，大快人心。

赏析

此联写于1950年3月。三三一惨案，1927年3月31日，重庆市民举行三十万人大游行，抗议美、英、法、日帝国主义军舰炮击南京的罪行。四川军阀刘湘竟派军警对示威群众开枪镇压，死伤一千四百余人，造成震惊全国的“三三一大惨案”。1950年3月，重庆党、政、军、民举行“三三一惨案”纪念会。吴玉章时在北京，亦送挽联致哀。

上联中，小丑跳梁，指卑鄙小人上蹿下跳猖狂捣乱，克，能够。上联意谓，想当年那些卑鄙小人在镇压革命群众的时候，由于我们没有能够事先预防，以致让反动军阀阴谋得逞，怎能不让人为之留下深深遗恨。这里既谴责四川军阀刘湘屠杀人民群众的罪行，也在总结革命群众运动的经验教训。

下联中，群魔，指入侵我国的帝国主义者与封建军阀势力。功毕一役，即毕其功于一役，一举完成好几项任务，做完好几件事情。下联意谓，喜看今日，我们已经消灭了帝国主义与封建主义势力，一举完成了反帝反封建的任务，真是大快人心。

这联联语文字对仗工整，内容含义深刻。“想当年”与“看今日”，“深为遗恨”与“大快人心”，上下对比鲜明，作者作为出生于四川荣县、且在大革命时期加入共产党的老一辈革命家，既沉痛总结了当年革命群众运动的经验教训，又热情欢呼今日反帝反封建斗争的胜利，并以此告慰长眠于地下的“三三一惨案”遇难者的英灵，这样就与纪念活动的题旨紧密结合起来了。

挽任弼时

吴玉章

帝国主义尚未灭亡，雄心犹有遗恨；
和平阵营已趋巩固，众志必可成城。

赏析

此联写于 1950 年 11 月。任弼时（1904—1950），湖南湘阴人。1922 年加入中国共产党。1927 年任共青团中央书记。中共五大、六大当选为中央委员。长征时期任红四方面军政委，与张国焘分裂主义作坚决斗争，促成了红军第二、四方面军与中央红军的会师。中共七大当选为中央政治局委员、书记处书记。1950 年 10 月 27 日在北京病逝。同年 11 月，中共中央举行任弼时追悼会，吴玉章撰送挽联致哀。

上联意谓，帝国主义势力尚未完全灭亡，你的雄心壮志未能实现，定然犹有遗恨。当时，中华人民共和国虽已成立，但美国仍派海军第七舰队进驻台湾，国民党残余势力仍想反攻大陆，依然对我造成包围封锁之势。美国又纠集十五个国家出兵侵略朝鲜，并对我国东北边境进行骚扰。我国则针锋相对，展开抗美援朝、保家卫国的正义斗争。任弼时正是在我中国人民志愿军开赴朝鲜之际逝世，未能看到抗美援朝战争的胜利。

下联中，和平阵营，与侵略阵营相对而言，是由社会主义国家以及一切爱好和平的国家与人民结成的反对帝国主义、殖民主义的统一战线。众志必可成城，意即众志成城，只要万众一心就会像坚固的城堡一样不可摧毁。下联意谓，美国正在发动侵略朝鲜的战争，好在爱好和平的国家和人民已经团结起来，众志可以成城，我们一定能够战胜帝国主义侵略势力。

这副挽联没有记述逝者生平业绩，亦未赞颂逝者革命精神，而是着眼于当时国际形势与现实斗争，并以"雄心犹有遗恨"自然与挽悼逝者联系起来，同样具有感人的思想艺术力量。我们理解联语内容应同建国初期国际国内形势结合起来，方能准确把握某些词语的含义。

题《革命烈士诗抄》

吴玉章

言炳丹青，德合天地；
功昭日月，行作楷模。

赏析

此联写于1961年6月21日。当时，吴玉章应中国青年出版社之约，为《革命烈士诗抄》一书题写了这副涵义深刻的联语。

上联就立言、立德褒扬革命烈士遗诗。丹青，本用于绘画艺术，此指历史记载。古代用丹册纪功、青史纪事，丹青犹言史籍。言炳丹青，亦即其言彪炳史册，形容烈士遗诗文采焕发光耀史册。德合天地，指其道德可与天地相匹配，实为极言人之道德高尚。这里表彰革命烈士遗诗，其言可以载入史册，其德可与天地共存。

下联就立功、立行表彰革命烈士功绩。功昭日月，革命先烈建立的功业可以昭示日月，亦即像天上的太阳与月亮那样光照人间。楷模，典范、模范。此指革命先烈的所作所为可以作为我们的典范。这是对于革命先烈功业、行为的高度评价。

作者评价《革命烈士诗抄》有其独特视角，既从传统文化入手，采用古人某些经典言论；而又推陈出新，完全符合现代革命精神。古人一向重视立德、立功、立言。《左传·襄公二十四年》："大上有立德，其次有立功，其次有立言，虽久不废，此之谓不朽。"孔颖达疏："立德，谓创制垂法，博施济众；立功，谓拯厄除难，功济于时；立言，谓言得其要，理足可传。"作者采用古人立德、立功、立言三不朽之说，而又有所变化，并且赋予新意。因题《革命烈士诗抄》，遂将"立言"放在前面；为了文字对应，进而加上自创的"立行"内容。这样既属题联联对规则需要，以求对仗工整；又能突出先烈革命精神影响，号召人们将革命先烈作为学习的典范。传统与现代相结合，古训与现实相交融，实为此联值得注意的鲜明特色。

赠吴本清三联

吴玉章

一

百年丕振延陵绪；
三让犹存泰伯心。

二

荆树有花兄弟乐；
书田无税子孙耕。

三

创业难，守业亦难，须知物力维艰，事事莫争虚体面；

居家易，治家不易，欲自我身作则，行行当立好规模。

赏析

此联写于1963年1月。吴本清为吴玉章侄孙，当时在四川成都铁路公安部门工作。1963年1月，赴京参加全国公安系统表彰先进的会议。会后曾去中国人民大学看望叔祖，并请老人留言纪念。吴玉章欣然应允，就在自己送给侄孙的笔记本上，题写了三副家中适用的对联。

第一副为用于正堂屋的门联。

上联用了“延陵季子”的典故。丕（pī）振，指大力振兴。清谭嗣同《报贝元徵》：“丕振旧业，以光先人之绪。”延陵，古邑名，季札所居，故址在今江苏省武进县。季札为春秋时代吴王寿梦的少子，因有贤名，吴王欲立其为世子，辞不受，后封于延陵，人称延陵季子。这里是说，只要保持延陵季子的余绪（即继续保持这种礼让精神），国家就可以百年大振。

下联用了“泰伯三让天下”的典故。泰伯，典出《论语·泰伯》：“三以天下让，民无得而称焉。”泰伯为周泰王长子，泰王欲立幼子继位，泰伯主动与另一弟弟远避江南。这里是说，只要人们崇尚泰伯之心，三让精神就会永存。作者是在借用古人三让天下的史实，教育子孙要有互相谦让精神。

此联用了两个发人深省的典故，意在告诉人们，应当发扬传统美德，振兴事业，有所作为。

第二副为用于下堂屋的门联。

上联勉励后代兄弟之间应以和睦相处共同生活为乐。荆树有花，典出南朝梁吴均《续齐谐记》：“京兆田真兄弟三人，共议分财，生赀皆平均，惟堂前一株紫荆树，共议欲破三片。明日就截之，其树即枯死，状如火燃，真往见之，大惊，谓诸弟曰：‘树本同株，闻将分斫，所以憔悴，是人不如木也。’因悲不自胜，不复解树，树应声荣茂。兄弟相感，合财宝，遂为孝门。”后世便以紫荆花称誉兄弟和睦同居而不分家。

下联鼓励后辈勤奋读书努力学习。书田，语见宋王迈《送族侄千里归漳浦》诗：“愿子继自今，书田勤种播。”田本指耕作用的土地，后用以比喻可以耕作播种而有所收获的事物。这里是说，书籍如田地，子孙们在这里“耕种”时可不必“交税”。其言外之意是，家中藏书丰富，子孙尽可阅读，不必有所顾忌。

此联立意深邃，对仗工稳，亦庄亦谐，富有哲理，诚为喻世明言。

第三副为适用于客厅上的门联。

上联中，创业难、守业亦难，作者引用唐代吴兢《贞观政要·论君道》中关于唐太宗李世民与臣下讨论“草创与守成孰难”这一问题的典故，说明创业固然艰难，守业亦复不易，意在告诫后代要珍惜来之不易的革命成果，并继续发扬光大。物力维艰，积聚一点财物是很艰难的。进而希望子孙们做任何事情切莫去争虚假的体面，应当勤俭节约，保持前人所开创的事业。

下联中，欲自我身作则，即以身作则，从我做起，以自己的行动做出榜样。行行（háng háng），刚强的意思。语出《论语·先进》：“子路，行行如也。”规模，规范、准则。下联意谓，平时住在家里容易，管理家庭却不容易，要以自身行动做出榜样，且应为人刚强能树立好的规范。

这是一副宽式扇对长联。此联警世醒人，蕴含处世做人的道理，既可作为居家处世的格言，对于革命事业来说，也是有益的启迪。现已成为四川荣县金台乡蔡家堰村吴玉章故居的对联。

上述三副对联，无论就其思想与艺术，均有自己的特色。既为年逾八旬的革命老人通过联语教育自己的子孙之用，同样亦可适用于吴家以外的世人。可以作为我们日常处世、创业治家的格言。既为“吴氏家训”，亦属“人生箴言”。这些联语在艺术上亦属格式多样，雅俗共赏。第一副为标准的文言联语，既采用了两个历史人物的典故，又辅之以“百年丕振”与“三让犹存”这样典雅的词语，以此作为正堂屋门联至为切当。第三副似乎相反，大体应属白话联语的范畴。这里虽非全是口语，却也不用什么典故。联中几个成语，如物力维艰、以身作则，也是常用语汇，因而通俗易懂。第二副则处于二者之间，已将文言与白话结合起来。这里用了一个劝人兄弟和睦相处的典故，加上“书田”这样的书面语言，而兄弟乐、子孙耕则近于口语，因而能收到雅俗共赏的艺术效果。

题伏虎寺

吴玉章

艺为人民方有用；
诗称圣哲岂无因。

赏析

此联写于新中国成立后十七年，具体时间不详。伏虎寺，在四川省峨眉山麓，为当地著名景点之一。吴玉章当年曾游峨眉山风景区，并应约为伏虎寺题写了这副对联。

上联从艺术角度而言，指出任何一种艺术只有真正为人民服务，才能发挥应有的作用。伏虎寺大殿右侧亭子里，有座明代万历年间铸造的十四层铜塔。塔身高达六米，四周铸刻佛像四千七百余尊和《药师经》、《华严经》等经文，因此名叫华圣塔。铜塔铸工精致，比例匀称，佛像眉目清晰，经文字亦可辨。已被列为四川省级重点文物保护单位。“艺为人民方有用”，似指这一佛教文物而言，借以赞扬我国古代劳动人民的精湛技艺和艺术创造。

下联就文学角度而言，指出诗人被称之为诗圣、诗哲岂能毫无因由。诗圣、诗哲均指造诣极高的诗人。这里似由峨眉山上的佛教文物，联想到成都郊外的杜甫草堂，进而指出伟大诗人杜甫被人称颂为诗圣、诗哲难道是偶然的吗？

这副名胜联语属对工稳，寓意深刻。历来为峨眉山景点题联，一般均从自然景物落笔，作者却能另辟蹊径，着眼于艺术与文学，从而达到更上层楼的目的。

挽陈英士

林伯渠*

忧国如先生有几人，沪渎起雄狮，子弟八千恣决荡；
殉难与遁初同一例，星辰垂变象，男儿七尺付仇雠。

作者

*林伯渠（1885—1960），名祖涵，湖南临澧人。早年加入同盟会。1921年加入中国共产党。参加南昌起义和二万五千里长征。曾任陕甘宁边区政府主席。新中国成立后，任中央人民政府秘书长、全国人大常委会副委员长。有《林伯渠日记》、《林伯渠同志诗选》传世。

赏析

此联作于1916年5月。陈英士（其美），1905年在日本加入同盟会，为辛亥革命时期的风云人物。历任沪军都督、北京政府工商部长、上海讨袁军总司令、中华革命党总务部长。1916年5月18日，被袁世凯派人刺杀于上海。林伯渠闻讯撰送挽联致哀。

上联高度评价逝者辛亥革命期间以上海为中心所展开的革命活动。沪渎（dú），古称吴淞江下游近海处一段为沪渎，因当地人民用“扈”在江海之滨捕鱼为业而得名，后实指上海市内的黄浦江，因以作为上海的代称。子弟八千，据《史记·项羽本纪》载，项羽举兵反秦时，率领江东八千子弟渡江西上，这是项羽起义的基本队伍。恣（zì）决荡，恣为放纵、听任，意即纵横决荡。这里是说，像你这样忧心国家者举世能有几人，你在上海黄浦江畔聚集义军，犹如当年项羽率领江东八千子弟一样，纵横决荡展开斗争。陈英士在辛亥革命、“二次革命”期间，为江浙地区起义军的主要领导人。1911年组织上海起义，出任沪军都督。1913 年在上海发动讨袁战争，派人刺杀上海镇守使郑汝成，随后发动肇和兵舰起义。因其干过一番轰轰烈烈的事业，作者遂以上述联句赞之。

下联对于逝者表示沉痛哀悼。遁初，即近代民主革命家宋教仁，亦为辛亥革命时期的风云人物。曾任南京临时政府法制院总裁、北京政府农林总长、国民党代理理事长。1913 年 3 月被袁世凯派人刺杀于上海。“星辰”句，古人认为重要人物都是天上星宿下凡，所以他们死亡时天上星辰都会出现异象。七尺，古代尺短，七尺相当于一般成人高度，因用为人身的代称。仇雠(chóu)，仇敌。雠同仇。语见《国语·越语上》：“夫吴之于越也，仇雠敌战之国也。”这里是说，陈英士殉难与宋教仁同样，都因袁世凯派人暗杀而在上海遇刺身亡，近日天上星辰均出现异象，以致堂堂七尺男儿竟死于仇敌之手。

这副挽联情真意挚，对仗工整。作者本人就是老同盟会会员，一度追随孙中山投入资产阶级民主革命，因而对于辛亥革命时期的风云人物给予高度评价。上联充分肯定逝者的历史功绩，下联进而表示沉痛哀悼，而且分别用了两个很有说服力的典故。一为古典——以项羽率领八千江东子弟举兵反秦喻逝者辛亥年间“沪渎起雄师”；一为近事——以近代民主革命家宋教仁之死相比拟，更能表达作者深沉悲愤的感情。

挽黄爱庞人铨

林伯渠

看举世方以金钱造罪恶；
唯二君能以颈血洗乾坤。

赏析

此联写于 1922 年 4 月。黄爱、庞人铨均为我国工人运动早期牺牲的烈士。两人1920年11月一起在长沙组织劳工会。1921年11月同时参加中国社会主义青年团。1922年1月共同领导湖南第一纱厂工人罢工，1月16日被湖南地方军阀赵恒惕逮捕，次日即牺牲于长沙。同年4月16日，广州44个工人团体联合举行黄爱庞人铨追悼会，林伯渠撰送挽联致哀。

联语完全从我国20世纪20年代工人运动的角度，对这两位牺牲的烈士表示沉痛的哀悼。举世，概括整个世间之人而言。《楚辞·渔父》:“举世皆浊我独清，众人皆醉我独醒，是以见放。”乾坤，《周易》中的两个卦名，指阴阳两种对立势力。阳性的势力叫做乾，乾之象为天；阴性的势力叫做坤，坤之象为地。引申为天地、日月、世界的代称。作者明确指出，当前整个资本主义世界正以金钱制造种种罪恶，只有黄爱、庞人铨二人敢于用自己颈上的鲜血来洗刷这污浊的社会。人们将从中看到资本主义剥削制度的罪恶，继续从事不屈不挠的斗争。

这副挽联句子较长而对仗工稳。“看举世”与“唯二君”，“金钱造罪恶”与“颈血洗乾坤”，对照鲜明，一针见血。这就既指出资本主义金钱社会的罪恶，又肯定了黄爱、庞人铨领导工人运动并为之而牺牲的历史意义。

挽廖仲恺

林伯渠

大难方殷，事变猝起，谋国历艰辛，早已生死置度外；
我心匪石，众志成城，吾党屡飘摇，惟将奋斗慰忠魂。

赏析

此联写于1925年8月。廖仲恺（1877—1925），广东惠阳人。出身于美国华侨家庭，早年追随孙中山，积极参与同盟会、中华革命党的创建活动。1923年起协助孙中山改组国民党，确立联俄、联共、扶助农工的三大政策。此后历任广东省省长、财政部部长、国民党中央执行委员、黄埔军校党代表等职。1925年孙中山逝世后，继续贯彻革命的三大政策。同年8月20日，在广州遭国民党右派暗杀。当时，林伯渠参加廖仲恺的悼念活动，并献挽联致哀。

上联表彰廖仲恺在民主主义革命中所进行的英勇斗争和作出的巨大贡献。殷，盛大、深重。这里是指帝国主义列强与封建军阀互相勾结给我国人民造成深重的苦难。猝，突然、忽然。此指当时突然发生的廖仲恺遇刺事件。置度外，语出《后汉书·隗嚣传》："帝积苦兵间，以嚣子内侍，公孙述远据边疆，乃谓诸将曰：'且置此两子于度外耳。'"后以置之度外谓搁在忖度以外，即不放在心上。廖仲恺追随孙中山进行反清、反袁、护法等斗争，历尽种种艰辛，早已将个人生死置之度外。

下联表达广大革命者对于逝者的深情悼念与自身的奋斗决心。匪，通非。《诗·卫风·木瓜》："匪报也，永以为好也。"众志成城，语出《国语·周语下》，谓万众一心，就像坚固的城堡一样不可摧毁。飘摇，飘荡。下联意谓，我等并非铁石心肠之人，理应团结一致众志成城，而且我党（中国国民党）屡经动荡不安，真正的革命者只有以艰苦奋斗来慰藉蒙冤负屈的英魂。作者本人亦系老同盟会会员，且在此前亦曾以共产党人身份帮助孙中山改组国民党与确立联俄、联共、扶助农工三大政策，故在联中出现"吾党屡飘摇"之语，并对国民党内的左派人士给予很高的评价。

这副挽联感情深挚。作者与逝者当年在协助孙中山改组国民党与确立革命的三大政策过程中，作为早期共产党人与国民党左派人士一度并肩战斗，结下了颇为深厚的友谊。面对当时猝起的事变，因而写下这副注满深情、哀感动人的联语。

挽郭朝沛

林伯渠

公是地上神仙，仁者乐山，智者乐水；
子为人伦表率，威不能屈，贫不能移。

赏析

此联作于1939年9月。郭朝沛为郭沫若之父，1939年7月病逝于四川乐山沙湾家中。同年10月21日举行家祭与安葬仪式。典礼颇为隆重，挽联挽幛极多。陕甘宁边区政府主席林伯渠亦献挽联致哀。

上联颂扬逝者。“仁者”二句，语出《论语·雍也》：“子曰：知者乐水，仁者乐山，知者动，仁者静，知者乐，仁者寿。”朱熹注：“知者达于事理，而周流无滞，有似于水，故乐水。仁者安于义理，而厚重不迁，有似于山，故乐山。动静以体言，乐寿以效言也。”上联意谓，郭朝沛老人为地上神仙，既是安于义理的仁者，又是通达事理的智者，得以乐观长寿。

下联再赞其子。人伦表率，社会上各种人的榜样。“威不”二句，誉人革命情操之坚贞。语出《孟子·滕文公下》：“富贵不能淫，贫贱不能移，威武不能屈，此之为大丈夫。”下联意谓，其子郭沫若堪称社会上各种人的榜样，真正具有威武不能屈、贫贱不能移的大丈夫气概。

这副挽联，上颂郭公为“地上神仙”，下赞其子为“人伦表率”，其具体理由均以古人之语为证。联中所引《论语》、《孟子》中的成句，均属广泛流传的名言，而又非常切合郭氏父子的身份与业绩，构成一副颇有特色的哀挽佳作。

挽王凌波

林伯渠

天胡为此醉兮，来从追捕，去若电火，一片丹心报党国；
我实愧公多矣，学而不厌，诲人不倦，万株桃李迎门墙。

赏析

此联写于1942年9月。王凌波（1889—1942），湖南宁乡人。

1925年加入中国共产党。曾任中共宁乡县支部书记、国民党湖南省党部书记长。大革命失败后转入农村从事党的秘密工作。1930年被捕入狱。1932年出狱后调任中央技术部门工作。1935年2月再度被捕入狱。抗战爆发后出狱，任八路军驻湘办事处主任。1939年12月被国民党武装押送出国统区，不久到延安任行政学院副院长。1942年8月病逝于延安。同年9月6日，中共中央在延安举行王凌波追悼会，林伯渠撰送挽联致哀。

上联既对逝者表示哀悼，又给予很高评价。胡，为什么。醉，昏昏然的样子。来从追捕，王凌波来延安前，在白色恐怖下从事革命活动，被国民党当局多次追捕。电火，电光石火，言其快速，意为王凌波死得太突然了。这里是说，老天何以如此昏昏然呀，竟让这样的好人撒手西归。你因被国民党当局多次追捕而来延安，又如电光石火那样突然离我们而去，你的一生可以说是一片丹心报效党和国家。

下联表示自责，并对逝者教育方面成就加以称颂。愧公，有愧于你。林伯渠时任陕甘宁边区政府主席，认为自己没有照顾好王凌波，所以表示歉意。“学而”二句，谓自己学习而不知厌烦，教诲别人而不知疲倦。语出《论语·述而》：“子曰：‘默而识之，学而不厌，诲人不倦，何有于我哉！’”桃李，比喻所培养的后辈或所教的学生。《资治通鉴·唐则天皇后久视元年》载，唐狄仁杰门生众多，累向武则天推荐将相多人，或谓仁杰曰：“天下桃李，悉在公门矣。”后因以“桃李门墙”比喻培养众多的人才。这里是说，我实有愧于你的地方太多了，你是那么学而不厌，诲人不倦，所以大批学生都愿投靠在你的门下。这是对于逝者来到延安几年从事教育工作的充分肯定。

这副挽联赞颂逝者突出两个侧面：一是“一片丹心报党国”，二是“万株桃李迎门墙”，亦即在投身革命与从事教育方面都取得了很大的成就。对于这样的人的逝世，作者怎能不责问老天何以如此昏庸，同时亦对个人因照顾不周而有所自责。“兮”、“矣”两个语助词更加重了挽词的感情色彩。此联文字于平易之中融入无尽哀思，让人为之一掬同情之泪。

挽马本斋

林伯渠

率大军，抗日寇，远近播英名，冀鲁豫河山增色；
奉教义，承母志，生死矢忠贞，伊斯兰健儿典型。

赏析

此联写于1944年3月。马本斋在抗日战争爆发后，组织回民义勇队，抗击日本侵略者。不久率部加入八路军，生前任冀鲁豫军区三分区司令兼回民支队司令。1944年2月病逝于山东莘县。同年3月17日，中共中央在延安举行马本斋追悼会，林伯渠与李鼎铭联名送上这副挽联。

上联称颂马本斋在抗日战争中所立下的不朽功勋。这里是说，你率领回民支队健儿，抗击日本侵略者，打了不少胜仗，因此远近都在传播你的英名，以致为河北、山东、河南的大好河山都增添了光辉。

下联进一步从民族传统与高尚品德方面表彰逝者，赞扬马本斋母子两代都是抗日英雄。教义，指伊斯兰教的教规。马本斋是回民，信奉伊斯兰教。母志，1941年8月，日寇将马本斋母亲抓去，逼他劝儿子投降。马母坚贞不屈，被日军杀害。矢，通“誓”。《诗·鄘风·柏舟》：“之死矢靡它。”伊斯兰健儿，即回族健儿。这里是说，你一生信奉伊斯兰教的教义，秉承英雄母亲的遗志，出生入死均忠于自己民族和革命事业，真正不愧为伊斯兰健儿的英雄典型。

此联篇幅较长，作者慷慨悲歌，充满浩然之气，内容亦较翔实。联中列举不少典型事件，如率大军、抗日寇、奉教义、承母志，借以称颂逝者为“冀鲁豫河山增色”、成“伊斯兰健儿典型”。此联内容完全切合逝者的身份，具有感人的思想与艺术力量。

挽邹韬奋

林伯渠

是屈大夫、贾太傅一流，爱国忧时，文采光芒长万丈；
与杜国辅、徐仲车同病，逊言危行，德人风节动千秋。

赏析

此联写于1944年9月。邹韬奋为我国现代著名政论家、出版家。20世纪30年代以来，积极参加中国共产党领导下的抗日救亡运动。一度遭国民党当局逮捕，出狱后仍继续主编抗战刊物。1944年7月病逝于上海。中共中央接受其遗书申请，追认为正式党员。同年10月1日，重庆各界召开邹韬奋追悼会，林伯渠与董必武联名撰送挽联致哀。

上联侧重从“文采”方面表彰逝者作为一名爱国新闻战士所作出的贡献。屈大夫，即我国古代伟大爱国诗人屈原。楚怀王时任左徒、三闾大夫，主张彰明法度、联齐抗秦。不幸遭谗被逐，长期流浪于沅湘流域，写成《离骚》、《九章》等充满爱国主义精神的诗篇。贾太傅，即西汉杰出政论家、辞赋家贾谊。此人少有文才，被朝廷召为博士，官至太中大夫。因受权臣排挤，出任长沙王太傅，几年后郁郁而死。联中以我国古代诗人、辞赋家为喻，指出逝者与屈原、贾谊为同一流人物，均因爱国忧时化为文字，得以文采飞扬光芒万丈。

下联进而从“德人”角度表彰逝者卓尔不群的品德。杜国辅，即杜微，三国时蜀国官吏，颇有德行，受诸葛亮器重，但不乐于为官。徐仲车，即徐积，宋代楚州名士，养亲以孝著，居乡以廉称，道德文章，显于东南，死后被宋徽宗谥为积孝处士。逊言危行，谦逊的言辞与正直的品行。似由成语“危言危行”转化而来，语见《论语·宪问》：“邦有道，危言危行。”动，感动、变动。联中以我国古代两位特立卓行的名士为喻，指出逝者与杜微、徐积可谓同病相怜，都有逊言危行的品格，因此有德之人的高风亮节，可在久远年代均让人为之感动。

此联属对工稳，层次分明。上下联分别从“文采光芒”与“德人风节”两个不同的侧面加以表彰，更显逝者几近“完人”的风貌。联语文笔端庄，比喻贴切。赞颂逝者“文采光芒”与“德人风节”，并非泛泛而论，而是以四位古人作比，让人油然产生敬佩之感。作者一片哀挽深情，溢于字里行间。

挽李丹生

林伯渠

以吕尚之年，辅导建新基，方期大成，百世留芳垂典范；

为边区所重，周详达民意，文星遽殒，万人挥泪悼延川。

赏析

此联写于1945年7月。李丹生曾参加清末科举考试，为地方知名人士。生前曾任陕甘宁边区参议会第一、二届参议员。1945年7月病逝，终年81岁。7月11日，陕甘宁边区政府在延安举行李丹生追悼会，林伯渠作为陕甘宁边区政府主席送挽联致哀。

上联中，吕尚，即周朝辅佐武王灭商立有大功的姜子牙。相传他被文王重用已是晚年，民间流传“太公八十遇文王”。李丹生担任陕甘宁边区参议会参议员已近八十高龄，故言“吕尚之年”。大成，大的成就。垂，流传下去。上联意谓，你在晚年还帮助陕甘宁边区政府建立新的基业，正期望着事业取得更大成就，你的声名将永远流传，成为人们学习的典范。

下联中，达民意，反映人民群众的意愿。文星，李丹生善写诗文，因称文星。遽殒（jù yǔn），突然死亡。延川，即延河。下联意谓，李丹生老来为陕甘宁边区政府所重用，因为他能周密而详尽地表达人民群众的意愿，不料这位富有才华之士竟这样快地离世，今天万人挥泪在延河之畔举行悼念活动。

此联用语准确，文白相间，完全切合逝者的特定身份与在边区参议会中所起的作用。作者对于李丹生的评价揄扬得当，虚实结合。联中既以周代开国功臣吕尚为喻，赞其人生晚年还为革命政权“辅导建新基”，又能加以具体说明，因其“周详达民意”而为边区政府所重用。逝者形象，跃然纸上。

贺刘伯承五十大寿

林伯渠

敌后苦撑持，百战英名惊日寇；
太行齐庆祝，万家生佛拜将军。

赏析

此联写于1942年12月。刘伯承（1892—1986），四川开县人。中华人民共和国元帅。1926年加入中国共产党。新中国成立前曾任中国工农红军参谋长、八路军一二九师师长、第二野战军司令员。新中国成立后历任中共军委副主席、中共中央政治局委员、人大常委会副委员长。1942年12月16日，刘伯承五十岁寿辰。中共中央定在太行山抗日根据地举行庆祝活动，以表彰他的英勇善战，鼓舞广大抗日军民。我党我军不少领导人写了祝寿诗文，林伯渠、吴玉章亦撰联致贺。

上联表彰刘伯承将军抗战期间的历史功绩。正如林伯渠、吴玉章在电文中所说：“伯承同志，你率数十万健儿，在敌后坚持了五年。常常出奇制胜，维护亿兆人民，撑住半壁江山。恭逢五十寿辰，特致如下祝词：（本联）。”抗日战争以来，刘伯承率军从延安出师东征到建立太行山抗日根据地，五年间在敌后艰苦支撑坚持，身经百战，英名远播，日寇为之心惊胆战。

下联极写想象中当地祝寿的盛况。太行，即位于山西高原与华北平原间的太行山。刘伯承率领的八路军一二九师，以太行山为依托，创立了太行山抗日根据地。当时，中共中央决定在太行山地区展开祝寿活动。万家生佛，谓家家的活佛。旧时颂扬官吏广施仁德，受人钦敬如佛。这里可谓推陈出新，借以称颂刘伯承将军。

这副挽寿联语属对工稳，情真意挚。用语文白相间，虚实结合，切人切事。敌后撑持与太行庆祝均为纪实之词，而百战英名与万家生佛则为虚写。二者相得益彰，同样表达了祝贺友人寿辰与万众景仰之情。

挽四八烈士二联

林伯渠

一

革命事业，未竟全功，岂得安心含笑去；
协议实施，正需努力，那堪奇祸自天来。

二

众志士，众仁人，勇往直前破迷雾；
为和平，为民生，悲壮一死重泰山。

赏析

此联写于1946年4月。四八烈士，1946年4月8日，王若飞、秦邦宪、叶挺、邓发等同志，从重庆飞返延安，在山西兴县黑茶山因飞机失事不幸遇难。同年4月19日，中共中央在延安举行四八遇难烈士追悼大会，林伯渠撰送两副挽联致哀。

第一副挽联末署“林祖涵挽”。

上联就四八遇难烈士角度而言，意谓中国人民的解放事业尚未全部完成，你们哪能安心含笑而去？真是鞠躬尽瘁，死而不已，纵在九泉之下仍在思念中国人民的解放事业。

下联就生者角度而言。协议，指1946年1月重庆召开各党派参加的政治协商会议所制定的五项协议。奇祸，指四八烈士不幸遇难事件。下联意谓，为保证五项协议的实施，还需要我们继续努力，哪能承受这样突发的奇祸自天上而来。

这副联语上下均用四、四、七句式，对仗颇为工整。作者在沉痛哀悼四八遇难烈士的同时，还结合国内政治形势，指出为保证政协五项协议的实施，与国民党当局仍需展开针锋相对的斗争。

第二副挽联末署“林伯渠哀挽”。

上联中，志士、仁人，语出《论语·卫灵公》：“志士仁人，无求生以害仁，有杀身以成仁。”原指有高尚志向和道德的人，这里指四八遇难烈士。上联意谓，众位志士仁人，正在勇往直前破除迷雾。这里“迷雾”二字，显然一语双关。既指王若飞、秦邦宪为返回延安汇报工作而乘飞机冒着浓雾前进，也喻全面内战爆发之前的国内局势。国民党当局正在制造种种政治迷雾，妄图发动反人民内战。

下联中，重泰山，即重于泰山。语出司马迁《报任少卿书》：“人固有一死，或重于泰山，或轻于鸿毛。”下联意谓，为了争取和平民主，四八遇难烈士们死得悲壮而有重大意义。

这副联语用语准确，通俗易懂。上联意象鲜明，且能发人深省；下联化用成语，点出这一事件意义。以二“众”、二“为”，将志士、仁人与和平、民主并列，这样更加醒目，引起人们的注意。

挽李鼎铭

林伯渠

庄德重望，思律适合新民主；
精兵简政，宏议久照陕甘宁。

赏析

此联写于1947年12月。李鼎铭为陕北爱国民主人士。早年在米脂、榆林等地办学，兼业中医。1941年起以开明士绅身份当选陕甘宁边区参议会参议员、副议长、陕甘宁边区政府副主席。1947年12月因病逝世。陕甘宁边区政府在陕北米脂召开追悼会，林伯渠撰送挽联致哀。

上联从思想品德入手表彰逝者一生的名望功业。庄德重望，端庄的品德与重大的名望，意与德高望重相近。思律，思想的节律。这里是说，李鼎铭为陕北德高望重的开明士绅，他的思想节律完全适合于新民主主义革命的要求，即以自身的实际行动投入当时反帝反封建的斗争。

下联从参政议政的角度说明逝者有着深远的社会影响。精兵简政，1941 年 10 月，我党为战胜日本侵略者的进攻和国民党顽固派的封锁，克服抗日根据地的物资困难，提出了精兵简政的政策。毛泽东《为人民服务》一文指出：“‘精兵简政’这一条意见，就是党外人士李鼎铭先生提出来的。”宏议，此指 1941 年秋季在边区第二届参议会上提出“精兵简政”的提案，受到毛泽东的赞扬，并在陕甘宁边区产生久远的影响。

这副联语用语典则而言简意赅，既无泛泛谀辞，亦未刻意用典，却将逝者的功业品德和盘托出，从而作出切合实际的评价。

自　嘲

谢觉哉 *

十数年笔舞墨歌，赢得一张倒票；
两三月打躬作揖，赚来几串现钱。

作者

*谢觉哉（1884—1971），字焕南，湖南宁乡人。1925 年加入中国共产党。1934 年参加二万五千里长征。曾任中央党校副校长、陕甘宁边区政府秘书长。新中国成立后，任中央人民政府内务部长、最高人民法院院长、全国政协副主席。有《谢觉哉文集》、《谢觉哉日记》、《谢老诗选》传世。

赏析

此联写于 1905 年 7 月。当时，谢觉哉考中我国最末一科的秀才，喜讯轰动了整个宁乡县谢家湾。这是自明清以来谢家祖上从没有过的喜事。当地绅士名流纷纷来祝贺，谢父也决定摆酒庆贺。谢觉哉本人并未感到高兴，但又无法阻挡父亲的安排，于是想出一个既不得罪父亲，又能表达自己意愿的办法。庆贺的第一天就贴出了这副对联，不少乡绅看到这副嘲弄封建科举制度的对联，亦乘兴而来，扫兴而归。

上联中，笔舞墨歌，笔在跳舞，墨在唱歌，形容自己十几年来为应付科举考试而辛勤苦读，终能写出一手笔墨精彩的文章。倒票，作者 1905 年考中秀才，当年清朝就宣布废除科举制度，因此中了秀才也只得一张相当于证明的纸票。上联意谓，十几年来的笔墨生涯，究竟得到了什么呢？结果赢得了一张毫无用处的“倒票”。此系愤激之词，表明作者对于封建科举制度的严重不满和否定。

下联中，打躬作揖，指向主持县试的考官及有关官员行礼。下联意谓，我两三个月到处打躬作揖，只是赚来你们的几串现钱。这就难怪让那些前来送礼的绅士名流感到扫兴了。作者于自嘲中对他们的趋炎附势亦有所讽刺。

此联因系自嘲，用语幽默诙谐。“十数年笔舞墨歌”、“两三月打躬作揖”，多么生动形象。运笔似舞，研墨如歌，逢人打躬，到处作揖，这些看似有趣，内含多少辛酸。究竟为谁辛苦为谁忙？结果得到一张“倒票”，赚来几串现钱，怎能不让人啼笑皆非？封建科举制度的毒害由此可见一斑。作者对于自己的这段经历，虽在多年之后依然加以无情嘲讽，写过这样一首小诗：“倒票何能赎出身，居然衣顶拜乡邻。未能冲破尘罗网，我亦《儒林外史》人。”

挽姜梦周父

谢觉哉

与季君居同里，少同学，壮同事，手足同情，恨罡风把两家楷树吹翻，血染麻衣泣相对；

念太翁家有德，族有望，乡有名，处世有方，叹黄鹤竟一去瀛洲不返，泪沾青衫哭乡贤。

赏析

此联写于 1918 年间，姜梦周，湖南宁乡人，与何叔衡、谢觉哉、王凌波都是湖南最早的一批共产党员，合称“宁乡四髯”。姜梦周曾任宁乡县云山中学校长、宁乡县劝学员。1929 年被湖南军阀何键杀害。1918 年间，姜梦周、谢觉哉父亲几乎同时逝世。谢觉哉撰送此联致哀。

上联记述与姜梦周二人之间的友谊以及同遇丧失亲人的悲哀。季君，过去兄弟之间以伯、仲、叔、季排行，姜梦周是姜父最小的儿子，因称季君。罡（gāng）风，亦称刚风，高空的风、巨风。楷树，可以作为楷模、榜样的大树，此指姜梦周与谢觉哉的父亲。麻衣，语出《礼记·间传》，旧社会送丧时所穿的孝服。这里是说，我与姜梦周居于同里，少时同学，壮年同事，二人情同手足，可恨一阵狂风把两家可以作为楷模的大树吹翻（两家老人去世），我们只有相对哭泣而至于血染孝服。

下联从德行、名望等方面给予友人之父以很高的评价。太翁，指高一辈的老人。“黄鹤”句，语出唐崔颢《黄鹤楼》：“黄鹤一去不复返，白云千载空悠悠。”瀛洲，指仙人所居之处。语出《史记·秦始皇本纪》：“海中有三神山，名曰蓬莱、方丈、瀛洲。”青衫，即青衿。语出《诗·郑风·子衿》：“青青子衿。”毛传：“青衿，青领也，学子之所服。”后用以指读书人。这里是说，想到你的父亲，家中有德行，族里有声望，乡间有名气，平日处世有方，可叹今日已黄鹤一去不返而赴仙人住处。我这个读书人只有泪洒青衿而哭家乡的贤者。

这副挽联为悼念友人之父而作。文字篇幅虽较长，却写得文情并茂。上联四个“同”字，直接点明与挚友姜梦周之间的关系，进而转向二人父亲同时去世，以致“血染麻衣”。下联四个“有”字，充分写出姜家太翁为德高望重的乡间长者，可惜已经仙逝，以致作者“泪沾青衫”痛哭乡贤。这是一副完全按照传统要求写成的挽联，用语典则而对仗工稳。难怪姜梦周阅后，泪流满面地对友人说：“此联情真意切，感人肺腑，我欲将它一字不动地敬悼令尊，你看如何?”经谢觉哉同意，于是姜梦周就用此联拜悼谢父。此事当年已在宁乡一带传为佳话。

挽白坚母

谢觉哉

曾谒鱼轩，樽酒家常皆足式；
分来鹤俸，春风斋奠有余哀。

赏析

此联写于1919年5月。白坚为作者儿时极其要好的朋友，同里同岁同学。二人均能写诗，白坚自署《沩溪渔隐》，谢亦自署《沩溪樵隐》，有《渔樵唱和集》。白坚曾学法律，后在湖南高等检察厅、常德地方审判厅任职多年。1919年5月初，白坚之母因病逝世。当时谢觉哉在湖南宁乡县城教书，接"宁乡四髯"之一的姜梦周来信，告之白坚之母去世，要他作挽联，并让来人立即带回。作者当时稍加思索，走笔而成此联。

上联中，谒（yè），拜见、进见，一般用于下对上、幼对长，或作谦词。鱼轩，古时贵族妇女所乘的车，因以鱼皮为装饰，故名。这里只是说白母有着颇为高贵的身份。樽酒，樽本作尊，酒杯，代指酒席。式，榜样、模范。上联意谓，我曾有幸多次拜见白母，发现她无论是在酒席宴上，还是日常生活中，都可作为人们学习的榜样。这里是在赞扬白母既有高贵的出身，又有处世治家的才能。

下联中，鹤俸，亦作鹤料，旧指官吏的俸禄。春风，即如坐春风，表示受到良师的教诲。斋，古人在参加祭祀或举行典礼前清心洁身以示庄敬。奠，祭奠，向鬼神献上祭品。下联意谓，我即使用得来的薪俸，购置祭品虔诚献上，想到曾经受过白母的教诲，内心仍有余哀。作者进而表达深沉悼念之情。

这副挽联多用文言语汇，显得典雅工丽。这里既看出作者有着颇为深厚的古典文学修养，似又让人产生某种迎合旧习着意雕琢之感，反而不如那些直白一点的联语更为感人。

挽于青

谢觉哉

天意忌真才，生之何难，夺之何易；
乡关正多故，死者已矣，存者奚堪？

赏析

此联写于1920年1月。于青为湖南省立第一师范学校学生，因参加爱国学生运动而遭杀害。当时，湖南反动军阀为筹集军饷而向人民增派捐目，战场上溃退下来的军队又掠夺骚扰民间。长沙等地学生掀起学潮以示抗议。此举遭到反动军阀镇压，不少青年学生遇害，于青即为受害者之一。谢觉哉当时还在宁乡白云学校任教，当从长沙友人信中得知于青遇害，遂写了这副挽联。

上联对于湖南反动军阀残杀革命青年表示极大愤慨。天意，上天的意愿。这里是说，老天爷为何这样忌恨真正有才能的人，人们求得生存何其困难，而被人夺去生命却何以那么容易。作者在责问上苍的同时，已将批判锋芒指向反动军阀。实际造成人间悲剧的原因，岂属"天意"，更为"人祸"。正是反动军阀夺去了多少青年学生的生命。

下联进而揭示现实社会的黑暗，激励人们应奋起抗争。乡关，故乡。崔颢《黄鹤楼》："日暮乡关何处是，烟波江上使人愁。"已，停止、罢了。矣，文言助词，与"了"相当。已矣，谓人已死去就不再受到这种压迫剥削了。奚，疑问词，如何。奚堪，即如何能忍受旧社会压迫的意思。这里是说，目前家乡正多变故，死者亦已一走了之，而生者如何能忍受这样的生活？一片愤激之情溢于字里行间。

这副挽联从悼念一位遇害学生入手，进而鞭挞社会黑暗现实。用语蕴藉深沉，且多愤激之词，因而具有鲜明的时代特色与强烈的战斗气息。

挽易越村二联

谢觉哉

一

北上袖椎，儒而能侠，南来蹈海，死胜于生，正气当随天地永；

学耽墨氏，行亦如之，坟傍陈村，志原有自，奇人应叹古今稀。

二

果能一击陨神奸，万姓扬眉，壮夫瞑目；

忽吊斯人离浊世，名山著述，海岛衣冠。

赏析

此联写于1921年8月。易越村为现代爱国义士，曾在湖南省立第一师范学校、天津南开大学、上海复旦大学任教。1921年6月，为唤醒国人起来抗争在广东新会投海自杀。消息传到湖南后，长沙各界组织悼念活动。谢觉哉先撰挽联，又作《吊易白沙文》，表示沉痛哀悼。

第一副挽联：

上联表彰逝者生前北上袖椎、南来蹈海的英雄壮举与献身精神。椎（chuí），铁椎，古代一种兵器。袖椎，典出《史记·留侯世家》，西汉张良其父其祖均为韩国宰相，秦灭韩后，图谋恢复韩国。在博浪沙以铁椎刺秦始皇，结果没有成功。儒，古代学者。《后汉书·杜林传》："博洽多闻，时称通儒。"侠，侠士，通称扶弱抑强见义勇为之人。蹈海，投海，指易越村在广东新会投海自杀。这里是说，易越村北上袖椎（亦即身藏兵器），打算行刺北洋军阀首脑，可见他虽为儒生而能具有侠士精神。易氏壮志未酬，南来蹈海而死，惊醒国人，死胜于生，一股浩然正气自当永留天地之间。

下联为其不幸弃世表示沉痛哀悼。耽（dān），嗜好，沉浸于。墨氏，即墨子，春秋战国时期思想家，墨家学派创始人。曾提出兼爱、非攻、尚贤等政治主张，其本人更有"摩顶放踵，利天下为之"的实践精神，对后世影响很大。陈村，明代学者陈宪章故里，易越村投海处。陈宪章为新会白沙人，世称白沙先生。此人观书博识，潜心学术。这里是说，易越村平时沉浸于墨家学说，本人的行迹也像墨子一样。死后坟傍陈村，与明代学者白沙先生为邻，说明其志原有一定的开端，即与白沙先生一样潜心学术。这样的奇人可谓古今少有，让人叹为观止。

这副挽联通过袖椎、蹈海、墨氏、陈村等许多人事、古迹，将逝者的业绩、精神和盘托出。此联不仅上下联之间对得很工，而且上下联本身四个四字句亦属对偶句式。因此在思想与艺术方面均有自己的特色。

第二副挽联：

上联中，陨（yǔn），通殒，死亡。神奸，原指鬼神怪异之物。《论衡·儒增》："安能入山泽不逢恶物，辟除神奸乎？”后亦用以指老奸巨猾之人。上联意谓，如果能够一击致神奸（北洋军阀首脑）于死地，自当万姓扬眉吐气，壮士死亦瞑目。这里显然只是一种假设，实际未能如愿，这就深一层地表述了对于逝者的悼念之情。

下联中，斯人，此人，指易越村。名山著述，犹名山事业。《汉书·司马迁传》：“仆诚已著此书，藏之名山，传之其人，通邑大都。”后因借指著作之事。海岛衣冠，谓易越村投海自尽，死后难寻尸体，只有将其衣冠葬于海岛。此事并非实指，只是作者凭吊用语。下联意谓，惊闻噩耗，前来凭吊，此人已离开浑浊人世，他的许多著述亦需藏之名山，海岛上也只留下了逝者的衣冠冢。

这副挽联在前一联语的基础上，进一步抒发了作者怀念亡友的感情。或大胆假设，“果能一击陨神奸”；或落到实处，“忽吊斯人离浊世”，均从不同角度谴责社会黑暗，颂扬易氏英勇，表达作者无尽的哀思。

代附属小学撰挽易越村

谢觉哉

发尽上冲，曾过易水听悲筑；
魂归何处，应向胥江作怒涛。

赏析

此联写于1921年9月。同年9月18日，湖南第一师范附属小学在校长何叔衡的主持下，举行易越村追悼会。谢觉哉接受何叔衡的委托，为附属小学代撰一副挽联。

上联中，发尽上冲，即怒发冲冠之意，形容因愤怒头发竖起把帽子都冲掉了。易水，在河北省西部，相传燕太子丹曾于此送别荆轲去刺秦王，高渐离击筑，荆轲和而歌曰：“风萧萧兮易水寒，壮士一去兮不复返。”这里借喻易越村“北上袖椎”之行的悲壮。上联意谓，易越村北上之行怒发冲冠，曾过易水听到悲壮的筑声。言其有如古代义士荆轲去刺秦王一样，怀着极其悲壮的感情去完成这一历史使命。

下联中，胥江，据《史记·伍子胥传》记载，伍子胥为春秋时吴国大夫，曾劝吴王夫差拒绝越国求和并停止伐齐。吴王听信谗言将其杀害，并将尸身装进皮囊投入江中。后来民间传说，伍子胥死后化为复仇的江涛之神，使钱江潮水汹涌奔腾。钱塘江因称“胥江”，钱江潮亦称“胥潮”。下联意谓，易越村“南来蹈海”之后究竟魂归何处？应当像当年的伍子胥一样，在钱塘江上卷起怒潮。此话意味深长，既指自然界的钱江秋潮，也指社会上的革命浪潮。

这副挽联文字虽短，却声情悲壮。联中用了两个颇有深意的典故，荆轲易水壮别与伍员胥江怒潮，正好与易越村“北上袖椎”与“南来蹈海”相应，给人留下较多思索回味的余地，联语悲壮激昂，不同凡响。

挽　五　伯

谢觉哉

于己知足，于人无尤，风格超然尘俗表；
功在乡党，功在宗族，典型深惧继承难。

赏析

此联作于1921年9月。当时，五伯因病去世，作者惊闻噩耗，撰送此联致哀。

上联称颂五伯知足常乐、超然物外的个性特征。尤，怨恨、归咎。《论语·宪问》：“不怨天，不尤人。”尘俗，尘世、人世，宗教徒用以与天堂、仙界相对。表，外、外面。上联意谓，五伯平时为人，于己知足常乐，于人无怨无尤，其个人风格超脱于尘世之外。身居乡间，乐天知命，实为仁厚长者。

下联肯定五伯堪称乡党与宗族的典型。乡党，周制以五百家为党，一万二千五百家为乡，后用以泛指乡里。宗族，谓同宗同族之人。典型，典范，同类人物的代表。下联意谓，五伯立身处世，功在乡里，功在宗族，这样的典范要想继承恐怕是很困难的。作者深感继承长辈仁爱之心困难，更是以显示五伯高洁的人品。

这副挽联悼念自己长辈，既称颂其与世无争的风格及造福乡梓的功德，又能掌握一定的分寸。文字朴实无华，慎用溢美之词。

挽岳蔗翁

谢觉哉

饱历风尘四十年，不早归田，故园景物留遗恨；
只余诗稿两三箧，何须问世，异时文运可重开。

赏析

此联写于1922年2月。岳蔗翁，名蔗坡，湖南宁乡人。作者少年时代的私塾老师。1922年2月因病逝世，作者撰送此联致哀。

上联中，风尘，指污浊纷扰的生活，多指仕宦。戴叔伦《赠殷亮》："山中旧宅无人住，来往风尘共白头。"归田，旧谓辞官回乡。李白《赠崔秋浦》："东皋春事早，种黍早归田。"上联意谓，岳蔗翁饱经四十年污浊纷扰的仕途生活，没有及早返回故乡，以致给故园景物都留下了不少遗恨。作者既同情这位塾师的坎坷经历与处境，亦为他没有及早归田而感到遗憾。

下联中，箧（qiè），盛书的箱子。问世，作品公开出版，此指岳蔗翁诗稿《亦檄轩诗集》。文运，诗文与其作者的命运。下联意谓，岳蔗翁一生只留下两三书箱的诗稿，何须马上问世，今后也许文运重开，诗集会有出版之日。这位塾师身后萧条，只有几卷诗稿存世，旧时代文人穷愁潦倒，于此可见一斑。

作者对于早年塾师一往情深，联中既有怜惜之情，又有慰勉之意，辅以质朴无华的文字，读之让人荡气回肠。

谢觉哉参加革命旅居陕北期间，日记中仍常常提到岳蔗翁诗，并且作出很高评价，称其为宁乡不可多得的诗人。日记中有段文字："蔗翁病对我说，我十七咯血，自分必死，继而入泮，登贤书，浮沉仕宦历四十年，六十老人死何足惜，只未能山居数年，领略故乡风味，未免耿耿耳。又遗嘱诗稿不刊，待文运打转再说；此虽所见未远，要其诗之价值自有不可泯灭者。”这些记载有助于我们领会上述挽联的内容。

挽昂宇母

谢觉哉

闻病始归，负疚最深惟我辈；
瞻灵再拜，登堂恨不及生前。

赏析

此联写于1922年2月。昂宇为宁乡县云山学校教师，谢觉哉与之同事多年。昂宇母亲去世，特撰挽联致哀。

上联中，原有作者自注：“昂宇在玉校，闻母病归。”负疚，抱歉，心中感觉不安。这里是说，昂宇闻母病危方才回家，内心感到不安最深的是我们这批同事。何以产生这种想法？下联作出说明。

下联中，瞻灵，望着母亲的灵位（或灵柩）。登堂，登入正室、堂屋。这里是说，昂宇望着母亲的灵位再次跪拜，悔恨自己没有及早登堂能在母亲生前见上一面。作为人子，未能尽到为母亲养老送终的责任，昂宇因此而悔恨，也是“我辈”感到负疚的原因。

这副挽联对于逝者没有加以正面表述，而是通过“我辈”因友人“闻病始归”的负疚，与昂宇“瞻灵再拜”的悔恨，同样表达了对于逝者的礼赞与悼念之情。

代某生撰挽其师

谢觉哉

教泽遍三千，面命耳提，记否当年小桃李；
春光刚百五，人亡物在，不堪重荐旧莺花。

赏析

此联作于 1922 年 3 月。根据题意可知，系作者为学生哀挽其师而代撰的一副联语。同年 3 月 5 日《谢觉哉日记》载："星期未外出。自念为人师，未尽职责之处甚多，昨代学生某挽师云：……"

上联感念老师诲人不倦、培育人才的恩德。教泽，对学生进行教育的恩泽。三千，因孔子有弟子三千，后常以"三千"为学生的代称。面命耳提，谓殷勤而严格地教诲。语出《诗·大雅·柳》："匪手携之，言示之事。匪面命之，言提其耳。"言其不仅当面指点，而且提着耳朵叮嘱。小桃李，小学生。这里是说，你教书育人的恩泽遍及所有学生，不仅当面指点，而且提着耳朵叮嘱。你还记得当年有我这么一个小学生吗？

下联言其面对大好春光，更加怀念自己恩师。百五，百中得五，刚刚开始。为与"三千"相对而有此说。荐，推荐、荐举。莺花，莺啼花放，用以泛指春天景物。这里是说，现在春天刚刚开始，人已亡故，景物犹存，不堪重新向人提起过去师生一起春游的美好情景。这里以景写情，人亡物在，更增生者哀思。

这副挽联紧扣逝者教师职业与逝者故世季节展开。"记否当年小桃李"与"不堪重荐旧莺花"，亲切自然，景中含情，给人留下诸多思索回味的余地。

挽湖南一师已故学生

谢觉哉

又弱一个，又弱一个；
伤如之何，伤如之何。

赏析

此联作于 1922 年 11 月。同年 11 月 19 日，湖南省立第一师范学校召开民六（即 1917 年）以来逝世的三十四名学生追悼会。谢觉哉当时在附属小学教书，为该校代撰一副挽联。

上联中，又弱一个，语出《左传·昭公三年》："晏子曰：'惜也，二惠竞爽犹可，又弱一个焉，姜其危哉！'"弱，即丧失、失去之意。后来诗文中常以此语痛惜一个人的死亡。上联是说，又失去一个，又失去一个。此指湖南一师几年来不少学生相继死亡。

下联中，伤如之何，语出江淹《别赋》："春草碧色，春水绿波，送君南浦，伤如之何！"下联是说，让人伤心到何等程度，让人伤心到何等程度。《谢觉哉日记》中对此有过分析："自民六以来，该校学生先后逝世有三十四人之多，其中不乏卓异之士。推其原故：一由思想发达，愤环境之不适，精神陷于矛盾生活之中……补助之法，固在于体育，尤在于治心。"

这副挽联别具一格。首先采用传统的集句形式，出句集自《左传·昭公三年》，对句集自江淹《别赋》，二者组合，自然天成。作者还有意识地采用反复修辞手法，上下联中的四字句均连续反复，以加重某种感情色彩。联语文字既形象生动，又雅俗共赏。"又弱一个"用以表明学生死亡已颇让人伤感，加以反复更能显示近年相继死亡之多。"伤如之何"本身已很沉痛，进而重复一次，更将人们的悲哀推向更深的程度。用语文白相间，富于感情色彩，完全切合哀挽主旨。

挽成劭夫母

谢觉哉

汝家故贫贱，吾安之有素矣，记从宦海归来，琴鹤轻装慈母喜；

天下正纷纭，须各自努力耳，应为时艰珍重，椎牛勉抑孝思多。

赏析

此联写于1922年12月。成劭夫为家居湖南省城的宁乡同乡会成员。谢觉哉、何叔衡等人与之过从甚密，且常在他的家里聚会。据《谢觉哉日记》载：“12月13日，阴，作挽成劭夫君母联(同叔衡、梦周、一凡)：……”可见当时成母去世，谢觉哉、何叔衡、姜梦周、李一凡联名送上了这副挽联。

上联中，安之有素，即安之若素，安然相处，有如平素所常遇者。宦海，旧谓官场险恶，如处海潮之中，浮沉无定，故称官场为宦海。琴鹤，谓以琴鹤相随，比喻为官清廉。唐人郑谷《赠富平李宰》：“夫君清且贫，琴鹤最相亲。”上联意谓，你家本来贫贱，我却不觉得有什么不合适，记得当年从官场归来，完全轻装，只有琴鹤相随，母亲反而高兴。这里完全以母亲的口吻写出，表示一生安于清贫的生活，不想让儿子出去做官。

下联中，纷纭，杂乱、扰乱。时艰，艰难的局势。椎牛，亦作椎牛恨，指亲人亡故不能奉养的痛苦。语本《韩诗外传》卷七：“是故椎牛而祭墓，不如鸡豚之逮亲存也。”勉抑，尽力克制自己。下联意谓，现在天下局势正复杂纷纭，我们均须各自努力，要为改变艰难的局势而更加珍重，在失去亲人之后应尽力克制自己的感情，孝思可谓多矣。这里是在劝慰友人，不要过于悲伤，应当为国效力。

这副挽联多用文言词语，既属早期作品，亦与受者身份地位相应。或表彰成母安于贫贱与友人洁身自好，或劝慰友人不要过于悲伤，均用较为雅致的书面语言或成语典故，借以表达自己深沉悼念之情。

贺夏明翰结婚

谢觉哉

世间惟有家均好；
天下都夸明翰强。

赏析

此联作于1926年9月。夏明翰（1900—1928），湖南衡阳人。早年参加衡阳爱国学生运动。1925年任中共湘南区委委员兼组织部长，极力主张武装农民，对推动湖南农民运动起了积极作用。1927年任中共湖南省委常委、平江浏阳特委书记和湖北省委委员。1928年2月在汉口被国民党反动派杀害。1926年9月，夏明翰与湘绣女工郑家均在长沙结婚，谢觉哉、何叔衡、郭亮等人为他们题写了这副贺联。

据有关材料介绍，郑家均勤劳忠厚为人诚实，不仅积极支持夏明翰的革命活动，还从生活上关心自己心爱的人。因此，夏明翰结婚之前常在口头上向别人提起“家均好”。作者戏引此语入联，显得更见风趣。至于“天下都夸明翰强”，当属客观评价。当时，夏明翰在中共湘南区委工作，对于推动湖南农民运动发挥了很大作用，所以周围的人都夸他是工作能力很强的好干部。

这副贺联寓庄于谐，雅俗共赏。上下联中分别嵌入“家均”与“明翰”的名字，自然而又巧妙，更增喜庆气氛。“世间惟有家均好”，既道出了新郎内心的感受，引入联中更加富于谐趣。“天下都夸明翰强”，这是世人对于新郎的评价。这样亦庄亦谐、生动风趣的白话联语，自能给人留下极其深刻的印象。

挽谢绍庄

谢觉哉

性命等于小尘埃，频年苦里愁中，剩下皮囊归昊土；
世界若无大改革，自此生而死去，有何趣味在人间！

赏析

此联作于1927年5月。谢绍庄为作者堂弟，1927年5月因病去世。当时正值大革命失败之后，作者迫于政治形势即将离开长沙赴武汉。他在听到堂弟病逝消息后写了这副挽联寄回家中。此联既表达了对于堂弟因病夭折的哀思，也反映了自己改造社会的志向和破釜沉舟的决心。

上联对于堂弟常年受到贫困和疾病折磨表示深切同情，且对他的不幸早逝表示沉痛哀悼。小尘埃，细小的尘土。频年，连年。皮囊，躯壳。这里是指堂弟常年卧病，瘦得只剩皮包骨头。昊（hào）土，大地。上联是说，在旧社会里，人的性命如同细小的尘土一样，常年生活于愁苦之中，最后剩下一副皮囊仍旧归于地下。这是对于堂弟多年贫病交加愁苦生活的具体记述，也是当时广大人民群众处于饥寒交迫之中生活的真实写照。

下联从堂弟之死转而抒发自己的感想。大改革，指无产阶级领导的革命运动。这里是说，这个世界如果没有什么大的改革，人们还是这样生来死去，试问在人间活着又有什么趣味！这是一个设问句式，回答不言自明。社会需要大的变革，人们只有投入无产阶级领导的革命运动，生活才有意义。

这副挽联为悼念因病夭折的堂弟而作。堂弟长期卧病农村，本无多少业绩，而自己一味哀伤，亦有虚张之感。现在就实论虚，反而意味深长。虽悼念现实生活中小人物，却触及社会变革的大题旨。从个人性命“小尘埃”跨到社会“大改革”，告诉人们如不彻底改造旧世界，还会重复堂弟的道路，活着又有什么趣味。此联以口语入联，文字通俗易懂，谈生论死之间，感情壮怀激烈，无异于一份革命者改造旧社会的宣言。

贺岳父八十寿辰

谢觉哉

天锡遐龄，长为乡关除疾苦；
我携巨枣，待来杯酒话沧桑。

赏析

此联写于1928年春天。正值谢觉哉岳父何秋岩八十寿辰，其时处于大革命失败之后，谢觉哉正在武汉从事党的地下工作，无法回到家乡拜寿，只有写成一副对联，并由邮局寄上，聊表祝寿之意。

上联中，锡，通赐，赠予。遐龄，高龄。乡关，故乡。上联意谓，老天赐给你八十高龄，平时常为故乡人民解除疾病的痛苦。何老先生是当地著名的老中医，故一生均以高明的医术造福乡梓，且常免费为贫者治病。

下联中，巨枣，据《史记·

封禅书》载，秦时琅玡人安期生，曾卖药海上，和秦始皇谈过话，后成仙。汉武帝时，方士李少君言，曾游海上，见“安期生食巨枣，大如瓜”。后因以“安期枣”或“巨枣”喻人长寿之意。待来，等待来日，当指革命胜利之后。沧桑，“沧海桑田”的缩语。葛洪《神仙传·王远》：“麻姑自说云：‘接待以来，已见东海三为桑田。’”后以此喻世事变化巨大。下联意谓，等待中国革命胜利之后，我当携上安期生的巨枣，回乡与您共同举杯，畅谈分别以来世事的巨大变化。

这副寿联能从翁婿两个方面，并就各自不同身份加以表述。老人天赐高龄，且为乡亲治病；自己身居外地，从事党的地下工作。多么希望革命早日胜利，能回家乡与岳父“杯酒话沧桑”。这里既表达对于岳父高寿的良好祝福，又以自身许诺体现革命必胜的坚定信念。匠心独具，含义尤深。

关于此联写作时间，现有两份材料的记载是不准确的，需要加以订正。

一是人民出版社 1984 年出版的《谢觉哉传》，误将此联视为 1908 年的作品。该书有关部分指出，1908 年春节过后，谢觉哉决定不再当塾师，决心改学中医，拜岳父何秋岩为师。何曾在陕西为官，后弃官从医，为民除病。当时正逢岳父八十大寿，送上这副寿联。看来此说难于成立。一则谢觉哉当时只有二十五岁，与岳父年龄不会相差如此之大；二则与下联内容不符。“我携巨枣，待来杯酒话沧桑。”作者应在外地，难于当面向老人拜寿，方有联中“待来”之说。

二是南京大学出版社 1989 年出版的《近现代名人对联辑注》，有关部分认为：“此联作于 1943 年，其岳父八十寿辰时撰自延安送回故乡，但其岳父在八十岁生日后的十四天就病逝，故未见到此联。”这一说法也是不确的。其根据也许出于《谢觉哉日记》1943 年 7 月 7 日《挽何蓁圃》文中记载：“他满八十岁时寄去一副寿联：……当时我没有通信地址，不知他接到没有。及到可以通信问候，信到时我岳父恰在四天前逝世，满九十后的十四天。‘杯酒话沧桑’竟成梦想。”《近现代名人对联辑注》一书，将“满九十后的十四天”误为“八十岁生日后的十四天”，将“不知他接到没有”认定“故未见到此联”，这些都是存在矛盾的。

我们之所以初步认定 1928 年春，主要仍据《谢觉哉日记》。上引《挽何蓁圃》文中记载：“他满八十岁时寄去一副寿联：……当时我没有通信地址，不知他接到没有。”据此应为1928年春天。当时正值大革命失败后的白色恐怖之中，谢觉哉在武汉从事党的地下工作，故无法公开自己的通信地址。“及到可以通信问候，信到时我岳父恰在四天前逝世，满九十后的十四天。”满九十岁当在1938年春天，正值抗日战争爆发之后，亦已进入第二次国共合作共同抗日时期，因此可以互相通信了。这样也许对于《谢觉哉日记》中的上述记载，可以作出较为圆满的解释。

预挽何叔衡

谢觉哉

既痛逝者，行自念也；
名之所至，谤也随之。

赏析

此联作于20世纪20年代，具体时间不详。何叔衡（1875—1936），湖南宁乡人。清末秀才。参与发起组织新民学会、文化书社、俄罗斯研究会。1921年7月，出席中国共产党第一次代表大会。大革命失败后赴苏联学习，回国后历任中华苏维埃共和国中央执行委员会委员、最高人民法院院长和内务人民委员等职。1935年2月，在福建长汀与江西边界的水口附近在敌人包围中牺牲。

作者何以预挽何叔衡呢？据《谢觉哉日记》1946年7月17日记载：“叔衡、梦周、凌波、我，年纪差不多，同里、同学、同事，朋友而赛过兄弟，后来同参加革命，同做共产党员。常戏言：‘谁先死，谁就应当替谁做传。’我说：‘何老五死，我的挽联是成语四句：“即痛逝者，行自念也；名之所至，谤也随之。”你说如何?’叔衡同志说：‘很好。’叔衡同志很笃实，又很刚介，随时随地，有人很喜欢他，总也有人很不喜欢他，这状况似乎一直继续到他的死。”由此可知，此系当年戏作，因称“预挽”。

上联出自曹丕《与吴质书》：“间者历览诸子之文，对之抆泪，既痛逝者，行自念也。”意谓曹丕因建安七子中诸人死于瘟疫，现正流着眼泪看友人的文章，所以不仅痛惜已逝之人，而且想到自己也快要死了。上联是说，我既痛悼逝者，也就自然想到了自己。

下联出自韩愈《答刘正夫书》："而愈不幸独有接后辈名，名之所存，谤之所归也。"文字稍有出入，却又大同小异。下联是说，名声传到哪里，诽谤也就跟着来了。这既是社会上存在的一种恶习，也与何叔衡自身的性格有关。因其为人刚介直言，常常引起周围毁誉不一，"随时随地，有人很喜欢他，总也有人很不喜欢他"。

此联虽属"预挽"之作，却真正抓住了对方的性格特点，且直接运用前人的成句，也很巧妙自然，难怪友人听了之后也说"很好"。此联既为"预挽"，亦属生前诤言，意在劝诫友人与相互共勉。

被囚写婚联

谢觉哉

做人一世，贵贱何求，梦里依稀，济贫劫富；
戎马半生，前途哪是，醒来豁然，立业成家。

赏析

此联写于 1932 年 9 月。当时，谢觉哉作为湘鄂省委秘书长、《工农日报》主编，在洪湖地区被国民党军队俘虏。他在敌营中沉着机智，没有暴露真实身份，还赢得敌营长的信任。当了解到这支部队是国民党杂牌军，处处受到排挤，则因势利导做敌军官兵的宣传工作。为敌军营长写婚联便是其中一例。

敌军营长已有 42 岁，18 岁即为生活所迫参加地方民团，后被国民党军队改编。由于连年征战，至今没有娶妻。当时部队从安徽调来攻占洪湖根据地。驻地新沟嘴镇上士绅为了讨好，给他做媒和一乡下女子结婚。在准备婚礼过程中，唯独婚联无人撰写。勤务兵建议抓来的"谢胡子"教过书，何不让他写。敌军营长以此相求，谢觉哉开玩笑说："我给你写对联，会有什么报酬?”敌营长表示:“给你做首席。”于是,让勤务兵买纸、磨墨,写成了这副别具一格的婚联。

这副婚联通俗易懂,切人切事,完全符合敌军营长的身世经历和现身处境。此人出身贫苦,当兵为了糊口。做人一世,贵贱何求。当年也曾有过劫富济贫的梦想,而今戎马半生,个人前途未卜,总算梦中醒来豁然开朗,着手立业成家。敌军营长看了连声称好。大宴宾客之时,真的让这位身为囚徒的“谢胡子”坐上婚宴的首席。这在当地一时传为佳话。

谒黄陵二联

谢觉哉

一

远望郁苍连,抱岭环川。成林古柏势参天。百里荒原青一点,愈见森严;

碑石付荒烟。唐宋无传,茫茫禹甸几千年。汉武驱胡勋尚在,安用求仙?

二

庙貌旧崔巍,孙子宜其。四万五千万有奇,物本乎天人本祖,无限低徊;

民族惧沦夷,扫墓何为,玄黄涿鹿尚余威,不是人穷才念祖,祖武依稀。

赏析

此联写于1937年7月。黄陵,我国上古轩辕黄帝的陵墓,位于陕西省黄陵县城北桥山之巅。相传上古黄帝轩辕氏,乘龙离开人间时,臣民们难以割舍,紧紧抓住黄帝的衣服,行至桥山,长龙腾空而去,黄帝的衣冠被扯落下来。于是,人们把扯落的衣冠埋在桥山，以供后人祭扫。黄帝陵在桥山上，史书多称桥陵。陵前有台，传为汉武帝所筑的求仙台。周围有千年古柏数万株，黄帝庙中残存北宋以来的碑石五十多块，刻有汉族及满、蒙等少数民族的祭文。现为全国重点文物保护单位。这两副对联为谢觉哉从延安赴西安途中参观黄陵古迹而作。

先看第一联：

上联中，郁苍，郁郁苍苍，树木茂盛的样子。参天，直向天空。森严，整饬而严肃。上联意谓，远远望去郁郁苍苍连成一片，高山大川环抱其间，大片成林古柏其势直向高空，百里荒原之中青翠一点，愈见气象森严。作者意在描述黄陵周围的环境气氛，地处百里荒原之中，抱岭环川，古柏参天，因而更显森严气象。

下联中，唐宋无传，唐宋时代的碑石没有留传下来。实际北宋以来的碑石还是有的，可能作者没有注意。禹甸，语出《诗·小雅·信南山》："信彼南山，维禹甸之。"后世因称中国疆域为禹甸。求仙，作者自注："陵前有汉武求仙台。"下联意谓，这里有多少碑石已经付诸荒凉的烟雾（历史上的战火硝烟），唐宋年代的碑石均已无传，我国茫茫禹域已经历了几千年。汉武帝驱逐匈奴的历史功勋尚在，哪里还用求仙？

作者谒（拜见）黄帝陵时心情是复杂的，既有对于我国各族人民共同祖先的崇敬与景仰，也有因眼前古迹而引起的怅惘与叹息。"碑石付荒烟"的人生慨叹，"安用求仙"的历史问询，无不蕴含着作者沉郁顿挫的感情。

再看第二联：

上联中，崔巍，高峻的样子。作者自注："现圮甚。"当为想象中的昔日气势。孙子，即子孙。语见《诗·鲁颂·有驳》："君子有穀，诒孙子，于胥乐兮。"宜其，适合他的。奇（jī），单数、零数。低徊，流连、盘旋，含有依依不舍的意思。上联意谓，黄帝庙过去是很高峻的，子孙们认为这样才适合于他的身份。我国人口已有四万万五千万还多，物本于上天而人本于祖宗，因此我在中华民族共同祖先的陵墓前流连徘徊。

下联中，沦夷，沦于夷敌之手。夷为外国侵略者的代称。玄黄，《易·坤·文言》："夫玄黄者，天地之杂也，天玄而地黄。"后用为天地的代称。涿鹿，在今河北省，传说中黄帝曾率领部族在此大战蚩尤，取得胜利。祖武，语出《诗·大雅·下武》："绳其祖武。"谓先人的遗迹、事业。下联意谓，任何一个民族最怕沦于外国侵略者之手，我们今日为何要来扫墓，因为当年黄帝在涿鹿之野大战蚩尤取得胜利的余威尚在。不是人到了穷途末路才想念祖宗，而是先人的遗迹与事业依稀尚在。这里是在希望人们继续先人的事业，将一切外来侵略者彻底消灭。

此联蕴藉含蓄，悲壮深沉。作者何以在中华民族祖先陵墓面前“无限低徊”？正是因为“民族惧沦夷”，希望全国人民继承祖先的事业，发扬“玄黄涿鹿”的余威，将日本帝国主义赶出中国的领土。

1937年4月，毛泽东亦曾撰写《祭黄帝陵》，祭文前有小序：“中华民国二十六年四月五日，苏维埃主席毛泽东，人民抗日红军总司令朱德敬派代表林祖涵，以鲜花时果之仪致祭于我中华民族始祖轩辕黄帝之陵。”此文发表于《诗刊》1992年第7期。如将谢觉哉联语与毛泽东祭文并读，自能获得更多教益。

偶成

谢觉哉

阅历当推我较多，半世备尝，平颇夷险；
归来差幸妻犹健，数天小驻，离合悲欢。

赏析

此联写于1938年9月。据《谢老在兰州》日记部分记载：“1938年9月12日，由耀县出发抵洛川宿。夜忽然想到有机会能回家小住几天，慰我妻期望。拟一联：……何时归，即书之壁间也。”抗日战争爆发后，谢觉哉曾任八路军驻兰州办事处代表，经常为巩固和发展抗日民族统一战线而辛勤奔走，却很少有机会回延安看望妻子。日记中所言耀县、洛川均在陕西中部偏北，距离延安不算太远。作者途中夜宿偶有所感，写成联语聊以自慰。

上联回顾自己坎坷曲折的人生经历。备尝，全都尝过、全都经历。《左传·僖公二十八年》：“险阻艰难，备尝之矣。”平颇，公正与不平、公平与偏颇。夷险，谓平坦险恶。《淮南子·本经》：“接径历远，直道夷险。”亦喻顺境和逆境。这里是说，人生阅历当数我较多，半世以来，公正与偏颇、顺境与逆境全都经历过。

下联表达对于家室的思念和途中夜半想到回家的情景。差幸，尚幸、尚可庆幸。小驻，暂时停留。离合悲欢，即悲欢离合，指人世间悲与欢，散与聚的境遇。苏轼《水调歌头》："人有悲欢离合，月有阴晴圆缺，此事古难全。"这里是说，归来之后尚可庆幸的是妻子身体犹健，我只能回家小住数日又得匆匆离开。人生总有离合悲欢，真是无可奈何的事情啊！此中想到妻子身体犹健的欣慰与又将离去的慨叹，全属真情流露。

这副联语抒情气息很浓。作者于旅途之中夜有所思，似梦非梦，亦真亦幻，借以表达思念家室、感慨系之的思想感情。一位上了年纪的革命者在战争年代里，既要勤劳国事而又思念妻室的真挚复杂的感情跃然纸上。读之让人肝肠寸断而又感发奋起。

挽抗战烈士

谢觉哉

宋无秦桧，谁下金牌？
蜀有谯周，惯修降表。

赏析

此联写于1939年7月。当时，中共中央在延安集会纪念抗日战争两周年，并悼念这两年间牺牲在各抗日战场上的烈士。作者从自己所写的一篇祭文中摘引其中几句而成此联。

上联中，秦桧，为南宋宰相、朝中投降派代表人物。在金兵南渡时，力主和议、向金称臣纳降。金牌，以金粉书写的令牌，供传达最紧急命令时使用。秦桧当年曾于一日之内假传十二道金牌，令岳飞撤兵回朝，并以"莫须有"的罪名将岳飞害死。这里是指国民党当局命令进入河北的八路军撤回山西归二战区节制。上联意谓，南宋如果没有秦桧，谁给岳飞下十二道金牌呢？言外之意，下令八路军离开抗日前线，不正就是当代秦桧之所为吗！

下联中，谯周，为蜀国光禄大夫，曾力劝后主刘禅投降，后被司马昭封为阳城亭侯。降表，主张投降的奏章。这里是指汪精卫亲日集团的卖国行径。下联意谓，当年蜀国有个谯周，惯于修撰投降的表章。至于今日谯周，人们也是可以意会而又呼之欲出的。

此联为喻时之作，用典恰切，言简意深。以历史人物秦桧、谯周喻今日投降派和汉奸汪精卫之流，至为切当。明写古代投降派的卖国行径，暗喻今日投降派的所作所为，从中可看出作者极其高明的战斗艺术。作者平日喜读《容斋随笔》，尤爱其书搜载的四六名句。这副对联及其此前所撰的祭文，就是作者对此加以尝试与实践的成果。

挽李彩云

谢觉哉

电花飞处失元良，造物何残，人命何脆？
延水之旁伤逝者，积勋在国，遗爱在民。

赏析

此联写于1941年6月。李彩云为陕甘宁边区延川县代县长。1941年6月3日，在延安陕甘宁边区政府会议室召开县长联席会议时，因雷雨大作会议室触雷电，有八人被击中，李彩云最重，当即身亡。6月5日，边区政府在延安举行李彩云追悼会，谢觉哉撰送此联致哀。

上联为意外事故痛失元良而感伤。元良，原意大善，后指杰出人物。造物，古代以为万物均由天造，故称天为造物。这里是说，雷雨交加之时，电花飞处竟然失去了一位杰出的人物，老天何以这样残忍，而人命又何以如此脆弱呢？一片哀伤痛惜之情溢于言表。

下联在悼念逝者的同时，表彰其生前的功德。遗爱，语出《左传·昭公二十年》："及子产卒，仲尼闻之，出涕曰：'古之遗爱也。'"杜预注："子产见爱，有古人之遗风。"后亦谓将仁爱遗留于后世。这里是说，我们在延河旁边哀悼逝者，他所积累的功勋存在于国家，他所遗下的仁爱之心永远给了人民。逝者虽已离去，大爱永留人间。

这副挽联语言简练，对仗工整，无论抒发人生感慨，还是表彰逝者功德，都有颇为强烈的感情色彩。

挽任作民

谢觉哉

心如石，气似虹，入水不濡，入火不爇；
志未酬，身先陨，半生事业，斯世楷模。

赏析

此联写于1942年2月。任作民（1899—1942），湖南湘阴人。1922年加入中国共产党。曾任中共中央秘书兼会计、河南省委宣传部长、沪东区委书记、山东省委书记、湖南省特委书记。1940年到延安，任中共中央西北局秘书长。1942年2月20日病逝于延安。当时延安各界举行任作民追悼会，谢觉哉撰送此联致哀。

上联中，濡（rú），沾湿。爇（ruò），点燃、焚烧。上联意谓，任作民其人心如山间磐石，气似天上长虹，入水不会沾湿，入火不会烧化。这就高度赞美逝者生前心坚气壮、水火不侵的可贵品格。

下联中，酬，实现愿望。陨（yǔn），通殒，死亡。下联意谓，逝者壮志未酬，身已先死，其半生为革命事业所作出的贡献，亦已为当世之人做出了榜样。这里进而追怀逝者的生平业绩，希望人们向他学习。

这副挽联句子简洁有力，且多采用比喻。既高度评价逝者的功业品德，又表达了作者沉痛悼念的感情。

题 延 园

谢觉哉

风雪漫天仍作客；
梨花满地不开门。

赏析

此联写于 1942 年 6 月。当时，谢觉哉因劳累过度，中央决定让他到延安枣园休养。其时枣园梨花如雪，景色幽美。大家要谢老为延园题副对联，于是几经推敲，终于写成此联。

谢老题写此有个构思过程。当时同在枣园休养的续范亭即兴吟成两句小诗：“百树艳梨开老干，半园枯柳发新枝。”谢老对此颇为赞赏，于是首先想出了下联：“梨花满地不开门。”一时却想不出适合的上句。夜里躺在床上，想到吴敬梓词中似有“风雪漫天”之句，正好可以与之对应。

“风雪漫天仍作客；梨花满地不开门。”上联采用清代作家吴敬梓词中的成句，下联则由身边友人续范亭诗句化成。古今结合，自然天成。此中既有对于延园景物的生动描绘，冬日“风雪漫天”，夏季“梨花满地”，随着季节变化，亦自各有千秋。此中还有作者自己心情的流露，“仍作客”一语于纪实之中透出淡淡的乡思，“不开门”则极言其静，表示安心在此休养。因其完全符合延园特点，能收到情景交融的艺术效果。续范亭阅后亦对此联赞赏不已。

挽 左 权

谢觉哉

鞠躬尽瘁，死而后已；
匈奴未灭，何以家为。

赏析

此联写于1942年7月。左权为我军高级将领。1925年加入中国共产党。黄埔军校毕业后，又去苏联伏龙芝军事学院学习。回国后参加过开辟中央苏区的斗争和红军二万五千里长征。抗日战争期间，任八路军副参谋长。1942年5月25日，在山西抗日前线指挥作战中英勇牺牲。同年7月延安各界举行左权将军追悼会，谢觉哉撰送挽联致哀。

这是一副典型的集句联。"鞠躬尽瘁，死而后已。"语出诸葛亮《后出师表》："臣鞠躬尽瘁，死而后已。"鞠躬，表示恭敬谨慎。尽瘁，竭尽劳苦。已，完、结束。意在表示自己一生谨慎，为国家尽心尽力，一直到死为止。上联意谓，左权将军像当年诸葛武侯一样，勤勤恳恳，竭尽心力，为了国家民族而奋斗终身。

"匈奴未灭，何以家为。"语出《汉书·霍去病传》："去病曰：'匈奴未灭，何以家为也。'"霍去病为西汉名将，多次击败匈奴骚扰。汉武帝要为他建造府第，他却拒绝说："匈奴未灭，何以家为也。"谓北方匈奴尚未消灭，何以顾得上自己的家呢？这里"为"表示感叹和诘问的语气。下联意谓，左权将军像西汉名将霍去病一样，为打败日本帝国主义强盗而尽了自己的全部力量。

这副挽联集古书中成语四句，借以赞颂左权。以三国时代的诸葛亮与西汉名将霍去病喻这位抗日名将多么贴切！进而引用能体现两位古人性格特点的语言则更能说明问题。这里既是赞颂逝者左权，也是对于所有生者提出要求，我们应向左权将军学习，去夺取抗日战争的最后胜利。

挽王凌波

谢觉哉

回也克己，由也兼人，奋厉直前，才与命悖；

治事特勤，求学太勇，积劳到死，我负君多。

赏析

此联写于1942年9月。王凌波，湖南宁乡人。1925年加入中国共产党。大革命失败后，一直在国民党统治区坚持党的地下工作，曾两度被捕入狱。1939年12月到延安，任行政学院副院长。1942年8月因病逝世。9月6日，延安各界举行王凌波追悼会，谢觉哉作为同乡挚友，撰送挽联致哀。

上联对于逝者赞其高才厚德，哀其英年早逝。回，颜回，由，仲由，均为孔子学生。克己，克制自己的私欲，约束自己的行为。《论语·颜渊》："克己复礼为仁。"兼人，胜过别人，一人抵得两人。《论语·先进》："求也退，故进之；由也兼人，故退之。"奋厉，奋发踔厉的缩语，用以形容奋发有为意气昂扬。悖（bèi），违背、违反。《礼记·中庸》："道并行而不相悖。"上联意谓，逝者像颜回那样能约束自己，又像仲由那样能胜过别人，平时总是奋力向上勇往直前，可惜虽有才能而命运不济，终于英年早逝。这是对于逝者一生的评价。

下联既痛惜友人不幸病逝，又对自己未能照顾好友人而加以自责。治事，治理日常事务。下联是说，逝者生前管理各项事务特别勤快，平时探求学问用力过猛，因此积劳成疾以致故去，我作为同乡挚友对不起他的地方太多了。

王凌波系"宁乡四髯"之一，谢觉哉与其交谊深厚。联中赞友、悼亡、自责之情溢于字里行间。作者次年1月在致王凌霄信中还说："不料他竟一病不起，我们作朋友的，未能事先注意他的身体，劝其节劳，这是悔之无及的。""盖棺论定，凡知道他的无不说他是个完人。这种结果，不是易得到的。可惜寿年不长——虽然并不算短命，不是说他没等到享受幸福，而是说他有许多学问，还没致用。"这种从信中流露出来的对于友人的痛惜与自我愧悔之情，同样是极其感人的。

代吴缣撰贺辛波雪初结婚

谢觉哉

迟我二八天，西岭月生，东篱菊盛；

欣逢双十节，努力建国，同心建家。

赏析

此联写于1942年10月。吴缣当时在陕甘宁边区政府协助谢觉哉工作。辛波、雪初均为爱国青年，同在延安工作，二人将在10月10日结婚。吴缣特请谢老代拟一副向友人贺喜的婚联。

上联中，二八天，即十六天。吴缣参加辛波、雪初婚礼时，自己亦定于10月26日举行婚礼，故“迟我”实为“我迟”之意。月生，月亮刚刚升起，因其友人婚礼在阴历月底。菊盛，菊花盛开。陶渊明《饮酒二十首》之五：“采菊东篱下，悠然见南山。”上联意谓，我迟十六天也要结婚了，现已进入秋季，新月初升于附近西岭之上，菊花盛开在东篱之下。这里明显流露出青年人即将新婚的喜悦心情。

下联中，双十节，1911年10月10日，爆发了孙中山领导的武昌起义，史称辛亥革命，后由民国政府将这一天定为双十节。下联意谓，你们结婚喜逢双十节，希望你们今后努力建设祖国，同心建设家庭。这是对于新人的美好祝愿。

这副贺联写得很有特色。上联起于言己，下联及于友人，大有你我同喜之意。联中既有景语点明时令，又有贺词勉励新人，能收到情景交融的艺术效果。因其切景切情，文辞典雅，可谓现代婚联佳作。

代吴敏撰贺陈行健吴缣结婚

谢觉哉

古之情痴，今之情种；
人间月满，天上月圆。

赏析

此联作于1942年10月。吴敏、吴缣、陈行健，当时均在延安工作，且为谢觉哉熟悉的年轻友人。吴敏为吴缣妹妹，谢老应其所请，代为撰联祝贺其姐姐结婚。

上联意在赞美陈行健与吴缣之间真挚纯朴的爱情。情痴、情种，对于异性友人一往情深，爱得如醉如痴，堪称多情种子。语见《红楼梦》第二回：“若生于富贵公侯之家，则为情痴、情种。”这里是说，你们相亲相爱，有如古代的情痴，今天的情种，此系对于男女青年处于热恋阶段亦庄亦谐的赞词。

下联表达对于新人的美好祝福。月满，月光满地，可以象征年轻人美满的爱情。月圆，陈行健、吴缣结婚正值阴历九月十七日，自当天上月圆。这里是说，天上一轮圆月，人间月光满地。这就既点明了时间，亦喻新人生活美满幸福。

这副贺联形象鲜明，比喻贴切，庄谐并举，意趣盎然。以情痴、情种贺热恋中的情人，以月满、月圆写眼前的时令，信手拈来，均成妙语，能给人以赏心悦目的感觉。

谢老除给吴敏代笔外，自己也写了一副贺联。联曰：“天长地久，花好月圆。”同样采用颇为通俗的语言，表达了对于新人的美好祝愿。

挽同族五婆

谢觉哉

离一万里，别十八年，戚畹典型难再觌；
堂下诸雏，闺中病息，重闱号泣竟无依。

赏析

此联作于1943年2月。据《谢觉哉日记》载：“子杰五阿，怕将八十岁了。寄回挽联叫子谷写好送去。姜母谢太孺人灵右：……小女群英为太孺人孙媳，病目废，太孺人待之很厚。侄谢焕南自秦中挽寄。”当时作者长子子杰的五婆去世，写了一副挽联寄回，让次子子谷写好送去。

上联中，离一万里，陕西延安与湖南宁乡相距万里之遥。别十八年，谢觉哉1925年入党后外出从事革命，离家已十八年。戚畹，外戚，外家的亲属。语见

《宋史·李处耘论》:“幸联戚畹之贵。”觌(dí),见、相见。上联意谓,延安与湖南宁乡离开有一万里,我们分别也已十八年,您作为外家亲属的典范再也见不到了。这里对于同族五婆的病逝表示深深的惋惜。

下联中,诸雏,众多年幼的孩子。病息,生病的子女,此指双目失明的孙媳。重闱(chóng wéi),祖父母居住的地方,用以称祖父母。下联意谓,堂下年幼的孩子,闺中生病的孙媳,均在祖母居住的地方孤苦无依地哭泣。这里既写出同族五婆家困苦的状况,也反映小辈们为失去五婆而悲哀。

这副挽联写得哀婉凄楚,隐恻感人。对于同族五婆的家境清寒有着深切的同情,而对无缘再见老人亦流露深深的怀念之情。

伤梦作

谢觉哉

遗蜕等尘埃,丧之欲速贫,死之欲速朽;
百年犹思暮,恶之欲其死,爱之欲其生。

赏析

此联写于 1943 年 2 月。据《谢觉哉日记》载:“昨夜作奇梦,徐老死了,但另一徐老活着,活的徐老参加送死的徐老的殡。因此,我们一点也不感到悲伤。把柩送到停柩地点,是黑夜,两旁屋里都点着灯,我喊:‘徐特立同志灵柩来了,你们把灯移出。’有不睬的,也有移出的。醒成一联:……”可见,谢觉哉当时有感于奇特的梦境而作此联,因其不胜感伤,因称《伤梦作》。

上联中,遗蜕(tuì),道家谓尸解曰蜕质,后因以遗蜕为尸体的代称。上联意谓,人死之后留下的遗体等于尘土一样,社会上丧失地位的人希望快点贫穷,想死的人希望快点腐朽。这里显系愤激之词,谓人在万恶的旧社会里生不如死,不如早点脱离贫穷、腐朽的社会。

下联中,百年,旧谓人生百年,因作晚年代称。思,本指思念,可引申为悲伤。恶(wù),

讨厌、憎恶。下联意谓，人生虽有百年，仍会为自己晚年而悲伤，因为有人厌恶他就会要他早点死去，爱护他就会让他生存下来。这里是指社会给予老人不公平的待遇，也在指责某些人实用主义心理。

此联为“伤梦”而作，内蕴深沉，感慨犹多。丧、死、恶、爱之间，有着许多人生哲理，需要结合当时社会实际加以深入领会。联中多用古代“四书”中的成句，文字更显典则而含蓄，颇多耐人寻味之处。

挽刘志丹三联

谢觉哉

一

龙战当年，巨星遽陨天无色；
鹤归何日，忠骨长埋土亦香。

二

创始着盖世丰功，阶级解放，民族解放，人类解放；
永远是我们模范，志气超群，道义超群，谋略超群。

三

功业非以前任何人物可比；
精神长活在百万群众之中。

赏析

这三副挽联写于1943年4月。刘志丹于1925年加入中国共产党，为西北红军和陕甘革命根据地创建人之一。1936年春率部参加东征，在山西中阳县三交镇战斗中牺牲。1943年4月23日，因志丹县刘志丹陵落成，延安各界公祭刘志丹灵榇。谢觉哉为陕甘宁边区参议会代撰“奉安志丹同志陵”三联，以志哀思。

第一副挽联：

上联追忆当年刘志丹率军东征抗日，遭国民党反动派狙击不幸牺牲。龙战，语出《易·坤》："龙战于野，其血玄黄。"后因称群雄争夺天下为龙战。此指刘志丹为创建陕甘革命根据地而进行的英勇斗争。这里是说，刘志丹当年浴血奋战，不幸巨星忽然坠落，天地都为之失色。谓逝者在人们心目中像巨星一样，他的牺牲损失极大。

下联取"青山有幸埋忠骨"之意，并愿逝者化鹤归来。鹤归，典出《搜神后记》卷一，汉代辽东人丁令威学道于灵虚山，死后"化鹤归辽"。邓文原《郎中苏公哀挽》："夜静燕台山月冷，只疑化鹤一归来。"这里是说，不知逝者何时能化鹤归来，烈士忠骨长埋之处，连泥土也会带有芳香的气味。可谓英魂不灭，万古流芳。喻逝者虽死犹生，其精神永远感染和激励着人们。

此联紧扣"奉安"题旨，当年"巨星遽陨"于中原大地，今日"忠骨长埋"于志丹陵内，人们将永远怀念凭吊这位不朽的英雄。

第二副挽联：

上联意谓，刘志丹烈士为了阶级解放、民族解放与人类解放，而创立着盖世无双的丰功伟绩。创始，创立、创建。这样就将逝者个人功绩之大与历史意义之深很好地表现出来了。

下联意谓，刘志丹烈士的革命志气、为人道义与作战谋略均超出众人之上，因而永远是我们学习的模范。

此联用语通俗易懂，文字朴实无华，却能充分表现刘志丹烈士的丰功伟绩与为人品德。联中还采用排比句式和词语同位方法，上联用了三个"解放"，下联并列三个"超群"，或层层递进，或一一列举，都能不断加深人们的印象。

第三副挽联：

联语虽句子较长，文字却通俗易懂。据作者自注，这是一副"陵前牌头联"。因需直行书写，故以长句为宜。作者悼念之情，意犹未尽，因而再次赞颂刘志丹烈士勋名盖世，精神长存。正如周恩来当时《题刘志丹陵》诗句所言："上下五千年，英雄万万千；人民的英雄，要数刘志丹。"

谢觉哉当时除代拟这三副挽联外，还为边区参议会撰写《致志丹陵祭文》。开篇即为："古圣贤豪杰多矣，有大国之理想且为其理想而实践奋斗，如我志丹同志者不多见！""我志丹同志奋起边地，百折不回，遂而缔造民族解放、阶级解放、人类解放之基地，陕北一隅，成为全国与全世界所属望，奇功伟绩，实罕其伦。”如将挽联与祭文并读，自能加深我们的认识与理解。

贺姜国仁母寿辰

谢觉哉

一门萃女秀男贤，画荻话从来，八千里外；
夫子负族称乡誉，班荆怀往事，四十年前。

赏析

此联写于1943年8月。姜国仁为谢觉哉同乡女友，一同参加革命，同在延安工作。因亦善诗词，遂时相唱和。当时，姜国仁母亲七十寿辰，作者特撰寿联一副，寄至湖南宁乡。

上联赞颂距离延安八千里外的姜母当年教育子女有方。萃，原指草木丛生，可引申为聚在一起的人或物。画荻，典出《宋史·欧阳修传》，欧阳修四岁丧父，其母郑氏亲自教子读书。由于家境贫寒，无力购买纸墨，只得以芦荻画地学习写字。后因以赞母教。这里是说，姜家一门集萃女秀男贤，而这一切都应归功于八千里外的母亲当年的精心教育。

下联转而称颂姜国仁父亲在乡里享有一定的声誉。夫子，旧时妻称丈夫，此指姜国仁父。负族，担负家族的重任。班荆，为“班荆道故”的缩语，典出《左传·襄公二十六年》，意谓铺草于地而坐，共话故旧之情。据《谢觉哉日记》载：“国仁父石生，四十年前会过一面。”可见“班荆怀往事”，应指作者四十年前与姜父的一面之交。这里是说，姜夫子（国仁之父）担负维系姜氏家庭的重任，在乡里中享有一定的声誉。何时能有机会铺草于地而坐，共话四十年前在家乡交往的故旧之情。

这副寿联赞颂姜国仁母亲教育有方，而又兼及其父称誉乡里。联中用了两个成语典故亦颇为恰切，下接“八千里外”与“四十年前”，更是神来之笔，将有关故实的时间地点都点出来了。唯上下联开头句子内容虽好而文字对得欠工，尚有可以斟酌之处。

挽拉素滴勒盖三联

谢觉哉

一

为民族解放奋斗多年，大义凛然，群雄崛起；
正边区抗建设施孔亟，长才遽逝，万众悲恸。

二

诚也明也勇也断也，揭正义，抱宏猷，大漠英雄本色；
劳欤病欤天欤人欤，是长才，忽短命，边疆万众吞声。

三

为蒙汉族团结奋斗以来，率大漠健儿，跃马纵横持正义；
正法西斯颠蹶崩颓之际，陨中天巨曜，束刍号泣遍边氓。

赏析

这三副挽联作于1943年8月。拉素滴勒盖（1886—1943），蒙古族。早年曾参与内蒙古的民族解放运动，后率领无数内蒙古热血青年投入革命队伍。生前任陕甘宁边区参议会参议员、边区政府委员。1943年7月31日因病在延安逝世。临终留下遗言：“我相信日寇一定要失败，中国一定要胜利。”“共产党奋斗的方向，是全中国人民奋斗的方向，也就是解放蒙古民族的惟一方向。”8月8日，陕甘宁边区政府主持召开拉素滴勒盖追悼会，谢觉哉代边区参议会和民政厅撰三副挽联致哀。

第一副挽联：

上联中，凛然，严肃而使人敬畏的样子。群雄，指内蒙古人民反抗王公贵族的武装力量。上联意谓，你为内蒙古人民的民族解放而奋斗多年，在反对封建领主的斗争中大义凛然，各地牧民也已纷纷组织起革命的武装力量。

下联中，抗建，抗战、建国。孔亟，甚为迫切。长才，才有专长。语出《世说新语·赏誉》："太傅府有三才：刘庆孙长才，潘阳仲大才，裴景声清才。"遽，急、仓猝。下联意谓，目前正是陕甘宁边区政府抗战、建国任务付诸实施甚为急迫的时刻，不料你这位颇有专长的人才却突然去世，广大群众无不为之悲伤。

此联对仗工整，言简意明。既高度评价逝者在内蒙古民族解放斗争的作用，又为陕甘宁边区失去这样的人才而痛惜。

第二副挽联：

上联中，也，语气词，表示判断或肯定。这里是在历数逝者性格上的特点。宏猷（yóu），宏大的计划。大漠，即大沙漠，过去泛指我国西北部一带的广大地区。《新唐书·狄仁杰传》："北横大漠，南阻五岭。"上联意谓，你是多么的忠诚、明智、勇敢、果断，高举正义的旗帜，抱有宏大的计划，充分显示大漠英雄的本色。

下联中，欤（yú），表示疑问语气。下联意谓，拉素滴勒盖之死，究竟是因为劳累、疾病，还是因为天灾人祸？这样一位颇有专长的人才，却忽然如此短命，使得边疆地区广大人民群众忍泣吞声。

此联成功地采用镶字艺术。为使文字郑重，语气舒缓，有意加进几个无关紧要的虚字，以强化紧要的字。这样更能突出某种感情或内容，文字上亦更有节奏感。上联首句重复出现四个"也"字，下联也在相对的位置上重复四个"欤"字，因而更能突出前面的内容，以充分表达作者赞颂与痛惜之情。而且此联同前一样，上联进而赞颂逝者具有"大漠英雄本色"，下联继续为逝者长才短命而深深叹息。这两副挽联因为边区参议会代拟，遂较为注意从组织的角度肯定逝者的功业品德，并为失去这样的人才而感到惋惜。

第三副挽联：

上联意谓，拉素滴勒盖自为蒙汉民族共同的解放事业而奋斗以来，率领着蒙古族的大漠健儿，持枪跃马，纵横北疆，坚持为革命的正义事业而战。这里通过生动鲜明的艺术形象再现逝者大漠英雄的本色。

下联中，颠蹶（jué），颠仆、跌倒。巨曜（yào），有巨大光芒的星。束刍，系着草绳，为了送丧。氓（méng），民众。《孟子·公孙丑上》："则天下之民皆悦而愿为之氓矣。"下联意谓，目前正是德、日、意法西斯走向崩溃失败的时刻，你这颗有着巨大光芒的星却坠落于中天，广大边疆民众无不系着草绳号啕痛哭为你送丧。

此联为边区政府民政厅代拟，似有两个明显特点：一是句子较长而对仗工整；二是用了较多的文言词语，文白相间，自成一格。写法与前稍有区别，却同样表达了对于逝者沉痛悼念的感情。

自题春联

谢觉哉

容颜非旧，情景依然，佳节倍思乡，近二十年在外；
不问归期，只求健在，至情在无语，自八千里来书。

赏析

此联写于1944年1月。当时正值新春佳节，谢觉哉在延安收到家乡来信，感慨之余，联以志之。因系迎春有感，故以“春联”名之；为与传统春联内容有别，遂加“自题”二字，含有聊以代替春联之意。

上联中，容颜非旧，现在容颜已不同于往日，自己年纪大起来了。情景依然，指自己青少年时代在故乡从事革命活动的往事。佳节倍思乡，从王维“独在异乡为异客，每逢佳节倍思亲”诗句化出。近二十年，作者于1927年正月初二离家整十七年了。上联意谓，我已年过半百容颜非旧，而往日在故乡生活的情景历历如在目前，特别是在传统佳节更加思念家乡的亲人，我已有近二十年没有回过故乡。

下联中，“不问归期，只求健在”，为家乡来信中的话。至情，最深厚的感情。下联意谓，你们信中所言“不问归期，只求健在”，使我从八千里外来书中体会到人间最深厚的感情在于无声的语言之中。因为家乡亲人深知，只要收信人能够战斗到胜利的那一天，就一定能回故乡省亲。此语从李商隐《夜雨寄北》诗句转化而来。

这副春联自成一格，实为接读家书迎春有感而作。一片怀念故乡之情，溢于字里行间；作者献身革命之志，亦在不言之中。感情真挚深沉，语言婉转顺畅，用典雅致妥帖。这就是一位革命者充满豪情而又颇为旷达的节日抒怀。

挽钟太夫人

谢觉哉

红日入怀，盖世勋名光子舍；
白云在望，漫天暗淡陨慈晖。

赏析

此联作于1944年3月。同年2月15日，朱德母亲钟太夫人在家乡四川省仪陇县农村病逝。4月10日，延安各界为她举行追悼会，谢觉哉撰送挽联致哀。

上联中，红日入怀，古代传说，母亲怀孕时，梦见红日投人怀抱，必定生出非凡杰出的儿子。子舍，语出《史记·万石君传》：“石建为郎中令，每五日洗沐，归谒亲（父母），入子舍。”前人认为子舍是正房旁边的小房子，或为诸子所住的地方。上联意谓，钟太夫人当年红日入怀，在四川仪陇的农舍生下盖世英雄朱德。“子舍”所以放光，因其“红日入怀”之故。

下联中，白云在望，典出《旧唐书·狄仁杰传》：“其亲在河阳别业，仁杰赴并州，登太行山，南望见白云孤飞，谓左右曰：‘吾亲所居，在此云下。’瞻望伫立久之，云移乃行。”后因以“白云在望”或“望云”指思念父母。慈晖，母亲有如太阳的光辉。下联意谓，其子仍在仰望“白云”，而母亲却已去世。漫天乌云，一片暗淡，慈母有如太阳一样的光辉亦已陨落。这里是指钟太夫人之死，犹如“慈晖”“陨落”，让人悲痛。

这副挽联写得庄重、典雅、肃穆。以“红日入怀”与“白云在望”这样的传说与典故作喻，既颂朱母，又赞其子。“光子舍”与“陨慈晖”，对仗工整，语短情长，值得人们回味，堪称挽联佳作。

代任锐撰挽钟太夫人

谢觉哉

移小孝作大忠，涕泪倚闾，见其出不及见其归，属纩应留无限憾；

拼一身为万众，勋名盖世，有此母乃能有此子，瓣香早慰在天灵。

赏析

此联写于1944年3月。同年4月10日，延安各界为朱德母亲钟太夫人举行追悼会，谢觉哉应孙炳文烈士夫人任锐之请，代为撰写挽联，向钟太夫人致哀。

上联赞朱母之大义。小孝，子女孝顺父母，因其范围较小，因称小孝。倚闾，指倚门盼望亲人早点归来。闾为古代里巷的门。属纩（zhǔ kuàng），语出《礼记·丧大礼》，谓用新的丝绵置于临死之人鼻前，验其是否断气。后因以为疾病临危的代称。这里是说，朱母教育儿子把为国尽忠放在为家尽孝之前，但作为母亲，又常常含泪倚闾而望，多少年来只见其出而未见其归，直到临终前夕仍未能见儿子一面，以致留下无限的遗憾。这里是从母亲盼子心切的角度来写，更能衬托出儿子为国尽忠的献身精神。

下联颂其子之勋名。勋名，功勋和英名超过当世之人。瓣香，那一瓣心香、一炷香。古人常拈香一瓣，因以表示虔诚敬仰之意。这里是说，拼一己之身为万众幸福，因而功勋名望无不超过当世之人，可见有了这样的母亲才能有这样的儿子，愿以一炷心香早慰老人在天之灵。

这副挽联亦属母子同赞。其子能以“勋名盖世，当属母亲所赐”。这样就将悼念朱德母亲钟太夫人提到一个新的高度。联语文情并茂，感人至深。

代边区政务会议撰挽钟太夫人

谢觉哉

革命遵行仁恕教；
望云庆读蓼莪诗。

赏析

此联写于1944年4月。同年4月10日，延安各界为钟太夫人举行追悼会，谢觉哉为陕甘宁边区政务会议代撰挽联致哀。

上联中，仁恕，孔子所宣扬的仁爱忠恕，均属儒家的伦理道德范畴。这里是在古为今用，指出我们今天仍应以仁爱之心爱人。上联意谓，朱德作为革命者一贯遵母亲注重仁义、宽厚待人的教诲，实际赞扬钟太夫人支持儿子参加革命。作者在为边区政府代拟的挽词中还曾指出："总司令决心为全国人民尽大孝道，他要消灭那使母亲（以及千百万的母亲们）被侮辱和损害的社会原因。我们感谢总司令，更感谢诞生和教育我们的总司令的太夫人。"

下联中，望云，典出《旧唐书·狄仁杰传》，与前"白云在望"义同，均指思念父母。蓼莪(liǎo é)，语出《诗·小雅·蓼莪》："蓼蓼者莪，匪莪伊蒿。哀哀父母，生我劬劳。"后因以"蓼莪"作为对已故父母的怀念。这里"蓼莪诗"，是指朱德当时所写的《母亲的回忆》。下联意谓，朱德对于母亲思念的感情，从我们所庆幸读到的《母亲的回忆》一文中可以看出。

这副挽联虽只有两句，却典雅工丽。上联突出母亲的教诲，下联曲尽人子的孝道。所用均系传统文化语汇或成语典故，而又推陈出新，赋予新的含义。实属大家手笔。

挽鲁佛民

谢觉哉

生东海滨，抱仲连义，才未尽，仇待歼，无可奈何花落去；
葬古延城，傍要离冢，骨长埋，心永热，几时同化鹤归来。

赏析

此联写于1944年5月。鲁佛民（1881—1944），山东济南人。早年从事法律和新闻工作。1926年加入中国共产党。1937年8月到延安，历任陕甘宁边区政府秘书处负责人、法制委员会委员兼边区银行法律顾问。1944年5月18日病逝于延安。5月20日，延安各界举行鲁佛民追悼会，谢觉哉撰送挽联致哀。

上联表彰逝者为人品德，哀其不幸病逝。仲连，即战国时齐人鲁仲连，善于出谋划策，常周游各国排难解纷。他竭力劝阻各国尊秦为帝，曾发誓言：“彼即肆然而为帝，过而为政于天下，则连有蹈东海而死耳，吾不忍为之民也。”鲁仲连义不帝秦，且有蹈海之节，历来为人所称赏。无可奈何花落去，语出晏殊《浣溪沙》，形容留恋春景而又无法挽留的心情。鲁佛民入院后自知病将不起，辄谓“无可奈何花落去”之句。上联意谓，逝者生于东海之滨的济南，抱有古代志士鲁仲连的义气，可惜长才未尽，仇敌未歼，却像春花一样零落不幸离开人间。

下联深表作者怀念之情。古延城，即延安。鲁佛民死后，与延安行政学院副院长王凌波、中共西北局秘书长任作民，合葬于延安杜甫川。要离冢（zhǒng），要离的坟墓。要离为春秋末年吴国人，相传他由伍子胥推荐给吴王，谋刺在魏的公子庆忌。后庆忌被刺死，他亦自杀。化鹤，典出《搜神后记》卷一：“丁令威，本辽东人，学道于灵虚山，后化鹤归还。”后常以“化鹤”为死亡的代称，这里则取归来之意。下联意谓，逝者葬于延安杜甫川，且在古代义士要离墓旁，尸骨长埋，心头永热，不知几时能与王凌波、任作民一起化鹤归来。作者是在慰勉友人的英魂，盼望其像仙人一样化鹤归来。

这副挽联对仗工整，情真意挚。几个典故亦用得恰到好处。古代义士仲连，姓鲁，齐人，以喻逝者可谓巧合。至于要离、化鹤二典，均能表现作者怀念亡友的一片深情。

代林伯渠李鼎铭撰挽鲁佛民

谢觉哉

六载共磋磨，适馆授餐惭我拙；
一生矢忠义，疾风劲草让公贤。

赏析

此联写于1944年5月。同年5月20日，延安各界举行鲁佛民追悼会，谢觉哉接受林伯渠、李鼎铭的委托，代拟挽联致哀。

上联首先回顾昔日友谊与友人对于自己工作上的帮助。六载，指鲁佛民自1938年春进入陕甘宁边区政府秘书处，协助边区政府正副主席林伯渠、李鼎铭工作已达六年。磋磨，切磋琢磨的缩语。语见《诗·卫风·淇奥》："如切如磋，如琢如磨。"比喻在学习和工作中互相商讨，互相帮助。适馆授餐，语出《诗·郑风·缁衣》："适子之馆兮，还予授子之粲兮。""粲"通"餐"，谓款待宾客招待食宿。这里是说，我们在陕甘宁边区政府共事六年，经常互相商讨，在日常工作与交际联络方面，我们因拙于此道而感到惭愧。这既是个人谦虚之词，也是对于友人的推崇。

下联对于逝者一生的历史功绩与革命精神作出很高评价。矢，通誓。《诗·鄘风·柏舟》："之死矢靡它。"疾风劲草，即疾风知劲草，大风刮来，只有劲草迎风挺立，喻人能经受严峻考验。这里是说，你的一生誓守忠诚正义，并在种种严峻考验面前证明你是一位比我等更强的贤者。

这副挽联属对工稳，用语恰切。既高度评价了逝者，又自然融入了个人的友情。作者虽系为人代拟，亦如林、李二位己出。

挽李景波

谢觉哉

比短命颜回只多一岁；
同临死宗泽奋起三呼。

赏析

此联作于1944年7月。李景波（1913—1944），生前为陕甘宁边区参议会参议员。1944年7月初患急性盲肠炎去世。生前常说："共产党员要为人民做好事。"他身体力行，为人所敬仰。7月16日，陕甘宁边区政府举行李景波追悼会，谢觉哉撰送挽联致哀。

上联对于李景波不幸病逝表示沉痛哀悼。颜回，春秋鲁国人，孔子的学生。因其刻苦好学，孔子极为赞赏，可惜只活了三十岁。《论语·先进》记载孔子的话："有颜回者好学，不幸短命死矣。"作者以短命颜回比李景波，既赞赏高尚的品德，又为他的英年早逝表示惋惜。

下联表彰逝者临终之前仍关心祖国抗日救国大业。宗泽，为南宋抗金名将，多次上书力劝高宗还都开封，收复失地，均遭投降派所阻。后忧愤成疾，临死时犹连呼三声"渡河"，不忘抗击金兵南侵。这里是说，李景波同当年抗金名将宗泽一样，临死仍奋起三呼，念念不忘取得抗日民族解放战争的最后胜利。

这副挽联语短情长，构思巧妙，用了两个古代历史人物的典故，至为切当。与"短命颜回"相比，哀其英年早逝；以"临死宗泽"为喻，赞其爱国情切。这样既在文字上对得很工整，又能给人留下诸多思索回味的余地。

挽汪逆精卫

谢觉哉

一钱不值何须说；
万死岂足蔽其辜。

赏析

此联写于1944年间。汪精卫（1883—1944），名兆铭，广东番禺人。早年参加中国同盟会，曾任《民报》主编。20世纪20年代起，历任广州国民政府主席、南京国民政府行政院院长兼外交部部长、国民党副总裁、中央政治委员会主席、国民参政会议长。1938年12月公开投降日本。1940年在南京任伪国民政府主席。1944年死于日本。谢觉哉闻讯，迅即写成此联，借以讨伐汪逆精卫。

上联首先指出，这个卖国求荣的大汉奸自然“一钱不值”，何须我们去多说呢！一片轻蔑之情溢于言表。

下联中，蔽（bì），遮挡、遮蔽。辜（gū），罪、犯罪。这里是说，此人虽死万次难道足以遮蔽他的罪行吗？真是罪在不赦，死有余辜。

此联通俗易懂，虽文白相间，而属对工稳。作者以谴责之语写成此联，意在表达自己对于死者轻蔑愤怒之情。名字中间加一“逆”字，更加点明此人叛逆身份。

代边区常驻会撰挽彭雪枫

谢觉哉

自古英雄起淮泗；
长留正气壮乾坤。

赏析

此联写于1945年2月。常驻会，指常驻陕甘宁边区之议员与政府委员。彭雪枫生前任新四军第四师师长兼淮北军区司令员。1944年9月在河南夏邑与日伪作战中牺牲。次年2月7日，延安各界举行彭雪枫追悼会。谢觉哉为边区常驻会代撰挽联致哀。

上联指出淮泗一带自古就是英雄辈出的地方。淮泗，即淮河与泗水流域。泗水源出山东泗水县沂蒙山南麓，为淮河下游第一大支流，故淮泗往往并称。秦末农民起义领袖刘邦、项羽、吴广、项梁、周文等人均出生在这一带，联中因称“自古英雄出淮泗”。彭雪枫在抗日战争期间，曾经领导豫皖苏边区抗日游击战争，后任淮北军区司令员，亦曾战斗在淮河、泗水流域，堪称淮泗英雄后继有人。

下联称颂逝者为国捐躯气壮山河。正气，刚正的气节，语见文天祥《正气歌》。这里是说，逝者的浩然正气长留于天地之间，意在称颂逝者的英雄气概与献身精神悲壮激烈、可歌可泣。

这副挽联言简意明，语挚情深。起句气势不凡，称颂今人而从古人写起，说明淮河、泗水流域历来英雄辈出。彭雪枫则是今日的淮泗英雄，而且长留浩然正气于天地之间。此联暗用古典，手法高明，既切合哀挽本事，又不露斧凿痕迹，能给人以深沉悲壮之感。

嵌名联

谢觉哉

曾参事亲，子乐父亦乐；
项王斗汉，力如智不如。

赏析

此联作于1945年6月。霍子乐与曹力如均为陕甘宁边区常驻会议领导成员。谢觉哉与他们一起共事，遂别出心裁，巧妙地将他们名字嵌入联中。

上联中，曾参，春秋末年鲁国人，孔子学生，以孝著称。这里是说，曾参尽孝服侍双亲，子乐父亲亦乐。作者先将霍子乐名字嵌入联中。

下联中，项王，即西楚霸王项羽。汉，即汉王刘邦。当年楚汉相争，项羽“力能扛鼎而胸无点墨”，即武力大大超过而智慧不如刘邦。这里又很自然地将曹力如的名字嵌入联中。

嵌名联句为民间对联创作中一种特定的格式，作者有意而又巧妙地将有关人名、地名、书名等嵌入联中，从而在应酬赠答之中能以收到寓庄于谐、联络感情的艺术效果。此联作者以两位历史人物及其相关的人事故实为由，巧妙地嵌入两位现代友人的名字，贴切自然，充满谐趣，让人为之解颐。

挽李丹生

谢觉哉

风詹寸晷，古道盎然，行居夷惠之间，人是羲皇以上；
志士暮年，壮心未已，亲检点身后事，恨不见九州同。

赏析

此联写于1945年7月。李丹生为陕北知名人士，是从旧时代转到新时代的代表人物。生前曾任陕甘宁边区参议会第一、二届参议员。1945年7月3日因病逝世，享年82岁。7月11日，延安各界举行李丹生追悼会，谢觉哉撰送挽联致哀。

上联表彰逝者具有高尚的道德情操和洁身自好的恬淡性格。风詹，又作“风簷”，透风的屋簷，指科举时代简陋的考场。寸晷（guǐ），指很短的时间。晷为日影，引申为时间。风詹寸晷，意为科举时代考场寒冷，时间紧迫，十分艰苦。此指李丹生早年曾应清末的科举考试。古道，古代所崇尚的节操风义。文天祥《正气歌》：“风簷展书读，古道照颜色。”夷惠之间，伯夷与柳下惠之间。伯夷为商朝孤竹君长子，反对武王伐纣，周灭商后逃到首阳山，不食周粟而死。柳下惠为春秋时鲁国大夫，以讲究礼节著称，一生对人和善，孔子赞其为“圣之和”。羲（xī）皇，上古的伏羲氏。古人想象伏羲氏以前的人无忧无虑，生活闲适。这里是说，逝者早年为应科举考试寒窗苦读，为人充盈着崇高的德操，其行为在古人伯夷与柳下惠之间，其人有如羲皇以上之人恬淡自适。极言逝者有着令人景仰的长者风度。

下联赞颂逝者晚年犹有雄心壮志，且为未见国家统一抱恨终生。暮年，晚年。身后事，李丹生在弥留之际，将两个未成年的孩子托付给谢觉哉。九州，泛指全中国。陆游《示儿》：“死去原知万事空，但悲不见九州同。”这里是说，李丹生作为爱国志士，到了人生晚年，依然壮心未已。直到临终前夕，还亲自安排身后之事，将孩子托付友人照顾。他所抱恨的是没有能在生前看到祖国的统一。

谢觉哉写作此联下过一番工夫。逝者因系挚友、长者，因此怀着虔诚景仰的心情表示沉痛的悼念。用语古朴典则，言简意深，给人以端庄厚重之感。

挽冼星海

谢觉哉

修文郎忽归天上；
广陵散长在人间。

赏析

此联写于1945年11月。冼星海为现代革命音乐家。曾留学法国巴黎音乐学院，回国后在上海积极投入抗日救亡运动。1938年底到延安，任鲁迅艺术学院音乐系主任。1940年5月起赴苏联考察。先后创作《青年进行曲》、《热血歌》、《黄河大合唱》等革命歌曲。1945年10月30日病逝于莫斯科。同年11月14日，延安各界举行冼星海追悼会，谢觉哉撰送挽联致哀。

上联直接点出冼星海因病逝世。修文郎，典出《太平广记》八八三卷引王隐《晋书》，相传晋代中牟令苏韶死后现形，对其堂弟苏节说：颜渊、卜商（皆孔子弟子）今为地下修文郎；修文郎凡八人，皆鬼之圣者。韶今亦守其职。司空图《狂题》：“地下修文著作郎，生前饥处倒空墙。”后因以称有才华的文人早死为“地下修文”。这里是说，冼星海这位人民音乐家亦已魂归天界，成了地下修文郎。

下联言逝者作品长在人间。广陵散，又名《广陵止息》，琴曲，三国魏嵇康以善弹此曲著称。据《晋书》记载，嵇康因不满当时专权的司马氏集团而被害。“临刑东市，索琴弹之，曰：‘《广陵散》于今绝矣。’”这里是说，嵇康当年弹奏的琴曲《广陵散》已成绝响，而今日冼星海创作的“广陵散”（革命歌曲）却长留人间。

这副挽联言简意赅，遣词准确。紧扣逝者文化人和音乐家的身份，用了两个颇为贴切的典故。将冼星海之死，比作古代贤人颜回、子夏一样，势将成为地下“修文郎”；而他所创作的革命歌曲（今日《广陵散》）将长留人间。用典巧妙而又生动贴切，收到了言少意多的艺术效果。

贺徐特立寿辰

谢觉哉

六十九龄犹黑发；
旧新中里见完人。

赏析

此联写于1946年2月。徐特立为老一辈革命家、教育家。1927年加入中国共产党。一生从事学校教育与行政领导工作。1946年春，徐特立69岁生日，谢觉哉写了这副寿联。

上联完全纪实，意谓徐特立亦已69岁高龄，依然满头黑发。这正说明老人身体结实，精神健旺。

下联对于寿翁作出具体评价。旧新，似指旧学与新知。语见朱熹《鹅湖寺和陆子寿》：“旧学商量加邃密，新知培养转深沉。”中，适合、符合。《商君书·君臣》：“事不中法者，不为也。”里，通“理”。《荀子·解蔽》：“而宇宙里矣。”杨倞注：“里，当为理。”完人，完美的人。这里是说，徐老旧学与新知都能“中里”（恰到好处地结合），可见是个完美的人。

这副寿联只有两句，却把徐老的体质、学识都表现出来了。上联文字通俗，其意自明；下联用语典则，启人深思。联句意在告诉人们，寿翁年近古稀，老当益壮；学识渊博，堪称完人。言少意多，耐人回味。

改王昆仑挽"一二·一"烈士联

谢觉哉

能使世惊非枉死；
不遭人忌是庸才。

赏析

此联改于1946年2月。王昆仑（1902—1985），江苏无锡人。早年曾任国民革命军政治部秘书长。1933年加入中国共产党。历任国民党政府立法委员、国民党中央候补执行委员，参与发起中国民主同盟。新中国成立后，历任中央人民政府政务委员、民盟中央主席、全国政协副主席等职。一二·一惨案，1945年11月25日，昆明大中学生在西南联大举行反内战时事晚会，遭国民党军队包围破坏，次日起各校学生罢课抗议。12月1日，国民党军警特务对学生进行殴打，并投弹炸死于再、潘琰等四人，伤十余人。"一二·一惨案"发生后，王昆仑曾撰挽联："能破天惊非枉死，不遭人忌是庸才。"上联用了李贺《李凭箜篌引》诗中"女娲炼石补天处，石破天惊逗秋雨"的典故。谢觉哉见后认为，此联很悲壮，但可以不用典，故而改写此联。

此联中，世惊，举世震惊。庸才，平庸的人才。这里是说，能使世人惊醒也就不算枉死了，不去遭人忌恨定是平庸之人。这就从正反两个方面说明爱国学生运动在社会上的影响和作用，并对"一二·一惨案"烈士作出很高的评价。他们之所以遭到国民党当局的忌恨，是因为投入了大规模的反内战爱国民主运动。这副挽联虽只改动二字，看似平和蕴藉，含义却很深刻，需要我们认真加以领会。

挽四八烈士

谢觉哉

霎时间伤我元良，悲恸极了；
千万人蹈君血迹，战斗起来。

赏析

此联写于1946年4月。四八烈士，指1946年4月8日王若飞、秦邦宪、叶挺、邓发等人从重庆返回延安，在山西省兴县黑茶山因飞机失事遇难。同年4月19日，中共中央在延安举行四八遇难烈士追悼会，谢觉哉为陕甘宁边区参议会代撰挽联致哀。

上联中，霎（shà），瞬间。元良，大善之人。恸（tòng），极悲哀，大哭。这里是说，突然间听到丧失了我们队伍中杰出人物的消息，我们无不悲痛极了。这就形象地写出了边区参议会全体参议员闻噩耗之后的强烈反应。

下联，蹈，踩上、踏着。这里是说，千万人将踏着你们的血迹，行动起来，投入战斗。人们将化悲痛为力量，完成四八烈士们未竟的事业。

这副挽联因系为陕甘宁边区正在召开的第三届参议会全体参议员代拟，因此既要写出大家惊闻这一不幸消息之后的反应，又要考虑从边区参议会这一特定角度表示沉痛哀悼，进而深信千万人都会踏着烈士的血迹前进。用语文白相间，内容言简意明，能给人以鼓舞和力量。

戏赠祝绍周

谢觉哉

咸阳纪刘季之功，不妨王汉；
赤壁分周郎之绩，姑且借荆。

赏析

此联写于1946年8月。祝绍周（1893—1976），浙江杭州人。保定军官学校毕业，多年在国民党军队任职。抗日战争期间任鄂陕甘边区警备总司令、陕西省政府主席。关于此联写作背景，据《谢觉哉日记》载："祝绍周要求五师离汉南，说这里从没有解放区，戏得一联：……你夺了我的地区，我自然可夺你的，说客气点借用下子。"由此可知，1946年8月，国民党陕西省主席祝绍周要求我部五师离开汉南，说这里从没有解放区。对于这种无理要求，谢觉哉"戏得一联"，以赠这位国民党将领。

上联中，刘季，即刘邦，西汉王朝的建立者。公元前206年攻占咸阳，推翻秦朝统治。同年项羽入关，他被封为汉王，占有巴蜀、汉中之地，与项羽展开了长达五年之久的战争。上联意谓，攻占咸阳应当记下刘邦的功劳。这里成了汉王后来建功立业的基础。据历史记载，项羽入关中后，自号西楚霸王，因秦宫室均已残破而思东归，建都彭城。这里是在突出关中地位的重要。

下联中，赤壁，在湖北黄冈。三国时孙权、刘备联合，进行赤壁之战，大破曹操。借荆，赤壁之战以前，刘备被曹操战败，已无立足之地，曾借东吴荆州居住。后由诸葛亮过江说服孙权，两家联合取得击败曹操的胜利。下联意谓，赤壁之战的胜利，固然东吴都督周瑜在军事上发挥了很大的作用，但刘备、诸葛亮同样发挥了一定的作用，联合破曹之后，姑且暂借荆州也是理所当然的。抗日战争胜利之后，国共两党都有权收复曾被日寇占领的土地。何况"你夺了我的地区，我自然可夺你的，说客气点借用下子"。这就是"姑且借荆"的内在含义。

这副联语庄谐结合，言简意深。用了两个通俗易懂的历史典故，通过楚汉之争与赤壁之战，颇能说明现实生活中的问题，能收到以古喻今、推陈出新的艺术效果。

需要指出的是，《近现代名人对联辑注》一书对于此联有所误解。该书认为："当时祝绍周率领第五师驻守汉南，他认为这里从来没有成为过解放区，驻此没有意义，要求率师离开。作者听说后，即书赠此联劝慰祝绍周安心驻守。"这个诠释显然欠妥，怎么能将国民党省政府主席祝绍周"要求五师离汉南"，说成是自己"要求率师离开"？作者还"书赠此联劝慰祝绍周安心驻守"？关键在于对祝绍周这个人物的具体身份没有弄清楚。笔者在此据《谢觉哉日记》并结合有关材料加以订正。

挽朱宝庭

谢觉哉

心热如火，骨硬如铁；
工人领袖，同志楷模。

赏析

此联写于1947年1月。朱宝庭（1880—1947），亦作朱宝亭，浙江宁波人。1922年加入中国共产党。参加过香港海员工人大罢工和上海五卅运动。曾任中华全国总工会执行委员、海员职工国际委员等职。1931年去苏联参加赤色职工国际工作。抗日战争爆发后在延安任中央职工委员会委员。1947年1月24日因病逝世。1月29日，延安各界举行朱宝庭追悼会。谢觉哉除自书挽词"向无产阶级的老战士致无限的痛悼"外，还代陕甘宁边区参议会送挽联致哀。

上联赞颂逝者作为工人运动领袖的爱憎分明的阶级立场。朱宝庭对于革命事业和周围同志心热如火，而在工人运动与对敌斗争方面则骨硬如铁，在整个反帝反封建斗争中有着一种硬骨头精神。

下联对于逝者一生作出总体评价。朱宝庭一生从事工人运动，不愧为我国工人运动的领袖之一。平时努力工作，为人作风正派，堪称革命同志的典范。

这副挽联言简意明，生动具体。上联采用生动形象的比喻，以赞颂逝者心红志坚的革命品质。下联作出颇为具体的评价，以显示逝者在我国革命中的地位。这样也更符合为陕甘宁边区参议会代拟挽联的特点，对于逝者能作出具体准确的评价。

诗钟二联

谢觉哉

一

只听盎中犹淅沥；
应知河上不逍遥。

二

似闻吏部邻家漉；
何止宗爷病榻呼。

赏析

诗钟作于1947年8月。据《谢觉哉日记》8月21日载："没打过诗钟，夜起小便得一题，夜小便，敌军侵入陕甘宁边区沿河：只听盎中犹淅沥，应知河上不逍遥。"8月22日载："夜枕上又得一联：似闻吏部邻家漉（笑话：有一人夜起小便，适邻家蒸酒，他疑是自己小便未完，久站在那里），何止宗爷病榻呼（示我们应渡河去追击）。"

这里应先介绍何谓"诗钟"。诗钟兴起于晚清，实际上是一种文字游戏。其写作方法是：取意义绝不相同的两个词，或分咏，或嵌字。前者如以"尺""蜂"为题："灯下量衣催五夜，房中酿蜜正三春。"前句咏尺，后句咏蜂。后者如以"女""花"为题："商女不知亡国恨，落花犹似堕楼人。"前句嵌女字，后句嵌花字。诗钟以凑合自然、对仗工整为上。究其出处，可见清徐兆丰《风月谈余录》："构思时以寸香系缕上，缀以钱，下承盂，火焚缕断，钱落盂响，虽佳卷亦不录，故名曰诗钟云。"谢觉哉过去没有打过诗钟，偶尔为之，借以自娱。两联均以小便与河为题，并在各联上下加以分咏。

诗钟之一：盎（àng），一种腹大口小的盛器，可供小便之用。淅沥，形容雨雪或落叶发出的声音。逍遥，语见《诗·郑风·清人》:“河上乎逍遥。”后谓优游自得的样子。这里是说,只听盎(便器)中犹有淅沥之声,应知沿河各处并不逍遥。这就完全符合古人打诗钟的要求,任意将两种各不相关的事联系起来,且能做到凑合自然,对仗工整。

诗钟之二:

吏部,古代官署名称,此指官宦人家。漉(lù),滤过,水慢慢地渗下。陆游《野饭》:“时能唤邻里,小瓮酒新漉。”宗爷,即南宋抗金名将宗泽,临死前在病榻上还连呼三声“渡河”。这里是说,好像听到隔壁做官人家在蒸酒,不时发出滤液下滴的声音,何止宗爷在病榻上连续发出“渡河”的呼声!这就同样将小便与河两件各不相关的事情联系起来了。只是前者为亲身经历,且在今天发生的事情;而后者则为昔日民间笑话,且与历史人物的故事有关。

我们从这里可以看出,作者有着颇为深厚的古代文学修养,能够熟练地驾驭旧体诗词、联语等多种艺术形式。就连现代很少有人问津的诗钟亦能应付裕如。虽属文字游戏,偶然为之何妨?反而更能显示我国老一辈革命家颇为广泛的兴趣爱好,以及忙里偷闲、悠然自得的精神风貌。

即兴联

谢觉哉

指纤可挟双辀走;
馋滴空歌长铗归。

赏析

此联作于1947年8月。据《谢觉哉日记》8月24日载:“上午往访木庵、张老,下象棋。旋谈到南方吃鱼事,即以下象棋、食鱼为题拟一联:指纤可挟双辀走,馋滴空歌长铗归。”由此可见,三位老人在一起下棋,随着兴之所至,遂以下棋、食鱼为题即兴吟咏,依然采用古人打诗钟的格式。

指纤,指纤指,纤细的手指。辀(zhōu),小车居中弯曲的杠。

《左传·隐公十一年》："公孙阏与颍考叔争车，颍考叔挟辀以走。"这里用以代指棋子。馋滴，为"馋涎欲滴"的缩语。长铗，剑的一种。《国策·齐策四》："（冯谖）倚柱弹剑，歌曰：'长铗归来乎！食无鱼。'"联语意谓，纤细的手指可以挟起两个棋子就走，而像古人那样空歌长铗归来徒然引起欲滴的馋涎。这样就把下棋和食鱼两件各不相关的事情联系起来了。联中并无棋、鱼二字，却从上下句中可以引申出来，这正是打诗钟的特定要求，虽属游戏笔墨，却也并非易事，若无深厚文学修养恐难做到。

据《谢觉哉日记》载，当时曾由木老（李木庵）提议组织诗钟社，有张老（张养五）、吴均、谢觉哉参加。一度经常聚会，时有佳作。后因战争环境，此项活动中止。

代毛泽东撰挽续范亭

谢觉哉

为民族翻身，为阶级翻身，事业垂成，公胡遽死；

眼睛亮得很，骨头硬得很，典型顿失，人尽含悲。

赏析

此联作于1947年9月。同年9月12日续范亭逝世后，谢觉哉除自己撰写挽词、挽联外，还为毛泽东代拟了一副挽联。有关续范亭生平及逝世之后的悼念活动、谢觉哉代拟挽联与毛泽东修改的情况，本书毛泽东联语部分已有详细介绍，这里不再重复。现在只是集中说明几个有关的问题。

何以谢觉哉代拟而没有用于1947年9月26日的追悼会？续范亭逝世后举行过两次悼念活动：第一次是9月26日在山西临县召开的西北各界追悼续范亭大会，毛泽东没有参加，谢觉哉为其代拟挽联，因来不及送阅与返回，故未置于追悼会场。第二次是10月18日，在山西临县都督村举行续范亭遗体安葬仪式，毛泽东特地派人将修改后手书的挽联与花圈一并送至临县都督村。

既为毛泽东代拟，何以仍作

谢觉哉联语收录？我们认为，一是联语原作者为谢觉哉，二是毛泽东作了较大改动，可以作为互有联系的两副联语并存。毛泽东已将上联的“为民族翻身”改为“为民族解放”；将下联的“眼睛亮得很，骨头硬得很”，改为“有云水襟怀，有松柏气节”。因其精益求精，改动几近一半。谢觉哉原作同样具有自身的特色，盛赞逝者作为抗日前线将领为我国民族解放事业所作的贡献和作为抗日爱国志士崇高的革命气节。联语采用词语同位手法，上联两个“翻身”，下联两个“得很”，足以作出具体而生动的说明，更能引起人们由衷的敬仰和深深的怀念。

挽李鼎铭

谢觉哉

茹旧涵新，从来俊杰识时务；
知微见著，毕竟聪明属老成。

赏析

此联写于1947年12月。李鼎铭为陕北开明士绅，1941年起历任三届陕甘宁边区政府副主席。谢觉哉先任边区政府秘书长，后任边区参议会副参议长。他们既是同事，又是朋友，有着颇为深厚的友谊。1947年12月中旬，中共中央在陕北米脂杨家沟召开工作会议期间，李鼎铭因病逝世于绥德家中。有人出于“左”的思想，提出不必召开追悼会。谢觉哉坚持要开，并专门请示毛泽东，毛泽东回答说：“不管你们开不开追悼会，我是要祭吊的。”于是谢觉哉负责筹备，很快以陕甘宁边区政府的名义举行了李鼎铭追悼会，使不少党外人士深受感动。

上联中，茹旧涵新，犹言“茹古涵今”，即博古通今。语见皇甫湜《韩文公墓志铭》：“茹古涵今，无有端涯。”“从来”句，由“识时务者为俊杰”转化而来，谓聪明能干的人总是能够认清时代潮流与发展趋势。上联是说，逝者博古通今，容旧含新，历来杰出人物总是能够认清时代发展的潮流。这里意在说明李鼎铭从旧社会进入新时代，堪称顺应历史潮流，与中国共产党人真诚合作，不愧为“识时务”的“俊杰”。

下联中，知微见著，即从微小之事看到重大问题。东汉班固《白虎通·情性》：“智者，知也，独见前闻，不惑于事，见微知著者也。”此指李鼎铭生前曾在边区参议会上提出“精兵简政”的问题，当即受到毛泽东的重视与赞扬。老成，年高有德之人，阅历多而世事练达。下联意谓，能从微小事情看出显著问题，毕竟聪明属于阅历丰富而世事练达的人。这里是在表彰李鼎铭积极参政议政，不愧为老成持重、聪明而有德的长者。

谢觉哉当时惊闻李鼎铭不幸病逝，深感悲痛，遂于深夜在枕上拟成联语。这副挽联感情深沉，用语准确，非常切合逝者身份与其为人特点，因其“茹旧涵新”，便能“知微见著”，应属“老成”之人，堪称“俊杰”之士，作者对于民间爱国志士与党外友人的一片深情厚谊，溢于字里行间。

吊泽民

谢觉哉

魂归大漠花同活；
血化三年碧共埋。

赏析

此联作于1947年12月。据《谢觉哉日记》12月17日记载：“杨慎词称粉蝶花牌名出于毛泽民‘粉蝶儿共花同活’，竟有与泽民同志同姓名的词人，作句吊泽民云：……”可见此联为读杨慎词后怀念故友而作。毛泽民（1896—1943），湖南湘潭人，毛泽东之弟。1922年加入中国共产党。曾任闽粤赣军区经济部长、中央工农民主政府银行行长。1934年10月参加长征，到达陕北后任中华苏维埃工农民主政府经济部部长。抗日战争爆发后，由党组织派往新疆工作，任新疆财政厅、民政厅长。1943年9月被新疆军阀盛世才杀害。谢觉哉多年与毛泽民相知相识，因而凭吊亡友写成此联。

上联意谓毛泽民当年在新疆乌鲁木齐遇害，因而魂归大漠与花同活。作者何以产生这样的联想？因为古代词人毛泽民有“粉蝶儿共花同活”的诗句，所以有感于此而移到今人毛泽民身上。此系移花接木推陈出新，烈士魂归大漠之后自当与花同活。这样既顺理成章，而又引人遐想。

下联由“苌弘碧血”典故化出。《庄子·外物》：“苌弘死于蜀，藏其血，三年而化为碧。”后常以“碧血”称颂为国捐躯的人。碧，青绿色的玉石。这里是说，毛泽民烈士的鲜血三年化而为碧，因而英魂与碧血共埋。

这副凭吊亡友的挽联写得别具一格。由逝者同名词人的诗句引起，构想而成烈士英魂与“花同活”、与“碧共埋”。人事、典故结合得如此天衣无缝，堪称神来之笔。

题左权将军陵

谢觉哉

大节忠贞彪史册；
正气磅礴壮山河。
横额：人民共仰

赏析

此联写于新中国成立初期。1950年10月21日，河北省邯郸市隆重举行左权将军移葬和晋冀鲁豫烈士陵园落成典礼。谢觉哉作为中央人民政府政务院代表，亲往车站迎接灵榇并主持安葬仪式。左权将军陵墓在晋冀鲁豫烈士陵园内，颇为雄伟壮观。墓碑由周恩来题写，上书“左权将军之墓”。碑楼门柱上有谢觉哉手书的对联。

大节，关于存亡安危的大事。《论语·泰伯》，“临大节而不夺也。”后谓临难不苟的节操为大节。忠贞，忠诚坚贞。《书·君牙》：“乃祖乃父，世笃忠贞。”彪，虎身斑纹，可引申为有文采。磅礴，广大无边的样子。壮山河，使祖国山河更加壮丽，喻人之英雄气概与献身精神悲壮激烈可歌可泣。联语意谓，左权将军保持革命节操，为人忠诚坚贞，自当名彪史册；他的浩然正气广大无边，可使祖国山河更加壮丽。这就对于左权将军一生作出了崇高评价。横额“人民共仰”，则由上下联句自然引出，左权将军已成人民共同景仰的革命先烈。

这副联语因刻碑勒石，颇能概括左权将军一生的历史功绩。上下联实由两个常见的成语“名彪史册”与“气壮山河”化出，只是各加数字，形成并列关系，立意更为集中而能显示逝者革命功业。横额则为上下联意自然引申，因而起到画龙点睛的作用。过去挽联一般是不用横额的，这里因其刻在左权将军陵墓之前的碑楼门柱上，作为一种特殊需要加上的，同样成为联语的一个组成部分。

需要指出的是，据《中华名胜对联大典》一书所载，此联名为《题晋冀鲁豫烈士陵园》，文字亦稍有差异，文曰：“大节忠冠史册；正气磅礴河山。”何以出现这种异体？本书所录采自《左权传》，此书与《中华名胜对联大典》均为颇有影响的公开出版物，所引材料自当各有所本。二者之间有着什么关系，尚须进一步加以考察。

挽李木庵

谢觉哉

仰不愧天，俯不怍人，革命俦侣中允称长者；
既痛逝者，行自念也，怀安诗社里顿失盟主。

赏析

此联写于1959年9月。李木庵（1884—1959），湖南桂阳人。1925年加入中国共产党。曾任陕甘宁边区高等法院院长与检察院检察长、中共中央法律委员会委员。新中国成立后，历任中央人民政府司法部党组书记与副部长、最高人民法院顾问、全国政协委员、湖南省政协副主席等职。著有《西北吟》、《解放吟》等诗集。1959年9月16日因病逝世，谢觉哉撰送此联致哀。

上联对于逝者人品作出很高评价。“仰不”二句，语出《孟子·尽心上》："仰不愧于天，俯不怍于人。"谓人立身端正，俯仰无愧。怍（zuò），惭愧。俦（chóu）侣，伴侣、同辈。长者，年高而有德行之人。这里是说，李木庵仰首无愧于天，俯身无愧于人，在同辈革命者中应称宽厚长者。

下联对于友人逝世表示沉痛悼念。"既痛"二句，语出曹丕《与吴质书》："间者历览诸子之文，对之抆泪，既痛逝者，行自念也。"当时曹丕因建安七子中诸人死于瘟疫，正流着眼泪看友人的文章，所以不仅痛惜已逝之人，而且想到自己。怀安诗社，1941 年 9 月 5 日，陕甘宁边区政府主席林伯渠邀请寓居延安的老同志与当地年高德劭之人作延水雅集，会上发起成立怀安诗社。这是一个自愿结合的业余文艺团体，长期由李木庵主持社务。盟主，主持会盟之人。这里是说，我们既痛悼逝者，也就自然想到了自己，怀安诗社里顿时失去了主盟之人。

谢觉哉与李木庵当年在延安时期，既是革命战友，又是同乡诗友。联语即从这样两个方面加以展开，称颂友人在革命队伍中"允称长者"，痛惜怀安诗社里"顿失盟主"。联语对仗工稳，言简意明，字里行间充溢着深沉怀念之情。

题三华堂

彭德怀*

为善最乐；
见恶必除。

作者

*彭德怀（1898—1974），湖南湘潭人。中华人民共和国元帅。早年参加北伐战争。1928年加入中国共产党，领导平江起义，开辟湘鄂赣革命根据地。曾任红一方面军司令员、八路军副总指挥、第一野战军司令员兼政委。新中国成立后，任中国人民志愿军司令员、国务院副总理兼国防部长。有《彭德怀自述》、《彭德怀军事文选》传世。

赏析

此联写于1927年冬天。三华堂，为彭德怀兄弟三人在家乡共同建造的住宅。1927年秋冬之间，彭德怀（原名彭德华），与其弟彭金华、彭荣华在湖南省湘潭县乌石寨老家合建新宅，取名三华堂。据《彭德怀自述》一书记载："1927年秋冬，我团经委会瞒着我，给我二弟四百元，连前款，他们即建起现在这所瓦房，一共十二间。"此书另有介绍：彭德怀出生于贫苦农民家庭，从小讨过饭，当过童工，后去当兵。曾在国民革命军中担任营长、团长。1925年回乡探亲时曾给弟弟四百元，后团经委会又瞒着他给其弟四百元，加上两个弟弟自己设法，在家乡盖了这座三华堂。彭德怀在建成之后亲自题了这副对联。

联语的含义是很清楚的，就是做人必须乐于行善，而且见恶必除。这是彭氏兄弟做人的准则，也是爱憎分明的具体表现。

彭德怀一生正是这样，赤胆忠心，忧国忧民，刚正不阿，疾恶如仇，完全实践了自己早年的诺言。

这副对联用语通俗，言简意明，可以作为人们立身处世的箴言。当年的三华堂，现已作为彭德怀故居开放。国内外人士凡参观彭德怀故居者，无不在这副对联面前流连，更增对于这位彪炳史册的开国元勋“彭大将军”的内心崇敬与怀念之情。

挽彭雪枫

彭德怀

为革命奋斗，替人民服务，英勇牺牲，无愧共产党员伟大称号；

痛壮志未成，誓倭奴必灭，途程艰苦，愿随全体同志努力反攻。

赏析

此联写于1945年2月。彭雪枫于1927年加入中国共产党，曾任红军第八军团政委、中央军委第一局局长。抗日战争爆发后，任新四军第四师师长兼淮北军区司令员。1944年9月，在河南夏邑地区与敌伪作战中牺牲。次年2月7日，中共中央与延安各界举行彭雪枫追悼会，彭德怀撰送此联致哀。

上联对彭雪枫将军一生作出了很高的评价。这里是说，他为我国民族民主革命奋斗，替广大人民群众服务，并且为此英勇牺牲，因而无愧于共产党员的伟大称号。

下联表示化悲痛为力量，以夺取抗日战争的最后胜利。倭奴，倭寇，原指14至16世纪劫掠我国沿海地区的日本海盗集团，后亦用以指入侵我国的日本帝国主义强盗。努力反攻，1944年底，随着世界反法西斯战争的胜利发展，我解放区军民在中国共产党领导下，对日作战开始进入反攻阶段。这里是说，我们非常痛惜彭雪枫将军壮志未成，我们还应发誓一定要消灭日本帝国主义强盗，尽管夺取最后胜利的途程还很艰苦，作者愿随全体同志努力反攻。

这副挽联语言通俗易懂，却又对仗整齐。上联赞颂逝者的历史功勋，下联表示作者的战斗决心。言简意明，鼓舞人心。

挽四八烈士

彭德怀

是独裁分裂，是民主和平，正当严重关头，
烈士竟捐生，万众同伤悲愤；
历十年内战，历八载抗敌，已奠国家基石，
大家要解放，齐心共挽狂澜。

赏析

此联写于1946年4月。四八烈士，指1946年4月8日从重庆返回延安途中，在山西兴县黑茶山因飞机失事而遇难的王若飞、秦邦宪、叶挺、邓发等烈士。4月19日，中共中央与延安各界隆重举行四八遇难烈士追悼会，彭德怀撰送此联致哀。

上联是对当时国内形势的分析，并反映了全国人民哀伤悲愤的感情。1946年4月，正当抗日战争胜利之后与第三次国内战争爆发前夕，因此国家前途，究竟是独裁分裂，还是民主和平，正处于极其严重的关头。在这样的情况下，烈士们竟意外地丧失了自己的生命，广大人民群众无不哀伤欲绝，悲愤填膺。

下联进而表示愿与全国人民一道共挽狂澜。十年内战，即发生在1927—1937年之间的第二次国内战争，亦称土地革命战争。共挽狂澜，即力挽狂澜，共同尽力挽救危险的局势。下联意谓，经历了十年第二次国内革命战争，经历了八年抗日民族解放战争，已经奠定了国家的基础，大家都想得到解放，齐心协力挽回处于极其危险的局势。

这副挽联采用通俗易懂而又简洁明快的语言，既表达了对于四八遇难烈士沉痛哀悼的悲愤心情，也表示下定决心与全国人民一道“齐心共挽狂澜”，完成四八遇难烈士未竟的事业。彭德怀当时还题了一份挽词：“为中国和平民主团结而牺牲，永远是光荣的。”同样表达了这种深沉悼念亡友的感情。

挽杜斌丞

彭德怀

秦岭巍峨，悼先烈舍身成仁，光耀西北，永垂不朽；
黄河怒吼，看三军气冲霄汉，直捣长安，胡贼难逃。

赏析

此联写于1948年10月。杜斌丞为我国西北地区爱国民主人士，曾任杨虎城率领的第十七路军总部参议与陕西省政府秘书长。抗战胜利后，任中国民主同盟中央常委兼西北总支部主任委员。1947年3月被胡宗南逮捕，10月7日惨遭杀害。1948年10月7日，陕甘宁边区各界在延安举行杜斌丞遇害一周年纪念会，彭德怀撰送此联致哀。

上联中，秦岭，为横贯我国中部、东西走向的古老山脉，是渭河、淮河和汉江、嘉陵江的分水岭。亦可专指陕西省境内的一段。联中当指后者。巍峨，高大雄伟的样子。舍身成仁，即杀身成仁，语出《论语·卫灵公》：“志士仁人，无求生以害仁，有杀身以成仁。”后谓为维护正义而献出生命。上联是说，秦岭高大而雄伟，逝者为正义事业而献出了生命，他的精神光辉照耀西北，他的英雄业绩永远流传不会磨灭。

下联中，三军，古代军队设中军、上军、下军，后泛指军队。霄汉，高空。长安，我国古都之一，即今之西安。胡贼，指下令逮捕杜斌丞的国民党反动头子胡宗南。下联是说，黄河在发出怒吼，看我三军将士气冲霄汉，誓将直捣国民党西北地区的老巢，胡宗南也难逃革命人民的严惩。

这副挽联用语准确，对仗工整。无论表彰杜斌丞烈士的功绩，还是表明生者复仇的决心，均用生动鲜明而又气势豪壮的语言。“秦岭巍峨”与“黄河怒吼”，“光耀西北”与“直捣长安”，犹如雄壮的号角震撼人心，且有明显的地方特色。需要指出的是，某些联语书籍将此联首句写成“泰山巍峨”，显然不甚妥当，就联语本身对仗与逝者个人身份而言，均以“秦岭”为宜。

挽杨虎城

彭德怀

主张抗日，反对内战，十年囹圄，无亏大节；
扫荡残敌，消灭独裁，全国解放，足慰英灵。

赏析

此联写于1950年1月。杨虎城（1893—1949），陕西蒲城人。1911年参加辛亥革命。曾任靖国军第五游击支队司令、国民军第三师师长、国民革命军第二十一师师长。1930年起任国民政府军第十七路军总指挥兼陕西省政府主席。1936年12月，与张学良一起发动“西安事变”，迫使蒋介石接受停止内战一致抗日的主张。此后迫于蒋介石压力，次年4月辞职，6月出洋考察。抗日战争爆发后回国，蒋介石将其扣押囚禁。1949年9月17日被杀害于重庆中美合作所。1950年1月30日，杨虎城将军灵柩运回西安，我西北党政军民各界在西安举行迎灵安葬与追悼大会。彭德怀作为西北军政委员会主席，撰送此联致哀。

上联中，囹圄（líng yǔ），监狱。语见《韩非子·三守》：“至于守司囹圄，禁制刑罚，人臣擅之，此谓刑劫。”杨虎城将军被国民党当局囚禁达十二年之久，“十年囹圄”只是取其整数。大节，指临难不苟的节操。上联意谓，杨虎城将军当年主张抗日，反对内战，毅然与张学良一起发动了西安事变。后被蒋介石关押，过了十年牢狱生活，依然大节凛然，直至遭到杀害。

下联继高度评价杨虎城将军的历史功绩之后，结合当时全国形势，告慰烈士忠魂。下联意谓，我人民解放军正在祖国大陆继续扫荡残余的敌人，彻底消灭国民党独裁统治。全国大陆均已解放，足以告慰杨虎城将军的在天之灵。

这副挽联全用口语，言简意明。作者紧扣逝者一生中的两件大事——发动“西安事变”与“十年囹圄”生活，对其历史功绩与政治节操给予高度评价，并以全国解放、消灭独裁来告慰烈士的英灵。这种颇为典型的白话联语，同样具有自己的特色。此联上下均为四字句，因而近于四言诗的格式。

愤改土地庙联

贺龙*

土豪劣绅，土崩瓦解；（蹇先任）
地痞流氓，地磨草光。（贺龙）

作者

*贺龙（1896—1969），湖南桑植人。中华人民共和国元帅。1927年参与领导南昌起义，次年加入中国共产党。曾任红二方面军总指挥、八路军一二〇师师长、晋绥军区司令员。新中国成立后，任国务院副总理兼体育运动委员会主任、中央军委副主席。“文革”中被迫害致死。

赏析

此联改于1930年间。当时，贺龙与周逸群率领红二军团来到湖北省长阳县的水竹园。当地大地主、大土豪李继龙修了一座土地庙，并在庙门两边刻着一副醒目的对联：“土发黄金室；地生白玉珍。”意在希望土地菩萨保佑他发财享福。

贺龙见了非常气愤，立即同担任军团秘书的夫人蹇先任将对联加以改写，变成一副具有新意的针砭联语。蹇先任先改上联为：“土豪劣绅，土崩瓦解；”贺龙接着改下联道：“地痞流氓，地磨草光。”

虽系即兴改作，倒也别具特色。改联沿用嵌名格式，而且双嵌“土地”二字，仍可用作土地庙的门联，只是意思全变，明白地指出敌对阶级的灭亡命运，大灭地主豪绅的威风。1975年，中国革命博物馆征集革命文物，遂将贺龙夫妇当年闹革命时改刻的土地庙联收藏保存。

题武当山紫霄宫

贺龙

伟人东来气尽紫；
樵歌西去云腾霄。

赏析

此联写于1931年4月。武当山在湖北省西北部，其主峰高达1612米，山上有紫霄宫、太清宫、玉虚宫等，为我国道教三大名山之一。紫霄宫为武当山保存较完整的一座宫观，经东天门入龙虎殿、龟碑亭、十方堂、紫霄殿至父母殿，层层崇台，依山叠砌，殿堂楼宇，鳞次栉比，两侧为东宫、西宫，亦颇幽静。当时，贺龙率领红三军辞别洪湖，向鄂西北挺进，转战至武当山。红三军将司令部和后方医院皆设于紫霄宫。道总徐本善号伟樵，久慕贺龙威名，带领道众为红军服务。贺龙对道总人品、学识和精湛的武当道法亦相当仰慕，二人结下深厚友谊。贺龙与道总临别时书赠对联留念。

上联从成语“紫气东来”化出。传说老子出函谷关，关令尹喜见有紫气从东而来，知道将有圣人过关。果然老子骑着青牛而来，喜便请他写下了《道德经》。后人因以“紫气东来”表示祥瑞。上联中的“伟人”当指道教祖师爷老子，并巧妙地用了上述典故。

下联意谓，伟人唱着樵歌西去，一片祥云仍在空中飞腾。“樵歌西去”似无出典，当属作者为与“紫气东来”对应而出于想象中的产物。

我们读了此联似有两点值得注意：一是作者参照古代藏头诗的写法，将所言之人与事藏于联中上下对应之处。此联上下开头，自然嵌入道总之号“伟樵”二字，而末尾又嵌入宫名“紫霄”。二是巧妙应用与道教有关的典故，既将道教祖师爷老子过函谷关的故事融入联中，又与当时红军的行踪有关。红三军离开洪湖向鄂西北挺进，正应“伟人东来”的走向，而“樵歌西去”亦符红三军的路线，可谓一语双关，能给人以较多思索与回味的余地。

题南北墩群众大会

贺龙

打土豪，斗土司，何分南北；
闹翻身，求解放，哪管东西。
横批：团结对敌

赏析

此联写于 1931 年间。南北墩是湖南、湖北两省共同管辖的一条小街，以街中心的“东西井”为省界。当时，土匪头子朱疤子和罗效之各据一头，经常挑起边境土家族与汉族人民之间的矛盾，他们则从中渔利。1931 年间，贺龙带领红军进驻南北墩后，发动当地百姓打土豪、斗土司。很快发现一种奇怪的现象，北街的土司，南街的群众不能斗；南街的土豪，北街的百姓不能批。

贺龙针对这一奇特现象，及时召开土家、汉民群众大会，并且亲书一副对联悬于会场台柱两侧。联语正文言简意明，通俗易懂。这里直接指出打土豪、斗土司何须分出南街北街，穷人闹翻身、求解放哪管什么东井西井。联语横批“团结对敌”，更是画龙点睛，正面点明这次群众大会的主题。

这副会场题联，不仅寓意深刻，而且构思巧妙。作者将当地地名南北墩、东西井自然嵌入联中，更能启发广大群众的觉悟，促进土家与汉族人民团结一致，共同粉碎阶级敌人的阴谋。

应对将军庙联

贺龙

孤山独庙单枪匹马一将军；(将军庙)
夹江两岸双炮对虎二英雄。(贺龙)

赏析

此联成于1933年夏天。当时，贺龙率领红三军来到湘鄂川三省交界的台市、百福司和河口一带。这里方圆百里都是崇山峻岭，不少土匪各自占山为王。其中势力最大的一股匪首是罗金彪，他拥有八百多条枪支和两门大炮。这伙土匪奸淫掳掠无恶不作，当地群众纷纷要求贺龙为民除害。罗金彪之父罗梓文，也是一个土匪头子，还自号为“通天大将军”。在与当地军阀火拼中身负重伤自知将死，临终嘱咐儿子要在孤山顶上为自己修座将军庙与塑一尊像。罗金彪遵从父命，建庙立像，并在佛台两侧刻上一副对联。上联为“孤山独庙单枪匹马一将军”，下联空出，公开求对。

贺龙得知这一消息后，认为是个很好的机会，决定前往应对。农历端午节这一天，罗家大院非常热闹。二十余人陆续上台应对，但没有一个符合要求。这个上联可谓自成一格，其中“孤、独、单、匹、一”五个字均为一个意思，确实有点难对。贺龙胸有成竹，上前写下“夹江两岸双炮对虎二英雄”。这个下联对得颇为工整，不仅“夹、两、双、对、二”文字上与前相应，而且“双炮对虎二英雄”表面上正应罗家具有两门大炮，并赞罗家父子堪称“对虎二英雄”。罗金彪等人阅后非常满意，连忙打躬作揖，感谢这位“博士”为其父子了却一桩心愿。第二天早饭后，罗金彪率领家人、匪兵，并邀贺龙一起同往孤山。二人上山之后，进入佛堂坐下，贺龙提出：“弟兄们背着枪磕头行礼，有点不尊重老太爷吧！”罗金彪觉得有理，遂吩咐匪兵将枪集中放在一处。正当众人准备行礼之时，埋伏在佛台后的王连长和红军战士突然冲出，真是神兵天降，罗金彪家人与六百匪兵统统做了俘虏。

当地群众得知这一胜利喜讯，无不为之欢欣鼓舞，感谢红军指战员及时为民除害。这次行动中，贺龙“智对歼匪首”的壮举，更成当地民间广泛流传的佳话。

与楚狄知对句二联

贺龙

一

白眉白须披白发，钻山钻洞，白受一番惊吓，
吓煞吓煞，望先生以后莫听白匪鼓吹邪说；（贺龙）

红星红牌打红旗，分田分地，红得万民欣喜，
喜也喜也，愧老朽如今才知红军伸张正义。（楚狄知）

二

两副对联识得将军是英才，敬仰敬仰！（楚狄知）
一场误会错将先生当奸细，休怪休怪。（贺龙）

赏析

这两副对联成于 1935 年春天。

先看第一副：当时，贺龙率领红军长征途经湖南慈利地区。当地有位名叫楚狄知的教书先生听信敌人谣言躲进山洞。红军战士误将他当作奸细抓了起来。这位楚先生竭力加以申辩。贺龙见他年迈又受惊吓，脱口说出了几句近于散曲的句子："白眉白须披白发，钻山钻洞，白受一番惊吓，吓煞吓煞，望先生以后莫听白匪鼓吹邪说。"此虽即兴之言，却具体而又形象地道出了这位须发皆白的教书先生的窘态及其造成的原因。楚狄知听了暗暗称奇：红军队伍中竟有这样出口成章的人，一口气用了五个"白"字，真乃绝妙上联。因知其带有探询性质，遂急中生智应声对道："红星红牌打红旗，分田分地，红得万民欣喜，喜也喜也，愧老朽如今才知红军伸张正义。"这位教书先生毕竟也是精于此道的人，他所对出的下联从文字到内容都颇为工巧。不仅字数、格式亦如上联，而且突出红、喜二字，更能收到称颂工农红军的艺术效果。

再看第二副对联：贺龙听到老者上述对句之后，深感此人才思敏捷应对有方，连忙笑着表示歉意："看来你果真是个教书人，我是贺龙，让先生受惊了，抱歉抱歉！"楚先生一听此人就是大名鼎鼎的贺龙，想到民间关于他两把菜刀闹革命的传说，不由深表敬意地说："两副对联识得将军是英才，敬仰敬仰。"贺龙听罢再次表示歉意并应对："一场误会错将先生当奸细，休怪休怪。"楚先生从此完全打消了疑虑，热情宣传红军是老百姓的军队。

这一带有喜剧色彩的对联故事中，贺龙将军的机智幽默胸怀坦荡，教书先生的幡然悔悟拥护红军，人物神态依稀可见而又跃然纸上。

挽平江惨案烈士

贺龙

北障太行山，战鼓频催，各路寇军皆逃窜；

南望平江县，噩音忽至，全体同志尽含悲。

赏析

此联写于1939年7月。同年6月12日。国民党当局派兵包围新四军设在湖南平江嘉义的留守处，杀害新四军参议涂正坤、八路军少校副官罗梓铭等六人。8月1日，中共中央在延安召开平江惨案烈士追悼会，贺龙与萧克联名撰送挽联致哀。

上联中，太行山，在山西高原与河北平原间，当时为华北重要根据地之一，因称北方的天然屏障。这里是说，我八路军健儿在北上太行山抗击日寇，战鼓频传催人奋起，日寇各路军队都在纷纷逃窜。联句谓我军在华北抗日战场与日寇浴血奋战，取得了一系列的胜利。

下联中，噩（è）音，即噩耗、凶信，报告人死的消息。这里是说，我们南望湖南的平江县，忽然传来涂、罗等烈士遇害的消息，我们全体同志都感到极大的悲哀。

这副挽联言简意明，对仗工整。且就内容而言，上北下南，对比分明。我八路军健儿在太行山奋勇杀敌节节胜利；而国民党顽固派却在平江嘉义制造流血惨案。这样就将国民党当局“消极抗日，积极反共”的卑鄙嘴脸完全暴露在光天化日之下。

挽郭朝沛

贺龙

国难方殷，竟丧长者；
明德之后，必有达人。

赏析

此联写于1939年秋天。郭朝沛为郭沫若之父，1939年7月在乐山沙湾家中病逝，享年86岁。同年10月21日，举行家祭与安葬仪式。国共两党要人与各界知名人士纷纷献上挽联、挽幛。贺龙与刘伯承、徐向前、左权联名送挽联致哀。

上联中，长者，多指年高有德、性情谨厚之人。《史记·项羽本纪》：“陈婴者，故东阳令史，居县中，素信谨，称为长者。”这里是说，现在正当国难严重的时候，四川乐山竟丧失了这么一位德高望重的长者。郭朝沛一生经商，为人正直，乐善好施，家乡颇有声望，堪称地方长者。

下联中，明德，美德。《礼记·大学》：“大学之道，在明明德。”郑玄注：“谓显明其德也。”达人，指通达事理的人。《左传·昭公七年》：“圣人有明德者，若不当世，其后必有达人。”这里实际隐指郭沫若为社会贤达之士。下联意谓，像郭朝沛这样具有美德之人，未为当世所用，其后代必有贤达之人。

这副挽联卓具特色。属对工稳，言少意多。称颂郭朝沛老人为“明德”“长者”，赞语到位而有分寸，可谓恰到好处。在联语中称颂长者而兼及其子，虽属常见写法，这里却化用古人文句，稍加点染，更显韵味深长。此联作者是几位八路军高级将领，写得如此蕴藉含蓄，值得称道。

挽彭雪枫

贺龙

奋战中原，功在史册；
壮志未竟，我来复仇。

赏析

此联作于1945年2月。彭雪枫于1927年加入中国共产党，历任红军第八军团政委、中央军委第一局局长。抗日战争期间，任新四军第四师师长兼淮北军区司令员。1944年9月，在河南省夏邑地区与日伪作战中牺牲。次年2月7日，中共中央和延安各界举行彭雪枫追悼会，贺龙撰送挽联致哀。

上联中，中原，亦称中州，指今天的河南省一带。彭雪枫生前曾率部在此进行抗日斗争。这里是说，彭雪枫率部在中原地区英勇奋战，取得不少胜利，其功绩亦已载入我国抗日战争的史册。

下联中，竟，终了、完成。这里是说，彭雪枫彻底消灭日寇的雄心壮志尚未完成，因而作者坚决表示，我一定来为你复仇。

这副挽联几乎全用口语，而又意义鲜明。上联赞颂逝者功绩，下联表明生者决心，借以直接抒发自己的感情，文笔豪迈凌厉，尽显军人本色。

挽四八烈士

贺龙

群众要翻身，援引方资，不期青天霹雳，一朝丧失几元良；

全军被沛泽，甘苦情深，那堪热血沸腾，百世难消隐恨仇。

赏析

此联写于1946年4月。四八烈士，指1946年4月8日从重庆乘飞机返回延安不幸途中遇难的王若飞、秦邦宪、叶挺、邓发等同志。同年4月19日，中共中央在延安举行四八遇难烈士追悼会。贺龙与晋绥军区负责人张宗逊、甘泗淇、陈漫远、周士第、关向应、张经武联名送挽联致哀。贺龙个人还写了四言诗《挽四八烈士》与纪念文章《吞声饮泣哀战友》。

上联中，援引，引进。资，凭借、资助。青天霹雳，即青天一声响雷，形容突然发生意外的让人震惊的事件。元良，大善之人，重要人物。这里是说，广大人民群众迫切要求翻身，正需引进凭借各方面有用的人才，哪里想到青天一声惊雷，突然在一天里丧失了我们革命队伍里几位极其重要的人物。

下联中，被，受。语见赵岐《孟子题辞》：“幼被慈母三迁之教。”泽，原指雨露，可引申为恩泽、德泽。百世，古人以三十年为一世，百世喻时间极其久长。隐，隐伏、隐藏。这里是说，我们全军将士都受到过他们充沛德泽的影响，当年同甘共苦情深谊长。今天我们胸中哪里承受得了这样的热血沸腾，永久难消这股隐伏于内心深处的恨与仇。这股“隐恨仇”就是国民党当局妄图发动反共反人民的内战。当时国共和谈尚未最后破裂，而国民党当局却“阴谋层出”，因而称之为“隐恨仇”。

此联用语文白相间，感情深沉悲壮。上联没有直接评价与称颂四八遇难烈士，而是从革命队伍丧失元良的角度，表示深沉的痛惜。下联亦未直接表示自己的决心，而是深感热血沸腾，难消心头隐恨。古人云：引而不发，跃如也。这种写法更显深沉悲壮，一股愤激之情溢于言表，同样收到深情悼念逝者的艺术效果。

挽 叶 挺

贺龙

忆赣水南昌，并辔驰驱犹昨日；
哭大河兴县，共承遗志创明朝。

赏析

此联写于1946年4月。叶挺(1896—1946)，字希夷，广东惠阳人。1924年加入中国共产党。北伐战争中，任国民革命军第四军独立团团长、第十一军副军长，屡立战功。后曾参与领导南昌起义、广州起义。抗日战争初期任新四军军长，“皖南事变”中负伤被俘，被国民党当局长期囚禁。1946年春获释，从重庆赴延安途中因飞机失事遇难。同年4月19日，中共中央在延安召开四八遇难烈士追悼会，贺龙撰送此联致哀。

上联中，赣水南昌，即赣江之畔的南昌，因南昌处于赣江下游。1927年8月1日，周恩来、朱德、贺龙、叶挺、刘伯承等在此领导武装起义。并辔（pèi），并马前进。当年作者与叶挺均为南昌起义领导人，因此曾并肩战斗。这里是说，想起当年在赣江之畔的南昌，我们率领南昌起义的军队，并肩作战驰骋疆场，犹如发生在昨天的事情一样。作者回首往事记忆犹新，对于昔日“并辔驰驱”的战友依然充满深深的怀念之情。

下联中，大河兴县，大河即黄河，黄河边上的兴县为叶挺等四八烈士遇难处。这里是说，我们今日为在黄河边上兴县遇难的战友而痛哭，并且决心与全军将士一起共承烈士的遗志，去开创明天的胜利。作者在哀伤之余，决心化悲痛为力量，将新民主主义革命进行到底。

这副挽联情深意挚，对仗工稳。“忆赣水南昌”与“哭大河兴县”遥相呼应，此中一“忆”一“哭”，浓缩了二人当年共同战斗的经历与今日怀念遇难战友的深情。当年“并辔驰驱”，今日“共承遗志”，意在说明革命尚未成功，斗争还在继续，但却深信胜利一定会属于我们。

挽续范亭

贺龙

十载共艰辛，方幸大业垂成，胜利在望，何期一病竟千古；
三军齐痛哭，誓将美帝驱逐，蒋贼歼灭，清平六合告重泉。

赏析

此联作于1947年9月。续范亭早年参加辛亥革命，曾在国民军中任职。“西安事变”后，响应中国共产党号召，回山西推动抗日救亡运动。生前任晋绥边区行政公署主任、晋绥军区副司令员。1947年9月12日，在山西临县病逝。9月26日，西北各界在山西临县举行续范亭追悼会。贺龙与李井泉、周士第、甘泗淇、张经武、陈漫远联名撰送此联，并在会上讲话。

上联中，十载，指“西安事变”后，续范亭响应中国共产党号召回山西抗战，至逝世前整十年时间。垂，接近、快要。千古，犹言永别，为哀挽死者之词。这里是说，你自回到山西十年来，我们一起共同经历了艰苦的抗日战争与解放战争，今天正在庆幸伟大的革命事业快要取得成功，新民主主义革命已经胜利在望，哪里会想到你竟一病而与我们永别。作者为续范亭之死表示深深的哀悼与惋惜。既充分肯定逝者“十载共艰辛”而建立的功勋，又为逝者死于“胜利在望”之时而痛苦。

下联中，三军，军队的统称。古代指中军、上军、下军；今亦称陆、海、空三军。蒋贼，指蒋介石。六合，指天地东西南北，实即整个世界。语出《庄子·齐物论》：“六合之外，圣人存而不论。”重（chóng）泉，犹黄泉，指地下。这里是说，我们全军将士都在痛哭，发誓要将美帝国主义赶出中国，彻底消灭蒋介石反动派，以创造一个清平世界来告慰九泉之下的英灵。

这副挽联文字较长而属对工稳。上联悼惜友人之死，下联表明自已之志。联文感情浓郁，一气呵成，悲壮激昂，自成佳构。

挽李鼎铭

贺龙

简政资赞画，为政已著生前绩；
凋谢丧元良，遗书犹留死后名。

赏析

此联写于1947年12月。李鼎铭为陕北知名爱国民主人士，抗日战争期间积极拥护我党团结抗日政策。1941年起，以米脂开明士绅的身份，先后当选陕甘宁边区参议会参议员和副议长、陕甘宁边区政府副主席。1947年12月因病逝世，贺龙与王维舟联名送挽联致哀。

上联盛赞逝者的历史贡献。简政，即精兵简政。1941年秋，李鼎铭在陕甘宁边区第二届参议会上曾提出“精兵简政”的提案，受到毛泽东主席的赞扬。此议案在边区贯彻后，为战胜日本侵略者的进攻和国民党顽固派的封锁，从而克服抗日根据地的物质困难产生了很大的影响。资，凭借、依托。赞画，意同赞划，赞助谋划。为政，从政。这里是说，陕甘宁边区政府凭借你的有关“精兵简政”的赞助谋划，使你在生前为政已经留下显著的功绩。

下联深信逝者英名永存。凋谢，本指草木凋零枯萎，亦喻人之死亡。遗书，指逝者生前留下的诗文。当时边区政府为纪念这位爱国老人，曾将他的遗著与有关材料编成《李鼎铭文集·纪念·传略》出版。这里是说，像李鼎铭这样大善之人竟不幸死亡，他的遗书犹在，自会永远留下不朽英名。

此联切人切事，用语典则。作者从“为政”与“遗书”两个不同的角度肯定了逝者的历史功绩，表达了自己的沉痛悼念之情。只是据《中华对联大典》说明，联中“画”、“凋”、“丧”、“元”四字，因原稿不清尚待查考。

改联讽知县

刘伯承*

报皇恩，流干奴才血；
保大清，效尽犬马劳。

作者

*刘伯承（1892—1986），四川开县人。中华人民共和国元帅。1926 年加入中国共产党。参与领导南昌起义。曾任中央军委总参谋长、八路军一二九师师长、第二野战军司令员。新中国成立后，任中央军委副主席、全国人大常委会副委员长。有《刘伯承军事文选》传世。

赏析

此联成于 1907 年春天。当时，四川省东部在义和团运动影响下，爆发了反清的红灯教起义。开县知县侯某，调集四乡团练前往镇压。不想第一仗就被打败，自己险些被俘，为其卖命的邵师爷死于义军刀下。事后，邵师爷已经腐烂的尸体被抬回县城，知县为其举行祭奠仪式，要求各界人士参加。少年刘伯承对此非常气愤，与几个同学商量后决定去“凑凑热闹”。当时有人起草了一副对联：“流干奴才血，效尽犬马劳。”横批是：“死得活该”。刘伯承认为内容很好，只是太露了一点，于是提笔将上下联各添三个字，横批也改了一下。大家看了都说改得好，很快送到了祭奠的场所。

大家为什么都说“改得好”呢？因为原先写成的联语内容直截了当，感情色彩强烈，却又显得锋芒毕露、一览无余。这样的对联放到会场，反动当局是不会允许的。作者灵机一动，遂将上下联分别加上“报皇恩”与“保大清”各三字，又将横批改成“死得其所”。实际含义未变，文字却进退有据含蓄得多了。这样放到祭奠仪式上，既能收到“嬉笑怒骂皆成文章”的战斗效果，又让官府抓不到任何把柄。这副对联充分显示了少年刘伯承过人的才智和战斗的艺术。

从此，刘伯承巧改对联的故事，一直流传在四川开县民间。

除夕赠联

刘伯承

半夜磨豆，磨心磨骨，磨出东西南北新天地；
黎明叫卖，叫长叫短，叫喊士农工商庆升平。

赏析

此联写于 1927 年春节前夕。当时，驻扎在四川泸州的革命军指挥部，为了让当地人民群众过好北伐战争胜利后的第一个春节，特意组织部队中有文化的官兵并动员泸州师范、泸县中学的师生，一起走上街头，义务为群众书写春联。

大年三十晚上，刘伯承带领一队士兵在泸州城内巡查，发现顺城街磨豆腐卖的李老头门前还没有对联。他在巡查完毕回到指挥部后，随即让文书代写自拟的对联。指挥部官兵见后齐声叫好，马上让卫兵连夜贴到李家门上。大年初一，李家父女上街特别早，还准备卖完豆腐买纸回来补写春联。开门之后只见门上已有一副大红春联，并且署名“革命军赠”，二人不禁感动得热泪盈眶。

上联首先写出李家父女制作豆腐的辛劳，深更半夜还在推磨，需要消耗多少心血与体力；进而笔锋一转，巧妙地将磨制豆腐与革命胜利联系起来，竟然及于东西南北，磨出一片新天地。

下联采用同样手法，先写李家父女清早即挑起豆腐担子沿街叫卖，声音或长或短，饱尝人间辛酸；进而翻出新意，竟然唤起士农工商各行各业一起欢庆升平，充分表现各界人士欢庆北伐胜利的喜悦心情。

这副别具一格的春联，既适

合受赠者的身份，从对方制作与叫卖豆腐入手；又能独辟蹊径、自出机杼，充满革命乐观主义精神。上下联前半部分均为写实，反映李家父女半夜磨豆与黎明叫卖之苦；后半部分则充分发挥作者的艺术想象，使其得到升华。上联一连用了四个“磨”字，嵌入“东西南北”四方，深信革命定能取得胜利，并将创造出一个新世界。下联“叫”字四次出现，唤起“士农工商”各界，充分表达了广大人民群众欢庆胜利的豪情。

挽平江惨案烈士

刘伯承

会聚英杰于湘鄂赣边，生而英，死而烈，惟恨抗战方殷，遽尔平江遭暗害；

竖立旌旗在冀鲁豫境，我渐强，敌渐弱，正期大勋克集，哪堪朔北奠英灵。

赏析

此联写于1939年6月。平江惨案，1939年6月12日，国民党第二十七集团军派兵包围新四军设在湖南平江嘉义的通讯处，杀害新四军参议涂正坤、八路军少校副官罗梓铭等六人。此后不久，冀鲁豫根据地军民举行平江惨案遇难烈士追悼会，刘伯承、徐向前联名撰送此联致哀。

上联中，湘鄂赣，湖南、湖北、江西三省的简称。当时三省边境为新四军活动的地区。方殷，正激烈、严重。遽尔，突然。上联意谓，多少英雄豪杰会聚于湖南、湖北、江西三省的边境，他们生而英武，死而壮烈，我们只恨抗战正处于重要关头，这些英雄们竟然在平江遭到了暗杀。这是对于当时活跃于长江以南英勇抗击日寇的新四军将士的高度评价和对惨遭杀害的平江遇难烈士的沉痛悼念。

下联中，旌旗，各种军旗的通称。冀鲁豫，河北、山东、河南三省的简称。这里指冀鲁豫抗日根据地。克集，取得胜利以后会集。朔北，我国北方。下联意谓，我八路军健儿竖立军旗在冀鲁豫地区，我方渐渐强大，敌军逐渐减弱，正在希望能与新四军健儿胜利会师，哪堪承受在北方地区祭奠烈士的英灵。这里结合当时抗日战争的形势，进而悼念平江惨案遇害的烈士。

这副对联篇幅虽较长而对仗工稳，江南新四军健儿与朔北八路军将士的英勇形象跃然纸上，可以看出作者具有深厚的驾驭联语文字的功力。

挽叶挺

刘伯承

勒马黄河悲壮士；
挥戈易水哭将军。

赏析

此联写于1946年4月。叶挺于1924年加入中国共产党，北伐战争中战功卓著。曾参与领导南昌起义、广州起义。抗日战争爆发后任新四军军长，“皖南事变”中负伤被俘，国民党当局将其长期囚禁。1946年春获释，4月8日从重庆赴延安途中因飞机失事遇难。刘伯承惊闻噩耗，特在我军驻地撰联致哀。

此联中，勒马，拉紧马缰绳。挥戈，挥动干戈。此联系从历史典故衍化而来，上联中的“悲壮士”与下联中的“易水”，均用《史记》中荆轲刺秦王的历史故事。荆轲为战国末年刺客，燕太子丹尊之为上卿，让他去刺杀秦王。燕太子丹在易水送行，高渐离击筑，荆轲和而歌曰：“风萧萧兮易水寒，壮志一去兮不复还。”后荆轲刺秦王未成被杀。作者借用易水送别这一悲壮的历史故事，以沉痛悼念叶挺将军。联中一“悲”一“哭”，更能显示怀念已故战友的强烈感情。

此联上下句显然属于并列关系，即上联与下联意义上完全一致，形式平行并列，从两个不同的角度来说明同一件事情。联中“悲壮士”与“哭将军”，均为悼念叶挺将军，只是“勒马黄河”与“挥戈易水”，地点稍有不同而已。值得指出的是，联中既是运用古典，又是在写实事。当时，作者正率军驻守华北、中原一带，黄河、易水亦系当年曾经鏖战过的地方。勒马黄河与挥戈易水均系纪实，而从这里自然会想到有关的历史故事，并以此与叶挺将军之死联系起来。联语虚实结合，自然天成，因此能在短短的两句之中包含颇为丰富的内容，有着雄沉悲壮的气势。

挽杨虎城

刘伯承

西安义举，振奋全国；
重庆成仁，永垂不朽。

赏析

此联写于1950年1月。杨虎城为国民党抗日爱国将领。早年参加辛亥革命和护法斗争。历任国民联军第十路军总司令、国民革命军新编第十四师师长，第十七路军总指挥兼陕西省政府主席。1936年12月，在中国共产党抗日民族统一战线政策影响下，与张学良一起发动西安事变，迫使蒋介石接受停止内战、一致抗日的主张。次年即被蒋介石扣留监禁，长期关押在重庆中美合作所集中营。1949年9月，蒋家王朝逃离祖国大陆前夕，在重庆磁器口杀害了杨虎城将军及幼子杨拯中、秘书宋绮云、副官阎继明、张醒民等多人。1950年1月5日，重庆召开万人大会，沉痛悼念磁器口死难烈士。西南地区党政军负责人出席了大会，刘伯承、邓小平、张际春联名送了这副挽联。

上联谓，1936年12月，杨虎城与张学良一起发动了西安事变，迫使蒋介石接受停止内战、一致抗日的主张，为全国抗日民族统一战线的建立创造了有利的条件。这是杨虎城一生历史上最光彩的一页，大大激励了全国人民抗日救亡的士气和决心。

下联中，成仁，语出《论语·卫灵公》：“志士仁人，无求以害仁，有杀身以成仁。”后谓为维护正义而献出生命。杨虎城在抗日战争和解放战争期间，长期被国民党当局囚禁，并于1949年9月在重庆磁器口集中营被杀害。这种为抗日救亡与民主建国而献身的精神将永远流传，不会磨灭。

这副挽联内容颇为集中，紧紧抓住逝者一生中的两件大事——“西安义举”与“重庆成仁”，既热情赞颂了逝者生前不朽的历史功勋，又沉痛悼念逝者惨遭国民党反动派屠杀，进而指出作为志士仁人将永垂不朽。联语文字简洁明快，掷地有声，遂使上述内容给人留下更为深刻的印象。

挽格达活佛

刘伯承

具无畏精神，功烈永垂民族史；
增几多悲愤，追思应续国殇篇。

赏析

此联写于1950年冬天。格达活佛（1903—1950），原西康省甘孜县白利寺活佛。1935年中国工农红军长征经过甘孜地区时，曾积极发动藏族人民支援红军，参与建立中华苏维埃巴博自治政府，并当选为主席。新中国成立后，任西南军政委员会委员、西康省人民政府副主席。1950年7月，接受中央人民政府派遣，赴西藏敦促和平谈判，不幸在昌都被英国特务和西藏反动分子茶中下毒身亡。同年冬天，中共中央西南局、西南军政委员会、西南军区等在重庆联合召开格达活佛追悼会，刘伯承撰送挽联致哀。

上联中，功烈，功绩。语见《左传·襄公十九年》：“铭其功烈，以示子孙。”永垂，永远流传下去。上联意谓，格达活佛具有大无畏的精神，他的历史功绩应当在我国民族史上流传下去。这里高度评价了格达活佛在红军长征时期建立我国第一个少数民族政权和新中国成立以后担任西康省与西南地区领导职务，以及解放西藏所作出的巨大贡献。

下联中，国殇（shāng），指为国家作战而牺牲的人。原系

《楚辞·九歌》篇名，是礼赞为楚国而战死的将士的乐歌。下联意谓，格达活佛的不幸遭遇增加了我们几多悲愤，现在追念他的历史功绩应当续写继屈原之后新的“国殇篇”。这里既表达了对于帝国主义间谍与西藏反动分子残害格达活佛的愤怒感情，又对这位为国殉职的少数民族英雄加以深情的礼赞。

这副挽联文字凝练朴实，感情深沉真挚。在朴实无华的文字中，用了“几多”、“追思”、“国殇篇”、“功烈永垂”等庄重严肃的书面语言，更能表达作者虔诚礼赞格达活佛与沉痛怀念亡友的感情，从而具有极其感人的思想与艺术力量。

新春题联

陈毅*

年难过，年难过，年年难过年年过；
事无成，事无成，事事无成事事成。
横批：春待来年

作者

*陈毅（1901—1972），字仲弘，四川乐至人。中华人民共和国元帅。1923年加入中国共产党。曾任红四军政治部主任、新四军军长、第三野战军司令员兼政委。新中国成立后，任上海市市长、国务院副总理兼外交部长、中央军委副主席。有《陈毅军事文选》、《陈毅诗词选集》传世。

赏析

此联作于1923年春节前夕。当时，陈毅回到四川乐至县农村过年，母亲要儿子写副春联。他想到自己因参加留法学生爱国运动被武装押送回国的苦衷，还有由上海回四川沿途所见萧条凄凉的情景与家中目前贫困不堪的状况，尤其是想到在上海因诞生中国共产党而出现新时代的曙光，心中百感交集，于是欣然命笔，写下这副不同寻常的春联。

上联明显采用反复的修辞手法，亦即为了强调某种意思或加重某种感情，而重复使用某个句子或词组，以期引起人们的注意。上联三次反复"年难过"，既反映了当时家庭困难的苦境，也是旧中国农民真实生活的写照。"年年过"则反映了我国劳动人民逆境求生、顽强乐观的奋斗精神。

下联同样采用反复的修辞手法。下联三次反复"事无成"，既表现了作者早年追求革命屡受挫折的沉重心情，也是当时广大劳动人民在现实生活中常有的遭遇。后面“事事成”则又表现了自己的乐观坚定的信念和对劳苦群众穷则思变投身革命的愿望。

横批：“春待来年”。这是全联画龙点睛之笔。作者思想感情和联语内容到此出现转折。“春待来年”，这是对于未来的美好寄托和希望，相信春天总会来到人间。就陈毅个人来说，果然此后不久即在北京由李大钊介绍加入中国共产党的组织，直接投身于中国人民解放事业。

这副春联别具一格，全用口语，明白如话，且采用反复句式和重叠手法，妙趣横生，蕴涵哲理。正文实际只有“年难过”、“事无成”六个字，安排得如此巧妙，而且对仗工整，寓意也颇深远。加上一个横批，构成完整整体。旧时代人民生活的苦难与希望尽在其中。作者写这副春联的当夜，还写了一首《除夕吟》：“年年难过啼饥寒，处处环境亦皆然。待到一朝风雷震，谁说苦尽不生甜。”诗中表达了同样的感情，并将联语横批“春待来年”具体化，热情呼唤革命风雷，盼望早日苦尽甜来。

赠陈孟熙

陈毅

佛不收债鬼；
民当敬清贤。
横批：乐得其所

赏析

此联写于1938年间。陈孟熙（1899—1986），四川省乐至县人，为陈毅胞兄。早年赴法勤工俭学，后入黄埔军校学习，参加过北伐战争。曾任川军师参谋长、川西师管区司令等职。新中国成立后任民革中央委员、四川省政协委员。1938年，陈孟熙在任西昌行署禁烟专员期间，一次查获兵匪合谋贩卖鸦片的大案，对方在请人说情通融的同时，拟派兵强行夺回。陈虽据理力争依然无用，决定辞去官职以示抗议。因平时一向为官清廉，故临行借了三千元路费。他只在任八个月，平素又信佛教，于是临行题写一联于官署门楣之上：“八月专员三千债；两袖清风一菩提。”横批：“乐在苦中。”

陈毅听到胞兄愤然辞官与题写对联的消息之后，对于这一做法颇为赞赏。想起当年南昌起义前夕曾与胞兄话别，诚恳劝告：“今后官可以当，但要当清官，作民则要作良民。我们信仰可不同，但‘清’、‘良’二字万万不可丢。”现在胞兄果然言行如一，因在感慨之余提笔写下此联。

这副联语完全根据胞兄当时辞官、借债、礼佛之事借题发挥，意谓菩萨定然不收有债之鬼，人民自当敬重清廉贤良之人。这是对胞兄所作所为的充分肯定与深情慰勉。至于横批“乐得其所”，更是对于“乐在苦中”的补正，思想境界自然高出一筹。

这副赠联庄谐并举，精警风趣，而文字内涵却非常深刻。这是对于胞兄公正恰切的评价，且能发人深省。此联收入《警世通联》一书至为切当，确能收到警策世人的功效。

庆祝会师

陈毅

在新城，演新戏，欢迎新同志，迎接新胜利；

除旧貌，破旧习，打倒旧军阀，摧毁旧世界。

赏析

此联写于1928年12月。当时，彭德怀、滕代远率领的红五军与红四军在江西省宁冈县新城胜利会师。陈毅欣然为庆祝会师的联欢会会场撰联，并亲笔书写悬于会场两侧。

上联在四个分句中连续用四个“新”字，极写两军会师之后人们欢快的心情。新城、新戏、新同志、新胜利，无处不新，一片喜悦之情溢于言表。

下联采用与上联同样手法，并在相应位置上用了四个“旧”字，进而表明我军全体将士的决心。对于旧貌、旧习，均在破除之列；而对旧军阀、旧世界则应打倒与摧毁。

这副对联用语通俗易懂，而又热情洋溢。上下联新旧对比，作者爱憎分明。这样用于部队联欢会的会场非常合适，能给全体红军官兵以极大的鼓舞。

访辛三仙赠答八联

陈毅

一

出家非出国；
传道当传义。

二

鸦啼雀鸣，并立枝头报祸福；（辛三仙）
燕来雁去，相逢路上传春秋。（陈毅）

三

三顾道观，三拜三仙山心动；（陈毅）
四咏雄文，四仰四军事理明。（辛三仙）

四

稼轩当年哭京口；
三仙今朝笑茅山。

五

药能治假病；（辛三仙）
酒不解真愁。（陈毅）

六

灵丹可治亡国恨；（陈毅）
醇酒难消灭寇仇。（辛三仙）

七

棋盘对战，无残则亡，败势无挽回；
神州交兵，有伤即治，胜局有指望。

八

深山隐高士；
盛世期新民。

赏析

这组联语，或个人所作，或互相应对，均为应酬赠答之作，时在1939年间。当时，陈毅率新四军部队进入江苏茅山地区，开辟苏南抗日根据地，伤员缺医少药，面临很大困难。听说镇江民间医师辛三仙医术高明，人称“药仙”。他曾在镇江开设辛三仙诊所，因不愿给日本人治病，进入茅山深处乾元观，继续采集草药为穷苦百姓治病。陈毅还进一步了解到此人有三好：好酒、好棋、好诗。于是决定前去拜访这位民间高人，请他为新四军伤员治病。

“出家非出国；传道当传义。”在第一次去拜访辛三仙时，陈毅进了茅山乾元观大门之后即高吟此联。作者意在激励药仙，你虽进了乾元观（出家），却并未出国，传播医道固然重要，传播正义更为应当。这是希望药仙能为抗日救国大业发挥应有作用。可惜此人并不在家，一位老道口吟唐人贾岛诗句作答：“只在此山中，云深不知处。”意即辛三仙外出，虽在山中，不知何处。

陈毅第二次进山，又未遇到辛三仙。他并不气馁，决定“三顾茅庐”。进了观门之后，老道递上一张纸条，上书：“鸦啼雀鸣，并立枝头报祸福。”陈毅一看知是上联，但将国民党比做报祸的乌鸦，将共产党比做送福的喜鹊，思想认识不错。随即在原纸上写出下联："燕来雁去，相逢路上传春秋。"这里巧妙地道出了渴求相见之意。燕子来大雁去，何时能在路上相逢报告春秋到来的消息呢？

陈毅三访药仙之后，第二天有位小道前来传话，说是辛三仙请将军到乾元观见面。陈毅跟随小道上山，进了乾元观向辛三仙拱手施礼，一边吟出上联："三顾道观，三拜三仙山心动。"这一出句设有机关不少。三顾、三拜、三仙已含三个"三"字，紧接而来的"山心动"，"三"与"山"谐音，表面是茅山心动，实为三仙心动。要想对出此联实属不易。辛三仙毕竟也是联坛高手，稍加思索即吟出对句："四咏雄文，四仰四军事理明。"下联对仗工稳含义亦好。四咏、四仰、四军包含三个"四"字，而"事理明"中的"事"与"四"谐音，高度赞扬新四军深明事理。这样的应对，虽属充满谐趣的游戏笔墨，却也需相当高明的文字功力。

"稼轩当年哭京口；三仙今朝笑茅山。"二人入座饮茶畅谈，陈毅针对主人出身吟成此联。稼轩，即南宋爱国词人辛弃疾，一生主张抗金北伐，受到投降派排挤打击。晚年曾任京口（镇江）知府，积极从事北伐准备，不久又遭免职。联中以"稼轩"喻"三仙"，可谓神来之笔，二人都姓"辛"，且三仙亦在镇江开过诊所，因不愿为日寇治病而离开，与当年"哭京口"的辛稼轩怀有同样的感情。"三仙今朝笑茅山"，是因为进入了抗日根据地，得以为广大人民群众治病。

辛三仙听了陈毅所吟联语之后，不禁摇头苦笑。他虽也有当年辛稼轩抗金北伐的壮志，却有更多稼轩居士的牢骚，于是转身让人拿酒，并请客人干杯。陈毅推托："我有病，不能奉陪，特请药仙诊治。"主人故意给陈号脉，口吟上联："药能治假病。"陈毅旋即吟出下联："酒不解真愁。"此语情真意切，药虽可治假病，酒却不解真愁。因其点到对方痛处，主人不禁老泪纵横。

陈毅见主人伤心落泪，连忙加以劝慰开导："灵丹可治亡国恨。"这个"灵丹"就是投身于抗日民族解放战争，只有如此才能消除亡国之恨。辛三仙亦深受启发，随即端起酒杯泼于地上，吟出下联："醇酒难消灭寇仇。"言外之意十分清楚，醇酒难以消灭寇仇，只有采取实际行动投入斗争。

陈毅见主人泼酒于地，遂大声喊道："拿棋来！"二人对弈之际，陈毅故意输棋，还突然问道："辛老，当年制作象棋，何以只准双方将士阵亡，不准他们治愈重返战场?"问得对方瞠目结舌。陈毅长叹一声吟出上联，意谓象棋无残则亡，败势无法挽回。主人仍未解其意，陈毅又随口吟出下联，指出只有有伤即治，胜局才有希望。辛三仙恍然大悟，绕了半天圈子，原来是请我给新四军治病。于是决定，不仅献出一年采集的中草药，还把乾元观作为新四军江南指挥部的总医院。

"深山隐高士；盛世期新民。"茅山深处的乾元观改成新四军江南指挥部总医院后，伤病员正式进山的那一天，陈毅欣然挥笔书联，贴于乾元观正门两旁。此联对于药仙给予很高评价，进而提出希望。新民，语出《大学章句》，朱熹集注有所解释。这里是说，茅山深处隐有高人，希望能在当今盛世去为民众解除疾苦，即医治所感染之疾病。辛三仙果然不负众望，不少伤员经过治疗，很快重返前线。

这组联语因其构成故事且有传奇色彩，已在民间流传。谈到整个故事内容真实性如何，我们认为，主要人物、事件以及交往过程应是真的，不少传记资料可以作为佐证。至于具体到每一副联语，则有可能在流传过程中有所加工。这在民间文学创作中应属常见的现象。这组联语中的最后一副，实为刘少奇所作，只是将"陡山"改为"深山"。不知是陈毅顺手借用，还是整理者移花接木，一时难于确定。但就整体而言，作为一组对联故事，确有引人入胜之处，值得一读。

题泰州两李将军

陈毅

开辟荆榛，千秋功业；
驱除日虏，一代英雄。

赏析

此联写于1939年7月。两李将军，即李名扬、李长江。抗日战争爆发前后，二人曾任江苏省保安处正副处长、第四游击队正副总指挥。后均投靠汪精卫，分别任汪伪国民党中央监察委员和汪伪第一集团军总司令。1939年7月，陈毅率新四军抗日挺进纵队转战到苏北，为借住郭庄整训，曾亲往泰州拜访李名扬、李长江。让人感到意外的是，两李不仅满口答应借出地盘让新四军整训抗日，而且向陈毅求字以作纪念。陈毅当即挥毫书赠此联。两李见了赞不绝口。

上联巧妙运用郑成功当年从荷兰殖民者手中收复台湾的典故以激励对方。荆榛（zhēn），均为丛生灌木，古人用以比喻纷乱的局势或困难的处境。开辟荆榛，意即披荆斩棘，排除万难。郑成功为明清之际抗击荷兰殖民者的名将。1661年曾率战舰渡过海峡，驱逐荷兰殖民者，一举收复台湾。郑成功写有《复台》诗："开辟荆榛逐荷夷，十年始克复先基。"这里是说，郑成功当年披荆斩棘收复台湾，完成了流芳千载的伟大功业。

下联希望对方认清形势，投入抗日民族解放战争，以求成为一代英雄。日虏，虏为对于敌方的蔑称，此指日本侵略者。如果紧承上联联意，应为"驱除荷虏"，从而赞颂郑成功不愧为一代英雄。这里转而联系现实，借以鼓励对方抗日。

此联构思巧妙，言简意深。似有两点值得注意：一是联中暗用郑成功驱逐荷夷、收复台湾的历史故事，却并未露出刻意用典的痕迹。二是明为誉人，实为自许。泰州两李系国民党地方武装势力，新四军为在苏北建立抗日民族统一战线，一度确定"联李打韩"（联合泰州两李，打击国民党顽固派韩德勤）的方针，作者因以此联相赠。但就联意本身而言实为自喻，广大新四军指战员正像当年郑成功那样，敢于披荆斩棘勇往直前，从而完成抗日救国的大业。

挽平江惨案烈士

陈毅

锦绣河山方破碎，志士为豆，奸人为萁，难免亲者所痛，仇者所快；

炎黄胄裔最英明，领袖在前，群众在后，深信沉冤必雪，国难必除。

赏析

此联写于1939年7月。同年6月12日，国民党第二十七集团军奉蒋介石密令，派兵包围新四军设在湖南平江嘉义的通讯处，杀害新四军参议涂正坤、八路军少校副官罗梓铭等六人。这一血腥暴行激起全国人民的愤怒。8月1日，延安各界隆重举行平江遇害烈士追悼会，陈毅与张鼎丞、戴季英、罗炳辉、张云逸联名送挽联致哀。

上联沉痛悼念平江遇害烈士，怒斥国民党当局一手制造平江惨案的罪行。“志士”二句，化用煮豆燃萁的故实，典出刘义庆《世说新语·文学》。相传曹植曾受其兄迫害而作《七步诗》：“煮豆燃豆萁，豆在釜中泣；本是同根生，相煎何太急。”后以“煮豆燃萁”比喻内部骨肉相残。“亲者”二句，实由成语“亲痛仇快”扩展而成。这里是说，值此山河破碎国土沦丧之际，国民党当局竟以志士为豆、奸人为萁，干起煮豆燃萁、亲痛仇快的蠢事。这就一语点明了平江惨案的实质。

下联表明了我党和广大抗日军民的态度和决心。炎黄，传说中的中国上古帝王炎帝和黄帝。胄裔（zhòu yì），指帝王或贵族的子孙后代。沉冤，难以辩白或久未申雪的冤枉。这里是说，作者深信我们这些炎黄子孙是最英明的，现在领袖在前，群众在后，平江冤案定能予以昭雪，国家患难必将得到清除。当时，中国共产党领导人已经多次发表声明，广大抗日军民也已行动起来，都在愤怒声讨国民党顽固派所制造的血腥暴行。

这副挽联用语文白相间，自然天成。联中出现的几个成语典故，如“煮豆燃萁”、“亲痛仇快”、“炎黄胄裔”等，没有原封照搬，而是经过化用，均能恰到好处。一任感情流泻，化为哀挽文字。从中可见作者对于这一事件的深刻理解与驾驭联语文字的功力。

挽高梓才谢应征二联

陈毅

一

元良竟丧，邦家之痛；
豆萁相煎，外寇乃肥。

二

冷月照中天，触槐钽麑嗟难再；
秋风催肥马，长城道济痛失双。

赏析

此联写于1939年10月。高梓才生前任江苏省武进县国民党党部书记。谢应征生前任武进县某区区长。二人均有抗日爱国之心，1939年10月在调停地方武装之间矛盾时，途中被国民党顽固派杀害。10月15日，武进县群众在安家舍乡前舍村为二人举行公祭。陈毅正好从江阴澄西返回茅山途中得知此事，为了表示对抗战盟友的悼念，特撰送挽联交公祭主持人。联末附有跋语："马上构思，不及推敲，祈斧正张挂。另付五元奠仪，聊表哀痛之忱，并向残杀者志公愤云尔，又及。"

第一副挽联：

上联中，元良，大善之人。邦家，国家。《诗·小雅·南山有台》："乐只君子，邦家之光。"这里是说，这样好的人竟然丧失了，真是国家的悲痛。作者为国家抗日救亡事业失去这样的志士而痛心。

下联中，豆萁相煎，典出《世说新语·文学》，喻内部骨肉相残。这里是说，这样内部骨肉相残，日本强盗却从中得到了好处。这对国民党当局的指责，可谓一针见血。

联语完全从巩固抗日民族统一战线的大局出发，既对国民党内爱国志士之死表示沉痛哀悼，也对国民党当局进行强烈批判。入情入理，感人至深。

第二副挽联：

上联中，钼麑（xú ní），春秋时晋国力士。据《左传·宣公二年》记载，晋灵公恨大臣赵盾多次进谏，派钼麑前往行刺。钼麑见赵盾深夜还在灯下看书，为之感动不忍加害，遂在赵府院中触槐树而死。这里是说，寒冷的月亮照耀于天空，今天像当年触槐而死的钼麑可惜很难再有了。这里是在感叹当时的社会现实，也是讥讽国民党顽固派专门为虎作伥，自相残杀，而不会再像当年晋国武士钼麑那样尚有自杀以救忠良之心。

下联中，道济，南朝宋名将，为刘宋王朝立下不少功劳。后为宋文帝所忌，被杀时投帻于地叹曰："乃坏汝万里长城！"这里是说，秋风催着肥壮的马上路，我们仍为失去两位像道济这样的人而痛心。作者继续对于高谢二人之死表示深深叹惜。

这副挽联用语典则，深沉蕴藉。触槐钼麑与长城道济两个典故的运用，更进一步深化了联语的内涵，且给人以更多思索回味的余地。冷月与秋风，既与写作此联时令相应，又与历史人物活动有关，同样引人遐想。这样的联语，声情悲壮，含蕴丰厚，具有很强的艺术感染力量。

应对金山寺长老

陈毅

阿弥陀佛，拜谒大慈大悲观世音；（长老）

出生入死，拯救多灾多难老百姓。（陈毅）

赏析

此联成于1939年间。金山寺，在江苏省镇江市西北金山上，始建于东晋。庙宇依山而建，层层相接，使山与寺混为一体，一向为国内佛教禅宗名寺。当时，陈毅路过镇江，只身进入金山寺。寺内长老想探明来人身份，出了上联；陈毅心领神会，对了下联。

上联中，阿弥陀佛，大乘佛教的佛名。《阿弥陀经》言：念此佛名号，深信不疑，即能往生其净土。后世所谓念佛，多指口诵阿弥陀佛名号。这位长老口念佛号，探询客人是否前来拜见大慈大悲的观世音菩萨，亦即诚心向佛之人。

陈毅针对长老的探问，亦用联语表明自己的身份。下联意谓，我是军人，平时出生入死，为了拯救多灾多难的老百姓。

这副巧对自成一格。上下各具特色，道出自己身份。出句纯属宗教语言，活现这位长老身披袈裟、双手合十的神态。对句则为革命军人答词，足以显示出生入死、救国救民的大无畏精神。两种不同类型人物的性格神态跃然纸上。

赠粟裕

陈毅

轻裘缓带羊叔子；
食少事烦诸葛公。

赏析

此联写于1940年2月。粟裕(1907—1984)，湖南会同人。1927年加入中国共产党。曾任中国工农红军师长、军团参谋长、新四军江南与江北指挥部副指挥、华中野战军司令员、第三野战军副司令员。新中国成立后，历任中国人民解放军总参谋长、国防部副部长、人大常委会副委员长。1955年被授予大将军衔。1939年11月，陈毅与粟裕分别担任新四军江南指挥部正副司令员。二人从红军时代起多年合作，并肩征战。陈毅深知粟裕的军事指挥才能，次年2月曾书此联相赠，悬于粟裕的卧室。

上联中，羊叔子，西晋大臣羊祜字叔子，多年镇守襄阳，屯田储粮准备灭吴。据《晋书·羊祜传》："祜在军中常轻裘缓带，身不被甲。"军中穿着轻暖皮衣，系着宽大腰带，形容态度闲适从容。上联以历史人物为喻，意在说明粟裕打起仗来一向从容不迫，指挥若定，颇有当年羊叔子的风度。

下联中，食少事烦，语出《三国志》："孔明六出祁山时，食少事烦。"下联仍以历史人物为喻，意在说明粟裕平时常因构想作战方案与处理各项军务而工作繁忙，以致废寝忘食很少休息，就像当年六出祁山时的诸葛孔明一样。

此联赞颂粟裕将军，用典贴切，要言不烦。作者巧妙地以历史人物为喻，言其既有羊叔子那样的潇洒风度，又像诸葛亮那样的军务繁忙。一位军中大将的形象跃然纸上。这里同时还应指出，联中以定计灭吴的西晋大臣羊祜与鞠躬尽瘁的西蜀丞相诸葛亮为喻，实际本身就是对于粟裕的高度评价与深情慰勉。

应对韩紫石

陈毅

陈韩陈韩，分二层含二心；（韩紫石）

国共国共，同一国共一天。（陈毅）

赏析

此联成于1940年春。韩紫石，名国钧，清末举人。民国以后，历任江苏民政长、安徽巡抚使、山东省省长、江苏省省长等职。他才识渊博，主政清廉，晚年归隐，颇有声望。抗日战争时期，受到我党建立抗日民族统一战线政策的感召，对新四军在华中地区敌后抗战给予支持。1940年春，陈毅在新四军苏北挺进纵队管文蔚陪同下，曾去海安拜访这位爱国老人，希望他能运用自己的影响去做国民党江苏省省长、地方军阀韩德勤的工作。韩紫石素闻陈毅是位军中儒将，遂以应对方式表明自己的态度，因而产生了这副别具一格的对联。

韩紫石老人的出句意在说明，要想策动韩德勤与新四军合作抗日恐有一定困难。这里没有明说，却将二人姓氏嵌入联中并重复出现，然后取其谐音，点出因其分为二层（陈），势必含（韩）有二心。上联构思巧妙而又诙谐风趣，寓意却尽在其中。这样的出句从文字到内容更想对得很工确实不易。

韩紫石出句已自出手不凡，颇为机巧，陈毅对句更是应对有方，让人叫绝。为与陈韩姓氏相应，遂将二人所属之政党嵌入联中亦重复出现，然后却撇开谐音直抒己见。下联意谓，不管属于哪个政党，都在同一个国家，共一方蓝天，都应积极投入抗日民族解放战争。

这副合作联语显然出自名家手笔，出句以含蓄而巧妙的说明方式见长，而对句则以才思敏捷高屋建瓴取胜。难怪韩紫石老人闻之亦佩服之至，表示愿为各方联合抗日奔走效劳。

回赠韩紫石

陈毅

杖国抗敌，古之遗直；
乡居问政，华夏有人。

赏析

此联作于1940年春夏之交。当时，陈毅担任新四军江南指挥部指挥，正在执行中央提出的“向东进攻，向北发展”的方针。他在春天登门拜访韩紫石老人之后，保持通信联系，二人常有诗文、联语往还。老人曾撰一联题赠陈毅将军，联为：“注述六家胸有甲，立功万里胆包身。”陈毅读后即以此联回赠。

上联中，杖国，古代一种尊老的礼制。《礼记·王制》：“五十杖于家，六十杖于乡，七十杖于国，八十杖于朝，九十者，天子欲问焉，则就其室。”杖国即拄杖于国，后亦用以指从政者七十岁后告老还乡。遗直，谓其人直道而行，有古人遗风。《左传·昭公十四年》：“仲尼曰：‘叔向，古之遗直也。’”这里是说，韩紫石老人年逾古稀，早已不在官位，却仍以国事为忧，积极投入抗日救亡斗争，他的气节与风范堪与古人相媲美。这是对于老人为了呼吁团结抗日，而仍在四处奔走的形象描绘与高度评价。

下联中，华夏，古代汉族的自称，亦称诸夏。这里是说，韩紫石老人虽已辞官归隐，退居乡间，依然过问政事，说明我们中华民族爱国之士大有人在，中国不会灭亡。这位爱国老人常以自己个人的威望，游说过去的同僚旧友支持抗日救国斗争。

这副赠联用语古朴典则，大多采用文言词语，借以赞颂韩紫石老人的爱国义举。杖国、遗直、乡居问政、华夏有人等语，均属生动鲜明而又恰到好处，既符合老人的身份地位，又能做出颇为准确的评价。联句以对爱国老人的高度赞誉，激励更多志士仁人投身于抗日救国大业。

巧改戏台对联

陈毅

乘风敢破千层浪；
抗日全凭一片心。
横批：军民同乐

赏析

此联改于1940年11月。当时，陈毅指挥的新四军部队在苏北连克敌伪据点之后，盐城当地群众为庆祝胜利而搭台演出慰问部队。陈毅看到戏台两旁的对联是："乘风破彼千层浪；抗日凭公一片心。"横额："欢迎陈军长。"原来这是一位前清秀才、当地塾师的手笔。联语主旨非常明确，意在欢迎新四军陈军长，文字本身亦强调"抗日凭公"去"破彼千层浪"。陈毅找到这位老先生并诚恳地说："老先生宿学通儒，文笔极佳，只是过誉之处，愧不敢当。想冒昧动几个字，未知可否？"遂在取得同意后将原稿改成现在的样子，并于次日在正式演出前将戏台两旁换上了这副新联。

这副对联改动主要在于横额。将"欢迎陈军长"改为"军民同乐"，这既表现了陈毅将军的质朴谦逊，也更切合军民联欢的主旨。为与改动之后的题旨相应，正文本身亦需改动。这里让人感到意外的是却只改了两个字。上联改"彼"为"敢"，下联改"公"成"全"，这样稍加改动，就从原来肯定个人功德转为歌颂广大抗日军民。这副改后的对联内容上起了质的变化，不仅使那位老先生深为感佩陈毅将军的人品学识，而且使参与联欢的抗日军民亦为之欢欣鼓舞。

需要指出的是，这里我们根据《陈毅传》一书录引的对联，尚有值得推敲之处。此联横额原为:“欢迎陈军长。”须知陈毅是在1941年1月“皖南事变”后才被任命为新四军代军长的，只有在此后才能这样称呼。因此在1940年11月应称“陈司令”(新四军第一支队司令员)或“陈指挥”(新四军江南指挥部指挥)。故此联具体写作时间尚有待研证。

巧对

陈毅

读《红楼》，看宝、黛、钗，调情大观园；(阜宁士绅)
讲《西厢》，有张、孙、杜，斗法普救寺。(陈毅)

赏析

此联成于1940年间。当时，陈毅为了推动抗日民族统一战线的发展，经常与苏北社会各界人士接触。阜宁有位士绅原以为新四军都是草莽英雄，故意出上联请陈毅答对。陈毅毫不推辞，随口应答，构成这副巧对。

这位阜宁士绅所出的上联，意谓我们读《红楼梦》，定会看到贾宝玉、林黛玉、薛宝钗在大观园里互相调情。出句虽文字通俗浅显，且思想境界不高，但在三个部分需相应地纳入一本书名、三个人物和与之有关的事件，却也自有某些奇巧之处，给应对者带来一定的困难。

陈毅没有被这位士绅所出的难题吓倒，而是应付裕如，随即吟成相应的对句。下联意谓，人们讲《西厢记》，自会说起书生张珙、强寇孙飞虎、白马将军杜确，在普救寺中相互斗法。陈毅不愧是位将军诗人，可谓才思敏捷。同样对以一本书名、三个人物和相关的某一具体事件，而且“斗法普救寺”显然要比“调情大观园”思想境界高出一筹。难怪这位士绅惊讶新四军中竟有如此才华出众的将领，从此对于陈毅将军的人品学问佩服得五体投地，并且表示愿以实际行动积极支持抗日民族解放战争。

挽韩紫石

陈毅

贤哲云亡，念江淮危局，藐藐吾怀若有失；
民心未死，忆商山故迹，悠悠君恨不难平。

赏析

此联写于1942年5月。韩紫石老人响应我党建立抗日民族统一战线的号召，积极支持新四军在华中地区的抗日斗争。1941年秋，日寇与汪伪政权想利用韩紫石的威望来达到自己的政治目的，多次要他出任伪江苏省长。老人面对敌伪采取的种种卑劣逼降手段，始终坚持民族气节，虽被捕入狱，亦宁死不屈。次年出狱后不久即因身心受到严重摧残不幸去世。1942年5月5日，新四军和苏北盐阜各界举行韩紫石追悼会，陈毅撰送挽联致哀。

上联中，贤哲，贤良的哲人，才能识见超越寻常之人。云，语助词，置于句中无义。藐藐，即邈邈，深远的意思。《诗·大雅·抑》："诲尔谆谆，听我藐藐。"这里是说，这样贤良的哲人已经死了，想到江淮地区的危局，我的心里总觉得空荡荡的若有所失。这就既对韩紫石老人给予很高评价，又对他的不幸逝世表示深深痛惜。这样贤良的哲人一去，谁与我们一起去挽救江淮危局呢？

下联中，商山，在陕西省商县东南，地形险阻，景色幽胜。秦末汉初东园公等四位均已年过八十、须眉皆白的老人隐居于此，号称"商山四皓"。这里用以喻韩紫石老人。故迹，先人留下的踪迹。悠悠，忧思的样子。这里是说，现在民心未死，人们将永远怀念韩紫石老人所留下的种种业绩，因而深信您的忧伤和仇恨是不难平复的，亦即广大革命人民一定会为您报仇，老人的一生功业将长留人间，老人的仇恨自当有人会报。

这副挽联用语文白相间，意蕴深沉含蓄。对仗工稳，用典恰切，充分表达了作者对于已故爱国老人深沉怀念的感情。读之使人缅怀逝者，奋起抗争。

挽左权

陈毅

五年以来，在江南苏北河朔维扬燕岱，纵横驰骋，喋血沙场，几许热血头颅名昭史册；

四方转战，集川湘赣闽吴越豫楚黔粤，海外侨胞，工农贤俊，无数中华儿女誓复河山。

赏析

此联写于1942年6月。左权于1925年加入中国共产党，曾在我国黄埔军校与苏联伏龙芝军事学院学习。抗战时期任八路军副参谋长。1942年5月25日，在山西辽县麻田对日作战中牺牲。年仅37岁。同年7月初，延安各界召开左权将军追悼会，陈毅于华中前线与饶漱石联名送挽联致哀。

上联中，河朔，泛指黄河以北地区。维扬，旧为扬州府的别称。燕岱，燕山与泰山，指河北、山东地区。喋血，血流满地。几许，多少。上联意谓，抗日战争爆发五年以来，我八路军、新四军将士在江南、苏北、黄河以北、扬州一带以及河北、山东地区，纵横驰骋，流血疆场，多少人洒热血抛头颅，英名理应昭示于史册。

下联意谓，今日四方转战，汇集四川、湖南、江西、福建、江苏、浙江、河南、湖北、贵州、广东，以及海外华侨同胞、工农有识之士，无数中华儿女都在发誓定要收复祖国山河。

此联没有专门表彰左权将军个人的战斗功勋，而是将他作为八路军、新四军将士的杰出代表，放在整体之中加以歌颂。联语篇幅较长，气势磅礴，引入各大省区地名，说明全国人民都在奋起抗日，定能夺取抗日战争的最后胜利。

赞刘伯承

陈毅

论兵新孙吴；
守土古范韩。

赏析

此联写于1942年间。刘伯承（1892—1986），四川开县人。1926年加入中国共产党。曾任国民革命军第15军军长、中央革命军事委员会参谋长兼中央纵队司令员、八路军129师师长、晋冀鲁豫军区司令员、第二野战军司令员。新中国成立后，历任西南军政委员会主席、中国人民解放军军事学院院长、中央军委副主席等职。1955年被授予元帅军衔。早在1942年间，陈毅就非常佩服刘伯承用兵如神，屡建功勋，曾撰联语赞颂。

联语涉及四位历史人物。孙吴，春秋战国时期的名将孙武和吴起。前者有《兵法》十三篇传世；后者有《吴起》四十八篇，可惜早已失传。二人均为我国古代杰出的军事家。范韩，北宋时期的范仲淹与韩琦。宝元三年，西夏攻延州，范仲淹与韩琦同任经略副使，改革军事，巩固边防，时人称为“范韩”。二人均以守土有功名垂千古。联语通过这些历史人物，意在说明刘伯承“论兵”方面具有古代兵法家孙武、吴起的才能，堪称新时代的“孙吴”；而在“守土”方面，则与北宋时期的范仲淹、韩琦一样，立下过不可磨灭的功勋。

此联言简意赅，发人深省。“新孙吴”与“古范韩”，包含极其丰富的历史内容，需要联系刘伯承战斗的一生加以领会。在漫长的军事生涯中，他刻苦钻研军事科学，先后写下一百余万字的军事著作，翻译、校译和编译数百万字的外国军事著作，成为我国现代杰出的军事理论家与军事翻译家。朱德亦曾盛赞刘伯承在军事理论上造诣很深，有古代名将之风，为国内不可多得的将才。

应对大公报

陈毅

霜降降霜，谁怜孀妇双脚冷？（大公报）
谷雨雨谷，我惜姑子孤身寒。（陈毅）

赏析

此联成于 1943 年深秋。当时霜降过后，陈毅带领部队在华中某地召开军事民主讨论会。司务长与文书从敌占区采买毛巾、牙刷回来，正用一张《大公报》包着，分发给与会的指战员。陈毅从文书手中取过报纸一看，连称“妙哉妙哉”！原来《大公报》出了一副对子的上联，广泛征求下联。陈毅询问周围同志能否应对，大家都说不行，并请军长试试。他在略加思索之后吟出了下联。当即写了一封短信，一并寄给《大公报》。大约过了十来天，《大公报》就登出了这副完整的对联。

上联采用疑问句式，首先点明时令与自然气象。霜降为每年二十四节气之一，一般均在十月下旬。时已进入深秋，北方开始降霜。联句紧承上文，进而提出问题：“谁怜孀妇双脚冷？”孀妇，即寡妇。这里孀、双与霜同意，而含义却又各异。这一出句何其妙哉，实属难于应对。

陈毅毕竟是位联坛高手，颇能做到应对有方。下联因系对句，故用答话口气。谷雨，亦系节气之一，时在每年4 月20 日前后。姑子，一般称尼姑，这里泛指旧社会穷苦妇女。这里用“谷雨”对“霜降”，再以回文“雨谷”对“降霜”，可谓自然天成。“我惜姑子孤身寒”，不仅回答了上联的问话，而且句式、词性均相契合。再就内容而言，深秋降霜固然寒冷，春雨连绵寒意犹存，穷人也不好过。且对句中姑、孤也与谷字音同，真是天衣无缝。

陈毅即兴巧对，文思敏捷。不仅参与军事会议的指战员无不拍手称好，就连《大公报》编者接信见之亦大喜过望，迅即刊发公之于众。

挽彭雪枫二联

陈毅

一

延安风雪思朋旧；
淮水呜咽哭俊才。

二

献身革命，人民向导；
埋骨沙场，吾党中坚。

赏析

此联写于1945年2月。彭雪枫于1927年加入中国共产党，曾任红军第八军团政委、中央军委第一局长。抗日战争期间，任新四军第四师师长兼淮北军区司令员。1944年9月，在河南夏邑抗日前线作战中牺牲。新四军代军长陈毅惊闻噩耗，写成《哭彭雪枫同志》五言诗八首。次年2月7日，中共中央在延安举行彭雪枫追悼会，陈毅再次撰送两副挽联致哀。

第一副挽联：

作者沉痛悼念战友。朋旧，旧日的朋友。陈毅与彭雪枫不仅抗战时期在新四军中共同战斗，早在红军时期就已相识，实为老战友。俊才，才智出众的人。此联意谓，我在延安一片风雪之中更加思念往日的战友，淮河流水亦在呜咽，仿佛在为失去不可多得的人才而哭泣。

这副挽联卓具特色，属对工巧，情景交融。作者立于延安风雪之中思念故旧，远方淮河流水亦在呜咽哭俊才。天人感应，山河同悲。这样更能突出彭雪枫英勇牺牲所造成的影响。

第二副挽联：

深情表彰逝者历史功绩。沙场，平沙旷野，多指战场。中坚，古谓军队中最重要最坚强的部分。《后汉书·光武帝纪》："光武乃与敢死者三千人，冲其中坚。"后泛指团体中最有力最重要的成分。这里上联盛赞彭雪枫献身于中国人民的解放事业，可以作为广大人民前进道路上的向导。下联表彰彭雪枫埋骨沙场，即在抗日前线英勇牺牲，因而不愧为我党的中坚力量。

此联言简意明，通俗易懂。且与前者写法各异，一以情景交融见长，一以直抒己见取胜。人民向导与吾党中坚，均属直接评价性语言，让人一见即知逝者在我国革命中的重要地位。

妙答地名对

陈毅

四川重庆成都；（某国民党官员）
江西瑞金兴国。（陈毅）

赏析

此联成于1945年夏。抗战胜利前夕在一次国共两党部分将领讨论协同对日作战的宴会上，有位平日喜欢舞文弄墨的国民党官员一时借着酒兴心血来潮，出了一个自鸣得意的上联请陈毅应对。陈毅稍加思索很快对出下联。这副别具一格的地名对自然成了联苑佳话。

“四川重庆成都”，出句中六个字却包含一省二市三个地名，且有一定内涵，意谓四川省的重庆市成了抗战时期的临时首都。要想应对这样的出句确有一定的难度。

“江西瑞金兴国”，陈毅毕竟是位儒雅风流的将军与当代吟坛的高手，随即想出了这样不同凡响的对句。这里同样用了一省二县三个地名，尤其“兴国”二字更是妙语天成。下联意谓，江西省的瑞金县曾为复兴整个国家做出过贡献。瑞金在第二次国内战争时期为红色根据地的中心，中央苏维埃政权所在地，加上“兴国”二字，自然意味深长。

这是一副颇为典型的嵌名联。上下联各六个字，却分别嵌入了三处地名。出句已自暗藏机巧，对句更属高出一筹。既针锋相对，又寓意深长。南京沦陷，重庆成了陪都，实为国民党的耻辱；而瑞金可以兴国，让人振奋，显得气势非凡。席间此语一出，满座皆惊，大家纷纷拍手称好。我们从这种即兴应对的文字游戏中，亦可看出陈毅过人的才智与应对的功力。难怪当年郭沫若曾经赞扬陈毅“一柱天南百战身，将军本色是诗人”。

挽四八烈士

陈毅

顾现势，国家多艰，人民多难，反动多狂，诸先烈在九泉安能瞑目？

想当年，富贵未淫，贫贱未移，威武未屈，给同志作一贯无上典型。

赏析

此联写于1946年4月。四八烈士，指1946年4月8日由重庆返回延安途中因飞机失事遇难的王若飞、秦邦宪、叶挺、邓发等烈士。同年4月19日，山东省党政军各界在临沂举行四八遇难烈士追悼会，陈毅与饶漱石、张云逸、黎玉等新四军军部、山东军区司令部领导人联名献上这副挽联。

上联意谓，看现在形势，国家处于多事之秋，广大人民多灾多难，而国内反动派却很猖狂，正想发动反人民的内战，诸位先烈在九泉之下怎能瞑目！这是对于当时国内形势的高度概括，也是四八遇难烈士之所以死不瞑目的原因。

下联中，“富贵”三句，语出《孟子·滕文公下》：“富贵不能淫，贫贱不能移，威武不能屈，此之谓大丈夫。”朱熹注：“淫，荡其心也；移，变其节也；屈，挫其志也。”这里是说，想当年，你们都是“富贵不能淫，贫贱不能移，威武不能屈”的大丈夫，给同志们当作一贯的无上的榜样。其中，尤其是王若飞、叶挺均曾多年被国民党反动派关进监狱，经受种种严峻的考验。他们崇高的革命气节和顽强的斗争精神，更应成为我们学习的榜样。

这副挽联，既精辟分析了当时的斗争形势，又给四八烈士以很高的评价。上联三“多”与下联三“末”，均能高度概括上述有关的内容，而能给人留下极其深刻的印象。

陈毅当时在山东解放区惊闻噩耗之后，还写了悼文《痛悼与奋勉》、悼诗《哭若飞》与《哭叶军长希夷同志》，反复表达对于四八烈士的深沉怀念之情。

挽叶挺二联

陈毅

一

浓雾阴沉重庆道；
大星陨落黑茶山。

二

西望关陕，痛失元戎；
东至齐鲁，勉维大业。

赏析

此联写于1946年4月。叶挺于1924年加入中国共产党，在北伐战争中屡立战功。抗战时期任新四军军长。1941年“皖南事变”中负伤被俘，遭国民党反动当局长期囚禁。1946年春获释，从重庆赴延安途中因飞机失事遇难。4月19日，山东省各界在临沂举行四八烈士追悼会，新四军代军长陈毅致悼词，并献挽联致哀。

第一副挽联悬于会场大门两侧。

联中“浓雾阴沉”，语义双关，既能说明飞机失事的原因，亦以象征国统区的黑暗现实，因与重庆相缀，而能让人联想抗战胜利后蒋介石的倒行逆施给和平前景蒙上的阴影。大星，喻杰出的人物。《三国演义》第一〇四回标题即为“陨大星汉丞相归天”，写诸葛亮在五丈原病死之前，天上的将星坠落。大星坠落，此指叶挺不幸遇难。黑茶山，在山西省兴县，飞机失事地点。这里是说，由于阴沉浓雾在重庆上空弥漫，而使大星坠落在山西兴县的黑茶山。

这副挽联全属纪实，因“浓雾阴沉”而导致“大星陨落”。值得人们深思的是，自然界的浓雾固然会造成巨大悲剧，而制造政治迷雾的国民党当局同样负有不可推诿的责任。正如中共中央委员会祭文中所说：此次事件直接原因固然是由于自然界的云雾与山尖，但“还有比它们更可恨的政治的云雾、政治的山尖，它使得人民看不到阳光，找不到自由的航路”。

第二副挽联悬于会场主席台两侧。

上联叙写因叶挺遇难而全军将士无比悲痛的心情。关陕，指陕西。元戎，主将、大将。这里是说，我们西望关陕，深为痛失主将而悲伤。当时，叶挺灵柩停在延安，故全体新四军将士西望关陕而沉痛悼念自己的老军长。

下联结合自身的经历表明战斗的决心。齐鲁，原为春秋时代两个国名，均在今日山东境内，因代指山东地区。这里是说，我们东至齐鲁大地，正在勉力维持开辟山东解放区的大业。所谓“勉维大业”，一则出于陈毅自身谦虚，再则自己还是新四军代军长，故有此语。

这副挽联四言四句，情深意挚，充分表达了全体新四军将士“痛失元戎”的沉重心情和“东至齐鲁”扩大解放区的战斗决心。作者当时还写成长诗《哭叶军长希夷同志》，同样一片战友深情，溢于字里行间。

挽罗炳辉

陈毅

为被压迫阶级争自由，剧战久经，到死不离民众；
当反革命势力已陨灭，丰碑特建，勒铭永记殊勋。

赏析

此联写于新中国成立初期。罗炳辉（1897—1946），云南彝良人。早年参加讨袁护国和北伐战争。1929 年加入中国共产党。

曾任红军十二军军长、第九军团军团长。抗战期间，任新四军第一支队副司令员、第二师师长、第二副军长兼山东军区副司令员。1946 年 6 月在山东兰陵病逝。新中国成立初期，山东临沂重建罗炳辉将军陵墓，并举行祭奠活动，陈毅献此挽联致哀。

上联中，剧，剧烈、厉害。这里是说，罗炳辉将军一生为被压迫阶级争自由，久经剧烈的战斗，到死也不离民众。这是对于逝者一生很高的评价。

下联中，陨，毁灭。丰碑，高大的碑。勒铭，刻石、记载。这里是说，今天当国内反革命势力已被消灭，特建高大的纪念碑，刻石以永远记下罗炳辉将军特殊的功勋。

这副挽联文字篇幅较长而对仗工整。上下联各十九字，均围绕赞颂罗炳辉的历史功勋着墨，且有着内在的因果关系，昔日将军"剧战久经"，今日人们"丰碑特建"。这就充分表达了作者对于已故战友的深情厚谊和广大人民群众对于这位英勇善战将军的敬仰与怀念。此联用语文白相间，感情自然流泻，因而自成一格。

鲁迅逝世十四周年祭

陈毅

要打叭儿落水狗，临死也不宽恕，懂得进退攻守，岂仅文坛闯将；

莫作空头文学家，一生最恨帮闲，敢于嬉笑怒骂，不愧思想权威。

赏析

此联作于 1950 年 10 月。鲁迅（1881—1936），原名周树人，字豫才，浙江绍兴人。我国现代伟大的文学家、思想家和革命家。1936 年 10 月 19 日逝世于上海。1950 年 10 月，正值鲁迅逝世十四周年，上海市市长陈毅参与当地纪念活动，并撰此联以寄哀思。

上联侧重赞颂鲁迅为人坚忍顽强，永远进击的战斗精神。叭儿落水狗，即落水的巴儿狗，喻已失势或暂被击败的坏人。鲁迅提倡“痛打落水狗”的精神，见著名杂文《论“费厄泼赖”应当缓行》。该文第三部分的标题就是：“论巴儿狗尤非打落水里，又从而打之不可。”临死也不宽恕，鲁迅逝世前不久所写杂文《死》中曾说：“我的怨敌可谓多矣，倘有新式的人问起我来，怎么回答呢？我想了想，决定的是：让他们怨恨去，我一个也不宽恕。”上联意谓，鲁迅一生提倡“痛打落水狗”的精神，到死也不宽恕曾经与之战斗的敌人。他很懂得进退攻守的斗争策略，因而岂仅只是一位现代文坛的闯将。

下联侧重评价鲁迅为文有的放矢、所向披靡的战斗风格。空头文学家，鲁迅去世之前嘱咐许广平：“孩子长大，倘无才能，可寻点小事情过活，万不可去做空头文学家或美术家。”帮闲，指受官僚或富豪豢养、专为主人帮腔的门客一类的人。鲁迅在《帮忙文学与帮闲文学》等杂文中对于此类人均曾有所批判。嬉笑怒骂，语出黄庭坚《东坡先生真赞》：“东坡之酒，赤壁之笛，嬉笑怒骂，皆成文章。”谓不拘一格，任意发挥，皆成妙文。下联意谓，鲁迅临终嘱咐要儿子万不可去做空头文学家，而且一生中最恨帮闲文人，平时敢于嬉笑怒骂，写作匕首投枪式的杂文，真不愧是我国思想界的权威。

这副联语卓具特色。运用鲁迅名言，祭奠鲁迅先生。上下联的前两句，均在引用鲁迅言论，但又不完全是原话，稍加摘引与概括之后，含义更为突出。结语“岂仅文坛闯将”与“不愧思想权威”，实属对于逝者的准确评价。联语几乎全面总结了鲁迅一生的战斗经验，既是对于鲁迅精神的赞词，也为激励人们更好地向鲁迅先生学习。我们从中可以看出作者对鲁迅为人的钦敬和对鲁迅著作的熟悉。联语文字平易通俗，犹如行云流水，堪称现代挽联佳作。

题鳌园

陈毅

如行天马标鳌柱；
长见丰碑镇海疆。

赏析

此联写于新中国成立初期。鳌园，在厦门市集美镇。原为集美附近的一个小岛，岛上有座鳌王宫，抗战期间毁于日军炮火。1950年爱国华侨领袖陈嘉庚开始在废墟上修建鳌园，并筑堤与集美相联。该园于1954年建成。园中央为高达28米的集美解放纪念碑，四周刻有多幅名人题词。陈毅亦应约题写了这副联语。

上联极写集美解放纪念碑的巍然耸立。天马，神马，汉代用以赞誉来自西域的良马。鳌柱，鳌为传说中的海中大龟，鳌柱即以鳌足作为天柱。典出《淮南子·览冥训》："于是女娲炼五色石以补苍天，断鳌足以立四极。"这里是说，集美解放纪念碑如腾空飞行的天马，显示出像擎天石柱那样耸立。

下联写出集美解放纪念碑的作用与意义。丰碑，高大的碑。《隋书·杨素传》："夫铭功彝器，纪德丰碑。"海疆，沿海疆域，海防前线。这里是说，人们长见这座不朽的丰碑，自当决心保卫祖国的海防。

这言联语为鳌园而题，采用颇为夸张的艺术手法，形象揭示集美解放纪念碑的地位与作用，激励人们为保卫祖国革命的胜利成果而英勇斗争。

赠王震

陈毅

持其志勿暴其气；
敏于事而慎于言。

赏析

此联写于1954年3月。王震（1908—1993），湖南浏阳人。1927年加入中国共产党。曾任红军师政委、军团政委、八路军三五九旅旅长、第一野战军第一兵团司令员。新中国成后，历任中共新疆分局书记、铁道兵司令员、解放军副总参谋长、国务院副总理、国家副主席。1954 年 3 月，王震出任中国人民解放军铁道兵司令员兼政治委员，陈毅曾集古书中的句子写成联语相赠。

上联出自《孟子·公孙丑上》："夫志，气之帅也；气，体之充也。夫志至焉，气次焉。故曰：'持其志，无暴其气。'"朱熹集注："故志固为至极，而气次之。人固当敬守其志，然亦不可不致养其气。"这里是在阐明志与气的辩证关系，谓人既要保持自己的心志，亦不可滥用自己的浩然正气。

下联出自《论语·学而》："子曰：君子食无求饱，居无求安，敏于事而慎于言，就有道而正焉，可谓好学也已。"朱熹集注："敏于事者，勉其所不足，慎于言者，不敢尽其所有余也，然犹不敢自是，而必就有道之人，以正其是非，则可谓好学矣。"这里是在奉劝人们办事应当敏捷，而说话则需谨慎。

这副集句联属对工稳，意味深长。引用《论语》、《孟子》里的成句，意在古为今用，推陈出新，勉励战友保持自己的意志气节和谦虚好学的精神。此联既可用以勉人，亦可用于律己，还可作为人生的座右铭。需要指出的是，我国古代某些书院亦曾出现此联，作为学生治学与修身的格言。陈毅古为今用，推陈出新，同样启人深思。

题崇安老革命根据地

陈毅

青山不老，先烈牺牲传史册；
绿水长流，人民建设看日新。

赏析

此联写于 1957 年 8 月。崇安，县名，在福建省西北部，邻接江西省。第二次国内革命战争时期，为中央苏区老革命根据地之一，还是闽北苏区的中心。陈毅当年在主力红军北上抗日之后，坚持赣南游击战争，对于这一带颇为熟悉。1957年8月，重访崇安老革命根据地，欣然为当地革命纪念馆题词。

上联中，传（zhuàn），记载。联句意谓，这里的青山永远不会衰老，先烈们为革命英勇牺牲将载入我国的史册。这是就现代历史而言，崇安有着光荣的革命传统。

下联中，日新，天天更新。《礼记·大学》：“汤之《盘铭》曰：‘苟日新，日日新，又日新。’”联句意谓，这里绿水长流，人民建设有着日新月异的变化。

联语文字浅显，通俗易懂。“青山不老，绿水长流”，本为民间俗语，这里分开引用，并与“先烈牺牲”、“人民建设”联系起来，自然赋予了新的含义。上联以“青山不老”而言历史，表现崇安有着光荣的革命传统；下联以“绿水长流”而言现实，说明崇安已发生了日新月异的变化。

题杜甫草堂

陈毅

新松恨不高千尺；
恶竹应须斩万竿。

赏析

此联写于1959年11月。杜甫草堂，在四川省成都市郊浣花溪畔，为唐代大诗人杜甫流寓四川期间所居茅屋旧址。宋代开始建园立祠，现为全国重点文物保护单位。当时，陈毅曾游杜甫草堂，应管理人员要求题词留念。这副摘句联后附有跋语：“1959年11月8日再游草堂，录工部句。陈毅记。”“此乃杜诗佳句，最富现实意义；余以千古诗人、诗人千古赞之。仲弘又记。”作者何以“记”而“又记”？可见意犹未尽，并对“杜诗佳句”高度重视。

此联系杜甫诗歌成句，录自七律《将赴成都草堂途中有作先寄严郑公五首》之四中的领联。诗句本身的寓意是很清楚的，对于象征新生力量的“新松”恨不得让它长到高达千尺，而对象征腐朽势力的“恶竹”应当而且必须斩除万竿。诗人当时对于社会黑暗现实爱憎分明的感情亦已淋漓尽致地表达出来了，也正因为如此，陈毅这位“刚肠忌鬼蜮”（赵朴初语）的将军才会对于杜甫这样的诗句爱不释手，而即兴题写在成都杜甫草堂的纪念册上。

值得我们注意的是，尚处“文化大革命”之中的1969年，杜甫草堂的管理人员意外地从邮局收到陈毅寄自北京、题写在旧报纸上的这副对联。当时人们还不甚理解，何以将1959年题写的联句，到1969年重又手书寄出呢？后来人们越来越意识到，这里是在曲折表达陈毅对林彪、“四人帮”一伙种种倒行逆施深恶痛绝的感情和自身虽处逆境宁折不弯的革命精神，充分体现了他那刚正不阿、疾恶如仇的高贵品格。陈毅当年认为杜甫佳句最富现实意义，“余以千古诗人、诗人千古赞之”。我们今天对于陈毅这副摘句联语，似亦同样因其“最富现实意义”而以“千古诗人、诗人千古赞之”。

题荣宝斋

陈毅

人民荣誉是珍宝；
革命斗争即书斋。

赏析

此联写于1962年春。荣宝斋，1894年（光绪二十年）创立于北京，长期以来专门经营木版水印业务，尤擅复制古今名画。新中国成立以来工艺水平有了很大提高，所复制的古今名画，酷肖传神，富有民族特色。1962年春，陈毅应荣宝斋要求，题联留念。

这则题词言浅意深别具一格。从联语本身来看，意在告诉人们，人民给予的荣誉是无价的珍宝，革命斗争的实践就是可供学习的书斋。这在实际上可以视为陈毅自己一生的总结。他一贯珍视人民给予的荣誉，积极投入各个历史时期的实际斗争。联语提出化革命斗争的战场为个人平时学习的书斋，此中有着颇为深刻的道理。

作者何以将总结个人人生经验，与为荣宝斋题词结合起来呢？只要稍加留意就会发现，联语已自然嵌入“荣宝斋”三字。这种“嵌名”艺术颇能启人深思。作者既在总结自己多年的人生经验，也是希望荣宝斋力求不负盛名，要珍视人民给予的荣誉，并在革命实践中发挥自己应有的作用。这样就将律己、题斋、勉人三者有机地结合起来了。

题伏虎寺

陈毅

云卷千峰集；
风驰万壑开。

赏析

此联写于新中国成立后十七年，具体时间待考。伏虎寺在四川峨眉山，始建于唐代，宋时名神龙堂。后因附近常有虎患，寺僧建尊胜幢以镇压，更名伏虎寺。另有一说，因寺后山形似虎蹲伏而得名。该寺殿堂宽敞，气势巍峨，四周楠木参天，浓荫蔽日。陈毅当年曾游峨眉山伏虎寺，并应寺僧要求题联留念。

壑（hè），山沟。这里是说，云在翻卷，仿佛千座山峰都向这里聚集，风在奔驰，各处山沟都已清晰可见。这是作者在伏虎寺高处向四周眺望而产生的感觉。峨眉山峰峦起伏、重岩叠翠，山谷间时有白云弥漫形成云海。作者即从这一自然景观着笔，云卷千峰会集，风驰万壑顿开，在人眼前呈现了一幅于深山古寺之中亦风云变幻的奇异景象。

这副题写自然景物的联语颇具诗的意境。作者采用对仗工整而又生动传神的语言，描绘深山古寺周围的景色。茫茫云海之中千峰尽收眼底，山风呼啸而过万壑清晰可见。这副联语于大体写实之中，不乏丰富的艺术想象。令人们不能不惊叹这位“将军诗人”驾驭联语文字的艺术功力。

挽廖仲恺

叶剑英 *

念载尽忠党国，宏济时艰，赫奕大名满海内；
崇朝遭狙云亡，天柱遽折，愁云暗淡笼羊城。

作者

＊叶剑英（1897—1986），广东梅县人。中华人民共和国元帅。1927年加入中国共产党。同年参与领导广州起义。曾任中央军委参谋长、八路军参谋长、中国人民解放军参谋长。新中国成立后，任国防部部长、中央军委副主席、中共中央副主席、全国人大常委会委员长。有《叶剑英诗词选》传世。

赏析

此联作于1925年8月。廖仲恺为国民党左派主要代表人物。1905年任同盟会总部会计长。辛亥革命后任广东军政府总参议，兼理财政。1922年协助孙中山改组国民党，确定联俄、联共和扶助农工的三大政策。后任广东省省长、财政部部长、黄埔军校党代表。孙中山逝世后坚持执行三大政策。1925年8月20日，在广州被国民党右派暗杀。当时，叶剑英代表建国粤军二师新编团参加丧礼，并献挽联致哀。

上联中，念载，二十年。从廖仲恺1905年在同盟会总部任职至1925年8月遇刺，正好二十年。时艰，谓艰难的局势。赫奕，显耀盛大的样子。上联意谓，廖仲恺二十年来尽忠党和国家，以己之宏才救助艰难的局势，赫赫声名海内皆知。这是对于逝者一生作出的总体评价。

下联中，崇朝，一个早晨。《诗·卫风·河广》："谁谓宋远，曾不崇朝。"狙，狙击，暗中袭击。云，语助词，用于句中无义。

天柱，古代神话中的撑天之柱。《淮南子·天文训》："昔者共工与颛顼争为帝，怒而触不周山，天柱折，地维绝。"羊城，广州的别称。下联意谓，廖仲恺突然遇到暗中袭击而死，撑天大柱骤然折断，一片暗淡愁云笼罩广州城。

这副挽联多用文言词语，显得端重典则。作者对于这位革命前辈充满深情，上联赞颂逝者革命功业，下联渲染当时悼亡气氛，均具思想与艺术感染力量。

题香洲烈士陵园二联

叶剑英

一

热血染香洲，流芳万载；
悲泪沾狮山，景仰千秋。

二

浩气贯苍穹，英魂有恨填香海；
伤心悲世道，吊客何堪问佛山。

赏析

此联写于1925年8月。香洲烈士，指1925年4月25日"香洲兵变"中被杀害的27名建国粤军二师独立营官兵。1925年春天。孙中山在中国共产党帮助下，建立了黄埔军校，创立了建国粤军。叶剑英当时担任建国粤军二师参谋长兼独立营营长。1925年4月25日，一小撮反革命分子策动兵变，夜间"伪奏号音"，制造混乱，把独立营的27名军官士兵当场杀害。正在随军东征的叶剑英闻讯后，立即返回香洲，连日安抚部队，收殓烈士，并将叛乱者十余人由澳门追回就地正法，为死难烈士报仇。为了纪念这批烈士，将他们安葬在狮山之阳，还在陵墓上方修建了赍志亭，并树立了碑碣。同年10月3日，陵墓和碑亭全部竣工，联合各界人士于烈士墓前召开追悼大会，会上特献这两副挽联致哀。

第一联刻在香洲烈士陵园的门楼两旁。

上联深情颂扬英烈。香洲，原属广东省香山县，现划归珠海，为市府所在地。流芳，好的名声流传下去。这里是说，烈士们的鲜血染红了香洲，他们的名声将永远流传下去。作者巧用香洲的“香”称颂烈士牺牲将流芳千载。

下联悲痛祭悼战友。狮山，位于广东粤江口滨海处，因称镇海狮山。这里是说，我们悲伤的眼泪沾满了狮山，人们将千秋仰慕烈士们为国殉职的业绩。一个“沾”字尽述了对烈士殉难的悲痛。

此联刻于香洲烈士陵园正门两旁至为切当，既表彰了烈士们让人景仰的业绩，又点出了烈士陵园的地理位置。热血与悲泪，各有侧重；万载与千秋，实为互文。

第二联题在赍志亭的亭柱之上。

上联言烈士精神不死。苍穹，即苍天。香海，即香洲，因在海边，故名。这里是说，一股浩然正气直贯苍天，烈士们的英魂心有余恨只能填于香海之间。香洲烈士没有死于疆场，而是死于一小撮反革命分子之手，怎能不死有余恨。联句活用“精卫填海”的神话故事，言其遗恨填海，浩气长存。

下联有感于社会现实。世道，社会风气。吊客，吊丧的人。问，问询、问候。佛山，狮山的别称。这里是说，我们都很伤心为这不公正的世道而悲愁，前来凭吊的人岂堪再去问询佛山。作者愤世嫉俗，感慨良深。

此联感情充沛，浩气凛然。因书赍志亭上，游人伫立凭吊，无不感慨万千。人们既为“浩气贯苍穹”的革命英雄所激励，更为当时反革命势力阴谋得逞而“伤心悲世道”。结句“吊客何堪问佛山”，更给人以思索回味的余地。联意爱憎分明，用语蕴藉含蓄，沉痛悼念战友，勉人奋发向前。

挽张淮南

叶剑英

豺虎尚纵横，大局岂堪重破坏；
巴渝多雾瘴，忠魂何忍早游离。

赏析

此联作于1941年11月。张淮南为国民党内有识之士，一向坚持孙中山的新三民主义政策。抗日战争时期，维护抗日民族统一战线，代表国民党与常驻重庆的中共代表团合作多年。1941年8月11日不幸因病逝世。同年11月8日，重庆各界举行张淮南追悼会，叶剑英与李克农联名撰送此联致哀。

上联中，豺虎，豺狼虎豹，此指日本侵略者与汪精卫卖国集团。大局，指抗日民族统一战线。上联意谓，现在日本帝国主义强盗及其汉奸汪伪组织还在祖国大地上纵横逞凶，抗日民族统一战线的大局岂容重新受到破坏！这是对于当时形势的深刻分析，也是对于国民党当局的严正警告。

下联中，巴渝，指四川重庆。川东古属巴地，渝为重庆简称。雾瘴，浓雾与瘴气。这里是指政治气候恶劣，国民党当局仍在不断进行反共阴谋活动。游离，古人认为人死之后，灵魂就会离开躯体升到天上，后常借喻人的死亡。下联意谓，现在重庆尚多迷雾与瘴气，逝者忠魂何以忍心这样早就离开了人间。这里在沉痛悼念逝者的同时，指出重庆上空仍弥漫着让人为之不安的迷雾与瘴气。

作者本身就是中共代表团成员，故与张淮南交往多年。这副挽联没有过多涉及对于逝者的具体评价，而是从当时抗日战争形势的大局出发，警告国民党当局，值此“豺虎尚纵横”之时，不要再去制造人为的“雾瘴”。末句则为张淮南之死表示惋惜，但仍紧扣国民党统治区的形势，进而表达了对于逝者的沉痛悼念之情。

寿冯玉祥

叶剑英

真体内充，返虚入浑；
生气远出，与古为新。

赏析

此联写于1941年11月。冯玉祥为国民党抗日爱国将领。早年参与军阀混战，后任国民党第二集团军总司令。“九一八事变”后，积极主张抗日，并与共产党合作。抗日战争时期，在巩固和发展抗日民族统一战线中发挥了重要的作用。1941 年 11 月 14 日，重庆各界举行冯玉祥六十寿辰庆贺会，叶剑英与李克农联名送上这副寿联。联后附有自注：“集司空表圣《诗品》，共祝焕章将军六秩大庆。”

这是一副集句寿联。联语集自唐人司空图（表圣）《诗品》。上联见《诗品·雄浑》：“大用外腓，真体内充，返虚入浑，积健为雄。”下联见《诗品·精神》：“生气远出，不著死灰，妙造自然，伊谁与裁？”又见《诗品·纤秾》：“乘之愈往，识之愈真，如将不尽，与古为新。”

上联中，真体，本体、本质。古代唯心主义者认为，“道”（指精神）是第一性的真实本体。虚，虚无，寂寥无形。道家以虚无为世界的本质。浑，广大浑然一体的境界。上联意谓，你有着精神的真实本体充满胸中，能返回虚无进入浑然一体的境界。这里是在借用道家的学说赞美寿翁有着雄浑的气魄与旷达的风度。

下联中，生气，生气勃勃，充满生命活力，以喻人的精神面貌。“与古为新”，给予旧的事物以新的形象、新的感受，言人之咸与维新精神。下联意谓，你的蓬勃生气明显表现于外，能够给予旧的事物以新的形象、新的感受。这是赞美寿翁平时为人与吟诗作文的思想作风。

我们从这副寿联中，可见作者古为今用、推陈出新的艺术功力。联中化用唐人司空图《诗品》中的成句，借以赞美寿翁真体充实、生气蓬勃、富有创新精神。用语贴切自然，启人深思，在现代集句联语中堪称上乘之作。

挽四八烈士

叶剑英

哭我革命战士，为和平民主奔波尽瘁，保护三大协定，苍云中竟英勇长去；

恨彼反动分子，谋内战独裁嚣张阻挠，破坏四项诺言，白日里还猖獗横行。

赏析

此联写于1946年4月。四八烈士，指1946年4月8日由重庆返回延安途中因飞机失事遇难的王若飞、秦邦宪、叶挺、邓发等烈士。同年4月19日，中共中央在延安举行四八遇难烈士追悼会，叶剑英与王稼祥、吴溥、朱仲丽联名献上挽联致哀。

上联中，三大协定，指抗战胜利后国共两党通过谈判形成的政协决议、停战协定与整军方案。苍云，乌云，因其青黑色故称。这里是说，我们的革命战士在为和平民主劳苦奔波，为了保护政协、停战、整军三大协定，竟在苍云中英勇长去（这是对于因飞机失事而遇难的形象化说法）。

下联中，四项诺言，指国民党当局对于执行政协决议、停止内战、停止向东北民主联军进攻、实现和平建国的种种诺言。这里是说，国民党当局图谋内战，独裁气焰十分嚣张，竟然破坏自己的四项诺言，青天白日之下还在猖獗横行。我党对蒋介石执行独裁、内战、卖国三位一体的反动政策，只有发动全国人民展开针锋相对的斗争。

此联感情强烈，义正词严，虽多用口语而对仗工整。上哭我革命战士，下恨彼反动分子，爱憎分明、锋芒毕露。既是沉痛挽词，亦为战斗檄文。

挽 叶 挺

叶剑英

三十年戎幕同袍，六载别离成永诀；
五千里云天在望，一腔热血为招魂。

赏析

此联写于1946年4月。叶挺于1924年加入中国共产党，北伐战争中屡建功勋。抗战爆发后任新四军军长，“皖南事变”中负伤被俘。1946年春获释，由重庆赴延安途中因飞机失事遇难。同年4月19日，中共中央在延安举行四八遇难烈士追悼会，叶剑英撰送挽联致哀。

上联述及与逝者数十年的友谊。三十年，指大革命时期同在国民革命军中任职交往以来近三十年。戎幕，军中帐篷、军营。同袍，语出《诗·秦风·无衣》："岂曰无衣，与子同袍。"后用作军人间相互称谓。六载，叶挺在"皖南事变"中负伤被俘，国民党当局将其关押近六年时间。诀，长别。这里是说，我们在近三十年戎马生涯中结下了深厚的友谊，自"皖南事变"后分手竟然成了永别。

下联抒发对于友人遇难的悲痛。五千里，亦系约数，指作者当时在北平执行任务，与停放叶挺灵柩所在地延安之间的距离。招魂，古代丧礼，谓人死时可以升屋召回其灵魂。这里借以表示对于友人的怀念，希望友人魂兮归来。这里是说，遥遥西望五千里之外的云天，怀着满腔热血在为你招魂。

这副挽联虽从私谊落笔，却小中见大，情真意切，饱含血泪。"三十年"与"五千里"虽系约数，而"戎幕同袍"与"一腔热血"却为实情，一片战友深情，溢于字里行间。

题杜甫草堂

叶剑英

杜陵落笔伤豺虎；
爱国孤悰薄斗牛。

赏析

此联作于1960年3月。杜甫草堂，在成都西郊浣花溪畔，为唐代诗人杜甫旅蜀时所居茅屋故址。北宋年间建园立祠，元明清各代均有扩建，现为杜甫纪念馆。1960年3月，叶剑英参观时在留言簿上题了七言绝句《成都草堂》。这是诗中两句，后写成联语悬于草堂大廨。

上联赞颂杜甫疾恶如仇的品

格。杜陵，古县名，治所在今西安市东南。杜甫曾居此地，并且自称杜陵布衣、杜陵野客。豺虎，豺狼虎豹，指当时作威作福的宦官权贵。诗人落笔成文可伤豺虎，言其富有战斗精神。

下联颂扬杜甫忧国忧民的情怀。孤悰（cóng），孤寂忧虑的心情。薄，迫近。斗牛，二十八宿中的斗宿和牛宿。《晋书·张华传》："焕曰：'仆察之久矣，惟斗牛之间，颇有异气。'"联句意谓，一片忧国忧民的孤愤心情，可以迫近天上星宿斗牛之间。

此联颇有特色。作者评价杜甫其人共诗，并非泛泛而论，因其借助艺术形象，能够收到言少意多的艺术效果。作者有着丰富的艺术想象，诗人落笔可"伤豺虎"，爱国之心可"薄斗牛"，这种夸张手法的运用，更能增强联语的艺术感染力量。诗人杜甫敢于鞭挞权贵的战斗精神与忧国忧民的爱国情怀跃然纸上。

题蓬莱阁

叶剑英

蓬莱士女勤劳动；
繁荣生活即神仙。

赏析

此联写于1960年8月。蓬莱阁，在山东省蓬莱县城北丹崖山巅，是一组闻名中外的古建筑群。该阁雄踞悬崖之上，下临波涛汹涌的大海，海拔千仞，气势雄伟。周围楼、殿、亭、阁，形式多样。宋、明、清三代碑文石刻遍布其间。神话传说中"八仙过海"的故事即在此，且于阁上有时可见海市蜃楼。

1960年8月13日，叶剑英视察蓬莱地区，登临蓬莱阁。只见迎门石牌坊上有副对联："海市蜃楼皆幻影；忠臣孝子即神仙。"此联为清代文人福州龚宝琛所撰。叶帅当即指出，此联书法不错，只是下联内容陈腐。后因当地同志要求题字，遂将此联加以改写，可谓点铁成金，使其面貌一新。

联语中，士女，语见《诗·小雅·甫田》，旧谓男女或未婚男女，此指男女青年。神仙，旧时有八位神仙于蓬莱过海的传说，此指人民群众的幸福生活。联语意谓，蓬莱地区的男女青年们都在辛勤地劳动，繁荣生活就如当年神仙一般。

此联虽系即兴改作，却自有一番意境。妙在能化腐朽为神奇，将封建文人的陈腐思想一扫而空，代之以质朴清新的时代气息，寄托了老一辈革命家对蓬莱人民的赞誉和期望。

挽平江惨案烈士

聂荣臻*

丈夫自当马革裹尸，所恨国仇未报，竟中毒谋，千秋从此悼嘉义。

神州那堪兽蹄混迹，惟幸敌锋稍挫，尚须努力，来朝定告复平津。

作者

*聂荣臻（1899—1992），四川江津人。中华人民共和国元帅。1923年加入中国共产党。曾任红一军团政委、八路军一一五师副师长、晋察冀军区司令员、第四野战军政委。新中国成立后，任国防科委主任、中央军委副主席、全国人大常委会副委员长。有《聂荣臻回忆录》传世。

赏析

此联作于1939年7月。平江惨案，1939年6月12日，国民党第二十七集团军派兵包围新四军设在湖南省平江县嘉义的通讯处，杀害我新四军参议涂正坤、八路军少校副官罗梓铭等六人。同年8月1日，中共中央在延安举行平江惨案烈士追悼会，聂荣臻撰送此联致哀。

上联中，马革裹尸，典出《后汉书·马援传》：“援曰：‘方今匈奴、乌桓，尚扰北边，欲自请击之，男儿要当死于边野，以马革裹尸还葬耳，何能卧床上在儿女子手中邪！’”后谓英勇作战死于沙场。国仇，指日本帝国主义对我国的侵略。千秋。千年。嘉义，即平江嘉义，涂正坤等烈士遇难地。这里是说，大丈夫自当英勇战斗死于疆场，所恨日本帝国主义强盗尚未赶出我国领土，此时竟然中了抗日统一战线内部国民党顽固派的毒谋，历史将永远记住并从此悼念平江嘉义遇害的烈士。

下联中，神州，中国的别称。敌锋稍挫，这一时期我党坚持抗日统一战线中独立自主原则，敌后抗日根据地不断发展，有力地挫败了日寇进攻的气焰。来朝，来日。这里是说，我国神圣国土哪堪日本帝国主义者的铁蹄混迹其间，所幸敌人进攻的气焰已有所受挫，大家尚须努力，不久的将来定能收复北平与天津。作者表明自己战斗的决心，深信抗日战争的胜利，愿以来日收复平津以告慰烈士在天之灵。

这副挽联文字通俗易懂而又对仗工整。作者立场分明，将国民党当局破坏抗日统一战线的阴谋与日本帝国主义的侵华罪行分开加以论述，有理有节，大义凛然。这就让人更加清楚地看到蒋介石集团“消极抗日，积极反共”的真实面目。

挽郭朝沛

聂荣臻

有子文名满天下；
惟公潜德式人伦。

赏析

此联写于1939年10月。郭朝沛为郭沫若之父，1939年7月在乐山沙湾家中病逝。同年10月21日举行家祭与安葬仪式。国共两党要人、各界知名人士纷纷献上挽联、挽幛。聂荣臻与吕正操联名送挽联致哀。

上联先赞其子。郭沫若是一位在国内外享有盛誉的文化人，他在文学、历史、考古等方面都取得了突出的成就，因而“文名满天下”。

下联再赞其父。潜德，隐而未显的美德。刘歆《遂初赋》：“处幽潜德，含圣神兮。”式，法式、榜样。人伦，旧指社会人与人之间的关系和应当遵守的行为准则。这里是说，唯有郭公隐而未显的美德足以成为我们处理人际关系和行为道德的榜样。这是对于逝者为人品德的很高评价。

这副挽联文字言简意明，用语文白相间，且在揄扬逝者方面亦恰到好处。郭沫若之父一生经商，隐居乡里，没有多少显著业绩可言。作者赞其具有“潜德”，且可足“式人伦”。这既符合他的实际情况，又能给人留下思索回味的余地。

题狼牙山五勇士纪念塔

聂荣臻

视死如归，本革命军人应有精神；
宁死不屈，乃燕赵英雄光荣传统。

赏析

此联写于1942年间。狼牙山在河北省易县西部，山峰挺拔，形势险要，状如狼牙，故名。1941年8月，日寇出动七万兵力，对我北岳、平西根据地进行扫荡。9月25日，晋察冀军区一分区某部七连在狼牙山阻击日军三千余人的进攻，以掩护主力部队转到外线打击敌人，并掩护地方机关与数万群众转移。完成任务撤离时，留下第六班班长马保玉与战士葛振林、胡德林、胡福才、宋学义五人担负后卫阻击。他们整整苦战一日，毙敌九十余人。终因子弹打光，在将敌人引至棋盘陀峰绝境后纵身跳下悬崖。结果三人牺牲，两人重伤。当地群众于次年在棋盘陀峰建“狼牙山五勇士纪念塔”，晋察冀军区司令员聂荣臻题写塔名，并撰挽联刻石志哀。

上联中，视死如归，语出

《管子·小匡》，意谓把死看得如同回家一样，形容为了正义事业，不怕牺牲生命。这里是在赞扬革命军人本应就有视死如归的牺牲精神。

下联中，燕赵，均为古国名，其地在今河北、山西一带。人称“燕赵多慷慨悲歌之士”，自古多出英雄人物。这里是说，宁死不屈，正是燕赵英雄的光荣传统。

这副联语文字简洁，言浅意深。上下文意一贯，内容相互并列。其中主要部分几可作为互文，目的在于更能突出狼牙山五勇士宁死不屈、视死如归的英雄气概与革命精神。

题晋察冀边区参议会

聂荣臻

我们屹立在太行山、五台山、恒山、燕山，旌旗指向长白山；

我们驰骋在滹沱河、永定河、潮河、滦河，凯歌高奏鸭绿江。

赏析

此联写于1943年1月。晋察冀边区，亦称晋察冀抗日根据地，为中国共产党领导的敌后抗日根据地之一。1938年1月开始建立晋察冀边区抗日民主政权。1943年1月15日，晋察冀边区政府参议会成立并召开第一次会议。晋察冀军区司令员聂荣臻出席了会议，并为会议题词表示祝贺。

上联中，太行山、五台山、恒山、燕山，均在山西、河北两省境内。长白山则为辽宁、吉林、黑龙江三省东部和中朝边境东北部山地的总称。这里是说，我们八路军将士屹立在晋察冀边区境内的几座山上。战斗的红旗却指向东北的长白山。这里“长白山”成了东北三省的代称，亦即我们一定要收复已经沦陷的东北失地。

下联中，滹沱河、永定河、潮河、滦河，均在河北省境内。鸭绿江则为我国东北中朝边境的界河。这里是说，我们驰骋在华北平原的滹沱河、永定河、潮河、滦河流域，却希望早日能在中朝边境的鸭绿江边高奏凯歌，亦即早日将日本帝国主义强盗赶出中国的领土。抗日战争期间，“凯歌鸭绿”、“会师鸭绿”已经成为不少诗文表示渴望抗战胜利的代名词。“相见——必期在鸭绿江边。”（朱德）“会师鸭绿期何日，翘首燕云苦忆君。”（郭沫若）“勒马何时鸭绿江，引觞一掷乾坤小。”（茅盾）诗句无不表达了这种渴望抗战胜利的感情。

这副联语颇有特色，既立足于晋察冀边区的现实斗争，又能高瞻远瞩，亦已“旌旗指向长白山”，渴望“凯歌高奏鸭绿江”。气势雄壮，鼓舞人心。充分显示抗日前线我军将领写诗题联的风采。

挽四八烈士

聂荣臻

老成惊凋谢，出生入死，屡经巨变，故人小别痛云亡，终古伤心莫问；

国步正艰难，折冲尊俎，端赖贤才，壮志未酬悲永逝，九京遗恨无穷。

赏析

此联写于1946年4月。四八烈士，指1946年4月8日由重庆返回延安途中因飞机失事的遇难的王若飞、秦邦宪、叶挺、邓发等烈士。4月16日，晋察冀边区暨张家口市各界代表公祭四八遇难烈士。聂荣臻司令员主祭并献上挽联致哀。

上联中，老成，阅历丰富而练达世事的人。凋谢，花木萎落，喻人死亡。故人，旧友。终古，久远，永远。这里是说，阅历丰富而练达世事的人令人吃惊地谢世了，他们均曾出生入死，屡次经历种种变故，这批旧友才分别不久就痛心地听人说已亡故，真让人永远为之伤心。

下联中，国步，国家的命运。《诗·大雅·桑柔》：“於乎有哀。国步斯频。”折冲尊俎，旧指诸侯国在会盟的宴席上制胜对方。《战国策·齐策五》："此臣之所谓比之堂上，禽将户内，拔城于尊俎之间，折冲席上者也。"尊俎（zǔ），古代盛酒肉的器皿。折冲，击退敌人。后常称外交谈判为折冲尊俎。九京，即九原，用以代指墓地。这里是说，国家的命运正处于艰难之中，内政外交方面不少工作正需要贤才，四八遇难的烈士们壮志未酬含悲永逝，即使长眠于地下依然遗恨无穷。

这副挽联痛悼亡友，情深意挚。篇幅虽然较长但对仗工稳。或述自己"终古伤心莫问"，或言逝者"九京遗恨无穷"，一片悲伤痛惜之情溢于字里行间。

挽叶挺

聂荣臻

五十岁崎岖世路，献身革命，尽瘁斯民。海内瀛寰，同钦气节；两次从征凡七载，流亡异域，苦经十度春秋。反动阴谋空画饼，纵几处羁囚，壮怀犹烈；方期延水堤边，宏抒国是，天丧巨才无可赎，旷古艰难遗后死；

二十年忧患旧交，同学苏京，并肩北伐。南昌广州，共举义旗；一朝分手隔重洋。抗日军兴，血战大江南北。茂林惨变痛陷身，喜今番出狱，久别重逢；孰意黑茶山上，飞殒长星，我哭故人成永诀，普天涕泪失英雄。

赏析

此联作于1946年4月。叶挺于1924年加入中国共产党，北伐战争中功勋卓著。抗战时期任新四军军长，"皖南事变"中负伤被俘，遭长期囚禁。1946年3月获释，在由重庆赴延安途中因飞机失事遇难。4月16日，晋察冀边区在张家口市举行四八遇难烈士追悼会，聂荣臻撰送挽联致哀。

上联三个分号构成三个层次，充分展现了叶挺轰轰烈烈而又艰难曲折的一生。第一个层次，首先作出总体评价。斯民，人民。瀛寰，瀛海、寰宇，地球上水陆的总称。这里是说，只活了五十岁的叶挺将军走过了一条崎岖的人生道路，他献身革命事业，为人民竭尽劳苦，国内外人士无不钦佩他的革命气节。第二个层次，具体说明五十年来的"崎岖世路"与其历史功绩。两次从征，指叶挺参加过北伐战争与抗日战争，前后约七年时间，均曾立下赫赫战功。流亡异域，指叶挺1928年在南昌起义、广州起义相继失败后，因受党内王明等人的错误指责以及不公正的处分，一气之下旅居德国五年，又居澳门五年，直至1937年底回国，苦度十载流亡生活。几处羁囚，1941年"皖南事变"中负伤被俘，国民党当局先后将其关押在江西上饶、湖北恩施、广西桂林、四川重庆等地，叶挺将军壮怀犹烈，终使反动派欲将发动"皖南事变"的责任嫁祸于新四军的阴谋成为画饼。短短几句就将叶挺几十年的斗争岁月作了高度概括。第三个层次，对于叶挺遇难表示沉痛哀悼。国是，国事、国家大计。赎（shú），替换、赎身。旷古，空前。这里是说，我们正盼望在延水堤边，听你发表对于国家大事的看法。可惜天丧巨才，别人亦无可替换为之赎身，空前艰难的革命事业只有留给我们这些后死者去完成了。

如果说上联意在歌颂叶挺之功，下联则重在抒战友之情。第一二个层次，首先回忆与叶挺交往的过程。苏京，苏联首都莫斯科，1924年间二人均曾在此学习。茂林惨祸，即国民党当局发动的"皖南事变"，在安徽省茂林地区杀害我新四军将士八千余人。这里具体记述了自己与叶挺"二十年患难旧交"的过程。在苏联京城同学军事，北伐战争中并肩战斗，南昌起义、广州起义中共举革命义旗。1928年一朝分手之后十年远隔重洋。抗战爆发之后，叶挺与我各自率领新四军、八路军健儿分别血战大江南北，不幸"皖南事变"使你身陷牢狱。直到今天喜能出狱，我们可以久别重逢。同样短短几句，浓缩了二十年交往的过程。如果结合我国现代革命史学习，其中该有多么丰富的内容。更加难能可贵的是，上下联中同样涉及叶挺一生艰难曲折的历程，文字上却能避免重复，力求各有侧重，详略互补，这是很不容易的。第三个层次，作者在回首往事之后，进而表达了对于战友遇难的沉痛悼念之情。黑茶山，在山西兴县，为四八烈士遇难处。殒，坠落。长星，彗星的别称。这里是说，哪会想到黑茶山上，天空大星飞落地上。我为与故人永别而痛哭，普天之下的人亦为失去英雄而涕泪交流。

这副挽联长达160余字，一气呵成，极有气势，且能将叙事与抒情水乳交融，为当时追悼叶挺与四八遇难烈士中不可多得的长联。此联在公祭大会挂出后，即被《晋察冀日报》全文纳入报道。之后，又在延安出版的《四八烈士》纪念册上全文刊载。联语洋洋洒洒，作者哀思绵绵。既歌颂叶挺的功绩，展现了将军一生轰轰烈烈而又艰难曲折的历程，又畅叙战友的情谊，表达了对于故人的敬重和怀念之情。联长谊深，情文并茂。读之令人潸然泪下，而又深受鼓舞。

挽续范亭

聂荣臻

深恶国贼独夫，反蒋倒阎，最后一息犹有余恨；

热爱自由民主，大声疾呼，病榻六年无时忽忘。

赏析

此联写于1947年9月。续范亭早年参加辛亥革命，后在国民军中任职。“西安事变”后投入抗日救亡运动，生前曾任晋绥边区行署主任、晋绥军区副司令员。1947年9月12日因病逝世。9月26日，西北各界在山西临县举行续范亭追悼会，晋察冀军区司令员聂荣臻与晋察冀边区政府主席宋劭文联名送挽联致哀。

上联中，深恶（wù），深深憎恨厌恶。国贼，危害国家民族的坏人。独夫，谓荒淫无道、众叛亲离的君主。这里是说，续范亭深深憎恶那些危害国家民族的国贼独夫，晚年一直从事反对蒋介石、打倒阎锡山的斗争，因其未能达到目的，直到生命最后一息犹有余恨。这就高度评价了逝者在反帝反封建斗争中所发挥的作用。

下联中，大声疾呼，大声呼喊以促起注意，后多用来表示大力提倡与号召。忽忘，忽略、忘记。这里是说，续范亭晚年更加热爱民主自由，常常大声疾呼，即使多年卧病在床依然没有忽略忘记。他在反对日本帝国主义和反对蒋介石发动反人民内战的斗争中均曾起过颇为重要的作用。

这副挽联从两个特定的角度——“深恶国贼独夫，反蒋倒阎”与“热爱自由民主，大声疾呼”，表现了逝者爱憎分明的坚定立场与在我国现代反帝反封建斗争中所起的作用。

八十自寿

聂荣臻

喜松柏之气概；
念四化之早成。

赏析

此联写于1979年12月29日。据《聂荣臻年谱》记载，这一天正值他的八十岁生日。聂帅怀着喜悦之情，亲题联语自寿。古人向来就有以诗、联为自己祝寿的习惯。聂帅战斗、工作之余亦常撰写诗文，遂在八十岁生日之际动了雅兴，书联自寿。

“喜松柏之气概”，时值隆冬季节，庭院松柏常青，让人见之心喜。松柏，松树和柏树，枝叶繁茂，经冬不凋。《论语·子罕》：“岁寒，然后知松柏之后凋也。”后来诗文中常用松柏作志操坚贞的象征，还以松柏后凋喻志士仁人在艰危的境况下奋斗到最后。联中显然以松柏象征叶剑英、邓小平等老一辈革命家，经过“文革”严峻考验，依然永葆革命气概。这里亦有自喻成分，具有松柏气概者，理应包含寿翁在内。

“念四化之早成”，步入人生晚年，唯愿四化早成，尤见高风亮节。四化，即四个现代化，指实现工业、农业、国防和科学技术的现代化。聂荣臻虽已八十高龄，时任国防科委主任、全国人大常委会副委员长，心中念念不忘的仍是早日实现四化。

此联言简意深，意象鲜明。既写眼前景，又抒心中情。八十老人一“喜”一“念”之间，尽显老一辈革命家的高风亮节。让人耳目一新之余，深受革命理想教育。

题雷洞坪

聂荣臻

老雪凝千古；
殷雷起半空。

赏析

此联写于1980年间。当时，聂荣臻何以题写此联？据四川省峨眉山管理委员会山志办公室给笔者回信告知：十年动乱之后，山中寺庙以及风景名胜楹联荡然无存。1979年为了赶制一批以适应开放旅游的需要，时间紧迫，只好将曾来峨眉山的名人名作集而用之。从1980年开始，正式向全国发函征联。聂荣臻元帅回了信，并集古人的诗句以应：“老雪凝千古，殷雷起半空。”此系节自宋人史在籥的《峨山顶》诗。这里虽然是集古人之作，但抒发了他的革命胸怀和将帅气度。

“老雪凝千古；殷雷起半空。”这是对于峨眉山雷洞坪自然景观的极好概括。这里高寒多雪，积雪凝于千古；且又地处雷雨层之上，因而殷殷雷声起于半空。我们只有结合雷洞坪的景物特点，才能深入理解联语的含义。雷洞坪在唐宋时叫雷洞祠，明代叫雷神殿。今已殿宇全无，只有岩边古亭尚存。岩下悬崖万丈，深不见底，传说下有七十二洞，中住雷神。这里海拔2430米，高度已在雷雨层之上，所以平时响雷，雷声常在寺庙位置之下，因有起于半空之感，故称雷洞坪。峨眉山本身气候不一，海拔1000米以下为亚热带，1000米至1500米属温带，1500米以上则属寒温带。雷洞坪地处雪线以上，每年三分之二以上时间有雪。这副集句联正是上述景物特点具体而形象的说明。

值得注意的是，中国旅游出版社1987年出版的《峨眉山旅游指南》一书有关部分指出，此联为明代张寄庵所题。我们查了《宋诗选》、《宋诗鉴赏词典》，以至十卷本的《全宋诗》，均未找到史在箖的《峨山顶》。聂荣臻所题联语，究竟是集自宋人史在箖的诗句，还是摘自明代张寄庵的联句，抑或明代张寄庵联句本身亦集自宋人史在箖的诗句，均有待进一步查考。

春联四副

邓小平*

一

上天言好事，言了多少好事？
下界保平安，保了哪家平安？
横批：白受香火

二

左掌托乾坤，扭转颠倒乾坤；
右手摘日月，匡扶歪斜日月。
横批：顶天立地

三

四壁生风唤星斗；
八面来潮涌财神。
横批：喜从天降

四

东发财西发财，东西俱发财；
南生宝北生宝，到处都生宝。
横批：独此无财宝

作者

*邓小平（1904—1997），四川广安人。1924 年加入中国共产党。曾任中

共中央秘书长、八路军一二九师政委、第二野战军政委。新中国成后，任中共中央总书记、国务院副总理、中央军委主席、全国政协主席。在新的历史时期，被誉为建设具有中国特色社会主义的总设计师。有《邓小平文选》传世。

赏析

上述《春联四副》，根据钱瑞斌《邓小平写春联》（载《民间对联故事》2001年1期）一文收录。现依该文略加介绍。

其一

1917年底，邓小平（时名希贤，下称希贤）在家乡四川广安过年。他虽只有十四岁，却已初中毕业具有一定文化功底，邓父让他给家里和邻居写几副春联。农历腊月23日是送灶的日子，邓父要求按照传统习俗写个“上天言好事，下界保平安”的对子送给灶君，让灶君带到天上启奏玉皇大帝。灶君亦称“灶神”或“灶王”，旧时迷信者供奉于灶头，认为他掌管一家祸福。农历23日送灶神上天，谓之“送灶”。邓希贤因对这些迷信习俗颇为反感，故在联中责问灶君上天言了多少好事？下界保了哪家平安？岂不是白受人间烟火！邓父看他字倒写得不错，只是不应责问老天，要他裁去下半截。希贤并没有裁掉，就让这副对子与灶君神像一起焚化。

其二

邓希贤还给自家门上写了一副寓有反抗精神的春联。此联仿佛采用门神的口吻：左掌可以托起乾坤，右手能够摘下日月。何以如此？目的在于扭转阴阳颠倒的乾坤，匡扶亦已歪斜的日月。作者意在揭露当时社会乾坤颠倒、日月歪斜，为此只有依靠顶天立地的人采取革命的手段加以解决。这位热血少年显然受到辛亥革命后出现的新思潮的影响，才会产生如此激进的思想。

其三

邓家邻居老大爷家里很穷，住在一间破房子里，四面墙壁均已洞穿，站在屋里四面来风，躺在床上能看到天上星斗。邓希贤为此怀着悲愤心情写了一副别具一格的门联。此联看似赞美家居生活，四壁生风可以呼唤天上的星斗，八面来潮竟然涌出人间的财神，真让人产生喜从天降之感。这里显然是在采用幽默诙谐的语言，“戏说”穷大爷的处境，从而产生似喜实悲、笑中有泪的艺术效果。

其四

当地有个财主朱金万，一向垄断乡里写春联收铜钿的活动，看到邓家及其邻居的对联勃然大怒，非要邓家上门赔礼。邓希贤不仅没有赔礼，还给朱家送上一副门联。此联貌似恭维，实为讽刺。凡是地主老财无不喜欢招财进宝，现在东西俱发财、南北都生宝，岂非天大好事！再看横批：独此无财宝。笔锋一转，画龙点睛。难怪朱金万看了气个半死，好像挖了他家十八代的祖坟，忙去衙门告发邓家贴了造反的对联。不久官府派兵捉拿邓希贤。邓希贤只好十四岁便离开了家乡，开始寻找革命的道路。

应对周恩来

邓小平

旋轮磨上流琼液；（周恩来）
煮月铛中滚雪花。（邓小平）

赏析

此联成于1923年间。当时，邓小平留法勤工俭学，并参与周恩来、赵世炎等人领导的中共旅欧支部的活动。中共旅欧支部为筹措活动经费，决定在巴黎开一家“中华豆腐店”。大家在设计店的门面时，感到需要有副中国传统特色的对联。李维汉提议由周恩来出个上联。周恩来略加思索即有了出句，让周围友人应对。邓小平抢先道出对句，众人无不拍手称好。

上联为加工豆腐作坊里磨豆常见情景的诗化。磨，即石磨，磨粉用具。琼液，喻甘美的汁液。晋郭璞《蜜蜂赋》：“吮琼液于悬峰，吸赮津乎晨景。”这里是说，像轮盘一样旋转的石磨上不断流出甘美的汁液。因为黄豆在水中浸过之后填入磨孔磨出浓浓的汁液恰似琼浆玉液一样。

下联为经过艺术加工的煮制豆汁的场景。铛（chēng），铁锅的一种。这里是说，豆汁在满月形的锅中煮沸后像滚动的雪花。此系煮沸之后泛起泡沫，犹如雪花一样，颇为生动形象。

这副即兴应对的联语颇有特色。不仅语言简练、属对工巧，且为眼前即景，意象鲜明。出句写磨豆场景恰到好处，对句言锴中煮豆亦对得巧妙。两位老一辈革命家青年时代才华洋溢、意气风发的动人形象跃然纸上。

赠 人

邓小平

处世须防开口错；

交友只要到头真。

赏析

此联写于 1937 年 8 月。邓小平时任中国工农红军某团政治部主任，在甘肃省正宁县应一位积极支持抗日的粮秣收发主任的要求，题写了这副格言式的对联。

联语题为《赠人》，明显是对受赠对象的劝谕之辞。上联劝人立身处世必须防止开口就说错话。这里并非让人谨小慎微，处处作俗话常说的“祸从口出”那样的消极防御，而是要人加强自身思想修养，做到谨言慎行，随时能对自己的言行负责。

下联意谓结交友人只是要求自己永远一片真诚。这才是一个革命者的交友之道。严于律己，宽以待人，任何时候都必须具有真心、真情、真诚。

这副格言式的对联，既为“赠人”，亦属“自勉”。这是作者人生经验的总结，亦是诚心劝诫他人的箴言。我们至今仍可从中得到不少有益的启示。

即兴题联

邓小平

列为无产者；

宁不革命乎？

赏析

此联写于1939年4月。当时，八路军一二九师政委邓小平在西安通往延安的公路上，坐在卡车里与战士一起摆“龙门阵”。话题转到了我国传统艺术形式对联的写作，当有人问起什么是嵌字联时，邓小平既作通俗讲解，又即兴吟成一联作为例子加以说明。

“列为无产者；宁不革命乎！”此系流水对，且以联明志。意谓既列名为无产者，难道能不革命吗？联语特别巧在“列宁”二字上，既以无产阶级革命导师列宁名字分别嵌于上下联首，又分别在上下句中作文言实词、虚词使用。“列”，陈列、列名。“宁”，难道、怎么。这就形成反问句式，更突出了作为无产者革命到底的坚强信念。

这是一副有意识镶入人名的嵌字联，同时又明显采用鹤顶格的格式。鹤顶格又名风顶格，即将所要镶嵌的字入在上下联的第一个字上。此联高明之处在于，虽嵌入“列宁”的名字却无斧凿的痕迹，看似信手拈来，却又自然贴切。联语构思巧妙而含意较深，可谓从内容到形式均已达到较为完美的统一。

挽中美合作所集中营死难烈士

邓小平

为烈士复仇，彻底消灭反动派；
争人民幸福，努力建设新中国。

赏析

此联写于1950年1月。中美合作所，为中美特种技术合作所的简称。它是美帝国主义和国民党政府互相勾结联合镇压中国人民革命运动的特务机关。1943年在军统局特务头子戴笠和美国特务梅乐斯的主持下签订合作协定，正式成立于重庆。在沙坪坝歌乐山麓，专门设有大批关押共产党人和进步人士的集中营。1949年11月，重庆解放前夕，国民党反动派集体屠杀了囚禁于此的革命志士三百余人。1950年1月5日，重庆召开万人大会，沉痛悼念在中美合作所集中营被美蒋反动派屠杀的烈士。当时，西南地区党政军领导人邓小平、刘伯承、张际春、李达出席追悼会，并联名送了这副挽联。

联语言简意明，对仗工整。既是对于逝者——牺牲在中美合作所集中营的革命烈士的沉痛哀悼，也是对于生者——广大革命人民发出的号召。我们应当为烈士复仇，彻底消灭国民党反动派；同时还要为了谋求人民的幸福，努力建设新中国。

需要指出的是，《革命前辈联语辑注》一书却将此联题为《挽杨虎城》，显然是张冠李戴了。在当时重庆召开的磁器口死难烈士追悼大会上，西南党政军负责人为悼念杨虎城将军另有一副对联："西安义举，振奋全国；重庆成仁，永垂不朽。"二者应当加以区别。

赠陈树柏

邓小平

度尽劫波兄弟在；
相逢一笑泯恩仇。

赏析

此联写于1980年9月。陈树柏为原国民党第八集团军总司令、广东省政府主席陈济棠之子，时任美国加州圣克拉拉大学电机工程及电子计算机工程系主任。他身在天涯心怀故国，愿为振兴中华出力。1980年9月，曾返祖国参观访问，邓小平在北京人民大会堂接见时，曾手书此联相赠。

这是一副摘句联。联语出自鲁迅《题三义塔》，原为七言律诗的尾联。此诗写于1933年6月，题赠日本友人西村真琴。"度尽劫波兄弟在，相逢一笑泯恩仇。"劫波，佛教称厄运为劫数，劫数众多因称劫海，劫海波涛则为劫波。这里指日本帝国主义侵略中国的战争。泯（mǐn），消除。恩仇，偏义复词，仇的意思。这里是说，中日两国人民是友好的，只要“度尽劫波”（结束战争之后），兄弟情谊仍在，那时“相逢一笑”，便把过去因法西斯战争造成的仇恨都消除了。鲁迅早在20世纪30年代就曾断言：“日本和中国的人们之间，是一定会有互相了解的时候的。”后来的实践证明，经过中日两国人民的共同努力，终于恢复了邦交正常化，签订了中日友好条约，两国人民的夙愿终于实现了。

邓小平题写此联同样是寓有深意的。原诗已自内涵深邃，摘引之后又出新意。这里的“劫波”当指40年代后期发生的第三次国内战争。祖国大陆同胞与台湾同胞在共同经历了这场战争之后，理应“相逢一笑”，前嫌尽释，共同为实现祖国统一大业而做出自己的努力。广大台湾同胞，包括国民党内众多有识之士，都是具有爱国之心的。这里摘引鲁迅诗句，同样是为了促进台湾回归祖国。意在寄语广大台湾同胞和各界爱国人士，争取早日填平海峡两岸之间的“鸿沟”，真正完成神圣的祖国统一大业。

即　兴

邓小平

喜看今日路；
胜读百年书。

赏析

此联成于1993年12月13日。这一天，邓小平在上海市委领导陪同下视察了浦东开发区。他冒着风雨高兴地登上杨浦大桥，看到改革开放以来上海日新月异的面貌。当时即兴吟出两句联语式的诗句，并向随行人员说：“这不是诗，这是出自我内心的话。”后在当地流传，有人写成对联悬于壁上，让人深受鼓舞。

“喜看今日路；胜读百年书。”实为眼前即景，且生发个人感想。如果略加回味，则另有深意存焉。昔日民间有句俗语："听君一席话，胜读十年书。"此系恭维对方不吝教诲与自谦受益之辞。作者显然化用此语，将"一席话"改为"今日路"，个中蕴含随之扩展。这里的"路"，首先是指眼前所见上海浦东开发区新建的道路，似亦可指党的十一届三中全会以来执行的改革开放的道路，还能让人联想到今日具有中国特色的社会主义道路。百年书，俗称人生百年，即读了一辈子的书。这里既有自谦的成分，为眼前所见一切胜过自己读了一辈子的书；似乎亦含自信，即建设具有中国特色的社会主义道路，本身就是发展了百余年来马克思主义学说。

此联短短十字，却能平中见奇，而又语浅意深。我们只要联系邓小平晚年所作贡献与我国社会主义的艰难历程，自可从中悟出言外之意、象外之旨，进而领略许多社会人生的道理。

挽张嗣婧

邓颖超*

家庭制度不推翻，妇女焉能解放？
社会阶级须打破，我等才得自由。

作者

*邓颖超（1904—1992），原籍河南光山，生于广西南宁。1925年加入中国共产党，同年与周恩来结婚。1934年参加二万五千里长征。历任中共中央妇委副书记、全国妇联副主席、全国人大常委会副委员长、全国政协主席。

赏析

此联写于1923年5月。张嗣婧（jìng）在天津女子师范读书期间，与周恩来、邓颖超一起投入天津爱国学生运动，并参加革命团体觉悟社。后自身婚姻不幸，被迫嫁给一名精神病患者，并受婆婆虐待，且在产后病重不被送治疗，遂于1923年3月24日受封建家庭迫害而死。觉悟社、女星社社员闻讯后无不义愤填膺。邓颖超当即代表觉悟社执笔撰文，在《新民意报》副刊《觉邮》第1期上发表了《宣言——为衫弃的死》。衫弃（即三七的谐音）是张嗣婧在觉悟社中的代号。邓颖超在《宣言》中，痛斥封建家庭的迫害，指出"衫弃的死，是在旧家庭中为恶势力所摧残而牺牲了"。"我们受了这次打击以后，只觉得我们应该更加勇敢"。

同年5月6日，由女权运动同盟会直隶支部出面，在天津女子师范举行张嗣婧追悼会。邓颖超在会上宣读了《张嗣婧传》，并与谌小岑代表觉悟社联名献上了这副挽联。

联语义正词严，旗帜鲜明，道出了广大妇女求解放争自由的心声，体现了彻底反封建的时代精神。这是从张嗣婧之死引出的沉痛教训与必然结论。我国妇女要想得到自由解放，必须推翻封建家庭制度，还应投入社会革命，打破“社会阶级”！尽管联中用语，如“家庭制度”、“社会阶级”，还不像后世准确规范，但在当时堪称发出时代强音，充满了强烈的时代精神。

挽蒋鉴

邓颖超

救护伤兵，保育难童，赢得邦人唤慈母；
离开家庭，献身抗日，允为巾帼树芳型。

赏析

此联写于1940年11月。蒋鉴（1902—1940），浙江宁波人。抗日战争爆发后到武汉参加抗敌后援会，做救护伤兵的工作，因对伤兵关怀备至，被人誉为“伤兵之母”。后任保育院长，把后方保育院办成了儿童乐园，又被称为“难童之母”。1940年11月，因积劳成疾不幸病逝。重庆各界为表彰她为抗战事业所作出的贡献，举行了蒋鉴追悼会。邓颖超与张晓梅、卢竞如、廖似光、张玉琴联名送上了这副挽联。邓颖超还在重庆《新华日报》上发表《痛悼蒋鉴女士》一文，进而表达沉痛悼念之情。

这副挽联对投身于抗日救亡运动的妇女英雄蒋鉴做出了很高的评价。上联充分肯定她在抗敌后援会工作期间所作出的贡献。邦，语出《书·尧典》：“协和万邦。”后泛指国家。邦人，即国人。这里是说，热心救护前线伤员，保育战时受难儿童，被人誉为“伤兵慈母”、“难童亲人”，赢得各界人士的尊敬。

下联表彰她在推动全民抗战中所产生的影响。允，诚然、信然。《诗·小雅·车攻》：“允以君子。”巾帼，原指古代妇女包头的巾帕，后则作为妇女的代称。芳型，美好的典型。这里是说，蒋鉴为了献身于抗日救亡斗争，毅然离开了自己的家庭，从而为我国妇女界抗日树立了美好的典型。

联语通俗易懂，情真词切，紧扣“抗日救国”主题，激励广大妇女投身抗战。这就充分反映了作者当时身处国民党统治区，对于抗日民族统一战线中妇女运动的高度重视。

祝冯玉祥六十寿辰

邓颖超

写诗写文章，亦庄亦谐如口出；
反帝反封建，不挠不屈见襟期。

赏析

此联写于1941年11月。冯玉祥早年在北洋陆军任职。1927年任国民党第二集团军司令。1931年“九一八”事变后，积极主张抗日，曾任军事委员会副委员长、第六战区司令长官。此后长期与共产党合作，成为抗战时期有名的爱国将领。1941年11月14日，为冯玉祥六十大寿，重庆各界举行庆贺会。周恩来在当天《新华日报》上发表《寿冯焕章先生六十大庆》的文章，邓颖超则在会上送了这副寿联。

上联抓住冯玉祥诗文创作亦庄亦谐、明白如话的特征。亦庄亦谐，有时庄重有时诙谐，亦指庄语中杂以谐讽。如口出，语见《书·秦誓》：“其心好之，不啻如自其口出。”此指随口而出，犹言出口成章。冯玉祥常称自己为出身行伍的“丘八诗人”（兵字拆开，即为丘八）。周恩来亦在《寿冯焕章先生六十大庆》文中指出：“丘八诗体为先生独创，兴会所至，嬉笑怒骂皆成文章。”亦庄亦谐，如同口出，已成冯玉祥深得人民群众喜闻乐见的为诗为文风格。

下联突出冯玉祥在我国民主革命时期的重要贡献。不挠不屈，即不屈不挠，具有决不屈服的斗争精神。襟期，情怀或抱负。杜甫《醉时歌》：“日籴太仓五升米，时赴郑老同襟期。”这里是说，冯玉祥系行伍出身，一生却一贯反对日本帝国主义侵略和国民党封建独裁统治，在反帝反封建的斗争中不屈不挠，足见其非凡的抱负。

这副寿联通俗浅显，属对工巧，语言平实，含蕴深厚，能于平淡中见精神。除“襟期”一词之外，几乎皆用口语。且从道德、文章两个相辅相成的侧面，给予冯玉祥这位抗日爱国将领以很高的评价。其人“亦庄亦谐”的文风，“不挠不屈”的气节，为之跃然纸上。文字上巧用“词语同位”，以构成对仗，却并不拘泥于平仄格律，只以自然浑成见长，堪称现代口语入联的佳作。

题浙江小百花越剧团

邓颖超

不骄不满，才能进步；
精益求精，后来居上。

赏析

浙江小百花越剧团成立于1984年，其前身是1983年由一批年轻演员临时组成的小百花赴香港演出团。因在香港演出获得巨大成功，回到浙江后没有解散，正式更名为浙江小百花越剧团。同年9月19日，邓颖超在中南海西花厅接见浙江小百花越剧团全体演员。她很高兴地说：“我是各种剧种的观众，特别喜欢越剧。我曾看过你们演出的电视录像，感到很高兴，不仅越剧后继有人，而且青出于蓝胜于蓝，一代胜过一代。”还应演员们的要求，欣然亲笔题词留念。

这一题词言简意明，语重心长，将上述讲话内容再次浓缩在短小的联语形式之中。她告诫年轻演员们面对以往取得的成绩，切忌骄傲自满，才能不断进步，还应当在艺术上不断精益求精，力争后来居上，为发展浙江越剧艺术作出更大的贡献。

挽张炎

邓颖超

赤胆忠心；
献身中华。

赏析

此联写于1985年3月。张炎(1902—1945)，广东吴川人。为国民党抗日爱国将领。早年参加北伐战争，后任国民党第十九路军六十一师副师长。1932年1月淞沪抗战中，屡创日寇主力立下战功。1934年因参与反蒋福建事变失败而前往欧洲游历考察。抗日战争爆发后，返回广东参加抗战，历任广东第11区游击司令、第7区行政督察专员兼保安司令。他接受中国共产党团结抗日的主张，后配合李济深、蔡廷锴发展抗日武装力量，并与中共南路特委领导的抗日武装合作。1945年3月22日被国民党当局杀害。

次年香港各界爱国人士为其举行周年追悼会。1958年中央人民政府追认张炎为革命烈士。1985年3月，为纪念张炎殉难四十周年，全国政协主席邓颖超题词表示悼念。

“赤胆忠心，献身中华。”这是对于张炎一生的高度评价。他从1932年淞沪抗战以来，一直追随蔡廷锴投入抗日救亡运动，直至举行武装起义，成立“高雷人民抗日军”。他对祖国人民一片赤胆忠心，最后被国民党当局杀害，献身于中华民族解放事业。

这副联语要言不烦，含义深刻。作者为纪念张炎殉难四十周年，深情缅怀与赞颂这位抗日爱国将领为国家民族的生存和人民的民主自由而英勇斗争的精神。

改 联（一）

胡耀邦*

心在人民，原无论大事小事；
利归天下，何必争多得少得。

作者

*胡耀邦（1919—1989），湖南浏阳人。1933 年加入中国共产党。次年参加二万五千里长征。曾任中央军委总政组织部长、解放军十八兵团政治部主任。新中国成立后，任共青团中央第一书记、中共中央组织部长、中共中央总书记。

赏析

此联写于 1959 年 10 月，就河南省南阳市武侯祠一副对联改写而成。

先看武侯祠原联：清咸丰年间，南阳太守顾嘉蘅曾为南阳卧龙岗武侯祠题写一副对联："心在朝廷，原无论先主后主；名高天下，何必辨襄阳南阳。"此联意谓，诸葛亮对于蜀汉王朝，不论先主刘备，还是后主刘禅，都是尽心尽力。他的功业名扬天下，至于早年隐居之地，究竟襄阳还是南阳，大可不必细究。湖北襄阳与河南南阳均有卧龙岗，诸葛亮究竟曾在何处结庐，历来争论不休。这位南阳太守顾嘉蘅是襄阳人，故以妙笔题联，颇有独到之处。意在告诉人们，重要的是学习诸葛亮的精神，而不是争辩他的隐居地。既然诸葛亮对于先主、后主都一视同仁一样尽力。那么我们也不必为了各自的荣耀而对襄阳、南阳争论得喋喋不休了。

再谈胡耀邦改联：1959 年 10 月，胡耀邦视察河南南阳，曾游卧龙岗。他在看到武侯祠大殿两旁这副清人题写的对联时，颇为感兴趣，并说，此联虽好，还可改动一下。于是随口吟成："心在人民，原无论大事小事；利归天下，何必争多得少得。"次日会见南阳第二中学师生，在讲话中提到改过的联句，并说："古人尚且知道保江山不必分先主后主，成功名何必分襄阳南阳，我们为革命何必分大事小事和计较个人得失呢？"这就具体解释了改联的内涵。顾嘉蘅原题虽有自身特色，胡耀邦改联则另有一番新意。让人感受到老一辈革命家心在人民、全力以赴、利归天下、公而忘私的高尚情操。

改联为楹联写作方式之一，一般改动原联个别字句或调整文字顺序，使之成为具有新意或别种意味的对联。这副改武侯祠联，即为成功范例。一经改动之后，自有一番新意。当年胡耀邦作为共青团中央第一书记，曾对南阳二中师生做过上述解释；二十年后作为中共中央总书记，在河南郑州一次会议上，他再次提及此联并作新的解释。他强调对历史旧账不要算得太细，对历史问题的处理，要从宽，要多体谅，这样才能增强团结。我们从这副改联与解说中，不难领会到一些艺术与人生的道理。

改联（二）

胡耀邦

风声雨声悲叹声，枉此一生；
险事难事天下事，争当勇士。

赏析

此联写于1981年春天。谈起这副对联的改作，还有一个发人深思的过程。明代学者顾宪成在他执教的东林书院写有一副名联："风声雨声读书声，声声入耳；家事国事天下事，事事关心。"此联有其明显积极意义，意在告诉人们，既要努力读书，又要关心国家大事，二者应当结合。时至20世纪80年代，有人却片面接受“文革”期间的经验教训，心有余悸苟且偷安，而将此联改成：“风声雨声不吱声，了此一生；国事大事莫问事，平安无事。”此联一度在北京民间颇为流行。胡耀邦在一次科学家座谈会上听到此事后，内心深感不安，对此提出婉转批评，并将此联再度改为：“风声雨声悲叹声，枉此一生；险事难事天下事，争当勇士。”

胡耀邦从担任团中央第一书记到党中央总书记，一贯关心青年，善做思想工作。他还常在讲话中穿插一些联语，使其生动活泼，宣传效果更好。这副经过修改的对联本身就很说明问题。他在谆谆告诫人们：在充满革命风雨的人生征途上，如果一遇挫折就唉声叹气，什么事也不去干，岂不枉活了一辈子？进而加以热情鼓励：为了振兴中华实现四化，就应当以天下为己任，克服前进道路上的艰难险阻，争当社会主义新长征的勇士。联语文字平中见奇，采用正反对比手法，意在形象说明要想不“枉此一生”，必须去“争当勇士”。

巧改旧联，自出新意。因系在讲话中穿插引用，文字上还来不及仔细推敲。联语就对仗而言虽不甚工稳，却恢复了原联的精神，且更具有时代特点，能给人以积极向上的力量。顾宪成的联语流传至今而被一改再改，此中既可看到我国历史转折时期出现的某些消极精神现象，亦能看出党和国家领导人对于青年思想教育的重视。运用改写联语谆谆告诫青年，实属前所少见，并为我国现代联苑留下一段感人的佳话。

赠　言

胡耀邦

坚持两分法；
更上一层楼。

赏析

此联写于1981年2月。当时正值春节前夕，胡耀邦在给电影工作者讲话中分析国内政治、经济形势时指出：回顾过去形势总体是好的，却也存在一些问题，我们展望未来，一定能够取得更大的胜利。后在讲话结束时，还给大家这一临别赠言。

上联中，坚持两分法，这是马克思主义、毛泽东思想的一个重要观点。“两分法”，或曰“一分为二”，实即对立统一规律。毛泽东早就指出：“一分为二，这是个普遍现象，这就是辩证法。”我们在实际工作中，应当坚持两点论，防止绝对化。

下联出自唐代诗人王之涣《登鹳雀楼》：“白日依山尽，黄河入海流。欲穷千里目，更上一层楼。”这是一首登临远眺的小诗。前两句为眼前即景，写夕阳西下、黄河东流的壮阔远景。后两句则上升到哲理的高度，只有立足更高，才能看得更远。联中引用此句，意在激励人们不断向上攀登，追求更为高远的人生境界。

这副五言联语，既是对于电影工作者的赠言，也是人们观察和处理问题的指导思想。上联直抒胸臆，要求人们“坚持两分法”；下联形象说明，希望人们“更上一层楼”。二者分别采用哲学与文学的语汇，而其基本内容互为因果，共同构成一组“警世通言”，给人以深刻的启示和教育。

题春节团拜会

胡耀邦

座上清茶依旧；
国家景象常新。

赏析

此联成于1982年1月29日。胡耀邦在中共中央、国务院举行的春节团拜会上的讲话中提到这副联语，并曾加以简要说明：今年同去年的新年茶话会一样，在同志们的面前还是清茶一杯；我们的国家整个形势在继续好转，日益兴旺发达。这两句话结合起来正好构成一副题赠迎春茶话会的联语。

上联谓每人座位上清茶一杯依然如故。这里纯属纪实，党中央、国务院举行春节团拜会尚且如此，胡耀邦主政时期倡导勤政廉洁之风可见一斑。

下联中，景象，景物气象、情景状况。常新，经常更新。这里是说，党的十一届三中全会之后国家形势明显好转，经常出现新的气象。

此联虚实相间，属对工巧。“清茶依旧”与“景象常新”，包含丰富的现实内容，让人为之深感欣慰。联句言近旨远，需要细加品味。

题海南岛军民

胡耀邦

祖国宝岛，连天春色；
人间神州，遍地风雷。

赏析

此联作于1983年2月。当时正处春节期间，中共中央总书记胡耀邦来到海南岛最南端的崖县视察，曾应有关部门要求，为当地军民题写了这副对联。

上联热情赞美海南宝岛春意盎然的自然风光。海南岛为我国第二大岛，农、林、渔业发达，矿产资源丰富，因称“海南宝岛”。岛上气候终年炎热，盛产橡胶、椰子、咖啡等热带作物，虽处隆冬季节，仍然温暖如春。绿色宝岛与蓝色海洋交相辉映，构成“连天春色”。

下联从眼前景物转向歌颂祖国神州大地。神州，语见《史记·孟子荀卿列传》，为中国的别称。风雷，风暴雷霆，喻巨大的力量。龚自珍《己亥杂诗》：“九州生气恃风雷，万马齐喑究可哀。”后常以此象征革命运动。这里是说，人世间的中国，遍地充满革命风雷。我国社会主义革命亦已进入新的历史时期，到处都在出现翻天覆地的变化。

胡耀邦作为老一辈革命家，立足宝岛，胸怀祖国，是何等的胸襟气魄。联中用语文字虚实相间，宝岛、神州实有所指，而“连天春色”与“遍地风雷”则为虚写。这里虽然没有具体描绘岛上景物与神州巨变，却仍能给人提供诸多想象的艺术空间。

题胜利油田

胡耀邦

一部艰难创业史；
百万覆地翻天人。

赏析

此联写于1984年2月。胜利油田，在山东省东营市，1964年开发，以在胜利村打出第一口高产油井得名。已建成胜陀、孤岛、东辛、河口等十多个油田，其中以孤岛地区产量最大，年产原油3000万吨，为我国仅次于大庆的第二大油田。1984年2月11日，胡耀邦与余秋里等一起视察胜利油田，在听取油田党委与总部汇报之后，应其要求题联。

“一部艰难创业史，百万覆地翻天人。”这是党和国家领导人对于胜利油田二十年（1964—1984）来生产过程的历史概括。覆地翻天，谓天地转换了位置，用以比喻巨大的变化。虽与“翻天覆地”同义，这里颠倒过来，更加适合反映地下石油开采所取得的成就。联句意谓，山东胜利油田从建立到现在本身就是一部艰难创业的历史，而这一切成就的取得，全靠我国石油工业战线百万敢于覆地翻天的人。

此联言少意多，内容耐人回味。文字简洁流畅，而又属对工稳。足见作者具有相当的驾驭联语文字的功力。

题赠沂蒙山区老党员

胡耀邦

推翻三座大山是英雄；
实现四化宏图是能手。

赏析

此联写于1984年10月。当时，胡耀邦视察革命老根据地沂蒙山区，在日照县接见了一批白发苍苍的老党员，并与他们亲切座谈。老同志们纷纷反映，党的十一届三中全会以来日子越来越好过了。其中有位老人魏振东，抗战时期当过八路军侦察参谋、敌后武工队长，他曾多次带领武工队闯入敌穴，威震日照。解放战争中因负伤在此落户，今天成了农村养鱼专业户。他还介绍了自己承包水塘养鱼致富的经过。胡耀邦听了非常高兴，鼓励沂蒙山的老同志要带头劳动致富，并希望老根据地要下决心赶上经济发达的地区。他在座谈结束时，还兴致勃勃地写了一副对联，送给魏振东老人。

联语是对沂蒙山区老党员今昔所作贡献的高度评价。三座大山，指帝国主义、封建主义、官僚资本主义。四化，即四个现代化，指工业、农业、国防和科学技术现代化。这里是说，沂蒙山区的老党员们，当年在新民主主义革命中不愧为推翻压在中国人民头上三座大山的英雄，今天在社会主义建设中又是实现祖国四化宏伟规划的能手。

作者完全以口语入联，文字深入浅出，对仗却很工整。这里既是对于魏振东老人的热情鼓励，也是对于沂蒙山区全体老党员的高度评价。作者热切希望老革命根据地的同志们，发扬革命传统，争取更大光荣。

赠上海支边青年

胡耀邦

历史贡献，与托木尔峰共存；
新的业绩，和塔里木河长流。

赏析

此联写于1985年7月。上海支边青年，指20世纪60年代大批上海知识青年，响应党和国家号召，奔赴新疆各地，支援边疆建设。1985年7月25日，胡耀邦视察新疆天山南北，亲切会见新疆生产建设兵团农一师的上海支边青年，并为他们题写了联语。

上联高度评价上海支边青年的历史贡献。托木尔峰，在新疆维吾尔自治区西部，海拔7435米，为天山最高峰。这里极言上海支边青年的历史贡献可与托木尔峰并存。

下联热情赞扬上海支边青年新的业绩。塔里木河，为我国最大的内陆河，在新疆维吾尔自治区塔里木盆地北部。从上游叶尔羌河到最后注入台特马湖，全长2179公里。这里赞扬他们新的业绩像塔里木河之水一样长流。

此系应上海支边青年要求即兴题联，无暇仔细推敲，文句虽属宽对，含义却很深刻。作者没有抽象地评价与赞扬，而是以高山、大河为喻，让人产生丰富联想。老一辈革命家对于青年一代的关怀与期望亦尽在其中。

题泸定桥

胡耀邦

飞身可夺天堑；
健步定攀高峰。

赏析

此联写于1985年9月。当时，胡耀邦决心“重访长征路”，重点考察川西北高原和陇西地区。9月27日，来到四川省泸定县城，参观了横跨大渡河上的泸定桥。从前，整个大渡河上只有这座唯一的桥梁，因而成为川藏交通的咽喉要道。胡耀邦踏上左摇右晃的铁索桥，健步走过长达百米的悬桥。他很自然地想到五十年前我英勇红军为抢夺泸定桥而进行的那场艰难惊险的战斗，后应泸定桥革命文物展览馆要求，挥笔题写了这副对联。

上联中，天堑（qiàn），天然的壕沟，这里指大渡河。上联意谓，当年我红军指战员从这里飞身夺取泸定桥，突破敌人的天然防线，打通了北上抗日的道路。

下联内容从当年浴血奋战转向今天经济建设。下联意谓，我们只要健步向前定能攀上新的高峰。作者勉励人们继承和发扬红军在长征中战胜千难万险的革命精神，去攀登“四化”建设的新高峰。

20 世纪 30 年代中期，毛泽东所作《长征》诗中有句：“金沙水拍云崖暖，大渡桥横铁索寒。”50 年代初期，朱德为刚刚整修过的泸定桥题联：“万里长征，犹忆泸关险；三军远戍，严防帝国侵。”我们如将胡耀邦写于80 年代中期的题词，与上述诗、联并读，自可从中受到颇为深刻的革命传统教育。

应对姑父

李大钊*

春风狂似虎；（姑父）
秋水静如淤。（李大钊）

作者

*李大钊（1889—1927），字守常，河北乐亭人。早年领导五四运动，组建北京共产主义小组，为中国共产党创始人之一。历任北京大学教授、中共北方区党委书记。1924年积极帮助孙中山改组国民党。1927年被军阀张作霖逮捕杀害。有《李大钊文集》、《李大钊诗文选集》传世。

赏析

此联成于19世纪末年。李大钊很小就失去父母，由祖父一手抚养成人。他自幼勤奋好学，七岁就能对对子。有一天，姑父出了上联想试试他的应对能力，李大钊随口吟出下联，因而受到家人的称赞。

"春风狂似虎"，这一出句有点突兀，一般均言春风拂煦，和暖宜人，现在却其狂如虎，让人不寒而栗。这就给应对者造成一定的困难，而且明显是在测试应对者的应变能力。

"秋水静如淤"，幼年李大钊已经领悟到姑父的意图，沉着应对，而且对句同样别出心裁。淤（yū），泥沙冲击成的水中地。司马相如《上林赋》："行乎洲淤之浦。"注："《方言》曰：水中可居者曰洲，三辅谓之淤也。"下联意谓，秋水平静犹如沙土冲击的地带一样。以"秋水"对"春风"已自顺理成章，而用"静如淤"对"狂似虎"更属妙语天成。一动一静，属对工稳。

小小年纪就能这样应对裕

如，确实很不容易。“风狂似虎”已自出句不凡，“水静如淤”更是出人意表，从中可见李大钊幼年才思敏捷，聪慧过人。

题晨钟报

李大钊

铁肩担道义；
妙手著文章。

赏析

此联写于1916年间。同年5月，李大钊从日本回国后积极投入新文化运动，着手筹备宣传民主主义思想的《晨钟报》。8月15日《晨钟报》创刊号出版。该报在每期社论的前面，均印一古钟图案，且在钟上刻有一条警语。其第六号警语便是：“铁肩担道义，妙手著文章。”这是李大钊当时经常吟诵的名句，也是自身高风亮节的写照。他在担任《晨钟报》总编辑时，还应挚友杨子惠要求，写成条幅相赠。

这副联语并非李大钊个人创作，而是根据明代杨继盛对联改写而成。联语原为：“铁肩担道义，辣手著文章。”杨继盛为明代嘉靖年间进士，曾任兵部员外郎，为人耿直，居官清廉。后因反对奸相严嵩，系狱三载，弃之西市。这副对联是他生前写于狱中壁上五言律诗中的一联。后人将其抄录，悬于北京宣武门外松筠庵杨继盛故居堂中。辣手，狠辣的手段。章太炎《新方言·释言》：“今人谓从事刚严猛烈者为辣手，辣之言厉也。”真是文如其人。杨继盛敢于公开反对奸相严嵩，在当面严词痛斥之后，还上书劾之十大罪状，充分反映了其刚正不阿的个性与敢于斗争的精神。

“铁肩担道义；妙手著文章。”虽只改动一字，却自有一番境界。不仅改“辣”为“妙”更具今天时代特点，而且“道义”、“文章”也因时代变迁产生很大变化。联句意谓用钢铁般的肩膀承担正义的事业，用巧妙的笔墨写成激励人心的文章。李大钊作为我国无产阶级革命的先驱者，讲的是社会主义的道义，写的是宣传马克思主义的文章。这一切自然要比那些古代忠臣义士高明得多。但杨继盛狱中题壁所显示的浩气正气，与李大钊处于新文化运动中的斗争精神又是一脉相通的。这也许正是这两副产生于不同时代的联语至今同样受到人们欢迎的原因。

我们从这副经过改写题于晨钟的联语中，不难看出李大钊为人为文的特点。他既以此联用于警世，还曾书于座右策励自己。此联妙在古为今用，改字明志，实已成为作者一生革命生涯的生动写照。

题家乡学校

李大钊

学校造人才，为改造社会；

读书为做事，不是为做官。

赏析

此联写于1919年冬天。当时，李大钊因放寒假从北京大学回到河北省乐亭县大黑坨村探亲。他邀集乡亲商议，准备利用村边的华严寺筹办一所新学堂，以改变当地农村文化落后的状况。不久，大黑坨村初等学堂正式开学，根据乡亲们要求，李大钊写了这副联语贴于校门两侧，借以表明办学的宗旨。

上联直接点出了大黑坨村初等学堂的办学目的。学校是培养人才的地方，而造就人才又是为了什么呢？毫无疑问应当是为了改造社会，积极投入反帝反封建的斗争。

如果说上联主要是对学校方面而言，下联则侧重要求学生明确学习目的。今天读书是为将来能到社会上去“做事”，而不是为了“做官”。

这副对联从农村学校实际出发，有的放矢，言简意明。因其几乎全用口语来写，明显属于白话对联的范畴。上下联之间文字大体对应，而在词性、平仄方面并不过于讲究，只求宽对，照实纪述，倒也自成一格。这种不重辞藻而重实际的写法，明显属于“五四”新文化运动的产物。

挽孙中山

李大钊

广东是现代思潮汇注之区，自明季迄于今兹，汉种孑遗，外邦通市，乃至太平崛起，类皆孕育萌兴于斯乡；先生挺立其间，砥柱于革命中流，启后承先，涤新淘旧，扬民族大义，决将再造乾坤；四十余年，殚心瘁力，誓以青天白日，红血红旗，唤起自由独立之精神，要为人间留正气。

中华为世界列强竞争所在，由泰西以至日本，政治掠取，经济侵凌，甚至共管阴谋，争思奴隶牛马尔家国；吾党适丁此会，丧失我建国山斗，云凄海咽，地黯天愁，问继起何人，毅然重整旗鼓；亿兆有众，惟工与农，须本三民五权，群策群力，遵依牺牲奋斗诸遗训，厥成大业慰英灵。

赏析

此联写于1925年3月。同年3月12日，孙中山在北京不幸因病逝世。李大钊怀着极其沉痛的心情撰写这副长联致哀。孙中山与李大钊为我国现代革命史上两位杰出的人物。他们曾分别代表国共两党多次会晤，促成国民党实行“联俄、联共、扶助农工”三大政策，开创我国历史上第一次国共合作的局面。李大钊领导下的北京党组织，为纪念孙中山先生，发动了一次规模很大的政治宣传活动。4月2日，孙中山灵柩由中央公园社稷坛移厝西山碧云寺，我党发动数十万市民步行送至西直门，实际上成为一次反帝反封建的示威游行。

这副挽联长达212字。不仅篇幅之长蔚为壮观，而且联语贯穿革命精神。上联叙写广东的革命传统与孙中山先生的丰功伟绩。可以分为三个层次：第一部分六句，写广东在明、清两代的发展形势。明季，明朝末年。今兹，现在。孑遗，遗留、残存。太平，太平天国。这里是说，广东是现代思潮汇集之地，自明末以来过去的封建传统已经剩下不多了，随着成为外国的通商口岸和太平军在金田村起义，这一切新的思潮都在这里孕育、萌生和兴起。这就为现代民主革命的兴起创造了有利的条件。第二部分六句，写孙中山的出现，先生挺立其间，砥柱中流，足以展示人物高大形象。进而写出我国近代革命史上这位杰出的民主主义者救国救民、改造中国的抱负和决心。第三部分六句，歌颂这位革命先行者为改造中国耗尽了毕生的精力。殚心瘁力，竭尽全力。青天白日，指国民党旗的图案和色彩。红血红旌，高举红旗浴血奋斗。先生为唤醒民众自由独立之精神，为人间留下了浩然正气。

下联叙写列强瓜分中国的阴谋和继承孙中山的遗愿，把革命进行到底的决心。亦分三个层次：第一部分六句，泰西，旧指西方国家，一般指欧美列强。共管阴谋，指帝国主义国家企图互相勾结共同统治中国的阴谋。争思奴隶牛马尔家国，想把我们的国家变成供其奴役驱使的殖民地。这就写出了中华民族面临的被世界列强在政治上、经济上、军事上争相掠夺的深重灾难。第二部分六句，吾党，指改组以后的国民党。适，正好。丁，当，遭逢。适丁此会，恰好碰上这个时候。山斗，泰山与北斗的省称。这里是说，正当这时国民党竟失去这位杰出的领袖人物，天地云海都为之呜咽悲愁，人们不禁哀叹，有谁能来继承您的事业而重振旗鼓呢？第三部分六句，回答了这一问题。三民，即民族主义、民权主义、民生主义，为孙中山提出的资产阶级革命纲领。五权，即立法权、行政权、司法权、考试权、监察权，为民国政府的组织制度。厥，乃。这里是说，我们有亿万工农，必须本着你倡导的三民主义与五权宪法，按照你的牺牲奋斗的遗训，努力完成民主革命的任务，以告慰你在天之灵。

这副长联当时已编入《孙中山荣哀录》第三编，曾经产生一定的社会影响。作者才华横溢，气势磅礴。本联语从思想内容到艺术形式，均为当时挽联珍品。联语情真意挚，哀切感人，无论颂扬逝者丰功伟绩，还是反映生者沉痛悼念，都放在中国民主革命这个大背景上，因此哀而不伤，悲而不馁，能够让人化悲痛为力量，将革命进行到底。当时编入《孙中山荣哀录》的这副长联，也许匆忙中对于抄件亦未认真核实校对，文字上可能出现某些误差。我们已据手头看到的几个本子加以校勘，某些解说也没有十足把握，仅供读者阅读参考。

还应指出的是，这副挽联的作者李大钊当时是以共产党领袖的身份，站在国共合作的立场上来撰写的，因而在当时数以百计的挽联中显得特别突出，引人注目。

题故乡凉亭

方志敏*

饶信襟咽故地；
古今冠盖名人。

作者

*方志敏（1899－1935），江西弋阳人。1923年加入中国共产党，创建闽、浙、皖、赣革命根据地。曾任红十军政委、闽浙赣省苏维埃政府主席。1935年1月，率领红军抗日先遣队北上途中遭国民党军队阻击被捕，7月在南昌英勇就义。有《方志敏文集》传世。

赏析

此联写于青少年时代，具体写作时间不详。凉亭一般为交通要道上供人乘凉歇脚的地方，俗称过路凉亭。方志敏早年在当地颇有才名，因而根据乡亲们要求，为家乡湖塘村路口凉亭题写此联。

上联即点明了凉亭所在之处的地理形势。饶信，即饶州（波阳）、广信（上饶）两府的简称。襟咽，衣襟与咽喉，为扼襟控咽的缩语，用以比喻险要之地。故地，旧地，旧属之地。这里是说，弋阳九区漆工镇（方志敏故乡）位于江西省东北部，早已成为饶州（波阳）、广信（上饶）两府商贾必经之地，犹如人的衣襟与咽喉一样，成为交通要道。

下联已从地理位置转向人文环境。冠盖，旧指仕宦的冠服与车盖，亦可作为仕宦的代称。班固《西都赋》："冠盖如云，七相五公。"这里是说，弋阳漆工镇从古至今出了不少出类拔萃的人物。

这副对联上下六言，言约意丰，平仄相协，对仗工稳。且与所题"故乡凉亭"颇为相应。别看小小凉亭，当年却是饶信两府商贾必经之地；弋阳九区漆工镇，历史上也曾出过不少名人。此联因其地理、人文兼顾，颇能收到即小见大的艺术效果。

述志三联

方志敏

一

谈笑尽工农；
往来无豪绅。

二

云龙搏浪飞三级；
天马行空载五华。

三

心有三爱，奇书骏马佳山水；
园栽四物，青松翠竹白梅兰。

赏析

这三副对联分别写于不同时期，却均为作者个人述志之作，且都悬挂于卧室之中，足见主人之志趣爱好与胸襟气魄。

先看第一联：

方志敏青年时代在外地读书，而将自己在家乡弋阳湖塘村的卧室称之曰"陋室"，且在墙上挂了这副自书的"陋室铭"。联语系从唐代诗人刘禹锡《陋室铭记》中有关词句转化而来。刘禹锡文章原句为："谈笑有鸿儒，往来无白丁。"此中明显流露出封建时代文人自命清高、脱离民众的性格特征。方志敏据此加以改写，成为："谈笑有工农，往来无豪绅。"这就充分显示了无产阶级革命者与工农群众紧密结合，而与地主豪绅划清界限的爱憎分明的立场态度。这一副"陋室铭"无异是一位青年爱国者立志革命、献身工农的宣言。

次看第二联：

此联亦悬于卧室之中，就其内容来看，当在长沙或九江读书时期，表达了自己力求奋飞的龙马精神。此系文言联语，内容蕴藉含蓄。云龙，《易·乾》："云从龙，风从虎，圣人作而万物睹。"孔颖达疏："龙是水畜，云是水气，故龙吟则景云出，是云从龙也。"则用以喻英雄豪杰遇时奋起。搏浪，猛烈地冲击。这里以龙起云生，掀风搏浪，直达天宇的磅礴气势作比，激励自己和更多的人，为着革命的理想而掀三级，亦即革命的巨浪。"天马行空"，汉代西域大宛产的良马称"天马"，后以神马奔驰于太空，喻才气横溢不受拘束。明代刘子钟《萨天锡诗集序》："其所以神化而超出于众表者，殆犹天马行空而步骤不凡。"五华，道教称五方之气。《黄庭内景经·上有》："灌溉五华。"务成子注："五华者，五方之英华，即气也。"下联用天马行空及五方势不可挡的英雄气概为喻，激励自己及更多的人，解放思想，干一番惊天动地的事业。这些明显是在投身无产阶级革命之前，但也可以看出一个青年爱国者奋发图强的革命精神。作者以"云龙"、"天马"自喻，立志"搏浪"、"行空"，驰骋革命疆场。此联气势雄伟，想象奇特，言简意深，属对工稳，生动而又形象地表达了作者宽广的胸怀与远大的志向。

再看第三联：

这副述志联就具体内容当作于参加革命工作之后，且生前自撰自书悬于卧室之中用以自励。此联巧在先作综述，自己"心有三爱"与"园栽四物"；后再分释，具体说明"三爱"、"四物"的内容。奇书，当指我国"五四"新文化运动之后出现的革命进步书刊。作者曾贪婪地阅读《新青年》、《东方杂志》，以及英文版《共产党宣言》、《资本论》。骏马，热血青年向往驰骋疆场，率领健儿，为国杀敌。山水，游历名山大川，扩大生活视野，更加增强人的爱国主义感情。这三种爱好均能充分显示一个革命者对文韬武略的追求，对青山绿水的热爱，给人以蓬勃向上的精神力量。再看园中栽植的四种花木，青松、翠竹、腊梅、春兰，均为人们喜爱而经常予以颂扬的植物，向为人们美好品德与情操的象征，亦可看出主人公的人生追求和高尚品格。他不仅以这些花木勉励自己，还给五个儿女以松、柏、竹、兰、梅命名，对下一代寄予无限的希望。

我们从这三副写于不同时期而又先后悬于卧室之中的联语，可以看出方志敏烈士一生伟大的革命抱负与高尚的道德情操，也可以看出这位20世纪30年代的红军将领有着很高的文学修养。我们如果将其与《清贫》、《狱中纪实》、《可爱的中国》等文章、书籍一并阅读，自会受到极其深刻的教育。

挽平江惨案烈士

叶挺*

殉国死犹生，祸起萧墙，忍痛吞声悼忠烈；
杀人奸且狠，犹如鹰犬，推波助澜快仇雠。

作者

*叶挺（1896—1946），字希夷，广东惠阳人。1924 年加入中国共产党。曾任国民革命军第四军独立团团长，作为北伐先遣队，击溃吴佩孚主力，被誉为“北伐名将”。1937 年任新四军军长。在皖南事变中被国民党扣押。1946 年获释，在由重庆返延安途中因飞机失事遇难。

赏析

此联写于1939 年7 月。同年6 月12 日，国民党当局突然派兵袭击新四军设在湖南平江嘉义的留守通讯处，残杀该处负责人涂正坤、罗梓铭等干部六人及家属四人，制造了震惊全国的平江惨案。8 月1 日，中共中央在延安召开平江惨案遇难烈士追悼会。新四军军长叶挺与政委项英合送挽联致哀。

上联中，殉国，为忠于祖国而献出生命。祸起萧墙，语出《论语 · 季氏》：“吾恐季孙之忧，不在颛臾，而在萧墙之内也。”后用以指祸乱发生于内部。这里是说，平江惨案遇难的烈士们，以身殉国虽死犹生。这场祸乱完全由内部造成，让人在忍受痛苦而又难于直接指责罪魁祸首的情况下，悼念为国尽忠的英烈。作者在悼念平江惨案遇难烈士的同时，深深意识到这场斗争的复杂性。“祸起萧墙”一语既含蓄地点明事件的实质，而又不甘“忍痛吞声”的痛苦。

下联中，鹰犬，原指打猎时

追捕禽兽的鹰和猎狗，后引申为爪牙帮凶。仇雠（chóu），至怨之敌，谓之仇雠，此指日寇。这里是说，国民党顽固派控制的军队，犹如帝国主义的鹰犬，杀人狡诈而且狠毒。他们在反共反人民方面推波助澜，只有让我们的仇敌——日本帝国主义者感到快慰。作者实在“忍痛”而又无法吞声，这里还是直接指斥国民党当局蓄意破坏抗日民族统一战线，在干着亲者痛仇者快的蠢事。

这副挽联对仗工稳，感情深沉。叶挺作为新四军军长，既沉痛悼念平江惨案遇害的涂、罗诸烈士，又愤怒指责国民党顽固派充当日本帝国主义者的鹰犬。义正词严，锋芒毕露，直刺国民党当局的心脏。

挽 廖 磊

叶挺

国难方殷，端仰长材作针指；
台星遽陨，缅怀遗志痛挥戈。

赏析

此联写于1939年10月。廖磊（1890—1939），字燕农，广西陆川人。抗战初期任第二十一集团军副总司令、总司令，安徽省政府主席，参加过淞沪、徐州、随枣等战役。长期军务公务繁忙，积劳成疾，1939年10月患脑溢血病逝。新四军军长叶挺撰送挽联致哀。

上联表彰逝者在抗战救亡中的重要作用。殷，深。如殷忧、殷切。端，端的，正好。长材，本谓优良柴木，后喻有特殊才能的人。针指，即指针，比喻正确的指导。联句意谓，当今国难深重，正需仰仗你这样的才志之士作出正确指导。

下联生者表示将化悲痛为力量。台星，即三台星，喻位高权重的人。《晋书·天文志》：“在人曰三公，在天曰三台。”古代以星象征人事，称三公为三台。遽（jù），遽然、突然。陨，陨落、坠落。挥戈，挥动干戈。联句意谓，大星突然坠落，我等自当追思逝者遗志，忍着悲痛拿起武器投入战斗。

作者作为新四军军长，曾与廖磊所率部队“江右联镳”（见朱德联语）合作抗日。联中因对友军将领之死，在给予高度评价的同时，表达了缅怀遗志之情和抗战到底的决心。

狱中书联（一）

叶挺

坐牢三个月；
胜读十年书。

赏析

此联写于1941年春天。同年1月7日，国民党当局悍然发动了震惊中外的“皖南事变”，屠杀我新四军将士八千余人，叶挺军长负伤被俘，囚于上饶李村。蒋介石久慕这位“北伐名将”的军事才能，授意顾祝同、上官云相设宴劝降，许以高官厚禄。叶挺当即拒绝，面对坐牢和死亡，表现出大无畏英雄气概。他回到囚室满腔悲愤，于是提笔在玻璃窗上写下“坐牢三个月，胜读十年书”；又在左侧墙壁上写下“富贵不能淫，威武不能屈”的词句。

此联联语文字浅显而又意味深长。之所以会下如此断语，盖因作者从中悟出了许多社会人生的道理，更进一步看清了蒋介石“消极抗日，积极反共”的本质和残杀共产党人、革命志士的凶残面目。

此联显然是从古语“听君一席话，胜读十年书”转化而来。古语原属自谦之辞与对对方精辟言论的赞扬，现加以套用并改成“坐牢三个月，胜读十年书”，实为带有反语意味的愤激之词。这是因为通过几个月的铁窗生涯，使他更加看清了国民党当局的本质与真实面目，而这些从书本上是无法得到的。联中真实内涵与其弦外之音，人们只要联系作者当时的处境是不难理解的。狱中书联，内蕴深沉，值得人们深思。

狱中书联（二）

叶挺

四次辞呈，三年军长；
一朝革职，无期徒刑。

赏析

此联作于1941年间。叶挺为我国北伐时期的名将，南昌起义、广州起义失败后长期流亡海外。抗日战争爆发后回国任新四军军长，在“皖南事变”中负伤被俘，被国民党当局囚于狱中。这副联语就是在狱中写成的。

上联完全是纪实。1937年10月，中国共产党与国民党谈判达成协议，将八省边界十三个地区的红军游击队改编为新四军。国民党军政部长陈诚曾以军事委员会的名义，多次邀请叶挺出任军长，叶挺经四次推辞后勉强同意。结果他只当了三年新四军军长，国民党当局就于1941年1月制造了震惊中外的“皖南事变”，构成了世人瞩目的千古奇冤。

下联同样是纪实。1941年“皖南事变”发生后，叶挺负伤被俘，被国民党当局非法拘禁，还采用种种阴谋手段，要叶挺承认之所以发生“皖南事变”，应由共产党方面承担责任。叶挺明确拒绝，大义凛然。他在狱中怀着满腔愤怒，写诗题联，痛斥国民党当局背信弃义的罪恶行径。叶挺先后被关押在江西上饶、湖北恩施、广西桂林、四川重庆等地的监狱，实际是以“莫须有”的罪名被无理地判为无期徒刑。

此联具有两个明显特色：一是让事实说话，联中几乎没有一点带着愤激色彩的声讨语言，而是完全纪录真实的情况。这正足以说明，事实胜于雄辩。二是每句都有数字或同数字有关的词语。四次、三年、一朝、无期，真实反映了“江南一叶”的冤狱，以无可辩驳的事实和真实准确的数字，揭示了“千古奇冤”的真相。难怪郭沫若后来在旧政协会议期间，大声疾呼要求国民党无条件释放叶挺，曾援引这一联语作为依据。

据《中国楹联大辞典》所

载，此联为叶挺被囚于重庆中美合作所时作，联文亦有差异："四次辞呈终被斥；三年军长无期监。"这样似更符合对联体式，且时间推迟亦与"无期监"呼应。看来不妨作为异体并存，以收相得益彰之效。我们还有一种设想，前者为1941年"皖南事变"后囚于上饶狱中所作，后者则为1942年1月之后在重庆中美合作所狱中改写。此说当否仅供参考。

贺郭沫若五十寿辰

叶挺

寿比萧伯纳；
功追高尔基。

赏析

此联写于1942年11月14日。有关写作过程，叶挺当时在狱中致郭沫若的一封短信中有所说明："在囚禁中与内子第二次聚会，彻底长谈二十四小时。曾说及十五日将往祝郭沫若兄五十大庆，戏以香烟罐内圆纸片制一'文虎章'，上写'寿强萧伯纳，骏逸人中龙'两句以祝。别后自思，不如改为下二句为佳：寿比萧伯纳，功追高尔基。"

由此可见，此联原为"寿强萧伯纳，骏逸人中龙"，系11月14日上午于重庆中美合作所囚室写在香烟罐内圆纸片制成的"文虎章"上，并由夫人李秀文转交郭沫若。叶挺在夫人走后的当日下午，感到这副寿联还不理想，遂加改写而成此联。这封短信后由夫人第三次探监时带出再转郭沫若。同时还附上一首新诗《囚歌》。此事详见郭沫若《天地玄黄·叶挺将军的诗》。

对联改动看来是出于下述原因：一、从联语对仗考虑，原联"骏逸"与"寿强"已属宽对，而"人中龙"为泛语，"萧伯纳"是专名，对得也较勉强。改后则颇为工整贴切。二、遣词更为准确。原联上句"强"字欠妥，怎么能说五十岁的郭沫若比八十五岁的英国著名作家萧伯纳还"寿强"呢？改用"比"字掌握分寸，且有祝愿长寿之意。

三、思想性更强。原联下句“人中龙”较为浮泛，改成苏联无产阶级作家“高尔基”，加上“功追”二字，既与郭沫若在我国文化战线的身份、地位吻合，又巧妙地寄托了对他的厚望。

这副祝寿联语经过改动，精益求精，内蕴深厚，评价中肯，值得让人思索与回味。值得留意的是，现在不少联语书籍，包括较有影响的《近现代名人对联辑注》、《名联鉴赏词典》等，均将其误为写于1941年11月14日。这主要受了信中“五十大庆”的影响。实际上，重庆文化界庆贺郭沫若五十寿辰与创作生活二十五周年，确实是在1941年11月。而叶挺狱中书信所言“五十大庆”，是指郭沫若实足年龄，因其出生于1892年之故。何况1941年11月，叶挺还被囚禁在桂林七星岩的一个山洞里，直到1942年1月才转押重庆。这一实足与虚龄不同的计算方法，也许正是此联写作时间上容易搞错的原因。

现代著名作家对联

应对二联

鲁　迅*

一

独角兽；（寿敬吾）
比目鱼。（鲁　迅）

二

陷兽入阱中；（寿敬吾）
放牛归林野。（鲁　迅）

作者

*鲁迅（1881—1936），原名周树人，字豫才，浙江绍兴人。现代著名文学家、思想家。早年留学日本。曾在北京大学、厦门大学、中山大学任教。先后参加中国自由运动大同盟、中国左翼作家联盟、中国民权保障同盟。一生创作大量小说、杂文，有《鲁迅全集》传世。

赏析

这两副应对联语成于1892年间。当时，鲁迅十二岁，进三味书屋从寿敬吾读书。他已在家塾读完《论语》，故开始读《诗经》等书。寿老先生为调动学生平时学习的兴趣，也为给学生打好写作传统韵文的基础，常在课余让学生对对子。少年鲁迅古文基础甚好，堪称此项应对活动的佼佼者。

有一天，寿敬吾上“对课”，出题为“独角兽”三字，让学生应对。出句含义单纯，但想对贴切很不容易。几个学生先后应以

“两头蛇”、“六耳猴”、“八脚虫”、“九头鸟”等等，先生均不满意，连连摇头。还有一个学生，不知出于无知还是有意，对以“四眼狗”。先生颇为生气地说：“独角兽是麒麟，四眼狗是什么？简直胡闹！”寿敬吾当即指名鲁迅来对，鲁迅从容对曰：“比目鱼。”先生这才高兴地说：“好！‘独’有双的意义。独角兽乃天上的祥物，比目鱼为海中的佳品，对得妙极了！”

寿敬吾为进一步考察学生的应对能力，于是再出一题：“陷兽入阱中。”堂上学生面面相觑，不知如何应对。鲁迅突然想到《尚书》里有过“归马于华山之阳，放牛于桃林之野”的句子，于是脱口对曰：“放牛归林野。”先生听后赞赏不已。“陷兽入阱中”，句式较为特别。阱（jǐng），亦作“穽”，即陷阱，为防御或猎取野兽而设的陷坑。这个出句如何应对，对于初学者来说，确有一定难度。鲁迅对以“放牛归林野”，文字既很贴切，又能化用《尚书》里的句子，难怪会让周围同学暗暗叫绝。

挽丁耀卿

鲁　迅

男儿死耳，恨壮志未酬，何日令威来华表；
魂兮归来，知夜台难瞑，深更幽魄绕萱帏。

赏析

此联写于1901年12月。丁耀卿（1880—1901），名文耀，浙江绍兴人。当时为南京矿务铁路学堂学生，不幸死于肺病。鲁迅作为绍兴同乡与同班同学，写了这副挽联，表示沉痛哀悼。

上联对于同窗学友的英年早逝深表悲哀。耳，文言助词，表语气，用同“矣”。恨，悔恨、遗憾。壮志未酬，宏大的志愿尚未实现。令威来华表，典出晋代《搜神后记》，相传汉代丁令威本辽东人，在灵虚山学道成仙。千年后化鹤归辽，落在城门华表柱上。后以“化鹤归来”或“鹤归何日”作为希望已故亲友魂兮归来的套语。这里是说，男儿死矣，让人遗憾的是壮志尚未实现，不知何日能像丁令威那样化鹤归来。

下联对于同窗学友的伶仃孤母寄予同情。夜台，指坟墓。晋代陆机《挽歌诗》之一：“按辔遵长簿，送子长夜台。”瞑（míng），瞑目、闭眼。幽魄，幽为地下、阴间，此指死者的魂魄。萱，即萱堂，母亲代称。语出《诗·卫风·柏兮》。萱帏，母亲所住内室的帏帐。这里是说，愿友人灵魂啊归来，知你虽在坟墓中亦难瞑目，深更半夜你的魂魄还会环绕在母亲住处帏帐的四周。逝者何以“夜台难瞑”与“幽魄绕萱帏”，因其放心不下孤苦伶仃的母亲。

此系鲁迅早年之作。怀念亡友，感情深挚；悲怆悽恻，文采斐然。读之令人黯然神伤，足见作者早已具有坚实的古典文学根底。

集句自勉

鲁迅

望崦嵫而勿迫；
恐鹈鴂之先鸣。

赏析

1924年8月8日，鲁迅集屈原《离骚》诗句而成此联，并请同在北京政府教育部工作的友人、著名书法家乔大壮书写，悬于北京西三条胡同寓所书斋兼卧室的“老虎尾巴”西壁，借以作为勉励自己不断前进的座右铭。

上联集自《离骚》：“吾令羲和弭节兮，望崦嵫而勿迫。路漫漫其修远兮，吾将上下而求索。”崦嵫（yān zī），我国古代传说中的西方神山，太阳归宿之处。此句意谓，我命令太阳的驾车人（羲和）降低速度，即使看到日落之处也不要驶近。这是希望太阳不要迫近崦嵫，亦即慢点下山，尚可继续工作。

下联集自《离骚》：“恐鹈鴂之先鸣兮，使夫百草为之不芳。”鹈鴂（tí jué），同鶗鴂，即杜鹃，古人常有“杜鹃常以之夏鸣，鸣则众芳皆歇”的说法，用以比喻迟暮岁月。此句意谓，怕的是在暮春杜鹃提早鸣叫，使大地上的花草叶落香消。杜鹃当在初夏鸣叫，标志已到落花时节。这里深恐此鸟先鸣，故需珍惜大好春光。

这副集句联明显是借屈原诗句，勉励自己珍惜时间努力工作。正如许广平所说：“鲁迅给这两句话赋予了新的意义，表示要珍惜时间。白天，不要让黄昏轻易到来；早晨，不要让鸟雀鸣在自己起身之前，起早贪黑，夜以继日地努力工作。”鲁迅一生对于此联也是非常珍惜的，直到1935年12月，还将此联书赠友人杨霁云。作者只争朝夕、不断进击的可贵精神，在这副集句联中得到充分的体现。

改联论“持中”

鲁　迅

似战，似和，似守；
似死，似降，似走。

赏析

此联成于1924的12月。鲁迅何以改写？有个具体过程。当时在《语丝》第二期上，发表了钱玄同的《随感录·“持中”底真相之说明》。文中引用旧时某人挖苦叶名琛的对联：“不战，不和，不守；不死，不降，不走。”认为可以作为中国人“持中”的真相之说明。鲁迅不赞成这种说法，遂于《语丝》第5期发表《我来说“持中”的真相》。该文指出：“夫近乎‘持中’的态度大概有二：一者‘非彼即此’，二者‘可彼可此’也。前者是无主意，不盲从，不附势，或者别有独特的见解；但境遇是很危险的，所以叶名琛终于败亡，虽然他不过是无主意。后者则是‘骑墙’，或是极巧妙的‘随风倒’了，然而在中国最得法，所以中国人的‘持中’大概是这个。倘改篡了旧对联来说明，就该是：‘似战，似和，似守；似死，似降，似走。’”我们由此可见作者改篡旧联的意图，在于匡正友人文中论据的失误，进而深入揭示“持中”的真相。

这里尚需了解叶名琛其人与时人所写的讽联。叶名琛为清朝道光年间进士，官至两广总督，体仁阁大学士。1857 年英法联军进攻广州时，不作战守之计，以致城陷被俘，后死于印度。时人因其昏聩无能，讽以联曰：“不战不和不守，相臣度量，疆臣抱负；不死不降不走，古之所无，今之罕有。”钱玄同文中引用时已作简化。

值得我们注意的是，鲁迅将联中六个“不”字，改成六个“似”字，并非为了减轻清朝两广总督叶名琛因无主意失陷广州的罪责，而是意在强调某些中国人的“持中”主要表现为“可彼可此”的“骑墙”与极巧妙的“随风倒”。讽联一经改写，更能揭示“持中”真相。

挽“三一八”惨案烈士二联

鲁　迅

一

死的就算罢了？
活着又该怎样！

二

死了就算罢了，何须萦怀留恋，慈母依闾，幼儿在抱；

活着将怎么着，无非多经几次，枪声惊耳，弹雨淋头。

赏析

这两副挽联写于 1926 年 3 月，为悼念“三一八”惨案烈士而作。1926 年 3 月 18 日，北京群众五千余人在天安门广场集会，反对北洋军阀段祺瑞政府对日本侵略采取妥协态度。会后游行请愿，竟遭屠杀，死 47 人，伤 150 多人，造成震惊全国的流血事件。“三一八”惨案发生后，鲁迅不仅发表《纪念刘和珍君》、《可惨与可笑》等文章，还写了这两副别具一格的挽联。

第一副挽联为参加中共北京地委由李大钊发起组织的追悼会时撰送。这是一副白话联语，文字本身通俗浅显。特别值得人们注意的，却是两个标点符号。上句用了问号，意谓“三一八”惨案烈士已经死了，难道就算罢了不成？锋芒直指反动当局，烈士鲜血不能白流，须用血来偿还。下句为惊叹号，意在强调我们活着又该怎样！言下之意十分清楚，不能善罢干休，应当紧步烈士后尘，与帝国主义、封建军阀继续进行斗争。

第二副挽联为参加北京大学等三所院校组织悼念活动时所送，明显是在第一副挽联基础上的发挥。

上联从死者角度而言，现在人已死了，还有什么可以萦绕于怀值得留恋，也许尚有慈母倚闾而望，或者幼儿尚处怀抱之中。究竟谁在制造这样的人间惨剧，能不让人为之痛心疾首。依闾，亦作“倚闾”。闾为古代里巷的大门。慈母倚闾而望，形容盼儿心切。

下联就生者角度而言，活着又将怎样，无非多经几次这样的场面。“枪声惊耳，弹雨淋头”，生动而具体地描述了帝国主义、封建军阀屠杀爱国人民的场景。这是作者愤激之言，也是血泪控诉。中国人民岂能这样任人杀戮！出路只有一条，就是奋起抗争。正如作者所说，“血债须用同物偿还”。

这两副挽联之所以别具一格，明显在于文字既通俗易懂，或全用口语，或文白相间；又完全符合联语规则，用对偶句式，作沉痛诉述。一片愤激之情溢于言表，满腔无名怒火燃于胸间。当与匕首、投枪式的杂文起着同样的战斗作用。

赠日本学者

鲁　迅

隔靴搔痒赞何益；
入木三分骂亦精。

赏析

此联写于1931年。1931年3月至12月间，日本年轻学者增田涉来华，经内山完造介绍，结识鲁迅。他正想翻译鲁迅的《中国小说史略》，还打算写一本《鲁迅传》。这次专程来上海求教。鲁迅对于这位异国青年，给予热情指导，经常抽出时间，为他讲解《中国小说史略》。后在谈到写作传记时，鲁迅既具体介绍了自己生平经历与文学创作，又诚恳告诫对方必须实事求是。还应友人要求，写了这副明显带有表态性质的联语。

此联并非鲁迅己作，而是摘自清代著名画家郑板桥的旧句。鲁迅信手拈来，转为己用，意在表明自己对待文艺批评的态度。隔靴搔痒，谓在靴子外面挠痒痒。这一成语常用以比喻讲话与作文，不中肯，不贴切，没有抓住要害。宋代严羽《沧浪诗话·师法·九》：“意贵透彻，不可隔靴搔痒。”入木三分，典出唐张怀瓘《书断·王羲之》：“王羲之书祝版，工人削之，笔入木三分。”本谓笔力劲健，后借以比喻描写或议论深刻。这里是说，如果隔靴搔痒，赞有何益；若能入木三分，骂亦精当。鲁迅录此意在告诉年轻友人，赞扬我的文章，如果谈不到点子上，犹如隔靴搔痒，毫无益处；而骂我的文章，如果抓到要害，即使尖锐一点，亦属精辟之论。

这副联语，不仅日本学者从中受到深刻的教益，我们读后也会得到很多的启发，从而懂得不少为人、为文的道理。

赠郁达夫

鲁　迅

横眉冷对千夫指；
俯首甘为孺子牛。

赏析

此联写于1932年10月。郁达夫（1896—1945），浙江富阳人。现代著名作家，创造社重要成员。1932年10月5日，郁达夫、王映霞夫妇因胞兄郁华来沪，迎宴于聚丰园，并请鲁迅、柳亚子、林徽音等人作陪。席散时，达夫特意取出素色绢一幅，请来宾题词留念。鲁迅欣然命笔，写下前日刚构思好的这副联语。

上联表明对敌人所取的态度。横眉冷对，怒目而视，冷眼相对，对人极度愤怒和轻蔑的神态。千夫指，即千夫所指之人，谓众人所指责的对象。语见《汉书·王嘉传》：“里谚曰：‘千夫所指，无病而死。’”以往不少人认为“千夫”指敌人，明显欠妥。因为“千夫所指”之人才是人民的敌人，作者所以横眉冷对。一位立场分明的革命战士形象跃然纸上。

下联则为对于人民所作的表白。孺子牛，典出《左传·哀公六年》：“鲍子曰：‘汝忘君之为孺子牛而折其齿乎?’”杜预注：“孺子荼（齐景公幼子）也。景公曾衔绳为牛，使荼牵之。荼顿地，故折其齿。”清人洪亮吉《江北诗话》中亦有联句：“饭饱甘为孺子牛。”鲁迅巧用此典，赋予新义，表明自己俯首甘为人民大众的“牛”。

此联上下两句，对敌对友，憎爱分明。于敌则“横眉”加冷眼相对，于友则“俯首”加甘心愿为，鲁迅作为现代伟大革命家的崇高品格，集中体现在这两者完美结合之中，实已成为鲁迅一生的“自画像”。

鲁迅题写此联一周之后，又在这一基础上续成七言律诗《自嘲》，书为条幅，赠柳亚子。此联后来广为流传，成为鲁迅一生革命战斗精神的真实写照。

赠瞿秋白

鲁　迅

人生得一知己足矣；

斯世当以同怀视之。

赏析

此联写于1933年春。瞿秋白(1899—1935),江苏常州人。早年参加五四运动,为《新青年》、《向导》等刊物编辑。曾任中国共产党中央委员、临时中央局负责人。1931—1933年间,因受王明等人打击,被排挤出党中央之外。他在上海与鲁迅等一起领导左翼革命文艺运动,还用笔名发表不少著、译作品,直接投入20世纪30年代反“文化围剿”的斗争中。1933年春天,鲁迅曾应瞿秋白要求,手书此联相赠。

这副赠联上款为“疑仌道兄属”,落款具“洛文录何瓦琴句”。这些虽是一般应酬用语,此中却有深意。疑仌道兄,即瞿秋白。仌,古冰字,疑仌二字合起来为“凝”字。瞿秋白笔名何凝,因有此称。道兄,旧称志同道合的友人。洛文,鲁迅笔名。国民党反动当局曾通缉鲁迅,诬称他为“堕落文人”。鲁迅则以“隋洛文”为笔名发表文章以示抗议。联语文字并非鲁迅己作,而是录自清人何瓦琴旧句。何瓦琴,名溱,字方谷,为清代金石篆刻家。平生喜集联,此联即为集禊帖字而成。鲁迅用以转赠友人,足见二人情谊深厚。

此联中,知己,谓了解自己的人,亦称情谊深厚的朋友。唐王勃《杜少府之任蜀州》:“海内存知己,天涯若比邻。”同怀,志趣相同。南朝谢灵运《登石门最高顶》:“惜无同怀客,共登青云梯。”之,代词,这里指代上联中的“知己”。联句言简意明,真切感人。作者深情表示,人生若能得一知己就足够了,这一辈子自当应以志同道合者看待他。鲁迅要比瞿秋白年长18岁,二人却在共同战斗中结下深厚友谊,成了忘年之交。

这副联语本身就是对于友人的真情表白。我们从中亦可看出鲁迅对于早期共产党人出自内心的敬意,视为知己,引为同志,语短情长,感人至深。这对了解我国20世纪30年代左翼文艺运动与研究鲁迅思想发展历程,同样均为值得珍视的史料。

挽瞿秋白

鲁 迅

是七尺男儿，生能舍己；
作千秋雄鬼，死不还家。

赏析

此联作于1935年夏秋之际。1931—1933年间，瞿秋白因受党内王明等人排挤打击，曾在上海养病。他与鲁迅并肩战斗，一起领导左翼革命文艺运动。1934年2月离开上海，奉调赴中央苏区。一度担任苏维埃工农民主政府人民教育委员，兼任苏维埃大学校长。同年10月，工农红军主力北上抗日，开始二万五千里长征。瞿秋白因患严重肺病，留守中共苏区。1935年2月，他在转移途中于福建长汀不幸被捕，坚持狱中斗争，直至6月18日遇害牺牲。同年夏秋之际，鲁迅辗转得悉友人被捕牺牲消息，悲痛异常。他曾带病为亡友编选遗文，亲自负责封面设计，编排校对，在《海上述林》一书出版过程中倾注了大量的心血。这副挽联也是在惊闻噩耗后写的。

上联言逝者生的伟大。七尺男儿，即堂堂男子汉。因人身长约当古代七尺，故以“七尺”代称身躯。南朝沈约《齐太尉王俭碑铭》：“倾方寸以奉国，忘七尺以事君。”舍己，即舍己为人。《论语·先进》：“夫子喟然叹曰：‘吾与点也！’”朱熹集注：“曾点之就……初无舍己为人之意，而其胸次悠然，直与天地万物，上下同流。”原谓放弃自己的见解，随声附和别人；后谓舍弃自己的利益，援助别人。这里是说，逝者真正是七尺男儿，生能舍己为人。

下联言友人死得其所。雄鬼，亦作“鬼雄”，谓鬼中的强者，是对死于国事的战士的褒称。屈原《九歌·国殇》：“身既死兮神以灵，魂魄毅兮为鬼雄。”这里是说，逝者愿作千秋鬼雄，死不还家，亦即浴血疆场而不求生还。

此联对仗工稳，感情深沉，

对于友人一生作出崇高评价。逝者生是七尺男儿，死作千秋雄鬼，已为中国人民解放事业贡献自己一生。

自　题

鲁　迅

聊借画图怡倦眼；
敢遣春温上笔端。

赏析

此联写于1935年。据《现代名人名联选注》一书，标为《题写作事联》，却未作具体说明。现就联意本身而言，虽与写作之事有关，却属“夫子自道”，意在突出自身感受，似以改成《自题》为宜。

这是一副集句联，且均集自己所作诗句。上联集自己作《题〈芥子图画谱〉三集赠许广平》，原诗为：“十年携手共艰危，以沫相濡亦可哀。聊借画图怡倦眼，此中甘苦两心知。”此诗写于1934年12月9日，其中第三句实为个人写作自况。鲁迅毕生勤奋，为了及时投入战斗，常于深夜潜心写作。实在感到疲倦之时，则以翻阅《芥子园画谱》消遣，调剂精神，怡悦心情。这里是鲁迅晚年忘我工作的真实记录。

下联集自己作《亥年残秋偶作》。这首七言律诗写于1935年深秋，首联即为：“曾惊秋肃临天下，敢遣春温上笔端。”这里是说，尽管人间“秋肃临天下”，诗人自有“春温”在心中。然而20世纪30年代国民党统治下的黑暗现实，到处都是一片肃杀景象，诗人哪敢在自己笔端抒写心中的春温呢！无限愤慨之情凝于“敢遣”二字。只能存于心中，一时难上笔端。

此联对仗工稳，意象鲜明。既是鲁迅晚年写作生活真实写照，又能曲折反映作者的战斗豪情。“画图怡倦眼”与“春温上笔端”，画面生动逼真，而且形神兼备。“聊借”与“敢遣”之语，感情色彩强烈，诸多言外之意、象外之旨，值得人们体味。

赠友人

鲁　迅

帝杀黑龙才士隐；
书飞赤鸟太平迟。

赏析

此联写于1935年前后。今据《近现代名人对联辑注》一书收录。该书曾作说明："此联约书于三十年代初。联语集自清末民初诗人夏曾佑《赠任公（梁启超）二首》之一。"鲁迅当年手书此联时原有落款："此夏穗卿先生诗也，故用僻典，令人难解，可恶之至。鲁迅。"夏曾佑(1863—1924)，字穗卿，浙江杭州人。光绪年间进士，清末维新派代表人物之一。所作《赠任公二首》，反映了资产阶级改良派对当时中国局势的忧虑和救亡图存的愿望。鲁迅录其诗句以赠友人，显然针对现实寓有深意。

上联联句含义隐晦曲折。帝杀黑龙，典出《墨子·贵义》。墨子将到北方的齐国去，占卜者阻之曰："帝以今日杀黑龙于北方，而先生之色黑，不可以北。"墨子不听，结果行至淄水不能前进而返。占卜者说，你现在信我的话了吧！墨子反驳道，如果上帝今、明、后和大后天分别杀青、赤、白、黑龙于四方，就得禁止所有往来走动的人，这也就使人才尽隐没而不得出。此句意谓，岂因帝杀黑龙，才士就要隐去。上联运用此典意在暗喻国民党进行军事和文化"围剿"，激励人们不要因为"帝杀黑龙"而隐去，务须坚持斗争。

下联联句同样含义深刻。书飞赤鸟，据《春秋公羊传·哀公十四年》载，鲁哀公十四年春，狩猎者捕获一只麒麟，孔子知道后就死了，《春秋》一书亦至此告终。当时天上飞下一道血书，言周朝要亡，秦国将兴。孔子学生子夏去看时，血书又化作赤鸟飞走了。太平迟，即说像"书飞赤鸟"预示的拔乱而治的太平时代不会很快到来。此句意谓，血书所预示的太平时日不会很快到来。下联借用此典意在告诉人们，反动势力仍很猖獗，需要坚持长期斗争。

此联“故用僻典，令人难解”，实属特定历史时期的产物。夏曾佑于清朝末年意在针对以慈禧太后为代表的封建顽固势力；鲁迅移至20世纪30年代则用于针对以蒋介石为首的国民党反动当局。典故虽然冷僻，寓意却很深刻。至于“可恶之至”，实为反语，否则鲁迅何以将此录赠友人呢？

旧句重题

鲁　迅

扫除腻粉呈风骨；
褪却红衣学淡妆。

赏析

此联写作时间不详。据《革命前辈联语辑注》一书，题为《关于文艺批评》，并附简单说明：“鲁迅先生有副关于文艺批评的对联。此联对当前的文艺动向，仍有现实意义。”至于作者因何而发，自题还是赠人，具体写于何时，均有待进一步查考。

我们之所以更名《旧句重题》，因为此联摘自鲁迅早年所作七言律诗《莲蓬人》。原诗录引如下：“芰裳荇带处仙乡，风定犹闻碧玉香。鹭影不来秋瑟瑟，苇花伴宿露瀼瀼。扫除腻粉呈风骨，褪却红衣学淡妆。好向濂溪称净植，莫随残叶堕寒塘。”

鲁迅早年写《莲蓬人》意在托物言志。宋代周敦颐（濂溪先生）写过一篇脍炙人口的《爱莲说》，深情赞美出淤泥而不染的荷花，并誉之为“花之君子者也”。青年鲁迅却独具慧眼，不去赞美“接天莲叶”与“映日荷花”，而是看中很少有人注意的莲蓬，将其拟人化为“莲蓬人”。这首咏物诗的颈联正是点睛之笔，值得我们注意。

此联中，腻粉，指莲的花粉。红衣，指莲的花瓣。这里是说，莲蓬不同于莲花（荷花），美在“扫除腻粉”而呈现卓立不群的“风骨”，美在“褪却红衣”去学穿雅洁宜人的“淡妆”。这正是“莲蓬人”值得人们赞美的本质特征，因其虽在秋风寒露之中仍然具有独立不移的精神。

我们从“莲蓬人”雅爱“淡妆”的“风骨”，可以窥见青年鲁迅的襟怀、品格、情操。试问，做人理应如此，为文又当如何？鲁迅后来由此联想到文艺批评、文艺创作，是否也应“扫除腻粉”与“褪却红衣”呢？是否也应崇尚学“淡妆”而呈现“风骨”呢？也许这正是鲁迅晚年旧句重题的原因所在。现就联意内容推测，很有可能题于20世纪20年代末“革命文学论争”时期，它似乎正表现鲁迅对革命文艺的基本看法，而且针对性也是十分明显的。

应对塾师二联

郭沫若*

一

昨日偷桃钻狗洞，不知是谁？（塾师）
他年攀桂步蟾宫，必定有我。（郭沫若）

二

竹本无心，遇节岂能空过？（塾师）
松原有籽，过时尽是干包。（郭沫若）

作者

*郭沫若（1892—1978），原名开贞，字鼎堂，四川乐山人。著名文学家、社会活动家。早年留学日本。发起成立创造社。1926年参加北伐，任国民革命军总政治部副主任。次年参加南昌起义，加入中国共产党。新中国成立后，任全国文联主席、中国科学院院长、全国人大常委会副委员长、全国政协副主席。一生创作大量文学和史学著作，有《郭沫若全集》传世。

赏析

这两副联语均成于郭沫若少年时代。

有一次，郭沫若与同学到私塾附近庙里去玩，看到后园桃子红得诱人，大家便爬到树上去摘。不料被庙中和尚发现，他们匆匆逃走。因不敢从庙门出去，遂从园中墙洞钻出。和尚将此事告诉塾师。塾师追问学生，没人承认，于是出了个责骂挖苦学生的对子："昨日偷桃钻狗洞，不知是谁？"并说："谁能对出，可以免罚。"郭沫若才思敏捷，很快对出了下联："他年攀桂步蟾宫，必定有我。"老师听后大为震惊，赞赏郭生颇有才志。由于一时高兴，免罚全体学生。攀桂，语出《楚辞·招隐士》："攀援桂枝兮聊淹留。”后以攀桂指科举登第，犹言折桂。蟾(chán)宫，月宫。传说月中有蟾蜍，故称。又传月中有桂树，人们也将“蟾宫折桂”喻指科举登第。这一对句妙语惊人，不作正面回答，而是有所发挥，希望老师不要取笑昨日偷桃钻了墙洞，深信他年步入蟾宫折桂必定有我。此联属对工巧，浑然天成。

还有一年中秋节，按照私塾常规，学生应当送礼。郭家给了沫若一吊钱，让他去买礼物，结果却买书买吃食花光。塾师不见礼物，心中颇为不快。节后对着园中翠竹，借题发挥，吟出上联：“竹本无心，遇节岂能空过?”指定沫若应对。这一出句意谓，竹子原本中空无心，但遇骨节之处，岂能空着通过?“节”字意在双关，既指竹节，也指中秋节。显然对于没有送礼表示不满。郭沫若听出了先生的弦外之音，于是加以解释，对出下联：“松原有籽，过时尽是干包!”这里以“松”对“竹”，表示家里是准备送礼的，不过钱已被我用了，好像掉了籽的松包，空空如也。意在求得老师原谅。塾师听了哭笑不得，但也觉得学生人还老实，回答十分巧妙。

此属应对趣联。虽是师生之间的游戏文字，却已显示少年郭沫若的天资和才华。属对工巧，出语不凡，小小年纪，聪明颖悟。难怪塾师为之赞叹不已。

联讽地痞

郭沫若

无点骰儿不算快；
没边梯子有些悬。

赏析

此联作于少年时代。郭沫若的家乡乐山县沙湾镇，早年有个地痞名叫徐品三。此人抢劫民财，侮辱妇女，抽头聚赌，无恶不作，深为群众痛恨。少年郭沫若则撰联加以讥讽。

这是一副颇有特色的讽刺联。作者有意采用隐喻、借代等特殊修辞手法，让当事人不以为意，旁观者却心领神会。上联“无点骰儿不算快”，表面是写赌具，实为隐指地痞徐品三。骰（tóu）儿，即骰子，由小块正方形的骨头制成，各面刻有点数，赌博时用以投掷。旧时常用三颗以点数大小计输赢。无点骰儿，如果三颗骰儿均无点，正好构成一个“品”字。不算快，即慢，徐也。这样连在一起正好隐指徐品三。下联“没边梯子有些悬”，有些悬，为四川方言，含危险之意。这里是说，徐品三像个“没边梯子”一样，真有些危险，即定要完蛋。

此联用语通俗易懂，而又诙谐风趣。看似游戏之作，内中暗含机巧。它竟出自一位少年之手，实为讽刺联语佳作。

讽粪税联

郭沫若

自古未闻粪有税；
而今只有屁无捐。

赏析

此联成于 1905 年。当时，郭沫若只有十四岁，即离开沙湾到乐山县城读书。他曾看见农民在挑大粪出城时，守门小吏与衙役居然公开敲诈勒索，每担粪要收两个铜板的出城费。他为此而气愤异常，随口吟成这副寄愤慨于讽刺的联语，以表示抗议。

这副联语通俗易懂，完全符合人民大众的口吻。作者以犀利的锋芒，抨击黑暗现实，表现出少年郭沫若对封建制度的刻骨仇恨和对劳动人民的极大同情，而这正是他后来走向革命道路的思想基础。联句用语辛辣犀利，诙谐幽默，读之令人在捧腹之余加深对清朝末年社会黑暗腐败的痛恨。

对联本是一种高雅的艺术，粪、屁、屎、尿之类秽物不宜入联。作者实为初生之犊，敢于化腐朽为神奇，以略带嘲讽与戏谑的语言，揭露苛捐杂税多如牛毛与荒唐之极。凡此实属自成一格，让人叹为观止。亦有部分联书认为此联乃近代幽默大师刘师亮为嘲讽四川军阀杨森“新政”而作，此说不妨存疑，有待进一步查考。

辛亥革命春联四副

郭沫若

一

故国同春色归来，直欲砚池溟渤笔昆仑，裁天样大旗横书汉字；

民权如海潮暴发，何难郡县欧非城美澳，把地球员幅竟入版图。

二

桃花春水遍天涯，寄语武陵人，于今可改秦衣服；

铁马金戈回地轴，吟诗锦城客，此后休嗟蜀道难。

三

击筑且高歌，英雄意洽三杯酒；

弹琴复长啸，壮士胸罗十万兵。

四

国势已变更，冉冉春回，问东君犹名皇否？

天心早眷顾，眈眈虎视，嗟西虏其奈我何！

赏析

这组辛亥革命春联写于1912年2月。1911年10月10日，资产阶级革命党人发动武昌起义，各省纷纷响应，湖北、湖南、江西、陕西、四川等省相继宣布独立。十七省代表会议推举孙中山为临时大总统，于次年1月1日在南京成立中华民国临时政府，宣告了清王朝封建统治的灭亡。这就是我国近代史上的辛亥革命。郭沫若当时在成都高等分设中学堂读书。这一年年假，回到乐山沙湾镇故乡，应乡邻要求撰写春联。他总共写了二、三十副，热情歌颂辛亥革命推翻清朝封建帝制的胜利，欢呼民国元年第一个春天的到来。现选录其中四副加以赏析。

第一副春联：作者当时对于此联颇为满意。

上联极写为已推翻满清王朝、恢复汉室江山而欢欣鼓舞。意谓古老的中国已同春色归来，简直要将渤海作为砚池，以昆仑山为笔，并裁天样大旗横书一个“汉”字。这是何等气魄！故国，历史悠久的国家，此指古老的中国。溟渤，即渤海。砚池与笔，均作意动词使用。

下联想象我国今后发展的前景。民权，人民的权力、力量。郡县欧非，郡县为意动词，即以欧洲、非洲为中国的郡县。城美澳，城作意动词，即以美洲、澳洲为中国的城池。员幅，即幅员、疆域。要把地球上幅员辽阔的区域纳入我国的版图，似乎胜利冲昏头脑，想法多么幼稚。郭沫若后在《黑猫》中叙述当时包括自己在内的一些青年的心理说：“那时少年人大都是一些国家主义者，他们有极浓重的民族感情，极葱茏的富国强兵的祈愿，而又有极幼稚的自我陶醉。他们以为只要把头上的豚尾一剪，把那原始的黄色大龙旗一换，把非汉族的清政府一推倒，中国便立地可以成为‘醒狮’，便把英、美、德、法、意、奥、日、俄等当时的所谓‘八大强’，当成几个汤团，一口吞下。”

第二副春联：作者本人亦很欣赏此联。

上联化用陶渊明所写《桃花源记》中描绘的情境。“桃花春水遍天涯”，语见唐代王维《桃源行》：“春来遍是桃花水，不辨仙源何处寻。”这里以美丽的自然景物象征辛亥革命后出现的新气象。武陵人，典出陶渊明的《桃花源记》，说的是一个渔人，从武陵桃花源进入一个山洞，山洞的另一头别有天地，见秦时避乱之人后裔聚居于此，仍着古装，行古礼，过着没有剥削压迫、人人平等自由的简朴生活。这里意在“寄语武陵人”，亦即传话给生活在桃花源里的人们，现在已经结束封建帝制，可以换下秦时衣服，不再与世隔绝，与全国人民一起进入新的时代。

下联巧用李白嗟叹《蜀道难》的诗篇。“铁马金戈”，铁甲之马、镶金之戈，比喻雄师劲旅。回地轴，即转动地轴，古人以为大地有轴可以转动，喻天地发生巨变。这里是说，辛亥革命通过武装斗争，使中国发生了翻天覆地的变化。后两句则意谓，请唐代大诗人李白，以后不要再嗟叹“蜀道难”了。因为帝制已除，共和兴起，中国已经换了人间。锦城，即锦官城，四川省成都市的别称。锦城客，指唐代大诗人李白，也指今天包括作者在内喜欢吟诗的知识分子。蜀道难，李白著名诗篇，极力描写蜀道的艰难险阻，亦寓对国家政局的隐忧。这里反用其意，声言“此后休嗟”，充分表达了人们的乐观情怀。

全联由陶渊明《桃花源记》与李白《蜀道难》一文一诗中的两个典故化出，语言流畅，对仗工稳，充分反映了辛亥革命初期人们的喜悦心境与时代精神。

第三副春联：作者咏赞为辛亥革命取得胜利而作出贡献的英雄、壮士们。

上联中，“击筑且高歌”，筑为古代的一种弦乐器。据《史记·刺客列传》载：“荆轲既至燕，爱燕之狗屠及善击筑者高渐离。”“高渐离击筑，荆轲和而歌于市中相乐也，已而相泣，旁若无人者。”后燕太子丹命荆轲人秦刺秦王，送至易水，高渐离击筑，荆轲和而歌曰：“风萧萧兮易水寒，壮士一去兮不复还!”后世多以荆轲、高渐离故事，表达慷慨悲歌之意。这里作者一扫悲凉气氛，辛亥时代英雄们击筑而且高歌，情意融洽一起饮酒，显得那么神采飞扬。

下联中，“弹琴复长啸”，形容投身于民族解放的壮士们个个都有儒者之风，弹琴复又长啸，既情致高雅，又旷达不羁。“壮士胸罗十万兵”，典出《名臣传·范仲淹》：“上知其才兼文武，赴师延安，日夕训练精兵，贼闻之曰：‘无以延州为意，今小范老子腹中自有数万甲兵，不比大范老子可欺也。’戎人呼知州为老子，大范谓雍也。”这里盛赞辛亥革命的壮士们，才兼文武，胸中自有数万甲兵。

此联用了两个浅近典故，借以赞扬参与辛亥革命的英雄、壮士的情怀与胆识，富有浪漫乐观的气息。

第四副春联：

上联言我国已取消封建帝王制度。“国势已变更”，指辛亥革命推翻了清政府，封建帝制已改为民国。冉（rǎn）冉，慢慢地，渐进貌。东君，东方的君主，指清朝皇帝。这里是说，春天已缓缓归来，试问东君还称皇帝吗?

下联言我国将不再畏惧西方列强。天心，天帝的心意。此句意谓，辛亥革命顺乎天意，早已得到上天眷念关顾。眈（dān）眈虎视，像猛虎一样凶狠地注视着。《易·颐》:“虎视眈眈，其欲逐逐，无咎。”这里是说，辛亥革命后的中国屹立东方，如虎之威严注视着四周，可叹西方帝国主义列强又能把我怎样!

此联已表明作者具有一定的反帝反封建意识。言简意明，对仗工整。尤以“问”、“嗟”二字用得极妙。

挽吴耦逖四联

郭沫若

一

鼠肝乎，虫臂乎，前缘未尽今身，红颜白发，泣血千行，骂他造化痴顽，专为人间留恨事；

凤泊矣，鸾飘矣，壮志永埋长夜，玄鹤青蝇，放声一哭，痛此竞争时代，又教商战殒健儿。

二

对榻昔谈心，慨计然人渺，白圭道消，致令国困民穷，阖室磬悬空有泪；

挂剑今分手，望黑塞云横，青枫月照，已是魂伤肠断，登床琴弄不成声。

三

颜回已作地下修文，锦里黯招魂，顺西蜀而还，心伤泣血有颜路；

彭乘乃是童中义士，佳城空敛迹，问三代而后，享年谁得似彭商。

四

货殖慕子贡长才，术尽计然，碧血杜鹃枝，黯淡万点心伤迹；

物齐媿蒙庄特达，嗟来桑户，悲风白杨树，凄凉千载肠断声。

赏析

这组挽联写于1912年春。吴耦逖，四川省乐山县牛华溪人。郭沫若少年时代的同学、挚友、亲戚，二人交谊甚深。1911年去湖南经商，闻父病危，急忙返川，途中因船失事遇难。同年年底，郭沫若从成都高等分设中学堂放假返乡时，写了《舟中闻雁哭吴君耦逖》诗8首。春节期间，余痛未尽，又写长联10副，表达哀挽之情。今选其中4副，略加诠释。

第一副挽联：

上联写吴君之死给亲人带来的极度悲伤。“鼠肝乎，虫臂乎”，语出《庄子·大宗师》：“以汝为虫臂乎？以汝为鼠肝乎？”谓以人之大，亦可化为虫臂、鼠肝之类极微小的东西。比喻事物随缘而化，没有常规。前缘，以前的因缘。这里是说，化为鼠肝、虫臂了吗？此系前世因缘未尽而在今身了结。这里采用民间人生无常因缘前定的说法，只是作为一种铺垫，意在突出亲人对于逝者岂能如此旷达。红颜，年轻妇女，此指逝者妻子。白发，老人，此指逝者父母亲。泣血，泪尽继之以血，形容极度悲痛。造化，指天地、自然界。这里是说，父母妻子极度悲伤泣血千行，对于造化弄人，真该骂他痴顽，专给人间留下恨事。

下联写对吴君怀志而死无限惋惜的沉痛心情。“凤泊矣，鸾飘矣”，即凤泊鸾飘，比喻有才之人因不得志而漂泊无定。近代柳亚子《重题〈南社写真〉》：“凤泊鸾飘吾辈事，未须憔悴诉生平。”长夜，即长夜台，坟墓。晋代陆机《挽歌》：“送子长夜台。”李周翰注：“坟墓一闭，无复见明，故云长夜台。”这里是说，逝者凤泊鸾飘，怀才不遇，个人壮志只有永远埋在坟墓里了。此指吴君生前早有留学日本之志，而今已成泡影。玄鹤，相传鹤千年变为苍色，又千年变为黑色，称玄鹤。一般喻人长寿，亦可喻人怀志而死。晋代阮籍《咏怀》：“云间有玄鹤，抗志扬哀声。一飞冲青天，旷世不再鸣。”青蝇，典出《三国志·吴书·虞翻传》：“翻放逐南方，自恨疏节，骨体不媚，犯上获罪，当长没海隅。生无可与语，死以青蝇为吊客，使天下一人知己者，足以不恨。”殒（yǔn），死亡。这里是说，吴君有如玄鹤怀志而死，我愿化成青蝇，作为唯一知己放声一哭，让人痛心的是如此竞争时代，又在商战之中失去一位健儿。友人因经商而死，遂有此说。

第二副挽联：

上联回忆昔日对榻谈心忧国忧民的感人情景。对榻，即对床。可见成语“对床夜语”、“风雨对床”。计然，春秋时越国人，范蠡之师，极有智谋。他对范蠡辅助越王勾践打败吴国与后来弃官经商成为巨富均有一定影响。白圭（guī），战国时人，深通治产之道。曾自言：“吾治生产，犹伊、吕之谋国，孙、吴之用兵。”白圭之道，亦即经营致富之道。阖（hé）室磬悬，喻指百姓家中空无所有。语见《国语·鲁语上》：“室如悬磬，野无青草，何恃而不恐?”言鲁国库空虚，没有物质后盾。后以“悬磬”比喻穷困不堪。这里是说，回忆昔日对榻谈心，一起慨叹像计然那样的人已经远逝，白圭那样的治产之道也已消失，致使国困民穷，百姓因家中一无所有而空自流泪。两位忧国忧民的爱国少年形象跃然纸上！他们渴望国家能有计然、白圭那样优秀的政治、经济人才，以改变国困民穷的局面。

下联写出今日挂剑分手魂伤肠断的沉痛心情。挂剑，典出《史记·吴泰伯世家》。春秋时吴国公子季札出使路过徐国。徐国君主看中他的宝剑，想要又不好开口。季札心中有数，只因出使需要暂时未给。等出使回来，徐君已死，于是解下宝剑挂在徐君墓旁树上而去。后人遂以“挂剑”比喻对亡友守信义，或喻生死不变的友谊。“望黑塞”二句，化用杜甫《梦李白》“魂来枫林青，魂返关塞黑”诗意，喻指友人亡魂所在之处。琴弄，即弄琴，典出《世说新语·伤逝》：东晋王献之（子敬）好琴，亡故后其兄徽之奔丧，入室坐于灵床上弹其琴，终不成曲调，遂叹道：“子敬子敬，人琴俱亡。”这里是说，今日挂剑分手，梦中看到你正往返于青林黑塞之间，真使人魂伤肠断，人去琴亦亡，登床弹琴再也不成曲调了。

第三副挽联：

上联言亲友都在希望逝者早日魂兮归来。颜回，孔子的弟子，天资聪慧，刻苦好学，可惜三十一岁就死了。《论语·先进》载孔子的话："有为颜回者好学，不幸短命矣。"地下修文，相传晋代苏韶死后现形，对其堂弟说，颜回、子夏现为地下修文郎；修文郎凡八人，皆鬼之圣者。事见《太平御览》第八八三卷引王隐《晋书》。后称文人之死为地下修文。锦里，指成都市。晋代常璩《华阳国志·蜀志》："锦江织锦濯其中则鲜明，他江则不好，故命曰锦里也。"黯（àn），心神沮丧的样子。南朝江淹《别赋》："黯然销魂者，唯别而已矣。"西蜀，指四川，三国时蜀国之地。时称北魏、西蜀、东吴三国。颜路，颜回的父亲。泣血，形容因亲人死亡而极度悲伤。这里是说，颜回（代指吴君）死后已作地下修文郎，我在成都黯然招魂，愿你魂灵顺着西蜀路线回来，父亲颜路（代指吴父）正在为你伤心哭泣。上联将吴君喻之为颜回，愿他魂兮归来。

下联言吴君堪称"童中义士"，亦属死而无憾了。彭乘，宋朝华阳人，少以好学称名州里。后进士及第，曾与同年诸生登相国寺阁楼，皆瞻顾乡关，有从宦之乐。独彭乘怅然曰："亲老矣，安敢舍晨昏之奉而图一身之荣乎？"翌日奏乞侍奉。事见《宋史·彭乘传》。童中义士，少年有德之士。佳城，指墓地。典出《博物志·异闻》："汉滕公薨，求葬东都门外，公卿送丧，驷马不行，踣地悲鸣。跑蹄下地，得石有铭曰：'佳城郁郁，三千年，见白日，吁嗟滕公居此室！'遂葬焉。"三代，指夏、商、周三个朝代。彭商，即彭祖，传说中的长寿者。《史记·五帝本纪》注云："自尧时举用，历夏、殷，封于大彭，八百岁。"这里是说，彭乘（代指吴君）是少年中的忠义之士，而一座坟墓徒然收起他的踪迹（终归一死），问夏商周三代以后，谁能像彭祖那样享有长寿？下联将吴君喻之为彭乘，称他为"童中义士"，应属死而无憾。此系作者悲痛之余的自我慰藉之词。

第四副挽联：

上联言逝者颇有经商才能，可惜客死异乡。货殖，经商。《史记》有《货殖列传》。子贡，孔子弟子，善于经商，家累千金。并参加政治活动，可与诸侯"分庭抗礼"。长才，高才、英才。计然，春秋时越国人，范蠡之师，善计算，有智谋。杜鹃枝，杜鹃花又名映山红，春季二三月间杜鹃鸣时花开，在古代诗词中常与伤心断肠连在一起。李白《宣城见杜鹃花》："蜀国曾闻子规鸟，宣城还见杜鹃花，一叫一回肠一断，三春三月忆三巴。"这里是说，你在经商方面仰慕子贡杰出的才能，并想尽数掌握计然之术。春天杜鹃鸟在枝头啼血哀鸣，留下了万点黯淡心伤的印迹。此系哀叹逝者长才未尽，却魂化杜鹃，让人为之黯然心伤。

下联言对亡友的哀思绵延不绝。物齐，即齐物，见《庄子·齐物论》。内容以"齐是非"、"齐彼此"、"齐物我"、"齐寿夭"为主，论证任何事物本无确定不变的是非标准，宣扬相对、无差别的观点。媿，同愧，使人惭愧。蒙庄，即庄子。《史记·老庄申韩列传》："庄子者，蒙人也。"特达，明智过人。桑户，古代隐士。《庄子·大宗师》："而子桑户死，未葬。孔子闻之，使子贡往侍事焉，或编曲，或鼓琴，相和歌曰：'嗟来桑户乎，嗟来桑户乎！尔已反其真，而我犹为人猗！'"意在赞叹隐士桑户的反真脱俗。悲风白杨树，见《古诗十九首》之十四："白杨多悲风，萧萧愁杀人。"这里是说，庄子齐物论的观点明智过人，使人惭愧；隐士桑户的反真脱俗，使人嗟叹；白杨树在风中摇曳，永远发出悲伤凄凉让人肠断的声音。作者对于亡友的哀思，想用庄子、桑户的言行化解仍拂之不去，犹如秋风中的白杨时时发出悲鸣。

这组挽联似有几个明显特点：一是情真意挚，作者惊闻挚友噩耗，先在返乡途中写成挽诗八首，又在春节期间写成挽联十副，一片哀挽之情，溢于字里行间。二是内容充实，或述亡友生平事迹，或忆二人之间友谊，或抒亲友怀念之情，无不以泪和墨，联语感人至深。三是用典较多，此系时代使然。在直接采用有关历史典故的同时，还常化用、活用某些诗文故实，从而收到言少意多蕴藉含蓄的效果，亦显出作者有着颇为深厚的古文修养。但有时却又失之偏多与繁复，会给人以某种生涩之感。

赠医生

郭沫若

佛救世界众生，皆与医门差小异；

我读越人列传，心随桑子饮上池。

赏析

此联写于民国初年。郭沫若当时还在四川成都读书，曾为一位乡间名医题写联语。这正充分反映他对医生的尊敬和对医学的热爱，似与此后赴日本选择学医有着内在的联系。

上联中，佛，即佛陀，原指佛教的创始人，后亦称修成正果的人为佛。佛教徒认为，佛法具有救济众生的功力。医门，从医入门的途径。清代喻昌著有《医门法律》一书。这里是说，医门治病救人与佛救世界众生差异很小，实即把医生喻为救济众生的活佛。

下联中，越人列传，即《史记·扁鹊列传》。扁鹊，姓秦，名越人，战国时有名的医学家。桑子，即长桑君，亦战国时人，为扁鹊之师。上池，谓上池水，指未落地的水，即竹木上的露水。据《史记·扁鹊列传》载："（长桑君）乃出其怀中药予扁鹊：'饮是以上池之水，三十日当知物矣。'"下联意谓，我读《史记》中的《扁鹊列传》，此心已随长桑君指引去饮上池之水。实即陶醉在古代良医传记之中。

此联为表达对于医生的敬意，不仅以普度众生的佛喻医生，还引经据典用古代良医扁鹊、长桑君的史实加以称颂。可谓雅俗共赏，妙笔生花。

巧　对

郭沫若

郭主任背腹面受敌；
李秘书上中下俱伤。

赏析

此联写于1927年8月。同年8月3日，郭沫若到达九江，根据党组织的安排，赴南昌参加起义活动。这时九江去南昌火车亦已停开，遂与李一氓、阳翰笙、梅龚彬等乘铁路手摇车前往。次日至涂家埠车站，遇上被南昌起义打败的国民党乱兵，遭到抢劫和殴打，郭沫若、李一氓均被打伤。继续上路后，大家凑成了这副对联。

“郭主任背腹面受敌”，据阳翰笙在《风雨五十年》一书中回忆，上联是郭沫若出的。郭主任，郭沫若在北伐战争期间曾任国民革命军总政治部副主任，因称“郭主任”。背腹面受敌，由成语“腹背受敌”转化而来，本谓前面和后面都受到敌人的攻击，现又加上了中间，意在形容当时的艰难处境。郭沫若毕竟是位浪漫主义诗人，处变不惊，依然吟出这样的联句，让同行友人应对。

“李秘书上中下俱伤”，李秘书，即李一氓，与郭沫若一起参加北伐，曾任北伐军政治部行营秘书。上中下俱伤，即全身都受了伤，因需与“背腹面”对应，遂有此说。

此联为军中巧对，虽有某些调侃和夸张的成分，却大体上纪实，可以看出老一辈革命者的乐观主义精神与文学艺术素养。

挽邓太夫人

郭沫若

警耗破鸿濛而东来，早岁锡熊丸，敬谛庐陵有母；
哀思越岭南以西往，晨昏乏鸡黍，倍知颍谷可风。

赏析

此联写于1930年初夏。随联附有跋语：“年来客居海外，得与容子希白结文字交，窃足快慰生平。顷者突奉世伯母邓太夫人仙逝之耗，哀悼之余，自悲身世，念及家有父母，不能尽晨昏之养，尤深风烛之警。不愧无文，缀成数语，藉表哀忱云耳。”邓太夫人，为现代金文学家容庚之母，1930年5月因病逝世。郭沫若当时正亡命日本，因研究古文字，常与燕京大学教授、《金文编》著者容庚书信往来，商讨学术问题。当他得知邓太夫人病故的消息后，随即撰联并托杭州亲戚书写制就，寄至广东东莞容庚家中。

上联写惊闻噩耗，想到友人事业有成，定与早年母教有关。訾耗，指邓太夫人病逝的噩耗。鸿濛，亦作“澒蒙”。语见《楚辞·九叹·远游》：“贯澒蒙以东朅（去）兮，维六龙于扶桑。”原指宇宙间的大气，此指海上雾气。此句意谓，邓太夫人逝世的噩耗越过海洋传来。日本在中国东方，故言“东来”。锡，赐、给予。熊丸，药名，用熊胆和药为丸。据《新唐书·柳公绰传》载，唐代柳仲郢少时好学，其母韩氏尝和熊胆丸，令其夜读时嚼食，以励勤苦。后因以作慈母教子的典故。早岁锡熊丸，意谓小时候母赐熊丸，亦即受到母亲的教诲。谛，同审，深知。庐陵，地名，今江西省吉安市。宋代文学家欧阳修为庐陵人，故以地名代称。欧阳修四岁丧父，其母用荻杆画地教他识字。这里是说，自己深知欧阳修学有所成，是赖有母亲的教诲。

下联写个人哀思，抒发自己因客居海外而对于父母的思念与愧疚之情。岭南，泛指五岭以南、两广以北地区。此言作者哀思越过岭南以西往，亦即向着自己的四川故乡。鸡黍，语出《论语·微子》：“止子路宿，杀鸡为黍而食之。”意谓招待宾客的饭菜，此指奉养父母之物。颍谷可风，颍谷为古地名，在今河南省登封县。春秋时在此做官的颍考叔，曾以自己孝敬母亲事感化郑庄公，促成庄公母子团聚。事见《左传·隐公元年》。联中以颍谷代替颍考叔。风，作动词，教化、风尚。这里是说，想到自己早晚未能进献食物奉养父母，更加认识到颍考叔对母亲孝敬之心，应当成为风尚。

此联蕴藉含蓄，缠绵悱恻。作者由哀悼郑太夫人，转而抒发自己亡命海外、思念父母，欲尽晨昏之养而不能的凄切心情，读之令人潸然泪下。

浪花望海

郭沫若

举世浮沉浑似海；
了无风处浪头高。

赏析

此联写于 1934 年 8 月。浪花，即浪花村，日本千叶县面临太平洋的一个村庄。当时，郭沫若与安娜夫人带孩子们在这里住了十日，每天都到海边经受海水浴的锻炼。据《浪花十日》记载，有一次在海边游泳时，突然想到古人所说“无风不起浪”，于是头脑中浮现出两句诗样的文字，就是这副富有哲理意味的联语。

“举世浮沉浑似海”，作者从眼前大海想到人生社会，发现其中某些共通之处。举世，全世间或全世之人。屈原《渔父》：“举世皆浊我独清；举世皆醉我独醒。”浮沉，比喻事物的兴盛与衰败，人生的得意与失意。浑，简直、完全。此句意谓，人生社会的种种兴衰得失，简直就像眼前的大海一样。

“了无风处浪头高”，作者面对大海浮想联翩，想到古人所说“无风不起浪”，其实何尝如此。了无，全无。陶渊明《癸卯十二月与从弟敬远》：“萧索空宇中，了无一可悦。”此句意谓，即使在完全无风的情况下，也能出现很高的浪头，成了无风亦起浪。

此联题为《浪花望海》，似诗句，似箴言，透过表面意象，蕴含人生哲理。人生似海，已让人回味；无风起浪，更发人深省。后者意似告诉人们，在表面平静的情况下，有时往往潜伏着危机，若不提高警惕采取防范措施，就有可能出现严重后果。联系当时日本军国主义者的侵华野心，与作者亡命海外的艰难处境，更能领会联语的深刻含义。应当指出的是，此联恐属诗句，论起对句则大为不工，只是蕴含哲理，可以用来警世。

嘲“梨弹勇士”

郭沫若

妄把梨儿充炸弹；
误将沫若当潘安。

赏析

此联写于1935年10月。同年10月5日，郭沫若在日本东京中华基督教青年会组织的一次集会上，发表了《中日文化之交流》的讲演。在讲演即将结束的时候，几个流氓突然叫喊："打倒共产党郭沫若!"并往台上扔梨子，扰乱整个会场。听众十分气愤，纷纷加以指责，几个流氓见势孤立，只好溜掉。几天后，在青年会主办的小报上，登出了郭沫若这副近于打油诗的联语，以斥责这伙人的流氓行为。

上联于写实之中略带夸张。妄，胡乱。这里是指几个流氓慌乱之中不择手段，竟将梨儿充当炸弹投掷。真是胆大妄为，让人嗤之以鼻。

下联于诙谐之中寓有深意。潘安，即潘岳，字安仁，西晋著名文学家。因其才貌双全，深为时人称羡。妇女遇之于道，皆投以果，表示爱慕。这里显然是以谐谑的口吻，对于那些"梨弹勇士"加以嘲讽。此句意谓，你们竟然误将我当作潘安而抛赠梨儿，让我啼笑皆非。

此联巧用典故，妙趣横生。采用近似打油的联语形式，将"梨儿"、"炸弹"、"潘安"巧妙地联系在一起，于诙谐嘲笑之中给人以多方面的思考。

读《庄子》集古句

郭沫若

内圣外王一体；
上天下地同流。

赏析

此联写于1936年9月。当时，郭沫若应东京《质文》杂志之约，写了《我的作诗的经过》一文。文中谈到自己少年时代爱读《庄子》，崇尚王阳明，倾向泛神论，曾选古句集成这副对联。

庄子，名周，战国时哲学家。著书十余万言，辑为《庄子》。他独尊老子而排斥儒墨，宣扬道法自然、清静无为的思想主张。

上联集自《庄子·天下》："是故内圣外王之道，暗而不明，郁而不发，天下之人，各为其所欲焉，以自为方。"此系道家的政治理想，谓统治者应外居君主之位，内具圣人才德，以推行自然无为的政治。后来儒家亦标榜"内圣外王"，则要求内具圣人文德，外行"仁政"之道，与道家本义不同。一体，此指内圣与外王统一于一体。

下联集自《孟子·尽心上》："上下与天地同流。"这句话的含义，与庄子"天地与我并生，万物与我为一"（《齐物论》）、王阳明"仁者以天地万物为一体"（《传习录》）的意思相近。同流，本指二水合流，后比喻同类为同流。

此对采用联语形式，表明个人思想，言简意赅，引人注目。《庄子》对于少年郭沫若的思想影响，在早期诗文、联语中随处可见，《舟中闻雁哭吴君耦逖》诗八首、《挽吴耦逖》联十副尤为明显。

戏题

郭沫若

鲁迅将徐懋庸格杀勿论，弄得怨声载道；
茅盾向周起应请求自由，未免呼吁失门。

赏析

此联写于1936年9月。1936年间，我国文艺界曾展开"国防文学"与"民族革命战争的大众文学"两个口号的论争。周扬、夏衍等人根据当时国内政治形势，提出以"国防文学"作为文艺运动的中心口号。鲁迅、冯雪峰等人为纠正上述口号的偏颇，突出无产阶级在文艺统一战线中的领导权，另行提出"民族革命战争的大众文学"的口号。这场论争虽然激烈，发表文章数以百计，究其实质仍是革命作家内部就如何建立文艺界统一战线问题进行的一场论争。此时远在日本的郭沫若也写文章参加论战，表示赞成“国防文学”口号。当论争结束之后，他还戏题一联通过友人交《今代文艺》发表。

上联就鲁迅严厉批评徐懋庸一事加以评骘。徐懋庸，20世纪30年代在上海从事杂文写作与翻译工作，积极参与“左联”活动，亦为“国防文学”口号倡导者之一。鲁迅曾在《答徐懋庸并关于抗日统一战线问题》等文中对其为人为文展开严厉批评。格杀勿论，谓可将犯罪拒捕的人当场打死而不以杀人论罪。这里显然有点夸大其辞，以与“戏题”之名相应。怨声载道，到处都是怨恨之声，形容怨恨者之多。此指当时文艺界大多不赞成鲁迅对徐懋庸的批评，亦系夸张之言。

下联就茅盾对于此次论争态度加以调侃。周起应，即周扬，现代著名文艺理论家。当时为中国左翼作家联盟党团书记、中共上海中央局文委书记，由他主持提出“国防文学”的口号。鲁迅著文表示异议并提出另一口号时，茅盾基本站在鲁迅一边，亦在文中有意化解两个口号之间的矛盾。郭沫若却将茅盾此举认为是向周扬请求自由，还揶揄其求援未免找错了门路。

此联“戏题”文艺界两个口号的论争，对于鲁迅、茅盾颇有微词，实为多年陈见使然。联语文字对仗工稳，调侃友人，含讥带讽，虽属游戏之作，倒也自成一格。

挽鲁迅二联

郭沫若

一

方悬四月，叠坠双星，东亚西欧同陨泪；
钦诵二心，憾无一面，南天北地遍招魂。

二

平生功业尤拉化；
旷代文章数阿Q。

赏析

这两副挽联均写于1936年10月。鲁迅（1881—1936），本名周树人，字豫才，浙江绍兴人。我国现代伟大的文学家、思想家。曾在北京大学、北京女子师范大学、厦门大学、中山大学任教。一生写了大量小说、杂文，有《鲁迅全集》传世。1936年10月19日，在上海因病逝世。郭沫若当时在日本，闻讯后十分悲痛，连续著文、撰联表示哀悼。

第一副挽联写于惊闻噩耗的当天晚上，同时还写了一篇悼念文章，题为《民族的杰作——悼唁鲁迅先生》。

上联即对鲁迅之死表示沉痛哀悼，并将鲁迅与苏联无产阶级革命作家高尔基并列，以充分肯定其文学史上的重要地位。方悬四月，刚刚相隔四个月。叠坠双星，相继坠落了两颗大星。郭沫若在《民族的杰作》一文中指出："接到高尔基死耗时是6月19日的清晨，那时天在下雨。接到鲁迅死耗的今天是10月19日，也微微地下着秋雨。""仅仅相隔四个月，接连失坠了两个宏朗的大星。"东亚西欧，指中苏两国及亚欧各国人民。苏联地处欧洲，在西；中国地处亚洲，在东，故云。这里是说，亚洲和欧洲的人民都在为两位大文豪的逝世同声哀悼一起落泪。陨（yǔn）泪，即落泪。

下联首先点明自己与鲁迅的关系。二心，指鲁迅的杂文集《二心集》，这里借指鲁迅所有作品。作者声称自己怀着崇敬钦佩的心情诵读鲁迅的作品，遗憾的是未曾见过鲁迅一面。后在文章中多次谈到自己与鲁迅"不曾有过直接的接触——这在我是莫大的遗憾"。南天北地，意近"东亚西欧"。中国与苏联的相对位置，一个在南，一个在北。末句意谓，各地人民都在招魂，亦即希望鲁迅先生魂兮归来。

第二副挽联为郭沫若代表质文社同人所书，附有"鲁迅先生千古，质文社同人哀挽"字样。质文社是中国左翼作家联盟旅日支部办的一个杂志社，先后出版过《杂文》、《质文》杂志。

此联对于鲁迅一生提倡文字改革的功绩和文学创作的成就，都作了高度评价。鲁迅在《门外文谈》中说过："倘要中国的文化一同向上，就必须提倡大众语、大众化，而且书法更必须拉丁化。"因此联中特别强调，鲁迅平生功业尤其表现在倡导汉字书写拉丁化。阿Q，指鲁迅中篇小说《阿Q正传》。郭沫若对此推崇备至，认为可以数得上是绝代少有的文章。

这两副挽联，内容各有侧重，前者突出政治角度与总体评价，后者偏于对文化事业的贡献。用语质朴自然，感情真挚诚恳，评价公允精当，显得真切感人。

赠叶挺

郭沫若

三军可以夺帅；
匹夫不可夺志。

赏析

此联写于1937年间。叶挺(1896—1946)，字希夷，广东惠阳人。1924年加入中国共产党。历任国民革命军第四军独立团团长、第三十四师师长兼武汉卫戍司令。参与领导南昌起义和广州起义。抗日战争爆发后任新四军军长。在“皖南事变”中被扣押。1946年3月获释，因飞机失事遇难。1937年夏秋之际，叶挺在汉口筹建新四军，郭沫若曾与之会晤，并书赠此联。

此联集自《论语·子罕》，原文为：“子曰：‘三军可以夺帅也，匹夫不可夺志也。’”朱熹注：“三军之勇在人，匹夫之志在己，故帅可夺而志不可夺。如可夺，则亦不足谓之志矣。”三军，旧谓上、中、下三军，今作军队的统称。上句意谓，三军虽然众多，如果人心不齐，其将帅亦有可能被对方夺去。匹夫，泛指寻常的个人，如“天下兴亡，匹夫有责”。下句意谓，作为个人，必须坚守自己的志向，不要被人夺去。这里意在强调“志”的重要。我们可从对方三军中夺帅，而不能让自己之志被人夺去。

这副题赠联语，集自《论语》旧句，却能推陈出新。时值抗战伊始，更应突出“三军之勇在人，匹夫之志在己”。叶挺作为当年“北伐名将”，更能心领神会，因而如获至宝，将其悬于武汉住所中堂。

挽刘湘

郭沫若

治蜀是韦皋以后一人，功高德懋，细谨不蠲，更觉良工心独苦；

征倭出夔门而东千里，志决身歼，大星忽坠，长使英雄泪满襟。

赏析

此联写于1938年1月。刘湘（1889—1938），四川大邑人。原系四川地方军阀，曾任川军总司令兼省长、国民革命军第二十一军军长、四川省政府主席。为了争夺四川控制权，与蒋介石长期存在矛盾。1936年“西安事变”时，通电支持张学良、杨虎城。抗日战争爆发后，任第七战区司令长官，主动请缨出川抗日。1938年1月，因病中忧惧死于汉口。郭沫若与陈铭枢联名撰送挽联致哀。需要指出的是，此联充分肯定逝者生前率部出川抗日之举是对的，但对刘湘作为地方军阀多年治蜀业绩则有过誉之嫌。

上联高度评价刘湘长期治蜀的历史功绩。韦皋，唐代名将，曾任成都尹、剑南西川节度使。治蜀21年，对平息边患、卫护边疆安全做出很大贡献。懋，同“茂”，意为盛大。蠲（juān），通“捐”，弃，免除。良工，指优秀的工匠。唐杜甫《题李尊卿松树障子歌》：“已知仙客意相亲，更觉良工心独苦。”本指技艺高明的画师费尽心血地构思经营，可见“良工苦心”。这里是说，刘湘治蜀堪称韦皋以后第一人，多年以来功劳高德行好，平日办事细致谨慎大小不弃，让人更觉良工一片苦心。联中以历史上的韦皋喻刘湘，评价可谓高矣。

下联充分肯定刘湘率部出川抗日壮举，并为病中忧惧而死表示惋惜。征倭，讨伐倭寇。倭为我国古代对日本人的称谓，此指日本侵略者。夔（kuí）门，古代夔州在今四川奉节一带，为出川东下的必经之地，因称“夔门”。志决身歼，意志坚决以身殉职。大星忽坠，天上的大星忽然坠落，常用以比喻重要人物死亡。此指刘湘之死。长使英雄泪满襟，语出杜甫《蜀相》：“出师未捷身先死，长使英雄泪满襟。”据传刘湘死后，人们在其遗书中曾发现亲笔书写的这两句杜诗。这两句杜诗用在刘湘身上，倒也恰如其分；只是以诸葛丞相喻之，未免不够恰切。

此联在内容上对于逝者虽有过誉之嫌，但就其艺术技巧而言，用语典则，对仗工稳，或明喻，或暗喻，无不贴切自然，仍不失为现代挽联佳作。

贺田汉四十寿辰

郭沫若

具田家浑憨气概；
扬汉族刚毅精神。

赏析

此联写于1938年3月。田汉（1898—1968），字寿昌，湖南长沙人。现代著名剧作家。早年留学日本，与郭沫若等发起组织创造社。后又主持成立南国社，创办南国艺术学院。新中国成立后，历任中国戏剧家协会主席、中国文联副主席。著有《获虎之夜》、《名优之死》、《南归》、《丽人行》、《关汉卿》等剧作多种。1938年3月，时在武汉任郭沫若主持的政治部第三厅六处处长，主管艺术宣传工作。田汉正值四十寿辰，郭沫若撰联致贺。

上联言田汉具有农家子弟憨厚朴实的性格。田家，农家。唐孟浩然《过故人庄》：“故人具鸡黍，邀我至田家。”浑憨（hān），浑厚憨直。田汉出身于农民家庭，自然具有农家子弟浑厚憨直的气概。

下联言田汉发扬汉族人民刚强不屈的精神。刚毅，刚强坚毅。田汉早在1932年便加入中国共产党，担任左翼剧作家联盟党团书记，在白色恐怖笼罩的上海发扬了刚强坚毅的斗争精神。

此联别具一格。采用燕颔

格，将“田汉”二字嵌入联中。用语质朴无华，自然亲切而又恰到好处地赞扬了挚友的精神气概，实属大家手笔。

赠张肩重二联

郭沫若

一

龙战玄黄弥野血；
鸡鸣风雨际天闻。

二

道义能担肩似铁；
精神不动重如山。

赏析

第一联写于1938年春。当时国民党为了表示国共合作，恢复了军事委员会政治部。郭沫若任该部第三厅厅长，分管宣传，驻武汉。张肩重亦参加三厅筹备，负责接待工作。工作之余，曾向郭沫若索取“墨宝”，郭沫若为他书写了这副联语。

此联形象而深刻地表现了当时如火如荼的抗战形势。龙战玄黄，语出《易·坤》：“龙战于野，其血玄黄。”后世因称群雄争夺天下为“龙战”。玄黄，代指天地。弥（mí）野血，血流遍野。此句意谓，在我国的大地上正进行着一场侵略与反侵略的流血战争。鸡鸣风雨，语出《诗·郑风·风雨》：“风雨如晦，鸡鸣不已。”际天闻，即天际闻，指鸡鸣之声响彻天空。此句意谓，风雨之中鸡鸣，其声天际可闻。这里既在形容抗战初期风雨如晦的政治形势，亦在表现全国人民正闻鸡起舞，投身抗日的战斗意志。作者对于此联颇为重视，次年三月还直接引入写给朱德总司令的七律《登尔雅台怀人》诗中。

第二联写于1939年秋。这年9月，郭沫若从乐山探亲返回重庆，张肩重在汇报工作之后，趁便索求嵌字对联。郭沫若欣然同意，当即书联相赠。

此联高度赞扬三厅工作人员张肩重的精神品质。“道义能担肩似铁”，由早期共产党人李大钊手书名联“铁肩担道义，妙手著文章”首句化出。（李大钊亦采自明杨继盛联语：“铁肩担道义，辣手著文章。”）此句既称赞张肩重能担负起革命道义的重担，又按友人要求嵌入一个“肩”字。“精神不动重如山”，此句赞扬张肩重具有坚定的革命精神。这副嵌名联肩、重二字嵌在上下联句中的第五字。它既是对张肩重作为厅长得力助手、承担繁重后勤工作的肯定，也是勉励周围同事、部属都应当具有这样的道义精神。

赠陈铭枢

郭沫若

真理惟马克思主义；
如来是桂百炼先生。

赏析

此联写于1938年夏。陈铭枢（1889—1965），字真如，广东合浦人。北伐时任国民革命军第十一军军长兼武汉卫戍司令。“九一八”事变后任京沪卫戍司令，参加有名的淞沪抗战。抗战期间因派系之争，未受蒋介石重用，任军委政治部指导委员。新中国成立后，任全国人大常委、政协常委等职。1938年在武汉时，郭沫若、陈铭枢均在军委政治部工作，二人过从甚密。陈铭枢曾请郭沫若书联，并将“真如”二字嵌入。郭沫若欣然应允，书成此联。

上联充分表达作者对马克思主义的坚定信仰，深信唯有马克思主义才是革命的真理。

下联转而称颂友人之师、不久之前辞世的桂百炼先生。如来，佛教名词，梵语“多佗阿加佗”的意译，意为从如实之道而来，开示真理的人。如来又为佛祖释迦牟尼十个法号之一，佛常用以自称。桂百炼先生，近代著名佛学家。陈铭枢即桂百炼先生的弟子，曾从其师深研佛学。

这是一副构思巧妙的嵌名联。上联嵌“真”字，下联嵌“如”字。既表明自己信奉马克思主义真理，又称颂友人之师桂百炼先生是如来化身。全用口语写成，切合二人身份。

题玉泉寺

郭沫若

大千世界，尽被鬼子踏碎；
不二法门，惟有抗战到底。

赏析

此联写于1938年10月。玉泉寺，在湖北省当阳县西玉泉山上。始建于隋开皇年间，唐宋时代均有扩建，成为湖北佛教“三大丛林”之一。大雄宝殿内外72柱，全用楠木。殿前石碑上的观音佛像相传为唐代画家吴道子所作。宋代所建玉泉寺铁塔亦名闻遐迩。1938年武汉沦陷前夕，郭沫若陪同张群入川，曾在此寺小憩。因有感于抗战时局，遂在寺内题联。

上联声讨日本帝国主义侵略。大千世界，佛教语，三千大千世界的简称。谓以须弥山为中心，以铁围山为外廓，是一小世界；一千个小世界合起来就是小千世界；一千个小千世界合起来就是中千世界；一千个中千世界合起来就是大千世界。总称三千大千世界。后用以泛指广大无边的世界。这里是说，我国大片国土尽被日本鬼子践踏。

下联表明抗战到底的决心。不二法门，佛教语，意谓直接入道，不可言传的法门。《维摩诘经·入不二法门品》：“如我意者，于一切法无言无说，无示无识；离诸问答，是为入不二法门。”后用来比喻唯一的门径、方法。这里是说，当前唯一办法，只有抗战到底。

此联实为特定历史年代的产物。为在佛教圣地宣传抗日，因用佛家语汇，表达抗战决心，可谓自成一格。

张皇失措

郭沫若

治湘有方，五大政策一把火；
中心何忍？三个人头十万元。

赏析

此联成于 1938 年 11 月。当时，武汉亦已失陷，蒋介石指示湖南当局：“如敌迫近长沙，准备纵火烧城，不资敌用。”11 月 12 日夜，日军距离长沙还远，当地军警即放火烧城，市区烧毁了大半。蒋介石迫于各方面压力，不得不下令军法部组织军事法庭审判肇事者，并发放二十万元救济款。时人据此写了一副讥讽长沙大火的对联。郭沫若亦曾目睹这一历史事件，后在抗战回忆录《洪波曲》中根据这一流传联语加工录入该书。

“治湘有方，五大政策一把火。”抗战初期，张治中时任湖南省政府主席，曾颁布《湖南省政府施政纲要》，内有关于军事、民政、财政、经济、文化五个方面的政策措施。他还秉承蒋介石意旨，组织纵火指挥部，制定烧城方案。上联讽刺张治中治理湘政有方，实行“五大政策”，加上“一把火”。

“中心何忍？三个人头十万元。”三个人头，指湖南省会警备司令酆悌、警备第二团团长徐昆、省会警察局局长文重孚，因受命担任火烧长沙指挥部正副指挥，而成此次事件的替罪羊遭到枪毙。十万元，即蒋介石下令发放的二十万元救济款。下联意谓，国民党最高当局于心何忍，竟以“三个人头十万元”草草了事。

“张皇失措”，既是联语标题，又可作为横批。它与联文合在一起，正好嵌进了“张治中”的名字。可见联语讽刺矛头主要指向时任湖南省政府主席张治中。实际上，造成长沙大火事件的罪魁祸首应是蒋介石。不仅被军事法庭处死的三人做了“替罪羊”，且将全部责任算到张治中头上也是不公正的，毕竟他们都是执行者而已。这一联语流传范围甚广，而且作为一种抗战文化　　现象亦应值得珍视。

挽张曙四联

郭沫若

一

一片血模糊，辨不出那是父亲，那是女儿，父女共捐躯，剩有管弦传革命；

连年战坚苦，端只为救我国家，救我民族，国民齐努力，誓完抗战慰忠魂。

二

慈于为人父，忠于为国民，一死献宗邦，双手未遗弱女；

下之穷黄泉，上之穷碧落，九歌招毅魄，千秋常护旌旗。

三

壮烈唱洪波，洞庭湖畔，扬子江头，唤起了三楚健儿，同奔前线；

点滴遗冷水，八桂城中，七星崖下，痛飞尽满腔热血，誓报此仇。

四

黄自死于病，聂耳死于海，张曙死于敌机轰炸，重责寄我辈肩头，风云继起；

抗敌歌在前，大路歌在后，洪波歌在圣战时期，壮声破敌奴肝胆，豪杰其兴。

赏析

这组挽联写于1938年12月。张曙（1909—1938），安徽歙县人。现代著名作曲家。曾在上海艺术大学和国立音乐学院学习。1933年参加中国共产党，积极投入左翼文艺运动。抗日战争爆发后，参加郭沫若领导的政治部第三厅工作，同冼星海等在武汉展开抗日歌咏活动，致力于抗战歌曲的创作，以所谱《洪波曲》（田汉作词）最为流行。1938年12月25日，在随三厅人员向重庆转移途中经桂林，因遭日寇飞机轰炸，不幸与其幼女同时遇难。郭沫若为此深感悲痛，连续写了《望海潮》词、《挽诗》二首与这四副挽联，以表沉痛哀悼之情。

第一副挽联：

上联首先写出张曙父女不幸遇难的惨景。据作者在《洪波曲》中记述："警报解除后，父女两人被炸死在花园里。女儿抱在父亲的手里已经血肉模糊，父亲的脑袋被炸成了一个空壳。"捐躯，指为正义而牺牲。管弦，指管乐器和弦乐器，也泛指音乐。这里是说，张曙虽已为国捐躯，却留下了他所谱写的两百余首抗战歌曲，仍将激励人们继续斗争。

下联写逝者生前的斗争与生者应有的行动。坚苦，意同"艰苦"。端，副词，正是、真正。这里是说，连年战争异常艰苦，逝者正是为了挽救国家民族而英勇献身。全国人民应当一齐努力，誓将完成抗战与建国大业来告慰烈士的忠魂。

第二副挽联：

上联意在表彰逝者生前的崇高品德。慈，慈爱、爱护子女。《左传·隐公三年》："父慈子孝。"国民，犹国人，本国的人民。亦指具有本国国籍的人，即国家的一员。宗邦，犹祖国。弱女，幼小的女儿。这里是说，张曙作为人父，充满慈爱之心，至死双手都没有放下自己幼小的女儿；作为国民，做到为国尽忠，并以一死报效祖国。逝者生前为国、为家均已尽到自己的责任。

下联写广大文艺工作者对逝者的深情怀念。穷，尽。黄泉，指地下。碧落，指天空，犹言碧空。语见白居易《长恨歌》："上穷碧落下黄泉，两处茫茫皆不见。"九歌，战国时楚国民间祭神的歌曲，屈原据此创作了11篇，亦称《九歌》。毅魄，坚毅的魂魄，犹言忠魂。旌旗，旗帜，此指革命红旗。这里是说，生者上天入地，唱着祭歌，到处寻找烈士忠魂，并且决心永远护卫革命的红旗。

第三副挽联：

上联写张曙当年在各地从事抗日宣传的情景。《洪波曲》，田汉作词，张曙谱曲。洞庭湖，在湖南北部、长江南岸，为全国第二大淡水湖。扬子江，原指扬州以下的长江，亦可泛指长江。三楚，战国时楚地，有西楚、东楚、南楚之分。《史记·项羽本纪》："楚虽三户，亡秦必楚。"说明楚地人民具有传统的反抗精神。这里"三楚健儿"代指宁死不屈、誓与日寇血战到底的中国人民。上联意谓，张曙当年壮怀激烈地高唱《洪波曲》，在洞庭湖边，扬子江头，唤起广大人民，一同奔赴抗日前线。

下联写广大文艺工作者因张曙之死而决心报仇。冷水，即冷水亭，在桂林市郊，张曙父女葬在此处。八桂城，此指桂林市。八桂为广西或桂林的别称。七星崖，即七星岩，在桂林市东、普陀山侧，是一座雄奇深邃的岩洞，向为游览胜地。下联意谓，张曙已将点点滴滴心血都遗留在冷水亭旁，我们无不悲痛欲绝，愿将满腔热血飞溅在桂林地区，誓将为你报仇。

第四副挽联：

上联言几位著名音乐家相继死去，我们应担起革命重责。黄自（1904—1938），江苏川沙人。1924 年赴美学习音乐。1929 年回国从事音乐教学和歌曲创作。作品具有爱国思想和进步倾向。1938 年因病去世。聂耳（1912—1935），云南玉溪人。自幼爱好音乐。1933 年加入共产党。先后谱写《毕业歌》、《大路歌》、《义勇军进行曲》等著名歌曲。1935 年取道日本赴苏联，在日本溺水而死。随着黄自、聂耳、张曙相继去世，重担已寄托在我们肩头，自当继续兴起革命风云。

下联言革命音乐在抗战中所发挥的作用。《抗敌歌》，黄自的代表作。《大路歌》，聂耳的代表作。《洪波歌》，张曙的代表作。圣战，指神圣的抗日民族战争。其，助词，表示肯定抗战文艺宣传活动。这些慷慨悲壮的歌声，定会惊破敌人的肝胆，无数英雄豪杰亦将涌现出来。

这组挽联实由血泪写成，显得声情悲壮。作者对于这位三厅同事不幸遇难异常悲痛，故"情动于衷而形于言"，化为诗、词、联语，哀挽之意绵延不绝。这些长联，内容之充实，感情之深沉，文辞之恳切，诗味之浓郁，在我国抗战时期出现的诸多挽联中也是并不多见的。且与作者同时写成的挽诗、挽词连为一体，能给人以极大的感染和教育。

赠果玲和尚

郭沫若

果决方能精进；
玲珑便是禅机。

赏析

此联写于1939年3月。果玲和尚，四川峨眉山报国寺方丈。平时爱好吟咏，喜与文人交往。郭沫若当时游览报国寺，见该寺住持果玲禅房挂有“峨眉山下一诗僧”的字幅，认为口气太大。经导游伍柳村解释方知，并非住持妄自尊大，这幅字本是蜀中名士赵熙题赠果玲诗中的句子。临别时，果玲向作者求字，郭沫若书赠此联。

上联中，果决，果敢决断，亦即当机立断。精进，佛教语，为成佛的基本功六度之一，要求信徒能持善乐道不自放逸。《无量寿经上》：“勇猛精进，志愿无倦。”此句意谓，只有果敢决断，才能不断精进。

下联中，玲珑，空明的样子。李白《玉阶怨》：“却下水晶帘，玲珑望秋月。”禅机，佛教语，禅宗和尚说法时，用言行或事物来暗示教义的诀窍。此句意谓，处于空明状态便是有了禅机。

这是一副嵌名联，采用鹤顶格，嵌入“果玲”二字。作者应和尚之请即兴题联，就能马上想到功业“精进”，悟出僧人“禅机”，可见作者学识渊博才思敏捷。

赠伍柳村

郭沫若

刚而读书，柔而读史；
仁者乐山，智者乐水。

赏析

此联写于1939年3月。当时，郭沫若曾告假两周回乡探亲。他在去安顺乡为母亲扫墓后，由当地文化人伍柳村陪同游览峨眉山。临别应这位导游要求，书赠此联以作纪念。

上联中，刚，指刚日，犹单日。古代以干支纪日，凡天干在甲、丙、戊、庚、壬五日居奇位，属阳刚，称刚日。《礼记·曲礼上》："外事以刚日，内事以柔日。"梁启超《湖南时务学堂学约》："穷理之功课，每刚日诸生在堂上读书。"柔，指柔日，犹双日。凡天干在乙、丁、己、辛、癸五日居偶数，属阴柔，称柔日。而，作语助，表承递。为与下联"者"字对应。这里作者采用我国传统的说法，意在劝人刚日读书、柔日读史。至于这两句是直接引自古书，还是经过作者组织，有待进一步查考。

下联语出《论语·雍也》："子曰：'知者乐水，仁者乐山。'"朱熹注："知者达于事理，而周流无滞，有似于水，故乐水。仁者安于义理，而厚重不迁，有似于山，故乐山。"这里"知"与"智"通。乐（yào要），喜好。后转为成语"乐山乐水"，比喻各自爱好不同。

此联集自古书成句或采用传统说法，意在勉励伍柳村认真读书、热爱自然。文字典雅蕴藉，实与古人所言"读万卷书，行万里路"之意相通。可以作为读书人的人生箴言。

赠彭桂萼

郭沫若

桂蕊骊骊秋正好；
萼柎炜炜岁常新。

赏析

此联写于1939年间。彭桂萼（1908—1952），云南省临沧县人。抗战时期为西南地区著名诗人。曾任中华文艺界抗敌协会理事，主编《警钟》季刊，著有《震声》、《澜沧江畔的歌声》、《边塞的军笳》等诗集。1939年间，郭沫若曾应其要求书赠此联。

上联中，桂蕊（ruǐ），桂花的花蕊。骊（lí）骊，并列、并驾。汉代张衡《西京赋》："骊驾四鹿，芝盖九葩。"薛综注："骊，罗列骈驾之也。"这里是说，桂树上的花蕊罗列枝头含苞待放，正是秋光最好的时节。

下联中，萼柎（è fū），花萼与花蒂，常用以比喻兄弟。《诗·小雅·常棣》："常棣之华，鄂不韡韡。凡今之人，莫如兄弟。"鄂为萼的错字；不，通柎，萼的底部。以花萼柎相依指兄弟之亲，后因以"萼柎"作兄弟关系密切之典。炜炜，意同"韡韡"，光彩炫耀，光明、美盛之貌。这里是说，花萼与花蒂光彩耀人，让人产生岁月常新之感。

这是一副典型的嵌名联。既以鹤顶格嵌诗人"桂萼"名，又在首句出现其弟"桂蕊"之名。此联用语端庄雅丽，对仗工整，明在写景，实为写人。作者在写出桂花盛开时节大好秋光的同时，利用"萼柎"一词所喻含义，由花及人，祝愿兄弟二人诗歌创作亦与岁月常新。

赠魏蓉芳

郭沫若

莫学芙蓉空有面；
应效芬芳发自心。

赏析

此联写于1940年秋。魏蓉芳是郭沫若侄儿郭培谦的妻子。1940年的一个秋夜，郭沫若、于立群、郭培谦、魏蓉芳一起在书房摆龙门阵（四川方言，闲谈聊天）。郭沫若为鼓励侄媳好学上进、艰苦朴素，信手写了这副联语。

上联中，芙蓉，此指木芙蓉，俗称"芙蓉花"。落叶灌木，秋季开花。花呈白或粉红色，栽培供人观赏。五代蜀后主时，成都城上遍植木芙蓉，因名“芙蓉城”。从此芙蓉城成了成都市的别称。此句意谓，莫学芙蓉花那样空有表面上的漂亮，意在劝告侄媳不要追求穿着打扮，生活上需艰苦朴素。

下联中，芬芳，本谓香气，亦喻人之品德美好。东汉崔瑗《座右铭》：“行之苟有恒，久久自芬芳。”此句意谓，应当仿效贤者，有着发自内心的美好品德。

这是一副嵌名联，采用蜂腰格，上下句中间第四字嵌有侄媳之名“蓉芳”二字。内容亦深入浅出，能给人以启示教育，可作为人生格言，勉励和警策年轻一代不要光注重外表、华而不实，而应追求内心世界的完美，具有高尚的情操。

勉三厅同志

郭沫若

大河前横，流水今日；
生气远出，明月雪时。

赏析

此联写于1940年秋。当时，国民党反动当局正策划第二次反共高潮，竟限令政治部第三厅全体人员必须加入国民党，否则即作自动离厅论处。郭沫若当即表示反对，并指出：“入党不入党，抗日是一样抗的；在厅不在厅，革命是一样革的。”在他的带领下，三厅同志集体辞职，不少人想奔赴延安。蒋介石又怕这些文化人都去延安，国内外影响不好，因而决定成立文化工作委员会，仍由郭沫若主持。此联即为郭沫若题赠当时行将离厅奔赴延安的同志们。

上联中，大河前横，当时三厅所在地重庆，地处嘉陵江与长江汇合处，故言大河前横。上联意谓，今日形势犹如横在我们面前的大河，水流奔腾向前，其势不可阻挡。

下联中，生气，指生命活力。明月雪时，化用南朝宋诗人谢灵运《岁暮》诗中“明月照积雪，朔风劲且哀”的诗意。下联意谓，生气勃勃的革命者将要远行，天上明月在雪夜中仍发出皎洁的光辉。

此联采用四言诗的形式，借景抒情，寓意含蓄。作者由重庆眼前大河，想到延安明月雪夜，想象丰富，意象鲜明，给远行者以热情的勉励和深深的祝福。

赠李可染

郭沫若

可否古今尽人事；
染点翰墨侔天工。

赏析

此联写于20世纪40年代初。李可染，1907年生，江苏徐州人。早年毕业于上海美术专门学校、杭州国立西湖艺术学院研究部。后长期从事国画理论研究与创作。新中国成立以后，历任中央美术学院教授、中国美术家协会副主席。抗日战争期间，曾在郭沫若主持下的军委政治部第三厅和文化工作委员会从事文化宣传工作。郭沫若为他写了不少题画诗，还以此联相赠。

上联中，人事，指人世间的各种事物。杜甫《小至》：“天时人事日相催，冬至阳生春又来。”此句意谓，能不能将古往今来人世间的各种事物……

下联中，染点翰墨，指挥笔作画。染点即点染，为嵌名需要而倒置，画家点笔染翰称点染。翰墨，笔墨。侔（móu），相等。《庄子·大宗师》：“畸人者，畸于人而侔于天。”此句意谓，挥笔作画达到与天工相等的地步。

这是一副嵌名联，采用鹤顶格，嵌入“可染”二字。又是一副流水对，上下两联意思贯串一气呵成。全联实即意谓，能否将世上各种事物绘制成画，达到巧夺天工的意境？这里既充分肯定了李可染绘画的高度艺术技巧，又含蓄地启发友人尚可扩大国画的题材。

赠林维中

郭沫若

宛转汀迷湘岸远；
芊绵草接楚山平。

赏析

此联写于1941年间。林维中系我国现代戏剧家田汉的夫人，当时因“生活态度上的深刻分歧”而分手，后脱离夫妻关系。1941年间在重庆，林维中曾请郭沫若题字，作者遂以此联相赠。

上联中，宛转，辗转曲折。汀（tīng），水边平地、小洲。迷，迷路，分辨不清。湘，湘江、湘水。此句意谓，辗转曲折的小洲啊，让人分辨不清，方知距离湘江的岸边已远。田汉是湖南长沙人，且二人不久前从长沙撤退至重庆，故有宛转汀迷湘江已远之感。

下联中，芊绵，草木茂密繁盛。唐李白《当涂赵炎少府粉图山水歌》：“东崖合沓蔽轻雾，深林杂树空芊绵。”楚山，即荆山，在湖北省西部、汉江西岸。相传春秋楚人卞和得璞玉于此。联中以荆山之玉喻林维中，且以楚山对湘水、湖北对湖南亦工。这里似从重庆山城远望，天涯芳草茂密繁盛，仿佛连接远方的楚山。四川东部多高山，故远望湖北荆山有平地之感。

此联寓情于景，委婉含蓄。就其内容，无须过多联系抗战局势，而应侧重考虑田汉夫妇感情失和。这样既符合题赠对象的特定身份与要求，又能给人以吟咏回味的余地。难怪林维中深爱此联，后来一直挂在北京的寓所内。

题鲁迅浮雕像

郭沫若

返国空余挂墓剑；
斫泥难觅运风斤。

赏析

此联写于1942年10月。郭沫若在创作历史剧《孔雀胆》的过程中，曾得到昆明一位朋友杨亚宁的帮助。同年10月8日，杨亚宁写信给郭沫若，说自己托人从重庆购得一座鲁迅石膏浮雕像，要求郭沫若题写一副对联以衬左右。郭沫若因感激“亚宁盛意”，随即写成此联寄上。联后尚有附言：“余与鲁迅素未谋面而时受其斥责，虽当时受之每有难忍之处，但今则求之而不可得矣。”作者坦率而真诚地表达了自己对于鲁迅的怀念之情。

上联中，挂墓剑，亦作“挂剑”。典出《史记·吴太伯世家》：“季札之初使，北遇徐君。徐君好季札剑，口弗敢言。季札心知之，为使上国，未献。还至徐，徐君已死，于是乃解其宝剑，系之徐君冢树而去。从者曰：‘徐君已死，尚谁予乎？’季子曰：‘不然。始吾心已许之，岂以死倍吾心哉！’”这里记载了吴国季子与徐国国君的一段生死情，后人遂以“挂剑”比喻对亡友守信义，或喻生死不变的友谊。上联意谓，自己从日本返国，鲁迅已经去世，只有空留下内心对鲁迅一片诚挚敬仰之情。

下联中，斫（zhuó），砍；斫泥，除去污泥。斤，斧子；运风斤即“运斤成风”。典出《庄子·徐无鬼》：“郢人垩漫其鼻端，若蝇翼，使匠石砍之。匠石运斤成风，听而斫之，尽垩而不伤鼻，郢人立不失容。”郢人以白粉涂鼻，让匠人用斧砍之。这则庄子寓言比喻手法纯熟，神乎其技。下联意谓，今日想再请人运斤斫泥，亦已难觅。亦即自己身上偶有污染，想再找鲁迅那样精湛的文笔批评剔除，已经很难了。

此联为流水对，上下句意思

连贯，切人切事。联文用典含蓄，意蕴深沉。此中象外之旨，如空余墓树挂剑之人；弦外之音，如难觅运斤成风的高手；均能给人留下诸多思索回味的余地。作者对于友人，生而多有误解，死而两心相知，也已尽情表露于联语之中。这种真诚服膺鲁迅、严于律己的精神，让人为之感佩，尽显大家风范。

题聚贤楼

郭沫若

大东家，大方家，法天法地，师古师今，难得一楼新宝贝；

卫夫子，卫娘子，聚民聚财，贤劳贤德，真成双料活神仙。

赏析

此联写于 1943 年 12 月。当时，著名文物考古学家卫聚贤，在重庆开设茶座，取名“聚贤楼”。抗战后期国势维艰，卫聚贤夫妇既为解决自家生计，亦为重庆文化人提供聚会场所，遂有此举。茶楼开张之日，郭沫若特来道贺，还即兴题写了这副亦庄亦谐、意趣盎然的联语。

上联就这位学者、法师开店加以调侃。东家，原指旧社会的寓主、雇主。郭沫若曾与卫聚贤一起从事考古发掘工作，现在友人又成茶楼主人，故以此戏称。方家，指精通某种学问或艺术的专家。卫聚贤精通文物考古，堪称大方之家。法天法地，即效法天地。《易·系辞上》：“崇法天，卑法地。”师古师今，即效法古今。《书·说命下》：“事不师古。”一楼新宝贝，戏称在座前来道贺的各界人士。需要指出的是，上联有意嵌入“大法师”三字，因卫聚贤曾自号卫大法师之故。

下联戏说卫氏夫妇定然经营有方，过上神仙生活。夫子，旧时对读书人的称呼。卫娘子，即卫聚贤夫人。聚民聚财，聚集民间钱财，此指经营有方。贤劳贤德，赞美卫氏夫妇，一为贤劳（贤者多劳）之士，一为贤德（贤良有德）夫人。双料活神仙，此指夫妇两人真是双料的活神仙。下联自然嵌入“卫聚贤”三字。

此联雅俗共赏，自成一格。联中“大东家，大方家，法天法地，师古师今”对“卫夫子，卫娘子，聚民聚财，贤劳贤德”，以其雅号（大法师）对其真名（卫聚贤）；“一楼新宝贝”对“双料活神仙”，以客人（各界知名人士）对主人（卫氏夫妇）。属对工巧，谑而不伤，信手拈来，皆成妙语。堪称大家手笔。

书为杨作权

郭沫若

中囿夕阳华亚若；
平原零雨草萋其。

赏析

此联写于抗日战争后期。杨作权当时为重庆清真百龄餐厅经理。这家餐厅位于较场口附近，成了重庆进步文化界人士经常聚会的场所。1943 年重庆纪念鲁迅诞辰的活动，就是在这里举行的。杨作权为人正直，加上过去在古物陈列馆工作过，与郭沫若有相同的爱好，二人一度交往甚密。郭沫若曾应杨的要求，节石鼓文书联相赠。

石鼓文为我国现存最早的刻石文字，在十块鼓形石上，每块各刻四言诗一首，内容歌咏秦君游猎情况，书体采用秦始皇统一文字前的大篆，即籀文。郭沫若赠联文字节自石鼓文，并用大篆体写成。联上原有“子辉老兄雅正，节石鼓文”字样。

上联中，中囿（yòu），据宋代刘恕《通鉴外纪》，古称九州为九囿，中囿乃人皇所居，以统制其余作为辅佐的八囿，这里借指国民党当时的统治中心重庆。华，通“花”，草木的花。亚若，低垂、衰败的样子。若，作形容词词尾，犹“然”。上联意谓，人皇所居之地夕阳西下百花凋零，意在揭示国民党统治区中心重庆的黑暗现实。

下联中，平原，广阔平坦的原野，这里借指解放区。零雨，徐雨、小雨。《诗·豳风·东山》："我来自东，零雨其濛。"萋其，草木茂盛的样子。其，作形容词词尾，犹"然"。下联意谓，北方广大原野下着小雨，草木特别茂盛，以此象征解放区一片欣欣向荣。

这副联语自成一格。集石鼓文，书大篆体，形式颇为典雅；多用古语，借助象征，内容更为含蓄。中囿之花亚若、平原小草萋其，对照强烈，意象鲜明，蕴藉含蓄，托寄遥深，给人留下不少思索和回味的余地。

挽邹韬奋

郭沫若

瀛谈百代传邹子；
信史千秋哭贾生。

赏析

此联写于1944年10月。邹韬奋（1895—1944），江西余江人。著名政论家、出版家。毕生从事新闻出版事业，主编《生活周刊》，创办生活书店。20世纪30年代起积极投入抗日救亡运动。1935年遭国民党反动当局逮捕，直至抗战爆发后获释。在上海、武汉、重庆相继主编抗战刊物。皖南事变后，被迫流亡香港。1942年赴苏北解放区。次年秘密去上海治病。1944年7月病逝。同年10月1日，重庆各界召开追悼会，郭沫若为主祭人之一，并献挽联致哀。

上联中，"瀛谈"一词似由古人诗句化出。李白《梦游天姥吟留别》："海客谈瀛洲，烟涛微茫信难求。"瀛洲为传说中的海上神山。瀛谈则有海外言谈之意。邹子，指邹韬奋。子为古代对有学问有修养男子的尊称。这里是说，海外永远谈论、传颂邹韬奋之名，亦即邹子名扬海外。

下联中，信史，为翔实可信的史籍。贾生，即贾谊，西汉杰出的政论家、辞赋家。曾任太中大夫、长沙王太傅。年仅33岁即郁郁而死。这里以贾生喻邹韬奋。此句意谓，千秋信史记载着人们痛哭贾生。今日邹子亦然，也将载入千秋信史。

此联用语凝练，虚实结合。或就邹子实言，或以贾生喻指。百代与千秋可作互文。可见作者联语艺术已臻化境。

应对柳亚子

郭沫若

才子居然能革命；（柳亚子）
诗人毕竟是英雄。（郭沫若）

赏析

此联成于 1944 年 11 月。当时，柳亚子由桂林抵重庆，与郭沫若过从甚密。一日二人相偕外出，路过豪华酒家，看到国民党权贵们正在里面寻欢作乐。柳亚子极为气愤，骂道：“这伙人刮民脂民膏，吃山珍海味，干祸国殃民，要革他们的命！”言毕，信口吟道：“才子居然能革命！”郭沫若在旁随口应曰：“诗人毕竟是英雄。”自然构成一副应对联语。

上联系柳亚子即兴自称，惊讶于竟能站出来革这伙国民党权贵们的命。才子，通常是指有才华的人。晋代潘岳《西征赋》：“终童山东之英妙，贾生洛阳之才子。”

下联中，郭沫若深知友人含有自我解嘲之意，当即随口应对，称颂柳亚子作为国民党左派人士和南社著名诗人，毕竟是位抗日反蒋的英雄。

这副即兴应对的联语，看似游戏之作，实有深刻寓意，完全符合作者由文人而投身革命的经历，已成二人战斗一生的写照。既是诗人才子，又是革命英雄，可谓当之无愧。难怪柳亚子对此相当珍视，事后特请金石学家曹立庵将联语刻成印章保存。

挽沈振黄

郭沫若

民主前途，欲明还暗；
我兄高义，虽死犹生。

赏析

此联写于1945年4月。沈振黄（1912—1944），浙江嘉兴人。为青年画家，曾任上海开明书店美术编辑。抗战时期在柳州第四战区司令部任职。1944年，日军为打通北京到广州、南宁的大陆交通线，集中兵力向湖南、广西发动进攻，国民党军队望风溃逃。同年11月，沈振黄在柳黔线上检查工作，亲自帮助一批批文化人撤往后方，直到日寇逼近才搭车撤离。途中有一老妇要求上车，他不顾连日疲劳，主动让出座位，自己爬上车顶，汽车行至转弯处，不幸坠地身亡。1945年4月，开明书店、三联书店在重庆举行沈振黄追悼会，郭沫若致悼词，并献挽联致哀。

上联是对国内政局的真实写照。当时已处抗日战争胜利前夕，广大抗日军民在共产党领导下，为最后战胜日寇、建设新中国而奋斗。国民党反动当局却依然奉行消极抗日、积极反共的方针。整个国民党统治区还陷于黎明前的黑暗之中，和平民主前途，依然欲明还暗。

下联中，高义，行为高尚合于正义。《战国策·齐二》："夫救赵，高义也；郤秦兵，显名也。"这里盛赞"我兄"投身抗战舍己为人的英雄行为，既抒发了自己，也表达了全体爱国人士的深切哀悼之情。

此联言简意明，切中时弊；哀挽之忱，情见乎辞。

挽范旭东

郭沫若

老有所终，壮有所用，少有所长；
天不能死，地不能埋，世不能语。

赏析

此联写于1945年10月。范旭东（1884—1945），湖南湘阴人。我国化学工业开拓者。早年留学日本。回国后在天津创办久大盐业公司和永利制碱公司。1934年又在太原开办硫酸铵厂。抗日战争爆发后，顶住日本侵略者威胁利诱，将工厂迁入四川，积极支持抗战。1945年10月病逝于重庆，郭沫若撰送挽联致哀。

上联写出范旭东一生各个时期所作的贡献。少有所长，指范旭东少年时代学有所长，早年毕业于日本京都帝国大学。壮有所用，指进入人生壮年之后，曾在南京临时政府财政部任职，还陆续创办化学工厂和建立化学工业研究所，成为我国化学工业的开拓者。老有所终，指在逝世之前不久还赴美国考察，想为抗战胜利后的和平建国继续作出贡献。

下联极言逝者影响，表示沉痛哀悼。天不能死，像老天一样永远不死。地不能埋，地亦不能埋葬，意谓永在人间。世不能语，整个世界都很沉痛，以致说不出话来。

文字朴实无华，却又言浅意深。上联三个“有”字，对其一生作出高度评价；下联三个“不”字，更将逝者影响推向极致。生荣死哀，表露无遗。

挽杨潮

郭沫若

天下待澄清，党锢无端戕孟博；
江南余瘴疠，招魂何处哭灵均。

赏析

此联写于1946年5月。杨潮(1900—1946)，笔名羊枣，湖北沔阳人。现代著名新闻记者和国际问题专家。曾任苏联塔斯社驻上海记者，兼中国新闻学院教授。常为《申报》等报刊撰稿，尤擅军事评论，著译颇丰。1945年被国民党反动当局逮捕，受尽折磨，死于狱中。1946年5月19日，上海各界联合举行杨潮追悼会，郭沫若主祭，并献挽联致哀。

上联无情揭露国民党反动当局的黑暗统治。天下待澄清，作者感叹时局的浑浊，指出当时国民党统治的天下有待彻底澄清。党锢，即党锢之祸。东汉末年，宦官专权，政治腐败。大臣李膺、陈蕃等人，结交太学生，与宦官集团展开斗争。结果被专权宦官诬指为诽谤朝廷的“党人”，受到残酷镇压，前后有数百人被处死或下狱，遭免官、禁锢、流放者更是不计其数，史称“党锢之祸”。戕（qiāng），残害、危害。孟博，即遭党锢之祸的范滂。东汉名士范滂，字孟博，曾为汝南太守宗资属吏。任事期间，为人刚直，反对宦官，抑制豪强。被宦官视为“党人”，曾两度被捕，死于狱中。这里是说，党锢之祸使孟博无缘无故地被杀害。作者以此喻指杨潮之死。

下联表达对于逝者沉痛哀悼之情。瘴疠（zhàng lì)，南方山林湿热地带流行的恶性疾病。语出唐杜甫《梦李白》：“江南瘴疠地，逐客无消息。”首句就向人们指出，江南地区瘴疠盛多，瘟疫流行。借以形象地揭示国民党统治区的黑暗。灵均，即古代伟大爱国诗人屈原，字灵均。一生热爱楚国，主张联齐抗秦。因遭投降派政治陷害，被楚怀王放逐，结果投江而死。这里是说，杨潮已死，何处招魂，只有痛哭而已。

此联用典贴切自然，感情激越深沉。以古代死于党祸的范孟博与遭谗被逐的屈原喻逝者，无情揭露国民党反动派的黑暗统治。联语对仗工稳，平仄协调，含蕴深沉，一片哀怨愤激之情溢于言表。

挽李公朴闻一多

郭沫若

求仁得仁何怨；
先天而天弗违。

赏析

此联写于 1946 年 10 月。李公朴（1902—1946），江苏常州人。爱国民主战士。20 世纪 30 年代起致力于抗日救亡运动与群众文化教育工作。为“救国会七君子”之一。闻一多（1899—1946），湖北浠水人。现代著名诗人、学者。曾任青岛大学、清华大学教授。抗日战争胜利后，二人均为中国民主同盟中央执行委员，积极投入反对内战独裁、争取和平民主的斗争。1946 年 7 月，在昆明相继被国民党特务暗杀。同年 10 月 4 日，上海各界五千人举行追悼李公朴闻一多大会，郭沫若作为主席团成员发表讲话，并献挽联致哀。

上联语出《论语·述而》：“求仁而得仁，又何怨?”求仁得仁，如愿以偿的意思。这里是说，李、闻二人亦已求仁得仁，还有什么可怨呢？他们为争取和平民主的正义事业献出了宝贵的生命，正激起广大人民前仆后继展开不屈不挠的斗争。

下联语出《易·乾》：“先天而天弗违，后天而奉天时。”朱熹注：“先天不违，谓意之所为，默与道契。后天奉天，谓知理如是，奉而行之。”先天而天，谓先于天时而行事。弗违，不要违反。这里是说，应先于天时行事，不要违背它。此指李公朴、闻一多投入爱国民主斗争，先于天时，符合民意，走在人们的前头。

此联集自《论语》、《周易》，内容深刻含蓄。既具传统文化内涵，又富现实斗争精神。亦属哀挽佳作，让人回味深思。

偶　对

郭沫若

郝鹏，郝鹏举，幸好多此一举；
陈诚，陈诚武，真正止戈为武。

赏析

此联写于1947年1月。《文萃》周刊第2卷第21期发表时，原有作者说明："近见《新华社通讯》载蒲县战役中有放下武器之国军第六十七旅副旅长陈诚武少将一名，因忆及往年曾有出上联索对，为'郝鹏，郝鹏举，何必多此一举'者。此上联略加改正，可对之如下：……微嫌'武'字仄声，不甚谐适耳。"可见联语写作"本事"。

上联中，郝鹏，抗战时期曾任伪淮海省省长，因事去职，调到南京，汪精卫派郝鹏举继任。时人据此编了一则歇后语："郝鹏南下——多此一举。"郝鹏举，曾任国民政府军第三十军参谋长。抗战爆发后投靠汪伪政权，任伪军第一集团军参谋长、淮海省省长兼保安司令。抗战胜利后，改编为国民党第六路军，任司令。1946年1月，在我军强大政治、军事攻势下，于山东莒县率部起义。1947年2月莱芜战役前夕又叛变投敌，不久被我歼灭。联中何以说"幸好多此一举"？既因"郝鹏举"这个名字恰好比"郝鹏"多了一个"举"字，也因此人反复无常，有助于我们认清国民党军队的本质。

下联中，陈诚，蒋介石嫡系将领。第三次国内革命战争时期任国民政府军总参谋长，先后指挥国民党军队进犯我山东、东北解放区。陈诚武，国民党军队第六十七旅少将副旅长，在蒲县战役中放下武器投诚。止戈为武，语出《左传·宣公十二年》："潘党曰：'臣闻克敌，必示子孙，以无忘武力。'楚子曰：'非尔所知也，夫文，止戈为武。'"按楚子意谓"武"字从"止"从"戈"，平定暴乱，止息兵戈，方是真正的武功。这里肯定陈诚武放下手中武器向人民投诚之意，亦在告诫陈诚同样应该勒马收兵，停止内战。

此联题名《偶对》，显系偶成即兴之作，却又颇具讽刺意味。联中嵌名与复字综合运用，给人以亦庄亦谐之感，而其讽喻意义也是很明显的。

赠马寅初

郭沫若

枳棘成而刺；
担黎食之甘。

赏析

此联写于 1947 年间。马寅初（1882—1982），浙江嵊县人。我国著名经济学家、教育家。早年留学美国，获经济学博士学位。回国后曾任北京大学、南京中央大学教授，国民政府立法委员。1938 年出任重庆大学商学院院长，致力于战时经济问题研究。他曾讲演、著文，痛斥党国要人贪污腐化，主张向发国难财者征收“临时财产税”，公开抨击“四大家族”。国民党反动当局竟于 1940 年 12 月将其逮捕入狱，并在江西上饶、贵州息烽集中营关押达数年之久。获释后继续参加爱国民主运动。1947 年，郭沫若书赠此联，以赞扬其不屈不挠的斗争精神。

上联言马氏对于国民党当局犹如枳棘成而刺人。枳（zhǐ）亦称“枸橘”，其茎多刺，果实小而味酸，可以入药。棘（jí），俗名“酸枣”，多刺，亦可入药。《韩非子·外储说左下》：“树枳棘者，成而刺人。”此句意谓，马寅初不畏邪恶，锋芒毕露，对于国民党当局，犹如针刺一样。

下联言马氏对于人民大众亦如枳棘可以入药。担黎，荷锄挑担的黎民，即劳苦大众。此句紧接上联之意，国民党当局视枳棘为针刺，而黎民百姓却以它的果实入药，让人甘之如饴，借以喻指马寅初受到广大民众的爱戴。

此联用语典则，言简意深。作者采用流水对的格式，将受赠者喻之为“枳棘”以联系上下句。喻体于敌成而刺人，于民可为良药；反动当局视若针刺，人民大众食之心甘。通过二者鲜明对照，盛赞友人高风亮节。

题韬奋图书馆

郭沫若

韬略终须建新国；
奋起还得读良书。

赏析

此联写于1948年10月。关于韬奋图书馆的设立，有个漫长演变的过程。1944年7月，邹韬奋病逝于上海。同年10月，周恩来代表中共中央亲自主持纪念邹韬奋筹备会，倡议在重庆设立韬奋图书馆。当时重庆在国民党统治下，此议很难实现。1948年10月，各界进步人士才又重议此事。郭沫若时在香港，闻讯写了这副对联。结果亦未如愿。1956年，中央文化部决定在上海重庆南路万宜坊建立韬奋纪念馆。郭沫若关于韬奋的两副对联均悬于馆内。

上联中，韬略，即《六韬》、《三略》，古代的两部兵书，后用以称用兵的谋略。此句意谓，运用种种韬略最终仍须建立新的国家。这里明显预示人民解放战争终将赢得新中国的诞生。

下联中，良书，好书，指进步书籍。作者紧扣图书馆而言，说明读书对于人们成长的意义。阅读好书，可启迪智慧，增广见闻，让人奋发有为。这也正是邹韬奋当年创办《读书》周刊与生活书店的愿望。

这是一副嵌名联，采用鹤顶格，嵌入“韬奋”二字。内容则围绕读书、建国展开，紧扣题意，切人切时，以勉励后人自强不息。

赠侯外庐

郭沫若

公生明，偏生暗；
智乐水，仁乐山。

赏析

此联写于1948年11月。侯外庐（1903—1987），山西平遥人。现代著名哲学史家。1927年赴法国留学，次年在巴黎加入共产党。1930年回国后失去组织关系，长期从事大学教育与中国思想史研究。1951年重新入党。历任政务院文教委员会委员、西北大学校长、中国科学院哲学社会科学学部委员与历史研究所所长。1948年11月，郭沫若与侯外庐同船由香港赴北平，途经东北解放区。据侯外庐回忆：他在沈阳一家古玩店购得一枚闲章，上面刻有“公生明偏生暗”六字。因郭沫若喜欢遂以此相赠。郭沫若则用闲章上的话配成一副对联，书以答谢友人。

上联语见《荀子·不苟》：“公生明，偏生暗，……君子慎之，而禹、桀所以分也。”公，公正、正直无私。偏，偏私、不公正。后则以此作为封建时代官场箴规，意谓公正产生光明（使人明白事理），偏私则生阴暗（令人愚昧糊涂）。

下联语出《论语·雍也》：“子曰：‘知者乐水，仁者乐山。’”朱熹注：“知者达于事理，而周流无滞，有似于水，故乐水；仁者安于义理，而厚重不迁，故乐山。”知，通“智”。乐（yào），爱好。后以成语“乐山乐水”，比喻各人爱好不同。联中亦喻二人彼此在学术上各有专攻。

此联集自古语，颇富哲理意味。无论从政、治学，还是待人接物，均可从中得到有益启示。

赠李一氓

郭沫若

国有干城扶赤帜；
民之喉舌发黄钟。

赏析

此联写于1949年1月22日。当时郭沫若正秘密离开香港，途经东北赴北平参加中国人民政治协商会议。1月22日，在沈阳会见阔别多年的故友李一氓，晤谈之后，书赠此联。李一氓(1903—1990)，四川彭县人。老一辈革命家。1925年加入共产党，1927年参加南昌起义。此后在江西瑞金、陕北延安、东北大连等地均担负党的重要工作。郭沫若书赠此联，意在赞扬与鼓励战友成为国家的捍卫者和人民的代言人。

上联中，干城，喻国家的捍卫者。干，盾牌，古代作战作抵御箭矢之用。城，城堡，可供防守。语出《诗·周南·兔罝》："赳赳武夫，公侯干城。"扶赤帜，手持或执掌红旗，含有指挥战斗和指引方向之意。

下联中，喉舌，原喻国家的重臣，特指御史之类的言官。语见《诗·大雅·烝民》："出纳王命，王之喉舌。"后亦引申为代言人。黄钟，古代音乐十二律之一，声调最为洪大响亮。《周礼·春官·大司乐》："乃奏黄钟，歌大吕，舞云门，以祀天神。"这里是说，应当成为人民的代言人，时时发出洪大响亮的声音。

作者身处历史变革的重要时期，能高屋建瓴，对于友人（包括自己）提出更高要求。身为"国有干城"，应作"民之喉舌"，无论从政从文，均须牢记于心。用词准确，律对精严，实为大家手笔。

题东北图书馆

郭沫若

宋人方守株待兔；
大道以多歧亡羊。

赏析

此联写于 1949 年 1 月。当时，郭沫若由香港赴北平途经沈阳，东北文物保管委员会请求为东北图书馆题词，郭沫若欣然应允题写此联。

上联中，守株待兔，典出《韩非子·五蠹》：“宋人有耕者，田中有株，兔走触株，折颈而死。因释其耒而守株，冀复得兔。兔不可复得，而身为宋国笑。”后以此比喻企图不经过劳作而得到意外的收获。上联意谓，我们应以“宋人”为训，不要“守株待兔”，妄想不劳而获，只有刻苦读书，才能取得成功。

下联中，多歧亡羊，亦作“歧路亡羊”，典出《列子·说符》：杨子的邻居丢失一羊，派出多人，均未找到。杨子问他何以没有找到，邻居说，大路上岔道很多，岔道上又有岔道，羊不知道往哪里去了。后以此比喻情况复杂多变，找不到正确的方向，容易误入歧途。下联启示人们，无论读书还是治学，须知大道多歧，目标需要集中，应有明确方向。

此联实由两个寓言故事构成，蕴藉含蓄，启人深思。这也正是作者自己读书实践的经验之谈。因典故本身原有多重含义，除可作上述解释外，亦在告诫读书人切忌经验狭隘不知变通，或泛而不专终无所成。作者学识渊博，见解高人一筹。这里既教人读书求知的道理，又教人立身处事的准则。也许正因为此，联语深得读者的喜爱，至今仍悬挂在辽宁省图书馆内。

书应求者

郭沫若

偶地安居，满庭芳草；
观化知命，数点梅花。

赏析

此联写于1950年间。今据《郭沫若遗墨》收录。联上附言："此联乃1950年所书，联语系应求者所提示，写就未付。上联偶字疑是遇字之误。1966年春，沫若补题。"郭沫若之女平英有所说明："字现存家中。求者是谁，不详。"

上联"偶地安居"，意近"随遇而安"，亦即处于各种境遇之下都能安然自得满足现状。作者后指出"偶字疑是遇字之误"，实际"偶"字亦可作遇解释。唐代诗人綦毋潜《春泛若耶溪》："幽意无断绝，此去随所偶。"满庭芳草，宋有词牌《满庭芳》，即采唐融诗"满庭芳草易黄昏"而得名。芳草，香草，常喻有德之人。宋刘攽《秦州玩芳亭记》："自诗人比兴，皆以芳草嘉卉，为君子美德。"这里是说，只求满庭芳草，即可偶地安居。

下联"观化知命"，意谓观察世事变化，认识一切都是命运安排的结果。命，上天的旨意，命运。数点梅花，宋朱敦儒咏梅词《鹊桥仙》："横枝纤瘦有如无，但空里疏花数点。"这里数点梅花与上联满庭芳草，皆赏心悦目之景物，借以表现对偶地安居、观化知命的自足自乐。

此联文字虽典雅工丽，思想意境却趋于消沉，也许这正是"应求者所提示"的结果。

题杜甫草堂

郭沫若

世上疮痍，诗中圣哲；
民间疾苦，笔底波澜。

赏析

此联写于1953年4月。杜甫草堂，在四川省成都市西南郊浣花溪畔，为唐代大诗人杜甫流寓成都时的故居。内有工部祠、诗史堂等建筑物和杜甫石刻像等遗迹。1954年在原有基础上建立杜甫草堂纪念馆，为全国重点文物保护单位。1953年4月，郭沫若应约为筹建中的纪念馆题词。后悬于该馆诗史堂内。

上联中，疮痍，创伤，比喻战乱之后的破败景象。杜甫《北征》："乾坤含疮痍，忧虞何时毕?"圣哲，有超凡的道德才智的人。屈原《离骚》："夫维圣哲以茂行兮，苟得用此下土。"宋洪兴祖补注："睿作圣，明作哲；圣哲之人，以有甚盛之行，故能使下土为我用。"这里是说，唐代社会经"安史之乱"以后，世上满目疮痍；杜甫感时伤世忧国忧民，堪称诗中圣哲之人。这也正是后世人们称杜甫为"诗圣"的原因。

下联中，波澜，浪涛。杜甫《敬赠郑谏议十韵》："毫发无遗恨，波澜独老成。"后多用以比喻文章的浩瀚壮阔或思潮的起伏变化。这里是说，杜甫了解民间疾苦，写诗则感情充沛文思泉涌，笔下如浪涛起伏，撼人心魄。

此联属对工稳，言简意明。采用诗的语言概括杜甫诗歌思想内容与艺术成就，自能给人留下深刻印象。这是一副典型的当句对，左右上下各自成对，而且节奏明快，声韵悦耳，给人一种特殊的对称美和古朴典雅的感受。值得注意的是，郭老八言联中有不少当句对的佳作。

题西安人民大厦

郭沫若

勉哉吾党二三子；
猗欤广厦千万间。

赏析

此联写于1955年5月4日。西安人民大厦，在西安市新城区，1953年建成，主要用于接待外宾与会议代表。1955年5月初，郭沫若赴印度参加亚洲国家会议归国途中，经西安在此小住，应请题写中堂一幅、对联一副。

上联化用韩愈诗句《山石》："嗟哉吾党二三子，安得至老不更归。"化"嗟"为"勉"，另出新意。勉，努力、尽力。哉，语气助词，表示感叹。吾党，我的同乡、乡党。《论语·公冶长》："吾党之小子狂简。"二三子，诸位、几个人。《论语·阳货》："子曰：'二三子，偃之言是也。'"这里是说，努力啊，同行的诸位友人，亦即愿与友人共勉。

下联化用杜甫《茅屋为秋风所破歌》中诗句："安得广厦千万间，大庇天下寒士俱欢颜。"猗欤（yī yú），同"猗与"，赞美词。《诗·周颂·潜》："猗与漆沮，潜有多鱼。"广厦，大屋。这里是说，啊，了不起，这里出现了广厦万间，意在惊叹人民建设的伟大成就。当年杜甫"安得"，表示希望；今日诗人"猗欤"，表示赞叹。两个时代两种境界。

此联化用古代诗人成句，显得典雅大方。上句"吾党二三子"，切合来宾身份；下句"广厦千万间"，又与题旨相应。勉哉、猗欤，均属赞叹勉励语气，让人为之欢欣鼓舞。

题成都四中校庆

郭沫若

爱祖国，爱人民，为建设社会主义而学习；
求真理，求技艺，愿增进文翁石室之光荣。

赏析

此联题于1956年间。成都四中为郭沫若母校。这是一所具有悠久历史的学校。早在西汉景帝时，蜀郡守文翁就在此地办起“官学”。郭沫若中学时代，这里是成都高等学堂分设中学堂，他曾在此读书三年。新中国成立以后，成都四中被列为省市重点中学，1962年教育部批准为全国重点中学。1956年，该校举行校庆，特地函请郭沫若题词。郭沫若欣然题写了这副对联，另有横额：“求实务虚。”这四个字，既是联意本身的高度概括，亦为该校办学的指导思想。

上联作者首先向全校师生指出明确的学习目的，这也正是横额“务虚”的具体内容。

下联作者进而希望全校师生，发扬优秀文化传统，争取更大光荣，真正在“求实”上多下工夫。文翁，汉景帝时任蜀郡守，在成都市中起官学，招属县子弟入学。入学者免除徭役，成绩优者以补郡县吏。汉武帝时，令天下郡国立学校官，自文翁为之始。石室，石砌之室，古代收藏图书档案之所。此指文翁所办的学校。

此联纯用口语写成，通俗易懂，语重心长，为全校师生指明了努力的方向。

题洞头县烈士墓

郭沫若

海岛蔚风云，革命高潮，净涤腥膻光禹甸；

瓯江流日夜，英雄碧血，长垂典范在人间。

赏析

此联写于1956年冬。洞头县，在浙江东南部海上，瓯江口外，由103个岛屿组成，有百岛县之称。除主岛洞头外，还有半屏岛、大瞿岛、北几岛等。新中国成立前后，这些岛屿均曾经过激烈战斗得以解放。1956年冬，人民政府建墓纪念牺牲烈士，特请郭沫若为墓表题写此联。

上联写海岛蔚然兴起革命风云，彻底消灭国民党残余势力。蔚风云，兴起风云。净涤，涤荡（扫除）净尽。腥膻（shān），腥臊气，有恶臭，常用以比喻丑恶的东西。此指国民党反动势力。禹甸，《诗·小雅·信南山》："信彼南山，维禹甸之。"谓那南山之地，是禹所治理。后遂以"禹甸"代指中国的国土。这里是说，彻底扫除反动势力，光耀祖国大地。

下联写瓯江日夜奔流亦在悼念为人民而牺牲的英雄。瓯江，在浙江省南部，上源龙泉溪，经温州入东海，全长376公里。碧血，语出《庄子·外物》："苌弘死于蜀，藏其血，三年化而为碧。"后常用以称颂为国死难的人。长垂，长久流传。这里是说，人民英雄为国捐躯，作为典范永久流传人间。

此联用语文白相间，对仗却很工稳。庆海岛解放，悼革命烈士，让人深受鼓舞教育。

挽齐白石

郭沫若

百岁老人，永使百花齐放；
万年不朽，赢得万口同声。

赏析

此联写于1957年9月。齐白石（1863—1957），湖南湘潭人。

我国现代著名书画家、篆刻家。其画擅长花鸟虫鱼，追求“妙在似与不似之间”，具有独特艺术风格。新中国成立以后，被选为全国人大代表、中国美术家协会主席，荣膺“人民艺术家”的称号。1957年9月16日因病逝世。9月21日举行公祭，郭沫若为主祭人，并献挽联致哀。

上联高度评价逝者一生艺术创作所产生的影响。百岁老人，齐白石享年95岁，亦已年近期颐，因称百岁老人。百花齐放，新中国成立初期为改革和发展戏曲事业，党和政府提出“百花齐放，推陈出新”的方针。这一方针后则推广适用于文艺各个部门。这里是说，白石老人以其自身艺术实践，带动和促进了文艺园地的百花盛开，并将永远发挥作用。

下联极言逝者在我国艺术史上将具有崇高地位。万年不朽，意同“永垂不朽”，指光辉的事迹和伟大的精神永远流传下去，不会磨灭。这里是说，白石老人与世长辞，赢得全国人民万口同声，齐颂永垂不朽！

这副挽联全用口语写成，更显情真意切，朴实无华。可见白话联语，同样可以感人。

题大明湖历下亭

郭沫若

杨柳春风，万方极乐；
芙蕖秋月，一片大明。

赏析

此联写于1958年间。大明湖，在山东济南市区北部，由多处泉水汇成。湖面46.5公顷，水出小清河流入渤海。湖内荷花连片，湖岸绿柳成荫，素有“四面荷花三面柳，一城山色半城湖”之称。历下亭在大明湖中的小岛上。亭为八角重檐式山建筑，背山面湖，风景佳丽。杜甫有诗赞之：“海右此亭古，济南名士多。”1958年间，郭沫若曾为历下亭书联，后悬于亭后名士轩门前抱柱上。

上联描绘历下亭前春日风光。万方，语出《书·汤诰》：“诞告万方。”原为各方诸侯，今指全国各民族、各地区。极乐，即极乐世界。佛教名词，亦称“西天”、“净土”，为佛教徒所向往的世界。这里是说，春风和煦，杨柳依依，仿佛到处都成了人间极乐世界。

下联中，芙蕖（qú），即荷花。大明，古指日或月，此处指月光。《文选·木华〈海赋〉》：“大明摭辔于金枢之穴。”李善注：“大明，月也。”这里是说，一片月光照在湖中荷花之上。此似一语双关，既点出湖为“大明”，又有大放光明之意。

此联紧扣大明湖“四面荷花三面柳”的特色，集写杨柳、芙蕖之美，情景交融，意象鲜明，值得玩味。联末“大明”二字尤巧，既点出题中湖名，又抒发作者对祖国无限美好的光明前途的赞颂之情。

寿杜波依斯博士

郭沫若

替有色人种争光，铁中铮铮钦此老；
为世界和平努力，东风习习寿期颐。

赏析

此联写于1959年2月。杜波依斯（1868—1963），美国著名黑人领袖、学者、作家、和平民主战士。1899年在哈佛大学获哲学博士学位。1909年美国有色人种协进会成立，他是创始人之一，长期主编该会机关刊物《危机》。从此投身于美国和非洲黑人解放运动。1948年—1954年任非洲事务委员会副主席，一贯反对美国的侵略政策，1950年当选为世界和平理事会理事。1961年加入美国共产党。他曾多次访问我国。1959年2月23日，中国人民保卫世界和平委员会和中国人民对外文化协会举行宴会，庆祝杜波依斯博士91岁寿辰。郭沫若这副寿联悬于宴会厅中堂。

上联高度评价杜波依斯在反对种族压迫、争取和平民主斗争中的作用。有色人种，指白种以外的人种。铁中铮铮，谓在同类之中的优异者。《后汉书·刘盆子传》：“帝曰：‘卿所谓铁中铮铮，傭中佼佼者也。’”这里是说，杜波依斯毕生替有色人种争光，因此世人无不钦佩这位铁中铮铮的老人。

下联衷心祝愿老人寿享期颐。东风，指春风。既点出祝寿时间，又喻指革命形势。习习，微风和煦的样子。吴筠《游仙》："灵风生太漠，习习吹人襟。"期颐（jī yí)，语出《礼记·曲礼上》："百年曰期颐。"后称百岁之人。百岁为生人年数之极，故曰期；此时起居生活待人养护，故曰颐。

此联紧扣寿翁国际和平战士身份，且用语亦文白相间，能够收到中外人士雅俗共赏的效果。作者采用对联这一独特文学形式为外国友人贺寿，堪称现代联坛一段佳话。

题李清照纪念堂

郭沫若

大明湖畔，趵突泉边，故居在垂杨深处；
漱玉集中，金石录里，文采有后主遗风。

赏析

此联写于1959年8月。李清照为南宋著名女词人，号易安居士，山东济南人。工书善画，兼通音乐，尤擅于词。其词内容，前期多写悠闲生活，后期感叹自己身世；词风蕴藉典雅，语言清丽，属于婉约一派。1959年8月，郭沫若来到济南，正值李清照故居复修扩建而成纪念堂，欣然应约题写了"李清照纪念堂"匾额与这副楹联。

上联描写李清照故居所在之处的地理环境。大明湖，在济南市区北部，由于济南泉水北汇，注为大明湖。趵（bào）突泉，在大明湖南岸不远处，趵突泉公园内。泉水昼夜喷涌，高达数十厘米，人称"天下第一泉"。附近西有观澜亭，东有漱玉泉，相传李清照故居就在这里。池边垂柳成荫，池内水清见底、游鱼可数。20世纪50年代在其旧址建成纪念堂。

下联点出李清照创作的艺术特色。漱玉集，即《漱玉词》。李清照词作多已散佚，后人辑为《漱玉词》一卷。金石录，李清照的丈夫赵明诚所撰。赵明诚一生喜爱金石书画，曾将所藏金石拓本两千种按时间顺序编成目录，并作辨正，成《金石录》一书。李清照参与此书的编撰，并写了《金石录后序》一文。后主，即李煜，五代时南唐最后一个君主，世称“李后主”。能诗文、音乐、书画，尤以词名。其词（后期）多咏叹身世，带有浓厚感伤情绪，艺术特色鲜明。这里是说，李清照一生创作的文采，在《漱玉集》中、《金石录》里，且均有李后主的遗风，亦即具有李后主词的艺术特点。

这副楹联紧扣题意，切人切地。“故居在垂杨深处”、“文采有后主遗风”，联句情景融合，评述精当，因而可与纪念堂相映生辉。

题辛弃疾纪念祠

郭沫若

铁板铜琶，继东坡，高唱大江东去；
美芹悲黍，冀南宋，莫随鸣雁南飞。

赏析

此联写于1959年秋。辛弃疾为南宋爱国词人，号稼轩，山东历城（今济南）人。其词多抒写抗金北伐、收复失地的爱国热情，倾吐壮志难酬的满腔悲愤，揭露南宋统治集团的妥协投降。1959年秋，济南市人民政府在大明湖畔筹建辛弃疾纪念祠，请郭沫若题写了这副抱柱楹联。

上联综述辛弃疾词的创作特色。铁板铜琶，语出宋俞文豹《吹剑续录》：“东坡在玉堂日，有幕士善讴，因问：‘我词比柳词何如?’对曰：‘柳郎中词，只好十七八女孩儿执红牙拍板，唱“杨柳岸晓风残月”；学士词，须关西大汉执铁板，唱“大江东去”。’公为之绝倒。”后人演为“抱铜琵琶，执铁绰板”，因以“铁板铜琶”形容豪放激越的文词。大江东去，苏东坡《念奴娇·赤壁怀古》词的首句。此词久负盛名，最能代表苏词创作风格，后人也用“大江东去”代称。这里是说，辛弃疾词笔力雄健，风格豪放，继苏东坡之后，高唱大江东去，成为宋代豪放词派又一代表人物。

下联表达辛弃疾的爱国抱负与悲愤心情。美芹，即美芹十论。1165 年，辛弃疾写了十篇策论，总名《御戎十论》，又名《美芹十论》，向南宋朝廷具体陈述抗金复国之策，却未被采用。悲黍，《诗·王风》中有《黍离》篇，据说是周王室东迁后，士大夫曾回到故都见昔日宗庙夷为田地长满禾黍，故悲怆而作此诗。辛弃疾《定风波》词中亦有“莫望中州叹黍离”的句子。这里“悲黍”即黍离之悲，代指辛弃疾那些悲叹国土分裂、朝廷昏庸的爱国词作。鸣雁，飞鸣的雁群。雁为一种候鸟，生活在东北森林沼泽地带，秋天飞往南方避寒。这里是说，希望南宋朝廷不要一意偏安江南，不思恢复北方失地。一片爱国热情溢于言表。

此联文采斐然，声情悲壮。上联论词——辛词亦如东坡，实为豪放一派。下联论人——辛氏美芹悲黍，堪称爱国志士。新华社记者在报道中当时就曾指出：郭老这副楹联“概括道出辛弃疾创作的特色及其爱国抱负”。作者如此由词风到人格的极具感情色彩的评述，其本身的风格就洋溢着一股豪壮之气，令人读后极易产生共鸣。

与萧三合书

郭沫若

生产产诗歌，诗歌歌生产，热带作物区里作诗，诗情最热；（萧三）

劳动动教研，教研研劳动，红旗照耀光中施教，教益通红。（郭沫若）

赏析

此联成于 1961 年 3 月。萧三（1896—1983），湖南湘乡人。现代著名诗人。1922 年加入共产党。20 世纪 30 年代曾在莫斯科东方学院教中文，并在苏联工作多年。新中国成立后，任文化部对外文化联络局局长、作协书记处书记及对外文化委员会主任。1961 年

3月1日，萧三在海南岛儋县参观华南热带作物学院与华南热带作物研究院。他们刚从广州迁来不久，广大师生与研究人员发扬艰苦创业精神，一面开荒建房，一面教学研究。萧三深受感动，提笔写下了这副对联的上联，并在联后写道："希望有后来高明者对下联。"刚巧三天后郭沫若来此参观，经"两院"同志介绍，看到萧三上联。他略加思索，即景生情，挥笔写出了下联。

上联就内容而言，突出师生们不仅自己动手艰苦创业，还写出不少诗歌来歌颂自己的新生活。作者似乎更注重用字、修辞的技巧。"生产产诗歌，诗歌歌生产"，这样特殊的句式结构给应对者带来极大的困难。

下联内容与文字均与上联呼应。内容突出两院师生教学、科研、劳动三结合。文字则为求对仗工稳，同样采用了顶针连珠格式，让人读来音韵铿锵，妙趣横生，可见续对遇到了"高明者"。

这副对联虽是两人所写，但在内容、构思、用字方面，浑然一体，自然天成，实已成为两位诗友艺术才华的结晶。这段联坛轶事，一时传为美谈。

题黄继光烈士纪念碑

郭沫若

血肉作干城，烈概在火中长啸；
光荣归党国，英风使天下同钦。

赏析

此联写于1962年5月。黄继光（1930—1952），四川中江人。1951年参加中国人民志愿军。1952年10月20日，在朝鲜上甘岭战役中，以胸膛堵住敌人的机枪射孔，保证部队完成攻克高地任务，全歼敌人两个营，自己壮烈牺牲。荣膺中国人民志愿军特级英雄、朝鲜民主主义人民共和国英雄称号。1962年，中江县黄继光烈士纪念馆筹委会给郭沫若去信，请求为馆内之烈士纪念碑题联。郭沫若当即题写了这副对联。

上联写出黄继光烈士的英雄气概。干城，干，盾牌；城，城堡。干城，比喻国家的捍卫者。

语出《诗·周南·兔罝》："赳赳武夫，公侯干城。"意谓英雄们把自己的肉体献给了保家卫国事业。烈概，刚烈的气概。长啸，仰天长啸，呼啸前进。这里是说，英雄的刚烈气概，永远召唤着战友，在战火中呼啸前进。

下联写出黄继光烈士的精神长存。英风，杰出的风度。李白《经下邳圯桥怀张子房》："我来圯桥上，怀古钦英风。"钦，钦佩、敬仰。这里是说，黄继光烈士取得的光荣归于党和国家，他的杰出英雄气度使天下人共同敬仰。

此联言简意赅，既赞扬了黄继光烈士的英风烈概，也表达了对人民英雄的无限崇敬之情。

挽欧阳予倩

郭沫若

秋风黄花，一窗秋雨；
春雨杨柳，万户春风。

赏析

此联写于1962年9月。欧阳予倩为我国现代著名戏剧家。1907年在日本参加春柳社。回国后组织新剧同志社，参加南国社，倡导话剧运动。后又担任电影编导多年。抗日战争前后，在党的领导下从事戏剧和电影创作，写了不少颇有影响的剧本。新中国成立后任中国文联副主席、中国戏剧家协会副主席、中央戏剧学院院长。1962年9月因病逝世，郭沫若撰送挽联致哀。

上联写秋景，暗含对于逝者的悼念之情。黄花，即菊花。李白《九日龙山歌》："九日龙山饮，黄花笑逐臣。"联中以秋风中绽开的菊花喻逝者，意在赞扬友人具有凌霜傲寒、芳香馥郁的美好品格。一窗秋雨，指窗外漫天风雨，因与"万户"对应，故称"一窗"。这里秋风秋雨，既点出举行悼念活动的时间，亦表明人们哀伤不已的感情。

下联写春光，似忆友人当年投身于戏剧运动。春雨绵绵杨柳依依，既是景物描写，亦寓友人早年参与创立春柳社，此后一直从事戏剧运动，创作不少话剧、戏曲、电影文学剧本，把人间春风吹进千家万户，让人领受春风化雨般的艺术熏陶。

这副挽联别具一格。作者既未记述逝者一生从事戏剧运动的历史功绩，亦无直接悼念亡友的哀痛言辞。通篇均以景语出之，须知一切景语皆情语。而今秋风黄花，昔日春雨杨柳，让人引起联想，正合悼念之意。至于“一窗秋雨”与“万户春风”，更将人们眼前的哀思与对逝者往日的怀念暗示出来。如何透过联中眼前景了解作者心中情，实为理解此联的关键。

题天一阁藏书楼

郭沫若

好事流芳千古；
良书播惠九州。

赏析

此联写于1962年10月。天一阁藏书楼，在浙江省宁波市区，为我国现存最古老的藏书楼。即明朝嘉靖年间，兵部侍郎范钦所建的藏书处。正门悬“天一阁”匾额，取《易经》“天一生水，地六成之”之说，拟以水制火，阁名由此而来。此楼主人范钦，一生酷爱藏书，遍求典籍，计得七万余卷。其中明代史料最为丰富，后屡遭盗窃，散失甚多。新中国成立后，政府设立专门机构，访求原有藏书，并增入当地名家捐赠之书，现藏珍版善本达八万卷。1962年10月，郭沫若夫妇来天一阁参观，应约题写此联。

上联中，芳，芳香，喻美名。此句意谓，做了好事自当永远在后世流传。这里“好事”一语双关，既指天一阁藏书楼主人当年做了一件好事，亦指新中国成立以后人民政府为该楼所做的大量工作。

下联中，播惠，传播恩惠，此指藏书给人带来的益处。九州，传说我国古代分为九州，后以九州代指全国。此句意谓，天一阁所藏好书给全国各地读书人、研究者都带来了益处。

此联文字平易晓畅，对仗工巧整齐。尤以“播惠”与“流芳”相对，巧妙之极。作者以此充分肯定了天一阁藏书的社会意义。

题郑成功纪念馆

郭沫若

开辟荆榛，千秋功业；
驱除荷虏，一代英雄。

赏析

此联写于1962年11月。郑成功纪念馆，在厦门市鼓浪屿日光岩北麓。该馆于1962年2月复台三百周年纪念日建成开放。主要展出郑成功操练水师、驱逐荷兰殖民者、收复台澎的图片和实物。附近山上有郑成功屯兵遗址和训练水师的水操台。1962年11月16日，郭沫若来此参观，应约题写楹联。

上联中，荆榛（zhēn），荆棘与榛莽，两种野生的灌木，古人常用以比喻纷乱的局势或困难的处境。这里是说，郑成功披荆斩棘、排除万难，建立了千秋不朽的功业。郑成功《复台诗》：“开辟荆榛逐荷夷，十年始克复先基。”联意明显与此有关。

下联中，荷虏，即荷夷，指荷兰殖民者。1661年，郑成功率军二万余，战船数百艘，由厦门出发，经澎湖，于台湾禾寮港（今台南）登陆。在台湾人民配合下，围攻荷兰总督驻地赤嵌城（今安平），经过八个月的战斗，终于迫使荷兰总督在次年2月1日宣布投降，从此台湾回到祖国怀抱。郑成功不愧为一代民族英雄。

此联题厦门郑成功纪念馆，而由郑成功本人《复台诗》首句诗意化出，构思十分巧妙。作者高度评价郑成功驱逐荷虏、收复台澎的光辉业绩，表达了海内外同胞对于这位民族英雄的崇敬之情。全联四字一句，凝练整齐，既是楹联，又是诗歌。

题普陀山文物馆

郭沫若

万牛回首丘山重;
鲸鱼破浪沧溟开。

赏析

此联写于 1962 年秋。普陀山，在浙江省普陀县境内，为东海中的一座岛屿。我国著名佛教圣地，素有“海天佛国”之称。与山西五台、四川峨眉、安徽九华合称佛教四大名山。山上除诸多寺庙外，尚有潮音洞、紫竹林、洛迦山、千步沙等景点。1962 年秋，郭沫若来到海防前线舟山群岛访问，游览普陀山，应文物馆要求，书赠此联。联上原有“集杜工部诗句书为普陀山文物馆”字样。

上联集自杜甫《古柏行》:“大厦如倾要梁栋，万牛回首丘山重。”原为形容古柏身高体重，像丘山似地无法运载。这里用其字面意思，描写普陀山的形象。这座丘山极重，就连万条牛都拉不动而回过头来。

下联集自杜甫《短歌行赠王郎司直》:“豫章翻飞白日助，鲸鱼跋浪沧溟开。”原意是以“豫章（树名）翻飞”、“鲸鱼跋浪”比喻王郎将成大器前途无量。这里只是用以描写普陀山的海景。跋浪，涉浪。沧溟，大海。联中易“跋”为“破”，求其通俗。眼前鲸鱼在海上畅游破浪前行，似写海上船舶航行景象。

这副集句联语倒也自成一格，并非采用或扩展原有诗句寓意，而是让其返璞归真，用以直接表现眼前山海景物。

改联救少女

郭沫若

年年失望年年望；
事事难成事事成。
横批：春在心中

赏析

此联改于1962年秋。当时，郭沫若游览“海天佛国”普陀山，在梵音洞偶然拾到一个笔记本。发现扉页上写有一副联语：“年年失望年年望；处处难寻处处寻。横批：春在哪里。”下面还有一首写于当日的绝命诗。郭沫若看罢非常着急，立即命人寻找失主。原来失主是个报考大学落榜，爱情又受挫折的女青年。她已决心在石梵台跳海。郭沫若则对她说：“这副联语说明你有一定文化水平，不过下联与横批过于消沉，我替你改一改如何?”姑娘点头同意。郭沫若在日记本另一页改成：“年年失望年年望；事事难成事事成。横批：春在心中。”

这一改却非同小可，明显收到点铁成金的效果。这位少女感到她在现实生活中“处处难寻处处寻”，而又找不到“春在哪里”，因此充满绝望欲寻短见。郭沫若则对症下药，告诉她应坚强一点，须知“事事难成事事成”，进而指出“春在心中”。只要心中有春，有了生活信心，世上没有克服不了的困难。姑娘捧着自己的日记本，看后深受教育，表示今后记住郭沫若的教诲，在人生的旅途上继续奋进，永远“春在心中”。

郭沫若改联救少女的故事，经有关报刊披露后，一度广为流传，且成联坛佳话。

赠唐锋

郭沫若

大海有真能容之度；
明月以不常满为心。

赏析

此联写于1962年秋。当时，郭沫若游览普陀山，唐锋作为普陀山文物馆年轻工作人员担任导游，陪同参观山上的名胜古迹。郭沫若回北京之后，曾应唐锋请求，寄赠这副意味深长的格言式联语。

上联言大海具有真正能容纳万物的度量，借以喻人应有像大海一样的气度与胸怀。青年人在学习方面，亦应具有大海之度，以容纳各种文化科学知识，成为建设社会主义的有用之材。

下联言明月只有十五为满月，而不是经常圆满无缺的，因此人应以明月为鉴，须有不自满之心。月有阴晴圆缺，人贵谦虚谨慎。青年人在学习方面，同样须有明月之心，永远不要满足。

此联精彩之处，首先在于作者将置身于普陀山所见之浩瀚大海与皎洁明月，以诗人的灵感与联想，铸成这副情景交融的联语。同时寓意深刻，借喻准确鲜明。上联用“大海”喻人的度量，下联以“明月”喻不自满之心。做人就应当有这样气度与心胸。联语实属至理名言，可以作为人生的座右铭。郭沫若寄赠此联，不仅是对唐锋个人的勉励，也是对于广大青年的期望。

题皇泽寺

郭沫若

政启开元，治宏贞观；
芳流剑阁，光被利州。

赏析

此联写于1962年秋。皇泽寺，在四川省广元县城外乌龙山脚、嘉陵江西岸。相传始建于南北朝时，原名乌奴寺，亦称川主庙。后因唐代女皇武则天出生于广元，为纪念她而改名皇泽寺。寺内大佛楼、小南海、五佛亭、则天殿等建筑耸立在悬崖峭壁间，错落有致，气势巍峨。1962年秋，郭沫若应约为皇泽寺题书此联。

上联极写武则天的从政业绩与历史功勋。开元，唐玄宗李隆基的年号；贞观，唐太宗李世民的年号。这两个时期是唐代经济繁荣发展的时期，史称“贞观之治”与“开元盛世”。武则天在位期间，基本上延续并弘扬了“贞观之治”，使社会经济得到进一步发展，从而开启了开元时期的盛世局面。

武则天是我国古代一位有作为的女政治家。据有关史料记载，她14岁时被唐太宗选入宫为才人。后侍奉高宗，立为皇后，参与朝政。唐中宗即位后，她临朝听政。次年废中宗，立睿宗。后又废睿宗，自称皇帝，改国号为周。在位16年，实掌国政40余年。她推行科举，重用人才，打击保守的宗室贵族势力，使社会经济持续上升。但她任用酷吏，造成一些冤狱。晚年豪奢专断，颇多弊政。郭沫若这副联语，包括历史剧《武则天》，则从正面肯定了武则天的政绩。

下联反映武则天对于自己家乡地区的影响。剑阁，即剑阁道，在今四川省剑阁县东北大、小剑山之间。三国时诸葛亮在此凿剑山、开栈道。为川陕交通要道，自古戍守要地。利州，州名，唐代辖境即今之广元县域。这里是说，则天女皇芳名流传剑阁一带，光辉覆盖整个利州。因皇泽寺在广元县，作者又是四川人，故突出武则天对于家乡的影响。

此联题皇泽寺，立意全在“皇泽”二字。采用四言句式，一气呵成，极写武则天的历史功绩与对家乡影响，实已成为一篇言简意明的“则天女皇赞”。内容虽有溢美之嫌，却也自成佳构。

题蒲松龄故居

郭沫若

写鬼写妖，高人一等；
刺贪刺虐，入骨三分。

赏析

此联写于1962年初冬。蒲松龄为清代著名文学家，山东淄川人，别号柳泉居士，世称聊斋先生。多次科举不中，在家教书、写作。所著短篇小说集《聊斋志异》，通过谈狐说鬼的表现方式，对当时社会现实多所批判，在文学史上有其重要地位。故居坐落在今淄博市淄川区蒲家庄，内有蒲松龄书房“聊斋”及其生前用物。墙上所悬蒲氏生前画像，系江南著名肖像画家所绘。郭沫若曾应约题写楹联，挂在画像两旁。

上联就蒲松龄《聊斋志异》一书题材而言，指出其主要特点在于描写狐鬼花妖。正如鲁迅《中国小说史略》一书所言：“明末志怪群书，大抵简略，又多荒怪，诞而不情。《聊斋志异》独于详尽之外，示以平常，使花妖狐魅多具人情，和易可亲，忘为异类；而又偶见鹘突，知复非人。”这正说明了该书写作上“高人一等”之处，在于通过多具人情的花妖狐魅，以达到讽喻社会现实的目的。

下联就蒲松龄《聊斋志异》一书主旨而言，指出其写作意图在于讽刺揭露封建统治阶级的贪婪和暴虐。入骨三分，意同“入木三分”。相传晋代王羲之写祝版（祭祀时写祝词的木板），工人事后削去，发现笔痕入木三分。原谓笔力雄健，后借以比喻思想、议论的深刻。联中化用这一成语，改“木”为“骨”，更能突出《聊斋志异》一书讽刺与揭露可深入骨髓，达到前所未有的深度。

全联从蒲松龄名著《聊斋志异》着笔，就其思想意义与艺术成就，给予高度准确的评价。联语文字言简意赅，切中肯綮，卓具特色。

题集美归来堂

郭沫若

鳌园博物大观，百闻不如一见；
鹭江集美中学，万人共仰千秋。

赏析

此联写于1962年初冬。厦门市集美镇是爱国华侨陈嘉庚的故乡。这里有陈嘉庚历年筹建的小学、中学、师范、航海专科、商业专科等各级各类学校，以及图书馆、科学馆、体育馆等文化设施，人称“集美学村”。归来堂是陈嘉庚1958年计划兴建的既含自身海外归来之意，亦在启示海外侨胞不忘家乡祖国，归来有居住之处。后因陈嘉庚病逝，计划没有实现。周恩来总理得悉此事，指示有关部门动工兴建，不久落成。1962年初冬，郭沫若为集美归来堂题写了这副楹联。

上联中，鳌园，在集美镇浔江之滨，其地原为鳌王宫旧址。陈嘉庚为纪念集美解放，于新中国成立初期建成此园。园中建有毛泽东手书的“集美解放纪念碑”，高达28米。碑座四周栏杆镌有当代名人对联、题词。入门长廊两厢壁上，有中外古今重要人物塑像。鳌园围墙和碑座四周青石坊上有几百幅三国、红楼、西厢等故事连环画和花鸟虫鱼、山水石雕。仿佛成了一座内容丰富、蔚为大观的博物馆，真是百闻不如一见，让人大饱眼福。

下联中，鹭江，指厦门。厦门亦称鹭江、鹭屿。集美中学，为陈嘉庚创办的学校之一，这里用以代表他对故乡文化事业的贡献。这里是说，厦门集美学村，万人瞩目，世世代代，永远共仰先生。

此联文字质朴无华，能给人以亲切之感。只是虽点出“鳌园”与“鹭江集美”等地名景物，却有点疏离“堂”意，内容未免稍显空泛。

赠毛泽东

郭沫若

泽色绘成新世界；
东风吹复旧山河。

赏析

此联写于1962年间。毛泽东（1893—1976），湖南湘潭人。老一辈无产阶级革命家，中国人民的革命领袖。生前曾任中共中央主席、中华人民共和国主席、中央军委主席。郭沫若对其崇拜有加，1962年间曾以此联书赠。

上联中，泽色，光润的颜色。语见《左传·襄公二十八年》："美泽可以鉴。"上联是说，鲜美光润的颜色可以绘成一片崭新的世界。实即意谓毛泽东领导中国共产党开创了崭新的中华人民共和国。

下联中，东风，春风。语见《礼·月令》：孟春之月，"东风解冻，蛰虫始振"。复，通"覆"，倾覆、覆灭。语见《左传·隐公元年》："吾子孙其复亡之不暇，而况能湮祀许乎？"下联是说，能以春风吹翻旧日的山河。意即率领中国人民借助革命的东风推翻旧世界。

这是一副典型的嵌名联，采用鹤顶格直接嵌入"泽东"二字。联语深入浅出，词工意切。因其"吹复旧山河"，得以"绘成新世界"，高度概括了毛泽东伟大的历史功绩。意象颇为鲜明，让人耳目一新。郭沫若晚年还为毛泽东写过一副嵌名联："泽及中华，十亿万人民皆被润；东升红日，五千年瘴气尽收之。"联句一头一尾嵌入题赠对象之名"泽东"与字"润之"，可谓卓具特色。

赞李宇超魏文伯书法

郭沫若

宇超超北海；
文伯伯南宫。

赏析

此联写于1962年间。李宇超（1906—1968），山东诸城人。1925年入党。新中国成立后任山东省副省长兼建设厅厅长、中共中央华东局副秘书长。魏文伯（1905—1987），湖北新洲人。1926年入党。新中国成立后任上海市委副书记、中共中央华东局书记、中央纪委副书记。二人工作之余，均爱书法艺术。郭沫若曾以此联赞之。

上联中，北海，唐代书法家李邕，玄宗时任北海太守，世称"李北海"。其书艺取法"二王"（羲之、献之）而有所创造，对后世影响较大。上联意谓，李宇超的书法亦已超过唐代的李北海。

下联中，南宫，宋代书画家米芾，徽宗召为书画博士，曾任礼部员外郎，人称"米南宫"，因宋代称礼部为南宫之故。擅长行书、草书，与蔡襄、苏轼、黄庭坚合称"宋四家"。伯，原指兄弟中的最长者，这里用作动词，有强似、胜过之意。下联意谓，魏文伯的书法胜过宋代的米南宫。

此联赞扬当代书法家，却以古人喻之，虽有过誉之嫌，倒也说得过去。将二人名中超、伯二字，有意重叠，转作动词，实为神来之笔，更增联语谐趣。

题李白纪念馆

郭沫若

酗酒花间，磨针石上；

倚剑天外，挂弓扶桑。

赏析

此联写于1963年春。李白纪念馆，在四川省江油县，内有太白堂、太白书屋、陈列室、珍藏室等建筑，其形式依照唐代古典风格，颇为宏丽壮观。1963年春，郭沫若应约题写了这副楹联。据有关资料记载，李白五岁随父迁入蜀地。今四川省江油县青莲场是他青少年时代生活的地方，这里仍存陇西院（太白故居）、太白祠、太白洞、太白衣冠冢等古迹。江油县人民为纪念这位唐代伟大的诗人，于20世纪60年代初在江油城郊新建了这座纪念馆。

上联开篇即写出李白一生对于酒的嗜好，且由李白《月下独酌》“花间一壶酒，独酌无相亲”的诗意化出。磨针石上，据《潜确类书》第六十卷：“李太白少读书，未成，弃去。道逢老妪磨杵，白问其故，曰：‘欲作针。’白感其言，遂卒业。”后遂由此演绎成为民间俗语：“只要功夫深，铁杵磨成绣花针。”这里意在说明，李白诗思敏捷，人称斗酒百篇，其实并非由于嗜酒，而是少年时代勤奋好学的结果。

下联极写豪迈气概与远大志向。晋代阮籍《咏怀》：“弯弓挂扶桑，长剑倚天外。”李白在《代寿山答孟少府移文书》文中化用上述诗意，曰：“将欲倚剑天外，挂弓扶桑，浮四海，横八荒，出宇宙之寥廓，登云天之渺茫。”扶桑，古神木名，高数千丈，传说日出其下。这里是说，倚长剑于天外，挂弯弓于扶桑，这是何等胸怀，何等气势！作者意在采用极度夸张手法，表现李白诗的浪漫主义风格。

此联似有两个明显特点：一是抓住李白作为唐代伟大诗人的身份，说明李白诗歌既在内容上具有一定现实主义的生活基础，又在艺术上具有鲜明浪漫主义的表现风格。二是联语文字全由李白有关诗文、轶事中引用或化出，因而更能说明问题，并给人亲切自然之感。

题玉泉得月楼

郭沫若

龙潭倒映十三峰，潜龙在天，飞龙在地；
玉水纵横半里许，墨玉为体，苍玉为神。

赏析

此联写于1963年6月。玉泉，在云南省丽江纳西族自治县城北象山脚下，俗称黑龙潭。潭面纵横约半里，泉水清洌，莹莹如玉，远处玉龙雪峰倒映其中。沿堤绿柳垂丝，芳草如茵，景色十分秀丽。得月楼楼高三层，飞檐凌空，耸立潭中。1963年6月，玉泉得月楼重修落成，郭沫若应约为此楼题写楹联。

上联写倒映潭中的玉龙雪峰。十三峰，即玉龙雪峰，在丽江城西北十公里处。山上终年积雪，座座雪峰耸立，宛如玉龙腾空飞舞。大小七十余峰，主峰有十三，因称“十三峰”。潜龙、飞龙之说，二者语出《易经》。古代以龙比喻帝王，未得位时隐而不显称潜龙，已得位时如龙腾飞称飞龙。这里只是借用，实反其意，以喻指玉龙雪峰。潜龙在天、飞龙在地，分别描写隐隐遥望中的玉龙雪峰和近处映于潭中仍有动感的玉龙雪峰。

下联写玉泉之水的形体神韵。玉水，指玉泉之水。墨玉，墨绿色的玉。苍玉，苍青色的玉。这里均喻水的色泽。墨玉为体、苍玉为神，分别形容远望中玉泉墨绿色的总体形象和细察时泉水苍青色的神韵光泽。

此联极尽龙潭玉水之妙。上联以龙喻山，写出玉龙雪山与黑龙潭水相映成趣的瑰丽风光；下联以玉喻水，再现黑龙潭水变幻神奇的迷人景色。这里既写远景，又描近影，山水交融，形神兼备。这副金字楹联高悬得月楼前，自为玉泉景物增色不少。

题 桂 湖

郭沫若

桂蕊飘香，美哉乐土；
湖光增色，换了人间。

赏析

此联写于1963年10月。桂湖，在四川省新都县城内，占地60余亩，全湖种植荷花。明代著名文学家杨慎（升庵）故居在此。他曾沿湖种植桂树，因名桂湖。新中国成立后桂湖几经修缮，已成为一座具有江南园林风格的公园。夏日荷花满池，秋来桂花飘香。1963年10月2日，时值中秋之夜，郭沫若在桂湖乘兴题写了这副对联。

上联中，蕊（ruǐ），花蕊。哉，表示感叹语气。乐土，安乐美好的地方。《诗·魏风·硕鼠》："逝将去女，适彼乐土。"这里是说，正值桂子飘香的季节，这里真美，堪称人间乐土。

下联中，换了人间，谓改换了人间，指社会性质发生根本变化。毛泽东《浪淘沙·北戴河》："萧瑟秋风今又是，换了人间。"这里紧承上联，谓今日桂子飘香，当使湖光增色，与杨升庵植桂时代相比，真是换了人间。

此联热情地歌颂了桂湖的美丽景色以及新中国成立后发生的巨大变化。联语简洁明快，情景交融，以"鹤顶格"嵌地名"桂湖"二字，亦颇为典雅。

挽罗荣桓

郭沫若

革命作前驱，功业千秋垂史册；
政工培后劲，忠忱百代树干城。

赏析

此联写于1963年12月。罗荣桓（1912—1963），湖南衡山人。我党我军杰出的领导人。1927年加入中国共产党。历任红军第四军政治委员、八路军一一五师政治委员、第四野战军政治委员、中国人民解放军总政治部主任、中共中央政治局委员、全国人大常委会副委员长。1963年12月因病逝世，郭沫若撰送挽联致哀。

上联言逝者为中国革命立下不朽的功业。前驱，前导，先锋。《诗·卫风·伯兮》："伯也执殳，为王前驱。"指能在前面起引导作用。垂，流传下去。这里是说，逝者一生作为革命前驱，其功勋业绩永垂千秋史册。

下联言逝者为我军政治工作的杰出将领。后劲，作战时在后面担任警戒或阻击敌人的精兵。今亦以称后继的力量。忠忱，忠诚。干城，干和城都起捍御防卫作用，常用以比喻捍卫者或御敌立功的将领。《诗·周南·兔罝》："赳赳武夫，诸侯干城。"这里是说，逝者一生长期从事部队政治工作，为我党我军培育了大批政工干部，其忠诚之心应树为百代干城，即成为部队将领的榜样。

此联言简意明，属对工稳。作者紧扣逝者军人身份和工作特点，既作革命前驱，又在培育后劲，其忠诚之心可树百代干城，其功业永载千秋史册。

赠 陈 毅

郭沫若

天垮下来擎得起；
世披靡兮扶之直。

赏析

此联写于1964年春。陈毅（1901—1972），字仲弘，四川乐至人。早年赴法勤工俭学。1923年加入中国共产党。新中国成立前任红四军政治部主任、红二十二军军长、新四军军长、华东野战军司令员兼政委。新中国成立后历任华东军区司令员、上海市市长、国务院副总理兼外交部长、中央军委副主席等。1964年春，郭沫若书赠此联，联上原有“仲弘同志属书”字样。

这是一副摘句联，摘自陈毅己作《满江红·一九六三年元旦书怀》。“天垮下来擎得起，世披靡兮扶之直。”诗句称颂中国共产党人具有顶天立地的英雄气概。擎（qíng），举起、向上托住。披靡（mí），草木随风倒伏。这里是说，即使天塌下来也能顶得住，世上革命运动像草一样倒伏，也要把它扶直。

这副联语如果撇开当时特定时代内涵，只就文字本身书赠陈毅是非常适合的，可以说是陈毅战斗一生的真实写照。

题白云山听涛亭

郭沫若

旭日朝霞红雨乱；
天风海水白云闲。

赏析

此联写于1964年7月。白云山，在广州市北郊，因其主峰摩星岭常有白云缭绕而得名。山中有白云晓望、白云松涛、白云仙馆等名胜古迹，已辟为白云山公园，成为广州著名风景区。1963年间，园林管理部门曾摘取今人古大存诗句“天风海水白云间”，书于白云山听涛亭楹柱上，作为下联向游人索求上联。1964年7月，郭沫若来游白云山，见此稍加思索，即以“旭日朝霞红雨乱”与之相配，并将“间”字改为“闲”字，然后挥笔写成。

上联系白云晓望眼前即景。旭日，初升的太阳。红雨，比喻落花。唐李贺《将进酒》：“况是青春日将暮，桃花乱落如红雨。”这里意在形容山上晨风中花瓣飘散，落英缤纷的景象。阵阵红雨与旭日朝霞相映，更显鲜艳夺目。

关于下联，郭沫若联后原有附言："羊城八景之白云松涛处，有人以'天风海水白云间'句索对。今易'间'为'闲'字，较活而有意趣。因为上句以'乱'配之。深于诗者谅不以为避重就轻也。"这里不难看出，"间"只表示方位，易"间"为"闲"，则赋予白云以生命。"白云闲"一语，形象地写出白云飘绕的悠闲，正好与"红雨乱"之景动静相对，因而"较活而有意趣"。

此联应对已属不易，又将对句末字易"间"为"闲"，更显独具慧眼，决非"避重就轻"之笔。

题史可法纪念馆

郭沫若

骑鹤楼头，难忘十日；

梅花岭畔，共仰千秋。

赏析

此联写于1964年秋。史可法纪念馆，在江苏省扬州市广储门外梅花岭，内有史可法的祠堂与衣冠墓。这里祠墓并列，梅月相照，文物古迹，足资凭吊。史可法为明末抗清名将。1644年，清军入据北京，史可法保南京福王建立南明政权，领兵部尚书兼内阁大学士衔。次年亲自率军固守扬州，抗拒清兵，终因城破被俘，壮烈殉国。此后家人无法找回遗体，只有取其衣冠葬于梅花岭。1772年，扬州人士在墓旁建立祠堂以为纪念。1964年，重修史公祠，朱德题写"史可法纪念馆"横额，郭沫若撰写了这副楹联。

上联意谓，难忘扬州十日。骑鹤楼，据《扬州府志》，骑鹤楼在扬州府城东北大街。相传从前有四人各言其志，一人愿为扬州刺史，一人愿多有钱财，一人愿骑鹤成仙。最后一人则愿兼而有之，曰："腰缠十万贯，骑鹤上扬州。"后人乃在其地建楼以纪其事。而今已无遗迹可寻，这里仅用以代指扬州。难忘十日，史可法壮烈殉国后，清军下令血洗扬州。屠城十日，被杀者约80万人。这一灭绝人性的暴行，史称“扬州十日”。

下联意谓，千秋共仰史公。梅花岭，在扬州市广储门外城壕北岸。原是明朝万历年间挖掘城壕堆积而成的土岭，后在上面广植梅树，因而得名。相传史可法守卫扬州时，曾在此泣血誓师，并留下遗言：“我死当葬梅花岭上。”家人后遵遗愿，取其衣冠葬于此地。这里是说，我们面对梅花岭畔的史公祠墓，自当千秋共仰。

此联用典贴切自然，对仗工稳整齐。历史与现实交融，让人思接往古，缅怀先烈，从中受到深刻的教育。

题武侯祠

郭沫若

志见出师表；
好为梁父吟。

赏析

此联写于1965年春。武侯祠，在成都市南郊，为纪念三国时蜀汉丞相诸葛亮的祠堂。始建于公元六世纪，唐代已具相当规模，明清时代又加扩建。现在武侯祠有大门、二门、刘备殿、过厅、诸葛亮殿等五重殿宇，布局谨严，建筑宏伟。1965年春，郭沫若应约为武侯祠题写楹联。

上联中，出师表，诸葛亮于公元227年出师伐魏临行之前呈献给后主刘禅的一份奏书，世称《出师表》。表中提出了振兴蜀国的一系列政治措施，进而表达了“兴复汉室，还于旧都”的志向和决心。诸葛亮此次北伐失败，次年又曾出师上表，故有《前出师表》《后出师表》之称。上联意谓，诸葛亮复兴汉室、统一中国的志向可见于《出师表》中。

下联中，语出《三国志·蜀书·诸葛亮传》：“亮躬耕陇亩，好为梁父吟。”好（hào），喜爱、爱好。梁父吟，亦作“梁甫吟”，乐府《楚调曲》名。今所传古辞，写齐相晏婴以二桃杀三士，传为诸葛亮所作。唐李白作的一首，则表现其抱负不能实现的苦闷。下联引自《诸葛亮传》，既写出了这位古代政治家、军事家对于文艺音乐的爱好，也反映了他虽隐卧隆中仍打算出仕的胸襟气度。

此联言简意深，《出师表》、《梁父吟》均与诸葛亮本人诗文写作有关，前者明示，后者隐喻，从而表现诸葛亮一生的政治抱负与胸襟气度。“好为梁父吟”一语，尤能引发读者的诸多遐想。只用短短十字便勾勒出一个活生生的诸葛武侯的形象。成都武侯祠楹柱上还有一联，影自郭沫若诗《蜀道奇》手迹。联为：“鞠躬尽瘁兮，诸葛武侯诚哉武；公忠体国兮，出师两表留楷模。”可与亲笔题联相互映衬，一并阅读。

赞于立群大字书法

郭沫若

摧翻经石峪；
压倒逍遥楼。

赏析

此联写于1965年3月。联首书云：“立群同志喜作大字，戏以此联奉赠。”于立群为郭沫若夫人，平生酷爱书法艺术。1961年曾专程赴泰山观摩以字大著称的经石峪石刻。感慨之余，决意学书。经过三年苦练，就能提起四斤半重大笔，立于纸上书写各体大字，有的竟达六尺见方。1965年3月8日夜，特用颜体大字书写毛泽东诗句“不爱红妆爱武装”。郭沫若见此情景随即书联表示赞赏与鼓励。

上联中，经石峪，联上原注：“经石峪在泰山，广袤一亩，字大如斗，北齐人所书。”因在石坪上刻有《金刚般若波罗蜜经》，故称经石峪。字径50厘米，篆隶兼备，书法遒劲，现存一千余字，历代尊为“大字鼻祖”。上联言“摧翻”，谓摧折推翻，含挫败对手之意。

下联中，逍遥楼，联上原注：“颜真卿书逍遥楼三大字在四川梓橦县武连驿。”颜真卿为唐代大书法家，所书“逍遥楼”三字，刻于石上，字大一尺五，置于武连驿觉苑寺前，今已缺

"楼"字。下联言"压倒"，亦以戏言赞夫人书法具有压倒对手之势。

此联对于夫人大字书法赞誉有加，就连"大字鼻祖"经石峪与大字典范"逍遥楼"，亦不在话下，诗人浪漫主义气质由此可见一斑。因属戏题，实为鼓励，希望夫人努力去达到这个目标。

题新疆天池

郭沫若

一池浓墨盛砚底；
万木长毫挺笔端。

赏析

此联写于1971年9月。天池，在新疆维吾尔自治区阜康县境内，由高山积雪溶化而成，海拔1900米，深90米。因在天山第二高峰博格达峰的半山腰，又称博格达湖。这里自然景色壮观，周围古迹颇多，气候凉爽宜人，为著名避暑旅游胜地。天池古称"瑶池"，相传为西天王母娘娘所住的地方，远古穆天子西游，亦曾在此与王母相会。1971年9月16日，郭沫若陪同柬埔寨友人游览天山，即兴题写此联。

上联中，盛（chéng），把东西置于容器里。砚，磨墨用具，通称砚台。这里采用比喻修辞手法，称那一池澄清湛蓝的湖水宛如浓而发亮的墨水盛于砚台底部。竟将天池当"砚"，池水为"墨"，真是神来之笔！

下联中，毫，毫毛。不少动物细毛可以做笔。下联同样采用比喻手法，将湖边高大茂密的树木喻为长长的毫毛挺立于巨笔的前端。只有这样的巨笔才配去蘸那一池浓墨，可谓别出心裁。

作者毕竟是位浪漫主义诗人，进入人生晚年，依然宝刀不老。大胆采用夸张手法，将眼前景物加以幻化，池中的水成了浓墨，岸边的树化作长毫。如果用以写成诗文又将如何？能不让人为之惊奇而神往！作者后在此联基础上扩展而成七律《访天池》。

1977年春联

郭沫若

粉碎“四人帮”，春回宇内；
促进现代化，劲满神州。

赏析

此联写于1977年2月4日。1976年10月，党中央领导全国人民，一举粉碎“四人帮”，取得伟大的历史性胜利。郭沫若当时虽已重病在身，仍抑制不住自己的喜悦心情，当即写出著名辞章《水调歌头·粉碎“四人帮”》。1977年春节，他又挥笔写下两副春联，今录其一。此联原有横额：“凯歌高唱。”同样反映欢庆胜利、高唱凯歌的乐观情怀。

上联首先表达全国人民庆祝胜利的喜悦心情。四人帮，指“文化大革命”期间由江青、王洪文、张春桥、姚文元结成的反党集团。宇内，四境之内，天下。此指粉碎“四人帮”之后，春天又回到了人间。

下联表达全国人民促进“四化”建设的坚定信心。现代化，指我国农业、工业、国防和科学技术四个现代化。周恩来总理在1965年第三届全国人民代表大会和1975年第四届全国人民代表大会的政府工作报告中两次提出，要在本世纪内全面实现社会主义的四个现代化，使我国国民经济走在世界前列。神州，古称中国为赤县神州，亦简称赤县或神州。此指广大人民群众干劲布满神州大地。

此联通俗易懂，切合时宜，一片喜悦之情溢于言表。

题屈子祠

郭沫若

集芙蓉以为裳，又树蕙之百亩；
帅云霓而来御，将往观乎四荒。

赏析

此联写于 1978 年春。屈子祠，在湖南省汨罗县，坐落于汨罗江边的玉笥山上，是为纪念我国古代伟大的爱国诗人屈原而建的。1978 年春，屈子祠迁址重建，当地有关部门约请郭沫若题写楹联。当时，郭沫若正在病中，仍卧榻构思拟出一联，并由夫人于立群用隶书写就。

屈原为战国时期楚国政治家、诗人，曾任左徒、三闾大夫。他关心楚国命运前途，主张联齐抗秦，却遭到投降派的诬陷打击。他在遭谗被逐之后，怀着满腔悲愤，写成长篇抒情诗《离骚》。诗的前半部分借美人香草为喻，表现诗人高洁的品格，陈述自己的理想和对楚国的忠心；后半部分通过神话传说驰骋想象，表达对理想的执著追求和无法实现的苦闷。值得注意的是，此联集自《离骚》，而又成为《离骚》诗意的缩写。

上联集自《离骚》前半部分，原诗为："制芰荷以为衣兮，集芙蓉以为裳。""余既滋兰之九畹兮，又树蕙之百亩。"芙蓉，此指荷花。裳，下衣。树蕙，种植蕙草，比喻培育人才。上联意谓，采集荷花以为衣裳，又去种植百亩蕙草。此指诗人为实现自己的理想而洁身自好，进而广泛培育各种人才。

下联集自《离骚》后半部分，原诗为："飘风屯其相离兮，帅云霓而来御。""忽反顾以游目兮，将往观乎四荒。"帅，率领。霓（ní），虹的一种。《尔雅·释天》邢昺注："虹双出，色鲜盛者为雄，雄称虹；暗者为雌，雌曰霓。"御（yà），同"迓"，迎接。四荒，四方荒远之地。下联意谓，率云霞虹霓而来迎接，我仍将往观乎四方荒远之地。此指诗人遭谗被逐后，决意出走，不愿同流合污。他驾着凤鸟飞腾时，虽有云霓迎候，仍将观乎四荒，依然不能忘情现实。

郭沫若作为现代杰出诗人，在行将走完自己人生旅程之际，还为一位古代伟大诗人题词，这本身就是富于诗意的。它象征着古今两位浪漫主义诗人的心灵相通，象征着作者不朽诗魂将与屈子同在。

集名联

茅　盾*

老舍老向凤子；
胡风胡考龙生。

作者

*茅盾（1896—1981），原名沈德鸿，字雁冰，浙江桐乡人。1920年发起成立文学研究会，主张“为人生”而创作。1930年参与左翼作家联盟领导工作。新中国成立后，任中国作家协会主席、文化部部长、全国政协副主席。一生创作大量小说、散文，有《茅盾全集》传世。

赏析

此联作于20世纪40年代初。抗日战争期间，不少文化人聚集重庆。当时，中华文艺界抗敌协会负责人老舍很赏识年轻女作家凤子，对于凤子言行多表赞同。另一文艺界知名人士胡风，则深爱高龙生的画作，每于稠人广众评其作品。高亦屡受问询，犹如经受“考试”。茅盾将这两件文苑轶事凑在一起，精心拟成一副联语。

上联巧妙嵌入当时文艺界三位作家的名字，且与上述第一件轶事密切相关。老舍，原名舒庆春，为我国现代著名小说作家。抗战时期主持中华文艺界抗敌协会的工作，在团结广大文艺工作者、坚持抗战反对分裂斗争中作出了积极的贡献。老向，原名王向辰，抗战时期在重庆国立编译馆工作，写过不少散文和杂文。凤子，原名封季任，抗战时期热心参加戏剧演出活动，写作散文与小说。这里将三位作家的笔名并列，且有一定寓意。关键在于“老向”二字，既是人的名字，又含老舍老是向着凤子之意。真是信手拈来，皆成妙语。

下联同样嵌入三位文艺界知名人士的名字，且与上述第二件轶事有关。胡风，原名张光人，为我国现代著名文艺理论家。抗战时期主编《七月》杂志，在文艺界产生广泛影响。胡考，抗战初期曾在延安鲁迅艺术学院任教，后到重庆从事话剧创作。龙生，即高龙生，现代著名画家。这里将三位作家、艺术家名字并列，其中"胡考"二字语义双关，既是作家名字，又含胡风胡乱考问之意。虽有调侃成分，仍不失为雅谑。切人切事，妙语天成。

我国嵌名联虽古已有之，而能如此集名实属罕见。全联仅十二个字，却巧妙地纳入了六位作家、艺术家的名字。加之记录趣闻，恰切传神，宜雅宜俗，妙笔生花。上下两句之中，"老舍老向"与"胡风胡考"、"凤子"与"龙生"，对得多么工整。一经巧妙组合，镶嵌自然，情境俱佳。虽于游戏笔墨之中，亦见作者才气横溢。此后重庆抗战文化名人集名联时有出现，显然与其影响所及有关。

有　感

茅　盾

饭桶酒囊亦功德；
鸡鸣狗盗是雄才。

赏析

此联写于1942年6月，附在桂林通讯《雨天杂写》之四文中。同年3—12月，茅盾由香港返重庆途中，曾在桂林住了一段时间。当时桂林已成大后方有名的"文化城"，大批进步文化人云集于此，积极展开抗战文艺运动。当地文化市场却在表面热热闹闹之下，存在某些消极现象。茅盾对此深有所感并著文加以批评。他在《雨天杂写》之四文中指出：我想用八个字来概括此间文化市场的几个特点，就是"鸡零狗碎，酒囊饭桶"。在作具体分析说明之后，则以一副联语结束全文。

上联中，饭桶酒囊，意同"酒囊饭袋"，用以讥讽无能的人，只会吃喝，不会做事。功德，佛教语，指诵经、念佛、布施等善事。这里是指桂林文化市场中某些出版者与文化人，或出入酒馆自命风雅，或依靠布施勉强糊口。大家均靠文化市场支撑着，因而这也算是当地文化市场的一种“功德”吧。

下联中，鸡鸣狗盗，典出《史记·孟尝君列传》。孟尝君一度在秦被囚，曾靠会鸡鸣、狗盗者的帮助而得以脱险。后多用作贬义，以“鸡鸣狗盗”称有微末技能的人。雄才，具有杰出才能的人。这里针对桂林文化市场中存在的抄袭行为，指出有人依靠剪刀糨糊肢解他人作品拼凑成书。作者将其讥之为鸡鸣狗盗之徒是很形象的。此辈居然成了雄才，岂不让人啼笑皆非。

这是一副讽刺联语。作者针对抗战时期桂林文化市场种种弊端有感而发，采用诙谐幽默的语言加以嘲讽。所谓“功德”、“雄才”，显系反语。此种调侃戏谑，颇能耐人回味。

挽邹韬奋

茅　盾

失地见机先，未睹北定中原，吐气且期家祭告；
埋名隐敌后，共图东北三岛，腐心总为国威扬。

赏析

此联写于1944年7月。邹韬奋为我国杰出的新闻记者、政论家和出版家。主编《生活》周刊，创办生活书店，毕生从事新闻出版工作。“九一八”事变后，曾参加中国民权保障同盟、上海各界救国会等，积极宣传抗日救国。1942年底到苏北解放区。1944年7月因病逝世。宋庆龄、郭沫若等七十二人在重庆发起举行追悼会，茅盾与曹靖华、孙伏园、叶以群联名送挽联致哀。

上联言及逝者因未睹北定中原死而有憾。机先，事机的先兆，亦即事物初露的苗头。《宋史·徐爰传》：“自以体含德厚，识鉴机先，迷途遂深，罔知革悟。”北定中原，即收复祖国北方大片山河。吐气，发泄怨气而感到痛快，有扬眉吐气之意。家祭，家中对先人的祭祀。南宋陆游《示儿》：“王师北定中原日，家祭无忘告乃翁”。这里是说，逝者生前对于因日本帝国主义侵略而使我国丧失大片土地早就见机于先，只是今天未能亲眼看到挥师北伐平定中原这一抗战胜利扬眉吐气的愿望的实现，姑且期待今后家祭告知了。这是逝者生前最大的遗憾，以至殷切期盼“王师北定中原日，家祭无忘告乃翁”。

下联表述逝者生前一直坚持敌后抗日救亡的斗争。东北三岛，指东北三省。腐心，痛心。《史记·刺客列传》：“樊於期偏袒搤腕而进曰：‘此臣之日夜切齿腐心也。’”抗日战争期间，邹韬奋因皖南事变而被迫流亡香港。日军攻陷香港后，又辗转赴广东东江游击区，于1942年底到苏北解放区。次年秘密赴上海治疗癌症。这一时期经常隐姓埋名（用化名），坚持敌后斗争，与广大爱国军民一起，共图收复东北三省。他常痛心疾首投入斗争，总是为了张扬国家的声威。

此联文字质朴，感情深沉。没有运用什么成语典故，却能让人情见乎辞。在同期哀挽联语之中，颇有自己特色。

挽欧阳予倩

茅　盾

春柳发轫，桃花翻新，舞史草创，大匠但开风气；
行圆志方，恭良俭让，终红且专，后生长仰楷模。

赏析

此联写于1962年9月。欧阳予倩（1889—1962），湖南浏阳人。早年留学日本，1907年参加春柳社。回国后参与新剧同志会、春柳剧场，倡导新剧运动。后任电影编导兼演京剧十余年，曾与梅兰芳齐名，有“南欧北梅”之称。20世纪30、40年代继续从事电影、话剧编导，创作了不少颇有影响的剧本。新中国成立以后任中央戏剧学院院长，并被选为中国文学艺术界联合会副主席、中国戏剧家协会副主席、中国舞蹈工作者协会主席。一生创作电影、话剧、戏曲剧本20余部。1962年9月因病逝世，茅盾撰送挽联致哀。

上联高度评价逝者在我国现

代话剧开拓与戏剧运动中所作出的贡献。这里并非泛泛而论，而是抓住几个典型材料。春柳，即春柳社，中国最早的话剧团体。1906年冬在日本成立，主要成员有曾孝谷、李叔同、欧阳予倩等。从1907年起在日本演出《茶花女》、《黑奴吁天录》、《热血》。辛亥革命后，用“春柳剧场”名称在上海、无锡、长沙等地公演新剧，在推动我国戏剧运动发展上，有着不可磨灭的历史功绩。发轫，轫为止住车轮转动的木头，车启程时须先去轫，故称启程为“发轫”。后亦用以比喻事情的开端。此指欧阳予倩的艺术实践，实即我国现代戏剧运动，是从春柳社起步的。桃花翻新，欧阳予倩曾写过电影剧本《新桃花扇》，写过话剧与京剧剧本《桃花扇》。这些剧本均在清代孔尚任传奇《桃花扇》基础上有所创新，进而丰富了民族、民主革命的新内容。舞史草创，欧阳予倩作为中国舞蹈工作者协会主席，在民族舞剧草创阶段也曾作出一定的贡献。大匠，原指手艺高超的木工，后则泛称专家、学者和技艺高超的人。这里是说，欧阳予倩作为艺术巨匠在很多领域都是开风气之先的。

下联充分肯定逝者的人品、学识，可以作为世人的表率。行圆志方，意同外圆内方，即外表随和，内心刚正。恭良俭让，亦作“温良恭俭让”，语出《论语·学而》：“子贡曰：‘夫子温良恭俭让以得之。夫子之求之也，其诸异乎人之求之与？’”后泛指态度谦恭，举止文雅。终红且专，即又红又专。联末指出逝者在人品、学问的某些重要方面，理应成为后生长期敬仰的典范。

此联采用四言句式，虚实结合，内容充实。通过若干典型事例，表彰逝者艺术成就与为人品格。联语文笔流畅，评价贴切，能给人留下较深印象。

与郭沫若合书

茅　盾

剪纸斗彩，秋色迷人；（茅　盾）
作字题诗，春风满座。（郭沫若）

赏析

此联由茅盾与郭沫若合书，成于1962年间。1962年秋某日，茅盾来到广东省佛山市民间艺术研究社，参观了社内陈列的剪纸、斗彩等民间工艺品，并对壁上一幅郭沫若题诗表示颇为赞赏。临别时，研究社同志请求题词，茅盾欣然命笔，但只写了上联，并在落款处留一下块空白。他对大家说："这自有妙用。"不久，郭沫若再次来此参观，见到茅盾半副对联，自然心领神会。他让主人备好笔墨后，略加思索，便在空白处续了下联。

上联茅盾出句为眼前即景。剪纸，中国民间传统装饰艺术的一种，各地民间都有不同风格的剪纸作品。斗彩，瓷器釉彩名，也叫"逗彩"。主要有两种：一种以釉下的青花和釉上的五彩拼逗成彩画，这种技术创始于明成化年间。另一种以青花、釉里红和豆青拼斗成彩画，称为"釉下斗彩"，始于清康熙年间。这里是说，该社陈列的剪纸、斗彩等艺术品，与外界秋天的景色一样合人心意，亦即让人赏心悦目。

下联为郭沫若应对之词。春风，比喻教益、教诲。春风满座，从成语"如坐春风"化出。宋朝朱熹《伊洛渊源录》："朱公掞见明道于汝州，逾月而归。语人曰：'光庭如在春风中坐了一月。'"此喻与品德高尚而学识渊博的人结交并受其熏陶。这里是说，茅盾这种作字、题诗的做法，犹如良师对在座的人均有所教益。

茅盾与郭沫若为我国现代两位文学大家，诗词写作与书法艺术俱臻上乘。这副应对联语，因其珠联璧合，堪称文苑佳话。人们从郭沫若即兴巧续的联句中，终于明白了茅盾"自有妙用"的道理。

赠姚雪垠

茅　盾

频年考史拨迷雾；
长日挥毫起迅雷。

赏析

此联写于1977年3月。姚雪垠（1910—1999），河南邓县人。当代著名作家。一生著小说多种，尤以长篇历史小说《李自成》知名于世。1977年3月，茅盾在看到友人姚雪垠所写七律《春节感怀》之后，发现友人因《李自成》一书写作进展不快而心情抱郁，立即步韵奉和，加以鼓励。不久又将其中颔联写成条幅，对友人历史小说创作再次给予很高评价。

上联谓姚雪垠几十年如一日，大量搜集明末农民起义的有关历史资料，运用马克思主义的观点加以研究考证，从而拨开历史的迷雾，真实地再现李自成农民起义波澜壮阔的时代风貌。频年，连续多年。考史，考证研究历史上的人物事件，或考核订正有关历史资料，这是从事史学研究与历史小说创作的一项基础工作。

下联是说姚雪垠在充分掌握明末农民起义历史素材的基础上，长日挥毫，笔底风雷，定能写出五卷本长篇历史小说《李自成》这一皇皇巨著。挥毫，运笔，指写字或作画。迅雷，猛而急的雷声，比喻作者笔下出现惊心动魄的场面。

此联对仗工稳，言简意赅。几乎已将姚雪垠一生创作长篇历史小说的艰难历程与辉煌成就浓缩其间。诗联结合，书赠友人，无疑能在关键时刻产生不可估量的积极影响。

咏西湖长联

茅　盾

明圣湖东南胜地，有三潭印月，雷峰夕照。楼观沧海日，门对浙江潮。段家桥边，苏公堤上，淡妆浓抹，雾鬓风鬟。侠义夸苏小，隐逸羡林逋。处处别墅，竞巧争艳。洞房深闼，回廊环绕。况复立马吴山，百越尽收眼底。探渺茫之禹穴，攀葛藤而登青云，数宇内奇景，惟仙霞险阻，天台幽奥；

卧薪尝胆以治吴，叹伍员失策，伯嚭佞进。勾践何狡诈，夫差忒倨傲。子陵已矣，钓台犹存，钱王奋梃，强弩射涛。武穆竟含冤，螺蛳为带孝。方腊义旗，震撼临安。碧血丹心，彪炳史册。至于鲁王监国，朱明苟延残喘。一旦运衰鞑虏，魂慑于巾帼英雄，供诗人凭吊，曰天壤姻缘，旗鼓平阳。

赏析

此联写于1979年底。据近版《茅盾全集·补遗（上）》一书收录。标题为该书编者所加，作者生前没有发表。同年8月，茅盾曾应浙江人民出版社要求，为一本版式新颖、图文并茂的旅游读物《西湖揽胜》题词。所作题为《为〈西湖揽胜〉作》，调寄《沁园春》。作者似乎意犹未尽，遂在年底继《沁园春》词之后，又写了这副让人赏心悦目的长联。

上联集中写景。“明圣湖”十六句，作者妙笔点染杭州西湖景物。明圣湖，在历史上西湖有很多名称，汉时传说湖中涌现金牛，为“明圣之瑞”，故有金牛湖和明圣湖之称。三潭印月与雷峰夕照，一在湖中，一在山上，均为西湖十景中的有名景点。“楼观沧海日，门对浙江潮。”为灵隐韬光寺观海亭上所书唐代诗人骆宾王留下的佳句。段家桥，即断桥，本名宝祐桥，又名段家桥。以孤山之路至此而断，故唐以来皆称为断桥。苏公堤，宋代所筑，为纪念苏东坡而称苏堤。苏小，即南齐钱塘名妓苏小小。西泠桥畔有苏小小墓，今名慕才亭。林逋，即宋代隐逸诗人林和靖，死后葬在孤山北麓，后人建放鹤亭以作纪念。“洞房深闷（bì，关闭，引申为幽深清静），回廊环绕”，极写湖边别墅竞巧争艳之状。“况复”六句，百越，古代越国，建都会稽，这里泛指浙江绍兴一带。作者立马吴山，放眼远望，可探会稽禹陵，大有攀葛藤而登青云之概；且可纵览宇内奇景，有仙霞岭的艰难险阻与天台山的幽远深奥。

下联借史抒情。这里通过越王勾践卧薪尝胆、严光归隐钓台、钱王射潮、岳飞含冤、方腊起义、于谦与张煌言矢志抗清、巾帼英雄秋瑾等诸多的历史人物故事，意在表明西湖有着深厚的历史文化内涵。吴王夫差当年居功自傲，不听伍员（子胥）劝告，而听从佞臣伯嚭（pǐ，即太宰嚭）进言，放越王勾践归国。勾践终于卧薪尝胆，战败吴国。严光为东汉隐士，至今桐庐富春江畔尚有严子陵钓台。唐末吴越王钱镠为镇钱江怒潮，部署精兵，万箭齐发，怒射潮神，得以建成海塘。武穆，即南宋抗金名将岳飞，被奸相秦桧以“莫须有”的罪名陷害而死，有《岳武穆遗文》传世。螺蛳，岳飞被害于风波亭后，当时有人用螺蛳壳掩埋了他的尸骨。所以《精忠岳传》中有“欲觅精忠骨，螺蛳壳内寻”的说法。方腊为北宋末年农民起义军领袖，曾高举义旗攻占杭州、歙州六州五十二县，引起南方震动。于谦、张煌言均为民族英雄，碧血丹心，彪炳史册，二人墓地均在杭州。鲁王监国为明亡后其残余势力在南方建立的南明政权，只是苟延残喘而已。巾帼英雄，指辛亥革命女烈士秋瑾，死后葬在杭州西泠桥畔。这位鉴湖女侠处于清室气运衰微之际，使其慑魄荡魂。“天壤姻缘”与“旗鼓平阳”，似从成语天壤王郎、旗鼓相当转化而来，意在赞叹这位巾帼英雄的身世命运。

这是一副长达二百余字的吟咏西湖的楹联。作者善于抓住杭州西湖独特的自然景观和人文史迹，借以抒发自己对于这一“人间天堂”的深厚感情。在作者笔下，杭州山水呈现的自然风光，历史人物留下的湖山胜迹，往昔文人吟咏的诗词佳句，西湖民间流传的诸多传说，自然融入这副长联之中。看似信手拈来，却又自成佳构。且能让人在阅读欣赏之余，产生身临其境的感觉。我们如能结合今天西湖申请世界遗产取得成功，则更能进一步理解这副长联所具有的丰富文化内涵。

挽徐锡麟

刘大白*

读春秋左传，吴有胥，越有种，皆名为报仇雪耻，奈无民族精神，成败若不论，潮汐往来，应惭后起；

严中外大防，宋则岳，明则于，惜志在尊王攘夷，难免家奴事业，英雄纵不朽，湖山管领，合让先生。

作者

*刘大白（1880—1932），浙江绍兴人。著名诗人、文学史家。“五四”时期热心倡导新诗写作。曾任复旦大学、上海大学教授，浙江大学秘书长，国民政府教育部次长。著有《刘大白文集》、《刘大白诗集》。

赏析

此联写于1911年12月。徐锡麟（1873—1907），字伯荪，浙江绍兴人。近代民主革命家。光复会重要领导人。1907年与秋瑾准备浙、皖两省同时起义。7月6日，在安庆领导巡警学堂学生率先发难，击毙安徽巡抚恩铭，攻占军械所。终被清军镇压，徐亦被捕就义。1911年12月，随着辛亥革命胜利、绍兴军政分府成立，人们纷纷前往徐氏宗祠祭奠革命先烈，刘大白亦撰联致哀。发表时题为《挽徐烈士伯荪联》。

上联就春秋时期的历史人物进行议论，并于褒贬之中突出徐锡麟的历史作用。春秋左传，书名，编年体春秋史，也称《春秋左氏传》或《左氏春秋》。相传为春秋时鲁左丘明所撰，记自鲁隐公元年至鲁悼公四年间260年史事。胥，即伍子胥，春秋时吴国大夫。原为楚人，父兄均被楚平王杀害。投奔吴国后，与孙武共佐吴王阖闾伐楚。五战入郢，掘平王墓，鞭尸三百。后劝吴王夫差拒绝勾践求和并停止伐齐，因遭吴王忌恨，而被赐剑自杀。

种，即文种，春秋时越国大夫。越国被吴击败，劝说勾践求和。勾践回国后授以国政，君臣奋发图强，终于灭亡吴国。后勾践听信谗言，赐剑命其自杀。联中首先告诉我们，读了《春秋左氏传》，就会知道吴国有伍子胥、越国有文种这两个历史人物。作者进而指出，他们“皆名为报仇雪耻”，即伍子胥报了楚平王杀害父兄之仇，文种帮助越王勾践雪了失国之耻，只是二人“奈无民族精神”。最后三句画龙点睛，我们如果不以成败论英雄，随着潮涨潮落岁月往来，他们亦应在后起之秀面前感到惭愧。此指徐锡麟参与反清武装起义，明显具有民族精神，虽然失败被杀，仍应加以称颂。

下联仍借评述历史人物以达到赞颂革命先烈的目的。大防，原指大堤，亦谓重要的原则性的界限。岳，即岳飞，南宋抗金名将。力主抗金北伐收复失地，且曾屡败金兵。因南宋君臣一心求和，终被陷害而死。于，即于谦，明代爱国名臣。曾任兵部尚书，抗击瓦剌也先入侵。在“夺门之变”中被英宗杀害。联语首先说明，若论严守中原与外族原则性的界限，宋代乃是岳飞，明代乃是于谦。亦即二人均为历史上的民族英雄。尊王攘夷，谓尊崇王室排斥夷狄。我国历史上每当汉民族建立的政权受到异族入侵时，统治者就以尊王攘夷作为动员臣民拥护王室团结御敌的口号。家奴，私家的奴仆。《汉书·高帝纪下》：“郎中田叔、孟舒等十人自髡钳为王家奴，从王就狱。”这里进而指出，岳飞、于谦抗击异族入侵，可惜依然志在尊王室、攘夷狄，难免仍属封建家奴忠于王室的事业。下联结尾三句直入主题，尤其值得注意。作者认为，像岳飞、于谦这样的民族英雄纵然不朽，但管辖统领西湖群山，应该让位于先生。因徐锡麟反清并非忠于王室，而是争取民主共和，理应高出一筹。岳飞、于谦、徐锡麟墓均在杭州西湖附近，故有此说。

此系长联，泛论古今，叙议结合，自成一格。作者在评述历史人物过程之中，表达对于故乡先贤的仰慕之情。只是表现手法颇为独特，可谓不着一字尽得风流。对于逝者没有正面涉及，而是采用烘云托月手法，且有层层递进之势。先述逝者具民族精神，而胜于春秋时代因报仇雪耻得以著称于世的名人；进而论及民族英雄岳飞、于谦，认为纵然不朽，亦有尊王攘夷的正统思想，而“合让先生”。联中月旦古今人物，褒扬虽有某些失当之处，却不失为一种启人深思的独立见解。

贺龚宝铨续娶

刘大白

南面百城，拥书万卷；
小春十月，有美一人。

赏析

此联写于1916年10月。龚宝铨（1883—1922），字未生，浙江嘉兴人。光复会、同盟会会员。辛亥革命后任浙江省图书馆馆长、浙江省参议会副议长。1916年10月续娶，刘大白撰联致贺。

上联先就友人身份地位切入。南面百城，谓居王侯之高位而拥有广大的土地，旧时用来形容统治者的尊荣富有。《魏书·逸士传·李谧》：“每曰：‘丈夫拥书万卷，何假南面百城？’”拥书，聚书、藏书。这里是说，友人身为浙江图书馆馆长，既有一定社会地位，又有万卷藏书可阅，堪称现代名士。

下联直言友人续娶本事。小春，指农历十月，也称小阳春。意谓十月不寒，有如初春。欧阳修《渔家傲》词：“十月小春梅蕊绽，红庐画阁新装遍。”有美一人，即有一美人。语出《诗·郑风·野有蔓草》：“有美一人，清扬婉兮；邂逅相遇，适我愿兮。”这里是说，友人时在小春十月，得与邂逅美人完婚。

此联切人切事，清新可喜。既符合友人特定身份，又点出友人续娶情境。如果联系联中用语的出处，则更能给人以丰富联想。由此不难看出作者驾驭联语文字的功力。

挽王金发

刘大白

生未及见北极新朝，与洪宪皇帝誓不两立耳；

死犹得葬西湖片土，问兴武将军有此一抔无？

赏析

此联写于1916年间。王金发（1882—1915），浙江嵊县人。早年参加反清斗争。1905年随徐锡麟等赴日本，入大森体育学校，并参加光复会。毕业后归国，任绍兴大通学堂体育教员。1907年秋瑾遇害后逃亡日本，复往来于沪浙之间坚持斗争。辛亥革命时，率敢死队攻打上海江南制造局，继赴杭州直捣巡抚衙门，旋在绍兴成立军政分府，任都督。次年被袁世凯解职。1913年参与“二次革命”，失败后蛰居上海。1915年回杭州，被浙江都督朱瑞杀害。1916年袁世凯死后，亲友将王金发葬于杭州西湖畔，刘大白撰联志哀。

上联言逝者生前积极参与反对袁世凯的斗争。北极新朝，此指袁世凯复辟帝制建立新的朝廷，且自取年号为“洪宪”。北极，北极星的简称，又作北辰。《论语·为政》：“为政以德，譬如北辰，居其所而众星拱之。”誓不两立，发誓不与仇敌共生存于人世间。耳，表语气，同“矣”。这里是说，逝者生前没有来得及见到袁世凯建立的新王朝，却与这位自封的洪宪皇帝誓不两立。此指王金发遇害时，袁世凯尚未称帝，联中以“誓不两立”赞许逝者的反袁壮举。

下联讥讽杀害王金发的凶手朱瑞。兴武将军，即朱瑞。辛亥革命后任浙江都督，因依附袁世凯被授予兴武将军，督理浙江军务，曾上书劝袁世凯称帝。帝制失败后，朱瑞避居上海，后在天津病死。一抔（póu），即一抔土，一捧土。语出《史记·张释之冯唐列传》，后为坟墓的代称。无，用同“否”、“么”。白居易《问刘十九》：“晚来天欲雪，能饮一杯无？”这里是说，王金发死后葬于杭州，犹得西湖片土，试问兴武将军朱瑞能够有此一捧土吗？亦即能有资格葬于西湖附近吗？

此联属对工稳，言简意赅。联中涉及逝者与洪宪皇帝、兴武将军关系之处，既符合史实，又爱憎分明，具有颇为强烈的感情色彩。此联写逝者“生”与袁世凯“誓不两立”，“死”与朱瑞结局不同，借与之相关联的人物并议，时人称“用超然高举之笔调，甚是得体”。

挽范仰乔

刘大白

乃祖有名，在党锢传；
相君之背，如居鄛人。

赏析

此联写于1916年间。范仰乔为浙江宁波人。1913年二次革命（即讨袁之役）后，因受株连被袁世凯通缉。1916年袁世凯死后，得以恢复自由，任浙江高等审判厅厅长。同年因病逝世。刘大白时任浙江议院秘书长，曾代省议院撰送挽联致哀。

上联言逝者祖先范滂曾遭党锢之祸。乃祖，先祖。汉扬雄《逐贫赋》："昔我乃祖，宣其明德。"此指东汉党锢之祸中受到株连的范滂。党锢（gù），东汉桓帝时宦官专权，士大夫李膺等和太学生联合，抨击宦官集团。宦官诬陷他们结为朋党诽谤朝廷，株连二百余人，禁锢终身。灵帝即位后，李膺等受起用，与大将军窦武谋杀宦官。事败，李膺等百余人皆被杀，死徙废禁者六七百人。史称"党锢之祸"。《后汉书》有《党锢传》。逝者先祖范滂为《党锢传》中有名人物之一。

下联言逝者本人亦参与反袁斗争。相君之背，《史记·淮阴侯列传》："齐人蒯通知天下权在韩信，欲为奇策而感动之……通曰：'相君之面，不过封侯，又危不安。相君之背，乃贵不可言。'"这里意在劝反，"背"字双关，故以隐语动之。范仰乔当时就疽发背而死，联句亦含此意。居鄛（cháo），即居巢，古县名。秦置，治所在今安徽桐城县南。秦末项羽谋士范增即居鄛人，虽已年高仍辅项羽称霸，项羽尊之为亚父。联中居鄛人即指范增。范增亦因项羽中刘邦反间计，愤而离去，途中疽发背死。联中因言逝者"如居鄛人"。

此联言简意深，耐人回味。所用典故，均与逝者祖先及本人有关，却又生僻难解。上联言及祖先范滂已颇隐约，下联用典更为古奥。"如居鄛人"，仍用范氏故实，而又暗切他的生死，显得颇为机巧。且“相君之背”一语双关，这里意在表彰逝者在反袁斗争中充当谋士而发挥了积极的作用。

挽汤寿潜

刘大白

鸣咽江潮一路哭；
蹉跎人寿才年多。

赏析

此联写于1917年6月。汤寿潜（1857—1917），字蛰仙，浙江绍兴人。近代立宪派，曾撰《危言》四卷，主张变法。1905年任沪杭铁路总理。1906年与张謇组织预备立宪公会。1907年参与浙江官绅谋害秋瑾事件。1909年任浙江咨议局议长。辛亥革命后一度窃取浙江都督之位，并任南京临时政府交通总长。后赴南洋游历，归国后病死。浙中召开追悼会，刘大白撰送此联。

上联谓钱江潮水发出鸣咽之声仿佛一路在哭。表面是在悼念逝者，人们为之鸣咽痛哭，实际是讽刺逝者，讥其担任沪杭铁路总理期间出卖路权。一路哭，语义双关，耐人回味。

下联中，蹉跎，失足，颠蹶。此谓人的寿命受到挫折。表面是说生病才有年多，实寓死者晚节有疵。汤氏早年主张变法，尚有可取之处；晚年出卖路权、参与杀害秋瑾、窃据浙江都督之位，均属为人不齿。

此联含讥带讽，语少意多。“鸣咽江潮”与“蹉跎人寿”，均切哀挽用语；加上“一路哭”与“才年多”，则寓言外之意。难怪作者好友夏丏尊曾著文指出：“大白为道地绍兴人，绰有徐文长的流风，有时笔端非常辛辣。”“语颇谑而虐。闻斯联在追悼会中未能挂出。”

挽陶荫轩

刘大白

世事乱如麻，恤纬亦存忧国意；
人生原似戏，盖棺即是下场时。

赏析

此联写于1917年间。陶荫轩为浙江绍兴布商，同时经营建筑工程。曾于绍兴城内花巷，将原有布业会馆加以改造，馆中添建戏台。还参与重修兰亭事宜。他在会馆中开的戏馆，因生意不佳而停演。1917年间，竟在戏馆停演当晚，即生急病而死。刘大白闻讯撰联致哀。

上联肯定逝者在世乱如麻的年代仍存忧国之意。恤纬，成语“嫠不恤纬”的省略，谓寡妇不忧其织少，而怕国家灭亡会祸及自己。后来多指忧国亡家之心。宋李曾伯《赠李尉归云川》：“佩弦思良规，恤纬事忧抱。”这里是说，逝者在世事纷乱如麻的年代，仍存忧国之心，热心社会公益事业。

下联感慨逝者死于戏馆停演之时。盖棺，成语“盖棺论定”的省略，谓在人死之后一生是非功过才有定论。明张苍水《甲辰九月狱中感怀》：“莫道古人多玉碎，盖棺定论未嫌迟。”这里是说，人生原来像戏一样，一旦退出舞台，即为盖棺论定之时。

此联属对工稳，切人切事。对于逝者，既赞其具有忧国为民之心，又哀其死于戏馆停演之时，纪实之中寓有感慨。人生原来似戏，让人为之唏嘘。

挽顾家相二联

刘大白

一

读哀思一曲，似开府端忧，是书生积习未除，托之麦秀黍离，聊自安排作遗老；

志厘税三篇，仿兰台食货，借古刻蒐奇犹缺，从此吉金乐石，更谁磨洗认前朝。

二

其经术，是儒林，其词章，是文苑，其考厘税，搜金石，又是史官，事事可师，草志尤资吾辈法；

于浙东，为耆旧，于秦中，为寓公，于江左右，河南北，并为循吏，洋洋盈耳，知名不独故乡多。

赏析

这两副挽联写于1917年间。顾家相（1853—1917），浙江绍兴人。清末曾任江西萍乡知县、河南归德与彰德知府。辛亥革命后，写有《哀思曲》，表示自己是个遗老。浙江省设局修《浙江通志》，约请他为《厘税志》、《金石志》纂修。1917年因病逝世，刘大白为人代笔撰写挽联两副。

第一副挽联系为在绍兴县志办事处任职的友人王余子代写。

上联就逝者写作《哀思曲》、自称遗老一事加以评述。开府，开建府署，辟置僚属。古代须位达三公或将军方可开府。杜甫《春日忆李白》："清新庾开府，俊逸鲍参军。"庾信在北周官至骠骑大将军，开府仪同三司，因称庾开府。端忧，端为古代祭祀时所穿的衣服，此即穿着端衣忧伤。庾信本是被强留于北方的南朝使臣，虽在北朝做官，仍怀故国之思，内心颇为忧伤。麦秀，即

《麦秀歌》。据《史记·宋微子世家》，箕子朝周，过故殷墟，感宫室毁坏，生禾黍，心伤之，因作《麦秀》之诗歌之。黍离，《诗·王风》篇名。《诗序》："闵宗周也。周大夫行役至于宗周，过故宗庙宫室，尽为禾黍。闵周室之颠复，彷徨不忍去而作是诗。"后以麦秀黍离用为感慨亡国触景生情之词。晋陆机《辩亡论》："夫然，故能保其社稷而固其土宇，麦秀无悲殷之思，黍离无愍周之感矣。"遗老，前朝之臣。《吕氏春秋·慎大》："武王乃恐惧太息流涕，命周公旦进殷之遗老，而问殷之亡故。"这里是说，我们读了逝者辛亥革命后写的《哀思曲》，感到像南北朝诗人庾信（开府）穿着祭服忧伤。这是逝者读书人积习未除，用以寄托自己麦秀黍离的亡国之痛，还聊以将自己安排作前清遗老。

下联充分肯定逝者为撰写《浙江通志》所作的贡献。厘税，亦称厘捐。清末于水陆要隘分设卡局，以抽取行商货物税，大抵按货物原价抽取几厘，故曰厘捐。兰台，东汉时班固为兰台令使，受诏撰史。故后亦称史官为兰台。食货，旧中国史书叙经济史的篇名，其名来自《尚书》。《汉书》中有《食货志》。古刻，古代碑刻。吉金，鼎彝等古代器物。古以祭祀为吉礼，故称铜铸之祭品为吉金。乐石，可做乐器的石料。《古文苑·秦始皇峄山刻石文》："刻此乐石，以著经纪。"后亦泛指碑碣。磨洗认前朝，语见杜牧《赤壁》："折戟沉沙铁未销，自将磨洗认前朝。"谓经过磨洗而认前朝之事。这里是说，逝者仿兰台令使班固《食货志》的写法，为《浙江通志》写成《厘税志》三篇。本来打算再写《金石志》，借助古代青铜铭文与碑碣石刻搜奇尤缺，可惜尚未脱稿就去世了。从此吉金乐石之事，更有谁来加以磨洗去认识前朝的事情？

第二副挽联为刘大白代绍兴县志采访处撰写。

上联高度评价逝者在经学、文学、史学方面的造诣与成就。经术，即经学。《汉书·循吏传序》："三人皆儒者，通于世务，明习文法，以经术润饰吏事。"儒林，儒者之林，旧指学术界。词章，亦作辞章，诗文的总称。文苑，文士所聚之处，旧称文学界。金石，《吕氏春秋·求人》："故功绩铭乎金石。"高诱注："金，钟鼎也；石，丰碑也。"后因称钟鼎碑刻为金石。草志，草拟志书。这里是说，他的经学，入于学术界；他的诗文，入于文学界；他的考订厘税、搜求金石，又是史官所为。逝者事事可为人师，尤其是草拟志书更为值得我辈效法。

下联言逝者一生所经之处均留下好的名声。耆（qí）旧，年高而久负声望的人。秦中，今陕西为古秦国之地，故称秦中。寓公，通称寄居他乡具有官吏身份的人。江左右，即江左、江右。江左指长江下游以东地区，即今江苏省一带。江右指长江下游以西地区，常用以称江西省。循吏，奉职守法的官吏。洋洋盈耳，语出《论语·泰伯》："洋洋乎，盈耳哉！"谓美盛之名充满耳际。这里是说，逝者在浙东故乡为年高有德之人，在陕西寄居多年为寓公，在江西、河南等地为奉职守法的官吏。到处留下美名，充满人们耳际，其知名的程度不独故乡为多。

这两副联语颇见作者文字功力。因为不同对象代笔，故而采用不同写法。前者作为王余子个人怀念亡友，遂从逝者身世际遇入手，选择晚年写作《哀思曲》自称遗老，为《浙江通志》撰修《厘税志》《金石志》等具体事件，显得亲切感人。后者为绍兴县志采访处代笔，遂从逝者一生诸多学术成就与为官为绅声名远播落笔，加以综合评价。作者采用传统挽联写法，评述逝者一生功业品德，文字亦古朴典雅深沉蕴藉，可作以挽辞形式写成的人物传记来读。

题 岳 庙

刘大白

子孝臣忠，决战早成三字狱；
君猜相忌，偏安还赖十年功。

赏析

此联写于1916—1924年间，具体时间不详。岳庙，在杭州西子湖畔栖霞岭下。南宋嘉定十四年，为纪念民族英雄岳飞而将北山智果院改成祠庙，即今之岳王庙。刘大白在杭工作期间，曾游岳王庙，并应约题联。

上联评述岳飞。子孝臣忠，极言岳飞崇高品德。作为人子，曲尽孝道；作为朝臣，尽忠报国。三字狱，《宋史·岳飞传》载：岳飞被秦桧等陷害下狱。“韩世忠不平，诣桧责其实，桧曰：‘岳子云与张宪书虽不明，其事体莫须有。’世忠曰：‘莫须有三字，何以服天下？’”按莫须有犹言恐怕有、也许有，世因称岳飞冤案为“三字狱”。此指岳飞力主抗金北伐收复失地，早已得罪朝廷势必构成冤狱。

下联指责南宋君相。君猜相忌，此指南宋皇帝高宗、宰相秦桧均主偏安一隅与金议和。这样高宗可以保住君位，不让徽钦二帝生还；秦桧既秉承高宗意旨，又与金人暗中勾结。他们对于岳飞均存猜忌。十年功，指1129年金兀术率军渡江南进，岳飞与江南军民奋起抵抗，击退金军进攻。1140年金兀术进兵河南，岳飞率领岳家军大败金兵，收复郑州、洛阳等地，使金人元气大伤。联中因言岳飞遭陷害而死，而南宋朝廷得以偏安，还赖岳飞十年抗金之功。

此联言简意明，对仗工稳。作者爱憎分明，既高度评价岳飞为人“子孝臣忠”，且有抗金北伐“十年功”，亦愤怒指责南宋王朝“君猜相忌”，无端制造“三字狱”。可谓义正词严，大快人心。

挽朱执信

刘大白

狠的怕你，猾的避你，奸的妒你，龌龊的憎恶你，如今都罢了，却剩那知道你的，真爱你、痛你、惜你；

国也由伊，省也随伊，党也信伊，政治者悉听伊，到底不忍呵，怎怪得放下伊也，又护伊、救伊、殉伊。

赏析

此联写于1920年间。朱执信（1885—1920），广东番禺人。早年留学日本，加入同盟会，被选为评议部评议员兼书记。回国后参与策划1908年广州起义、1910年广州新军起义、1911年广州黄花岗起义。辛亥革命后，曾任广东军政府总参议，广东审计院院长。还在上海协助孙中山撰写《革命方略》，任《建设》杂志和《民国日报》编辑。为国民党元勋中左派人物。1920年为驱逐桂系军阀主动赴广东联络民军，不幸被桂系军阀杀害于虎门。刘大白惊闻噩耗，与沈玄庐联名撰联致哀。

上联高度评价逝者人品高尚、爱憎分明。朱执信作为国民党元勋之一，一直追随孙中山。因其为人耿直、立场鲜明，深为敌对势力与党内异己，亦即凶狠、狡猾、奸诈之人所忌恨。如今那些人都已罢了，却剩下了解你的朋友，真正爱你，为你悲痛惋惜。

下联充分肯定逝者在民国成立前后的政治地位与影响。伊，人称代词。一般指第三人称“他”或“她”。亦可用作第二人称“你”，宫大用《范张鸡黍》第三折：“早知你病在膏肓，我可便舍性命将伊救。”这里是说，广东省由你掌管，党内同志都听从你。到底让人于心不忍呵，难怪放下你后，又想保护救助你，甚至以身相殉为你献出生命。

朱执信原籍浙江萧山，在新文化运动中提倡白话文、思想颇为激进，遂与同乡同道刘大白、沈玄庐结为挚友。作者因以白话写成联语悼念亡友。全联突出第二人称，上联句句有你多至八个，下联句句有伊也是八个。回环往复，感人至深。这样的词语运用与组合方式，在哀挽联语中堪称别具一格。

赠同学赴美度蜜月

刘大白

蜜月旅行，伫看万里乘风，携手同游新大陆；
爱河春涨，料是百川学海，盟心齐指太平洋。

赏析

此联作于20世纪20年代初期。刘大白时任上海复旦大学教授，为同学夫妇赴美欢度蜜月而作此联。录自张自中《刘大白白话联拾萃》，载《对联》2007年第5期。

上联中，“蜜月”，欧美称新婚后的一个月为“蜜月”。在这一个月内夫妇偕同旅行，叫做“度蜜月”。伫,伫立，长时间地站着。“新大陆”，亦称“西大陆”，即西半球陆地，包括南北美洲。上联意谓，同学夫妇蜜月旅行，二人将乘长风破万里浪，携手同游新大陆。

下联中，“爱河”，爱情的河流。百川学海，语出扬雄《法言·学行》：“百川学海而至于海。”谓江河模仿海水流动不止，终能汇聚于海。盟心，结盟于心。下联意谓，爱河春日水涨，料想百川归于大海，二人结盟于心共同指向太平洋。

这是一副别具一格的白话联语。大体全由通俗易懂的口语组成，而且用了许多“五四”时期的新名词，如蜜月旅行、爱河、新大陆等，给人以耳目一新之感。

赠入蜀奔丧的友人吴其

刘大白

行不得，蜀道方难，游子念家山，正期报答春晖，寸草长驰心万里；

悲未央，乌私断愿，大江流日夜，遥想经过巫峡，哀猿啼下泪三声。

赏析

此联作于20世纪20年代初期。刘大白当时任上海复旦大学教授，友人吴其入蜀奔丧，特撰联语相赠。此事详见张自中《刘大白白话联拾萃》，载《对联》第5期。

上联中，行不得，语见《本草纲目·禽·鹧鸪》，俗谓鹧鸪鸣曰“行不得也哥哥”，常用以比喻行路的艰难。蜀道，指进入四川的道路。家山，家乡。春晖，语见孟郊《游子吟》：“谁言寸草心，报得三春晖。”原谓春光、春阳，后用以比喻母爱。寸草，小草，比喻微小。人们常以“寸草春晖”比喻子女对父母的亲情。上联意谓，世路艰辛，入蜀道路难行，游子思念家乡，正想报答母亲养育之恩，此心早已长驰万里。

下联中，未央，未尽。《诗·小雅·庭燎》："夜如何其？夜未央。"乌私，"乌鸟私情"的省语，义同"乌哺"，旧谓乌鸦能反哺，因借以比喻孝养父母。语见晋李密《陈情表》："是臣尽节于陛下之日长，报养刘之日短也，乌鸟私情，愿乞终养。"巫峡，长江三峡之一，因巫山得名。"哀猿"句，语出《水经注·江水》："每至晴初霜旦，林寒涧肃，常有高猿长啸，属引凄异，哀转久绝，故渔者歌曰：'巴东三峡巫峡长，猿鸣三声泪沾裳。'"下联意谓，悲伤未已，而今孝养母亲之愿已断，大江仍在日夜奔流，遥想经过巫峡之时，高山猿啼三声定会泪沾衣裳。

此联用语文白相间，并非典型白话联语。作者学识渊博，善于化用古代诗文，构成感情真挚、语浅意深的挽辞。因其深入浅出，读之耐人回味，能以收到雅俗共赏的效果。

挽孙中山五联

刘大白

一

立德立功立言，惟先生三不朽耳；
民有民治民享，愿吾党一以贯之。

二

为中国求自存，匪异人任，酷矣彼苍，不憖遗一老；
虽先生难复作，有主义在，勖哉吾党，其毋忘三民。

三

未闻商周有三民，是真应天顺人，汤武革命何足道；

亦知汉满不两立，彼但偷王窃帝，洪杨建国宜其亡。

四

春秋大复仇，觉罗既亡，合五族为一，开四百兆众共和制局，民国万岁，先生万岁；

欧亚同革命，列宁而外，亘两洲无三，是二十世纪建设伟人，苏联元勋，中华元勋。

五

当袁冯变乱，张康叛逆，徐曹潜窃之交，绵延国脉，激励舆情，亦父亦母亦师，一身兼斯三职；

于尧舜禅让，汤武征诛，桓文尊攘而外，建设共和，铲除专制，不帝不王不霸，百师仰此匹夫。

赏析

这组挽联写于1925年3月。孙中山（1866—1925），名文，字逸仙，广东香山人。伟大的民主革命家。曾任中华民国临时大总统、护法军政府大元帅、中国国民党总理。1925年3月12日，因病逝于北京。刘大白为悼念逝者，先后作挽联二十余副。后曾以《挽中山先生联十副》录入《白屋联话·十三》。今选其中五副略加诠释。

第一副挽联：

上联中，立德立功立言，语见《左传·襄公二十四年》："大上有立德，其次有立功，其次有立言，虽久不废，此之谓不朽。"后因以立德、立功、立言为"三不朽"。耳，表语气，用同"矣"。作者盛赞唯有中山先生做到了立德、立功、立言三不朽。这个评价对于逝者是当之无愧的。他为我国民主革命所树立的德业、所建立的功绩、所创立的学说，自当永垂不朽。

下联中，民有民治民享，19世纪60年代美国总统林肯在葛底斯堡的演讲词中，对于全民政治作出这样简要的解释，即一切为人民所共有，一切为人民所治理，一切为人民所享用。作为资产阶级政治主张在当时具有一定的进步意义。孙中山赞成并倡导民有、民治、民享的政治主张。吾党，我党，即孙中山改组后的国民党。一以贯之，语出《论语·里仁》：“吾道一以贯之。”谓用一种道理贯穿于事物之中。这里作者愿国民党能将“民有民治民享”思想贯穿于一切工作之中。

第二副挽联：

上联中，匪，非。《诗·卫风·木瓜》：“匪报也，永以为好也。”异人，不寻常的人。此指为了求得中国自存，非有不同寻常之人才能胜任。彼苍，语见《诗·秦风·黄鸟》：“彼苍者天，歼我良人。”后以彼苍为天的代称。慭（yìn）遗，语见《诗·小雅·十月之交》：“不慭遗一老，俾守我王。”后多以“天不慭遗”为悼念贤者之辞。一老，有德行的老人，此指孙中山。这里是说，残酷啊老天，何不留下这位有德行的老人。

下联中，复作，按此词原义难于解释，似为“复生”之误。主义，即三民主义。孙中山提出的中国资产阶级民主革命的纲领，包括民族主义、民权主义、民生主义。后有所发展，结合联俄、联共、扶助农工三大政策加以说明，成为新三民主义。勖（xù），勉励。《书·牧誓》：“勖哉夫子。”其，副词，表示祈求的意思，相当于“尚”、“当”。毋（wú），不要。这里是说，虽先生难以复生，但有先生的主义在，勖勉啊我党，当不要忘记三民主义。

第三副挽联：

上联就商周时代的汤武革命进行议论。商周，商朝和周朝。三民，指孙中山提出的以民族、民权、民生为内容的三民主义。汤武革命，语出《易·革》：“汤武革命，顺乎天而应乎人，革之时大矣哉。”汤武，即商汤和周武王，为商朝和周朝的建立者。革命，革者变革，命者天命，实为王者易姓改朝换代而已。历代封建帝王改朝换代总称自己“应天顺人”。这里是说，没有听到说商朝、周朝有过三民主义，是真做到应天顺人么？商汤和周武王的所谓革命有何足以称道之处！

下联就近代太平天国农民革命加以议论。汉满，汉族和满族。偷王窃帝，指偷取王位窃夺帝位。洪杨，即洪秀全、杨秀清，均为太平天国革命领袖。洪秀全在建立太平天国之后，自称天王，定都南京。后因清军在帝国主义支持下加以镇压和太平天国内部矛盾激化导致失败，这里是说，太平天国领导人亦知汉满誓不两立，亦即汉族人民一直从事反对清王朝的斗争，但他们只知偷偷窃取帝王的宝座，因此洪杨建立的太平天国灭亡是应当的，这是在否定洪杨偷王窃帝的同时，充分肯定孙中山在我国近代民主革命中的地位。

第四副挽联：

上联赞中山先生开创共和、建立民国之功。春秋，原为儒家经典之一的编年体春秋史，亦可用以代指历史、岁月。觉罗，即爱新觉罗，满族姓氏之一，为清朝皇室的族姓。如末代皇帝宣统即爱新觉罗·溥仪。此指历史上出现了大复仇，清皇室终于消亡，应由汉族、满族、蒙古族、回族、藏族五个民族合为一体了。四百兆众，即四万万民众。百万为兆，四百兆合四万万。共和制局，共和体制的格局。这里是说，随着民国的建立，开创了由四万万民众组成的民主共和体制的格局，我们应当高呼：中华民国万岁！孙中山先生万岁！

下联将孙中山与列宁并称，他们分别为中华民国与苏联的开国元勋。列宁为苏维埃社会主义共和国联盟的缔造者，苏联人民的伟大领袖。亘（gèn），从此端直达彼端，意即横贯。这里是说，欧洲与亚洲同时出现革命高潮，除列宁而外，横贯两大洲并无第三人。他们是二十世纪的建设伟人，一为苏联开国元勋，一为中华民国元勋。联中虽未出现孙中山的名字，却又处处与他有关。

第五副挽联：

上联突出了孙中山在辛亥革命之后所起的作用。袁冯变乱、张康叛逆与徐曹潜窃，均为民国成立以来引人注目的历史事件。不少反动人物粉墨登场，上演了一出出丑剧或闹剧。袁冯变乱，辛亥革命后，北洋军阀袁世凯窃据中华民国总统的职位，后又阴谋复辟帝制，做了八十几天洪宪皇帝。冯国璋作为袁世凯亲信，在袁死后成为北洋直系首领，一度登上总统宝座。张康叛逆，指张勋复辟事件。张勋曾任清政府江苏巡抚兼两江总督，辛亥革命后仍坚持效忠清室，人称“辫帅”。1917 年 7 月利用黎元洪与段祺瑞的“府院之争”，率军入京，拥废帝溥仪复辟。旋告失败，演出了一场闹剧。康有为作为资产阶级改良派代表人物，辛亥革命后坚持保皇立场，积极参与张勋复辟活动。徐曹潜窃，此指北洋军阀徐世昌与曹锟，或操纵安福国会，或贿赂国会代表，先后窃取总统的职位。在这样一系列历史事变中，能以绵延国家的命脉，激励舆论和民情的，正是中山先生。他在中国革命党人和人民大众心目中，可以说是亦父亦母亦师，一身兼有这三个方面的职能，亦即起到为民父母与师长的作用。

下联以上古时代尧舜禅让、汤武征诛、桓文尊攘作为衬托，说明孙中山所从事的近代民主革命更加值得让他受人仰慕。禅让，上古以帝位让授予贤者称为“禅让”。相传尧死后由舜继位，舜死后由禹继位。征诛，征讨诛伐。此指商汤征讨夏桀，周武王诛伐殷纣，史称应天顺人的“汤武革命”。尊攘，即尊王攘夷，此指春秋时代齐桓公、晋文公先后打出“尊王室、攘夷狄”的口号而称霸诸侯。这里是说，我国历史上除上述值得称道的事件外，能建设民主和平的国家，铲除封建专制的制度，而后既不称帝，也不称王，又不称霸，就连圣贤也会仰慕这样的人。百师，即百世师。《孟子·尽心下》：“圣人，百世之师也。伯夷柳下惠是也。”匹夫，古指平民中的男子。苏轼《韩文公庙碑》：“匹夫而为百世师，一言而为天下法。”

这组挽联颇有特色。孙中山逝世之后，各界敬献挽联，数以千计万计。而一人写有数十副者，似并不多见。足以显示刘大白当时关心近代社会政治并对中山先生怀有深厚敬仰之情。联语内容，纵论古今历史人物事件，以突出逝者在近代民主革命中的地位作用。上至尧舜禅让、汤武征诛、桓文尊攘，下至洪杨建国、袁冯变乱、张康叛逆，旁及苏联列宁、美国林肯的“民有民治民享”，可谓纵横捭阖，月旦古今，可见作者学识丰富。挽联用语典则，文白相间。多用浅近文言，显得端庄严肃。“立德立功立言”、“汤武革命何足道”，虽系文言，均有所本，不难理解。偶见“不憖遗一老”、“百师仰此匹夫”，虽较为古奥，亦属当时习见的悼辞、敬辞。因其笔墨简洁、属对工稳，足见作者驾驭联语文字的功力。

纪念孙中山逝世两周年二联

刘大白

一

救国主义，最良无过三民，能令赤县苍生，得公天下；

革命导师，长逝虽经两载，仍若青天白日，长照人间。

二

问两个周年中，国底进步何如，党底进步何如，算做得一篑工程，能成功吗，全凭毅力决心做去；

在三民主义下，友也听人自便，敌也听人自便，请认清双方战线，要革命的，快向青天白日走来。

赏析

这两副联语写于1927年3月。当时，上海各界举行纪念孙中山逝世两周年活动，刘大白亦敬献挽联致哀。

先看第一副联语：

上联高度评价三民主义具有救国救民的作用。三民，即三民主义。孙中山提出的资产阶级民主革命的纲领，内容包括民族主义、民权主义和民生主义。作者认为它是最好的“救国主义”。赤县，赤县神州的略称，指中国。苍生，百姓。得公天下，即天下为公。语出《礼记·礼运》：“大道之行也，天下为公，选贤与能，讲信修睦。”清孙希旦集解：“天下为公者，天子之位，传贤而不传子也。”后来成为一种美好社会的理想。此指实行三民主义能使中国百姓进入天下为公的理想社会。

下联言革命导师光辉长照人间。青天白日，晴朗的天。韩愈《与崔群书》：“青天白日，奴隶亦知其清明。”此指孙中山虽已逝世，但仍如青天白日长照人间。

再看第二副联语：

上联可见作者关心国是，忧心忡忡。底，语助，同“的”。一篑（kuì），一筐。篑为盛土的竹器。《书·旅獒》：“为山九仞，功亏一篑。”后称功败垂成为功亏一篑。但也可以相反，《汉书·王莽传》：“纲纪咸张，成在一篑。”因此功亏功成，常在一篑。这里是说，中山先生逝世已经两年了，这两年来国家与党进步如何？就算在做一篑工程，能成功吗？亦即功亏一篑，还是功成一篑，全凭大家毅力决心去做。

下联希望人们认清政治形势，坚持革命道路。联中所言敌友，实为革命阵营内部的不同政治派别。在国民党第一次全国代表大会上，孙中山根据联俄、联共和扶助农工三大政策重新解释过去提出的三民主义。中国共产党人和国民党左派表示拥护。国民党右派却打着三民主义旗号，暗中进行分裂活动。出于对孙中山三民主义的不同理解，因此“友也听人自便，敌也听人自便”。正是这种情况下，作者提请认清双方战线，真正要革命的，快向青天白日走来，亦即站在孙中山正确路线一边。

这两副联语采用白话写成，文字通俗易懂，内容深入浅出。作者深情怀念革命导师，高度评价三民主义。更为引人注目的是，联系当时政治形势，希望坚持革命道路。联语有着明显的政论色彩，这在当时实属难能可贵。

春　联

刘大白

韶光寒转暖；
淑景去还来。

赏析

此联写于1928年新年前夕。当时，刘大白任上海复旦大学中文系主任，正值新年到来之际，自题春联一副。

上联中，韶光，美好的时光，常用以指春光。语见唐太宗《春日玄武门宴群臣》：“韶光开令序，淑气动芳年。”上联是说，随着新年即将到来，春光降临人间，气候亦由寒冷转而温暖。

下联中，淑景，谓美景。语见南朝宋鲍照《代悲哉行》：“羁人感淑节，缘感欲回辙。”下联是说，良辰美景虽去还会回来，此指新年一过春天又将回来。

这副春联大体采用传统表现手法，虽从时令入手，却能反映自然界韶光渐至、淑景再来的内在变化，作者因迎接新年而产生的喜悦之情溢于字里行间。

贺王世颖王绮馨新婚

刘大白

打倒同姓不婚；
拥护本家合作。

赏析

此联写于1928年4月。王世颖，1902年生，福建闽侯人。复旦大学经济系毕业后留校任教，并兼《时事新报》副刊《春光》编辑。常以笔名夫凡，在报刊上发表文章提倡合作主义。著有《合作概论》等书。后为国民党政府社会部合作司司长。1928年4月，王世颖在复旦大学任职期间与一同姓女子王绮馨结婚。刘大白作为复旦中文系主任，对于这位年轻学者颇为赏识，特为"两王"结合题白话联一副祝贺。

先看上联。《礼记》称："夫婚礼，万世之始也。取于异姓，所以附远厚别也。"旧社会"同姓不婚"的习俗由来已久。后来随着人口的众多，地域的广阔，许多同姓的人早已没有血缘关系。而今王世颖和王绮馨"双王结合"，以实际行动打倒了同姓不婚的陋习。作者怎能不为之欢呼？

下联中，本家，泛指同宗同姓。合作，这里一语双关，既指二人作为本家相恋结合，又指王世颖当时在报刊上大力提倡的"合作主义"（一种强调合作社作用的改良主义思潮）。作者表示完全拥护两位本家携手合作。

这副喜联卓具特色。纯用口语写成，而又充满谐趣。肯定"双王结合"喜事，否定"同姓不婚"陋习。寓庄于谐，涉笔成趣。看似游戏笔墨，实亦成之不易。

贺友新婚

刘大白

奇花初胎，若其天放；
幽鸟相逐，尽得风流。

赏析

此联写于 1928 年 11 月。今录自刘大白《白屋联话》之二十二《贺结婚的联语》。当时，刘大白曾应徐文骏、王杏元之请，代做房对一幅。此系集句形式，全部录自唐代诗人司空图的《诗品》。虽语近谐谑，却颇为工巧。

上联中，奇花初胎，语见司空图《诗品·精神》："明漪绝底，奇花初胎。"初胎，用人的初孕喻指花始发苞，亦即含苞待放。此句意谓，眼前奇花即将绽开，自然显得明丽动人。若其天放，集自司空图《诗品·疏野》："若其天放，如是得之。"若，顺从、顺应。《书·尧典》："乃命羲和，钦若昊天。"其，语助词，无义。天放，放任自然。此句意谓，顺应放任自然，自得人间乐趣。

下联中，幽鸟相逐，语见司空图《诗品·典雅》："白云初晴，幽鸟相逐。"本谓幽居深谷的鸟儿互相追逐，比喻洞房里一对新人在欢乐嬉戏。尽得风流，集自司空图《诗品·含蓄》："不着一字，尽得风流。"风流，本谓文学作品的超逸美妙，这里亦含新人尽情享受洞房生活的乐趣。

这是一副提供友人贴在新房的联语，且都集自唐代诗人司空图《诗品》中的成句。《诗品》本为品评诗歌的各种境界，现在移花接木，用其成句转而品味新婚夫妇的幸福生活。联中用语既贴切自然，完全符合新房的特定情境，又雅俗共赏，更增喜庆的欢乐气氛。

代浙江大学书二联

刘大白

一

民国十七年，天下为公，自今伊始；
主义大一统，党内无派，如是我闻。

二

今年此日，于历史划分新纪元，盼党政机关，将恶势力扫除净尽；
中国前途，唯教育促成真统一，合工农文理，把大事业建设起来。

赏析

此联写于1928年间。据刘大白《白屋联话·十七·纪念联语》介绍："民国十七年，举行统一纪念的时候，我曾经代国立浙江大学作联语两副。"这里的"统一纪念"，指宁汉（即南京国民政府与武汉国民政府）统一纪念活动。1927年10月至次年1月，国民党新军阀产生混战。南京方面蒋介石、李宗仁同武汉方面汪精卫、唐生智之间争权夺利进行战争，结果以汪精卫、唐生智失败而退出武汉告终。1928年间，南京国民政府为庆贺宁汉统一要求各地举行纪念活动，刘大白时任国立浙江大学秘书长，代学校写了这两副联语。

先看第一联：

上联中，天下为公，古指不为一家所私有。《礼记·礼运》："大道之行也，天下为公。"孙希旦集解："天下为公者，天子之位传贤而不传子也。"旧民主主义革命时期，孙中山借用此语作为对"民权主义"的解释，意谓政权为一般平民所拥有。伊始，事情的开始。这里是说，民国十七年（即1928年），实行"天下为公”，正从现在开始。

下联中，主义，此指国民党所奉行的以民族主义、民权主义、民生主义为内容的资产阶级民主革命的纲领。大一统，统一全境。《公羊传·隐公元年》：“何言乎王正月？大一统也。”指天下诸侯统一于周天子，后世因称封建王朝统治全国为大一统。如是我闻，佛经开头语。如是，指经中的内容。我闻，阿难谓闻之于佛，意谓我闻佛说如此。这里是说，如今三民主义统一全国，国民党内已无派别，这正如我佛所宣扬的真理。作者显然是为当时的国民党政权歌功颂德，实际国民党内依然存在派别，且新军阀之间不断混战。

再看第二联：

上联中，今年此日，指举行宁汉统一纪念的日子。新纪元，新的历史阶段的开端。恶势力，指国内残余封建军阀势力。上联将国民党宁汉政府合流看成是进入历史新阶段，且盼全国党政机关，将各地封建军阀势力扫除干净。

下联从庆祝宁汉统一，转入教育方面，谓只有发展教育才能实现真正统一，国家才有前途。至于“工农文理”，此指当时国立浙江大学分为工、农、文理三个学院，希望浙江大学学校当局把教育这个大事业建设起来。

这两副联语是为“纪念宁汉统一”应景而作。作者时任国立浙江大学秘书长，为学校代书当为出于某种需要。

元　旦

刘大白

记十七年前，为共和纪元，中山先生始建国；
有二千万众，待教育普及，大学之道在新民。

赏析

此联写于 1929 年元旦。刘大白此前已由上海复旦大学中文系主任调任国立浙江大学秘书长。1929 年 1 月 1 日，参加浙江大学庆祝元旦大会，并为校方拟联语一副，悬于庆祝会场。

上联由学校庆祝元旦活动想到民国成立，希望学生永记十七年前今日。1912 年 1 月 1 日，在武昌起义胜利的基础上，宣布独立的各省在南京成立临时政府，选举孙中山为临时大总统，结束了统治中国两千多年的封建帝制，建立了资产阶级民主共和国。随着中山先生建国之始，我国进入共和体制新的纪元。

下联进而提出普及民众教育与大学教育的使命。二千万众，指当时浙江省民政厅调查户口的结果，全省人口为二千一百多万。大学之道在新民，语出《礼记·大学》:“大学之道，在明明德，在新民，在止于至善。”朱熹注:“新者，革其旧之谓也。言自明其明德，又当推以及人，使之亦去其旧染之污也。”这里是说，大学之道在于提高民众觉悟，去除种种旧习。当时浙江正进行着大学区制，浙江省的教育行政，由国立浙江大学综理，所以恰好借用此语。

此联因代校方撰写，言简意明，语近旨远。从不忘中山先生建国之功，到关注浙江教育普及，均对莘莘学子提出殷切期望和要求。

题教育馆入口处大门

刘大白

定建设底规模，要仗先知，做建设底工作，要仗后知，以先知觉后知，便非发展大中小学不可；

办教育的经费，没有来路，受教育的人才，没有出路，从来路到出路，都得振兴农工商业才行。

赏析

此联写于 1929 年 6 月。同年 6 月至 10 月，浙江省政府为“奖励实业，振兴国产，并唤起民众革命精神，增进民众知识”，于杭州西湖举行国货宣传大会，定名为西湖博览会。刘大白任筹备委员会委员、教育馆馆长。该馆入口、出口及各陈列室均有刘大白题写的联语。

上联由论述先知与后知入

手，说明发展教育的重要。底，同“的”，表领属关系。“五四”时期诗文中时有出现。先知，对于人类或国家的大事了解得比一般人早的人。《孟子·万章上》：“天之生此民也，使先知觉后知，使先觉觉后觉也。”后知，认识事物在别人之后的人。这里是说，制定国家建设的计划与规模，要仗先知先觉的人；而做各项建设的具体工作，则仗后知后觉的人。我们为让先知去觉后知，便非发展大中小学不可。这正是孟子所强调的以先知觉后知，亦即发展教育的重要。

下联意在具体地阐释农工商等实业与教育的关系。从教育方面讲，办教育经费的来路，受教育人才的出路，都离不开农工商等实业，只有振兴实业才能发展教育。从实业方面讲，一方面提供教育的经费，一方面容纳受教育的人才，实业才有仗着教育的效果而格外发达起来。二者紧密联系共存共荣。

此联悬于西湖博览会教育馆入口处，可谓开门见山直奔主题。作者既以通俗易懂的语言，强调发展大中小学的重要；又以深入浅出的道理，阐明农工商等实业与学校教育的关系。从而让人知道，教育馆作为西湖博览会的八个场馆之一，绝非只是点缀而已。

题教育馆出口处大门

刘大白

看完这教育成绩，感想如何，不满意么，要同担些匡扶责任；

放下那湖山美观，勾留在此，能着眼的，别错认是点缀功夫。

赏析

此联写于1929年6月。刘大白作为杭州西湖博览会教育馆负责人，曾为该馆出口处大门题写此联。

上联是对人们参观教育馆之后的一点希望。正如该馆特刊《发刊词》中所言:“在这西湖博览会中,照例有一个教育馆,这教育馆中所陈列的,是很可怜的是绝不能使人满意的成绩。”作者只是希望大家在不满意的同时,要共同担当一些匡正扶持的责任。

下联在对参观者感激之余提出一点建议。勾留,稽留,耽搁。本作“句留”。白居易《春饮湖上》:“未能抛得杭州去,一半句留在此湖”。着眼,从某一方面加以观察、考虑。这里是说,人们放下湖光山色不作美好观赏,却在教育馆里稽留,现在希望大家不要错认教育馆只是花了一些点缀功夫而已。

此联紧扣题意,明白如话。作者对于参观者提出了一些希望和要求。因其实事求是,态度诚恳,更能为各界人士所接受。

题　茅　亭

刘大白

有乐山乐水者来,到此见仁见智;
无唯物唯心之别,当前即美即真。

赏析

此联写于1929年6月。杭州西湖博览会教育馆内花园中有座茅亭,供人休憩之用。刘大白当时亦在其上题联。

上联中,乐(yào)山乐水,比喻各自爱好不同。语出《论语·雍也》:“知者乐水,仁者乐山。”见仁见智,语出《易·系辞上》:“仁者见之谓之仁,知者见之谓之知。”知,同“智”。后以“见仁见智”谓对同一问题各有各的见解。上联意谓,今有各自爱好不同的人前来参观,到了这里必然对于浙江教育工作各有各的见解。

下联中,唯物唯心,即唯物主义与唯心主义,哲学上两个互相对立的基本派别。即美即真,就是美好就是真诚。下联意谓,这里没有唯物主义与唯心主义的区别,只要重视当前就是美就是真。

此联题于园内茅亭,用语颇费斟酌。作者能将休闲与参观结合起来,倒也恰到好处。只是下联中言“无唯物唯心之别”，明显存有欠妥之处。

题陈列室三联

刘大白

一

有科学，有艺术，请另换眼光，看大方家数；
或多能，或专长，总各抒心得，为后进典型。

二

不论好好歹歹，都凭创造手段，显出二代国民们手段；
莫道零零碎碎，要用比较眼光，来作一个系统的批评。

三

为世界养成新人，为国家养成新民，且造就新民，先立定世界大同基础；
以政治来作动体，以教育来作动力，要增加动力，才促进革命政治效能。

赏析

这三副联语写于1929年6月。杭州西湖博览会教育馆有三个陈列室，分别介绍浙江全省教育的现状和所取得的成绩。刘大白当时亦一一题写了联语。

第一副联语看似反映浙江高等教育的现状。

上联就专业而言，应对学科门类划分与教学方法运用要有正确的眼光。大方，语出《庄子·秋水》：“吾长见笑于大方之家。”成玄英疏：“方犹道也。”大方之家为懂得道理或有专长的人。家数，古代学术文章注重师法传授，凡一脉相沿信守家法的，称为家数。这里是说，高等学校专业门类很多，有科学技术，有文学艺术，请大家另换一种眼光看待这些大方之家的家数，亦即不要以过去传统的观念来看待今日新兴学科的不同流派。

下联就高等学校教职员而言，他们或博学多能，或学有专长，总是各人尽抒自己的治学心得，为广大学生树立学习的典型。后进，泛指后辈。《后汉书·孔融传》："喜诱益后进。"

第二副联语似就中小学教育发表看法。

上联中，歹，坏，与"好"相对。二代国民们，指广大中小学教员。他们绝大多数是中青年，因称第二代国民。这里是说，不论好也好差也好，他们都凭自己创造性的手段，来显示我国第二代国民们的水平。联中"手段"二字前后重复，结尾处可能有误。

下联中，系统的批评，谓应认识到教育具有自身的体系，要从整体上加以观察与批评。这里是说，希望人们莫说教育成果零零碎碎，要用比较眼光，即了解我国教育发展的历史与目前的现状，来做一个较为系统的批评。

第三副联语似就教育工作的任务和功能而言，要培育社会需要的人才，要推动社会的发展。

上联中，新人，具有新的思想品德的人。新民，语出《礼记·大学》，含义颇为广泛。梁启超当年倡导"新民说"，毛泽东发起成立"新民学会"。大体均含启发民众觉悟或成为时代新人之意。大同，语出《礼记·礼运》，本为儒家宣扬的理想社会，对于后世影响很大。孙中山亦主张天下为公世界大同。上联意谓，教育的任务在于培养人才，我们且造就一代新民，为将来世界大同立定很好的基础。

下联中，政治，指治理国家所实行的一切措施。动体，行动的本体。动力，行动的外力。下联意谓，以政治作为行动的本体，以教育作为行动的外力。我们要增加这种动力，才能促进政治革命的效能。此指教育应为政治服务，作为一种助力，促进社会政治的发展。

这三副联语分别为教育馆三个陈列室题写，无不围绕教育工作发表意见进行宣传。用语通俗易懂，内容深入浅出。只是由于作者处于特定时代和自身认识局限，某些提法不尽恰切，需要适当留意。

挽沈玄庐

刘大白

能作英雄，不作英雄，贻误譬风云，缘我旧时一绝句；
生为党国，死为党国，掬诚向天日，如公当代几孤忠。

赏析

此联写于1929年8月。沈玄庐（1883—1929），原名定一，字剑侯，号玄庐，浙江萧山人。1912年当选浙江省议会议员。1916年任省议会议长。1918年与戴季陶、孙棣之创办《星期评论》，发表思想激进的文章。1920年与陈独秀在上海发起组建马克思主义研究会，为中国共产党早期党员。1923年11月加入国民党，次年出席国民党一大，为中央候补执行委员。后企图破坏浙江国共合作，被中共中央清除出党，并任国民党浙江省党部组织委员兼秘书长等职。1929年被刺杀，刘大白作为挚友撰送挽联致哀。

上联婉转称颂逝者为当代杰出人物。英雄，常指杰出的人物，即识见、才能或作为非凡的人。贻（yí）误，错误遗留下去，使人受到不好影响。旧时一绝句，指作者写于1920年题为《风云》的一首绝句，诗为："云心每妬天无垢，风力争教水不平。着眼是非功罪外，英雄毕竟误苍生。"此诗意在劝人不要卷入政治风云，莫作有误苍生的"英雄"。上联意谓，逝者能作英雄而不作英雄，看来缘于我旧时一首绝句，因将人间风云譬喻政治斗争，从而贻误了友人吧！

下联直接表彰逝者忠于党国。党国，此指国民党和民国。掬（jū）诚，一片诚心好像用手可以捧取，以此形容人的真诚。天日，此指青天白日，国民党党旗的标志。孤忠，忠心耿耿而不得支持。元胡炳文《拜岳鄂王墓》："大义君臣重，孤忠天地知。"这里值得注意的是，何以称颂逝者为当代少有的孤忠？何以忠心耿耿而得不到支持？联系逝者当时遇刺身亡及社会反应，明显是与国民党派系之争有关。

这副挽联文字并不深奥，内容却颇费解。因为逝者有其特殊的政治经历与遇刺的复杂背景，作者虽同病相怜而难于直述，联中遂有“贻误譬风云”、“如公当代几孤忠”这样婉转曲折的词句。需要联系当时特殊历史时代与特定政治人物加以理解。

贺某新婚

刘大白

要造新家庭，先改旧婚姻，果是有情人，才成眷属；
能从伪礼教，进到真恋爱，认得自由路，何用蹇修。

赏析

此联写于20世纪20年代。据刘大白《白屋联话》之二十二《贺结婚的联语》介绍：当时有位学时髦的人物因要贺朋友的旧式婚姻，特地请刘大白做了这副白话联。

上联开门见山，宣传新式婚姻。作者明确指出，要想建造新式的家庭，必须先改旧式的婚姻。因为只有真正的有情人，才会成为眷属。

下联希望现代青年摆脱虚伪的封建礼教，进入到真正恋爱的殿堂。只要认清了婚姻自由的道路，还要什么“父母之命，媒妁之言”呢？蹇（jiǎn）修，语出屈原《离骚》：“解佩纕以结言兮，吾令蹇修以为理。”王逸注：“蹇修，伏羲之臣也……使古贤蹇修而为媒理也。”旧时因称媒人为“蹇修”。

此联既应学时髦的友人所请，自当须以符合时代潮流的观念应之。作者采用通俗易懂的口头语言，直接宣传新式婚姻、自由恋爱的道理。这在20世纪20年代，确能收到让人为之耳目一新的效果。

贺张某新婚

刘大白

庶几斯人，所思不远；
是有真宰，相期与来。

赏析

此联录自刘大白《白屋联话》之二十二《贺结婚的联语》，原未注明写作时间，大约写于20世纪20年代。张某，为基督教徒，曾与刘大白同事，其余情况不详。当年，刘大白曾应张某要求，为其新婚书联致贺。

上联中，庶几斯人，集自司空图《诗品·形容》：“离形得似，庶几斯人。”庶几，差不多、或许。意谓差不多就是这个人吧！所思不远，集自司空图《诗品·沉着》：“所思不远，若为平生。”谓所思之人并不遥远，亦即就在眼前。

下联中，是有真宰，集自司空图《诗品·含蓄》：“是有真宰，与之沉浮。”真宰，犹造物，假想中的宇宙主宰者。因友人为基督教徒，相信上帝，故引此语。相期与来，集自司空图《诗品·精神》：“欲返不尽，相期与来。”相期，相约，等待。这里是说，确实有所谓主宰，相约之人会与之俱来。

这是一副典型的集句联，全部来自唐代诗人司空图《诗品》中的成句。此联妙在切人切事，雅洁自然。友人为基督教徒，而今燕尔新婚，作者所集《诗品》的句子能与之对应，因亦自成一格。

挽徐谊臣

刘大白

人世几泡影，春婆富贵，转眼成空，抛却臭皮囊，不自由者毋宁死；

天地一场戏，优孟衣冠，现身说法，数来新脚色，如可作也谁与归。

赏析

此联写于20世纪20年代。徐谊臣是作者的知己朋友。曾为清朝县令，后弃官而为优。辛亥革命后以演新剧著称。徐谊臣后因病逝世，刘大白撰联志哀。

上联感叹人生如梦，肯定逝者弃官为伶追求自由的精神。泡影，比喻虚幻或无望之事。《金刚经》："一切有为法，如梦幻泡影。"春婆富贵，据《侯鲭录》载，相传宋代苏东坡在海南时，一日行歌田野，有老妇谓曰："内翰昔日富贵，一场春梦！"里中因呼此妇为春梦婆。后将这一传说作为感叹富贵无常的典故。臭皮囊，指人的躯壳。旧时信释道者厌恶人的肉体，以为其中藏有涕痰粪尿等污物，故称。这里是说，人世几多梦幻泡影，犹如春梦一场，富贵转眼成空。如果不能自由，臭皮囊反成累赘，不如抛却算了。逝者生前主动放弃官场荣华富贵，转而追求"不自由毋宁死"的精神，实属惊世骇俗难能可贵。

下联叙说世间如戏，而今友人已逝，吾谁与归。优孟衣冠，典出《史记·滑稽列传》，优孟为春秋时代楚国艺人。相传楚相孙叔敖死，优孟着孙叔敖衣冠，模仿其神态动作，楚庄王及左右不能辨，以为孙叔敖复生。后因称登场演戏为"优孟衣冠"。现身说法，本谓菩萨显示种种化身宣说佛法。《景德传灯录·释迦牟尼佛》："亦于十方界中现身说法。"后喻用自身经历作为例证，对人进行讲解或劝导。谁与归，即与谁归，与谁一起。这里是说，人间如戏，纷纷登台演出，意在现身说法。而今查点新角色，如可以做又与谁同台演出呢？此系画龙点睛之笔，深为友人之死感到惋惜悲伤。

此联寓庄于谐，感情深曲。作者采用近于戏说的语言，突出逝者的职业特色与性格特征，寓哀思于诙谐之中。赞扬友人弃官为伶追求自由的精神，表达自己身处人生舞台而今吾谁与归的感慨，方为联中真谛，读者须加品味。

赠湖畔居士

刘大白

淡泊明志心当健；
平易近人道不孤。

赏析

此联根据文字内容，约写于20世纪20年代末。湖畔居士，当为生活于西子湖畔的杭州友人，其余生平事迹不详。刘大白因与之时相过从，遂书联以赠。

上联中，淡泊明志，语见诸葛亮《诫子书》："非淡泊无以明志，非宁静无以致远。"谓恬淡寡欲以明心志，亦即甘于朴素的生活以显示自己志趣高尚。上联指出，"淡泊明志"应作做人的本色，只有这样，身心才能得以健康。

下联中，平易近人，形容态度谦逊和蔼，使人容易接近。语见唐白居易《策林》十二："夫平易近人，人心归之。"道，原指思想、学说，语见《论语·里仁》："吾道一以贯之哉。"可引申为同道之人。下联指出，"平易近人"，既属人的性格作风，也是待人处世准则。只要平易近人，就不会成为孤家寡人，而和更多的人一道携手并肩共同前进。

此联言简意赅，含蕴丰富。当属作者晚年之作，因而凝聚一生深刻的人生体验与涉世心得。这种格言式的警句，既为题赠友人，似亦用以自勉。

贺熊希龄毛彦文结婚

沈尹默*

且舍鱼取熊，大小姐勾通孟子；
莫吹毛求疵，老相公重作新郎。

作者

*沈尹默（1883—1971），浙江吴兴人。现代诗人、书法家。“五四”时期投入新文化运动，参与编辑《新青年》，倡导白话诗。曾在北京大学、北京师范大学任教。新中国成立后，任中央文史馆副馆长、上海市文联副主席。著有《沈尹默诗词集》、《沈尹默书法集》。

赏析

此联写于1935年2月。熊希龄（1870—1937），字秉三，湖南凤凰人。光绪年间进士，选翰林院庶吉士。曾返湖南推行新政，任长沙时务学堂提调，因参与维新运动被革职。辛亥革命后任袁世凯政府财政总长、国务总理。后退出政界，致力于社会福利事业，任世界红十字会中华总会会长。熊希龄原配夫人、续弦夫人先后去世。1935年2月，66岁的熊希龄与33岁的毛彦文在上海结婚，一时传为美谈，沈尹默撰联表示祝贺。

上联就女方择婿予以戏说。大小姐，指毛彦文。毛彦文为美国密歇根大学教育学院毕业生，回国后历任复旦大学、大夏大学和暨南大学教授。孟子，战国时期思想家，此处代指熊希龄。舍鱼取熊，典出《孟子·告子上》：“孟子曰：‘鱼，我所欲也；熊掌，亦我所欲也；二者不可得兼，舍鱼而取熊掌者也。生，亦我所欲也；义，亦我所欲也；二者不可得兼，舍生而取义者也。’”原在通过这一比喻说明舍生取义的道理。联中活用此典，意在调侃新娘。毛彦文当时任复旦大学教授，同校有位青年教授、红学专家吴宓（雨僧）也在狂热追求她，毛彦文却选中了熊希龄。在吴语方言中，鱼、吴二字发音相近，且与雨僧之“雨”谐音，遂将此戏称之为“舍鱼取熊”。此处语义双关，戏言沪上大小姐姑且舍鱼取熊而勾通（暗中串通）了孟夫子，亦即按孟夫子的教导行事。

下联从男方角度加以调侃。老相公，显然是对66岁新郎熊希龄的戏称。吹毛求疵，语出《韩非子·大体》：“古之全大体者……不吹毛而求小疵。”本谓故意挑剔，寻求过错，这里加以化用。毛彦文在接受熊希龄求爱后，只是提出一个条件，要求熊希龄把多年蓄起的胡须剃光。熊希龄欣然同意，当天就把一尺多长的胡须剃去。联中戏称此举因满足女方吹毛求疵的要求，老相公才得以重作新郎。

这是一副卓具特色的婚联，可谓雅俗共赏、妙趣横生。不仅巧嵌熊、毛之姓，而且暗含二人婚恋过程中的两则轶闻，更为引人瞩目。联语虽对老相公与大小姐有所调侃，却也掌握分寸。显然比起同一题材的许多婚联要高出一筹。毕竟出自大家手笔，堪称谐联佳作。

自　题

沈尹默

春兰早芳，秋菊晚秀；
浊醪夕引，素琴早张。

赏析

此联录自《中国对联大辞典》，具体写作缘起与时间不详。就其联意似为早年之作，虽集引或化用古人成句，仍流露出近代文化人潇洒不羁的叛逆精神。

上联以春兰秋菊喻人而显现其具有独特个性。古人往往以春日兰花与秋天菊花，说明物当其时各有佳胜。屈原《九歌·礼魂》：“春兰兮秋菊，长无绝兮终古。”后多用以比喻各极一时之盛。汉武帝刘彻《秋风辞》亦言：“兰有秀兮菊有芬，携佳人兮不能忘。”联中化用古人成句而另有转意，这里是说，春兰提早发出香气，秋菊推迟开出花朵。二者虽各极一时之盛而又自成一格，让人在冬季亦能领略兰菊的芬芳。

下联则以某种生活习性写人的进退有据怡然自得。浊醪（láo），浊酒。引，引觞、持杯。素琴，不加装饰的琴。语见南朝梁江淹《恨赋》："浊醪夕引，素琴晨张。"这里是说，晚引浊醪，晨张素琴，虽似高雅之举而不适时宜，自有苦闷而难释然于怀。此语引自《恨赋》，实有深意存焉。

此联别具一格。录引或化用古人成句，犹如己出，显然是在借他人酒杯浇自己胸中块垒。文辞典雅工丽，内容蕴藉含蓄，颇见作者艺术功力。只是让人难于把握，似嫌失之隐晦。

无题三联

沈尹默

一

云鹤有奇翼；
神鸾调玉音。

二

仪宇方诸朗月；
文章炳兮中天。

三

王绩但思酣美酝；
葛洪不复问丹砂。

赏析

这组联语具体写作时间不详。录自《历代名人楹联墨迹》。无题，作者别有寄托，不愿标明事题，故意用《无题》名篇，遂有无题诗之一格。

第一副联语以云鹤、神鸾喻人间美好事物。

上联中，云鹤，云中白鹤。

因有奇异翅膀，得以云中飞翔，声闻于天。常用以喻人品格高洁，志向高远。

下联中，神鸾（luán），《说文》：“鸾，亦神灵之精也。赤色，五采，鸡形。鸣中五音。”晋陶渊明《读山海经》之七：“灵凤抚云舞，神鸾调玉音。”联句意谓，神鸾在调制美好的乐音。

第二副联语赞颂友人才貌双全。

上联言貌。仪宇，仪表、器宇。方，比拟、比方。诸，“之于”的合音。联句意谓，此人仪容风度可以比之于明朗的月亮。

下联言才。炳，光明、显著。中天，正当天空之中，表示极盛。联句意谓，文章光明灿烂如日中天。

第三副联语言人淡泊名利，多才多艺。

上联中，王绩，唐初著名诗人。隋大业中举孝廉，授扬州六合县丞，以非性所好，解职归乡里。生性嗜酒，尝采自杜康、仪狄以来善酒者作谱，又作《醉乡记》。酣（hān），畅饮、饮酒尽兴。酝（yùn），酒。此句意谓，王绩只是在想畅饮美酒。

下联中，葛洪，晋代道教理论家，自号抱朴子。家贫好学，始以儒术知名；后好神仙导养之法。从祖玄传炼丹之术于郑隐，洪从郑隐学，著有《抱朴子》。丹砂，即朱砂，古代道家炼药多用此。此句意谓，葛洪不复过问丹砂之事。这里意指葛洪除炼丹外，还精通医术，著有《金匮药方》一百卷。

这组联语名曰《无题》，实为言志书怀之作。作者为现代著名书法家，常有友人索书，遂信手题写以应求者。或直接称颂友人其貌可比朗月，文章如日中天；或借古人生平逸事，抒发个人怀抱。用语蕴藉含蓄，耐人回味。

集宋词

沈尹默

拥莲媛三千，画舸频移，花扶人醉；
度清商一曲，小楼重上，秋与云平。

赏析

此联据《中华对联鉴赏》一书收录，因集自宋代词人成句，故称《集宋词》。沈尹默何时写出此联与录自哪些词人词作，均有待进一步查考。

上联似在摹写湖上或池中的景物。这里有“莲媛三千”，媛本美女，以人喻花，意谓犹如美女一般的莲花。三千并非实指，而是极言其多。只见水上“画舸频移”，画舸为装饰华丽的小船，正在荷花丛中频频移动。进而出现“花扶人醉”的情景。这里“扶”字用法有点特别，并非一般扶持、帮助，而是在指古代女子肃拜的姿态。《释女·释姿容》：“（拜）于妇人为扶，自抽扶而上下也。”这里是说，水中聚集大量美丽的荷花，游船所过之处，周围荷花如年轻女子纷纷拜揖，让人为之陶醉。

下联似在写人游罢归来，登楼谱曲，欣赏秋色。先度清商一曲。度（duó）即度曲，制曲或按曲谱歌唱。清商为古代五音之一，商声。南北朝时，中原旧曲及江南吴歌、荆楚四声，统称清商。重又登上小楼，只见秋与云平。秋为秋风，似与“清商”呼应，清商亦指秋风。晋潘岳《悼亡诗》：“清商应秋至，溽暑随节阑。”这里是说，自度清商一曲，重登小楼吟唱，深感秋风吹拂似与云平（仿佛从高空吹来）。眼前秋高气爽，令人心旷神怡。

这是一副典型的写景联。因集宋人词句，颇类宋词意境，且具婉约词风。联语没有明显的时代特色，只是生动摹写自然景物，写出民间文人雅士优游自在的生活。文字简约清婉，属对工稳，颇具艺术功力。

题成都武侯祠

沈尹默

诸葛大名垂宇宙；
宗臣遗像肃清高。

赏析

此联具体书写时间不详。武侯祠，在四川省成都市南郊，是纪念三国时蜀汉丞相诸葛亮的祠堂。始建于晋代，后与刘备昭烈庙合并。现存殿宇为清康熙年间重建。祠内殿宇宏伟，林木葱茏，保存历代文物颇多。沈尹默作为著名书法家，曾应成都武侯祠要求，手书此联相赠。

上联中，垂，留传。此句意谓，诸葛丞相的大名永远留传于天地之间。此指诸葛亮声名远播，永远活在世人心中。

下联中，宗臣，为世人所敬仰的国家重臣。此句意谓，祠中受人景仰的古代大臣的遗像显得那么庄严而清洁高尚。此指人们面对武侯祠中诸葛亮的贴金塑像所产生的感想。

这是一副典型的摘句联。联文摘自杜甫七言古诗《咏怀古迹》之五中的成句。现代书家录写古人诗句，悬于武侯祠中，可谓相得益彰，同样熠熠生辉。

题杜甫草堂花径

沈尹默

背郭堂成，锦里溪山千古在；
缘江路熟，青郊草木四时新。

赏析

此联具体书写时间不详。杜甫草堂，在四川省成都市西郊浣花溪畔，为唐代大诗人杜甫旅蜀时的居所。始建于唐乾元年间，宋代开始建园立祠。内有大廨、诗史堂、工部祠等建筑。花径是草堂通内的一条小径，周围遍植海棠、茶花、梅花、木芙蓉。“花径”之名，见于杜甫《客至》：“花径不曾缘客扫，蓬门今始为君开。”今入草堂正门后，即可望见沈尹默手书的“花径”匾额，悬于朱漆门楼之上。沈尹默当年除题匾额外，还补书了明人何宇度所撰的这副楹联。

上联中，背郭堂成，谓背倚

城郭建成草堂。郭，古代在城的外围加筑的一道城墙。此指杜甫草堂建在成都郊区。锦里，指成都城南锦江地带。晋代常璩《华阳国志·蜀志》：“锦江织锦濯其中，则鲜明，濯他江则不好，故命曰锦里。”这里是说，杜甫草堂将与锦里的溪流山峦（亦即蜀中山水）千古同在。

下联中，缘江路熟，语出杜甫《堂成》：“背郭堂成荫白茅，缘江路熟俯青郊。”此指经常沿着锦江散步成了一条走熟的路。下句意谓，在这里俯视郊外的原野，草木青青，四时常新。

此联属对工巧。“背郭堂成”与“缘江路熟”，直接录自杜甫《堂成》，而后稍加点染，绘出草堂周围山川景物之美。浑然天成，自成佳构。

自　题

钱玄同*

打通后壁说话；
竖起脊梁做人。

作者

*钱玄同（1887—1939），浙江吴兴人。“五四”时期投入新文化运动，倡导文学革命。曾任北京大学、北京师范大学教授。后在教育部国语统一筹备处任总干事，致力于语言文字的研究。还倡议成立国语罗马字拼音研究委员会。著有《音韵学》、《钱玄同文选》等。

赏析

此联写于 20 世纪 20 年代。据黎锦熙于 1939 年 5 月写成的《钱玄同先生传》一文中说：“十年前让我给他用铁线篆的注音符号写一副对联：‘打通后壁说话，竖起脊梁做人。’我赞叹这两句正是矫时俗之弊，盖一般人多半是‘竖起脊梁说话，打通后壁做人’也；他不虚伪，肯牺牲，只看前文所叙的事实就可以知道。”

上联意谓，打通后面的墙壁说话，亦即说话毫无顾忌，无须防范“隔墙有耳”。此与“打开天窗说亮话”同义，谓人敢想敢说，磊落光明。

下联意谓，挺起自己的脊梁骨堂堂正正地做人。这是作者一贯奉行的做人准则。必须竖起脊梁，不要俯首弯腰低三下四，一副奴才样子，应当保持做人起码的骨气。

此联用语深入浅出，阐明做人道理。果然文如其人，钱氏一生为人耿直，敢怒敢言，光明磊落，正气逼人。早年《自题》实为一生的座右铭。尤其是在晚年，日寇侵华，拒受伪命，一再声明“钱某决不当汉奸”！高风亮节，令人敬仰。钱氏其联其行，亦如宋人王安石所言：“看似平常最奇崛，成如容易却艰辛。”

赠　言

钱玄同

文章真处性情见；
谈笑深时风雨来。

赏析

此联写于20世纪20年代。据《古今名人联话》一书介绍：“他常写这样一副联语赠送亲朋好友：……”

上联谓写文章应当追求这样的境界。真，真实、真诚、本原。性情，本性，多指人的禀赋和气质。杜甫《赋王二十四待御契四十韵》：“由来意气合，直取性情真。”见，同“现”，显现。这里是说，文章真诚之处作者本性就会显现出来。钱玄同自“五四”以来，言论风采，震烁一时。发表文章向以说话大胆、痛快淋漓著称。虽有某些偏激之言，亦属瑕不掩瑜。正如鲁迅所说：“十分话只须说到八分，而玄同则必说到十二分。”“其实畅达也有畅达的好处，正不必故意减缩。例如玄同之文，即颇汪洋，而少含蓄，使读者览之了然，无所疑惑，故于表白意见，反为相宜，效力亦复很大。”（见《两地书》）

下联谓与人交往胸无城府深得友人好感。深，深入，历时长久。风雨，《诗·郑风》篇名。《诗序》说：“《风雨》，思君子也。乱世则思君子不改其度焉。”此取“风雨不改”之意，亦即处在恶劣环境中也不变其节操的朋友。这里是说，与人谈笑深入长久之时自会招来风雨不改的朋友。

此联题为《赠言》，既为书赠亲友，亦属夫子自道。文章“真”处则作者性情自现；谈笑“深”时就会交上知心朋友。这是作者一生为文为人的真实写照。他的几位生前好友，如周作人、黎锦熙、魏建功等，对此均有深切体会。

挽梁启超

钱玄同

文字收功，神州革命；
生平自许，中国新民。

赏析

此联写于 1929 年 1 月，据《梁启超年谱长编》一书收录。梁启超（1873—1929），字卓如，号任公，又号饮冰室主人。广东新会人。近代著名学者、资产阶级改良主义者。早年与其师康有为一起倡导变法维新，编辑《时务报》、主讲长沙时务学堂。1898 年入京，参与百日维新，戊戌变法失败后逃亡日本。以后坚持保皇，拥护袁世凯，1915 年冬又策动蔡锷组织讨袁护国军。此后息影政坛，专心著述，有《饮冰室合集》传世。1929 年 1 月因病逝世，钱玄同撰送挽联致哀。

上联充分肯定逝者在文字宣传方面对我国近代民主革命所作出的贡献。收功，收到的功效、取得的功绩。神州，语见《史记·孟子荀卿列传》，战国时驺衍称中国为“赤县神州”。后世用“神州”做中国的美称。这里是说，逝者运用文字宣传，推动我国近代革命。胡适也曾认为：“梁任公为吾国革命第一大功臣，其功在革新吾国之思想界。”甚至宣称辛亥革命之所以能推翻满清王朝，亦赖梁氏舆论宣传，其功当在孙中山、黄兴诸人之上。此说明显有所偏颇。

下联意在推崇逝者生前的自我评价与追求。自许，自己称许自己，自负而又自信。新民，语出《大学章句》：“大学之道，在明明德，在新民，在止于至善。”朱熹注：“新者，革其旧之谓也。言其自明其明德，又当推以及人，使其亦有以去其旧染之污也。”意谓不仅革除自身旧染之污，又当推以及人。梁启超早年宣扬“新民说”，意在开发民智、改造我们的民族，要把这老大的病夫民族改造成一个新鲜活泼的民族。

这副挽联从学术与政治两个方面给逝者以很高的评价。言简意深，内蕴丰厚。此中“革命”与“新民”均有特定含义，需联系逝者的生平思想与作者有关文章、日记中的诠释，加以深入理解。《古今名人联话》一书将此联列入胡适对联，有误。

挽刘半农

钱玄同

当编辑新青年时，全仗带感情的笔锋，推翻那陈腐文章，昏乱思想，曾仿江阴四句头山歌，创作活泼清新的扬鞭瓦釜，回溯在文学革命旗下，勋绩弘多，更于世道有功，是痛诋乩坛，严斥脸谱；

自首建数人会后，亲制测语音的仪器，专心于四声实验，方言调查，又纂宋元以来俗字谱，打倒烦琐谬误的字学举隅，方期对国语运动前途，贡献无量，何图哲人不寿，竟祸起虮虱，命丧庸医。

赏析

此联写于1934年9月。刘半农为我国现代文学家、语言学家。早年积极投入“五四”新文化运动。曾留学于英国伦敦大学和法国巴黎大学。回国后历任北京大学教授、中法大学国文系主任、北平大学女子学院院长、中央研究院特约研究员。著有《中国文法通论》、《四声实验录》等。1934年夏，赴绥远、内蒙古一带考察方言民俗，染疾回京，不幸病逝。9月14日，在北京大学二院礼堂举行刘半农追悼会，钱玄同作为挚友，撰送挽联致哀。

上联首先热情称颂逝者在“五四”新文化运动期间所作出的贡献。“当编辑”六句，新青年，综合性月刊，创刊于1915年9月。早期提倡民主和科学，反对旧道德，提倡新道德，反对旧文学，提倡新文学，一度成为推动“五四”新文化运动的主要阵地。陈独秀、李大钊、鲁迅、胡适、钱玄同、刘半农均曾参与编辑工作。扬鞭瓦釜，指刘半农创作的两本诗集，即《扬鞭集》与《瓦釜集》。刘半农较早探索现代新诗的理论与创作，采用白话写诗，运用民歌形式。尤其《瓦釜集》，几乎均为采用自己家乡江阴方言写成的“四句头山歌”。刘半农早在“五四”时期，敢于批判宣扬封建伦理的陈腐文章与昏乱思想，写作笔锋带有感情、充满战斗精神的文章；同时运用民歌形式，写了不少活泼清新的白话诗。上联结尾“回溯”五句，回溯友人当年在文学革命的旗帜下，功勋业绩很多，除上述两个方面之外，更于改变社会风气有功，曾经著文批判民间设立乩坛的迷信活动，严厉斥责封建余孽的种种丑恶嘴脸。乩（jī）坛，亦称扶乩，旧时一种巫术，设坛求神，以卜吉凶。刘半农不少杂文针对上述现象进行有力批判。

下联进而高度评价逝者在语言研究方面的杰出贡献。“自首建”六句，数人会，由刘半农发起，九位学者定期集会研讨语音问题。四声，汉语字音的四种声调。原以平、上、去、入为四声。今普通话以阴平、阳平、上声、去声为四声。字学举隅，清龙启瑞撰。以《说文》六书及功令通用字体为据，分辨似、证伪等目，以供科举时代应试士子所取范。这里充分肯定逝者生前在语音文字研究方面的贡献。他曾亲自制作测试语音的仪器，发明声调推断尺。他专心于四声实验、方言调查，写成《四声实验录》等专著。他和李家瑞合作编纂《宋元以来俗字谱》，从而打倒内容烦琐谬误百出的《字学举隅》。下联结尾“方期”五句，痛惜友人英年早逝。国语运动，指当时以推广普通话和推行国语罗马字为中心的运动。哲人，才能识见超越寻常的人。虮虱（jǐ shī），俗称虱子，寄生人体，吸食血液，传播斑疹伤寒和回归热等疾病。这里是说，人们正期盼他在推进国语运动上作出更多贡献，哪里想到会哲人短命，竟在赴绥远、内蒙古考察途中受到虮虱叮咬感染回归热，加之未能及时对症治疗命丧庸医之手。这样痛失英才，让人为之哀惜。

这是一篇情深意挚的挽辞，也是一副不可多得的长联。作者对于友人一生，包括前期作为“五四”文学革命的闯将与后期从事语言研究的贡献，均作出全面而准确的评价。因其叙议结合情辞兼备，几乎可以当作一篇刘氏小传来读。长联纯用白话写成，既通俗易懂，又属对工整，足见作者驾驭语言文字的功力。

挽白涤洲

钱玄同

擅国语，考方言，声韵多端，精求无间，回忆十年以来，标准读音全赖商定，广韵集韵亦得铨明，君对国人，实多贡献；

与人忠，执事敬，年力鼎盛，进德何穷，讵意旬日之内，惕夫斯菌忽来袭侵，少者强者竟尔夭殁，我聆噩耗，能勿惨伤！

赏析

此联写于1934年10月。白涤洲，现代语言学家，钱玄同的学生。1924年考入北京大学中文系。毕业后曾任中国大辞典编纂处整理部主任，并到北京大学研究院任职，实为钱玄同、刘半农、赵元任“数人”的得力助手。1934年10月，因患急性伤寒病逝，年仅35岁，钱玄同撰送挽联致哀。

上联表彰逝者在语言研究领域的诸多贡献。“擅国语”四句，国语，某些国家法定为本国各族在政治、文化、教育各方面使用的语言，我国过去将普通话叫国语，现我国大陆已不用这个名称。声韵，即音韵，此指音韵学。研究汉语语音系统的沿革，注重辨析字音中声韵调三种要素，并研究其不同历史时期的分合异同。研究范围包括古音、今音、等韵及现代音。这里是说，逝者擅长国语研究，考察各地方言，且对古今音韵的诸多变化，研究精益求精至为深入。“回忆十年”五句，广韵，全称《大宋重修广韵》，宋陈彭年等奉诏重修，为汉语音韵学中一部重要的韵书。集韵，亦为韵书，宋丁度等奉诏修订。收字五万以上，比《广韵》增一倍多。为研究文字训诂的重要资料。这里是说，回忆十年以来，国语运动中普通话的标准音全赖你与有关专家商定，对于《广韵》《集韵》中的许多问题亦能得到诠释阐明，这些方面你对国人贡献实在很多。

下联肯定逝者人品，对其英年早逝深为叹息。“与人忠”四句，年力，年岁与精力。进德，增进德行。《易·乾·文言》：“君德修业。”这里是说，逝者与人交往忠厚相待，做事非常敬业，年岁精力均处鼎盛时期，本可进德无穷。“讵意旬日”五句，讵（jù），岂。惕（tì），戒惧。夭（yāo）殁，短命、早死。韩愈《祭十二郎文》：“孰谓少乾殁而长者存，强者夭而病者全乎?”这里是说，岂料近日之内，可怕的病菌忽然侵袭，年少体强的人竟会早死，当我听到这一噩耗，能不为之感到惨痛伤心?!

作者哀挽自己的弟子，公衷私哀，情见乎词。联中既述及逝者对于语言研究领域的诸多贡献，又对弟子的英年早逝深表叹息。我们面对白发人的临风凭吊，亦将为之同洒一掬同情之泪。

挽黄侃

钱玄同

小学本师传，更紬绎纽韵源流，黾勉求之，于古音独明其真谛；

文章宗六代，专致力沉思翰藻，如何不淑，吾同门遽失此异才。

赏析

此联写于1935年10月。黄侃（1886—1935），字季刚，湖北蕲春人。章太炎得意门生，音韵训诂学家。曾任北京大学、东南大学、金陵大学教授。著有《声韵通例》、《尔雅略说》、《文心雕龙札记》等书。1935年10月因病逝世，钱玄同撰送挽联致哀。

上联言逝者一生的学术成就。小学，汉代称文字学为小学，因儿童入学先学文字，故名。后则成为训诂学、文字学、音韵学的总称。紬（chōu）绎，理出头绪。纽韵，即声韵，声母韵母的合称。联语开篇指出，黄侃研究小学本由其师章太炎传授，后更进一步理出声韵源流的头绪。黾（mǐn）勉，勤勉、努力。《诗·邶风·谷风》："何有何亡，黾勉求之。"真谛，佛教名词，含真理之义。此指黄侃治学勤奋努力，对于音韵学中的古音独能明察其真谛。

下联言皇天不佑失此异才。六代，指夏殷周秦汉魏六个朝代。三国魏曹冏有《六代论》。沉思翰藻，语出南朝梁萧统《文选序》："事出于沉思，义归于翰藻。"这里是说，黄侃著文一向尊崇六代文风，而且专门致力于深入思考与注重文采。异才，非常的才能。《三国志·魏书·王粲传》："邕曰：'此王公孙也，有异才，吾不如也。'"作者责问老天，何以如此不善，让我同门之中突然失去这样具有非常才能的人。

钱玄同与黄侃均为国学大师章太炎的入室弟子，故以同门相称。而今友人已逝，怎能不悲从中来。联中对于黄侃的学术成就给予很高评价。尤其突出其所治小学中的音韵学，音韵学中的古音研究，可谓"独明其真谛"。此诚知者之言，真正抓住友人治学中的超人之处，要言不烦，实为的评。

挽章太炎

钱玄同

缵苍水、宁人、太冲、姜斋之遗绪而革命，蛮夷戎狄，矢志攘除，遭名捕七回，拘幽三载，卒能驱逐客帝，光复中华，国士云亡，是诚宜勒石纪绩，铸铜立像；

萃庄生、荀卿、子长、叔重之道术于一身，文史儒玄，殚心研究，凡著述廿种，讲学卅年，期欲拥护民彝，发扬族姓，昊天不吊，痛从此微言遽绝，大义无闻。

赏析

此联写于1936年6月。章太炎（1869—1936），名炳麟，字枚叔，浙江余杭人。近代民主革命家、著名学者。早年投入维新运动。1904 年发起成立光复会。1906 年参加同盟会，主编《民报》。辛亥革命后任孙中山总统府枢密顾问。1917 年任护法军政府秘书长。1924 年前脱离孙中山改组的国民党，到苏州讲学。此后发表大量学术著作。在哲学、史学、文学和语言学方面均造诣精深。有《章氏丛书》三编传世。1936 年 6 月因病逝世于苏州，钱玄同撰送挽联致哀。

上联充分肯定逝者作为近代民主革命家的重要地位与不朽业绩。“缵苍水”七句，缵，继续、继承。遗绪，前人留下的事业。语见《诗·鲁颂·閟宫》：“缵禹之绪。”苍水，即明末民族英雄张煌言，字玄著，号苍水。多次举兵抗清，直至被俘遇害。宁人，即明末清初爱国学者顾炎武，字宁人，世称亭林先生。身为朴学大师，不忘反清复明。太冲，即明清之际思想家黄宗羲，字太冲，号梨洲。明亡隐居不仕，潜心学术研究。姜斋，即明清之际思想家王夫之，字而农，号姜斋。一生坚持抗清斗争。这里是在指出，逝者继承张煌言、顾炎武、黄宗羲、王夫之反清复明的未竟事业而投身革命，且下定决心铲除一切异族侵略者。蛮夷戎狄，古代泛指华夏中原民族以外的少数民族，旧有南蛮北狄东夷西戎的说法。名捕，点名逮捕。客帝，客籍皇帝，此指清朝皇帝。章太炎早年从事反清活动，曾七次遭到点名追捕。后因参与反袁斗争，又遭袁拘禁幽囚三年。终于能驱逐清帝，光复中华民族，而这正是逝者一生的历史功绩。正如鲁迅所说：“七被追捕，三入牢狱，而革命之意志，终不屈挠者，并世亦无第二人。”结尾三句进而指出，太炎先生已逝，理应勒石铸铜，表彰他的历史功绩。国士，国中才能出众的人。云，语助词，句中无义。勒石，刻文于石。这里勒石树碑、铸铜立像，均为纪功之意。

下联高度评价逝者作为近代著名学者在学术研究方面的巨大贡献。萃，聚集、荟萃。道术，道德学术。“萃庄生”七句，庄生，即战国时哲学家庄子，名周，俗称庄生。荀卿，即战国时思想家荀子，名况，时人尊而号为“卿”。子长，即西汉史学家司马迁，字子长，《史记》为其传世之作。叔重，即东汉经学家许慎，字叔重，著有《说文解字》。章太炎可谓集庄子、荀子、司马迁、许慎的道德学问于一身，并在文学、史学、儒学、玄学（亦称道学）诸方面无不尽心研究。一生计有著述二十种，从事讲学三十年。著述二十种，后均编入《章氏丛书》与《章氏丛书续编》。讲学三十年，从1906年在日本编辑《民报》时开始讲学活动，至逝世之前正好三十年。民彝，指民之正常伦理。语出《书·康诰》："天惟与我民彝大泯乱。"族姓，世族、大族。谓想保护民众正常伦理，发扬中华民族传统。下联结尾三句，直接凭吊逝者。昊天，即天。不吊，不善、不仁。《诗·小雅·节南山》："不吊昊天，不宜空我师。"微言，精微的言辞。大义，指诗书礼乐诸经的要义。《汉书·艺文志》："昔仲尼没而微言绝，七十子丧而大义乖。"这里是说，奈何老天不仁，让人痛心的是从此精微的言辞突然断绝，古代诸经的要义也听不到了。

这副长联哀挽亡师声情悲壮。挽辞对于逝者一生作出高度评价，既赞革命业绩，又言学术成就，均以古人喻之，可谓恰到好处。此联若与《挽刘半农》相比，同样情深意挚，却又风格各异。一以文言词语为主，显得恭肃典雅；一以现代白话为主，显得直白流畅。实因二人身份不同之故。前者为师，且为近代经学大师；后者为友，又是现代语言学家。挽辞用语自当因人而异，这正足以显示作者写作上的高明之处。

诗　　钟

周作人*

陆龟蒙·除夕闻骰

花鸭鸣时三月暮；
木鸡声里一冬除。

作者

*周作人（1885—1968），字启明，号知堂，浙江绍兴人。鲁迅之弟。现代文学家。早年为北京大学教授，文学研究会发起人之一，语丝社主要成员。大革命失败后思想趋向消极。抗战期间担任伪职沦为汉奸。新中国成立后专心翻译与写作。著有《周作人散文全集》、《周作人自编文集》。

赏析

此联写于1902年3月6日，据张菊香、张铁荣编著《周作人年谱》收录。诗钟，兴起于晚清时代，实际上是一种文字游戏。其写作方法是：取意义绝不相同的两个词，或分咏，或嵌字。前者如以“尺”“蜂”为题：“灯下量衣催五夜，房中酿蜜正三春。”前句咏尺，后句咏蜂。后者如以“女”“花”为题：“商女不知亡国恨，落花犹似堕楼人。”前句嵌女字，后句嵌花字。诗钟以凑合自然，对仗工整为上。何以称为诗钟？据清徐兆丰《风月谈余录》所作说明：“构思时以寸香系缕上，缀以钱，下承盂，火焚缕断，钱落盂响，虽佳卷亦不录，故名曰诗钟云。”周作人早年偶然打过诗钟，现仅存一联。

先看诗题，陆龟蒙与除夕闻骰为毫不相干的一位古人与一件近事。陆龟蒙，唐代文学家，以诗文著称于世。除夕闻骰（tóu），除夕之夜听到掷骰子（亦称色子，赌博用具）的声音。作者将这两个词语，采用分咏方式，构成一联。

上句咏陆龟蒙。此系陆龟蒙诗中名句，用以代指作者。花鸭，即花脸鸭，鸟纲，鸭科。栖息于小河、池塘和沼泽地区。在俄罗斯西伯利亚和蒙古一带繁殖，在我国中部湖泊、东部和南部沿海一带越冬。因系候鸟，故在三月暮春时节飞回北方。

下句咏除夕闻骰。木鸡，本指家养的斗鸡。亦作木鸢，古人以木制成的鸟，能在空中飞行。这里用以代指赌具。此句意谓，在赌博声里一个冬天过去了，亦即度过了除夕之夜。

作者以陆龟蒙与除夕闻骰为题，戏作诗钟一联，确有一定难度。此联上下句凑合自然，对仗工整。只是木鸡与花鸭对得虽工，本身含义却颇为隐曲，有点让人费解。

挽堂叔祖椒生公

周作人

白门随侍，曾几何时，忆当年帷后读书，窃听笑言犹在耳；

玄室永潜，遂不复返，对此日堂前设奠，追怀謦欬亦伤神。

赏析

此联写于1917年2月。椒生公为周作人同族堂房叔祖，生前曾任南京水师学堂国文教习与管轮堂监督。鲁迅、周作人均曾先后由他推荐考入江南水师学堂就读。1917年2月21日因病逝世于绍兴，周作人撰送挽联致哀。

上联回忆当年在南京读书时与叔祖朝夕相处的生活。白门，南京市旧时的别称。六朝时，都城建康（今南京市）的正南宣阳门，世称白门，故名。随侍，谓跟随侍候。帷，帐帷，亦称绛帐。据《后汉书·马融传》载，东汉马融常坐高堂，施绛纱帐，前授生徒，后列女乐。后用绛帐作为师长或讲座的代称。笑言，即言笑，言谈笑语。上联是说，在南京跟随侍候的生活，才过了没有多少时间，想起当年身在帷后读书，偷听叔祖与人言谈笑语的声音似乎还在耳畔。叔祖周椒生是国文教习，虽在洋学堂教书，作者仍以传统方式描述，似乎更显尊敬与亲切。

下联面对眼前叔祖灵堂设奠的情景不禁无限悲怆。玄室，墓室。汉张衡《司徒吕公诔》：“去此宇寓，归于幽堂，玄室冥冥，修夜弥长。”永潜，永远隐藏。堂前设奠（diàn），在灵堂前设酒食祭奠死者。《诗·召南·采草》：“于以奠之，宗室牖下。”謦欬（qǐng kài），咳嗽。《列子·黄帝》：“康王蹀足謦欬疾言。”可引申为谈笑。下联是说，逝者已在墓室永远潜藏，就不可能再回来了。面对此日灵堂前所设之祭品，我们仍在追怀逝者当年的音容笑貌，亦让人为之伤心劳神。

此联采用较为浅近的文言写成。忆起当年白门随侍的欢乐情景，面对此日堂前设奠的悲哀场面。言为心声，情随笔至，如泣如诉，感人至深。

代族叔挽父

周作人

数十年鞠养劬劳，真是恩并昊天，至今饱食暖衣，固无弗尽由慈荫；

廿余日淹留床箦，遽尔痛兴风木，并此啜粟饮水，亦不容常报春晖。

赏析

此联写于1917年2月。周作人在堂叔祖周椒生逝世后，还为族叔周仲翔代写挽联一副。今据王仲三《周作人诗全编笺注》联语部分收录。

上联中，“数十年”二句，鞠养，抚养。《诗·小雅·蓼莪》：“父兮生我，母兮鞠我。”毛传：“鞠，养。”劬（qú）劳，劳苦、劳累。昊（hào）天，本指天，亦可比喻父母的恩情深重。这里是说，几十年父亲抚养儿子辛勤劳苦，因此父亲养育之恩真是可以等同于上天。“至今”二句，固，本来、诚然。弗，意同“不”。慈荫，慈爱与庇护。

这里是说，至今饮食吃得饱，衣服穿得暖，这些原无不尽由父亲的慈爱与庇护而来。

下联中，“廿余日”二句，床箦（zé），即床笫、床铺。箦与笫意同，均指床上的席子。遽（jù）尔，突然、仓猝。风木，犹风树，旧时比喻父母亡故，不及侍养。宋陆游《焚黄》：“早岁已兴风木叹，余生永废《蓼莪》诗。”这里是说，父亲二十余日停留在病床上，却突然痛起风木之悲，亦即父亲突然亡故。“并此”二句，啜（chuò）菽饮水，吃小米，饮清水，谓生活清苦。意同“啜菽饮水”。《礼记·檀弓下》：“孔子曰：‘啜菽饮水，尽其欢，斯之谓孝。’”春晖，春光、春阳，亦喻父母之爱。唐孟郊《游子吟》：“谁言寸草心，报得三春晖。”这里是说，就连吃小米饮清水，亦不容我常报父亲爱子之心。

此联写于“五四”新文化运动之前，虽用了不少往日悼念父母亡故的常用词语，却能自成格局，写出父亲生前的舐犊情深和儿子今日的感恩自责，仍不失为一篇哀挽佳作。

贺张友鸾崔伯苹新婚

周作人

文章魁首；
仕女班头。

赏析

此联写于1926年1月。张友鸾，1904年生于安徽省安庆市。1922年入北平平民大学新闻系。读书期间开始从事新闻文学活动，曾任《京报》副刊《文学周刊》编辑、《世界日报》总编辑及副刊主编、《国民晚报》社长。崔伯苹为安徽铜陵人，1924年入北平平民大学读书。因与张友鸾恋爱，被朋友人戏称为张郎和崔娘（《西厢记》中人物）。1926年初二人结婚，周作人为证婚人，并送婚联致贺。

上联中，魁首，犹言头等人物、第一名。元王实甫《西厢记》第四本第二折：“秀才是文章魁首，姐姐是仕女班头。”这是赞扬新郎才能出众，是写文章一把好手。张友鸾当时所作长篇散文《积水潭前》、论文《〈西厢记〉研究与考证》均曾产生较大影响。

下联中，仕女，旧称贵族家庭出身的妇女，亦指国画中的美人。班头，即班首、首领。此系赞扬新娘在妇女群中堪称第一流人物。崔伯苹实为新潮女性，安徽省立第一女子师范毕业后，又入北平平民大学读书。

此联雅俗共赏，聊备一格。采用《西厢记》中现成词句，作为贺联亦属切人切事。一则张友鸾当时对于《西厢记》颇有研究，二则赞扬新人郎才女貌，符合二人特定身份。

挽“三一八”死难烈士

周作人

赤化赤化，有些学界名流和新闻记者，还在那里诬陷；
白死白死，所谓革命政府与帝国主义，原是一样东西。

赏析

此联写于1926年3月。“三一八”死难烈士，1926年3月18日，北京总工会等群众团体与各校学生五千余人，在天安门前召开国民大会，抗议日本军舰炮击大沽口，要求执政府拒绝八个帝国主义列强关于拆除大沽口国防设施的最后通牒。会后赴执政府请愿，段祺瑞下令军警镇压，结果死47人，伤150余人，造成震惊中外的“三一八”惨案。3月23日，北京各界数万人在北京大学三院召开“三一八”死难烈士追悼大会，周作人与会并献挽联致哀。

上联揭露北洋军阀政府御用文人的无耻行为。赤化，反动当局对于倾向共产党或参与爱国民主运动的群众，往往指责为被赤化了。这里是说，北京有些学界名流和新闻记者，还在那里诬陷爱国民众与青年学生被赤化了。正如作者当时在《恕府卫》一文中所说：“而北京的知识阶级——名人学者和新闻记者变坏了，所以政府中人敢于在中华民国首都的执政府前屠杀多人了。”“（他们）使用了明枪暗箭，替段政府出力，顺了通缉令的意旨，归罪于所谓群众领袖，转移大家的目光，减少攻击政府的力量，这种丑态是‘五四’时代所没有的。”

下联将批判锋芒直接指向所谓“革命政府”，指出段祺瑞执政府与帝国主义列强原是一路货色。反动当局竟然污蔑“三一八”死难烈士是盲目地被人引入“死地”，因而死是“白死”，以此威胁青年学生不要参加政治运动。

此联为悼念“三一八”死难烈士而作。纯用口语而对仗工整，义正词严而锋芒毕露。作者痛斥反动当局的残暴罪行及其帮凶的阴险嘴脸，充分显示“五四”新文化运动先驱者的战斗本色。若与20世纪30年代“苦茶庵”主人相对照，可谓判若两人。

挽刘和珍杨德群

周作人

死了倒也罢了，若不想到二位有老母倚闾，亲朋盼信；
活着又怎么着，无非多经几番的枪声惊耳，弹雨淋头。

赏析

此联写于1926年3月25日。刘和珍、杨德群均为“三一八”死难烈士。刘和珍，江西南昌人，北京女子师范大学英语系学生，遇害时年仅22岁。杨德群，湖南湘阴人，北京女子师范大学理预科学生，遇害时年24岁。1926年3月25日，北京女子师范大学为“三一八”惨案中英勇牺牲的刘和珍、杨德群召开追悼大会，周作人与会，并献挽联致哀。

上联中，“死了倒也罢了”，此系激愤之词，是对黑暗现实的一种否定。真是“地狱现形，人间何世”！老母倚闾，闾是古代里巷的门。老母倚闾而望，形容老人盼望子女归来的迫切心情。这里是说，刘和珍、杨德群二位家中尚有老母倚门盼望女儿归来，亲戚朋友也在盼有音信。“若不想到”则死了倒也罢了，而今想到又将怎样？此中语意曲折，读之荡气回肠，能不让人为之哀叹！

下联中，“活着又怎么着”，同样感慨万千。逝者已逝，生者何堪。而今活着又怎么样，无非多经几番的枪声惊耳、弹雨淋头而已。“无非”二字，看似消沉，实显悲壮，意谓生者仍将奋起斗争，继续经历像今天这样的枪林弹雨的场面。此联在流传过程中出现异体，有的联书将此句写成“无非多经历几番枪声震耳，弹雨临头”，亦可作为参考。

此联深沉蕴藉，而又慷慨悲壮。“死了倒也罢了”、“活着又怎么着”，起句有点突兀，却能引人深思。此中一片愤激之情溢于言表，进而辅以“若不”、“无非”转折之词，感情婉曲，层层深入。让人读后在感慨之余，自当昂扬奋起。此联可与作者之兄鲁迅散文《纪念刘和珍君》并读。

挽胡锡爵

周作人

什么世界，还讲爱国？

如此死法，抵得成仙！

赏析

此联写于1926年3月。胡锡爵，北京中法大学学生，“三一八”死难烈士之一。同年4月下旬，中法大学举行胡锡爵追悼会时，周作人撰送挽联致哀。

上联表面意谓，现在已是什么世界，你们这些青年学生还讲爱国？作者明显是在运用反语，借反动当局御用文人的口吻，指出这些学生参加爱国运动，不是自己置身“死地”么！实际的潜台词是，而今爱国有罪，成了什么世界！

下联意在肯定逝者因参加反对帝国主义和北洋军阀政府的正义斗争而献身，可谓死得其所。“抵得成仙”一语，若从积极意义理解虽未尝不可，毕竟容易产生歧义。此系成仁取义，而非得道成仙。作者当时在《死法》一文中也曾就此解释说：“这末一联实在是我衷心的颂辞。”

同样是在哀挽“三一八”死难烈士，作者所写三副联语似有不同情况。第一联旗帜鲜明剑拔弩张；第二联深沉蕴藉，撼人心弦；第三联正话反说，另成一格。此联就其本意正如同期所写杂文《死法》一样，采用反语抨击北洋军阀政府制造“三一八”惨案的暴行，表达对于死难烈士的赞颂之情。

赠须尊

周作人

印须我友；
各尊所闻。

赏析

此联写于 1932 年 3 月。须尊，沈启无（1902—1969），字闲步，别号须尊，江苏淮阴人。曾任北京大学教授，与周作人同事多年，关系密切。抗战期间二人同时附逆。1932 年 3 月 24 日，周作人在致沈启无信中说：“废名君近来大撰其联语，且写以送人，右联即系送给不佞者也，大有竟陵气，亦觉别致，只是未免过奖耳。他又要做一联送须尊公，不佞因效颦为之，得两句云：印须我友，各尊所闻。”

上联中，卬（áng），我。须，等待。语出《诗·邶风·匏有苦叶》：“人涉卬否，卬须我友。”此句意谓，我在等待我的朋友。

下联中，闻，见闻、知识。《论语·为政》：“多闻阙疑，慎言其余，则寡尤。”此句意谓，各人尊重自己的知识见闻。

这是一副嵌名联，巧妙嵌入友人别号“须尊”二字。对于此联，作者的自我评价是：“虽然嵌字稍嫌纤巧，但以为颇有意思，因为说交谊可密而意见不必强同，似甚合于交友之道也。”下联确实“颇有意思”，而上联则“稍嫌纤巧”。“卬须我友”中“卬”字，原为女性第一人称代名词，用在这里实有纤巧之嫌。

挽刘天华

周作人

广陵散绝于今日；
王长史不得永年。

赏析

此联写于1932年6月。刘天华（1895—1932），江苏江阴人。刘半农二弟。现代作曲家，民族乐器演奏家，于琵琶二胡造诣最深。曾任教于北京大学音乐讲习所、北京女子高等师范学校音乐科和北京艺术专门学校。1927年创立“国乐改进社”。所作《良宵》、《空山鸟语》、《歌舞引》等十余首乐曲，均发展了二胡、琵琶的表现手法。1932年6月10日因病去世，周作人撰送挽联致哀。

上联中，广陵散，琴曲，三国魏嵇康以弹奏此曲著称。据《晋书》记载，嵇康因不满当时专权的司马氏集团而被杀害，临刑前曾索琴弹奏此曲。他在曲终叹曰：“《广陵散》于今绝矣!”联中引用此典，意在叹息随着刘天华辞世，他的二胡、琵琶演奏技术将从此成为绝响。

下联中，长（zhǎng）史，官名，为古代王公大臣属官，后州郡长官亦设长史协助理事。永年，长寿。王长史，指唐代文学家王勃。他六岁即善文辞。曾任虢州参军、沛王府修撰。后因赴海南省父，渡海溺水而死，年仅28岁，因称“不得永年”。联中以王勃喻逝者，言其虽有音乐天赋，可惜英年早逝。

此联紧扣逝者音乐天赋与不得永年立意，并以古人嵇康、王勃喻之，借以表达作者对于友人的敬仰之意与怀念之情。

贺李健吾尤淑芬结婚

周作人

西堂寻香梦；
东风发芳华。

赏析

此联写于1933年3月。李健吾（1906—1982），笔名刘西渭，山西运城人。1925年考入清华大学西洋文学系。1930年毕业留校任教，后一直从事教学、写作和翻译工作。历任上海暨南大学、上海戏剧实验学校教授，北京大学文学研究所、中国社会科学院外国文学研究所研究员。1933年3月31日，李健吾与尤淑芬在清华同学会举行婚礼。周作人为证婚人，并送此联致贺。

上联中，西堂，犹言西厢或西厢的前堂。此句意谓，二人在西厢寻找芳香的梦境。这里暗用《西厢记》中张生与莺莺的爱情故事以庆贺新婚夫妇。

下联中，东风，春风。华，即花。《诗·周南·桃夭》：“桃之夭夭，灼灼其华。”此句意谓，阵阵春风催发香花盛开。这里以香花喻新人，既符阳春三月的时令，又合举行婚礼的特定氛围。

此系长者为新人祝福之辞，用语典雅而又含有谐趣，让人自然想到元剧中的西厢故事与楚辞中的美人香草。联语对仗工巧，色彩华美，自成婚联佳构。

挽刘半农

周作人

十七年尔汝旧交，追忆还从卯字号；
廿余日驰驱大漠，归来竟作丁令威。

赏析

此联写于1934年10月。刘半农（1891—1934），名复，江苏江阴人。早年参加“五四”新文化运动，倡导文学革命，尝试新诗写作。1920年赴欧洲留学，获法国文学博士学位。回国后任北京大学中文系教授。毕生从事语言研究，著有《中国文法通论》等书。1934年夏去绥远、内蒙古一带考察方言民俗，染疾归京，不幸病逝。10月9日，北京大学二院举行刘半农追悼会，周作人撰送挽联致哀。

上联追忆二人之间的交往情谊。尔汝，彼此以尔汝相称，表示亲昵。杜甫《赠郑虔醉时歌》：“忘形到尔汝，痛饮真吾师。”十七年，指刘半农于1917年应蔡元培之聘到北京大学文科任教，即与周作人同事，二人交往已有17年。卯字号，此句述及往事，是有出典的。当时北京大学在景山东街的文科教员休息室里，陈独秀、朱希祖生于己卯年，胡适、刘半农、刘文典生于辛卯年，故有两个老兔子和三个小兔子的说法，且称他们五人为“卯字号”人物。上联意谓，十七年彼此之间的亲密交往，还得从追忆当年“卯字号”人物往事开始。

下联痛惜友人不幸病逝。大漠，大沙漠，旧泛指我国西北部一带广大沙漠地区。此指刘半农当时曾在绥远、内蒙古一带考察方言民俗二十余日。丁令威，神话传说中人物。相传为汉时辽东人，学道于灵虚山，后化鹤归辽，止于城门华表上。有少年举弓欲射，遂在空中盘旋而歌：“有鸟有鸟丁令威，去家千年今始归；城郭如故人民非，何不学仙冢累累。”歌毕飞入高空。下联意谓，友人二十余日驰驱沙漠，考察归来竟已化作仙人。

此联怀念亡友，全无浮泛之词。尤以运用近事、古典为佳，显得极为贴切自然。“卯字号”为北大交往近事，“丁令威”为怀人常用古典，由此构成联句，则将“尔汝旧交”之深，“驰驱大漠”之苦，尽现读者眼前。

挽白涤洲

周作人

读万卷书，行万里路，辛苦而死；
有四方志，无四旬寿，命数奈何。

赏析

此联写于1934年11月。白涤洲（1900—1934），名镇瀛，北京人。1924年考入北京大学。毕业后任中国大辞典编纂处整理部主任，曾到北京大学研究院任职。为我国现代语言学家和国语运动发起人。1934年10月因病逝世，周作人撰送挽联致哀。

上联是对逝者一生治学道路的概括。“读万卷书，行万里路”，这是我国历代文人、学者用以律己的行为准则和人生追求。白涤洲作为现代学者亦在努力实践。他除大量阅读文史、语言典籍外，还远赴陕西关中地区调查方言。一生治学过于勤苦，以致积劳成疾，作者联中因言实为“辛苦而死”。

下联惋惜白氏英年早逝。“有四方志，无四旬寿”，谓逝者虽有四方之志，却无四旬寿命。逝者终年只有34岁，实为我国学术界一大损失。“命数奈何”，谓命运气数如此，又有什么办法呢？这里既有对于逝者英年早逝的叹息，又有一定宿命论的色彩。

此联用语直白，言出由衷。结句“命数奈何”的叹息虽有一定消极成分，但作者爱抚后进之情、怜惜人才之意，仍溢于联语字里行间。

挽黄节

周作人

如此江山，渐将日暮途穷，不堪追忆索常侍；

及今归去，等是风流云散，差幸免作顾亭林。

赏析

此联写于1935年1月。黄节(1873—1935)，字晦闻，广东顺德人。早年与章太炎在上海创国学保存会，并参加南社活动，以诗文鼓吹革命。辛亥革命后做过一任广东教育厅长，就回北京大学教书，不复再出。作为近代诗人，曾出版个人诗集和笺注古诗多种。1935年1月24日因病逝世，周作人撰送挽联致哀。

上联中，如此江山，作者自注："近来先生常用一印云'如此江山'。""渐将"句，渐将天色已晚，路也走到尽头，比喻整个国家处于危亡境地。"不堪"句，索常侍即清朝大臣索额图。初为康熙皇帝侍卫，后渐升至保和殿大学士、议政大臣，执掌朝政。曾奉命与沙俄谈判边界问题，严正拒绝沙俄无理要求，订立《中俄尼布楚条约》，划定中俄东部边界立碑而还。还曾两次参与指挥平定准噶尔部贵族叛乱的战争。康熙后期因卷入诸皇子嗣位之争，被拘禁幽囚而死。这里是说，而今国家处于危亡境地，那堪再去追忆索额图这样的人。当年索额图与沙俄交涉据理力争，今天日寇入华又有谁能解危呢？

下联中，"及今"二句，而今人已死去，犹如风吹过，云飘散，全无踪迹。比喻人飘零离散。"差幸"句，作者自注："（逝者生前）又在北京大学讲亭林诗，感念古昔，常对诸生慨然言之。"差幸，尚幸、还算有幸。免，通"勉"。《汉书·薛宣传》："二人视事数月而两县皆治，宣因移书劳免之。"顾亭林，明清之际思想家、学者。早年参加"复社"反宦官权贵的斗争。清兵南下，嗣母王氏殉国后，即参加抗清起义。失败后，十谒明陵，遍游华北，纠合同志，不忘兴复。晚年卜居华阴，专心著述。这里是说，而今你已死去，友人同样飘零离散，我则尚幸勉力去作顾亭林，亦即像顾晚年那样专心治学。

此联述及逝者两件实事，借喻明清两位古人，此中寓意深曲，颇为耐人寻味。

挽马隅卿

周作人

月夜看灯才一梦；
雨窗欹枕更何人。

赏析

此联写于1935年2月。马隅卿（1893—1935），名廉，浙江鄞县人。生前为北京大学教授，继鲁迅之后讲授中国小说史。专门研究明清小说戏曲。1935年2月19日，因突发脑出血卒于课堂。周作人痛失挚友，撰送挽联致哀。

上联写友人猝然辞世。才一梦，才过一夜，仅隔一梦。这年2月18日是民间传统的上元节，作者曾与友人一起上街赏灯。友人次日上课却突发脑出血，急送医院不治而亡。此句意谓，昨天月夜还和你一起看灯，谁会想到你竟这么快就长梦不醒，撒手人寰。

下联言友人辞世给我国学术界带来的损失。欹（yī），同“猗”，叹美之词。逝者生前为收藏古小说与俗文学的名家，曾居南方得到话本二册，题目曰《雨窗集》和《欹枕集》。此书旧藏宁波天一阁，且为扬州清平山堂同型之本，颇有研究价值，因合成《雨窗欹枕集》影印行世。还请沈兼士书额曰“雨窗欹枕室”，友人则戏称他为“雨窗先生”。此句意谓，而今友人辞世，今后还有谁像你这样热心搜集与编印《雨窗欹枕集》这样珍贵的文史资料呢？

此联感情真挚，词约意丰。巧妙使用月夜、看灯、一梦、雨窗、欹枕、何人等字眼，抒发与寄托作者绵绵不绝的哀思；且以清词丽句构成颇为凄清的意境，读之催人泪下。

挽章太炎

周作人

素王之功不在禹下；
明德之后必有达人。

赏析

此联写于1936年6月。章太炎（1869—1936），名炳麟，字枚叔，浙江余杭人。早年参加维新变法运动。1906年加入同盟会，主编《民报》。辛亥革命后曾任孙中山总统府枢密顾问、护法军政府秘书长。1924年脱离孙中山改组的国民党，到苏州讲学。陆续发表大量学术论著，在哲学、史学、文学、语言学方面均有很高造诣。1936年6月14日在苏州病逝，周作人与马裕藻、许寿裳、钱玄同、吴承仕、沈兼士合送挽联致哀。

上联中，素王，古称有帝王之德而未居其位的人。汉王充《论衡·定贤》："孔子不王，素王之业在《春秋》。"汉代儒者以孔子修《春秋》是代王者立法，有王者之道，而无王者之位，故称"素王"。禹，古代夏部落领袖。相传大禹奉舜命治理洪水，他带领民众疏通江河，兴修沟渠，发展农业。后因治水有功，继承舜位。这里是说，章太炎作为素王，所建功业不在大禹之下。实为高度评价这位国学大师在学术研究中的杰出贡献。

下联中，明德，完美的德性。《礼记·大学》："大学之道，在明明德。"郑玄注："谓显明其至德也。"达人，显贵之人，亦指通达事理的人。《左传·昭公七年》："圣人有明德者，若不当世，其后必有达人。"这里是说，章太炎具有完美的德性，其后必有通达事理的人。这里既指他的家庭后代，亦指他的学术事业，必定后继有人。

此联作者均为章太炎弟子，故对先师推崇备至。用语亦端重典则，均有经籍可依，让人为之肃然起敬。

挽孟森

周作人

野记偏多言外意；
遗诗应有井中函。

赏析

此联写于1938年3月。孟森（1868—1938），字莼荪，号心史，江苏武进人。早年留学日本。回国后从事政治活动，曾参加预备立宪公会，出任共和党执行书记和国会议员。1913年袁世凯解散国会，从此专心学术研究。曾任北京大学教授多年，主要钻研明清历史。著有《明元清系通记》、《心史丛刊》、《明清史》等多种。1938年1月14日因病逝世。3月13日在北京法源寺召开追悼会，周作人撰送挽联致哀。

上联中，野记，即野史，古代私家编写的史书。此指孟森所著《心史丛刊》三集，大量搜集明清史料，且能贯穿成篇，对于史事既多所发明，亦颇有趣味。这里是说，逝者早年所著《心史丛刊》中若干篇章，虽系民间野史，偏多言外之意，但给人诸多启示教益。

下联中，遗诗，1937年华北沦陷后，孟森因病留居北平。同年11月作者曾去协和医院探望，孟森出示日记中“好些感愤的诗”，此即生前遗诗。井中函，宋末郑思肖为避元兵隐居苏州，著有《心史》七卷，铁函封箴，沉于水井之中。后人打捞问世，故又称《井中心史》。下联意谓，这些遗诗亦应收入铁函沉于井中。

此联用语典则，感情深挚。对于“野记”“遗诗”的评价，本身亦多言外之意，需要仔细领会。

挽钱玄同

周作人

戏语竟成真，何日得见道山记；
同游今散尽，无人共话小川町。

赏析

此联写于1939年1月。钱玄同（1887—1939），原名夏，字德潜，浙江吴兴人。早年留学日本。曾任北京大学、北京师范大学教授。“五四”时期参加新文化运动，倡导文学革命。毕生从事语言文字研究，提倡文字改革，参与拟制汉语罗马字拼音方案。1939年1月17日因病逝世，周作人作为挚友撰送挽联致哀。

上联作者原有小注：“前屡传君归道山，曾戏语之曰，道山何在，无人能说，君既曾游，大可作记以示来者。君殁之前二日有信来，复信中又复提及，唯寄到时君已不及见矣。”道山，传说中的仙山，旧时因称人死为“归道山”。宋代僧人惠洪《冷斋夜话》卷七：“东坡至南昌，太守曰：‘世传端明已归道山，今尚尔游戏人间耶?’”上联意谓，友人之间的戏语竟然成真，不知何日得以看到你的《道山记》？而今友人已逝，旧话重提，心情何等沉痛。

下联作者亦有自注：“余识君在戊申岁，其时尚号德潜，共从太炎先生听讲《说文解字》，每星期日集会小川町《民报》社。同学中龚宝铨、朱宗莱、家兄树人均先殁，朱希祖、许寿裳现在川陕，留北平者唯余与玄同而已。每来谈常及尔时出入《民报》社之人物，窃有开天遗事之感，今并此绝响矣。”同游，一起来往交游的人。小川町（tīng），日本东京地名，当年中国同盟会机关报《民报》社所在地。1908年夏至1909年间，作者与钱玄同等8人每星期日在此听章太炎讲《说文解字》。而今同游亦已散尽，再也无人共话当年小川町之事，其哀伤寂寞之情溢于字里行间。

此联哀挽亡友，情真意挚。作者善于选择典型材料，一句戏言、一段往事，足见挚友之间深厚情谊。加上富于感情色彩的文字渲染，能于娓娓诉说之中，让人与之共洒同情之泪。作者其时已沦为汉奸，故在表达对于亡友哀悼之情的同时，也流露出自己孤独寂寞的感伤情绪。

挽汤尔和

周作人

一生多立经国事功，不图华发忽萎，回首前尘成大梦；
此出只为救民苦难，岂意檀度中断，伤心跌打胜微言。

赏析

此联写于1940年11月。汤尔和（1877—1940），浙江杭州人。1903年留学日本，倾向革命，曾被“拒俄义勇队”推为特派员回国。1912年作为浙江省代表出席南京临时政府成立大会。1922年任北洋政府王宠惠内阁教育总长。1926—1927年任顾维钧内阁内务总长、财政总长。“九一八”事变后任行政院驻平政务委员会委员。1938年投降日寇，任伪华北临时政府教育总署督办。1940年11月8日因病死于北平，周作人接任此职并撰送挽联致哀。

上联对于逝者一生作出很高评价，指出他曾立下诸多治理国家的事业与功绩。进而哀其不幸病逝。华发，原指老人花白的头发，亦可引申为老人。萎，原指草木枯死，可引申为病危。《礼·檀弓上》：“哲人其萎乎?”前尘，佛教称色、香、声、味、触、法为六尘；当前境界为六尘所成，都非真实，故称前尘。后凡往事亦称前尘。这里是说，没有想到老人忽然病逝，回首往事已成大梦。作者哀叹友人逝去，回首前尘往事。

下联对于逝者叛国投敌加以美化，竟将此次出山，即出任伪华北临时政府教育总长，说成是只为救民于苦难之中。这显然是对逝者出任伪职的辩护。檀度，檀为梵语译音，亦作檀那、檀越，意即布施、施主。度为度脱、超度。此句意谓，哪里晓得老天让其中断布施与超度众生的事业。“伤心跌打胜微言”，显系感伤叹息，语意却颇费解。跌打，本指跌打损伤，比喻人受挫折而死。微言，一般是指精微的言论，亦可解为密谋。语出《吕氏春秋·精喻》：“白公问于孔子曰：‘人可与微言乎？’孔子不应。”注：“微言，阴谋密事也。”这里似指作者1939年元旦在家遇刺事件。末句意谓，让人伤心的是跌打而死胜过被人谋害，亦即自己遇刺未死而友人却因病辞世。

此联有其独特之处，因作者与逝者同为抗日战争时期叛国投敌的汉奸，且汤尔和死后即由周作人接任华北临时政府教育总长伪职。兔死狐悲，物伤其类，能不为之哀伤！但作者毕竟心知有亏，联中虽有正面赞颂逝者之语，却更多隐约晦涩之词，尤以末句为最。作为特定历史时期出现的特殊文学现象，我们需要加以识别与了解。

挽殷同

周作人

生因多苦辛，恨不再忍死须臾，亲看取和平实现；
死亦是常事，且莫道浮生胞薄，幸留得英气长存。

赏析

此联写于1943年1月。殷同（1889—1942），江苏江阴人。早年赴日本留学，回国后在军界任职。1931年“九一八”事变后，任北宁铁路管理局局长、铁道部顾问、参事。北平伪政权成立后，任“临时政府建设总署”长官。1940年3月，任汪伪华北政务委员会常务委员兼建设总署督办。1942年12月31日病死，周作人时任伪教育总署督办，曾撰此联致哀。

上联为逝者不能亲自看取和平实现而深感遗憾。恨，悔恨、遗憾。忍死，谓临死挣扎有所期待。《三国志·魏书·帝纪》：“帝执宣王手，目太子曰：‘死乃复可忍，朕忍死待君，君其与爽辅此。’”须臾，迁延、苟延。《史记·淮阴侯列传》：“足下所以得须臾至今者，以项王尚存也。”这里是说，生来因多辛苦，遗憾的是逝者不能再与死神挣扎以苟延生命，而亲自看到东亚和平的实现。

下联言逝者虽死有幸留得英气长存。浮生，语出《庄子·刻意》："其生若浮，其死若休。"老庄以人生在世虚浮无定，后来相沿称人生为浮生。胞薄，此指胞与过薄。旧称关心或同情人的疾苦为胞与为怀。英气，英雄之气、威武的气概。这里是说，人死也是平常的事，且莫说逝者平生关心民众疾苦过少，自当有幸留得英武之气与世长存。

此联系出自汉奸文人之手，故文笔虽好，内容却很糟糕。作者缘于兔死狐悲物伤其类的因由，而吹捧为汪伪政权效命的汉奸。联中"亲看取和平实现"，显然是为日本侵略者鲸吞中国张目；至于逝者"幸得英气长存"，则应改为"落得遗臭万年"！

赠朱朴之二联

周作人

一

多难只成双鬓改；
浮名不作一钱看。

二

傍水无家无好竹；
卷帘是处是青山。

赏析

这两副联语分别写于不同年代。朱朴之，名朴，字省斋。20世纪40年代在上海编辑《古今》杂志，先为月刊，后改半月刊，历时三年。周作人在该刊发表过不少文章。朱朴之后离沪赴港，二人仍有书信往还。周作人曾多次题赠联语。

先看第一副：

此联写于1945年2月12日，集陆游诗句而成。作者意在表明自己的心意。鬓（bìn），靠近耳边的头发。双鬓，即两边鬓发。唐白居易《卖炭翁》："满面尘灰烟火色，两鬓苍苍十指黑。”这里是说，人生多难只造成两边鬓发的改变，即由黑发变成了灰白。浮名，即虚名。此指徒有虚名不值一钱。周作人时在日伪华北政权担任要职，早已沦为汉奸，深感自己浪得虚名而两鬓染霜，实属咎由自取。

再看第二联：

此联写于 1960 年 3 月 15 日，仍集陆游诗句而成。作者意在写出自己隐逸闲居的生活。家，指落户安居。是，凡、所有。唐姚合《赠张籍太祝》：“古风无敌手，新语是人知。”旧时代文人常常向往“水竹君”的幽雅环境，此言自己傍水之处无法安居亦无好的竹林，所幸卷起窗帘可见到处都是青山。退而求次，安然自得。

两副集句赠联，写于两个时代。前者流露附逆之后的落寞心境，后者反映晚年隐逸闲居的生活，而新文化运动时期的勇敢战斗精神均已荡然无存。

挽胡节甫

胡　适*

君是一个失败英雄，而今已矣；
我洒几滴感恩涕泪，何日忘之？

作者

*胡适（1891—1962），字适之，安徽绩溪人。现代著名学者。1917年毕业于美国哥伦比亚大学，获博士学位。回国后任北京大学教授，倡导文学改良，为新文化运动代表人物。历任中国公学校长、国民参政会参政员、驻美国大使、中央研究院院长。著有《中国哲学史大纲》、《白话文学史》、《胡适文存》等。

赏析

此联写于早年在美国留学期间。胡节甫，安徽绩溪人，曾在上海开设瑞生和商店。胡适于1910年赴美留学时，曾得到这位族叔祖经济上的资助，并承他答允代为照顾自己的母亲。后经商失意，病逝于上海。胡适在大洋彼岸闻之伤感，特撰联致哀。

上联中，君，对上的敬称，旧时子孙称父祖。孔安国《尚书序》："先君孔子生于周末。"失败英雄，此指逝者生前经商失意，因其平日为人诚厚、乐于助人，故不失为是个失败英雄。而今已矣，而今已成过去了。已，停止、以往。矣，了。这里明显带有同情和感叹的成分。

下联中，涕泪，眼泪。《诗·邶风·燕燕》："瞻望弗及，泣涕如雨。"之，代词，通指行为的对象。这里是说，我洒几滴感恩的眼泪，哪一天会忘记这件事情？此指逝者当年有恩于己，这是永远不会忘记的。

此联从内容到文字，均采用较为特殊的方式，表达自己诚挚悼念的感情。肯定逝者"是一个失败英雄"，而自己只能"洒几滴感恩涕泪"，看似颇为平淡，却有特定内涵。联中用语文白相间，亦庄亦谐，大体上句口语，下句文言，亦与作者早年尝试白话写诗相似，带有某些时代特色。

挽江太夫人

胡　适

故国隔太平洋万里，侧身东望，徒唤奈何，负籍滞天涯，漫劳外母多情，老眼望穿未婚婿；

归鞭指蓬莱岛三山，撒手西行，从前已矣，吞声读电耗，陡觉寒灯无焰，梦魂驰赴悦心堂。

赏析

此联写于1916年3月。江太夫人，本名吕贤英，安徽旌德人。为江冬秀之母，即胡适岳母。1916年2月因病去世。胡适当时还在美国读博士学位，时隔一月方才接到家乡来信，旋即从大洋彼岸遥寄挽联一副，以表哀思。

上联先言自己远隔重洋，无法前来奔丧。故国，祖国、本国。作者时在美国，与我国因太平洋而相隔万里，虽有凭吊之心，只能侧身东望，舍此又有什么办法呢？进而表达对于逝者的歉意与感激之情。负籍，应作“负笈”，旧谓背着书箱外出求学。外母，指岳母。这里是说，作者游学外邦滞留天涯，空自有劳岳母多情牵挂，老人望眼欲穿盼望未婚女婿归来。

下联先言岳母已仙逝。归鞭，策马返回、扬鞭归去。蓬莱岛三山，古代方士传说为仙人所居之地。《史记·封禅书》：“自威、宣、燕昭，使人入海求蓬莱、方丈、瀛洲。此三神山者，其传在渤海中。”撒手西行，婉言人之死亡。此言江太夫人已返人间仙境，撒手西归，从前一切已成过去。进而表明自己惊闻噩耗之后的沉痛心情。陡，顿时，突然。悦心堂，江氏乃科甲之家，悦心堂为其堂名。此指作者忍泣吞声，接读远方电波传来的噩耗，突然觉得眼前寒夜孤灯失去光焰，梦魂亦已飞驰而向远方的悦心堂。

此联为悼念未婚妻之母而作，情真意切，用语典则，海外游子思乡念亲之情溢于言表。作者未婚妻江冬秀是个年龄长他一岁，识字又不多的旧式小脚女人，且他们的婚姻由双方父母包办。当时留学生因此毁弃婚约者颇多。作者久出不归，早有流言说他另有新欢。这副挽联不啻是则有关婚变的辟谣声明，让人从中得到诸多启示。

自撰婚联三副

胡　适

一

远游七万里；
旧约十三年。

二

三十夜大月亮；
廿七岁老新郎。

三

谢他好月照好日；
讨个新人过新年。

赏析

这三副婚联写于1917年12月下旬。胡适于同年冬天回国，即被聘为北京大学教授，并回家乡安徽绩溪与江冬秀举行文明婚礼。新房壁上悬挂自撰婚联三副，内容全属纪实，且用白话写成，亲友见之均感新奇。

第一联记述自己人生的经历。上句言远游异邦的里程，意指赴美留学旅途往返不下七万里，亦含“读万卷书，行万里路”之意；下句言个人婚姻的历程，谓与江冬秀订婚至今已有十三年。作者早在1904年春就遵母命与江冬秀订婚，因称“旧约”。如果据实而言，二人并不般配。一个是出国深造学识渊博的才子，一个是乡间缠足文墨欠通的女子。面对包办婚姻，内心自有苦衷，但在给母亲信中仍须表白：“并无责备冬秀之意，尤不敢归咎吾母，儿对于此事从无一毫怨望之心。”我们从联中“旧约”二字，再联系基督教《圣经》中《旧约》的出典，不难意会作者喜中隐含苦涩的内心世界。

第二联则为眼前现状的写实。作者婚期选在1917年12月30日（即农历11月17日），正值旧历月之中旬，自当月满中天，故言“大月亮”。且应绩溪土语：“三十夜大月亮。”不过在一向都用旧历的民间，这句话原指不可能出现的事情。这里似乎在用新历与旧历的差异，于纪实之中暗含对于自己能守“旧约”的自许。这一天既是结婚日子，又是自己生日，因而从此步入二十七岁。自称“老新郎”者，在当时具有早婚习俗的年代，廿七岁应属老新郎了。同时亦含自己因等学业期满，婚期一再推迟，故以此语自嘲。

第三联巧妙地将个人婚姻与迎接新年联系起来。“谢他好月照好日”，即与前“三十夜大月亮”相呼应，意谓感谢大好的月亮照耀大喜的日子；又以月、日喻新娘、新郎，含有从此带来美满幸福之意。“讨个新人过新年”，明天就是元旦佳节，因言可与新人一起过年。

自撰婚联纯用口语写成。作者当时亦已发表《文学改良刍议》，大力倡导白话文运动。不仅尝试白话写诗，还用白话书联。联中追怀往事，声称“远游”不忘“旧约”；转而即景生情，则以“大月亮”照着“老新郎”。至于“好月”、“好日”、“新人”、“新年”，更是切时切事，洋溢喜庆氛围。联语通俗幽默，别有一番风味。

书赠方庆寿

胡　适

故乡真在何处？
旧友只剩斯人。

赏析

此联写于1917年12月。方庆寿，安徽绩溪人，为胡适同乡好友。1917年12月，胡适回乡完婚。其时曾应方庆寿要求书赠此联。

上联为作者明知故问。故乡分明是在绩溪，却又不知真在何处，这里明显是有深意的。胡适留学美国七年，多么希望故乡能有发展变化。此次回国一看，仍然一如既往。他在当时所写《归国杂感》文中已发一通“他乡胜故乡”的感慨，今在联中同样表达了这种探求真正“故乡”的迷惘叹息之情。

下联中，斯人，此人。语见杜甫《梦李白二首》：“冠盖满京华，斯人独憔悴。”下联指出，往日要好的朋友就剩下此人。这里既突出方庆寿为自己在故乡有着深交的友人，又与上句一样含有言外之意，表露自己某种孤寂的心情。

此联文字简约而意深情长。对于故国之思，感慨良深；怀念旧友之意，情见乎辞。这是作者早年留学归国之际思想意绪的真情流露。

贺程本海祖父九十寿辰

胡　适

五百里内，人称大老；
九十岁了，心犹少年。

赏析

此联系作者早年之作，似在留学归国之后，具体时间不详。程本海为胡适家乡幼年同学，后长期在家乡安徽绩溪从事教育工作。其祖父九十寿辰时，胡适曾书一联致贺。

上联言老寿星在家乡为一方仁者，德高望重。大老，语出《孟子·离娄上》：“二老者，天下之大老也。”二老原指伯夷、姜太公，后用为对年高望重者的敬称。这里是说，在五百里方圆（亦即广大区域）之内，人们都将您尊为德高望重的长者。

下联言友人之祖父人老心不老，谓今年已经九十岁了，犹存少年之心，亦即保持童心。

这是一副典型的白话联语。用语明白如话，让人倍感亲切。值得注意的是，《古今名人联话》一书收录此联，题为《贺重梓里九十寿辰》，且加说明："同乡教育工作者程本海的祖父名重梓里。胡有联贺其九十寿辰。"这里"名重梓里"为一成语，即在故乡名声很大得到广泛尊重。将其释为名字叫重梓里，系望文生义之误。

贺任鸿隽陈衡哲结婚

胡 适

无后为大；
著书最佳。

赏析

此联写于1920年秋天。任鸿隽（1886—1961），字叔永，四川巴县人。1907年留学日本，加入同盟会。1912年留学美国，发起成立"中国科学社"，集资编印《科学》杂志。回国后历任北京大学教授、四川大学校长、中央研究院总干事兼化学研究所所长。陈衡哲（1890—1976），江苏武进人。现代历史学家、作家。1914年赴美留学。1920年回国后任北京大学、东南大学教授。著有《西洋史》、《小雨点》、《衡哲散文集》多种。1920年秋，任鸿隽、陈衡哲在北京结婚。胡适与二人，既是留学美国期间的挚友，现又同在北京大学任教，因书此联致贺。

上联源自民间俗语："不孝有三，无后为大。"这里加以借用，意谓友人理应抓紧成家，早日生个宝宝。

下联意在勉励友人"成家"不忘"立业"，正处年轻有为之际，实为著书立说最佳时机。

祝贺友人新婚，联语言简意用。虽只短短八字，切人切事，亦庄亦谐，能以让人回味。任鸿隽是科学家，主持编印《科学》杂志。陈衡哲是文史学家，亦有著述多种。作者希望友人既须早生贵子，更应抓紧著书。二人果然不负众望，此后均在学术事业方面取得不少可喜成果。

挽孙中山

胡　适

慈故能勇，俭故能广；
行之非艰，知之唯艰。

赏析

此联写于1925年3月。同年3月12日，孙中山病逝于北京。灵柩暂厝于北京西山碧云寺。胡适曾参与悼念活动，并撰送挽联致哀。

上联出自《老子》第六十七章："我有三宝，持而保之。一曰慈，二曰俭，三曰不敢为天下先。慈故能勇，俭故能广，不敢为天下先，故能成器长。"上联意谓，"慈"使圣人能够在人民中间取得威信和支持，因此他能勇；圣人是节俭的，并为人民积聚财富，因此他能广。作者引用老子的话，意在称颂孙中山不愧为现代圣人，既慈且俭，勇而能广，深得广大人民群众的拥戴。

下联由孙中山本人倡导的"知难行易"学说化出，而与古代流传下来的"知之匪艰，行之唯艰"，亦即"知易行难"学说相对。孙中山早年以"心理建设"为号召，宣扬"知难行易"，意在批判当时革命党人在革命面前惧怕困难的畏缩思想，指出"行先知后"，从而强调了"行"的作用。

这副挽联言简意赅，自成一格。上联集自古人成句，以老子《道德经》中名言颂扬逝者道德为人的出众之处。下联化用逝者本人学说，突出倡导"知难行易"学说在资产阶级民主革命中的作用。古语今言，巧妙组合，相辅相成，启人深思。

赠友三联

胡　适

一

种瓜得瓜，种豆得豆；
跟好学好，跟衰学衰。

二

大胆假设，小心求证；
认真作事，严肃做人。

三

但用我法；
毋恤人言。

赏析

这三副联语约写于20世纪20年代。今据《古今名人联话》一书收录。胡适为我国现代著名学者，书法亦有自己特色。早年曾应友人之请，写赠联语以作纪念。

先看第一联："种瓜得瓜，种豆得豆。"此系民间俗语。可见《古今小说·月明和尚度柳翠》："假如种瓜得瓜，种豆得豆，种是因，得是果。不因种下，怎得收成？"至于"跟好学好，跟衰学衰"，"衰"系安徽方言，含有不务正业的坏人之意。与上联连在一起，意在教人积极向上，注意修身。后已成为流传于皖南地区的民间谣谚。

再看第二联："大胆假设，小心求证。"这是胡适在"五四"时期根据实用主义哲学思想提出的治学求知的方法。认为一切学说、理想，一切知识都是待证的假设，并非天经地义，因此可以大胆地假设，再去小心地求证。

作为一种考证方法，是非得失尚可讨论，但在当时确已产生很大的影响。至于“认真作事，严肃做人”，则是人们一致认可的立身处世的准则。与民间所传“认认真真办事，清清白白做人”有异曲同工之处。作为此联的异体，还有：“大胆的假设，小心的求证；少说点空话，多读点好书。”且据胡适自己说，这是他本人最喜欢的一副对联。

还有第三联：“但用我法，毋恤人言。”毋（wú），勿、不要。《诗·小雅·角弓》：“毋教猱升木。”恤（xù），忧虑、顾惜。《诗·邶风·谷风》：“我躬不阅，遑恤我后。”这里“但用我法”，是指作者当时融合了西方哲人但丁关于独立思考的哲学思想，而希望友人不要顾虑别人的议论。

上述联语均为早年赠友之作，深入浅出，通俗易懂。除“但用我法”，亦即宣扬“大胆假设，小心求证”的方法论尚存争议外，余则均可作为修身、治学的格言，对于我们仍有一定的教益。

集　句

胡　适

吾方高驰而不顾；
夫孰异道而相安？

赏析

此联写于20世纪20年代末期。据胡适《日记》1930年3月2日记载，胡适学生储皖峰来访，谈起最称许他的这副集《楚辞》联。

上联集自屈原《九章·涉江》：“世溷浊而莫余知兮，吾方高驰而不顾。”高驰，向高空奔驰，亦即向神界驰去。不顾，不反顾，不回头。联句意谓，我正在向神界飞驰而不再回头。屈原本意在不满举世溷浊而欲驰向神界。胡适引用表明自己政治、学术上均有较高的理想追求。

下联集自屈原《离骚》：“何方圆之能周兮，夫孰异道而相安？”夫，助词，用在句子开头，无义。孰，谁、哪个、什么。联句意谓，什么能因不同道路而会相安？屈原本意是不愿与世俗同流合污。胡适这里的潜台词似乎是自己政治与学术思想受到批判，正好说明“异道”之不能相安。

这副集句联语浑然天成，内蕴深蓄。可见虽集古人成句，写好亦复不易！作者必须在读诗、作诗达到相当程度才能驾驭这种文学体式。胡适堪称此中高手。根据1930年3月2日胡适《日记》可知，他还写过两副集《楚辞》联。其一：“孰不实而有获？独好修而为常。”其二：“恐修名之不立，苟余情其信芳。”可与上述集句一并赏读。

书赠柯某

胡 适

刚自取折，柔自取束；
居知所为，行知所之。

赏析

此联写于1930年间。柯某，即柯湘帆，安徽绩溪人。其生平事迹不详。1930年间，胡适曾应同乡友人要求书赠此联。据《古今名人联话》一书介绍，此联系1930年《为父亲题》。我们认为二说可以并存，联语完全符合儒家中庸之道的正统观念，用于书赠同辈友人或家中长辈均可。

上联集自《荀子·劝学》：“强自取柱，柔自取束。”王引之《经义述闻》说：“柱当读为‘祝’。”作“断折”讲。王念孙《读书杂志》：“此言物强则自取断折，所谓太刚则折也。”上联是说，硬物容易折断，软物易受约束。意谓做人应当刚柔相济，莫忘太刚则折。

下联同样集自古书，具体篇目待查。就其句意则为，安居时知道应做什么，行动时知道应去之处。居与行，语见《左传·僖公二十八年》：“不有居者，谁守社稷？不有行者，谁捍牧圉？”

此联集自古书，含有深刻寓意。意在激励人们加强自身修养，需要刚柔相济，注意居行皆宜。因其作为人生格言，用于励己、赠人均可。

挽刘天华

胡 适

心虚功苦，此才不易得；
人亡琴歇，天道果无知。

赏析

此联写于1932年6月。刘天华为我国现代著名作曲家、民族乐器演奏家。曾任教于北京大学音乐讲习所、北京女子高等师范学校音乐科和北京艺术专科学校。1927年创立“国乐改进社”，曾将中国“二胡”配以五线谱介绍于国外。所作《良宵》、《空山鸟语》等十余首乐曲均发展了二胡、琵琶的表现手法。1932年6月因病逝世，胡适撰送挽联致哀。

上联盛赞逝者为我国艺术界不可多得的人才。刘天华与其兄半农、其弟北茂均精于国乐，其中尤以天华成就最高，堪称国乐大师。他于音乐虚心好学，肯下苦功，这样的人才实在难得。

下联哀叹友人英年早逝，实为我国音乐界极大损失。“人亡琴歇”，典出《世说新语·伤逝》：东晋书法家王献之（子敬）素好琴，不幸病故。其兄徽之前去奔丧，入室坐于灵床弹其琴终不成调，掷于地云：“子敬子敬，人琴俱亡！”后遂用作痛悼亡友之典。天道，本为我国哲学术语。《书·汤诰》：“天道福善祸淫，降灾于夏。”古人用以宣扬神道，认为它是支配人类命运的天神意志。联中意在责问上苍，像这样杰出人才竟然逝去，天道果然无知！

这副挽联对仗工整，言浅意深。“人亡琴歇”系从成语“人琴俱亡”化出，为求与上联“心虚功苦”对应。虽为悼念亡友常用之典，因逝者本身就是国乐大师，用在这里则更为贴切。

题海泉居

胡　适

学术文章，举世咸推北大老；
羹调烹饪，沙滩都道海泉居。

赏析

此联写于1933年间。海泉居为一家饭馆的名称，位于当时北京大学文学院，亦即沙滩红楼大门北侧，是该校师生经常光顾的地方。1933年，胡适时任北京大学文学院院长，曾应海泉居饭店主人要求，题写此联。

上联先从“北大”写起，充分肯定北京大学历史悠久，尤其是在学术研究方面更是名闻遐迩，举世咸推这一高等学府为荟萃学术文章的殿堂。“老”，历时长久、富有经验。杜甫《奉汉中王手札》：“枚乘文章老，河间礼乐存。”北京大学向为人文荟萃、藏龙卧虎之地，蔡元培早年倡导的兼容并包、学术自由的风气，为我国现代孕育了多少杰出的人才！

下联进而点出正题，高度评价海泉居饭馆在羹调烹饪方面卓具特色，深受顾客欢迎，并为人所称道。羹调（gēng tiáo），本谓五味调和的浓汤，此指饭馆烹饪有术，五味调和。沙滩，地名，时为北京大学文学院所在地，校舍即有名的红楼。这里既点出海泉居饭馆的位置，又指出其美味佳肴为人所称道。

联语文白相间，雅俗共赏。妙在能将作为最高学府的北京大学与海泉居这样一个普通饭馆联系起来，中间则以“沙滩”二字贯通，毫不给人以牵强之感。既盛誉高等学府，又夸耀近邻饭馆，二者相得益彰。此联悬于饭馆壁间，顿使蓬荜生辉。

挽刘半农

胡　适

守常惨死，独秀幽囚，新青年旧友，而今又弱一个；
打油风趣，幽默情怀，当年知己者，无人不哭半农。

赏析

此联写于1934年10月。刘半农为现代著名诗人、语言学家。“五四”新文化运动倡导者之一。曾任北京大学教授、中法大学国文系主任、中央研究院研究员。1934年赴内蒙古调查方言，不幸感染回归热，回京后病逝。胡适撰送挽联致哀。

上联哀叹《新青年》旧友，或受到当局迫害，或不幸因病去世。李大钊字守常，1919年参加并领导了“五四”爱国运动，积极宣传马克思主义，曾任中国共产党北方区执行委员会负责人。1927被北洋军阀张作霖逮捕杀害。陈独秀为“五四”新文化运动主要领导人之一。曾任中共中央执行委员会总书记，后因犯有严重路线错误被开除出党。1932年10月至1937年8月被国民党政府囚于狱中。《新青年》系综合性月刊，一度成为新文化运动的重要阵地。当时主要撰稿人有陈独秀、胡适、刘半农、沈尹默、鲁迅、李大钊等。又弱一个，又丧失了一个。语出《左传·昭公三年》：“二惠竞爽犹可，又弱一个焉，姜其危哉！”后遂用作悼人去世之语。此指当年一起参与《新青年》编辑和撰稿的旧友如今又失去了一位。

下联写自己与周围友人无不怀念刘半农。打油风趣，刘半农早年收入《扬鞭集》、《瓦釜集》中的新诗，常常采用民歌体，颇有打油诗的味道，给人以风趣幽默之感，尽显文学革命倡导者的情怀。凡属当年知己，得悉刘半农因赴内蒙古采风身染重病而死，无不伤心痛哭。

此系哀挽亡友之作，富有强烈感情色彩。或感念旧游，或追怀往事，无浮泛之语，有肺腑之言。全联虽没有直接对逝者作历史评价，却与李大钊、陈独秀等新青年旧友并提，读者自可从中感受到刘半农所发挥过的历史作用。此联在流传过程中存在异体。梁申威主编的《民国名联》所载为："守常惨死，独秀幽囚，新青年旧日同伙又弱一个；拼命精神，打油风趣，老朋友当中无人不哭半农。"文字稍有差异，不妨一并阅读。

题开山老殿主持

胡　适

有几分证据说几分话；
做一天和尚撞一天钟。

赏析

此联写于1935年间。开山老殿，为江南名刹之一，位于西天目半山上。建于元初至元年间，取名狮子正宗禅寺。当时闻名海外，日本、印度、朝鲜均有僧人来此云游朝拜。元末明末两次毁于兵火。清康熙年间改称开山老殿。该寺附近茂林修竹，古木参天，为浙北旅游重要景点。1935年间，胡适曾游开山老殿，并应住持要求题写此联。

上联显得有点突兀，胡适奉行美国杜威的实用主义哲学，即有用就是真理。在研究方法上，主张"大胆假设，小心求证"。别人三句不离本行，他则三句不离主张，在该寺住持求墨宝时，却挥笔大书自己学术主张作为上联，因其风马牛不相及，让人深感意外。

下联语气一转言归正传，方才扯到和尚该守的本分上来。寺庙多有钟楼，撞击晨钟与晚钟，以助僧人作息。此句虽系民间俗语，却与上联对得天衣无缝，十分得体，让人叹为观止。

这是一副典型的白话联语。语言通俗易懂，格调风趣幽默。胡适倡导白话，可谓一以贯之，写作白话文、白话诗，以至白话联，均有不少上乘之作。

寿张小涵五十

胡　适

善未易明，理未易察；
仰之弥高，钻之弥坚。

赏析

此联写于1937年4月。今据《胡适日记》收录。张小涵生平事迹未详。这是一副集句联，集自宋人吕伯恭语和《论语》句。

上联集自吕伯恭著作。吕伯恭为南宋著名哲学家、文学家，名祖谦，人称“东莱先生”。此语具体出处待查。就其句意则为，从善不易让人明白，事理不易被人觉察。善与理何以难于为人明察？这是现实生活中一个值得让人深长思之的问题。

下联集自《论语·子罕》：“仰之弥高，钻之弥坚，瞻之在前，忽焉在后。”此语意谓，仰望他的人格，越觉得他崇高；钻研他的学问，越钻研越觉得艰深。这是颜回推崇老师孔子的话。这里用以称颂友人品德高尚与学识渊博。

这副寿联用语典则，对仗工稳。仅就联意推测，寿主似在从事文教工作与学术研究，且有怀才未遇之慨。联句明显于颂赞之中含有慰勉之意。

嵌名联

胡　适

胡适胡适？
徐来徐来。

赏析

此联成于20世纪30年代。据《胡适之先生年谱长编初稿》记载：1960年12月，“胡适与记者谈起过去有人要用他的名字对对子，他自己先用古人的名字‘方回’对了，后来又用今人的名字‘方还’去对；又用两个名字重叠起来变为‘胡适胡适？方还方还’。后来在上海的一次宴会中，黎锦熙的太太徐来迟到，他忽然发现‘徐来’这个名字，如果用来对‘胡适’，真比‘方还’还要适当，那就是‘胡适胡适？徐来徐来’。可是徐来的丈夫黎锦熙对他说：‘先生与学生媳妇作对子，要提抗议。’”

此系文苑轶事，值得注意两点：

首先，此联有个逐步形成的过程。胡适为用自己的名字作对子，先想到古人方回，再想到今人方还，最后偶然发现朋友之妻徐来，于是构成一副较为满意的嵌名对。

其次，这种嵌名对，实为游戏之作，若能属对工巧，也并不容易。胡适，意谓何往。语见《诗·邶风·式微》：“式微式微，胡不归？”《诗·郑风·缁衣》：“适子之馆兮！”此句意谓“胡适将何往”。徐来，意谓慢来，如清风徐来。此句意谓“徐来迟迟来到”。这里既系人名加动作行为，对得亦工。正因为如此，胡适到了晚年，竟然记忆犹新，仍津津乐道。

贺胡屏妹结婚

胡　适

甜甜蜜蜜做好朋友；
欢欢喜喜造新家庭。

赏析

此联写于1947年12月。据柯家骅《胡适之对联》一文介绍：“胡适交友非常广泛，性情平易随和，朋友索书，尤其是故乡人，均是有求必应，如为同乡胡屏兄弟姐妹均有书联相赠。1947年正值胡屏妹结婚，胡书联：……”（载《传记文学》1993年第3期）当时胡适身任北京大学校长，仍应同乡亲友胡屏要求，题写了这样一副别具一格的婚联。

这是一副典型的白话联语。其难能可贵之处在于，全用口语写成，却又意切词工。作者首先祝福这对新人，过去已做好朋友，今日再造新家庭。加上“甜甜蜜蜜”与“欢欢喜喜”，不仅文字对得很工，而且充满谐趣。在新人新房挂上这样的联语，自当更增喜庆气氛。

胡适早在“五四”新文化运动中，就已尝试白话写诗、书联，主张可以“口语入诗”、“不避方言俗语”。其《自撰婚联三副》就是很好的实践。时过三十年后，且已身居要职，仍能一如既往，更见大家风范。

题台南故居遗址

胡　适

维桑与梓；
必恭敬止。

赏析

此联题于1952年12月26日。据《胡适之先生年谱长编初稿》记载，这一天胡适在台湾台南市参观访问，曾到永福国民学校凭吊故居遗址，并在仅存的小屋前留影，还手植了一株榕树，又在那里题了：“维桑与梓，必恭敬止。”附有跋语：“六十年前曾随先父寓居此地。今又重游，蒙诸父老兄弟姐妹欢迎，敬纪谢意。民国四一、十二、廿六，胡适。”

这是一副摘句联，语出《诗·小雅·小弁》：“维桑与梓，必恭敬止。”维，助词，用于句首，无义。止，助词，表肯定语气。桑与梓，皆木名，为宅旁常栽的树。朱熹注：“古者五亩之宅，树之墙下，以遗子孙给蚕食，具器用者也。”“言桑梓父母所植，尚且必加恭敬。”这里是说，回到故乡容易引起对先人的思念，所以必起恭敬之心。

胡适之父铁花公清朝末年在台湾任职。胡适三岁曾随母亲来台湾，在台南住过十个月，后来因称台南为“第二故乡”。这里采用古语题字，借以表达对于故居与亲人的思念之情。

七十自寿

胡　适

远路不须愁日暮；
老年犹自望河清。

赏析

此联写于 1960 年 12 月。当月 17 日，胡适七十虚岁生日，台湾当局中央研究院为其举办祝寿酒会。他在会上表示答谢时说：“前几天有位老朋友八十岁生日，我本来想写首诗送给他，但诗没有写成，于是写了顾亭林《五十初度》的两句诗：远路不须愁日暮，老年犹自望河清。”由此可见，他是很喜欢这两句诗的，故既用以寿人，亦以自寿。次年 1 月初，出席中央研究院新年团拜会，讲话时再次引用顾亭林这两句诗，以勉励全体与会人员。

明清之际思想家、爱国学者顾炎武，人称亭林先生。他在五十岁时写过一首七言律诗《五十初度》，此联即为其中的两句。诗句原意在于自己虽已年届半百，并不甘于年老日暮，仍寄希望于出现太平盛世，实寓反清复明之意。

上联中，据胡适的解释：“所谓远路，是一条漫长的道路，不须害怕日暮的。今天走不到，可以歇一歇，明天再走。这是任重道远的工作。”“到了七十岁，常有‘去日苦多’的感想，希望年轻的朋友负起这个无限知识的责任。”

下联中，河清，黄河水浊，少有清时，古人因以河清为太平祥瑞的象征。语出《易纬乾凿度》下：“天之将降嘉瑞应，河水清三日。”又《左传·襄公八年》：“子驷曰：‘周诗有之曰：俟河之清，人寿几何?’”这里是说，黄河之水清时难待，我虽年老犹望河清有日。胡适曾释为：“所谓‘黄河清’，我们终有回到那大陆去的日子，还要我们大家的努力。”这种希望出现太平盛世、早日返回大陆的心情是可理解的，但其内心正像诸多国民党上层人士一样，深知“反攻复国”已经无望，怎能不产生“河清难俟”之感？

胡适毕竟是位学识渊博的学者，熟谙借他人手中酒杯浇自己胸中块垒。这里引用古人诗句表达自己的年届古稀时的心境是颇为贴切的，只是与顾亭林处于不同的时代、不同的境遇，难免让人产生错位之感。

题胡家健二联

胡　适

一

不眠忧战伐；
无力正乾坤。

二

四更山吐月；
残月水明楼。

赏析

这两副联语写于1962年2月19日。胡家健亦名建人，安徽绩溪人。长期在香港从事文化工作和学术研究。胡适常托这位同乡学者在香港购书，且时有书信往还。1962年2月，胡适虽心脏病多次发作且在特别监护之中，仍应友人要求题写联语。需要指出的是，《古今名人联话》等书收录此联，或曰“代写两联”，或称“代胡家健题联”。既然是“代”，当为胡家健提供文字材料，再由胡适手书。问题在于，这是胡家健所作，还是从胡适诗文书信中摘录？笔者以为后者可能性较大。因为这两副联语完全符合胡适晚年在台湾海岛的心境与处境。胡适题写此联后四天即病逝，作为临终前的手笔，更须加以珍视。

先看第一联：战伐，作战与讨伐。语见《吴越春秋·勾践归国外传》："子胥力于战伐，死于谏议。"乾坤，指天地。《周易》中的两个卦名，代表阴阳两种对立势力。阳性的势力叫做乾，乾之象为天；阴性的势力叫做坤，坤之象为地。这里是说，我常深夜不眠担忧发生战乱，而又无力端正乾坤，亦即扭转天下混乱局面。作者虽从国民党人立场出发，但这种忧国忧民、企求和平的愿望还是应当肯定的。

再看第二联：四更，更为古代夜间计时单位，将一夜分为五段，谓之五更。四更当在后半夜。吐，出现。宋梅尧臣《夜行忆山中》："低迷白云开，心喜淡月吐。"残月，月缺时称残月。此联意谓，时值深夜，只见山中乌云散去，天边出现了月亮。一轮残月当空，让小河流水映照着人们居住的小楼。联语本身虽系深夜眼前即景之作，如与上联因忧国忧民而处于"不眠"之中的作者联系起来，则另有深意存焉，且不难加以体会。

这两副联语格调迥然不同而又构成一体。前者直接抒情，且感情色彩强烈；后者只写景物，亦富于画意诗情。一个忧国忧民的长者形象自然浮现在人们眼前。至于是受赠者己作，还是摘引胡适诗文书信，虽需加以考证，但更为重要的是，胡适临终前夕还代友人书联，说明他既重视同乡友情，也是书者本身思想感情的真实流露。

挽朱自清

郭绍虞*

作白话文，传白话神，令普天下读者，如亲謦欬；
为青年师，向青年学，愿吾辈中悫士，共守仪型。

作者

*郭绍虞（1893—1984），江苏苏州人。著名作家、文学批评史家。1920年与沈雁冰等发起成立文学研究会，从事新诗、散文写作。曾任燕京大学、同济大学教授。新中国成立后，任复旦大学中文系主任、上海作协副主席。著有《中国文学批评史》，主编《中国历代文论选》。

赏析

此联写于1948年8月。朱自清（1898—1948），字佩弦，江苏扬州人。现代著名散文家、学者、诗人。“五四”时期文学研究会发起人之一，为我国新文学运动作出了重要贡献。曾任清华大学、西南联大教授。抗战胜利后，朱自清反对国民党当局的独裁统治，反对所谓“美援”，虽在贫病交加中不买美国“救济粮”，表现了高尚的民族气节和爱国主义精神。1948年8月病逝于北平，郭绍虞撰送挽联致哀。

上联赞扬朱自清对我国现代白话文运动的贡献，特别指出所作白话文亦已达到“传神”的地步。这是对于朱自清诗文创作很高的评价。謦欬（qǐng kài），本为咳嗽声，引申为言笑，形容谈笑之状。《庄子·徐无鬼》：“闻人足音跫然而喜矣，又况乎昆弟亲戚之謦欬其侧者乎?”此指朱自清诗文能使广大读者感到如同亲自与作者一起交谈一样。

下联写出朱自清与青年亲密无间的关系。他作为清华大学、西南联大教授，长期以来既为青年师长，又向青年学习，积极支持爱国学生运动。悫（què）士，忠诚之士。语出《荀子·不苟》。悫，朴实谨慎。仪型，法式、模范。《诗·大雅·文王》："仪刑文王，万邦作孚。"朱熹集注："仪，象；刑，法。"作者希望一切忠厚诚实的人学习朱自清的榜样，效法朱自清的为人。

此联用语以白话为主，间以少量文言词语，给人以直朴深切之感。作者仅就友人道德文章着笔，并无诸多溢美之词，却能文情并茂，真挚感人。

题吴敬梓纪念馆

郭绍虞

胸怀济溺；
笔法燃犀。

赏析

此联写于20世纪70年代末。吴敬梓纪念馆，在安徽省全椒县。吴敬梓少有才名，雍正年间安徽巡抚举以应博学鸿词科，因病未赴。后移家金陵，晚居扬州。著述以《儒林外史》为最有名。郭绍虞于20世纪70年代末应约为吴敬梓纪念馆题联。

上联言吴敬梓心忧天下苍生。济溺（nì），救助落水者，亦即陷入危难之中的人。《孟子·离娄下》："禹思天下有溺者，由己溺之也；禹思天下有饥者，由己饥之也。"这里是说，吴敬梓心里总是想着天下受苦的人。

下联言其小说卓具特色。燃犀，典出《晋书·温峤传》："（峤）至牛渚矶，水深不可测；世云其下多怪物，峤遂毁犀角而照之。须臾，见水族覆灭，奇形异状，或乘马车著赤衣者。"后因以燃犀为烛照事物，并喻洞察奸邪之意。这里是说，吴敬梓小说笔法燃犀洞察奸邪。长篇小说《儒林外史》从多方面揭露了封建士大夫的丑恶面貌，对科举制度和封建礼教进行了深刻的批判。

此联言简意赅，内涵丰富。对于吴敬梓其人其书均有切中肯綮的评价。

题三苏祠

郭绍虞

萃父子兄弟于一门，八家唐宋占三席；
悟骈散诗词之特征，千变纵横识共源。

赏析

此联写于 1980 年间。三苏祠，在四川省眉山县城内，为宋代文学家苏洵、苏轼、苏辙父子三人故居。明洪武元年改建为三苏祠，营造了大殿、启贤堂和木假山堂。明末毁于战火。清康熙四年重建，增设了抱月亭、碑亭、云屿楼等。新中国成立以后多次修葺。祠宇三面环水，环境清幽，具有我国古典园林风格。郭绍虞于 1979 年、1980 年曾两次瞻仰眉山三苏祠。首次填了《沁园春》词，后次又写了这副对联。

上联言三苏在我国文学史上的重要地位。萃（cuì），荟萃、聚集。八家唐宋，即唐宋散文八大家，包括韩愈、柳宗元、欧阳修、苏洵、苏轼、苏辙、王安石、曾巩。这里是说，苏洵、苏轼、苏辙父子三人聚于一门，在唐宋八大家中竟占了三个席位。

下联言三苏在文学创作中的突出贡献。骈（pián）散，指骈文和散文两种不同的文章体裁。千变纵横，千变万化纵横交错，此指苏氏父子多种文体创作富于变化。识共源，认识到共同的源头，实即我国古代文化的优秀传统。这里是说，苏氏父子均能领悟到骈文、散文、诗、词的各自特征，虽有错综变化，仍可识别有着共同的源头。

此联论述集中，评价确切。作者紧扣苏氏父子的创作成就，“诗、词、散、骈，都臻化境”；与在我国文学史的重要地位，“唐宋大家仅八，三苏父子，角逐其间”（均见《沁园春》词）。要言不烦，诚为的评。

挽茅盾

郭绍虞

忆当年，组织上游，幸获追随依左右；
痛今日，猝传噩耗，顿伤老友又凋零。

赏析

此联写于1981年3月。茅盾（1896—1981），原名沈德鸿，字雁冰，浙江桐乡人。1921年在上海先后参加共产主义小组和中国共产党，积极参与党的筹建工作。同年与郑振铎、叶圣陶、郭绍虞等创立文学研究会。1930年同鲁迅一起参与组织中国左翼作家联盟。新中国成立后，历任中央人民政府文化部部长、中国作家协会主席、全国政协副主席等职。1981年3月12日因病逝世，郭绍虞撰送挽联致哀。

上联忆当年一起从事文学活动的情景。茅盾于1927年在武汉组织上游社，出版《上游》副刊，作者深感因此有幸获得追随依从左右的机会。郭绍虞在《忆茅公》一文中说："我与雁冰接触较多是在1927年上半年，此时正值大革命时期。""雁冰主持武昌《民国日报》，该报文学副刊为《上游》，雁冰常邀我为《上游》撰稿。当时在武昌的还有傅东华、吴文祺、樊仲云、孙伏园等人，于是只有'上游社'集会聚餐之时，才有与雁冰碰头叙谈的机会。"

下联痛今日惊闻老友不幸逝世的消息。猝（cù）传，突然传来。噩耗，指亲近或敬爱之人死亡的消息。凋零，本指草木凋谢零落，亦喻人之死亡。唐白居易《代梦得吟》："后来变化三分贵，同辈雕（凋）零太半无。"此指突然传来茅盾逝世的消息，顿时悲伤又有老友不幸离开了我们。

挽辞上联言事，忆当年"组织上游"难以忘怀的往事；下联抒情，痛今日"顿伤老友"无比沉痛的心情。联语感情深沉真挚，言事抒怀，发自肺腑，让人读之潸然泪下。

贺上海图书馆建馆三十周年

郭绍虞

三十而立，奠定规模求进步；
亿万斯年，为民服务树新功。

赏析

此联写于1982年间。上海图书馆，为全国颇有影响的综合性公共图书馆。创办于1952年。1958年原上海市科学技术图书馆、上海市历史文献图书馆并入。1978年馆藏图书近七百万册。1982年为纪念建馆三十周年而举行庆祝活动，郭绍虞作为上海图书馆学会名誉会长，因病重住院未能出席，故撰送了这副贺联。

上联首先表示祝贺。三十而立，语出《论语·为政》：“子曰：吾十有五而志于学，三十而立……”后因称三十岁为“而立”之年。这里作者在庆贺上海图书馆建馆三十周年时，希望他们在奠定现有规模的基础上，继续求得更大的进步。

下联进而提出要求。亿万，极言其多。斯，句中助词，无义。亿万斯年，即亿万年，形容时间无限长久，一般用于祝贺之辞。作者真诚要求，上海图书馆能永远确立为民服务的宗旨，争取再立新功。

此联语重心长，朴实无华。此中既有祝颂之意，又有勉励之语。老一辈学者对于图书馆事业的关心爱护之情溢于字里行间。

赠高吹万二联

郑逸梅*

一

具陆羽卢仝旨趣；
与秦斯汉邕结缘。

二

平生未践勾栏迹；
至死不闻罗绮香。

作者

*郑逸梅（1895—1992），江苏苏州人。长期从事报刊编辑和写作。曾任上海诚明学院、新中国法商学院教授，上海文史馆馆员，中国楹联学会顾问。人称“现代掌故作家”、“报刊补白大王”。著有《郑逸梅选集》。

赏析

这两副联语当为早年之作，具体写作时间不详。高吹万（1878—1958），名燮，字吹万，别号吹万居士，江苏金山人。晚清著名文学团体南社主要成员。曾主持商兑学会、金山县修志总纂。家中藏书丰富，著有《读诗札记》、《庄子通释》等书。郑逸梅与其时相过从，曾以此联相赠。

第一联写出友人日常生活与文艺爱好。

上联先写友人具有饮茶的嗜好。陆羽，唐代学者，隐于苕溪，闭门著书。以嗜茶出名，并对茶道很有研究，著《茶经》三卷，后世尊为“茶圣”。卢仝（tóng），唐代诗人，其诗不满腐败朝政，反映民生疾苦。平日爱茶如命，所作《茶歌》极写饮茶之乐。这里指出友人有着唐代陆羽、卢仝那样酷爱品茗的宗旨意趣。

下联再写友人平日与书法结缘。秦斯，即秦国丞相李斯。著有《苍颉篇》，以小篆为标准整理文字，对我国文字统一起过一定作用。工书法，相传泰山、瑯玡等刻石均为他所手书。汉邕（yōng），即东汉文学家、书法家蔡邕。工篆、隶，尤以隶书著称。这里指出友人与秦汉书法家李斯、蔡邕结下了缘分。

第二联称赞友人平日作风正派，从不寻花问柳。

上联中，践，踩、以，足迹所至。《庄子·让王》："无道之世，不践其土。"勾栏，宋元时为说书、演戏、玩杂技的场所，元以后则称妓院为勾栏。此指友人平生从未在风月场所留下自己的足迹。在清末民初的文人雅士中，能做到这一点是值得肯定的。

下联紧承上句而来，进而加以补足。罗绮，罗和绮，借指丝绸衣裳，亦指衣着华贵的女子。李白《清平乐》："女伴莫话孤眠，六宫罗绮三千。"联中是指生活在风月场所中的青楼女子。此言友人生活严肃，至死不闻遍身罗绮女子的脂粉香气。

作者题赠比自己年长近二十岁的前辈友人，既能抓住对方的个性特点，包括平日爱好品茗书法与为人洁身自好从不寻花问柳；又在恰如其分的表述之中，自然流露自己对于年长友人的仰慕之情。

挽李涵秋

郑逸梅

雅契联来黄歇浦；
文星殒去广陵潮。

赏析

此联写于1923年。李涵秋（1873—1923），江苏江都人。鸳鸯蝴蝶派小说家。曾在上海编过《小说时报》、《快活》旬刊。一生创作言情、社会、武侠小说三十余部，其中尤以长篇白话小说《广陵潮》轰动沪上，产生较大影响。1923年因病逝于家乡，郑逸梅撰送挽联致哀。

上联中，雅契，风雅契合之士，此指鸳鸯蝴蝶派的文友们。黄歇浦，上海市境内黄浦江的别称，因相传战国时楚春申君黄歇疏凿此浦而得名。上联意谓，当年许多风雅契合之士联袂来到上海。此指不少鸳鸯蝴蝶作家曾云集上海，办刊物写小说，一度风靡整个文坛。

下联中，文星，即文曲星，旧时传说为主文运的星宿，常用以比拟著名的文人作家。殒，通“陨”，坠落。亦言人之死亡。广陵潮，既指逝者所作长篇白话小说《广陵潮》，亦指李涵秋病逝地点。广陵，县名，即古代扬州府江都县。下联意谓，天上文曲星坠落于广陵潮水之中，亦即著名作家逝于广陵古城。

此联属对工稳，构思巧妙。既言上海以文会友，又惜友人不幸病逝。“黄歇浦”与“广陵潮”遥相呼应，更是引人遐想。

述　怀

郑逸梅

其言善也；
惟德馨乎？

赏析

此联写于抗日战争期间。当时，郑逸梅困居上海孤岛，一度生活艰窘，意气消沉，曾以此联抒发个人愤懑抑郁的情怀。

上联化用《论语·泰伯》成句：“人之将死，其言也善。”上联表层含义为其言是亲善的、友好的；亦可视为隐语，暗寓“人之将死”。

下联化用唐刘禹锡《陋室铭》成句：“斯是陋室，惟吾德馨。”馨(xīn)，芳香，香气远闻。下联原意为，唯独品德美好吗？这里似在暗寓“斯是陋室”。

这是一副近于集句的联语，集自古书成句而又稍有变化。作者言志述怀，亦系复合情感。此中既有愤不欲生之意，若将隐语“人之将死”、“斯是陋室”连在一起，则谓将死于陋室之中；又属内含自诩之言，深信自己“言善”、“德馨”，可以流芳后世。

只有短短八字，言约意丰，发人深省。

挽程小青

郑逸梅

直友难求，棣棣威仪君有度；
良朋顿失，茕茕孑影我何堪。

赏析

此联写于1976年。程小青(1893—1976)，上海人。现代侦探小说作家、文学翻译家。曾为世界书局编辑《侦探世界》等文艺刊物，翻译外国侦探名著，并最早将《福尔摩斯探案》译成中文。自己也创作了不少侦探小说，尤以《霍桑探案》、《雨夜枪声》风靡一时。同时还编写了近三十部电影剧本。新中国成立后曾任江苏省政协委员、民进江苏省常委。1976年因病逝世，郑逸梅撰送挽联致哀。

上联中，直友难求，谓正直（或曰直言不讳）的朋友是很难求得的。棣棣威仪君有度，语出《诗·邶风·柏舟》："威仪棣棣，不可选也。"毛传："君子，望之严俨可畏，礼容俯仰，备有威仪耳。"棣（dì）棣，雍容娴雅的样子。威仪，庄严的容止。度，程度、限度。此指平日举止庄严而又雍容娴雅，能掌握一定的尺度。

下联中，良朋顿失，谓顿时失去了良好的朋友。茕茕孑影我何堪，语出晋代李密《陈情表》："茕茕孑立，形影相吊。"茕(qióng）茕，孤独无依的样子。孑（jié）影，孤单的影子，形单影只。堪，禁当、承受。此指而今孤苦无依、形单影只，我将何以承受得了呢？

此联痛悼亡友，感情深挚。上联赞颂直友棣棣威仪有度，下联叹息自己茕茕孑影何堪。读之让人感叹唏嘘，潸然泪下。

挽陶冷月

郑逸梅

劭德在乡邦，遽尔仙踪竟杳；
纪筹同岁月，凄然我道其孤。

赏析

此联写于1985年间。陶冷月(1895—1985)，原名善镛，字冷月，江苏吴县人。现代著名画家。早年画作自创一格，曾在日本、美国多次展出，享誉海内外。历任湘中礼雅大学、上海暨南大学、四川大学、河南大学教授及艺术系主任。抗日战争爆发后隐居上海。新中国成立后，一度从事美术教育，并任上海卢湾区政协委员、上海文史研究馆馆员。1985年因病逝世，郑逸梅撰送挽联致哀。

上联称颂友人品德，哀其与世长辞。劭德，美好的品德。乡邦，犹乡国，即家乡。宋苏轼《游金山寺》："试登绝顶望乡国，江南江北青山多。"此句意谓，逝者美好的品德在乡里留传，或曰留在家乡人民的心中。遽尔，突然、骤然。杳（yǎo），远得不见踪影。如杳无音信。这里是说，骤然间仙人的踪迹竟然不见，实为婉言友人离世。

下联言与逝者同岁，表述悲痛之情。纪筹，计算数字筹码。《汉书·五行志》："筹，所以纪数。"这里是说，若纪岁月则在同年。我道，道本谓思想、学说，此指我的同道。其，将、将要。此句意谓，而今友人辞世，使我凄然泪下，深感我因失去同道将要孤单。

作者时已九十高龄，对于同乡、同年友人辞世深感悲痛，当即写下这副情词恳切的联语，读之让人潸然泪下。

题严独鹤图书馆

郑逸梅

二酉春深涵日永；
重阳秋霁仰风高。

赏析

此联写于20世纪80年代。严独鹤为浙江桐乡人，现代著名作家。长期从事报刊编辑工作，与周瘦鹃并称报坛出名的“一鹃一鹤”。一生写作，藏书颇多。新中国成立后任上海新闻图书馆馆长、上海图书馆副馆长、上海作家协会理事。“文革”期间因遭迫害抑郁而死。20世纪80年代，桐乡县政府筹建严独鹤图书馆，郑逸梅应约题联。

上联中，二酉，指大酉、小酉二山，在今湖南沅陵县西北。《太平御览》四九《荆州记》：“小酉山上石穴中有书千卷，相传秦人于此而学，因留之。”后因称藏书多为“二酉”。涵，涵泳、沉浸。日永，即永日，整日。《诗·唐风·山有枢》：“子有酒食，何不日鼓瑟？且以喜乐，且以永日。”这里是说，严氏生前坐拥书城，整日沉浸书海之中。

下联中，重阳，节令名，农历九月初九叫“重阳”。霁（jì），雨雪渐止，天气放晴。风高，即高风，高尚的品格操守。这里是说，每当重阳秋雨初霁更加仰慕严氏的高风亮节，联中暗指逝者诞辰之日恰为重阳佳节。

此联用语典雅，蕴藉含蓄。出句言其坐拥书城，对句言其重阳生日。用以题写“严独鹤图书馆”，切人切事，浑然天成。

题 竹 画

郑逸梅

虚怀若谷；
心赤如丹。

赏析

此联写于20世纪80年代。录自郑逸梅所著《艺林散叶》。作者曾应友人要求，为其竹画题写联语。

“虚怀若谷”，此系常用成语，出自《老子》一书，谓人胸怀像山谷一样深广。形容胸怀开阔，非常虚心。何以此语题竹？因其符合画面特征，林中翠竹挺立中空，能给人以劲节虚怀之感。

“心赤如丹”。赤，本谓空净无物，可引申为纯净不杂、专诚不二的意思。丹，即丹砂、朱砂，其色鲜红，可作颜料。这里是说，心地赤诚有如朱砂一样鲜红。下联因画及人，联想自然，一气呵成。

此联言少意多，发人深省。既言画中之竹“虚怀若谷”，又赞画竹之人“心赤如丹”。竹画配上联语，二者相得益彰。

格 言 二 联

郑逸梅

一

虚怀始能交友；
素心方许读书。

二

欲达成功之路；
先经奋斗之门。

赏析

这两副联语写于20世纪80年代。当时作者已有九十高龄，且先后获得“全国健康老人荣誉奖”、“全国老有所为精英奖”。平日身心清健，依然写作不辍。他曾应允读者要求，介绍自己养生之道与人生格言。《格言二联》即见于当时所写《我喜爱的几句格言》文中。

先看第一联：虚怀，犹言虚心。语见唐韩偓《漫作》：“污俗迎风变，虚怀遇物倾。”谓一个人只有虚怀若谷，虚心向人求教，从不自以为是，才能结交朋友。素心，平素心愿，心地纯洁。南朝梁江淹《杂体诗》：“素心正如此，开径望三益。”谓一个人必须出于本心，亦即心地纯正方可读书。

再看第二联：这是一条颠扑不破的真理，因其正确道出了成功与奋斗的关系。而且“欲达”必须“先经”，上“路”先得入“门”，进而阐明了生活中的辩证法。可谓语浅意深，启人深省。

这是作者晚年所喜爱的人生格言。前者表明读书、交友的准则，后者强调人生奋斗的意义。因其言简意赅，足以法式后人，可以作为人生的座右铭。

题居室联

郑逸梅

梅花数点；
月色一寮。

赏析

此联似成于晚年，具体写作时间不详。题居室联，郑逸梅平生最爱梅花。他原名愿宗，后自号逸梅，笔名冷香，可见爱梅之深。友人平日所赠画梅，亦均张诸壁间，且为居室题写此联。

上联中，点，表示少量，如一点儿事情。这里眼前几点梅花，实指壁间所挂几幅画有梅花的国画。

下联中，月色，月光。寮(liáo)，小屋。如茶寮、竹寮。宋代陆游《贫居》："囊空如客路，屋窄似僧寮。"此指月光洒满了整个小屋。

此联颇为雅致，富于诗情画意。壁间梅花数点，映衬满室月光，可见居室主人洁身自好的淡雅胸怀，能给人留下非常广阔的想象余地。这里梅花和月色，已成洁白高雅的化身。寥寥八字，意蕴丰厚。可谓文如其人，室如其人，三位一体，读者自可回味。

题松山学社二联

张恨水*

一

松经霜雪添春色；
山挟风雷纵壮怀。

二

松邀白鹤聊诗话；
山借红霞作嫁衣。

作者

*张恨水（1895—1967），原籍安徽潜山，生于江西广信。现代著名小说家。长期从事编辑与写作。曾任《新民报》总经理、中国文联和中国作协理事、文化部顾问。生平创作一百多部小说，人称“通俗小说大师”，主要有《金粉世家》、《春明外史》、《啼笑姻缘》等。

赏析

这两副联语写于1907年前后。当时，张恨水父亲在江西南昌、新淦等地任职，他曾就读于松山学社。私塾老先生为考察学生的文字应对能力，要求学生为学社前后门及教室撰写嵌有“松山”二字的对联。张恨水当即写成二联，颇受老师、同学赏识。

先看第一副：

上句意谓，苍松经受霜雪严寒的考验之后更添无限的春色。《论语·子罕》：“岁寒，然后知松柏之后彫也。”联句似由此语化出，且作进一步发挥。下句是说，高山因挟持风雷而放纵自己宏大的胸襟怀抱。这里，松添春色，山纵壮怀，动静结合，气势雄伟。

再看第二副：

诗话，宋代说唱文学的一

种，有诗也有散文，如《唐三藏取经诗话》。联中松邀白鹤闲聊人间诗话，山借天边红霞来做嫁衣裳。这里，松鹤一起闲聊犹如得道成仙的高人，山披红霞似已成为美丽的新娘。

这两副联语卓具特色。既已利用鹤顶格，自然嵌入松山学社的名字；又能展开艺术想象，构成颇为优美的意境。联句文采华美，联想丰赡，如诗如画。因其采用拟人手法，赋予苍松与高山以人的性格特征，得以意象鲜明，引人遐想。

改联自题

张恨水

一间东倒西歪屋；

几个南腔北调人。

赏析

此联写于 1912 年间。张恨水时年 17 岁，因父亲病故，由江西迁回祖籍，在家乡自学。与弟妹一起边劳动边学习，条件十分艰苦。他想到明代画家徐文长《青藤书屋图》中有副对联：“两间东倒西歪屋；一个南腔北调人。”便将上下句各改一字写成对联，借以自嘲，亦为自勉。

上联显系纪实。张恨水回到安徽省潜山县黄土岭村，当年家境清寒，就读学塾条件亦差。一间书屋已东倒西歪，也许稍有夸张之处，而其破旧简陋自不待言。

下联亦属写实。南腔北调，形容说话口音不纯，掺杂南北方言。潜江县地处长江以北，流行皖北方言。张恨水刚从江西回到老家，自然带有南方口音。塾中学生之间交谈，难免南腔北调。这里于纪实之中亦含调侃成分。

此联虽属根据前人成句改写，而能与自身处境吻合，可谓恰到好处。原联构思工巧，改联符合实情，可谓各有千秋。此联意在效法古人，激励自己，立志苦读，早日成材。

题小乔墓

张恨水

葬向锦绣河山，芳灵永在，尽有那贞娘墓、苏小坟、莫愁湖、西施村，随此沿江左留名，余子岂能此文举？

嫁得英雄夫婿，雌伏何方，试比她褒姒笑、息妫泪、玉环浴、飞燕舞，是谁令中原多事？妇人也莫学桓温。

赏析

此联写于1919年间。小乔，三国时代东吴将领周瑜之妻。《三国志·吴书·周瑜传》：“策欲取荆州，以瑜为中护军，领江夏太守，从攻皖，拔之。听得乔公两女，皆国色也。策自纳大乔，瑜纳小乔。”小乔墓，在安徽省南陵县城香由寺旁，坟前石碑刻有“东吴大都督周公德配乔夫人之墓”。1919年间，张恨水时任“皖江报”总编辑，曾游南陵，因对墓前一副长联不甚满意，遂即兴写成此联。

上联盛赞小乔其人其墓，认为只有贞娘、苏小小、莫愁、西施，可以“随此沿江左留名”。芳灵，美好的灵魂，此指小乔。贞娘墓，在江苏省苏州市虎丘山上。唐有吴地名妓贞娘（亦作真娘），时人比之苏小小，死后葬于吴宫之侧。苏小坟，苏小小为南齐钱塘名妓，死后葬于杭州西湖西泠桥畔，宋刘克庄《六如亭》：“吴儿解记真娘墓，杭俗犹存苏小坟。”莫愁湖，在江苏省南京市水西门外，相传为莫愁旧居，因名。西施村，亦作苎萝村，在浙江省诸暨县南门外，相传为越国美女西施出生地。江左，指长江下游以东地区。文举，美好的举措。上联是说，小乔葬向锦绣河山，其人芳灵永在，也只有那贞娘、苏小、莫愁、西施古迹，可以与之沿长江下游以东地区留名，其余的人岂能有此美好的举措。

下联言小乔嫁得英雄夫婿，且能全其名节，比起褒姒、息夫人、杨玉环、赵飞燕无不高出多多。雌伏，退藏。罗隐《旅舍书怀寄所知》："道从汨没甘雌伏，迹想因循更陆沉。"褒姒（bāo sì）笑，褒姒为周幽王宠妃，性不好笑，幽王乃烽火戏诸侯，博得褒姒大笑。后遭攻击举火，诸侯不至，乃被杀害。息妫泪，息妫（guī）为春秋时息侯夫人，姓妫。楚文王灭息，以息妫归。相传息夫人因国亡夫死之痛，虽归顺仍以泪洗面与文王不通言语。玉环浴，杨玉环入宫后，深得唐玄宗宠信，被封为贵妃。常陪玄宗在华清池入浴。后因安禄山乱起，被赐死于玄宗逃往四川途中的马嵬坡。飞燕舞，赵飞燕为汉成帝宠后，能歌善舞。后被废为庶人，自杀身死。辛弃疾《摸鱼儿》："君不见，玉环飞燕皆尘土。"桓温，晋明帝之婿，官至大司马。后专擅朝政，阴谋废帝自立，事未及成而死。此人尝谓："既不能流芳后世，亦不足复遗臭万载邪！"下联是说，小乔嫁得东吴周郎，而今退藏何方？试与历史上的褒姒、息夫人、杨贵妃、赵飞燕相比较，到底是谁让中原引起战乱？可见妇人也不要像桓温那样"不能流芳后世，宁可遗臭万年"！

此联虽按原有联语格式改写，却更典雅工丽，自出新意。所列八位我国历史与传说中人物，均系女性且家喻户晓，能以引人遐想。"岂能此文举"与"也莫学桓温"，属对虽有欠工之处，褒贬却自在其间。有关此联写作，详见《张恨水散文集》第三集《小乔墓联》。

杨杏园自挽二联

张恨水

一

生不逢辰，空把文章依草木；
死何足惜，免留身手涉沧桑。

二

事业文章，几人得就，永别不须哀，大梦醒来原是客；

国家乡党，唯我皆违，此行终太急，高堂垂老已无儿。

赏析

此联写于1924年间。杨杏园为张恨水成名作《春明外史》中的人物。这部长篇小说集中描写某报社记者杨杏园与青楼妓女梨云、才女李冬青之间的爱情悲剧。杨杏园生活在黑暗社会之中，而又一再失恋，精神受到沉重打击。为了养家糊口，还得拼命工作，终于积劳成疾，以致吐血身亡。他在临终时自撰两副挽联。

先看第一副：

上联中，生不逢辰，生下来就没有遇到好的时机。《诗·大雅·桑柔》："我生不辰，逢天荼、僤怒。"依草木，依附于草木，含草木俱朽之意。喻人一生毫无建树。上联意谓，逝者感慨自己命运不好，空把文章依附草木，而与草木俱朽。

下联中，身手，武艺、本领。沧桑，"沧海桑田"的略语，喻世事变迁很大。这里是说，我死有何足惜，免得留下一身本领还得涉历世事沧桑变化。

再看第二联：

上联言人生事业与文章均难取得成就，而今终于大梦已醒。得就，得以造就，取得成就。大梦醒来，像从沉睡中醒来，比喻从错误或蒙蔽中醒悟过来。《庄子·齐物论》："旦有大觉，然后知此其大梦也。"这里是说，谈起事业文章，几人得以造就，今日永别无须悲哀，从梦中醒来方知人生不过是匆匆过客。

下联言自己死得太早，既有违国家乡党，又有负父母高堂。乡党，泛指乡里。《论语·乡党》："孔子于乡党，恂恂如也，似不能言者。"高堂，指父母。李白《送张秀才从军》："抱剑辞高堂，将投崔冠军。"垂老，已近老年。这里是说，对于国家乡里，唯我皆有所违；而且此行（死）太急，害得父母年老还失去儿子。

此系作者为书中人物代撰的自挽联。情见乎词，哀切感人。因其完全切合小说主人公——落魄文人杨杏园的身世、心境，既渲染了这一爱情故事的悲剧氛围，又增强了作品的艺术感染力。

贺张友鸾崔伯苹结婚

张恨水

银缸烛下双双拜；
今生还了西厢债。

赏析

此联写于1926年1月。张友鸾为现代著名作家。1922年入北平平民大学新闻系学习。读书期间即从事新闻、文学活动。曾任《京报》副刊《文学周刊》主编、《世界日报》总编辑。崔伯苹亦于1924年入北平平民大学读书。不久即与张友鸾恋爱，因被朋友们戏称为“张生”和“崔娘”(《西厢记》中人物)。1926年初二人结婚，周作人为证婚人，张恨水撰联致贺。

上联中，银缸（gāng)，银灯。南朝梁萧绎《草名》:“金钱买含笑，银缸影梳头。”烛，照耀。《汉书·武帝纪》元光元年诏贤良:“日月所烛，莫不率俾。”注:“烛，照也。”此句意谓，银灯照耀下新人双双拜堂。

下联中，西厢，指元代王实甫杂剧《西厢记》。张友鸾当时对元代戏曲很感兴趣，曾发表学术论文《〈西厢记〉研究与考证》。周围朋友亦因之戏称他们为张生与崔娘。如今二人正式结合，因称“今生还了西厢债”!

此联采用近于传统戏曲说唱的语言，祝贺年轻友人新婚。切人切事，情景俱佳。联语趣味横生，充满喜庆气氛。

冷清秋题联

张恨水

文章直至饥臣朔；
斧钺终难屈董狐。

赏析

此联写于1926年。冷清秋，张恨水长篇小说《金粉世家》中的主人公。她出身于书香门第，后为纨绔子弟的丈夫抛弃、婆家欺凌，带着孩子自谋生路。小说开篇即写才女冷清秋在燕市靠卖字画、写春联生活。当时有位新闻记者请题一联，须切“文丐”。冷清秋稍加思索，挥笔而成此联。张恨水实属夫子自道，只是借书中人物之笔写出而已。题目为作者“自况”，似亦未尝不可。

上联用的是汉朝东方朔的典故。据《汉书·东方朔传》记载，东方朔为汉代文学家，颇有文才，滑稽多智，可是他享受的却是俳优侏儒的待遇。有一次，他向汉武帝发牢骚说：我身长七尺，侏儒不满五尺，可是俸禄却不比他们多，以致“臣朔饥欲死，侏儒饱欲死”。联句直切“文丐”，谓文人靠写文章为生，直至像汉代弄臣东方朔那样到了“饥欲死”的地步，借以对所受不公平待遇提出抗议。

下联用了春秋时代晋国史官董狐的典故。斧钺（yuè），古代行刑用以斩人之斧。《国语·鲁语上》：“大刑用甲兵，其次用斧钺。”董狐，春秋时晋国史官，敢于不畏强暴，秉笔直书。后因以董狐为直言不讳的良史的代称。联句谓即使杀头也终难以使董狐屈服。实际意在肯定文人的人格与节操，即决不屈服于恶势力，对黑暗社会口诛笔伐。

此联用典贴切，属对工巧。董狐与东方朔均为先秦两汉时代的历史人物，且与“文丐”、“史狐”结合起来，实属独出心裁。上联伤其生活穷愁潦倒，下联励其发扬记者本色。联中“饥”、“屈”二字，都是使动用法，显得颇为传神。可见作者在炼字、炼句、炼意方面是下过一番工夫的。

应对

张恨水

六宫粉黛无颜色；
万国衣冠拜冕旒。

赏析

此联成于20世纪30年代初。当时，张恨水在南京办《南京人报》，适逢英王乔治六世举行加冕典礼，各国均派使节前往祝贺，伦敦冠盖云集，全球轰动。张恨水用唐人诗句“万国衣冠拜冕旒”作下联，在《南京人报》副刊上征集上联。结果有人对出“六宫粉黛无颜色”，遂入选刊出。

上联源自唐白居易《长恨歌》：“回眸一笑百媚生，六宫粉黛无颜色。”意在突出杨贵妃之美压倒后宫里一切妃子和宫女。六宫，相传古代天子有六宫。《周礼·天官内宰》：“上春，诏王后率六宫之人。”汉郑玄注为正寝一、燕寝五曰六宫。后泛称皇后妃嫔居住的地方。粉黛，古代妇女化妆用品，粉以敷面，黛以画眉。后则用作青年妇女的代称，这里泛称后宫里的女子。

下联源自唐王维《和贾舍人早朝大明宫》：“九天阊阖开宫殿，万国衣冠拜冕旒。”万国，亦作“万邦”。《书·尧典》：“百姓昭明，协和万邦。”可泛指世界各地。衣冠，古代士大夫的穿戴。《论语·尧曰》：“君子正其衣冠，尊其瞻视，俨然人望而畏之，斯亦不威而猛乎？”冕旒(miǎn liú)，古代帝王、诸侯及卿大夫的礼冠。外黑内红。盖在顶上的叫延，以五彩缫绳穿玉垂在延前的叫旒。天子之冕有12旒，诸侯9，上大夫7，下大夫5。宋以后则臣下都不用冕，因亦作为皇帝的代称。此句意谓，各地诸侯公卿都来拜见天子。联中是指各国使节纷纷前来参加英王加冕典礼。

此联出句、对句均源自唐人诗句。文字对仗工整，内容切合时宜。诚为应对佳作。

挽刘天华

张恨水

豪气动知交，或金或玉，为我曾奏天上曲；
悲歌成谶语，斯人斯疾，问谁不恸病中吟。

赏析

此联写于1932年6月。刘天华，我国现代著名作曲家、民族乐器演奏家。刘半农之弟。曾任教于北京大学音乐讲习所、北京艺术专科学校。在国乐创作和演奏上均取得杰出成就。1932年6月不幸病逝，终年仅37岁。张恨水撰送挽联致哀。

上联先叙二人交往情谊。动，不觉、不经意。唐高适《别杨山人》："不到嵩阳动十年，旧时心事已徒然。"知交，谓所相识交往的人，后亦称知己朋友为"知交"。或金或玉，金、玉皆为珍宝，比喻贵重之意。《诗·小雅·白驹》："毋金玉尔音，而有遐心。"天上曲，典出杜甫《赠花卿》："此曲只应天上有，人间能得几回闻？"极言音乐歌曲的美妙，如同天上仙乐一般。这里是说，因其豪迈之气不觉成了知己朋友，或金或玉，弥足珍贵，曾经为我演奏过极其美妙的乐曲。

下联哀叹友人英年早逝。谶（chèn）语，谓将来会应验的话，多指不幸言中的灾祸。斯人斯疾，语出《论语·雍也》："伯牛有疾，子问之。自牖执其手，曰：'亡之，命矣夫。斯人也，而有斯疾也。'"朱熹注："言此人不应有此疾，而今乃有之，是乃天之所命也。"恸（tòng），大哭，哀痛之至。病中吟，刘天华1923年创作的第一首二胡独奏曲作品。1931年为上海高亭唱片公司灌音。这里是说，一曲悲歌竟成谶语，此人此疾，试问有谁能不为《病中吟》而大哭一场！

此联哀挽亡友，声情悲壮。或叙友情，或叹伤逝，无不情动于中而言于外，能以感人至深。作者善于活用古典，如"斯人斯疾"与"天上曲"；且能巧用近事，如《病中吟》，从而收到言少意多的艺术效果。

代人撰挽张宗昌

张恨水

大节终无惭，纷纷仁义之徒，视君有愧；
私仇竟未释，落落身家而外，有母难忘。

赏析

此联写于1932年9月。张宗昌（1881—1932），山东掖县人。北洋奉系军阀，曾任吉林防军第二军副军长。第二次直奉战争后，任山东军务督办兼山东省长、直鲁联军总司令。1928年兵败下野。1932年9月被国民党山东省政府主席韩复榘派人刺杀于济南车站。其友汤尔和请张恨水代撰挽联致哀。

上联对于逝者“大节无惭”予以肯定。大节，本指关系存亡的大事。《论语·泰伯》：“临大节而不可夺也。”后多指人临难不苟的节操。纷纷，人或事物众多、络绎不绝。这里是说，逝者终无愧于大节，那些口头宣称爱和正义的人，看到你应当感到有愧。言外之意是指“纷纷仁义之徒”，亦即张宗昌的对手们，并非什么好人。

下联言逝者“有母难忘”，可见生前对于母亲颇有孝心。私仇，私人之间的仇恨，这里似指军阀之间的长期混战。今日遭到韩复榘所派之人暗杀，就是私仇未释的证明。联中指出，逝者已逝，除了零落的身家性命而外，只有家中高堂老母难以忘怀。

此联虽为友人代笔，亦系对于当时社会有感而发，借以婉讽那些“仁义之徒”。肯定逝者“大节无惭”，实有过誉之嫌；言及逝者“有母难忘”，倒是实情。张氏生前事母至孝，早年还将养父与生父一起接来奉养，且与同僚谈起贫苦家世亦直言不讳。人们对其“直与孝”一时传为美谈。

题“待漏斋”

张恨水

闭户自停千里足；
隔山人起半闲堂。

赏析

此联写于抗日战争初期。当时，张恨水在重庆任《新民报》副刊主编，家住南温泉乡间的三间茅屋，生活十分清苦。茅屋经常漏雨，却又无力修补，故自嘲为“待漏斋”。因与对面山上四层洋楼的“孔公馆”遥遥相对，遂在自家夹壁贴上这副对联。

上联中，千里足，语出北朝乐府《木兰诗》：“愿借明驼千里足，送儿还故乡。”此指善走远路的骆驼。张恨水住处南温泉离市区七星岗约四十华里，经常步行往返。每次回家已气喘吁吁，衣衫浸透汗水，因言“自停千里足”，得以闭户休息。当时生活艰难可见一斑。作为一介寒士，生活如此清苦，能不让人为之唏嘘?!

下联中，隔山人，指国民党政府财政部长孔祥熙。孔祥熙当时在重庆南温泉建有豪华的公馆，且与张恨水的茅舍仅一山之隔。半闲堂，本为南宋奸相贾似道在杭州西湖的别墅，是供其与妻妾寻欢作乐的地方。联中将孔祥熙的公馆称为“半闲堂”，可谓一语双关。既指孔祥熙弃而不用，家人并不住在这里，只由几个副官看守；又在隐喻孔祥熙犹如南宋权奸，充分表达了作者对孔祥熙之流的愤恨。

此联用语蕴藉含蓄，意蕴丰厚。巧妙运用对比、暗喻手法，让人产生诸多联想。正如语言学家吕叔湘所说：“把自己的破屋题为‘待漏斋’是自嘲；把远处达官的府第称为‘半闲堂’是讥讽。于牢骚中见风趣，是张恨水本色。”

偶　成

张恨水

隔江商女；
亡国大夫。

赏析

此联成于1938年11月，载同年11月22日重庆《新民报》。当时重庆的歌女清唱社将由一家增到五家，桃色的升平粉饰，与武汉失陷、长沙大火并举。时人遂以“隔江商女”讽之，作者于是想起可以“亡国大夫”相对，而且由此发问“明眼人以为如何?”

上联中，商女，指卖唱的歌女。此语源自唐杜牧《泊秦淮》：“烟笼寒水月笼沙，夜泊秦淮近酒家。商女不知亡国恨，隔江犹唱后庭花。”诗句原在表露对于衰败的晚唐社会现实的忧思。当日南京秦淮河边这一景象，今日似在重庆嘉陵江畔重演。

下联暗用“新亭对泣”的典故。《晋书・王导传》：“过江人士，每至暇日，相要出新亭饮宴。周顗中坐而叹曰：‘风景不殊，举目有河山之异！’皆相视流涕，惟导愀然变色曰：‘当共戮力王室，克复神州，何至作楚囚相对泣邪?’众收泪而谢之。”新亭故址在南京市，后因以“新亭对泣”表示怆怀祖国的意思。作者意谓，今日身居陪都重庆的“亡国大夫”，不知愿否“当共戮力王室，克复神州”?

此联言少意多，能启人深思。用典含蓄蕴藉，实为喻世明言。隔江商女，已属粉饰升平；亡国大夫，又将有何作为？这里既有对于国民党政府官僚政客的讽喻，广大抗日爱国志士亦可从中受到激励。

挽平江惨案死难烈士

张恨水

抗战无惭君且死；
同情有碍我何言?

赏析

此联写于1939年8月。同年6月12日，国民党第二十七集团军派兵包围新四军设在湖南平江的通讯处。我新四军上校参议涂正坤、八路军少校副官罗梓铭等六人惨遭杀害，构成了震惊全国的平江惨案。同年8月，延安、重庆等地纷纷举行悼念活动，张恨水时任中华全国文艺界抗敌协会理事、《新民报》主笔，亦撰送挽联致哀。

上联中，惭，羞愧。君，对人的尊称。这里是说，投身抗战无所惭愧，诸君尚且死了。此指平江死难烈士是为抗战事业献出了自己的生命。

下联中，碍，妨碍、阻碍。这里是说，表示同情均有阻碍，我还有什么可说呢？此指国民党反动当局执行高压政策，连对平江惨案烈士表示同情都不行。

此联言简意赅，发人深省。作为一名具有抗战爱国思想的小说家，敢于公开悼念平江惨案烈士，谴责国民党反动当局，实属难能可贵。

诗　钟

张恨水

野渡自横人隔水；
危梁犹在燕争巢。

赏析

此联写于抗日战争时期。诗钟，作为一种文字游戏，兴起于清朝末年。其写作方法是：取意义绝不相同的两个词，或分咏，或嵌字。诗钟以凑合自然、对仗工整为上。究其出处，可见清徐兆丰《风月谈余录》：“构思时以寸香系缕上，缀以钱，下承盂，火焚缕断，钱落盂响，虽佳卷亦不录，故名曰诗钟云。”抗战时期张恨水在小说创作之余，偶尔也打过诗钟。此联则以夜归、老屋为题，曾在重庆《新民报》上发表。

上联先咏“夜归”。野渡，郊野的渡口。唐韦应物《滁州西涧》：“春潮带雨晚来急，野渡无人舟自横。”联句意谓，野渡有舟自横，人尚隔水相望。联系上述唐人诗意，说明有人正在夜归途中。

下联再咏“老屋”。危梁犹在，梁为房屋大梁，比喻大梁已呈危状的老屋。联句意谓，处于危险状态的屋梁犹在，燕子还争着在此筑巢。

此联完全符合前人打诗钟的要求，任意将夜归与老屋两个各不相关的事物联系起来，并在上下句分咏其事，且能做到凑合自然、对仗工整，实属不易。虽为游戏笔墨，亦显文字功力。

拟赠张学良

张恨水

日积十年钓鱼，晚积十年读史，学而习之；
昔居四面包山，今居四面环水，良有以也。

赏析

此联写于1946年12月，载同年12月12日北平《新民报》，附《今日赠张学良》文中。张学良（1901—2001），字汉卿，辽宁海城人。北洋奉系军阀张作霖之子。历任东三省保安司令、东北边防军司令官、国民党海陆空军副总司令、军事委员会北平会代委员长、西北“剿匪”副司令。1936年12月12日发动“西安事变”，随后被长期扣押。1946年“西安事变”十周年前夕，张恨水拟以此联相赠。

上联巧妙结合张氏自身经历，希望他能“学而习之”。日，从前、以往。《左传·文公七年》：“日卫不睦，故取其地。”晚，后、迟。《荀子·法言》：“刑已至而呼天，不亦晚乎?”联中“钓鱼”、“读史”，均非实指，联系这位“少帅”人生经历自可理解。从前累积了十年优游自在的生活，后又积累了十年闭门读书的生活。实以1936年“西安事变”为界，前十年当少帅，后十年被幽囚。学而习之，语出《论语·学而》：“学而时习之，不亦说乎?”联句意谓，张氏应当“学而习之”，亦即从温习自身的经历中吸取教训。

下联形象揭示张氏当时的生活情状。抗日战争后期曾被关在贵州山区，1946年10月又转移至台湾海岛，联中因言“昔居四面包山，今居四面环水”。良有以也，语见曹丕《与吴质书》：“古人思秉烛夜游，良有以也。”谓确实有之。联句虽以景语出之，却属完全纪实。

此联表面言事、写景，实有深意存焉！既愿张氏从自身“十年钓鱼”、“十年读史”经历中吸取人生教训，又对张氏近年身居山区、海岛的囚禁生活表示关切。“学而习之”与“良有以也”，均系古书成句，且嵌“学良”二字。这样既切合受赠者的人生经历，又点出受赠者的名字，自然妥帖，实为佳构。

言　志

张恨水

松成梁栋身须直；
山负云天首自昂。

赏析

此联写作时间不详。今据《近现代名家名联品鉴》一书收录。张恨水曾在工作之余，书联言志述怀。既属用以自勉，亦可书赠他人。就其内容似属早年之作，与前《题松山学社二联》相同。

上联中，梁栋，即栋梁，因求平仄协调需要倒置。此句意谓，松树要想成为栋梁之材身子必须挺直，亦即木直才可以作为栋梁。

下联中，负，背倚。云天，高空。此句意谓，高山背倚云天头自可以抬起，亦即山高才可以昂首天外。

此联表面写松写山，实则写人写志，颇富哲理意味。作者以物喻人，既鞭策自己，亦勉励别人，应有高山的气概与苍松的志节，真正成为国家的栋梁之材。

元　日

郁达夫*

病里怯干元日酒；
尊前愁煞隔年人。

作者

*郁达夫（1896—1945）。浙江富阳人。现代著名文学家。早年留学日本。1921年与郭沫若发起组织创造社。1930年参加中国左翼作家联盟。抗战时期在武汉、香港与南洋群岛从事抗日宣传。1945年被日本宪兵杀害于苏门答腊。1952年被中央人民政府追认为革命烈士。一生创作不少小说、散文、诗词，有《郁达夫全集》传世。

赏析

此联作于1917年春节。元日，农历正月初一。《书·舜典》："月正元日，舜格于文祖。"郁达夫当时在日本留学，本已考入名古屋第八高等学校医科，由于志在文学，又由医科转入法科。平时除阅读文学作品外，还经常写诗，并参与当地"佩兰吟社"的活动，此联即为春节期间偶然吟得的断句。

上联谓病中怯于喝干元日的酒。怯（qiè），胆小、害怕。干，干杯。这里似指作者偶然生病需要忌酒，虽在春节亦不能干杯。

下联中，尊前，尊为一切酒器的泛称，此指酒樽的前面。欧阳修《惠泉亭》："使君今是尊前客，谁与山泉作主人。"煞，表示极甚之词。隔年人，似从"隔年历"（过时的历书）一语化出，指隔年的人。此句意谓，在酒杯前面可愁坏了我这个过时的人。

此联对仗工稳，且属流水对。上下两句内容连贯，语气衔接，构成因果关系。因为"病里怯干元日酒"，所以"尊前愁煞隔年人"。这就将一个好酒之人病中想喝而又不敢喝的心态充分表现出来。

吟九溪十八涧

郁达夫

三竺六桥，九溪十八涧；
一茶四碟，三粉五千文。

赏析

此联写于早年，具体时间不详。九溪十八涧，位于杭州西湖西面群山之中。九溪之水源于杨梅岭，沿途汇合了青湾、宏法、方家、佛石、百丈、唐家、小康、云栖、渚头的水，故称九溪。这九条溪水，一路上穿林绕麓，又不知汇合了多少山涧细流。十八涧为虚数，表示多的意思。郁达夫住杭期间，曾与友人同游九溪十八涧。他面对杭州自然山水，即兴吟成这副对联。

上联中，三竺（zhú），即上天竺、中天竺、下天竺。灵隐飞来峰之西有天竺山，此山峰岭之间隐藏着上天竺、中天竺、下天竺三座古寺，因此寺分山也分，故名三天竺。六桥，即苏堤上的六座桥，自南向北为映波、锁澜、望山、压堤、东浦、跨虹六座拱形桥。苏堤向以六桥烟柳闻名于世。这一上联为作者身处九溪十八涧，联想到三竺六桥，随口吟成。他却一时找不到适合的对句，只好暂时空着。

下联中，作者与友人在九溪茶室里，一边吃茶点、喝西湖藕粉，一边寻思上联的对句。这时只听到茶役（今称服务员）报账时说道："一茶四碟，二粉五千文。"（即一杯清茶、四碟点心、两碗藕粉，合计五千文）于是触发灵感，乃得妙联。

此联即兴吟咏，无意得之。以食物对景物，自然天成。就数字而言，对得不算工稳，却也来之不易。难怪作者一将全联吟出，友人不禁拍案称绝。

题西湖苏堤

郁达夫

江山也要文人捧；
柳堤至今尚姓苏。

赏析

此联写于早年，具体时间不详。苏堤，是一条贯通西湖南北风景区的林荫大道。全长2.8公里，从南到北建有映波、锁澜、望山、压堤、东浦、跨虹六座拱形桥。据史书记载，宋元祐四年，苏东坡在任杭州知府时，曾征集民工，疏浚西湖，利用挖出的湖泥、葑草筑成长堤，后人为纪念他而称为苏堤。新中国成立以后彻底整修，沿堤增植垂柳花卉，修建花架亭榭，景色更加清幽美丽。“苏堤春晓”早已列为西湖十景之首。郁达夫住杭期间，曾与友人同游苏堤，即兴吟成此联。

此联就文字本身而言不难理解，是说眼前大好河山也要文人加以吹捧，两岸垂柳成荫的湖堤至今仍然姓苏。作者吟咏角度颇为特别，不写苏堤春晓与六桥烟柳，而是抒发感慨近于议论。我们自可从中得到某些有益的启示。这时首先让人想到西湖景物与历史人物的关系。既要看到堤因人名，此堤为苏东坡所筑，得与名人挂钩而流传千古；也应想到人因堤名，苏东坡因有此举而让人永远纪念，因此此堤至今依然姓苏。同时让人想到文人在历史上的作用，苏东坡对于杭州西湖有过不可磨灭的贡献，今天文人是否也应如此，为建设祖国大好河山而作出自己的贡献？

联句言近旨远，值得人们深思。问题在于上下联词性相对尚欠工妥，有待斟酌。因其质胜于辞，不妨聊备一格。

题孤山放鹤亭巢居阁

郁达夫

第三桥是苏学士堤，问夹岸垂杨，可似老梅冷淡；
不数武有岳鄂王庙，慨中原战马，何如野鹤逍遥。

赏析

此联写于早年，具体时间不详。孤山放鹤亭巢居阁，宋代诗人林逋，朝廷屡征不仕，隐居西湖孤山。自建巢居阁以为住所，周围遍植梅花，并养一对白鹤，因其终身不娶，人称“梅妻鹤子”。真宗嘉其高尚，赐号“和靖处士”。死后葬于舍旁。元代建有梅亭、鹤亭，后已坍毁。1915年重建放鹤亭，后又广植梅林，已成杭州观赏梅花胜地。郁达夫住杭期间，曾游孤山放鹤亭，并为巢居阁题联。

上联中，第三桥是苏学士堤，苏学士堤即苏堤，因苏东坡曾任翰林学士，故称。苏堤上建有六座拱桥，第三桥为望山桥。宋代曾在此建三贤祠，祀白居易、苏东坡、林和靖。因将和靖祠堂由孤山巢居阁迁至苏堤三贤祠中。问夹岸垂杨，可似老梅冷淡，苏堤沿湖两岸遍植杨柳，作者因问夹岸重杨，可像老梅那样冷淡？这里是以垂杨喻东坡，老梅喻林逋，说明两人有着不同的人品诗风。

下联中，不数武有岳鄂王庙，武，即步武，古代以六尺为步，半步为武。不数武，不几步，谓相距不远处。岳鄂王庙，即岳庙。岳飞死后追封为鄂王，为与上联苏学士堤对应，因称岳鄂王庙。慨中原战马，何如野鹤逍遥，作者慨叹中原战马哪有西湖闲云野鹤那么逍遥。这里仍喻岳飞与林逋有着截然不同的人生道路。

此联即景抒怀，托寄遥深。作者题林逋放鹤亭上巢居阁，既紧扣题意展开，而又有所发挥。明显以苏学士的勤政为民与岳鄂王的慷慨赴敌，同林处士的消极归隐加以对比；并对林逋一生似老梅冷淡、野鹤逍遥有所针砭，充分反映作者积极进取的人生态度。此联若据联意推测，似为20世纪30年代初期的作品。

春　联

郁达夫

时去矣，灵感不灭；
春来也，文运亨通。

赏析

此联写于20世纪30年代初期。据《古今名人联话》一书说明：郁达夫“寓居上海时，这位文坛猛将曾写过这样一副春联……”

上联中，时去矣，时，泛指光阴、岁月。《吕氏春秋·首时》：“天不再与，时不久留。”矣，犹“了”。作语助，表事之完成。此指旧的一年过去了。灵感不灭，灵感为文艺创作或科学活动中因思想高度集中、情绪高涨而突然表现出来的创造能力。这种突发的创造性思维，一般称之为灵感。此指作家们当旧的一年过去而创作灵感并不会熄灭。

下联中，春来也，也，作语助，表示停顿，引起下文。此指春天来了，亦即新的一年开始了。文运亨通，文运，文学兴衰的运会。亨（hēng）通，顺利通达。《易·坤》：“品物咸亨。”此指新的一年文运亨通，亦即预祝上海左翼文艺运动顺利发展。

这副贴在寓所的春联切人切时。作者身处辞旧迎新之际，回顾过去，展望未来，深信灵感不会熄灭，文运自当亨通。这是对于自己个人，也是对于广大作家深深的祝福。

挽徐志摩二联

郁达夫

一

新诗传宇宙，竟尔乘风归去，同学同庚，老友如君先宿草；

华表托精灵，何当化鹤归来，一生一死，深闺有妇赋招魂。

二

两卷新诗，廿年老友，相逢同是天涯，只为佳人难再得；

一声河满，九点齐烟，化鹤重归华表，应愁高处不胜寒。

赏析

这两副挽联写于1931年12月。徐志摩（1896—1931），浙江海宁人。新月派著名诗人。曾留学欧美，后在北京、上海等地大学任教，并主编《诗刊》、《新月》等文学期刊。1931年11月19日，从南京乘飞机赴北平，途中因飞机失事不幸身亡。郁达夫闻讯先托友人后再自己撰送挽联致哀。

关于第一副挽联，郁达夫在当时所写《志摩在回忆里》一文开头，即提到此联并作说明："这是我托杭州陈紫荷先生代写的一副挽志摩的挽联。"陈紫荷为王映霞外祖父王二南先生弟子，与郁达夫时相过从。此联即受人委托并仿郁氏口吻代笔。

上联中，"新诗"二句，意谓徐志摩所作新诗亦已传遍宇宙，而诗人竟然乘风回到天上。这里"乘风归去"一语双关，既指诗人魂归天界，亦与飞机失事相关。同学同庚，郁达夫与徐志摩既是中学同班同学，又是同年出生。宿草，隔年的草。《礼·檀弓上》："朋友之墓，有宿草而不哭焉。"后遂用作悼念亡友之辞。此指像你这样的老朋友却先离开了人世。

下联中，"华表"二句，典出晋代《搜神后记》。相传汉代辽东人丁令威，在灵虚山学道成仙，千年后化鹤归辽，落在城门华表柱上。精灵为魂灵，意即希望友人化鹤归来。深闺有妇，深闺谓古代女子的住房。此指徐志摩之妻陆小曼与前妻张幼仪。招魂，《楚辞》篇名，相传系屈原为楚怀王招魂。此指陆小曼、张幼仪均在徐志摩灵堂守灵，因言同赋招魂。

此联虽系友人代拟，却大体符合郁氏的身份及其与逝者的关系，用典亦较为恰切，仍不失为哀挽佳作。

第二副挽联由郁达夫己作。他在《志摩在回忆里》一文《附记》中指出："上述的一篇回忆写完之后，我想想、想想，又在陈先生代做的挽联里加入了一点事实，缀成了下面四十二字……1931年12月19日。"

上联中，两卷新诗，指新月书店出版的徐志摩两本诗集《志摩的诗》、《猛虎集》。廿年老友，1911年9月，作者在杭州府中学堂即与徐志摩成为同班同学，至1931年已有二十年的友情。"相逢"两句，意谓相逢同在天涯，亦即同是天涯沦落人，只是因为佳人实难再得。这里需要结合二人爱情婚姻经历加以理解。徐志摩因陆小曼而与张幼仪离婚，郁达夫也因王映霞而与孙荃离异，二人同气相求，故有上述感慨。

下联中，一声河满，河满，即《河满子》，亦作《何满子》。唐代舞曲名，后用为词牌。唐代张祜诗《宫词》中有句："一声《河满子》，双泪落君前。"九点齐烟，语出唐代诗人李贺《梦天》："遥望齐州九点烟，一泓海水杯中泻。"齐州，中州，即中国。此言俯视九州，小如烟点。这里暗指徐志摩因空难而死。化鹤重归华表，化鹤本谓成仙，后用作死亡讳称。华表，指设在墓前的石柱。应愁高处不胜寒，语出苏东坡词《水调歌头》："我欲乘风归去，又恐琼楼玉宇，高处不胜寒。"这里是说，你虽魂归天界，但月宫如此冷清，如何承受得了，还是不如仿效仙人化鹤归来吧！

此联岂止是在"陈先生代做的挽联里加入了一点事实"，而是虽保留轮廓，却脱胎换骨。联中抒情线索更为鲜明突出。两条明线：具体说明逝者在新诗创作中的贡献与显示二人"廿年老友"之间的深情。两条暗线：因飞机失事遇难（应愁高处不胜寒）与逝者个人感情生活（只为佳人难再得）。作者甚至声称"相逢同是天涯"，并不回避自己的感情生活与文苑风波，让人充分感受到两位诗人真诚坦率与放浪不羁的个性。情见乎辞，耐人回味。

集句自况

郁达夫

岂有文章传海内；
欲将沉醉换悲凉。

赏析

此联写于1932年1月4日。根据作者同日日记记载："宿酒未醒，睡起成对一联：岂有文章传海内，欲将沉醉换悲凉。"这是一副集句联，集自杜甫、晏殊诗词成句，借以抒发自身感慨，因题《集句自况》。

上联集自唐代诗人杜甫七言律诗《有客》颔联："岂有文章惊海内，漫劳车马驻江干。"作者出于自谦，将"惊"易"传"。此句意谓，难道能有文章流传于海内？这里于自谦中寓有深意。1931年春，国民党当局在上海施行白色恐怖，迫害革命作家。左联五位革命作家，突然遭到逮捕，并被秘密杀害于龙华警备司令部。鲁迅因此而避居花园庄旅馆。郁达夫也因处境危险，回到故乡富阳，在外潜逃近三月。身处如此高压之下，哪里还有什么文章可以传世。

下联集自宋代词人晏殊《阮郎归》下阕："欲将沉醉换悲凉，清歌莫断肠。"此句意谓，想以沉醉更换悲凉，亦即借助醉酒消除心中悲痛凄凉。作者何以"宿酒未醒"？正是面对黑暗现实的高压而又无力加以改变的结果，只有借助沉醉忘却悲凉。

此联以集句形式反映自身所处境遇，感情沉郁，心境苍凉。貌似自谦自责，实有激愤在胸。

题上海寓所

郁达夫

避席畏闻文字狱；
著书都为稻粱谋。

赏析

此联写于1932年2月。当时，郁达夫住在上海嘉禾里，曾摘录晚清诗人龚自珍的诗句，并请蔡元培代笔书就，悬于上海寓所客厅壁上，借以抒发对于自身境遇的感慨。此联录自龚自珍《咏史》，原诗为："金粉东南十五年，万重恩怨属名流。牢盆狎客操全算，团扇才人踞上游。避席畏闻文字狱，著书都为稻粱谋。田横五百人安在，难道归来尽列侯。"龚氏作为晚清改良主义运动先驱人物，此诗题为《咏史》，实为讽喻现实，希望一般士大夫文人不要醉心于功名利禄，对清王朝统治者心存幻想奢望。

上联系针对现实而言。避席，古人席地而坐，如有所敬畏，则离席而起，谓之避席。文字狱，反动统治者为了防止和镇压知识分子的反抗，往往故意从作品中摘取字句，罗织罪名，构成冤狱，称文字狱。这里是说，人们一听到文字狱之事，则离席避去，有所畏惧。清代出现过不少文字狱，时至20世纪30年代，国民党反动统治同样如此。施行白色恐怖，组织文化围剿，构成多少冤案！

下联就文人写作而言。著书，撰写书籍。稻粱谋，原指鸟觅食，后喻人谋求衣食。这里是说，撰写书稿都是为了解决吃饭问题。龚自珍原诗本为批评某些士大夫文人，没有政治理想，只是为了做官得俸禄谋衣食。联中摘引已有转意，这种带有自嘲意味的表白，既在一定程度上流露出消极退隐的思想，又在更深层次上揭露国民党当局对于进步文化人的残酷迫害。

此联摘引前人诗句，而又自出新意。需要结合龚自珍原诗内容与20世纪30年代社会现实加以理解。过去某些联书对于此联介绍似有失实之处。《革命前辈联语辑注》一书将此题为《联答鲁迅》，说成 1933 年春为答复鲁迅《阻郁达夫移家杭州》一诗而作。《中国近现代名家名联》一书题为《题风雨茅庐》，说成 1935 年建成杭州风雨茅庐之后用作门联。这些解释意思可以理解，但时间上均已后移，存在明显出入。

题联自况

郁达夫

绝交流俗因耽懒；
出卖文章为买书。

赏析

此联写于 1932 年 4 月 11 日。现据《郁达夫诗词抄》一书收录。《近现代名人名联品鉴》一书所注写作时间是对的，但在解释上明显有误，说“时作者由上海迁居杭州”，进而按“迁居缘由”与“写作目的”加以分析。须知郁达夫迁居杭州是一年之后的事情。有的联书将此名为《题“风雨茅庐”》，那就更不对了。郁氏风雨茅庐直到 1936 年初才建成。至于此联有否用于杭州临时寓所或后来建成的风雨茅庐，就其口吻完全可能，但解析上仍应以写作时间为宜。

上联解释自己消极避世的原因。流俗，潮流世俗。汉司马迁《报任少卿书》：“仆之先人非有剖符丹书之功，文史量历近乎卜祝之间，故主上所戏弄，倡优畜之，流俗之所轻也。”耽（dān）懒，沉溺于懒散的生活。此句意谓，绝交世俗之人只因沉溺于懒散。作者声言自己宁愿懒散过日子也不愿与世俗之辈同流合污。

下联说明自己仍在卖文的目的。既已消极遁世，何以继续写作？声称今天之所以发表文章，只是为了赚钱买书而已。此系自我嘲讽式的辩解之词，与前“著书只为稻粱谋”说法相似。

作者题联自况，用语直率，感情沉痛。这与当时所处政治环境与个人身体状况有关，明显反映苦闷寂寞、感伤消沉的情绪。这在此后不久所写的小说《迟桂花》、《碧浪湖的夜》中均有一定的反映，同样流露出政治上消沉后意欲逃避现实，消极遁世的情绪。此联虽在内容上意气消沉，却仍显示出作者作为现代名士的清逸孤高的思想境界。

集句述怀二联

郁达夫

一

直以慵疏招物议；
莫抛心力作词人。

二

莫对青山谈世事；
休将文字占时名。

赏析

这两副联语写于1932年11月6日。据作者同日《水明楼日记》记载："上午书对联两副……"当时心境亦如《水明楼日记》稍后三日所述："我的气分似乎是波浪形的，紧张一时，驰放一时，不能有一年半载的长期持续，不过颓溃的时候也不至于沉埋到底。"此系肺腑之言，有助于我们理解上述联意。

先看第一联：

上联集自唐柳宗元七言律诗《衡阳与梦得分路赠别》颈联："直以慵疏招物议，休将文字占时名。"直，径直、一直。慵(yōng)疏，懒散、懒惰粗疏。物议，众人的议论，多指非议。唐上官仪《为太仆卿刘弘基请致仕书》："内省愆尤，外惭物议。"此句意谓，一直因懒散粗疏而招来众人的非议。此系作者有感而发，郁氏为人坦率纵情任性，常常招来多方面的议论。

下联集自唐代诗人温庭筠绝句《蔡中郎坟》："今日爱才非昔日，莫抛心力作词人。"心力，才智心思与能力。《左传·昭公十九年》："尽心力以事君。"词人，文人、擅长文词的人。此句意谓，不要抛掷自己的心力去做什么词人，亦即不要花费心血去从事诗文创作。

此系述怀之作。作者敢于袒露自己的胸襟，表示生性懒散，屡招非议，今后再也不要去写什么诗文。虽属内心自然流露，亦为个人激愤之言，曲折反映了作者人生坎坷知己难寻的艰难处境。

再看第二联：

上联集自元代诗人元好问诗："莫对青山谈世事，且将远目送飞鸿。"世事，当世之事。《史记·屈原传》："上称帝喾，下道齐桓，中述汤武，以刺世事。"此句意谓，不要去对青山谈论当世之事，亦即投入大自然的怀抱，不要多管社会上的事情。

下联集自柳宗元《衡阳与梦得分路赠别》："直以慵疏招物议，休将文字占时名。"文字，本谓语言的书写符号，亦指连缀而成的文章。占，占有、据有。时名，当时的名声。此句意谓，不要以自己的文章去争当时的名声。

此联同样抒发怀抱，表面潇洒飘逸，情愿流连山水，不再写诗作文过问世事，实际心有不甘，仍在继续写作且谈世事。值得注意的是，作者将唐代诗人柳宗元给刘禹锡赠别诗的同一联拆开，成此两副对联，可见对柳宗元颇为赏识，且在感情上有某些相通之处。

题西施庙

郁达夫

百年心事归平淡；
十载狂名换苎萝。

赏析

此联写于1933年11月。西施庙，亦称西子祠，在浙江省诸暨县城南苎萝山下古苎萝村，祀越国美女西施。1933年11月，郁达夫曾应杭州铁路车务主任曾荫千之邀，作浙东之行，游诸暨、金华、兰溪、龙游、永康等地名胜。其任务是将沿途耳闻目睹之景物写成游记，供路局以旅行指南的形式，详告中外来浙之游客。11月11日，与曾荫千驱车出诸暨南门，参观西施苎萝村古居，旋即写成《题西施庙》一诗、一联。这是一副集句联，由清代诗人龚自珍与现代诗人柳亚子的诗句组成。

上联集自龚自珍《己亥杂诗》之二："百年心事归平淡，删尽蛾眉惜誓文。"百年，犹言一生，俗称"人生百年"。这里是说，西施一生的心愿在于协助越国君臣报仇雪耻，而今亦已完成，故言归于平淡。

下联集自柳亚子《题郁达夫〈蕨薇集〉》："妇人醇酒近如何，十载狂名换苎萝。"十载狂名，西施入吴十年，完成自己使命，却留下醇酒妇人的放荡之名。这里是说，西施帮助勾践、范蠡实现了兴越灭吴的计划，而只换来了苎萝山下的一座祠庙。

此联为凭吊古人而作。集古今诗人成句，浇自己心中块垒。对于越女西施在兴越灭吴方面贡献有所肯定的同时，亦流露出某种惋惜与同情。

挽刘半农

郁达夫

天禄校群书，文盛雕龙，瓦釜、扬鞭丧斯响；
巴黎传绝学，语新世说，茶花、谈影冷余情。

赏析

此联作于1934年7月。刘半农（1897—1934），江苏江阴人。现代文学家、语言学家。曾留学英国伦敦大学和法国巴黎大学。回国后，历任北京大学教授、中法大学国文系主任、中央研究院特约研究员。著有《中国文法通论》、《半农杂文》、《扬鞭集》等。1934年，赴内蒙古调查方言，途中感染回归热，不幸去世。郁达夫闻讯撰送挽联致哀。

上联中，天禄校群书，天禄即天禄阁，汉宫中藏书阁名。汉高祖时创建，在未央宫内，收藏各地所献的秘书。汉成帝、哀帝时，著名学者刘向、刘歆曾在阁中校雠所藏图书，写成定本。此指刘半农作为中央研究院特约研究员亦曾做过校勘群书的工作。文盛雕龙，由刘勰所撰古代文学理论专著《文心雕龙》书名化出，意在赞扬逝者善于撰写文章。瓦釜、扬鞭丧斯响，刘半农著有诗集《瓦釜集》、《扬鞭集》。丧斯响，丧失了这样的声响，亦即再也听不到逝者吟咏了。

下联中，巴黎传绝学，刘半农曾在巴黎大学专攻语音学，这在我国过去是没有的，因称之为巴黎传来的绝学。语新世说，由刘义庆所撰古代小说集《世说新语》书名化出，意在赞扬逝者语言文字的功力。茶花、谈影冷余情，茶花指法国小仲马长篇小说《茶花女》，谈影似指意大利薄伽丘短篇小说集《十日谈》。冷余情，冷落了我的感情，亦即连《茶花女》、《十日谈》这样的名著也不想看了。

此联属对工巧，语多创新。赞扬逝者在文学、语言方面的贡献，以“文盛雕龙”“语新世说”誉之，既有古书可本，又有新的创意。“瓦釜扬鞭”“茶花谈影”，嵌入四本书名，或隐或显，自成意境。凡此均需读者仔细品味。

贺曾觉之新婚

郁达夫

旧日皇都，新秋天气；
东南才子，西北佳人。

赏析

此联写于1934年9月。曾觉之（1901—1982），广东兴宁人。现代作家、文学翻译家。早年留学法国。1929年回国后，先后在南京中央大学、北平中法大学、北京大学等校任教。1934年9月1日，曾觉之在北平结婚，郁达夫时在北方避暑旅游，特撰联致贺。

上联首先点明地点、时间。皇都，皇帝的都城。北京为我国历史悠久的古都之一。春秋时燕国，此后辽、金、元以及明、清，均曾在此建都，因称“旧日皇都”。结婚时间 9 月 1 日，正值凉爽宜人的初秋季节，因称“新秋天气”。

下联进而说明新人身份。新郎曾觉之为广东兴宁人，又是法国留学归来的作家、教授，因称“东南才子”。新娘则是西北地区人，长得端庄雅丽，因称“西北佳人”。这对来自我国东南与西北的才子佳人，在故都宜人的新秋结为伉俪，当然值得人们庆贺一番。

此联颇有特色。出句点明时地，对句写出新人，虽用语直白，却洵为佳构。

贺赵母王太夫人寿

郁达夫

柔比刚坚，如来云液；
冬行春令，王母蟠桃。

赏析

此联写于 1934 年 12 月。赵母王太夫人，是王映霞外祖父王二南先生的三妹妹，郁达夫则称她为“祖姑岳母”。1934 年 12 月 10 日，赵母王太夫人八十大寿，作者撰联致贺。原附《祝赵母王太夫人的寿》文中，详见《郁达夫全集》第三卷。

上联中，柔比刚坚，《易·杂卦》：“乾刚坤柔。”我国历来有阳刚阴柔之说，认为男性应该比女性刚强。这里却说“柔比刚坚”，须阅《祝赵母王太夫人的寿》一文。这位老人家年届八十，视力、牙齿均好，虽通宵搓麻将亦不嫌累，比起四十岁的作者还要精神。联中遂言“柔比刚坚”。如来云液，谓如来佛的美酒。如来，佛的别名。相传如来生日在阴历的 11 月 10 日。云液，酒。唐白居易《对酒闲吟赠同老者》：“云液洒六腑，阳和生四肢。”

下联中，冬行春令，谓冬天施行春令。古代以十二个月分别记述应该施行的政令，叫月令。见《礼记·月令》。后沿用为季节之称，如春令、冬令。联中借用这一说法，老人生日在冬天，因言“冬行春令”。王母蟠桃，谓王母娘娘的仙桃。《海内十洲记》：“东海有山名度索山，上有大桃树，蟠屈三千里，曰蟠木。”

《汉武帝内传》谓七月七日，西王母降，以仙桃四颗与帝。“帝食辄收其核，王母问帝，帝曰：‘欲种之。’母曰：‘此桃三千年一生实，中夏地薄，种之不生。’帝乃止。”

此联蕴藉典雅，属对工巧。寿星福体康泰，当饮“如来云液”；作者冬行春令，献上“王母蟠桃”。用典恰切，耐人回味。

无　题

郁达夫

两口居碧水丹山，妻太聪明夫太怪；
四野多青磷白骨，人何寥落鬼何多！

赏析

此联写于1934—1935年间。今据《郁达夫全集》第9册收录，编者附有说明：“据《郁达夫风雨说》载，本联是1934年以后与鲁迅先生赠诗‘钱王登假仍如在’一同挂在寓所客堂里的。”1933年间，郁达夫由上海移家杭州，其主要原因在于躲避国民党反动当局所制造的白色恐怖。正如他在《迁杭有感》诗中所言：“伤乱久嫌文字狱，偷安新学武陵渔。”鲁迅当时曾作七言律诗《阻郁达夫移家杭州》。郁达夫未听忠告，不久就体会到杭州并非世外桃源。先有上海、杭州无聊文人在小报上无端加以攻击，继而更有国民党浙江省党部要员施以种种迫害，以致家庭亦遭变故。他在后来所写《移家琐记》中还有断句一联：“烽火满天殍满地，儒生何处可逃秦？”从中也可看出作者当时的境遇。

上联言移家杭州后的夫妻生活。碧水丹山，此指杭州山水。西湖本应绿水青山，这里却称碧水丹山，显然带有一定感情色彩。妻太聪明夫太怪，此系当时某些别有用心的人对于郁达夫、王映霞夫妇的议论，这里加以转引，似于纪实之中含有自我解嘲之意。

下联言周围环境极其险恶。青磷白骨，青色的磷火与白色的尸骨。四野多为坟地，一片恐怖景象。这里人何以如此稀少而鬼又如此之多！作者面对黑暗现实，一片激愤之情溢于言表。

此联名曰“无题”，似需注意两点：一为迁家杭州之后有感而发，此中涉及夫妻生活和现实环境，颇多言外之意，应结合有关背景资料加以把握。二是此联与鲁迅先生《阻郁达夫移家杭州》题诗挂在一起，既显二人之间友谊，又能加深对于20世纪30年代黑暗现实的理解。需要指出的是，此联亦系据清初文学家归玄恭旧作改写。归氏曾结庐于荒野坟场，自题联云：“两口寄安乐之窝，妻太聪明夫太怪；四邻接幽冥之宅，人何寥落鬼何多！”郁氏显然是在借他人酒杯，浇自己胸中块垒。

赠周黎庵

郁达夫

满地淡黄月；
中酒落花天。

赏析

此联写于1935年间。周黎庵，1916年生，浙江镇海人。20世纪30年代在上海从事文学活动，常在报刊发表杂文。参与组织“古今社”，编辑《古今》杂志，与郁达夫时有交往。郁达夫迁居杭州后，仍常来拜访。郁氏曾应其要求，即兴书赠此联。

上联谓淡黄色的月光铺满大地。之所以出现如此景象，一则暮春时节，月色朦胧，故常给人以昏黄之感；再则作者月下独酌，醉眼矇眬，也容易产生这样的感觉。

下联中，中（zhòng）酒，酒酣、醉酒。《汉书·樊哙传》：“项羽既飨军士，中酒。”颜师古注：“饮酒之中也，不醉不醒，故谓之中。”唐杜牧《睦州四韵》：“残春杜陵客，中酒落花前。”落花天，即落花时节，指暮春三月。这里“中酒落花天”，似由唐人杜牧诗句化出，谓在残春（落花）时节纵情饮酒。

此联应属即兴之作，在写作者残春时节月下饮酒的情景。既是写实，因郁达夫平日确有嗜酒之癖；亦有寓意，实为对于当时黑暗现实不满的反映。他在《春愁》一文中甚至直言，深感中国当时现状有如南宋时代一样。须知“一切景语皆情语”，我们从中不难领略作者寂寞的心境和悲凉的感情。

题风雨茅庐

郁达夫

烽火满天殍满地；
书生何处可逃秦。

赏析

此联作于1936年春，现录自《移家琐记》。郁达夫1933年由上海迁家杭州，一直住在场官弄63号。1935年间经朋友介绍，购得旁边救济院一块废庵的地基。同年年底着手建房，次年春节完工。新居取名“风雨茅庐”，意谓可以躲避风雨的茅庐。5月初全家迁入，马君武为新居题“风雨茅庐”四字，郁达夫亦曾自题联语，借以表达自身的处境和心境。

上联言社会现实。烽火，古代边防报警的信号，常用以指战争、战乱。唐杜甫《春望》：“烽火连三月，家书抵万金。”殍(piǎo)，饿死的人。《孟子·梁惠王上》：“野有饿殍。”这里是说，战争的烽火满天，饿死的人满地。

下联言自身处境。逃秦，逃避秦末的战乱。作者暗用陶渊明《桃花源记》的典故，村中人自言“先世避秦时乱，率妻子邑人来此绝境，不复出焉”。联句意谓，当年桃花源中人尚可避秦时乱，今天作为一介书生的我何处可以逃避战乱呢?

此联意在抒发愤激之情，对仗虽不工整，却真实反映了20世纪30年代国民党统治区的社会现实，充分表达了作者内心的痛苦。“逃秦”一语，发人深省，锋芒所向，不言自明。作者自身的处境与心境尽显于字里行间。

赠林芝芳

郁达夫

难得芝兰同气味；
易从乌鸟辨雌雄。

赏析

此联写于1936年3月。林芝芳（1917—1973），福建闽侯人，闽剧著名演员。幼年家贫，9岁即入闽班学艺，12岁登台表演。专攻青衣、花旦，成为闽剧四大名旦之一。因其唱做兼长，对于闽剧唱腔传统技法有所发展，形成独特艺术风格，自成一派。1936年3月，郁达夫在福州看了赛乐班演出的闽剧《王昭君》后，对林芝芳的表演艺术颇为推崇，曾在《闽游日记》中指出："花旦林芝芳唱做兼美，微得梅兰芳气味，余尝欲作诗咏之，未果，仅得一联。"

上联中，芝兰，此指闽剧演员林芝芳与京剧名旦梅兰芳。气味，本指嗅觉上的味道，亦可比喻意趣与情调。作者认为，林芝芳唱做兼美，微得梅兰芳气味，因此实属难得。闽剧亦称"福州戏"。辛亥革命后，仍以福州方言为主，有意吸收京剧表演艺术的长处。林芝芳堪称这一方面的代表，他的艺术在不少地方明显得益于京剧名旦梅兰芳。

下联中，乌鸟，即乌鸦，雌雄，本指雌性、雄性，亦喻胜负、高下。语出《诗·小雅·正月》："召彼故老，讯之占梦，具曰'予圣'，谁知乌之雌雄？"此指故老与占梦者各自以为圣，而乌鸦形状毛色雌雄无别，又有谁能加以区分呢？比喻二人各执一词，是非难分。联中化用古人诗句，从而指出"易从乌鸟辨雌雄"，亦即林芝芳与梅兰芳虽然同样发出芬芳的气味，毕竟前者只是"微得"而已，还是容易辨别二人的高下的。

此联典雅含蓄，颇有韵味。上句以芝兰并举、气味相同，给予林芝芳以很高的评价；下联则从古诗"谁知乌之雌雄"反其意而用之，又给这位闽剧名旦以恰如其分的定位。论人论艺，均以比喻出之；善于掌握分寸，誉扬得当。联语词约意丰，文字富有张力，能够耐人回味。

赠郑子瑜

郁达夫

曾因酒醉鞭名马；
生怕情多累美人。

赏析

此联写于1936年12月底。郑子瑜，1916年生，福建龙溪人。现代作家、学者。曾任日本早稻田大学文学研究教授、香港中文大学教授。20世纪30年代是个文学爱好者。1936年12月底，郁达夫结束日本、台湾之行，回到厦门之后，投宿天仙旅舍。当时，郑子瑜等三位文学青年，曾到天仙旅舍拜访，郁达夫热情接待，并与他们合影。郁达夫还为郑子瑜写二屏条与一副对联。

需要指出的是，这副对联并非新作，而是录自四年前作者所写七言律诗《钓台题壁》（附在散文《钓台的春昼》之中）。原诗录引如下："不是尊前爱惜身，佯狂难免假成真。曾因酒醉鞭名马，生怕情多累美人。劫数东南天作孽，鸡鸣风雨海扬尘。悲歌痛哭终何补，义士纷纷说帝秦。"此诗在散文中先后两次出现：一次采用梦幻手法，背诵全诗原文；一次直接书于壁上，内容有所发挥。作者引诗入文，讥评时政，同样贯穿对于黑暗现实的愤慨之音。

"曾因酒醉鞭名马；生怕情多累美人。"鞭，古刑具之一。《国语·鲁语上》："薄刑用鞭扑。"引申为鞭打。累（lěi），牵连、连累。《书·旅獒》："不矜细行，终累大德。"这里是说，曾因酒醉鞭打过名马，生怕自作多情而连累美人。联系诗的整体内容可知，这里"名马"、"美人"均为反语，实指反动统治阶级的御用工具。作者声言当年曾因酒醉鞭打过对手使用的名马，而且生怕自作多情连累所谓美人暴露自己的真面目。

此联言浅意深，需要思而得之。只有联系《钓台题壁》全诗，以至20世纪30年代初期社会现实，才能领略联句言外之意、象外之旨。也正因为如此，郑子瑜才会主动摘出，请求作者书写。

祭 母 联

郁达夫

无母何依；
此仇必报。

赏析

此联写于1938年1月。郁达夫之母陆氏（1866—1937），浙江富阳人。长期在家操持家务。自从丈夫去世之后，靠替人家缝补洗衣抚养孩子。1937年12月，日寇占领富阳，郁母躲到住屋与鹳山的夹弄里，于大雪纷飞中冻饿至死，终年72岁。1938年1月18日，郁达夫接到母亲饿死故里的噩耗，悲恸欲绝，即在福州光禄坊寓所设灵堂致祭，并在母亲遗像旁手书此联。

联句言简意明，悲叹自己失去慈母，今后还有什么可以依靠呢？同时表示决心，此仇一定要报。这是哀挽亡母的悼词，也是投身抗日的誓词。

郁达夫后来还在自己的文章中说："老母在故乡殉国，胞兄在上海殉职"，"他们是我的表率，是我精神上的指导者。"（见《文人》，1940年作）郁达夫实践了自己"此仇必报"的誓言，身在南洋坚持抗日宣传，最后死于日本宪兵之手。郁氏一门，母亲抗战初死于富阳，胞兄抗战中死于上海，作者抗战末死于南洋。我们今天在富阳双烈亭前凭吊郁氏兄弟时，同样不应忘记抚育两位革命烈士的母亲。

题赠陆丹林

郁达夫

丹青不知老将至；
玉露凋伤枫树林。

赏 析

此联题于20世纪30年代。陆丹林（1896—1972），广东三水人。早年为同盟会员与南社社友。对于文史写作与绘画艺术均有很深造诣。曾任上海中国美专、重庆国立美专教授，《逸经》半月刊主编。另有《革命史谈》、《美术史话》等书传世。20世纪30年代前期，郁达夫在上海与陆丹林友善，二人过从甚密。有次谈起友人名字如集古诗，上联可用“丹青不知老将至”，下联则以“玉露凋伤枫树林”相对。丹林谓下联过于衰飒，与上句不称。达夫拟改以鲁迅《赠郁达夫移家杭州》诗句“梅鹤凄凉处士林”，丹林又谓自己有妻有子，与林和靖“梅妻鹤子”无涉。达夫一想也对，只能暂时作罢。

上联集自杜甫《丹青引赠曹将军霸》：“丹青不知老将至，富贵与我如浮云。”杜甫原在肯定曹霸笃好绘画，专心不已，看轻富贵。这里是指因爱好绘画艺术竟不知老之将至。

下联集自杜甫《秋兴》八首之一：“玉露凋伤枫树林，巫山巫峡气萧森。”玉露，即白露，秋天的露水。凋伤，凋谢损伤。此指深秋季节天降白露使枫林亦为之凋残损伤。

这是一副集句联，上下句的一头一尾嵌入“丹林”二字。联语来自杜诗成句，对仗亦颇工整，只是下句调子稍显低沉。作者改了一次仍不理想，只好再作计议。这里虽系联林轶事，从中仍可看出文友之间的切磋琢磨与精益求精的努力。

赠王莹

郁达夫

万花敢向雪中去；
一树独先天下春。

赏析

此联写于 1939 年 9 月 30 日。王莹（1915—1973），原名喻志华，安徽芜湖人。现代著名话剧、电影艺术家。1930 年进复旦大学学习，加入中国共产党。曾参加复旦剧社、艺术剧社、明星电影公司，主演过许多话剧、电影。抗战爆发后，参加上海救亡演剧二队。1939 年任新中国剧团副团长，赴南洋各地演出。同年 9 月 30 日，郁达夫在新加坡会见王莹，对其在南洋义演中不畏艰难宣传抗日取得的成绩给予很高评价。当场欣然命笔，书赠联语条幅。

上联言广大文艺工作者深入前线与民间，投入抗日救亡斗争。万花，喻广大文艺工作者，极言多种花卉，敢于投向风雪，经受严寒考验。

下联言王莹如雪里红梅绽放迎春。一树，指腊梅。一树梅花独自先行绽放，预告天下春天的到来。

此联用语质朴，言简意明。以“万花”喻广大文艺工作者，“一树”喻王莹女士，既别出心裁，又自然贴切，给人诸多联想和回味的余地。如能结合阅读作者当时所写散文《再见王莹》，更会加深对于联意的理解。

题虎豹别墅四联

郁达夫

一

爽气自西来，放眼得十三湾烟景；

中原劳北望，从头溯九万里鹏程。

二

山静白云闲，辉耀一楼花萼；
澜澄沧海晓，望迷万顷烟波。

三

家学宗风承上蔡；
山居树石拟平泉。

四

万水汇归，环海银涛收眼底；
金樽共赏，前山翠黛展蛾眉。

赏析

这组联语写于1939年底前后。虎豹别墅，南洋富商、爱国华侨何文虎与其弟何文豹在新加坡共建一座别墅，因称“虎豹别墅”。何文虎除经营商业外，还是《星洲日报》的老板。他在抗日战争期间，曾多次捐款，支援国内抗日战争。郁达夫曾应何氏兄弟要求，多次为虎豹别墅题联。

第一联题于虎豹别墅内“挹翠”牌坊，时在1940年春天。

上联中，爽气自西来，典出《世说新语·简傲》：“王子猷（徽之）作桓车骑参军，桓谓王曰：‘卿在府久，比当相料理。’初不答，直高视，以手版拄颊云：‘西山朝来，致有爽气。’”王徽之答非所问，表示不愿过问世事，在当时被视为清高的行为。后以“西山爽”形容人性格疏放，不善趋迎。这里赞誉胡氏兄弟生性旷达。放眼得十三湾烟景，湾，指海岸弯曲之处。烟景，烟云缭绕的景色。虎豹别墅在新加坡西海岸高地，自可放眼观看十三湾的自然景色。

下联中，中原劳北望，中原，此指中国。劳，劳神。虽然身居南洋，仍在劳神北望中原。

此指胡氏兄弟念念不忘支援国内抗日战争。从头溯九万里鹏程，溯（sù），逆流而上。《水经注·江水》："沿溯阻继。"引申为追求根源。九万里鹏程，语见李清照《渔家傲》："九万里风鹏正举，风休住，篷舟吹取三山去。"这里充分表现作者希望祖国从此重振雄风鹏程万里。

作者联题"挹翠"，触景生情，念念不忘北望中原，盼望祖国雄风重振。拳拳爱国之心，此情溢于笔端。

第二联题虎豹别墅中柱，曾发表于1939年12月23日《星洲日报·繁星》。

上联在写山中小楼。意谓山居幽静白云安闲，光辉照耀着一楼花卉。这里显然以"一楼花萼"喻胡氏兄弟。花萼（è），花和萼。常以花萼相依，比喻兄弟相亲。典出《诗·小雅·常棣》："常棣之华（花），鄂（萼）不韡韡。凡今之人，莫如兄弟。"一楼花萼，亦作"花萼楼"，典出《新唐书·让皇帝传》。唐玄宗开元二年，以旧邸为兴庆宫，后于宫之西南建楼，其西题为"花萼相辉之楼"，南曰"勤政务本之楼"。登楼，可以望见宪薛申歧诸王诸弟邸第。此典亦取花萼之说，含兄弟相亲相爱之义。

下联写登楼观海情景。澜，大波浪。澄（chéng），安定。《后汉书·光武纪下赞》："三河未澄，四关重扰。"晓，天明，明亮。烟波，雾霭茫茫的水面。这里是说，大海波浪不兴，天色微明，远处万顷烟波让人望眼欲迷。虎豹别墅位于新加坡西海岸高地，清晨观赏海景自有一番佳趣。

此联侧重写景，谓身在别墅小楼，可以观山望海，气象万千。辉耀一楼花萼，却又景中寓情，暗喻胡氏兄弟虎豹相依。

第三联题虎豹别墅偏柱，曾发表于1939年12月23日《星洲日报·繁星》。

上联中，家学，谓家族世代相传之学。宗风，原指佛教禅宗某一宗派特有的风格，此指某一氏系宗族的门风。上蔡，地名，属河南省。此句意谓，胡氏兄弟的家学宗风均承传于上蔡。当指按胡氏族谱其祖先为河南上蔡人。

下联中，山居，山中的住所，此指虎豹别墅。拟，模拟、仿效。平泉，即平泉庄，唐朝宰相李德裕在河南洛阳的别墅。这里是说，虎豹别墅的建筑式样仿效唐代李德裕的平泉庄。

此联要言不烦，意在点出虎豹别墅的建筑式样与其主人的家学宗风。

第四副联语：

上联中，万水汇归，此指万

水汇集归于大海，亦即百川归海之意。环海银涛收眼底，意谓茫茫大海掀起银色浪涛，而今尽收眼底，实为此处地势较高，极宜观海。

下联中，金樽共赏，金樽即金杯，金属制成的酒杯。此指共同举杯观赏风景。前山翠黛展蛾眉，翠黛，古时女子用螺黛（一种青黑色矿物颜料）画眉，故称眉为翠黛。这里使用本义，指一片青黑的山色。蛾眉，蚕蛾的触须弯曲而细长，常用以代喻女子长而美的眉毛。此指眼前山上树木葱郁一片苍翠，得以让人舒展愁眉，亦即得到很好的享受。

此联写海、写山、写人，而以人为中心。每当举杯共赏之时，观海能将银涛尽收眼底，望山则因青苍葱郁的山色而舒展愁眉。自然与人交融，构成优美意境。

挽郁曼陀

郁达夫

天壤薄王郎，节见穷时，各有清名闻海内；
乾坤扶正气，神伤雨夜，好凭血债索辽东。

赏析

此联写于1940年春。郁曼陀（1884—1939），名华，浙江富阳人。郁达夫长兄。早年留学日本。回国后曾在京师高等审判厅、大理院任职。1932年到上海任江苏高等法院第二分院刑庭庭长。1939年11月，这位上海著名法官因拒绝与日伪合作，被汪伪76号特工总部特务暗杀。1940年3月，上海各界爱国人士举行郁曼陀追悼会。郁达夫远在新加坡，特撰此联致哀，并以《曼兄殉国沪上寄挽》为题发表于3月25日上海《申报》。

上联中，天壤薄王郎，典出《晋书·列女传》：“（谢道蕴）初适王凝之，还，甚不乐。安（谢安）曰：‘王郎逸少（王羲之）子，不恶，汝何恨也？’答曰：‘一门叔父，则有阿大、中郎；群从兄弟，复有封、胡、羯、末；不意天壤之中，乃有王郎！’”此指王、谢两家独有凝之不称其意。后遂以“天壤王郎”

为妻子对丈夫不合意之词。作者活用此典，谓天地之间何以如此鄙薄王郎呢？暗喻郁氏兄弟受到社会上某些人的歧视。节见穷时，语出宋代文天祥《正气歌》："时穷节乃见，一一垂丹青。"谓人的气节只有在处于困境时才会表现出来，表示兄弟两人在抗战时期都坚贞不屈。清名，高洁清白的名声。此指兄弟两人各在司法界和文学界都有好名声。

下联首句化用文天祥《正气歌》"天地有正气"的诗句，此指可以扶植天地间的正气，借以充分肯定郁曼陀之死的社会意义。第二句写作者在风雨之夜黯然神伤，沉痛思念亡兄。末句表明自己复仇的决心。辽东，指已被日寇占领的东北三省，时正沦为伪满洲国。作者表示一定要向日伪讨还这笔血债，直至索还辽东，以报国慰兄。

此联词约意丰，声情悲壮。对于亡兄有深情赞颂，有沉痛思念，且与自身境遇、节操、志向紧紧联系在一起。作者对长兄怀念之情溢于字里行间，对日伪切齿痛恨之态亦跃然纸上。值得人们欣慰的是，新中国成立以后人民政府已追认抗日战争时期先后在上海与南洋殉国的郁曼陀、郁达夫兄弟为革命烈士，并在富阳鹳山建成"双烈亭"，永远供人凭吊。

挽杜南

郁达夫

扫专制毒，铸自由魂，若论先知，当在杨衢云尤令季之上；

以穷书生，研机械学，使得资助，可与爱斯坦马志尼齐名。

赏析

此联写于1940年3月。杜南(1854—1939)，字南山。投身民主革命，早年追随孙中山，后流亡南洋，定居吉隆坡。开办华语学校及机械制造厂。孙中山到吉隆坡活动，又给予不少资助，并加入同盟会。1939年冬因病逝世。次年3月29日，吉隆坡召开杜南追悼会，郁达夫撰送挽联致哀。

上联高度评价逝者在早期民主革命中所做出的贡献。先知，对于人类或国家大事了解得比一般人为早的人。《孟子·万章上》："天之生此民也，使先知觉后知，使先觉觉后觉也。"这里是说，在扫除封建专制毒害、铸造民主自由精神方面，若论先知先觉，逝者当在孙中山早年好友杨衢云、尤令季之上。杨衢云(1861—1901)，近代民主革命者，曾任香港兴中会会长，后被清政府杀害。尤令季（1866—1936)，即尤列，广东顺德人。曾与孙中山筹组香港兴中会。参与广州起义，"二次革命"。后任护法军政府顾问。

下联具体说明逝者在研究机械与资助革命方面所做的工作。这位穷书生出身的爱国华侨，在新加坡创办了机械制造厂，并以所得收益，使孙中山领导的民主革命得到资助。也正因此，逝者可与爱斯坦、马志尼齐名。爱斯坦，即德国著名物理学家爱因斯坦（1879—1955)，联中求对仗而省去一字。他因建立相对论与对理论物理学的杰出贡献而获诺贝尔物理学奖。马志尼（1805—1871)，十九世纪意大利资产阶级革命家。参与领导1848年意大利革命，一生为意大利的统一而斗争。

此联为追悼南洋爱国华侨杜南而作。为突出逝者一生的贡献，与中外著名人物加以比较。上联与孙中山早年挚友杨衢云、尤列比较还说得过去，下联说逝者可与德国物理学家爱因斯坦、意大利资产阶级革命家马志尼齐名则有点离谱了。这是一种在特定场合下夸张的说法，只能作为参考而已。

题愚趣园

郁达夫

其愚不可及；
斯趣有所为。

赏析

此联写于1940年5月。愚趣园，我国现代考古学家、园艺学家韩槐准在新加坡一面经营神农药房，同时研究文史。韩氏有座园地，自题为“愚趣园”。1940年5月，有一天郁达夫、徐悲鸿等人到他家里作客。大家在愚趣园中，边吃主人培育的水果红毛丹，边欣赏古玩。郁达夫当时除吟成七律《赠韩槐准》外，还即兴为愚趣园题联。

上联中，其愚不可及，旧谓大智若愚，非常人所能及。语出《论语·公冶长》：“子曰：‘宁武子邦有道则知，邦无道则愚；其知可及也，其愚不可及也。’”后亦采用本意，谓人愚蠢无比。这里似贬实褒，赞扬主人大智若愚。

下联中，斯趣，这种兴会，这种兴趣。此句意谓，这种雅兴是有所作为的，亦即用于园艺栽培，并非自命风雅。当然此中亦含戏谑之处，似指主人盛情款待，是想让客人吟诗作画。

这是一副嵌名联，采用蜂腰格，自然嵌入“愚趣”二字。此联紧扣题面，意趣盎然。联意与园名相映成趣，值得赏玩品味。

题华林别墅

郁达夫

华夏家声承上党；
林园木石拟平泉。

赏析

此联写于1941年2月。当时正值新年假期，郁达夫参加《星洲日报》同人旅行团，游历马来西亚北部的名胜金马仑高原，并任旅行团团长。金马仑高原海拔1000余米，到达山顶，借宿怡保侨领朱儒林的华林别墅。游览过程中，为感谢主人盛情接待，题写了这副联语。

上联中，华夏，中国的古称。《书·武成》：“华夏蛮貊，罔不率俾。”疏：“夏，大也，故大国曰夏。华夏谓中国也。”家声，家世的名声。上党，地名，隋置上党县，即今山西省长治市地。此句意谓，祖国家世的名声承传于上党，此指华林别墅主人祖籍山西上党。

下联中，木石，树木和石头。拟，模拟、仿效。平泉，即平泉庄。唐代李德裕的别墅，在河南洛阳。白居易写过《醉游平泉》诗。此句意谓，华林别墅的建筑模仿平泉庄的式样，或曰有点像唐李德裕的别墅一样。

这是一副嵌名联，自然嵌入“华林”二字。且对别墅主人的家世与园林的式样均有所说明，虽属应酬之作，倒也切人切地。

题敬庐

郁达夫

四面园林无限好；
一片风光不胜情。

赏析

此联写于1941年春。敬庐，敬业之庐，可以专心学习的地方。海外闻人黄孟圭在新加坡创办敬庐学校，郁达夫为之题联。同年3月18日，《星洲日报》副刊《繁星》发表《敬庐楹联汇志》。共有四联：前二联黄孟圭题，第三联张汝器作，第四联郁达夫作。

上联意谓，敬庐学校环境优美，四面园林，风光无限，确属莘莘学子认真读书的好地方。

下联中，风光，风景、景色。唐李益《行舟》：“闻道风光满扬子，天晴共上望江楼。”不胜，不能胜任，经受不住。这里是说，敬庐一片美好景色，让人经受不住这种情景的吸引，亦即情不自禁地沉浸在这样美好的景色之中。

黄孟圭当时曾有诗云：“壁上冰消名士画，柱中墨帖宿儒铭。”这里的“名士画”，指徐悲鸿特意为敬庐学校绘制的一幅牛顿画像；

“宿儒铭”则指郁达夫的楹联。此联对仗工稳，词语精美而潇洒飘逸，颇能显示作者的功力与情趣，诗中故以宿儒名之。

挽许地山

郁达夫

嗟月旦停评，伯牛有疾如斯，灵雨空山，君自涅槃登彼岸；

问人间何世，胡马窥江未去，明珠漏网，我为家国惜英才。

赏析

此联写于1941年11月。许地山（1893—1941），祖籍福建，生于台湾。现代著名作家、学者。文学研究会发起人之一，著有《空山灵雨》、《缀网劳蛛》等文学作品。曾任燕京大学、清华大学教授，对于印度文学、佛学均有精湛研究。1935年出任香港大学中文系主任，后兼中华全国文艺界抗敌协会香港分会常务理事。1941年8月病逝于香港，郁达夫闻讯从新加坡遥寄挽联致哀。

上联中，嗟月旦停评，由“月旦评”一语化出，典出《后汉书·许劭传》：“初，劭与靖俱有高名，好共核论乡党人物，每辄更其品题。故汝南俗有月旦评焉。”后称品评人物为“月旦”。这里是说，可惜再也看不到逝者评论世事的文章了。伯牛有疾如斯，典出《论语·雍也》。伯牛为孔子的弟子，以德行著称。他生了重病，孔子去看望，感慨地说：“命矣夫，斯人也而有斯疾也。”此指许地山生了重病。灵雨空山，逝者有散文集名《空山灵雨》，作者引入联中，代指友人去世，并寄托哀思。涅槃，佛家语，佛教徒命终谓涅槃或圆寂。彼岸，佛教所指的脱离生死的境界。作者因许地山精通佛学，遂以佛教用语入联来表达哀挽之情。

下联中，胡马窥江未去，胡马即胡人的兵马，谓宋高宗时金兵两次南侵，窥伺欲渡长江。此指日军侵华。这里是说，试问人间成了什么世界，日寇已侵占了我国大片土地。明珠漏网，由许地山另一代表作《缀网劳蛛》书名化出，暗喻友人逝世。末句谓我为国家丧失这样的英才叹惜。

此联用典遣词自成一格。作者紧扣这位现代信仰佛教的著名作家的特定身份，且将其代表作品书名自然引入联中，切人、切时、切事，可谓大家手笔。

戏　题

老　舍*

旋旗明日月；
杀气满山头。

作者

*老舍（1899—1966），原名舒庆春，字舍予，笔名老舍，满族，北京人。著名小说家、剧作家。曾任北京大学、山东大学教授，中华全国文艺界抗敌协会负责人。新中国成立后，任中国文联、中国作协副主席。主要长篇小说与剧作，已编入《老舍全集》。

赏析

此联写于1933年间。当时，赵景深在上海主编《青年界》杂志。有次向老舍约稿，写了一个大大的赵字，并用圆圈圈起来，表示赵某被围，要老舍快发救兵。老舍阅后心领神会，随即寄一短篇讽刺小说《马裤先生》供友人刊用。随稿还附上一信，文为："元帅发来紧急令：内无粮草外无兵！小将提枪上了马，《青年界》上走一程。呔！马来！参见元帅。带来多少人马？两千来个字！还都是老弱残兵！后帐休息！得令！正是：旌旗明日月，杀气满山头！弟舍予躬。"此信后载1946年3月15日《文艺春秋》第2卷第4期。

上联中，旌（jīng）旗，旗帜的通称。此指军中战旗。《周礼·春官·司常》："凡军事，建旌旗。"明，光明、明亮。《易·系辞下》："日往则月来，月往则日来。日月相推而明生焉。"此指军中战旗在日月辉映下异常鲜明。

下联指赵军被围山上，因见援军已赶到，遂奋起反击，得以上下夹击，杀气充满了山头。

此属游戏之作。与友人别出心裁的约稿信相应，回以援军已到，杀气冲天。若与"附言"并读，更觉饶有趣味。

即 事

老 舍

将军出资办三户，意在亡秦；
文豪挥笔理千篇，心为抗日。

赏析

此联写于1937年底。老舍在武汉与友人一起创办了通俗文艺刊物《抗到底》。国民党抗日爱国将领冯玉祥为支持进步文化人宣传抗日，特筹资开办“三户”印刷厂。老舍有感于此写了这副联语。原联无题，现依昔日即事诗旧例，姑名之为《即事》。

上联赞扬冯玉祥将军热心抗日宣传。将军出资办三户，此指冯玉祥将军出资办了一个“三户”印刷厂。意在亡秦，此即开办印刷厂的意图所在。这里用了一个常见的典故。《史记·项羽本纪》：“自怀王入秦不反，楚人怜之至今，故楚南公曰：‘楚虽三户，亡秦必楚也。’”谓楚虽仅存三户，终将灭亡秦国。这正是冯玉祥将印刷厂取名“三户”的原因，意在表明抗战到底的决心与必胜信念。

下联希望文艺界的朋友们积极行动起来。文豪挥笔理千篇，文豪，本谓杰出的、伟大的作家。此指作者周围的作家们，为与上联“将军”相应，因称“文豪”。理，梳理，意即写作。心在抗日，作家们手中的笔写出千篇文章，其目的正在于一心抗日。正如作者当时在《大时代与写家》一文中所说：“救国是我们的天职，文艺是我们的本领，这二者必须并在一处，以救国的工作产生救国的文章。”

此联言简意明，且以即事成篇。当时为了支持老舍所主办的《抗到底》杂志，冯玉祥将军筹资开办了印刷厂，周围作家们（文豪）奋笔写作提供稿件。作者深受鼓舞，即事吟咏，书联志感。此事一时传为文坛佳话。

自　题

老　舍

报国文章尊李杜；
攘夷大义著春秋。

赏析

此联写于1938年3月。同年3月27日，中华全国文艺界抗敌协会在汉口成立。会间老舍赋七律一首《贺全国文艺界抗敌协会成立》，郁达夫也“因用老舍韵赋呈在座诸公”。这两首唱和诗慷慨激昂，表达了广大文艺战士的壮烈情怀。老舍《自题》亦写于同时，既用以自勉，亦激励友人。

上联中，李杜，即唐代大诗人李白与杜甫。此句意谓，写作报国文章自当推崇李白与杜甫，亦即决心以李白、杜甫为榜样，要用自己手中的笔报效祖国，与广大爱国军民一起抗击日寇的侵略。

下联中，攘（rǎng）夷，排除外国的侵略。夷为我国古代对东方少数民族的总称，亦称“东夷”。后亦用以泛称外国人，此指日本侵略者。春秋，儒家经典之一，编年体史书。相传为孔子根据鲁国史官记载整理修订而成。此句意谓，抗击外国侵略者的要义（大道理）早就标举于《春秋》书中，亦即我们今天更不能忘记攘夷大义，迅速行动起来投入神圣的抗日战争。我国自古以来，夷夏之别、华夷之防，向为春秋大义之一。

此联格调高昂，对仗工稳。作者立志文章报国，大义攘夷，字句铿锵，掷地有声。堪称一曲爱国知识分子的正气歌，写出了他们的精神抱负所在。需要指出的是，此联原为郁达夫七律《因用老舍韵赋呈在座诸公》中的颈联。看来，老舍在与郁达夫互相唱和之后，对于友人诗中的佳句颇为赞赏，遂手书此联用以自勉。这在联语写作中作为摘句联也是常见的。

春联两副

老　舍

一

誓扫倭寇；
还我山河。

二

五风十雨皆为瑞；
一岁双年总是春。

赏析

第一联写于1939年1月。据《老舍年谱》记载：1939年1月1日，"《贺新年》（散文诗）发表在《中苏文化》前线增刊第2期。祝愿'持枪'的朋友：用您的枪炮当爆竹，用东洋鬼的血染成春联。上联写'誓扫倭寇'，下联配'还我山河'；还有条横批写得更好，'中华万岁'！"

上联中，倭寇，原指14至16世纪劫掠我国和朝鲜沿海地区的日本海盗集团。此指20世纪30年代入侵我国的日本帝国主义强盗。这里是说，我们发誓一定要扫除日本帝国主义强盗。

下联系出自宋代民族英雄岳飞抗金北伐的豪迈誓言"还我河山"，至今仍为岳庙中岳飞坐像顶上匾额的题词。这里是说，"誓扫倭寇"的目的，在于还我祖国大好山河。

这是写于抗日战争年代的春联，因而充满强烈的战斗气息。既属迎春寄语，也是战斗檄文。

第二联写作时间待考。曾由《论语》半月刊发表。据查，《论语》为1932年9月创刊，终刊于1949年5月。就联意内容来看，似写于抗日战争爆发之前的几年。

上联中，五风十雨，意谓风调雨顺。汉王充《论衡·是应》："风不鸣条，雨不破块。五日一风，十日一雨。"此句意谓，五日一风、十日一雨皆为吉祥的征兆。

下联中，一岁，一年。《书·胤征》："每岁孟春，遒人以木铎徇于路。"双年，指一年中，既有阳历新年元旦，又有阴历新年春节，因称"一岁双年"。这里是说，一年之中的元旦、春节总是有着春天的气息。

这是一副传统意义上的春联。"五风十雨"与"一岁双年"，属对工稳，春意盎然。与第一副春联相比，明显产生于两个不同的时代，有着截然不同的内容与色彩。

集名二联

老舍

一

素园陈瘦竹；
老舍谢冰心。

二

大雨冼星海；（老舍）
长虹穆木天。（吴组缃）

赏析

第一联写于抗日战争期间。当时，进步文化人云集重庆，在一起聚会时，常以现代文化名人姓字集联自娱。老舍作为中华全国文艺界抗敌协会负责人亦热心参与此项活动。他曾用现代作家的名字，做过一首别具一格的五言诗。此为其中精彩的一联。

上联中，素园，即韦素园，现代著名翻译家。他曾在鲁迅帮助下组织未名社，编辑《未名丛刊》。虽只活了三十多岁，译作却不少，且颇有影响。陈瘦竹为现代小说家和戏剧理论家。抗战时期所作长篇小说《春雷》影响较大。另有不少戏剧论文。曾任国立中央大学中文系教授。上联妙在既嵌入两位现代作家的名字，又将陈瘦竹的姓用作动词。这样就自然构成一幅画面，素园之中陈列一片瘦竹。

下联中，老舍即作者本人。谢冰心为现代著名女作家。写了大量诗歌、散文、小说，尤以散文集《寄小读者》著称于世。下联同样不仅并列两位作家的名字，且将冰心女士的姓作为动词，表示老舍非常感谢冰心。此指老舍作为“文协”负责人，在工作中特别感谢冰心的大力支持。

这副集名联对仗工稳，构思巧妙。读时应在陈、谢二处稍加停顿，联语本意才会显现，且能构成颇为完整的意境。

第二联亦成于抗日战争时期，老舍与吴组缃在重庆有一天为躲避日机轰炸而进入防空洞。二人闷坐无聊，决定联句消遣，要求句中必须纳入现代文化名人。老舍出上联，吴组缃应对，遂成一副别具一格的集名联。

上联纳入两位现代文化名人。大雨，即孙大雨，现代诗人、著名翻译家。他曾用英国古典韵文诗的格式翻译屈原的《离骚》、陶渊明的《归去来兮辞》等古代名作，介绍给西方读者。冼星海，现代著名音乐家，《黄河大合唱》作曲者。所作抗战歌曲，传唱大江南北。出句中“冼”将姓氏用作动词，“星海”即星与海。大雨冲洗星海，实属妙语天成。

下联则出现两位现代著名作家。长虹，即高长虹，现代小说家，“五四”时期莽原社重要成员之一。穆木天，现代诗人、著名翻译家。译作有普希金的《青铜骑士》、莱蒙托夫的《恶魔》等。对句中“穆”作使动用法，意为壮美；“木天”指高大宏伟的木结构建筑。下联意为，天上彩虹使这座高大建筑显得更加壮美。

作为集名联语，可谓辞意俱佳。大雨之后出现长虹，气象雄阔壮美，让人浮想联翩。联句文字属对工妥。“大雨”对“长虹”，“星海”对“木天”，均为妙对；“冼”对“穆”虽不甚工，倒也说得过去。虽属游戏之作，亦见艺术功力。

贺茅盾五十寿辰

老　舍

鸡鸣茅屋听风雨；

戈盾文章赴斗争。

赏析

此联写于1945年6月。茅盾为我国现代著名作家。1945年6月24日，由郭沫若、老舍等人联合发起，在重庆白象街西南实业大厦举行茶话，庆祝茅盾50寿辰和创作生活25周年，文化、文艺界有700余人到会。会上宣读了老舍的贺信。老舍还送上一副祝寿联语。

上联赞颂茅盾虽身居茅屋，依然心怀天下，坚持斗争。茅屋，抗日战争时期，重庆文化界人士多居乡野茅屋，可见生活之艰难。鸡鸣、听风雨，语见《诗·郑风·风雨》：“风雨如晦，鸡鸣不已。”风雨交加之时，天色昏暗，群鸡啼鸣不止。这就点出了当时国民党统治的政治形势，以及正处黎明前最黑暗时期的特点。作者还在暗用“闻鸡起舞”的典故，耳听风雨鸡鸣之声，自当催人奋起！

下联肯定茅盾在以笔作为武器，与日本侵略者及国民党反动当局进行斗争。戈盾，戈与盾为古代用以进攻和防御的主要武器。戈盾文章，指作者文章充满战斗色彩，犹如戈盾一样。

这是一副嵌名联。作者将“茅盾”二字巧妙地嵌入联中，虽稍有错位，却别有一番风味。联语极赞茅盾坚忍不拔的斗争精神和攘夷报国的创作宗旨，恰切传神，自成佳构。

赠王方宇

老舍

方圆合度；
宇宙洪荒。

赏析

此联写于1946年间。王方宇，美国耶鲁大学华人教授。老舍于1946年3月到达美国后，即开始参观访问活动。每到一处都在当地大学讲课，受到各校师生欢迎。老舍在耶鲁大学讲学时，应王方宇教授要求，题联留念。

上联中，因方圆一词可作多种解释，此语含义亦随之有所变化。一、方圆，物之形体，即方形和圆形。《孟子·离娄上》："不以规矩，不能成方圆。"方圆合度，谓此人循规蹈矩，一切合于尺度。二、方圆，权宜，酌情办理。《旧唐书·食货志上》："所以先有告示，许有方圆，意在他时，行法不贷。"方圆合度，谓既能酌情办理，又会掌握分寸。

下联中，宇宙，天地。《庄子·让王》："余立于宇宙之中，……日出而作，日入而息，逍遥于天地之间。"洪荒，混沌蒙昧的状态，特指远古时代。此指天地之间还处于一片混沌状态。

这是一副嵌名联，采用鹤顶格，自然嵌入"方宇"二字。就内容而言，上联意在赞扬对方为人处世得体，下联似喻国内抗战胜利后和平建国形势仍处混沌状态。

贺高克毅夫妇得子

老　舍

丰年大有；
和平在望。

赏析

此联写于 1948 年 2 月。据《老舍年谱》记载：1948 年 2 月 4 日，老舍"于纽约写信给旧金山的友人乔志高，言：'《四世》已快写完，因心情欠佳，殊不满意。'并为祝贺乔志高夫妇'弄璋之喜'题字一幅：'丰年大有，和平在望。'（男孩取名'有望'）本年三月初，又托甲骨文专家董作宾用甲骨文将此联重写一幅，寄赠乔志高"。乔志高，本名高克毅，因侨居美国旧金山，遂改成这一中西合璧的名字。老舍旅美期间，与其交往频繁，为祝友人生子，特撰此联致贺。

丰年大有，即大有之年、丰收之年。大有，易卦名。《易·

大有》:“象曰:‘火在天上,大有。’”此为盛大丰有的征象,后用以指丰收。

和平在望,此指国内和平已在望中,亦即不久可以实现。这里可以看出,老舍虽身在美国讲学,依然关注国内形势,深信中国人民在共产党领导下一定会取得胜利。

此联既贺友人“弄璋之喜”,暗喻这是高氏夫妇丰收之年;又祝国内和平即将实现,可见海外游子念念不忘祖国。还应指出,这是一副别具一格的嵌名联,因友人男孩取名“有望”,故将这个名字巧妙地嵌入联中。

赠刘子衡

老　舍

析证诸子;
衡量百家。

赏析

此联写于1954年间。据刘子衡本人回忆:“1953年,我和老舍同赴朝慰问志愿军。回到北京一次交谈中,他兴致冲发,写了这几个字。”据《老舍年谱》记载,1953年10月20日随中国人民第三届赴朝慰问团入朝慰问,12月4日访问结束,直到次年4月初回京。刘子衡,原名位钧,从事学术研究工作。老舍回国后,他曾登门拜访,因得这副赠联。

上联中,诸子,指先秦诸子,亦即当时各个学派的代表人物。如儒家学派的孔子、孟子,道家学派的老子、庄子,墨家学派的墨子等。也指他们的代表作。此句意谓,友人在致力于分析、研证先秦诸子的著作。

下联中,百家,指先秦诸子构成的各个学派。按《汉书·艺文志》,著录诸子百八十九家,以其成数称百家。衡量,量度,引申指比较事物的轻重得失。实与上联构成互交,亦指友人研究先秦诸子百家的学说。

此系即兴题赠之作,切人切事,言简意明。从友人所从事的学术研究工作落笔,既属高度评价之语,又有勉励友人之意。祝愿友人在析证与衡量诸子百家方面取得更大的成就。

赠萧长华

老 舍

桃李满天下；
梨园老寿星。

赏析

此联写于1957年12月。萧长华（1878—1967），祖籍江西新建，生于北京。京剧表演艺术家、教育家。出身京剧世家，通晓京剧各行角色，尤擅“方巾丑”，曾长期与梅兰芳同台演出。新中国成立后任中国戏曲学校校长。1957年12月28日，中国戏曲学校举行庆祝萧长华八十寿辰和他从事舞台生活七十年大会，老舍出席讲话并书赠此联。

上联表彰萧长华作为京剧教育家所作出的贡献。桃李，比喻所栽培的后辈或所教过的学生。《资治通鉴·唐武则天久视元年》：“（狄）仁杰尝荐夏官侍郎姚元崇……等数十人，率为名臣。或谓仁杰曰：‘天下桃李，悉入公门矣。’”萧长华作为京剧教育家，一生培养了大批京剧表演人才。他从1904年起，即连任喜连成科班教师，长达36年。新中国成立后又任中国戏曲学校副校长、校长，故言其一生“桃李满天下”。

下联祝愿这位梨园长者健康长寿。梨园，原指唐玄宗时教练宫廷歌舞艺人的地方。据《新唐书·礼乐志》载，唐玄宗曾选乐工三百人，宫女数百人，集中于梨园教授歌舞。有时他还亲自教正，号称“皇帝梨园子弟”。后世因称戏班为梨园，戏曲演员为梨园子弟。寿星，即“老人星”，旧时以此象征长寿，故名。后常作为对被祝寿人的称呼。萧长华作为梨园长者，当时亦已年逾古稀，因称“老寿星”。

此联深入浅出，通俗易懂。只用短短十个字，就概括了萧长华这位梨园长者的一生，且能紧扣其人京剧表演艺术家、教育家的身份，从而收到雅俗共赏的效果。

题　画

老　舍

北海风光此乐土；
粮棉诗画皆丰年。

赏析

此联写于1958年4月。当时，北京北海公园画舫斋正举行画展，集中展出吴镜开、秦仲文等六人的山水画。老舍应邀参观之后，曾写《观画》一文，对我国山水画的继承和发展发表了精辟的见解。同时还为此次画展题联。

上联中，北海，即北海公园，在北京市故宫西北侧，为我国现存最古老的园林之一，已成首都著名游览胜地。乐土，安乐的地方。《诗·魏风·硕鼠》："逝将去女，适彼乐土。乐土乐土，爰得我所。"上联是说，北海风光旖旎，这里是片乐土。此指画展所在地的北海画舫斋。

下联中，粮棉诗画，此指农业生产中的粮食、棉花与文艺创作中的诗歌、绘画。下联则不仅点明国画展出地点和相关内容，而且还与整个社会联系起来。看来大跃进之风的影响与特定时代的痕迹，即使在诗词、联语中似亦未能幸免。

赠　曲　波

老　舍

曲高和众；
波远泽长。

赏析

此联写于1958年5月。曲波(1923—2002)，山东蓬莱人。当代著名小说家。1938年参加八路军，当过文化教员、连指导员、团政治委员。1950年因负重伤转业到地方工作。1957年出版长篇小说《林海雪原》，深受广大读者欢迎。“文革”结束后又出版多部长篇小说。1958年5月，老舍与曲波一起参加中国曲艺研究会为大力提倡说新书而以演出《林海雪原》为议题的座谈会。老舍作了题为《把红旗插到评书界》的发言，会间还应曲波要求题赠此联。

上联由“曲高和寡”一语化出，典出战国时期宋玉《答楚王问》：“客有歌于郢中者，其始曰《下里》《巴人》，国中属而和者数千人；……其为《阳春》《白雪》，国中属而和者只有数十人；引商刻禹，杂以流徵，国中属而和者不过数人而已。是其曲弥高，其和弥寡。”谓曲调过于高雅，能跟着和者就少。后多比喻言论或作品不通俗，难于为读者所接受。上联反其意而用之，意谓曲波长篇小说《林海雪原》格调高雅而又通俗易懂，深受广大读者的欢迎。

下联中，波，波及、播散、影响。泽，恩泽、德泽。下联由成语“波远流长”化出，改“流”为“泽”，进一步称赞曲波小说具有极大的教育意义，影响深远，泽被后世。这里与上句一样，巧改成语，颇见匠心。

这是一副嵌名联，采用鹤顶格，嵌入“曲波”二字。联语词约意丰，耐人回味。对于曲波其人其书均赞赏有加。

赠于是之

老　舍

努力如是之者；
成功其庶几乎！

赏析

此联写于20世纪50年代。于是之，1927年生于天津。1945年考入北京大学西语系，同年加入祖国剧团。1947年进入北平艺术馆。新中国成立后，历任北京人民艺术剧院艺术委员会副主任、副院长，中国文联委员、中国剧协理事。20世纪50年代主演剧本《茶馆》后，老舍曾以此联题赠。

上联中，如，像、似。者，指示之词，用以指事、指物、指人。上联是说，平时努力像是之这样的人。

下联中，其，犹"殆"，表示拟议或揣测。庶几，近似、差不多。《孟子·梁惠王下》："王之好乐甚，则齐国其庶几乎！"乎，表示感叹语气。下联是说，取得成功大概差不多了吧！

此联用语文白相间，对仗工稳。作者指出像于是之这样努力的人，一定会有成功的希望。联中出现不少文言虚词，却无生涩之感，反而让人觉得亲切。于是之接受赠联之后，深受鼓舞，愿以此为座右铭，用以鞭策自己。

春联四副

老　舍

一

中华巨龙，乘风破浪，力争上游，正昂首云天，齐歌跃进；

美帝纸虎，舞爪伸牙，虚张声势，看满头绞索，自取灭亡。

二

欢庆新春，百花齐放；

大办农业，五谷丰登。

三

除夕立春，同日双节；
随时进步，一刻千金。

四

吟诗辞旧岁；
举杯贺新年。

赏析

新中国成立以后，老舍几乎每年都写新春联，且常在报刊上发表。今选其中四副，略加诠释。

第一联写于1959年1月，发表于《人民文学》1959年1月号。

上联歌颂新中国成立十周年前夕国内的大好形势。中华，我国古代华夏民族兴起于黄河流域一带，位居四方之中，文化发达，历史悠久，因称其地为中华。后中华已成我国的称号。此指我国正像东方巨龙一样腾飞。乘风破浪，典出《宋史·宗悫传》，谓乘着风势，破浪前进。力争上游，比喻力争先进。“正昂首”二句，指中华巨龙正昂首云天之外，人们在齐声歌唱祖国不断跃进。

下联揭露美帝国主义侵略成性自取灭亡。美帝纸虎，毛泽东于1956年7月在与两位拉丁美洲人士谈话时，曾指出“美帝国主义是纸老虎”。后以此为题编入《毛泽东选集》第五卷。舞爪伸牙，即张牙舞爪，形容猛兽的凶相，亦喻恶人猖狂凶恶。虚张声势，假装出盛大的气势。“看满头”二句，此指美国纸老虎正满头套着绞索，必将自取灭亡。

此联对比强烈，爱憎分明。几乎全用成语或近于成语的四言句式，概括国际国内形势，颇为鼓舞人心。只是与同期某些诗文一样，留有大跃进时代的痕迹。

第二联写于1961年1月，发表于同年2月3日《羊城晚报》。

上联中，欢庆新春，谓欢庆新春佳节，新春一般指农历过年以后一段时间，俗称“正月里是新春”。百花齐放，谓几百种花同时开放争奇斗艳，后喻事物异彩纷呈。此指国家呈现欣欣向荣的景象，人们欢庆新春，到处百花齐放。

下联中，大办农业，为当时党中央提出的发展我国农业的口号。五谷丰登，各种农作物都获得丰收，而这正是“大办农业”的结果。

联语通俗易懂，律对精工。既有欢庆节日气氛，又有特定时代气息。

第三联写于1962年1月，发表于同年2月3日《北京日报》，附在题为《春联》文中。

上联言两个节日巧合。除夕，一年最后一天的晚上，因旧岁到此夕而除，次日即新年，故称。《风土记》：“至除夕，达旦不眠，谓之守岁。”立春，二十四节气之一，每年2月4日前后太阳到达黄经315°开始，我国习惯作为春季开始的节气。同日双节，1962年2月4日这一天既是除夕，又是立春，双重喜气，理当祝贺。

下联言人应随时进步。随时，顺应时势。《国语·越语下》：“夫圣人随时以行是为守时。”一刻千金，比喻时间极其宝贵，谓短暂的时间可值千金。苏东坡《春夜》：“春宵一刻值千金，花有清香月有阴。”这里是说，随时应求进步，须知一刻千金。

作者从“除夕正赶上立春”这一巧合入手，进而提醒人们：春宵一刻千金，理应随时进步。此联构思精巧，寓意甚深，充分道出了人们迎春的心情。

第四联写于1963年1月，发表于同年1月2日《人民日报》，附在《贺新年》文中。

吟诗辞旧岁，吟诗，作诗。此指除夕之夜吟咏诗歌以辞别旧的一年。老舍一生爱好读诗、写诗，故在春联中常常出现“诗吟新事物”、“酒热诗歌壮”这样的句子。

举杯贺新年，谓举起酒杯庆贺新的一年到来。

此联写出人们除夕之夜，举杯吟诗，迎新辞旧，充满节日喜庆气氛。

赠赵清阁

老　舍

清流笛韵微添醉；
翠阁花香勤著书。

赏析

此联写于1961年5月。赵清阁（1914—1999），河南信阳人。现代著名女作家。20世纪30年代以来，先后主编《妇女文化》月刊、《弹花》文艺月刊、《弹花文艺丛书》、《中西文艺丛书》。新中国成立以后，在天马电影制片厂、上海社会科学院任职。一生创作勤奋，是位多产作家，出版小说、电影文学剧本二十余部。1961年5月9日，为赵清阁生日，老舍题写此联相赠。

上联描述友人雍容风度与生活情趣。清流，旧时常用来称负有时望、不肯与权贵同流合污的士大夫。《三国志·魏书·陈群传评》："陈群动仗名义，有清流雅望。"笛韵，笛声和谐悦耳。微添醉，饮酒有了点儿醉意。赵清阁平日善饮。郭沫若抗战时期《赠赵清阁》诗中，就曾赞扬这位女作家的诗酒豪情。这里是说，友人堪称清流名士，笛声和谐悦耳，饮酒微添醉意。

下联描述友人居住环境和勤奋写作。翠阁，亦作"翠楼"，指华美的楼阁。唐代诗人王昌龄《闺怨》："闺中少妇不知愁，春日凝妆上翠楼。"这里是说，友人身居华美楼阁，瓶中插花清香，正在勤奋著书。赵清阁一生勤奋写作，直到晚年依然如此。

这是一副嵌名联，自然嵌入"清阁"二字。作者因系题赠友人，注意紧扣对方特点。联中"微添醉"与"勤著书"完全符合友人生活与写作的习惯。至于"清流笛韵"与"翠阁花香"，则更能显示这位女性作家高洁娴雅的性格。

贺周信芳收徒

老　舍

同心同德，春风桃李；
包教包学，状元师徒。

赏析

此联写于1961年12月。周信芳（1895—1975），艺名麒麟童，浙江嵊县人。著名京剧表演艺术家。他在艺术上勇于革新创造，继承和发展了民族戏曲的表演方法，塑造了许多具有鲜明性格的典型人物，形成了自己的艺术风格，世称“麒派”。新中国成立后，曾任上海京剧院院长、华东戏曲研究院院长、中国戏剧家协会副主席。1961年12月16日，周信芳收中国京剧院李少春、李和曾，云南京剧院徐敏初，常州京剧团明毓琨四人为徒。拜师会由田汉主持，京剧界各流派和首都文艺界著名人士与会祝贺。老舍在会上致了贺词，并即席朗诵了这副贺联。

上联写出我国京剧艺术流派纷呈、桃李满园。同心同德，谓思想行动完全一致。语出《书·泰誓中》：“予有乱臣十人，同心同德。”乱臣，治理国家的良臣。此指我国京剧界各个流派都在革新创造，共同为发展我国京剧艺术做出自己的贡献。春风桃李，谓春风满园，桃李芬芳。此指我国京剧园地呈现一片繁荣兴盛的景象。

下联预祝周信芳收徒取得圆满成功。包教包学，即根据师徒双方约定的要求，保证教好学好，各自完成自己的任务。状元，科举考试以名列第一者为元，乡试第一称解元，会试第一称会元，殿试第一称状元。为科举功名中的最高荣誉。作者希望周信芳师徒五人都能为我国京剧各个不同时期的状元。末句亦含名师高徒之意，因李少春等人本身也是崭露头角的京剧演员，他们在名师直接指点下自能更上一层楼。

此联在周信芳收徒仪式上即兴吟成。作者怀着无限喜悦的心情，采用传统的四言句式，且以成语或近于成语的句子组成，更将这场拜师会热烈愉快的气氛推向高潮。

赠北京人民艺术剧院

老　舍

人民要好戏；

艺术登高峰。

赏析

此联写于1962年春。北京人民艺术剧院，正式成立于1952年6月，为我国国家级著名话剧院之一。上世纪五、六十年代，该院在首任院长曹禺、副院长兼总导演焦菊隐领导下，上演了一大批具有中国气派和民族特色的话剧，包括郭沫若、老舍、曹禺、田汉等人的代表作。同时还上演了不少颇有影响的外国名剧。多年以来，一直以丰富多彩的演出剧目，严谨精湛的舞台艺术，成为人们钟爱的高雅的艺术殿堂。老舍与北京人民艺术剧院关系密切，1962年1月题赠此联。

此联联语明白如话，言简意赅。此中值得注意两点：一、这是一副嵌名联，采用鹤顶格，自然嵌入“人艺”二字。因人们习惯上将北京人民艺术剧院简称为“人艺”。二、指出北京人民艺术剧院努力的方向。因为人民需要好戏，就必须拿出好戏来为人民服务。如何才能演出好戏？只有全院编剧、导演、演员，群策全力，不断攀登艺术高峰才行。

有关此联内容和写作，详见1962年2月3日《北京日报》所载《春联》一文。

赠青年艺术剧院

老　舍

破浪乘风，前途无量；
降龙伏虎，干劲冲天。

赏析

此联写于1962年春。青年艺术剧院，全称“中国青年艺术剧院”。其前身为成立于1941年的延安青年艺术剧院，嗣后与延安部队艺术学校合并成东北文艺工作团第二团。1949年4月在北京正式建立中国青年艺术剧院。不少老一辈艺术家先后领导剧院工作，相继上演过两百多个大型剧目。该院在上演不少中外近代、现代名剧的同时，特别重视反映当代现实生活题材的剧目。老舍创作的《方珍珠》、《全家福》、《神拳》等剧本，均由他们演出。1962 年 1 月，老舍曾以此联相赠。

上联中，破浪乘风，即“乘风破浪”，典出《宋史·宗悫传》：“悫年少时，炳问其所志，悫曰：‘愿乘长风，破万里浪。’”后用以比喻人的志向远大，不怕困难，奋勇前进。这里是说，你们只要乘长风破万里浪，将来前途是无可限量的。

下联中，降龙伏虎，能降伏蛟龙和猛虎，我国佛教和道教中都流传着降龙伏虎的故事，后则用以比喻战胜重大困难。《西游记》第十四回：“悟空道：‘不瞒师父说，莫道是只虎，就是一条龙，见了我也不敢无礼。我老孙，颇有降龙伏虎的手段，翻江搅海的神通。’”这里是说，你们具有降龙伏虎的本领，更加显得干劲冲天。

此联采用较为整齐的四言句式，祝愿中国青年艺术剧院拥有降龙伏虎本领，得以乘风破浪前进。更为巧妙的是，联中“破浪乘风”、“降龙伏虎”，既是两个常用成语，又是该院 20 世纪 50 年代曾经上演过的两个话剧的名称。可谓一语双关，显得更为亲切。

赠臧克家

老舍

学知不足；
文如其人。

赏析

此联写于 1962 年 2 月。臧克家（1905—2004），山东诸城人。现代著名诗人。1930 年考入青岛大学中文系，受教于闻一多先生。1933 年出版第一本诗集《烙印》。先后主编《文讯》、《创造诗丛》、《诗创造》、《诗刊》。陆续出版诗集、诗论二十余部。新中国成立后，任人民出版社编审、《诗刊》主编、中国作协书记处书记。老舍与臧克家交往多年，过从甚密，1962年2月曾以此联相赠。

上联语出《大戴礼记》："学然后知不足，教然后知困。"意谓经过学习才会知道自己的不足之处。此指友人具有好学不倦的精神。

下联谓文章的风格就像作者本人一样。此指友人文品出于人品，诗文与为人均受人们的赞赏。正如郭沫若《关于文风问题答〈新观察〉记者问》所说："文章是人写的，因此首先是人的问题。古语说：'文如其人。'这是说什么样的人，就写什么样的文章。"

此联虽只短短八字，却能概括友人的人品诗风。作者曾就此联说过："克家好学，为人豪爽，故曰。"详见同年2月3日《光明日报》。

赠女儿

老舍

劳逸妥安排，健康多福；
油盐休浪费，勤俭持家。

赏析

此联写于1962年春。老舍有篇散文《春联》，该文在略谈作春联意义的同时，还附了一组题赠单位与友人、亲人或自己的联语。《赠女儿》即为其中之一，详见1962年2月3日《北京日报》。

上联希望女儿既要干劲冲天，还得注意劳逸结合，以求健康多福。劳逸，劳苦与安逸、劳作与休息。二者作妥善安排，这样才能保证身体健康，生活幸福。

下联要求女儿生活必须节约，做到勤俭持家。平时在主持和料理家务时，应当勤俭朴素，柴米油盐等物都不要浪费。作者当时在《勤俭持家》一文中还指出，我国人民一向有勤俭持家的好传统。现在条件好了，这个传统万万不能忘，要勤俭办一切事业。

此联题赠女儿，希望她能做

到劳逸结合，注意勤俭持家。谆谆教诲，语重心长，慈父形象，跃然纸上。既为教育子女，亦属治家格言。

自　题

老　舍

付出九牛二虎力；
不作七拼八凑文。

赏析

此联写于1962年春。当时发表散文《春联》，内附一组联语，此为其中之一。文中标明《赠自己》，详见1962年2月3日《北京日报》。

上联中，九牛二虎力，语出《诗·邶风·简兮》："有力如虎，执辔如组。"《列子·仲尼》："吾之力者，能裂犀兕之革，曳九牛之尾。"后因以九牛二虎形容非常大的气力。上联意谓，宁愿付出极大的气力。

下联中，七拼八凑，指各式各样的人或事物凑在一起，或把零零碎碎的东西勉强拼凑起来。作者曾说："作文章最忌七拼八凑。欲免此弊，必须卖尽力气，不怕改了再改。"下联意谓，绝对不作胡乱拼凑的文章。联为心声，正是上述主张的凝练概括。

此联纯由口语组成，却能出口成章，对仗工稳。作为自题联语，应属"夫子自道"。可见作者身体力行并大力倡导一种严肃认真的创作态度与一丝不苟的刻苦精神。这既是作者一贯的作文原则，也是作家应有的职业道德。

赠　崔　嵬

老　舍

贞如翠竹明于雪；

静似苍松矫若龙。

赏析

此联写于1962年春。崔嵬（1913—1979），山东诸城人。1932年投身左翼戏剧运动。1938年初赴延安筹建“鲁艺”，同年入党。抗战期间编演宣传抗日、讽刺投降的戏剧。1948年随军南下，曾任中南文化局局长。1954年从事电影工作。1961年获第一届百花奖最佳男演员奖。次年春举行颁奖仪式，老舍应约为获奖者题写联语致贺。联后附注：“1962年春题为《大众电影》百花奖，赠给最佳电影演员崔嵬同志。”

上联言其坚贞纯洁。贞如翠竹，坚贞犹如翠竹。明于雪，洁净如同白雪。崔嵬此次因扮演电影《红旗谱》中的朱老忠而获奖。作者赞扬他所扮演的英雄人物具有意志坚贞、心地纯洁的高尚品格。

下联言其能静能动。静似苍松，静止时像一株青松一样。矫若龙，即矫若游龙，矫健强壮似游龙一般。作者意在赞扬崔嵬所扮演的英雄人物能静能动，沉稳矫健。

此联题赠崔嵬，既是对其表演艺术的评价，也是对其本人思想品格的肯定。正如戏剧家曲六乙所说：老舍题词“不只是对崔嵬扮演《红旗谱》朱老忠艺术形象的生动描绘，也是了解这位艺坛巨星艺术个性的一把钥匙”。崔嵬是老舍“最喜爱的三大演员”之一，就是因其“创造了自己的表演风格”。

赠巴金

老舍

云水巴山雨；
文章金石声。

赏析

此联写于1963年4月。巴金，原名李尧棠，字芾甘，四川成都人。现代著名作家。一生写了大量长、中、短篇小说，尤以《激流三部曲》著称于世。新中国成立后，历任上海作协主席、全国文联副主席、全国作协主席。1963年4月，巴金由沪赴京出席中国文联第三届全国委员会扩大的第二次会议。会间与老舍晤面交谈，老舍书赠此联。

上联共同回忆抗战时期在重庆的战斗生活。云水，原指行脚僧或游方道士。言其如行云流水无定居。此指抗战时期聚集重庆的“云水之士”，亦即来自全国各地的进步文化人。巴山雨，典出唐代诗人李商隐《夜雨寄北》：“君问归期未有期，巴山夜雨涨秋池。何当共剪西窗烛，却话巴山夜雨时。”此指巴金、老舍作为当年的“云水之士”，今日晤面，自当重话巴山夜雨之事，亦即重温昔日共同战斗生活。

下联高度评价巴金的文学创作。金石声，喻铿锵有力的声音。典出《晋书·孙绰传》：“尝作《天台山赋》，辞致甚工。初成，以示友人范崇期，云：‘卿试掷地，当作金石声也。’”后因用以称誉文辞优美，声调铿锵。这里用以赞美巴金作品，掷地可作金石之声。

这是一副嵌名联，内嵌“巴金”二字。只有短短十字，既叙昔日友情，又赞友人创作。可谓言少意多，蕴含丰富。

题蒲松龄故居

老　舍

鬼狐有性格；
笑骂成文章。

赏析

此联写于1964年间。蒲松龄故居，在山东省淄博市淄川区蒲家庄，新中国成立后已辟为纪念馆。蒲松龄为清代杰出的文学家，世称聊斋先生。一生虽有文名却屡试不第，只有以教书为业。著有短篇小说集《聊斋志异》，另有诗文杂著多种。1964年，老舍应约为蒲松龄故居题联。

上联评价蒲松龄笔下的人物。在《聊斋志异》一书中，往往通过鬼怪狐妖的故事，揭露封建社会吏治腐败、科举制度害人，反映青年男女对爱情婚姻自由的向往。作者笔下的鬼狐，大多形象各异，个性鲜明，有血有肉，外秀内中，能引起读者的同情与共鸣。

下联论及蒲松龄小说的风格。此语出自宋代黄庭坚《东坡先生真赞》："东坡之酒，赤壁之笛，嬉笑怒骂，皆成文章。"蒲松龄小说在揭露贪官污吏与科举弊端时，往往嬉笑怒骂、含讥带讽，构成鲜明的文章风格。

此联笔墨凝练，涵义深刻。只有短短十字，既赞蒲松龄笔下鬼狐形象性格鲜明，又赞蒲氏笑骂不拘的文章风格。如此恰切简明，实属难能可贵。

赠　友

老　舍

壮丽关山迎晓日；
风流人物在中华。

赏析

此联写于1966年1月。据《老舍年谱》记载：1966年1月21日，"春节（初一），与于志恭长谈。谈及毛主席夜以继日、彻夜不眠地工作时，老舍挥笔写春联一副：'壮丽关山迎晓日，风流人物在中华。'继而又以魏体字书毛泽东同志七绝《为女民兵题照》。"这里需要说明两点：一、所赠"友人"即于志恭，亦系文艺工作者，写过《老舍与文协》，其余生平事迹不详。二、此联出自老舍《赠广州部队战士话剧团》，为1965年9月观话剧《英雄工兵》后的感想，系这首七言律诗中的第三联。

上联中，关山，泛指关隘和山川。古乐府《木兰诗》："万里赴戎机，关山度若飞。"晓日，拂晓（早晨）的太阳。此句意谓，祖国以其壮丽的山川迎接拂晓的太阳。

下联中，风流人物，英俊杰出的人物。苏东坡《念奴娇·赤壁怀古》:“大江东去,浪淘尽,千古风流人物。”联中是指英雄的中国人民。此句意谓,多少英雄人物活跃在中华大地上。

作者怀着喜悦兴奋的心情,歌颂伟大祖国如初升的太阳,歌颂我国人民为当代的风流人物。让人为之扼腕叹息的是,只过了八个月,作者就被“文化大革命”的政治风暴夺去了生命!

巧　对

田　汉*

二河两岸双江口；（某文人）
单人独马一杆枪。（田　汉）

作者

*田汉（1898—1968），原名寿昌，湖南长沙人。早年留学日本。创造社发起人之一。相继创办南国剧社、南国艺术学院、南国电影剧社。新中国成立后，任文化部艺术事业管理局局长、中国戏剧家协会主席、中国文联副主席。有《田汉剧作选》、《田汉文集》传世。

赏析

此联成于1909年间。田汉家住湖南长沙果园乡，是果园河与麻林河汇合处，所以人称双江口。1909年间，不知从何地来了一位文人墨客，在双江口附近写出这样半边上联：“二河两岸双江口。”出句全由名词组成，而且每个名词前的数字又都合二，并与本地地名相符。应对确有一定难度，许久无人对出。

田汉当时年仅十二岁，已有一定旧学功底。他一见便对出下联：“单人独马一杆枪。”众人见后，十分赞赏。

这副联语对仗工整，意与境合。既以名词对名词，人事与地名相照应；又以数字对数字，单、独与两、双亦合拍。实属奇巧佳构。这样的对句看似信手拈来，却又妙语天成，足以显示这位天才少年的本色。

挽郑正秋

田　汉

早岁代民鸣，每弦繁管急，议论风生，胸中常有兴亡感；
谁人纾国难，正水深火热，老成凋谢，身后唯留兰桂香。

赏析

此联写于1935年7月。郑正秋（1888—1935），原名芳泽，号伯常，广东潮阳人。近代电影编剧、导演，早期话剧活动家。1913年从事电影工作，参与编导的《难夫难妻》，是我国拍摄故事片的开端。后参加新剧活动，编演过一些有爱国思想和社会意义的戏剧。1922年起参与创办明星影片公司，编导影片二十余部。1935年7月因病逝世，田汉撰送挽联致哀。

上联赞誉逝者生前从事影、剧编演活动时激情洋溢的风采与忧国忧民的思想。民鸣，民众的呼声。弦繁管急，弦管即弦乐与管乐，此指在热烈的音乐声中。议论风生，指他早年在《民吁》、《民言》等刊物上发表的反封建文章，议论内容广泛，生动而又风趣。这里是说，逝者早年从事影剧活动就代表了民众的呼声，每当编导或演出之时，乐声盈耳，而且胸中常怀国家兴亡之感。逝者为民代言，为国担忧。一位爱国艺术家的形象跃然纸上。

下联沉痛哀悼友人不幸病逝。纾，解除。水深火热，语出《孟子·梁惠王下》，比喻生活处境非常艰难。老成，年高有德或有声望。语出《诗·大雅·荡》："虽无老成人，尚有典刑。"兰桂香，化用成语"兰桂齐芳"，以喻子孙兴旺发达。这里是说，如今谁能解除国家的危难，且人民正生活在水深火热之中。社会上这样有声望的人却不幸逝去，所幸郑氏身后留下了有出息的子孙。

此联属对工巧，评价允当。哀国家之多灾多难，伤友人之老成凋谢，愿事业之后继有人。话语沉痛，情见乎辞。不失为现代哀挽佳作。

赠盖叫天

田　汉

英名盖世三岔口；
杰作惊天十字坡。

赏析

此联写于20世纪30年代。盖叫天（1888—1970），原名张英杰，河北高阳人。著名京剧表演艺术家。幼习武生，勤学苦练。继承南派武生李春来的艺术风格，进而吸取京剧与地方戏曲武生的表演长处，形成了武戏文唱别具风格的“盖派”表演艺术。特别是演武松，以其独特的造型，有“江南活武松”之誉。他的《三岔口》、《十字坡》、《狮子楼》等戏，成为有口皆碑的代表作。20世纪30年代，田汉在上海曾以此联相赠。

上联中，《三岔口》为戏曲传统剧目，也叫《焦赞发配》。写宋将焦赞发配途中，经三岔口，投宿客店，深夜发生的一场搏斗。此剧向以表演摸黑武打著称。上联言使盖叫天英名盖世的当推《三岔口》，亦即以演出《三岔口》而取得盖世英名。

下联中，《十字坡》也叫《武松打店》，取材于长篇小说《水浒传》。写武松为兄报仇后被发配孟州，途经十字坡与店主张青、孙二娘夫妇经过打斗终于订交的故事。下联言盖叫天杰作惊天要数《十字坡》，亦即《十字坡》演出堪称震惊天地的杰作。

此联盛赞盖叫天的艺术成就，对仗工整，气势不凡。作者巧妙地运用嵌字手法：顶格嵌入“英杰”之名；又在蜂腰嵌入“盖、天”，再用拆并“三、十、口”三字组成“呌”（“叫”的繁体字）；尾格嵌入《三岔口》、《十字坡》两个剧名。作为一副嵌字名联，确实令人为之叫绝。

赠常任侠

田　汉

一生常继开平志；
千里争传任侠名。

赏析

此联写于20世纪30年代。常任侠（1904—1996），安徽颍上人。现代诗人、著名艺术史家。早年写作新诗，后转艺术史研究。曾与田汉组织中国舞台协会，与宗白华组织艺术史学会。抗日战争初期，参加军委政治部第三厅工作，一度任周恩来秘书。1945年赴印度，任泰戈尔大学教授。1949年回国，后长期任中央美术学院教授。著有《东方艺术丛谈》、《中国古典艺术》等书。20世纪30年代，田汉曾两度与常任侠共事——1936年共组中国舞台协会与1938年同在政治部第三厅，当在上述期间以此联相赠。

上联言友人一生常在继承开平的志向。这里的“开平”，指明初著名将领常遇春。因其追随朱元璋征战有功，曾封鄂国公，死后追封开平王。作者之所以产生这样的联想，一则常遇春是安徽怀远人，二则常任侠1927年曾参加学生军北伐，1938年又进入政治部第三厅并授予军衔。因戏称友人为将门之后而“常继开平志”。

下联言在千里范围都争相传颂任侠之名。任侠，旧时把抑强扶弱的行为叫做侠。任侠即以抑强扶弱为己任。《史记·季布栾布列传》：“季布者，楚人也。为气任侠，有名于楚。”这里因友人上世纪二、三十年代两度投笔从戎，且平日为人仗义豪爽，故有“争传任侠名”之说。

此系题赠之作，似有两点值得注意：一、联中颇为巧妙地嵌入友人的名字，上联带有“常”字，下联出现“任侠”，构成一副别具一格的嵌名联。二、作者由友人任侠之名，而想到明代开国功臣常遇春，可谓神来之笔，既切合友人的姓氏，且此常氏与彼常氏同出生于安徽淮河流域，又寓希望友人为建设新中国而立功之意。此联虽有一定游戏成分，却又雅而不谑，富有谐趣，让人为之解颐。

题佛道教救难协会

田　汉

自从悟及如来佛；
又向人间树战旗。

赏析

此联写于1939年1月。佛道教救难协会，抗日战争初期，湖南衡山上的爱国僧人和道教徒亦积极投身抗日救亡运动，着手组织佛道教救难协会这一群众团体。会址设在南岳衡山著名庙宇之一的祝圣寺。1939年1月，田汉率领抗日宣传队赴南岳衡山慰问演出，曾应佛道教救难协会要求，特以此联相赠。

上联中，如来，佛教名词。据梵文意译，为释迦牟尼的十种称号之一。“如来”即从如实之道而来，开示真理的人。佛常用以自称。此句意谓，自从僧徒参悟及于我佛如来，亦即领悟佛祖开示的真理。

下联中，战旗，战斗的旗帜。这里紧承上句，宗教徒们面对日本侵略者践踏自己神圣的国土，亦将秉承我佛如来救苦救难的意旨，又向人间树起战斗的旗帜。

此联实为特定历史时期的产物，至今尚存衡山祝圣寺，详见《湖南名胜楹联》。当时，周恩来作为军委政治部副部长，亦曾应该寺方丈之请，即兴题词：“上马杀贼，下马学佛。”同样是对南岳宗教界人士抗日爱国的热情鼓励。

即兴题联

田　汉

信芳劲美兰芳韵；
洪老飘然翰老颠。

赏析

此联写于 1947 年戏剧节。当天，周信芳、梅兰芳在上海合演京剧《打渔杀家》，不少文艺界人士在场观看。田汉即兴题联以志观感。

此次演出《打渔杀家》，周信芳扮萧恩，苍劲沉郁，声若洪钟，足以显其“劲美”；梅兰芳扮桂英，扮相俊俏引人喜爱，唱腔亦如行云流水，极有“韵”味。

在场观剧的文艺界人士中，洪深、阳翰笙尤为引起作者的注意。洪老，即著名剧作家洪深，风流倜傥，风度潇洒，给人以“飘然”欲仙之感。翰老，即著名剧作家阳翰笙，随着剧情起伏，不时鼓掌叫好，给人以“颠”狂之感。颠（diān），亦作“癫”，癫狂。本指精神失常，引申为放荡不羁。杜甫《戏题寄上汉中王》：“尚怜诗警策，犹忆酒颠狂。”这里“翰老颠”，明显带有诙谐调笑之意。

此联即兴创作，却又充满情趣。既将信芳、兰芳、洪老、翰老四位知名人士的姓或名嵌入联中，又能恰到好处地描绘出他们的音容神态。用语庄谐结合，字字传神，足以显示作者的艺术才华。

题司马迁祠

田　汉

雄才百代犹堪仰；
鸿业千秋总不磨。

赏析

此联写于1961年2月。司马迁祠，亦称司马太史祠，在陕西省韩城县芝川镇，是汉代史学家、文学家司马迁的祠堂和墓园。始建于晋永嘉年间，以后历代予以修缮增建。祠依山势筑成，楼阁起伏，气势雄浑，墓在最后一个高台上。祠内历代碑匾石刻甚多。1961年2月，田汉曾游韩城，并在瞻仰太史祠后应约题联。

上联言太史公雄才堪仰。雄才，非凡的才能。语见《三国志·魏武帝纪》："程昱说公曰：'观刘备有雄才而甚得众心，终不为人下，不如早图之。'"上联意谓，像司马迁这样具有非凡才能的人虽经百代犹能得到人们的敬仰。

下联言《史记》鸿业不磨。鸿业，大业。语见《汉书·朱博传》："高皇帝以圣德受命，建立鸿业。"千秋，千年。与"百代"一样，均举成数以言其多，泛指久远的年代。下联意谓，完成《史记》这样的大业，虽经千年其功总是不会磨灭的。

此联盛赞司马迁及其《史记》的重要地位与不朽功绩，为当时所作七言律诗《访太史祠司马迁墓》中的颔联。此联言简意明，律对精严，可与祠中历代文人题咏媲美。

赠岳父

丰子恺*

观书到老眼如镜；
论事惊人胆满躯。

作者

*丰子恺（1898—1975），原名丰润，浙江桐乡人。现代散文家、漫画家。早年随李叔同学习绘画、音乐，曾在浙江大学、重庆国立美专任教。新中国成立后，任上海文联副主席、上海中国画院院长。著有《缘缘堂随笔集》、《丰子恺画集》。

赏析

此联写于20世纪20年代初。作者岳父徐芮荪为浙江崇德县人，地方有名仕绅，曾任崇德县督学。丰子恺于1919年春与徐氏之女完婚。20世纪20年代初，在上海师范专科学校任教时，曾以此联题赠岳父。

上联言岳父观书到老依然眼明如镜。这里似有双重含义：一是赞其视力很好，到老看书眼睛仍如镜子一样，看得清清楚楚。二是言其观书很有见地，眼如明镜一般明察秋毫。

下联言岳父为人耿直有胆有识。胆满躯，意即一身是胆。岳父平时议论世事常有惊人之语，放言无忌，胆识过人。

此联言简意赅，品评得当。作者对于岳父敬重有加，对其老来观书、论事尤为赞佩。虽多揄扬之辞，却系言出由衷，且符对方实际。作者当时就曾自言："并非面谀，却是纪实。"

题缘缘堂二联

丰子恺

一

暂止飞乌将数子；
频来语燕定新巢。

二

草草杯盘供语笑；
昏昏灯火话平生。

赏析

题缘缘堂二联，写于1933年间。缘缘堂，丰子恺在浙江桐乡石门湾镇祖居基础上改建，包括高楼三楹，1933年春落成。这座住宅楼房，构造用中国式，取其坚固实用；形式有近世风，取其单纯明快。丰氏认为“这样光明正大的环境，适合我的胸怀，可以涵养孩子们的好真、求善、爱美的天性”。可惜抗日战争初期即被日寇焚毁。1984年，桐乡县人民政府为纪念这位著名画家与作家，重建了缘缘堂。1933年间，缘缘堂建成后，作者曾亲自题写了两副均为摘句的联语。

第一联摘自唐杜甫七言律诗《堂成》中的颈联。

上联中，飞乌，即乌鸦，一作飞鸟。晋李密《陈情表》：“乌鸟私情，愿乞终养。”将，将养、养育。此句意谓，乌鸟飞移暂止为了将养几个刍鸟。这里作者以飞鸟自喻，谓可以暂行停止飞鸟一般的生活，以将养身边的几个孩子。

下联中，语燕，呢喃作语的燕子。定，星名，即营室星。《诗·鄘风·定之方中》：“定之方中，作于楚宫。”笺：“楚宫，谓宗庙也。定星昏中而正，于是可以营制宫室，故谓之营室。”此句意谓，呢喃作语的春燕频频飞来在此营造新巢。此喻作者构筑草堂。

杜甫《堂成》写于在成都西郊浣花溪畔筑成草堂定居下来之后，借以表达个人欣慰之情。丰子恺建成缘缘堂后亦有同感，因摘杜甫诗句以达己意。虽系移花接木，倒也自然天成。

第二联亦系摘句，原为宋王安石七言律诗《示长安君》中之颔联。

上联中，草草，匆促、草率。杯盘，杯子和盘子，借指酒宴。此句意谓，杯盘虽属草草，但可供欢声笑语。实即桌上酒菜虽然简单，却能提供亲友聚谈的机会。

下联中，昏昏，幽暗貌。此句意谓，在幽暗的灯光之下人们共话平生之事。此语虽为摘句，却又完全纪实。当年缘缘堂中未装电灯，仍用油灯照明，故在暗淡柔和的灯光下，似更宜于人们促膝谈心。

此联摘自王安石诗句，作者在借他人手中酒杯，浇自己胸中块垒，将个人处境与心境和盘托出。可谓不是己作，胜似己作。此联原件早已不存，后由绍兴兰亭书会会长沈定庵补写。

为房东题联

丰子恺

天下兴亡，匹夫有责；
抗敌必胜，妇孺皆知。

赏析

此联写于1938年春。当时抗战初起，丰子恺来到武汉参加抗日救亡运动，曾为房东题写此联。

上联源自古语。清代顾炎武《日知录·正始》：“保天下者，匹夫之贱，与有责焉耳矣。”近代孙中山《行易知难》：“吾国人果知天下兴亡，匹夫有责，则人人当自奋矣。”这里是说，国家兴盛或者衰亡，每个普通的人都有责任。作者意在号召人们勇于担负天下兴亡的重任，投入神圣的抗日民族解放战争中去。

下联出之己言。妇孺（rú），妇幼，妇女和孩子。作者深信，我们抗击日本帝国主义的侵略，必然会取得胜利，这是连妇女和儿童都懂得的道理。

此联通俗易懂，旗帜鲜明。作者深信“抗敌必胜”，强调“匹夫有责”，一片爱国赤诚溢于言表。

自　况

丰子恺

岂有文章惊海内；
莫抛心力作词人。

赏析

此联写于1943年秋。抗日战争时期，丰子恺先后辗转桂林、重庆等地，从事教学工作。1943年起辞去教职，依靠写作、绘画谋生。同年秋天，集句为联，借以自况。

上联集自唐杜甫七言律诗《有客》：“岂有文章惊海内，漫劳车马驻江干。”海内，古人认为我国疆土四面环海，故称国境以内为海内。此句意谓，难道会有以写文章而震惊海内的吗？此指不要随意夸大文人的作用，亦言依靠写作不会有什么大的作为。

下联集自唐温庭筠七言律诗《蔡中郎坟》：“今日爱才非昔日，莫抛心力作词人。”词人，亦作“辞人”，工于文辞的人。此句意谓，不要抛掷自己的心血与能力去做什么舞文弄墨的人。此指身处今日社会，不要把全部心力放在文艺创作上。此系激愤之言，需要正确理解。

这副集句联语，显系有感而发。若与杜甫、温庭筠原诗“漫劳车马驻江干”、“今日爱才非昔日”联系起来，自可理解作者当时身处国民党统治区中心重庆的人生况味与心境。

题杭州居室

丰子恺

居临葛岭招贤寺；
门对孤山放鹤亭。

赏析

此联写于1946年秋。当时，丰子恺一度寓居杭州里西湖畔，并为所住小屋题联。据《古今名人联话》一书介绍：丰氏一日眺望远景，偶得此联下句："门对孤山放鹤亭。"一时却想不出合适的对句。适逢上海开明书店经理章锡琛来访，对曰："居近岳庙招贤寺。"后叶圣陶闻知此事，又将"岳庙"改为"葛岭"。此系集体创作，一联集三人之智，实为文苑佳话。

上联指丰氏所寓居室临近葛岭的招贤寺。葛岭，在杭州宝石山西面，相传是因东晋咸和年间著名学者葛洪（自号抱朴子）在此炼丹而得名。招贤寺，位于葛岭之上，唐人所建，今已不存。

下联指丰氏所寓居室正门面对孤山的放鹤亭。孤山，为栖霞岭支脉，山高38米，四面碧波环绕，一山孤峙湖中，因而得名。放鹤亭，在孤山北麓，为纪念宋代隐逸诗人林和靖而建。林氏当年隐居孤山，终身不仕，平日除吟诗作画外，喜欢种梅养鹤，因有"梅妻鹤子"的传说。

此联言简意明，属对工稳，既准确点明居室所在的方位，又与两处西湖胜迹联系在一起。居室主人生活在人间天堂，且与一仙一隐做伴，岂不让人羡煞！

题易昭雪诊所

丰子恺

技近于道；
人造胜天。

赏析

此联写于1948年3月。易昭雪诊所，是当时在杭州城内开设的一家私人牙科诊所。丰子恺住杭期间曾去这家诊所就医并镶义齿。为答谢易昭雪医生的精心治疗，特题写四言联语相赠。此事有关情况，详见丰子恺散文《义齿》，载同年3月上海《申报·自由谈》。

上联盛赞这位牙医技艺超群。道为哲学名词，指法则、规律。《易·系辞上》："形而上者谓之道，形而下者谓之器。"因为道是无形的，含有规律、准则的意思。这里是说，易昭雪牙科医生的技艺已近于道的境界，亦即达到很高的水平。

下联具体表彰这位牙医的镶牙技术。作者化用成语"人定胜天"，本谓人力可以战胜自然。这里为了称颂这位牙医镶牙技术高明，强调人造义齿（假牙）几乎胜过天然（真牙）。这里未免有点夸张，且存过誉之嫌，但看来这位牙医的镶牙技术确实是相当高明的。

这副四言联语言简意明，为答谢这位牙科医师而赞誉有加。易昭雪诊所随即加以装裱悬于壁上，成了招徕顾客的广告。据丰子恺文中介绍，上海开明书店章雪村（锡琛）来杭，二人谈起此事。章雪村乘着酒兴，当场又做了一副："易牙能知味；凿齿信多才。"准备写好送易昭雪诊所。这样既称颂诊所，又调侃友人，实已成为现代联林轶事。

题日月楼

丰子恺

星河界里星河转；
日月楼中日月长。

赏析

此联写于 1954 年间。日月楼，为新中国成立后丰子恺定居于上海的寓所。当时，丰子恺任中国美术家协会常务理事、上海美术家协会副主席，决定结束流寓各地的生活，迁入上海陕西南路一座小洋房，因二楼室内日月明亮，取名为“日月楼”。曾题联语张壁。

上联系采用友人马一浮诗中的句子。星河，即天河、银河，是由大量恒星构成的星系。每当晴夜高空，呈银白色带状，形似大河，因称星河。李清照《南歌子》：“天上星河转，人间帘幕垂。”联句即用李清照上述词意，实谓天上星河转动。抗战期间，丰子恺曾随浙江大学迁校遵义，且名自己寓所为“星汉楼”，上联似与此有关。

下联中，“日月”一词可作两种解释：一是太阳和月亮；二是每天和每月。日月楼，采用前意，此楼宽敞明亮，尽采日月之光。日月长，则用后意，此楼宜于居住，可度悠久岁月。可见作者得以安居的喜悦心情。

此联用语典雅明丽，属对工巧妥帖，既直接嵌入“日月楼”楼名，又能反映主人入住新居的心情。作者后来果然在此长住，直至因病逝世。据《中国名联辞典》一书介绍，此联为马一浮所作。此说可以参考。

集唐人句题佛教养正院

丰子恺

须知诸相皆非相；
能使无情尽有情。

赏析

此联写于20世纪50年代。佛教养正院，由厦门南普陀寺主办，为培养佛门弟子修养正道的地方。丰子恺早年与南普陀住持广洽法师交往颇多，曾为该寺佛教养正院题写联语。

上联集自唐白居易《长相思》："须知诸相皆非相，若往无余却又余。"相，佛教名词，对"性"而言。佛教把一切事物外现的形象状态，称之为"相"。如火的焰相，水的流相等。按佛教"相空"说，主万物皆空，以无相为归。认为诸事象的状态，持质为空，为无自性。"须知诸相皆非相"，正是这种"相空"说的具体阐释和发挥。

下联亦集自唐人诗句，出处待考。无情，佛教名词，指一切没有感情、意识的东西，如草木、山川、大地。有情，与"无情"相对，指一切有感情、意识的生物，即众生。此句意谓，因为佛的法力无边，能使无情之物变为有情之物。佛家认为有情无情同时成道，即站在佛的立场，有情无情并无区别，同样均可成佛。

此联属对工稳，言简意深。厦门南普陀为始建于唐代的古寺，今集唐人诗句题该寺佛教养正院，颇为切合时宜。此中蕴含禅机，十分耐人回味。

题丹明寺

丰子恺

丹照清净觉相，悉以普贤行愿力，供寿诸佛；
明宣天上菩提，尽于未来一切劫，利乐众生。

赏析

此联写于1965年间。丹明寺，为新加坡一座著名寺院。丰子恺与厦门南普陀寺广洽法师交游数十年，结下了深厚情谊。1965年间，广洽法师从新加坡回国，丰应其请为新加坡丹明寺制一嵌名联。

上联中，清净觉相，佛教语，此指正觉的本体，远离种种污秽。这种正觉的基础，在清净心，由心才能言觉。此句意谓，一片丹心观照，使人远离污秽，求得真正觉悟。普贤行愿力，由“普贤愿海”一语化出，此指普贤菩萨的悲愿，包济众生，广大如海。供寿诸佛，疑为“供养诸佛”之误，阿弥陀佛的四十八愿之一，净土的菩萨承受佛的神力而发愿要自在的供养。这里是说，尽以普贤菩萨行愿之力，以供养诸佛。

下联中，明，即神明，泛指一切祭神、供神之物。天上，即天上的世界、神祇的世界。这种境界虽有种种乐趣，但仍不能完全免于苦恼，因天仍是生死轮回的世界。菩提，指佛的最高的智慧，能显现菩提智，即得觉悟。这是照见法性、真如的最高真理的智慧。此句意谓，今以神明宣示天上佛祖最高的智慧。尽，止、终。劫，是印度人计算时间的单位，一劫是极长的时间。众生，一切有生命的东西，往往专指人和动物。这里是说，终止于未来一切极长的时间，亦即永远给众生以福利和安乐。

这是一副嵌名联，采用鹤顶格，嵌入寺名“丹明”二字。作者一生精研佛学，故以诸多佛教用语入联。这给我们阅读上带来一定的困难，因之只求一般领悟即可。

槟城妙香林

丰子恺

妙莲花开弥勒，坛高瑶草，千春光佛刹；
香云缭绕瑞烟，笼罩庄严，七宝壮槟城。

赏析

此联写于1973年11月。槟城，马来西亚槟榔屿州首府，扼槟榔屿海峡，为东南亚重要海港。妙香林为槟城当时新建的佛教寺院。1973年间，丰子恺应槟城广洽法师之请，为妙香林新建之大雄宝殿题写联语。

上联中，妙莲花开，美妙的莲花开放，此指莲座，亦即菩萨所坐的莲花台座。弥勒，即弥勒佛，佛教大乘菩萨之一。相传从兜率天下生，在龙华树下继承释迦牟尼而成佛。瑶草，古人想象中仙境的草。佛刹，佛所居之所，此指庙宇。这里是说，莲花宝座上坐着弥勒菩萨，神坛高筑铺满仙草，让我佛住所（庙宇）因此而光耀千古。

下联中，香云，指香火之盛。瑞烟，奇瑞吉祥的烟雾。七宝，佛教指称的七种宝物。语见《无量寿经上》："又讲堂精舍，宫殿楼观，皆七宝庄严，自然化成。"这里是说，寺中香烟缭绕形成一片吉祥云雾，笼罩着庄严肃穆的氛围，这一佛教建筑使槟城更加宏伟。

此联嵌名，采用鹤顶格，嵌入"妙香"二字。联中盛赞这座新建寺宇七宝庄严，弥勒佛座，香烟缭绕，构成一片庄严肃穆气氛。作者系弘一大师入室弟子，对于佛学有着深湛研究，因此采用佛教语汇得心应手，从而自成佳构。

题黄西京居士

丰子恺

真观广大智慧观；
梵音胜彼世间音。

赏析

此联写于1973年11月。黄西京居士，为新加坡宗教界知名人士。1973年间，黄西京通过新加坡佛教总会会长、原我国厦门南普陀住持广洽法师，转请丰子恺题联。丰子恺欣然应允，题写此联。

上联集自《法华经》经文。真观，为《法华经》所言“五观”之一，谓观照真实的道理，除灭见思惑，这是空观。广大智慧观，亦属《法华经》五观之一，谓断除无名惑，而得广大的智慧，这是中观。此语意谓，应以光明的智慧观照真理，审察世界。

下联亦集自《法华经》经文。梵音，语见《法华经》：“梵音深妙，令人乐闻。”其音正直和雅，遍周远闻，常用以指诵经声。这里是说，我佛说法的声音胜过世间一切的声音。

这是一副集句联，集自《法华经》的经文。作者从特定对象的要求出发，意在宣扬佛教教义，强调真观、梵音的重要。若无一定佛学修养与驾驭联语文字功力，是很难写出这样的联语的。

题聊城光岳楼

丰子恺

光前垂后，劳动人民智慧无极；
岳峻楼高，强大祖国文物永昌。

赏析

此联写于1974年。光岳楼，在山东省聊城市中心，始建于明洪武七年（公元1374年）。原名永昌楼或鼓楼，后取其“近鲁有光于岱岳”之意而更名“光岳楼”。楼内存有清康熙皇帝御笔神光钟瑛碑、乾隆皇帝诗刻、历次重修碑记和嵌壁石刻20块。1974年，为纪念建楼600周年，郭沫若应约新书“光岳楼”匾额，丰子恺则题写了这副楹联。

上联因此楼建筑精巧而赞美劳动人民。光前垂后，增光前人，流传后世。无极，无限。此指光岳楼本身，可以光耀祖先流传后世，充分反映我国劳动人民智慧是无限的。此楼建筑结构卓具特色。其外观为四重檐十字脊楼阁，并建于高9.38米的方形石台上。上部为木结构，四层五间，四面斗拱飞檐，并有回廊相通，表现了由宋元向明清建筑过渡的风格。

下联因此楼高峻而歌颂强大祖国。岳峻楼高，山岳险峻，楼台高耸。文物，指建于明代的光岳楼堪称历史文物。永昌，既是此楼原名，又祝祖国文物永远昌盛。光岳楼通高33米，巍峨挺拔，有“虽黄鹤、岳阳也当望拜”之誉，已成聊城引人注目的象征。

此联采用鹤顶格，巧妙嵌入楼名“光岳”二字。且在点出光岳楼高之后，自然引申发挥，从而赞颂强大祖国和劳动人民。写物称意，二者俱佳。

挽刘半农

俞平伯*

百灵庙远驼铃寂；
二复居寒凤甓孤。

作者

*俞平伯（1900—1990），浙江德清人。现代诗人、散文家、学者。早年参加“五四”新文化运动，为新潮社、文学研究会主要成员。历任燕京大学、清华大学、北京大学教授，中国科学院文学研究所研究员。著有《红楼梦研究》、《俞平伯诗全编》。

赏析

此联写于1934年10月。刘半农为我国现代文学家、语言学家。早年积极参与“五四”新文化运动。曾赴英国伦敦大学和法国巴黎大学留学。后任北京大学教授、中法大学国文系主任、中央研究院特约研究员。1934年夏，刘赴内蒙古考察方言、收集民歌，途中因染回归热不幸去世。同年10月，北京大学举行刘半农追悼会，俞平伯撰送挽联致哀。

上联中，百灵庙，镇名，在内蒙古自治区乌兰察布盟阴山北麓，达尔罕茂明安联合旗政府驻地。为内蒙古阴山以北交通和商业中心。逝者生前曾在百灵庙一带考察，而今染病归来在京辞世，因言距离百灵庙已远再也听不到驼铃的声音了。

下联中，二复居，为刘半农在北京住所的名称。凤甓，风中之砖。凤，通“风”，为与“驼”对应，故作“凤”。甓（pì），砖。《诗·陈风·防有鹊巢》：“中唐有甓。”马瑞辰通释：“甓为砖。”这里是说，二复居主人已逝，显得寒冷，庭院砖路亦在寒风中感到孤寂。此指门庭冷落无人来访。

此联紧扣逝者生活，以景写人，意象极其鲜明。文字亦富感情色彩，句工情长，显得哀婉感人。

寄题莫愁湖

俞平伯

依稀兰桨曾游，只而今草长莺飞，寒艳不招春妒；
叹息胜棋难再，又何论龙盘虎踞，伤心付与秋烟。

赏析

此联写于1937年12月。莫愁湖，在江苏省南京市水西门外。相传六朝南齐时有一洛阳女子莫愁，远嫁金陵住在湖滨，湖也因此得名。水陆面积七百余亩，清时号称“金陵第一名胜”。后因建筑毁于战火，湖身淤塞。新中国成立后重加修建，辟为公园，有胜棋楼、郁金堂、湖心亭、荷香水榭等景点。1937年12月13日，日寇占领南京。俞平伯惊闻此讯，思绪万千，因作《寄题莫愁湖》一联。

上联为作者当时想象中的莫愁胜景。兰桨，用木兰做的船桨，因系芳香树木，形容船桨精美。宋苏轼《赤壁赋》：“桂棹兮兰桨，击空明兮泝流光。”曾游，据作者后来所写自跋：“余于癸亥夏日曾偕先友朱君游莫愁湖。”此指1923年夏天，俞平伯曾与朱自清同游南京莫愁湖。时间已过十余年，因言依稀曾游。草长莺飞，语出南朝宋丘迟《与陈伯之书》：“暮春三月，江南草长，杂花生树，群莺乱飞。”后用以形容江南春天的景色。寒艳不招春妒，此系宋人词中成句。联系上句意谓，现在虽是冬天，只因江南春早，依然景色宜人，而今冬日艳阳当不会招致春天的嫉妒吧！

下联系作者叹息南京沦陷，并为时局伤心。胜棋，指莫愁湖畔胜棋楼。相传明太祖朱元璋与中山王徐达在此下棋输了，便把莫愁湖一带送给了徐达。龙盘虎踞，形容地势雄壮险要，特指南京。《太平御览》卷156引晋张勃《吴录》：“刘备曾使诸葛亮至京，因睹秣陵山阜，叹曰：‘钟山龙盘，石头虎踞，此帝王之宅。’”伤心付与秋烟，此系宋人词中成句。联系上文可知，南京亦已沦陷，叹息胜棋难再，何论龙盘虎踞，人们只能将心中悲伤付与秋天茫茫的烟水。

作者寄题抒怀，联语沉郁顿挫。上联写景，依稀曾游之地，而今虽寒仍艳；下联论世，龙盘虎踞何存，伤心付与秋烟。可谓江山依旧，人事全非，能不让人为之叹息！为之伤心！而吊民伐罪之意，尽在不言之中。

题赠友人

俞平伯

画里移舟，同惜天涯为旅；
梅边吹笛，不知春在谁家。

赏析

此联写于 1938 年 3 月。据《俞平伯年谱》载："1938 年 3 月 28 日，下午汪健君来访，晚，应嘱为徐北汀作楹帖，集史、吴、姜、王四家词句，曰：……" 由此可知，作者系应友人徐北汀之嘱题写，此联且为集宋代四位著名词人史达祖、吴文英、姜夔、王沂孙的词中成句构成的一副集句联。

上联意谓，我们只能画里移舟，亦即在现实生活中想移舟他去亦不可能，而且共同叹息均在天涯作客，为求谋生而寄居异地。联系当时徐北汀所临《溪山清远图》，作者遂有"画里移舟"的联想，进而"同惜天涯为旅"。这里明显寄寓自己身居日寇沦陷区的痛苦心情。

下联意谓，为解人生寂寞，虽在梅花树下吹笛，却不知春天究竟在于谁家。时值早春二月，却发出如此慨叹，怎能不让人深思？作者身为北京大学教授，滞留古都北平，联中明显流露对于抗战时期国土沦丧的凄婉之情。

此联分别集自宋代四位词人的成句已属不易，而能切合题联所处季节与友人画家身份更为难得，正好说明作者有着深厚的古代文学造诣。联语看似景物描写，实有深层寓意。须知"一切景语皆情语"，只要联系作者当时的处境与心境，自能领略其中的象外之旨、弦外之音。

挽朱自清

俞平伯

三益愧君多，讲舍殷勤，独溯流尘悲往事；
卅年怜我久，家山寥落，谁捐微力慰人群？

赏析

此联写于1948年8月。朱自清为我国现代著名作家、学者。1916年考入北京大学。学生时代就开始新诗和散文写作，成为文学研究会的发起人之一。1925年起任清华大学、西南联大教授。抗战结束后，支持反对国民党独裁统治的学生运动，反对所谓"美援"。1948年8月在贫病交加中不幸去世，俞平伯作为挚友撰送挽联致哀。

上联中，三益愧君多，三益，语见《后汉书·冯衍传》："臣自惟无三益之才，不敢处三损之地。"何谓三益、三损？《论语·季氏》："益者三友，损者三友。友直、友谅、友多闻，益矣。友便辟、友善柔、友便佞，损矣。"后遂以友直、友谅、友多闻为"三益"。作者深感在交友三益方面有愧于逝者多矣。讲舍殷勤，讲舍，旧指讲学传经的堂舍，亦即今之学校。殷勤，恳切深厚的情意。作者当年在浙江第一师范学校曾与朱自清共事，相互有着恳切深厚的情意。此后一直保持成为挚友。独溯流尘悲往事，溯（sù），原为逆流而上，亦指往上推求或回想。流尘，飞扬的尘土，喻人生的踪迹与流逝的岁月。此指我独自回溯我们走过的道路、所经历的种种往事而感到悲哀。

下联中，卅年怜我久，卅（sà）年，三十年。此指二人从同在北京大学读书至今已有三十年。三十年来你是那么长久地怜爱着我。家山寥落，家山，故乡。唐钱起《送李栖桐道举擢弟还乡》："莲舟同宿浦，柳岸向家山。"此指二人江南故乡都已衰落。谁捐微力慰人群，谓谁肯捐助一点微小的力量去抚慰人群呢？此系对于社会现实有感而发，包括像朱自清这样有名的教授竟然贫病交加而死，有谁加以关心帮助呢？

此联哀悼亡友，感情委婉深沉。作者缅怀逝者却未沉湎于悲恸之中，这里既有对于前尘往事的追溯，又有对于社会现实的感慨。末句“谁捐微力慰人群”，看似一般的叹息，实含胸中的积愤，联系当时社会现实与友人不幸遭遇自能领会此中含意。

梦　得

俞平伯

有白云秋水兴怀，何可废也；
乃明德达人所感，尚其念之。

赏析

此联写于1948年12月。据《俞平伯年谱》载：“1948年12月29日，夜梦得联语云……”俗话说：“日有所思，夜有所梦。”梦得实为个人思想活动之真实反映。

上联中，兴怀，兴发个人胸怀。废，废止、废弃。上联意谓，有天上白云与地下秋水可以兴怀，怎么可以废止呢？此系激励之词。当时正处北平解放前夕，亦已胜利在望。作为爱国民主人士，深感实现民主新中国成立理想有望，因言怎么可以放弃自己多年的理想！

下联中，乃，是、就是。明德达人，语出《左传·昭公七年》：“圣人有明德者，若不当世，其后必有达人。”这里是指有完美德性与明达事理的人。其，表祈使，当。下联意谓，受到圣人后代明达事理之人的感染，还当认真考虑。

“梦得”之词，启人深思。“有白云秋水兴怀”，喻当时社会形势向好的方向发展，“乃明德达人所感”，谓受周围诸多爱国民主人士的感染，包括过世不久的朱自清。我们不难从中感受到作者正处黎明前的那种欣慰与期盼之情。

近拟楹帖三副

俞平伯

一、拟黄季刚师

芳草有情，夕阳西下；
落花无绪，逝水东流。

二、集成句

竟夕相思，三生留笑；
华胥一枕，两下蘧然。

三、酒家新张嵌字

鱼美酒香，奚翅食重；
宾筵家庆，乐饮情同。

赏析

这组联语据《俞平伯诗全编》收录，该书没有标明具体写作时间。楹帖，即楹联，俗称对联。为悬挂或粘贴于壁间、柱上的联语。

第一联《拟黄季刚师》为《近拟楹帖三副》之一，题下有注："黄季刚原联乃集宋词句，为：'芳草游踪，春风词笔；落花无绪，流水年华。'"拟，模仿、仿效。黄季刚（1886—1935），名侃，湖北蕲春人。现代著名音韵训诂学家，曾任北京大学教授，俞平伯以师礼事之。

上联中，芳草，香草，常用以喻有美德之人。屈原《离骚》："何昔日之芳草兮，今直为此萧艾也。"夕阳，傍晚的太阳，比喻人生晚年。晋代刘琨《重赠卢谌》："功业未及进，夕阳忽西流。"上联意谓，芳草虽然有情，夕阳亦已西下。意在自比芳草，叹息已入晚年。

下联中，绪，连绵不断的情

思、意绪。逝水，逝去的流水，比喻过去了的岁月。下联意谓，落花并无意绪，逝水依然东流。意在自比落花心绪茫然，感叹已逝岁月付诸东流。

此联效法先师黄季刚，亦集宋人词句而成。究其内容似比原作消沉，因不了解具体写作时间，其深层寓意尚难以把握。

第二联为《近拟楹帖三副》之二，亦集自古代诗文的成句。

上联中，相思，想念，多指男女互相爱慕。李之仪《卜算子》："只愿君心似我心，定不负相思意。"三生，佛教语，指前生、今生、来生，亦即过去、现在、未来三世。上联意谓，因为整夜相思，以致三生留笑，亦即三世留有欢笑。意在形容所作相思之梦的美好。

下联中，华胥，典出《列子·黄帝》："（黄帝）昼寝而梦，游于华胥氏之国……其国无师长，自然而已；其民无嗜欲，自然而已；不知乐生，不知恶死，故无夭殇；不知喜己，不知疏物，故无爱憎；不知背道，不知问顺，故无利害。"此系寓言中的理想国，后用以作梦境的代称。蘧（qú）然，惊喜的样子。《庄子·大宗师》："成然寐，蘧然觉。"下联意谓，原来华胥一枕，因而双方惊喜。意在说明原来是一枕美梦而已。

此联别具一格，颇有寓言色彩。因其竟夕相思，得以三生留笑；原属一枕华胥，自当两下蘧然。此中寓意所在，是讥刺世人美梦难求，还是作者本人自解自嘲，亦需联系联语写作背景而定。

第三联为《近拟楹帖三副》之三，应某一酒家开张求嵌字联语而作。

上联中，奚翅食重，语出《孟子·告子下》："取食之重者，与礼之轻者而比之，奚翅食重。"朱熹注："翅与啻同，古字通用。""奚翅，犹言何但。言其相去悬绝，不但有轻重之差而已。"这是在有人论及"礼与食孰重"时，孟子强调在某种情况下何止"食重"。这里意在点出酒家存在的必要。

下联中，乐饮，音乐与饮食。语见《老子》："乐与饵，过客止。"这里"饵"即饮食，与"乐"均能吸引过客。下联意谓，筵宴宾客与家庭庆贺，均需音乐与饮食，可谓情同此心。意在说明音乐与美食实为人们普遍共同的要求。

这是一副嵌字联，内嵌"酒家"二字。用语均与饮食文化有关，显得古朴典雅。或明用《孟子》成句，或暗用《老子》名言，无不信手拈来，自成佳构。这几个四字句，似乎均有所本，联系前面两副集句联语，也许同样集自古人成句。因与具体写作时间一样，均有待进一步查考。

题双烈亭

俞平伯

劫后湖山谁作主；
俊豪子弟满江东。

赏析

此联写于20世纪50年代。双烈亭，亦称双郁亭，在浙江省富阳县城东鹳山上，为纪念现存著名作家郁达夫与其胞兄爱国法官郁曼陀而建。抗日战争期间，郁氏兄弟先后在上海与南洋惨遭日寇杀害。新中国成立以后，人民政府追认他们为革命烈士，并在富阳鹳山建成双烈亭。郭沫若、茅盾、俞平伯、赵朴初等应约题字题词。俞平伯所书为一副集句联，直接集自郁氏兄弟的诗作。

上联集自郁曼陀七言律诗《吊岳鄂王墓》颈联：“劫后湖山谁作主，眼见儿女自嬉春。”劫后湖山，原指南宋经过战争劫难之后的西湖山水，此指现代日寇侵华之后的祖国大地。谁作主，这一询问不言自明，应由中华儿女成为中华大地主人。

下联集选自郁达夫七言律诗《元旦赴槟郎屿赋示同年友人》尾联：“卷土重来应有日，俊豪子弟满江东。”俊豪，亦作俊杰，指才能出众的人。江东，我国古代称自安徽芜湖以下的长江下游南岸地区为江东。江东之称始于汉初，秦末项羽自称与江东子弟八千人渡江而西，指吴中而言。三国吴全部地区称江东。联中是指江东地区多“俊豪子弟”，亦即江南爱国志士定会起来抗击日本侵略者。

此联集郁氏兄弟之诗，悼郁氏兄弟其人，构思新巧，耐人回味。当年，包括郁氏兄弟在内的江东子弟，曾经奋起抗日，收复劫后湖山，暂作中华大地的主人。

挽郑振铎

俞平伯

两杯清茗，列坐并长筵，会后分襟成永别；
一角小园，同车曾暂赏，风前挥涕望重云。

赏析

此联写于1958年10月。郑振铎（1898—1958），福建长乐人。现代著名作家、文学史家。早年参与组织文学研究会，主编《小说月报》。历任上海、北平各大学教授，致力于学术研究。新中国成立后任中国科学院文学研究所所长、文化部副部长等职。1958年10月18日，在出国访问途中因飞机失事遇难。俞平伯闻讯后撰送挽联致哀。

上联忆及与逝者最后一次的聚会。据《俞平伯年谱》记载，1958年10月8日，曾与郑振铎一起参加中国科学院文学研究所召开的会议。联句意谓，二人各捧一杯清茶，依次并肩坐在长长的筵席上。这一情景仍记忆犹新，想不到会后分手竟然成了永别。分襟，别离。唐骆宾王《秋日别侯四》："歧路分襟易，风云促膝难。"

下联仍在回首往事中抒发哀挽之情。"一角"二句，据《俞平伯年谱》记载，前次会后曾搭乘郑振铎的汽车回城，顺便参观了郑振铎即将入住的宝禅寺街新居。联中因言同车回城曾暂时欣赏了友人新居的一角小园。涕，眼泪，谓痛哭流涕。重（chóng）云，层层叠叠的云彩。友人因出访途中飞机失事遇难，作者故在风前挥泪遥望天上的重云。

此联哀挽亡友别具一格。作者既未赞颂逝者一生的功业，亦未追述二人几十年交往的历程，只是抓住与逝者最后相聚的一件往事，借以抒发自己失去友人的悲痛心情。此联含泪叙述，情深意挚，语言平实，属对工稳，诚为哀挽佳作。

拟赠梅兰芳

俞平伯

踏月六街尘，为睹黛玉葬花剧；
逢君一尊酒，却说游园杜丽娘。

赏析

此联写于20世纪50年代后期。梅兰芳（1894—1961），字畹华，江苏泰州人。著名京剧演员，在长期舞台艺术实践中，对京剧旦角的唱腔、念白、舞蹈、音乐、服装、化妆俱有创新和提高，世称“梅派”。新中国成立后任中国京剧院院长、中国戏曲研究院院长、中国戏剧家协会副主席。有关此联写作，据《俞平伯年谱》记载：1980年3月，为黄裳书《拟赠梅兰芳联并注》。因注中有“晚岁于萃华楼酒家，谈《牡丹亭》，拟赠以此联”字样，而梅兰芳于1961年去世，故暂定为20世纪50年代后期。

上联中，踏月六街尘，踏月，月下散步。六街，原指唐代长安城中左右六条大街。唐司空图《省试》：“闲系长安千匹马，今朝似减六街尘。”后亦以六街为都城闹市的通称。此指北京城内主要街道上人们月下行走扬起尘土。下句进而说明原因，为睹黛玉葬花剧。作者自注：“民国初年，梅畹华初演斯剧，得往观场，未相识矣。”可见当时人们争睹梅兰芳演出《黛玉葬花》的盛况。

下联中，逢君一尊酒，一尊酒，尊通“樽”，泛指酒器。杜甫《春日忆李白》：“何时一尊酒，重与细论文。”此指与君相逢一起饮酒。却说游园杜丽娘，作者自注：“晚岁于萃华楼酒座，谈《牡丹亭》，拟赠以此联，而君艺名千古矣。”此句即为谈《牡丹亭》的具体内容，《游园》是《牡丹亭》中的一折，杜丽娘则为剧中的主要人物。俞平伯当时著作《论牡丹亭·游园惊梦》，梅兰芳颇为欣赏，故在见面时谈起。

此联选取与梅兰芳交往中的两件实事，前后相隔近半个世纪，却颇具有代表性。这样就将作者对于友人的仰慕与评价都表现出来了。结合自注阅读，更见作者盛情。

自挽联

俞平伯

一去竟何之，神释应无忉利国；
此来信多事，诗亡惟有兔爰篇。

赏析

此联写于20世纪60年代后期。自挽联，据《俞平伯年谱》记载：1983年7月26日，“俞平伯将六十余岁时拟的自挽联，书录两份，以其中的一份寄给儿子俞润民保存。自挽联云：……末署‘癸亥六月，槐客自书’。”此联写作时间，作者自言六十余岁而未道其详。根据联意，应在十年浩劫期间，且在“文革”初年，故暂定为20世纪60年代后期。

上联言死后将去何方？一去竟何之，这一去究竟到什么地方？神释，人的精神意志消失。忉（dāo）利国，即忉利天。梵语“忉利天”，译作三十三天，为欲界的第六天，在须弥山顶上。中央为释天帝所住之处，四方有四峰，每峰有八天，合称三十三天。上联意为，人死之后该没有什么忉利国吧！亦即不想进入什么天国。

下联言生来如此多难。此来信多事，人生来诚然多事故、多患难。诗亡，《诗经》消亡了，或曰没有了。兔爰篇，《诗·王风》篇名。朱熹注：“周室衰微，诸侯背叛，君子不乐其生，而作此诗。言张罗本以取兔，今兔狡得脱，而锥以耿介，反离于罗。以比小人致乱，而以巧计幸免，君子无辜，而以忠直受祸也。”“及我生之后，而逢时之多难如此。然既无如之何，则但庶几寐而不动以死耳。”这不正是“文革”年代现实生活的写照？也是作者写联自挽的原因。

此联言简意深，耐人回味。上下虚实结合，“一去”为虚，“此来”属实。尤以末句“诗亡惟有兔爰篇”，更是言有尽而意无穷，需结合《诗·王风·兔爰》诗意与当时社会现实加以理解。

自　题

俞平伯

欣处即欣留客住；
晚来非晚借灯明。

赏析

此联写于 1975 年 12 月。据《俞平伯年谱》记载：1975 年 12 月 5 日致书叶圣陶，“信中谈读陈竹隐（朱自清夫人）文章的感想，由陈文中所引‘但得夕阳无限好，何须惆怅近黄昏’一联，深感陈竹隐晚节弥坚，忆及朱自清逝世二十七年，‘物换星移，时新境改，不能如孝标之再哭秣陵’，于是拟成一联：‘欣处即欣留客住，晚来非晚借灯明。’”可以看出作者对于此联是相当重视的，在与友人通信中多次谈起。

上联中，欣处，令人欣喜之处。此句意谓，遇到可以欣喜之处就欣喜，且留客人住下，愿与友人共享。此中颇有陶渊明式的隐逸之风，一任自然，欣然自乐。作为年逾古稀的老人，这是一种旷达乐观的人生态度。

下联意谓，虽已到了日暮仍不算晚，可以借助灯光照明。这里“晚”字有着双重含义。既指天色已晚，亦寓人生晚年。这就不仅是一般好学，而是老而好学。联句暗用刘向《说苑》中的典故，师旷对年已七十的晋平公说：“臣闻之少而好学，如日出之阳；长而好学，如日月之光；老而好学，如炳烛之明。”后因以“炳烛”比喻老而好学。作者自己诗中亦有“秉烛余光学习时”的句子。“借灯明”即用“炳烛”之意，以表达自己“活到老，学到老”的决心。

作者身边几位友人对于此联亦颇为赏识。著名书法家吴玉如认为此联没有“烟火气”，且以草书写成楹帖，笔法苍劲。作者装裱之后，一直悬于书房。老作家叶圣陶亦很赞赏，还用篆体书写此联。这一条幅后由亲属赠送“俞平伯纪念馆”收藏。几位老一辈作家、书法家之间翰墨交往，诗书并茂，兴会淋漓，堪称现代联坛佳话。

挽王伯祥

俞平伯

记当年沪渎初逢，久荷深衷怜弱棣；
喜晚节京华再叙，忍教残岁失耆贤。

赏析

此联写于1975年12月。王伯祥（1890—1975），名钟麟，江苏吴县人。古代文学研究专家。早年曾任北京大学研究所国学门通讯研究员。后在上海商务印书馆、开明书店当编辑。新中国成立后，调至北京任文学研究所研究员，专事古典文学研究。一生文史著述甚丰。1975年12月因病逝世，俞平伯撰联致哀。

上联回忆当年在上海相互交往的情景。沪渎（dú），上海的别称。原为水名，在上海市东北，故称上海为沪渎，或简称沪。深衷，内心、衷情。弱棣，年幼的弟弟。棣，通“弟”。《诗·小雅·常棣·序》：“常棣，燕兄弟也。”故借用为“弟”字。上联意谓，记起当年初逢，一直承蒙你出自内心地怜爱我这个小弟弟。20世纪20年代初，二人常在上海相聚，都是文学研究会会员。王伯祥年长俞平伯十岁，因此把他看成自己弟弟一样。

下联叹息旧友晚年再叙，王兄却又不幸辞世。晚节，晚年。《史记·外戚世家》：“（吕后）及晚节色衰爱弛，而戚夫人有宠。”京华，犹京师。京城为文物荟萃之地，故称京华。残岁，残年。指人的晚年。耆（qí）贤，年高有德之人。下联意谓，且喜晚年能在北京再叙，老天怎么忍心教我在残生又失去这位年长的贤者。王伯祥于1953年由上海调到北京大学文学研究所，二人一起从事研究，又同住一条街。晚年痛失旧友，能不悲痛之极！

此联对仗工稳，概括力强。从“记当年”到“惜此日”，浓缩了二人从上海到北京五十年间的交往与友情。昔日逝者“怜弱棣”，今日生者“失耆贤”，可谓句句含情，读之让人潸然泪下。

题《陈寅恪文集》

俞平伯

覃思妙想，希踪古贤，名山事业；
博识宏文，嘉惠来学，流水人琴。

赏析

此联写于1978年3月。陈寅恪为我国现代著名历史学家。历任清华大学、广西大学、中山大学、岭南大学教授，中国科学院学部委员、中央文史馆副馆长。1969年因病逝世。一生著述宏富，后曾结集出版。1978年3月，俞平伯应约为即将出版的《陈寅恪文集》题词。

上联高度评价《陈寅恪文集》的学术地位。覃思妙想，深刻精微的思想。覃（tán）思，深思。希踪古贤，由“希古”一词化出，意即希望追踪古圣先贤。名山事业，汉司马迁撰《史记》，《太史公自序》谓自成一家之言，“藏之名山，副在京师，俟后世圣人君子。”后因称著作为名山事业。上联意谓，《文集》作者有着深刻精湛的思想，且以古人自期许，一生著作等身，成就名山事业。

下联述及《陈寅恪文集》的深远影响。博识宏文，嘉惠来学，博识，广博的知识。嘉惠，对他人所给恩惠的敬称。此指《文集》作者知识广博、文章宏富，能以施加恩惠于未来的学人，亦即对于后世产生深远的影响。流水人琴，结句叹息《文集》作者亦已离开了我们，像流水一样逝去，像人琴那样俱亡。人琴，典出《世说新语·伤逝》：“王子猷、子敬俱病笃，而子敬先亡……子敬素好琴，（子猷）便径入坐灵床上，取子敬琴弹。弦既不调，掷地云：‘子敬子敬，人琴俱亡！’恸绝良久，月余亦卒。”后因以“人琴俱亡”为睹物思人、痛悼亡友之典。

此联据《中华对联大典》一书收录。《俞平伯年谱》记载与此有异，文为：“覃思妙想，希踪古贤；博识宏文，嘉惠来学；名山事业，流水人琴。”此为四言题词，而非联语格式。作为异体，可供参考。

怀许宝騄

俞平伯

早岁识奇才，讲舍殷勤共昕夕；
暮年空怅望，云山迢递又人天。

赏析

此联写于1980年9月。许宝騄（1910—1970），浙江杭州人。1930年考入清华大学数学系。1936年赴英国留学，获伦敦大学哲学和科学博士学位。1940年回国，后任北京大学、西南联大教授。新中国成立后，继任北京大学教授，兼任中国科学院数学学部委员。1970年12月因病逝世。此联在不少联书中从题目到文字均有异体存在，今据《俞平伯年谱》一书收录更正。该书有关部分记载："1980年9月24日，因病未能参加北京大学纪念已故著名数学家许宝騄教授诞辰七十周年集会，作对联一副送去。联云：……"作者因送纪念会，似以题《怀许宝騄》为宜，而不宜再用"挽"字。

上联中，早岁识奇才，作者早年就认识到许宝騄是个特殊的人才。许宝騄二十岁考入清华大学，三十岁就获英国伦敦大学科学与哲学两个博士学位，真是一位人间奇才。讲舍殷勤共昕夕，讲舍，旧指讲学传经的堂舍，实即今日之学校。殷勤，情意恳切深厚。昕（xīn）夕，朝暮、早晚。此指作者与逝者当年同在北京大学任教，朝夕相处，相互有着恳切深厚的情意。

下联中，暮年空怅望，怅望，怅然怀想。李白《折荷有赠》："相思无因见，怅望凉风前。"作者已到人生暮年仍空自怅然怀想逝者。云山迢递又人天，迢（tiáo）递，遥远的样子。人天，人间与天上。《魏书·释老志》："人天道殊。"此指二人现在不仅云山远隔，而又人天道殊，这也正是作者"空怅望"的原因。

此联追怀故人，情真意挚。许宝騄是作者的表弟。作者要年长表弟十岁，因言"早岁识奇才"。而今想到当年"讲舍殷勤"与今日"云山迢递"，怎能不怅然若失？一片深沉怀念之情，溢　　于字里行间。

挽茅盾

俞平伯

惊坐文章传四海；
新民德业播千秋。

赏析

此联写于1981年3月。茅盾为我国现代著名作家和社会活动家。生前曾任中国作家协会主席、文化部部长、全国政协副主席。1981年3月12日病逝于北京，俞平伯撰送挽联致哀。

上联高度评价逝者一生的文学成就。惊坐，谓惊动在座的人。典出《汉书·陈遵传》："所到，衣冠怀之，惟恐在后。时列侯有与遵同姓字者，每至入门，曰陈孟公，坐中莫不惊动。既至而非，因号其人曰'陈惊坐'云。"此指逝者惊坐文章传遍天下。茅盾一生创作了大量小说、散文、评论，可谓著作等身，尤以《白杨礼赞》、《春蚕》、《林家铺子》、《子夜》等作品，堪称不朽的传世之作。

下联充分肯定逝者一生的功德业绩。新民，语出《礼记·大学》："大学之道，在明明德，在亲民，在止于至善。"注："程子曰：'亲，当作新。'""新者，革其旧之谓也。言既至明其明德，又当推以及人，使之亦有以去其旧染之污也。"此指逝者新民德业播扬千秋。茅盾作为中国共产党最早的党员之一，为中国人民的解放事业奋斗了一生，尤其在文化战线做出了杰出的贡献。

此联言简意赅，对仗工稳，高度概括了逝者一生的历史功绩。"惊坐文章"与"新民德业"，虽然采用历史典故与传统语汇，却能推陈出新，含蕴丰富，让人从中得到启示与教益。需要指出的是，联中"惊坐"一词，《近现代名人名联品鉴》一书误为"惊作"，明显欠妥。《古今名人联话》一书写成"惊座"，其义虽通，而与出典文字不符。今据《古今名人挽联》一书更正。

自拟联语

俞平伯

此后无人惊犹语；
更从何处话前尘。

赏析

此联写于1982年2月20日。根据《俞平伯年谱》介绍，此日曾自拟联语题赠友人叶圣陶。作者完全从自己的切身经历和感受出发，向早年同为文学研究会成员且几十年相知相交的友人倾吐心曲。

上联中，犹，通“訧”、“尤”，罪过，过失，含指责、诟骂之意。《诗·小雅·斯干》：“式相好矣，无相犹矣。”犹语，谓被指责为过失之语。联系我国文艺界早在新中国成立初期开展的对俞平伯《红楼梦研究》的批判，本属学术领域不同观点的论争，却搞成了全国性的批判运动。直到20世纪70年代末召开党的十一届三中全会之后，才对此做出较为公正的结论。作者深有所感，因而由衷地指出今后当无人再惊异于无端被人指责了。

下联中，前尘，佛教称色、声、香、味、触、法为“六尘”。谓当前境界均为六尘所成，故称“前尘”。后常用以指往常，如回首前尘、前尘往事。这里是说，更从何处讲述那些前尘往事呢！亦即不必再去谈论那些过去的事了。

此联蕴藉含蓄，感慨良多。作者饱经人世沧桑之后胸怀旷达，因对老友敞开心扉。既明显流露出自己晚年终于被人理解的喜悦之情，亦不难从“犹语”、“前尘”中感受到老人当年的酸楚。这些均需结合新中国成立以来文艺界的历次政治运动和作者自身的坎坷经历，方能有较为深切的体味。作者当时还曾将此联下句改为“从来何处重痴情”，题赠周围的友人，同样表达了与上述相似的深沉含蓄的感情。

同游香港太平山赠友

俞平伯

安车一往，何如春水同舟；
霜鬓重来，以待秋山胜侣。

赏析

此联写于 1983 年 11 月。据《俞平伯年谱》记载：1983 年 11 月 23 日，“由韦柰和潘耀明联同登上太平山眺望香港全景，感慨颇多，遂拟对联《同游香港太平山赠友》，联云……”俞平伯此次系应香港中华文化促进中心和香港三联书店的邀请，来香港讲学一周，离港之前曾游太平山。

上联中，安车一往，安车，古代一种小车，可以安坐，故名。《礼记·曲礼上》：“大夫七十而致事，……适四方，乘安车。”孔颖达疏：“古者乘四马之车，立乘。此臣既老，故乘一马小车，坐乘也。”此指俞平伯年事已高，因乘小汽车登山游览。何如春水同舟，何如，何似，比……怎么样。这里是说，今乘小车上山，比起同乘小船在春水中荡漾怎么样？亦即何似春水同舟。

下联中，霜鬓重来，霜鬓，耳边白发。此指双鬓已白，上了年纪，仍重来香港。以待秋山胜侣，胜侣，游伴、好友。这里是说，此次旧地重游，以接待同游秋山的朋友，含看望老友之意。

此联题为《同游香港太平山赠友》，内容侧重同游赠友，抒写自己香港之行的心情与感慨，而对香港太平山本身景物并未触及。这里赠友，既赠此次同游诸友，亦怀往日秋山胜侣。作者不久还将此联寄赠新加坡作家协会名誉会长周颖南。

改联自况

俞平伯

掩卷古今如在眼；
拥衾寒暖不关情。

赏析

此联改于1984年2月。作者当时在致叶圣陶信中说："近体更弱，伫立时望之欲跌，独居时虞蹉步。已疏笔墨，偶亦妄涂，以年前歪诗呈览正。又一联云：……意兴衰飒，亦袭旧耳。"何以题为《改联自况》？当年俞之曾祖父俞樾在世时，彭玉麟曾为他写过一联："开卷古今都在眼，闭门晴雨不关心。"意在奉劝友人潜心学问，与世无争。俞平伯而今改换六字，以纪近况，因称"袭旧"。

上联谓掩上书本古今之事都在眼前。原为"开卷"，强调开卷有益，可以了解古今之事；改成"掩卷"，突出掩卷深思，古今之事同样浮现眼前。老人一生饱经风霜，阅世已深，虽掩卷亦知古今之事，此中有着深切的沧桑之感。

下联中，衾（qīn），被子，特指大被。此句意谓，裹上棉被对于周围的寒暖也就不用去关心了。原联强调闭门读书，改联则为拥衾自保。这里"寒暖"二字，明显语义双关。既指气候冷暖，亦指社会变化。此系经历人生坎坷之后与世无争的心态与无可奈何的心情。

作者"改联自况"，谦称"妄涂""妄作"。我们不难从中看出这位久经风霜、屡受挫折的老人晚年的心路历程。老作家荒芜阅后，认为下联失之于消沉，希望改为"开窗晴雨要关心"。友人此意虽好，却与作者"妄涂"原意相违。

赠人

俞平伯

不上层楼宜老步；
犹堪小叙话前游。

赏析

此联写于1984年5月。据《俞平伯年谱》有关部分记载："1984年5月30日，应邀与许氏仲昆至东郊许季珣新居小叙，为此赋诗一首：'衰年独住古城西，东望前尘影事迷。五老平均八十岁，旧姻良会后应稀。'又作小联一副：'不上层楼宜老步；犹堪小叙话前游。'"由此可见，此联当为题赠新居主人许季珣。

上联言及许氏新居适宜老人生活。层楼，即高楼，当指多层住宅。老步，老人行走、老人步履。这里是说，不上高楼宜于老人行走。看来许季珣新居当为平房或多层中的一楼。

下联写与许氏兄弟叙谈的情景。小叙，短暂聚会，略加叙谈。前游，从前交游，亦即过去往来的朋友。这里是说，还可在此小叙一起谈论从前交往的朋友。老人容易怀旧，喜欢回首往事，也是一种乐趣。

这副七言联语，采用旧诗句式，语言质朴自然，上下属对工稳。五位年逾（近）八旬的老人，虽系姻亲亦难得一叙，得以共话前游。这就自然构成一幅"五老东郊欢聚图"。

赠周颖南

俞平伯

不羡淮南客；
徒歆冀北群。

赏析

此联写于1984年5月。周颖南，1929年生，福建仙游人。1970年定居新加坡，为新加坡作家、社会活动家。1978年至1989年间，曾多次来北京拜访俞平伯，平时亦常有书信交往。详见河南教育出版社出版的《俞平伯周颖南通信集》。1984年5月8日，俞平伯曾将此联书赠周颖南，并附有跋语："近乐简语，短至无可再短者则成。对联七言似犹长，遂减为五言。"

上联中，淮南客，典出《楚辞·招隐士》，王逸注："《招隐士》者，淮南小山之所作也。昔淮南王（刘）安，博雅好古，招怀天下俊伟之士。自八公之徒，咸慕其德而归其仁。各竭才智，著作篇章，分造辞赋，以类相从。"后以"淮南客"、"淮南招隐"、"淮南桂树"为招延贤才之典。上联意谓，我并不羡慕淮南客。作者何出此言？淮南王刘安大招天下隐逸之士，且后以谋反未遂自杀，因而无意去作"淮南王门下客"。

下联中，徒，但、只。歆（xīn），欣羡、悦服。冀北群，亦作"群空冀北"，典出唐韩愈《送温处士赴河阳军序》："伯乐一过冀北之野，而马群遂空。"古代冀州北部产良马，伯乐则善于识马，后遂以"群空冀北"喻贤才遇识人者皆拔擢。下联意谓，我只欣羡冀北群马，因其总会遇到人间伯乐。

此联言少意多，耐人回味。作为五言"简语"，实在"短至无可再短"。联中"淮南客"与"冀北群"，既有出典，又加活用，赋予丰厚的文化内涵。因属个人言志抒怀，尚须结合作者人生经历加以领会。此联下句原为"徒空冀北群"，书赠周颖南时改为"徒歆冀北群"。虽只一字之差，却又各有千秋。看来，原联字句更与出典"群空冀北"吻合，而易"空"为"歆"，则含义更为明确。

赠香港友人

俞平伯

既醉情拈杯酒绿；

迟归喜遇碗灯红。

赏析

此联写于1986年11月。作者当时应香港中华文化促进中心和香港三联书店的邀请，来港讲学一周。期间多次接受有关单位和个人的宴请。《赠香港友人》一联，就内容本身而言，似与《俞平伯年谱》中一段记载有关：“11月23日中午，在香港艺术中心‘景福茶寮’出席中国作家协会香港会员的宴请。香港文汇报社长李子涌、大公报副社长兼总编辑李侠文、作家金尧如、吴其敏、刘以鬯、陈凡、何达、曾敏之、潘耀明、梁羽生、潘际坰等均在座。”

上联写出友人热情款待的盛意。情拈杯酒绿，实由“拈酒”一词化出。拈酒，取酒而饮。杜甫《宴戎州杨使君东楼》：“重碧拈春酒，轻红擘荔枝。”此句意谓，既已微有醉意仍情不自禁地拈取一杯杯美酒。

下联写出茶寮晚间的景象。碗，自宋以来，灯笼一盏称一碗（见清代俞樾（俞平伯曾祖父）《茶香室四钞》二七《灯笼称碗》）。碗灯红，即盏盏红灯。此句意谓，迟些归去喜遇盏盏红灯。此系大红灯笼，抑或彩色灯光。何以迟归？自当午宴结束以后，继续品茗闲谈，至晚方归。

此联即景抒情，情景交融，由衷表达对于香港友人盛情款待的雅意。用语蕴藉典雅，且能推陈出新。化用成语“灯红酒绿”，自出新意；纳入拈、碗字样，更显古朴。

集　句

俞平伯

得句疑人有；
看书不厌忘。

赏析

此联写于1977年7月。集句，据《俞平伯诗全编》一书收录，题为《集吴玉如、叶圣陶先生诗句》，且有落款为“丁巳五月，次年戊午书之”。吴玉如为现代著名书法家、学者。其子吴小如为北京大学教授、古典文学研究家。叶圣陶为现代著名作家、教育家。丁巳，为 1977 年。1977 年 7 月，俞平伯集吴玉如、叶圣陶诗句而成此联。

上联集自吴玉如先生诗句，意谓偶然得句总是怀疑别人已经有过。此系老一辈学者不愿步人后尘、人云亦云，而是具有严于律己、不断创新的精神。

下联集自叶圣陶先生诗句，意谓上了年纪的人看书不要憎恶会忘记，亦即即使看过会忘记还是要看书。这里强调老人仍须保持好学不倦的精神。

此联由三位年逾古稀的老人合作而成。诗、联语、书法均臻上乘，可谓相得益彰。老一辈学者刻苦治学、老而弥坚的精神跃然纸上。

自　题

俞平伯

别物骊黄以外；
约躬夷惠之间。

赏析

此联作于 1978 年 1 月。写件收入湖南美术出版社出版的《当代楹联墨迹选》。俞平伯手书时附有跋语：“丁巳腊月以之呈叶圣陶兄，复书云：‘六言联语极好，为人如是方可谓之独立自主，今新社会亦通用，心向往之矣。’偶尔属对，喜获赏音，高山景行，有同心焉。一九七八年五月四日平伯写记。”

上联就对客观世界而言。别，区别、区分。骊（lí）黄，指纯黑色的马和黄赤色的马。语出《诗·鲁颂·駉》：“有骊有黄，以车彭彭。”毛传：“纯黑曰骊，黄骍曰黄。”此句意谓，区别事物应在骊黄以外，亦即对于客观事物应有较为严格的区分。

下联就对主观世界而言。约躬，约束自身。躬，亲自、自身。《诗·邶风·谷风》：“我躬不阅，遑恤我后。”夷惠，指伯夷和柳下惠，古代清高廉洁之士。汉扬雄《法言·渊骞》:“其为人也奈何?曰:不屈其意,不累其身。曰:是夷惠之徒与?”此句意谓,约束自身应在夷惠之间,亦即成为清高廉洁之士。

此系自属对联,意在表明自己立身处世的准则。叶圣陶对其评价甚高,称赏“六言联语极好”,且对联语意境“心向往之”,可谓知音之言。

闲　联

俞平伯

忠厚留有余地步;
和平养无限天机。

赏析

此联写于1988年冬,其影印件曾在当时《人民政协报》上发表。闲联,用以消闲的联语。此系自谦之词,意谓冬日闲暇无事聊以自娱而已。

上联中,留有余地步,即成语“留有余地”,比喻说话或办事决不过分,而能留下回旋的地步。上联意谓,为人要忠实厚道,说话办事均应留有余地。

下联中,和平,心平气和。《荀子·君道》:“血气和平,志意扩大。”天机,犹灵性,谓人的天赋灵机。《庄子·大宗师》:“其嗜欲深者,其天机浅。”下联意谓,只有心平气和,才能保养人的无限天机,亦即天赋的灵机与悟性。

此系晚年之作,可谓言浅意深。老人似在推崇一种事理通达、心气和平的思想境界。既属夫子自道,亦为喻世明言。我们如结合老人一生沧桑经历与晚年特定心境自会理解。

集龙藏寺碑字

俞平伯

觉生诸幻灭；
心静自然凉。

赏析

此联录自《俞平伯诗全编》，具体写作时间不详。龙藏寺，在河北省正定县城内东南，始建于隋开皇六年，清康熙年间更名隆兴寺。著名的龙藏寺碑由隋代书法家张公礼手书，迄今仍立于寺内，字画遒劲，令人瞩目。俞平伯曾游此寺，并“集龙藏寺碑字”写成楹联一副。

上联中，觉，觉悟、醒悟。佛教指领悟佛教的真谛。幻，梦幻、惑乱。此句意谓，觉悟顿生则诸种梦幻、惑乱自会消失。

下联中，心静自然凉。此语既集自龙藏寺碑，又系民间现成俗语。人如内心安静自然感到凉爽。可作解暑良方，亦为喻世明言。

此联言简意深，自成一格。因集字于龙藏寺碑，自然含有某种禅机；但就字面而言，亦系人生常理。这样即可沟通僧俗两界，令人均能从中悟出一定道理。

应对表舅二联

冰　心*

一

鸡唱晓；（表舅）
鸟鸣春。（冰心）

二

榴花照眼红；（表舅）
柳絮笼衣白。（冰心）

作者

*冰心（1900—1999），原名谢婉莹，笔名冰心，福建长乐人。现代女诗人、散文家。早年参加文学研究会。曾在燕京大学、北平女子文理学院任教。新中国成立后，任中国文联副主席、中国作协名誉主席。诗文创作多已编入《冰心全集》。

赏析

这两副对联成于1907年间。冰心自幼聪慧，七岁时就要做家塾塾师的表舅教她作诗。表舅说要循序渐进，必须先学对对，随即口述三字上联："鸡唱晓。"冰心想起父亲一个香烟盒上印有"以鸟鸣春，以雷鸣夏，以虫鸣秋，以风鸣冬"的字句，当即对出下联："鸟鸣春。"此联对得极工，以鸟儿鸣春对雄鸡报晓，完全符合应对规则。

表舅感到甚为诧异，不知冰心何时读了韩愈名文《送孟东野序》。他考虑了一会儿，想出一个稍有难度的五字上联："榴花照眼红。"冰心沉思片刻，对以："柳絮笼衣白。"表舅听后连声称赞："对得好！"并且加以评论：出句只描写石榴花开放的景象，对句除写了柳絮飘扬的景象外，还出现了人物活动的形象。此联对工巧，以“柳絮”对“榴花”，以“笼衣白”对“照眼红”，意象鲜明，贴切自然。杜牧《泊秦淮》：“烟笼寒水月笼沙，夜泊秦淮近酒家。”联中柳絮笼盖衣衫使之发白，能给人以思索回味的余地。

我们从上述应对过程中可以看出，童年时代的冰心就已初露文学才华，后来成为著名诗人、作家自在情理之中。

厅　堂　联

冰　心

海阔天高气象；
风光月霁胸怀。

赏析

此联写于青年时期，具体时间不详。冰心自题联语贴于厅堂，借以言志述怀。

上联中，海阔天高，形容天地空间广阔，亦喻人生征程遥远。唐刘氏瑶《暗别离》：“青鸾脉脉西飞去，海阔天高不知处。”气象，多谓大气中发生的种种自然现象，亦指自然景色、情态、景况。联句意谓，要有海阔天高的气象。这里既指海阔凭鱼跃、天高任鸟飞的自然景象，亦喻作者自身敢于追求志向高远的人生景象。

下联中，风光月霁（jì），实即成语光风霁月，为与上联文字对应而倒置。谓天朗气清时的和风，雨过天晴后的明月，常用以比喻人的胸襟开朗、心地坦率。宋黄庭坚《濂溪诗序》：“春陵周茂叔（敦颐）人品甚高，胸怀洒落如光风霁月。”联句意谓，要有光风霁月的胸怀，以求人品高洁、胸襟洒落。

此联言简意深，蕴藉含蓄。言志融自然与人生于一体，述怀集写景与抒情于一联，能给人提供诸多联想的空间和回味的余地。

自题玉照

冰　心

自死犹留兰气息；
他生宜护玉精神。

赏析

此联写于1923年间。玉照本为敬辞，称别人的照片，大多用于女性。1923年，冰心于燕京大学文科毕业后，赴美国威尔斯利女子大学攻读英国文学，曾在自己当时拍摄的照片上自题联语，借以言志述怀。

上联以兰花自喻，意在显示高雅芳洁的品格。自，虽、即使。兰，即兰花。春日开花，花有清香气息。此句意谓，自己即使死去还要留下像兰花一样清香的气息。为了流芳后世，历久不衰。我们如果联系“兰心蕙性”、“兰蕙桂馥”等成语，更能理解联句的含义。

下联以玉石设喻，表明永远维护兰摧玉折坚贞不渝的精神。他生，紧承上联“自死”而言，指来世、下一辈子。唐李商隐《马嵬》：“海外徒闻更九州，他生未卜今生休。”玉，温润而有光泽的美石。这里的“玉精神”，当指“宁为玉碎，不为瓦全”的坚贞不屈的精神，亦即为了保持气节而不惜自我牺牲。

此联应作冰心青年时代自我人格的写照。“兰气息”与“玉精神”，看似没有激越高昂的格调，却又实属坚贞不渝的表白，寓英风烈慨于温婉柔美的言辞之中，同样能引起读者的共鸣。

集句自况

冰　心

世事沧桑心事定；

胸中海岳梦中飞。

赏析

此联成于1924年间。当时冰心正在美国留学，因身体不适住沙穰疗养院养病。因爱读清代诗人龚自珍的作品，遂集《己亥杂诗》中诗句，借以自况并抒发静对世事和思念家国的情怀。

上联集自龚自珍《己亥杂诗》第一四九首："世事沧桑心事定，此生一跌莫全非。"沧桑，"沧海桑田"的缩语，大海变成桑田，桑田又变成大海，比喻社会世事发生巨大变化。此句意谓，尽管世事变化如沧海桑田，我却心事平静，镇定自若。这里的言外之意是，尽管世事变化无穷，而我对祖国的爱恋之心却始终如一，永远不会改变。

下联集自龚自珍《己亥杂诗》第三十三首："少慕颜曾管乐非，胸中海岳梦中飞。"此句意谓，因其胸中怀有大海和山岳，以致他们在我的梦中都会飞翔，而这正是自己"心事定"的原因。而今尽管旅居美国，那深藏于胸的茫茫东海、巍巍泰山，常常伴我入梦，在我心中飞翔。

此联虽集前人诗句，却又自然天成犹如己出。何以"世事"沧桑而"心事"自定？下联随即作出巧妙的回答。联句生动而准确地表达了作者对于人生社会的见解和无限思念祖国的情怀。冰心当时曾写信给国内的表哥刘放国，让他请人将此联书写裱装。表哥不负所托，即请近代著名学者和社会活动家梁启超书写。冰心1926年回国后看到这幅由梁启超手书且经裱装的联语，大喜过望，遂悬于自家室内并珍藏一生。

代　挽

冰　心

教养全赖卿贤，五个月病榻呻吟，最可怜娇儿爱婿，死别生离，几辈伤心失慈母；

晚近方知我老，四十载春光顿歇，哪忍看稚孙弱息，承欢强笑，举家和泪过新年。

赏析

此联写于1930年1月。当时，冰心母亲因病逝世，葬于上海虹桥万国公墓。正式开吊之前作者曾代父亲写了一副挽联。联语全以父亲口吻表达对于逝者的哀挽之情。

上联写出妻子平日与病中，尤其是辞世之前儿辈与之死别生离的情景。卿，昔日夫妻之间表示亲爱的称呼。死别生离，本谓永久的别离或难以再见的离别，这里则指与逝者永久的别离。上联是说，平时对于下一代的教育与培养全靠妻子贤惠，而今已有五个月躺在病床上呻吟。最可怜还是你所娇惯的儿女和宠爱的女婿，几多儿辈与你死别生离，伤心失去慈爱的母亲。

下联在写自己失去贤妻之后，虽有儿孙承欢膝下，仍感年景凄凉。晚近，最近几年以来。弱息，一般称自己的子女。承欢，迎合人意，博取欢心。唐白居易《长恨歌》：“承欢侍宴无闲暇，春从春游夜专夜。”常用以指侍奉父母。下联是说，最近几年以来方知我已衰老，而今四十年春天的风光顿时消歇，即四十年夫妻生活离我而去。我岂忍心看着自己的儿女和幼小的孙子，他们全都强作笑容博取我的欢心，全家实际和着眼泪在过新年。

此联代挽，自成一格。女为父作，情融一体。既应符合父亲口吻，沉痛哀挽亡妻，又要渗入自己心意，表达儿女之情。联中则巧妙地以父亲口吻带出全家，有娇儿爱婿儿辈伤心失慈母，与稚孙弱息举家和泪过新年。这样就把三代人对于逝者的感情全部反映出来了。联语文字多以口语为主，通俗流畅，情见乎辞，哀切感人，堪称现代哀挽联语的上乘之作。

题仙华山望松亭

冰　心

千仞岩岫连云碧；
一岭松涛带露青。

赏析

此联写作时间有待查考。仙华山，在浙江省浦江县城北，又名仙姑山，主峰少女峰，海拔720米，相传因轩辕黄帝幼女元修在此修真得道升天而得名。仙华山作为“浙婺名山”，一向以峰岩、洞穴、石笋、松涛闻名。在东西游线交会处，山腰建有望松亭，为全山著名景点之一。冰心当年曾与夏衍同游浦江仙华山，并应约为望松亭题写匾额和联语。具体时间不详，今据推测可能是20世纪50年代或60年代初期。

上联先述仙华岩岫连云的奇特景观。仞，古代八尺为一仞，千仞极言其高。岩岫（xiù），高峻的山崖峰峦。语见三国魏嵇康《幽愤》诗：“采薇山阿，散发岩岫。”碧，青绿色，如碧海。这里是说，仙华峰峦高达千仞，连接云天一片碧绿。仙华山有五峰，拔地而起，群峰耸立，林木葱茏，北坡登顶处崖壁刻有“第一仙峰”四字。

下联再写山间青松摇曳，可闻阵阵涛声。松涛，风吹松林发出波涛般的响声。这里是说，一岭青松带着露珠，山风过处，发出阵阵涛声。这就同时给人以视觉与听觉上的美好享受。

这副写景联语颇为别致，好在真正抓住这一景点的主要特色。每当游人立于山腰依山而建的望松亭上，遥望峰顶则岩岫连云，近观周围则一岭青松，且闻波涛之声。联语文字清新明丽，属对工稳，而且绘声绘色，情境俱佳。此联系笔者假日春游时无意得之，似尚未见其他联书收录。

养 生 联

冰 心

事因知足心常乐；
人到无求品自高。

赏析

此联写于1994年间。冰心已有九十四岁高龄，仍应《祝你健康》杂志要求，亲笔题写了这副养生联语。这里既指出“知足”、“无求”能够养生的道理，而且也是冰心老人得以长寿的经验总结。

上联言事，劝人在日常生活中遇事知足常乐。《老子》第46章：“祸莫在于不知足，咎莫大于欲得，故知足之足常足矣。”后以“知足常乐”谓人知道满足就心常快乐。现实生活告诉我们，遇事知足则心常乐，如果不知满足，就会自寻烦恼并带来痛苦。

下联言人，希望在处理人际关系时能达到无求之境。“无求”即没有任何贪欲和奢望，这样就能达到心怀坦荡、品格高尚的境界。联句将做人无所奢求上升到人品的高度。

此联言浅意深，启人深思，可以作为做人处事的座右铭。值得注意的是，冰心老人撰联有其独特角度，主要针对着养生而言，并非人生全部。至于对待事业与治学，则应开拓进取，有所追求，永不满足。

挽梁启超

梁实秋*

承魏牟而教，撷孔穿而辩，断以己意；
有江陵之才，得荆公之学，作新斯人。

作者

*梁实秋（1903—1987），原籍浙江余杭，生于北京。现代文学家、翻译家。早年留学美国。历任东南大学、复旦大学、北京大学、中山大学、台湾大学教授。主要著作有《梁实秋散文》、译作《莎士比亚全集》等。

赏析

此联写于1929年1月。梁启超为近代著名学者、资产阶级改良派代表人物。清末举人出身，与其师康有为倡导变法维新。曾主编《时务报》、创办时务学堂。1898年参与百日维新，戊戌政变后逃亡日本。以后坚持保皇，拥护袁世凯。1915年底又策动蔡锷组织反袁护国军。晚年息影政坛专心著述。有《饮冰室全集》传世。1929年1月，梁启超因病逝世，梁实秋与潘光旦、张嘉铸、吴景超联名撰联致哀。

上联中，魏牟，战国时人，即魏公子牟。与公孙龙交好，曾说："身在江海之上，心居乎魏阙之下。"这里"承魏牟而教"，谓逝者秉承魏牟"人在江海，心居魏阙"的教诲，亦即始终坚持忠君保皇的立场。撷（xié），摘取。孔穿，战国鲁人，孔丘后代。曾和公孙龙会见于赵平原君家，与其争辩坚白异同之说。此谓逝者摘取孔穿之学而为辩者，亦即具有雄辩之才。"断以己意"，谓根据自己意愿加以判断，亦即既承儒家忠君之说，又取名家辩者之才，然后加以融会贯通。

下联中，江陵之才，指明代政治家张居正，系湖北江陵人，因称江陵之才。张为明代嘉靖年间进士，万历年间为相。曾竭力推行一条鞭法，改革赋税制度，裁汰冗员，启用良臣名将，取得一定成就。有《张文忠公全集》传世。荆公之学，指北宋政治家、文学家王安石。宋神宗熙宁年间为相，推行青苗、均输、市易、免役、农田水利等新法，抑制官僚、地主、豪商特权，屡遭保守派反对。有《临川集》、《临川集拾遗》传世。这里是说，逝者具有江陵之才与荆公之学，而且此人一生唯新是从。

此联紧扣逝者坚持忠君保皇而又力主变法维新的思想立场，又以春秋战国和宋明时代四位历史人物为喻，且突出其“断以己意”，锐意“作新”。揄扬褒贬之间，颇为准确到位。这在当年哀挽梁启超的联语中，不失为意切语工的佳作。

挽夫人程季淑

梁实秋

形影不离，五十年来成梦幻；
音容宛在，八千里外吊亡魂。

赏析

此联写于1974年5月。程季淑（1901—1974），安徽绩溪人。1921年毕业于北京女子高等师范学校，一度从事教育工作。1927年与梁实秋结婚，此后一直在北京、上海、青岛、重庆、台北、西雅图等地操持家务，成为梁实秋生活与事业上的得力助手。1974年4月因病逝世，葬于美国西雅图之槐园。同年6月3日，台湾师大同仁在台北善导寺设奠追悼。梁实秋时在美国西雅图，亲书此联寄上。

上联中，形影不离，形容关系密切难以分离。梁实秋与程季淑结婚近五十年来，虽处动荡年代辗转各地，却总互相依靠紧密相连。随着夫人去世，这一切均已成为梦幻泡影。梦幻，即梦幻泡影，佛教以梦境、幻术、水泡、影子比喻世上事物无常，一切皆空。正如作者在《槐园梦忆》中所言：“是日我亦持诵《金刚经》一遍，口诵‘一切有为法，如梦、幻、泡、影，如露亦如电，应作如是观’。”

下联中，音容宛在，谓人的音容笑貌仍在眼前，常用作对死者的吊唁之词。亡魂，指死者的灵魂。作者身在美国西雅图，深感亡妻音容笑貌时时浮现眼前，而八千里外的台北同事与亲友正设奠追悼逝者的灵魂。

此联为哀挽亡妻，且为台北友人设奠致祭而作。于自己，则五十年来与夫人形影不离的生活而今已成梦幻；于亲友，则仍在八千里外隔海凭吊逝者的灵魂。作者情动于衷而言于外，能在朴实无华的诉说中渗透着深沉强烈的感情。洋洋万言的《槐园梦忆》，怀念亡妻之深情蜜意，似均浓缩在这短短的联语之中。

赠兽医师

梁实秋

是乃仁心仁术；
泽及小狗小猫。

赏析

此联写于1979年4月。1978年4月，梁实秋夫人风雨中抱回一只小猫，浑身雪白，十分可爱。二位主人爱护备至，取名“白猫王子”。只是担心春天关不住，遂请兽医做了阉割手术。操刀的是国际猫狗专科医院的余堂甫医师，手术颇为顺利。小猫来家一周年，梁实秋夫妇特请这位兽医上座，并于席间书赠此联。

上联开门见山，直接赞美医师。是，此、这。《庄子·逍遥游》:“是鸟也，海运则将徙于南冥。”乃，是、就是。仁术，指医术，言其为符合仁道之术。联句意谓，这就是富有仁爱之心的医术。

下联进而点出客人职业特点。泽，恩泽、德泽。《庄子·大宗师》:“泽及万世而不为仁。”联句意谓，恩泽及于小狗小猫。

此联用语文白相间，言简意明，完全切合客人身份和职业特点。作者信手拈来，皆成妙语。

自　题

梁实秋

何如春日柳；
犹忆岁月松。

赏析

此联具体写作时间不详。梁实秋曾自题联语一副，借以言志述怀。虽只短短十字，却言少意多，耐人回味。

上联中，何如，如何、怎么样。这里是说，春天的柳树如何？这一疑问句式发人深省。透过此语表层含义能给人联想。春日杨柳，迎风摇曳，婀娜多姿、惹人喜爱。古人因以“春日柳”比喻人之风仪出众，秀美多姿。但与此同时，生活中杨柳依依、杨花柳絮又给人以柔弱纵情的感觉。

下联中，犹，仍然。《荀子·荣辱》：“是故三代虽亡，治法犹存。”岁月，泛指时间。这里是说，仍然忆起经得住岁月考验的松树。作者并未否定“春日柳”，而是“犹忆岁月松”，显然因为松树有着经冬不凋的品格，可以象征人的崇高坚贞的节操。前者虽美而有瑕疵，后者方称完美。

这副自题联语言浅意深，蕴藉含蓄。作者对于“春日柳”与“岁月松”，虽有某种褒贬之意，却无明显感情色彩。加上“何如”“犹忆”，亦属中性语汇，得以自然转折，于委婉中见深曲，显得含而不露。真是“文如其人”，梁氏人品文风，由此可见一斑。

集　句

梁实秋

无情不似多情苦；

百岁常怀千岁忧。

赏析

此联写于1984年间。称为“集句”，因其集自古诗词中的成句。作者意在借他人酒杯，浇自己胸中块垒，以抒发某种难以言传的感情。

上联集自晏殊《木兰花》词：“无情不似多情苦，一寸还成千万缕。”此句意谓，无情不像多情那样让人受苦，实谓自己对于人生社会多情，因而常常受苦受累。

下联出自《古诗十九首》中：“生年不满百，常怀千岁忧。”这里是将短暂的人生与极多的忧虑放在一起进行对比，借以生发感慨。本意在于劝人达观及时行乐。联句实已转意，谓人生虽只百年仍需考虑身后之事。一片忧国忧民之心溢于言表。

此联集自古人诗词句，语工意切，犹如己出。“多情苦”与“千岁忧”，表面似存贬义，实际蕴含甚深。作者苦于自作多情，常怀千岁之忧，一片热爱现实人生的奉献精神与关注国家命运前途的忧患意识，让人为之感佩。

给文蔷

梁实秋

世网尘劳，谁能遣此；
筝声剑影，我自调心。

赏析

此联写于1985年底。文蔷，即梁文蔷，梁实秋的小女儿。1932年生于青岛。1958年台湾大学毕业后赴美留学，后在美国西雅图工作定居。文蔷热爱传统文化，自号归真山人。1985年底，梁实秋曾以此联题赠。

上联言人生艰难。世网，亦作尘网，谓人在世间受到种种束缚，如鱼在网，故称世网。尘劳，佛教徒谓世俗事务的烦恼。《无量寿经》卷上：“散诸尘劳，坏诸欲堑。”这里是说，人生在世，既有种种束缚如网，又有诸多事务烦恼，有谁能够将这些遣走！亦即属于无可避免之意。

下联言自我调节。筝声，弹奏古筝发出的声音。剑影，舞弄宝剑留下的影子。调心，调摄心性。我国古代士人常以琴剑随身，联中化用此意。作者愿以弹筝舞剑自娱，深信自可调养身心。

此联饱含人生哲理。既属夫子自道，亦为授人以方。女儿也已年过半百，身处美国社会，竞争非常激烈，自当时有“世网尘劳”之感。如何面对艰难人生？必须善于自我调节。古人常以琴剑随身，实即调养身心之道。联语言简意明，颇能启人深思。

挽张伯驹

施蛰存*

走海移桑，闲老京华贵公子；
尘琴掩瑟，歌残梁苑旧词人。

作者

*施蛰存（1909—2002），浙江杭州人。现代小说家、出版家。1928年开始文学编辑生涯。参与创办水沫书店，编辑大型文学刊物《现代》。历任云南大学、厦门大学、华东师范大学教授。著有《施蛰存文集》、《北山楼诗》。

赏析

此联写于1982年2月。张伯驹（1897—1982），字丛碧，河南项城人。文物收藏家、书画家。1918年任天津盐业银行董事。1935年任南京盐业银行经理。此后历任华北文法学院教授、燕京大学艺术系导师、中央文史馆馆员、吉林省博物馆副馆长。平生对于诗词、书画、戏剧均有很高造诣，著述颇丰。1982年2月因病逝世，施蛰存撰送挽联致哀。

上联婉言逝者人生坎坷晚景凄凉。走海移桑，似从成语“沧海桑田”转化而来，意谓海走桑移，世事多变。京华，即京都，因京城为人文荟萃之地，故称京华。贵公子，指逝者。张伯驹出生于封建官僚家庭，其父张镇芳为清朝直隶总督，北洋大臣、民国总统袁世凯是其表兄。实为世家子弟，联中因称“京华贵公子”。只是这位贵公子人生坎坷，晚年受到种种不公平的待遇。“闲老京华”一语，实为晚景凄凉的婉转表述而已。

下联哀叹友人已逝词苑冷落。尘琴掩瑟，琴与瑟均为乐器，同时弹奏其音谐和，常用以比喻夫妻、兄弟、朋友之间感情融洽。而今琴已尘封瑟已掩藏，当指友人已亡故。梁苑，亦作梁园，汉代梁孝王刘武所造，故址在今河南商丘东。梁孝王好宾客，司马相如、枚乘、邹阳等文学家皆曾延居园中，因而有名。李白《赠王判官》："荆门倒屈宋，梁苑倾邹枚。"旧词人，亦指逝者。张伯驹生前擅长诗词创作，而今斯人已逝，以致梁苑歌残，当代词坛再也听不到这位旧词人的歌声了。

此联紧扣逝者作为"京华贵公子"与"梁苑旧词人"的特定身份，借以抒发沉痛哀悼亡友的感情。用语蕴藉含蓄，感情委婉深沉，颇为凄恻感人。张伯驹《自挽联》中亦有"俊才老词人，浊世佳公子"的沉痛表述，此联可以与之并读。

挽龙榆生

施蛰存

复雅歌残，乐府新声叹寥落；
忍寒人去，彊村遗砚失音徽。

赏析

此联写于1983年间。龙榆生（1902—1966），原名沐勋，别号龙七、忍寒居士，江西万载人。现代词学研究家。历任暨南大学、中山大学、复旦大学、上海音乐学院教授。著有《唐宋词格律》、《词曲概论》、《中国韵文史》等书。他所整理刻印的《彊村遗书》，对学术界颇有影响。1966年"文革"初期因受迫害致死。1983年间，上海音乐学院举行悼念活动，施蛰存撰联致哀。

上联中，复雅，恢复雅词。龙榆生主张从音乐角度研究词学，20世纪30年代起尝试把传统诗词的规律用于现代歌词创作，并与人合作《玫瑰三愿》、《秋之礼赞》等歌曲，还写了《创制新体乐歌之途径》等论文。而今斯人已逝，因称恢复雅词的歌声已残。乐府，本为汉代掌管音乐的机关，后将凡可入乐的诗、词、散曲亦称之为乐府。新声，新作的乐曲。这里紧承上句，指恢复雅声的歌词创作日趋冷落，让人为之叹息。

下联中，忍寒，龙榆生别号忍寒居士，且自名书斋为忍寒庐。彊村，即晚清词人朱孝臧，字古微，号彊村。词学造诣甚深，一生著述宏丰。龙榆生早年师事朱孝臧，朱曾以砚授之，愿其承继词学研究事业。龙榆生因作“彊村授砚图”，一时传为佳话。音徽，本借以指琴，后亦引申为音声或容范遗教。南朝齐王俭《褚渊碑文》：“风仪与秋月齐明，音徽与春云同润。”这里是说，随着忍寒居士人已逝去，彊村先生的遗砚亦将失却其容范遗教的光辉。

此联属对工稳，感情深沉含蓄。对于逝者的人品学识，虽未直接评价，却在歌残、人去之际人们因“新声叹寥落”与“遗砚失音徽”而哀伤的叹息声中，感受到逝者生前为人为文的价值。此联用语典则，文情并茂，堪称当代哀挽佳作。

贺夏承焘

施蛰存

词坛尊北斗；
诗教寿南山。

赏析

此联写于1983年间。夏承焘（1900—1986），字瞿髯，浙江温州人。当代词学大师。曾任之江大学、浙江大学、杭州大学教授，中国社会科学院文学研究所特约研究员。主要著作有《唐宋词人年谱》、《唐宋词论丛》、《夏承焘词集》等。1983年间，为祝贺夏承焘从事教育与学术研究65周年，有关单位在北京联合举行纪念活动，施蛰存代表《词学》编辑部书联致贺。

上联中，词坛，亦作词林、词苑，为词人聚集之处。北斗，亦称北斗七星，在北方天空排列成斗形的七颗亮星。常被视为指示方向和认识星座的重要标志，因亦用以比喻德高望重或有卓越成就而为众所敬仰的人。《新唐书·韩愈传赞》：“自愈没，其言大行，学者仰之如泰山、北斗云。”上联意谓，夏承焘在当代词坛犹如天上北斗，成为众所景仰的人。

下联中，诗教，古代文学理论术语。语出《礼记·经解》：

"孔子曰：入其国，其教可知也。其为人也，温柔敦厚，《诗》教也。"据孔颖达《礼记正义》的解释，《诗经》中作品虽对王室政治有所讽刺，但并不作直接尖锐的揭露，故教人以温柔敦厚。后遂以温柔敦厚为儒家正统的诗教。寿南山，即寿比南山，祝福长寿。语出《诗·小雅·天保》："如月之恒，如日之升，如南山之寿，不骞不崩。"下联意谓，夏承焘因恪守温柔敦厚的传统诗教自会健康长寿。

这副贺联用语贴切，词约意丰。对于这位世纪老人，既有学术事业的极高评价，又有愿其长寿的祝颂之语。诸多盛意与友情，尽在五言十字之中。

挽沈从文

施蛰存

沅芷湘兰，一代风骚传说部；
滇云浦雨，平生交谊仰文华。

赏析

此联写于1988年5月。沈从文（1902—1988），原名沈岳焕，湖南凤凰人。现代著名作家、文史学家。早年自学成才，开始文学创作。长期编辑各地报纸文艺副刊，并在武汉大学、青岛大学、西南联大任教。新中国成立以后一直从事出土文物与文化史学研究，曾任中国社会科学院历史研究所研究员。一生文学创作与文物研究专著达70种以上。1988年5月因病逝世，施蛰存撰送挽联致哀。

上联就逝者人品与创作成就给予高度评价。沅与湘，即沅水、湘江，为湖南的两条主要河流。芷与兰，即白芷、兰草，为两种香草。沅芷湘兰，意同成语"沅芷澧兰"，语出屈原《九歌·湘夫人》："沅有芷兮澧有兰，思公子兮未敢言。"王逸注："言沅水之中，有盛茂之芷，澧水之外，有芬芳之兰，异于众草，以兴湘夫人美好亦异于众人。"本指生于沅澧两岸的香草，比喻高洁美好的人品。联中遂以沅湘两岸香草，以喻友人美好人品。风骚，本为《诗经》与《楚辞》的并称，亦可泛指文学创作。清代赵翼《论诗》:“江山代有才人出,各领风骚数百年。”说部,原指古代小说、笔记、杂著一类的书籍,后亦成为小说的别称。这里是说,一代像《诗经》、《楚辞》那样高水平的文学创作,现在正传布(表露)于小说方面。沈从文以湘西为题材的小说名闻遐迩,故以此誉之。

下联就与逝者平生交谊加以述说。滇与浦,即滇池、浦海,代指云南与上海。浦海为江河入海口,这里指上海。云与雨,比喻恩泽。《汉书·邓骘传》:“托日月之末光,被云雨之恩泽。”滇云浦雨,谓作者与沈从文抗战时期在云南、上世纪二、三十年代之交在上海一起从事文学活动,并曾得到诸多教益。文华,文章的华彩,也指有才华的人。平生交谊仰文华,紧承上句而来,说明在平生交往之中特别仰慕友人的文学才华。

此联感情深挚,文采斐然。以“沅芷湘兰”喻友人高洁人品,以“滇云浦雨”叙二人之间友谊,属对工巧,蕴藉含蓄。作者进而于娓娓诉说之中,给逝者以极高的评价,并表达对已故友人的深情。

挽唐圭璋

施蛰存

七十载征存辑佚,词学入乾嘉,建业论功,善本先开垂典则;

百万言别非正误,宗风绍朱郑,景行继志,几人后起仰仪型。

赏析

此联写于1990年11月。唐圭璋(1901—1990),江苏南京人。词学研究家。早年师从吴梅学习词曲。曾任重庆中央大学、金陵大学、东北师大、南京师大教授,中华诗词学会名誉会长、《词学》主编。著有《宋词四考》、《宋词纪事》、《词学论丛》等书。编纂《全宋词》、《全金元词》、《词话丛编》等古籍,亦享誉海内外。1990 年 11 月因病逝世，施蛰存撰送挽联致哀。

上联中，征存辑佚，征求辑录现存于世的散佚诗文。此指逝者七十年来一直在做这一方面的工作。乾嘉，即乾嘉学派，为清代乾隆、嘉庆年间研究训诂考证的经学派系。多用于古籍整理和语言文字研究，形成所谓朴学。唐圭璋一生搜集整理古代词作与词话，其词学研究入于乾嘉学派。善本，凡书籍精加校勘、错误较少者称善本。典则，经典法则，《书·五子之歌》："有典有则，贻厥子孙。"此指友人整理编辑《全宋词》、《全金元词》等古籍，就其建业论功而言，可谓先开现代善本图书并给后人留下学习的准则。

下联中，宗风，某一宗派特有的风格。原指佛教禅宗各派，后亦用于学术流派。绍，继承。朱郑，指宋代朱熹与汉代郑玄，二人均以整理文献注释古籍著称于世。郑玄遍注五经，朱熹《四书集注》、《诗集传》、《楚辞集注》，均曾产生深远影响。这里是说，唐圭璋数以百万言的著述做了大量辨别是非纠正错误的工作，其学术风格完全承继了朱熹、郑玄的传统。景行，高尚的德行。《诗·小雅·车辖》："高山仰止，景行行止。"仪型，亦作仪刑，语出《诗·大雅·文王》："仪刑文王，万邦作孚。"犹言法式、榜样。此指今后谁来景仰逝者的德行与继承逝者的遗志，幸有几位后起之秀以他为榜样从事词学研究工作。

此联意在表彰逝者对于当代词学研究的贡献，其评价用语准确而到位。"七十载"与"百万言"，言其在这一领域耕耘时间之长与收获之丰；"词学入乾嘉"与"宗风绍朱郑"，更是切中肯綮地抓住了友人词学研究的特点。勾出逝者一生行状，诚为行家里手之言。

牛金星赠闯王李自成

姚雪垠*

大泽龙方蛰；
中原鹿正肥。

作者

*姚雪垠（1910—1999），河南邓县人。当代著名作家。曾在四川东北大学、上海大夏大学任教。新中国成立后，任全国政协委员、湖北省文联主席、中国作家协会顾问。著有小说多种，以多卷本长篇历史小说《李自成》为代表作。

赏析

此联写于20世纪60年代初。姚雪垠将其附在长篇历史小说《李自成》第一卷二十八章内。李自成在商洛山中老营设宴为牛金星接风洗尘。牛金星感其盛情，遂题赠联语一副。

上联将李自成比做潜龙，暂时深居大泽。大泽龙方蛰，语见《左传·僖公二十一年》："深山大泽，实生龙蛇。"《易·系辞下》："龙蛇之蛰，暂存身也。"比喻非常之人，蛰居深山大泽，暂时存身而已。上联意谓，闯王暂居商洛山中，犹如潜龙之蛰，将来必有大成。

下联希望闯王尽快出山"逐鹿中原"。中原鹿正肥，化用成语"中原逐鹿"。语见《史记·淮阴侯列传》："秦失其鹿，天下共逐之，于是高材疾足者先得焉。"谓在中原争夺野鹿，比喻群雄并起，争夺天下。下联意谓，而今中原地区鹿正肥壮，需要抓紧追逐。此系激励闯王逐鹿中原，争夺天下。

此联属对工稳，言简意明。联句完全符合题赠对象的特定身份与心理状态，可谓大家手笔。难怪李自成见后亦高兴地说："先生这下一句'中原鹿正肥'很切合目前情形，上一句'大泽龙方蛰'却不敢当。当今起义的人很多，弟无德无能，怎敢以潜龙自居!”此系谦逊之词，实有逐鹿之愿。

卢象升题自用酒杯

姚雪垠

誓挥铁骑驱胡虏；
恭捧金瓯颂圣明。

赏析

此联写于20世纪60年代初期。姚雪垠将其附在长篇历史小说《李自成》第一卷第三章内。卢象升为明朝大臣，具有忠君爱国思想，既忠于封建王朝参与镇压农民起义，又对异族入侵表现出应有的民族气节。崇祯九年冬天清兵入侵，他奉召勤王，死于抗清战场。他生前曾口吟一联，刻在自用的银酒杯上。

上联中，铁骑，铁甲之马，也指骑兵。《后汉书·公孙瓒传》：“且厉五千铁骑于北隰之中，起火为应，吾当自内出，奋扬威武，决命于斯。”胡虏，指入侵中原的异族敌人。岳飞《满江红》：“壮志饥餐胡虏肉，笑谈渴饮匈奴血。”上联意谓，发誓指挥骑兵驱逐入侵的清军。

下联中，金瓯（ōu），金属盛酒器。《琵琶记·高堂称寿》：“春花明彩袖，春酒泛金瓯。”圣明，认识清楚，见解高明，旧时用作对皇帝谀词。下联意谓，恭敬地捧起酒杯，颂扬皇上圣明。

此联联句虽不甚工，却照实说出了卢象升的杀敌誓愿和对皇上的感激心情。这里将传统的“尊王攘夷”和强调“夷夏之防”的思想表现得淋漓尽致，因而使忠君与爱国有机结合。需要我们正确了解与体会。

题文华殿

姚雪垠

四海升平，翠幄雍容探六籍；
万几清暇，瑶编披览惜三余。

赏析

此联写于20世纪70年代中期。姚雪垠将其附在长篇历史小说《李自成》第二卷二十九章内。文华殿，原为明代皇帝听儒臣讲书的地方。殿内有几副对联都与皇帝读书的事有关。此联为其中之一。

上联中，四海升平，四海意同天下，谓普天之下一片升平景象。翠幄（wò），用翠色的鸟羽装饰的帏幄，亦即华美的宫室的帐幕。雍容，形容文雅大方、从容不迫。六籍，语见班固《东都赋》："盖六籍所不能谈，前圣靡得言焉。"六籍同"六经"，即诗、书、礼、乐、易、春秋。上联意谓，四海之内一片升平景象，在华美宫室的帐幕内从容不迫地探寻六经的要义。此指皇帝平日在宫中读书的情景。

下联中，万几清暇，万几亦作"万机"，指帝王日常的纷繁政务。清暇意同"清闲"，清静悠闲。瑶编，谓珍贵的史册、书籍。披览亦作"披阅"，翻阅图书或文章。三余，《三国志·魏书·王肃传》："……董遇等，亦历注经传，颇传于世。"裴注引魏略："（董）遇言'当以三余'。或问三余之意。遇言冬者岁之余，夜者日之余，阴雨者时之余也。"后以三余泛指空闲的时间。下联意谓，虽日理万机仍显清静悠闲，抓紧阅览珍贵的史册、图书而珍惜一切空闲的时间。

此联题明代皇宫里的文华殿，内容既与皇帝读书之事有关，文字亦显得工俪典雅而且属对工稳，堪称馆阁体联语中的上乘之作。

题李自成纪念馆

姚雪垠

十世务农，一朝奋起，屡经挫折，再接再厉，喜见驰驱中原，兵临湖广，到处开门迎降，父老争颂救命恩，莫信天命攸归，十八子当举神器；

百战经营，万姓仰望，连获胜利，愈战愈勇，终得定鼎长安，马踏幽燕，沿路关河无阻，君臣忙演登极忙，应叹人谋不臧，九宫山空留悲风。

赏析

此联写于1979年。李自成纪念馆，在陕西省米脂县城北盘龙山南麓。原为李自成行宫。明崇祯十六年李自成在西安建立大顺政权后，派他的侄子李过回乡建造行宫。这座规模宏伟的宫殿至今保存完好，已成陕西重要旅游景点之一。现亦称为李自成纪念馆，姚雪垠应约题联。

上联中，“十世”四句，务农，以农为业，从事农业劳动。再接再厉，厉同“砺”，磨快。原指公鸡相斗，先把嘴磨利，后比喻一次又一次地努力，绝不松懈。这里是说，李自成家庭世代务农，一朝奋起而参与组织和领导农民起义，虽然屡经挫折，仍然坚持斗争。“喜见”四句，驰驱，骑着马奔驰在战场上，形容英勇作战不可阻挡。湖广，古行省名，明代的湖广行省辖境相当于今湖南、湖北两省。这里是说，喜见李自成率领农民起义军在中原英勇战斗所向披靡，后又兵临湖广，所到之处守将开门迎降，父老乡亲还争相传颂救命之恩。“莫信”二句，天命攸归，天命谓上天的意志，旧指上天安排好的归宿，因常指改朝换代，将有新君主出现。神器，指帝位、政权。《老子》：“将欲取天下而为之，吾见其不得已。天下神器，不可为也。”此指李自成谋士宋献策曾献上谶记说：“十八子，主神器。”十八子即李，因李字拆开为十八子。这里是说，不要相信什么“天命攸归，十八子当举神器”的说法，亦即不要相信真的可以当皇帝。

下联中，“百战”四句，谓李自成起义军经过百战，得到人民拥护，因而连获胜利，全军将士愈战愈勇。“终得”四句，定鼎，九鼎为古代传国的重器，王都所在，即鼎之所在，因称定都为定鼎。亦可引申为建立王朝。幽燕，地区名，今河北北部及辽宁一带。唐以前属幽州，战国时属燕国，所以称幽燕。登极，指皇帝即位。钱起《归义寺题震上人壁》：“尧皇未登极，此地曾隐雾。”这里是说，李自成终于得以定都西安，继而渡过黄河，过太原，破燕京。战马踏遍幽燕大地，沿途关河毫无阻碍。李自成则忙于登上皇位，君臣全被胜利冲昏头脑，忙于演练登极仪式。“应叹”二句，人谋不臧，谓事情之所以失败，是由于人没谋划好。悲风，凄厉的风。这里是说，李自成起义之所以失败，是因为自己和周围的人没有谋划好，以致在九宫山被当地地主武装杀害，而空留凄厉的寒风。

此联写出了李自成的身世与起义过程，总结了导致失败的经验教训。指出因“人谋不臧”与“演登极忙”，致使“九宫山空留悲风”。联语叙议结合，文字质朴无华，注意韵律节奏，读来朗朗上口。

题闯王墓

姚雪垠

纵横半中国，锐意北伐，渡河入境，过太原，破燕京，何其盛也！终因人谋不臧，山海关大军喋血，前功尽毁，黄尘万里无归处，唯有英勇殉社稷；

苦战十七载，铩羽南来，离陕奔楚，弃襄阳，败武昌，亦云惨尔！毕竟图谶难凭，牛迹岭巨星落地，宏愿皆空，青史千秋悲壮志，何曾怕死遁空门。

赏析

此联写于1979年间。闯王墓，在湖北省通山县九宫山牛迹岭。初时只有墓堆和当地群众所立“闯王古墓”石碑。新建陵墓于1979年5月竣工。坟前两米多高的大理石碑上刻有郭沫若手书的“李自成之墓”五个大字。坟台上的陈列馆内展出有李自成的生平事迹和文物照片。姚雪垠当时应约为闯王墓题写楹联。

上联中，“纵横”六句，写李自成起义军的鼎盛时期。据有关史料记载，明崇祯十七年正月，李自成在西安称王，国号大顺。二月渡过黄河，打下汾州，经过太原，三月攻入燕京。一度自称皇帝，接受百官朝拜。联句意谓，李自成定都西安之后，仍迅速执意北伐，渡过黄河，经过太原，攻破燕京，可谓盛极一时。“终因”三句，人谋不臧，人谋，人的谋划。臧（zāng），善、好。谓事情失败是由于人没有谋划好，与天时地利无关。喋血，血流遍地，形容杀人多，如喋血沙场。据有关史料，崇祯十七年四月，李自成亲率二十万大军攻打山海关，山海关总兵吴三桂向清乞降。清军与吴三桂联合作战，李自成遭到惨败，以致战场尸横遍野血流成河。当月京都失陷，李自成退回西安。联中因言“山海关大军喋血，前功尽毁”。“黄尘”二句，谓李自成的结局。黄尘，飞扬的尘土，喻人世间。殉（xùn），有所为而牺牲，如殉国。社稷，古代帝王、诸侯所祭的土神和谷神，旧时用作国家的代称。这里是说，李自成黄尘万里已无归处，只有英勇战斗以身殉国。

下联中，“苦战”六句，写李自成起义军走向最后失败的情景。苦战十七载，指从明崇祯二年参与起义逐渐成为高迎祥手下一员闯将，到清顺治二年南下彻底失败殉国。铩（shā）羽，羽毛摧落，比喻失意、受挫折。《聊斋志异·叶生》：“榜既放，依然铩羽。”据有关史料，清顺治二年，清军大举进攻陕西，不久潼关失守。李自成只好放弃西安，南下进入襄阳。后又放弃襄阳，逃到武昌，坚守五十余日，终遭败绩。联中因言“亦云惨尔”，即可谓惨矣。“毕竟”三句，图谶（chèn），即谶书，是巫师或方士制作的一种隐语或预言，作为吉凶的符验或征兆。此指占卜人宋献策曾向李自成献上谶记说：“十八子，主神器。”亦即预言李自成要做皇帝。巨星落地，旧时认为天上大星落地应人间重要人物死亡。据有关史料记载，清顺治二年九月，李自成逃至湖北通城九宫山，被当地地主武装杀害。后由乡民收殓埋在牛迹岭。联中因言，毕竟图谶难凭，牛迹岭巨星落地，宏愿皆空。“青史”二句，青史，古代在竹简上记事，因称史书为“青史”。空门，佛教名词。佛教宣扬“诸法皆空”，以悟空为进入涅槃之门，故称佛为“空门”。有一种传说称李自成并未被害，而是出家为僧。这里是说，千秋青史自当悲其壮志难酬，哪里是因为怕死而遁入空门。

此联几乎概括了李自成起义军从全盛时期到最终失败的全过程，具有一定的史料价值。作者还认定李自成在湖北通山县九宫山悲壮死去，没有遁入空门削发为僧。

春　联

姚雪根

万里春风抒壮志；
百年美梦入长征。

赏析

此联写于 1979 年春节。当时，作者怀着喜悦兴奋的心情，为迎接新春佳节到来写了一副春联，贴于自家大门两侧。

上联中，“万里春风抒壮志”。当时正处党的十一届三中全会之后，我国正进入以经济建设为中心的新的历史时期。广大人民群众心情振奋，于万里春风之中抒发自己实现四化的雄心壮志。

下联中，百年美梦，指中国人民近百年来都在盼望国家独立富强，人民幸福安康。今天百年美梦得以成真，开始进入新的长征。长征一词本有二义：一是远征，远程旅行；二是特指中国工农红军二万五千里长征。联句兼有二义，谓全国人为真正实现百年美梦而投入新的万里长征。

此联颇具诗意。作者采用诗的语言，以抒发自己沐浴于浩荡春风之中积极乐观的情怀。

题蒲松龄故居纪念馆

姚雪垠

生逢乱世，心怀孤愤，善恶难言神仙怪，总不忘灯下著稗史；

隐居穷乡，目注城寰，是非混淆人狐鬼，最可敬笔端绽鲜花。

赏析

此联写于20世纪70年代末。蒲松龄故居纪念馆，在山东省淄博市淄川区蒲家庄。故居有两个院落，后院三间正房为蒲松龄出生地。房屋正中墙上有“聊斋”二字，下面挂蒲松龄画像。两旁有对联：“写鬼写妖，高人一等；刺贪刺虐，入骨三分。”室内还陈列不少蒲氏生前遗物。蒲松龄(1640—1715)，一生坎坷，虽有满腹经纶，却屡试不中，只好依靠教书度日。他用毕生精力写作短篇小说集《聊斋志异》。书中多用谈狐说鬼的表现形式，反映当时社会政治现实，并多揭露批判。姚雪垠曾应约为蒲松龄故居纪念馆题联。

上联中，孤愤，耿直孤行，愤世嫉俗。韩非子著有《孤愤》篇。《史记·老子韩非列传·索隐》：“《孤愤》，愤孤直不容于时也。”稗史，记录遗闻琐事之书，有别于正史，因称稗史。亦可称为稗官野史，古代设有稗官，其职为搜集街谈巷议、风俗故事以供皇帝省览的小官。《汉书·艺文志》：“小说家者流，盖出于稗官，街谈巷语、道听途说者之所造也。”上联意谓，蒲松龄不幸生逢乱世，而又耿直孤行愤世嫉俗。面对社会黑暗现实却善恶难言，总不忘灯下写作类于稗官野史的小说，借助神仙鬼怪曲折反映社会现实。

下联中，城寰（huán），寰谓广大的区域，城寰意近人寰，指整个人世间。绽（zhàn），绽放。笔端绽鲜花，由和李白故事有关的“笔生花”一语化出，典出王仁裕《开元天宝遗事·梦笔头生花》:“李太白少时,梦所用之笔头上生花,后天才赡逸,名闻天下。”亦作“梦笔生花”、“生花之笔”。下联意谓,蒲松龄虽居穷乡僻壤,目光仍关注整个人间。当时社会黑暗是非混淆,只有借助人与狐鬼交往的故事曲折反映。让人感到最可敬佩的是,作者笔端会绽放出鲜花,亦即写出像《聊斋志异》那样优秀的作品。

此联写出了蒲松龄当年所生活的时代及其创作《聊斋志异》的动机,充分肯定他在艺术创作上的特点与成就。联语文字生动鲜明,属对工稳。“灯下著稗史”与“笔端绽鲜花”,化用前人成语典故,将蒲松龄创作《聊斋志异》的艰难环境和取得的艺术成就充分表现了出来。

题黄鹤楼公园白云阁

姚雪垠

登临纵目,请欣赏江汉繁荣,莫顾此几片白云悠悠,已知环域海陆,南北有口争开放;

凭倚兴怀,应惊叹龟蛇形胜,休管他千年黄鹤杳杳,且看沿江上下,东西无处不腾飞。

赏析

此联写于20世纪80年代中。黄鹤楼公园白云阁,黄鹤楼原在武汉市蛇山的黄鹤矶头,与湖南岳阳楼、江西滕王阁合称中国三大名楼。相传始建于三国吴黄武二年,历代屡毁屡建,到南宋已荡然无存。20世纪80年代初在蛇山重建此楼。且在周围建有白云阁、仙枣亭、黄鹤归来等附属建筑物,总体构成一座黄鹤楼公园。姚雪垠当时曾应约为新建之白云阁题联。

上联中,登临,登山临水,谓游览山水。江汉,武汉位于长江和汉水汇合处,因代指武汉。悠悠,遥远、长久。环域,环绕所辖的区域,亦指周边地区。上联意谓,登上白云阁放眼远望,请欣赏武汉地区一片繁荣景象。不要只顾着天空远处的几片白云，已知武汉地区水陆交通，南北凡有口岸的地方都争着开放。

下联中，凭倚，凭借、倚仗。龟蛇，龟山与蛇山。武汉长江大桥即横跨于武昌蛇山与汉阳龟山之上。形胜，地理形势优越，指山川胜迹，风景优美。杳（yǎo）杳，幽暗深远，见不到踪影。唐人崔颢《黄鹤楼》：“昔人已乘黄鹤去，此地空余黄鹤楼。黄鹤一去不复返，白云千载空悠悠……”下联意谓，在白云阁上凭栏即兴抒发自己的怀抱，应惊叹龟蛇二山地理位置重要而又风景优美。不要管他千年以来黄鹤一去不返再也见不到踪影，且看此处沿江上下，东西各地无处不是经济腾飞的景象。上下联末句中的“南北”、“东西”实为互文，泛指长江沿岸、汉水流域。

此联有个明显特点，就是吟咏重点不是放在与黄鹤楼有关的人文史迹上，让人“莫顾此几片白云悠悠”与“休管他千年黄鹤杳杳”；而侧重赞颂武汉地区经济繁荣，突出“南北有口争开放”与“东西无处不腾飞”。联句富于时代气息，读之令人深受鼓舞。

赠密特朗总统

姚雪垠

政治树高勋；
文章作名家。

赏析

此联写于1984年。密特朗（1916—1996），法国西部推尔纳克市人。早年先后在巴黎大学攻读法律、文学和政治学。做过记者和律师。1942年参加地下抵抗运动。1965年和1974年两度参加总统竞选。1981年当选法国总统。1988年蝉联总统成功。1995年退休。1984年10月，姚雪垠曾出席法国玫瑰节世界名作家会议和名作家卖书签字仪式。他当时在法国赠给密特朗总统五本法译本《长夜》，并题赠这副联语。

上联赞其政治活动。高勋，勋为特殊的功劳。此指密特朗总统作为法国社会党领袖和总统，在多年的政治活动中建立了崇高而特殊的功勋。

下联赞其文章写作。名家，以学有专长而名为一家，后亦指有名的专家或作家。密特朗总统不仅是一位政治家，还是一位有名的作家。

此联言简意明，内容高度概括。当时密特朗总统很快给姚雪垠回信，信中说："我和我的夫人……对您的亲切题词，尤表感激。"

自　题

姚雪垠

经多实践思方壮；
看破浮名意自平。

赏析

此联写于20世纪80年代。当时，姚雪垠正集中精力创作多卷本长篇小说《李自成》，曾自题联语一副，用以自勉自励。

上联中，实践，即社会实践，人们改造自然和改造社会的有意识的活动。实践是认识的基础和检验真理的唯一标准。联句意谓，经过多次反复的实践，认识就会深化，思路更加开阔。这正说明了实践与认识之间的辩证关系。

下联中，浮名，犹虚名。李白《留别西河刘少府》："东山春酒绿，归隐谢浮名。"联句意谓，看破虚名的人，心气自然平和。切莫贪图虚名，什么金钱、荣誉、地位都是身外之物，不要看得太重。

此联言浅意深，饱含人生哲理。作者策励自己要"经多实践"与"看破浮名"，实为自身人格的写照与一生生活经验的总结。对于读者亦具有启示与指导的意义。

春　联

廖沫沙*

大块文章救中国；
一行消息报新春。

作者

*廖沫沙（1907—1990），笔名繁星，湖南长沙人。抗战时期参与《救亡日报》、《华商报》、《新华日报》编辑工作。新中国成立后，任北京市委宣传部长、统战部长，北京市政协副主席。擅长杂文写作，为《人民日报》“长短录”和《前线》杂志、“三家村札记”专栏作家之一。著有《廖沫沙文集》。

赏析

此联写于1941年元旦。当时正处抗日战争期间，廖沫沙在桂林任《救亡日报》编辑。1941年元旦，曾为桂林《救亡日报》编辑部题写春联一副。

上联中，大块，即大地，或大自然。《庄子·大宗师》：“夫大块载我以形，劳我以生。”李白《春夜宴桃李园序》：“况阳春召我以烟景，大块假我以文章。”这里“大块文章”似有双重含义：一是与下联“一行消息”对应，为篇幅较长的文章，如长篇通讯或重要评论。二是含“大块假我以文章”之意，谓来自祖国大地的文章，亦即真实反映民众抗日救亡的文章。这样的“大块文章”当然可以“救中国”。

下联中，消息，为广泛使用的一种新闻体裁，可简要而迅速地报道新闻事实，用电报传递的消息，又称“电讯”。这里所言以“一行消息”来“报新春”，当指来自抗战前线的胜利捷报，或来自后方的好消息。

此联为《救亡日报》编辑部撰写。首先紧扣办报特点，因言“大块文章”与“一行消息”；同时不忘救亡主题，突出“救中国”与“报新春”。作为春联，既有抗战时代气息，又有一定喜庆色彩。

挽邓拓

廖沫沙

岂有文章倾社稷，从来佞幸覆乾坤，巫咸遍地逢冤狱，上帝遥天不忍闻；

海瑞罢官成惨剧，燕山吐凤化悲音，毛锥三管遭横祸，我欲招魂何处寻。

赏析

此联写于1979年9月。邓拓(1912—1966)，笔名马南邨、向阳生，福建闽侯人。1930年参加中国共产党和中国左翼社会科学家联盟。1937年进入晋察冀边区，曾任《晋察冀日报》社长兼总编辑、新华社晋察冀总分社社长、中共中央华北局政策研究室主任。新中国成立以后，历任《人民日报》社长兼总编辑、北京市委文教书记。出版学术著作《中国救荒史》、《论中国历史的几个问题》，杂文集《燕山夜话》、《三家村札记》。1966年5月，被江青一伙出于反革命政治需要而迫害致死。1979年得以平反昭雪，并于9月5日召开追悼会，廖沫沙撰送挽联致哀。

上联声讨“四人帮”颠覆乾坤、制造冤狱的罪行。社稷，本谓古代帝王所祭祀的社神和稷神，后亦用作国家的代称。《礼记·檀弓下》：“能执干戈以卫社稷。”佞（nìng）幸，由谄媚而得宠幸，常用以指皇帝左右谄媚取宠的人。《史记》中有《佞臣传》。乾坤，为周易中两个卦名，指阴阳两种对立势力。可引申为国家、世界的代称。这里是说，岂有只因文人写写文章而倾覆整个国家，从来都是那些在帝王左右谄媚取宠的佞臣而使国家遭到覆灭。这是根据历代封建王朝兴衰所作出的结论。我国当代“文化大革命”同样说明了这个问题。巫咸，古代传说中神巫名。屈原《离骚》：“巫咸将夕降兮，怀椒糈而要之。”注：“巫咸，古神巫也，当殷中宗之世。”后多指装神弄鬼的巫师。汉武帝时，方士、巫师多聚京师。女巫则劝宫人埋木偶祭祀灭灾。朝臣江充以此诬陷太子，引起战乱，史称“巫蛊之祸”。冤狱，冤屈的案件。此指“文革”期间兴妖作怪的巫师们迫近大地而使多少人蒙受冤狱，就连遥遥在上的天帝也不忍耳闻。这是十年浩劫中“四害”横行祸国殃民的真实写照，邓拓、吴晗、廖沫沙被打成“三家村反党集团”就是一起典型的冤狱。

下联忆及当年战友因写作而惨遭迫害的往事，进而抒发对于已逝友人的怀念之情。海瑞罢官，为吴晗于1961年间写成的新编历史剧，发表与演出之后获得好评。1965年由江青一伙精心策划，发表姚文元《评新编历史剧〈海瑞罢官〉》，很快掀起了一场全国性的批判运动，以致作者在“文革”期间被迫害而死。吐凤，典出《西京杂记》卷二：“雄（扬雄）著《太玄经》，梦吐凤凰，集‘玄’之上，顷而灭。”后因称擅长写作为“吐凤”。此指邓拓1961年起在《北京晚报》开辟《燕山夜话》专栏，继而结集出版。“文革”初期同样受到江青一伙的猛烈批判。原属“吐凤”之举，后亦化为“悲音”。毛锥，指毛笔。典出《新五代史·史弘肇传》：“弘肇曰：‘安朝廷，定祸乱，直须长枪大剑，若毛锥子安足用哉！’三司使王章曰：‘无毛锥子，军赋何从集乎？’”毛锥三管，谓毛笔三枝，实指握笔之人。邓拓、吴晗、廖沫沙三人在20世纪60年代初应北京《前线》杂志要求，合写一个专栏，起名为《三家村札记》。后竟因此惨遭飞来横祸，被江青一伙打成“三家村”反党集团。这里是说，吴晗因为新编历史剧《海瑞罢官》而成惨剧，邓拓出版杂文集《燕山夜话》亦化为悲音，自己与二人合著《三家村札记》同样遭遇飞来横祸。而今两位战友已遭迫害致死，自己作为幸存者虽想为之招魂又到何处去寻呢？悲痛之情，溢于言表。

这副挽联卓具特色。作者与逝者并非泛泛之交，而是相知多年患难与共的战友。身为十年浩劫的幸存者，许多悲惨往事仍记忆犹新，当年遇难战友亦音容宛在，如今情动于中而言于外，化而成为含血带泪的挽辞。痛定思痛，挹郁难平。读之让人感叹唏嘘，且能化悲痛为力量，激励人们牢记“文革”历史教训，防止往日悲剧重演。此联因其情文并茂、内蕴深厚，堪称当代哀挽佳作。

挽饶彰风

廖沫沙

祸国殃民，四害妖氛当尽扫；
忠肝义胆，神州浩气必长存。

赏析

此联写于20世纪70年代末。饶彰风（1913—1970），广东大埔人。1936年加入中国共产党。曾任广东省委宣传部长、东江特委宣传部长、东江纵队司令部秘书长。新中国成立以后，历任《南方日报》社长、广东省委统战部长、广东省政协副主席、广州外语学院院长兼党委书记。"文革"初期受到迫害，1970年不幸病逝。粉碎"四人帮"后，广东有关单位举行悼念活动，廖沫沙与黎澍联名撰送挽联致哀。

上联愤怒声讨"四人帮"祸国殃民的罪行。四害，即"四人帮"，由王洪文、张春桥、江青、姚文元组成的反党集团。他们在"文化大革命"期间篡夺党和国家的领导权，制造十年动乱，犯下祸害国家和人民的滔天罪行。妖氛，即妖气，多指凶灾、祸乱。李白《塞下曲》："横城负勇气，一战净妖氛。"这里是说，四害（王张江姚四人帮反党集团）祸国殃民，对于他们制造的妖氛应当彻底扫除。

下联肯定逝者忠肝义胆，必将浩气长存。忠肝义胆，犹赤胆忠心，形容十分忠诚。神州，中国的别称。浩气，犹正气、浩然之气。文天祥《正气歌》："天地有正气，杂然赋流形……于人曰浩然，沛乎塞苍冥。"这里是说，逝者一生像许多为正义事业献身的革命者一样赤胆忠心，其浩然正气必将在神州大地永世长存。

此联感情深挚、爱憎分明，声讨"四害"罪行，祭奠逝者英灵。让人读后深受鼓舞。

贺北京市集邮协会成立

廖沫沙

宇宙星云皆电迹；
天溽海角尽邮踪。

赏析

此联写于1981年7月。当时，北京市集邮协会正式成立，聘请廖沫沙担任名誉会长。廖沫沙遂书此联致贺。

上联中，宇宙，犹天地。《庄子·让王》：“余立于宇宙之中，……日出而作，日入而息，逍遥于天地之间。”星云，即星系，包括银河系与河外星系，构成恒星的巨大集团。这里是说，茫茫宇宙星空皆有电波的痕迹，亦即电波无所不在。人们遂利用它作为通讯工具，从而出现电话、电报、传真等传递信息的方式。

下联中，此据近版《廖沫沙文集》第四卷抄录，句中溽(rù)，含气候湿热之意，放在这里难解，似为“涯”字之误。天涯海角，指极远的地方，亦可形容彼此相隔极远。这里是说，即使天涯海角都有邮政踪迹，亦即可将邮件送到任何地方。

我国邮电事业可以分为邮政、电信两大系统，此联则分别述及。上联言“电迹”，下联言“邮踪”，从而构成嵌字格。作者视野开阔，想象丰富，联语亦对仗工整，符合题意要求。

春联三副

廖沫沙

一

鸡鸣天上登仙境；
犬吠云中入宝山。

二

行千里路调查研究；
读万卷书勤学求知。

三

冬已去百花齐放；
春方来万木争荣。

赏析

20世纪80年代，廖沫沙已逾古稀之年，仍常为自家或他人撰写春联。现选其中三副，略加诠释。

第一副春联写于1982年春，发表在同年《对联》杂志上。作者曾加自注：“去年辛酉属鸡，今年壬戌属犬。陶渊明《桃花源记》中有‘阡陌交通、鸡犬相闻’的名句，用以描绘农村一片繁荣与安乐。因此取淮南王飞升的故事中两句成语‘鸡鸣天上，犬吠云中’作春联，庆贺我国广大农村连年丰收繁荣的景象。”

上联谓去年我国农村已出现一片繁荣景象。按农历1981年为辛酉年属鸡，故用成语“鸡鸣天上”，让人产生如登仙境之感。

下联谓今年我国农村必将开创更新的局面。按农历1982年为壬戌年属狗，故用成语“犬吠云中”，让人充满信心喜入宝山。犬吠（fèi）云中，相传汉淮南王成仙，家中鸡犬亦随之升天。晋葛洪《神仙传·刘安》载其临仙去时，“余药器置在中庭，鸡犬舐啄之，尽得升天。故鸡鸣天上，犬吠云中也”。作者借用此语意在说明，“鸡”年已经过去，“狗”年来到人间。这里已与“鸡犬升天”原来的喻义没有关系，且能化腐朽为神奇，借古语以妙喻，以“鸡鸣”、“犬吠”形容百姓安居乐业。且以生肖指年，写得极有妙趣。

第二副春联写于1984年春，已收入《现代名人名联选注》。

上联言调查研究的重要。调查研究，为人们在工作中对客观实际情况的调查了解与分析研究，是辩证唯物主义认识论在实际工作中的具体运用。这里是说，不妨行千里路进行调查研究。“千里”并非实指，内含跋山涉水不辞辛劳之意。

下联言勤学求知的途径。勤学求知，谓平日勤于学习求得文化科学知识，以投身于社会主义“四化”建设，而“读万卷书”正是实现这一愿望的重要途径。这里“万卷”极言其多，亦非实指，意在强调认真学习广泛阅读。

第三副春联写于1985年初，曾以《一九八五年元旦》为题发表于《北京晚报》上。

上联中，百花齐放，谓园中百花同时盛开，争奇斗艳。常借喻事物异彩纷呈，亦喻艺术的不同形式和风格自由地发展。这里是说，严寒的冬天亦已过去，眼前呈现百花齐放的喜人景象。看来既指社会主义经济建设欣欣向荣，亦指我国文学艺术经历寒冬（“文革”十年）之后进入百花齐放的春天。

下联中，万木争荣，似在化用唐代诗人刘禹锡《酬乐天扬州初会席上见赠》诗中的名句：“沉舟侧畔千帆过，病树前头万木春。”这里是说，而今春天刚刚到来，亦已出现了万木争春欣欣向荣的景象。如联系刘禹锡上述诗句理解，自有更深体会。

这三副春联言简意深，卓具特色。尤其是在化用前人成语典故方面，更收移花接木、点石成金之效。百花齐放、万木争荣、行千里路、读万卷书，均系常用成语熟语，却能联系眼前现实，化出一番新意。鸡鸣天上、犬吠云中，用典虽较生僻，亦能点石成金，竟将古代鸡犬飞升故事，用于讴歌社会主义新农村，让人为之叹服。

题《深圳特区报》创刊一周年

廖沫沙

深圳特区联大陆；
蓬莱三岛属神州。

赏析

此联写于1983年春。深圳位于广东省东南部沿海，与香港仅一河之隔。1979 年建市，次年设经济特区，且迅速发展成为新兴的海滨城市。1983 年春，值《深圳特区报》创刊一周年，廖沫沙老人应约题联致贺。

上联就深圳地理位置而言。深圳特区东临大亚湾，西连珠江口，南与香港一河之隔，北与东莞、惠州接壤。因其形同半岛，故言“联大陆”。

下联就深圳繁荣美丽而言。蓬莱三岛，古代传说东海中有蓬莱、方丈、瀛洲三山，为神仙所居。《史记·秦始皇本纪》：“齐人徐市等上书言，海中有三神山，名曰蓬莱、方丈、瀛洲。”神州，为中国的别称。此句意谓，而今海中仙山属于中国。这里以“蓬莱三岛”喻深圳，因为特区经济繁荣风光旖旎，已成一座犹如人间仙境般美丽的花园城市。

此联虽系应约而作，却对深圳经济特区赞颂有加。上联实写，具体点出地理环境；下联虚写，赞其已成人间仙境。联句要言不烦，揄扬亦颇到位。

书联自勉

廖沫沙

无私无畏惟真理；
有功有过自天然。

赏析

此联写于 1984 年间。廖沫沙已近八十高龄，作为我国老一代久经考验的革命文化战士，仍书此联自勉。

上联明显具有双重含义：一是无私无畏唯有真理，即真理本身是无所偏私和无所畏惧的。二是唯有掌握真理的人才能无私无畏，愿为正义事业而英勇献身。

下联是一个真正共产主义者的真诚自白。作者经历“文革”十年浩劫，受过残酷迫害。粉碎“四人帮”反党集团之后，既积极投入批判极“左”思潮的斗争，又能正确对待历史并对自己提出严格的要求，深信一个人的功过是非自会接受历史的检验与评价。

此联言简意赅，启人深思。作为老人一生人生经验的总结，蕴含深刻的革命哲理，可以作为我们的座右铭。

题红楼梦酒厂

廖沫沙

丹山碧水万家乐；
玉液琼浆四海香。

赏析

此联写于1986年4月14日。红楼梦酒厂，在四川省宜宾市。1986年4月，廖沫沙作为全国政协委员，经有关部门组织在四川各地考察。当时，曾应宜宾红楼梦酒厂要求题写此联。

上联先从红楼梦酒厂所在地写起，点出四川宜宾古城的风物民情。宜宾位于四川南部长江沿岸。此地碧水丹山，景色秀丽；地灵人杰，万家欢乐。

下联转入正题，盛赞该厂所产美酒香溢四方。玉液琼浆，泛称美酒。楚宋玉《招魂》："华酌既陈，有琼浆兮。"后汉王逸《九思·疾世》："吮玉液兮止渴，啮芝华兮疗饥。"明吴承恩《西游记》第五回："已造成了玉液琼浆，香醪佳酿。"四海香，四海飘香，亦即四海之内均可闻到美酒的芳香。这里极写该厂产品具有广泛的影响。

此联系即兴之作，却对仗工稳，言简意明。上下联两个成语用得恰到好处，而"万家乐"与"四海香"亦属锦上添花，颇能突出宜宾酒乡的特点。凡此均能给人留下深刻的印象。

挽许地山

端木蕻良*

未许落花生大地；
不教灵雨洒空山。

作者

*端木蕻良（1912—1996），原名曹京平，辽宁昌图人。现代著名作家。曾参加中国左翼作家联盟，主编《时代文学》与《大公报》副刊。新中国成立后，任北京作协副主席、中国楹联学会与《红楼梦》研究学会顾问。著有长篇小说《科尔沁旗草原》、《曹雪芹》等。

赏析

此联写于1941年8月。许地山，笔名落花生，现代著名小说家、散文家。早年毕业于燕京大学，参与发起文学研究会。后曾留学美国、英国、印度，专门研究宗教与哲学。1927年回国，历任燕京大学、清华大学、香港大学教授，中华全国文艺界抗敌协会香港分会常务理事。先后出版小说散文集《缀网劳蛛》、《空山灵雨》，学术专著《中国道教史》等。1941年8月病逝于香港，端木蕻良撰送挽联致哀。

上联意谓，未许落花生于大地，实即亦已升于天上。逝者信仰佛教，似乎我佛将其召回。句中“生”字用得极妙，既与前两字组成“落花生”，又与后两字组成“生大地”，二者兼用，语义双关。

下联中，灵雨，好雨。《诗·鄘风·定之方中》：“灵雨既零，命彼倌人。”笺：“灵，善也。”此句意谓，不教灵雨洒向空山，亦即应当洒向大地泽被苍生。逝者生前有散文集《空山灵雨》，这里加以化用，并与上句对应。

此联言简意深，耐人回味。未许落花生于大地，不教灵雨洒向空山。透过表层含义，让人浮想联翩。可谓意与境俱佳，情与理并存。且在联中既嵌入本名“许地山”与笔名“落花生”，又镶进逝者散文集《空山灵雨》，更是信手拈来，皆成妙语。既构成空灵脱俗的意境，又抒发悼念亡友的哀思。

挽鲁彦

端木蕻良

吊月秋虫，偎栏难自然，黑塞青林，君何竟去；
惊霜寒雀，抱树已无温，昏灯冷案，魂兮归来。

赏析

此联写于1943年间。鲁彦（1901—1943），原名王衡，浙江镇海人。现代著名作家。“五四”时期为文学研究会成员。抗战期间曾任中华全国文艺界抗敌协会桂林分会主席，主编《文艺杂志》。一生创作大量小说，因多取材于农村生活，被鲁迅称之为“乡土文学”作家。1943年间，终因贫病交加在桂林逝世，端木蕻良撰送挽联致哀。

上联惊变，哀悼友人不幸病逝。“吊月”二句，秋虫，语见杜甫《除架》：“秋虫声不去，暮雀意何如。”这里是说，秋虫在月下哀鸣凭吊自己，虽靠栏杆亦难发出自然之声。黑塞青林，语出杜甫《梦李白》：“恐非平生魂，路远不可测。魂来枫林青，魂去关塞黑。”此为诗人设想友人生魂经过江南枫林与秦陇关塞的情景。君何竟去，紧连上句惊问友人，何以竟离开我们而去呢？

下联招魂，希望友人魂兮归来。“惊霜”二句，谓寒天的鸟雀因降严霜而受惊，虽紧靠树枝亦无温暖之感。昏灯冷案，昏黄的灯光与冷清的书桌，一片凄凉景象。魂兮归来，语出屈原《招魂》。这里呼应上联“君何竟去”，意在招魂，希望友人灵魂归来。

这副挽联颇具特色，几未触及逝者人品学识、生平业绩，而是着重渲染悲痛气氛，表达无限哀思。作者感情深挚，语调低沉，渗透着无限感伤的情怀。上下两联均从自然景物落笔，吊月秋虫、惊霜寒雀、黑塞青林、昏灯冷案，话语悲凉而凄婉有致，将哀痛的氛围渲染得十分浓烈，借以抒发作者对亡友惋惜、怀念之情。让人读后亦悲从中来，不禁一掬同情之泪。

挽 老 舍

端木蕻良

此志得舒；
为民舍予。

赏析

此联写于1978年6月。老舍(1899—1966)，原名舒庆春，字舍予，笔名老舍。满族，北京人。现代著名小说家、剧作家。长篇小说《骆驼祥子》、《四世同堂》，话剧《龙须沟》、《茶馆》为其代表作。20世纪30年代曾任齐鲁大学、青岛大学教授。抗战时期主持全国文艺界抗敌协会工作。抗战胜利后赴美国讲学。新中国成立后历任中国文联副主席、中国作协副主席、全国政协常委。1966年8月，因受迫害投太平湖自杀。1978年6月在北京八宝山隆重举行骨灰安放仪式，端木蕻良撰送挽联致哀。

上联中，舒，伸展，舒服。此句意谓，此志得以伸展（实现）。

下联中，予（yú），我。《孟子·告子上》：“舜何人也？予何人也？”此句意谓，舍己为民，亦即愿意为人民而献出自己的生命。

此联言简意明，手法高妙。老舍原名舒舍予，作者采用嵌名与拆字的格式，自然而巧妙地将其嵌入联中，且能切合逝者自身经历，突出他的坚贞不屈为民献身的精神。

挽吴恩裕

端木蕻良

剑留匣影，一席对话寄辽北；
琴咽囊声，何处招魂赋楚蘅。

赏析

此联写于1979年12月。吴恩裕（1909—1979），辽宁沈阳人。现代著名学者、红学研究家。1933年毕业于清华大学哲学系，后赴英国伦敦大学，获政治学博士学位。历任重庆中央大学、北京大学、北京政法学院教授，中国社会科学院研究员。20世纪50年代起致力于《红楼梦》研究，出版著述多种。1979年12月因病逝世，端木蕻良撰送挽联致哀。

上联写与逝者生前的交往。剑留匣影，亦即剑匣影留，指宝剑藏于匣中，因而只留下匣影。以此比喻人才埋没，没有得到任用。寄辽北，寄居在辽宁北部地区。二人均为辽宁同乡，且长期在北京工作，遂结为挚友。这里似指“文革”在辽北相遇，并有一席对话，共诉剑处匣中的境遇。此语实为受到种种迫害的婉词。

下联抒发自己对友人逝后的哀伤之情。琴咽囊声，亦即琴囊声咽，指琴虽盛入布袋，仍在发出哀声。琴囊，典出宋欧阳修《文忠集·诗话》，当年苏东坡曾以西南夷人所卖蛮布弓衣赠欧阳修。欧阳修家中藏有古琴，“其声清越，如击金石，遂以此更为琴囊，二物真余家中宝玩也”。作者借用此典，意谓人亡物在，故琴虽处囊中，仍在发出呜咽之声。招魂，原为《楚辞》篇名，传系屈原深痛楚怀王之客死秦国而招其魂。后在民间亦用作召唤死者的灵魂。楚蘅，楚地蘅芜，一种香草的名称。这里是说，今日虽赋楚蘅而何处召唤友人的亡魂？

此联属对工稳，声情悲壮。“剑留匣影”与“琴咽囊声”，化用前人成语典故亦贴切自然，能收到借他人酒杯浇自己胸中块垒的效果。自古文士琴剑相随，联中托物抒怀，深得蕴藉含蓄之旨。往日“一席对话”，而今“何处招魂”，一片怀念挚友之情，溢于字里行间。

挽黄新波

端木蕻良

呕心刻木，卓然乃史；
倚剑为文，壮哉此生。

赏析

此联写于1980年3月。黄新波（1916—1980），广东台山人。著名版画艺术家。20世纪30年代参加中国左翼美术家联盟，曾任中华全国木刻界抗敌协会主持人。新中国成立后任广东画院院长、广东省美术家协会主席、中国美术家协会副主席。1980年3月因病逝世，端木蕻良撰送挽联致哀。

上联赞颂逝者木刻艺术必将载入史册。呕心刻木，此指呕心沥血从事木刻艺术。卓然，特异状。晋陶渊明《饮酒》之八：“凝霜殄异类，卓然见高枝。”乃史，即历史。乃为助词，无义。此指在我国现代美术史上显得多么突出啊！

下联言逝者多才多艺，为文亦颇豪壮。倚剑，即倚天剑，指想象中在天边的长剑。战国时期宋玉《大言赋》：“方地为车，圆天为盖，长剑耿耿倚天外。”倚剑为文，即一边舞倚天长剑一边落笔为文，形容文字写作时的豪放气势。壮哉此生，哉，表示感叹语气。此句意谓，这一生显得何等雄壮啊！逝者生前做过香港《华商报》记者，写过不少文章，所出《春华散记》等散文集亦颇有影响。

此联切人切事，就逝者一生“刻木”与“为文”的成就作出高度评价。联语用字遣词，亦别具匠心。既有“卓然”、“壮哉”的感叹，又有“呕心”、“倚剑”的写实，逝者从艺从文的成就已跃然纸上。

题戴震祠

端木蕻良

大吕东原，原借孟学篇疏证；
洛钟西应，应识红楼梦发微。

赏析

此联写于20世纪80年代。戴震，字东原，安徽休宁人。清代著名学者、思想家。于天文、地理、数学、历史均有很深造诣，且精通文学、音韵、训诂，为乾嘉时代“皖派”考据大师。一生著述宏富，有《戴氏遗书》、《东原文集》传世。戴震墓在休宁县商山乡。纪念馆则在屯溪市隆阜村，位于“戴东原读书处”附近，内有塑像、著作、名人题词。20世纪80年代，端木蕻良应约为戴震纪念馆题联。

上联中，大吕东原，大吕，古代乐律名，为十二律之一。《周礼·春官·大司乐》：“乃奏黄钟，歌大吕，舞云门，以祀天神。”后亦用作钟名，音协大吕之律。《战国策·燕策·乐毅报燕王书》：“大吕陈于元英。”东原，一语双关，既是戴震字号，又指大吕之声源自东方。原借孟学篇疏证，孟学篇疏证，指戴震所著《孟子字义疏证》，系对孟子之学究其本源。作者宣称，原借此书发出黄钟大吕的声音。

下联中，洛钟西应，典出《易·乾》：“同声相应，同气相求。”唐孔颖达《正义》：“亦有异类相感者，……蚕吐丝而商弦绝，铜山崩而洛钟应。”按《异苑》亦载蜀郡铜山崩而魏殿前大钟应之而鸣事。应识红楼梦发微，红楼梦，指清代曹雪芹所著长篇小说《红楼梦》。发微，发掘精微奥妙之处。此应指其识别《红楼梦》中隐微深奥的东西。端木蕻良晚年“洛钟西应”，致力于《红楼梦》研究，写成《说不完的红楼梦》与长篇历史小说《曹雪芹》。

此联构思巧妙，属对工稳。上联赞颂戴震学术研究方面的贡献；下联表示愿步前辈学者后尘，致力于《红楼梦》研究。

新春抒怀

端木蕻良

神州赫赫，莽东临碣石，南领群沙，西拥瀚漠，北握玄龙，人杰地灵，前赴后继，丰功彪炳，辉煌廿六史几许？喜自三中会后，伟大转折，真鹏翼兼程，菊兰齐放，两水清澄，群山碧绣；

泰岳巍巍，旋春润苗畴，夏荣乔木，秋灿丹枫，冬坚瑞柏，物华天宝，阐往开来，文采风流，光耀五千年何多？欣逢甲子岁朝，崭新时期，正英才共济，帆桅连归，一轮红日，万顷鸥波。

赏析

此联写于1984年1月。当时，正值农历甲子新春佳节到来之际，端木蕻良撰此长联以抒个人情怀，并在《人民日报》上发表。

上联中，神州赫赫，神州，即中国，古称中国为赤县神州。赫（hè）赫，显耀盛大的样子。莽东临碣石，莽，莽苍，空旷无际的样子。曹操《步出夏门行》："东临碣石，以观沧海。"在东方登临河北昌黎县的碣石山，可以观赏大海。南领群沙，领，治理。群沙，指南海诸岛，包括西沙、中沙、东沙、南沙群岛。西拥瀚漠，瀚（hàn）漠，浩瀚的沙漠。北握玄龙，玄龙，黑龙，为北方的象征。人杰地灵，谓杰出的人物生于灵秀之地。唐王勃《滕王阁序》："人杰地灵，徐孺下陈蕃之榻。"前赴后继，前面的人冲上去，后面的人紧跟上。形容英勇斗争勇往直前。丰功彪炳，丰功伟绩，彪炳史册。辉煌廿六史几许，廿六史，指中国现代革命史。过去习惯上将从《史记》到《明史》称为二十四史。继清朝之后，现代可称"廿六史"。几许，几何，多少。喜自三中会后，伟大转折，喜自党的十一届三中全会之后，我国出现伟大的历史转折。真鹏翼兼程，真是大鹏展翅，日夜兼程前进。

菊兰齐放，秋菊与春兰一起开放。两水清澄，两水，两条大水，此指长江、黄河。群山碧绣，群山一片碧绿精美如绣。

下联中，泰岳巍巍，泰岳，即泰山，亦称东岳泰山。巍巍，高大的样子。旋春润苗畴，旋，顷刻、不久。苗畴（chóu），生长禾苗的地。夏荣乔木，夏天高大的树木得以繁荣。秋灿丹枫，秋天的红枫光彩鲜明。冬坚瑞柏，冬天吉祥的柏树依然坚挺。物华天宝，谓物的精华乃天的宝贝。唐王勃《滕王阁序》：“物华天宝，龙光射斗牛之墟。”阐往开来，阐明前人的事业，开辟未来的道路。文采风流，谓横溢的才华与潇洒的风度。光耀五千年何多，五千年，指我国有五千年光辉耀人的历史。欣逢甲子岁朝，甲子，1984 年为农历甲子年。岁朝，阴历正月初一。崭新时期，崭新的历史时期。正英才共济，正是各地英才同舟共济。帆桅连归，帆桅，船帆与桅樯，常指舟楫。连归，接连归来。一轮红日，万顷鸥波，鸥波，鸥鸟翱翔水面，因以喻生活悠闲自在。宋陆游《舟中作》：“娥江西路石帆东，身寄鸥波浩荡中。”

这是一副篇幅百字以上长联。作者怀着喜悦兴奋的心情，称颂我党十一届三中全会以后所出现的欣欣向荣的景象，表达我国人民身处伟大历史转折时期的壮志豪情。上联巧用“东西南北”方位词，从人杰地灵幅员辽阔上赞颂祖国；下联妙取“春夏秋冬”时令词，从岁岁吉祥的时间跨度上祝福祖国。文采华美，气势豪放，多用四字短句，读来慷慨激昂。联语出自古稀老人手笔，而能尽显时代风貌，读之让人深受鼓舞。

挽丁玲

端木蕻良

战地黄花标青史；
桑干说部著人寰。

赏析

此联写于 1986 年 3 月。丁玲（1904—1986），原名蒋冰之，湖南临澧人。现代著名女作家。20世纪20年代开始小说创作。1932年加入中国共产党，曾任中国左翼作家联盟党团书记。1936年到达陕北。抗战初期带领西北战地服务团去山西前线，后主编《解放日报》副刊。解放战争时期，深入华北地区农村生活，写成长篇小说《太阳照在桑干河上》。新中国成立后历任中国作协副主席，《文艺报》、《人民文学》主编等职。1957年被错划为右派，1978年平反。1986年3月因病逝世，端木蕻良撰送挽联致哀。

上联中，黄花，即菊花。菊花秋天开放，秋令在金，故以黄色为正，因称黄花。毛泽东《采桑子》词："岁岁重阳，今又重阳，战地黄花分外香。"青史，古代在竹简上记事，因称史书为"青史"。丁玲于1936年到达陕北，一度投笔从戎，曾任中央红军警卫团政治部副主任，后又带领西北战地服务团赴山西抗日前线。联中因以"战地黄花"喻之，并赞其当名标史册。

下联中，桑干说部，说部为小说别称，此指丁玲所著长篇小说《太阳照在桑干河上》。著，显露、标举。人寰（huán），人世间。这里是说，丁玲长篇小说《太阳照在桑干河上》声誉卓著于人世间。这部反映我国华北地区土地改革的长篇小说为丁玲一生之代表作，曾荣获1951年斯大林文学奖二等奖。

此联善于抓住典型材料，对于逝者做出准确评价。赞其人，则喻之为"战地黄花"；颂其文，则点出了"桑干说部"。要言不烦，誉扬得当。

挽萧军

端木蕻良

八月乡村应传世；

三郎文字早擅名。

赏析

此联写于1988年6月。萧军（1907—1988），原名刘鸿霖，笔名三郎、田军、萧军，辽宁义县人。现代著名小说家。早年曾在东北陆军讲武堂学习，当过武术教练。1931年冬拟组织抗日义勇军，失败后逃到哈尔滨，开始文学创作。1933年与萧红合出小说集《跋涉》。1934年到上海，得到鲁迅帮助。次年出版长篇小说《八月的乡村》。1938年赴延安。1947年在哈尔滨任《文化报》总编辑。新中国成立后专心创作，出版长篇小说《五月的矿山》、《过去的时代》。“文革”中遭到迫害。1988年6月因病逝世，端木蕻良撰送挽联致哀。

上联中，八月乡村，即萧军20世纪30年代所著长篇小说《八月的乡村》。鲁迅为之作《序》。此书被誉为一面抵抗日本侵略的文学上的旗帜，得到进步文艺界和读者的一致好评。此句意谓，萧军《八月的乡村》应当流传后世，亦即成为传世之作。

下联中，三郎，萧军笔名。1932年在哈尔滨开始文学活动时，即化名“三郎”向各报投稿。擅名，大有名望。此句意谓，三郎的文章早就大有名望，并在东北地区产生影响。

此联言简意明，对于萧军一生文学创作做出高度评价。作者与逝者同为“东北作家群”重要成员，且为多年挚友，因此挽辞写得具体亲切，充满感情。

挽鲍昌

端木蕻良

我病在床，鹿车难寻鲍家墓；
君行如电，亟风吹散昌谷篇。

赏析

此联写于1989年2月。鲍昌(1930—1989)，辽宁凤城人。当代作家、文艺评论家。1947年加入中国共产党。长期从事文艺行政领导工作，坚持文学创作与理论研究。著有长篇历史小说《庚子风云》、美学专著《艺术的起源》。生前曾任天津师院中文系主任、天津社科院文学研究所所长、中国作协书记处常务书记。1989年2月因病逝世，端木蕻良撰送挽联致哀。

上联表示自己生病在床，不能参加吊唁活动。鹿车，用人力推挽的小车。《后汉书·鲍宣妻传》："妻乃悉归侍御服饰，更著短布裳，与宣共挽鹿车归乡里。"鲍家墓，本指汉代谏议大夫鲍宣家族的坟墓，这里一语双关，兼指逝者鲍昌。作者婉转说明，自己生病在床，虽乘小车亦难达于友人灵前。

下联惋惜友人过早辞世而无法完成写作计划。君行如电，此指友人像闪电一样离开了人世。亟（jí）风，急速的风，意同疾风。昌谷篇，即《昌谷集》。唐代李贺为昌谷人，后人因将《李贺集》更名为《昌谷集》。另南宋曹彦约家居巷名昌谷，因以名集，原书久已散佚。下联意谓，因逝者过早离开人世，还有不少遗著需要整理，无异大风吹散了可以传世之作。

此联属对工稳，感情深沉。"我病"与"君行"，均为纪实；"鲍家墓"与《昌谷篇》，亦有出典。尤其是后者，自身既有丰富内涵，又巧妙嵌入"鲍昌"二字。诚为巧构，耐人回味。

自　题

端木蕻良

梦伴竹林为伍；
耻于魑魅争光。

赏析

此联作于20世纪80年代。据《现代文坛风云录》一书记载，端木蕻良于1989年11月6日给该书作者信中说："你的文章颇有老朋友风度与责任感，少像有些人那样，歪曲事实，信口雌黄。但对那些人，我也有自己的作法，就用嵇康（中散大夫）老先生的办法，不怕鬼，其鬼自灭。我曾作一联：'梦伴竹林为伍，耻于魑魅争光。'就是这个意思。"从中可见此联出处与作者的写作意图。

上联中，竹林，比喻亲密的友谊。《晋书·山涛传》："（涛）与嵇康、吕安善，后遇阮籍，更为竹林之交，著忘言之契。"参见"竹林七贤"。上联意谓，作者梦中均愿陪伴像竹林七贤这样亲密的友人为伍。

下联中，魑魅（chīmèi），古代传说中的山林沼泽的鬼怪。语见《左传·文公十八年》：“投诸四裔，以禦魑魅。”注：“魑魅，山林异气所生，为人害者。”此指现代文坛那些“歪曲事实，信口雌黄”的人。下联意谓，作者耻于与山林沼泽的鬼怪去比光辉。

作者为我国现代著名作家，文艺界有的人对其生平创作，尤其是与萧军、萧红的关系多有非议。《自题》联语本身，显然有感而发，实际是对上述非议者的严正声明。

挽陈迩冬

端木蕻良

丹桂犹香魂倏去，墨沈未干，推陈出新，文摄苏子传遐迩；

漓江月落唤归来，音容如昨，傲霜耐冷，诗入梅华占春冬。

赏析

此联写于1990年11月。陈迩冬（1913—1990），广西桂林人。1937年广西大学毕业后，积极投入抗日救亡运动，在桂林、重庆从事报刊编辑工作。抗战胜利后，追随柳亚子参与筹建“三民主义同志联合会”，被国民党政府通缉。新中国成立后历任山西大学教授、人民文学出版社高级编辑、民革中央常委。一生在文学创作与研究方面曾做出很大贡献。1990年11月因病逝世，端木蕻良撰送挽联致哀。

上联中，丹桂犹香魂倏去，丹桂，桂树（木樨）的一种。《本草纲目》：“时珍曰：‘（岩桂）俗呼为木樨。其花有白者为银桂，黄者为金桂，红者为丹桂。’”倏（shū），迅速、忽然。此指丹桂犹在飘香而你魂已迅速离去，亦即友人逝于深秋季节。墨沈未干，墨沈，即墨汁。沈，汁。《礼记·檀弓下》：“为榆沈。”郑玄注：“以水浇榆白皮之汁。”此指友人生前来信或题赠诗词墨迹未干。推陈出新，泛指一切事物除旧更新。文摄苏子传遐迩，摄，摄取、集聚。苏子，指宋代文学家苏东坡。遐迩(xiá'ěr)，远近。此指友人著述摄取苏轼诗词精华而名传遐迩。陈迩冬编注《苏轼诗》、《苏轼词选》等书。

下联中，漓江月落唤归来，漓江，桂江上游。源自广西兴安县境苗儿山，西南流至阳朔，以下即称桂江。陈迩冬是桂林人，因言漓江月落之时，呼唤友人魂兮归来。音容如昨，声音容貌如同过去一样。傲霜耐冷，傲视严霜耐得寒冷。诗入梅华占春冬，梅华，即梅花，因言占有冬春风光。陈迩冬擅长诗词写作，新诗旧体均工，因称诗入梅花一流，占尽冬春风光。

此联文辞雅洁，属对工稳。上联言友人在丹桂犹香的季节逝去，其苏轼诗词研究的著述却名传遐迩。下联言在漓江之畔月夜招魂，赞其诗品犹如梅花一样。融情入景，感人至深。上下联句末尾，嵌入"迩冬"二字，更属自然天成。

挽阳翰笙

端木蕻良

千载人间重翰墨；
此夕天上引笙簧。

赏析

此联写于1993年6月。阳翰笙（1902—1993），原名欧阳继修，笔名华汉，四川高县人。现代著名剧作家、文艺理论家。1925年加入中国共产党。曾任南昌起义军总政部秘书长、中国左翼作家联盟党团书记、国民政府军委会文化工作委员会副主任。上世纪三、四十年代所作《塞上风云》、《天国春秋》、《万家灯火》、《三毛流浪记》等剧本曾产生广泛影响。新中国成立后历任全国电影艺术工作者协会主席、中国文联党组书记与副主席、中国人民对外文化协会党组书记。"文革"中遭到陷害，被囚禁九年。1979年恢复工作。1993年6月因病逝世，端木蕻良撰送挽联致哀。

上联中，重，重视、看重。翰墨，犹笔墨，指诗文、书法、绘画之类。三国魏曹丕《典论·论文》:“古之作者，寄身于翰墨，见意于篇藉。”此句意谓，人间千年均将重视逝者的笔墨，亦即逝者戏剧创作永久流传人间。

下联中，此夕，今晚。笙簧，民间管乐器，由笙管、簧片组成。大者19簧，小者13簧。《诗经》中多有提及，可见战国时已流行。此句意谓，天上今晚引来一片乐声，亦即隆重迎接逝者到来。

这是一副颇为成功的嵌名联，既巧妙嵌入逝者之名“翰笙”，又能构成哀挽友人生动鲜明的意境。“千载”与“此夕”相通，“人间”与“天上”交融，颇能引人遐想。

挽司马军城

邓　拓*

鹃啼汉水闻滦水；
肠断燕台作吊台。

作者

*邓拓（1912—1966），笔名马南邨，福建闽侯人。著名新闻工作者、杂文作家。历任《晋察冀日报》社长兼总编辑、《人民日报》社长兼总编辑、北京市委文教书记。因与廖沫沙、吴晗合作出版《三家村札记》，"文革"期间被打成"三家村反党集团"，受迫害致死。有《邓拓文集》传世。

赏析

此联写于1943年间。司马军城，原名牟阳，又名顾宁，湖北利川人。抗日战争期间为《晋察冀日报》的编辑、记者、诗人。1942年奉命调往冀东抗日根据地，在长城以南滦河两岸游击区办报。1943年春在战斗中壮烈牺牲。邓拓时任《晋察冀日报》社长兼总编辑，闻讯后撰写挽诗、挽联致哀。

上联言故乡亲人在深情怀念司马军城烈士。鹃啼，据《华阳国志》载，传说周代末年，蜀国国王杜宇称帝，号望帝。后归隐，让位于其相开明。时间正好在二月，子规鸟鸣，蜀人怀念他，因称鹃为杜鹃。元王实甫《西厢记》中有句："不信呵去那绿杨影里听杜鹃，一声声道'不如归去'。"汉水，长江最大支流，经湖北汉阳流入长江。滦水，在今河北省东北部。司马军城生于湖北利川汉水之畔，死于冀东滦水流域。联中因言鹃啼汉水声闻滦水，意即故乡亲人怀念，催他魂兮归来。

下联言此地战友沉痛祭奠司马军城烈士。肠断，形容悲痛之极。燕台，亦称黄金台，故址在今河北易县东南。相传燕昭王在此筑台以接待贤士，故称燕台。吊台，凭吊祭奠死者之所。联中以燕台喻指司马军城在河北牺牲。这里是说，战友们悲痛之极，现将古之燕台权作吊台，用以祭奠为国捐躯的司马军城烈士。

此联语言凝练，情深意切。作者应用前人成语典故，亦能推陈出新。“鹃啼汉水”与“肠断燕台”，意象鲜明，含蕴丰厚，能给人留下极其深刻的印象。

挽四八烈士

邓　拓

举世惊传噩耗，万家无语倍伤悲，痛幂幂征途，荆棘丛生，妖氛犹未敛，全凭奔走协商，丹心耿耿，问当局食尽诺言，何以对将来青史；

长空遽殒群星，千古未闻此浩劫，叹茫茫天地，浮沉无主，国是正如麻，岂意关山饮恨，赍志悠悠，把平生遗留事业，都会与后死吾人。

赏析

此联写于1946年4月。四八烈士，1946年4月8日，中共中央委员王若飞与秦邦宪、新四军军长叶挺、中共中央职工委员会书记邓发等同志，乘飞机从重庆返回延安途中，在山西省兴县黑茶山不幸因飞机失事遇难。全国各界为之震惊。延安、重庆等地纷纷举行悼念活动。邓拓时任《晋察冀日报》社长兼总编辑，亦参与悼念活动，并撰送挽联致哀。

上联可分三个层次。“举世”二句，噩耗，使人惊愕的消息，多指人死凶信。谓全世间的人都在惊传四八烈士遇难的消息，以致万众倍感哀伤悲痛。“痛幂幂”四句，幂（mì）幂，深浓貌。唐韩愈《叉鱼招张功曹》：“盖江烟幂幂，拂棹影寥寥。”妖氛，妖气，多指凶灾、祸乱。唐李白《塞下曲》：“横行负勇气，一战净妖氛。”此指抗战胜利之后，和平民主征途荆棘丛生、妖雾弥漫，全凭共产党人和爱国人士忠心耿耿、奔走协商。“问当局”

二句，食尽，消尽、吞尽。青史，史书。作者责问国民党当局，今日一再背弃自己的诺言，何以面对将来的历史记载。

下联亦分三个层次。“长空”二句。遽（jù），疾速，仓猝。殒（yǔn），通陨，坠落。《荀子·赋》：“列星殒坠，旦暮晦盲。”谓长空骤然坠落一群大星（喻空中飞机失事，一群要人遇难），真是千古未闻如此巨大的劫难。“叹茫茫”四句，国是，即国事、国家大计。赍（jī）志，怀抱大志无由实现。南朝梁江淹《恨赋》：“赍志没地，长怀不已。”悠悠，遥远，无穷尽。《诗·唐风·鸨羽》：“悠悠苍天，曷其有极?”谓可叹茫茫天地之间，正处“浮沉无主”之时，而且国事混乱如麻，哪里想到烈士们饮恨关山，会“赍志没地，长怀不已”！“把平生”二句，谓烈士们把平生所遗留的事业，都交给我们这些后死者来完成。

这是一副哀挽四八烈士不幸遇难的长联。上联侧重结合抗战胜利后的国内形势，肯定以四八烈士为代表的中国共产党人和爱国人士为争取和平新中国成立而奔走协商，责问国民党当局何以食尽诺言。下联侧重哀叹四八烈士饮恨关山赍志而没，表示继承革命遗业奋斗到底。此联对仗工整，内涵深刻，感情真挚，悲壮感人。

手书客厅联

邓　拓

疆场无敌手；
艺苑发奇光。

赏析

此联写于20世纪50年代。邓拓时任《人民日报》社长兼总编辑，曾手书此联一直挂在家中客厅里。

上联是对于当年战争生活的回忆，且满怀胜利的喜悦心情。疆场，原指国界、边境，亦可作为战场。明张居正《再乞休致疏》：“倘未即填沟壑，国家或有大事，皇上幸而召臣，朝发命而夕就道，虽执殳荷戈，效死疆场，亦所弗避。”敌手，能力相等的对手。上联意谓，战场上没有能力相当的对手，亦即要有压倒一切敌手的英雄气概。

下联是对于当前文化工作的设想，且对自己提出很高的要求。艺苑，犹艺林，也指文学艺术界。唐韩愈《复志赋》：“朝骋骛乎书林兮，夕翱翔乎艺苑。”下联意谓，身处艺苑亦应发出奇异的光彩。

此联自题，悬于家中客厅，当为言志述怀之作。作者作为一名革命文化战士。当年曾在战场上英勇斗争，今天在文化战线同样应当焕发光彩。这样的联语具有鲜明的时代特色，让人读后为之感发奋起。

自　题

邓　拓

千秋笔墨惊天地；

万里云山入画图。

赏析

此联写于20世纪50年代。本系自题联语，后入黄河碑林。20世纪80年代，在河南省郑州市西北建立黄河游览区。这里名胜古迹颇多，黄河碑林为其景点之一。碑林荟萃当代书画家和名人题刻五百余块，多为与黄河有关的诗词佳句。邓拓《自题》亦被刻石陈列。

上联中，笔墨，谓笔和墨，可借指诗文及写作之事。惊天地，意同成语惊天动地，形容意义极其重大，影响非常深远。上联意谓，所写诗文当流传千载而产生极其深远的影响。

下联中，云山，云雾缭绕的高山。王维《桃源行》：“峡里谁知有人事，世中遥望空云山。”画图，即图画、绘画。下联意谓，云山万里尽收眼底，均可纳入自己的绘画之中。

此联言工意切，气势不凡。作为《自题》，意在言志。作者参加革命以后，一直从事文化工作，以诗文创作为主，亦喜书法绘画。此联尚须注意两点：一是曾稍作改动，题赠《人民日报》女记者柏生，联为：“万里云山入画，千秋笔墨惊天。”可见此联既可自勉言志，亦可激励友人。二是得以收入黄河碑林，可见作者身为高层领导干部，诗文书画创作亦复可观，且在黄河沿岸战斗多年，故而作为名人题刻列入黄河碑林。

赠　人

邓　拓

文章满纸书生累；
风雨同舟战友贤。

赏析

此联写于1959年2月。当时，邓拓正由《人民日报》社长调任北京市委文教书记，报社同仁为他举行欢送会。邓拓讲话并即席赋诗表示感谢。诗题《留别〈人民日报〉诸同志》："笔走龙蛇二十年，分明非梦亦非烟。文章满纸书生累，风雨同舟战友贤。屈指当知功与过，关心最是后争先。平生赢得豪情在，举国高潮望接天。"后将这首七律中的颔联写成条幅赠送友人。

上联先言自己办报工作中的过失。文章满纸，谓主持《人民日报》编写大量文章。书生，读书人，此指自己。累，过失。《邓析子·无厚》："君有三累，臣有四责。惟亲所信，一累；以名取士，二累；近故亲疏，三累。"邓拓主持《人民日报》工作期间，曾被中共领导人多次批评为"书生办报"。上联即指此事，意为报纸没有办好应属"书生"过失。

下联意在感谢战友对于报社工作的大力支持。风雨同舟，《孙子·九地》："夫吴人与越人相恶也，当其同舟而济，遇风，其相救也如左右手。"后以"风雨同舟"比喻共同经历或度过困难。贤，贤劳。《孟子·万章上》："此莫非王事，我独贤劳也。"王念孙《广雅疏证》卷一下："贤，亦劳也；贤劳，犹言劬劳。"后称劳于公事为"贤劳"，有赞誉之意。下联是说，能够同舟共济全赖战友贤劳。

此联题赠友人，言出由衷，意蕴丰厚。上联严于责己，勇于承担"书生办报"的"过失"；下联宽以待人，不忘战友"风雨同舟”的贤劳。这些均需联系当时国内政治斗争形势与作者自身特殊经历加以理解。原《人民日报》副刊主编袁鹰曾深有体会地说：这首七言律诗与联语，“深情绵邈，寄托遥深”。

赠于立群同志

邓　拓

乘风破浪；
冒雪报春。

赏析

此联写于1964年8月。于立群（1916—1979），广西贺县人。现代书法家，郭沫若夫人。长期协助郭沫若从事文艺创作与革命活动。精心研究书法，兼工篆隶真行，尤善巨幅大字。有《于立群遗墨》行世。1964年8月，邓拓与郭沫若、于立群夫妇同在北戴河疗养，曾以一首七律与一副联语相赠。诗中盛赞于立群书画艺术，“往来多少幽燕客，不敌立群意气豪。”

上联典出《宋书·宗悫传》：“悫年少时（叔父）炳问其志，悫曰：‘愿乘长风破万里浪。’”后以比喻不畏艰难险阻奋勇前进，且含施展远大抱负之意。北戴河地处渤海之滨，作者似在即景生情，既写眼前海上景物，又赞于立群书法气势豪壮。

下联意谓冒着严寒风雪报告春天即将到来。这里似将友人喻为雪里红梅，敢于迎风冒雪，报告春的讯息。

此联言简意明，对仗工整。夏日海边乘风破浪，冬日京华冒雪报春，暑往寒来，从艺不辍。联语盛赞友人书法绘画气势豪壮，春意盎然。景中含情，耐人回味。难怪于立群对此颇为称赏，还以隶体书出回报作者。

集　句

梁羽生*

四海翻腾云水怒；
百年淬厉电光开。

作者

*梁羽生（1924—2009），原名陈文统，广西蒙山人。香港著名武侠小说作家。先后创作武侠小说三十余种，其中《萍踪侠影》、《白发魔女》、《七剑下天山》等风行于世。作为中国楹联学会顾问，著有《名联观止》、《古今名联赏析》。

赏析

此联写于20世纪60年代初。集句，为对联写作的一种格式，系截取古人（偶用现代）诗文成句拼集而成。梁羽生这副联语集自晚清诗人龚自珍和现代革命家毛泽东的诗句。

上联集自毛泽东《满江红·和郭沫若同志》：“四海翻腾云水怒，五洲震荡风雷激。”四海，古代以为中国四面有海环绕，故称中国为海内，外国为海外。这里“四海”指全世界。翻腾，指海水翻卷腾跃。云水，风云和潮水。这里以四海翻腾云水发怒，比喻世界人民革命运动风起云涌，声势浩大。

下联集自龚自珍《已亥杂诗》之七：“廉锷非关上帝才，百年淬厉电光开。”淬（cuì）厉，亦作“淬砺”，意谓磨炼。晋常璩《华阳国志·先贤士女总赞》：“（李宏）少读五经，不为章句，处陋巷，淬厉金石之志。”电光，闪电之光。联中是将我们的祖国比作宝剑，经过近百年来的淬火磨砺，现已重新露出锋芒，引起世人瞩目。

此联集句颇有特色，上联言空间，下联言时间，将历史感寓于时空之中，颇有新意。我们就其所选择的组合对象与所表达的具体内容，亦能看出这位香港武侠小说作家的眼光与气魄。其对仗之精工，含意之深刻，皆令人折服。

题中国楹联学会

梁羽生

联学开新，可从文史入手；
骚坛夺席，堪与诗词并肩。

赏析

此联写于1984年11月。中国楹联学会，为中国文联主管的全国性一级学会。该会宗旨在于：广泛联系海内外楹联文化工作者，致力于搜集整理楹联史料，推动楹联的理论研究和创作，开展群众性楹联文化活动，引导和促进当代楹联艺术的繁荣和发展。中国楹联学会于1984年11月5日在北京成立，梁羽生热情撰联表示祝贺。

上联中，联学，即专门研究楹联艺术的一门学问。文史，指文艺和史学。这里是说，要使联学研究开辟新径（或曰开拓创新），可从文史研究入手。

下联中，骚坛，语见唐杜牧《雪晴访赵嘏街西所居三韵》：“命代风骚将，谁登李杜坛。”后因称诗界为骚坛。夺席，夺取他人的坐席。典出《后汉书·戴凭传》：“正旦朝贺，百僚毕会，（光武）帝令群臣能说经者更相难诘，义有不通，辄夺其席，以益通者。凭遂重坐五十余席。”后称议论过人，使他人相形见绌为夺席。并肩，肩挨着肩，谓并列、同列。这里是说，楹联艺术当在骚坛夺席，能与诗词艺术并列。

梁羽生作为香港著名武侠小说家，对于我国传统文学、史学均有较深造诣。此联建议发展楹联艺术，可从文史研究入手，进而勇闯骚坛，敢与诗词并驾齐驱。这一独到艺术见解，诚为知言，值得联坛人士三思。

嵌字春联两副

梁羽生

一

读好书，天地间无上乐趣；
迎新岁，虎年里大展鸿图。

二

每天读好书；
此地有良伴。

赏析

这两副春联写于1986年。该年年初，梁羽生应天地图书公司之请，题虎年嵌字春联两副。

第一副为应香港天地图书公司营业经理刘文良所请撰联。

上联极言读书之无上乐趣。作者根据自己的切身体会，指出阅读好书可享受天地之间至高无上的乐趣。

下联祝愿虎年事业有成。虎年，1986年为旧历丙寅年，亦称虎年。大展鸿图，谓放手实施宏伟的计划和设想。这里是说，在迎接新春到来的时候，祝愿人们在虎年里能大展鸿图。

这副嵌字联，上联嵌“天地”，下联嵌“虎年”。既有行业特点，又有喜庆氛围，浑然成为一体。

第二副是为香港天地图书公司代拟贴在橱窗内的春联。

此联言简意明。良伴，好的同伴。这里一语双关，既指公司里的图书，亦指工作人员，均可作为同伴。联句意谓，每天读好的图书，此地有良好伴侣。

这是一副嵌名联，采用蜂腰格，自然嵌入“天地”二字。此联文字朴实无华，立意清新可喜。

挽聂绀弩

梁羽生

野草繁花，香岛难忘编后话；
微醺苦酒，京华犹剩未残棋。

赏析

此联写于1986年3月。聂绀弩（1903—1986），湖北京山人。早年毕业于黄埔军校第二期，后赴莫斯科中山大学学习。1927年回国任国民党中央通讯社副主任。1931年在上海参加中国左翼作家联盟。1935年加入中国共产党。长期从事报刊编辑工作。新中国成立后历任中南区文教委员会委员、香港《文汇报》总主笔、人民文学出版社副总编兼古典部主任。曾在政治运动中受到挫折。擅长诗词、散文，出版著作多种。1986年3月因病逝世，梁羽生时在悉尼，特撰此联致哀。

上联中，野草繁花，聂绀弩诗文师承鲁迅，曾据《野草》一书文意，作诗八首纪念鲁迅。组诗中有两句："野草浅根花不繁，朝遭践踏暮芟删。"联语反其意而用之，谓野草根深花繁，意在赞扬友人当时所写杂文具有韧性的战斗精神。香岛难忘编后话，新中国成立初期，聂绀弩任香港《文汇报》总主笔，每天都要写一篇《编者的话》。后将这些杂文式的时评汇编成册，以《海外奇谈》等书名分别出版。当时梁羽生主编《大公报》副刊，二人均好围棋，一下起来就会入迷。聂绀弩连每天一篇的《编者的话》也要《文汇报》来电催回去写。

下联中，微醺苦酒，聂绀弩读鲁迅《淡淡的血痕》后题诗有句："苦酒微甘酌与人，非醒非醉但微醺。"联句由此浓缩而成。微醺（xūn），喝酒微醉。苦酒，带有酸味的酒。《太平御览》第八百六十六卷《魏名臣奏》："刘放奏云：'今官贩苦酒，与百姓争锥刀之末，宜其息绝。'"这里饮苦酒而微有醉意，显然与政治运动中受到挫折有关。京华犹剩未残棋，京华，犹言京师。京师乃文物荟萃之地，故称"京华"。

1962年，梁羽生来到北京，曾与聂绀弩对弈，可惜一局未终因故作罢。作者多么希望能有机会重新对弈，以弥补当日“犹剩未残棋”之遗憾！

这副挽联卓具特色。并无一般歌功颂德的浮泛之语与哀伤凄恻的习见之词，而是别出心裁，将二人之间一些难以忘怀的往事连缀成篇。在对香岛办报轶事、京华未残棋局的回忆之中，自然流露深切思念之情，同样收到感人至深的艺术效果。至于“野草繁花”、“微醺苦酒”，既符逝者生前诗作原意，又与逝者本人品格、经历有关。此联言真况实，情意悲切，实属出自当代联林高手的哀挽佳作。

挽 高 朗

梁羽生

攻文史，撰影评，方期更上层楼，遽惜英年早逝；
爱读书，勤写作，专业竟忘家室，最伤故里魂招。

赏析

此联写于1977年3月。高朗(1923—1977)，湖北人。生前曾先后担任香港《大公报》副刊编辑、《新晚报》副刊主任。1977年3月死于急病，终年54岁，梁羽生撰送挽联致哀。

上联言逝者事业有成而英年早逝。攻文史，从事文学历史研究，此指逝者长于写作文史小品。撰影评，撰写电影方面的评论文章。英年早逝，正处人生精粹（英俊有为）之年却过早死去。这里是说，逝者在香港以研究文史、撰写影评著称，人们正期望他在写作上更上一层楼，亦即取得更高成就时，可惜突然之间却英年早逝。

下联言逝者献身于新闻写作事业。家室，家庭。《诗·周南·桃夭》：“之子于归，宜其家室。”魂招，即招魂，召唤死者的灵魂。这里是说，逝者爱好读书，勤奋写作。平日专心于业务却忘记成家，而今最让人伤心的是故乡亲人在为他招魂。结句暗含逝者居香港难于魂归故里。

此联哀挽亡友，声情悲壮。作者与其共事多年，深情加以评述。既赞友人献身于新闻文学事业，又为其英年早逝扼腕叹息。联语朴实无华，让人情见乎辞，与之共洒同情之泪。

挽程鹤筹

梁羽生

校勘校雠，卅载辛勤悲化鹤；
对人对事，一生正直失添筹。

赏析

此联写于20世纪70年代。程鹤筹为香港《大公报》老校对，梁羽生与之共事多年。程鹤筹因病逝世后，梁羽生撰送挽联致哀。

上联言逝者一生从事校对工作。校勘（jiào kān），比较审定。指同一书籍用不同版本和有关资料加以对比，审定原文的正误真伪。宋欧阳修《书春秋繁露后》："予在馆中校勘群书，见有八十余篇，然多错乱重复。"校雠（chóu），谓核对书籍，纠正其误。一人独校为校，二人对校为雠。后人嫌雠字繁，改称校对。唐韩愈《送郑十校理得洛字》："才子富文华，校雠天禄阁。"化鹤，典出《搜神后记》："丁令威本辽东人，学道于灵虚山，后化鹤归辽。"本谓成仙，后皆用为死亡的代称。此指逝者辛勤从事校对工作三十年，而今不幸辞世。

下联言逝者对人对事一生正直。添筹，即海屋添筹，典出宋苏轼《东坡志林·三老人语》，原意为长寿，后多用作祝寿之词。添筹，增添寿算。明李开先《林冲宝剑记》传奇上二："仙苑春长，北堂景暮，欣逢日吉时良，海屋添筹，南山祝寿无疆。"这里是说，逝者一生对人对事都很正直，却有失寿算，亦即未能长寿。

此联具有两个明显特点：一是采用嵌字联，既嵌名字"鹤筹"于上下联末尾，又嵌工作"校对"于上下联开头。二是"悲化鹤""失添筹"均为哀挽逝者常用的典故，用在这里颇为切合。作者赞颂逝者敬业精神与做人品格，评价颇为得当。

爱国民主人士对联

贺中华民国成立

宋庆龄*

炮发武昌，遥祝自由平等民解放；
雷惊世界，展望独立富强国新生。

作者

*宋庆龄（1893—1981），原籍广东文山，生于上海。孙中山夫人。早年留学美国。曾任国民党中央执行委员、中央政治委员会委员。1927年蒋介石“四一二”政变后退出国民党执行委员会。1948年任国民党革命委员会名誉主席。新中国成立后，任中央人民政府副主席、全国人大常委会副委员长。著有《宋庆龄自传》、《为新中国奋斗》。

赏析

此联写于1912年1月。同年1月1日，孙中山在南京建立临时政府，就任临时大总统，结束了两千多年的封建帝制，建立了资产阶级民主政权，称中华民国。消息传到美国梅肯市威斯里安女子大学，宋庆龄感到欢欣鼓舞，立即在校刊上发表题为《二十世纪最伟大的事件》的文章，并将此文与一副贺联寄给在国内帮助孙中山革命的父亲。

上联祝贺辛亥革命取得胜利成功。炮发武昌，指1911年10月爆发的武昌起义。起义的革命党人夺取湖北政权成立了军政府，并发表宣言号召各省起义。湖南、陕西、江西等省相继响应，形成全国规模的辛亥革命。作者遥祝中华民族从此自由平等，人民取得解放。

下联展望中华民国走向独立富强。雷惊世界，辛亥革命犹如平地春雷震惊世界。作者展望我国从此走向独立富强，获得新生。

这副白话联语通俗易懂，且自然嵌入“遥祝民国新生”，以表达当时革命青年对于东亚睡狮觉醒之后的胜利豪情和对祖国新生政权的厚望。

挽孙中山二联

宋庆龄

一

负改造宏谟，许世以身，有功于民，有功于国，斯人卓著千秋业；

综平生伟绩，大书其事，或布在方，或布在策，此后流传万古名。

二

志在求大同，热爱黎民热爱我；

星沉乱方寸，痛哭社稷痛哭君。

赏析

这两副挽联写于1925年3月。孙中山（1866—1925），名文，字逸仙，广东香山（今中山）人。我国民主革命先行者。曾任中国同盟会总理、中华民国临时大总统、中国国民党理事长、中华民国军政府大元帅、中华民国政府非常大总统。1925年3月12日在北京病逝，宋庆龄参与主持悼念活动，并献两副挽联致哀。

先看第一副挽联：

上联高度评价逝者的历史功绩。谟（mó），谋划，计谋规划。许世以身，即以身许世，愿将自己的生命献给社会。斯人，此人，指孙中山。上联意谓，逝者负有改造中国实现宏伟规划的重任，立志以身许世，因而有功于国、有功于民，建立了功勋卓著的千秋大业。

下联肯定逝者平生伟绩必将

载入史册，万古流传。“或布”二句，方策，典籍。《礼记·中庸》：“文武之政，布在方策。”郑玄注：“方，版也；策，简也。”方，方版，古代书写用的木板。策，通“册”，古代用竹片或木片记事著书，成编叫策。下联意谓，综合逝者平生伟绩，应当大书特书，而且载入史册，此后让其英名万古流传。

再看第二副挽联：

上联言逝者“志在求大同”。大同，语出《礼记·礼运》，原为儒家宣扬的理想社会。孙中山早年亦受这一思想影响，且按民主主义观点加以阐释，立志要在中国实现大同理想。在他的革命一生中，始终热爱人民，也热爱我。

下联言自己“星沉乱方寸”。星沉，大星沉落，旧谓世上伟人均系天上星宿下凡，大星陨落则伟人已死。方寸，指心。《三国志·蜀书·诸葛亮传》：“庶辞先主而指其心曰：‘本欲与将军图王霸之业者，以此方寸之地也。今已失老母，方寸乱矣。’”社稷，原指帝王、诸侯所祭的土神和谷神，亦可用作国家的代称。这里是说，因为丈夫逝世，自己方寸已乱。既为国家也为自己失去了这位民族伟人而痛哭。

作者感情深挚，用语文白相间，典雅庄重，具有艺术感染力量。两联内容各有侧重：前者从历史伟人角度，给予崇高评价；后者就自身亲人而言，表达深沉怀念之情。

再挽孙中山

宋庆龄

先生先行，因求大公舍小我；

后人后继，誓变曲径为通途。

赏析

此联据荣斌主编《中国名联辞典》一书收录。1925 年 3 月 12 日，孙中山在北京病逝。北京、上海等地相继举行悼念活动，宋庆龄均曾敬献挽联致哀。此后亦有多次悼念活动举行，至于此联何时何地所写，有待进一步查考。

上联先赞“先生先行”。先生，本谓年长有学问的人。《孟子·告子下》：“先生将何之?”注：“学士年长者，故谓之先生。”后多用作对年长者的尊称，此指孙中山先生。先行，走在前面的、首先倡导的，我们常称孙中山为中国革命的先行者。这里还有先走一步，亦即离开我们而去的意思。大公，极为公正，如言大公无私。汉刘向《说苑·至公》：“古有行大公者，帝尧是也。……得舜而传之，不私于其子孙也。”这里是说，孙中山因求大公而舍小我，亦即为了实现“天下为公”的夙愿而不顾个人安危奉献自己的一生。

下联再言“后人后继”。后人，后世之人。后继，后面继承。此谓后来者应当继承前人的革命事业。曲径，弯曲的小径。通途，贯通的道路。这里借以比喻革命事业，决心变艰难曲折的小径而为顺利发展的坦途。

此联立意高远，既赞先生作为先行者公而忘私的革命精神，亦言包括自己在内的后继者应不畏艰难曲折将革命进行到底。

挽邓演达

宋庆龄

粤不死，鄂不死，健康惨死，精神不死；
事长存，名长存，宣言幸存，浩气长存。

赏析

此联写于1934年11月。邓演达（1895—1931），字择生，广东惠阳人。保定军官学校毕业。历任粤军团长、黄埔军校教育长、国民革命军总政治部主任、湖北省政府主席。1927年后流亡国外，与宋庆龄等以中国国民党临时行动委员会名义在莫斯科发表宣言，提出继承孙中山遗志，坚持反帝反封建斗争。1930年回国，正式成立“中国国民党临时行动委员会”，进行反对蒋介石集团的斗争。1931年11月，被蒋介石秘密杀害于南京，宋庆龄撰送挽联致哀。

上联言逝者虽遭杀害而精神不死。粤，广东省的别称。鄂（è），湖北省的别称。邓演达曾在广东参与东征，又在湖北投入北伐，均未在战争中死去。健康惨死，身体健康却惨死，暗示被国民党当局秘密杀害。作者进而指出，逝者死得虽惨，精神却会永生。

下联言逝者事业仍在，浩气长存。事，事业。名，英名。宣言，指大革命失败后在苏联莫斯科以国民党临时行动委员会名义发表的《对中国及世界革命民众的宣言》。作者深信，当年宣言的精神仍然幸存，逝者的浩然正气也将与事业、英名永世长存。

此联哀挽逝者，旗帜鲜明。且在颇为工整的对偶句中，巧妙运用重复和排比手法，以增强联语气势，进而赞颂逝者精神不死，浩气长存。

挽杨杏佛

宋庆龄

品质崇高，保障民权续遗志；
精神伟大，舍却自我随先生。

赏析

杨杏佛（1883—1933），名铨，江西清江人。早年留学美国，哈佛大学毕业。曾任南京高等师范学校教授、东南大学工学院院长、国民政府中央研究院总干事。1932 年 12 月与宋庆龄、蔡元培等组织中国民权保障同盟，任副主席兼总干事。次年 6 月在上海被国民党特务暗杀，宋庆龄撰送挽联致哀。

上联赞颂逝者品质崇高。保障民权，中国民权保障同盟成立后，正式发表宣言，反对国民党当局的政治迫害，营救被捕的革命者，争取言论、出版、结社、集会的自由。这里是说，您的品质多么崇高，并以实际行动在保障民权方面承续孙中山先生的遗志。

下联赞颂逝者精神伟大。国民党特务暗杀杨杏佛实为公开镇压民权保障同盟的信号，当时盛传宋庆龄、蔡元培、鲁迅均已列入特务的黑名单。这里是说，您的精神多么伟大，现在宁可舍却自我也要追随孙中山先生。

此联赞颂逝者品质崇高与精神伟大，均与我国民主革命先行者孙中山联系在一起。逝者早年曾任孙中山秘书，关系颇为密切，联中因言“续遗志”与“随先生”。

挽萨师俊

宋庆龄

广州护领袖，武汉杀寇仇，
成功成仁，旧名新名芬芳流百世；
黄海捐世昌，长江失师俊，
可歌可泣，前浪后浪澎湃搏千秋。

赏析

此联写于1938年10月。萨师俊（1895—1938），福建闽侯人。烟台海军学校毕业后在海军服役，历任公胜、威胜、楚泰舰舰长。后被提升调任国民政府军海军第一舰队永丰舰（后为纪念孙中山在此避难更名中山舰）舰长。1938年10月24日，在武汉保卫战中因舰艇被日军飞机炸沉而壮烈牺牲。宋庆龄在香港闻讯后，即撰此联寄往海军司令部，表示沉痛哀悼。

上联表彰逝者一生不朽的历史功绩。广州护领袖，指1922年6月，广东新军阀陈炯明背叛革命，炮轰总统府，孙中山登永丰舰避难。萨师俊时任永丰舰舰长。因永丰舰保护过孙中山，故更名中山舰。武汉杀寇仇，指1938年10月，中山舰在武汉金口布防，在与日寇飞机展开互射时，萨师俊足断臂伤仍抱铁柱指挥战斗，直至舰艇沉没壮烈牺牲。成仁，语出《论语·卫灵公》：“志士仁人，无求生以害仁，有杀身以成仁。”后谓为维护正义而献出生命。这里是说，广州护领袖取得成功，武汉杀寇仇舍身成仁。无论旧名还是新名均应流芳百世，亦即美名将永远流传于后世。

下联指出邓世昌、萨师俊都是我国可歌可泣的海军英雄。世昌，即清朝北洋水师提督邓世昌。1894年中日甲午战争黄海海战中，邓世昌指挥致远舰与日本海军作战。在军舰受到重创的情况下，下令致远向日舰吉野号猛撞，准备与其同归于尽。冲击时不幸被敌鱼雷击沉，与全舰官兵同时殉难。长江，武汉金口在长江流域，中山舰被日本飞机炸沉于此。这里是说，邓世昌黄海捐躯与萨师俊长江献身，均属可歌可泣的英雄壮举。由此可以看出，长江后浪推前浪，奔腾澎湃，搏击千秋。

此联表彰逝者的历史功绩，只是抓住“广州护领袖”与“长江杀寇仇”两个典型事件，进而通过成功与成仁、旧名与新名的巧妙连接与递进，更加突出了上述事件的典型意义。作者还将萨师俊与邓世昌相提并论，我们从这些可歌可泣的人物身上，亦可看出我国海军成长的历程。

挽蔡元培

宋庆龄

组织光复，组织同盟，革命先锋，孙宋益友；
主张抗战，主张合作，民族典范，国共楷模。

赏析

此联写于1940年3月。蔡元培（1868—1940），字鹤卿，号孑民，浙江绍兴人。清光绪进士，授翰林院编修。早年参与组织光复会、同盟会。辛亥革命后，历任南京临时政府教育总长、北京大学校长、南京国民政府大学院院长、中央研究院院长、监察院院长等职。1932年与宋庆龄、杨杏佛等发起成立中国民权保障同盟，任副主席。1935年为抗议国民党政府杀害进步人士，毅然辞去官方一切职务。抗日战争初期移居香港。1940年3月因病逝世，宋庆龄撰送挽联致哀。

上联反映逝者早年革命活动的情况。光复，即光复会，清末革命团体。1904年冬在上海正式成立，蔡元培为前任会长。次年与同盟会合作。1910年陶成章重组光复会，并在浙江、上海等地组织光复军，响应武昌起义。直至1912年因陶成章被刺解体。

同盟，即中国同盟会。1905年8月，在孙中山领导下，以兴中会、华兴会为基础，联络光复会，在日本东京正式成立。这是一个属于资产阶级革命性质的政党，后在国内各地建立组织，多次发动反清武装起义。1912年8月改组为中国国民党。上联意谓，蔡元培在发起和组织光复会、同盟会活动中都起了很大的作用。此后作为我国民主革命的先锋，自然成了孙中山、宋庆龄的好朋友。

下联表彰逝者抗战时期的历史功绩。“九一八”事变后，蔡元培公开表示赞成中国共产党提出的国内团结、共御外侮的政治主张，多次呼吁国共合作，共同抗战。从而成为抗日民族统一战线中团结的典范，国民党人与共产党人合作的楷模。

此联语言洗练概括，且能叙议结合，盛赞逝者作为“孙宋益友”与“国共楷模”的历史功绩及其深远影响，让人读后油然产生敬佩与景仰之情。

挽邹韬奋二联

宋庆龄

一

《生活》、《大众生活》，迎接光明挥巨笔；
《抗战》、《全民抗战》，冲破黑暗砸顽石。

二

森森寒光一把匕；
袅袅香气七株兰。

赏析

这两副挽联写于1944年7月。邹韬奋（1895—1944），江西余江人。毕生从事新闻工作，创办《生活》周刊、生活书店。“九一八”事变后，反对国民党的不抵抗政策，积极投入抗日救亡运动。1936年曾遭国民党当局逮捕，直至抗战开始才得以获释。陆续在上海、武汉、重庆主编抗战刊物。1941 年“皖南事变”后，被迫流亡香港。次年赴苏北解放区，后又秘密到上海治病。1944 年 7 月病逝，宋庆龄与郭沫若等七十二人发起举行追悼会，并送挽联致哀。

先看第一副挽联：

上联中，《生活》、《大众生活》，为邹韬奋于20 世纪20、30 年代主编的进步刊物。刊物要求作者挥起巨笔，共同迎接光明的未来。

下联中，《抗战》、《全民抗战》，为邹韬奋于抗战期间主办的宣传抗日救亡的刊物。刊物要求作者撰写战斗文章，一起去冲破黑暗，砸烂顽石，亦即粉碎日本帝国主义的侵略。联中连续嵌入邹韬奋主办的四个重要刊物，因而构成一副典型的嵌名联。

再看第二副挽联：

上联赞颂逝者。森森，形容阴森可怕或寒气逼人。一把匕，一把匕首。此句意在赞颂邹韬奋像一把锋利的匕首，具有强烈的战斗精神。

下联颂扬“七君子”。袅(niǎo)袅，形容烟雾或香气向四周散布。七株兰，七株君子兰，喻轰动一时的“七君子事件”。1936 年 11 月，邹韬奋、沈钧儒、李公朴、沙千里、史良、章乃器、王造时七人，因参与全国各界救国会领导工作，积极从事抗日救亡活动，被国民党当局逮捕入狱，史称“七君子事件”。联中赞誉他们像七株君子兰那样香气四溢。

两副挽联各有特色。前者偏于叙事纪实，介绍逝者生平业绩；后者侧重形象抒情，赞扬逝者战斗精神。“一把匕”与“七株兰”，形象鲜明，内涵丰富，给人留下不少思索回味的余地。

挽四八烈士

宋庆龄

和平大业犹赊，贤劳正赖，
何竟中道捐弃，碧血长天永留恨；
民主曙光初现，瞻望方殷，
难堪噩耗惊传，苍山大地尽含悲。

赏析

此联写于1946年4月。四八烈士，1946年4月8日，中共谈判代表王若飞与秦邦宪、新四军军长叶挺、中共中央职工委员会书记邓发等人，冒着浓重大雾乘飞机由重庆返回延安途中，在山西省兴县黑茶山不幸失事遇难。4月30日，上海各界万人公祭四八烈士，宋庆龄参加了追悼会，并撰送挽联致哀。

上联中，赊（shē），长久、遥远。李白《扶风豪士歌》："我亦东奔向吴国，浮云四塞道路赊。"贤劳，劳苦。《孟子·万章上》："此莫非王事，我独贤劳也。"后世贤者多劳之语即本此。碧血长天，即长空洒碧血，喻指四八烈士空中失事遇难，自当永留遗恨。上联意谓，和平大业距离成功还很遥远，还有赖于诸位贤劳之士继续努力。怎么中途就舍弃而去？烈士鲜血因飞机失事而洒尽，万里长天将永远留下人间的遗恨。

下联中，民主曙光，抗日战争胜利之后，毛泽东接受蒋介石邀请亲赴重庆，通过国共两党和平谈判，签订了"双十协定"，中国得以初露和平民主的曙光。瞻（zhān）望，仰望、远望。噩耗，凶信，指人死亡的消息。下联意谓，而今民主曙光初现，人们正殷切期望大家努力奋斗。哪里会想到噩耗传来，整个青山大地都为四八烈士遇难尽含悲痛。

此联感情真挚，对仗工整。从大处落笔，述及死者身上肩负的历史重任和国人对他们的殷切期望，借以表达沉痛哀悼之情。

挽李公朴闻一多

宋庆龄

血溅金沙，允有大名光宇宙；

魂招歇浦，愧无巨笔志功勋。

赏析

此联写于 1946 年 10 月初。李公朴（1900—1946），江苏扬州人。爱国民主人士。20 世纪 30 年代起致力于抗日救亡运动与群众文化教育工作。闻一多（1899—1946），湖北浠水人。现代著名诗人、学者。1946 年 7 月，国民党政府在美帝国主义支持下发动全面内战。李公朴、闻一多作为中国民主同盟中央执行委员，积极投入争取民主和平、反对内战独裁的斗争。二人于 7 月 11 日、7 月 15 日相继在昆明被国民党特务杀害。10 月 4 日，上海各界举行李公朴、闻一多追悼会，宋庆龄与会并献挽联致哀。

上联写李、闻二位烈士“血溅金沙”。金沙，即金沙江，指长江上游从青海省玉树县巴塘河口至四川省宜宾市的一段，因流经云南省北部地区，可用以代指云南。允，诚然、信然。上联意谓，二位烈士为争取民主和平、反对内战独裁而血溅金沙，他们的大名必将照亮整个宇宙。

下联写各界人士祭奠烈士“魂招歇浦”。歇浦，即黄歇浦，上海市境内黄浦江的别称。相传因战国时楚春申君黄歇疏凿此浦而得名。这里代指上海。巨笔，暗用巨笔如椽典故。《晋书·王珣传》：“珣梦人以大笔如椽与之。既觉，语人曰：‘此当有大手笔事。’俄而帝崩，哀册、谥议，皆珣所草。”下联意谓，李、闻二位烈士血溅昆明，我在上海正为他们招魂。我更惭愧自己没有如椽巨笔，难以记载逝者不朽的功勋。

李闻惨案，轰动一时。哀挽联语极多，此联却因作者特殊的身份地位和情辞俱佳的文笔而更引人注目。“血溅金沙”与“魂招歇浦”，意象鲜明，声情悲壮，实为不可多得的哀挽佳作。

春　联

李济深*

一门孝悌传家业；
万里江山入梦魂。

作者

*李济深（1885—1959），字任潮，广西苍梧人。北京陆军大学毕业。曾任黄埔军校副校长、国民革命军参谋长。“九一八”事变后，致力于抗日民主运动。1948年发起成立国民党革命委员会，任主席。新中国成立后，任中央人民政府副主席、全国人大常委会副委员长、民革中央主席。

赏析

此联写于1924年冬。当时，李济深在广州亲书对联一副，为迎新年贴于自家门上。作者时任建国粤军一师师长、黄埔军校训练部主任。联语充分显示了作者书香门第出身的军人本色。

上联言孝悌传家。一门，一家，此指李氏一门。孝悌，孝顺父母，敬爱兄长。《孟子·梁惠王上》：“谨庠序之教，申之以孝悌之义。”家业，家学，家传的学术。《北齐书·颜之推传》：“世善《周官》、左氏学，之推早传家业。”这里是说，李氏一门向以孝悌传家。

下联言胸怀天下。万里江山，指祖国领土，形容国家领土幅员广阔。宋张元幹《贺新郎·送胡印衡待制赴新州》：“万里江山知何处？回首对床夜语。”梦魂，古人迷信，认为人有灵魂，在睡梦中可以离开肉体，故称“梦魂”。作者身处北伐战争之前，希望国家早日统一，所以对于万里江山魂牵梦绕。

这副春联别具一格。作者一

改通常迎春或贺年的传统写法，而是言志述怀夫子自道。表明李氏孝悌传家，自己胸怀天下，借以显示其堪称一代儒将的本色。

挽廖仲恺二联

李济深

一

廿年国事宣勤，一旦遇害糜躯，哀我群生亡指导；
百粤人民仰望，此日临风凭吊，哭公遽尔赴瑶台。

二

吾同胞思之思之，既云爱国爱乡，底事杀机犹遍地；
大丈夫死耳死耳，如此为工为党，得蒙福利在何年？

赏析

此联写于1925年8月下旬。廖仲恺（1877—1925），广东惠阳人。国民党左派代表人物。在孙中山逝世之后，继续坚持“联俄、联共、扶助农工”的三大政策。1925年8月被人暗杀于广州。9月1日，国民政府在广州召开隆重的追悼大会，李济深撰送挽联致哀。

先看第一副挽联：

上联指出逝者遇害是我国革命的重大损失。廿年，指逝者自1905年参与组建中国同盟会以来进行反清民主革命的二十年。宣勤，犹宣劳，效劳。糜（mí）躯，即粉身碎骨，献出生命。《旧唐书·韦皋传》：“言诚则志合，义感则心齐，粉骨糜躯，决无所顾。”群生，犹言众生，所有的人。亡，遗失，失去。上联意谓，逝者二十年来为国事操劳，一旦遇害身亡，让人哀叹的是我们失去了革命的指导者。

下联再写百粤人民沉痛悼念的情景。百粤，亦称百越，我国古代南方越人的总称。联中“百粤人民”实指我国南方各地，尤其是广东人民。遽（jù）尔，遽然，突然。瑶台，古人想象中的神仙住处。李白《清平调》：“若非群玉山头见，会向瑶台月下逢。”下联意谓，百粤人民仰望高空，正在临风凭吊，痛哭逝者突然离开我们而赴瑶台仙境。

再看第二副挽联：

上联愤怒责问：“底事杀机犹遍地？”思，思考，考虑。之，语助词，无义。云，说。底事，何事，何以。杀机，杀伐的动机。《阴符经》：“地发杀机，龙蛇起陆；人发杀机，天地反覆。”上联意谓，希望同胞三思，既说爱国爱乡，何以依然遍地杀机？这是对国民党右派的质询，也是严重警告。

下联哀叹逝者之死，希望革命早日胜利，以慰先烈在天之灵。大丈夫，指逝者廖仲恺。耳，表示语气，用同“矣”。下联意谓，廖仲恺死了死了，一生为了工作，为了党国，而得以受到好处究在何年？意为中国民主革命何时才能取得胜利，以慰先烈在天之灵？

通观两副挽联，可见作者感情深沉浓烈，而且层层递进。前者着重表达广大人民对于逝者沉痛悼念之情，后者则转而强调对于这一事件的深思。作者满腔悲愤地发出诘问：底事杀机犹遍地？得蒙福利在何年？联系作者当时由广西南宁返粤，随即参与缉凶行动，且被任命为国民革命军第四军军长，不难理解联句内在的含义。其批判锋芒直接指向制造这一事端的国民党右派。

挽榆关阵亡将士

李济深

热血溅榆关，哭倒春申十万家；
忠魂归渤海，义重田横五百人。

赏析

此联写于1933年2月。榆关阵亡将士，1933年1月，日本侵略军对榆关（山海关）发动袭击，我驻守榆关陆军独立第三旅第六二六团官兵奋起抵抗，直至与敌肉搏。一营营长安德馨和连长刘虞宸、关景泉、王公元等人战死沙场，一营、三营士兵也伤亡殆尽。2月12日，上海回教徒发起举行追悼安德馨等殉国烈士大会，李济深撰送挽联致哀。

上联记述上海人民沉痛悼念榆关阵亡将士。榆关，即山海关，在河北省秦皇岛市。因连接华北与东北地区，自古为交通要冲，有“天下第一关”之称。春申，即春申江，上海市境内黄浦江的别称。相传战国时楚春申君黄歇疏凿此江而得名。这里代指上海。上联意谓，我军抗日健儿血溅榆关，上海几十万人均为哀悼这些阵亡将士而痛哭。

下联称颂烈士英魂归于渤海，而忠义精神永留人间。渤海，我国的内海，在辽宁、河北、山东、天津三省一市间。因榆关在渤海之滨，故言榆关阵亡将士“忠魂归渤海”。田横，本齐国贵族，秦末起兵反秦。在楚汉战争中自立为齐王，不久为汉军所破，遂率部属五百人逃亡海岛。刘邦称帝后，遣使者往招降，因不愿称臣于赴洛阳途中自杀。留居海岛五百人闻田横已死，也全部自杀。过去人称田横及其部属均为义士，联中引用此典借以赞颂榆关阵亡将士义重古人。

此联哀挽榆关阵亡将士，赞颂抗日健儿血溅榆关，魂归渤海，全国人民无不为之同声哀悼。

春联二副

李济深

一

心如老骥志千里；
春入梅花又一年。

二

国内陆军皆后学；
粤中名将尽门生。

赏析

这两副春联写于1938年春节前夕。李济深时任广西军政府主席，拥护中国共产党一致抗日的主张，反对国民党的反共分裂政策，开始和共产党合作。这里明显流露出作者作为爱国军事将领投身抗战的壮志豪情。

先看第一副春联：

上联言志述怀。此句从成语“老骥伏枥”化出，意在表明自己虽已年老而仍有雄心壮志。曹操《步出夏门行》：“老骥伏枥，志在千里。烈士暮年，壮心不已。”

下联迎接新年。梅花，梅树作为果木，早春开花，色有红白二种，因以春入梅花表示新的一年开始。

此联实为新春言志，即兴抒怀。眼前景物，已是春入梅花，新的一年开始；想到自身现状，仍属老骥伏枥，尚有千里之志。当时正值抗日战争初期，可见作者雄心不减当年。

再看第二副春联：

上联中，后学，后进的学者。《后汉书·徐防传》：“宜为章句，以悟后学。”李济深早年毕业于北京陆军大学，且留校任教，因言国内陆军皆为自己后辈。

下联中，粤中名将，指广东黄埔军校出身的著名将领。门生，汉时特指再传弟子，后科举考试及第者对主考官亦自称门生。李济深大革命时期曾任粤军一师代理师长、黄埔军校教练部主任、代理校长。黄埔军校毕业生多在军中任职，且成著名将领，联中因言“粤中名将尽门生”。

此联应属“夫子自道”，虽有自我炫耀之嫌，倒也实话实说，让人可以认同。

挽戴安澜

李济深

孤军歼敌，捷报频来，伟绩缅家声，完节更逾谢幼度；

万里招魂，灵旗倏下，遐荒归战骨，临风痛哭马文渊。

赏析

此联写于1942年7月。戴安澜（1904—1942），安徽无为人。黄埔军校第三期毕业，为国民党抗日爱国将领。1942年3月，率国民政府军第二〇〇师赴缅甸与日寇作战。5月26日在缅北茅邦村以身殉国。7月31日，广西各界在全州为其举行追悼会。李济深时任国民政府军事委员会桂林行营主任，主持追悼仪式，并为大会撰写此联。

上联赞逝者孤军歼敌，战绩辉煌。“孤军”二句，戴安澜率远征军先头部队出师缅甸，孤军深入，仍取得了守卫同古、克复甘棠等一系列战役的胜利，曾一度捷报频来，让人为之振奋。缅，缅怀，缅想。家声，家世的名声，一家素有的声誉。完节，全节，完美的节操。谢幼度，即东晋名将谢玄，字幼度。曾率晋军八万击败前秦苻坚八十七万大军，取得淝水之战的重大胜利。这里是说，这些扬威国外的伟绩，使人更加缅怀逝者以往素有的声誉。而今不仅取得胜利还战死疆场，因此就尽节而言超过历史上的名将谢玄。

下联写生者临风痛哭，万里招魂。灵旗，祭奠逝者的旗帜。倏（shū），忽然，很快地。遐（xiá）荒，边远荒僻之地，此指缅甸边境。马文渊，即东汉伏波将军马援，字文渊。他为东汉王朝立下不少战功，后在进击武陵五溪蛮时病死军中。这里是说，我们万里招魂，祭奠逝者的灵旗很快到达这里，终于迎回从缅甸边境归来的逝者的遗体。我们临风痛哭凭吊像东汉名将马援那样的一代名将戴安澜。

此联以东晋名将谢玄与汉伏波将军马援为喻，对戴安澜孤军奋战以身殉国给予很高评价，同时也表达了作者对这位抗日爱国将领的由衷敬佩与深沉悼念之情，读之催人泪下。

题南岳忠烈祠

李济深

煌煌功烈，成仁取义；
郁郁佳城，千载如生。

赏析

此联写于1942年间。南岳忠烈祠，在湖南衡山香炉峰下，系国民政府为纪念抗日阵亡将士而建。1940年动工，1942年建成。其祠仿南京中山陵布局，规模宏伟壮观。依次为前门、“七七”纪念碑、纪念堂、致敬碑、正厅，均为花岗岩砌成，由三百余级石阶自下而上连成一体。正厅上“忠烈祠”三字为蒋介石手书。李济深亦应约题联。

上联赞抗日阵亡将士的历史功绩。煌煌，辉煌，光彩鲜明。杜甫《北征》：“煌煌太宗业，树立甚宏达。”功烈，功绩。《左传·襄公十九年》：“铭其功烈，以示子孙。”成仁取义，为正义事业而牺牲。《宋史·文天祥传》：“其衣带中有赞曰：‘孔曰成仁，孟曰取义，惟其义尽，所以仁至。读圣贤书，所学何事，而今而后，庶几无愧。’”上联意谓，烈士们有着辉煌的战斗功绩，并为神圣抗战献出了生命。

下联赞烈士墓地的壮观景象。郁郁，茂盛貌。《古诗十九首》之二：“青青河畔草，郁郁园中柳。”佳城，墓地。张华《博物志·异闻》：“汉滕公薨，求葬东都门外，公卿送丧，驷马不行，踣地悲鸣。跑蹄下地，得石有铭，曰：‘佳城郁郁，三千年见白日，吁嗟滕公居此室！’遂葬之。”后因称墓地为“佳城”。千载如生，这是对于烈士的礼赞：千年之后虽死犹生。

此联哀悼抗日阵亡将士，用语古朴，情见乎词，言少意多，感人至深。

挽李宗仁母

李济深

举世说奇勋，百战归来，暂息征尘悲陟屺；
懿范闻令母，八旬寿考，陡瞻遗像怅登堂。

赏析

此联写于1942年间。李宗仁（1891—1969），字德邻，广西桂林人。1910年加入同盟会。历任国民革命军要职，成为国民党桂系首脑。抗日战争期间，任第五战区司令长官、军事委员会汉中行营主任、北平行辕主任。1942年曾回广西桂林省亲，适逢老母病故。李济深时任军事委员会西南办公厅主任，特撰送挽联致哀。

上联言李宗仁百战归来，为母送终尽孝。奇勋，特殊的功勋。此指李宗仁在抗战初期曾指挥军队取得台儿庄大捷等几次战役的胜利。征尘，旅途中的风尘。陟屺（zhì qǐ），登上没有草木的山。语出《诗·魏风·陟岵》："陟彼岵兮，瞻望父兮，陟彼屺兮，瞻望母兮。"后以陟岵、陟屺喻思亲。陟屺，原为征人遥念母亲，此指李宗仁身经百战归来，曲尽孝道为母亲送终。

下联言李母长寿且为慈母的典范。懿（yì）范，美好的典范，多用称美妇女之词。令母，称对方母亲的敬辞。寿考，年高，长寿。《诗·大雅·棫朴》："周王寿考。"《笺》："文曰是时九十余矣，故云寿考。"陡瞻，突然看到。登堂，登上厅堂。下联意谓，久闻令母堪称美好的典范，且已八十高龄，今日登堂突然看到母亲遗像定会深深感到怅惘。

此联哀挽李宗仁母，切入角度得体。由肯定其子屡建奇勋与回乡省亲治丧说起，进而赞颂李母懿范与寿考。用语典雅质朴，能充分表达作者对于老人的虔敬与悼念之情。

挽李曦

李济深

课诸生慷慨昂扬，犹忆洪宪改元，曾著义声传梓里；
抗暴敌牺牲激烈，遥继常山骂贼，永留正气壮河山。

赏析

此联写于1944年10月。李曦为抗日爱国志士。抗日战争期间任广西岑溪中学校长，积极投入抗日救亡运动。1944年10月被日本侵略军活活刺死。李济深作为国民党左派人士，时在广西南部组织民众动员委员会，从事加强抗日力量活动，闻讯之后撰送挽联致哀。

上联赞颂逝者昔日在反袁护国斗争中发出正义的呼声。课，考查、考核。诸生，众弟子。韩愈《进学解》："国学先生晨入太学，招诸生立馆下。"此指逝者生前从事教育工作。改元，汉武帝即帝位，以建元为年号。以后新君即位，例于次年改用新的年号纪年，因称改元。联中是指袁世凯恢复帝制，遂在1916年元旦废除民国纪元，改为洪宪元年。著，显示、显著。义声，正义的声音。梓里，故乡。宋范成大《杨君居士挽词》：“孝至兰陔茂，身修梓里恭。”上联意谓，想当年教育学生慷慨昂扬，尤其是在洪宪改元的年代，曾显示正义的声音而传于故乡，即在反袁护国战争期间进行革命宣传。

下联赞颂逝者今日反抗暴敌壮烈牺牲。抗暴敌，抗击残暴的敌人日本侵略者。常山骂贼，典出《新唐书·颜杲卿传》，唐代安禄山叛乱，常山太守颜杲卿虽城陷被俘，依然骂不绝口。安禄山割其舌后问：“复能骂否?”杲卿不屈而死。正气，刚正之气。南宋抗元英雄文天祥在狱中曾作《正气歌》。下联意谓逝者为抗击残暴的敌人而激烈斗争，可以说是遥相继承古人常山骂贼的英雄气概，宁死不屈，壮烈牺牲。这样则永留浩然正气以壮祖国山河。

此联格调高昂，声情悲壮。联中巧用“常山骂贼”古典与“洪宪改元”近事，写出逝者不同时期的斗争状况。一位民间爱国志士的英勇形象自然呈现在读者面前，能给人以巨大的教育与鼓舞。

挽四八遇难烈士

李济深

旋乾转坤，胜利还须谋建国；
疾风暴雨，艰危不幸失群才。

赏析

此联写于1946年4月。四八遇难烈士，1946年4月8日，中共谈判代表王若飞与秦邦宪、新四军军长叶挺、中共中央职工委员会书记邓发等，由重庆乘飞机返回延安途中，在山西兴县黑茶山失事遇难。李济深惊闻噩耗，撰送此联致哀。

上联言抗战胜利后的国内对局。旋乾转坤，谓改天换地，根本扭转局面。韩愈《潮州刺史谢上表》：“陛下即位以来，躬亲听断，旋乾转坤。”上联意谓，我们通过改天换地的斗争，终于根本扭转了局面，但在抗日战争胜利以后，还须谋划建国的方略。

下联言四八烈士在急风暴雨中不幸遇难。疾风暴雨，急骤而猛烈的风雨。《吕氏春秋·孟春》："（孟春）行秋令则民大疫，疾风暴雨数至，藜莠蓬蒿并兴。"后亦用以形容战斗非常激烈或群众运动声势浩大。群才，众多有用之才。下联意谓，一阵急风暴雨，让国家正处于艰危之中又不幸失去了一群有用之才。

此联文字质朴无华，内容切人切时。尚需旋乾转坤，共谋建国大业；急风暴雨之中，不幸痛失群才。这是对于当时国内政局的高度概括与对四八烈士的沉痛悼念。

挽李公朴闻一多

李济深

不自由毋宁死；
无求生以害仁。

赏析

此联写于1946年7月。挽李公朴闻一多，1946年7月，国民党政府在美帝国主义支持下发动全面内战。李公朴、闻一多作为中国民主同盟中央执行委员，积极投入争取民主和平，反对内战独裁的斗争。二人于7月11日、7月15日在昆明相继被国民党特务暗杀。李济深惊闻这一惨案，旋即奋笔书联，表示沉痛哀悼。

上联中，毋（wú）宁，亦作"无宁"，谓宁可、不如。语出《左传·襄公二十九年》："且先君而有知也，毋宁夫人，而焉用老臣！"杜预注："言先君毋宁怪夫人之所为，无用责我。"不自由毋宁死，当年曾经作为资产阶级民主革命的战斗口号，这种力争自由的斗争精神是应当肯定的。

下联中，无求生以害仁，语出《论语·卫灵公》："志士仁人，无求生以害仁，有杀身以成仁。""仁"为我国儒家学说一种含义极广的道德范畴，也是历代志士仁人所追求和奋斗的目标。

联句铿锵有力，实为中外志士仁人的战斗口号。既赞颂烈士革命精神，又激励生者投入战斗。

题集美鳌园

李济深

广学甄微，敬咏其德；
揽英接秀，隆构厥基。

赏析

此联写于20世纪50年代初期。集美鳌（áo）园，在福建省厦门市集美镇上。著名爱国华侨陈嘉庚为纪念集美解放于1950年开始兴建，历时四年竣工。中央党政要人与各界知名人士纷纷题词。李济深时任中央人民政府副主席，亦应约为该园题联。

上联赞颂陈嘉庚大力兴办学校的功德。广学甄微，扩大办学规模，选拔贫寒之士。甄（zhēn），甄别、选拔。《抱朴子·正郭》："甄无名之士于草莱。"微，贫贱。《书·舜典序》："虞舜侧微。"孔颖达疏："不在朝廷谓之侧，其人贫贱为之微。"敬咏其德，人们怀着敬意歌咏其功德。此指陈嘉庚一生倾资办学，在集美办了小学、中学，以及师范、水产、农林、航海、商业等各类专门学校，组成集美学村，可谓泽及乡梓功德无量。

下联指出陈嘉庚热心办学的重大意义。揽英接秀，广罗人才。英、秀，英才、秀士，均属国家需要的杰出人才。此处如从鳌园景物着眼，似亦可作解释。英、秀均指草木的花，自可构成秀美景色。隆构，宏伟的建筑。厥（jué），其、他的。厥基，它的基础。此句意谓，陈嘉庚为建设新中国的宏伟大厦，揽英接秀，培养人才，为祖国建设打下了坚实的基础。

此联构思巧妙，由园及人，盛赞陈嘉庚热心家乡教育、创办集美学村的壮举。联句多用文言词语，需要认真阅读领会。

赠际时先生

李济深

修身为本；
无欲则刚。

赏析

据《古今名人联话》一书介绍，李济深“曾亲笔赠际时先生一联”。有关际时先生生平事迹与作者具体写作时间，均有待进一步查考。

上联劝人“修身为本”。修身，修养身心，亦即努力提高自己的品德修养。《礼记·大学》：“欲治其国者，先齐其家；欲齐其家者，先修其身。自天子以至于庶人，壹是皆以修身为本。”修身为儒家宣扬的教育准则之一，甚至视为齐家、治国、平天下的根本。

下联强调“无欲则刚”，谓人只要没有什么私欲就会刚强起来。《论语·公冶长》：“子曰：吾未见刚者。或对曰：申枨。子曰：枨也欲，焉得刚。”朱熹注：“多嗜欲，则不得为刚矣。程子曰：人有欲，则无刚。刚则不屈于欲。”林则徐《自题联》：“海纳百川，有容乃大；壁立千仞，无欲则刚。”

此联作为人生格言，既属勉励友人，亦可激励自己。“修身为本，无欲则刚”，虽系前人立身行事的准则，至今仍有一定的启示意义。

题重庆特园

张　澜*

谁似这川北老人风流，能知兵，能攻书，
能收藏图籍，放眼达观楼，更赢得江山如画；
哪管他法西斯蒂压迫，有职教，有文协，
有政治党团，抵掌天下事，常集此民主人家。

作者

*张澜（1872—1955），字表方，四川南充人。曾任四川省省长、成都大学校长、国民参政会参政员、中国民主同盟主席。新中国成立后，任中央人民政府副主席、全国人大常委会副委员长、全国政协副主席、民盟中央主席。

赏析

此联写于1941年秋。特园，位于重庆嘉陵江南岸的半山坡，20世纪30年代初四川南充知名人士鲜英所建，是一座宽敞幽雅的庭院式建筑。鲜英，号特生，故其私宅被称为特园。它是抗战时期重庆爱国民主人士的主要活动场所，因而成为全国闻名的“民主之家”。1941年秋，张澜曾为特园题写楹联，刻于大门石柱之上。

上联赞誉特园的主人风流儒雅，文武双全。川北老人，指特园主人鲜英，当时亦已年近七十，长髯飘胸，颇有长者风度。风流，语见杜甫《咏怀古迹》：“摇落深知宋玉悲，风流儒雅亦吾师。”后多指有才学而不拘节礼法的人。能知兵，鲜英系军人出身，毕业于四川陆军速成学堂，曾任川军第十师师长。后脱离军界，任四川行政督察专员。能攻书，鲜英抗战期间先后出任《新蜀报》、

《新生报》社长，平时亦喜欢读书，且在自己书斋收藏不少图画书籍。达观楼，为特园主楼，内设鲜英书斋、客厅和卧室。站在楼上放眼远望，嘉陵江沿岸景物尽收眼底，堪称江山如画。结句表达了对未来美好前程的憧憬。

下联表达了团结一切进步力量与“法西斯蒂压迫”进行斗争的决心。法西斯蒂，原指第一次世界大战后意大利出现的厉行恐怖和独裁的政党，也指鼓吹这种专政形式的反动思想。职教，黄炎培主持的进步团体中华职业教育社。文协，即中华全国文艺界抗敌协会，是为广泛团结一切抗日力量而成立的文艺界统一战线组织。政治党团，指包括中国民主政团同盟在内的各民主党派和社会团体。抵（zhǐ）掌，击掌。《战国策·秦一》：“（苏秦）见说赵王于华庭之下，抵掌而谈，赵王大悦。”这里是在形容社会各界爱国人士在一起谈论时局与国家大事慷慨激昂。民主之家，20世纪40年代初，特园亦已成为重庆爱国民主人士经常聚会的地方。中共代表团成员周恩来、董必武亦常来此与大家交换意见。1944年9月，中国民主政团同盟在此召开全国代表大会，正式通过改称中国民主同盟，鲜英也被选为中央执行委员。特园亦公开成为民盟总部所在地。董必武、郭沫若誉称特园为“民主之家”，冯玉祥手书匾额，张澜题写对联。

此联爱憎分明，格调高昂。既盛赞特园主人风流倜傥，能文能武，又表达团结一切进步力量抗日救国斗争的决心。人与事结合，情与景交融，浑然天成，富于思想与艺术感染力量。

挽“一二·一”惨案烈士二联

张　澜

一

为反内战而牺牲，真成痛史；
试思中国之命运，能勿忧心。

二

凶手审凶手，凶手自问自答，无耻；
同胞哭同胞，同胞流血流泪，伤心。

赏析

这两副挽联写于1945年12月上旬。“一二·一”惨案烈士，1945年12月1日，昆明学生为反内战、反独裁、争民主举行集会，国民党当局派出军警镇压，当场杀害四人，造成震惊全国的惨案。张澜时任中国民主同盟主席，连撰二联致哀。

先看第一副挽联，此联为参加1945年12月9日由中国民主同盟主持举行的“重庆各界纪念‘一二·九’运动十周年并追悼‘一二·一’惨案烈士大会”时撰送，张澜与梁漱溟联合署名。

上联中，痛史，既可释为让人悲痛的历史，又与一本书名有关。清末吴趼人作历史小说《痛史》，叙南宋灭亡之事，揭露了南宋皇室昏庸妥协的卑劣行为，歌颂了文天祥、张世杰等人的英雄事迹。上联意为，烈士们为反对内战而牺牲，真成了现实生活中的一部“痛史”。

下联中，中国之命运，同样一语双关。既为思考中国的命运前途，又指蒋介石所著《中国之命运》一书，明显具有讽刺意义。该书于1943年出版，大肆诬蔑解放区和八路军、新四军，为分裂抗日民族统一战线，掀起新的反共高潮制造舆论。下联意为，我们试想中国之命运，怎能不让人为之忧心！

再看第二副挽联，此联为参加1945年12月10日“重庆各界公祭‘一二·一’惨案四烈士”时撰送，张澜与梁漱溟、张东荪共挽。

上联愤怒揭露事件真情，指出国民党当局上演了一出“凶手审凶手”的无耻丑剧。意在告诉人们，一线杀人凶手国民党军警，只是帮凶；而幕后指挥杀人的凶手，才是元凶。今天元凶却坐在台上装腔作势，真是无耻之尤。

下联沉痛表达哀挽之情，写出全国同胞在为自己同胞惨遭杀害而痛哭流泪，真是让人伤心之至。正好与上联形成鲜明而强烈的对照。

这两副挽联感情强烈，义正词严，矛头直指造成这一惨案的真正凶手。联中插入“痛史”与“中国之命运”二语，内心沉痛而语带讥讽，让人不难领会言外之意，更增批判锋芒。

挽四八烈士

张　澜

为错需它石；
歼良问彼苍。

赏析

此联写于1946年4月中旬。四八烈士，1946年4月8日，中共中央委员王若飞与博古（秦邦宪）、新四军军长叶挺、中共中央职工委员会书记邓发等人，乘飞机返回延安途中，在山西兴县黑茶山失事遇难。4月19日，重庆各界举行四八遇难烈士追悼会，张澜撰送挽联致哀。

上联语出《诗·小雅·鹤鸣》：“它山之石，可以为错。”后多用以比喻借鉴他人长处，改正自己过失。联中化用上述诗句，指出国民党当局要改正自己的过失，需得到共产党人的帮助。

下联语出《诗·秦风·黄鸟》：“彼苍者天，歼我良人。”彼苍为天的代称，良人指好人、善人。联中化用上引诗句，意在责问苍天，为何毁掉这样杰出的人物。

这副挽联实为战斗宣言。虽借用古语，却锋芒毕露，意在批评和责问国民党当局，充分表达了爱国民主人士的正义立场。

挽李公朴闻一多

张　澜

昆明为热泪流积，所悲国家人才连遭毒手；
历史是鲜血造成，要争政治民主岂惧杀身。

赏析

此联写于1946年8月。当时中国民主同盟由于在一些重大政治问题上，与中国共产党步调一致，互相合作，便招致国民党当局的敌视和迫害。1946年7月中旬，中国民主同盟中央执行委员、昆明支部负责人李公朴、闻一多相继遭到国民党特务暗杀，造成了震惊全国的“李闻惨案”。同年8月18日，成都各界举行李公朴、闻一多追悼会，张澜撰书此联悬于祭坛。

上联言国家人才连遭毒手，昆明广大民众无比悲愤，泪流不止。实际何止昆明，各地爱国人士无不如此。

下联直接表明作为革命者的认识与决心，历史本由鲜血造成，为争取国家政治民主岂惧流血牺牲。张澜身为中国民主同盟主席，为抗议国民党特务暗杀民盟中央执行委员李公朴、闻一多的暴行挺身而出，亦于8月18日在成都追悼会后被袭击受伤。正如作者本人所说：“为了反对发动内战，反对独裁专政，为争取国内和平民主团结而奋斗，个人流血算不了什么，我早已把个人生死置之度外。”这是以实际行动对此联予以诠释。

此联采用简洁明快的口语写成，实为有力的控诉和战斗的宣言，直接投入现实政治斗争，能给人以鼓舞和力量。

挽廖仲恺二联

何香凝*

一

致命本预期，只国难党纷，
赞理正需人，一瞑能无遗痛憾；
先灵应慰勉，使完功继事，
同胞齐奋力，举家何惜共牺牲。

二

夫妻恩，今世未全来世再；
儿女债，两人共负一人完。

作者

*何香凝（1878—1972），别号双清楼主，广东南海人。早年参加同盟会，与廖仲恺一起追随孙中山革命。曾任国民党中央执行委员、妇女部部长。新中国成立后，任全国人大常委会副委员长、全国政协副主席、中国美术家协会主席。有《何香凝画集》、《何香凝诗画辑》传世。

赏析

这两副挽联写于1925年8月。廖仲恺（1877—1925），广东惠阳人。出身于旅美华侨家庭。早年追随孙中山，积极参与同盟会、中华革命党的创建活动。1923年起协助孙中山改组国民党，确立“联俄、联共、扶助农工”的三大政策。历任广州大元帅府财政部长、广东省省长、国民党中央常务委员、黄埔军校党代表等职。1925年3月孙中山逝世后，继续贯彻革命三大政策。同年8月20日，在广州遭国民党右派暗杀。何香凝于万分悲痛之中写了两副挽联致哀，分别从国家大事与个人感情两个不同侧面加以充分表达。

先看第一副挽联。此联悬于吊唁灵堂。

上联表达对于逝者被害的痛憾之情。致命，犹捐躯，献出生命。《论语·子张》：“士见危致命。”国难党纷，国家多难与党内纷争。赞理，参赞助理，助手。《国语·晋九》：“士景伯如楚，叔鱼为赞理。”上联意谓，为革命献身本属可以预期的事情，只是国家多难与党内纷争，现在正是需要协助处理的时候，而今遇刺身亡能不留下悲痛和憾恨！

下联表明生者完功继事的决心。先灵，先人的灵魂。旧称已死的人为先，多用于尊长，如先君、先严等。这里指廖仲恺的英魂。举家，全家。下联意谓，逝者的英魂当可感到安慰与勉励，为了完成先烈留下的工作与继承未竟的事业，广大同胞正一齐努力奋斗，我家即使全都牺牲也在所不惜。

此联声情悲壮，含义深刻。不仅充分表达沉悼念之情，而且能从大处落笔，识见非凡。读后启人深思，催人奋起。

再看第二副挽联。此联悬于“双清楼”居室。

上联意为，你我夫妻之间恩爱，今世未能白头偕老，只望来世再续前缘。

下联意为，培养儿女的责任，本当夫妻两人共同负担，而今将由我一人来完成。“债”古通作“责”，俗话说欠下儿女的债务，实为培养儿女的责任。

此联充分反映早期女革命党人感情生活的另一重要侧面，夫妻恩深，儿女情长。联句寓革命乐观精神于凄婉悱恻的抒情之中，让人读后为之慨叹而感发奋起。

题《闻鸡起舞图》

何香凝

国破家亡恨未已；
讵衣长夜负鸡鸣。

赏析

此联写于1933年夏。闻鸡起舞图，1933年夏天，何香凝为祝贺上海《社会日报》发行一千期而画了一幅图画《闻鸡起舞图》。闻鸡起舞，典出《晋书·祖逖传》："与司空刘琨俱为司州主簿，情好绸缪，共被同寝。中夜闻荒鸡鸣，蹴琨觉曰：'此非恶声也。'因起舞。"后以"闻鸡起舞"比喻志士及时奋起。何香凝在将《闻鸡起舞图》送给该报时，还在画上题了一副联语。此联既是对于画意的诠释，真切地表达了誓雪国仇家恨的决心；亦为激励新闻工作者和广大读者积极投入当时正在风起云涌的抗日救亡运动。

上联中，已，停止。《诗·郑风·风雨》："风雨如晦，鸡鸣不已。"可引申为消除。这里是说，由于日本帝国主义侵略以致国破家亡，我国人民难以消除心头之恨。

下联中，讵（jù），岂，何。衣，衣服。古时上曰衣，下曰裳。《诗·齐风·东方未明》："东方未明，颠倒衣裳。"鸡鸣，《诗·齐风》篇名，全篇以对话形式，写妻子于天未明时，即一再催丈夫起身，为后来成语"鸡鸣戒旦"的由来。这里是说，岂能因怕衣裳穿错而长夜不醒有负天明，其意仍在鼓励人们"闻鸡起舞"及时奋起。

作者当时正与宋庆龄一起在上海领导抗日救亡运动，经常作画义卖，支援抗战前线，以实际行动诠释了古人"闻鸡起舞"奋发向上的精神。

拒贿骂蒋

何香凝

闲来写画营生活；
不要人间造孽钱。

赏析

此联写于抗日战争期间。当时何香凝住在广西桂林郊外，全家依靠卖画和种菜、养鸡维持生活，因此十分艰苦。有一天，蒋介石派人送来纸币一百万元，并请她与全家到重庆居住。何香凝让来人把现款原封不动带回，还附上一副联语，直接表明自己不愿与蒋家王朝合作的态度。

上联描绘自己的生活状况。写画营生活，依靠作画来维持生活。“写”有描摹之意，故绘画术语中有写生、写真、写意等说法。

下联直接拒贿骂蒋。造孽，制造罪恶。本作“造业”。佛教谓前世所作种种恶果，致为今生之障碍，称作业障，亦作孽障。后来泛指做邪恶的事情为造孽。联中将国民党当局送来的钱视为“人间造孽钱”，可见作者不满黑暗现实且能甘于清贫的精神品格。

此联用语犀利直白，感情锋芒毕露，显然反映了这位现代女革命家日常生活中也有“金刚怒目”的一面。为人处世，是非分明，让人为之钦佩。

挽四八烈士

何香凝

哭老友战友，哀有为国士先我去；
勉青年壮年，盼后起英豪相继来。

赏析

此联写于1946年4月。四八烈士，1946年4月8日，中共谈判代表王若飞与秦邦宪 、新四军军长叶挺、中共中央职工委员会书记邓发等人，乘飞机由重庆返回延安途中，在山西兴县黑茶山失事遇难。4月19日，重庆各界举行四八遇难烈士追悼会，何香凝从香港寄送挽联致哀。

上联沉痛哀挽“有为国士”。

老友战友，作者将此次遇难的我党、我军四位领导人和黄齐生老先生等四八烈士称之为“老友战友”，可见其鲜明的政治态度。国士，旧谓一国杰出的人物。《国策·赵策一》：“知伯以国士遇臣，臣故国士报之。”这里是说，我哭老友战友，你们这些杰出的人物何以先我而去。

下联深情勉励“后起英豪”。后起英豪，即后起的英雄豪杰。这里是说，我们更勉励青年壮年，并盼望更多的后起之秀能相继而来。

此联感情诚挚，言简意明。哭老友战友，勉青年壮年。尽显一位爱国民主人士对于我党四八烈士的深厚感情。

题灵峰补梅庵

沈钧儒*

漫空翠竹扶山住；
数点红梅补屋疏。

作者

*沈钧儒（1875—1963），号衡山，浙江嘉兴人。清光绪进士。早年留学日本，加入同盟会。参加辛亥革命和反袁斗争。曾任中国民主同盟和中国人民救国会主要领导人。新中国成立后，任最高人民法院院长、全国政协副主席、民盟中央主席。著有《寥寥集》。

赏析

此为沈钧儒早年之作，具体写作时间不详。灵峰补梅庵，在杭州西湖附近的灵峰山腰。清代陆小石于咸丰年间绘成《灵峰探梅图》，一时好事者纷至沓来。吴兴周梦坡来此，补梅三百株，故庵以补梅名。灵峰梅花较别处早开迟谢，成为杭州西湖附近的探梅佳处。沈钧儒早年曾游杭州西湖，并为灵峰补梅庵题写楹联。

上联中，漫空翠竹，遍布山间空地的翠绿的竹林。这里是说，灵峰探梅附近有一片茂盛的竹林，遍地翠竹扶山而住。

下联中，数点红梅，为数不多的红梅。点为少量的意思。补屋疏，弥补稀疏的屋宇。意在点出补梅庵所在景物的特点，此庵地处山腰，屋宇稀疏，数点红梅，自有一番佳趣。

此联属对工巧，融情入景。漫空翠竹之中，偶有数点红梅，景点幽深雅致，自有一番佳趣。

自　箴

沈钧儒

做事须用十分力；
闲谈毋过五分钟。

赏析

箴（zhēn），为我国古代的一种文体，以规劝告诫为主。自箴，即用以鞭策和告诫自己。此联当作于沈氏早年，具体时间不详。其子沈叔羊在《爱国老人沈钧儒》一书中这样写道：父亲把这副对联“讲给我们听后，他笑着说：这副对联是不宜挂在客厅里的。”诚然，此联以挂在书房壁间为宜，如悬于客厅则有于礼不周与慢待客人之嫌。

此联言简意明，律己励人。毋（wú），不要。《诗·小雅·角弓》：“毋教猱升木。”笺：“毋，禁辞。”常用以表示禁止或劝阻。这里是说，平日做事须用十分力气，而闲谈则不要超过五分钟。应当珍惜时间，不要浪费光阴。

联句全用口语，对仗却很工稳。作为人生格言式的警句，既可用以告诫自己，亦可移作规谏别人。

挽俞樾

沈钧儒

一代斗山韩吏部；
四朝文鉴邵尧夫。

赏析

此联写于1907年间。俞樾(1821—1907)，号曲园，浙江德清人。清道光年间进士，曾任翰林院编修、河南学政。晚年讲学杭州诂经精社。俞氏学识渊博，对群经、诸子、语言、训诂，以及小说、笔记，皆有撰述。一生所撰各书，辑为《春在堂全集》传世。1907年因病逝世，沈钧儒与其兄弟保儒、恺儒联名送挽联致哀。

上联称颂逝者其人实为“一代斗山”。斗山，即北斗和泰山，比喻为众所景仰的人。宋楼钥《送张定叟尚书镇襄阳》：“南轩传圣学，后进斗山仰。”韩吏部，即唐代文学家韩愈，因其曾任吏部侍郎，因称“韩吏部”。韩愈贯通六经百家，反对六朝文风，自身笔力雄健，为后代古文家所宗，世称“韩文”。联中借一代北斗泰山韩愈以誉逝者。

下联称颂逝者之文可作“四朝文鉴”。四朝文鉴，此语出典待考，似从宋叶绍翁《四朝闻见录》书名化出。该书记述南宋高宗、孝宗、光宗、宁宗四朝的事迹。宋史于南渡以后事迹，记载过于简略，此书可补缺遗。邵尧夫，即宋代学者邵雍，字尧夫。一生屡授官不赴，因隐居苏门山百源之上，人称百源先生。与二程同时，程颢叹其有内圣外王之学。著有《皇极经世》、《伊川击壤集》等。此句意谓，邵尧夫的著述可作四朝文鉴。这里以邵尧夫喻俞樾，肯定其在清末学术界的地位。

此联属对工稳，用典精当。以唐代韩愈与宋代邵雍喻逝者，给予极其崇高的评价。

挽鲁迅

沈钧儒

这世界如何得了，请大家要遵从你说的话语，彻底去干；
纵身躯有时安息，愿先生永留在我们的心头，片瞬勿离。

赏析

此联写于1936年10月。同年10月19日，我国现代伟大的文学家、思想家鲁迅因病逝世。沈钧儒为鲁迅治丧委员会成员和主祭人之一，不仅亲书“民族魂”三个大字覆盖在鲁迅的灵柩上，还撰送挽联致哀。

上联言国势艰危，号召大家抗日救亡。这世界如何得了，1936年春，随着日本控制的半傀儡式政权——冀察政务委员会的建立，华北五省已名存实亡，日本侵略者正向着吞并整个中国的目标急进，而国民党当局仍继续执行“攘外必先安内”的妥协投降政策，中华民族处于危急存亡的关头。作者希望各界人士遵从自己的诺言，以实际行动投入抗日救亡的斗争。

下联表深沉哀悼，愿“鲁迅先生精神不死”。联句意谓先生身躯纵然安息，愿精神永远留在我们心头。片刻瞬间都不离开，继续引导我们前进。

此联运用口语，直白如话。作者为突出战斗内容而并不拘泥于对仗是否工稳，让人感到质朴自然，具有很强的号召力。

赠谢居三

沈钧儒

贫托长才以为命；
诗扛健笔未能休。

赏析

此联写于1937年1月。谢居三为20世纪30年代在上海执业的著名律师。1936年11月，沈钧儒、邹韬奋等救国会七君子被国民党政府逮捕，后转押至江苏吴县横街看守所。次年1月，沈钧儒在狱中应罗青的辩护律师谢居三之请，书赠此联。

上联中，长才，高才、英才。《晋书·刘琨传附刘舆传》：“时称越府有三才：潘滔大才，刘舆长才，裴邈清才。”命，生命、命运。此句意谓，我们处于贫困之中需要依托你这样的英才以改变自己的命运。

下联中，诗，志、意思。在心为志，发言为诗。《吕氏春秋·慎大》:“汤谓伊尹曰：若告我旷夏，尽如诗。”扛(gāng)，抬举重物，今称用肩承物为扛。健笔，笔力矫健，指长于写作。休，停止。曹丕《典论论文》:“下笔不能自休。”这里是说，为表达上述意思需举起健笔不停地写，亦即不断写出辩护材料。

此联为特定历史环境下的产物，需结合当时时间、地点与有关人事方可理解。既为题赠友人，亦属“夫子自道”。意在寄语这位著名律师，敢于主持公道，做好辩护工作。此联妙在虽托请而并未明言，用语婉曲，托寄遥深。

挽平江惨案烈士

沈钧儒

在抗战时代如是牺牲，哪能会死而无憾；

望贤明当局彻底查究，使共知责有所归。

赏析

此联写于1939年8月。平江惨案，1939年6月12日，国民党第二十七集团军杨森部奉蒋介石密令，派兵包围新四军设在湖南平江嘉义的通讯处，新四军参议涂正坤、八路军少校副官罗梓铭等六人惨遭杀害。同年8月13日，八路军驻渝办事处举行平江惨案烈士追悼会，沈钧儒与邹韬奋联名撰送挽联致哀。

上联表示沉痛悼念。如是牺牲，即如此牺牲，指惨遭国民党军队杀害。憾，恨，遗憾。这里是说，烈士惨遭杀害，自然死而有憾。

下联要求彻底查究。贤明，本指有才能有见识，这里“贤明”应加引号，此语绵里藏针，实指国民党当局。查究，调查追究。责有所归，谓责任有所归属。这里是说，望当局彻底追查，让大家都知道应由谁来承担责任。

此联哀挽平江惨案烈士，立场态度鲜明。既写烈士惨遭杀害，表示沉痛悼念；又要求当局查明职责，严惩凶手。联句既平实直白，又义正词严，犹如战斗檄文。

题柳州罗池船厅

沈钧儒

谁挽狂澜，每念时艰怀击楫；
民犹止水，莫因水利过张帆。

赏析

此联写于抗日战争初期。罗池船厅，在广西柳州市柳侯公园内。“罗池夜月”早已成为柳州一景。唐代柳宗元任柳州刺史时常来池边散步，并留下“馆我于罗池”的遗言，其部属遂在罗池立祠纪念。船厅似为陈列游船之处，不知是否另有出典。抗日战争时期，沈钧儒曾应约为柳州罗池船厅题写联语。

上联中，挽狂澜，即力挽狂澜，比喻尽力挽回险恶的局面。语出唐韩愈《进学解》：“障百川而东之，挽狂澜于既倒。”时艰，时事的艰难困苦。击楫（jí），敲击船桨。典出《晋书·祖逖传》：“仍将本流徙百余家部曲渡江，中流击楫而誓曰：‘祖逖不能清中原而复济者，有如大江！’”后以“击楫”或“中流击楫”比喻有志复兴的壮烈气概。上联意谓，当此日本帝国主义侵略中华民族危急存亡之际，有谁能力挽狂澜呢？每每念及时事艰难而缅怀东晋祖逖中流击楫的壮举，此语明显意在激励广大人民抗战的热忱。

下联中，止水，静止不流的水。《庄子·德充符》：“人莫鉴于流水，而鉴于止水。”止水澄清，可以照鉴。后用以比喻心境宁静，胸怀纯洁。眼前止水既与罗池有关，而又富有深意。张帆，张开风帆，张帆行船。下联意谓，人民犹如止水，当权者切莫因为水利而过于张帆行驶。此指应当关心爱护民众，不要滥用手中权力。这里既与罗池船厅有关，进而含有水能载舟、亦能覆舟的道理。就其用意似在劝喻和警告国民党当局。

此联即景抒情，感时伤怀。

一片忧国忧民之情溢于言表。联句内容均与船厅、罗池有关，此心“怀击楫”，告诫“过张帆”，且均寓有深意，能够启人三思。

题青城山银杏阁

沈钧儒

银杏千年征道性；
青城一洞试幽深。

赏析

此联写于1940年3月。青城山，在四川省灌县西南三十华里处。因三十六座山峰犹如苍翠四合的城郭，故名。银杏阁在青城山天师洞左侧，这里有古老银杏一株，相传为道教创始人张天师所植，高达数十米。1940年3月，沈钧儒曾游青城山，并为银杏阁题写楹联。

上联中，征，证明，证验。这株银杏传为东汉天师张道陵亲手种植，已有千年以上历史，看来可以证明这位张天师有着非凡的道性。与此同时，这株银杏能活千年，似亦证明自身已有道性。

下联中，青城一洞，即天师洞，相传张天师曾在此讲经传道。观内现存有石刻天师法像。试幽深，指游客可以尝试与检验这一神奇洞府幽深雅致的景物。

此联对仗工稳，构思机巧。自然嵌入“青城”“银杏”字样，既与景点名称及历史传说有关，又成一副颇为典型的嵌名联。

挽沈振黄

沈钧儒

小子生命轻一掷；
服务精神足千秋。

赏析

此联写于1945年3月。沈振黄（1912—1944），浙江嘉兴人。20世纪30年代著名漫画家，曾任开明书店美术编辑。抗战初期加入战地服务队。1944年冬，日军进逼柳州。他不顾个人安危接受疏散难民的任务，在乘车撤离途中，为让位给一老妇人而卧于车顶，不幸转弯时坠车牺牲。次年4月1日，重庆文化界举行沈振黄追悼会，沈钧儒撰送挽联致哀。

上联言逝者意外丧生。小子，长者对于晚辈的昵称，犹言后生小子。沈振黄牺牲时年仅32岁。生命轻一掷，既指逝者不惜献出自己年轻的生命，亦含撤离途中坠车身亡的遇难经历。

下联赞逝者服务精神。这里紧承上句，意谓生命轻轻一掷，为民服务精神却足以千秋永存，亦即永远成为人们学习的榜样。

此联语浅意深，看似轻松叙述中实寓深沉敬意。“生命轻一掷”与“精神足千秋”这正是烈士献身的意义所在，让人深受启示与教育。

挽史良母

沈钧儒

为大众之母；
遗天下以慈。

赏析

此联写于1945年12月。史良为我国现代杰出女社会活动家。1936年当选全国各界救国会常务委员，一度被捕入狱，为“七君子事件”受害者之一。1945年当选中国民主同盟执行委员。同年12月，史良母亲因病逝世，沈钧儒以中国人民救国会名义撰送挽联致哀。

上联中，大众，多数之人，泛指人群。这里是说，逝者不仅是史良之母，也是大众之母。

下联中，遗（wèi），给予，赠予。慈，爱。《左传·文公十八年》：“宣慈惠和。”疏：“慈者爱，出于心，恩被于物也。”后多指父母爱抚子女。此句意谓，给予天下人以慈爱。

此联以中国人民救国会组织名义撰写，故从大处着眼，盛赞这位慈母在人民大众心目中的地位与影响。

挽陶行知

沈钧儒

面对如此世界，正需大家合力撑持，奈何舍我侪遽去；
遗下许多事业，皆是吾公一手创造，最难安后死仔肩。

赏析

此联写于1946年9月。陶行知（1891—1946），安徽歙县人。我国现代著名教育家。早年赴美国留学，回国后从事教育工作。1945年当选中国民主同盟中央执行委员，主办《民主》周刊。1946年7月25日，因参与反内战、反独裁斗争，在白色恐怖笼罩下的上海受迫害病逝。9月22日，重庆各界举行陶行知追悼会，沈钧儒撰送挽联致哀。

上联写出当时革命的艰苦处境，叹息友人英年早逝。面对如此世界，当时国民党在美帝国主义支持下发动全面内战，反内战、反独裁的斗争正处于危急之中，因此正需要大家全力撑持，以挽救这一艰难的局面。我侪（chái），我辈。遽去，急速而去，指死。逝者作为中国民主同盟中央执行委员，何以舍弃我们突然去世。

下联赞颂逝者生前在抗日救亡与培育人才方面的不朽业绩。逝者生前推行平民和乡村教育，创办晓庄师范、生活教育社、育才学校和社会大学，积极为抗日救亡奔走呼号，为国家培养许多有用人才，而这一切“皆是吾公一手创造”。仔（zǐ）肩，责任，所担负的任务。语出《诗·周颂·敬之》：“佛时仔肩”。郑笺：“仔肩，任也。”此句意谓，最使我们这些后死者难以安下心来的是，如何担起肩上的责任。

此联以浅近的文言表述哀挽逝者的感情。用语平实自然，富于感情色彩。激励生者去完成烈士遗下的“许多事业”，投入反内战反独裁的斗争。

挽李公朴闻一多

沈钧儒

不再跨回来，认定前途有民主；
随时准备死，造成历史最光荣。

赏析

此联写于1946年10月。同年7月11日与15日，我国现代著名学者、诗人、民主革命战士李公朴和闻一多，在昆明先后被国民党特务暗杀，造成震惊全国的“李闻惨案”。同年10月4日，上海各界举行李公朴、闻一多追悼会，沈钧儒撰送挽联致哀。

上联言李闻烈士为争民主义无反顾。不再跨回来，引自闻一多《最后一次的演讲》，亦即1946年7月15日在云南大学举行李公朴追悼会上的悼词。他说：“我们都准备好了的，我们都会像公朴先生那样，跨出门去，就不准备再跨回来，民主是杀不死的。”

下联言李闻烈士慷慨赴死的献身精神。随时准备死，李公朴、闻一多，包括更多的爱国民主战士，都有这样的决心，随时准备为革命事业而死。他们深知，为了造成祖国历史美好的明天而英勇献身，是很光荣的。

此联语言简洁凝练，格调悲壮感人。化用烈士生前演讲，表彰烈士献身精神。激励人们认定民主前途，谱写光荣历史。

赠方学武二联

沈钧儒

一

立志须存千载想；
闲谈无过五分钟。

二

清风故人品；
初日少年文。

赏析

此联写于1947年间。方学武，沈钧儒的秘书，曾经同在上海生活书店工作。1947年间，沈钧儒时任中国人民救国会会长、中国民主同盟中央执行委员，方学武作为秘书协助工作。当时沈老曾先后为其题写两副对联。

第一副联语题于1947年6月。

上联中，立志，立定志愿，立定志向。千载，千年，形容岁月长久。此句意谓，立定志向应有千年之想，实即希望友人志向高远，要有历史眼光。

下联中，谓立志就要崇尚实干，不要无端耗费时间。此句与作者早年所作《自箴》下联基本相同，原为“闲谈毋过五分钟”，可见此联是在原有基础上改写。

第二副联语题于1947年10月。为忆少年时他人所作。当时方学武到沈钧儒家，正遇其在书写此联，因喜爱而当面索取。沈氏欣然同意，并在联旁题款云：“少年时见厅堂有此联，忆及书之，学武吾弟欲之，即以奉赠。余不喜写横联，研有余藩，草茁涂砌，幸勿付装池也。三十六年十月钧儒七十又四。”

上联中，清风，清凉的风。《南史·谢譓传》：“有时独醉，曰：‘入吾室者但有清风，对吾饮者唯有明月。’”后以清风明月喻高人雅士。故人，旧时对门生故吏的自称。《资治通鉴·汉桓帝建和三年》：“此咎由故人畏惮强御。”注：“故人，（高）伦自谓也。汉人于门生故吏之前，率自称故人。”品，人品，品格。此句意谓，此室主人品格十分高雅。

下联中，初日，初出的太阳。文，文辞，文采。此句意谓，此室少年（子弟）文采有如初出的太阳，言其华美而有生气。

作者书联题赠身边秘书，足见待人热情诚恳。对于年轻友人，慰勉之情与策励之意兼而有之。

集句联

沈钧儒

无所住；
俨若思。

赏析

此联写于1947年间。集句联，对联格式中的一种，集古人诗文中的句子而成。1947年间，沈钧儒集佛经与古书中的句子构成一副短联，题赠中国民主同盟中央主席张澜。因此有的联书亦将此联题作《赠张澜》。根据联意似与国民党当局宣布“民盟为非法组织”并予解散有关。

上联“无所住”，引自《金刚经》。住，即住著，执著之意。佛教劝人无所住著，不可迷恋尘世的生活，亦即不执著于声、香、味、色、触、法六尘。

下联“俨若思”，引自《礼记》。俨若，形容矜持庄重。思，思考。此句意谓，俨然像在沉思之中。值得注意的是，作者引用佛经与古书成句而又另出新意，即既不要过于执著包括声、色、香、味、触、法“六尘”在内的尘世生活，又要严肃认真地思考现实社会中的问题。

此联有如佛家的偈语，言少而意多。联句所蕴含的弦外之音，受赠者因其感同身受，自当心领神会。我们亦需知人论世，联系联语写作背景，方知作者　　本意。

集姚鼐《惜抱轩诗集》句

沈钧儒

此世论心常恨少；
四海知髯故绝伦。

赏析

此联写作时间不详。姚鼐，清安徽桐城人，乾隆年间进士。曾主讲江南、紫阳、钟山书院，前后四十年。因书斋名惜抱轩，以《惜抱轩诗文集》传世。沈钧儒集《惜抱轩诗集》成句而成此联。

上联中，论心，论出由心，意同平心持论，即采取冷静客观的态度作公允的评论，不掺杂感情因素。此句意谓，这个世界能够平心持论的人过于稀少。

下联中，四海，意同天下。《书·大禹谟》："文命敷于四海。"髯（rán），本指两颊上的长须，亦指长须之人。《三国志·蜀书·关羽传》："羽美须髯，故亮（诸葛亮）谓之髯。"绝伦，无与伦比。《三国志·蜀书·关羽传》引诸葛亮与羽书曰："孟起（马超）兼资文武，雄烈过人，……当与翼德（张飞）并驱争先，犹未及髯之绝伦逸群也。"此句意谓，天下之人莫如诸葛亮了解关羽本来就是无与伦比之人。

此联因集古人成句，内容隐约含蓄。世人论心者少，知髯更为不易。联句隐然含有对世道不公、英雄无用武之地的感慨。

应对塾师

黄炎培*

相对一庭花，久而生厌；（塾　师）
纵谈千古事，快也何如。（黄炎培）

作者

*黄炎培（1878—1965），字任之，上海川沙人。早年参加同盟会。后从事职业教育与民主运动。抗战时期任国民参政会参政员。参与发起成立中国民主同盟和中国民主建国会。新中国成立后，任国务院副总理、轻工业部部长、全国政协副主席、中国民主建国会主任委员。著有《中国教育史要》、《断肠集》。

赏析

此联成于少年时代。应对塾师，黄炎培幼年先在家随母亲识字，并从两位叔父读“四书”。十岁起到南汇外祖父家东野草堂私塾附读。当时塾师曾以“相对一庭花，久而生厌”作为出句，让学生应对；黄炎培稍加思索，则对以“纵谈千古事，快也何如”。自然构成一副即景抒情的对联。

上联中，相对，两相对应，相向。庭，堂前之地，此指庭院。出句就眼前景物而言，对着庭院中的花，看久了也会生厌。

下联中，纵谈，广泛谈论，放纵而谈。快，快活，快意。何如，何似，比……怎么样。对句就自身感受而言，与友人纵谈千古之事，其快活的程度将会怎么样，亦即何等的快意啊！

师生联句，内容贴切，属对工稳，堪称佳构。可见黄炎培少年时代就有驾驭对联写作的功力。

自　勉

黄炎培

大量度人，小心处事；
正身率物，屈己为群。

赏析

此为作者早年之作。自勉，这副言志述怀的联语饱含人生哲理，充分反映了作者立身处事的准则和为民造福的志向。既寓中华民族传统美德，又具现代民主革命思想。虽属自勉，亦可励人。

上联中，大量，宽宏的度量。《晋书·车济传》："（济）果毅有大量。"度人，推测他人，对待他人。联句意谓，待人宽宏大量，处事又很小心。这才是为人处世的积极态度。

下联中，正身，犹言修身，即端正自身的行为。《荀子·法行》："君子正身以俟，欲来者不拒，欲去者不止。"率物，做众人的榜样。《东观汉记·吴祐传》："迁胶东相，改为仁简，以身率物。"屈己，委屈自己。联句意谓，端正自身的行为，以做众人的榜样。为了群体利益，宁可委屈自己。这种正直无私，舍己为人的品格值得称道。

此联深入浅出，言简意明，实为富于人生哲理的警句格言。读之令人肃然起敬，而且颇受教益。

挽胡谦六

黄炎培

神州满地腥膻，宁我辈有死所；
海外千行血泪，送君魂归去来。

赏析

此联写于20世纪初年流亡日本期间。胡谦六，为作者同乡，其余生平事迹不详。据《中国近现代名家名联》一书所载，此联题为《亡命日本时挽同乡胡谦六》。如依题意所示，应作于1903年7月至1904年间。此前黄炎培因在南汇新场发表痛陈民族危亡、政府昏聩的演说，被南汇知县以乱党罪名逮捕并治死罪。后经亲友营救得以出狱，旋即亡命日本。在日期间，同乡胡谦六病故，遂撰此联致哀。

上联言我辈应投入反清斗争。神州，指中国。语见《史记·孟子荀卿列传》。腥膻（xīng shān），原指羊臊气，后亦泛指恶臭的气味。实即暗指清朝封建统治。宁，乃，曾。有，作语助，无义。为与“归去来”对应，故在“死所”之前加一衬字。上联意谓，中国大地充满腥膻之气，实乃我辈赴死之所。其意即应为“驱除鞑虏，恢复中华”而战斗。

下联言让同乡亡魂返回故里。海外，指日本。作者何以痛苦万分而流下千行血泪？既悲同乡之死，亦为祖国危亡。君魂，此指逝者之魂。归去来，来，语助词。辞赋篇名，陶潜所作。晋代诗人陶潜辞官归隐而作此文，极写自己归途与返家之后怡悦安适的心情。这里借用此典，意谓当送同乡亡魂由海外返回故里。

此系以血泪写成的文字，面对同乡之死，感情深沉悲痛。内心激愤之余，仍以曲笔表达投入反清斗争的决心。

赠杨白民

黄炎培

霍去病；
杨大年。

赏析

此联为辛亥革命前在上海所作。杨白民，字士照，上海人。

曾于清朝末年在上海南市创办城东女校，并请黄炎培等教育界知名人士来校任教。有一次杨白民突患重病，黄炎培当即看望友人，并以古人姓名的谐音组成巧联予以慰问。

霍去病，西汉名将。官至骠骑将军，封冠军侯。他曾前后六次出击匈奴，从而较长时期解除了匈奴对西汉王朝的威胁。联中取其谐音，希望友人“霍然去病”，早日康复。

杨大年，北宋文学家杨亿，字大年。淳化进士，任翰林学士兼史馆修撰。曾与刘筠等人诗歌唱和，编成《西昆酬唱集》，号称西昆体。联中因其姓氏相同并取谐者，祝愿友人“得享大年”，健康长寿。大年，意即高年。

此联以古代人名安慰病友，自然切合，构思精巧，可谓别具一格。

题非非有斋

黄炎培

毋忘孤苦出身，看诸儿绕膝相依，已较我少年有福；
切莫奢侈过分，闻到处向隅而泣，试问你独乐何心？

赏析

此联写于民国初年。非非有斋，为黄炎培早年上海住所书斋名。民国初年，他虽身任江苏省署教育司司长、江苏教育会会长，仍在上海赁屋而居。其中一间书房，白天自己写字、会客，晚上则搭铺让孩子歇宿。他还借用庄子“吾身非吾有也”句意，将此室取名“非有斋”，以为吾身非吾之所有，何况身外之书斋。不料这块“非有斋”匾额悬上不久竟不翼而飞。他曾写诗以纪其事：“君子梁上来，赏奇负之走。语我以真理，非有非非有。”从此另易斋额为“非非有斋”，且题联语一副，借以述怀明志。

上联勉励自己，毋忘孤苦出身。毋（wú）忘，不要忘记。作者出身于川沙城关贫苦市民家庭，父亲长期在外谋生，自己从小随母识字，后来父母相继去世，只有依靠亲属维持学业。因言“孤苦出身”。今天看着儿女们围绕自己身边，深感他们比起自己少年时代幸福多了。上联意谓，今日虽对“诸儿绕膝相依”的安定生活深感欣慰，却在提醒自己莫忘孤苦出身。既有今昔之感，又抒自箴之情。

下联告诫后人，切莫奢侈过分。奢侈，花费大量钱财，追求过分享受。向隅而泣，对着墙角哭泣。语出刘向《说苑·贵德》：“今有满堂饮酒者，有一人独索然向隅而泣，则一堂之人皆不乐矣。”下联意谓，平日生活切莫奢侈，你可听到到处有人对着墙角哭泣，试问你还有什么心思独自快乐？一片忧国忧民之心，溢于字里行间。

此联因斋及人，寓意颇深。作者告诫自己不要忘记孤苦出身，今日虽有“诸儿绕膝相依”，却更应想到战乱不止而使百姓无家可归，怎能充耳不闻独自享乐呢？这就充分反映出作者“先天下之忧而忧，后天下之乐而乐”的高尚情怀。

书赠黄山僧性海

黄炎培

名山大好吾家有；
游客昔评天下无。

赏析

此联写于1914年5月上旬。性海，为黄山某寺院僧人。黄炎培游黄山受其热情接待，故以此联相赠。至于此联的写作时间，《近现代名人对联辑注》一书释为：“此联为解放前一次游黄山时作。”未免过于宽泛。经查《黄炎培年谱》，1914年5月1日至6日“作黄山之游”。六日之游，时间宽裕，似应作于此时。

上联中，家为自称或人称的语尾，如咱家、洒家、君家等。此句意谓，大好名山吾家所有，实即性海参禅于大好名山的佛寺。

下联中，游客，作者自注：“谓翁松禅师。”此指清朝军机大臣、光绪帝师傅翁同龢，因其晚号松禅，作者遂称“翁松禅师”。

昔评天下无，当指翁同龢昔日亦曾应性海和尚之请题字，这样的机遇是天下少有的。

联句平中见奇，粗看不易理解。需与作者自注及性海和尚生活经历联系起来，方能有所领悟。

书赠黄山僧果证

黄炎培

同看云海光明顶；
难得天西接引僧。

赏析

此联写于 1914 年 5 月上旬。果证，为黄山某寺院僧人。1914 年 5 月，黄炎培畅游安徽黄山，受到性海、果证和尚热情接待，临别赠联表示谢意。

上联中，光明顶，在黄山中部，海拔 1840 米，是黄山观赏日出、云海最佳处。每当日出之前或阴霾之日，登上光明顶，只见滚滚云雾如无边大海，而高出云雾之上的山峰，则如大海中的岛屿，景象蔚为壮观。

下联中，接引，可作两种解释：一是接待、引进；二是佛教谓佛引导众生入西方净土。联中似兼有二义，此句意为难得有来自西天佛国的僧人作为导游，陪同我们一起观看云海。

此联书赠果证，实为游山即景。我们在光明顶同看云海，难得有你这位来自西天佛国的僧人接待。切人切事，堪称佳构。

挽蔡锷

黄炎培

既用苦战争回人格，夕死可矣；
能以道德爱其国家，先生有焉。

赏析

此联写于1916年12月。蔡锷（1882—1916），字松坡，湖南邵阳人。早年毕业于日本士官学校。1910年10月领导云南新军起义，被举为云南都督。1913年被袁世凯软禁。1915年底与梁启超策划反袁，潜出北京，回云南组织护国军起兵讨袁。次年袁世凯死后，任四川督军兼省长，因病赴日本就医，不治逝世。同年12月3日，其灵柩由日本运回上海，黄炎培撰送此联致哀。

上联中，苦战，拼死战斗。蔡锷在辛亥革命后一度站在袁世凯一边，曾奉命派兵入川，并在袁世凯政府任职。后逐步认清袁的面目，直至1915年底与梁启超等毅然倒戈，并在反对袁世凯称帝斗争中发挥了重大作用，联中因言“用苦战争回人格”。夕死可矣，语出《论语·里仁》：“朝闻道，夕死可矣。”意谓早晨得知真理，晚上可以死去，表示对于某种信仰追求的急切。上联意谓，既用讨袁护国苦战争回人格，夕死亦可安然瞑目了。

下联中，爱其国家，1903年春，沙俄拒不遵约撤走侵占中国的军队，并向清政府提出七项无理要求。当时留日学生自发组织拒俄义勇队，拟赴东北前线与沙俄侵略军作战。蔡锷、黄兴等人积极参加，联中因言“以道德爱其国家”。焉，犹之。先生有焉，先生有之。下联意谓，逝者早年即有爱国之心，当时直接参加了拒俄义勇队这一正义斗争。

对于蔡锷其人，社会舆论褒扬有加，但亦出现贬责之辞。此联于褒扬之中含有婉转批评，较好把握了分寸。这种不为贤者讳的史家态度是可取的。

挽高尔谦

黄炎培

如此使绝域才，今世有几；
读公训爱女书，仁言蔼然。

赏析

此联写于1918年间。高尔谦（1863—1918），福建长乐人。清末举人，曾任外务部右丞、云南交涉使、驻意大利公使、四川布政使。辛亥革命后，任驻意大利公使、外交部次长。1918年因病去世，黄炎培撰联致哀。

上联赞颂逝者的外交才能。使，出使。唐以后朝廷派去负责地方某种政务的官称“使”。绝域，极远的地域。使绝域才，能出使绝域之才。这里似兼有二义，既指出使国外，两度出任驻意大利公使，又指远赴我国边疆，出任云南交涉使。上联意谓，如此出使绝域的才能，今世能有几人？

下联言逝者在家中是仁厚长者。公，对长者的敬称，此指高尔谦。训爱女书，教诲爱女的书信。仁言，仁者之言。蔼然，和气可亲的样子。韩愈《答李翊书》：“仁义之人，其言蔼如也。”下联意谓，我们读逝者写给爱女的书信，可见仁者之言蔼然可亲。

此联哀挽逝者，选取国与家两个不同层面加以赞颂。逝者于国是今世少有的出使绝域之才；逝者于家为蔼然可亲的仁厚长者。作者寓深情于客观叙述之中，更显逝者堪称完人。

挽邹芸巢

黄炎培

生平多莲幕文章，立功在定国先，惟吴下云阳尤不朽；
余事作枌乡教育，下笔尽惊人语，开江南风气而非师。

赏析

此联约写于20世纪20年代。邹芸巢，生平事迹不详。今据联意推测邹氏当生于吴地，早年充当幕府文士，后在家乡从事教育工作。约于20世纪20年代不幸逝世，黄炎培撰联致哀。

上联言逝者早年充当幕府文士。莲幕，幕府。相传南齐王俭于高帝时为卫将军，即宰相之职，领朝政。一时所辟，皆才名之士，时人以入俭府为入莲花池，言如红莲绿水，交相辉映。后因称幕府为莲幕。唐李商隐《祭张书记》："职高莲幕，官带芸香。"联句谓逝者生平多作莲幕文章，当在官府从事秘书工作。且立功在民国成立之前。吴下，指江苏南部一带，其地古属吴国。云阳，典出《史记·秦始皇本纪》："韩非使秦，秦用李斯谋留非。非死云阳。"桓宽《盐铁论·毁学》："李斯相秦，席天下之势，志小万乘，及其囚于囹圄，车制于云阳之市。"故后世小说、戏曲中常用以称行刑的地方。吴下云阳尤不朽，意指逝者为当地封建军阀所杀害。

下联言逝者后来从事家乡教育。余事，公余之事。枌乡，即故乡。据《史记·封禅书》载，汉高祖为丰地枌榆乡人，初起兵时祷于枌榆社。后因以"枌榆"为故乡的代称。枌乡教育，在家乡从事教育工作。风气，风尚、习气。非，岂非，未尝。《书·大禹谟》："可爱非君，可畏非民。"师，对逝者的尊称。联句意谓，逝者生前下笔尽作惊人之语，开江南风气者故而非君莫属。

此联哀挽亡友，从"莲幕文章"与"枌乡教育"两个侧面展开，肯定逝者平生功业。属对工稳，感情诚挚。

挽杨白民

黄炎培

几百青年，三间老屋，如此鞠躬尽瘁，
到死方休，为人可以师矣；
廿年朋友，万方风云，回忆亡命归来，望门投止，
道义何敢忘乎！

赏析

此联写于1924年10月。杨白民，生前为上海城东女校校长。1924年10月因病逝世。黄炎培作为中华职业教育社社长，对于老友去世，怀着沉痛的心情撰联致挽。

上联表彰逝者热心教育，为

人师表的崇高精神。“几百”二句，杨白民于1903年在上海南市竹行弄，以家中三间老屋为基础，创办了城东女校。此后逐步发展，成为招收几百青年的一座颇具规模的私立学校。鞠躬尽瘁，谓不辞劳苦，贡献一切。语出诸葛亮《后出师表》：“臣鞠躬尽瘁，死而后已，至于成败利钝，非臣之明所能逆暗也。”矣，古汉语的助词，写在句末，跟“了”相同。这里是说，逝者像当年诸葛亮一样，鞠躬尽瘁，至死方休，完全可为人师表了。

下联回忆与逝者二十年的交往情谊。廿年，二十年，即与逝者做了二十年的朋友，经历了“万方风云”，亦即辛亥革命前后的诸多风云变化。望门投止，谓见有人家即去投宿，极言处境的窘迫。《后汉书·党锢传·张俭》：“俭得亡命，困迫遁走，望门投止，莫不重其名行，破家相客。”道义，道德和正义。此指道义上的支持，乎，助词，表示疑问，跟“吗”相同。这里是说，作者于1903年因办新学宣传革命，曾被上海南汇知县以乱党罪名逮捕入狱，后经多方营救得以亡命日本。归国之后生活无着，杨白民正在创办城东女校，毅然请他到该校任教。黄炎培对于友人急难之中道义相助非常感激，以致终生不忘。

此联语言质朴，感情深挚。赞颂逝者师德风范，回忆昔日救助之情。于客观叙述中流露出内心悼念亡友之情。

挽张謇

黄炎培

物则棉铁，地则江淮，盖其自任天下之重如此，
着眼远处，着手近处，凡在后生，宜知勉矣；

早岁文章，壮岁经济，所谓不作第二人想非耶，
孰弗我有，孰是我有，晚而大觉，尚何憾乎？

赏析

此联写于1926年8月。张謇（jiǎn）（1853—1926），字季直，江苏南通人。光绪状元，授翰林院修撰。辛亥革命后，

曾任南京临时政府实业总长、北京政府农林总长、工商总长、全国水利总局总裁。一生创办南通大生纱厂、大达轮船公司、资生铁冶公司等企业。1926年8月因病逝世，黄炎培撰送挽联致哀。

上联中，棉铁，指创办南通大生纱厂与资生铁冶公司等与棉花、钢铁有关的企业。江淮，长江、淮河流域。既指张謇所办厂矿企业多集中在江淮地区，亦与担任全国水利总局总裁期间，治理长江、淮河有关。盖，大概。其，那。盖为疑问副词，其为指示代词。自任天下之重，张謇既将兴办实业视为“富强之大本”，就主动肩负起实业救国的重任。后生，后辈，少年。张謇兴办实业既有明确指导思想，又从一项项具体工作做起。凡属后辈，应当从中受到勉励。

下联中，早岁文章，张謇早年中过秀才、举人、状元，文章冠于当世。壮岁经济，1895年以后，张謇进入人生壮年，响应变法维新，相继创办诸多厂矿企业，发展我国民族经济。所谓不作第二人想，实即力争第一之意。非，疑问词，犹否。《汉书·终军传》：“此言与实反者非？”耶，语末助词，表示疑问。孰，谁，哪个。弗，不，不要。此言人以为是的我有，人不要的我也有。实即人无我有，人有我亦有之意。大觉，大梦醒觉，猛然醒悟。《庄子·齐物论》：“且有大觉，而后知其大梦也。”这里是说，后来猛然醒悟，还有什么值得遗憾的吗？此指后来弃文从商，走上实业救国的道路。当然没有什么值得遗憾的地方。

此联篇幅较长，却对仗工整。能对逝者作出全面评价，既肯定其“早岁文章，晚岁经济”的成就，更突出其敢于开创兴办实业的贡献。

赠川沙县商会

黄炎培

农有余粟，女有余布，交易而退，各得其所；

货无弃地，力不藏身，盗贼不作，是为大同。

赏析

此联写于1927年1月。赠川沙县商会，据《黄炎培年谱》记载，1927年1月16日参加川沙县公团联合会成立会。对与会者谈话，勉以三事："求知识，尽责任，讲信用。"次日撰联赠川沙县商会。

上联具体写出商业的作用。粟（sù），古代也用作禾、稷、谷，粮食的通称。这里是说，农民有了余粮，妇女有了余布，方能上市交易，从而各得其所。

下联表明自己的社会理想。联句语出《礼记·礼运》："大道之行也，天下为公。……货恶其弃于地也，不必藏于己；力恶其不出于身也，不必为己。是故谋闭而不兴，盗窃乱贼而不作，故外户而不闭，是谓大同。"联中同样表达了作者实现大同社会的理想。

此联用语平实，通俗易懂，既肯定商业的作用，又对商人提出要求。化用《礼记》成句以表达自己的社会理想，更显作者的艺术功力。

为友人代撰祠联

黄炎培

耕读是人生自立根基，要将劳力博成功，莫靠祖遗产业；
孝友为我族传家宝训，勿以新知堕旧德，才称大好儿孙。

赏析

此联写于1927年3月。为友人代撰祠联，据《黄炎培年谱》记载，1927年3月27日"为友人某姓代撰祠联：……"由此可知，某姓友人修宗族祠堂，作者应约为其代撰楹联。

上联指出"耕读是人生自立根基"。耕读，耕田和读书。读书可以入仕，农耕可以自养，因言二者"是人生自立根基"。将，拿、用。博，换取、取得，如聊博一笑，以博欢心。这里是说，要用劳力来取得成功，莫靠祖上遗留下来的产业。

下联强调“孝友为我族传家宝训”。孝友，语出《诗·小雅·六月》：“侯谁在矣，张仲孝友。”毛传：“善父母为孝，善兄弟为友。”亦作孝弟或孝悌，为儒家伦理思想。旧社会常将孝顺父母、友爱兄弟作为“传家宝训”。新知，亦作新学，指“五四”前后由西方传入的资产阶级新文化。堕（huī），繁体“墮”，通“隳”，毁坏。旧德，先人的德泽。这里是说，不要因学到了新知识而毁弃先人的遗训，才可以称为大好儿孙。作者是为友人宗族祠堂题联，故特别强调继承传统道德的一面。

此联完全符合题意要求，既属祠联，又为友人代撰。上联言耕读立基，下联言孝友传家。意在突出传统文化，纳入宗族祠堂规范。

挽曾朴

黄炎培

少而惇敏，品题孽海烟花，平时致力最勤，在从事欧西名著迻译绍介，工夫惟公足夸，近世新旧两词坛各占片席；

出其余绪，整理乡邦财赋，一事厥功尤伟，实亲定江苏教育经费独立，办法愿我身肩，本省文化诸同志长毋相忘。

赏析

此联写于1935年间。曾朴（1872—1935），江苏常熟人。光绪举人。1904年在上海创办小说林书社，出版创作和翻译小说，并着手写作《孽海花》。辛亥革命后任江苏财政厅长、政务厅长。1927年开设真善美书店，出版《真善美》月刊。1935年因病逝世，黄炎培撰送挽联致哀。

上联高度评价逝者在文学创作与翻译介绍方面的杰出成就。少（shào），年纪轻（跟“老”相对）。惇（dūn）敏，敦厚聪明。品题，评论人物，定其高下。孽海烟花，情天孽海里的烟花女子。此指曾朴长篇小说《孽海花》，描写清末官僚、文士的逸闻艳事，具有一定讽刺意义。迻（yí），“移”的异体字。绍介，即介绍。此指逝者生前致力于西欧名著的翻译介绍。词坛，即文坛。上联意谓，曾朴少年时代就很敦厚聪明，写出评论情天孽海中烟花女子的长篇小说《孽海花》，平时还致力于西欧名著的翻译介绍，因此曾朴在近代新旧文坛各占片席之地，即均有一定地位。

下联充分肯定逝者担任江苏财政厅长期间对教育工作的大力支持。余绪，亦作绪余，语出《庄子·让王》：“道之真以治身，其绪余以为国家，其土苴以为天下。”后常指主体以外的部分为绪余。整理乡邦财赋，指担任江苏财政厅长，主管地方财政赋税。一事，指曾朴任江苏财政厅长期间，亲定教育经费独立。厥功尤伟，其功尤为伟大。“办法”二句，此指黄炎培当时曾任江苏教育局局长，因而表示这一办法我愿身肩，现更希望本省从事文化工作的人永远不要（毋通无）忘记逝者的功德。

作者与逝者均系清末举人，辛亥革命后又曾在江苏同事，二人相知甚深。此联对于逝者在近代文坛与政坛的地位均给予高度评价。

题青城山天师洞

黄炎培

经阁如新，须知道道非常道；
山洞无恙，但视年年大有年。

赏析

此联写于 1936 年 2 月。青城山天师洞，青城山在四川省灌县西南三十里处，为我国道教发祥地之一。相传东汉张道陵（张天师）曾在此创立五斗米道，因此历代宫观林立，至今尚存三十余处。天师洞为山上道观主宫，又名古常道观，始建于隋大业年间。相传张天师讲道于此，故名天师洞。1936 年 2 月，黄炎培曾游青城山，夜宿天师洞，应道观主人之请巧用道教词语题写楹联。

上联中，经阁，藏经阁，收藏道教经典的地方。道道非常道，即老子《道德经》开头两句：“道可道，非常道。”按高亨《老子正诂》解释：“其意以为吾所谓道之为物，乃常道，本不可说也。”这里是说，天师洞藏道经的楼还像新的一样，应了解道教有它不同寻常的事理。

下联中，无恙（yàng），没有毛病。但，仅、只是。视，看、看顾。大有年，大丰收之年。《榖梁传·宣公十六年》：“五谷大熟，为大有年。”这里是说，山中洞府安然无恙，只是看顾当地每年的年成均取得大大的丰收。

此联紧扣题意，巧用道教语言入联。联句多用重言，对仗工稳，实属难能可贵。

挽章炳麟

黄炎培

天未丧斯文，是在七十二高弟；
我若伴公死，都作卅年前古人。

赏析

此联写于1936年间。章炳麟（太炎），近代著名学者、民主革命家。早年参加维新变法运动。1906年加入同盟会，主编《民报》。1917年任护法军政府秘书长。晚年致力讲学与著述。有《章氏丛书》三编及《章太炎全集》传世。1936年因病逝世，黄炎培撰送挽联致哀。

上联肯定逝者所取得的成就应当列入孔门七十二高弟的行列。斯文，原指古代礼乐制度。语出《论语·子罕》：“天之将丧斯文也，后死者不得与于斯文也！”后亦以“斯文”指儒者或文人。高弟，语见《史记·礼书》：“自子夏，门人之高弟也。”《索隐》：“言子夏是孔子门人之中高弟者，谓才优而品弟高也。”后因称门人弟子之成绩优异者为高弟，又称高第弟子。七十二高弟，相传孔子有弟子三千，其中佼佼者有七十二人。这里是说，天公未丧斯文（此指章炳麟），此人应在孔门七十二高弟之列。

下联赞颂逝者三十年前反清

斗争的英勇壮举。公，对人的尊称，此指逝者。卅（sà），三十。卅年前，此指1903年前后，章太炎力主革命反清，因发表《驳康有为〈论革命书〉》及替邹容《革命军》作序，曾被捕入狱。他在狱中坚持斗争，仍与外界联络创立光复会，被推为会长。古人，亦作“故人”，已死的人。这里是说，我若伴你死去，愿都为三十年前作古之人。此语含有深意，意在特别肯定逝者三十年前的斗争业绩，实际上是对于逝者后半生所走过的道路持有保留态度。

此联蕴藉含蓄，对于逝者在文化学术方面的贡献给予高度评价，而对其政治道路则肯定其早年的反清斗争，对于后期退出政坛潜心治学则明显持有保留态度。

春　联

黄炎培

天地示人真善美；
山河还我北南东。

赏析

此联写于抗日战争期间。当时，黄炎培作为爱国民主人士、国民参政会参政员，写作了这副卓具特色的春联，充分表明了我抗日军民追求真理的信念和收复失地的决心。

上联中，真善美，谓真实、善良、美好，这是人们所追求的东西。其反面则为“假丑恶”。20世纪20、30年代之交，曾有刊物名之为《真美善》。此句意谓，天地亦示意于人们应当相信世间真善美的事物。

下联中，北南东，这里既为与上联“真善美”文字对应，以符合对联音律要求而写成“北南东”，同时寓有一定的涵义。全句意谓，还我祖国北部、南部、东部的大好山河。此指将抗日战争进行到底，收复除我尚在控制的西南、西北以外的广大沦陷区。

此联语浅意深，平中见奇。“山河还我北南东”，让人感慨系之，而又昂然奋起。

题乐山宜宾宾馆

黄炎培

平生颇乐山居，长爱乐山山城如画；
此地最宜宾住，来叩宜宾宾馆之门。

赏析

此联写于1942年夏天。题乐山宜宾宾馆，黄炎培于1942年夏游览四川乐山，下榻宜宾宾馆。后应宾馆主人之请，题赠一副别具一格的嵌名联。

上联既写出自己平生喜爱山居，因而长爱乐山山城风景如画；又在两句之中，两次巧妙嵌入“乐山”二字。乐山县在四川省中部，岷江、大渡河与青衣江在境内汇合，且有凌云山、乌尤寺、乐山大佛等名胜古迹。山城风景如画，向为川南游览胜地。

下联既写出乐山最宜游客居住，因此来叩宜宾宾馆之门，又在两句之中，同样各自巧妙地嵌入“宜宾”二字。

作者用地名组合法撰成此联，巧妙嵌入“乐山”“宜宾宾馆”字样，切人切地，自成一格。

为中华职业教育社成立二十六周年作

黄炎培

以生产报效国家，只利大众轻小己；
从发展追怀创始，看来容易却艰辛。

赏析

此联写于1943年5月。中华职业教育社，民间教育团体。1917年成立于上海。黄炎培为主要负责人。曾先后开办中华职业学校、中华工商专科学校等，为推动我国职业教育做出重大贡献。1943年5月，中华职业教育社成立二十六周年，特在重庆巴蜀礼堂召开纪念会。黄炎培代表理事会报告会务，并撰此联以志感想。

上联重申中华职业教育社的宗旨。黄炎培曾在当时的讲话中明确指出，中华职业教育社有一个中心信仰，就是爱国和报国，亦即“想以生产报效国家，以科学开发生产，以人才运用科学”。轻小己，即只利大众而看轻小我。

下联指出中华职业教育社二十六年来艰难发展的过程。作者从现在的发展追溯怀想创始阶段，自然感慨系之。末句化用王安石《题张司业诗》中的名句：“看似平常最奇崛，看来容易却艰辛。”

此联用语明白如话，却又平中见奇。作者回顾该社艰难发展历程，自当感慨系之，却以轻松之语道出，让人产生诸多联想。看来，此联文字与该社发展一样，“成如容易却艰辛”。

挽穆藕初

黄炎培

四十年交好，到老犹新，最难赤手成功，万方衣被，付与儿曹好模范，惟自力乃获生存，由来富厚场中，几见飞黄上进；

五千里流亡，相依为命，不意刚肠招祸，永别尘缘，处分家事尚从容，信暴敌必然败覆，料定凯旋门外，会看扶榇东归。

赏析

此联写于1943年10月。穆藕初（1876—1943），上海浦东人。早年留学美国，获农业硕士学位回国。相继创办德大、厚生、豫丰纱厂。1921年创办劝工银行。1928年任南京国民政府工商部次长。20世纪30年代积极投入抗日救亡运动。抗战期间任国民政府经济部农本局经理。1943 年 9 月因病逝世。10 月 6 日，中央农业实验所、中国工业合作协会等团体在重庆举行穆藕初追悼会，黄炎培撰送挽联致哀。

上联高度评价逝者四十年间兴办实业所取得的成就。四十年，自从 1903 年二人开始交往，至今正好四十年。赤手成功，指早年依靠个人力量，创办德大、厚生、豫丰纱厂。万方，多种方法。衣（yì）被，养护，加惠。《荀子·礼论》："慈母衣被之者也，而九月。"儿曹，儿辈、晚辈。富厚场中，富裕厚实之人集中的场所，此指实业界。飞黄上进，兼有飞黄腾达与仍求上进之意。此指逝者虽系实业界名流，且在政府担任要职，仍积极投入抗日爱国运动。

下联叹息逝者不幸身亡，深信抗战胜利可期。五千里，指抗日战争爆发后从上海流亡到重庆，曾与逝者相依为命。刚肠，刚直的性格。嵇康《与山巨源绝交书》："刚肠嫉恶，轻肆直言，遇事便发。"尘缘，佛教名词。佛经称色、香、声、味、触、法作"六尘"，此指人间。永别尘缘，意即离开人世。处分家事，指临终前处理家庭事务。败覆，溃败与覆灭。凯旋门，本指古罗马及以后欧洲封建帝王为炫耀对外侵略战绩而建的一种纪念性建筑，后亦泛指战争取得胜利。榇（chèn），棺材。下联意谓，抗战爆发后从上海到重庆，与逝者二人相依为命。不幸因为为人刚直以致遭祸，不过临终前处理家中事务尚称从容。料定抗战胜利之后，自会看到逝者灵柩运回故里。从重庆到逝者故里上海，故言东归。

此联哀挽亡友，如泣如诉。赞其自力更生，实业救国；哀其刚肠遭祸，辞别人世。联句均从二人关系说起，毫无虚夸溢美之词，更增感人至深的艺术力量。

挽"一二·一"惨案烈士

黄炎培

学生在学校里座谈，暴徒在群众中掷弹，
是谁指使那个凶手？
最高学府何等尊严，青年生命何等宝贵，
请你扪着自己良心！

赏析

此联写于1945年12月9日。“一二·一”惨案，1945年11月25日，昆明大中学校师生六千余人，针对国民党当局撕毁“双十协定”、进攻解放区的严重局势，在西南联合大学召开反内战时事晚会。国民党竟派军队包围会场，鸣枪恫吓，并在学校附近戒严，禁止师生通行。于是昆明学生发表《告全国同胞书》，宣布自26日联合罢课表示抗议。12月1日，国民党军警特务至各校殴打学生，并投掷手榴弹，杀死于再、潘琰等四人，伤数十人，造成震惊全国的“一二·一”昆明惨案。同年12月9日，由“陪都各界反对内战联合会”的二十几个团体发起，在重庆长安寺举行追悼会，黄炎培亲自参加并致送挽联。

上联明确指出这次惨案的性质。学生在学校里座谈，暴徒在群众中投弹，进而发出责问，是谁指使那个凶手？锋芒直指国民党当局。

下联继续据理力争，说明这一问题的严重性。堂堂高等学府，青年竟遭杀害。国民党当局理应反躬自省，自问良心何在！

此联既为哀悼“一二·一”惨案烈士，又在控诉杀人凶手。批判锋芒直指国民党当局。

挽四八烈士

黄炎培

蒿目时艰，痛公等罹难，已成社会国家之悲惨损失；

伤心永别，感吾侪后死，应为团结民主而加倍辛勤。

赏析

此联写于1946年4月30日。四八烈士，1946年4月8日，中共中央委员王若飞、秦邦宪，新四军军长叶挺，中共中央职工委员会书记邓发等人，由重庆飞返延安途中遇难，飞机坠毁在山西兴县黑茶山。4月30日，重庆各界隆重举行四八遇难烈士追悼会，黄炎培与会并送挽联致哀。

上联中，蒿目，举目远望。《庄子·骈拇》："今世之仁人，蒿目而忧世之患。"时艰，谓艰难的局势。公等，指四八遇难烈士。罹（lí）难，遭遇灾难，一般指遇险而死。这里是说，放眼当前艰难时局，痛惜诸公不幸遇难，实已成为社会国家之重大损失。

下联中，吾侪（chái），我辈、我等。《左传·昭公二十四年》："吾侪何知焉，吾子其早图之。"后死，后死者。这里是说，深感我们这些后死者，应为反对内战独裁、争取民主团结而加倍辛勤努力。

此联哀挽四八烈士，声情悲壮。上联"痛公等罹难"，造成重大损失；下联"感吾侪后死"，应为团结民主而斗争。

代民盟中央挽陶行知

黄炎培

死生以之，为中华民主奋斗；
知行合一，是先生教育精神。

赏析

此联写于1946年7月。陶行知早年留学美国。后长期从事平民教育工作，先后创办晓庄师范、育才学校和社会大学。20世纪30年代起，积极宣传抗日，投入爱国民主运动。1946年7月病逝于上海。7月29日，上海各界举行陶行知追悼会，黄炎培代表中国民主同盟中央委员会撰送挽联致哀。

上联中，死生以之，谓将自己一生（奉献）。以，将、用。之，代指"死生"。这里是说，逝者以自己的一生，为中华之民主而奋斗。陶行知作为现代著名教育家，始终注意将教育与民族革命、民主革命结合起来。

下联中，知行合一，在知识与行为，认识与实践的关系上，陶行知一贯主张知行合一的观点。具体到他所从事的教育工作，则始终坚持教育与实际相结合的方针。联中因言知行合一

"是先生教育精神"。

作者代表民盟中央撰写挽联，遂从组织角度评价逝者一生功绩。上联言革命，赞扬逝者用自己的一生为中华民主奋斗；下联言教育，肯定逝者知行合一的教育精神。言简意赅，高度概括。

挽李公朴闻一多二联

黄炎培

一

公朴为民主而死；
民主为公朴而生。

二

取义成仁，民之主也；
青天白日，人可杀乎？

赏析

这两副挽联写于1946年10月。李公朴从20世纪30年代起，致力于抗日救亡运动和群众文化教育工作。1945年任中国民主同盟中央委员。闻一多为现代著名诗人、学者。1945年任中国民主同盟中央委员。1946年7月，国民党特务在昆明先后暗杀了投身爱国民主运动的李公朴与闻一多，制造了震惊全国的"李闻惨案"。同年10月4日，上海各界举行李公朴、闻一多二烈士追悼会，黄炎培与会，并送挽联致哀。其中第二联为代民盟中央拟作，下署"中国民主同盟"。

先看第一副挽联：

此联言浅意深，耐人回味。这里采用特殊句式，阐明李公朴之死的重大意义。逝者既为民主而死，民主应为逝者而生，实即以死换得和平民主的生存。

再看第二副挽联：

上联中，取义成仁，为正义事业而牺牲。《宋史·文天祥传》："天祥临刑殊从容……其衣带中有赞曰：'孔曰成仁，孟曰取义，惟其义尽，所以仁至。读圣贤书，所学何事，而今而后，庶几无愧。'”主，根本。《易·系辞上》：“言行君子之枢机，枢机之发，荣辱之主也。”民之主也，谓民之根本也。意即取义成仁为做人的根本。

下联中，青天白日，双关语。本指大白天，因国民党党徽为青天白日，故又指国民党。这里既是责问，青天白日可以杀人吗？又在喻指这一事件为国民党当局所为。

两副挽联各有特色。前者就逝者与民主的关系，颂扬烈士虽死犹生。后者在哀挽烈士同时，痛斥国民党当局。

愤时联

黄炎培

胸有千秋，隐几而卧；
心无一事，敲门不惊。

赏析

此联写于1947年11月上旬。愤时联，1947年10月27日，国民党政府发言人宣布“民盟为非法组织”，并发表《政府宣布民盟非法》的声明，还派出军警围困南京中国民主同盟总部。11月6日，民盟主席张澜被迫发表“本盟总部同人即日起总辞职，总部也即日解散”的公告。黄炎培为此写了《我与民盟》一文，略述民盟频年活动情况，终以被认为“非法团体”解散，结语曰：“民盟已矣，知我罪我，其惟春秋。请大家公正检讨民盟从创始到结束，前前后后所有文件，曾有一字一句，足以构成危害国家颠覆政府的罪行者否?”同时撰写此联，以抒愤懑之情。

上联中，千秋，一年有一秋，千秋即千年，形容岁月长久。隐几，倚着几案。上联是说，我虽被迫不能从事政治活动，因胸有千秋，故隐几而卧，相信历史自会做出正确的结论。

下联系从民间俗话“为人不做亏心事，半夜敲门不吃惊”化出，意谓自己没有做过一件危害国家的事，因此不怕来自国民党当局的任何迫害。

此系愤时之作，虽非剑拔弩张，却也正气凛然。因其问心无愧、胸有千秋，深信历史自会做出公正结论。隐几而卧与敲门不惊，用语生动形象，更显爱国民主人士的坦荡胸怀。

赠罗隆基

黄炎培

忌我莫非知我者？
有言尽在不言中。

赏析

此联写于1947年11月。罗隆基（1898—1965），江西安福人。早年留学美国，获哥伦比亚大学哲学博士。回国后曾任上海光华大学、西南联合大学教授，并任北平《晨报社》社长、天津《益世报》主笔、国民参政会参政员、中国民主同盟常务委员。新中国成立后任政务院政务委员、森林工业部部长。1957年被错划为右派分子，后得到平反。1947年11月7日，黄炎培曾以此联相赠。

上联中，忌，猜忌、忌恨。知我者，深切了解我的人。《论语·宪问》：“知我者其天乎？”此句意谓，忌我莫非天意？

下联联句需结合《愤时联》加以理解。当时，国民党当局宣布民盟为非法组织，黄炎培、罗隆基均为民盟常务委员，虽已据理力争，而又无可奈何，联语正反映了这种心情。

此联感时伤怀，蕴藉含蓄。满腔悲愤之情积于心中而又难以言于外，故以此种婉转隐晦的曲笔表述，需要引起我们深思。

无　题

黄炎培

闭寂万方多难日；
卧愁七十未衰年。

赏析

此联写于1948年间。无题，原为旧体诗中一格，作者别有寄托，不愿标明事题，遂以“无题”名篇。联语套用这一格式，亦以“无题”名之。此联写于1948年，正处新中国成立前夕。结合当时写作背景，不难理解作者心情。

上联中，闭寂，闭厄寂寞，表现处境窘困之状。万方，犹言四方。杜甫《登楼》：“花近高楼伤客心，万方多难此登临。”此句意谓，值此四方多难之日，我亦深感窘困寂寞。

下联中，卧愁，静卧忧愁。七十，作者生于1878年，1948年正好七十，因言自己正处七十尚未衰老的年龄。作者何以在万方多难之日深感闭寂与七十未衰之年镇日卧愁呢？显然与国内政局有关。作为爱国民主人士，中国民主同盟与民主建国会负责人之一，深受国民党当局的迫害，因而心怀忧愁。

此联与前“愤时”之作一样，既是对国民党统治的有力抗议，也是作者忧国忧民之情的具体表现。

题马鞍山广济寺

黄炎培

此江若变作春酒；
问余何事栖碧梧。

赏析

此联具体写作时间不详。广济寺，在安徽省马鞍山市西南采石矶公园内。该寺建于唐代，原名石矶院，又名资福院，宋代改为今名。采石矶与唐代诗人李白曾结下不解之缘，故太白楼、捉月台等与李白有关的名胜古迹特别引人注目。而广济寺则游人较少问津。黄炎培当年曾应约为马鞍山广济寺题联。

上联中，春酒，冬天所酿的酒，春天始熟。《诗·豳风·七月》："为此春酒，以介眉寿。"马瑞辰通释："周制盖以冬酿，经春始成，因名春酒。"此句意谓，如果能把这里长江之水都变作春酒。这一设想既反映作者的想象与豪情，亦与诗仙李白诸多胜迹有关。

下联中，栖碧梧，栖息于碧色梧桐之上。典出《诗·大雅·卷阿》"凤凰鸣矣，于彼高冈；梧桐生矣，于彼朝阳"。朱熹注："凤凰之性，非梧桐不栖，非竹实不食。"比喻贤者需如良禽择木而栖。这里是说，如果这里长江之水都变作春酒，当问我自己还有什么必要去追求凤凰栖梧之意呢？意即不如陪李白一起饮酒赋诗，"与尔同销万古愁"。

此联即景抒情，情景交融。尤其善于化用《诗经》成句，构成特定意境，给人留下更多艺术想象的余地。

应对梁启超

黄炎培

冬蜇庵中，夏穗卿研究春秋传；（梁启超）
东华门外，南汉宸欣赏北西厢。（黄炎培）

赏析

此联出句为1912年冬，对句在1951年冬，相隔近四十年。应对梁启超，1912年冬，梁启超在北京拜访老友夏穗卿，见他正在家中潜心读书，即兴出了上联，内嵌"春夏秋冬"。夏当时没有对出，曾将此事告诉黄炎培。1951年冬，郭沫若邀请几位友人在家小聚。南汉宸、白杨等人晚到，连忙解释："田汉拉我们到东华门外剧场看梅兰芳彩排《红娘》。"黄炎培闻言一跃而起，告诉周围友人已对出四十年前梁启超出句，内嵌"东南西北"。郭沫若等人听其说明原委后亦颇为赞赏。

先看出句，冬蛰（zhé），本谓动物冬眠，此指友人居家而未外出。庵，小草屋，旧时文人的书斋亦多称"庵"。夏穗卿（1863—1924），名曾佑，光绪进士，近代学者。与梁启超、谭嗣同等人交往甚密。春秋传，宋胡安国撰，亦名《春秋胡氏传》。作者往往借春秋以寓意，抒发民族思想。明、清时代曾用作科举取士的教科书。这里是说，夏穗卿冬日蛰居于书斋之中埋头研究《春秋传》。

再看对句，东华门，北京紫禁城之东门。南汉宸（1895—1967），新中国成立后曾任中国人民银行总行行长、中国国际贸易促进会主席、中日友好协会副会长。北西厢，即王实甫杂剧《西厢记》，因用北曲演唱，亦称"北西厢"，以有别于以南曲演唱"西厢"故事的南戏剧本。这里是说，南汉宸在东华门外欣赏梅兰芳彩排的根据"北西厢"故事改编的戏曲《红娘》。

此联内容贴切，属对工稳，尤以"东南西北"应对"春夏秋冬"更属绝对。

题集美鳌园

黄炎培

向以爱国主义为教育中心，今后当结合国际主义；
向以一般青年为教育对象，今后当特重工农青年。

赏析

此联写于20世纪50年代初期。集美鳌园，在厦门市集美镇，原为附近一个小岛，岛上有鳌王宫小庙，抗日战争期间毁于日军炮火。1950年，爱国华侨领袖陈嘉庚为纪念集美解放，在废墟上修建鳌园，并筑一条长堤与集美相通。此园至1954年建成。

黄炎培应约为园内集美解放纪念碑题联。

上联强调随着中华人民共和国建成，我们的教育应将爱国主义与国际主义结合起来。这一提法显然与当时进行的抗美援朝运动有关，要求人们同时发扬爱国主义与国际主义精神。

下联希望在对广大青年进行教育时，特别重视对工农子弟的教育。这是由我们国家“以无产阶级为领导，以工农联盟为基础”的政权性质决定的。此联由集美鳌园自然联系到集美学村。作者并不拘泥于联律传统的规则，而是通过联语鲜明地表达了自己的教育主张。

自书婚联

马叙伦*

卿桴独立鼓；
我揭自由旗。

作者

*马叙伦（1884—1970），字夷初，浙江余杭人。曾任清华大学、北京大学教授。北洋政府和南京国民政府教育部长。后从事抗日反蒋活动，组织中国民主促进会。新中国成立后，任高等教育部部长、全国政协副主席、民进中央主席。著有《马叙伦学术论文集》、《马叙伦诗词选》。

赏析

此联写于1903年间。自书婚联，马叙伦在1903年二十岁结婚时，自书对联一副，挂于新房门口。放言无忌，敢想敢为。新人没有卿卿我我的缠绵，而是旗鼓相当的革命。身处清朝末年封建社会，思想如此激进，实属难能可贵。

上联中，卿，古代对人的敬称，亦可用于夫妻之间互称。《玉台新咏·古诗为焦仲卿妻作》："府吏谓新妇，贺卿得高迁。"这是夫称妻。联中言"卿"，指你，即作者新婚妻子。与下联之"我"对应。桴（fú），鼓槌。《韩非子·功名》："至治之国，君若桴，臣若鼓。"以桴击鼓，鼓即发声。此句意谓，望你用鼓槌击发出独立的鼓声，亦即投入妇女解放运动，争取妇女独立的地位。

下联中，揭，高举。《战国策·齐四》："于是乘其车，揭其剑，过其友曰：'孟尝君客我。'"此句意谓，我则高举自由的旗帜。

作者当时在上海深受孙中山革命活动的影响，参加进步文学组织南社，并为报刊撰写文章，宣传反清革命思想。

挽宋恕

马叙伦

黄顾得嗣音，卑议早传，尚有著述惊海内；
龙蛇成岁谶，大师顿逝，应教风雨泣名山。

赏析

此联写于1910年间。宋恕（1862—1910），字平子，号六斋，浙江平阳人。早年曾在上海龙门书院、南京钟山书院、北洋水师学堂任教。1891年写成《六斋卑议》，产生重大影响。1901年在杭州求是书院任教，与陈黻宸、陈虬并称“浙东三杰”。1910年病逝于家乡平阳，马叙伦撰送挽联致哀。

上联中，黄顾，指黄宗羲、顾炎武。宋恕继承明末学者黄宗羲、顾炎武的学术思想。嗣音，同“嗣徽”，继承前人的美德。《诗·大雅·思齐》：“大姒嗣徽音。”指文王妃大姒能继承其母大任的美德。卑议，即宋恕所著《六斋卑议》。该书揭露社会黑暗，抨击程朱理学，主张变法维新。这里是说，宋恕继承黄宗羲、顾炎武的学术思想。他的《六斋卑议》，早在社会流传，并与作者其他著述一起在海内外产生深刻的影响。

下联中，龙蛇，谓辰巳之年。《后汉书·郑玄传》：“今年岁在辰，明年岁在巳。”注引北齐刘昼《高才不遇传》论郑玄曰：“辰为龙，巳为蛇，岁至龙蛇贤人嗟。”谶（chèn），预言、谶语。此句似从上述注引中化出，嗟叹像郑玄一样杰出人物的不幸死亡。大师，指宋恕，堪称国学大师。名山，即名山事业。《史记·太史公自序》谓自成一家之言，“藏之名山，副在京师，俟后世正人君子”。后因称著作为名山事业。这里是说，岁致龙蛇，贤人嗟叹已成谶语，大师顿然逝去，面对逝者的名山事业（著述），应教风雨为之哭泣。

此系文言联语，用语古朴典

雅。上联称颂逝者继承黄宗羲、顾炎武传统而在学术方面取得的成就；下联哀挽大师顿逝并表达深沉怀念之情。

挽朱瑞

马叙伦

捷献平吴，王常侍勋名最著，更来梓里持旌，
堪续李家和乐，讵知录写归田，西风遽惊闻甲马；
狱成钩党，毛督邮风谊难忘，况复油幢载笔，
喜陪羊傅襟怀，岂意诗吟落月，白河遥望怅人琴。

赏析

此联写于1916年冬天。朱瑞（1883—1916），字介人，浙江海盐人。毕业于南洋陆师学堂。辛亥革命后，历任第五军军长、浙江都督兼民政长。后依附袁世凯，授兴武将军，督理浙江军务。1915年上书劝袁世凯称帝，帝制失败后避居上海。1916年冬在天津病逝，杭州曾举行公祭，马叙伦撰联致哀。

上联中，平吴，吴为江苏一带古称，此指辛亥革命浙江光复后，朱瑞率军与徐绍桢部苏军联合攻克南京，因称献上平吴捷报。王常侍，指北魏王肃。初仕南齐，因父兄被齐帝杀，逃奔北魏，官散骑常侍，都督淮南军事，任扬州刺史，功勋名声卓著。这里借以称颂朱瑞。梓里，故乡。晋陆机《百年歌》：“辞官致禄归桑梓，安居驷马入旧里。”持旌，持有旌节，古代使者持以旄牛尾作装饰的符节，以示主持政务。此指朱瑞曾被派回浙江担任都督兼民政长。李家，与下联“羊傅襟怀”对应，当为历史人物。据联意似指后唐庄宗李存勖（xù），此人知音律、能度曲，自演唱，取名李天下。这里是指朱瑞主政浙江以后亦望从此太平，人间和乐。讵（jù），岂，何。归田，归谓辞官回乡。北宋欧阳修晚年辞官，著有《归田录》。此指逝者在袁世凯帝制失败后避居上海。遽（jù），急、骤然。甲马，迷信者礼拜神佛用的纸

马，祭后即焚。此指突然听到朱瑞死亡的消息。上联意谓，辛亥革命期间献上平吴捷报，有如北魏王常侍般功勋卓著。后曾派回浙江担任都督兼民政长，希望从此太平，人间和乐。哪知辞官归田之后，却突然传来朱瑞死亡的消息。

下联中，钩党，相牵引为党，即遭人陷害。《后汉书·灵帝纪建炎二年》："制诏州郡大举钩党。于是天下豪杰及儒学行义者，一切结为党人。"狱，罪、讼案。这里是说，朱瑞为袁世凯称帝效力，因马叙伦曾任浙江都督府秘书，帝制失败后亦曾遭人陷害受到影响。督邮，官名。汉代各郡的重要属吏，代表太守督察县乡，宣达教令，兼司狱讼捕亡等事。联中毛姓督邮，当为古人，事迹不详。风谊，风概高谊。宋曾巩《刁景纯挽歌词》："能唱缓急敦风谊，不向炎凉逐世情。"这里毛督邮当喻指作者受到牵连时有所帮助的人。油幢，似为"油幔"之误，即涂油的帐幕。《新唐书·马璘传》："璘在军中，守者覆以油幔。"载笔，携带文具记录王事。《礼·曲礼上》："史载笔，士载言。"此句似与作者辛亥革命后曾任浙江都督府秘书经历有关。羊傅，指晋大臣羊祜，封钜平侯，都督荆州诸军事，长达十年。平日轻裘缓带，身不披甲，具有儒将风度。在任绥怀远近，颇得民心。联中亦喻朱瑞，具有羊傅的胸襟怀抱。诗吟月落，典出杜甫《梦李白》："若今在罗网，何以有羽翼？落月满屋梁，犹疑照颜色。"李白因获罪而流放夜郎，杜甫梦中仍怀念友人。白河，即天上的银河。杜甫《三送严侍郎到绵州同登杜使君江楼宴》："不劳朱门闭，自待白河沉。"人琴，典出《世说新语·伤逝》："王子猷、子敬俱病笃……便迳入坐其床上，取子敬琴弹。弦既不调，掷地云：'子敬子敬，人琴俱亡！'"后以"人琴"为悼念友人之辞。下联意谓，因为冤狱而受到株连，幸有像毛督邮那样的人能给予帮助。况当年曾在都督府从事文书工作，喜陪具有羊傅襟怀的儒雅将军。哪里想到诗吟落月，遥望天上银河，怅叹人琴俱亡。

朱瑞作为辛亥革命时期的风云人物，既为攻克南京建立民国立功在先，又依附袁世凯并上书劝其称帝于后。其人历史功过自应作出公正评价。作者当时曾在浙江都督府担任秘书，因其所处地位与思想认识局限，对于朱瑞溢美之词过多，且将讨袁视为"狱成钩党"，似均失之偏颇不足为训。此联若就文字而言，颇为古朴典雅，蕴藉含蓄。联句用典较多，值得读者寻思回味。

挽黄兴二联

马叙伦

一

勋庸在国，妇女也争传姓氏；
豪杰为神，英雄犹自镇山河。

二

赤手造新邦，千载勋名书册府；
银涛归客柩，万家鸡黍哭先生。

赏析

此联写于1917年间。黄兴(1874—1916)，字克强，湖南长沙人。1905年在日本与孙中山发起组织同盟会，任协理。1911年曾发动广州起义。武昌起义被推为革命军总司令。民国成立后，任南京临时政府陆军总长兼参谋长。“二次革命”任江苏讨袁军总司令。1916年10月病逝于上海。次年灵枢运回长沙安葬途经浙江时，马叙伦撰送挽联致哀。

先看第一副挽联：

上联中：勋庸，功劳。《国语·晋语七》：“无功庸者不敢居高位。”韦昭注：“国功曰功，民功曰庸。”姓氏，姓与氏的合称，此指逝者黄兴。这里是说，因其有功在国，妇女也在争传黄兴是个了不起的人物。

下联中，豪杰为神，昔日民间流传关羽“生为豪杰死为神”。明代追封“三界伏魔大帝神威远镇天尊关圣帝君”。这里是说，黄兴像历史上的关羽一样，生为豪杰死为神，犹自镇守祖国山河。

再看第二副挽联：

上联赞颂逝者推翻帝制、创立共和的历史功绩。赤手，徒手。新邦，新的国家。此指民国。勋名，功勋名声。册府，原指藏书的地方，这里含史册之意。上联意谓，逝者赤手造就新邦，应将逝者千载功勋英名书于史册之中。

下联表达浙江民众对逝者沉痛悼念。银涛，银色的波涛。归，返回。客柩，黄兴的灵柩。鸡黍，语出《论语·微子》：“止子路宿，杀鸡为黍而食之。”后因以指盛情招待客人的饭菜。这里已有转义，为供祭奠之用。下联意谓，钱塘江的银色波涛也在哀迎返乡途中黄兴的灵柩，杭州千家万户均已备好祭品以哭悼黄兴先生。

作者怀着虔诚敬意哀挽逝者。两副挽联内容各有侧重：前者赞其“勋庸在国”“豪杰为神”，犹自镇守祖国山河；后者强调创建新邦的功绩应当载入史册，同时表达浙江人民迎灵祭奠、悼念逝者的深情。

挽梁济

马叙伦

成仁继陆文端而兴，绝笔从容遗万字；
爱国随屈大夫之后，寒潭相与共千秋。

赏析

此联写于1918年11月。梁济（1859—1918），广西桂林人。曾官内阁中书。1901年奉勅预修皇史宬书。1902年赞助创办《启蒙画报》。后任民政部教育局总办等职。清帝退位后蓄志殉清。1918年11月在北京积水潭自杀，有《桂林梁先生遗书》存世。马叙伦因与逝者之子梁漱溟同为北京大学教授，遂撰挽联致哀。

上联中，成仁，古代儒家主张的成就仁德。《论语·卫灵公》：“志士仁人，无求生以害仁，有杀身以成仁。”后谓为维护正义而献出生命。陆文端，因与下联屈大夫对应，应亦属历史人物。具体生平事迹与因何成仁待查。绝笔，临终遗笔。宋刘克庄《资政清惠陈公哀诗》：“道山堂上分襟句，岂料今成绝笔诗。”上联意谓，逝者杀身成仁继陆文端而兴，且临终之前从容留下万字遗书。

下联中，屈大夫，即古代爱国诗人屈原，曾任楚国三闾大夫。后因遭谗被逐，投江自沉而死。需要指出的是，梁济殉清并非爱国之举，联中以屈大夫喻之欠妥。寒潭，指北京积水潭。相与，相交往。下联意谓，逝者之死是随屈大夫之后的爱国行为。北京积水潭也因与此联系起来自当共享千秋，亦即因逝者而名垂千古。

此联内容明显有误。梁济蓄志殉清，实为封建遗老，这样的人是不值得称颂的。作者出于对友人之父尊重，适当应酬犹可。联中赞其“成仁”“爱国”，则溢美之词过甚。如仅就挽联艺术而言，倒也用典贴切，对仗工稳，颇见文字功力。

挽梁启超夫人

马叙伦

当国难时，片语促成夫子志，斯乃列女传人物；
临命终际，一心归向华藏海，此真能仁氏信徒。

赏析

梁启超夫人于 1924 年秋因病逝世，马叙伦撰送挽联致哀。梁启超阅后，赞其极符合夫人特点。

上联中，国难，国家的危难。此指 1915 年底袁世凯恢复帝制。片语，片言只语。夫子，妻子对丈夫的称呼。列女传，书名，一名《古列女传》。汉刘向撰。分母仪、贤明、仁智、贞顺、节义、辨通、嬖孽七类，共记一百零五名妇女事迹。上联意谓，正当国家危难的时刻，几句话就促成丈夫反对袁世凯称帝的决心。梁启超夫人所为，正是可以列入列女传中的人物。

下联中，临命终际，即临终之际，谓到了生命快要终止的时候。华藏海，即华藏世界。佛教指释迦如来真身毘卢舍那佛净土，是佛教的极乐世界，由宝莲花包藏的无数小世界组成。能仁，即释迦牟尼佛。南朝梁慧皎《高僧传》十四《序录》：“至若能仁之为训也，考业果幽微，则循复三世；言至理高妙，则贯绝百灵。”氏，远古传说中的人物常系以氏，如伏羲氏、神农氏。这里加以沿用，因称佛教始祖释迦牟尼为能仁氏。下联意谓，逝者临终之际，一心归向佛教的西方极乐世界，这才是真正的释迦牟尼佛的信徒。

此联蕴藉含蓄，用语素朴典雅。以“列女传人物”与“能仁氏信徒”比喻而赞誉逝者，完全符合人物特点。难怪梁启超本人阅后亦颇为称赏。

挽夏曾佑

马叙伦

先生是郑渔仲一流，乃以贫而死乎？
后世有扬子云复生，必能读其书矣！

赏析

此联写于1924年间。夏曾佑（1863—1924），号穗卿，笔名别士，浙江杭州人。近代文学家、史学家。光绪年间进士，授刑部主事、泗州知州。与梁启超、谭嗣同、严复等过从甚密，曾参加改良派政治活动。民国时，任教育部普通教育司司长。一度鼓吹“诗界革命”，但诗作流传不多。著有《中国古代史》，为尝试用进化论研究中国历史的第一部著作。1924年因病逝世，马叙伦撰送挽联致哀。

上联赞逝者为郑渔仲同类人物，并惜其晚年因贫而死。郑渔仲，指南宋史学家郑樵，字渔仲。不应科举，刻苦治学，一生著述甚丰。晚年撰述《通志》，网罗各代历史合为一书。联中指出，夏曾佑与郑樵是同一类人物。乃以贫而死乎，就因贫困而死吗？此指夏氏晚年固守改良立场，以致穷愁潦倒，在消沉没落情绪中生活。

下联希望后世有扬子云复生，以续写逝者遗著。扬子云，指西汉文学家、哲学家扬雄，字子云。除写有不少辞赋外，另有《法言》、《太玄》、《方言》等多种著述。扬雄曾校书天禄阁，博学多闻，仿《易经》、《论语》而作《太玄》、《法言》。读，似“续”之误。因夏曾佑所著《中国古代史》，只写至隋代而没有完篇。这里是说，如果后世有扬子云复生，必能续写此书。

此联用典恰切，比喻得当。对逝者作出了准确的评价。

挽孙中山

马叙伦

革命虽未成功，赖有化身遍世界；
吾侪均应努力，毋徒挥泪哭先生。

赏析

此联写于1925年3月。孙中山于同年3月12日在北京因病逝世。北京各界隆重举行悼念活动，马叙伦撰送挽联致哀。

上联中，“革命”句，源自孙中山遗嘱：“革命尚未成功，同志仍须努力。”化身，佛教名词。佛、菩萨的本身为法身，世人不能看见；为了普度众生，在世上现身说法，都是佛、菩萨的化身。后来人们称某事物以另一事物形态出现，也叫某事物的化身。联中“化身”似指孙中山所宣扬的三民主义思想已经深入人心。这里是说，革命虽未成功，赖有孙中山的化身三民主义思想已经传遍世界。

下联中，吾侪（chái），我辈。毋（wú）徒，不要只是，切勿徒然。下联意谓，不要只是挥泪在哭先生，应化悲痛为力量，以实际行动努力奋斗。

此联构思巧妙，化用中山先生遗训组成一副挽词。既是灵前回应，也是战斗誓言。用语质朴无华，催人感发奋起。

挽蒋智由夫人

马叙伦

父子负文武才名，母虽鸾参天上，青史犹余千岁寿；
宾客多郭苻俦类，我欲鹤化庭中，秋风未许一杭来。

赏析

此联写于20世纪20年代。蒋智由为近代改良派活跃人物，“诗界革命”主将之一，与黄遵宪、夏曾佑一起被梁启超推为“近世诗界三杰”。20世纪20年代，蒋智由夫人因病逝世，马叙伦撰联致哀。

上联中，“父子”句，蒋智由之子蒋尊簋，辛亥革命后曾任浙江都督、大总统军事顾问，时人以之与蒋方震、蔡锷并称“南方三杰”。父为近代诗人，子为军中豪杰，联中因赞“父子负文武才名”。鸾，为传说中凤凰一类的神鸟。此指蒋母乘鸾上天参拜天帝，实系婉言人已归天。青史，古代在竹简上纪事，因称史书为“青史”。上联意谓，蒋智由、蒋尊簋父子身负文武才名，其母虽然死去，但史册上犹余千岁的寿命，亦即逝者千秋，名垂青史。

下联中，郭苻，郭指东晋文学家郭璞，好经术，擅辞赋，博洽多闻，著述甚丰。苻指晋时前秦君主苻坚，以勇武善战闻名，为当时十六国中最强者。俦(chóu)类，同辈、等类。这里是说，由于蒋家父子一文一武，因此前来吊唁的宾客亦多系郭璞、苻坚一类人物。鹤化，即鹤吊，吊丧之意。典出《晋书·陶侃传》“后以母忧去职，有二客来吊，不哭而退，化为双鹤，冲天而去”。后因称吊丧为鹤吊。此指我想鹤化于蒋家庭院之中参加吊丧。秋风，既指时值秋天，亦有为秋风所阻之意。一杭，即一苇杭之、一苇可杭。语见《诗·卫风·河广》：“谁谓河广，一苇杭之。”杭，通“航”，即一条小船可以渡过。此指作者因秋风所阻未能乘船前来。一杭来，原意“一苇可杭”，但字面上亦有来杭州一行之意，实系巧合。下联意谓，前来吊唁宾客多系学界军界知名人物，我也很想鹤化前来，奈何秋风所阻未能成行。

此联哀挽逝者，构思颇为机巧。上联先言父子均有文武才名，实即称颂逝者相夫教子有功，亦应青史留名。下联婉转说明因故不能前来吊唁，却仍表深沉悼念之情。联句用语典雅工丽，诚为此类哀挽之佳作。

挽杨度

马叙伦

功罪且无论，自有文章惊海内；
霸王成往迹，我倾河海哭先生。

赏析

此联写于1931年冬。杨度(1874—1931)，湖南湘潭人。早年留学日本，曾主编《中国新报》，宣传君主立宪。辛亥革命后依附袁世凯，1915年参与组织筹安会，策划恢复帝制。1922年起投向孙中山，为民主革命奔走甚力。1927年曾多次营救李大钊。1929年加入中国共产党，在白色恐怖下仍坚持工作。1931年冬因病逝世，马叙伦撰联致哀，对其一生作出公正评价。

上联中，功罪，逝者一生功劳与罪过，结合生平经历，自可作出结论。文章，杨度诗文，尤其是政论文在现代文坛应有一定地位。海内，古人认为我国疆土四面环海，因称国境以内为海内。这里强调杨度文章在国内产生惊人的影响，而且可以看到作者思想转变的前进足迹。上联意谓，逝者一生功罪暂且不论，自有文章在国内产生惊人的影响。

下联中，霸王，指成就霸业和王业。《孟子·公孙丑上》："夫子加齐之卿相，得行道焉，虽由此霸王不异矣。"杨度少怀大志，师从王闿运学习帝王之学，精研匡时济世之道，以图成就王霸之业。往迹，往日的痕迹，过去的事业。倾河海，倾泻(倒出)河流与海洋之水，形容流泪之多，悲痛之极。下联意谓，学习帝王之学，以图成就王霸之业已成过去，我倾泻泪水痛哭先生。

杨度为近代特殊历史人物，有功有过，且都很突出。早年组织筹安会，为袁世凯称帝极力效劳，被称为"帝制余孽"。也还是此人，不仅介绍黄兴与孙中山认识，还尽力营救被奉系军阀逮捕的李大钊，晚年不畏白色恐怖，加入中国共产党，献身于革命事业。杨度逝世时，不少人仍视他为"帝制余孽"。作者却独具慧眼，能将逝者“功罪”并举，秉公评说，实属难能可贵。“我倾河海哭先生”，更表达了对于杨度逝世深沉悲痛的心情。

挽朱孝臧

马叙伦

遗札犹存，此老已从王子晋；
后生安仰，歌辞欲废鹧鸪天。

赏析

此联写于1931年12月。朱孝臧（1857—1931），原名祖谋，号彊村，浙江吴兴人。近代著名词人。光绪进士，曾任礼部侍郎。辛亥革命后，以清室遗老自居，在家从事撰述。所辑《彊村丛书》，校勘精审，是研究词学的重要资料。一生词作甚多，风格近南宋吴文英。1931年12月病逝于上海，马叙伦撰送挽联致哀。

上联中，遗札，遗留下来的书信。作者自注：“先生为余题《李云谷残观图》。”王子晋，亦作王子乔，神话传说中人物，相传在嵩山修炼成仙而升天。《文选·古诗十九首之十六》：“仙人王子乔，难可与等期。”注：“《列仙传》曰：‘王子乔者，太子晋也，道人浮丘公接以上嵩山。’”上联意谓，逝者给我的书信犹存，朱孝臧老人却已随仙人王子晋而去。

下联中，后生，指作者自己。安仰，哪里去仰望（逝者）呢？歌辞，亦作歌词，即歌曲的文词。欲废，想废去。鹧鸪天，词牌名。朱孝臧生前曾作调寄《鹧鸪天》绝笔词八首。作者称“歌辞欲废鹧鸪天”，意在惋惜这位近代词人不应逝去。下联意谓，我们这些后生，哪里去仰望老人呢？因此，恨不得废去《鹧鸪天》这一词牌，即再也不作《鹧鸪天》词了。此语感情色彩十分浓烈。

此联哀挽逝者，情真意挚。既深沉哀叹“此老”已随仙人而去，又强烈表达“后生”怀念之情。作者感情浓烈，且能词工语则，做到这些实属不易。

挽马孟容

马叙伦

纵托神交，未识白眉终结恨；
偏羁萍迹，遥瞻绛帐有余哀。

赏析

此联写于1932年9月。马孟容（1890—1932），浙江永嘉人。现代著名画家。曾任上海美专教授。善画花鸟虫鱼，笔致秀润。长期旅居沪上，从事书法、绘画创作。1932年9月病逝于上海，马叙伦撰送挽联致哀。

上联中，神交，精神之交。指以道义相交推心置腹。《三国志·吴书·诸葛瑾传》："时或言谨别遣亲人与备相闻。"注引《江表传·孙权报陆逊书》："孤与子瑜，可谓神交，非外言所间也。"后多用以指彼此慕名而尚未见面的交往。白眉，三国蜀汉马良，字季常，兄弟五人，皆用"常"为字，并有才名。良眉有白毛，才学尤为出众，乡里谚曰："马氏五常，白眉最良。"后世称兄弟行中才俊特出者曰白眉。上联意谓，我与马孟容纵托神交，终因未能识面而结下终生遗恨。

下联中，羁（jī），作客在外。萍迹，喻行踪不定。绛帐，红色帐帷。《后汉书·马融传》："常坐高堂，施绛纱帐，前授生徒，后列女乐。"后因以此作师长或讲座的代称，含有尊敬称美的意思。下联意谓，实因长期在外地工作，而且行踪不定，只能遥遥仰望友人执教的地方而心有余哀。

此联婉转表述沉痛哀挽逝者之情。虽从未谋面，但神交已久，而今遥瞻亡友绛帐，唯留余哀结恨。一片虔诚敬意与怀念之情，溢于字里行间。

挽王云

马叙伦

此世自多程不识；
斯才不减华新罗。

赏析

此联写于1934年间。王云(1888—1934)，字梦白，号破斋主人，江西丰城人。现代画家、诗人。画学李鲜、华嵒之法，以画花鸟尤甚。诗作清新自然。曾任北京美专教授。为人性怪癖，喜骂座。后期生活穷愁潦倒。1934年病逝于天津，马叙伦撰送挽联致哀。

上联中，程不识，汉文帝时为边郡太守，与李广同御匈奴。广治军简易，不识治军严明，二人皆为当时名将。武帝时以卫尉车骑将军驻守雁门关。自多，犹自满、自负。此句意谓，现在世上往往以做程不识这样严谨的人为自负。作者意在说明逝者并非如此，而是纵情任性。

下联中，斯才，此人才能。华新罗，即清代画家华嵒，号新罗山人。善画人物山水花鸟虫鱼，又工诗，善书法，时称三绝。此句意谓，王云的才能不亚于清代画家华新罗。

此联明显特点在于用典。以汉代名将程不识与清代画家华新罗喻之，更能显示逝者的性格特征与艺术成就。只是前为反喻，后为正喻，稍有不同。可见作者用典贴切自然，评价人物亦颇到位。

挽许璇

马叙伦

通经致用，自儒志一脉相承，谁令竟阏其长，
树人以老，狼藉讲疏，讵意忽趋天上召；

志大才疏，负横塘廿年期许，自知终无所试，
玩世不恭，陆沉人海，偏叫连哭故人丧。

赏析

此联写于1934年11月。许璇（1876—1934），字叔玑，浙江瑞安人。早年留学日本。1913年回国后，历任北京农业专门学校教授、浙江甲种农业学校校长、北京农业大学校长、浙江大学农学院教授、北平大学农学院教授。1934年11月病故于北京，马叙伦撰送挽联致哀。

上联哀叹逝者一生。通经，通晓经世济民之学。致用，尽其功用，今作付诸实施之意。自，因为、由于。一脉相承，谓一个血统或派系世代相续流传下来。常比喻某种思想、学说或行为之间的继承关系。此指友人通晓经世济民之学，且能学以致用，因为儒者之志向来一脉相承。闷（bì），关闭、掩闭。《诗·鄘风·载驰》："我思不闷。"树人，培植人才。狼藉，本指散乱不整的样子，亦常喻人之行为或名声不检。讲疏，疏于谋划、不善谋划。《左传·襄公五年》："讲事不令。"杜预注："讲，谋也。言谋事不善。"这里是说，谁使他竟掩蔽其所长，反而一生从事教育工作，常常让人感到行为不检、疏于谋划。此指没有从事自身所长，亦即通晓经世致用之学，而未能加以发挥。讵（jù），岂、何，表示反问。趋，趋向、归附。此句意谓，哪里想到忽然趋向天上的召唤，即离开人世。逝者当时确因脑溢血猝然逝世。

下联言及自身亦处境艰难。志大才疏，谓志向大而能力低。横塘，古堤塘名，在南京秦淮河南岸，可用以代指南京。这里系作者自谦之词，本人志大才疏，有负二十年前在南京与友人的约定应许。试，任用、出仕。玩世不恭，对现实社会采取不严肃的态度。陆沉，无水而沉，喻隐居。《庄子·则阳》："方且与世违，而心不屑与之俱，是陆沉者也。"注："人中隐者，无水而沉也。"这里是说，自己知道终将无所任用，故而采取玩世不恭的态度，以致隐没于人海之中。故人丧，故友丧亡。此指同一年继近代画家、诗人王云去世之后，现在农学家许璇又死，因而偏偏让我连哭友人之丧。

此联哀挽亡友，如泣如诉。既哀叹逝者一生未能发挥专长，

常常遭受挫折以致不幸辞世，又抒发自身怀才不遇陆沉人海，近期还连续接到友人病故的噩耗。让人读后感慨良多，且亦为之扼腕叹息。

贺朱德六十寿辰

马叙伦

为人民驰驱，勋名已盖宇宙；
看精神矍铄，岁月犹有万千。

赏析

此联写于1946年1月。朱德（1886—1976），四川仪陇人。1922年加入中国共产党。1927年参与领导南昌起义，次年与毛泽东井冈山会师，成立中国工农红军。后任中国工农红军总司令、中华苏维埃军事委员会主席、八路军总司令、中国人民解放军总司令。新中国成立后，历任中央人民政府副主席、中共中央军委副主席、全国人大常委会委员长。1976年7月病逝于北京。1946年1月，延安各界祝贺朱德总司令六十寿辰。马叙伦作为与中国共产党关系密切的爱国民主人士，亦撰送寿联致贺。

上联赞寿翁勋名盖世。驰驱，策马疾驰，亦寓奔波效力之意。勋名，功勋英名。上联意谓，朱总司令为人民驰驱疆场，其功勋英名已胜过天下之人，即功盖当世。

下联祝寿翁健康长寿。矍铄（jué shuò），形容老人目光炯炯，精神健旺。《后汉书·马援传》："马援六十二岁时，尚能被甲上马。帝笑曰：'矍铄哉，是翁也。'"下联意谓，看寿翁精神如此健旺，今后岁月还有千年万年。亦即定会健康长寿。

这副庆贺寿联，用语简洁明快，文字朴实无华，却能充分表达对于朱德总司令的祝寿之意与景仰之情。

题厦门集美学村

马叙伦

发挥无穷无尽之力量，以改造旧社会；
培养更多更好的人才，来建设新国家。

赏析

此联写于1954年间。厦门集美学村，厦门市集美镇为著名爱国华侨陈嘉庚的故乡。集美学村从他1913年创办的第一所小学起，陆续发展成为拥有厦门水产学院、福建体育学院、集美航海学校、厦门师范专科学校、福建财经学校等十余所大中小学和科学馆、体育馆、美术馆、图书馆等文化场所的“文化之乡”，也称集美学村。1954年，马叙伦应约为集美学村题联。

上联称颂陈嘉庚为我国民主革命所作出的贡献。作为南洋华侨领袖，从辛亥革命到抗日战争，陈先生多次发动爱国侨胞捐钱捐物，赞助国内革命，发挥无穷无尽之力量。

下联赞扬陈嘉庚热爱和支持家乡教育事业。他除亲手创办集美学村外，还直接筹建厦门大学，热心赞助福建各地中小学。这在我国私人办学的历史上是前所未有的。

此联通俗易懂，明白如话。联句对仗却很工整，且能对于集美学村创办人陈嘉庚作出全面而正确的评价。

题莫愁湖二联

马叙伦

一

打桨人去，正红藕花开，白蘋风起；
赌棋客至，朝石城虎踞，钟阜龙蟠。

二

当年得名将美人，打桨赌棋传胜事；
此地有柔红软柳，夕阳诗思绾游踪。

赏析

此联具体写作时间不详。莫愁湖，在江苏省南京市水西门外。相传六朝南齐时有一来自洛阳的少妇莫愁，能歌善舞，美貌善良，曾经住在这里，湖也因此得名。莫愁湖周长十余里，湖畔有胜棋楼、郁金亭、湖心亭、荷香水榭等亭台楼阁。马叙伦曾游南京莫愁湖，并题联语两副。

先看第一副联语：

上联言“打桨人去”。打桨人，指莫愁。相传当年她常在此划船游湖。红藕，即红莲，红色莲花。《乐府诗集·西洲曲》：“开门郎不至，出门采红莲。”荷花生于水中，夏日开花，其实曰莲，地下茎为藕。白蘋，一种水中浮草，夏秋开小白花。宋玉《风赋》：“夫风生于地，起于青蘋之末。”风起则蘋叶动，因以蘋末为风的代称。上联意谓，正当红莲花开，白蘋风起之时，打桨人莫愁亦已离我们而去。

下联言“赌棋客至”。赌棋客，指明朝开国功臣徐达。朝，聚会。《礼·王制》：“耆老皆朝于庠。”注：“朝，犹会也。”石城虎踞、钟阜龙蟠，典出《太平御览》卷一五六引晋张勃《吴录》：“刘备曾使诸葛亮至京，因睹秣陵山阜，叹曰：‘钟山龙蟠，石城虎踞，此帝王之宅。’”后则以龙蟠虎踞或虎踞龙蟠形容地势雄壮险要，并特指南京。下联意谓，赌棋客徐达到，并与朱元璋在号称虎踞龙蟠的南京聚会。

再看第二副联语：

上联言名将美人盛事。名将美人，指徐达与莫愁。赌棋，相传明太祖朱元璋与手下大将徐达在此下棋，输了便将莫愁湖一带送给了徐达。后在此建了一座胜棋楼。这一当年盛事已成千古佳话。

下联写湖畔风光。柔红软柳，指湖中红莲飘香，湖边垂柳低摇。诗思，作诗的情思。绾（wǎn），旋绕打结，贯联。下联意谓，面对眼前景物，每当夕阳西下，诗思顿起，往往旋绕联结于眼前经常游览的地方。

题莫愁湖二联，写眼前景物，发思古幽情。联语始终围绕名将美人展开：而今莫愁打桨人去，唯留下红藕花开，柔红软柳；却有赌棋客至，徐达与明太祖赌棋盛事仍在民间广泛流传。作者即景抒情，文字婉约清新，堪称题写景物的上乘之作。

题上海孤儿院

张元济*

无父何怙，我独安归，适子馆兮，风人雨人，百年如一日；
大厦落成，公不复见，登斯堂也，顾我复我，九原有二天。

作者

*张元济（1867—1959），号菊生，浙江海盐人。清光绪进士，曾任刑部主事。早年因参与维新变法被解职，后在上海致力于文化出版事业。毕生主持商务印书馆，校印多种重要典籍。人称“商务之魂，出版巨子”。著有《张元济日记》、《校史随笔》。

赏析

此联写于1914年间。上海孤儿院，辛亥革命之后，商务印书馆创办人之一夏瑞芳，在上海创办了孤儿院。1914年间，张元济为上海孤儿院落成撰送了此联。上联赞扬孤儿院给孤儿带来幸福，下联抒发了对夏瑞芳的感恩与怀念之情。

上联中，无父何怙（hù），语出《诗·小雅·蓼莪》：“无父何怙，无母何恃？”意谓没有父母，有谁可以依靠。怙，依靠。我独安归，以孤儿的口气自问，我还孤苦伶仃，哪里是我归宿？适子馆兮（xī），语出《诗·郑风·缁衣》：“适子之馆兮。”适，到。子，你。馆，孤儿院。兮，语气助词，相当于现代汉语“啊”。风人雨人，语出刘向《说苑·贵德》：“管仲曰：吾不能以春风风人，夏雨雨人，吾穷必矣。”“风人雨人”为此话的缩语，意谓施恩泽与众人。百年如一日，以孤儿之口，说他们到孤儿院后过着无忧无虑的日子，甚至感到过得很快，过一生犹如一天一样。

下联中，公，指孤儿院创办人夏瑞芳。孤儿院落成之日，夏瑞芳已去世。堂，堂屋，正屋。《晋书·淳于智传》："堂屋五间，拉然而崩。"此句意谓，登上这样的堂屋。顾我复我，语出《诗·小雅·蓼莪》："长我育我，顾我复我。"意为抚育我成长，在家关怀我，外出挂念我，表现了父母对子女的怜爱。九原，战国晋卿大夫的墓地，此处泛指坟场。二天，典出《后汉书·苏章传》，苏章为冀州刺史，曾宴请故人清河太守，甚欢，太守喜曰："人皆有一天，我独有二天。"后谓恩人为二天。这里是说，夏瑞芳已长眠地下，孤儿们尊他为"二天"。

此联题上海孤儿院，全用孤儿的口吻说出，显得情真意挚，亲切自然。因系文言联语，不少联句直接引自《诗经》，或巧用成语典故。语言典雅，意蕴丰厚，实属上乘之作。

挽陆润庠

张元济

使立朝不为奸憝所排，讵令人火热水深至此；
岂神州终有陆沉之祸，故夺我泰山梁木于先。

赏析

此联写于1915年间。陆润庠（1841—1915），江苏吴县人。清同治状元。曾任国子监祭酒、工部尚书、吏部尚书、参政大臣。辛亥革命后，留在宫中担任废帝溥仪的师傅。1915年病逝，张元济撰联致哀。

上联中，立朝，指国君在位或大臣执政于朝。奸憝（duì），奸诈邪恶之人。《书·康诰》："元恶大憝。"讵（jù），何、岂。上联意谓，使那些执政于朝的大臣不为奸恶之人所排斥，哪会让人民陷于水深火热到这样程度。这里明显含有为戊戌变法失败而受迫害的维新派人士鸣不平的意思。

下联中，岂，宁、难道。陆沉，比喻国土沉沦，非由于洪水，而是由于祸乱。《晋书·桓温传》：

“与诸僚属登平乘楼，眺瞩中原，慨然曰：‘遂使神州陆沉，百年丘墟，王夷甫诸人不得不任其责！’”夺我泰山梁木，化用成语“山颓木坏”。典出《礼·檀弓上》：“孔子蚤作，负手曳杖，消摇于门，歌曰：‘泰山其颓乎！梁木其坏乎！哲人其萎乎！’……盖寝七日而殁。”后诗文中常以“山颓木坏”喻有重要影响人物的死亡。下联意谓，难道终有神州陆沉之祸，故夺我重要人物死亡于先。联中对于逝者如此推崇，看来与逝者曾在苏州办过实业且同情维新派人士有关。

作者毕竟曾在清庭供职，并只是主张变法维新而已，从联中“陆沉之祸”及“立朝”等语，可见他当时对于辛亥革命的认识还是有偏颇的。

挽蔡锷

张元济

为争人格，不得已而用兵，败勿亡命，
济亦引退，砥柱中流，先生庶无愧矣；
既负民望，宜知所以爱国，首轻权利，
更重道德，良药苦口，后死者其听诸。

赏析

此联写于1916年12月间。蔡锷生前为护国军第一军总司令，四川省督军兼民政长。1916年11月病逝于日本，12月初梁启超等在沪发起公祭，张元济撰送挽联致哀。

上联充分肯定逝者发动讨袁护国战争的必要性。人格，一般是指人的品格，即个人的道德品质。这里特指人的能作为权利、义务主体的资格。这两句是说，蔡锷为争人格（反对帝制，坚持共和）不得已而用兵，发起护国讨袁。亡命，本谓改名换姓逃亡在外，后亦泛指逃亡的人。引退，旧时官员自请退职。蔡锷在发动护国讨袁之前，曾与梁启超约定，此次斗争即使失败也不用亡命海外，如果顺利亦将功成身退。砥柱中流，砥柱，山名，屹立在三门峡附近的黄河中流。故常用中流砥柱比喻能挽住危局的坚强力量。这里是说，先生遵守自己的诺言，在斗争中发挥了中流砥柱的作用，庶几可以问心无愧了。

下联进而肯定逝者轻权重德，深负民望。负，负载、负担。这里是说，既负载着人民的希望，应知所以爱自己的国家。“首轻”二句，这是逝者生前的誓言，首先看轻手中权力，更加重视做人道德。良药，即指上述两句话。其，回指上文提及的事物和人。诸，之乎的合音。这里是说，作为生者（后死之人）上面那些轻权重德的话听到了吗？

这副挽联均以议论之语出之，除对讨袁护国之举认识尚有局限外，对于蔡锷评价还是公正客观的。尤其是用逝者之言评述逝者为人品格，更能让人信服。

贺康有为六十寿辰

张元济

形其量者沧海；
何以寿之名山。

赏析

此联写于1917年间。康有为（1858—1927），广东南海人。清光绪进士。近代改良派代表人物。“戊戌政变”失败后，为保皇党领袖。一生著述甚丰，有《新学伪经考》、《戊戌奏稿》、《大同书》等传世。1917年，康有为六十寿辰，张元济撰联致贺。

上联中，形，显露、表现。《战国策·赵策三》：“赵王不悦，形于颜色。”量，器量、度量。沧海，大海，海水苍色，一望无际，故称。此句称颂康有为的度量、胸怀犹如沧海那样博大，意在肯定寿翁当年叱咤风云、气吞山河的“有为”之举。

下联中，名山，即名山事业。典出《史记·太史公自序》：“成一家之言，厥协《六经》异传，整齐百家杂语，藏之名山，副在京师，俟后世圣人君子。”这里是指康有为的著作，如司马迁一样，足以藏之名山，千古流传。作者在此称颂康氏名山事业。

这副祝寿联语，言约意丰，耐人寻味。上联赞扬康有为的度量胸怀，有如沧海那样博大；下联称颂康有为的学术著作，可以藏之名山千古流传。作者匠心独具，此联亦可读作："形其量者，沧海；何以寿之？名山。"

挽缪荃孙

张元济

斯文所在，望公如梁学士之遐龄，沧海痛横流，竟为离忧伤怀抱；

同馆曾叨，恨我输王祭酒之亲炙，淞滨寻旧梦，得闻绪论补蹉跎。

赏析

此联写于1919年间。缪荃孙（1844—1919），江苏江阴人。光绪进士，授翰林院编修。后在北京供职史馆，曾负责《清史》中部分列传的撰写，并参与《顺天府志》的编纂工作。后主持钟山书院。1906年创办江南图书馆。1909年出任北京图书馆正监督。1915年任清史馆总纂。生平著作极富，尤在目录学研究方面做出卓越贡献。1919年在北京去世，张元济撰联致哀。联后附有注文："壬辰通籍，甲午先生归田，奉教之日浅。辛壬间先生载书来沪，互相通假，获益不少。山木遽坏，能弗泫然。"

上联言原望逝者得享高龄，却不幸忧虑而逝。斯文，语出《论语·子罕》："天之将丧斯文也，后死者不能与于斯文也。"本指古代礼乐制度，后亦用以指儒者或文人。梁学士，指宋雍宁二年进士梁颢，字太素，累官至翰林学士，权知开封府。相传此人八十二岁及第。遐（xiá）龄，高龄。这里希望缪公能如宋代梁学士那样享有高龄。沧海痛横流，即痛沧海横流。沧海横流，海水到处泛滥，比喻世事动乱不安。范宁《〈榖梁传〉序》："孔子睹沧海之横流，乃喟然而叹曰：‘文王既没，文不在兹乎！’”离，通“罹”，遭受。张衡《思玄赋》：“循法度而离殃。”离忧，遭受忧患。怀抱，胸怀与抱负。这里是说，因世事动乱不安，竟为遭受忧患而有伤自己的胸襟抱负。

下联回忆与逝者相互交往的过程。同馆，张元济比缪荃孙年纪虽小二十余岁，却为壬辰年同科进士，而且同在翰林院供职。叨（tāo），谦词，犹言忝、辱，如叨在知己。这里因言曾有幸忝在同馆之列。王祭酒，与上联梁学士对应，亦应为古人。这一出典何意尚有待查考。炙（zhì），熏陶。《孟子·尽心下》：“非圣人而能若是乎？而况于亲炙者乎？”这里是说，恨我输于古人王祭酒而不能受您亲自熏陶。淞，水名，通称吴淞江。发源于江苏省太湖，流至上海与黄浦江会合，至吴淞口入海。淞滨，即吴淞江边，此指上海。友人曾来上海，得以同寻旧梦，共忆往事。绪，连绵不断的情思。江淹《泣赋》：“阒寂以思，情绪留连。”论，议论、讲述。蹉跎，虚度光阴，亦喻失意。白居易《答故人》：“见我昔荣遇，念我今蹉跎。”这里是说，友人曾来上海，得以重寻旧梦，听到连绵不断的情思、讲述，而弥补了往昔的蹉跎岁月，亦即离别友人失意的情怀。

此联情真意挚，对仗工稳。作者对于这位同科进士而兼前辈学人执礼甚恭。既哀叹逝者未能锡享遐龄，又忆二人昔日交往旧事。如泣如诉，凄恻感人。

贺胡适四十寿辰

张元济

我劝先生多看看贤阃戒指，从今少喝些老酒；
你做阿哥好带带小弟北大，享个无限的遐龄。

赏析

此联写于1931年1月。胡适（1891—1962），字适之，安徽绩溪人。早年留学美国。历任北京大学教授、中国公学校长、国民参政会参政员、驻美国大使、中央研究院院长。著有《中国哲学史大纲》、《白话文学史》、《胡适文存》等多种。1930年12月，胡适四十寿辰。张元济于次年1月撰联补致贺意。

上联劝胡适今后少喝点老酒。阃（kǔn），指闺门，妇女所居处。亦可引申指妇女或妻室。贤阃，即贤惠的妻子。贤阃戒指，谓胡适夫人曾送丈夫一枚戒指，上刻“止酒”二字。

下联祝愿胡适健康长寿。小弟，对平辈谦称自己。当时张元济已六十余岁，因与胡适属忘年之交，故戏称对方为阿哥，并望带带小弟能与北大发生关系。“享个”句，遐（xiá）龄，高龄、长寿。此句从文言祝寿用语“锡享遐龄”转化而来，意为享有高龄，永远长寿之意。

这副祝寿联语卓具特色。因胡一向提倡白话文，故亦以白话为联相赠。采用口语写作，亲切朴实，亦庄亦谐，显得生动风趣。胡适本人阅后也颇为赞赏，认为“这副对联好极了”。

挽徐志摩

张元济

志轶云霄外；
诗留天地间。

赏析

此联写于1931年11月。徐志摩为我国现代新月派著名诗人。早年留学欧美，后在北京、上海等地大学任教。1931年11月14日，由南京乘飞机前往北平，在济南上空失事遇难。张元济撰送挽联致哀。

上联中，轶，通“溢”，满而外流。《汉书·地理志》：“轶为荥。”注：“轶与溢同。”云霄，天际、高空。此句意谓，志向充溢于天际。极言逝者其人志向高远，又能让人与此次空难产生联想。

下联中，诗，指诗歌创作。逝者生前出版《志摩的诗》、《翡冷翠的一夜》、《猛虎集》等多本诗集。此句意谓，逝者的诗将长留于天地之间。

此联词约意丰。上联言人，其志溢于云天之外；下联言诗，其诗留于天地之间。一轶一留，切人切事，堪称哀挽佳作。

挽王书衡

张元济

与君为学，幼作党人，通艺说当年，曾共崎岖印泥雪；
垂老删诗，不问世事，晚晴恐落日，怕看破碎到山河。

赏析

此联写于1931年间。王书衡（1864—1931），名式通，山西汾阳人。清末进士，曾在编书局、大学堂等处任职。辛亥革命后，任北洋政府司法总长、约法会议秘书长，国务院秘书长。1917年任全国水利局副总裁。1920年任清史馆编修、故宫博物院管理委员会副秘书长。1931年因病去世，张元济撰联致哀。

上联回忆二人交往的经历。为学，张元济、王书衡均为光绪年间进士，因称“与君为学”。党人，同道结合之人。屈原《离骚》：“惟党人之偷乐兮，路幽昧以险隘。”此指二人年轻时同作参与戊戌变法的维新党人。通艺，指北京通艺学堂。1898年间，光绪皇帝委托张元济等人筹办。印泥雪，由成语“雪泥鸿爪”化出，喻往事遗留的痕迹。苏东坡《和子由渑池怀旧》：“人生到处知何似，应似飞鸿踏雪泥。泥上偶然留指爪，鸿飞哪复计东西。”上联意谓，早年与君同为光绪年间进士，同作参与戊戌变法的维新党人，后又一起筹办北京通艺学堂，我们曾共同在崎岖道路上留下不少往事的痕迹。

下联回忆二人晚年生活的情景。垂老，将老。删诗，本指孔子删订《诗经》，后亦用作致力于个人著述。二人老年分别在商务印书馆与清史馆进行撰述，不再直接过问世事。晚晴，原指傍晚晴朗的天色，亦喻人生晚年安康。破碎，破损、毁坏。《史记·酷吏列传》：“（义纵）遂案宁氏，尽破碎其家。”下联意谓，人生晚晴只恐落日，更怕看毁损到祖国的大好山河。当时正值

"九一八"事变之后，日本侵略者已占领了我东北三省。

此联夹叙夹议，叙议结合。忆及往日与逝者颇多共同的经历，幼年党人，垂老删诗，不胜感慨系之。结句转向现实，怕看破碎山河。一片爱国热情，溢于字里行间。

挽项松茂

张元济

福国惠民，良药苦口利于病；
同仇敌忾，志士杀身以成仁。

赏析

此联写于1932年春。项松茂（1880—1932），浙江鄞县人。现代爱国实业家。早年创办上海五洲药房和五洲皂厂。曾任上海市商会议董、中国工商协会专门委员、中国红十字会特别委员。商务印书馆几位主持人均与其交往甚密，并先后给予有力的支持。1932年1月30日，项松茂被日军劫持，不久遇害身亡。张元济闻讯书联，痛悼友人。

上联言逝者福国惠民，创办五洲药房。福，降福、保佑。惠，赐、恩惠。此言降福于国家，施惠于人民。"良药"句，逝者生前创办五洲药房，联中因以"良药苦口利于病"誉之。

下联赞逝者同仇敌忾，杀身成仁。同仇敌忾，语出《诗·秦风·无衣》与《左传·文公四年》，意谓全体一致地痛恨、打击敌人。这里指共同仇恨和消灭日本侵略者。"志士"句，语出《论语·卫灵公》"志士仁人，无求生以害仁，有杀身以成仁"。后泛指为正义事业而献出生命。1932年1月29日，日军搜查上海五洲药房，捕去店员11人。项松茂于次日下午赶赴虹口营救，自己亦遭劫持，不久遇害身亡。

此联悼念亡友，语短情长。创办药房，福国惠民；杀身成仁，同仇敌忾。切人切事，称颂到位，完全与逝者爱国实业家的身份相吻合。

挽梁士诒

张元济

名满天下，谤亦随之，今日盖棺应定论；
我相此邦，天不溃止，微闻易箦尚哀鸣。

赏析

此联写于1933年5月。梁士诒（1869—1933），广东三水人。光绪进士。曾任京汉、沪宁等五铁路提调和交通银行帮理。辛亥革命后，任袁世凯总统府秘书长、交通银行总经理，把持财政，广集党羽，为袁世凯帝制筹备经费不遗余力。后一度出任北洋政府内阁总理、段祺瑞执政府交通银行总理。1928年被国民党政府通缉。1933年5月死于上海，张元济撰联致哀。

上联言因对逝者褒贬不一，应盖棺定论。“名满”二句，意谓名声布满天下，诽谤也会随之而来。盖棺应定论，人死后是非功过才能断定，为“盖棺论定”。

下联言国家政局不稳，逝者临终哀鸣。相，视、观察。邦，古代诸侯封国之称，后泛指国家。溃，溃烂、毁坏。止，停止、平息。这里是说，我观眼前现实，老天不让溃烂停止，即国家局势还在坏下去。易箦（zé），典出《礼记·檀弓上》。箦是华美光泽的竹席，照当时的习惯，做大夫的人才能用，曾子未曾为大夫，不当用，所以病重临死时要人换掉。后因称人病重将死为“易箦”。此句意谓，作者稍有所闻梁士诒在病重将死时还发出哀鸣，亦即为国家内忧外患的局势而叹息。

梁士诒其人一生，恐盖棺亦难定论。此联虽有名满天下，谤亦随之的议论，“微闻易箦尚哀鸣”的叙说，似均不能作出应有的结论，只是表明作者对于逝者晚年受到通缉抱有同情之心而已。

挽葛稚威二联

张元济

一

续命恨无方，岂坐垂堂，终惜千金轻一掷；
怀才嗟未遇，遥瞻泮水，且迟九载靳重游。

二

匡庐小住，秦华攀登，胜迹追随今不再；
同学少年，缔亲晚岁，知交零落我何堪。

赏析

这两副挽联写于1935年8月。葛稚威，为张元济姻亲、其子树年岳父。浙江平湖人。爱好搜集古籍，祖辈建有传朴堂藏书楼。曾在家乡创办稚川小学。1935年8月病逝于上海，张元济撰送挽联致哀。

先看第一副挽联：

上联言逝者恨续命无方，终撒手西去。方，药方、单方。《庄子·逍遥游》：“客闻之，请买其方百金。”垂堂，堂屋檐下，因檐瓦落下可能伤人，因以比喻危险的境地。《史记·司马相如列传》：“故鄙谚曰：‘家累千金，坐不垂堂’”。上联意谓，只恨没有药方可以延续生命，而今无可奈何坐于堂屋檐下，最后虽痛惜家有千金亦只好轻掷，即撒手西去。

下联言逝者怀才未遇难入仕途。嗟，感叹。瞻（zhān），望。泮（pàn）水，《诗·鲁颂》篇名。据《郑笺》，泮宫即学宫，“泮水”为学宫前的水池。科举时代称生员入学为入泮即本此。靳（jìn），吝惜，不肯给予。下联意谓，我在感叹友人怀才不遇，二人虽同时入学，友人乡试中举则迟了九年，以后更吝惜重游，即未能再中进士。

再看第二副挽联：

上联忆昔日同游情景。匡庐小住，指逝者与作者曾在庐山住过一段时间。秦华，指秦地华山。1935年春，二人结伴作陕西之行，曾一起攀登华山。胜迹，有名的古迹。这里是说，今后再也没有机会互相追随游览名胜古迹。

下联哀叹知交零落。同学少年，少年时代曾经同学。缔亲晚岁，晚年成了儿女亲家。零落，本指草木凋零，亦喻人之死亡。这里是说，随着知己朋友的死亡，我将何以承当和忍受呢？

这两副联语哀挽逝者，感情深挚，属对工稳。在如泣如诉的文字叙写中，饱含对于这位至亲好友的深厚情谊。

挽章太炎

张元济

无意求官，问天下英雄能不入彀者有几辈；

以身试法，为我国言论力争自由之第一人。

赏析

此联写于1936年6月。章太炎（1869—1936），名炳麟，字枚叔，浙江余杭人。近代著名学者与民主革命家。1906年参加同盟会，主编《民报》。辛亥革命后，曾任孙中山总统府枢密顾问、护法军政府秘书长。晚年退出政界，著书讲学，有《章氏丛书》及续编、三编传世。1936年6月因病逝世，张元济撰送挽联致哀。

上联中，入彀（gòu），指进入弓箭射程之内，用以比喻已在掌握之中。唐五代王宗保《唐摭言·述进士》：“（唐太宗）尝私幸端门，见新进士缀行而出，喜曰：‘天下英雄入吾彀中矣！’”辈，表示人的多数。这里是说，逝者一生不求名利，但天下人才尽入其彀中，其道德文章为当时社会贤达所推崇。

下联中，以身试法，谓明知法禁而仍触犯法令。《汉书·王尊传》：“明慎所职，毋以身试法。”这里是说，逝者当年敢于以身试法，可以说是我国言论力争自由之第一人。此指章太炎当年因“苏报案”被捕，租界当局开庭审讯时，作者曾到庭旁听，“见先生侃侃直陈，谳员噤不能声”，因而崇拜之至。

此联言简意明，属对工稳。逝者为力争言论自由而以身试法，虽无意求官而得到众人景仰追随。一位现代民主革命家的战斗身姿及其社会影响跃然纸上。

挽高梦旦

张元济

不药为中医，受尽酸辛，底事体肤付和缓；

万难是行路，愧疏调护，空余涕泪望岷峨。

赏析

此联写于1936年7月。高梦旦（1869—1936），福建长乐人。近代著名出版家。曾任上海商务印书馆图文部长、编译所长、出版部长等职。1936年7月病逝于上海，张元济与其共事多年，撰送挽联致哀。

上联写友人病中受尽酸辛。不药，不用吃药。中（zhòng）医，符合医理。《汉书·艺文志·经方》：“（庸医）以热益热，以寒增寒，精气内伤……故谚曰：‘有病不治，常得中医。’”意谓如让庸医治病，不如不治为好，故以不治为中医。此系有感而发。友人旅途劳顿又受风寒，回沪住宝隆医院，经医治有起色。不想失眠症大发，服用过多安眠药，酿成了不幸。底事，何事，何以。体肤，身体发肤，指人全身。上联意谓，如果不用过多药物反而会好些，结果受尽了酸辛，何以才能让友人身体的病痛付之于缓和。

下联因对友人途中疏于调护而自责。“万难”句，1936年5、6月间，张元济、高梦旦、李拔可三位老人同作蜀中之游，观赏重庆、成都、乐山等地名胜古迹。高梦旦途中便已病倒，抵沪之后即送医院治疗，已成不治。作者深感老人行路万难，并为自己对于友人疏于调护而内心有愧。岷峨，岷山北走，其南为峨眉山，因称峨眉为岷峨。这里是说，作者空余涕泪遥望远方——峨眉山。而今友人已逝，能不为之涕泪交流！

此联哀挽亡友取材角度与众不同，没有称颂逝者生平功业，或叙二人交往历程，而是围绕临终之前治疗失误与旅途遭挫展开。作者感情深挚，叙议结合，痛悔交织，让人为之扼腕叹息。

挽丁文江

张元济

地不爱宝，而乃患贫，果使克展所长，必有利于我国；

年及知非，宜可服政，胡若是夺之速，我还欲问诸天。

赏析

此联写于1936年间。丁文江（1887—1936），江苏泰兴人。1906年留学英国，回国后从事地质矿产调查，创办中国地质研究所。后曾任北京大学教授、中央研究院总干事。1936年在湖南衡阳因煤气中毒身亡，张元济撰联致哀。

上联强调地质工作的重要。乃，这才、至于。患贫，忧虑贫穷。这里是说，不爱宝于地，而至于担心贫穷。意在强调应爱惜地下室物，即各种矿藏。克展，能够施展。这里是说，如果使他能施展个人所长，意即发挥这位地质学家的作用，进行地质矿产调查，必将有利于我们国家。

下联哀叹逝者过早离开人世。知非，《淮南子·原道》：“故遽伯玉年五十，而知四十九年非。”此谓有所觉悟，而知昨日之非。后亦称五十岁为知非之年。丁文江逝世只有五十岁。服政，语出《礼·内则》：“五十命为大夫，服官政。”服，从事、担任。后因称作官为“服官”，从政为“服政”。胡，何、何故。《诗·邶风·式微》：“式微式微，胡不归。”诸天，佛家语。李白《答族侄僧中孚赠玉泉仙人掌茶》：“朝坐有余兴，长吟播诸天。”《注》：“佛书言，三界共有三十二天，自四天王天至非有想非无想天，总谓之诸天。”可参阅《经律异相·三界诸天》。下联意谓，刚及知非之年（五十岁），正宜走上从政之路，何以如此之快被夺去了生命，我还想问问老天。

此联采用浅近文言写成，且

从地质与从政两个方面哀挽逝者因过早离世而未能施展自己的才华。内容切人切事，情真意挚，实属感人至深。

挽林开謩

张元济

海东问俗，江表宣猷，回首几沧桑，官迹都随春梦去；
荷榭留诗，茅弯索茗，赏心共晨夕，足音还盼故人来。

赏析

此联写于1937年间。林开謩（mó）（1862—1937），字贻书，别号放庵，福建长乐人。光绪进士，授翰林院庶吉士。官河南学政、江西提学使等职。民国后，不为官，居北京。擅长诗词书法。书法简古超逸，耐人欣赏。1937年病故于北京，张元济撰送挽联致哀。

上联中，海东，即东海，为与“江表”对应，故称。此指江苏南部与浙江一带。问俗，访问风俗。《礼·曲礼上》：“入竟（境）而问禁，入国而问俗，入门而问讳。”江表，指长江以南地区，从中原看，地在长江之外，故称江表。宣猷，谓遍谋于众人。《诗·大雅·桑柔》：“秉心宣猷，考慎其相。”笺：“宣，偏，猷，谋。”“乃执正心举事，偏谋于众。”沧桑，沧海桑田的省称，比喻世事变化很大。官迹，做官的业绩。春梦，春日之梦，常以比喻世事无常，繁华易逝。刘禹锡《春日书怀》：“眼前名利同春梦，醉里风情敌少年。”上联意谓，曾记当年东海访问风俗，江表遍谋于众，而今回首往事亦已几经沧桑，过去做官之事都随一场春梦而去。

下联中，荷榭（xiè），荷塘中间或边上的台榭。茅弯，指水边茅屋。弯同“湾”，河水弯曲处。索茗，索取香茗，寻求品茗（饮茶）之处。赏心，心意欢乐。故人，旧友，此指林开謩。下联意谓，荷塘中间台榭留下诗句，水边茅屋索取香茗，当年早晚都在一起的欢乐情景让人记忆犹新，至今还盼望听到故友脚步的声音。

此联哀挽亡友，忆及昔日友谊，往事历历在目。联中东海问俗、江表宣猷、荷榭留诗、茅弯索茗，均指当年友人在江西提学使任上与定居北京期间，经过上海时二人交往的情景。而今“官迹都随春梦去”，只是“足音还盼故人来”。作者在典型叙事中抒发自己的感情，具有颇为感人的艺术力量。

挽熊秉三

张元济

浩劫旋转，难归来异域羁魂，破碎多应怜故国；
知交零落，尽数遍前朝党籍，孑遗我愧作余民。

赏析

此联写于1937年间。熊秉三（1870—1937），名希龄，湖南凤凰人。光绪进士，选翰林院庶吉士。1898年因参加维新运动被革职。后任奉天盐运使。辛亥革命后，任袁世凯政府财政总长、热河都统、国务总理。1928年任国民党政府赈务委员会委员。1932年任世界红十字会中华总会会长。1937年因病逝世，张元济撰联致哀。联前原有说明：“秉三同年旅居海上，战事既作，痛国沦陷，怆然辟世，未几殁于海外。光绪戊戌政变，君与余同被落职，一时钩党至二十余人。先后云亡，凋零殆尽。去岁散原殁于北平，君今继之，存者仅余一人而已。回首当年，哀感何及，谨制楹语，奉告仁灵。”

上联哀挽亡友，浩劫旋转，羁魂难归。浩劫，大灾难。此指1937年7月日本帝国主义发动的侵华战争。旋转，意即天旋地转，比喻时局产生巨大变化。异域，外国。王维《送晁监还日本》：“别离方异域，音信若为通。”羁（jī）魂，羁旅之魂，寄居异乡之人的魂魄。逝者殁于海外，直至次年才将遗骨运回故里安葬，联中因言异域羁魂难于归来。破碎，原指破损毁坏，可引申为不完整。文天祥《过零丁洋》：“山河破碎风飘絮，身世浮沉雨打萍。”多，犹“只”。《论语·子张》：“多见其不知量也。”邢昺疏：“古人多、只同音。”

怜，怜惜、怜爱。上联意谓，抗日战争爆发，逝者异域羁魂难于归来，而今山河破碎更应爱怜祖国。

下联悲叹自身的艰难处境。知交，知己的朋友。零落，原指草木凋谢，亦喻死亡、衰败。杜甫《佳人》："自云良家子，零落依草木。"前朝，以前朝代，此指清朝。作者身处民国，故称清末戊戌变法为"前朝"之事。党籍，列入钩党的册籍。此指戊戌变法失败后，"一时钩党至二十余人"，均被革职查办。孑（jié）遗，遗留、余剩。《诗·大雅·云汉》："周余黎民，靡有孑遗。"毛传："孑然遗失也。"后亦指残存的人或事物。余民，遗留下来的人，即"存者仅余一人而已"。下联意谓，知己友人相继死亡，尽自数遍了清末列入党祸册籍的人，作为前朝百日维新的孑遗，我今愧作仅余之人。

此联哀挽亡友，格调沉郁苍凉。逝者羁魂难归，生者愧作余民。如泣如诉，属对工稳。实为哀挽联语的上乘之作。

挽汪兆镛

张元济

阅世感沧桑，别有伤心在怀抱；
招魂荐泉菊，忍来挥泪对河山。

赏析

此联写于1939年10月。汪兆镛（1861—1939），广东番禺人。汪兆铭（精卫）胞兄。光绪举人。一生从事著述，精经史，擅诗词，为近代著名词家，有《雨屋深灯词》传世。他与汪精卫泾渭分明，曾多次对人说："精卫心术不端，他日不仅贻羞汪氏，且将为国家罪人。""汉贼不两立，我宁死不能为虎作伥！"1939年夏病逝于澳门。同年10月，张元济、陈垣等数十人在上海功德林举行公祭，并献挽联致哀。

上联中，阅世，经历时世。沧桑，"沧海桑田"的略语，比喻世事变迁很大。怀抱，心意、胸襟。王羲之《兰亭集序》："或取诸怀抱，晤言一室之内。”这里是说，逝者经历世事有感于沧桑变化，而别有一番伤心滋味在心头。此指抗战以来国民党当局执行不抵抗政策，致使祖国大片河山遭受日寇铁蹄蹂躏，而汪精卫更于1938年底公开投敌，并和日本签订卖国密约，作为胞兄更加感到痛心。

下联中，荐（jiàn），献、进。《论语·乡党》：“君赐腥，必熟而荐之。”何宴集解：“荐其先祖。”泉，原指地下水，亦可借指地下阴间。忍来挥泪，即忍泪、含泪。这里是说，为了招魂而献秋菊于地下，作者忍含热泪面对祖国河山。其时日寇侵凌，国土沦陷，人们怎能不为之挥泪！

此联哀挽亡友，感时伤世。时值抗战时期，作者既哀叹友人不幸辞世，又在沉痛悼念之中，为国家山河破碎，国土沦丧而挥泪。

挽马相伯

张元济

垂老投荒，可怜暮景；
尽忠报国，无愧后人。

赏析

此联写于1939年间。马相伯（1840—1939），江苏丹徒人。近代著名教育家、天主教教徒。早年任上海徐汇公学校长、清政府驻日公使参赞。1903年创办震旦学院，1905年创办复旦公学（今复旦大学）。辛亥革命后，一度任北京大学校长。20世纪30年代起，呼吁团结抗战，被誉为“爱国老人”。抗战爆发后，任国民政府委员。1939年在越南谅山病逝，张元济撰联致哀。联前原有小序：“相伯先生以大耋之年，受政府知遇，膺要职。不幸遭国难，流离迁徙，寄迹炎荒，偶染微疴，以药物不济，逮至不起。先生言论时时以激发国人爱国为职志，其见义勇为之概，大足为后进楷模。谨制哀词，伏维灵鉴。”

上联写老人晚景凄凉。垂老，将老。杜甫《垂老别》：“四郊未宁静，垂老不得安。”投荒，被迫迁徙或流放到荒远的地方。柳宗元《别舍弟宗一》：“一生去国六千里，万死投荒十二年。”暮景，老年的光景，亦称“晚景”。此指抗战初期，马氏已近百岁，尚不得已而流离迁徙，羁留越南谅山，可怜老人晚景凄凉。

下联赞老人一生爱国。尽忠报国，竭尽忠贞，不惜牺牲一切报效国家。《宋史·岳飞传》：“初命何铸鞠之，飞裂裳以背示铸，有‘尽忠报国’四大字，深入肤理。”这里是说，逝者一生尽忠报国，直至临终弥留之际仍关心前方抗战消息，完全无愧于后世之人。

此联言简意明，既写老人尽忠报国，也写老人可怜暮景。能以纪实之词，概括逝者一生。

挽伍光建

张元济

天生我才当致用；
士惟有品始能贫。

赏析

此联写于 1943 年间。伍光建（1866—1943），广东新会人。著名文学翻译家。早年留学英国皇家海军学院，课余攻读英国文学和历史。后曾多次随清政府官员出使西欧及美国考察。辛亥革命后，为商务印书馆翻译了大量西方文学和史学名著，并与张元济结下深厚的友谊。1943 年因病逝世，张元济撰送挽联致哀。

上联中，致用，尽其功用，付诸实用。李白《将进酒》：“天生我材必有用，千金散尽还复来。”这里化用李白诗句，说明逝者生前发挥了自己翻译西方文史著作的才能，并与下联产生内在联系。

下联中，士，古代对男子的美称。《论语·泰伯》：“士不可以不弘毅，任重而道远。”皇侃义疏：“士，通谓丈夫也。”此句意谓，大丈夫唯有有了品德才能安于贫苦的生活。

此联用语简练质朴，议中有叙。联句既符合逝者晚年贫病交加的实际状况，又称颂友人才华出众与贫贱不移的高风亮节。

祝沈衡山七十寿

张元济

年尊古稀，望隆致政；
竹林劲节，兰玉群芳。

赏析

此联写于1944年间。沈衡山（1875—1963），名钧儒，浙江嘉兴人。清光绪进士，曾留学日本法政大学。回国后，从事立宪运动，参加辛亥革命和反对北洋军阀的斗争。曾任浙江省临时政府秘书长、上海法科大学教务长。20世纪30年代起，先后组织上海文化界救国会、中国民主同盟等团体，开展抗日救亡和爱国民主运动。新中国成立后，历任最高人民法院院长、人大常委会副委员长、全国政协副主席、中国民主同盟主席。1944年间，沈钧儒七十岁，张元济撰联致贺。

上联中，古稀，七十岁的代称。杜甫《曲江二首》：“酒债寻常行处有，人生七十古来稀。”后因称七十为“古稀之年”。望隆，声望日隆，即日益增高。致政，犹辞官，交还所执掌的政权。《礼记·王制》：“七十致政。”郑玄注：“致政，还君事。”上联意谓，年岁之尊已达七十高龄，而今声望日隆，不妨效法古人“七十致政”。

下联中，竹林，比喻亲密的友谊。《晋书·山涛传》：“与嵇康、吕安善、后遇阮籍，便为竹林之交，著忘言之契。”劲节，坚贞不屈的节操。唐骆宾王《浮查》：“贞心凌晚桂，劲节掩寒松。”这里以晋代“竹林七贤”喻之，赞颂友人堪称劲节之士。兰玉，“芝兰玉树”的略语，旧时用为对别人子弟的美称。典出《晋书·谢安传》：“（谢玄）少颖悟，与从兄朗俱为叔父安所器重。安尝戒约子侄，因曰：‘子弟亦何豫人事，而正欲使佳?’诸人莫有言者，玄答曰：‘譬如芝兰玉树，欲使其生于庭阶耳。’”后因以“兰玉”喻佳子弟。群芳，众多花卉。亦喻寿翁子女事业有成。根据联意，并与上联“致政”对应，末句似以“齐芳”更为相宜。下联意谓，寿翁有如竹林七贤堪称劲节之士，子女亦都事业有成。

这副祝寿联语，喜庆典雅，完全与寿翁的年龄、身份、地位相吻合，诚为佳构。

挽卢悌君

张元济

只欠四年，方期劫后沧桑，同趋鹿鸣重赓宴；
又弱一个，对此岁残风雪，忍看扶鸠小集图。

赏析

此联写于1945年2月。卢悌君，浙江海盐人。1889年与张元济同登乡榜，考中举人。1945年2月因病逝世，张元济撰联致哀。联前原有小序：“悌君仁兄与余同登乡榜。再阅四载当偕重宴鹿鸣。讵料君竟不及待。犹记六年前君与蔡原青、叶柏皋、沈其泉、金錢荪诸同年，集余家小酌摄影。未及两载，柏皋先逝。前月原青亦亡，而君今又继之。哀哉，含泪作联，敬呈灵鉴。”

上联言期盼挚友重新聚会。只欠四年，指1949年。方期，正当希望。沧桑，“沧海桑田”的省称，比喻世事变化很大。此言正希望经历抗战劫难之后形势发生变化。鹿鸣，《诗·小雅》篇名，为古代宴会宾客时奏的乐歌。《诗序》：“《鹿鸣》，燕群臣嘉宾也。”重赓（gēng）宴，重新继续举办宴会。此句意谓，再过四年，劫后余生，我们可以同赴故友重新举办的奏着雅乐的宴会。张元济、卢悌君于1889年同登乡榜。1939年正值乡试中举五十周年，张元济曾在上海家中宴请包括卢悌君在内的五位同年，而且相约再过十年重新聚会。

下联感伤友人相继辞世。又弱一个，语出《左传·昭公三年》。弱，丧失。后多用为悼念老一辈去世之词。岁残风雪，谓面对年终岁底漫天风雪。卢悌君死于春节前夕，此句当属写实。扶鸠（jiū），互相搀扶聚集一起。

小集图，小小集会的图片，此指1939年几位老人在上海聚会时的留影。这里是说，岂能忍心去看当年互相搀扶一起聚会时的摄影。而今睹物思人，心情多么沉痛。

此联作者饱含泪水写成，让人读后唏嘘不已。

挽陈陶遗

张元济

安乐故人乡，犹见扁舟范少伯；
凄凉寒食了，谁旌绵上介之推。

赏析

此联写于1946年间。陈陶遗（1881—1946），江苏金山人。清末南社社员。早年留学日本，加入同盟会，任江苏分会支部长。辛亥革命后，任江苏临时参议院副议长、考察欧美实业专使。1925年12月任江苏省省长，旋即辞退。后寓上海卖字自给。1946年因病逝世，张元济撰联致哀。

上联中，故人，旧友。故人安乐多，即旧友大多处于安乐之中。扁（piān）舟，也作“偏舟”，小船。范少伯，即春秋时越国大夫范蠡，字少伯。曾辅佐越王勾践发愤图强，灭亡吴国。因深知越王可与同患难，不能共安乐，遂去越入齐，改名鸱夷子皮。到陶称朱公，以经商致富。《史记·货殖列传》：“范蠡既雪会稽之耻……乃乘扁舟浮于江湖。”此句意谓，还可以看到乘一叶扁舟泛游江湖的范蠡。这里是在赞誉友人当年生性淡泊，急流勇退。

下联中，寒食，节令名，在清明前一天（一说前两天）。古时习俗从这一天起，三天不生火做饭，所以叫“寒食”。南朝梁宗怀《荆楚岁时记》：“去冬节一百五日，即有急风甚雨，谓之寒食，造饧大麦粥。”相传与介之推有关。旌（jīng），旌表、表彰。绵上，地名，在今山西介休东南。介之推，春秋时晋国人。相传曾随晋公子重耳流亡国外多年。晋文公复国后赏赐随从臣属，没有提到介之推，遂与母亲隐居绵上山里。文公烧山逼他出来，之推抱树而死。晋文公为悼念他，禁止在之推死日生火煮食。以后相沿成俗，遂称寒食禁火。此句意谓，又有谁来表彰绵上介之推呢？这里以“绵上介之推”喻逝者，与上句“扁舟范少伯”一样，需联系逝者生平经历加以理解。

此联哀挽逝者，用典颇为到位。联中以“扁舟范少伯”“绵上介子推”喻之，既很恰切，又可让人产生诸多联想。

为香港三联书店题辞

张元济

数百年旧家无非积德；
第一件好事还是读书。

赏 析

此联写于 1949 年春。香港三联书店，1948 年 10 月，由生活书店、读书出版社、新知书店三家在香港合并而成三联书店。次年春天，张元济作为我国出版界元老应约为香港三联书店题辞。需要指出的是，此联并非己作，而是录自清嘉庆年间进士、礼部尚书姚文田的旧句，个别文字稍有更动。

上联中，旧家，历史长久的、古老的家庭。积德，旧时指为了给今生或来世求福而多做好事。此句意谓，一个古老的家庭能够维持几百年，无非因为能够积德。

下联中，第一件好事，联句进而指出为了求福必须多做好事，而第一件好事就是读书。

此联虽用口语写成，却又言浅意深。上下两句，联意贯串，启人深思。这样既突出了日常生活中读书的重要，又切合为香港三联书店题辞这一题意的要求。

挽刘坚匏夫人

张元济

七略灿然，子绍校经中垒业；
二门藉甚，世传志墓彦升文。

赏析

此联写于新中国成立前。刘坚匏夫人，关于刘坚匏及其夫人的生平事迹不详。就联意内容本身而言，刘坚匏似为古籍版本目录研究学者，而且其子继承父业，可能就在商务印书馆工作。刘坚匏夫人逝世时，张元济撰送挽联致哀。

上联言子承校经父业。七略，汉刘歆撰。包括辑略、六艺略、诸子略、诗赋略、兵书略、术数略、方技略。为我国最早的图书分类著作，在我国目录学史上有其重要影响。灿然，显明、明亮。子绍，儿子继承。校经，校订经籍。中垒，指汉刘向曾任中垒校尉。据《汉书·艺文志》载："至成帝时，诏光禄大夫刘向校经传诸子诗赋……辄条其篇目，撮其指意，录而奏之。会向卒，哀帝复使向子侍中奉车都尉歆卒父业。歆于是总群书而奏其七略。"这里是说，西汉刘歆继承其父刘向遗业，编校而成七略。

下联赞两家门第显赫。门，家族门第。藉甚，盛大、众多。《汉书·陆贾传》："贾以此游汉廷公卿间，名声藉甚。"此句意谓，刘与夫人两家门第显赫。志墓，即墓志，亦称墓志铭。一般用正方两石相合，一刻志铭，一题死者姓氏、籍贯、官爵，平放棺前，埋入墓中。彦升，即南朝梁文学家任昉，字彦升。梁武帝时为黄门侍郎，出任义兴、新安太守。擅长表、奏、书、启等各体散文，当时与沈约有"任笔沈诗"之誉。此句意谓，你们两家历代墓志文几乎均出于像任彦升那样的大家手笔。

此联文字凝练，言少意多。能将诸多内容浓缩于有限文字之中，实属不易。

自挽

张元济

好副臭皮囊，为你忙着过九十年，而今可要交卸了；
这般新世界，纵我活不到一百岁，及身已见太平来。

赏析

自挽，1957年间，张元济时已91岁高龄，曾为自己写了一副别具一格的挽联。一般社会知名人士撰联自挽，都是回顾自己一生的经历，总结自己一生的业绩。此联却摆脱前人窠臼，显示与众不同的特色。

上联中，臭皮囊，旧时信释道者厌恶人的肉体，以为其中藏有涕、痰、粪、尿等污物，故称“臭皮囊”。交卸，交出卸下。上联以幽默轻松的语调，表明即将走完自己的人生旅程。

下联中，纵，纵令，即使。及身，及于自身。下联是说，自己纵然活不到一百岁，但已经看见太平年代的到来，并为晚年能看到“这般新世界”而欢欣鼓舞。

作者身为光绪年间进士、国学研究专家，此联却全用口语写成，可见从思想感情到表达方式都在与时俱进。作者毕竟有着很强的驾驭联语文字的功力，尽管全用口语，依然对仗工稳，平仄合律。联句亦庄亦谐，洒脱自然，尽显作者欣然告别人生的豁达胸怀。

自　题

杨　度*

五六月间无暑气；
二三更里有书声。

作者

*杨度（1874—1931），湖南湘潭人。早年鼓吹君主立宪，参与袁世凯复辟帝制活动。1922 年投奔孙中山，为民主革命奔走。1927 年曾多次营救李大钊。1929 年加入中国共产党。其思想转变在对联中多有表现。著有《杨度集》。

赏析

此联写于 1892 年。自题，此联据荣斌主编《中国名联大观》一书收录，杨度十八岁时自题书斋。因其书斋取名“幽静”，联句与之相应，同样构成一种幽静的境界。

上联中，暑气，盛夏时的热气。阴历五六月间，时值夏季而无暑天热气，可见作者书房实为难得的清静之地。俗话说：心静自然凉。这里之所以盛夏无暑气，是因为书房安静与主人内心平静的缘故。

下联中，更，古代夜间计时单位，一更约两小时，一夜分为五更。二三更里，正值半夜时分，书房仍有读书之声。此时更深夜静，微闻书声，反而更显幽静。这正符合古人所言“鸟鸣山更幽”的意境。

此联自题书斋，文字简约而又质朴无华。自然构成一幅夜读消夏图，让人为之欣羡而又神往。

题岳阳楼

杨　度

风物正凄然，望渺渺潇湘，万水千山皆赴我；
江湖常独立，念悠悠天地，先忧后乐更何人？

赏析

此联写于1895年10月。岳阳楼，湖南省岳阳市西门城楼，高三层。下瞰洞庭湖，碧波万顷；遥望君山，气象万千。始建于唐，宋代重修。历代文人，如李白、杜甫、白居易等都曾在此吟诗作赋，其中以范仲淹的《岳阳楼记》最为著名。1895年10月，杨度从北京会试归来，曾在岳阳楼题联述怀。

上联写景，眺望潇湘风物，尽收眼底。风物，风光景物。凄然，寒冷。《庄子·大宗师》："凄然似秋，煖然似春。"渺渺，悠远。潇湘，湖南中部的潇水、湘水，亦可泛指湖南地区。郑谷《淮上与友别》："数声风笛离亭晚，君向潇湘我向秦。"上联意谓，眼前风光景物让人感到有股寒意，再望远方湘中大地，仿佛万水千山都在向我奔赴而来。

下联抒情，借古代诗文抒发人生感慨。江湖，泛指四方各地。杜牧《遣怀》："落魄江湖载酒行，楚腰纤细掌中轻。"独立，孤立无依。悠悠，遥远，无穷尽。陈子昂《登幽州台歌》："念天地之悠悠，独怆然而涕下。"先忧后乐，语见范仲淹《岳阳楼记》："先天下之忧而忧，后天下之乐而乐乎？"下联意谓，人在江湖常常感到孤立无依，进而想到天地悠悠，而能像范仲淹那样"先忧后乐"者更有何人？联中隐然以此自许。

此联系即景抒情之作。上联描写眼前景物，下联抒发自身感慨。作者虽也借用《岳阳楼记》的名句来做文章，但却把"我"写了进去，以表达自己入仕以前凄然独立的心情。

题南京扫叶楼

杨　度

每因凭眺伤时局；
独倚江山念古人。

赏析

此联系杨度早年所作。扫叶楼，在江苏省南京市清凉山麓，是明末清初著名画家龚贤的故居。明朝灭亡后，他在清凉山买屋定居，以屋旁半亩田栽花种竹，名曰“半亩园”。还曾自画小像，身穿僧衣，作扫落叶状，故称此屋为“扫叶楼”。杨度早年曾游此地，并题联志感，表达自己对于国家前途命运的关注。

上联言伤今之慨。凭眺（píng tiào），居高望远。张九龄《登乐游原春望书怀》：“凭眺兹为美，离君方独愁。”伤，忧思、悲伤。此句意谓，每每因为登楼远望而为现在的时局感到忧伤。

下联抒怀古之情。倚，靠着。杜甫《佳人》：“天寒翠袖薄，日暮倚修竹。”古人，古代的人，此指扫叶楼主人龚贤。此句意谓，独自面对祖国大好山河而思念古人龚贤。

此联即景抒情。作者凭楼远眺，既“伤时局”，又“念古人”。这正反映了旧时代文化人内心的苦闷，在忧国忧民渴望入世的同时，亦有效法古人归隐田园的出世思想。

题杭州五云山

杨　度

长堤划破全湖水；
之字平分两浙山。

赏析

此联具体写作时间不详。五云山，为杭州西湖风景区群山中著名高山。相传山顶常有五色瑞云盘旋其上，故以“五云”名之。五云山地处钱塘江与西湖之间，景色宜人，自然成了登高远眺的好去处。杨度早年曾游杭州五云山，并为山腰小亭题联。

上联写西湖。长堤，指苏堤。这是一条贯穿西湖南北的长堤，全长 2.8 公里。这里是说，这条长堤划破全湖之水，亦即将西湖水域分开。

下联写之江。之字，指之江，为钱塘江自萧山闻堰至杭州闸口段的别称。以江流曲折如“之”字，故称之江。五云山前，之江三折，正当其面。这里是说，钱塘江在此三折所形成的之字，正好将两岸群山分开。

作者抓住杭州五云山的自然地理特征，因其“长江带绕，西湖镜开”（明张岱语），故而构成上述联句。这副对联颇为形象地写出了游人在五云山登高远眺目力所及的江湖奇观。

题杭州玉皇山得意亭

杨　度

雨树晴山分画谱；
白云红叶尽诗材。

赏析

此联具体写作时间不详。玉皇山得意亭，玉皇山是杭州西湖南面的一座山峰。山高 242 米。这里是南观钱塘、北望西湖的登高佳地。得意亭建在山上，游人登高望远，别有一番情趣。杨度当年曾游杭州玉皇山，并为得意亭题联。

上联中，画谱，分类记载、品评名画或汇集名家画法的书。这里是说，雨中观树与晴天看山，两种不同景象构成不同画面，可以分别列入画谱之中。山中时晴时雨，同样风光宜人。

下联中，白云，在玉皇山上观赏蓝天白云也是一种美好享受，故“玉皇飞云”今天已列入新西湖十景之一。至于秋日登临欣赏山间红叶，亦使游人流连忘返。因此作者指出“白云红叶”均可作为写诗的材料。

此联题杭州玉皇山得意亭，写出在亭上观赏周围景物，无论雨树晴山还是白云红叶，无不如诗如画。让人读后亦感兴味盎然。

题济南珍珠泉

杨　度

随地涌泉源，对清澈一泓，莫使纤尘滓渊鉴；
隔城看山色，祈庄严千佛，广施法雨惠苍生。

赏析

此联具体写作时间不详。珍珠泉，在济南老城城北，与趵突泉、黑虎泉、五龙潭合称四大泉群。因其泉水自池底流出时，含有无数水泡如串串珍珠得名。附近为历代王府、衙署所在地，有明代德王府、清朝巡抚衙门、民国省政府。珍珠泉畔，崇楼飞阁，风景如画。杨度当年曾应约为珍珠泉题写楹联。

上联写珍珠泉一泓池水。泉源，泉水的源头。《诗·卫风·竹竿》：“泉源在左，淇水在右。”传：“泉源，小水之源。”清澈，指水清澄而通明。泓（hóng），量词，清水一道或一片叫一泓。纤尘，细小的灰尘。滓，污浊、污染。渊鉴，深泉之水如镜。鉴为古代用以照影的铜镜。上联意谓，济南号称“泉城”，随地都会涌出泉源。我们面对清澈见底的一泓池水，不要使细小的灰尘污染如鉴的深泉。

下联再写千佛山一片山色。山色，指济南城外千佛山一片苍翠的颜色。祈（qí），祈祷、请求。庄严，庄重而严肃。千佛，隋开皇年间，山东佛教盛行，在历山山岩间多凿石佛，改称千佛山。法雨，佛家谓佛法普及众生，如雨之润泽万物。《大般涅槃经·寿命品》：“惟悕如来甘露法雨。”苍生，指百姓、众民。下联意谓，隔城看城外千佛山一片苍翠的颜色。我们祈求庄重严肃的山间千佛，能以广施法雨（弘扬佛法）惠及天下苍生。

此联写景由泉及山，写出泉城山水之美。进而即景抒情，祈求千佛广施法雨，以表达造福苍生的愿望。

挽黄修元

杨　度

怜我自栖皇，有时纵酒抽刀，太息人生不如死；
羡君能解脱，惟是人亡国瘁，每忧时事一伤心。

赏析

此联写于1905年3月。黄修元，字笃恭，生前为湘中矿局主管人。1905年3月因病逝世，杨度撰送挽联致哀。

上联中，栖（xī）皇，亦作“栖遑”，忙忙碌碌、奔波不定的样子。班固《答宾戏》：“圣哲之治，栖栖遑遑。”李善注：“栖遑，不安居之意也。”纵酒，放纵喝酒。抽刀，拔出佩刀。李白《宣州谢朓楼饯别校书叔云》：“抽刀断水水更流，举杯消愁愁更愁。”此处化用李白诗句，抒发自己怀才不遇的苦闷。太息，深深地叹息。屈原《离骚》：“长太息以掩涕兮，哀民生之多艰。”上联意谓，可怜我独自到处奔波，常常借酒浇愁，深深叹息现实人生生不如死。

下联中，“羡君”句，谓真羡慕你能得以解脱，实为婉言友人死去。人亡国瘁（cuì），语出《诗·大雅·瞻卬》：“人之云亡，邦国殄瘁。”郑玄笺：“贤人皆言奔亡，则天下邦国，将尽穷困。”后因以“人亡国瘁”谓贤者不在位，国家因而衰败。一，作语助，以加强语气。白居易《石壕吏》：“吏呼一何怒，妇啼一何苦！”下联意谓，我真羡慕你能以解脱，只是贤者不能在位，国家因此衰败，每每因为忧心时事而伤心。

此联哀挽亡友，感时伤怀。

上联哀叹自身栖皇，以致生不如死；下联羡君解脱，又为人亡国瘁忧伤。作者满腔悲愤，只求一泄为快。

挽杨瑞生

杨度

平生恩义，未忍追思，从兹落落一身，怅望出门谁念我？
国事栖皇，曾何所补，徒使悠悠千载，羁迟游子恨终天。

赏析

此联写于1907年10月。杨瑞生，为杨度伯父。生前曾任归德、朝阳总兵。1907年10月不幸因病去世。杨度由于生父杨懿生早逝，曾由伯父抚养多年。此时惊闻噩耗，悲痛欲绝，撰送挽联致哀。

上联中，“平生”二句，意谓伯父平生对我的恩情道义，真不忍心加以回想。兹，此、现在。落落，孤独貌。《后汉书·耿弇传》：“帝谓弇曰：‘将军前在南阳建此大策，常以落落难合，有志者事竟成也！’”怅望，怅然想望。这里是说，从此孤独一身，怅然出门还有谁思念我呢？

下联中，栖（xī）皇，亦作“棲遑”，奔忙不定。陆机《演连珠》：“利尽万物，不能叡童昏之心；德表生民，不能救棲遑之辱。”羁（jī）迟，羁留迟久。恨终天，即抱恨终天，谓终生抱有遗恨。下联是说，我为国事奔忙不定，何曾有所补益呢？徒然使得悠悠岁月，让长期寄居在外的天涯游子抱恨终天。

作者悼念伯父，深沉悲痛，哭诉衷肠。上联哀叹伯父离世而使自己落落一身，下联深感抱恨终天，未能报答养育之恩。此联在哀挽亲人同时亦感怀国事，明显流露悲观失落的情绪。

代叔父挽杨瑞生

杨　度

尔悲逝父，我哭亡兄，家世有同仇，愧未荷戈平寇盗；
心念亡人，眼看后辈，衰颓余一老，可怜挥泪说身家。

赏析

此联写于 1907 年 10 月。代叔父挽杨瑞生，杨度在伯父杨瑞生死后，除自己撰送挽联外，还代叔父杨凤梧撰写此联。

上联中，“尔悲”二句，谓你悲伤逝去的父亲，我痛哭亡故的兄长。家世，家庭门阀和世系。同仇，同心协力对付敌人。《诗·秦风·无衣》：“修我戈矛，与子同仇。”寇盗，外寇与盗贼，当指清朝末年，外有帝国主义列强，内有盗贼作乱。这里是说，我们的家庭有着共同的敌人，我感到惭愧的是未能拿起武器平定外寇和盗贼。

下联中，“心念”二句，谓心中想着亡故之人，眼睛看着后生晚辈。衰颓（tuí），身体衰弱颓败。身家，本人和家庭。这里是说，现在余下这么一个身体衰弱颓败的老人，可怜挥着眼泪在诉说自己的身世和家庭。

此联因系代笔，全依叔父口吻写出。哀叹身家式微，感伤国事多艰。尽管联语内容平平，倒也切合人物身份地位。

挽张之洞

杨　度

敬学以箴时，各国维新皆复古；
求贤因辅世，昔人知遇不论恩。

赏析

此联写于1909年间。张之洞（1837—1909），河北南皮人。清同治进士。曾任翰林院侍讲学士、内阁学士、山西巡抚、湖广总督、军机大臣等职。作为清末洋务派首领之一，他在湖广总督任间，曾开办汉阳铁厂和湖北枪炮厂，设立织布、纺纱、缫丝、制蔴四局，并筹办卢汉铁路。1909年因病去世，杨度撰联致哀。

上联推崇逝者敬学箴时咸与维新。敬学，敬重学业，亦即专心致志于学习。箴（zhēn）时，箴同针，谓针砭时事，意即治疗、纠正当时出现的社会问题。维新，语出《诗·大雅·文王》："周虽旧邦，其命维新。"维，语助词；维新即新。后称变旧法而行新政为"维新"。复古，恢复古代的制度和习俗。何以称"各国维新皆复古"？这与清末洋务派主张"中学为体，西学为用"有关，强调任何维新都离不开本国的传统。

下联称颂逝者求贤辅世，善于选拔人才。辅世，辅助当世。意即求贤目的是为了辅助当世。解决社会问题。知遇，受到赏识、重用。这里是说，昔人求贤而赏识重用对方，并非为了论恩图报。联中用以称颂逝者在推行洋务运动中善于选拔重用人才。

张之洞作为清末洋务派代表人物之一，在兴办实业与教育方面起过一定的作用。联中赞其敬学箴时与求贤辅世，大体符合实际。至于"各国维新皆复古"，正是基于这一思想，才使得清末洋务派与此后的资产阶级改良派均以失败告终。

挽郑汝成

杨　度

男儿报国争先死；
圣主开基第一功。

赏析

此联写于1913年11月。郑汝成，字子敬，河北静海人。早年北洋水师学堂肄业，留学英国海军学校。曾任烟台海军学校校长、海军部军法司司长。1913年授海军中将，任上海镇守使，镇压“二次革命”。同年11月在上海被中华革命党人刺杀身亡。袁世凯追封这位海军中将为一等侯，杨度亦撰送挽联致哀。

上联谓男儿为报效国家应争先赴死。应当指出，郑汝成之死并非报国之举，称不上好男儿。

下联中，圣主，圣明之主。一般指封建帝王，此指即将登基的洪宪皇帝袁世凯。开基，开创基业。此句意谓，郑汝成之死可以说是为洪宪皇帝开创基业立下了第一功。杨度当时正为袁世凯称帝奔走效力，就连在挽联中亦不忘突出逝者“开基第一功”。

应该说此联内容有谬误。俗话说：兔死狐悲，物丧其类。作者之所以如此吹捧死者，亦属自身即为袁世凯心腹之地位使然。

挽杨守敬

杨　度

著述等身高，晚岁书名传海外；

专精为学苦，他年文苑仰斯人。

赏析

此联写于1915年间。杨守敬（1835—1915），湖北宜都人。同治举人。曾为出使日本大臣黎庶昌的随员，在日本搜集中国古籍，撰有《日本访书志》，并校刻黎庶昌所集《古逸丛书》，在日本出版。归国后，历任黄冈教谕，两湖书院教习、勤成学堂总教长。1914年，被袁世凯聘为顾问。一生于金石、板刻、书法等皆有研究，尤长于历史地理学，留下大量著述。1915年因病逝世，杨度撰联致哀。

上联中，著述等身高，著述

加起来和身体一样高，形容著作极多。逝者一生著有《历代舆地图》、《水经注疏》、《楷法溯源》、《望堂金石集》等多种。书名，书法家的声名。杨守敬不仅善书法，且有著述，因此晚年作为书家之名远传海外。

下联中，专精，集中精力，专心一致。《吕氏春秋·论威》："并气专精，心无有虑，目无有视，耳无有闻，一诸武而已矣。"为学苦，治学十分勤苦。这正是逝者能以著述等身的原因。文苑，犹言文坛，文士所聚之处。仰斯人，仰仗此人。

此联哀挽逝者，言其著述等身，书法名传海外；赞其专精为学，他年文苑谋求发展还得仰仗发扬此人苦学精神。作者对于这位前辈学人敬佩之情溢于言表。

赠远春

杨度

沦落人会心不远；
风雅事着手成春。

赏析

此联写于1915年间。远春，杨度经小凤仙介绍，结识北京"聚福清吟小班"养女远春。这位青楼女子为人活泼爽直，杨度颇为赏识，引为风尘知己。初见面时即题赠此联，且在句末嵌有"远春"二字。

上联中，沦落人，即落魄之人。白居易《琵琶行》："相逢何必曾相识，同是天涯沦落人。"会心，领悟，领会。《世说新语·言语》："简文入华林园，顾谓左右曰：'会心处不必在远，翳然林水，便自有濠濮间想也。'"此句含意明显与上述诗文有关，意谓沦落风尘之人（远春）与我会心不远，即在眼前知会于心。

下联中，风雅事，风流儒雅之事。旧时文人常将青楼狎妓视为风雅之事。着手成春，语出《诗品·自然》："俯拾即是，不取诸邻；俱道适往，着手成春。"本谓诗歌要自然清新，后亦用以称赞医术精良，与"妙手回春"意近。这里是说，（远春）对于风雅之事一经着手即让人感到春意。

作者将这副嵌名联题赠青楼女子远春，并视为风尘知己。此系风雅之事，亦属时尚之举。

题袁世凯照片

杨　度

听四百兆人巷祝衢歌，恍亲见汉高光，唐贞观，明洪武；
数二十世纪武功文治，将继美俄彼得，日明治，德威廉。

赏析

题袁世凯照片，1915 年 12 月，袁世凯继窃取民国大总统之位后，决心恢复帝制，下令第二年改为中华帝国洪宪元年，并准备元旦正式登基。当时发行的月份牌上，袁世凯照片两侧印有对联一副，即出于杨度手笔。作者将袁世凯与中外英明帝王相提并论，意在为恢复帝制制造舆论。

上联言袁世凯犹如汉高祖、唐太宗、明太祖再世。四百兆，即四亿。通常以一百万为兆，四百兆即四亿。巷，里中小道，街道两旁的胡同。衢（qú），大街，四通八达的道路。此句意谓，听四亿人都在大街小巷庆祝歌唱。恍亲见，恍惚亲眼看到。汉高光，即汉高祖刘邦、光武帝刘秀。唐贞观，即唐太宗李世民，贞观为其年号。明洪武，即明太祖朱元璋，洪武为其年号。

下联言袁世凯可与俄国彼得大帝，日本明治天皇、德国威廉一世媲美。数（shǔ），查点、列举。武功文治，亦作文治武功。语出《礼记·祭法》："文王以文治，武王以武功，去民之灾，此皆有功于民者也。"后指治理国家和对外用兵卓有成就，一般用作赞美帝王或重臣的颂词。这里意在歌颂袁世凯，认为他是二十世纪具有文治武功的英明帝王。将继美，将继续称美于诸人之后。俄彼得，即俄国的彼得大帝，在十八世纪通过对外扩张，一度形成强大的沙俄帝国。日明治，即日本的明治天皇，在十九世纪通过明治维新，走上资本主义道路。德威廉，即德国皇帝威廉一世，在十九世纪通过王朝战争统一了德国。

杨度作为袁世凯身边的御用文人，这副题照对联倒也写得文采斐然。只是将袁与中外古今许多有名的君主相提并论，未免有点不伦不类，让人产生啼笑皆非之感。

挽袁世凯

杨 度

共和误民国，民国误共和？百世而后，再评是狱；
君宪负明公，明公负君宪？九泉之下，三复斯言。

赏析

此联写于1916年6月。袁世凯（1859—1916），河南项城人。北洋军阀首领。清末曾任山东巡抚、直隶总督、北洋大臣、军机大臣、外务部尚书。辛亥革命后，窃取民国大总统职位，建立北洋军阀政权。1915年12月，宣布恢复帝制，改元“洪宪”。次年6月6日，复辟帝制阴谋彻底破产，袁在全国人民声讨声中忧惧而死。杨度当即撰送了这副既为自己辩解而又措词微妙的挽联。

上联中，“共和”二句，究竟是共和政体误了民国，还是民国误了共和政体？杨度一直主张，中国只能君主立宪，不宜共和政体，因此提出上述问题。狱，讼事，罪案。上联意谓，中国只能君主立宪，不宜实行共和的主张究竟如何？虽然经过此次失败，但还不能作出最后结论。有待经过百世而后，再来评判这桩公案。

下联中，君宪，君主立宪。杨度1915年4月曾作《君宪救国论》，因以代指自己。明公，古时对有名位者的尊称，此指袁世凯。袁世凯临终弥留之际，曾断断续续地说：“他……害……了……我。”这个“他”是谁？袁氏没有确指便气绝身亡。周围的人普遍认为是指杨度，杨度本人亦愿自承。因此联中婉转提出，是我所主张的“君主立宪”误了袁世凯，还是袁世凯误了“君主立宪”的主张？这里措辞虽然含蓄，但主旨还是为本人倡导帝制进行辩护。九泉，犹言黄泉，指地下。三复斯言，语见苏轼《答毕仲举书》："三复斯言，感叹无穷。"另见《论语·先进》："南客三复白圭，孔子以其兄之子妻之。"注："诗云：'白圭之玷，尚可磨也；斯言之玷，不可为也。'南客读诗至此，三反复之，是其心慎言也。"后用其形容说话行动十分谨慎。下联意谓，究竟君宪误了明公，还是明公误了君宪，希望袁世凯在九泉之下"三复斯言"，亦即慎重考虑自己的临终所言。实际意谓，自己没有对不起袁世凯的地方，帝制的失败不能归罪于作者。

作者当时怀着极其矛盾的心情参加袁世凯葬礼，并用长达丈余贡缎写下这副引人注目、传诵一时的挽联挂于灵堂。此联主旨鲜明，意在为自己倡导的君主立宪主张辩护，直接回答逝者的临终怨言，可见依然坚持反对共和的政治立场。如果仅就艺术而言，此联立论鲜明，语言流畅，平仄协调，对仗工稳，实为大家手笔。

应对自责

杨　度

或入園中，拖出老袁还旧國；
余行道上，不堪回首问前途。

赏析

应对自责，1916年袁世凯死后，北京城里有人（相传为梁启超）出了一条拆字格上联："或入園中，拖出老袁还旧國。"不久，杨度获悉此事后同样采用拆字格应对写出下联："余行道上，不堪回首问前途。"联系杨度自身经历，实属"夫子自道"，是以自责口吻对过去错误政治道路的否定。

出句中的"老袁"是指当了八十三天洪宪皇帝就下台的北洋军阀袁世凯。按拆字格规则，"園中拖出老袁"而让"或入"，实即以"或"易"袁"，正好变成"國"，联句意谓必须讨袁护国，才能还共和国体。这里需要注意两点：一是"園""國"二字均系繁体，现已简化为"园""国"。二是句意需联系反对袁世凯称帝，意谓拖出老袁，还我旧國。这既符合拆字修辞手法，又能反映当年人们反袁斗争取得胜利后的喜悦心情。

对句亦用拆字修辞手法。这里的“道上”是指走上参与袁世凯复辟帝制的道路。“道上不堪回首”而有“余行”，以“余”易“首”，正好成为“途”字。杨度是袁世凯复辟称帝御用团体筹安会主要成员，时人讽称杨度为首六人为“洪宪六君子”，并受舆论一致谴责。杨度已开始意识到自己的政治错误，因在联中明言“余行道上”，往事“不堪回首”，哪敢再“问前途”。这是个人政治生活与思想历程的真实反映。

挽王闿运

杨　度

旷古圣人才，能以逍遥通世法；
平生帝王学，只今颠沛愧师承。

赏析

此联写于1916年10月。王闿运（1932—1916），字壬秋，湖南湘潭人。清咸丰举人。曾在四川、湖南等地讲学。宣统时赐翰林院检讨。辛亥革命后任清史馆馆长。博学多才，著作有《湘绮楼全集》。1916年10月因病逝世，杨度撰送挽联致哀。

上联颂扬逝者有“圣人”的才华和品格。旷古，犹空前，古来所无。圣人才，圣人之才。我国晋代将人才分为九等，其中第一等是圣人。杨度将自己老师推许为具备古今少有的圣人之才。逍遥，安闲自得的样子。世法，世俗通行的规范、式样。桓宽《盐铁论》：“故居则为人师，用则为世法。”这里是说，逝者生前曾用庄子淡泊名利不为物累的态度待人处世；他之所以没有建树相应的功业，是因为宁愿自己安闲地度过一生。

下联作者自责因没有学好“帝王学”而有愧师承。帝王学，清代的今文经学派，最初根据今文《公羊》经学，发挥维护封建统治的思想，后来康有为利用它来“托古改制”，作为变法维新的理论根据，所以称“公羊学”为“帝王学”。王闿运博通经史，尤精帝王之学。师承，相承的师法。这里是说，杨度早年从王闿运学习帝王之学，后则依此参与组织“筹安会”，帮助袁世凯鼓吹洪宪帝制。结果彻底失败，自己亦遭政府通缉，处于困顿窘迫之中，因而深感“愧师承”。

此联用语典雅，感情真切。需要指出的是，限于作者当时的政治立场与认识水平，联中无论是为老师辩解，还是对自己自责，所流露的仍是帝制派穷途末路的悲叹。

挽黄兴二联

杨　度

一

公谊不妨私，平日政见分驰，肝胆至今推益友；
一身能敌万，可惜霸才无命，死生从古困英雄。

二

居恒抵掌论英雄，功成不喜，事败勿忧，静览九州，公真健者；
乡国惊心数人物，湘绮先亡，松坡后死，抚怀千古，各有生平。

赏析

这两副挽联分别写于1916年11月与1917年4月。黄兴为我国近代民主革命家、军事家。生前曾任南京临时政府陆军总长兼参谋总长、江苏讨袁军总司令。1916年10月31日病逝于上海，杨度闻讯先后撰送两联致哀。

先看第一副挽联。

1916年11月，上海举行黄兴追悼会，杨度虽处被政府通缉之中仍敬献此联。

上联追忆与逝者的情谊。公谊，公众的议论。谊，通“议”，议论。《汉书·董仲舒传》：“故举贤良方正之士，论谊考问。”这里是说，公众议论并不妨碍我们的私交。政见分歧，黄、杨二人政治立场对立。一个主张民主共和，为坚决扫除封建帝国而斗争；一个主张君主立宪，以致反对民主革命。杨度却又感到与黄兴虽然政见分歧，依然肝胆相照可以推为益友，这正是“公谊不妨私”之所在。1912年8月，中国国民党正式成立，黄兴曾邀杨度参加，杨则婉言拒绝。同年11月，杨度致电黄兴，黄亦电复以诚相待。杨度在帝制失败之后，回忆往事，更增对于黄兴景仰之情。

下联赞赏逝者军事才能，叹惜“霸才无命”。一身能敌万，这是对于黄兴军事才能的高度评价。这里化用《史记·项羽本纪》“剑一人敌，不足学，学万人敌”。联中既赞扬了逝者的军事才能，又隐然将其比作西楚霸王项羽。霸才，谓称雄之才。温庭筠《过陈琳墓》：“词客有灵应识我，霸才无主始怜君。”命，命运，际遇。《论语·颜渊》：“死生有命，富贵在天。”这里是说，可惜黄兴霸才无命，死生之事自古都在困扰着英雄。

再看第二副挽联。

1917年4月，湖南长沙举行公葬黄兴、蔡锷大典，杨度再献一联。

上联称颂逝者为具有雄才大略的人。居恒，同居常、平时、日常。抵（zhǐ）掌，击掌。《战国策·秦策一》：“（苏秦）见说赵王于华屋之下，抵掌而谈，赵王大悦。”静览，静静地看。九州，我国传说中上古的行政区划，一般泛指全中国。健者，雄才大略的人。《后汉书·袁绍传》：“天下健者，岂惟董公。”上联意谓，平时在一起谈论英雄，认为应做到成功并不过于欣喜，失败亦不过于忧伤，亦即视胜败为兵家常事。我们静观整个国家，黄兴真是具有雄才大略的人。

下联悲叹乡国优秀人物相继死亡。乡国，家乡。苏轼《游金山寺》：“试登绝顶望乡国，江南江北青山多。”数（shǔ），查点，列举。湘绮，即王闿运，号湘绮，有《湘绮楼全集》传世。松坡，即蔡锷，字松坡，有《蔡松坡先生遗集》传世。抚怀，手按胸前，手摸胸口，表示感情的动作，此处含有慨叹之意。千古，不朽的意思，哀悼死者用词。下联意谓，查点家乡人物让人惊心，王闿运先生已亡故，蔡松坡后又死去。想到他们这些不朽人物，可谓各有自己的生平业绩。

作者哀挽亡友，虽有政见分歧，依然肝胆相照。在自身仍处受到通缉的逆境之中，依然以唁电的形式发往上海，实属难能可贵。问题在于二人毕竟还是“政见分驰”的挚友，加上本身政治立场与认识局限，联语只是从私人关系、乡党感情及军事才能评价逝者的生平功业，难于做出全面正确的评价。即使赞颂军事才能，亦只肯定成败不惊，哀叹霸才无命。这些均需放在特定历史条件与作者个人境遇之中加以考察。

挽蔡锷

杨度

魂魄异乡归，如今豪杰为神，万里山川皆雨泣；
东南民力尽，太息疮痍满目，当时成败已沧桑。

赏析

此联写于1917年4月。蔡锷为近代著名军事家。生前曾任云南护国军第一军总司令、四川省督军兼民政长。1916年11月8日，病逝于日本福冈大学医院。次年4月，长沙举行公祭，与黄兴遗体同时安葬岳麓山。杨度撰送挽联致哀。

上联赞颂逝者。魂魄，人的精灵。古代谓精神能离形体而存在者为魂，依形体而存在者曰魄。屈原《九歌·国殇》：“身既死兮神以灵，子魂魄兮为鬼雄。”雨泣，泪下如雨。《诗·邶风·燕燕》：“瞻望弗及，泣涕如雨。”上联意谓，蔡锷遗体由日本运回长沙，如今人间豪杰成了天上神仙。万里江山（实即广大民众）都为之泪如雨下，极写对逝者哀痛之深切。

下联感时伤怀。太息，大声地叹息。疮痍满目，形容遭到严重破坏或灾害之后的景象。此指经过1916年讨袁战争之后，我国东南部地区民力已尽，让人为之叹息的是到处留下战争的创伤。沧桑，沧海桑田的略语，比喻世事变迁很大。此句意谓，当时讨袁护国战争的胜利与袁世凯复辟帝制的失败已成定局，整个世事变迁之大，让人产生沧桑之感。联系作者上述“太息”之声，不难看出杨度作为鼓吹帝制祸首之一，在悼人伤时过程中仍对蔡锷取有所褒贬的态度。

此联作者与逝者的关系颇为特殊，一个是复辟帝制的祸首，一个是讨袁护国的英雄。作者仍赞逝者如今豪杰为神，为之叹息不已。这里似可看出两点：一是作者胸襟开阔，不以政见论英雄。二是自身君主立宪立场开始动摇，因此才会在半年之后对于张勋复辟通电表示反对。还有一点值得注意，就是对逝者赞扬中仍有保留。下联感时伤世，对于讨袁护国战争颇有微词，这正是失败者心有余痛的表现。

挽谭鑫培

杨 度

国事不如人，寄语衮衮诸公，无端莫学空城计；
世情都是戏，除此皤然一老，有谁知得上台难。

赏析

此联写于1917年间。谭鑫培（1847—1917），名金福，字鑫培，湖北江夏（今武汉）人。幼年随父学艺，后拜程长庚为师。1890年首次奉诏入清宫演出，为“内廷供奉”，赏四品服。他发展了京剧老生的表演艺术，形成了自己独特的风格，唱腔悠扬宛转，做工生动活泼，世称“谭派”。1900年前后，成为京剧艺术的主要代表人物。1917年被迫带病在黎元洪总统府演《洪羊洞》后忧愤而死。杨度闻讯，撰送挽联致哀。

上联寄语衮衮诸公。衮（gǔn）衮诸公，语出杜甫《醉时歌》“诸公衮衮登台省，广文先生官独冷”。衮衮，相继不绝之意。后常以“衮衮诸公”称众多的显宦，且含有贬义。此指继袁凯之后执政的黎元洪、段祺瑞等北洋政府大员们。空城计，戏曲传统剧目，取材于小说《三国演义》。写蜀将马谡刚愎自用而失守街亭，司马懿大军直逼西城。诸葛亮无兵将可遣，乃大开城门，故作镇定，在城楼抚琴，司马懿疑有埋伏反而退走。诸葛亮乃斩马谡以正军纪。上联意谓，而今国事不尽如人意，转告诸位高官，无缘无故莫学空城计。

下联赞赏幡然一老。世情，世态人情。此指世上许多事情都像戏文一样。幡（fān）然，变动、反复。《荀子·大略》：“君子之学如蜕，幡然迁之。”注：“‘幡’与‘翻’同。”联中用作懂得变迁之意。一老，指有德行的老人。《诗·小雅·十月之交》：“不憖遗一老，俾守我王。”此指谭鑫培。下联意谓，除了这位深知世情如戏，懂得变迁的老人外，有谁晓得登台演戏的艰难。此指谭鑫培生前被迫带病在黎元洪总统府演出，不久即忧愤而死。

此联哀挽逝者，深情悼念这位著名的京剧演员，尊为幡然一老，尽知上台艰难。切人切事，颇为得体。更为值得注意的是，作者知人论世，联语蕴藉含蓄。指出世情都是戏的同时，将批判锋芒指向衮衮诸公。此中颇多言外之意，可以引发人们思考。

自　寿

杨　度

天开地辟，先盘古十日而生；
东奔西逃，享民国七年之福。

赏析

此联写于1919年1月。自寿，实为自嘲。1918年间，北洋军阀政府宣布对洪宪帝制祸首一律实行特赦。杨度作为帝制余孽之一，从此结束“东奔西逃”的生活，终于回到了北京。1919年1月9日，杨度44岁生日，写了这副自命不凡、玩世不恭、依然坚持保皇派立场的自寿联。

上联表现出作者玩世不恭的态度。天开地辟，即开天辟地，为与下联“东奔西逃”对应。盘古，即盘古氏，为古代神话中开天辟地首出创世的人。相传盘古诞辰为农历12月18日，杨度生日为农历12月8日，因言“先盘古十日而生”。这里是说，我比开天辟地的盘古还早生十日，暗喻自己原本应是大有作为之人。此语既反映了他对社会现实的严重不满，亦表现出自命不凡、狂放不羁的思想情绪。

下联更反映出作者对社会现实的严重不满。东奔西逃，此指杨度成为洪宪帝制祸首后，受到政府通缉，因而过着东奔西逃的生活。七年，从1912年民国成立到1919年，正好七年。“享民国七年之福”，显系反语。他仍将自己的流亡生活归咎于“民国”，实际倾吐了多年来逃避通缉的满腹牢骚。

此联名曰《自寿》，实为自嘲自解，且均以幽默诙谐之语出之，自成一格。上联反映自己玩世不恭、自命不凡的个性，下联表明自己立场依旧、不满现实的态度。这副《自寿》联语如与十年后所作《自题》加以对照，可以看出立场转变前后两种截然不同的思想风貌。

悼远春

杨度

风雨送春，落花有恨；
蹉跎怜我，报国无门。

赏析

悼远春，此联写于1919年春。当时北洋政府对于“帝制祸首”已宣布特赦，杨度得以结束流亡生活回到北京。他还特地去陶然亭香冢，在此巧遇小凤仙，一起拜祭风尘知己远春，并在墓前焚烧此联，以寄哀挽之情。

上联中，“风雨”二句，既写眼前景物，又表念友之情。一场风雨，送春归去；遍地落花，为之有恨。景中明显含情。无情风雨送走远春，人间落花能不有恨？根据有关史料，远春之死与洪宪帝制失败及杨度受到指责有关，这就更增杨度对于风尘知己的怀念之情。

下联中，蹉跎（cuō tuó），人生失意，光阴虚度。白居易《答友人》：“见我昔荣遇，念我今蹉跎。”报国无门，虽想报效国家而无门径可走。这里是说，可怜我而今蹉跎岁月，虽想报效国家而无任何办法。作者感伤友人红颜薄命，慨叹自身不幸遭遇。

作者哀挽亡友，墓前一诉衷肠。上联怀人，风雨送春归去，遍地落花有恨；下联伤已，怜我蹉跎岁月，而又报国无门。作者感情抑郁忧伤，联语格调悲怆凄凉。而这正是他处于人生转折时期内心彷徨无主的真实写照。

挽孙中山

杨　度

英雄作事无他，只坚忍一心，能成世界能成我；
自古成功有几，正疮痍满目，半哭苍生半哭君。

赏析

1925年3月12日，孙中山因病逝世于北京。杨度惊闻噩耗，撰送挽联致哀。此联并非泛泛之语，而是有着一定感情色彩。表明当时杨度已完全放弃君主立宪的主张，成了一名真正的资产阶级民主革命派。

上联赞颂逝者为国为民鞠躬尽瘁的革命精神。“英雄”二句，作者首先肯定孙中山为英雄，并指出他之所以成为英雄的原因是做事“坚忍一心”，即坚忍不拔、一心一意。“能成”句，佛家以既能成世界，亦能成己之道以自修行，此颂孙中山积四十年之功，但求革命成功。“能成我”，一语有其特定的内容。据有关史料记载：早在辛亥革命之前，孙中山在日本就想争取杨度参加民主革命，杨因坚持君主立宪没有答应。但杨表示：“将来我若失败，定放弃成见，从公奔走。”1922年8月，孙中山因陈炯明叛变正处困境，杨度却表示愿为革命奔走以赎前愆。孙中山欣然接受，让其奔走南北各地，执行某些重要任务。不少人为此有所不满，孙中山则为之解释，希望不要因往事见疑。杨度不胜感激，因称“能成世界能成我”。

下联为逝者过早辞世而哀痛。“自古”二句，疮痍，创伤，谓满眼都是灾祸景象。这里由孙中山遗言“革命尚未成功”衍化而来，意谓整个社会仍充满创伤，到处存在受破坏的景象。苍生，百姓、民众。君，指孙中山，此句意谓，我既为天下苍生，也为逝者痛哭不已。

作者与逝者既是以往政敌，又是今日朋友。此联正是以朋友的身份敬献于逝者灵前。上联赞颂逝者为国为民鞠躬尽瘁的革命精神，下联则为总理遗嘱“革命尚未成功”的演绎，更觉逝者辞世的悲痛。作者含泪诉说，情深意切，凄恻感人。

挽范源濂

杨度

蓬瀛旧事难回首；
沧海横流且息肩。

赏析

此联写于 1927 年 12 月。范源濂（1876—1927），湖南湘阴人。早年就读于湖南时务学堂。毕业后留学日本。1905 年任清政府学部主事、清华大学校长。辛亥革命后，历任南京临时政府教育部次长与总长、段祺瑞内阁教育总长兼内务总长、靳云鹏内阁教育总长、北京师范大学校长。1927 年 12 月病逝于天津，杨度撰送挽联致哀。

上联先言蓬瀛旧事。蓬瀛，即蓬莱和瀛洲，传说中神山名。《汉书·郊祀志上》：“自威、宣、燕、昭使人入海求蓬莱、方丈、瀛洲，此三神山者，其传在渤海中。”《抱朴子·对俗》文中亦言：“或弃神州而宅蓬瀛。”一般均指人们想象中的仙境，这里用以代指日本。杨度、范源濂二人早年同在日本留学，且过从甚密，现友人已逝，因言蓬瀛旧事难以回首。

下联再抒哀挽之情。沧海横流，海水到处泛滥。比喻时世动乱不安。《晋书·殷仲堪传》：“天下，大器也，苟乱亡见惧，则沧海横流。”息肩，肩头得到休息。比喻卸除责任。此系安慰逝者之词，值此社会动乱之际，且放下肩上担子休息吧！

此联感情真挚，属对工稳。作者只叙二人友情而避开对于逝者的社会评价，亦不失为一种切合实际的写法。

挽梁启超

杨　度

事业本寻常，成固欣然，败亦可喜；
文章久零落，人皆欲杀，我独怜才。

赏析

此联写于1929年春。梁启超（1873—1929），字卓如，号任公，广东新会人。清末举人出身，与其师康有为一起倡导变法维新。曾主编《时务报》，主讲长沙时务学堂，编辑《西政丛书》，积极鼓吹和推进维新运动。戊戌变法失败后逃亡日本，以后坚持保皇，拥护袁世凯。1915年冬又策动蔡锷组织讨袁护国军。后则息影政坛，专心从事著述。有《饮冰室合集》传世。1929年春病逝于上海，杨度撰送挽联致哀。

上联谓逝者毕生从事变法维新事业本属寻常，因而成固让人高兴，败亦感到可喜。这里明显对于逝者一生政治活动颇有微词。二人早年均为君宪救国论者。何以联中却说逝者事业寻常，并且对其成败抱着无所谓的态度呢？这与杨度自身思想转变有关。杨度1922年投向孙中山，完成向资产阶级民主派的转变；1929年加入中国共产党，完成向共产主义者的转变。当时正处实现思想上的第二个飞跃的途中，因此回首当年梁氏变法维新也好，维护共和也好，不过都是一些寻常的事情。“成固欣然，败亦可喜”，本为苏轼论下棋的评语，用在这里恰到好处，启人深思。

下联中，零落，凋谢，衰败。“人皆”二句，语出杜甫《不见》：“不见李生久，佯狂真可哀。世人皆欲杀，吾意独怜才。”本为杜甫思念友人李白之词，这里将梁氏比之于李白，可见评价极高。作者对于梁氏“事业”虽颇有微词，而对梁氏“文章”却推崇备至。尤其为梁氏文章不被时人重视而鸣不平，其见解确有独到之处。

此联采用抑扬并举手法，个性色彩鲜明。上联先抑，明显对于逝者从事的政治活动颇有微词；下联后扬，极力肯定逝者作为文学家的成就。作者还有意将苏东坡《观棋》与杜甫《不见》诗中成句分别引入联中，更加意味深长，发人深省。

赠世光

杨　度

怀新道转回；
虑澹物自轻。

赏析

此联系作者晚年所作。赠世光，据《古今名人联话》一书介绍，吉林博物馆珍藏了杨度“书赠世光先生”的楹联墨迹。此系杨度晚年之作，明显反映出作者立场转变后看到美好前途时欣喜与乐观的心情。

上联中，怀新，与“怀旧”相对而言，谓心中存有新的东西。道转回，意同成语“峰回路转”，谓山势曲折，道路随之迂回。欧阳修《醉翁亭记》：“峰回路转，有亭翼然临于泉上者，醉翁亭也。”今常用以比喻事情经历曲折后，出现新的转机。这里是说，现在因为怀新（怀念新的事物）而在人生道路上出现峰回路转（新的转机）的局面。

下联中，虑，心思，忧愁。屈原《卜居》：“心烦虑乱，不知所从。”澹（dàn），澹泊，恬静寡欲。物，与“我”相对的他物。《易·系辞上》：“仰则观象于天，俯则观法于地……近取诸身，远取诸物，于是始作八卦。”这里是说，个人思虑淡泊（恬静寡欲）就会对于自身以外的事物看得很轻了，即不再过于追求和贪恋物质生活。

此联实为作者人生体验的结晶，只是表达方式比较特殊。采用文言语词，联句凝练含蓄，因其言简意深，需要思而得之。

自　题

杨　度

但哦松树当今事；
愿与梅花结后缘。

赏析

自题，此联写于1930年前后，亦即杨度晚年转变立场之后。作者借以述怀，用以自勉。《古今名人联话》收录此联，题为《贺董健吾结婚》，认为系1931年其学生、中共党员董健吾结婚时致贺之作。看来此说欠妥。此联内容明显属于自题，否定既往，追求光明。如果学生喜欢此联而请杨手书并悬于室内则有可能，但作为祝贺新婚，则联中似无此意。

上联表明只愿吟哦当今之事。哦（é），吟咏、吟哦。此句暗用唐代蓝田县丞崔斯立“哦松”（常在院中二棵松树间吟哦诗文）的典故，意在表明只愿吟哦当今之事，而不再去追怀往事。杨度一生曾经走过非常曲折的道路。特别是带头组织“筹安会”，为袁世凯复辟帝制大造舆论，一度成为历史罪人。好在能迷途知返，1922年投向孙中山，1929年加入共产党。联中因言“但哦松树当今事”，因为往事实在不堪回首。

下联表示愿与梅花结下后来的缘分。结后缘，结下后（晚）来的缘分。结缘本系佛教语，指与佛菩萨结下缘分。这里是指与人结交的机缘。白居易《醉后重赠晦叔》：“岂是今投分，多疑宿结缘。”梅花，不畏风霜冰雪，依然傲寒怒放。联中寓有深意。这里以花喻人，指中国共产党人。全句意谓，愿与像梅花那样不畏风雪严寒的中国共产党人结下不解之缘。

此系个人抒怀之作，意蕴丰厚，耐人寻味。作者向往四季常青的松柏与傲霜斗雪的梅花，并愿以这样的品格情操自勉。联系自身曲折经历，可见其人勇于补过，晚节可风。

自 挽

杨 度

帝道真如，而今都成过去事；
医民救国，继起自有后来人。

赏析

此联写于1931年9月。自挽，同年9月17日，杨度在经历了近六十年坎坷曲折的人生道路之后，因病逝世于上海。他在临终前夕，与妹妹杨庄、妹夫王代懿的谈话中，口授了这副表明个人心迹的自挽联，即由妹妹笔录遗存。

上联是对往事的追怀。帝道，指古代理想的帝王治国之道。本为儒家鼓吹的治理天下的最高标准，这里指他昔日奉行的君宪救国的主张。真如，佛教名词，谓永恒存在的实体。佛教认为，要表示事物的真实，只能用"照那样子"的"如"字来形容。《唯成实论》卷九："'真'谓真实，显非虚妄；'如'谓如常，表无变易。谓此真实，于一切位，常如其性，故曰'真如'。"这里是说，视帝王之学为真实存在，而今却已成为过去的事情。这里明显是对过去自己所走君主立宪道路的彻底否定。

下联是对未来的展望。"医民"二句，作者在否定自己过去所走道路之后，真正认识到"医民救国"唯有依靠中国共产党人。他为自己成为这一组织的一员而高兴，而且深信这一伟大事业自当后继有人。作者摒弃过去，坚信未来，把希望寄托在共产党人身上。这一思想完全符合他从"帝制余孽"到共产党人历史性变化的认识轨迹，而且说明这一转变是完全真诚的。我们必将从中得到有益的启示。

此联用语通俗，含义深刻，耐人寻味。古人云：人之将死，其言也善。杨度临终遗言，真诚坦率，感人至深，为其艰难曲折的一生画上了一个圆满的句号。

挽张伯熙

叶恭绰*

痛师门沉寂，邈若山河，公自有千秋，
所悲十载皈依，无路相从重拜手；
嗟春事阑珊，几经风雨，时方感多难，
为想群伦歌哭，吁天真欲召归魂。

作者

*叶恭绰（1881—1968），号遐庵，广东番禺人。曾任北洋政府交通总长、交通银行总经理、孙中山大元帅府财政部部长、国民政府国学馆馆长。新中国成立后，任中央文史馆副馆长、北京中国画院院长。著有《遐庵汇稿》、《全清词抄》。

赏析

此联写于1907年间。张伯熙（1847—1907），湖南长沙人。清同治进士。曾任内阁学士、主持京师大学堂，创医学及译学馆，选派留学生出国深造，人们誉为“大学之父”。后任礼部、户部、邮传部尚书等职。1907年病逝，叶恭绰撰送挽联致哀。

上联追忆皈依师门的生活。师门，老师之门。王充《论衡·量知》：“不入师门，无经传之教。”沉寂，寂静，亦指消息全无。叶恭绰由京师大学堂仕学馆毕业后，多年与师门失去联系。邈，久远，渺茫。邈若山河，形容遥远得如隔高山大河一样。这里是说，我痛心于师门消息全无，遥远得如高山大河一样。公自有千秋，逝者张公自有长期存在的价值。皈（guī）依，亦作归依，佛教名词，信仰佛教者的入教仪式，因对佛、法、僧三宝表示归顺依附。十载皈依，指入京师大学堂读书以来，十年归依师门。拜手，古代男子跪拜礼的一种。既跪，两手拱合，俯头至手与心平，而不至地，故称“拜手”。《列子·仲尼》：“颜回北面拜手。”这里是说，我十年归依师门，现在却无路相从再给先生行跪拜礼。

下联感叹世事艰难，欲召逝者归魂。嗟（jiē），感叹。春事，农事，春季耕种之事。李白《寄东鲁二稚子》：“春事已不及，江行复茫然。”这里是说，嗟叹春事将残，而多次经过风雨，这时方才感到人生多难。群伦，朋辈，同辈。歌哭，以歌代哭，多指用诗文来倾吐感情。吁（yù）天，呼天诉苦。归魂，归来的灵魂。此指多想召回逝者的亡魂。这里是说，因为想到同辈以歌代哭，真想呼吁上天召唤逝者亡魂。

此联哀挽逝者，执弟子礼甚恭。既追忆十载归依师门的生活，又感叹世事艰难怀念恩师。作者长歌当哭，以抒挽悼之情。

挽高凤歧

叶恭绰

死别况天涯，化石精魂，题句忍寻人日咏；
身名归泡影，抟风羽翼，伤心岂独帝京篇。

赏析

此联写于1909年间。高凤歧（1857—1909），字啸同，福建长乐人。光绪举人。工古文辞。官梧州知府，有惠政。1909年因病逝世，叶恭绰撰联致哀。

上联中，天涯，犹天边，极远的地方。魏曹植《升天行》：“中心陵苍昊，布叶盖天涯。”此言如今永别，况且你已去了天边，亦即含有升天之意。化石，指变化为石。明刘基《双带子》曲之四：“天上星辰能化石，黄河千岁也还清。”精魂，精神魂魄。人日，旧称农历正月初七为“人日”。据《荆楚岁时记》载：“正月七日为人日。以七种菜为羹，剪彩为人或镂金铂为人，以贴屏风，亦载之头鬓。又造华胜以相遗，登高赋诗。”此日因有“登高赋诗”之俗，联中因称“人日咏”。这里是说，亡友精魂化石，题句哪能忍心寻求当年人日吟咏的诗篇。

下联中，身名，身躯与名声，亦即名誉地位。泡影，佛教用泡和影比喻事物的虚幻不实，生灭无常。《金刚经》：“一切有为法，如梦幻泡影。”今多比喻事情或希望落空。抟（tuán）风，语出《庄子·逍遥游》“鹏之徙于南冥也，水击三千里，抟扶摇而上者九万里，其翼若垂天之云”。扶摇，上行之风。意谓鹏鸟鼓动翅膀，积聚风力，乘风飞上九万里。后因以“抟风”比喻奋力上进。帝京，京都。据《汉武帝故事》：“上幸河东，欣然中流，与群臣宴饮，顾视帝京，乃自作《秋风辞》。”汉武帝刘彻《秋风辞》结尾：“欢乐极兮哀情多，少壮几时兮奈老何！”明显带有感伤的情绪。联中“帝京篇”即指《秋风辞》。这里是说，而今声名已归泡影，虽想奋力上进，让人伤心的岂止《秋风辞》而已，与友人死别岂不更甚！

此联用语典雅质朴、文字属对工稳。联中用典“人日咏”与“帝京篇”，亦属韵味深长，充分表达了作者深沉悼念之情。

挽康有为母

叶恭绰

洙泗溯母仪，空谷生刍容我奠；
河汾开教泽，横流砥柱赖儿支。

赏析

挽康有为母，1913年冬，康有为之母劳氏夫人病逝，叶恭绰撰联致哀。

上联赞康母可母仪天下。洙泗，洙水和泗水。孔子早年居于洙泗之间，教授弟子。后人因以之作为儒家的代称。溯（sù），逆流而上，可引申为追根究源。母仪，旧指为母者的典范。空谷，深谷。生刍，新割的青草。《后汉书·徐稚传》：“林宗有母忧，稚往吊之，置生刍一束于庐前而去。”后因称吊丧之物为“生刍”。上联意谓，康母追溯儒家传统，堪作世间为母者的典范。而今献上深谷生刍一束，容我来祭奠逝者。

下联赞其子砥柱中流。河汾，黄河和汾水。《新唐书·王绩传》：“兄通，隋末大儒也，聚徒河汾间。”后因以之作为聚徒讲学的代称。教泽，教育的德泽。此指康有为于十九世纪末曾在广州聚徒讲学，以培养维新力量。横流，洪水泛滥，可用以比喻动荡的局势。砥柱，山名，屹立于三门峡东黄河激流之中，后以中流砥柱喻可以顶住危局的坚强力量。此句意谓，值此社会动荡之际，有赖你的儿子发挥中流砥柱的作用。

此联用语典则。先赞康母，足可母仪天下；再赞其子，堪称中流砥柱。能将逝者的身份地位表现得恰到好处。

挽于式枚

叶恭绰

三世纪论交，正始余音惭见尝；
一流惊顿尽，贞元朝士更无人。

赏析

此联写于1915年间。于式枚（1859—1915），字晦若，广西贺县人。清末学者。历任京师大学堂总办、鸿胪寺少卿，吏部与学部侍郎、国史馆副总裁。1915年病逝，叶恭绰与其私交甚深，撰送挽联致哀。

上联中，三世，公羊学派解释《春秋》，分为三世：所见世、所闻世、所传闻世。康有为根据《公羊传》的三世推演出据乱世、升平世、太平世，作为变法的理论根据。纪，同“记”，记录、记载。此言不同年代都记下了我们交往的过程。正始余音，指魏晋清谈遗风。正始为三国魏齐王曹芳年号。魏晋之际崇尚玄学清谈，后人称当时的风尚言论为正始之音。《世说新语·赏誉下》：“王敦为大将军，镇豫章，卫玠避乱，从洛投敦，相见欣然，谈话弥日。于时谢鲲为长史，敦谓鲲曰：'不意永嘉之中，复闻正始之音！'”这里犹言正风、正声。见，助动词，表示他人行为及于己。上联意谓，我们已三世论交，却很惭愧虽曾受到魏晋玄谈遗风的影响，可惜自己没有能够学好。

下联中，一流，第一等。此谓让人惊异于社会上一流之人顿时都去了。贞元，唐德宗年号。朝士，泛称中央的官吏。刘禹锡《听旧宫中乐人穆氏唱歌》：“休唱贞元供奉曲，当时朝士已无多。”此句意谓，现在像贞元年间那样的朝中官吏更是没有了。

作者与逝者私交甚厚，且同为清末名士。这副挽辞亦文字古朴，用典较多。联中三世论交、一流顿尽、正始余音、贞元朝士等语，内蕴颇为丰厚，需要认真体味。

贺康有为六十寿

叶恭绰

历劫不磨，度人间世；
上寿无疆，为天下春。

赏析

此联写于 1917 年间。康有为系清光绪年间进士，近代改良派领袖人物。一生著述甚丰，有《新学伪经考》、《大同书》等传世。1917 年，康有为六十寿辰，叶恭绰撰联致贺。

上联称颂寿翁历劫不磨。历劫，历经劫难。此指康有为戊戌变法失败后，亡命海外近二十年，仍未磨灭自己的意志，坚持改良、保皇的立场。度，越过、脱离。人间世，庄子篇名。本篇反映了庄子清静无为、与世无争的消极思想。联中稍有转义，“度人间世”即度世、脱离现世，含有称颂寿翁超尘出世的意思。

下联祝愿健康长寿。上寿，敬酒，表示祝颂之意。《史记·滑稽列传》：“奉觞上寿。”后多指祝寿。无疆，无限、没有穷尽。《诗·豳风·七月》：“跻彼公堂，称彼兕觥，万寿无疆！”下联意谓，祝你健康长寿，并使天下永远是春天。

这副寿联，半用套语，半出新意。称颂寿翁“历劫不磨，度人间世”，实为知者与智者之言。

挽孙中山二联

叶恭绰

一

人道先生未死；
我惟知己难忘。

二

一生超是非毁誉祸福而前行，万古云霄终独往；
举世正困辱憔悴悲哀而无告，八方风雨适安归。

赏析

孙中山于1925年3月12日在北京病逝，叶恭绰时任段祺瑞临时执政府的交通总长，亦撰送挽联致哀。

先看第一副挽联：

此联言简意明。联句意谓，人说先生并没有死，我是对于了解自己的人难以忘怀。叶恭绰一度担任孙中山大元帅府财政部长，故言对于逝者“知己难忘”。

再看第二副挽联：

上联言逝者一生奋然前行。万古云霄，语出杜甫《咏怀古迹》：“诸葛大名垂宇宙，宗臣遗像肃清高。三分割据纡筹策，万古云霄一羽毛。”上联意谓，孙中山一生超越了“是非毁誉祸福”而奋然前行，即为了实现自己的革命理想，屡仆屡起，愈挫愈勇。作者还化用杜甫诗句，赞誉逝者犹如鸾凤高翔独步云霄。“终独往”明显含有惋惜之意。

下联劝慰逝者安心归去。无告，有苦无处可告，形容处境极为不幸。八方风雨，语出《诗·郑风·风雨》：“风雨如晦，鸡鸣不已。”适安归，正好可以安心归去。下联意谓，现在世间正有不少“困辱憔悴悲哀”之人处于极其不幸的境遇之中，而现实社会亦正处“风雨如晦，鸡鸣不已”的时候，逝者正好可以安息吧。

这两副挽联的作者身份颇为特殊。叶恭绰虽曾一度担任孙中山大元帅府财政部长，却又长期在北洋军阀政府任职，因此联中多用中性词语，我们阅读时应掌握这一特点。

挽徐志摩

叶恭绰

粉碎向虚空，昆玉真惊成并尽；
文章憎命达，云鹏应悔不高飞。

赏析

此联写于1931年11月。徐志摩为我国现代新月派著名诗人。1931年11月19日不幸在济南上空因飞机失事遇难，叶恭绰撰送挽联致哀。

上联中，向，朝向、对着。虚空，天空。此指飞机失事在空中破碎如粉。昆玉，即昆山之玉。《史记·李斯传》：“今陛下致昆山之玉，有随和之宝。”昆仑山（亦称昆冈）出产玉石。《书·胤征》：“火炎昆冈，玉石俱焚。”本谓不分善恶，玉石俱焚。这里是说，让人惊异于昆山之玉居然一起成为灰烬。

下联中，“文章”句，语出杜甫《天末怀李白》“文章憎命达，魑魅喜人过”。此句意谓，以文学著名的人往往命运困厄，好像文章憎恶命运的通达似的。云鹏，语出《庄子·逍遥游》“鹏之背不知其几千里也，怒而飞其翼若垂天之云”。后因称鹏为云鹏。此句意谓，大鹏应该后悔而不去高飞，这里明显含有为诗人因飞机失事遇难而惋惜的意思。

诗人因飞机失事不幸遇难，联句亦都由此展开，叙事用典无不贴切自然，能恰切表达作者深沉悼念之情。

挽梁士诒

叶恭绰

有泪剩倾河，堪伤国瘁人亡，岂徒为感恩知己；
此心终匪石，回忆星移物换，忍重论遗大投艰。

赏析

此联写于1933年间。梁士诒曾任袁世凯总统府秘书长、交通银行总理并署财部次长，从而成为袁世凯帝制的祸首之一。梁为北洋政府交通系首领，对叶恭绰有提携之恩。1933年死于上海，叶恭绰撰送挽联致哀。

上联中，剩，更、更加。倾河，倾泻而下的河水。堪伤，忍受忧伤。国瘁人亡，国家困病，人亦死亡。知己，了解自己的人。上联意谓，眼泪更像河水一样倾泻而出，哪堪忍受国瘁人亡，岂止是为了感怀知己友人的恩惠。此指逝者对叶有提携之恩。

下联中，匪石，比喻意志坚定。《诗·邶风·柏舟》："我心匪石，不可转也。"疏："言我心非如石然，石虽坚尚可转，我心坚不可转也。"联中所言"匪石"似有转义，谓此心终非石头那样没有感情。星移物换，亦作物换星移。王勃《滕王阁》诗："闲云潭影日悠悠，物换星移几度秋。"谓景物变换，星辰移动，形容时序与世事的变化。遗大投艰，赋予重大艰难之任。《书·大诰》："予造天役，遗大投艰于朕身。"下联意谓，我心终非石头，回忆多年来世事变化，哪还忍心重新谈论逝者当年被赋予重大艰难之任的往事，实际暗指袁世凯称帝的历史公案。

作者曾在北洋军阀政府供职多年，因此不忘逝者当年对自己提携之恩，且对逝者拥护袁世凯称帝的历史公案亦含糊其辞。此系自身思想与认识局限使然。

挽陈少白

叶恭绰

孤踪从赤松子游，万户辞封，往迹终标兴汉史；
高节迈陶朱公上，五湖长住，壮心犹想沼吴时。

赏析

此联写于1934年间。陈少白，早年与孙中山、杨衢云等成立香港兴中会，筹划广州起义。后历任香港同盟会会长、广东都督府外交司长，孙中山总统府顾问等职。1934年因病逝世，叶恭绰撰送挽联致哀。

上联言逝者效法张良功成身退。孤踪，独自追随。赤松子，传说中的仙人。神农时为雨师，至昆仑山，常入西王母石室，随风雨上下。《史记·留侯世家》："愿弃人间事，欲从赤松子游耳。"此言汉代张良愿弃人间之事，想从仙人赤松子云游。万户辞封，辞去所封的万户侯。张良辅佐刘邦，建立汉室江山。刘邦拟封他为万户侯，且"自择齐三万户"。张良却推辞说："臣愿封留足矣，不敢当三万户。"遂功成身退，隐居山中。往迹，往事的踪迹。兴汉史，兴盛汉室的历史。此指张良的事迹始终记载在兴盛汉室的历史上。这里是以张良喻逝者。陈少白作为兴中会、同盟会的元老，辛亥革命后亦功成身退。他在任职广东都督府外交司长不久，即辞职组织粤航公司，谋求收回航权。

下联言逝者高风亮节超越范蠡。高节，高风亮节，高尚的节操。陶朱公，即春秋时范蠡。他在辅佐越王勾践灭吴之后，深知越王可以共患难而不能共安乐，遂弃官远去。后至陶，称朱公，以经商致富。事见《史记·货殖列传》。此句意谓，逝者高风亮节超过春秋时代的范蠡。五湖，历代说法不一，一说即为太湖，或曰泛指包括太湖在内的五个大湖。长住，经常停留。此指泛舟五湖，亦即漫游各地。沼（zhǎo）吴，犹言灭吴。《左传·哀公元年》：

"越十年生聚，而十年教训，二十年之外，吴其为沼乎！"杜预注："谓吴宫室废坏，当为污池。"此句意谓，范蠡的雄心壮志还在想到当年灭吴的时候。这里是指逝者生前虽隐居乡里，仍在念念不忘当年的反清斗争。

此联最大特点在于用典，上下联分别以汉代张良与越国范蠡喻逝者，完全切合逝者的身世经历与性格特征。

挽谢觐虞

叶恭绰

深心托豪素；

仙翮谢笼樊。

赏析

此联写于1935年间。谢觐虞（1898—1935），字玉岑，江苏常州人。当地有名才士，工诗词，娴骈文，擅书画。1935年病逝，年仅37岁，叶恭绰撰送挽联致哀。

上联集南朝文学家颜延之诗句。颜延之《五君咏》："向秀甘淡泊，深心托豪素。"豪，通"毫"。豪素，即笔和纸。此指逝者像晋代文人向秀那样，一片深心托于纸笔，即以诗文写作抒发自己的情怀。

下联集宋代诗人苏东坡诗句。苏东坡《凤翔八观王维吴道子画》："摩诘得之于象外，有如仙翮谢笼樊。"仙翮（hé），高飞的鸟。谢，推辞、拒绝。笼樊，亦作樊笼，关鸟兽的笼子，比喻受束缚不自由的境地。这里是说，高飞的鸟是不愿被关在笼子里的，此指逝者当年风流潇洒，不愿受到约束。

这是一副典型的集句联，所集古人成句完全切合逝者性格特征，亦显作者赞赏与哀挽之情。

自题格言

叶恭绰

抗心希古，任其所尚；
含豪命素，动必依真。

赏析

自题格言，这是叶恭绰于20世纪40年代写的一副格言式的联语，意在用于自勉。此系集古人诗句而成。上联录自晋代诗人嵇康《悲愤诗》，下联亦为四言诗句，出处待查。

上联中，抗心希古，谓高尚其志，并以古人自期许。嵇康《悲愤诗》："抗心希古，任其所尚。"任，听凭。尚，尊崇。这里是说，坚持高尚心志，希望追及古人，听凭自己从其所尊崇的方面去做。

下联中，含豪，豪通"毫"，以口润笔。陆机《文赋》："或操觚以率尔，或含毫而邈然。"命素，差遣（使用）白绢。古人在发明纸张以前，往往用白色生绢写字。含豪命素，以口润笔，使用白绢，实即开始写作。依真，不违于真，即以真为依据。这里是说，只要动手写作，就必须以真实、真诚为依据。

这副自题格言，虽然用于自勉，实亦可以励人。联句所言，实为做人与写作的准则，具有一定的指导意义。

赠八妹

叶恭绰

立志不随流俗转；
留心学到古人难。

赏析

赠八妹，叶恭绰于1943年间应八妹之请，书赠行楷联语一副。这是一副典型的格言联。既为激励八妹，亦属自我鞭策。

上联中，流俗，流行的习俗，多含贬义。《孟子·尽心下》："同乎流俗，合乎汙世。"此句意谓，我们要立定志向决不随世上流行的习俗而转移。即不要随波逐流，更不要跟随恶俗，同流合污。

下联中，古人，谓古老的人，即不随时俗根底深厚的人。语见柳宗元《故秘书少监陈公行状》："公有文章若干卷，深茂古老。"一般均指书画文章等功力深厚、不同时俗的人。此句意谓，平时即使留心，要想做个不随时俗、根底深厚的人也是很难的。

此联言浅意深，耐人回味。

赠黄岳渊

叶恭绰

栽花小试春风手；
放鹤期间碧落声。

赏析

此联写作时间不详。黄岳渊为沪上闻人，别号剡曲灌叟，在沪西高安路畔凿池堆山，种花养鹤，从事园艺数十年，著有《花经》一书。他曾培育名菊多种，每当菊花盛开，常备园蔬待客。叶恭绰亦随沪上名流雅士与会，并以此联题赠主人。

上联中，春风，春风和煦，喻人温和可亲。刘向《说苑·贵德》："管仲上车曰：'嗟兹乎，我穷必矣！吾不能以春风风人，吾不能以夏雨雨人，吾穷必矣！'"联中"春风"一语双关，既指园中主人栽花在春日小试身手，亦指园中主人小试"春风风人"之手以栽种花卉。

下联中，碧落，犹碧空、天空。此指放鹤期间天上发出嘹亮的鸣声。这里实际暗用"鹤鸣之士"的典故，以称颂园中主人为修身洁行而有时誉的高士。

此联题赠对象为沪上闻人，喜爱种花养鹤。作者遂以栽花、放鹤入联，自可与园艺主人相映成趣。

赠沈金水

叶恭绰

知音犹及朱存素；
妙技可追沈子蕃。

赏析

此联写于1957年间。沈金水为苏州缂丝（亦称克丝、刻丝）老工人。这种手工织成的丝织品，上有花纹图案，当空照视，有如刻镂而成。1957年曾为朱启钤所书“松寿”幅制成缂丝。叶恭绰见后叹为观止，遂撰此联相赠。

上联中，知音，典出《吕氏春秋·本味》有关俞伯牙、钟子期的故事，后世因称知己为知音。朱存素，即朱启钤，家中收藏不少缂丝刺绣精品，因名其室曰存素堂。朱启钤历来重视我国刺绣工艺，堪称缂丝工人的“知音”。当时朱老已九十高龄，对于沈金水而言，故云“犹及”。

下联中，妙技，指极其巧妙的缂丝技术。沈子蕃，宋代缂丝名家。这里高度评价沈金水的缂丝技艺，赞其可以追上宋代名家沈子蕃。

此联题赠民间艺人，遂以古今名人喻之，赞誉其人其技，均都恰切到位。

题集美二联

叶恭绰

一

目穷沧海通南纪；
首戴灵山共北辰。

二

构厦育群才，喜见太邱真道广；
障川收万派，共知左海正风同。

赏析

这两副联语写于20世纪50年代。集美，镇名，在福建省厦门市。是一个三面环海的小半岛，爱国华侨陈嘉庚的故乡。集美建有很多学校和文化设施，人称“集美学村”。半岛南端鳌园，深入海中，有一条石砌小道与大陆相连。园中有集美解放纪念碑、陈嘉庚墓、归来堂。20世纪50年代，叶恭绰为集美题此二联。

先看第一联：

上联中，穷，极、尽。沧海，大海。因大海水深呈青苍色，故称“沧海”。南纪，南方。《诗·小雅·四月》：“滔滔江汉，南国之纪。”郑玄笺：“江也，汉也，南国之大水，纪理众川，使不壅滞；喻吴楚之君能长理旁侧小国，使得其所。”后因称南方为“南纪”。此句意谓，目尽大海而近于南方，极言集美水陆交通便利。

下联中，灵山，泛指仙山。唐徐夤《霞》：“流为洞府千年酒，化作灵山几袭衣。”这里似指南普陀寺所在的五姥峰。北辰，北极星。《论语·为政》：“为政以德，譬如北辰，居其所，而众星共之。”共，同“拱”，环绕、拱卫。此句意谓，集美头戴灵山而拱卫北辰。

再看第二联：

上联中，构厦，构筑大厦。育群才，培育大批的人才。太邱真道广，即太丘道广，邱同“丘”。东汉陈寔，颍川人，曾为太丘长，颇有名望，交游甚广。许劭到颍川后，独不访寔，并对人说：“太丘道广，广则难周。”后遂称人交游之广为太丘道广。上联是说，构筑大厦培育人才，我在这里喜见真正的太丘道广。此为称誉爱国华侨陈嘉庚。

下联中，障，阻隔、堤防。川，大河。万派，万条支流。此指障百川而收万派，借喻网罗各方面的人才。左海，东海，语出《礼·乡饮酒义》。福建省位于东海之隅，故也有左海之称。风，声势、气势，如望风披靡。此句意谓，人所共知，福建集美正有同样的气势，亦即能障百川而收万派。

题集美二联内容各有侧重：前者描述集美地理位置与山川风貌，后者表现集美学村百川归海广育人才。

赠吴湖帆

叶恭绰

绩学源三郑；
奇珍积四欧。

赏析

此联写于20世纪50年代。吴湖帆（1898—1967），江苏吴县人。现代画家、艺术鉴赏家。擅画山水、松、竹、马、牛，亦精艺术鉴赏。故宫博物院及上海博物馆所藏画幅，颇多吴湖帆题识。20世纪50年代，叶恭绰曾以联语相赠。

上联言治学源于三郑。绩学，治理学问。旧常称学问渊博的人为绩学之士。三郑，吴湖帆为吴郑龛孙、沈郑斋外甥、潘郑庵侄婿。这三人名字中均有“郑”字，且都对他产生过一定的影响。

下联言珍藏积有四欧。奇珍，奇异的珍宝。四欧，吴湖帆珍藏宋拓欧阳询率更体字帖，计有四种：《九成宫醴泉铭》、《化度寺塔铭》、《虞恭公温彦博碑》、《皇甫诞碑》。因榜其室曰“四欧堂”。

此联题赠，切人切事，构思巧妙。“三郑”与“四欧”均属化用，却有所本，恰属巧构。

赠陈从周

叶恭绰

洛阳名园，扬州画舫；
武林遗事，日下旧闻。

赏析

此联写于20世纪50年代。陈从周，名郁文，1918年生，浙江绍兴人。毕业于之江大学，后任上海同济大学建筑系教授。早年曾从张大千学画，又从梁思成、朱桂辛学习中国古建筑学。著有《苏州园林与住宅》、《园林丛考》等多种。叶恭绰与之过从甚密，20世纪50年代曾以此联相赠。

上联中，洛阳名园，即《洛阳名园记》，宋代李可非撰。此书介绍洛阳名园十八所，对其历史、景物、花木等均有记述。扬州画舫，即《扬州画舫录》，清代李斗撰。此书记载扬州的城市区划，运河沿革，以及文物、工艺、园林、风俗等，还保存了一些有关文学、戏曲方面的资料。

下联中，武林遗事，即《武林旧事》，元代周密撰。作者追忆南宋都城杭州（别称武林）旧事，记述南宋朝章典制，杭州山川、风俗、市肆、物产及诸色伎艺。《日下旧闻》，清代朱彝尊撰。此书记述北京掌故史迹，分形胜、宫室、风俗、物产等十三门。其子昆田复继此书纂成《日下旧闻考》，记述更为详备。

此联别具一格。作者以四部记述地方风物的书名连缀而成，并以此书赠著名建筑园林专家，切人切事，卓具特色。

挽宋教仁

章士钊*

握手在十日以前，征尘甫刷，噩耗频传，
回思同步石城，最伤劳燕东西意；
发议照百年而远，大盗生心，小儒咋舌，
闻道弥留海上，犹述栖遑南北心。

作者

*章士钊（1882—1973），字行严，湖南长沙人。曾任上海《苏报》主笔、北京大学教授、广东军政府秘书长、段祺瑞执政府司法总长、教育总长。1949年参加国共和谈留居北平。新中国成立后，任中央文史馆馆长。著有《柳文指要》、《孤桐杂记》。

赏析

此联写于1913年3月。宋教仁，湖南桃源人。早年留学日本，加入同盟会。辛亥革命后，曾任南京临时政府法制局局长、北京政府农林总长、国民党代理理事长。1913年3月，被袁世凯派人刺杀于上海火车站。章士钊闻讯撰送挽联致哀。

上联言作者惊闻噩耗，回首往日相聚情景。征尘，旅途中的风尘。甫刷，刚刚洗刷。噩耗，指亲近或敬爱之人死亡的消息。这里是说，十日以前还在握手，哪里想到刚刚洗掉旅途风尘，竟传来噩耗。石城，古城名，亦称石头城，即今之南京。这里当指1912年春民国南京临时政府成立之时，二人曾“同步石城”。劳燕东西，亦作劳燕分飞。语出《乐府诗集·东风伯劳歌古辞》：“东飞伯劳西飞燕，黄姑织女时相见。”伯劳与燕均鸟名，因以劳燕分飞喻亲友离别。这里是说，回想同步石城，让人最伤心的是劳燕分飞。

下联言逝者遭遇不测，临终仍心有余哀。发议，发表言论、意见。照，照射、察看。此句意谓提出有关百年大计的建国方略。这里似指当时宋教仁设想要在国会内建立政党内阁，以国民党的势力监督袁世凯个人专权。大盗，当指窃国大盗袁世凯。生心，生有异心。作者已从种种迹象了解到刺杀宋教仁系袁世凯所为。小儒，无所作为的人。《论语·雍也》："子为子夏曰：'女为君子儒，无为小人儒'。"咋(zé)舌，把自己的舌头咬住，忍住不言，表示极度悔恨或畏缩。这里当指一部分人对宋教仁事件的畏缩态度。弥留，谓人病重将死。海上，即上海，近代诗文中常见的用法。栖遑，亦作棲遑，奔忙不定的样子。班固《答宾戏》："圣哲之治，栖栖遑遑。"李善注："栖遑，不安居之意也。"这里是说，宋教仁在沪弥留之际仍然颇为不安地关注着南北议和的前景。

此联用语文白相间，对仗却颇工稳。回首与逝者昔日交往，感慨系之；面对友人惨遭不测，愤言指斥。一片哀挽深情，溢于言表。

挽 黄 兴

章士钊

热血洒乾坤，扫尽恩仇毁誉；
交情等兄弟，愧公宽厚仁明。

赏析

此联写于1916年10月。黄兴，近代民主革命家、军事家。辛亥革命后，曾任南京临时政府陆军总长兼参谋总长、江苏讨袁军总司令等职。1916年10月病逝于上海，章士钊撰送挽联致哀。

上联中，乾坤，《周易》中的两个卦名，指阴阳两种对立势力，后引申为天地。此句意谓，逝者以一腔热血洒于天地之间，亦即为革命而流血牺牲。"扫尽"

句，黄兴生前各方面对他毁誉不一，现在一切恩恩怨怨随着逝者“热血洒乾坤”而全部扫尽。

下联中，等，等同。此句意谓，二人交情等同于兄弟一样。宽厚仁明，宽和、厚道、仁爱、贤明。作者自言在这些方面有愧于公。

此联哀挽亡友，上联赞逝者为国献身；下联言二人情同兄弟。只是上下联后一句，均属中性语汇，评价稍显不足。

挽李瑞清

章士钊

耿介在明淑；
碑版谁闻传。

赏析

此联写于1920年9月。李瑞清（1879—1920），江西临川人。光绪进士，授翰林院庶吉士。1907年任两江师范学堂监督、江宁提学使。1911年任江宁布政使。辛亥革命后旅居上海，自称清道人，其诗、书、画皆精，张大千曾拜其为师。1920年9月病逝，章士钊撰联致哀。

上联中，耿介，正直守志。《楚辞·九辨》：“独耿介而不随兮，愿慕先圣之遗教。”王逸注：“执节守度，不枉倾也。”明淑，贤明和淑。此句意谓，耿介之士在于具有贤明和淑的品德。

下联中，碑版，碑文，指刻于石上的志传文字。南朝谢灵运《入华子冈是麻源第三谷》：“图谍复摩灭，碑版谁闻传。”闻传，传布。此句意谓，逝者的生平业绩（文字记载）谁去加以传布呢？《中华对联大典》将末句误为“谁开传”，根据联意应予更正。

此联哀挽逝者，既赞其人品高洁，又愿其学识文章传布于世，足见悼念之忱。

挽张勋

章士钊

民主竟如何，世论渐回公已殁；
斯人今宛在，党碑虽异我同悲。

赏析

此联写于1923年间。张勋(1854—1923)，江西奉新人。清末曾任江苏巡抚兼署两江总督。袁世凯执政后，所部驻兖州，仍表效忠清室，禁止部下剪发，被称为“辫帅”。1916年袁世凯死后，张勋在徐州成立北洋七省同盟，阴谋复辟帝制。次年6月率兵入京，解散国会，拥戴溥仪复辟。不久即被皖系军阀段祺瑞击败。1923年病逝于天津，章士钊撰联致哀。

上联中，世论，社会舆论。此指人们对于民主共和比起过去已有进一步的认识。公已殁(mò)，张公已死亡。

下联中，斯人，此人。此指张勋。宛在，宛然还在一样。党碑，亦称元祐党人碑。宋哲宗元祐元年，司马光为相，尽废神宗熙宁、元丰间王安石新法，恢复旧制。绍圣元年章惇为相，复熙丰之制，斥司马光等为奸党，贬逐出朝。徽宗崇宁元年蔡京为相，尽复绍圣之法，乃藉元祐反新法诸臣自司马光、文彦博而下，一百二十人，等其罪状，立碑于端礼门。三年增至三百零九人，又立碑于朝堂。史称“党人碑”。联中借用此典，意在说明二人虽属政见不同，仍为张勋之死感到悲哀。

张勋矢志忠于清室，妄图复辟帝制，逆历史潮流而动，本属否定人物。作者哀挽其人，仍取怀念同情态度，明显欠妥。

挽孙中山

章士钊

景行有二十余年，鄙著记兴中，掩迹郑洪题字大；
主义以三五为号，不才无党籍，追怀蜀洛泪痕多。

赏析

1925 年 3 月 12 日，孙中山因病逝世于北京。章士钊时为北洋军阀政府司法总长，曾撰送挽联致哀。联中自注：“前清癸卯士钊著《孙逸仙》一书，记兴中会革命事迹，标榜中山先生所倡主义。其时天下知先生者，尚绝罕也。吾兄太炎为手书绝句冠之，中有‘掩迹郑洪为民辟’句，距二十余年矣，回首前尘，曷胜慨叹。中华民国十四年长沙章士钊。”

上联中，景行，语见曹丕《与钟大理书》：“高山景行，私所仰慕。”后常用作仰慕之意。鄙著，对于自己著作的谦称。此指章士钊民国之前所著《孙逸仙》一书，其中大量记述兴中会的革命事迹。兴中会，孙中山于 1894 年 11 月在檀香山建立，提出了“驱除鞑虏，恢复中华，创立合众政府”的资产阶级革命纲领。后曾多次策划起义。1905 年与华兴会、光复会联合成立中国同盟会。掩迹郑洪，其业绩（功绩）掩盖（超过）了民族英雄郑成功与农民起义领袖洪秀全，这是对于孙中山功业的评价。题字大，指章太炎为章士钊手书绝句中有“掩迹郑洪为民辟”。上联意谓，仰慕先生已有二十余年，我所写《孙逸仙》记述了兴中会的革命事迹。章太炎为本书题字，指出先生业绩已超过郑成功与洪秀全。

下联中，三五，指孙中山所倡导的三民主义和五权宪法。即民族、民权、民生三大主义与行使“五权”制度的宪法原则。不才，没有才能，一般用为自称的谦词。这里指作者时任北洋段祺瑞政府司法总长，并无什么党籍。蜀洛，指北宋时代的蜀党、洛党之争。蜀党主要有苏轼、苏辙、吕陶，均四川人。洛党以洛阳人程颢、程颐为主。两党因政见分歧争论激烈。这里用以比喻民国时期的政党纷争。有的联书录引该联末句为“旧恨多”，似欠妥，应以“泪痕多”为宜。下联意谓，先生以倡导三民主义与五权宪法为口号，我本人并无什么党籍，只是追思民国时期政党纷争，至今仍觉泪痕颇多。

此联哀挽逝者，对于孙中山一生的革命业绩，包括理论与实践，均持肯定的态度。这一点对作为北洋军阀政府的司法总长的章士钊来说已属不易，至于“追怀蜀洛泪痕多”，对民国时期的政治斗争，认识是模糊的。

挽徐志摩

章士钊

器利国滋昏，事同无定河边，虾种横行，壮志奈何齐粉化；
文章交有道，忆到南皮宴上，龙头先去，新诗至竟结缘难。

赏析

此联写于1931年11月。徐志摩，早年留学英、美，历任北京大学、上海光华大学等校教授。为新月派重要诗人，有《志摩的诗》、《猛虎集》等诗集传世。1931年11月9日死于空难，章士钊撰送挽联致哀。

上联言社会现状。器利、器重利益，指见利忘义之人。滋昏，滋生昏暗，更加昏暗。这里是说，由于“器利”之人掌权，国家更加昏暗。无定河边，陈陶《陇西行》：“誓扫匈奴不顾身，五千貂锦丧胡尘；可怜无定河边骨，犹是春闺梦里人。”联中化用上述诗句，意谓就像当年无定河边，现已爆发战争。虾种，日本北海道的古称为虾夷，这里“虾种横行”暗指日本侵略者已占领了东三省。粉化，粉碎。此句意谓，人们的壮志奈何像失事的飞机一样粉碎了。言外之意实系对于国民党当局执行不抵抗政策的不满。

下联言诗人之死。有道，有道德、有才艺的人。《论语·学而》：“敏于事而慎于言，就有道而正焉。”此指谈论文章须交有道之人。南皮宴上，典出曹丕《与朝歌令吴质书》：“每念昔日南皮之游，诚不能忘。”南皮县在河北省。魏文帝曹丕为五官中郎将时，与友人吴质等文酒射雉，欢聚于此，传为佳话。从此南皮成为称述朋友间雅集宴游的典故。龙头，《三国志·魏书·华歆传》注引《魏略》：“歆与北海邴原、管宁俱游学，三人相善，时人号三人为一龙，歆为龙头，原为龙腹，宁为龙尾。”后常用作老大之意。这里是说，随着徐志摩一死，诗坛龙头老大已去，人们与新诗结缘毕竟至为困难。

此联哀挽逝者，格调悲壮苍凉。既叹异族入侵，虾种横行；又哀龙头先去，新诗受损。一片爱国惜友之情，溢于字里行间。

贺熊希龄毛彦文结婚

章士钊

几峰苍洞求凰意；
万里丹山引凤飞。

赏析

此联写于1935年2月。熊希龄（1870—1937），湖南凤凰人。清光绪进士。民国初年任袁世凯政府财政总长、国务总理等职。后退出政界，致力于社会福利事业。1935年2月，66岁的熊希龄与33岁的复旦大学教授毛彦文在上海结婚，一时传为美谈。章士钊撰一集句联致贺。联中附有题识：“张雨诗：‘芳几峰前苍玉洞，何年于此凤求凰。’己亥元年，秉老与彦文女士结婚于慕尔堂，合此诗意，爰并采韩退之句，缀联恭贺，雏凤新声，信花为期，海内亲朋，洗耳同听，钊亦僭为属辞云耳。”

上联中，几峰苍洞，即元代张雨诗中的芳几峰、苍玉洞。求凰意，即凤求凰之意。古乐府中有《凤求凰》：“凤兮凤兮归故乡，遨游四海求其凰。”后用作男方追逐理想女友的意思。

下联“万里”句，据作者自言集自韩愈诗句（“采韩退之句”），笔者遍查《全唐诗》韩愈部分，未见此句。而唐李商隐《韩冬郎即席为诗相送因成二绝》

诗有："桐花万里丹山路，雏凤清于老凤声。"作者题识中也谓："雏凤新声，信花为期。"可知下联当源于李诗。熊希龄为湖南凤凰人，丹山似即"丹丘"，为屈原《远游》中提到的神仙所居之地。

这副集句联语自成一格，并非整句集引，而是化用成句，却又符合原意。联中言凤求凰，既合结婚喜庆气氛，又切湖南凤凰地名，可谓一举两得。

挽蒋方震

章士钊

谈兵稍带儒酸气；
入世偏留狷介风。

赏析

此联写于1938年11月。蒋方震（1882—1938），字百里，浙江海宁人。早年毕业于日本陆军士官学校。归国后任东北督练公所参议、禁卫军管带。辛亥革命后，任浙江省都督府总参议、保定军官学校校长。国民党统治时期，任军事委员会高等顾问，陆军大学代理校长。1938年11月病逝于广西宜山，章士钊撰送挽联致哀。

上联中，儒酸，儒生的寒酸。陆游《客自凤州来有感》："今欲一洗儒酸态，猎罢南山夜下营。"联中看似贬词，实寓褒意，赞其具有儒将风度。蒋百里当年曾与胡适组织新月社，从事文化活动，因而带有书生意气。

下联中，狷介，洁身自好，不愿同流合污。《晋书·向秀传》："秀曰：'以为巢、许狷介之士，未达尧心，岂足多慕。'"联中以"狷介风"，赞颂逝者虽身居高位，仍淡泊名利，洁身自好，悉心从事军事理论研究工作。

这副挽辞深沉含蓄。联中"儒酸气"与"狷介风"，看似贬词，实寓褒意。再与"谈兵"、"入世"联系起来，更显逝者卓尔不凡。

挽戴笠

章士钊

生为国家，死为国家，平生具侠义风，功罪盖棺犹未定；
誉满天下，谤满天下，乱世行春秋事，是非留待后人评。

赏析

此联写于1946年6月间。戴笠（1896—1946），字雨农，浙江江山人。曾任蒋介石侍从副官、国民党军事委员会调查统计局副局长、中美特种技术合作所主任。为国民党特务系统的主要负责人。1946年3月因飞机在南京上空失事而死。同年6月，蒋介石为其举行隆重葬礼。章士钊作为国民参政会参政员，亦送挽联致哀。

上联中，侠义，行侠仗义之士。《史记·游侠传》："要以功见言信，侠客之义曷可少哉！"盖棺犹未定，化用成语"盖棺论定"而反其意，意谓戴笠虽死，一生功罪仍难论定。上联意谓，逝者生为国家，死为国家，平生具有侠义之风，但其一生功罪仍难论定。

下联中，春秋，似有二义：一谓褒贬，因古代编年体史书《春秋》寓褒贬之意而借用。意谓逝者处于乱世而行让人或褒或贬的事情。一谓春秋无义战。春秋时代齐、晋、楚、吴、越互相争霸，封建割据，战争不断，史称春秋无义战。下联意谓，社会对于逝者或褒或贬，毁誉不一，身处乱世而行春秋之事恐难做到，这些是是非非还是留待后人去评判吧！

此联似褒实贬，别具一格。"功罪盖棺犹未定"，"是非留待后人评"，才是作者本义所在。当时能够这样公开表述，实属难能可贵。

赠徐悲鸿

章士钊

海内共知徐孺子；
前身应是九方皋。

赏析

此联写于20世纪50年代初。徐悲鸿（1895—1953），江苏宜兴人。现代著名画家、美术教育家。早年留学法国。绘画融合中西技法自成一家。抗战时期多次在国外展售自己作品，得款救济祖国难民。新中国成立后任中央美术学院院长、中国美术工作者协会主席。章士钊曾以此联相赠。

上联中，徐孺子，东汉名士，名稚，豫章南昌人。桓帝时，因不满宦官专权，朝廷屡次征召而不愿出仕，时称“南州高士”。南昌太守陈蕃接待他，特为之设榻，以示敬慕。联中以誉徐悲鸿为当今名士，志行高洁，海内共知。

下联中，九方皋，春秋时人，善相马。他注重的不是马的外表与颜色，而是马的素质。伯乐荐之于秦穆公，得到重用。徐悲鸿在1931年曾作国画《九方皋》，轰动一时。联中因以古代相马高手喻之，赞其慧眼识人，乐于育才，培育了不少成就卓著的画师。

此联题赠徐悲鸿，联中以东汉名士徐孺子与春秋时代相马高手九方皋喻之，至为贴切。

赠陈寅恪

章士钊

闲同才女量身世；
懒与时贤论短长。

赏析

此联据梁羽生《名联观止》一书收录。写作时间当在新中国成立后十七年期间。陈寅恪(1890—1969)，为我国著名历史学家。历任清华大学、广西大学、中山大学教授，中央文史馆副馆长、中国科学院哲学社会科学学部委员。新中国成立以后，二人同在中央文史馆，且为正副馆长。章士钊曾题联相赠。

上联中，才女，有才华的女性，一般多指文才。这里是说，平时空闲常同有才华的女性谈论自家的身世。为与下联“时贤”相对，故有此说。当泛指周围富有才华的女性亲属与朋友。

下联中，时贤，当时的贤达之士。《世说新语·文学》：“桓宣武命袁彦伯作《北征赋》，既成，公与时贤共看，咸嗟叹之。”这里是说，陈寅恪专心从教与治学，懒得与某些当代贤达之士争论短长。

此联阅读似需注意两点：一是作者有感而发，颇多言外之意。当时学术界对于陈寅恪为人个性与治学时有异议，陈本人却不予理睬淡然处之。作者认同这种态度，而又为其不平。二是“身世”与“短长”，虚实有别，看似并不对称，但它们都是两个意义相关的字组成的词，故依各自为对格，便可对称。

与郭沫若对句

章士钊

此老通古今文史；(章士钊)
斯人教天下英才。(郭沫若)

赏析

此联成于1964年12月。郭沫若为我国现代著名诗人和社会活动家。早年参加北伐战争、南昌起义，加入中国共产党。新中国成立后，历任全国文联主席、中国科学院院长、全国人大常委会副委员长。1964 年 12 月，全国三届人大在京召开。会后，毛泽东主席在中南海举行家宴，特邀出席会议的章士钊、郭沫若、周世钊等人。席间谈起当年湖南一师的袁吉六先生。毛泽东在 1915 年因参与领导驱逐校长张干的斗争，先后四次被学校除名，均遭袁老先生等进步教师的反对。章士钊、郭沫若即席联句，高度评价袁吉六先生。

"此老通古今文史"，章士钊亦系湖南出身的名士，对袁有所了解，因以此为出句称赞这位老人通晓古今，对于我国传统文学、史学均有较深造诣。

"斯人教天下英才"，郭沫若才思敏捷，应声对句成联，盛赞此人教出了不少天下杰出的人才。这里明显是从"英才"言眼前的东道主。毛泽东听后笑曰："英才过誉，但于袁老先生恰如其分也。"一代名人的聚会与交谈，构成了一段联坛佳话。

挽黄爱庞人铨

邵力子*

世界上没有不死的人，要杀身成仁方称志士；
劳工中正多觉悟分子，能前仆后继哪怕强权。

作者

*邵力子（1881—1967），浙江绍兴人。早年留学日本，参加同盟会。曾任上海大学代理校长、黄埔军校秘书长、国民党中央宣传部部长、国民参政会秘书长。1949年参与国共和谈，并脱离国民党。新中国成立后，任政务院政务委员、全国人大常委会委员、全国政协常委。

赏析

此联写于1922年3月。黄爱（1897—1922），湖南常德人。庞人铨（1898—1922），湖南湘潭人。1922年1月，二人作为湖南劳工会负责人、中国社会主义青年团员，一起领导长沙第一纱厂工人罢工，被湖南军阀赵恒惕逮捕杀害。同年3月26日，中国劳动组合书记部、中国工会等几十个工人和学生组织，在上海举行"黄庞二烈士追悼会"，邵力子撰送挽联致哀。

上联称颂逝者为杀身成仁的志士。杀身成仁，语出《论语·卫灵公》："志士仁人，无求生以害仁，有杀身以成仁。"后泛指为正义事业而牺牲生命。志士，有高尚志向和节操的人。如爱国志士、革命志士。这里化用古人成句，以赞二位烈士。

下联赞扬逝者为劳工中的觉悟分子。劳工，旧时指工人。"五四"时期曾提出"劳工神圣"的口号。前仆（pū）后继，前面的人倒下了，后面的继续前进。此语形容斗争的英勇壮烈。强权，凭借武力欺压别人的权势。此指当时统治我国的帝国主义列强和封建军阀势力。

这是一副白话联语，写得通俗易懂。哀挽革命志士，支持劳工运动，充分体现了作者当时的进步立场。

挽伍廷芳

邵力子

排众毁而来，力助孙公，如云霾四周，双瞻日月；
遵遗父所指，处分国事，要海疆一旅，迅扫欃枪。

赏析

此联写于1922年6月。伍廷芳（1842—1922），广东新会人。近代外交官，曾任清政府驻美国、西班牙、秘鲁、墨西哥等国公使。辛亥革命后，任南京临时政府司法总长、北京政府外交总长、代国务总理。1917年起任护法军政府外交部长、财政部长、广东省长，坚决支持孙中山北伐和平定陈炯明叛乱。1922年6月病逝于广州，邵力子与叶楚伧合送一副挽联致哀。

上联肯定逝者来到革命阵营后所起的作用。排众毁而来，辛亥革命后，伍廷芳由清政府外交官转而支持革命共和，出任南京临时政府司法总长，曾受到不少的责难。他力排众毁执意而来。此后力助孙中山做了不少工作。霾（mái），阴霾，空气中悬浮着大量的烟尘等微粒而形成的天气现象。这里是说，犹如阴霾密布的天空周围，让人同时看见了太阳和月亮。联中将逝者喻为随着太阳转动的月亮，本身也是一种很高的评价。

下联对逝者之子寄予殷切期望，并愿尽快扫平叛乱。遗父，指伍廷芳。这里是说，遵循遗父伍廷芳的指示，处理国家事务。伍廷芳之子伍朝枢亦从事外交工作。1921年孙中山就任非常大总统时，任外交部次长兼总务厅长，协助其父工作。作者希望伍朝枢能子承父业，挑起重担。海疆一旅，指保卫海疆的一旅之师。欃（chán）枪，彗星的别称。古人以为妖星，出现即有兵乱。此指广东新军阀陈炯明发动叛乱，必须迅速扫平。

此联叙议结合，语言精练。在颇为有限的文字中，既有对于逝者生前经历与功业的评价，又对逝者之子寄予殷切的期望。上联赞扬逝者“力助孙公”犹可，而与中山先生并列，喻为日月双星，则有过誉之嫌。

挽孙中山

邵力子

举世崇拜，举世仇恨，看清崇拜或仇恨是些什么人，愈见先生伟大；

毕生革命，毕生治学，倘把革命与治学分成两件事，便非吾党精神。

赏析

此联写于1925年4月，挽孙中山。1925年3月12日，孙中山因病逝世于北京。同年4月12日，上海各界隆重举行追悼大会，邵力子撰送挽联致哀。此联卓具特色，纯用白话句式写成，行文流畅，通俗易懂，而且立论亦有独到之处。

上联言只要看清敌友，就会愈见先生伟大。举世，概括全世间之人而言。联中两个“举世”连用，显得更为醒目，可见逝者在社会上的重大影响。孙中山一生爱憎分明，因而有人崇拜，有人仇恨。我们只要看清二者各有一些什么人，定会更见先生伟大。

下联言倘把革命与治学分为二事便非吾党精神。毕生，一生、终生。治学，研究学问。下联意谓，逝者一生坚持革命，一生研究学问。作者还针对当时社会上有人宣称孙中山“只是革命家，非学问家”的非议，从而指出逝者毕生在革命实践与革命学说两方面都作出了伟大贡献。作者还进一步强调，如果将二者分开“便非吾党精神”。这样便对党内外贬低孙中山思想学说的人以致命的一击。

孙中山生前也曾说过："我生平只有两个嗜好，除革命之外，就是读书；我一天不读书就不能生活。"这正高度概括了孙中山的伟大精神所在：毕生革命，毕生治学，从而赢得了举世崇敬。

挽廖仲恺

邵力子

慈父方逝，又失长兄，岂只吾校不幸；

革命未成，尚须努力，只我同志勉旃。

赏析

此联写于1925年8月下旬。廖仲恺为国民党左派主要代表人物。孙中山逝世之后，继续执行"联俄、联共、扶助农工"的三大政策，引起党内右派势力的忌恨。1925年8月20日，廖仲恺在广州遇刺身亡，邵力子撰送挽联致哀。

上联写出逝者在革命阵营中的地位与被害所带来的损失。慈父，指人称"国父"的孙中山先生。长兄，对廖仲恺的敬称。这既点明了作者与孙中山、廖仲恺的关系，亦突显出逝者在国民党内的特殊地位。吾校，指黄埔军校。廖仲恺任黄埔军校党代表，邵力子为该校秘书长。这里是说，廖仲恺之死，不仅是黄埔军校的不幸，也是整个国家的损失。

下联化用总理遗嘱，并与党内同志共勉。孙中山临终留下遗言："革命尚未成功，同志仍须努力。"这里为与上联文字对应而化用此语，以勉励生者。旃(zhān)，助词，犹"之"。《左传·桓公十年》："初虞叔有玉，虞公求旃，弗献。"勉旃，尽力为之。这里是说，希望党内同志共勉。

作者当时亦为国民党内左派人物，故对逝者崇敬有加。此联言简意明，语短情长，让人倍感亲切。

挽鲁迅

邵力子

佳作尤称孔乙己；
大名堪配高尔基。

赏析

此联写于1936年10月。鲁迅（1881—1936），本名周树人，字豫才，浙江绍兴人。现代著名文学家、思想家。早年留学日本。曾任教育部佥事，并在北京大学、北京女子师范大学、厦门大学、中山大学任教。参与组织发起中国左翼作家同盟、中国民权保障同盟等进步组织。有《鲁迅全集》、《鲁迅译文集》传世。1936年10月19日，因病逝世于上海，邵力子撰送挽联致哀。

上联中，孔乙己，为鲁迅早年所作短篇小说之一，深刻表现封建社会知识分子在科举制度毒害下的人生悲剧。邵力子认为，《孔乙己》尤其堪称我国现代文学的名篇佳作。鲁迅佳作甚多，何以独选此篇？看来既与作者欣赏角度有关，亦为文字上与下联高尔基相对应。

下联中，高尔基（1868—1936），苏联现代著名作家。邵力子认为，鲁迅大名堪与苏联高尔基相配。这一评价为当时我国文化界颇为流行且公众认可的说法。

此联属对工巧，切人切事，不失为哀挽现代名人的佳作。

挽戴笠

邵力子

是奸是忠，一生盖棺方论定；
谁是谁非，留得他年后人评。

赏析

此联写于1946年6月。戴笠(1896—1946)，字雨农，浙江江山人。黄埔军官学校毕业。曾任蒋介石侍从副官、军事委员会调查统计局副局长和中美特种技术合作所主任。积极发展军统特务势力，成为蒋介石特务系统的主要负责人。1946年3月因飞机失事丧生，蒋介石为其举行隆重葬礼。邵力子作为国民政府官员，亦依惯例撰送挽联致哀。

上联由成语“盖棺论定”化出，意谓一个人的是非功过要到死后才能做出结论。这里明显是从逝者的角度而言，一生是奸是忠，善棺方可论定。

下联则就生者角度而言，当时因对逝者功过褒贬不一，究竟谁是谁非，只有留得后人评说。

此联在当时众多哀挽戴笠联语中独树一帜。作者自出机杼，出语含蓄，公正客观，切人切事，显得颇有胆识。

挽四八遇难烈士

邵力子

巩固和平，首重团结，竭精殚□□□，共同努力；
大业未尽，遽罹横祸，浩劫知与不知，应同哀泣。

赏析

此联写于1946年4月。四八遇难烈士，指1946年4月8日，从重庆返回延安，在山西兴县黑茶山因飞机失事遇难的王若飞、秦邦宪、叶挺、邓发等烈士。4月19日，重庆各界举行四八遇难烈士追悼大会，邵力子撰送挽联致哀。

上联强调巩固和平，着重团结。首重，首先着重、首先重视。我国抗战胜利以后，应尽快组成多党合作的联合政府，走上和平建国的道路。要巩固和平，得首重团结。这就突出团结的重要。需要指出的是，因据《古今名人联话》一书收录，上联原缺三字，有待查考。另与下联相关部位对应，“竭精殚”三字似亦欠妥。

下联指出“浩劫知与不知，应同哀泣。”大业，此指我国抗战胜利之后的和平建国大业。遽罹（jù lí），突然遭遇不幸。《书·汤诰》：“罹其凶害。”横祸，意外灾祸，此指因飞机失事不幸遇难。浩劫，巨大灾难。这里是说，对于这场灾难，无论知与不知，均应同声哀泣。联中明显针对国民党人而言，指出对于这一意外事件应当抱有正确的态度。

作者身为国民党左派人士，对于此次事件态度鲜明。根据当时国内政治局势，强调首重团结的重要，且对国民党当局提出忠告。

题台湾郑成功祠

邵力子

民族精神，于兹荟萃；
天地正气，将益发扬。

赏析

此联写于1948年6月。郑成功祠，亦称延平郡王祠，在台湾省台南市东区开山路。为纪念明清之季收复和开发台湾的民族英雄郑成功而建，且已成为台岛最富有历史意义的古迹。1948年6月，邵力子偕夫人游历台湾岛，应约为台南郑成功祠题写楹联。

上联中，兹，代词，此、这。荟萃，会集、聚集，一般均指出色的人物或精美的事物。上联意在赞美当年郑成功从荷兰殖民者手中收复台湾的民族精神，已在这里聚集。

下联中，天地正气，语出文天祥《正气歌》，指存在于天地之间的浩然正气。下联意在赞颂郑成功坚持抗清誓不投降的凛然正气，必将得到日益发扬。

此联言简意明，对仗工稳，主要突出民族英雄郑成功的反帝、反清的斗争精神。

题嘉义吴凤祠

邵力子

爱人甚于爱己，凭一片赤心，化除种族积久怨仇，正符孙总理嘉言，不当大官，应做大事；

成仁即是成功，洒满腔热血，持续宇宙永恒生命，岂让郑延平伟绩，造福全岛，示范全民。

赏析

此联写于1948年6月。吴凤祠，在台湾省嘉义县城东南的中铺乡，又名吴凤庙或阿里山忠王祠。吴凤是清朝乾隆年间嘉义县通事，深得阿里山土著居民信任。后因劝导他们废除猎首恶习未成，决定牺牲自己生命进行感化，终被当地山民误杀。当地民众悔恨莫及从此放弃猎首恶习，并感其舍身劝化之功而立祠纪念。1948年6月，邵力子偕夫人游历台湾，应约为嘉义吴凤祠题联。

上联高度评价吴凤以生命感化高山同胞的高尚行为。化除种族积久怨仇，当时台湾高山族人迷信，以为用人头祭神可使五谷丰登，因而向有猎首恶习，即在特定时间以汉人头颅作祭品的习惯。吴凤舍身成仁，加以感化，终于平息了两族人民的积久怨仇。嘉言，富有教育意义的美好言语。孙中山历来主张，不当大官，只做大事。他还多次强调化民族内部之争为对外之争，实现国内各民族的团结，这是他的“民族主义”要义之一。作者因此充分肯定吴凤所做的“大事”，并指出其行为“正符孙总理嘉言”。

下联指出吴凤就其伟绩可与郑成功媲美。成仁，语出《论语·卫灵公》，后谓为维护正义而献出生命。宇宙永恒生命，人间永远存在的生命。吴凤这种为民族团结而献身的精神，必将汇入并持续宇宙永恒的生命。郑延平，即郑成功，曾被封为延平郡王。他于明末清初率军从荷兰殖民者手中收复台湾，成为台湾人民所崇拜的历史人物。作者认为，吴凤不当大官，亦未封王，但其所作所为，却可与郑成功相提并论。因其“造福全岛，示范全民”，就其历史贡献，“岂让郑延平伟绩”，亦即与之相比并不逊色。充分表达了自己对吴凤的敬仰之情。

此联主旨鲜明，对于吴凤以自己生命感化高山族人的高尚行为作了高度评价。联系“孙总理嘉言”与“郑延平伟绩”，更属锦上添花，令人肃然起敬。

题集美鳌园

邵力子

集合英才，共向社会主义建设迈进；
美好生活，须从人民劳动创造得来。

赏析

此联写于20世纪50年代初期。鳌园，在厦门市集美镇浔江之滨。著名爱国华侨陈嘉庚为纪念家乡集美解放，于1950年起着手兴建，四年竣工。园内有高达二十八米的集美解放纪念碑，碑座四周刻有当代名人题词。邵力子亦应约题写楹联。这是一副典型的嵌名联，采用鹤顶格，上下联首巧嵌“集、美”二字。

上联中，英才，杰出的人才。这里结合陈嘉庚所创办的“集美学村”，指出培育英才的目的，在于共向社会主义建设迈进。

下联意在说明美好生活全由人民劳动创造而来。这是作者从自己曲折的人生经历中悟出的道理。

此联用语明白如话，却又寓有深意。能从集美解放加以引申，说明社会主义建设与人民劳动创造的内在联系，让人耳目为之一新。

挽亚魂

柳亚子*

人之云亡，天胡此醉；
君今如此，我奚以堪！

作者

*柳亚子（1887—1958），字稼轩，江苏吴江人。早年参加同盟会，创立革命文学团体南社。曾任孙中山临时大总统府秘书、国民党中央监察委员。1941年因反对国民党当局，被国民党开除党籍。新中国成立后，任中央人民政府委员、全国人大常委会委员。著有《磨剑室诗集·词集·文集》。

赏析

此联写于1904年秋天。亚魂，即陶亚魂，原名赓熊，江苏吴江人。柳亚子青年时代最要好的朋友。乡试中秀才，曾就读上海爱国学社，后在本地小学教书。因体弱多病，不幸于1904年秋去世。柳亚子当即赋《哭陶亚魂》七言诗二首，又书挽联一副，借以深情悼念亡友。

上联中，云，语助词，无义。《诗·小雅·正月》：“有皇上帝，伊谁云憎？”胡，何，何故。醉，因喝酒过多或药物等作用以致神志不清或暂时失去知觉。屈原《渔父》：“众人皆醉我独醒。”亦可比喻糊涂。上联意谓，人之死亡，老天何以这样糊涂。此系责备老天，不应让友人死去。

下联中，奚，疑问词，何、胡。堪，能承当或忍受。这里是说，你今如此离开人世，我将何以承受。

此系文言联语，作者呼天抢地，哭悼亡友，足见深情。

为张心抚题《桐花小筑》

柳亚子

剑气腾龙，尽有闲情开小筑；
箫声引凤，依然谈赏属桐花。

赏析

此系作者早年所写，具体时间不详。张心抚，名长，字心抚，浙江桐乡人。南社社友。自号冼桐馆主，曾作《桐花小筑》，柳亚子应约题联。

上联中，剑气，宝剑的光芒。《太平御览》三四三引《雷焕别传》：“晋司空张华夜见异气冲牛斗，华问焕见之乎？焕曰：‘此谓宝剑气。’”后常用以喻人声望或才华。另相传雷焕在丰城得到龙泉、太阿二剑。一送张华，一自佩，并说：“灵异之物，终当化去。”雷焕死后，其子带剑经过延平津，剑忽从腰中飞出掉进水里，使人下水打捞，只见两龙腾出水面。小筑，环境幽静的居所，相当于后来的精舍、别墅之类。上联意谓，友人因其人才华出众，尽有闲情开辟这样环境幽雅的居所。

下联中，箫声引凤，典出汉刘向《列仙传》。相传春秋时人萧史，善吹箫，作凤鸣。秦穆公以女弄玉妻之，为作凤台以居。一夕吹箫引凤，与弄玉共升天仙去。谈赏，谈论欣赏。桐花，即桐花小筑。下联意谓，箫声可以引凤，值得谈论与欣赏的依然仍属《桐花小筑》。

此联当属早年文友之间书联往还，借以抒情写意，颇有诗情佳趣。

赠高旭

柳亚子

白衣骂座三升酒；
红烛谈兵万树花。

赏析

此联写于1911年2月。高旭（1877—1925），字天梅，号剑公，江苏金山人。1905年在日本加入同盟会，并任同盟会江苏支部长。1907年参与筹组南社，为发起人之一。写过不少宣传资产阶级民主革命的诗文，有《天梅诗集》传世。柳亚子与高旭均为南社发起人，虽常有争吵，却感情甚笃。1911年2月13日，南社在上海愚园雅集，晚宴席上二人大闹酒阵，在座的人各助一方。柳见助己者多，不由说出“得道者多助”的话而刺痛了对方。但他们毕竟是志同道合的挚友，且常在一起剪烛夜谈推心置腹。这副题赠友人的联语述及此事，充分表现出作者坦荡的胸怀和二人之间的深厚友谊。

上联中，白衣，古代未入仕者着白衣，犹后世称平民为布衣一样。南社为民间群众文化团体，所有社员最初均无官职，因可自称为白衣。骂座，辱骂同座之人。“白衣骂座”暗用汉代祢衡恃才傲物的典故。升，容量单位，一升等于十合。此句意谓，身为白衣之士饮酒三升之后（乘醉）骂了同座之人。此系纪实且带自责之辞。

下联中，谈兵，谈兵论政。此句意谓，二人毕竟是志同道合的朋友，常于烛光之下促膝长谈，因其情投意合，仿佛万树花开。

此联题赠友人，既有致歉之意，又属纪实之词。上句写二人矛盾，下句写二人合作，无不形象鲜明，自能相映成趣。

挽赵声

柳亚子

寄奴为公前辈，郁郁金焦，固宜生兹怪杰，临死呼渡河，奈何不稍缓须臾，坐令竖子尽成名，遗恨嗣宗叹广武；

文叔是我故人，滔滔江海，未足此君交情，用名虚指囷，即此已负惭冥漠，明想英灵俱无恙，伤心皋羽哭西台。

赏析

此联写于1911年6月。赵声(1881—1911)，字伯先，江苏丹徒人。1902年毕业于江南陆师学堂，决心从事反清革命活动。次年游日本，与黄兴结识。1906年加入同盟会。曾在南京、广西、广东新军任职，多次密谋起义。1911年4月与黄兴领导广州起义。黄花岗之役失败后，同年6月病逝于香港，柳亚子撰联致哀。

上联中，寄奴，当为赵姓历史人物，因作赵声“前辈”，具体出典不详。“郁郁”二句，当与寄奴生平事迹有关，有待继续查考。临死呼渡河，典出《宋史·宗泽传》。宗泽为南宋爱国将领，曾多次上书高宗，力劝还都开封，渡河收复失地。因皆不被采纳，忧郁成疾而死，临终时尚连呼“渡河”者三。这些均在肯定逝者生前的英勇斗争。“奈何”三句，须臾，片刻。竖子，犹小子，鄙贱的称谓。这里是在惋惜赵声早逝，遂使竖子成名。嗣宗，即阮籍，字嗣宗。生活于魏晋易代之际，不满现实，纵酒谈玄。尝与嵇康等人交游，时称“竹林七贤”。广武，地名，在今河南荥阳县东北。阮籍曾登广武，观项羽、刘邦楚汉交战处，叹曰：“时无英雄，使竖子成名!”事见《晋书·阮籍传》。“奈何”三句明显表现出对于南京临时政府组成人员鱼龙混杂的不满。

下联中，文叔，似指孙中山。孙中山又名孙文，且比作者年长21岁，因称文叔。作者早年参加同盟会，且曾担任孙中山临时大总统府秘书长，自可称为故人。“滔滔”二句，孙中山对于自己的情谊，比江海还深。指囷（qūn），典出《三国志·吴书·鲁肃传》：“周瑜为居巢长，将数百人故过候肃，并求资粮。肃家有两囷米，各三千斛。肃乃指一囷与周瑜。”后因以“指囷”比喻慷慨资助朋友。“即此”三句，冥漠，此指阴间。《淮南子·精神》：“古未有天地之时，惟像无形，窈窈冥暗，芒艾漠闵，澒濛鸿洞，莫知其门。”这里是说，慷慨资助朋友已成虚言，就此则有负且愧对冥冥之中的友人。英灵，英魂，对死者的美称。无恙(yàng)，没有受到损伤或发生意外。皋羽哭西台，南宋谢翱，字皋羽，曾为文天祥咨议参军，共同抗元。文天祥被俘不屈而死，谢翱悲痛不已，设天祥牌位于浙江严子陵钓台以祭，并作《登西台恸哭记》。这里自比谢翱，为缅怀亡友而伤心恸哭。

此联将抒情与叙事结合起来，悲歌慷慨，寄兴无端。既有对江皖倡义烈士的深情哀悼，也有对革命阵营现实状况的不满，还有对自身发自内心的自责。加上与此相应的用了不少历史典故。这样在联意内容含蕴丰厚的同时，也增加了读者理解的困难，故需要我们认真阅读与领会。

挽周阮二烈士

柳亚子

一日杀二烈士，苟民国犹有典型，忍使鲸吞终漏网；
奇冤埋八旬余，恨中原尚余胡虏，不曾鸟尽已藏弓。

赏析

此联写于1912年2月。周阮二烈士，周实（1885—1911）字实丹，阮式（1889—1911）字梦桃，均为江苏淮安人。二人早年参加柳亚子主持的南社。武昌起义后，在淮安组织武装巡逻队响应，不幸被清廷山阳县令杀害。1912年2月11日，南社与淮安学团在上海召开“山阳殉义周实丹、阮梦桃两烈士追悼会”。柳亚子在会上宣读祭文，并献上这副挽联。

上联写烈士遇害，呼吁缉拿杀人凶手。一日，指1911年11月17日。苟，如果、假如。民国，即1912年1月宣布成立的中华民国。典型，《说文·土器》：“型，铸器之法也。”段玉裁注：“以木为之曰模，以竹曰范，以土曰型，引申之为典型。”原指模型或模范，现指在同类中具有代表性的人或事物。鲸吞，像鲸鱼吞食，多用以比喻以强吞弱兼并土地。《左传·宣公十三年》：“取其鲸鲵而封之。”晋杜预注：“鲸鲵，大鱼名，喻不义之人，吞食小国。”联中“鲸吞”指杀害二位烈士的不义之人。这里是说，假如民国还有堪称典型的人物，岂能容忍使杀害烈士的凶手终于漏网。

下联感时伤怀，哀叹奇冤难

雪。奇冤，指周阮遇害惨案。旬，一旬十日。从惨案发生到开追悼会已有八十余日。中原，即中土、中州，以别于边疆地区而言。胡虏，对入侵中原的北方、西方少数民族的蔑称。这里是指民国虽已成立，尚有不少满清王朝余孽。“不曾”句，化用“鸟尽弓藏”的典故。《史记·淮阴侯列传》：“高鸟尽，良弓藏。”谓高空飞鸟射尽，便将良弓藏起。后用以比喻大功告成，功臣受害，不曾鸟尽已藏弓，谓革命尚未成功，功臣已遭杀害。

此联哀挽周阮二位烈士，作者剑拔弩张，矛头直指杀害烈士的凶手，强烈呼吁有关方面昭雪奇冤。

挽江皖倡义烈士

柳亚子

头颅走千里，剧怜燕市歌残，榆关月冷，香江潮咽，梅岭风凄，一朝化鹤归来，为问虎踞龙蟠，大地河山可无恙；

豪杰满中原，缅想糜躯纪信，环柱荆轲，化碧苌弘，渡河宗泽，十载报韩愿遂，正值莺飞草长，六朝城郭与招魂。

赏析

此联写于 1912 年春天。江皖倡义烈士，指江苏、安徽两省首倡反清武装起义而英勇牺牲的烈士。辛亥革命之后，中华民国临时政府曾在南京专门举行悼念活动。孙中山亲临主持，黄兴会上致词。柳亚子时任孙中山临时大总统府秘书长，亦撰送挽联致哀。

上联中，“头颅”句，谓头颅奔走千里。此处含有拎着脑袋干革命的意思。“剧怜”四句，为拎着脑袋干革命的具体展开。剧怜，甚怜。燕市歌残，典出《史记·刺客列传》：“荆轲既至燕，爱燕之狗屠及善筑者高渐离。荆轲嗜酒，日与狗屠及高渐离饮于燕市，酒酣以往，高渐离击筑，荆轲和而歌于市中，相乐也，时而相泣，旁若无人者。”后以“燕市悲歌”表现朋友之间的情谊以及惜别的情怀。榆关，即今之山海关。唐代名将崔敦礼不为幽州叛将王瑗所屈，深得太宗赏识。死后于志宁为其撰写碑文，曰：“建节榆关，尘清柳室。”月冷，形容悲壮苍凉的气氛。香江，香港的别称。咽（yè），呜咽、哽咽。香江潮水亦发出呜咽之声。江苏烈士赵声即在参加1911年春黄花岗之役失败后病逝于香港。梅岭，即大庾岭。杜甫《哭李常侍峄》之二：“短日行梅岭，寒山落桂林。”风凄，亦形容悲凉气氛。这里以燕市、榆关、香江、梅岭概括革命党人地北天南的英勇斗争。“一朝”三句，化鹤，典出晋代《搜神后记》卷一所载：“丁令威，本辽东人，学道于灵虚山，后化鹤归辽。”本谓得道成仙，后亦用以希望死者能化鹤归来。虎踞龙蟠（pán），典出《六朝事迹》，诸葛亮与孙权议论南京地形时说：“钟阜龙蟠，石城虎踞，此帝王之宅也。”后常用以形容南京地势险要。恙（yàng），疾病，伤害。这里是说，江皖烈士一朝化鹤归来，唯问南京临时政府，祖国河山可安好！

下联中，“豪杰满中原”为起句，接着“缅想”四句为这一内容的展开。糜（mí）躯，即粉身碎骨，使躯体碎烂。纪信，为刘邦部将。项羽围困荥阳，纪信伪装刘邦乘车出城，转移对方视线，刘邦得以逃脱。项羽捉住纪信后将其烧死，故言“糜躯”。环柱荆轲，典出《史记·刺客列传》。荆轲为战国末年刺客，受燕太子丹派遣至秦，以匕首刺秦王。其时秦王“环柱而走”，未中。荆轲被杀死。化碧苌弘，典出《庄子·外物》：“苌弘死于蜀，藏其血，三年而化为碧。”后以“苌弘碧血”称颂为国死难的人。渡河宗泽，宗泽为南宋名将，力主抗金北伐收复失地。因受投降派所阻，忧愤成疾，临死时犹呼三声“渡河”。这里以纪信、荆轲、苌弘、宗泽为喻，反映革命党人采用各种方式进行的斗争。“十载”三句，十载报韩，张良为汉初大臣，其祖与父均为韩国宰相。秦灭韩后，张良图谋恢复，结交刺客在博浪沙椎击秦始皇未中。秦末农民战争中，游说项梁立韩贵族成为韩王，自任韩司徒，联中因言“十载报韩愿遂”。莺飞草长，语见南朝梁丘迟《与陈伯之书》：“暮春三月，江南草长，杂花生树，群莺乱飞。”后以“莺飞草长”形容明媚春光。六朝城郭，南京曾为六朝故都，因可用以代指。招魂，原为《楚辞·九歌》篇名，这里用以指祭奠江皖烈士仪式，希望江皖烈士在辛亥革命成功之后能魂兮归来。

这副长联几近百字，文笔深沉悲壮，大量使用成语典故，以喻江皖烈士，更显韵味深长。作者能诗擅联，此联堪称哀挽联语中上乘之作。

挽黄花岗烈士

柳亚子

春雨帘纤，是今日去年取义成仁之候；
英魂赫奕，对香花美酒素车白马而来。

赏析

此联写于1912年5月。黄花岗烈士，1911年4月27日，同盟会在广州举行武装起义，在与清军激战一昼夜后不幸失败，喻培伦、林觉民等百余人英勇牺牲。同盟会员潘达微设法寻得烈士遗骸72具，葬于广州红花岗（后改名黄花岗），史称“黄花岗七十二烈士”。1912年5月，为纪念黄花岗烈士遇难一周年，柳亚子撰联致哀。

上联中，帘纤，即纤帘，用细纹丝帛做成的帘子，一般用为门帘或窗帘。取义成仁，为正义事业而牺牲生命。宋文天祥《自赞》：“孔曰成仁，孟云取义，惟其义尽，所以仁至。”上联意谓，春雨打湿了门窗的帘子，让人想到去年今日正是黄花岗烈士成仁取义的时候。

下联中，赫奕（yì），显耀、盛大。三国魏何晏《景福殿赋》：“赫奕章灼，若日月之丽天也。”联句谓黄花岗烈士的英魂显耀于人间。素车白马，白车白马，古代用于凶丧。《后汉书·范式传》：“乃见有素车白马，号哭而来。”下联意谓，烈士英魂显耀于人间，现正对香花美酒素车白马而来。

此联用语文白相间，深情悼念逝者。上联点出烈士牺牲时间，下联叙写烈士英魂归来。有情有景，虚实结合。

挽张通典

柳亚子

赤帜重张，班氏一门光汉史；
急流勇退，邱园两载隐微管。

赏析

此联写于 1915 年间。张通典（1861—1915），字伯纯，号天放楼主，湖南湘乡人。早年参加南社，曾任江南水师学堂提调。南京临时政府成立时，任内务司长、大总统府秘书。后与章太炎发起国学会，有《天放楼文集》传世。1915 年因病逝世，柳亚子撰送挽联致哀。

上联称颂逝者赤帜重张，参与倡导研究国学。赤帜，汉用赤色旗帜，语见《史记·淮阴侯列传》，后亦以赤帜喻自成一家。此句意谓，重新张起汉家旗帜，即张通典、章太炎等人发起成立国学会，重新研究国学。班氏一门，指汉朝班彪、班固、班超、班昭一家。班彪、班固、班昭父子兄妹三人，完成《汉书》写作。班超出使西域，官至西域都尉，封定远侯。此指班氏一门光耀了汉代历史，联中借以喻指章太炎、张通典等人。

下联肯定逝者急流勇退，从事学术研究。急流勇退，相传宋陈抟见钱若水曰："是无仙骨，但急流中能身退耳!"意谓钱若水虽做不了神仙，但也不是久恋官场的人。后则借以比喻官吏应在得势时引退，以求明哲保身。这里是说，张通典能在南京临时政府担任官职后及时引退。邱园，亦作"丘园"。语出《易·贲》："贲于丘园。"疏："丘谓丘墟，园谓园圃，唯木所生，是质素之处，非华美之所。"后多指隐居的地方。微管，即管仲。春秋时，管仲相齐桓公，霸诸侯，一匡天下，故《论语·宪问》有"微管仲，吾其被发左衽矣"之语。六朝以后迳称管仲为"微管"，作为颂扬功勋卓著的大臣的套语。这里以微管喻逝者，言逝者曾有两年隐居邱园从事学术研究。

此联妙用历史典故，以班氏一门喻逝者学术成就，以春秋名臣管仲喻逝者急流勇退隐居丘园，颇为贴切到位。两个典故与两句成语互为表里，更能突出赞颂逝者之意。

挽陈其美

柳亚子

好客如郑当时，任侠如郭翁伯，犯难如翟义公，昔年杯酒论交，送抱推襟，十载风云革命史；

黄冈哭赵丹徒，石庄哭吴云梦，歇浦哭宋桃源，今日将星孑陨，人亡国瘁，万家涕泪自由神。

赏析

此联写于1916年5月。陈其美（1873—1916），字英士，浙江吴兴人。1906年在日本加入同盟会，为辛亥革命时期的风云人物。曾任沪军都督、北京政府工商总长、上海讨袁军总司令。1916年5月被北洋军阀派人刺杀于上海，柳亚子闻讯撰送挽联致哀。

上联赞颂逝者并回顾昔日友谊。郑当时，汉代陈人，以任侠尚义声闻梁、楚间。景帝时为太子舍人，常置驿四郊，存诸故人，唯恐不遍，所交皆名士。武帝时为大农令，凡客至不问贵贱皆留之，后为客所累而落职。郭翁伯，即郭解，字翁伯，汉河内轵人。少常以细事杀人，或为人报仇。及年长，以德报怨，仗义不伐，人争慕附，党徒甚众。《史记》、《汉书》皆载《游侠传》。翟义公，即翟义，汉汝南上蔡人。年二十任南阳都尉，后迁弘农、河内、东郡太守。平帝死，王莽篡位。翟义举兵讨莽，立刘信为帝，自号大司马柱天大将军。后为莽军击败被杀。这里是说，逝者像郑当时、郭解、翟义那样任侠尚义，而其遭难如同汉代翟义公一样，即被窃国大盗袁世凯派人刺死。“昔年”三句，论交，论起交情。送抱推襟，亦作“推襟送抱”，比喻推诚相与。南朝梁张充《与王俭书》：“所可通梦交魂，推襟送抱者，惟丈人而已。”这里回忆昔年杯酒论交、送抱推襟的往事。十载风云，指1906年加入中国同盟会，至1916年遇刺身亡，正好十年时间。逝者投身辛亥风云，功勋卓著，自应载入革命史册。

下联沉痛哀悼友人相继死亡。赵丹徒，即赵声，江苏丹徒人。早年加入同盟会，参与领导辛亥广州起义（黄花岗之役），失败后病死香港。此句意谓，在黄花岗哭悼江苏丹徒的赵声烈士。吴云梦，即吴禄贞，湖北云梦人。曾任清军练兵处监督、第六镇统制。1911年武昌起义后，赴石家庄与山西革命军联系，策划北方新军起义。同年11月被袁世凯（一说良弼）所遣刺客暗杀于石家庄火车站。石庄，即石家庄，因需与黄冈、歇浦对应，故名。宋桃源，即宋教仁，湖北桃源人。近代民主革命家。生前任北京政府农林总长和国民党代理理事长。1913年3月被袁世凯派人刺杀于上海火车站。歇浦，即黄歇浦，黄浦江的别称，可代指上海。这里是说，我已哭送赵声、吴禄贞、宋教仁三位友人相继身亡。“今日”三句，孑（jié），单独、孑然。陨（yǔn），坠落。此句意谓，今日天上将星孑然坠落，喻陈其美在上海不幸遇刺身亡。人亡国瘁（cuì），语出《诗·大雅·瞻卬》：“人之云亡，邦国殄瘁。”毛传：“殄，尽；瘁，病也。”后因以“人亡国瘁”谓贤者不在其位，国家因而衰败。自由神，自由之神，用以赞誉逝者。这里是说，今日将星又殒，人亡国瘁，广大人民群众涕泪交流均在沉痛哀悼现代自由神离我们而去。

此联篇幅较长，铺陈排比，一气呵成。上联以一系列古代侠义之士喻逝者这位辛亥革命时期的风云人物；下联用一连串现代革命党人惨遭暗杀的事件，谴责北洋军阀的罪行。一片哀伤悲愤之情溢于字里行间。

挽黄克强

柳亚子

钝初殂谢，英士云亡，吾党数人豪，又见大星沉歇浦；
十载同盟，五年南社，平生悭一面，哪堪交臂失荆州。

赏析

此联写于1916年11月。黄克强（1874—1916），名兴，字克强，湖南长沙人。近代民主革命家。早年留学日本，1905年与孙中山发起组织同盟会。武昌起义后被推为副元帅，并任南京临时政府陆军总长。1916年10月31日在上海病逝，柳亚子撰送挽联致哀。

上联言我党人豪宋教仁、陈其美、黄兴相继死亡让人悲痛不已。钝初，即宋教仁，近代民主革命家。曾任南京临时政府法制院总裁、北京政府农林总长、国民党代理理事长。1913年被袁世凯所派刺客刺杀于上海车站。殂（cú）谢，死亡。英士，即陈其美，辛亥革命时期的风云人物。曾任沪军都督、北京政府工商总长、上海讨袁军总司令。1916年被袁世凯派人刺杀于上海寓所。云，语助词，无义。吾党，指国民党。数（shǔ），计算、查点。人豪，人中豪杰。歇浦，黄浦江的别称，可代指上海。大星沉，以天沉大星喻人间重要人物死亡。上联意谓，我党人豪相继云亡，又见大星沉于歇浦。

下联言与逝者神交已久惜未谋面。十载同盟，黄兴参与同盟会活动整整十年时间。五年南社，黄兴为革命文学团体南社社友，与会已有五年。悭（qiān），悭吝、吝啬。此指平生与逝者未能见上一面。交臂，两人以臂相交。《庄子·田之方》："吾终身与汝，交一臂而失之。"后以"失之交臂"谓当面错过机会。荆州，即韩朝宗。唐玄宗时官至荆州长史，人称韩荆州。因喜识拔后进，为当时士人所推重。李白《与韩荆州书》中有句："生不愿封万户侯，但愿一识韩荆州。"

此联感情深挚，属对工稳。上联言公义，哀大星沉于歇浦；下联言私谊，二人神交已久，惜未谋面。凡此尽显哀挽深情。

挽孙中山三联

柳亚子

一

树弱小民族解放先声，列宁而还，公真健者；

与帝国主义奋斗毕世，斯人已往，谁其嗣之。

二

薄华盛顿而不为，何况明祖；
于马克思为后进，庶几列宁。

三

与被压迫民族相提携，纵赤化兴谣，人言奚足恤；
为不平等条约而奋斗，奈黄肠遽掩，天道宁复论。

赏析

这三副挽联写于1925年5月。同年3月12日，我国伟大的民主革命先行者孙中山因病逝世。北京、上海等地纷纷举行悼念活动。同年5月3日，国民党吴江县党部在黎里镇召开追悼孙中山先生大会。《黎里报》在5月16日出有特刊，刊发柳亚子三副挽联，分署新南社、党员柳亚子、党员柳均权与张应春。

第一副挽联直接署名柳亚子。

上联指出逝者为继列宁而后的又一杰出人物。先声，指发生在重大事件之前的性质相同的某项事件。此句意谓，孙中山领导的中国资产阶级民主革命，在当时树立了弱小民族解放的先声。列宁（1870—1924），俄国十月革命的领导人，苏维埃社会主义共和国联盟的缔造者。而还，以来。联中将逝者与列宁并列，给予很高评价。健者，具有雄才大略的人。《后汉书·袁绍传》："绍勃然怒曰：'天下健者，岂唯董公。'"

下联提出斯人已逝谁其嗣之的问题。毕世，毕为结束，终止，毕世即离开人世。谓逝者与帝国主义奋斗终生。斯人，此人，指孙中山。往，死，死者。《左传·僖公九年》："送往事居。"注："往，死者；居，生者。"嗣（sì），继承。联句意谓，此人已逝，谁来继承他的事业呢？

作者认为孙中山是继列宁之后，为被压迫民族的解放事业与帝国主义作斗争的真正健者。联语深刻之处还在于提出"斯人以往，谁其嗣之"这一重大问题，更为发人深省。

第二副挽联由柳亚子执笔，署名新南社，悬于吴江县追悼孙中山先生会场。作者在与古今中外政治家对比中，高度评价了民主革命先行者孙中山的光辉业绩。

上联中，薄，迫近、靠近。李密《陈情表》："日薄西山，气息奄奄。"华盛顿，美利坚联邦共和国的奠基人与第一任总统。此指孙中山早年在美国虽接受资产阶级教育，却不愿意仿效华盛顿的那一套做法。明祖，即明太祖朱元璋。上联意谓，孙中山只是接近华盛顿思想而并不仿效美国的做法，更谈不上向明朝开国皇帝学习了。

下联中，马克思（1818—1883），马克思主义学说创始人，世界无产阶级革命导师。后进，犹后辈。《后汉书·孔融传》："喜诱益后进。"庶几，相近，差不多。下联意谓，孙中山追随马克思，应以"后进"相称，就其贡献与列宁相比却是相差不远的。作者后来在诗中还称孙中山与毛泽东为"并世支那两列宁"。

此联落款署"新南社"，实为作者用新南社的名义撰写的挽联。联句内容虽有所本，时人高君宇、杨杏佛均曾有过此类说法。作者却能集思广益形成体系，因而产生颇为广泛的影响。

第三副挽联由柳亚子执笔，署名党员柳均权、张应春。柳君权为柳亚子四妹，张应春为柳亚子黎里同窗好友，二人充当吴江县追悼孙中山先生大会司仪，因均不善书联，遂请柳亚子代笔。

上联言逝者不为"赤化"谣言所动，坚持"联俄、联共、扶助农工"的三大政策。提携，搀扶、帮助、照顾。纵赤化兴谣，谓纵然兴起赤化的谣言。此指孙中山生前顶住了国民党右派散布所谓"赤化"的谣言，坚持"联俄、联共、扶助农工"的三大政策。奚（xī），疑问词，意谓胡、何。恤（xù），忧、忧虑。此指人言（上述种种谣言）何足忧虑。

下联言逝者过早辞世，难道先生主张的"三民主义"不再继承？因与上联首句对应，少了"废除"二字，实即为废除清朝政府、封建军阀与帝国主义列强所签订的不平等条约而奋斗。黄肠，古代葬具。典出《汉书·霍光传》，是一种用黄心柏木积叠而成的外棺。遽，遽然，突然。此言奈何突然掩没于黄肠之中，亦即突然辞世。天道，原指自然的规律。《荀子·天道》："天有常道矣，地有常数矣。"这里借以喻指孙中山的新三民主义。宁，岂，难道。此句意谓，孙中山的新三民主义难道不再谈论了吗？难道不用继承了吗？这个问题提得非常尖锐，非常及时。

此联虽为哀挽逝者而作，却有鲜明的政论色彩。既肯定逝者不为“赤化”谣言所动，坚持“联俄、联共、扶助农工”的三大政策；又提出随着逝者不幸离开人世，他所主张的三民主义能不能仍被继承的问题。联句实际表达了作者希望国共两党真诚合作，共同开创新局面的良好愿望。

挽“五卅”惨案烈士

柳亚子

将伯岂无人，看赤帜早树劳农国；
复仇者谁氏？要黄虎大书七杀碑。

赏析

此联写于1925年6月。五卅惨案，1925年5月15日，上海日本纱厂资本家枪杀工人顾正红，打伤工人十余人，激起全市工人、学生和市民的愤怒。5月30日，上海学生两千余人在租界内宣传声援工人，号召收回租界，被英国巡捕拘捕一百多人。随后群众万余人，涌向南京路老闸捕房门前，要求释放被捕者。英国巡捕竟开枪屠杀，当场死十余人，伤数十人，造成震惊中外的“五卅惨案”。柳亚子义愤填膺，在悼念五卅惨案烈士的集会上，献上挽联致哀。

上联中，将伯，语出《诗·小雅·正月》：“载输尔载，将伯助予!”传：“将，请；伯，长也。”意谓车上所载之物欲堕而请长者帮助，后用作求助的意思。赤帜，红色的旗帜。劳农国，工人农民当家做主的国家。此指俄国十月革命后建立的苏维埃社会主义政权，实际已为我们树立了榜样。

下联中，谁氏，意即谁人。古代男子称氏，女子称姓。氏还可以表示贵贱的身份，这里无须深究。黄虎，此指明末农民起义军领袖张献忠，因其身长面黄，人称黄虎。曾在四川成都建立大西政权，即帝位，年号大顺。七杀，我国古代法律规定的七种杀人罪名的统称。七杀碑，碑名，在四川省成都市，碑文直书七个杀字，故名。相传明末农民起义军领袖张献忠建立大西政权后，曾自书立碑于成都。碑文云："天生万物以养人，人无一善以报天，杀！杀！杀！杀！杀！杀！杀！"联句锋芒毕露，矛头直指帝国主义和封建军阀。

面对震惊中外的五卅惨案，作者怒火中烧，号召人们以"赤帜早树"的苏维埃政权为榜样，向帝国主义和封建势力宣战。

挽廖仲恺

柳亚子

难忘畴昔周旋，南渡离筵频入梦；
所赖英灵呵护，东征义旅早收功。

赏析

此联写于1925年8月。廖仲恺为国民党左派主要代表人物。孙中山逝世后，坚决执行孙中山确定的"联俄、联共、扶助农工"的三大政策，引起国民党右派的忌恨。1925年8月在广州遇刺，柳亚子闻讯后撰送挽联致哀。

上联回忆往日斗争情景。畴(chóu)，助词，无义。昔，往日。周旋，应酬、打交道。辛亥革命后，廖仲恺曾任南北议和会议代表，参与谈判工作。宋教仁遇刺后，又去北京动员国会议员反对袁世凯。作者因言难忘逝者昔日为革命而周旋。南渡，谓自北渡过长江南来。本指晋元帝渡江建都建业，宋高宗渡江建都临安，史称南渡。离筵，离别的筵宴。频，屡次。此指当年为逝者自北南来所设离别筵宴仍屡次入我梦中。

下联希望英灵护佑，东征早日取得胜利。英灵，英魂，对死者的美称。呵护，呵禁守护，保护。东征，此指1925年10月为巩固广东革命根据地进行的第二次东征，以再次讨伐广东新军阀陈炯明。义旅，仁义之旅，为正义而战的军队。收功，取得成功。作者希望即将投入东征的正义之师早日取得消灭陈炯明余部的彻底胜利。

此联哀挽亡友，情真意切。仿佛在与英灵对话，难忘逝者畴昔周旋之功，希望英灵呵护东征取得胜利。

挽余天遂

柳亚子

世变莽惊心，知君殁而犹视；
琴弦成绝响，嗟予生复奚堪。

赏析

此联写于1930年5月。余天遂（1883—1930），名寿颐，江苏昆山人。早年为南社社员，积极投身民主革命，曾任孙中山临时大总统府秘书、《太平洋报》编辑。长于诗文创作，善画墨梅，亦精医术。诗文多已散佚，仅存《莲阆诗存》。1930年5月因病逝世，柳亚子撰送挽联致哀。

上联言友人“殁而犹视”。世变，人世间的变故。莽，莽浪，莽撞。殁（mò），死亡。殁而犹视，谓死不瞑目。这里是说，人世间的变化何以如此莽浪无状，让人触目惊心。我知道你临死也没闭眼。

下联言自己“生复奚堪”。琴弦成绝响，本指中断或已失传的乐调，亦泛指不可再见的流风余韵。这里化用《广陵散》的典故。相传晋代嵇康不容于司马昭，临刑东市，神气不变，索琴弹之。曲终叹曰：“《广陵散》于今绝矣！”后世因以《广陵散》称人事凋零或事成绝响。联句意谓，而今友人已逝，琴弦成为绝响，再也看不到他的新作。嗟（jiē），感叹、叹息。予，我。奚（xī），何，胡。生复奚堪，谓活着又何以承当、怎能忍受？

此联哀挽南社友人，情深意挚。既哀伤友人身处乱世死不瞑目，又悲叹自身失去知己情何以堪。含血带泪，令人唏嘘。

挽钱素蕖

柳亚子

夙悲闺闱，早遣蔡邕传妙笔；
能文夫婿，固应潘岳作重台。

赏析

此联写于 1932 年春。钱素蕖，乃南社社友钱振穆长女，江苏武进人。1919 年与其父门生谢玉岑结婚，二人伉俪情深。1932 年暮春因病逝世，柳亚子撰送挽联致哀。

上联中，夙（sù）悲，早年含悲，即遇悲伤之事。闺闱（guī wéi），闺、闱均指内室，常用以特指女子所居的内室。此指闺中少女自幼聪慧。蔡邕（yōng），东汉文学家、书法家。灵帝拜为郎中，参与写定《六经》文字，立碑太学门外。其女蔡琰（文姬）多才多艺，为汉末女诗人。联中以蔡邕父女喻钱振穆父女。这里是说，闺中少女自幼聪慧，上天早派像蔡邕这样的父亲传以妙笔，亦即美妙的文笔，借以赞美逝者的写作才能。

下联中，能文夫婿，指逝者之夫谢玉岑，能写诗词、工于书法，因称“能文夫婿”。潘岳，西晋文学家，曾任河阳令、著作郎。长于诗赋，与陆机齐名。重（chóng）台，婢之婢称重台。元代邵桂子《雪舟脞语》：“婢之婢，世谓之重台，评书者谓羊欣书似婢学夫人，米芾学羊欣书，故高宗谓米字为重台。”联句恭维“能文夫婿”，言潘岳本应作为他的奴婢，亦即水平在潘岳之上。这里需要指出，为友人之女写挽词，可以适当恭维，然亦要有分寸。联中“早遣蔡邕传妙笔”尚称恰到好处，转而恭维“能文夫婿”，水平竟在潘岳之上，实有过誉之嫌。

挽沈眉若

柳亚子

鲁连使秦将却兵，豪气难消，玉貌围城天下士；
信陵为侯生执辔，霸才终老，西风落日大梁门。

赏析

此联写于1932年10月。沈眉若，字长公，江苏吴江人。柳亚子同乡诗友，早年一起在家乡创办文学团体“分湖文社”。沈眉若能诗，有诗集《长公吟草》传世。1932年10月因病逝世，柳亚子除作《哭长公》诗外，还送挽联一副。

上联言齐人鲁仲连却秦救赵的故事。鲁连，即战国时齐人鲁仲连。秦军围赵都城邯郸，鲁仲连曾以利害进说赵、魏大臣，极力劝阻尊秦昭王为帝。后信陵君率魏兵至，秦军退却，遂解邯郸之围。豪气，豪迈之气。这里是指鲁仲连义不帝秦的一番言论，慷慨激昂，豪气难消。玉貌，如玉的容貌，为对别人容颜的美称。玉貌围城天下士，典出《战国策·赵策三》：“辛垣衍曰：‘吾视居此围城之中者，皆有求于平原君者也。今吾视先生玉貌，非有求于平原君者，曷为久居若围城之中而不去也?”“于是辛垣衍起，再拜谢曰：‘始以先生为庸人，吾乃今日而知先生为天下之士也!’”这里仍用鲁仲连在赵都邯郸却秦的故事。

下联言信陵君为侯生执辔的故事。信陵，即魏国公子信陵君。侯生，名嬴，信陵君的门客。曾向信陵君献计破秦救赵，很得主人赏识。辔（pèi），驾驶牲口的缰绳。相传信陵君礼贤下士，曾为侯生执辔。霸才，具有霸主之才。此指信陵君。老，死的讳称。西风落日，意在渲染哀悼逝者的悲凉气氛。大梁，即河南开封，当时魏国曾建都于此。这里是说，信陵君虽有霸主之才，终于逝去，大梁百姓都在悼念这位逝者。

此联写法卓具特色。全篇并无只言片语提到逝者有关的人和事，而能将自已哀挽亡友之情和盘托出。正如作者所言：联中用战国时齐人鲁仲连和魏公子信陵君故事作喻，自谓三十年交情，足以尽之矣。

再挽沈眉若

柳亚子

生前合此频伽，倘教词安有灵，越角吴根君不朽；
地下应逢秋石，为道故人无恙，阮狂贾哭我亦然。

赏析

此联写于1932年冬天。沈眉若（长公）于1932年10月去世时，柳亚子已写挽诗二首，挽联一副。这年冬天当地亲友为逝者举行追悼会，作者又撰一联致哀。

上联称颂逝者诗词创作成就非凡。频伽，梵语迦陵频伽的省称。意译为好音声鸟。迦陵者好，频伽者声。此鸟常在极乐净土。《长阿含经》："菩萨生时，其声清澈，柔软和雅，如迦陵频伽。"词安，似为"词苑"之误。这样可与下联"故人"相对，且便于解释。越角吴根，越与吴为古国名，分别地处浙江、江苏一带。沈眉若祖籍浙江吴兴，后迁江苏吴江，因称"越角吴根"。上联意谓，逝者生前通晓音律，词苑有灵，自身生于越角吴根实为不朽之人。

下联哀挽同乡友人，诉说自身处境。秋石，即张秋石（1901—1927），女共产党员，江苏吴江人。1927年4月在国民党清党运动中被杀于南京。1928年柳亚子从日本归国，寻访秋石骸骨以安葬而未能如愿，便请人绘《秣陵悲秋图》以志纪念。谓，与，告诉。恙（yàng），疾病、灾祸。此句意谓，逝者于地下应逢秋石，可告诉她故人无恙。阮狂，阮籍为"竹林七贤"之一，生活于魏晋易代之际，不满社会现实，经常纵酒谈玄，因有"阮狂"之称。贾哭，贾谊为汉代文学家，曾任太中大夫，因遭权贵嫉妒，被贬为长沙王太傅。过湘水而作《吊屈原赋》，哭悼屈原不幸遭遇，抒发自身怀才不遇的感慨，故有"贾哭"之说。这里是说，我身处现在这样的时代，只好也像当年阮籍、贾谊一样。

此联用语古朴深曲，格调凄怆沉郁。作者在哀挽逝者同时引出另一同乡友人，下联三句需要引起重视，于看似轻松的叙述之中，蕴含颇为丰富的内容。缅怀革命烈士，抒发自身感慨。而今生逢末世，“阮狂贾哭我亦然”。

挽陈去病

柳亚子

一老不慭遗，文献松陵成绝业；
九原宁可作，恩仇歇浦独斋心。

赏析

此联写于1933年间。陈去病（1874—1933），字佩忍，号巢南，江苏吴江人。近代著名诗人。早年要求变法维新，后参加同盟会。为南社发起人之一，其诗多悲愤国事之作。辛亥革命后曾任江苏革命博物馆馆长。后任东南大学教授等职，政治思想趋向消极。1933年因病逝世，柳亚子撰联致哀。

上联中，一老不慭遗，语出《诗·小雅·十月之交》：“不慭遗一老，俾守我王。”不慭（yìn），犹言宁不，何不。遗，遗失、留下。老，指有德行的老人。后多用作悼亡之辞。文献，原指典籍与宿贤。《论语·八佾》：“夏礼吾能言之，杞不足征也；殷礼吾能言之，宋不足征也；文献不足故也。”朱熹注：“文，典籍也；献，贤也。”今专指具有历史价值的图书文物资料。松陵，原为地名，此指诗集。《松陵集》为唐代诗人陆龟蒙、皮日休等唱和的诗集。松陵为吴江镇名，当时崔璞任刺史，皮日休为从事，陆龟蒙往访，相互作诗唱和，因题名《松陵集》。绝业，中断的事业。上联意谓，由于陈去病一死，文献整理与诗歌写作均成绝业。

下联中，九原，山名，在山西新绛县北。晋卿大夫墓地在九原，后因作墓地的代称。《国语·晋语八》：“赵文子与叔向游于九原曰：‘死者若可作也，吾谁与归?’”后来设想已死之人再生，叫九原可作。歇浦，亦作黄歇浦，上海境内黄浦江的别称。因相传战国时期楚春申君黄歇疏凿此浦而得名。斋心，清心寡欲。《列子·黄帝》:“减厨膳，退而闲居大庭之馆，斋心服形，三月不亲政事。”下联意谓，逝者若能死而复生，我等当在上海不计恩恩怨怨退而闲居清心寡欲。

这副挽联多用古语雅言，因系逝者为南社诗友与地方贤宿，亦可见作者文字功底深厚。我们只要结合注释，即可阅读欣赏。

挽曾朴

柳亚子

大笔果淋漓，野史一编传孽海；
老成又凋谢，文宗千古仰虞山。

赏析

此联写于1935年间。曾朴(1872—1935)，江苏常熟人。清末举人。早年鼓吹改良主义，辛亥革命后曾任江苏省财政厅长。作为近代小说家，先后创办小说林书店、《小说林》月刊、《真善美》月刊，出版长篇小说《孽海花》、《鲁男子》。1935年因病逝世，柳亚子撰联致哀。

上联盛赞逝者的文学创作成就。大笔，对别人文章的赞词。唐李商隐《韩碑》:“公退斋戒坐小阁，濡染大笔何淋漓。”这里是说，逝者生前挥起如椽大笔，果然兴会淋漓。野史，中国古代由私家编撰的史书。孽海，即曾朴所著长篇小说《孽海花》。该书通过一些官僚、文士的活动，对清末社会政治的腐败有所讽刺，堪称一部野史。

下联哀叹一代文宗辞世。老成，语出《诗·大雅·荡》:“虽无老成人，尚有典刑。”本谓年高有德之人，也泛指有声望的人。凋谢，本指草木衰败，也比喻人的死亡。文宗，受众人宗仰的文章大家。虞山，山名，在江苏省常熟县西北，联中代指曾朴。这里是说，一代文章大家已逝，人们无不景仰虞山。

这副挽词紧扣逝者近代小说

家的身份展开。既赞其大笔淋漓著有佳作传世，又言老成凋谢受到众人景仰。“传孽海”与“仰虞山”，实为传神之笔。

挽叶楚伧

柳亚子

应遣留名文苑传；
难忘浩客少年场。

赏析

此联写于1936年间。叶楚伧(1883—1936)，江苏吴县人。同盟会员。1916年与邵力子合办《民国日报》，任总编辑。1926年到广州任国民党中央党部秘书长。1929年被选为国民党第三届中央执行委员，任中央宣传部部长。1930年任江苏省政府主席。1935年任国民党政府立法院副院长。1936年因病逝世，柳亚子撰送挽联致哀。

上联中，遣，使、令。唐李白《劳劳亭》：“春风知别苦，不遣柳条青。”文苑传，文苑本为旧时文人会聚之处。以后《汉书》立《文苑传》记载文士的言行。后来各史多相承。此句谓应使逝者留名于“文苑传”。

下联中，浩客，即浩居之客，谓简漫高傲。《墨子·非儒下》：“立命缓贫而高浩居，倍本弃事而安怠傲。”场，指多数人聚集的场所。此指逝者少年时代在同伴中颇为突出，傲视同龄之人。

此联避开人物政治评价，只赞逝者应留名文苑与少年时代意气风发，亦属高明之处。

挽沈联璧

柳亚子

十载论交，最忆夷门侯季血；
九原可作，毋忘家祭放翁诗。

赏析

此联写于1939年间。沈联璧，江苏松江人，早期同盟会员。一生从事教育工作与改良社会。20世纪20年代，曾创办新松江社，经常往来于松江、上海之间，支持柳亚子等人的革命活动。1939年因病逝世，柳亚子撰送挽联致哀。

上联忆及二人交往，赞扬逝者献身精神。十载论交，指与逝者从20年代末至1939年间十年交往的历程。夷门，本战国魏都大梁的东门，故址在今开封城内东北隅，以在夷山之上得名，后人遂以夷门指开封。侯季，即战国时魏国隐士侯嬴，年七十岁，任大梁夷门的守门小吏，后被信陵君迎为上客。魏安釐王二十年，秦兵伐赵围邯郸。魏安釐王举棋不定，既派晋鄙率十万大军救赵，却又囤兵观望不前。信陵君心急如焚，求教于侯嬴。侯遂献计让魏王宠妃如姬窃得兵符，并推荐勇士朱亥击杀晋鄙。信陵君取得兵权，得以却秦救赵。侯嬴与信陵君告别时曾言："北向自刎，以送公子。"可谓血性男儿，其心一片血诚，这里用以喻逝者。

下联希望抗战早日胜利，以慰亡友在天之灵。九原可作，晋国卿大夫的墓地在九原，后世因称墓地为九原。《国语·晋语八》："赵文子与叔向游于九原曰：'死者若可作也，吾谁与归？'"后来设想已死之人再生，叫九原可作。毋（wú），禁止之词，不要。今可与"无"通用。放翁诗，指宋代诗人陆游（放翁）的《示儿》："死去原知万事空，但悲不见九州同。王师北定中原日，家祭毋忘告乃翁。"联句由此化出，希望抗战早日取得胜利，以慰友人在天之灵。

此联情深意切，属对工稳。"夷门侯季血"与"家祭放翁诗"，用典恰到好处，颇为真切感人。

赠张华灵陈宛璁夫妇

柳亚子

卡尔良俦推燕妮；
孟光清德媲梁鸿。

赏析

赠张华灵陈宛璁夫妇，1942年4月，柳亚子作为爱国民主人士，在香港沦陷后，由我党地下组织安排被转移至广东兴宁县石马村，住张华灵、陈宛璁夫妇家中。张陈二人毕业于广州中山大学，均为中共地下党员。他们悉心照顾这位爱国老人。柳亚子住了半月有余。离开时，手书此联相赠。

上联中，卡尔，即无产阶级革命导师卡尔·马克思。良俦(chóu)，良好的伴侣。燕妮，为马克思夫人，一生全力照顾丈夫创立马克思主义学说。

下联中，孟光，东汉梁鸿妻，扶风平陵人。夫妻隐居于霸陵山中，以耕织为生。后随梁鸿至吴地，丈夫因贫困为人佣工。每次归家吃饭时，孟光均举案齐眉以示敬重。清德，清廉的德行。媲（pì），匹敌，比得上。梁鸿，东汉扶风平陵人，家贫博学，不求仕进。因事过京城作《五噫歌》讽刺朝廷，后避祸去吴地，给人舂米为生。其妻孟光对之仍举案齐眉相敬如宾。联句称颂孟光清德可与梁鸿比美。

作者以中外名人恩爱夫妻的典范喻这对年轻夫妇，颇为贴切自然，且寓称颂之意。

吊马君武

柳亚子

在艰险之中，能为广育英才，自足千古；
距胜利不远，最感复兴文化，又少一人。

赏析

此联写于1942年间。马君武（1882—1939），广西桂林人。早年留学日本，加入同盟会，任秘书长。后留学德国，致力化学工艺研究，为我国第一个工学博士。辛亥革命后任南京临时政府实业部次长。1921年任孙中山非常大总统府秘书长。晚年任广西大学校长。爱好文学，尤工于诗，曾用旧诗格律译拜伦、歌德、席勒等人的作品。著有《马君武诗稿》等。1939年因病逝世。当时柳亚子不在国内，1942年由香港历尽艰险到达桂林，凭吊马氏墓地，有感而成此联。

上联中，千古，不朽，大多用作悼念之词。这里是说，在抗日战争爆发前后，能够不避艰险，为国家广育英才，自足以名垂千古。

下联中，距胜利不远，此联成于1942年，作者因言距抗日战争胜利不远。复兴文化，复兴祖国文化。马君武是近代著名教育家（广西大学校长）、科学家（我国第一位工学博士）。作者深为已距胜利不远而将来复兴祖国文化"又少一人"感到惋惜。

马君武早年加入"南社"，又有诗名，与柳亚子交谊颇深。作者哀挽亡友，避开逝者文人从政经历，而突出其在文化、教育方面的贡献，是颇有见地的写法。

愤　题

柳亚子

半壁有人娱富贵；
中原无地哭苍生。

赏析

愤题，抗日战争后期，柳亚子作为国民党左派元老之一，在重庆有感于不少国民党政府要员大发"国难财"，依然过着花天酒地的生活，愤而题写此联。

上联中，半壁，即半壁江山，指国家领土已沦陷大半的残局。此指当时国民党统治区，只是据守我国西南一隅。娱富贵，实为"富贵娱"，即有钱有势的人却在半壁河山之内，依然寻欢作乐。

下联中，中原，原指河南一带，后亦泛指黄河中下游地区。苍生，百姓。哭苍生，实为"苍生哭"，即中原地区早已沦陷，广大百姓无不为之痛哭失声。

此联上下对比鲜明，半壁有人富贵欢娱，中原无地苍生痛哭。两个特写镜头，形成强烈对照。作者内心愤慨之情溢于言表。

与郭沫若对句

柳亚子

才子居然能革命；（柳亚子）
诗人毕竟是英雄。（郭沫若）

赏析

此联成于1944年11月。与郭沫若对句，据《古今名人联语》一书介绍；1944年11月，柳亚子由桂林抵重庆，与郭沫若过从甚密。有次两人路过某一豪华酒家，见国民党权贵们正在那里寻欢作乐。柳亚子怒骂道：“这些人花天酒地，刮的全是民脂民膏，真是祸国殃民，我要革他们的命！”言毕，信口吟道：“才子居然能革命！”郭沫若随声应曰：“诗人毕竟是英雄。”说罢二人哈哈大笑。柳亚子对于这副即兴而成的联语很感兴趣，特地请年轻的金石家曹立庵将联语刻成石章保存。

出句中，才子，通常指有才华的人。潘岳《西征赋》：“终童山东之英妙，贾生洛阳之才子。”这里系柳亚子即兴自称，言其居然能站出来革这伙国民党权贵的命。

对句中，诗人，指柳亚子。郭沫若深知友人含有自我解嘲之意，当即随口应对，称颂柳亚子作为国民党左派元老和南社著名诗人，毕竟是位抗日反蒋的英雄。

柳亚子是才子、诗人、英雄，郭沫若同样如此。两位现代文化名人即兴吟咏，语意俱佳，已成联坛佳话。

悼“一二·一”惨案烈士二联

柳亚子

一

九龙池回，莀子坡平，更为滇都增痛史；
鲁迅湖澄，钱塘江阔，忍从歇浦奠英魂。

二

我们要为死者复大仇；
我们要为生者争民主。

赏析

这两副挽联写于1946年1月。“一二·一”惨案烈士，1945年12月1日，国民党当局残酷镇压昆明爱国学生运动，派出大批军警到各校强迫学生复课，并在西南联大、师范学院投掷手榴弹，当场炸死于再、潘琰等师生五人，并有多人受伤。全国各地学生纷纷声援，要求严惩凶手，停止内战，建立联合政府。从此反内战、反独裁的人民民主运动风起云涌，遍及全国。1946年1月13日，上海各界公祭“一二·一”惨案烈士时，柳亚子撰送挽联致哀。

先看第一副挽联：

上联言“滇都增痛史”的“一二·一”惨案。九龙池、莀子坡，均为昆明西南联大附近的地名。回，环绕、迂回。滇，云南省的别称，因滇池而得名。滇都，指昆明。痛史，本为书名，近人乐天居士编。此书为明清之际野史的汇编，计三集，颇有史料价值。这里是说，在九龙池、莀子坡附近发生的“一二·一”惨案，更为昆明增加了一段惨痛的历史。

下联记“歇浦奠英魂”的悼念情景。鲁迅湖，似指绍兴鉴湖，因与下句“钱塘江”对应，且对鲁迅表示崇敬，故云。澄(chéng)，澄清，水静而清。钱塘江，旧称浙江。为浙江省最大的河流。歇浦，即黄歇浦，上海境内黄浦江的别称，因相传战国时楚春申君黄歇疏凿此浦而得名。这里是说，我们从浙江各地赶来，忍着悲痛，到上海来祭奠烈士的英魂。

再看第二副挽联：

此联与前写法不同，可谓言简意明，目的在于郑重表明战斗态度。要为死者复大仇，要为生者争民主。旗帜鲜明，掷地有声。上句本为复仇，因与下句“争民主”对应，故说成“复大仇”，语气也更强烈一些。

两副挽联各有千秋。后者言辞犀利，实为战斗宣言。前者敷陈其事，既写“滇都增痛史”，又写“歇浦奠英魂”，同样感人至深。

挽金松岑二联

柳亚子

一

弱冠记从游，革命风云黄歇浦；
重逢成永诀，凄凉车马阖闾城。

二

一寸春花红到死；
四厢花影怒如潮。

赏析

这两副挽联写于1947年1月。金松岑（1873—1947），江苏吴江人。自署天放楼主人，为长篇小说《孽海花》作者之一。早年组织雪耻学会，介绍孙中山革命活动。1903年在上海参加爱国学社。辛亥革命后任江苏省议员。20世纪30年代起，在苏州国学会讲学，后任光华大学中文系教授。1947年1月病逝于苏州，柳亚子撰送挽联致哀。

先看第一副挽联：

上联记述早年二人师友之谊与斗争生活。弱冠，古时男子二十岁成人，初加冠，因体还未壮，故曰弱。《礼记·曲礼上》：“二十曰弱，冠。”后沿称年少曰弱冠。从游，追随交游。语见《史记·郦生传》：“吾闻沛公慢而易人，多大略，此真吾所愿从游。”金松岑早年创办同川两等小学，柳亚子即毕业于该校，故与其有师生之谊。柳后有诗云：“同川衣钵谁能嗣，心折堂堂天放翁。”依然怀念当年同川从游的生活。黄歇浦，上海境内黄浦江的别称，亦可代指上海。这里在清朝末年曾是革命党人从事反清活动风起云涌的地方。

下联记述为逝者送丧的情景。永诀，永别。此指没有想到今日重逢竟成了永别。阖闾城，即苏州。阖闾（hé lǘ），春秋末年吴国国君，都城在吴（今苏州）。这里为与“黄歇浦”对应，故称苏州为“阖闾城”。凄凉车马，指送丧的仪式。金松岑死于苏州，联中因言“凄凉车马阖闾城”。

再看第二副挽联，此为集句联。

上联集自清代诗人龚自珍《题盆中兰花》：“谥汝合欢者谁子，一寸春心红到死。”这里借以赞美逝者像盆中的兰花那样，永葆“一寸春心”（所开红花），永远参与进步文学活动。

下联集自龚自珍《梦中作四截句》：“叱起海红帘底月，四厢花影怒如潮。”四厢，四边、四旁。花影怒如潮，鲜花怒放的盛况。这里意在赞美逝者一生文学创作对社会产生的影响。

两副挽联写法不同。或集他人成句以赞颂逝者，或自述与逝者交往经历，亦颇缠绵悱恻。

挽太仆

柳亚子

奋斗毕生，难忘战史；
光明在望，痛失斯人。

赏析

此联写于1949年1月。太仆，为柳亚子多年交往的友人，其生平事迹不详。据柳亚子《旅港日记》载：“1949年1月23

日，偕云彬至水坑口东华医院送太仆入殓，复至东华义庄送殡，返来已下午二时矣。”可见当时太仆死于香港，柳亚子为之料理后事，并送挽联致哀。

上联赞友人奋斗精神。毕生，终生，一生。战史，当指我国二十世纪孙中山所领导的中国民主革命战斗的历史。难忘战史似有二义：一是亲自参与，毕生难忘；二是搜集史料，整理战史。

下联哀友人黎明前死去。斯人，此人。太仆死于 1949 年 1 月，正当我国人民革命胜利前夕，即已光明在望，让人为之痛惜。

此联语短情长，既赞逝者奋斗毕生，又哀生者痛失斯人。让人为之扼腕叹息。

挽周焕文

谢侠逊*

双龙斗角，两虎磨牙，放眼看河山，等是棋争一着，每当雨雪敲残，马迹车尘，更得何人能对垒；

潮咽沪江，风凄邗水，抚怀数耆旧，谁知梦隔重泉，犹幸箕裘克绍，笔歌墨舞，依然拥我独登坛。

作者

*谢侠逊（1887—1987），浙江平阳人。一代棋王。《时事新报》、《大公报》象棋专栏编辑、作家。曾主动赴南洋动员侨胞捐款抗日，历时三年，被誉为“爱国棋人”。新中国成立后，任上海市政协委员、中国象棋协会副主席。著有《象棋谱大全》、《象棋指南》。

赏析

此联写于1927年间。周焕文，为谢侠逊交谊深厚的棋友。1927年初，谢侠逊根据时人推荐自任“全国棋坛总司令”，并分别委任各地名手以各级官衔。扬州名手周焕文（即“七省棋王”周德裕的父亲）被任为“前敌海陆军总指挥”，不料适当其时，周焕文因病逝世。谢侠逊撰送挽联致哀。

上联中，“双龙”二句，形容两位象棋高手之间的激烈战斗。“放眼”二句，放眼看祖国河山，同样也是棋争一着，亦即同样充满激烈斗争。“每当”三句，回忆昔日经常来往一起下棋的情景。雨（yù）雪，降雪。敲残，似由“敲枰”一词化出，意即下着象棋残局。马迹车尘，马蹄的痕迹、车后的灰尘。对垒，两军相持，后用于各种竞赛。

下联中，潮咽，潮水发出咽

咽（悲哀）之声。沪江，即沪渎，代指上海。周在上海颇有影响。邗（hán）水，邗江之水。邗江即江苏境内扬州至淮安的运河。周焕文是扬州人，出生于苏北运河沿岸，因言“风凄邗水”。抚怀，以手抚胸，一种表示感情的动作。耆旧，年高而久负声望的人。重（chóng）泉，犹黄泉，指地下。“犹幸”三句，箕裘克绍，语出《礼记·学记》：“良冶之子，必学为裘；良弓之子，必学为箕。”后因以“克绍箕裘”谓能继承祖业。笔歌墨舞，谓文笔奇妙精彩。这里是说，幸有其子周德裕能够继承棋艺，且会舞文弄墨，依然拥戴我独自登上棋坛。

此联哀挽老棋友。上联回忆昔日与逝者对弈的情景；下联哀叹棋友不幸离世与庆幸其子继承父业，亦已蜚声棋坛。联语感情深沉，文采斐然。作者善弈能文，颇见艺术功力。

广州赛联

谢侠逊

羊城爆竹，忽报新春，今又竞驱驰，
望当局手奠河山，马上功名昭奕代；
泗岛为帆，倏经两月，吾非争胜负，
愿大家胸罗兵甲，个中运动遍全球。

赏析

广州赛联，1936 年春节期间，广州青年集会，欢迎著名爱国棋人谢侠逊从海外归来。会后，谢侠逊与广州棋手黄松轩、冯敬如等名将对弈，并当场写了一副赛联。

上联中，羊城，广州市的别称。羊城爆竹声声，忽报新春佳节到来。驱驰，策马疾驰，亦含奔走效力之意。手奠（diàn），亲手奠定。马上，语见《史记·陆贾列传》，谓以武力夺取天下。奕（yì）代，一代又一代。这里是说，今又争逐奔走（从远道而来），希望政府当局能亲手奠定祖国山河，从战争中取得功绩名声以昭示于世世代代。

下联中，泗岛，指印度尼西

亚大城。帆，张帆行驶。倏(shū)，疾速，忽然。此指海外乘船归来，很快已有两月。兵甲，亦作甲兵，铠甲和兵器，泛指武备。《诗·秦风·无衣》：“王于兴师，修我甲兵，与子偕行。”亦用作军事的代称。个中，犹言此中。这里作者声言，并非为争胜负而来，只是希望大家胸中自有甲兵，并让象棋这一运动项目遍及全球。

这副广州赛联别具一格。作者夹叙夹议，能将象棋与抗日、竞赛与宣传巧妙结合起来。一代棋王的战斗身影与精神风采跃然纸上。

赠全菲华侨抗日救亡大会

谢侠逊

廿年霸越，三户亡秦，抗战奋前途，莫辜负菲岛潮声，岷江月影；

汉患匈奴，唐遭突厥，古今同劫局，应急效班超投笔，卜式输财。

赏析

全菲华侨抗日救亡大会，1937年10月，一代棋王谢侠逊只身充任南洋巡回大使，利用象棋表演宣传抗日。当抵达菲律宾马尼拉时，报见南京失守，旋即召开规模宏大的“全菲华侨抗日救亡大会”，并自撰联语悬于会场两侧，激励广大侨胞，宣传抗日救亡。

上联以卧薪尝胆、三户亡秦等历史故事，号召大家奋起抗日。廿（niàn）年霸越，即经过二十年越国成为霸主。公元前494年越国被吴国打败，越王勾践卧薪尝胆、发愤图强，经过“十年生聚，十年教训”，终在公元前473年攻灭吴国，称霸四方。三户亡秦，典出《史记·项羽本纪》：“自怀王人秦不反，楚人怜之至今，故楚南公曰：‘楚虽三户，亡秦必楚也。’”裴骃集解引臣瓒曰：“楚人怨秦，虽三户，犹足以亡秦也。”奋前途，全民奋起才有前途。菲岛，即菲律宾群岛。潮声，指广大侨胞所发出的抗日救亡的呼声。岷江，在四川省中部，源出岷山，经乐山纳入大渡河，至宜宾并入长江。这里以菲岛、岷江为代表，希望海外华侨与国内同胞共同投入抗日救亡运动。

下联继续号召人们急效“班超投笔，卜式输财”，匈奴，古代北方民族之一，散居大漠南北，过着游牧生活，善于骑射。因常入侵中原，成为汉朝最大祸患。突厥，古阿尔泰山一带的游牧民族。隋唐之际占有漠北土地。唐初连年入寇，攻城略地，甚至长安亦受威胁。劫局，造成劫难的局面。此指汉患匈奴、唐遭突厥，而今又遇日寇，古往今来同样遭受异族入侵造成灾难局势。班超，东汉名将。早年投笔从戎，奉命出使西域三十余年，官至西域都护，封定远侯。为巩固汉朝在西域的统治，保护西域各族人民的安全作出了极大的贡献。卜式，西汉洛阳人，以牧羊致富。汉武帝时匈奴屡犯边陲，卜式将家产之半捐作军费。武帝召为中郎，给以赏金，他又将赏金全部献给国家。作者希望广大海外侨胞应紧急效法班超投笔与卜式输财，以实际行动投入抗日救亡的斗争。

此联出自爱国棋人手笔，极富宣传鼓动力量，人们果然纷纷效法班超投笔或卜式输财。会上群情激奋，踊跃捐款，当场募得五千万银元。后随谢氏归国参加抗日者亦达三千三百余人。

题万隆棋赛

谢侠逊

由岷江重到隆中，数局谱灾情，
那堪烽火惊心，亿万流离长痛哭；
向狮屿前赴眉上，一枰传战讯，
只望侨胞努力，满盘胜利可操持。

赏析

万隆棋赛，1938年初夏，谢侠逊抵达印度尼西亚著名游览避暑胜地万隆。当即设置赛场，开展抗日救国宣传。在与当地著名棋手林祥藩等人比赛中，手书联语悬于赛场两侧。

上联中，岷江，在四川省中部，经乐山流入大渡河。隆中，本为诸葛亮早年隐居地，在湖北襄阳城西。联中代指湖北。这里是说，从四川再次来到湖北，通过几局象棋意在谱写（纪述）国内的灾情。流离，转徙离散，流落他乡。这里是说，哪能忍受触目惊心的战争烽火，让亿万民众流离失所常在痛哭。

下联中，狮屿、眉上，均为南洋群岛地名，指作者当时的行程。枰（píng），古代的博局，亦指棋盘。这里是说，一盘象棋即可传出战争的讯息，希望广大侨胞努力，抗日战争的满盘胜利是可以操持的。

作者三句不离本行，就是象棋比赛与抗战宣传。上联言国内比赛沿途所见，烽火惊心，亿万流离；下联述万隆之行，只望侨胞努力，抗战胜利可期。拳拳爱国之心，溢于字里行间。

赠陈洁如

谢侠逊

殷忧启圣，多难兴邦，弈史耀千秋，
欣看祖国军民，团结精诚，为自由而战；
象能渡河，马可压脚，棋经通四海，
愿合全球俊彦，雍容揖让，作君子之争。

赏析

赠陈洁如，1940年3月，谢侠逊从南洋返回重庆，国民党中央监察委员、国民参政会秘书长邵力子夫妇在国际联社举行聚餐晚会，为棋王接风洗尘。席间还介绍国民党中央委员陈洁如与棋王认识。二人晤谈之后，谢侠逊即以此联题赠陈洁如。

上联言抗战，描述当时全民抗战的喜人形势。殷忧，深忧。启圣，开启圣上的明智。多难兴邦，谓国家遭遇困难可以促使内部团结，因而兴盛起来。刘琨《劝进表》:“或多难以固邦国，或殷忧以启圣明。”弈史，记载棋艺发展的历史。上联意谓，自古以来，往往殷忧启圣、多难兴邦。一部弈史(实为战史)足以光耀千秋。而今喜看祖国军民，精诚团结，为民族自由而战。

下联言棋赛，愿合全球俊彦，作君子之争。象能渡河、马可压脚，均为象棋规则用语。棋经，可以作为谈论象棋法则典范的书。四海，意同天下。俊彦，才智杰出的人。雍容，形容态度大方从容不迫。揖让，原谓宾主相见的礼仪，亦作禅让，即让位于贤。下联意谓，象棋落子虽有一定规则，但棋经却可通四海。作者希望能集合世界象棋高手，雍容揖让，一齐来做君子之争。

此联题赠国民党中央委员，同样从象棋谈到抗日，希望大家团结精诚，为自由而战，得以多难兴邦。联句“殷忧启圣”,“作君子之争”，似有弦外之音，寄语国民党人，应以大局为重。

即兴抒怀

谢侠逊

陕边难越三重险；
董老确高一着棋。

赏析

即兴抒怀，1940年初夏，有一次谢侠逊在重庆与周恩来对弈时，询问延安棋艺活动的情况。周即告知延安象棋活动很普及，毛泽东、朱德都很爱好。其中，董必武水平最高，在延安象棋比赛中得过冠军。周还邀请棋王赴延指导，谢也很想前去，只是难越重重封锁，不胜遗憾，遂即兴口吟此联。

上联言陕边虽想而难去。陕边，即陕甘宁边区，辖有二十余县，首府延安。当时已成敌后抗日根据地的中心。三重(chóng)险，即重重险阻。此指国民党当局对于陕北抗日根据地层层封锁，因此难以逾越。

下联赞董老棋高一着。董

老，对董必武的敬称。在延安人们习惯上将徐特立、吴玉章、林伯渠、董必武、谢觉哉称为“延安五老”。确高一着棋，即棋高一着，这是谢侠逊自我谦虚的说法，也是对董必武棋艺的赞许。

此联即兴抒怀，文思敏捷，对仗却很工稳。可见这位棋王不仅善弈，而且能文，有着一定的才情与驾驭联语文字的功力。

题重庆劳军棋赛

谢侠逊

三十二棋子，分列眼前，登场作战，觉一时严重非凡；看士马纷腾，卒兵汹涌，炮车直迫，相象斜飞，将帅运筹决胜，龙从虎斗，何妨人手争先；趁白日青天，堪举办劳军竞赛，纵然就蛮疆绝域，也可供抗敌宣传，莫辜负弈秘阵法，谢傅戎机，古代武功，中原文化；

四百兆华胄，尽归枰底，尝胆卧薪，望九世仇雠早雪；溯台湾割据，高丽并吞，黑吉沉沦，热辽失陷，陆空联袂齐进，豕突狼奔，已到关头最后；尽枪林弹雨，应使他匿迹销声，更须奋赤血丹心，即乘此兴邦建国，且听那晋西偷营，鄂东劫寨，桂南捷电，湘北佳音。

赏析

题重庆劳军棋赛，1940 年夏，重庆有关部门组织劳军棋赛，谢侠逊为了宣传抗日爱国思想，还仿大观楼长联体裁，自撰长联一副，悬于棋赛会场。

上联言象棋比赛而联系抗战宣传。“三十二”四句，描述象棋开局的紧张气氛。三十二棋子，象棋红黑双方，合计 32 枚棋子。登场作战，相互拼搏。“看士马”七句，具体写出比赛双方“严重非凡”的局面。士、马、卒、兵、炮、车、相、象、将、帅，均为象棋棋子名称。运筹决胜，谓拟定作战策略，以获取战斗胜利。语出《史记·项羽本纪》:“夫运筹帷幄之中，决胜于千里之外，吾不如子房。”龙从虎斗，即龙争虎斗，比喻双方势均力敌，斗争或竞赛激烈。“趁白日”四句，强调通过棋赛宣传抗战的作用。白日青天，即白天，表示强调。蛮疆绝域，指文化落后、偏僻边远的地方。“莫辜负”四句，谓不要辜负中国象棋的特殊功用。弈秘阵法，象棋神秘奥妙的阵法。谢傅戎机，指晋代名臣、征讨大都督谢安的军事指挥才能。苻秦攻晋之时，谢安遣侄谢玄等大破苻坚于淝水，以总统功，拜太保。卒赠太傅，因称谢傅。戎机，指战争或军事。古乐府《木兰诗》:“万里赴戎机，关山度若飞。”

下联分析抗战形势仍涉及棋赛。“四百兆”四句，愿四亿民众卧薪尝胆立志复仇。四百兆华胄（zhòu），即四亿华夏民族的子孙。枰底，棋局之内，实指抗战这一棋局。尝胆卧薪，典出《史记·越王勾践世家》，后常用以形容刻苦自励，志图恢复。九世，九代。仇雠（chóu），仇人，此指日本侵略者。“溯台湾”七句，追溯“九世仇雠”的具体内容。台湾割据，1895年日本强迫清政府签订马关条约，从此台湾割让给日本。高丽并吞，1910年日本侵吞朝鲜（史称高丽）。黑吉沉沦，热辽失陷，指1931年“九一八”事变后，黑龙江、吉林、辽宁、热河等省相继被日寇占领。联袂（mèi），手拉着手，一同行动。豕突狼奔，如野猪冲撞，似恶狼奔窜，比喻人之横冲直撞。此指1937年“七七”事变后，日本陆军、空军联合进攻，深入中国内地，已将我国逼到危急存亡的最后关头。“尽枪林”四句，希望大家在浴血奋战中兴邦建国。匿迹销声，隐藏踪迹和声音。此指打击日本侵略者，使其不敢公开露面。“且听那”四句，指全国人民奋起抗战亦已取得不少局部性的胜利。在山西西部、湖北东部、广西西部、湖南北部，无论偷营劫寨，还是正面交锋，均已传出不少捷报佳音。

此联长达196字，洋洋洒洒，蔚为大观。上联言象棋，下联谈时事，而且都和宣传抗战相结合，实属自成一格。可见作者是位不可多得的爱国棋人，而且善弈能文，才会写出堪与大观楼长联媲美的佳作。

赠贾题韬

谢侠逊

雪泥鸿爪，吾原从海外归来，胜迹跃蓉城，每瞻仰丞相祠堂，校书古井；

楚界汉河，今又向蜀中呼吁，雄风惊日寇，即凭此输金救国，储券兴邦。

赏析

赠贾题韬，1940 年 10 月，谢侠逊为募捐慰劳抗战将士，又从重庆到成都举行象棋义赛。义赛结束后，游览成都名胜古迹，还拜访了当地象棋高手贾题韬。二人对弈，相见恨晚，临别题赠此联。贾题韬，山西赵城县人，从小热爱象棋。抗战初期从山西流亡到四川，仍依《竹香斋》棋谱反复揣摩，棋艺大进。成都义赛时生病，棋王来访，方如所愿。

上联中，雪泥鸿爪，鸿雁在雪地踏过留下的爪印。语出苏轼《和子由渑池怀旧》：“人生到处知何似，应似飞鸿踏雪泥。泥上偶然留指爪，鸿飞那复计东西。”此处比喻往事留下的遗迹。海外归来，指从南洋宣传抗日募捐归来。胜迹，有名的古迹。蓉城，亦作芙蓉城，成都市的别称。瞻仰，仰望，多用为对他人尊敬之词。丞相祠堂，即武侯祠，在成都市南郊。西晋末年建，祀三国蜀丞相武乡侯诸葛亮。校书古井，即薛涛井，在今成都市东望江楼公园内。薛涛为唐代女诗人，幼年随父由长安入蜀，后为乐伎，能诗，时称女校书。相传薛涛在浣花溪畔住地汲井水制作诗笺，色泽鲜明，世称“薛涛笺”，后人称此井为“薛涛井”。上联先述行程，从海外归来到了四川成都；再纪游踪，寻访丞相祠堂与校书古井。

下联中，楚界汉河，象棋用语。源自楚汉相争故事，刘邦与项羽一度约定以鸿沟为界，东属楚，西属汉。后移用于象棋作为红黑双方的分界线。蜀中，四川中部。雄风，语出宋玉《风赋》，后亦称威风为雄风。输金报国，捐献金钱以救国家。储券（quàn），即储蓄债券。指购买政府发行的债券以振兴国家。下联意谓，今以象棋义赛向蜀中人民呼吁，我们应重振中华雄风让日本侵略者为之震惊。要迅速行动起来，输金救国、储券兴邦。

此联题赠棋友，实为策励同仁。上联写成都名胜古迹，下联写“输金救国”，激励友人以实际行动投身抗日救亡运动。

题上海筹募寒衣象棋义赛

谢侠逊

九月寒衣劳集腋；
七旬名手又开枰。

赏析

上海筹募寒衣象棋义赛，1950年10月，上海有关部门为筹募寒衣支援贫困地区而组织象棋义赛。谢侠逊时任上海市政协委员，亦积极支持这一活动，本人直接参与并为此次义赛题联。

上联写九月募集寒衣。九月，象棋义赛时间为阳历10月，正值阴历九月。集腋（yè），即集腋成裘，比喻积少成多。“腋”指狐狸腋下的皮毛。语出《慎子·知忠》：“故廊庙之材，盖非一木之枝也；粹白之裘，盖非一狐之皮也。”此指有劳诸位捐献，便能积少成多。

下联写七旬名手开战。指参加义赛的高龄棋手。谢侠逊本人亦64岁，已年近七旬。开枰（píng），枰为棋盘，开枰即开盘、开局。此指高龄棋手又开战局。

此联紧扣题意，上联言筹募寒衣，下联言象棋义赛。有机组合，对仗工巧。

挽廖仲恺

陈铭枢*

先生公勇诚明，嫌怨所不避，强权所不畏，逆贼之所不忍杀，乱党之所不忍欺，呜呼噫嘻，竟被狙于大难削平之日；

世界纷纭浊乱，奸宄是相亲，忌嫉是相扼，毒螫于是肆其残，鬼蜮于是逞其技，哀哉粍矣，更问谁为挺身负责之人。

作者

* 陈铭枢（1890—1965），字真如，广东合浦人。曾任国民革命军第十一军军长、国民政府行政院副院长兼交通部长。抗战期间在汉口、重庆从事抗日民主运动。新中国成立后，任交通部部长、全国人大常委会委员、全国政协常委。

赏析

此联写于1925年8月。廖仲恺为国民党左派主要代表人物。孙中山逝世之后，继续执行“联俄、联共、扶助农工”的三大政策。1925年8月20日，被国民党右派暗杀于广州。陈铭枢撰送挽联致哀。

上联盛赞逝者公勇诚明，进而对其遇害表示沉痛叹息。公勇诚明，意即公正、勇敢、诚实、贤明。这是对于逝者为人的总体评价。“嫌怨”四句，为“公勇诚明”的具体表现。嫌怨，因猜疑或不满而产生的怨恨。强权，凭借武力欺压别人的权势，多指国家或集团。逆贼，叛逆之贼。乱党，扰乱社会的政党。之，语助，无义。这里是说，逝者生前不避嫌怨，不畏强权，逆贼所不忍杀，乱党所不忍欺，这些正是先生本色。“呜呼”二句，呜呼噫嘻，呜呼和噫嘻均为古汉语中的叹词，用以表示悲痛或叹息。狙（jū），即狙击，暗中埋伏，乘机袭击。此指暗中谋杀。大难削平之日，指孙中山生前经历多次失败之后，已于1923年初回广州重新建立大元帅府，并确立“联俄、联共、扶助农工”的三大政策，革命形势有了很大的发展。

下联哀叹世界纷纭浊乱，担忧革命事业后继乏人。纷纭浊乱，这个世界纷纭复杂而又污浊混乱。这里是指革命形势发展过程中存在的阴暗面。下面四句即为具体表现。“奸宄”四句，奸宄（guǐ），奸诈不法，违法作乱。忌嫉，猜忌、嫉妒。毒螯（áo），毒虫的双钳。螯为节肢动物变形的步足，末端两歧，开合如钳。可用以喻社会上的恶势力。鬼蜮（yù），语出《诗·小雅·何人斯》：“为鬼为蜮，则不可得。”后以“鬼蜮”比喻用心险恶、暗中伤人的人。逞其技，施展他的本领。这里是说，某些人甚至到了与违法作乱相亲，对好人忌嫉相扼的程度。于是社会上的恶势力得以大肆施加残害，用心险恶的人得以施展他的害人本领。而这正是造成世界纷纭浊乱的原因。“哀哉”二句，哀哉，表示悲痛之词。秏（máo），无、尽。秏矣，没有了。语见《汉书·高惠高后文功臣表序》：“子孙讫于孝武后元之年，靡有孑遗，秏矣。”颜师古注：“言无独存者，至于秏尽也。今俗语犹谓无为秏，音毛。”谁为挺身负责之人，意谓廖仲恺死后，试问还有谁为挺身负责之人。此语既充分肯定逝者为孙中山死后敢于挺身负责之人，又表示担心国民党内再无后继之人。

此联篇幅较长。上联赞颂逝者公勇诚明、处变不惊的可贵精神，对其不幸“被狙”而深表哀痛。下联对密谋杀害廖仲恺的团伙予以怒斥，强烈要求缉查凶犯，以告慰逝者之灵。联句抒情与议论熔为一炉，赞誉与哀挽浑然一体，具有较强的艺术魅力。

挽胡汉民

陈铭枢

毁誉未必事为凭，试看相忌者欲公速殁，相附者欲公永存，相劫持者则欲公实殁而名存，惟念本身存殁，业经历尽辛酸，公犹难补破碎河山，谁更擎天撑半壁；

仁智皆由人所见，回忆民族论与我略同，民权论与我小异，民生论著尝与我争同以竞异，但期后世异同，当今有能辨别，我亦遇到艰危棋局，却曾挥手挽全盘。

赏析

此联写于1936年5月。胡汉民（1879—1936），字展堂，广东番禺人。早年留学日本，参加同盟会，任《民报》编辑。辛亥革命后，历任广东都督、南京临时政府总统府秘书长、护法军政府交通部部长、广州大元帅府代理大元帅、南京国民政府主席、国民党中央常务委员会主席。1931年2月，因与蒋介石发生权势之争，被囚禁于南京汤山。"九一八"事变后获释，由南京到广州，依托两广军阀势力与蒋介石南京政府长期对立。1936年5月因病逝于广州。陈铭枢与逝者生前过从甚密，且在反蒋、抗日问题上持有同样观点，当时虽在苏联，仍撰送挽联致哀。联中采用夹叙夹议的手法，写出两人在国内相似的艰难境遇与彼此对三民主义观点之异同。

上联述及对于逝者褒贬不一的同时，哀叹斯人已逝，不禁感慨系之。"毁誉"句，意谓对于一个人的诋毁和赞誉未必均以事实作为凭据。此系有感而发，联系下文自能体会。"试看"三句，公，指胡汉民。速殁（mò），快点死亡。实殁而名存，即名存实亡。这里是说，社会上忌恨逝者的人要他快点死亡；相依附的人望他永存；而挟持他的人则希望他名存实亡。这里区别三种情况，即相忌者、相附者、相劫持者，联系国民党内部派系斗争，实均有所指。"惟念"四句，破碎河山，指日本帝国主义者已占领我国东北、华北大片河山。擎（qíng）天，即一柱擎天，形容坚强可靠的力量。这里是说，基于上述情况，还是先考虑本身的存亡吧！我们已经历尽辛酸，可你依然难于挽回山河破碎的局面，而今撒手西去，此后谁更能作擎天玉柱撑持这半壁江山？联句既有对于逝者的肯定，同样表现出对蒋介石在抗日问题上妥协投降政策有所不满。

下联在比较二人见解异同过程中，感叹个人处境艰难，难撑危局。仁智，意即见仁见智。语出《易·系辞上》：“仁者见之谓之仁，知者见之谓之知。”后以见仁见智表示对于同一问题各有不同的见解。“民族论”三句，胡汉民在民族问题上力主抗日，发扬民族精神，因此“与我略同”。在民权问题上主张以国民党为一尊，陈铭枢则认为应多党合作，因此存在“小异”。对于民生问题的理论著作，胡汉民主张以三民主义为依归，陈铭枢则引辩证法与《资本论》作依据，二人因此“争同以竞异”。“但期”二句，意谓只是期望与其后世存在异同，不如而今即能有所辨别，亦即不要让别有用心的人妄加议论。“我亦”二句，棋局，本指弈棋之事，亦指盘面局势。这里是说，我亦遇到国内艰难危险的局面，却曾挥手而去，没有设法挽回这一不利的局势。此指1934年初，陈铭枢与李济深等人在福建成立“中华共和国人民革命政府”，失败之后，一度逃往香港和苏联，未能继续坚持反蒋斗争。

陈铭枢、胡汉民均为国民党要人，二人私交甚好。这副挽联有如与逝者灵前对话，尽情抒发郁结于胸之块垒，畅言对于党内纷争的看法，颇有一定的文史价值。

挽 刘 湘

陈铭枢

治蜀是韦皋以后一人，志决身歼，更觉良工心独苦；
征倭出夔门而东千里，山颓梁坏，长使英雄泪满襟。

赏析

此联写于1938年1月。刘湘（1889—1938），四川大邑人。原系四川地方军阀，曾任川军总司令兼省长、国民革命军第21军军长、四川省政府主席。1936年“西安事变”时，通电支持张学良、杨虎城。抗日战争爆发后，任第七战区司令长官，主动请缨出川抗日。1938年1月病殁于汉口，陈铭枢与郭沫若联名送挽联致哀。

上联高度评价刘湘长期治蜀

的历史功绩。韦皋，唐代名将，曾任成都尹、剑南西川节度使。治蜀二十一年，对于平息边患、卫护边疆安全做出很大贡献。志决身歼，意志坚决以身殉职。良工，优秀的工匠。语见杜甫《题李尊卿松树障子歌》："已知仙客意相亲，更觉良工心独苦。"本指技艺高明的画师费尽心血地构思经营，可见"良工苦心"。上联意谓，刘湘治蜀堪称韦皋以后一人，意志坚决以身殉职，让人更觉良工一片苦心。这里以历史上的韦皋喻刘湘，评价可谓高矣。

下联充分肯定刘湘率部出川抗日的壮举，并为不幸病逝表示惋惜。征倭，讨伐倭寇。倭为我国古代对日本人的称谓，此指日本侵略者。夔（kuí）门，古代夔州在今四川奉节一带，为出川东下的必经之地，因称"夔门"。出夔门而东千里，亦即到达武汉。山颓梁坏，语出《礼·檀弓上》："孔子蚤作，负手曳杖，逍遥于门，歌曰：'泰山其颓乎！梁木其坏乎！哲人其萎乎！'……盖寝疾七日而殁。"泰山崩塌，梁木折断，比喻重要人物死亡。此指刘湘之死。长使英雄泪满襟，语出杜甫《蜀相》："出师未捷身先死，长使英雄泪满襟。"据传刘湘死后，人们在其遗书中曾发现有这两句杜诗。

此联虽颇有文采，内容却瑕瑜互见。刘湘作为抗战时期特定的历史人物，主动出川请缨抗日应予肯定，但对其治蜀成绩则有夸大之处，明显与实际不符。此联如仅就艺术技巧而言，用语典则，对仗工稳。运用典故，或明喻，或暗喻，无不贴切自然。仍不失为哀挽佳作。

挽郭朝沛

陈铭枢

有子蔚国华，经济文章光宇内；
维公归太素，薇垣斗极暗江天。

赏析

此联写于1939年10月。郭朝沛（1854—1939），字膏如，四川乐山人。郭沫若之父。一生经商，为人乐善好施，深得乡里敬重。1939年7月病逝于乐山家中，同年10月举行家祭，陈铭枢撰送挽联致哀。

上联先赞逝者之子。蔚，文采华美。《汉书·叙传》："多识博物，有可观采，蔚为辞宗，赋颂之首。"国华，国家的精华，多指杰出的人物。经济，经世济民，治理国家。文章，文辞，亦指礼乐法度。《史记·儒林列传》："文章尔雅，训辞深厚。"光宇内，光耀四境之内。上联高度评价郭沫若，指出逝者有子蔚然成为国家的精华，经济文章均可光耀宇内。

下联哀悼逝者本人。维，作语助，用于句首。公，指逝者。太素，古谓形成天地的物质。《列子·天瑞》："太素者，物之始也。"此指天上。归太素，即回到天上。薇垣，即紫薇垣，星座名。其座在北斗以北。按《步天歌》，有星十五颗，分两列，以北极为中枢，成屏藩的形状。斗极，即北斗星与北极星。下联意谓，因逝者魂归天界感动天上星宿，以致江上天空均为之暗淡。

此联哀挽郭父兼及赞颂其子，采用不同色彩的语汇，完全切合人物身份地位。

挽陈独秀

陈铭枢

言皆断制，行绝诡随，横览九州，公真健者；
谤积丘山，志吞江海，下开百劫，世负斯人。

赏析

此联写于1942年5月。陈独秀（1880—1942），字仲甫，安徽怀宁人。为中国共产党主要创始人之一。早年留学日本。历任《新青年》杂志主编、北京大学教授、中国共产党第一任总书记。1927年8月，因大革命时期犯党内路线错误被撤销总书记职务。1929年11月又被开除出党。1942年5月因病逝于四川江津，陈铭枢撰送挽联致哀。

上联认为逝者堪称当世健者。断制，决断，裁定。《庄子·徐无鬼》："是以一人之断制利天下，譬之犹一覕（piē）也。”诡随，不顾是非而妄随别人。《诗·大雅·民劳》：“无纵诡随，以谨无良。”横览，从横向来看，即从全国来看。九州，传说中我国上古的行政区划，一般泛指整个中国。健者，雄才大略的人。《后汉书·袁绍传》：“天下健者，岂惟董公?”上联意谓，陈独秀早年发表的言论文章均有决断，其行为也绝非不顾是非而妄随别人。从全国范围来看，陈公真是当代健者。作者在察其言观其行之后，给予很高的评价。

下联在为逝者抱不平，且断言世负此人。谤，指责，诽谤。志吞江海，谓其志可以吞没江河海洋，形容人的志向宏大。百劫，多种灾难。世，当世，时代。下联意谓，当世对于逝者的指责、诽谤堆积得如同山丘一样。而逝者本人志向远大，其志足可吞没江河海洋，也正由此而开始出现多种灾难，可以说是当世有负此人。这里是指20世纪20年代共产党开除他，30年代国民党又逮捕他。作者为此颇有不平之意。

作者早在20世纪40年代就能力排众议，对于陈独秀的为人与处境作出自己的评价。虽属一家之言，仍应引起我们注意与思考。

挽弘一法师

陈铭枢

遍界不曾藏，岳峙依然，川流犹是；
无生亦如幻，缘了自去，愿在即来。

赏析

此联写于1942年10月。弘一法师（1880—1942），本名李叔同，浙江平湖人。早年留学日本，学习西洋绘画和音乐，加入中国同盟会。回国后在浙江两级师范、南京高等师范学校任绘画与音乐教员。1918年在杭州虎跑寺削发出家，法号弘一。后专研戒律，人称弘一法师。1942年10月圆寂于福建泉州。陈铭枢为著名佛学家桂百炼的弟子，因在弘一法师圆寂之后撰送挽联致哀。

上联谓人对于大千世界不必念念于怀，一切均应顺其自然。遍界，佛教用语。佛家称境遇为界，如欲界、色界、无色界等。藏，怀也。《诗·小雅·隰桑》："中心藏之，何日忘之。"意谓对于大千世界不曾念念于怀，联系下两句即一切顺其自然。"岳峙"二句，如山岳一样屹立，像河水那样不停地流动，喻大自然的运转永无休止。

下联谓人生如幻，一切随缘。无生，佛教谓万物的实体无生无灭。王维《登辨觉寺》："空居法云外，观世得无生。"幻，虚幻、幻世。佛教徒认为"色即是空"，而把现实世界看作虚幻的世界。"缘了"二句，缘了，缘分已了。愿在，愿力仍在，指佛教徒誓愿的力量。南朝梁沈约《千佛赞》："先后参差，各随愿力。"这里是说，逝者已成正果，可以缘了自去，愿在即来。

此联哀挽弘一法师，全用佛教语汇写成，表达佛家思想，可见作者也是与佛结缘之人。

挽四八遇难烈士

陈铭枢

此痛岂寻常，丧我同胞，复夺其才女娇儿贤妇；
斯行诚伟大，所留团结，原期能民主统一和平。

赏析

此联写于1946年4月。四八遇难烈士，1946年4月8日，王若飞、秦邦宪、叶挺、邓发等由重庆乘飞机返回延安途中，在山西兴县黑茶山失事遇难。陈铭枢惊闻噩耗，撰送挽联致哀。

上联哀挽四八遇难烈士，深感此痛非比寻常。"此痛"句，谓这份痛苦岂同寻常，即指4月8日飞机失事事件。进而说明非同寻常的原因。同胞，本指同父母所生的兄弟姐妹。这里是将"四八遇难烈士"看成是自己的亲兄弟一样。才女娇儿贤妇，指同机遇难的叶挺将军贤惠的夫人李秀文、聪明的女儿扬眉和年幼的儿子阿九。

下联指出四八烈士此行所应

产生的积极影响。斯行诚伟大，指中共和谈代表王若飞、秦邦宪飞返延安向党中央汇报工作，为了推进抗战胜利后和平建国的进程。“所留”二句，谓四八烈士所留下精诚团结的精神，原期望国家能早日实现民主、统一与和平。这才是理应产生的积极影响。

此联用语明白如话，含义却很深刻。尤其是下联，作者肯定斯行伟大的同时，指出其意义在于留下精诚团结的愿望，目的是为了国家求得“民主统一和平”。

题骆建郎纪念碑

张治中*

血战淞江，千秋赢得英名在；
猿啼巫峡，万古长为烈士悲。

作者

*张治中（1890—1969），字文伯，安徽巢县人。曾任第四集团军总指挥、湖南省省长、国民党军委政治部部长。1949年任国民政府和谈首席代表，后留居北平。新中国成立后，任全国人大常委会副委员长、国防委员会副主席、民革中央副主席。著有《张治中回忆录》。

赏析

此联写于20世纪30年代中叶。骆建郎，为四川省古蔺县人。早年投笔从戎，后在国民政府军第十九路军担任军职。1932年"一·二八"淞沪抗战中为国捐躯。古蔺县有关部门为纪念这位抗日英雄，不久专门建立了一座纪念碑。张治中应约为骆建郎纪念碑题写联语。

上联盛赞逝者血战淞江，赢得千秋英名。淞江，通称吴淞江，亦称苏州河。源出江苏太湖瓜泾口，东流到上海市区外白渡桥入黄浦江。此指当年淞沪战争中我十九路军将士曾在上海苏州河一带浴血奋战。骆建郎在血战淞江之役中英勇牺牲，赢得抗日烈士英名，自当千秋永在。

下联以长江景物抒发四川人民哀悼之情。巫峡，长江三峡之一。在湖北巴东县西，与四川巫县接界，因巫山得名。绵延约四十公里，峡谷曲折幽深。据北魏郦道元《水经注·江水》一节所引渔歌："巴东三峡巫峡长，猿鸣三声泪沾裳。"另据此书记载：

"山中林间，常有高猿长啸，声音凄厉，空谷传响，哀啭久绝，令人泪下。"下联意谓，巫峡猿啼，哀啭久绝，仿佛长为抗日烈士发出万古悲鸣。骆建郎烈士由血战淞江到魂归蜀道，作者抓住两地景物特征，表达深沉哀悼之情。

此联文字简洁，对仗工稳，尤以"血战淞江"与"猿啼巫峡"二句，更属韵味深长。均以形象语言赞颂逝者功烈与记述乡人哀悼，可与碑石共存于世。

挽王铭章

张治中

滕县裹尸还，大节无惭书信史；
台庄歼敌寇，捷音料可慰重泉。

赏析

此联写于1938年4月。王铭章（1893—1938），四川新都人。为国民党抗日爱国将领，生前任第二十二集团军四十一军一二二师师长。1938年3月，奉命把守徐州门户滕县。他所指挥的一二二师，以全师覆灭的代价在滕县顽强坚守了四天，为我方军队在台儿庄一带集结和部署并取得台儿庄大捷赢得了时间。王铭章牺牲后，武汉各界举行公祭，张治中撰送挽联致哀。

上联表彰逝者保卫滕县壮烈殉国必将载入史册。裹尸还，典出《后汉书·马援传》："男儿要当死于边野，以马革裹尸还葬耳，何能卧床上在儿女子手中邪？"大节，谓临难不苟的节操。信史，纪事翔实的史籍。《公羊传·昭十二年》："如尔所不知何，春秋之信史也。"上联意谓，从山东滕县战地马革裹尸（实即灵柩）还葬故里。逝者这种临难不苟的节操，理应毫无愧色地写进我国抗日战争的史册。据《中国抗战楹联大观》一书该联所注："书信史：指王铭章1937年7月出川抗战时，曾亲笔写下遗嘱表示杀敌报国的决心，而终成信史。"此说可供参考。

下联表示台儿庄大捷胜利

的消息，料可安慰长眠于地下的烈士。台庄歼敌寇，即台儿庄会战。1938 年 3、4 月间，我国军队与日本侵略军在山东南部台儿庄一带展开了一场会战，取得了歼敌两万余人的胜利。重（chóng）泉，犹黄泉，指地下。下联意谓，台儿庄大捷的喜讯料想可以安慰烈士的忠魂于九泉之下。

此联悲歌慷慨，足显作者真情。逝者大节应书信史，胜利捷音可慰重泉。言简意明，铿锵有力。

挽张善子

张治中

载誉他邦，画苑千秋正气谱；
宣劳为国，艺人一代大风堂。

赏析

此联写于 1940 年秋天。张善子（1882—1940），四川内江人。著名画家张大千的二哥。早年留学日本，加入同盟会。回国后参加反对袁世凯的斗争。曾任上海美术专科学校教授。擅长画虎，饮誉海内。1940 年秋因病逝世于重庆，张治中撰送挽联致哀。

上联赞颂逝者“载誉他邦”的历史功绩。载誉，满载荣誉。他邦，他国。1938 年底至 1940 年间，张善子以天主教徒名义访问欧美各国，举行画展，宣传抗日，募集抗战捐款。他在法国受到各界热情欢迎，后赴美国亦轰动朝野。当时美国总统罗斯福曾多次请他赴白宫作客，他的巨幅国画《怒吼吧，中国》至今仍挂在白宫林肯像侧。正气谱，谱为按照事物类别或系统编的表册。这里是说，逝者访问欧美期间，举办画展，宣传抗日，亦已载誉他邦。其惊人业绩应列入我国千秋画苑具有浩然正气的英雄人物的谱系。

下联表彰逝者“宣劳为国”的献身精神。宣劳、效力、效劳。他在出国访问近两年的时间内，举办了一百多次画展，前后募得款项共一百多万元。其中仅他画虎义卖就得十余万美元。他把这些款项全部支援祖国抗战事业。由于长期奔波，积劳成疾，返国不久，不幸病逝。艺人一代，即一代有才艺的人。大风堂，为张善子、张大千兄弟合用的画室、书斋名。这里是说，逝者长期为国宣劳，献身抗战大业，堪称一代艺人楷模，无愧“大风堂”的名号。

此联写作叙议结合，既述逝者载誉他邦、为国宣劳之事，又写千秋正气谱与一代大风堂之影响深远，实为逝者抗战人生的真实写照。

挽戴安澜

张治中

国外播雄威，万里尸归魂壮烈；
军中草露布，千秋言在气清刚。

赏析

此联写于1942年7月。戴安澜为国民党抗日爱国将领，生前曾任国民政府军第二百师师长。1942年3月，奉命率部远征，赴缅甸协同英军与日寇作战。同年5月26日在缅北茅邦村殉国。7月31日，广西各界在全州举行戴安澜追悼会，张治中撰送挽联致哀。

上联写逝者扬威国外，忠魂壮烈。戴安澜率领赴缅远征军先头部队，虽孤军深入，仍取得固守同古、攻克甘棠的重大胜利，因而雄威播于国外。万里尸归，戴安澜遗体由缅甸北部辗转运回广西全州。魂壮烈，戴安澜烈士的英魂勇敢而有气节。联句写出灵柩归葬之艰辛，而其英魂壮烈，令人钦敬。

下联写逝者文武兼备，其气清刚。露布，文书不加缄封，公开宣布之意。《后汉书·李云传》：“云素刚，忧国将危，心不能忍，乃露布上书，移副三府。”后多用以指与军事有关的捷报、檄文等。这里是指戴安澜军中起草胜利的捷报。千秋言在，这里既指军事捷报中报告胜利喜讯与表示决心的言词，亦应包括平日军中写成的军事论著《磨砺集》与诗文《战场行》等。气清刚，其言词气势清厉刚强。下联意谓，逝者军中写作，千秋言在，文如其人，气势清刚。

此联言近旨远，赞颂逝者具有壮烈之魂、清刚之气，可谓生动传神。一代名将，擅武知文，让人景仰。

挽韩乐然

张治中

辟骨奇灾起霄汉；
写生妙手空古今。

赏析

此联写于1947年3月。韩乐然（1898—1947），吉林延边人。朝鲜族。早年毕业于上海美专。1923年加入中国共产党，次年赴奉天创办美术专科学校。1929年旅法，入巴黎艺术学院学习。1937年回国，后任李济深领导的战地党政委员会少将指导员。1946年被捕入狱，出狱后赴西北地区考察作画，多次举办画展。1947年3月因乘飞机失事遇难，张治中撰送挽联致哀。

上联写逝者因飞机失事遇难。辟（bò），通“擘”，分割、分裂。《礼·丧服大记》：“绞一幅为三，不辟。”辟骨，原为骨头裂开，此指粉身碎骨。霄汉，天空。这里是说，逝者祸起霄汉，遭遇粉身碎骨的空难奇灾。

下联言逝者绘画艺术的杰出成就，写生，绘画术语。原指直接以实物为对象进行绘画的作画方式，中国画中描绘花果、草木、禽鸟等的绘画也叫写生。此句意谓，逝者作为绘画高手可谓古今少有。

此联高度概括，言少意多。飞机失事，祸起霄汉；绘画艺术，名空古今。能给人留下诸多想象的余地。

感　事

张治中

理明牵挂少；
心闲岁月宽。

赏析

此联写于1949年间。感事，我国当时正处于历史转折的重要时期，张治中亦已投入人民怀抱，一扫多年内心抯郁，有感于眼前现实，吟成此联。他还转请陕西书法家寇遐老先生以隶体写出，悬于自己书房墙上。

上联中，理明，明白了真正的道理。1949年4月1日，张治中率国民党和谈代表团飞抵北平开始和谈。4月20日国民党中央常委会发表声明拒绝接受“国内和平协定”，和谈彻底破裂。张治中想回南京“复命”，经毛泽东、周恩来多次劝告，通过剧烈思想斗争，毅然转向人民。此句意谓，弄明白真正的道理之后，对国民党蒋介石集团的牵挂少了，实即不再抱有幻想而顾虑重重。

下联中，心闲，内心非常安闲。新中国成立后，张治中虽担任西北行政委员会副主席等重要职务，却感到内心踏实安闲，岁月也因此而宽松起来。

此联言志述怀，富于生活哲理。一片喜悦欣慰之情，溢于字里行间。

题　鳌　园

张治中

相期勤锻炼；
于此畅胸怀。

赏析

此联写于20世纪50年代初期。鳌园，在厦门市集美镇浔江之滨。原为鳌王宫，抗日战争期间毁于日军炮火。1950年起，爱国华侨领袖陈嘉庚为纪念家乡集美解放，着手兴建鳌园，并广泛征求名人题词。张治中应约题写此联。

联语言浅意深，耐人回味。既切鳌园自然景物，相互期盼勤于锻炼身体，并可在此聚会舒展个人胸怀；又切爱国民主人士身份，相互期望在工作生活中经常加强锻炼，不断有所进步，以求心情舒畅。

戏赠研究院学生

陈寅恪*

南海圣人，再传弟子；
大清皇帝，同学少年。

作者

*陈寅恪（1890—1969），江西修水人。现代文史学家。曾任清华大学、西南联大、中山大学教授。新中国成立后，任中国文史馆副馆长、中国科学院社会科学学部委员、全国政协委员。著述甚丰，有《隋唐制度渊源略论稿》、《唐代政治史述论稿》。

赏析

此联写于1926年间。戏赠研究院学生，1926年秋，陈寅恪在清华大学国学研究院，与梁启超、王国维等著名学者同任导师。他曾在某次讲课时戏赠研究院学生一联。此系即兴穿插，借以活跃课堂气氛。

上联中，南海圣人，指康有为。他是广东南海人，以继承孔子学说为己任，著有《孔子改制考》、《新学伪经考》、《大同书》等著作，故有“南海圣人”之称。再传弟子，梁启超是康有为的弟子，现任国学研究院导师，那么研究院同学就自然成了“南海圣人”的“再传弟子”。

下联中，大清皇帝，指溥仪。他是大清国的末代皇帝。同学少年，王国维一度做过溥仪的师傅，现为国学研究院导师，这样研究院学生岂不成了“大清皇帝”的少年同学了。

此联因属戏作，初看让人有点莫名其妙，稍加推敲，却又显得妙趣横生。可见作者机智幽默，才气过人。

挽王国维

陈寅恪

十七年家国久魂销，犹余剩水残山，留与累臣供一死；
五千卷牙签新手触，待检契文奇字，谬承遗命倍伤神。

赏析

此联写于1927年5月。王国维（1877—1927），字静安，号观堂，浙江海宁人。近代著名学者。他在近代哲学、美学、词学、中国戏曲史、古代文字学、音韵学，尤其是对甲骨文、金文研究方面，均做出了重大贡献。这位前清秀才在辛亥革命之后以遗老自居，曾任职于废帝溥仪的“南书房”和清华国学研究院。1927年5月在北京颐和园投昆明湖自尽。陈寅恪与其在清华研究院共事，且成忘年之交，当即写了《王观堂先生挽词并序》、《王观堂先生挽联》，对于王国维之死深表痛惜与悲哀。

上联将逝者比作屈原。十七年，指1911年辛亥革命推翻满清王朝，至1927年北伐战争结束，正好十七年。魂销，即销魂，魂渐离散，形容极度悲伤。这里是说，王国维作为清朝遗老，十七年来，面对国家衰亡心情极度悲伤。剩水残山，残破的山河，多指亡国或经过变乱以后的土地景物而言。王国维不甘心做民国的公民，因而将眼前江山视为清朝余下的“剩水残山”。累臣，累通“纍”，因罪废弃之臣。这里是指屈原，由“湘累”一词转化而来。《汉书·扬雄传》：“因江潭而往记兮，钦吊楚之湘累。”元裕之诗云：“空余韩偓伤时语，留与累臣一断魂。”1927年5月北伐军进军中原，王国维投湖自杀。作者将他比作古代投汨罗江自尽的屈原，虽从感情上可以理解，于政治上却明显欠妥。

下联言逝者开创的研究领域需要继续。牙签，一种象牙制的图书标签，古代藏书家系于书函上的标志以便翻检。后亦因以代指书卷。韩愈《送诸葛觉往随州读书》：“邺侯家多书，插架三万轴。一一悬牙签，新若手未触。”

这里是说，逝者生前有五千卷书正在翻阅整理之中。契文，即甲骨文。因以契刀刻于龟甲或牛骨上，故亦谓之契文。奇字，此指金文。黄伯思《东观余论·跋苏氏篆后》："古文高质而难遽造，若三代鼎彝遗篆是已。奇字怪巧而差易工，若汉刘棻从扬雄所学及近世夏郑公集四声韵所载是已。今人往往不能辨之，遂尽以奇字为古文焉。"这里是指王国维生前所进行的对于甲骨文、金文的研究工作，其中某些著述还有待检核校订。谬承遗命，错误地让我承受先生的遗命，此系自谦之词。王国维遗书中有"书籍可托陈吴二先生处理"，亦即委托陈寅恪、吴宓二人处理。作者想到这里更是倍感伤神。

王国维既是晚清遗老，又是著名学者，竟在当年投湖自杀，此举令人震惊。作者对于这位前辈学者之死，深感痛惜与悲哀，是很自然的；但完全站在逝者的立场上将他比作古代爱国诗人屈原，则明显欠妥。

代吴宓撰挽吴曾愈夫人

陈寅恪

黻佩想雍容，遗范开元全盛世；
奠斋蕲净乐，伤神长庆悼亡诗。

赏析

此联写于1928年2月。挽吴曾愈夫人，吴曾愈为现代著名学者吴宓的留美同学。1928年2月，他的夫人去世时，陈寅恪曾为吴宓代书这副挽联。此事详见吴学昭《吴宓与陈寅恪》一书。

上联中，黻（fú），古代礼服上绣的半青半黑的花纹。佩，古代系在衣带上的装饰品，如玉佩之类。雍容，文雅大方，从容不迫。此句意在形容吴曾愈夫人生前服饰衣着华丽，仪容温文尔雅。遗范，遗留下来的风范。开元，唐玄宗（李隆基）的年号。这一时期唐代社会经济繁荣，史称"开元之治"，为唐代全盛时期。此句赞颂逝者具有唐代开元全盛时代留下的大家风范。

下联中，奠（diàn），设酒食以祭。斋，古代祭祀之前清心洁身以示庄敬。蕲（qí），通“祈”，求。净乐，净除声色之乐。净为净尽，佛教专指情欲的洗除净尽。乐则泛指声色。《国语·越下》：“今吴王淫于乐，而忘其百姓。”此句意谓，祭奠之前洁身清心祈求净除一切声色之乐。长庆，为唐穆宗（李恒）年号。在位四年社会动荡。悼亡诗，晋潘岳妻死，赋《悼亡诗》三首，后因称丧妻为悼亡。此句意谓，身处长庆乱世为赋悼念亡妻之诗而伤神。

此联哀挽逝者，用语典雅工丽。上联言逝者雍容华贵，具有开元时代的大家风范；下联写逝者之夫虔诚祭奠，悼念亡妻。

刺罗家伦

陈寅恪

不通家法，科学玄学；
语无伦次，中文西文。
横批：儒将风流

赏析

此联写于1928年间。罗家伦（1897—1969），浙江绍兴人。早年于北京大学毕业后，留学欧美诸国。1926年回国，历任清华大学校长、中央大学校长、驻印度大使。1950年赴台湾，任“考试院”副院长、“国史馆”馆长。1928年8月，国民党政府任命罗家伦为清华大学校长。他到清华后师生多有不满，却仍附庸风雅，请陈寅恪为自己编写的《科学与玄学》题词。陈当场题写了这副嵌名讽刺联语，弄得对方啼笑皆非。

上联中，家法，汉儒经学传授、五经博士及其再传弟子以师法说经，而各自名家，叫“家法”。《后汉书·儒林传序》：“于是立五经博士，各以家法教授。”此指罗氏缺乏师法传授，没有家法。科学玄学，指罗家伦所编《科学与玄学》。上联意谓，罗家伦根本不通家法，却谈什么科学玄学。

下联中，语无伦次，语言杂乱没有条理。这里是说，罗家伦讲话、著文往往语无伦次，而且中文不像中文，西文不像西文。

横批：儒将风流。罗家伦在北伐军中官至少将，后又娶了个漂亮太太，故联中戏称“儒将风流”。其意仍刺罗不学无术，岂能当好清华大学校长。

此联紧扣对方留学欧美诸国与著有《科学与玄学》的特定身份，融入幽默诙谐的联句之中，极尽讽刺挖苦之能事。且在上下联第三字嵌入“家、伦”二字，又加了“儒将风流”的横批，难怪弄得对方啼笑皆非。

挽罗香林父

陈寅恪

惜公抱经世才，而未竟其用；
有子治专门学，能不负所期。

赏析

此联写于1931年6月。罗香林（1909—1978），广东人。曾任广东省立文理学院院长、香港大学讲座教授。1931年6月，罗香林之父因病去世，陈寅恪撰送挽联致哀。

上联中，公，对人的尊称。此指罗香林之父。经世才，即经世之才，治理世事的本领。竟，完、尽。这里是说，可惜罗公抱有经世之才，而未能充分发挥其作用。

下联中，有子，有个儿子，指罗香林。治专门学，研究某一专门的学问。罗香林作为香港大学讲座教授，曾有《中国民族史》等专著问世，因称不辜负罗公的期望。

此联哀挽逝者。上联惋惜罗父抱有经世之才而未竟其用；下联肯定其子治专门学问而事业有成。切合人物身份，揄扬亦颇到位。

试题联

陈寅恪

孙行者；
祖冲之。

赏析

试题联，1932年，陈寅恪主持清华大学新生入学考试，在国文考试中加试对联。出句只有三个字：孙行者。结果多数学生没有想到会出这样的无情对，都交了白卷，只有个别考生对以当代著名学者“胡适之”，或清代学者“王引之”，而得到了好评。陈寅恪自己拟的标准答案，下联是“祖冲之”。

不少楹联界学者一致认为，“祖冲之”对“孙行者”，可谓天造地设。以姓氏“祖”对“孙”，以动词“冲”对“行”，以虚词“之”对“者”，妥帖之至。这里祖、孙相对，已自出手不凡；且以古代伟大数学家对神话传说中的英雄人物，更是非常贴切。再从音韵上看，上联平平仄，下联是仄平平，平仄协调，音韵铿锵。

至于“胡适之”、“王引之”，后两字属对皆工，唯“胡”“王”对“孙”欠妥。另外，平仄也欠协调。

这副试题联当时曾引起学界的重视，很快就出现大学语文试卷是否可以对联命题、“胡适之”对“孙行者”是优是劣的话题，并均曾产生热烈的讨论，可谓20世纪30年代的一件联坛盛事。

赠吴宓

陈寅恪

今雨不来旧雨往；
他生未卜今生休。

赏析

此联写于1935年间。吴宓（mì）（1894—1978），字雨僧，陕西泾阳人。早年留学美国。回国后曾任东南大学教授，主编“学衡”杂志。20世纪30年代，身为清华大学文学院院长的吴宓因钟情于复旦大学才貌双全的年轻教授毛彦文，而与结发妻子陈心一离婚 。学界曾有诗句云：“吴宓恋爱毛彦文，三洲人士共知闻。”毛彦文却于1935年与年已六十六岁的前北洋政府国务总理熊希龄结婚。陈寅恪为此写了一副联语题赠吴宓。

上联化用杜甫《秋述》文中的句子：“秋，杜子卧病长安旅次，多雨生鱼，青苔及榻。常时车马之客，旧，雨来；今，雨不来。”原谓旧时宾客遇雨也来，而现在遇雨就不来了。后用“旧雨”指老朋友，“今雨”指新交的朋友。联中以“今雨”喻新知毛彦文，“旧雨”喻发妻陈心一，可惜友人却新旧两空。

下联集自李商隐《马嵬》诗：“海外徒闻更九州，他生未卜今生休。”诗句讽刺唐玄宗在杨贵妃死后命方士寻其魂魄之事。相传唐明皇与杨贵妃曾有“世世为夫妇”的誓约。这里指出，来生怎样还不可知，在今生里他们的夫妻关系已经完结了。联中奉劝友人，此事已成过去，不要再害单相思了。

这是一副集句联，且在联中嵌吴宓的字“雨生（僧）”。作者意在奉劝友人在爱情婚姻问题上，迷途知返，想开一点。

偶　成

陈寅恪

见机而作；
入土为安。

赏析

此联写于抗日战争期间。当时，日本飞机经常袭击“陪都”

重庆。国民党政府要员一听到空袭警报，纷纷钻入防空洞，而对广大群众死活不予理会。陈寅恪对此在充满义愤之余，信手拈来两句成语，构成一副绝妙的讽刺联。

上联“见机而作”，语见诸葛亮《将苑·应机》：“夫必胜之术，合变之形，在于机也。非智者孰能见机而作乎?”原指看准时机，灵活行动。联中“见机而作”已有转义，系国民党政府要员一见敌人飞机，立即有所动作，亦即钻入防空洞。

下联“入土为安”，旧时民间有句俗语：“死者长已，入土为安。”此系安抚死者亲属之词，劝其早点埋棺入土，好让死者安息。联中“入土为安”者，并非死者，而是生者，且为国民党政府要员。他们一见日本飞机，连忙钻进防空洞，以求“入土为安”。

联句只是两个普通成语，而今信手拈来，均成妙语。作者妙句偶得，巧作别解，针砭时弊，入木三分。此等文字功力，的确让人叹服。

挽许地山

陈寅恪

人事极烦劳，高斋延客，萧寺属文，心力暗殚浑未觉；
乱离相倚托，娇女寄庑，病妻求药，年时回忆倍伤神。

赏析

此联写于1941年8月。许地山（1893—1941），笔名落华生，原籍福建，生于台湾。现代著名小说、散文作家。著有《空山灵雨》、《缀网劳蛛》等文学作品。曾任燕京大学、清华大学教授、香港大学中文系主任。1941年8月病逝于香港，陈寅恪撰送挽联致哀。

上联言逝者生前勤奋治学操劳成疾。人事，人世间各种事情。高斋延客，据《南史·庾肩吾传》记载，梁简文帝（萧纲）为太子时，开文德省，命庾肩吾、吕孝威等多人并充学士，抄撰众籍，丰其果馔，号为“高斋学士”。联中活用此典，说明许地山作为香港大学中文系主任亦善于网罗人才。萧寺，佛寺。相传梁武帝（萧衍）造佛寺，命萧子云飞白大书曰萧寺，后世因亦称佛寺为萧寺。属（zhǔ）文，写作，谓连缀字句而成文章。许地山精通梵文，一度专攻宗教史、印度哲学与佛学，常在佛寺躲避尘嚣，安心著述。暗殚（dān），暗中因劳致病。此指许地山平日教务繁忙、治学勤奋，身体状况变得越来越不好，自己却没有觉察。

下联回忆与逝者的一段交谊。“乱离”三句，庑（wǔ），堂下周围的走廊，廊屋。这里写作者与逝者在抗战艰难岁月中的交往情景。1939 年，作者偕夫人、女儿到香港，受到许地山热情接待。作者计划到设在云南昆明的西南联合大学任教，但因夫人正患心脏病，只好只身一人前往昆明，将妻女寄寓许地山家，托其照顾。1941 年春，作者应聘英国牛津大学教授，到香港候船赴英。因国际形势突变，使欧洲轮船中断，只好留在香港大学任教。“年时”句，1941 年 8 月许地山突然病逝，由作者接替香港大学中文系主任，想起近年友人对自己一家的关心照顾更感加倍伤神。

此联属对工稳，情深意挚。联中“高斋延客，萧寺属文”与“娇女寄庑，病妻求药”均有所本。前者写出友人颇为特殊的写作习惯，后者记述当年鲜为人知的一段交谊。这些均需了解联句“本事”，才能深入理解作者本意。

贺张公逸王宪钿结婚

陈寅恪

剑外待传收蓟北；
闺中方共读周南。

赏析

此联写于 1944 年夏天。此联据《陈寅恪集·诗集》收录，作者写于 1944 年 6、7 月暑假期间。联文附有“公逸先生、宪钿女士世友嘉礼”“陈寅恪敬贺”字样。当时，陈寅恪在成都燕京大学任教，既称张公逸、王宪钿为“世友”，新人当为燕京大学年轻同事或年长学生。张、王二人结婚，陈书婚联致贺。

上联切盼收复北方失地。杜甫《闻官军收河南河北》诗中有：“剑外忽传收蓟北，初闻涕泪满衣裳。”1944 年间，河北燕京尚未收复，联中因将“忽传”易为“待传”，以表切盼收复北方失地之意。剑外，剑门关以外。蜀地在剑门以南，所以用剑外作蜀地的代称。这里指蜀中成都一带。蓟（jì）北，即今河北省北部，唐时曾为安禄山叛军根据地。

下联祝贺世友新婚燕尔。闺中，闺房之中。旧时称女子居住的内室为闺房。周南，《诗经·国风》之一部分，由《关雎》、《葛覃》、《汉广》等十一篇组成，相传为周时南国的民歌。正如宋人朱熹所言：“凡诗之所谓风者，多出于里巷歌谣之作，所谓男女相与咏歌，各言其情者也。”闺中共读周南，实为新婚燕尔，共读古代情诗。

成都燕京大学本由北京迁来，作者切盼“剑外待传收蓟北”；张、王二人喜结良缘，联中因言“闺中方共读周南”。联句切时、切地、切人，可谓自成佳构。

挽李沧萍

陈寅恪

短梦兴亡，珠海魂归迷故国；
高楼风雨，玉谿春迟感斯文。

赏析

此联写于 1949 年 3 月。李沧萍，为广州岭南大学中国文学教授，1949 年 3 月因病逝世。陈寅恪与其同事撰送挽联致哀。

上联中，兴亡，多指国家的兴盛与衰亡。此句意谓，逝者生前虽于短短梦境之中，依然关注国家兴亡。珠海，即珠江，以广州附近江中有海珠石而得名。

迷，人迷、沉迷于某种事物。故国，祖国、本国。此句意谓，逝者魂归珠海（死于广州）仍沉迷于故国之思。

下联中，高楼风雨，此指生者正面对高楼风雨，实为营造一种悲凉的气氛。玉谿（xī），似有双重含义：一是地名，在河南省济源县北。二是人名，即唐代诗人李商隐，别号玉谿生。李商隐少时曾在玉阳王屋山中读书，后人因称之为玉谿生。联中兼有二义，李沧萍原籍为河南人，且研究中国文学，故以古代河南诗人誉之。斯文，《论语·子罕》：“天之将丧斯文也，后死者不得与于斯文也。”后用以指儒者或文人。这里是说，玉谿春天已尽，不禁让人有感于又丧失了一位众所景仰的文人。

此联哀挽亡友，情真词切，蕴藉含蓄。末句暗用历史典故，更具言约意丰特色。

春　联

陈寅恪

万竹竞鸣除旧岁；
百花齐放听新莺。

赏析

此联写于 1955 年 1 月。当时，陈寅恪自题门联一副，祝贺新春。今据清华文丛之二《陈寅恪诗集》一书收录，原题《乙未旧历元旦撰春联》。

上联中，万竹，竹即爆竹，万极言其多。这里是说，上万爆竹竞相鸣放，人们在“除旧岁”，亦即送走旧的一年。

下联中，百花齐放，新中国成立初期，中国共产党为改革和发展我国戏曲艺术而提出了“百花齐放，推陈出新”的方针。主张不同剧种、流派、形式和风格通过自由竞赛而共同繁荣。这一方针同样适用于其他文艺部门。莺，即黄莺、黄鹂，初春始鸣，故又称报春鸟。新莺，初春黄莺悦耳的鸣声，比喻新戏曲、新文艺让人赏心悦目深受教益。李白《侍从宜春苑，奉诏赋龙池柳色初青，听新莺百啭歌》：“始向蓬莱看舞鹤，还过茝若听新莺。”

这副春联推陈出新，喜气洋溢，充分反映了建国初期老一代知识分子喜悦兴奋的心情。

春　联

陈寅恪

野老已歌丰岁语；
暗香先返玉梅魂。

赏析

此联写于 1957 年元旦。陈寅恪时在广州中山大学任历史系教授。适逢元旦佳节，书集句春联以表达自己愉悦的心情。

上联集自宋代诗人苏轼七言律诗《儋耳》之颈联：“野老已歌丰岁语，除书欲放逐臣回。”野老，田野老人。杜甫《哀江头》：“少陵野老吞声哭，春日潜行曲江头。”陈寅恪时年 68 岁，故以野老自称。已歌丰岁语，即已写作诗歌预祝丰收之年。

下联集自苏轼七言律诗《六年正月二十日，复出东门，仍用前韵》之尾联：“长与东风约今日，暗香先返玉梅魂。”暗香，清幽的香气。玉梅，即返魂梅，岭南一岁再发的梅花。苏轼《岐亭道上见梅花戏赠季常》：“蕙死兰枯菊亦摧，返魂香入岭头梅。”联句谓岭南玉梅（返魂梅）早春即开。

此联集自古人诗句，却能化为已有，切人切事，情韵浓郁。

赠冼玉清教授春联

陈寅恪

春风桃李红争放；
仙馆琅玕碧换新。

赏析

此联写于1957年元旦。冼玉清（1895—1965），广东南海人。古文献学家。曾任岭南大学、广东文理学院、中山大学教授，广东省文史研究馆副馆长。陈寅恪与其同事多年，1957年为她撰书春联，题下注云："丁酉元旦。"

上联中，红，呈现红色、变红。此句意谓，春风中桃树、李树开花，呈现一片红色，争相怒放。冼玉清长期从事教育工作，且住中山大学家属宿舍，联中桃李争放，用词切人切地。

下联中，仙馆，神仙所居之处。唐宋之问《发端州初入西江》："金陵有仙馆，即事寻丹梯。"这里代指冼玉清的住所。琅玕（láng gān），指竹。宋苏过《从范信中觅竹》："十亩琅玕寒照坐，一溪罗带恰通船。"碧，青绿色。此句意谓，友人寓所院中修竹一片碧绿，好似换上新装。

这副春联应同事要求题赠，以春风桃李、仙馆修竹为载体，显示友人住处雅致而充满生机，完全符合知识女性生活环境的特点。

题赠广州京剧团

陈寅恪

古董先生谁似我；
新花齐放此逢君。

赏析

题赠广州京剧团，1957年3月31日，广州京剧团为中山大学全体教职工表演剧目。陈寅恪教授在观看精彩表演之后，即兴题写嵌名联语一副，赠给广州京剧团。

上联中，古董，原指可供鉴赏、研究的古代器物，亦喻过时的东西或顽固守旧的人。陈寅恪为我国研究古代历史、古代文学的专家，因戏称自己为"古董先生"，而且强调作为古董先生，谁又像我这样呢？此句化用《桃花扇》一剧中的唱词。需要注意的是，联中“古董”二字语义双关。“古”与“陈”同义，实嵌作者之姓。“董”指一同看戏的古代戏曲研究专家董每戡教授。

下联中，新花齐放，意同“百花齐放”。此句意谓，在这新花齐放的艺术园地里遇到了诸君，即观赏诸位的精彩表演。这里“新花”二字亦有寓意。“新”指京剧演员新谷莺，“花”同“华”，指京剧演员华兰萍。

此联于平易中寓奇巧，不露痕迹地嵌入四人姓氏，而且两明两暗，堪称佳构。

贺晓莹六十生日

陈寅恪

乌丝写韵能偕老；
红豆生春共卜居。

赏析

此联写于1958年6月。唐筼（yún）（1899—1969），字晓莹，广西灌阳人。清末名将、台湾巡抚唐景崧的孙女。上海体专毕业后，曾任教于天津女子师范、北京女子文理学院。1928年与陈寅恪在上海结婚。1958年6月六十寿辰时，陈寅恪贺以一联。

上联中，乌丝，一作“青丝”，喻黑发。写，通“泻”，流泻。韵，气韵、风韵。偕（xié）老，夫妻一起生活到老。《诗·郑风·鸡鸣》：“宜言饮酒，与子偕老。”此句意谓，夫人一头黑发流泻出天然风韵，定能与之偕老。

下联中，红豆，红豆树、相思子等植物种子的通称。古人常用以象征爱情或相思。唐王维《相思》：“红豆生南国，春来发几枝。愿君多采撷，此物最相思。”联中“乌丝写韵”言其风韵犹存，“红豆生春”则为依然多情。卜居，可作两种解释：一、择地居住。二、《楚辞》篇名。谓卜问何以自处之道。王逸指出：“《卜居》者，屈原之所作也。屈原体忠贞之性，而见嫉妬……卜己居世，何所宜行。”联中“共卜居”似同时包含这两层意思，表面上是老夫妻恩爱有加需共择地而居，实际当时广州中山大学政治运动频繁，正使这位“古董教授”（自嘲语）无所适从，需共同考虑今后将何以自处。

此联题赠爱妻，足见伉俪情深。联句言少意多，似于贺寿之外尚有弦外之音，值得令人寻思。

与郭沫若联句

陈寅恪

壬水庚金龙虎斗；（郭沫若）
郭聋陈瞽马牛风。（陈寅恪）

赏析

此联写于1961年3月。据陆健东《陈寅恪的最后二十年》一书记载：1961年3月上旬，郭沫若前往南方疗养，并在广州探访陈寅恪。二人交谈甚欢，还曾联句互娱。

郭沫若出句融入二人的生辰生肖和对应的干支五行。陈寅恪生于1890年（旧历庚寅年），属虎。按天干地支的五行归宿，庚为金，故句中有“庚金”一词。郭沫若生于1892年（旧历壬辰年），属龙，壬为水。龙虎斗，亦作龙争虎斗，比喻双方势均力敌。二人均为学界泰斗，自然旗鼓相当。

陈寅恪对句则将二人生理特征纳入联中。郭沫若早年因患伤寒，留下耳聋后遗症。陈寅恪晚年目盲，因称自己为瞽者。瞽（gǔ），目盲。马牛风，即风马牛，为与“龙虎斗”对应而倒置。典出《左传·僖公四年》：“君处北海，寡人处南海，唯是风马牛不相及也。”风，放逸，走失的意思。谓齐楚相去很远，即使马牛走失，也不会跑到对方境内。一说兽类雌雄相诱叫做“风”，马与牛不同类，不致相诱，后用以喻事物之间毫不相干。对句用此二义作解均可，不会龙虎斗，因属马牛风。

两位著名学者联句互娱，即兴吟咏，旋即构成一副生动风趣、对仗工稳的联语。实为现代联坛一段佳话。

春　联

陈寅恪

丰收南亩春前雨；
先放东风岭外梅。

赏析

春联，1964 年春节，陈寅恪在广州应约为人撰写春联一副。

上联中，南亩，《诗经》里多次提到南亩。如《豳风·七月》："同我妇子，馌彼南亩。"由于南亩向阳，利于农作物生长，古人田地多向南开辟。后则泛称农田为南亩。此句意谓，由于春前有雨，必将使农田取得更大的丰收。

下联中，岭外，即岭南，从中原人看来，岭南地区在五岭之外，故名。其地包括广东、广西地区。此句意谓，由于东风劲吹，遂使岭南梅花争先开放。

这副春联应约为广州友人题写，联句中有"春前雨""岭外梅"，切时切地，且富诗意，卓具特色。

预挽夫人晓莹

陈寅恪

涕泣对牛衣，卌载都成肠断史；
废残难豹隐，九泉稍待眼枯人。

赏析

此联写于 1967 年前后。预挽夫人晓莹，陈寅恪在"文化大革命"开始以后，受到种种迫害，以致双目失明复加右腿骨折，夫人唐筼（晓莹）亦罹重病。这位年届八旬的史学大师，自知难以久留人世，特在1967年前后为妻子预写了这副挽联。

上联中，牛衣，以草和乱麻编织而成的为牛御寒之物。此处语义双关：一用“牛衣对泣”典故。据《汉书·王章传》载：“初，章为诸生学长安，独与妻居。章疾病无被，卧牛衣中，与妻诀，涕泣。”后用以形容夫妻共守贫困。二指作者在“文革”初期被打成“牛鬼蛇神”，并关进“牛棚”遭受种种非人的折磨。卌（xì）载，四十年。肠断史，让人极度悲伤的历史。陈寅恪1925年从欧美留学归来，先后在清华大学、西南联大、中山大学等校任教授。四十年来在教学与科研中成就卓著。新中国成立以前长期颠沛流离贫病交加，之后好景不长，又遭“文革”厄运，因此四十年来几乎“都成肠断史”。

下联中，豹隐，典出汉代刘向《烈女传·陶答子妻》：“妾闻南山有玄豹，雾雨七日而不下食者，何也？欲以泽其毛而成文章也，故藏而远害。”后因以“豹隐”比喻隐居山林藏而避害。作者当时亦已“废残”（双目失明、半身不遂），自然不能远离尘世隐居山林。眼枯人，泪尽眼枯之人，形容伤心已极。此指作者自己。这里是说，希望妻子在九泉之下稍等眼枯之人。

此联既为预挽夫人，亦明显有自挽成分。老人晚景凄凉，联句字字血泪，已将满腔悲愤融于有限文字之中，令人不忍卒读。此情此景，实为十年浩劫期间广大知识分子遭受残酷迫害的真实写照。

赠葛健豪

许德珩*

母仪足式；
亮节高风。

作者

*许德珩（1890—1990），江西九江人。曾任武汉中央政治学校教官、国民革命军总政治部秘书长。后在多所大学任教，并参加民主运动。新中国成立后，任全国人大常委会副委员长、全国政协副主席、九三学社中央主席。

赏析

此联写于20世纪20年代后期。葛健豪（1865—1943），湖南湘乡人。早期共产党人蔡和森、蔡畅之母。辛亥革命爆发时，她已年近半百，仍变卖妆奁，带三个孩子一起进学校读书。此后又与子女一起赴法勤工俭学。1923年回国，在长沙创办平民女子职业学校。1927后从事中国共产党的地下工作，支持年轻一代的革命活动。许德珩对于这位革命老人非常钦佩，曾以此联相赠。

上联中，母仪，旧指为母者的典范。《后汉书·光武郭皇后记》："郭主虽王家女，而好礼节俭，有母仪之德。"式，榜样、模范。此句意谓，葛健豪母仪足式，即可以作为天下母亲的榜样。

下联中，亮节高风，亦作"高风亮节"，指人具有高尚的品格和坚贞的节操。明茅僧昙《苏园翁》："又道先生高风亮节，非折简所能招。"此句意谓，葛健豪一生为人亮节高风，让人佩服。

此联言简意深。只用两个成语式的短句，就将受赠者的为人风范与品格节操呈现在读者面前。因其亮节高风，自可母仪天下。

挽吉鸿昌

许德珩

仗义灭贼豪情，君死更增血恨；
为国捐躯惨痛，我生必报深仇。

赏析

此联写于1934年11月。吉鸿昌（1895—1934），河南扶沟人。抗日爱国将领。曾任国民政府军第二十一军军长和宁夏省政府主席。1931年因反对进攻中国工农红军，曾被蒋介石强令出国。1932年“一·二八”事变后回国，加入中国共产党。1933年5月，联合冯玉祥、方振武等在张家口组成察绥民众抗日同盟军，任同盟军第二军军长兼北路军总指挥。在日伪军和国民党军夹击下于9月失败，后在平、津等地继续从事抗日活动。1934年11月在天津被捕并遭杀害。许德珩闻讯撰联致哀。

上联中，仗义灭贼，高举抗日义旗，英勇杀贼，收复失地，充满壮志豪情。君，指吉鸿昌将军。血恨，因反动派杀人流血而引起的仇恨，此指发自内心深处的憎恨。

下联中，为国捐躯，为国家献出生命。吉鸿昌不是死于抗日战场，而是死于国民党政权屠刀之下，联中因言“惨痛”。我生，与“君死”相对，作者表示我活着必将报此深仇。

此联简短有力，为使满腔悲愤尽情抒发，作者落笔沉重而带感情色彩。“更增血恨”与“必报深仇”，犹如战斗宣言，更显悲壮感人。

挽四八烈士

许德珩

为和平团结牺牲，是国家的损失；
替民主建设着想，亦人民之怆伤。

赏析

四八烈士，1946 年 4 月 8 日，中共中央委员王若飞、秦邦宪、新四军军长叶挺、中共中央职工委员会书记邓发等，从重庆返回延安途中，因遇浓重大雾飞机在山西兴县黑茶山失事遇难。重庆、延安隆重举行悼念活动，许德珩撰送挽联致哀。

上联指出，四八烈士在抗战胜利后为国内和平、团结而牺牲，是我们国家的巨大损失。

下联指出，四八烈士飞返延安途中遇难，完全是替我国民主建设着想，这也正是广大人民之所以感到悲伤的原因。怆(chuàng)伤，悲痛忧伤。

此联用语平实，言简意明，对仗却很工整。作者直抒胸臆，写出烈士献身的意义与人民悲痛的心情。

挽陶行知

许德珩

教学做合一，若干年来倡导生活教育，身体力行，论功岂只武训第二；

智仁勇兼备，胜利前后呼号和平民主，赴汤蹈火，说死实与李闻为三。

赏析

此联写于1946年7月。陶行知为我国现代著名教育家。长期推进平民教育，先后创办晓庄师范、育才学校和社会大学。20世纪30年代起，积极宣传抗日，投入爱国民主运动。1946年7月因深受迫害病逝于上海，许德珩撰送挽联致哀。

上联中，教学做，实为教育本身的三个环节，陶行知主张三者应当合一，意在强调学校教学与社会实际相结合。生活教育，陶行知的教育理论。他曾提出“生活即教育”“社会即学校”“教学做合一”“在劳力上劳心”等系统主张，并设想以教育为主要手段改善人民的生活，当年在我国教育思想界产生过广泛的影响。身体力行，《淮南子·氾论训》：“圣人以身体之。”《礼记·中庸》：“力行近乎仁。”后以“身体力行”谓亲身体验，努力实行。武训（1838—1896），原名武七，山东堂邑人。清末行乞兴学，依靠自己讨饭，办了三所义学。得到清政府嘉奖，被封为“义学正”。20世纪20年代，陶行知推行平民教育运动被人称为“武训第二”。联中意在强调，论功应在行乞兴学的武训之上。

下联中，智仁勇，儒家伦理思想。《论语·宪问》：“仁者不忧，知（智）者不惑，勇者不惧。”并将三者称为“天下之达德”。联中称颂逝者智仁勇三者兼备。赴汤蹈火，比喻敢冒危险，奋不顾身。《三国志·魏书·刘表传》：“虽赴汤蹈火，死无辞也。”这里是说，抗战胜利前后，为实现国内和平民主而奔走呼号，以至赴汤蹈火在所不辞。李闻，即李公朴、闻一多。1946年7月，国民党当局公然派遣特务，相继暗杀中国民主同盟中央执行委员李公朴、闻一多，制造了震惊全国的“李闻血案”。这里是说，陶行知亦因参与反内战、反独裁的斗争，在白色恐怖笼罩下的上海受迫害而死，因此“实与李闻为三”，亦即继李公朴、闻一多之后的第三人。

此联言简意明，对于陶行知一生作出了全面评价。上联将逝者与清末行乞兴学的武训相比，赞颂逝者“教学做合一”的教育理念及其对教育事业的杰出贡献。下联将逝者与民主战士“李闻”并举，肯定逝者敢于投入反内战反独裁的斗争。前者与武训相比是否恰切，尚可斟酌。后者与“李闻”并举却颇为得当。当“李闻”二人被暗杀噩耗传来，并得知自己被列入黑名单第三人后，陶行知毫无畏惧地说："我等着第三枪。"终因过分激动与劳累，突发脑溢血而死。"说死实与李闻为三"，实为切人切时之言。

挽开封死难同胞

许德珩

人民何辜，遭此荼毒；

时日曷丧，及汝偕亡。

赏析

此联写于1948年6月。开封死难同胞，同年5、6月间，解放军攻占开封又复撤出。当国民党军队失掉开封时，美蒋飞机狂轰滥炸这座古城，人民死伤惨重。北京大学的河南旅平学生闻讯，在民主广场举行开封死难同乡追悼大会。许德珩到会痛斥国民党反动派屠杀无辜人民的滔天罪行，亲自撰写了一副挽联挂在会场中央。

上联中，辜（gū），罪。《书·大禹谟》："与其杀不辜，宁失不经。"荼（tú）毒，毒害、残害。语出《书·汤诰》："罹其凶害，弗忍荼毒。"孔颖达疏："《释草》云：'荼，苦菜。'此菜味苦，故假之以言人苦；毒，谓螫人之虫，蛇虺之类，实是人之所苦；故并言荼毒，以喻苦也。"这里是说，人民有什么罪，竟遭这样的残害。

下联中，时日曷（hé）丧，及汝偕（xié）亡，语出《书·汤誓》："有众率怠，弗协，曰：'时日曷丧，予及汝偕亡!'"孔安国注："众下相率为怠惰，不与上和合，比桀于日，曰：'是日何时丧，我与汝俱亡!'欲杀身以丧桀。"后以此表示誓不与其共存，形容痛恨到极点。联中亦以此表示人民群众对于统治阶级的愤恨之情。

此联沉痛悼念死难同胞。作者采用文白相间的语言，痛斥国民党当局的罪行，并借古语"时日曷丧，及汝偕亡"表明战斗到底的决心。

挽朱自清

许德珩

教书三十年，一面教，一面学，向时代学，向青年学，生能如斯，君诚健者；

生存五一载，愈艰苦，愈奋斗，与丑恶斗，与暴力斗，死而后已，我哭斯人。

赏析

此联写于1948年8月。朱自清（1898—1948），字佩弦，江苏扬州人。现代著名作家、学者。文学研究会成员。著有诗文集《踪迹》、《背影》、《欧游杂记》等。曾在清华大学、西南联合大学任教。抗战结束后，积极支持反对国民党统治的学生运动。1948年8月因贫病在北平逝世，许德珩撰送挽联致哀。

上联概述逝者三十年的教书生涯。教书三十年，朱自清于1920年由北京大学哲学系毕业后，先在江苏、浙江一带中学任教。1925年起任清华大学教授。逝者一生从事教学工作近三十年。斯，此。健者，具有雄才大略的人。《后汉书·袁绍传》："绍勃然曰：'天下健者，岂惟董公？'"这里是说，教书三十年，一面教，一面学，向时代学，向青年学，人的一生能够做到这样，朱君真是一位了不起的人。

下联表彰逝者一生艰苦奋斗的精神。生存五一载，指逝者终年五十一岁。死而后已，诸葛亮《后出师表》："臣鞠躬尽瘁，死而后已。"意谓到死才停息，表示终生奋斗，贡献一切。这里是说，逝者一生艰苦奋斗，与丑恶斗，与暴力斗，直到死而后已，我为失去此人而痛哭。

此联采用几近口语而又简洁明快的语言，对逝者一生作了全面的评价，写出了逝者生前三十年的教书生涯与为人节操。联语明显质胜于文，为表述上述思想内容，而并不拘泥于平仄对仗，而是做到大体整齐顺其自然，这正不失为现代联语制作一种颇为可行的方式。

题《国外邮票集锦》

许德珩

集天下名山大川于寸纸之中，时而阅之，斯诚美矣；
邮世界伟大学者在一框以内，朝夕可见，岂不快哉。

赏析

《国外邮票集锦》，20世纪50年代，为适应群众性集邮活动的需要，山东美术出版社出版了一本《国外邮票集锦》，许德珩应约题词。这是一副嵌名联，自然嵌入“集邮”二字。

上联言集天下名山大川的风景邮票。寸，形容极短或极小。寸纸，极小的一张纸，这里指邮票。斯，此、这。诚，真是、的确。矣，语气助词，表示肯定。这里是说，汇集天下名山大川于小小邮票之中，时时去翻阅它，这真是美事了。

下联言邮天下伟人学者的纪念邮票。一框，一定的格式范围，此指邮集。朝夕，早晚、天天。哉，语气词，跟疑问词组合，表示疑问或反诘。这里是说，邮传世界伟人学者在一本《国外邮票集锦》以内，天天都可以看到，岂不是让人快慰的吗？

此联通俗易懂，对仗亦很工稳。作者紧扣题意展开，突出天下名山大川与世界伟人学者，可见国外邮票丰富多彩。自然让人感到“斯诚美矣”、“岂不快哉”。

挽夫人劳君展

许德珩

五十载患难相随，君死难忘于往日；
八旬人白头永诀，我生希有尽忠时。

赏析

此联写于1976年1月。劳君展（1900—1976），湖南长沙人。早年参加新民学会，为《湘江评论》写稿。后赴法勤工俭学，入里昂大学、巴黎大学学习，曾随居里夫人研究放射性物理。回国后，历任武汉大学、中山大学、北京大学等校教授，积极投身革命运动。新中国成立后任中国人民大学教授、全国政协委员、全国妇联执行委员。1976年1月病逝于北京，许德珩撰联志哀。

上联言难忘五十载患难相随的夫妻生活。五十载，许德珩与劳君展于1925年在法国结婚，至夫人去世经历了五十年患难相随的岁月。君，指劳君展。夫人虽死仍难忘于往日相濡以沫的生活。

下联言自己虽逾八旬仍望有尽忠之时。八旬人，作者时年85岁，因称“八旬人”。永诀，永别。二人均已高龄，本应白头偕老，今却白头永别。尽忠，竭尽忠心。此句意谓，我活着还希望有尽忠报国之时。

此联哀挽亡妻，感情悲怆凄恻。上联回首往事，五十年患难相随，让人难以忘怀。下联面对现实，哀叹白头永诀，希有尽忠之时。如泣如诉，哀感动人。

挽孙中山

杨杏佛*

先二百年独创名言，视孔仲尼马克思卢梭为无物；
后廿四史别开生面，合朱元璋华盛顿列宁为一人。

作者

*杨杏佛（1893—1933），名铨，江西清江人。曾任孙中山秘书、国民政府中央研究院总干事。1932年与宋庆龄、鲁迅等组织中国民权保障同盟，任副会长兼总干事。次年6月在上海遭国民党特务暗杀。著有《杨杏佛文存》、《杨杏佛讲演集》。

赏析

挽孙中山，1925年3月12日，孙中山在北京因病逝世，杨杏佛撰送挽联致哀。

上联中，独创名言，似指孙中山所创立的天下为公、世界大同的社会理想。他曾多次给周围友人题词："大道之行，天下为公。""人类进化，世界大同。"作者认为，实现这些理想是将来的事情，因言孙中山已"先二百年独创名言"。孔仲尼，即孔丘、孔子，我国春秋末期思想家，儒家学说创始人。马克思（1818—1883），全世界无产阶级革命导师，马克思主义的创始人。卢梭（1712—1778），法国启蒙思想家，其思想直接影响法国资产阶级革命。视……为无物，看得如同什么都没有一样。上联意谓，孙中山独创名言其水平当在孔子、马克思、卢梭之上。

下联中，廿（niàn），二十。廿四史，指旧时称为正史的二十四部传记体史书。从《史记》到《明史》，合称"廿四史"。别开生面，语出杜甫《丹青引》："凌烟功臣少颜色，将军下笔开生面。”赵次公注：“凌烟阁画像颜色已暗，而曹将军重为之画，则云开生面。”后因称开创新的风格、新的形式为“别开生面”。此句意谓，逝者继二十四史之后，为我国近代历史开创新的局面。朱元璋，明朝开国皇帝，世称明太祖。华盛顿，美利坚合众国第一任总统。列宁，俄国无产阶级革命领袖，第一届苏维埃政府主席。此句意谓，逝者贡献之大，可将朱元璋、华盛顿、列宁合为一人，亦即相当于他们合在一起的成就。

此联极力推崇孙中山作为我国民主革命先行者所取得的成就，当在孔子、马克思、卢梭之上，合朱元璋、华盛顿、列宁于一人尚可比肩。上述六人均为中外古今名人，当时能如此推崇，令人震聋发聩。问题在于六人情况各异，放在一起论述未必恰切。限于当时历史与认识局限，我们不必苛求。

挽梁启超

杨杏佛

文开白话先河，自有勋劳垂学史；
政似青苗一派，终怜凭藉误英雄。

赏析

此联写于1929年间。梁启超为近代著名学者和维新派代表人物。清末举人出身，曾从其师康有为变法维新，成为近代改良派代表人物之一。早年倡导诗界革命和小说界革命。一生著述内容宏富，有《饮冰室合集》传世。1929年因病逝世，杨杏佛撰联致哀，分别从政治与学术两个方面给予客观评价。

上联赞扬逝者的学术成就。先河，语出《礼·学记》：“三王之祭川也，皆先河而后海。”河是海之本源，故先祭河而后祭海。后来称凡事创导于先的为“先河”。梁启超早年倡导文体改良的“诗界革命”和“小说界革命”，极力主张语言与文字合一，开白话文风气之先，对后来“五四”文学革命有着直接的影响。勋劳，功勋劳绩。垂，留传。《书·微子之命》："功加于时，德垂后裔。"上联意谓，逝者开白话文风气之先，自有功勋劳绩留传于我国学术发展的历史。

下联婉转批评康梁变法的局限。青苗一派，北宋王安石推行"青苗法"，后世便以"青苗一派"指代改革派。这里指以康有为、梁启超为首的维新派的政治主张，类似历史上的王安石变法。凭藉，依仗、依靠。此指梁启超、康有为推行戊戌变法时，像当年王安石变法依靠宋神宗推行一样，过于依靠光绪皇帝。结果以慈禧太后为代表的保守势力将光绪帝囚禁之后，变法即告失败。这里作者既指出其"误"，而又为之"怜"。康梁变法失败，仍不失为"英雄"。这一见解颇有独到之处。

此联哀挽逝者，措辞严谨，客观评价了逝者的学术成就和政治活动。作者既肯定了他的历史功绩，又委婉地批评了他的局限所在。结句深沉含蓄，实为点睛之笔。

挽徐志摩

杨杏佛

红妆齐下泪，青鬓早成名，
最怜落拓奇才，遗爱新诗双不朽；
小别竟千秋，高谈犹昨日，
只叹飘零词客，天荒地老独飞还。

赏析

此联写于1931年11月。徐志摩为现代新月派著名诗人。历任北京大学、上海光华大学、南京中央大学教授。1931年1月19日因飞机失事在济南遇难，杨杏佛撰送挽联致哀。

上联是对逝者一生的总结与评价。红妆，本指妇女盛妆，亦作女性代称。这里是指徐志摩前妻张幼仪、继室陆小曼均以未亡人身份守在灵前，一齐下泪。青鬓，乌黑的头发，代指青年时期。徐志摩很早成名，第一本诗集《志摩的诗》成于 1925 年，其时只有 28 岁。怜，怜爱，怜惜。落拓奇才，放浪不羁而有非凡才能的人。此指徐志摩。遗爱，《左传·昭公二十年》："及子产卒，仲尼闻之，出涕曰：'古之遗爱也！'"注："子产见爱，有古人之遗风。"后用以指遗留及于后世之爱，这里应兼指一时传为佳话的与陆小曼的浪漫爱情。这里是说，这位落拓奇才最让人怜惜，他在遗爱人间与新诗创作两方面都是不朽的。

下联回忆二人相互交往与友谊。小别竟已千秋（婉言人死），高谈犹如昨日。"只叹"二句，天荒地老，极言时间久远。唐李贺《致酒行》："吾闻马周昔作新丰客，天荒地老无人识。"飘零，漂泊。这里是说，只叹四海飘零的词人，也许很长时间之后才能独自飞还。既希望诗人重返人间，而又叹其不能再见。

此联用语委婉深沉，感情缠绵悱恻。上联是对诗人一生的评价，下联叙写与逝者的交往与友谊。"遗爱新诗双不朽"的评价，"天荒地老独飞还"的想象，将赞颂与怀念之情推向极致，让人为之不胜景仰与叹息。

挽胡鸿基

杨杏佛

死亦多端，志摩凌空君驭汽，兴会所之，便为正寝；
责犹未了，满洲陷敌国垂危，江山如画，共赋招魂。

赏析

此联写于 1932 年间。胡鸿基，生平与事迹不详。今据联意可知，逝者死于车祸，且在徐志摩飞机遇难之后不久。杨杏佛作为生前友好，撰送挽联致哀。

上联中，多端，多种头绪，多种缘由。志摩凌空，此指 1931 年 11 月，现代著名诗人徐志摩在赴北京途中因飞机失事遇难。凌空，高高在空中飞行。君驭汽，指胡鸿基今又死于车祸。驭（yù）汽，驾驭汽车。这里是说，死亦变化多端，志摩死于飞机失事，逝者死于汽车车祸。兴会，犹兴致，一时高兴。正寝，旧式住宅的正屋。有时泛指人的死去，如寿终正寝。这里是说，只要兴会所到之处，便可算是寿终正寝了。此系对于不幸事故解嘲慰藉之词。

下联中，满洲，原系满族旧称，亦指我国东北一带。垂危，病重将死。这里是说，我们救国的责任尚未了却，东北三省已陷入日本侵略者手中，国家正处于生命垂危之中。招魂，《楚辞》篇名。屈原深痛楚怀王之客死而招其魂。这里是说，面对祖国如画江山，我们当共赋《招魂》。既以召唤亡友灵魂，亦愿国家得以安宁。

此联哀挽亡友，感时伤怀。能将个人哀痛与国家危亡结合起来，从而“共赋招魂”。看来逝者亦系爱国志士，作者才会如此联系。此联曾在当年《论语》半月刊刊载，可见具有一定社会影响。

挽李大钊

杨杏佛

南陈已囚，空教前贤笑后死；
北李犹生，哪用我辈哭先生。

赏析

此联写于1933年4月。李大钊为中国共产党早期创始人之一，曾任中共北方区委书记，积极帮助孙中山改组国民党。1927年被军阀张作霖逮捕杀害。1933年4月，中共北京地下组织设法将一直放在北京妙光阁浙寺的李大钊灵柩移葬于万安公墓，并举行公祭大会，杨杏佛代妇女救国联合会撰送挽联致哀。

上联中，南陈，20世纪20年代初，陈独秀、李大钊分别在上海、北京宣传马克思主义，筹建中国共产党的组织，且二人分别出生于南方和北方，故有“南陈北李”之说。南陈已囚，1932年10月，陈独秀在上海被国民党政府逮捕，并囚于南京监狱。前贤，指亦已牺牲的李大钊。后死，指囚于狱中的陈独秀。陈于1929年11月被共产党开除党籍，继而发表作为托陈取消派纲领的

《我们的政治意见书》。其时被因，虽生犹死，联中故言“前贤笑后死”。

下联中，北李犹生，李大钊虽已牺牲，但其精神不死，永远活在我们心中。因此“哪用我辈哭先生”。意谓我辈缅怀先烈应化悲痛为力量，投入现实斗争。

此联构思巧妙，属对工稳。南陈与北李、后死与先生、笑与哭，对照鲜明，寓有深意，更显先烈崇高形象。

更名联

陶行知*

行是知之始；
学非问不明。

作者

*陶行知（1891—1946），安徽歙县人。早年留学美国。曾任中华教育改进社总干事，推进平民教育运动。先后创办晓庄师范、育才学校、社会大学，培育革命人才。毛泽东称他为“伟大的人民教育家”。著有《陶行知文集》、《行知诗歌集》。

赏析

此联写于早年，具体时间不详。更名联，这是陶行知早年写的一副别具一格的更名联。虽只短短十字，含义却很深刻，从中可见作者世界观的变化。他将此联亲自书写，广赠友好，落款均用“行知”二字。

上联说明行与知的关系。作者青年时期一度信奉明代唯心主义哲学家王阳明的“知是行之始，行是知之成”的“知始行成”的学说，曾将自己原名文濬改成“知行”。后在自身社会实践中愈来愈发现王阳明这一哲学主张的失误，进而认识到“行是知之始”“行动才是求知的先导”，遂再更名为“行知”。

下联说明学与问的关系。学问，学习与询问。《易·乾》：“君子学以聚之，问以辩之。”二者有着相辅相成的辩证关系。联中“学非问不明”，意在强调学习过程中发现问题与提出问题的重要。学而不问，岂能深入？只有勤学好问，才能做成学问，亦即真正掌握系统的知识。

此联深入浅出，言简意明。犹如格言式的短句，能给人以思想的启迪。有的联书称之为《自勉联》，看来也有一定的道理。

题安徽公学

陶行知

义则居先，利则居后；
敬其所长，恕其所短。

赏析

此联写于1923年秋。安徽公学，“五四”运动以后，陶行知为收容因参加学潮被迫离校的皖籍学生，在南京与教育界皖籍同仁共同筹备安徽公学。1923年秋正式建成，并出任校长。他在办公室挂出一副对联，充分表明了自己为人处世的准则，并以此与全体师生共勉。

上联表明为人“义先利后”的准则。义，表示某一社会的伦理规范。利，主要指人们的物质利益。如何处理二者之间的关系？显然，“见利忘义”是错误的，但孔孟之徒把义和利完全对立起来也是片面的。《孟子·梁惠王上》：“仁义而已矣，何必曰利。”陶行知提出“以义为先”“先义后利”的原则，具有一定的积极意义。

下联讲述如何与别人相处与向别人学习的道理。这里是说，尊敬（敬重）他人的长处，宽恕（原谅）他人的短处。人总是有所长有所短的。如果能够做到“敬长恕短”，就能正确处理人际关系，就能最大限度地调动周围人们的积极性。

此联内涵深刻，作者倡导“义先利后”“敬长恕短”，实为做人立身处世的准则，具有一定的指导意义。

贺王母六旬寿辰

陶行知

作十万新民；
贺六旬王母。

赏析

此联写于1923年10月。王母，即王伯秋之母。王伯秋早年与陶行知共同提倡平民教育。1923年10月，王母六十大寿，陶行知撰联致贺。

上联中，作，制作、制造。《诗·周颂·天作》："天作高山，大王荒之。"新民，语出《礼记·大学》："大学之道，在明明德，在亲民，在止于至善。"朱熹章句："程子曰：亲，当作新。""新者，革其旧之谓也。言既自明其明德，又当推以及人，使之亦有以去其旧染之污也。"这里"新民"谓去其旧染污垢之人，亦即受过教育之人。此句意谓，制作十万新民，实即造就十万受过教育的人。陶行知当年希望友人从计划培养两万人增加到十万人，王伯秋后来即以作十万新民为自己的目标。

下联中，六旬，十岁为一旬，六旬即六十岁。此联上下两句联意贯穿，意谓我们当造就十万新民，以庆贺六旬王母。"王母"语义双关，既指王伯秋之母，亦指神话传说中的王母娘娘。西王母每年大开寿宴，诸仙都来做寿。旧时民间多将王母娘娘作为长生不老的象征。

这副祝寿联意境清新，语短情长。为贺六旬王母，造就十万新民。这既是平民教育工作者为母亲祝寿，也是自身应尽的责任。联中"王母"一词，更属韵味深长。

赠乡村教师

陶行知

捧着一颗心来；
不带半根草去。

赏析

赠乡村教师，1926年11月，陶行知主持中华教育改进社期间，曾组织南京、无锡等地的乡村教师互相观摩学习，还以此联书赠参与此次活动的老师们。他很喜欢这副对联。1930年再次书赠江苏省淮安县新安小学，同样给教师们以精神鼓舞。

“捧着一颗心来，不带半根草去。”联句全由口语组成，形象鲜明，言简意深。作者深情勉励乡村教师们全心全意从事乡村教育，只图奉献，不求索取，为发展我国乡村教育事业贡献一生。作者言如其人，联如其人，实际这也正是这位伟大的人民教育家一生奉献精神的真实写照。时至今日，读之仍会令人肃然起敬，深受教育。

题晓庄师范大门

陶行知

认清问题，研究问题，解决问题，为好教育；
发明工具，制造工具，运用工具，是真文明。

赏析

题晓庄师范大门，1927年3月，陶行知为实现其“改造全国乡村教育”的主张，在南京和平门外劳山下的晓庄（原名小庄），创办了晓庄试验乡村师范（简称晓庄师范）。该校正式开学时，校门两旁悬有陶行知撰写的这副对联。

上联提出什么是“好教育”。作者认为，衡量教育是否办好的标准，在于能否认清、研究、解决现实生活中提出的问题。只有让学生把书本知识与社会实践结合起来，才能逐步增强认识、研究、解决问题的能力。这与“两耳不闻窗外事，一心只读圣贤书”的传统教育思想是完全针锋相对的。

下联提出什么是“真文明”。文明，指人类社会的进步状态，即有文化的状态。它与“野蛮”相对。李渔《闲情偶寄》：“求辟草昧而致文明，不可得矣。”作者认为，衡量真假文明的标志，在于能否发明、制造和运用生产工具。这就充分肯定了掌握文化与发展生产的重要。

此联从社会生活与生产实践两个不同的角度，提出了学校的办学宗旨和学以致用的原则。

赠晓庄中心小学

陶行知

四体不勤，五谷不分，孰为夫子；
小疑必问，大事必闻，才算学生。

赏析

赠晓庄中心小学，1927 年 3 月，陶行知在南京晓庄，除创办晓庄师范外，还办了晓庄中心小学。他还将这副充分体现自己教育思想的联语题赠晓庄中心小学的师生。

上联直接表明自己的教育思想。这三句话出自《论语·微子》：“子路问曰：‘子见夫子乎？’丈人曰：‘四体不勤，五谷不分，孰为夫子？’”这是荷蓧丈人责备孔子的话，意谓四肢不劳动，五谷分不清，怎么能称作夫子呢？作者加以引用，意在表明自己的教育主张，即教育者本身应学会劳动，了解生产知识，否则就没有资格当先生。

下联提出学生应有的学习态度。学习过程中遇到不懂的地方，即使是很小的疑点，也务必要问。对于大的事情，特别是国家大事，则必须要闻（关心）。这样才能算是一个合格的学生。

此联通俗易懂，一半引自《论语》，一半是自己的话，二者有机组合，才能充分体现作者全新的教育思想。

题犁宫三联

陶行知

一

以宇宙为教室；
奉自然作宗师。

二

以教人者教己；
在劳力上劳心。

三

与马牛羊鸡犬豕做朋友；
对稻粱菽麦黍稷下功夫。

赏析

题犁宫三联，1927 年 6 月，当晓庄师范从发展乡村教育实际出发，由师生自己动手参与建造的土墙茅顶的礼堂落成时，陶行知为之取名“犁宫”，还欣然题写了三副对联。

第一副联语：

上联中，宇宙，天地。《庄子·让王》：“余立于宇宙之中，……日出而作，日入而息，逍遥于天地之间。”联句谓走出书斋，以天地作课堂。

下联中，宗师，一般指思想上、学术上受人尊崇、奉为典范的人。我国传统教育几千年来，向以四书五经为教材，以孔子、孟子为宗师。陶行知反其道而行之，公然主张“以宇宙为教室，奉自然作宗师”。振聋发聩之说，让人耳目一新。

第二副联语：

上联“以教人者教己”，为作者生活教育理论的重要观点之一。他曾指出：“因为要教大家，所以先教自己。”“为教而学必须设身处地，努力使人明白；既要努力使人明白，自己便自然而然地得格外明白了。”这里包含教学相长的思想。

下联在“劳力上劳心”，为作者生活教育理论另一重要观点。他曾指出：“单单劳力、单单劳心都不能算是真正的做。真正之做只是在劳力上劳心，用心以制力。”意在促进“劳心者”与“劳力者”的相互转化和融合，从而实现脑力劳动与体力劳动相结合。

第三副联语：

上联中，马、牛、羊、鸡、犬（狗）、豕（猪），为农村中常见的六种家养动物。

下联中，稻、粱（高粱）、菽（豆类）、麦、黍（黍子、黄米）、稷（粟的别称、小米），为农村中常见的六种农作物。值得注意的是，马牛羊、鸡犬豕、稻粱菽、麦黍稷，为旧时儿童启蒙读物《三字经》中的成句。这里强调要与前者做朋友，要对后者下工夫，意在阐明作者教育与生产劳动相结合、为农业生产服务的主张。

这三副联语所表述的内容与方式各异，但就总体而言，具体反映了作者决心革新中国教育的雄心壮志和“生活即教育”“社会即学校”的教育观点。

自　题

陶行知

在立脚点要平等；
于出头处求自由。

赏析

此联写于1927年9月。陶行知当时正忙于创办南京晓庄师范，宣传生活教育。他还有感于社会现实，自题联语一副，以抒发自己的怀抱。联末附有自注："上联是中山先生的意思，下联是我自己的意思。"

上联中，立脚点，亦作立足点。指坚信的宗旨和确立的目标。这里是说，要将追求平等作为自己奋斗的立脚点。

下联中，出头处，指为之奋斗努力的方向。这里"出头"有两层意思：一是出头露面，公开出面；二是从困苦的环境中解脱出来。联句兼有双重含义，为了求得自由必须出头露面，这样才能从困境中解脱出来。

此联通俗易懂，深入浅出。充分表达了作者对自由平等的渴望与追求。这在当时国民党独裁统治下，有其明显的战斗意义。

题晓庄师范二联

陶行知

一

从野人生活出发；
向极乐世界探寻。

二

放开肚皮吃饭；
打起精神读书。

赏析

这两副联语写于1927年间。晓庄师范，1927年3月建校时，初名晓庄试验乡村师范。后规模不断扩大，增设高等师范和中等师范，又设幼稚园、小学、中学，改称晓庄学校。1930年因师生赞成抗日，援助工人罢工斗争，学校被国民党政府封闭，陶行知亦遭通缉。晓庄师范办学期间，陶行知还曾题写过两副联语。

先看第一副联语：

上联中，野人，古时称城镇四郊以外地区为野，野人即乡野之人，指农夫。《孟子·滕文公上》："无君子莫治野人，无野人莫养君子。”联中“野人”，借用古代统治阶级的提法，实指我国农村广大农民。作者希望广大师生从我国农民现实生活出发，要像农民一样参加劳动，将来要为广大农民服务。

下联中，极乐世界，佛教指阿弥陀佛所居的世界。亦名“净土”，俗称“西天”。《阿弥陀经》：“从是西方，过十万亿佛土，有世界名曰极乐。”“其国众生，无有众苦，但受诸乐，故名极乐。”随着大乘佛教的盛行，曾一度成为绝大多数佛教徒，特别是中国净土宗信徒所向往的世界。联中引用这一佛教名词已有转义，作者希望广大师生通过学习去探寻人间“极乐世界”，即没有压迫没有剥削的理想社会。

再看第二副联语：

此联明显是为学校食堂题写，因此从特定场合出发，希望学生饭要吃饱，书要读好。“放开肚皮”与“打起精神”，都是通俗形象的说法，且又对得很工，实属信手拈来皆成妙句。

这两副联语各具特色。前者初看出语惊人，深思则有很深道理；后者用语直截了当，实话实说，让人心领神会。

题燕子矶幼稚园

陶行知

谁说非学校，就算非学校；

彼且为婴儿，与之为婴儿。

赏析

题燕子矶幼稚园，1927 年 11 月，陶行知在南京郊外风景名胜地燕子矶，创办起我国第一所农村幼儿园——燕子矶幼稚园。园舍茅屋泥墙，因陋就简，却也经济实用，雅致美观。在受到教育界，尤其从事平民教育人士好评的同时，也有人以“不伦不类”，亦即“既不像学校、又不像幼稚园”相攻击。陶行知在为该园题联时予以还击。

上联针对“不像学校”之说加以澄清。当时在我国农村办幼儿园，谈何容易！陶行知却知难而上，主张先办起来再说。他还指出："谁说非学校，就算非学校。"何必与其多费口舌。

下联针对"不像幼稚园"加以澄清。彼，他、对方。与，给予。之，他、它，通指行为的对象。《论语·雍也》："与之粟九百，辞。"这里是说，对方尚且为婴儿，就给予他们以婴儿的教育吧。陶行知还曾说过："有人说我们是哄娃娃，就算是哄娃娃，只要能为农民解决一点实际问题就好。"

古人云：予岂好辩哉，予不得已也！作者正是如此。针对社会上认为燕子矶幼儿园既不像学校，又不像幼儿园的议论，一一加以澄清，有理有节，让人信服。

题晓庄师范周年纪念

陶行知

斩荆披棘，百尺高楼平地起；
行难知易，一声长啸破天荒。

赏析

此联写于1928年3月。晓庄师范周年纪念，1928年3月，南京晓庄师范建校一周年。陶行知作为主要创办人，看到学校各方面均有很大发展，在全校师生举行纪念活动时，欣然题写了这副联语。

上联中，斩荆披棘（jí），亦作披荆斩棘，意即斩除荆棘（均为带刺的小灌木），用以比喻在前进道路上或创业过程中扫除障碍克服困难。语出《后汉书·冯异传》："为吾披荆棘，定关中。"百尺高楼，指晓庄师范校舍建筑发展很快，不少高楼拔地而起。这里"百尺"，并非完全实指，极言其高而已。

下联中，行难知易，作为一种认识论的命题，我国古代就有"知易行难"的说法，谓认识事情道理容易，实行其事则难。《书·说命》："说拜稽首曰：非知之艰，行之惟艰。"孔传："言知之易，行之难。"陶行知提出"行难知易"，意在强调行动、实践在认识过程中的作用。长啸（xiào），撮口发出长而清越的声音。岳飞《满江红》："抬望眼，仰天长啸，壮怀激烈。”破天荒，指过去从未有过的事。黄遵宪《番客篇》：“平生不著袜，今段破天荒。”这里是说，我国古代虽有“知易行难”的说法，但在我国教育界提出“行难知易”的命题，仍如一声长啸，是件破天荒的事情。

此联既指出学校在不断克服困难过程中取得发展，又强调这是“行难知易”教育思想的胜利。这样就将学校周年纪念上升到认识论高度，又使联语本身带有议论色彩。

赠李相维

陶行知

近朱者赤，近墨者黑；
尽力所及，尽心所安。

赏析

此联写于1928年间。李相维，为南京晓庄师范学校第一期学生。1928年3月，他孤身一人到金陵大学农场，创办了黑墨营小学。陶行知对此非常赞赏支持，很快送去书籍、勉词、校训，也送去了这副对联。

上联二句，语出东晋傅玄《太子少傅箴》：“故近朱者赤，近墨者黑；声和则响清，形正则影直。”谓接近朱砂容易变红，接近墨容易变黑。比喻接近好人可以使人变好，接近坏人可以使人变坏。意在强调客观环境对人有很大影响。联中引用这一成语，既与学校所在地黑墨营有关，亦与发展乡村教育相连，强调接受良好教育对于人一生的重要性。

下联二句，从办学者角度而言，应尽力而为，直到自己所能达到的地步；须尽心去做，以至感到真正心安的时候。事实正是这样，只要我们尽心尽力，就能达到预期的目的。

此联虽用了成语典故，却仍如日常口语一样，无损其通俗易懂的一贯风格。

题茶园五联

陶行知

一

为农民教育之枢纽；
是乡村社会的中心。

二

且来讲讲理；
何妨谈谈心。

三

多谢你来帮助；
少了我也不行。

四

中途且莫匆匆走；
心里有话慢慢谈。

五

嘻嘻哈哈喝茶；
叽叽咕咕谈心。

赏析

这五副对联写于1928年间。陶行知在创办晓庄师范的同时，还在南京郊区小庄农村创办了一座民众中心茶园。这里采用区别于当时普通茶馆的另一种提法，目的还是让附近农民可以前来喝茶、聊天、听书、看报、谈论时事。这样“茶园”实际就成了面对农村的宣传站。陶行知还特地为茶园题了五副对联。

第一联首先点出了创办茶园的宗旨。枢纽，比喻冲要的地点和事物的关键之处。这里是说，要把茶园作为对农民进行宣传教育的重要场所，要让茶园成为乡村社会的中心。这样就使茶园并非一般休闲去处，而是成为农民文化生活的组成部分。

第二联突出茶园沟通感情与交流思想的作用。附近农民可以到这里来讲讲理、谈谈心，从而化解人际纠纷，互相沟通感情。平日郁结的怨愤与苦闷，在这里可以得到及时的宣泄与必要的消释。

第三联述及茶园与顾客的关系。既要感谢你来喝茶给予帮助，但是少了我们你也不行，亦即离不开茶园这样一个文化娱乐的场所。二者相互依存，不可或缺。

第四联表明茶园良好的服务态度。他们总是劝导顾客，中途不要匆匆走开，心里有话不妨细谈。

第五联生动描绘茶园顾客乐在其中的清闲神态。嘻嘻哈哈、叽叽咕咕，均由象声词组成，形容人们喝茶时嬉笑欢乐与小声说话的情状。

这五副联语从茶园的宗旨、作用、与顾客的关系等各个侧面加以表述。作者为了适应广大农民的实际欣赏水平，有意尽量使用日常口语，力求通俗浅显，深入人心。内容不离农村教育，文字力求通俗易懂，亦已构成陶行知所撰联语的显著特点。

题联教子

陶行知

宁为真白丁；
不做假秀才。

赏析

题联教子，1940 年夏天，陶行知在重庆因其子陶晓光为了求职而托人开具假证明的行为，写了这副不同凡响的联语，意在告诫自己子女定要勤奋学习，不可沽名钓誉；同时也是针对当时某些社会现象有感而发。

上联中，白丁，旧指平民，没有功名的人。刘禹锡《陋室铭记》："谈笑有鸿儒，往来无白丁。"此句意谓，宁可做个真正的平民。

下联中，秀才，本来通称才能优异之士，后则专用以称府、州、县学的生员。作者希望自己的孩子，宁为真平民，不做假秀才。因为真平民能靠自己劳动吃饭，而假秀才则自欺欺人贻害社会。这里的"假秀才"主要是指不学无术、冒充斯文的纨绔子弟。

题联教子，言浅意深，启人三思，堪称"警世通言"。

赠江兆虎

陶行知

慧眼观人长处；
正心慎我独时。

赏析

此联具体写作时间不详。江兆虎（1908—1995），安徽旌德人。为安徽公学第二期高中毕业生。此后入金陵大学，毕业后曾在安徽公学及其徽州分校任教。抗战胜利后，历任上海交通银行襄理、交通大学、复旦大学教授。陶行知作为安徽公学创办人，曾应学生要求题赠这副格言式联语。

上联中，慧眼，佛教谓佛眼能看到过去和未来，故称慧眼。《无量寿经》："慧眼见真，能度彼岸。"今泛指锐敏的眼力。此句意谓，应当具有锐敏的眼力，善于观察别人的长处。这里含有学会慧眼识人与取人之长补己之短的意思。

下联中，正心，端正自己的心胸，具有正直的心灵。慎我独时，意即"慎独"，儒家用语，谓在独处无人注意时，自己的行为也要谨慎不苟。《礼记·中庸》："莫见乎隐，莫显乎微，故君子慎其独也。"郑玄注："慎独者，慎其闲居之所为。”后儒家以此作为修养重要方法之一。此句意谓，要端正自己的心胸，尤其是在个人独处时更应谨慎，亦即严格要求自己。

此联题赠自己学生，言简意赅，可作为人立身处世的警句格言。特别可贵之处在于，作者将佛家“慧眼”、儒家“慎独”等语汇引入联中，却能推陈出新，用以表现自己对于人生哲理的感悟。

挽吴梅

叶圣陶*

一别判天人，永忆偕为三楚旅；
万方犹困厄，应悲不见九州同。

作者

*叶圣陶（1894—1988），名绍钧，江苏苏州人。现代著名作家、教育家。文学研究会发起人之一，主编《小说月报》、《妇女杂志》、《中学生》等刊物。新中国成立后，任教育部副部长、人民教育出版社社长、全国政协副主席、中国民主促进会中央主席。作品多已收入《叶圣陶文集》。

赏析

此联写于1939年3月。吴梅（1884—1939），字瞿安，号霜厓，江苏吴县人。近代著名诗词戏曲作家、理论家。曾任东吴大学、北京大学、中央大学等校教授。有《霜厓文录》、《霜厓诗录》、《霜厓曲录》四卷及《中国戏曲概论》、《南北词简谱》等著述传世。1939年3月17日在云南因病逝世，叶圣陶撰送挽联致哀。

上联中，判，分离。《左传·庄公三年》："纪于是乎始判。"注："判，分也。"天人，天与人。《荀子·天论》："明于天人之分，则可谓圣人矣。"三楚，地名，战国楚地。有西楚、东楚、南楚之分，但据史书记载，说法多有不一。后多用以泛指湖南、湖北一带。旅，客。语出《易·复》："商旅不行。"郑玄注："旅，客也。"这里是说，我们从此一别判若天人之分（一个升入天国，一个留在人间），自当永远忆起一度同在三楚之地客居的情景。此指抗战爆发以后曾从江苏撤退，二人同在湖北武汉滞留了一段时间。

下联中，万方，指全国各地。杜甫《登楼》："花近高楼客伤心，万方多难独登临。"困厄（è），困苦，危难。九州，原为传说中我国中原上古行政区划，后用以泛指全中国。陆游《示儿》："死去原知万事空，但悲不见九州同。"这里是说，我国各地惨遭日寇侵略犹处危难之中，友人却此时逝去，自应悲叹不能看到抗战胜利国家统一的日子了。

此联哀挽友人，情真意挚。上联追怀往事，忆及抗战初期同在楚地客居的情景；下联感叹时事，想到友人"应悲不见九州同"。作者与逝者交往多年，联中却只突出"偕为三楚旅"，有意围绕抗战落笔，且为友人无法看到抗战胜利而悲伤。一片救亡图存抗日爱国之情，溢于挽词字里行间。

代某贺穆藕初女儿新婚

叶圣陶

晓起卷珠帘，共看蜀中山水；
闲来霏玉屑，应关宇内烟尘。

赏析

此联写于20世纪40年代初。穆藕初（1876—1943），上海浦东人。早年留学美国。回国后兴办实业，曾任上海华商纱布交易所理事长、国民政府工商部常务次长。"九一八"事变后，积极募款支援抗日。抗战爆发后，任国民政府经济部农垦局经理。20世纪40年代初，穆藕初女儿在重庆结婚，叶圣陶受人之托，代书婚联致贺。

上联写出新人欢度蜜月悠闲自在的生活。珠帘，用珍珠缀饰的窗帘。这里是说，新人清晨卷起珠帘，一起观看蜀中的山水。可见新人出身名门身居高楼，过着雍容闲适的生活。

下联希望新人喜事过后仍须关注宇内烟尘。霏（fēi），飞散。《诗·邶风·北风》："北风其喈，雨雪其霏。"玉屑，玉的碎末。王充《论衡·书解》："故曰蕞残满车，不成为道；玉屑满箧，不成为宝。"烟尘，喻战乱。南朝梁昭明太子萧统《七契》:“当朝有仁义之睦，边境无烟尘之惊。”这里是说，新人手中玉屑像雪花一样飞撒，可想到应当关注国内战争的烽烟。这是劝谕新人生活在养尊处优的环境中，不要忘记抗日战争还在进行。

这副婚联蕴藉含蓄，对仗工稳。联意婉约而带讽，既贺穆氏之女新婚宴尔，又愿新人不忘“宇内烟尘”，讽喻之意甚明。因其用语文白相间，颇耐人吟咏回味。

为推鸡公车者写的春联

叶圣陶

有子荷戈庶无愧；
为人推毂亦复佳。

赏析

此联写于 1942 年春。1941 年，叶圣陶全家避居四川成都郊区。每次进城回家，常坐姓俞的鸡公车（独轮手推车），因此结识，遂以“老俞”相称。次年春节，老俞请他拟副春联，于是写成此联。老俞听解释后高兴地说:“好，确实好，切，切得很，就是我要说的话。有个儿子在前方打国仗，总算对得起国家。推鸡公车，凭力气换饭吃，比哪一行正经行业都不差。”

上联意在表彰老人将唯一儿子送上前线抗日的爱国行为。荷(hè)戈，肩扛武器。戈原为我国古代的一种兵器，后亦泛指武器。庶，庶几、差不多。这里是说，有个儿子扛枪上了前线，庶几问心无愧。

下联充分肯定老人身居乡间自食其力的精神。毂（gǔ)，原为车轮的中心部分，有圆孔，可以插轴。后亦用以指车。《汉书·食货志下》:“转毂百数。”这里是说，为人推车也是一件好的差事。

这副为抗日军人亲属所书的春联，切人切事，律对精严，贴出之后，一时传为美谈。这位俞姓老人将独子送上前线抗日，自己却在家乡推车糊口，勤劳爱国精神，让人为之感佩。联语采用老人自己的口吻表述，既符合春联特定要求，而又更为平易感人，作者深情赞美之意亦尽在其中。

挽四八烈士

叶圣陶

天陨巨星；
人其振奋。

赏析

此联写于1946的4月。同年4月8日，王若飞、秦邦宪、叶挺、邓发等人由重庆返回延安途中，因飞机在山西省兴县黑茶山失事遇难。不久，延安、重庆各地纷纷举行悼念活动，叶圣陶、傅彬然联名撰送挽联，向四八烈士致哀。

上联中，陨（yǔn），坠落。巨星，大星。古人以为凡属有名人物均由天上星宿下凡，作者借以称颂中共中央委员王若飞和秦邦宪、新四军军长叶挺、中共中央职工委员会书记邓发等人。这里正以天坠大星喻四八烈士不幸遇难。

下联中，其，代词，回指上文提及的事和人。《诗·周南·桃夭》："桃之夭夭，灼灼其华；之子于归，宜其室家。"这里代指"天陨巨星"一事。下联意谓，人们将因四八烈士不幸遇难而更加振奋起来，积极投入反内战、争民主的斗争。

此联短短八字，言简意明。既喻逝者为"巨星"，极富感情色彩，又愿生者共"振奋"，颇具鼓舞力量。

挽李公朴闻一多

叶圣陶

生命何足重，妻子何足恋，刀锯何足畏，所争者真民主；
富贵不能淫，贫贱不能移，威武不能屈，此之谓大丈夫。

赏析

此联写于1946年10月。同年7月中旬，中国民主同盟中央执行委员、著名学者、诗人李公朴与闻一多，相继在云南昆明因参加爱国民主运动被国民党特务杀害。全国各地人们纷纷举行集会，沉痛悼念李公朴、闻一多烈士，愤怒谴责国民党当局制造“李闻惨案”的罪行。叶圣陶与郭绍虞、傅彬然、周予同、徐调孚在上海举行悼念活动时，联名敬献挽联致哀。

上联表彰逝者为争真民主而献身。这里三个“何足”，根据闻一多牺牲前讲演内容概括，充分反映了逝者英勇不屈视死如归的斗争精神。李公朴、闻一多作为爱国民主战士，为了争得真正民主，无视敌人种种迫害，不惜牺牲身家性命。今日虽遭杀害，烈士英风长存。

下联深情赞美二位烈士足以为人楷模的崇高品德。语见《孟子·滕文公下》：“富贵不能淫，贫贱不能移，威武不能屈，此之谓大丈夫。”联中全文录用，意在告诉人们：作为一个有大志、有作为、有气节的男子汉，应当做到富贵不能荡其心旌，贫贱不能变其操守，威武不能挫其志节。这一方面逝者已为我们做出了榜样。

这副挽联采用古语今言，构成排比句式，盛赞今日敢争真民主的大丈夫。联语气韵沉雄，悲壮感人，读之让人对于逝者肃然起敬。

挽胡朴安

叶圣陶

治许惟段桂严王是宗，由绚烂归平淡；
说易在阴阳爻象之外，化腐朽为神奇。

赏析

此联写于1947年7月。胡朴安（1878—1947），安徽泾县人。清末在上海加入中国同盟会和文学团体南社。早年兼任上海国民大学和持志大学国文系主任。20世纪30年代起，历任《民国日报》社长、《政论社》社长、上海通志馆馆长。他在长期主持报务之余，致力于文字学、训诂学、《周易》、《庄子》的研究工作，且取得引人注目的成就。1947 年 7 月因病逝世于上海，叶圣陶撰送挽联致哀。

上联高度评价逝者在许慎《说文解字》研究方面所取得的成就。“治许惟段桂严王是宗”，东汉许慎所撰《说文解字》是我国第一部系统分析字形和考究字源的字书。这部文字训诂学专著对于后世研究文字和编辑字书产生了极大的影响。清代学者段玉裁、桂馥、严可均、王念孙，均有研究《说文解字》的专门著述。这里是说，胡朴安在“治许”，即研究许慎《说文解字》方面，认为唯有上述四位清代学者堪称自己景仰的一代宗师。“由绚烂归平淡”，语见周紫芝《竹坡诗话》二：“东坡尝有书与其侄云：‘大凡为文，当使气象峥嵘，五色绚烂，渐老渐熟，乃造平淡。’”这里是说，胡朴安对于文字训诂的研究，继清代段、桂、严、王之后，已由前人追求文采绚烂而归于质朴自然。

下联充分肯定逝者在《周易》研究方面能“化腐朽为神奇”。“说易在阴阳爻象之外”，说易，解说《周易》。易乃古卜筮之书，有连山、归藏、周易三种，合称“三易”。今仅存《周易》，即《易经》。阴阳，为古代哲学概念，旧以阴阳解释万物化生，凡天地、日月、昼夜、男女以至脏腑、气血皆分属阴阳。《易·系辞上》：“一阴一阳之谓道。”爻（yáo）象，《易》以六爻相交成象，爻象即卦所表示的形象。总论卦之象的为大象，如《乾》卦“象曰：天行健，君子以自强不息”；论一爻之象的为小象，如《乾》卦“潜龙勿用，龙在下也……”大象、小象都是分别从卦、爻所示之象，通过想象推论人事的变化。“化腐朽为神奇”，语出《庄子·知北游》：“是其所美者为神奇，所恶者为腐朽。腐朽复化为神奇，神奇复化为腐朽。”此指变坏为好，化无用为有用。这里是说，胡朴安所著《周易古史观》在解说《周易》方面，能化腐朽为神奇，亦即在“阴阳爻象之外”，寻求较为科学的解释。

这副挽联为作者代表中国语文学会所撰，所以突出逝者一生在文字训诂与周易研究方面的学术贡献。联语很像一篇述评，从内容到文字都很到位，明显出于此中行家的手笔。“治许”“说易”均为专题研究的学问，“惟段桂严王是宗”与“在阴阳爻象之外”，非同道中人岂能说出这些行话？上下联的结语亦系切中肯綮之言，对逝者作出了颇为准确的评价。

赠倪君

叶圣陶

花好月圆，心清人寿；
酒甘茶热，曲雅香温。

赏析

此联写于1948年1月。今据《古今名人联话》一书收录，该书附有简要说明。文为：“1948年1月，叶圣陶用旧句赠郑滨之夫倪君，联云：……”当时叶圣陶在上海开明书店工作，至于倪君、郑滨夫妇，生平事迹不详。

上联中，花好月圆，比喻美好圆满的生活。宋晁端礼《行香子》词：“莫思身外，且斗尊前，愿花长好，人长健，月长圆。”今常用作新婚的祝词。心清人寿，“清”本指水澄澈，可引申为清廉、纯净、高洁。此句意谓，心胸高洁(或心地纯洁)，人享长寿。

下联中，酒甘茶热，谓酒味甘醇茶亦很热。甘，甜美。曲雅香温，谓乐曲高雅香气柔和。此言饮甘酒、喝热茶、听雅曲、闻温香，均系人生乐事。

此联均由四言组成，除“花好月圆”为常用成语外，其余均为作者巧构。这些纯由主谓结构组成的短语，均含祝颂称赏之意。属对工巧，一气可成，显然出于当代语言文字学大家的手笔。若就联意而言，倪君、郑滨夫妇似属文化人，且新婚不久，作者因以此联祝愿年轻友人生活美满幸福。

赠王伯祥

叶圣陶

情超哀乐三杯足；
心有阴晴万象殊。

赏析

此联写于20世纪40年代。王伯祥（1890—1975），江苏吴县人。长期从事古代文学与历史研究工作，曾在上海商务印书馆、开明书店担任编辑。抗日战争胜利之后，叶圣陶回上海开明书店，曾应这位同乡、同事的要求，书赠此联。

上联中，哀乐，悲哀与快乐。上联意谓为人的感情须超越于哀乐之上，亦即善于自我控制和自我调节。遇喜不要得意忘形，遇哀不可悲伤过度，力求做到“情超哀乐”。三杯足，喻指知足超脱。李白《月下独酌》：“圣贤既已饮，何必求神仙，三杯通大道，一斗合自然。”这里“三杯足”，似有双重含义：表层含义为遇喜以酒助兴，逢悲借酒浇愁，切记三杯足矣；深层寓意是遇事均要把握分寸，做到适可而止。

下联意谓做人心里容得下阴晴的变化，即无论身处顺境和逆境，都应有足够的心理准备，能经得起成功与失败的考验。万象，指自然界的一切事物与现象。这里是说，只要心胸开阔，对于人间万象就会产生与众不同的感受。

此联言简意赅，对仗工稳，寓意深刻，饱含人生哲理。作者久经风霜，阅历丰富，此系生活经验的概括与思想情怀的写照，能给人以无穷启迪。值得注意的是，亦有联书将此联命名为《自题》。看来二者均可。作为人生格言，既可用以自题，亦可用以赠人。

题安息亭

叶圣陶

雁山灵秀所钟；
烈士精神不朽。

赏析

此联写于20世纪50年代。安息亭，在浙江省乐清县雁荡山烈士墓旁。1953年由当地人民政府建成。叶圣陶当年曾游雁荡山，并应约为安息亭题联。

上联首先点出安息亭所在之处。雁山，即雁荡山，在乐清县东北。旧传山顶有荡，秋雁归时多宿于此，故名。雁荡山景物可与庐山、黄山媲美，向为著名旅游胜地。山上有灵峰、灵岩、大龙湫、三折瀑、显胜门、雁湖等主要景区。灵秀所钟，由成语“钟灵毓秀”化出，意谓美好风土诞育优秀人物。这里是说，雁荡山为优秀人物所聚集的地方。

下联直接点明题意，谓烈士们献身于伟大的中国人民解放事业，其精神自当永垂不朽。

联语紧扣题旨，言简意明。人们立于亭前，愿烈士英灵安息于雁山之上，深信烈士崇高的精神将永久流传下去。

赠友人

叶圣陶

得失塞翁马；
襟怀孺子牛。

赏析

此联写于20世纪70年代中期，适值“文化大革命”的后期。当时人们身处逆境，心情悒郁。叶圣陶曾以此联题赠友人，意在勉励友人不以眼前得失为念，开阔胸怀，相信未来，愿作人民大众的老黄牛。

得失塞翁马，由成语“塞翁失马，焉知非福”转化而来。典出《淮南子·人间训》：“近塞上之人，有善术者，马无故亡而入胡，人皆吊之。其父曰：‘此何遽而不为福乎?’居数月，其马将胡骏马而归，人皆贺之。其父曰：‘此何遽不为祸乎?’家富良马，其子好骑，堕而折其髀，人皆吊之。其父曰：‘此何遽不为福乎?’居一年，胡人大入塞；丁壮者引弦而战，近塞之人，死者十九，此独以跛之故，父子相保。故福之为祸，祸之为福，化不可极，深不可测也。”这位塞上老翁有关马之得失无常、人之祸福相倚的议论，充满了深刻的辩证法，我们可以从中悟出不少人生的哲理。

襟怀孺子牛，愿友人具有甘作孺子牛的胸襟怀抱。孺子牛，典出《左传·哀公六年》：“女（汝）忘君之为孺子牛而折其齿乎?”孺子，齐景公的儿子。齐景公曾与儿子嬉戏，口衔绳子学做牛，让儿子牵着走。儿子跌倒，把齐景公的牙齿拉折。后借以比喻甘愿为人民大众服务的人。鲁迅《自嘲》：“横眉冷对千夫指，俯首甘为孺子牛。”这里是说，就个人襟怀而言，我们应有甘为孺子牛的精神。

这是一副内蕴深厚的格言联。我们仿佛在聆听一位饱经风霜的老人，谈论自己坎坷曲折的人生经历，抒发个人老而弥坚愿作孺子牛的襟怀。可谓语工意新，堪作喻世明言。此联既为题赠友人而作，亦属因以自勉之词。

赠谢国祯

叶圣陶

信步园林，以诗酒自适；
小遗风范，而丘壑独存。

赏析

此联写于1977年2月。谢国祯（1900—1982），河南安阳人。1925年考入清华大学国学研究院，师从梁启超钻研明清历史。曾任北京图书馆编纂，并在南京中央大学执教。新中国成立后，任南开大学历史系教授、中国社会科学院历史研究所研究员。1977年2月，叶圣陶曾以“朱古微词句”写成此联相赠。按近代词人朱孝臧，字古微，号彊（qiáng）村，有《彊村语业》、《彊村丛书》传世。联中所引词作详见《彊村语业》。

上联中，信步，漫步、随意行走。自适，犹自娱、自遣，即自己感到舒适。这里是说，平日闲时常在园林之中漫步，或以饮酒赋诗的方式自我消遣。此系我国文人雅士传统的生活方式，何况到了人生晚年，更应适应悠闲自在的生活。

下联中，小遗，稍有遗失或遗忘。丘壑（hè），山水幽深之处，亦指隐者所居之处。南朝宋诗人谢灵运《斋中读书》：“昔余游京华，未尝废丘壑。”这里是说，即使稍遗学者专家的风度规范，而追求隐者生活的“丘壑”之心依然独存，亦即安于离开工作或研究岗位之后休闲自在的生活。根据《词源》，“丘壑”另有一解：宋黄庭坚《题子瞻枯木诗》：“胸中元自有丘壑，故作老木蟠风霜。”本是说画家的构思布局，后亦称人思想深远为“胸有丘壑”。联中如按“胸有丘壑”去解，似亦未尝不可。

此联集近代词人朱古微词中成句以赠身边友人，纯系采用传统方式表达对于人生知己的慰勉之情，此中似亦包含“夫子自道”的成分。二人均已为年近或年逾八十的老人，虽属桑榆晚景，依然精神健旺。老人达观之情怀，让人为之感佩。

自　题

叶圣陶

观钓颇逾垂钓趣；
种花何问看花谁。

赏析

此联题于 1977 年 3 月。当时作者在经历“文革”十年浩劫之后，曾以篆书写了这副昔日自撰的联语。它生动而鲜明地宣示了作者闲静乐观的情趣和豁达大度的胸怀。另据《新文学史料》所载，作者此前曾将此联书赠苏州专治盆景的友人叶寄深，以答谢其馈赠《雀梅桩》盆景的雅意。

“观钓颇逾垂钓趣”，何以观看别人钓鱼更加胜过自己垂竿钓鱼的乐趣，颇令人玩味。实际上，无论“观钓”还是“垂钓”，只求乐在其中。至于二者孰优，可能因人而异。作者属意前者，亦系个人情趣使然。

“种花何问看花谁”，意谓只管自己好好种花，何须过问看花的人是谁。因为种花并非只为自己欣赏，而是应让别人一起观赏。这样就在种花为了“独乐”还是寻求“众乐”的比较中，呈现出两种不同的思想境界。

这副格言式的联语，言少而意多，能启人深思。作者从日常生活现象入手，道出多年沉潜于心的哲理感悟。我们不难从中看出这位世纪老人特有的思想情趣和人生追求。

与俞平伯集句

叶圣陶

得句疑人有；
看书不厌忘。

赏析

此联成于20世纪70年代末。俞平伯为我国现代著名诗人、学者，《红楼梦》研究专家。早年参加“五四”新文学运动，是新潮社、文学研究会成员。历任清华大学、北京大学等校教授、中国科学院文学研究所研究员。著有《燕知草》、《红楼梦研究》等书。20世纪70年代末，叶圣陶与俞平伯集句成联，并由书法家吴家禄写就，充分表达了三位学者老而弥坚、勤奋不辍的治学精神。

得句疑人有，得到好的句子还会怀疑别人已经有过。实际这是一种不断探索、锐意创新的心理反映。

看书不厌忘，上了年纪的人看书容易忘记，这是一种常见现象。他们却“不厌忘”，亦即依然经常看书，刻苦治学。

老人闲时集句自娱，还是三句不离本行。看书不倦，得句求新。这种治学精神，似乎已入化境，能不让人为之歆羡神往！此联题为“集句”，自当为截取前人诗文成句，只是集自何人何书，有待继续查考。

题长沙天心阁

叶圣陶

天高地迥；
心旷神怡。

赏析

此联写于20世纪80年代。天心阁，在湖南省长沙市城内。始建于清朝初年，原为天心、文昌二阁，后合并为天心阁。1938年毁于长沙大火，解放以后重建。此阁高踞山冈之上，与岳麓山遥遥相对。登阁观赏山川景物，或结伴吟咏，自有一番佳趣。20世纪80年代，叶圣陶曾游长沙，并应约为天心阁题联。

天高地迥，语见唐代王勃《滕王阁序》："天高地迥，觉宇宙之无穷。"迥（jiǒng），远。此处极言登阁眺望，让人产生天高地远之感，且觉宇宙之中有着无穷的变化。

心旷神怡，旷（kuàng），开朗。怡（yí），安适愉快。此句意谓，心境开朗，精神愉悦。语见宋代范仲淹《岳阳楼记》："登斯楼也，则有心旷神怡，宠辱皆忘，把酒临风，其喜洋洋者矣。"

这是一副典型的嵌名联，采用鹤顶格，上下句首字嵌有"天心"阁名。又是一副地道的集句联，上下句均有所本，分别集自唐宋著名文学家的文章。人们登临此阁，既可感受登滕王阁那样"觉宇宙之无穷"，又会产生登岳阳楼那样"其喜洋洋者矣"的心境。作者学识渊博，信手拈来，皆成妙句，可谓大家手笔。

赠某作曲家

叶圣陶

精心参妙绪；
刻意谱新声。

赏析

此联写作时间不详。叶圣陶曾应某作曲家要求，题赠这副联语。有关此人生平经历，尚待进一步查考。

上联中，参（cān），参合，调和。妙绪，美妙的思绪。上联意谓，要认真细心地参透自己心中美妙的情思，亦即专心致志地把神奇美好的思想感情表现在艺术作品里面。

下联中，刻意，专心一意。新声，新作的乐曲。语见《国语·晋八》："平公说新声。"这里是说，要专心一意再谱写出新的乐曲，以献给广大的音乐爱好者。

此联文字精当，语短情长。既为勉励友人，亦属激励自己。音乐艺术与文学创作，隔行并不隔山，二者存在不少相通之处，因此可以互相勉励。

贺谢冰心吴文藻结婚

冯友兰*

文藻传春水；
冰心归玉壶。

作者

*冯友兰（1895—1990），河南唐河人。早年留学美国，获博士学位。曾任北京大学、清华大学、西南联大教授。新中国成立后，任中国科学院哲学社会科学学部委员、全国政协委员。著有《中国哲学简史》、《中国哲学史新编》。

赏析

此联写于1929年夏天。谢冰心（1900—1999），福建长乐人。现代著名诗人、散文作家。吴文藻（1901—1985），江苏江阴人。现代著名社会学家。1929年夏天，谢冰心与吴文藻结婚，冯友兰题赠联语致贺。

上联中，文藻，文采、辞藻。骆宾王《帝京篇》："马卿辞蜀多文藻，扬雄仕汉乏良媒。"春水，喻女子明亮的眼睛。崔珏《有赠》："两脸夭桃从镜发，一眸春水照人寒。"上联"文藻"指新郎吴文藻，称冰心慧心识才俊，春水分外明。如将"春水"视作冰心第二本小诗诗集《春水》似亦说得过去，则可释为文采传（表现、流露）于《春水》之中。

下联中，冰心，心地像水一样清明纯洁。玉壶，美玉制成的壶，亦喻人品高洁或为官清廉。语见王昌龄《芙蓉楼送辛渐》："洛阳亲友如相问，一片冰心在玉壶。"联中化用唐人诗句，赞美这对年轻夫妇人品高洁，又寓冰心归于玉壶之中。

这是一副典型的嵌名联，即将新婚夫妇二人名字嵌入联中，又能切合特定的人事情境，堪称婚联佳作。

赠贺麟

冯友兰

尘垢秕糠，犹铸尧舜；
深山大泽，实生龙蛇。

赏析

此联写于1935年间。贺麟(1902—1992)，字自昭，四川金堂人。1926年毕业于清华学堂，后赴美国、德国学习深造，20世纪30年代初回国。历任北京大学、西南联大教授，中国社会科学院哲学研究所研究员、西方哲学史研究室主任、研究生院博士生导师。著有《当代中国哲学》、《文化与人生》、《现代西方哲学讲演集》等书。1935年，冯友兰与其同在北大任教，曾题写这一集句联相赠。

上联集自《庄子·逍遥游》："是其尘垢秕糠，将由陶铸尧舜者也。"尘垢（gòu），尘土与污垢。秕（bǐ 比）糠，秕子与谷皮。铸，陶铸、造就。尧舜，尧和舜，相传为上古圣明君主，后亦泛指圣人。这里是说，尘垢秕糠均系糟粕无用之物，犹可造就出尧舜这样的人。此中包含可以化腐朽为神奇的意思。

下联集自《左传·襄公二十一年》："深山大泽，实生龙蛇，彼美，余惧其生龙蛇以祸女。"杜预注："言非常之地多生非常之物。"大泽，大的沼泽。龙蛇，龙和蛇，这里比喻非常的人物。这里是说，深山大泽之中，实会生出非常人物。

此联以集句形式赞颂同行友人。上联言其学术研究，能化腐朽为神奇；下联言其人品地位，实为藏于民间的非常人物。联句古朴，品评到位。

应对闻一多

冯友兰

每饭不忘红袖句；（闻一多）
凭栏唯见腊梅花。（冯友兰）

赏析

此联成于抗日战争初期。应对闻一多，抗日战争爆发以后，清华大学南迁，与北京大学、南开大学合为长沙临时大学，文学院设在湖南南岳市。现代著名诗人闻一多与哲学家冯友兰均在该院任教，且曾即兴应对，构成一副联语。此事详见冯友兰《三松堂自序》。

上联为闻一多的出句。当时哲学系教员吴宓写诗，其中有“相携红袖非春意”的句子，明显很不得体。“红袖”为妇女的红色衣袖，亦可代指美女。处于战争环境，仍吟此艳诗，闻一多曾讥之为“吟诗马二评红袖”。有次与冯友兰闲谈，又言及此事，随口说了一句诗：每饭不忘“红袖”句。

下联为冯友兰的对句。冯友兰所住楼旁有株腊梅，那时腊梅正开，站在楼上栏杆旁边，正好与腊梅相齐。听到闻一多出句，即景生情，随口应道：凭栏唯见腊梅花。腊梅冬季开花，香味浓郁，供人观赏。“唯见腊梅”与“相携红袖”自属不同艺术情趣与思想境界。

此系抗战爆发后高校南迁流亡期间大学教授们的生活轶事，这些不同诗句、联句亦可反映不同的人生胸襟与怀抱。

书赠路成铭

冯友兰

闻道舆途次第还；
黄河依旧绕潼关。

赏析

此联写于1945年间。书赠路成铭，据近年出版的《冯友兰先生年谱初编》记载："1945年为路书一条幅，路为西南联大学生，47年留学，58年回国，后任《中国海洋湖沼学报》编审。"

联句集自宋代诗人陆游《书事》之一："闻道舆图次第还，黄河依旧抱潼关。会当小驻平戎帐，饶益南亭看华山。"文字稍有更动。闻道，听说。舆（yú）途，乘车上路。次第还，依次返回。联句意谓，听说你乘车上路已依次返回。陆游原诗"舆图"指国家的疆土，"次第还"为希望收复失地。

下联中，黄河，我国第二大河，源出青海，中下游为我国古代文化的发祥地。潼关，关名，在陕西省潼关县北。地当陕西、山西、河南三省要冲，向为兵家必争之地。联句意谓，黄河依旧环绕着潼关。

此联当为路成铭当时返乡探亲回校后，冯友兰应其要求题写。联句改"抱"为"绕"语义相近。此联整体含义需结合陆游原诗与当时抗战形势加以理解。

挽朱自清

冯友兰

人间哀中国，破碎河山，又损伤背影作者；
地下逢一多，辛酸论话，应惆怅清华文坛。

赏析

此联写于1948年8月。朱自清（1898—1948），字佩弦，江苏扬州人。现代著名学者、散文家。早年为文学研究会成员，后曾在清华大学、西南联合大学任教。抗战胜利后，支持学生反对内战、反对独裁的爱国运动。1948年抗议美国扶持日本，拒绝接受美援面粉。同年8月，因贫病交加逝于北平，冯友兰撰送挽联致哀。

上联在感伤国家山河破碎的同时，哀叹友人之死。哀中国，谓人世间最让人悲哀的是中国。背影，现代散文名篇，朱自清代表作品之一。这里是说，国家已山河破碎，又损伤了《背影》作者朱自清先生。

下联设想逝者与闻一多地下相逢，亦应惆怅清华文坛。一多，即现代著名诗人、民主革命战士闻一多。1946 年 7 月，因投入反内战、反独裁民主运动而遭国民党特务暗杀。论话，论世与话旧。惆怅，因失意而伤感苦恼。清华，即清华大学。朱自清、闻一多均为清华大学文学院教授，他们相逢于地下，谈起辛酸往事，自然为清华大学文坛诗人、作家相继谢世而惆怅。

此联对仗工稳，情深意挚。国家山河破碎，友人相继死亡，能不为之哀伤！作者只能长歌当哭，以寄哀思。

自　题

冯友兰

室有六书春自韵；
人如三松岁长青。

赏析

此联写于 20 世纪 50 年代。1990 年 2 月，北京大学哲学系冯友兰奖学金获得者博士生杨深，本科生冯刚、刁一俊来拜访冯友兰并合影，赠福建木雕一件，上刻先生当年自题联语。昔日本属夫子自道，今由门生借花献佛，实为先生人格精神的写照。

上联中，六书，即作者抗日战争期间写成全由“新”字冠名的六本哲学著作，包括《新理学》、《新事论》、《新世训》、《新原人》、《新原道》、《新知言》。其主要内容在于对中华民族传统精神生活加以系统反思。韵，气韵、风度。此句意谓，室内陈有“六书”，春自充满神韵，亦即春意盎然。

下联中，三松，冯友兰住在北京大学燕南园内，因寓所庭中有三株松树，遂名其居为“三松堂”。此句意谓，但愿人如院中三株松树能与岁月长青，亦即永葆青春。

这副自题联语实为“夫子自道”。室有六书则春意盎然，人如三松则岁月长青。联句于写实中带有诗意，实即当年作者学术研究和人生追求的真实写照。

题照

冯友兰

执手感关怀，三人并列文史哲；
集会明任务，一笔齐扫帝修反。

赏析

题照，1963年间，中国科学院哲学社会科学学部委员会开会，讨论组织一批有分量的文章痛击当时国际上的一股反华逆流，闭会时毛泽东主席接见与会人员并摄影留念。冯友兰在会后收到了一张放大的照片，上有毛主席与自己握手的镜头。他为此而激动不已，遂在照片上题写此联以志其事。

上联谓毛主席与己握手因而感受到巨大关怀。这张照片上还摄进了站在自己旁边的两个人，他们正好分别是文、史、哲方面的专家：刘大杰是文学史家，周予同是历史学家，冯友兰是哲学家，联中因称“并列文史哲”。

下联中，帝修反，按照当时习惯提法，是指帝国主义、现代修正主义和各国反动派。此句意谓，这次学部委员集会，目的在于明确任务，及时投入反对帝国主义、现代修正主义和各国反动派的斗争之中。“一笔齐扫”，形容哲学社会科学工作者战斗决心之大和这次斗争的火力之猛。

此联对仗工整，构思奇巧。作者自己亦称为“绝对”。诚然，上联“文史哲”与下联“帝修反”相对，一正一反，堪称“绝对”。

挽嵇文甫

冯友兰

哲学正跃进，万马奔腾失旧侣；
中原留勋业，一生尽瘁为斯民。

赏析

此联写于1963年间。嵇文甫（1895—1963），河南汲县人。1918年毕业于北京大学。1926年赴莫斯科中山大学学习。1928年回国后，历任北平大学、清华大学、燕京大学教授、河南大学文学院院长。新中国成立后，任中南军政委员会委员、河南省副省长、中国哲学社会科学学部委员、郑州大学校长等职。1963年因病逝世，冯友兰撰送挽联致哀。

上联中，哲学，社会意识形态之一，是关于世界观的学问，它研究整个世界最普遍的问题。这里是说，当时哲学正处于跃进的年代。旧侣，旧日的同伴。这里是说，值此万马奔腾之时，却失去了往日志同道合的友人。

下联中，中原，地区名。狭义指河南省一带，广义指黄河中下游地区。勋业，功勋和业绩。逝者长期在河南工作，因言为中原地区留下不少功勋和业绩。尽瘁（cuì），尽心竭力，不辞劳苦。《诗·小雅·北山》：“或燕燕居息，或尽瘁事国。”斯民，此民、这里的人民。

此联哀挽逝者。上联为哲学界失去同行友人而深感痛惜；下联肯定逝者为中原地区人民做出了很大贡献。联中“哲学正跃进”“万马奔腾”等语，明显留有大跃进时代的印记。

为任芝铭百岁寿辰预拟一联

冯友兰

百年阅沧桑，与七亿人同忧，与七亿人同乐；
六世齐祝愿，以八千岁为春，以八千岁为秋。

赏析

此联写于1966年4月。任芝铭（1869—1969），作者岳父。河南新蔡人。清末举人。1907年加入同盟会。辛亥革命时曾在河南组织武装响应武昌起义，参加二次革命和北伐战争。1927年脱离国民党，回乡从事教育。后任河南省通志馆编纂、新蔡县参议会议长，抗战时期多次掩护中共地下党组织。新中国成立后，任河南省人民政府委员、省民革主任委员、省政协副主席。任芝铭百岁寿辰应在1968年，此联作于1966年4月，因言“预拟”。

上联中，沧桑，沧海桑田的略语。语出晋葛洪《神仙传·王远》：“麻姑自说云：‘自接待以来，已见东海三为桑田。’”后以此喻世事变化巨大。此句意谓，百岁老人阅尽人间沧桑，亲历国家巨大变化。七亿人，为我国20世纪60年代中期人口统计数字。此言百岁老人与我国七亿人民同忧同乐。

下联中，六世，六代。任家六代齐声祝愿老人健康长寿。“以八千”二句，典出《庄子·逍遥游》：“上古有大椿者，以八千岁为春，八千岁为秋，此大年也。”古代传说大椿长寿，后则用为对于男性长者祝寿之词。

作者为自己岳父预拟百岁寿辰贺联。上联言其阅尽人间沧桑，下联祝其健康长寿。联语对仗工稳，用典贴切，符合老人身世经历。

挽冯景兰

冯友兰

一病太无情，竟使老弟遭摧折；
九原如相遇，代向高堂问平安。

赏析

此联写于1976年9月。冯景兰（1898—1976），河南唐河人。冯友兰同胞兄弟。曾任清华大学、西南联大、云南大学、北京地质学院教授，中国科学院学部委员。1976年9月因病逝世，冯友兰撰送挽联致哀。冯氏原有姐弟四人，现在只剩自己一人，故为之悲痛欲绝。

上联中，老弟，指冯景兰。摧折，原指折断，此指遭受摧残而死。这里是说，这一病实在太无情了，竟使老弟被摧折而死。

下联中，九原，山名，在山西省新绛县北。也作“九京”。《礼·檀弓下》：“是全要领以从先大夫于九京也。”注：“晋卿大夫之墓地在九原，京盖字之误，当为原。”后世因称墓地为“九原”。高堂，谓父母。唐李白《送张秀才从军》：“抱剑辞高堂，将投霍冠军。”这里是说，你在九原之下如遇父母，务必代言问候平安。

此联哀挽胞弟，如与亡灵对话。哀其一病不起横遭摧折，愿其如遇高堂代问平安。联语在质朴平实的诉说中，蕴含着深厚的兄弟情谊。

挽任载坤

冯友兰

在昔相追随，同患难，共安乐，
期颐望齐眉，黄泉碧落汝先去；
从今无牵挂，断名缰，破利锁，
俯仰俱不愧，海阔天空任鸟飞。

赏析

此联写于1977年10月。任载坤，冯友兰之妻。河南新蔡人，为辛亥革命老人任芝铭之女。1918年师范学校毕业后，与冯友兰结婚。生有子女四人：儿子钟辽、钟越，女儿钟琏、钟璞。1977年10月因病逝世，冯友兰于悲痛之中撰联志哀。

上联中，“在昔”三句，忆亡妻昔日一直追随自己，甘苦与共。任氏一生相夫教子，主司家务。西南联大时曾卖麻花贴补家用。期颐，称百岁之人。《礼·典礼上》：“百岁曰期颐。”齐眉，谓夫妇相亲相爱。典出《后汉书·梁鸿传》中孟光举案齐眉的事迹。黄泉，地下，指人死后埋葬的地方。碧落，碧空、天空。白居易《长恨歌》："上穷碧落下黄泉，两处茫茫均不见。"此指夫人先我而去。

下联中，名缰利锁，谓功名利禄像缰绳和锁链一样束缚人。柳永《夏云峰词》："向北免名缰利锁，虚费光阴。"联中将这一成语分开，加上断、破二字，更示意志坚决。俯仰俱不愧，语出《孟子·尽心上》："仰不愧于天，俯不怍于人。"谓立身端正，上对天，下对人，都问心无愧。海阔天空，谓空间广阔，可以任意飞翔。此句与"从今无牵挂"一样，既有老来失伴而不灰心之意，亦属老人故作旷达之词。如果联系作者当时的特定处境和心境，可以想象感情是相当沉痛的。

此联哀挽亡妻。上联言逝者一生追随，甘苦与共，却先我而去；下联写自己老来失伴而并不灰心，仍想有所作为。我们从这些看似旷达洒脱的表述中，仍不难感觉到作者内心深处难以掩饰的忧伤。

挽冯钟越

冯友兰

是好党员，是好干部，壮志未酬，洒泪岂止为家痛；
能娴科技，能娴艺文，全才罕遇，招魂也难再归来。

赏析

此联写于1982年10月。冯钟越，为冯友兰次子。1952年毕业于清华大学航空系。生前任航空工业部飞机强度研究所技术所长、所党委委员、主任工程师。1982年10月因患胃癌去世，享年50岁。冯友兰对于儿子英年早逝不胜悲痛，当即撰联志哀。

上联中，壮志未酬，宏大的志愿未能实现。"洒泪"句，意谓我今挥泪岂止因为家中失去亲人而悲痛。此指钟越之死，既为家痛，亦系国殇，于国于家均为一大损失。

下联中，娴，熟习。《史记·

屈原贾生列传》："博闻彊志，明于治乱，娴于辞令。"罕，稀少、稀罕。这里是说，钟越既熟悉科技，又熟悉文艺。平日娴于诗词写作，且工书法篆刻。如此文理兼工，实属全才罕遇。招魂，召唤死者的灵魂，愿其魂兮归来。此句意谓，即使我们不断召唤，死者的灵魂也很难再回来了。

此联纯用白话写成，含泪诉说，直抒胸臆。对于爱子之死，哀其"壮志未酬"，惜其"全才罕遇"，于国于家都是一大损失。而今白发人送黑发人，令人一掬同情之泪。

赠钟璞

冯友兰

槐树旧街，传下三世文采；
钟山新砚，送来六朝风流。

赏析

此联写于 1983 年 7 月。钟璞，亦名宗璞，冯友兰之女。1928 年生于北京。1951 年清华大学外文系毕业。先后发表《红豆》、《弦上的梦》、《三生石》等短篇、中篇小说，成为当代著名小说作家。1983 年 7 月获钟山文学奖，适逢钟璞生日，冯友兰遂赋一联向女儿表示祝贺。

上联中，槐树旧街，两旁植有槐树的古老街道。此指冯友兰早年北京住地，亦即钟璞出生的地方。文采，辞采、才华。杜甫《丹青引》："英雄割据虽已矣，文采风流今尚存。"三世文采，指冯氏书香门第。宗璞祖父为清光绪年间进士，能诗能文，有《复斋诗集》传世。父亲为现代著名学者，一代宗师。直至宗璞本人，全都文采斐然。联中因言"槐树旧街，传下三世文采"。

下联中，钟山，即南京紫金山。此指《钟山》杂志编辑部设立的钟山文学奖。新砚，向获奖者分发文房四宝，其中包括砚台，因与"旧街"对应，故称新砚。六朝，南京在历史上曾是三国的吴，东晋，南朝的宋、齐、梁、陈六个朝代的都城。风流，指六朝遗风、流风余韵。《汉书·赵充国辛庆忌传赞》："其风声气俗自古而然，今之歌谣慷慨，风流犹存耳。"

作者为女儿获奖题联。先言家学渊源，传下三世文采；再说女儿获奖，送来六朝风流。旧街新砚，相得益彰；故典近事，相互交织。实属大家手笔。

寿金岳霖

冯友兰

道胜青牛，论高白马；
何止于米，相期以茶。

赏析

此联写于 1983 年间。金岳霖（1895—1984），湖南长沙人。现代著名哲学家。毕业于清华大学，再留学美国，获博士学位。回国后历任清华大学文学院院长与哲学系主任、北京大学哲学系主任、中国社科院哲学社会科学学部委员、哲学研究所副所长、中国逻辑学会会长、全国政协委员、民盟中央常委。1983 年，金岳霖 88 岁，冯友兰撰联致贺。

上联中，道，思想、学说。《论语·里仁》："吾道一以贯之哉。"青牛，典出汉刘向《列仙传》："老子西游，关令尹喜望见有紫气浮关，而老子果乘青牛而过也。"后以"青牛"为老子代称。金岳霖著有《论道》、《知识论》，建立了自己的哲学体系，联中因言其哲学思想胜于老子。论，评论、辩论。白马，战国时公孙龙学派曾有"白马非马"的名辩命题，以"马"和"白马"概念的差异，发现一般与个别的关系，在古代逻辑发展上有一定贡献。金岳霖著有《逻辑》和《形式逻辑》，产生很大影响，联中因言其论辩水平高于提出"白马非马"命题的公孙龙子。

下联中，米，即米寿。按日本习俗，"米"字拆开为"八十八"，故称 88 岁为米寿。茶，即茶寿。亦为日本习俗，"茶"字拆开为"廿"和"八十八"，加起来是 108 岁，故称茶寿。联中祝福友人何止于米寿（88 岁），还希望活到茶寿（108 岁）。

这副贺寿联语，既高度评价友人学术成就，又衷心祝愿友人健康长寿。运用中外典故，颇为贴切自然。

自　寿

冯友兰

何止于米，相期以茶；
心怀四化，意寄三松。

赏析

自寿，1983年12月，冯友兰88岁生日，曾撰此联自寿，以抒个人胸怀。当时在北京大学哲学系为庆祝冯友兰先生从事教学科研60周年的茶话会上，作者曾说："米寿者应向茶寿迈进，金岳霖先生88岁时，我曾作对联准备送他，因为住院耽误了，其上联是'何止于米，相期以茶'，下联是'论高白马，道超青牛'。（按：冯先生回忆此联时，可能有误）现在仍用其上联，改下联为'心怀四化，意寄三松'，用以自寿自勉，决心以有生之年写完七卷本《中国哲学史新编》。"

上联中，米，即米寿。按日本的习俗，"米"字拆开为"八十八"，故称八十八岁为米寿。相期，期待。茶，即茶寿。亦为日本习俗，"茶"字拆开可看成"廿"和"八十八"，加起来为一百零八岁，故称茶寿。这里是说，何止于米寿（88岁），还希望活到茶寿（108岁）。

下联中，四化，四个现代化，即实现农业、工业、国防和科学技术现代化。作者心怀四化，决心在有生之年写完七卷本《中国哲学史新编》。三松，作者寓所的堂名。因住北京大学燕南园，院中有三株松树，故命其室为"三松堂"。这里是说，应将此意寄语院中三株松树，亦即愿与松树同样长寿。

作者老而弥坚，壮心未已，让人为之感佩。联语当句自对，亦属工巧之至。

题蒲松龄故居

冯友兰

鬼怪精灵，书中人物；
嬉笑怒骂，笔底文章。

赏析

此联写于1984年6月。蒲松龄故居，在山东省淄博市淄川区蒲家庄，内有蒲松龄书房“聊斋”及生前用物，后辟为纪念馆。1984年6月，冯友兰应约为蒲松龄故居题联。

上联中，精灵，神灵、神仙。左思《吴都赋》：“精灵留其山阿。”吕向注：“精灵，神仙之类。”书，指蒲松龄短篇小说集《聊斋志异》。这里是说，《聊斋志异》一书中的人物，多为花妖、狐怪、鬼魂、神灵，明显具有志怪传奇、神秘幻异的色彩。

下联中，嬉笑怒骂，语见黄庭坚《东坡先生真赞》：“东坡之酒，赤壁之笛，嬉笑怒骂，皆成文章。”意为才思敏捷，不拘格式，任意发挥，皆成妙文。这里是说，蒲松龄能以嬉笑怒骂之辞，形成笔底文章，揭露社会黑暗现实。

此联由蒲松龄故居，想到其人其书。上联言书，人物多为鬼怪精灵；下联言人，嬉笑怒骂，皆成文章。作者均能抓住主要特色，作出准确评价。

题岳麓书院

冯友兰

惟楚有材，于斯为盛；
沅生芷草，澧育兰花。

赏析

此联写于1984年间。岳麓书院，在湖南长沙岳麓山下。北宋开宝九年潭州太守朱洞创建，天禧二年真宗题赠“岳麓书院”门额，为宋四大书院之一。南宋著名学者张栻、朱熹于此讲学，从者千余人，有“潇湘洙泗”之称。清光绪年间改为高等学堂，后成湖南大学校址。1984年，冯友兰应约为岳麓书院讲堂题联。

上联二句，集自《左传·襄公二十六年》：“虽楚有材，晋实用之。”《论语·泰伯》：“唐虞之际，于斯为盛。”这里是说，惟楚地有很多人才，以这里为最盛。极言书院人才济济。

下联二句，语见屈原《九歌·湘夫人》：“沅有芷兮澧有兰，思公子兮未敢言。”这里是说，湖南沅水、澧水两岸宜于生长白芷与兰花。实以香草喻具有高洁品格的人才。

此联文字上下两联各自成对，内容上亦有内在逻辑联系。意在告诉人们，为什么“惟楚有材，于斯为盛”呢？答案便在下联。构思机巧，耐人回味。

为钟璞书联

冯友兰

高山流水诗千首；
明月清风酒一船。

赏析

1985年4月17日，冯友兰曾为女儿钟璞手书联语一副。同年8月，我国对外文委举办书画展览，来人借走这一条幅，作为名人名家书法展出。

上联中，高山流水，典出《列子·汤问》：“伯牙善鼓琴，钟子期善听。伯牙鼓琴，志在高山，钟子期曰：‘善哉，峨峨兮泰山！’志在流水，钟子期曰：‘善哉，洋洋兮江河！’”后多因此用作知音相赏或知音难求的典故，亦可比喻乐曲高妙。此句意谓，因其志在高山流水，又有知音赏识，得以文思泉涌成诗千首。

下联中，明月清风，明亮的圆月，清爽的微风，比喻超尘脱俗的悠闲生活。《南史·谢谌传》：“有时独醉，曰：‘入吾室者但有清风，对吾饮者惟当明月。’”酒一船，载酒满船。此系高人雅士的生活。清风明月之夜，坐在船上饮酒，自然足以尽兴。

作者虽为女儿书联，亦属“夫子自道”。一位是前辈哲学家，一位是中年女作家，均属文人雅士，故以联语遣兴。

为新建黄鹤楼书联

冯友兰

大江流日夜，阅古楼踵事增华，历沧桑而弥显；

双鹤唳晨昏，唤故国自强不息，凌云汉以高骞。

赏析

此联写于1985年5月。黄鹤楼，原在武汉市蛇山的黄鹤矶头，与湖南岳阳楼、江西滕王阁合称中国三大名楼。相传始建于三国吴黄武二年，历代屡毁屡建，到南宋已荡然无存。黄鹤楼极富神话传说，且唐以来文人学士常登楼歌赋，留下许多名篇佳作。20世纪80年代，仍在蛇山重建此楼。主楼高49米，共五层，气势巍峨。1985年5月，冯友兰应约为重修黄鹤楼书联。

上联言楼的历史变迁。大江，指长江。古楼，即历史悠久的黄鹤楼。踵事增华，继续前人的成就，并加增益，有所提高。南朝梁昭明太子《文选·序》：“盖踵其事而增华，变其本而加厉，物既有之，文亦宜然。”沧桑，“沧海桑田”的略语。喻世事变化很大。这里是说，大江日夜奔流，看着这座古楼在前人的基础上有所提高，历尽人事变迁，更以自身雄姿显耀人间。

下联言双鹤早晚鸣叫。双鹤，黄鹤楼极富神话传说，一说仙人子安乘黄鹤过此，又说费文祎登仙，曾驾黄鹤在此憩息。唳(lì)，鹤鸣。自强不息，谓自己努力向上永不停息。《易·乾》：

"天行健，君子以自强不息。"云汉，天河。《诗·大雅·云汉》："倬彼云汉，昭回于天。"骞（qiān），通"骞"，飞。这里是说，双鹤早晨晚上都鸣叫，仿佛是在召唤祖国人民自强不息，又直上云霄以高高飞翔。

作者为新建黄鹤楼书联，紧紧围绕楼的变迁与黄鹤传说展开，且均有所拓展。高楼历尽沧桑而弥显，双鹤亦在召唤人们自强不息，从而赋予传统文化以新的内涵。

题香港中国书展

冯友兰

百花灿烂争园地；
四壁琳琅耀海天。

赏析

此联写于1985年间。香港中国书展，同年冬天，香港举办中国书法展览，冯友兰应约题写对联一副。

上联中，园地，本指种植蔬菜果木的地方，此指艺术的园地。此句意谓，在这片艺术的园地里，百花争相开放，光彩耀人眼目。

下联中，琳琅，精美的玉石，比喻珍异的物品、文章或人才。此指展览馆里四壁挂满精彩的书法作品。海天，海上的天空。香港地处南海之滨，因称琳琅满目的书法珍品光耀南海的上空。

此联应约题写，言简意明，完全切合书展要求。

题南阳诸葛庐

冯友兰

正气或为出师表；
豪情聊寄梁甫吟。

赏析

此联写于1985年间。南阳诸葛庐，在河南南阳市西郊卧龙岗，相传为三国时著名政治家诸葛亮隐居躬耕与刘备三顾茅庐的地方。唐宋年间立祠祭祀，元清加以扩建，亦已形成武侯祠、诸葛庐、三顾堂、"汉武侯躬耕处"碑亭等一系列纪念诸葛亮的建筑。1985年间，冯友兰应约为南阳诸葛庐题联。

上联中，出师表，出征前上给皇帝的表文。此指诸葛亮于建兴五、六年两次北伐的上疏，因称《出师表》，传世有前、后两表。此句意谓，诸葛亮一身正气或许集中表现为流传千古的《出师表》。

下联中，梁甫吟，乐府楚调曲名，也作"梁父吟"。因属挽歌，歌词悲凉慷慨。今所传古辞相传为诸葛亮作。《三国志·蜀书·诸葛亮传》："（父）玄卒，亮躬耕陇亩，好为《梁父吟》。"此句意谓，诸葛亮早年豪气聊以寄托于《梁甫吟》。

此联以诸葛亮早年丧父悲凉慷慨的歌吟与晚年北伐充满浩然正气的表文，颇为集中地概括了其人一生的事业。

题郑州黄河游览区

冯友兰

长河九曲来天上；
胜迹千古耀人间。

赏析

此联写于1985年间。郑州黄河游览区，距郑州西北约20公里的黄河之滨，北邙山绵延至此。这里绿树成荫，亭台掩映，名胜荟萃，已初步建成黄河灿烂文化的新型游览胜地。山麓建有极目阁、山河一览亭、快哉亭、大禹塑像等景点。游人登山远眺，黄河雄姿尽收眼底。1985年间，冯友兰应约为黄河游览区题联。

上联中，长河，大河。唐王维《使至塞上》：“大漠孤烟直，长河落日圆。”这里是指黄河。九曲，言黄河河道之曲折。唐高适《九曲词序》：“河图曰：‘黄河出昆仑山东北……河水九曲，长九千里，入于渤海。’”来天上，来自天上，一种夸张的说法。唐李白《将进酒》：“君不见黄河之水天上来，奔流到海不复回。”

下联中，胜迹，有名的古迹。唐孟浩然《与诸子登岘山》：“江山留胜迹，我辈复登临。”此句意谓，郑州黄河沿岸的不少胜迹流传千古光耀人间。郑州、洛阳之间的黄河沿岸，保留了不少商、周、秦、汉的古迹，如仰韶时代城址，汉霸二王城遗址等。

此联紧扣题意展开，先言九曲，再言胜迹游览。“来天上”与“耀人间”，颇有气势，更为引人注目。

赠李泽厚

冯友兰

西学为体，中学为用；
刚日读史，柔日读经。

赏析

此联写于1986年3月。李泽厚，1930年生，湖南长沙人。我国当代著名哲学家、美学家。1954年毕业于北京大学哲学系。后任中国社会科学院哲学研究所研究员、中华全国美学学会副会长。著有《中国古代思想史论》、《中国现代思想史论》、《美学论集》、《美的历程》等多种。1986年3月，李泽厚因乔迁之喜向冯友兰求字，冯友兰为之书一联。

上联“西学为体、中学为用”，我国19世纪60至90年代，清政府以曾国藩、李鸿章、左宗棠为代表的一批洋务派官僚，在推行洋务运动的过程中，开展洋务教育。他们提出“中学为体、西学为用”的教育方针，一面进行封建伦理道德教育，一面学习外国科学技术。因而带有浓厚的封建性和买办性。作者认为研究学术文化应当反其道而行之，提出“西学为体、中学为用”的思想主张。

下联中，刚日，柔日，古人附会阴阳相生相尅之说，择日行事，谓十日有五刚五柔，也即五阴五阳。以甲、丙、戊、庚、壬五日为刚（阳）日，因属奇数，亦称奇日；乙、丁、己、辛、癸五日为柔（阴）日，因属偶数，亦称偶日。《礼·曲礼上》：“外事用刚日，内事用柔日。”这里是说，十日之中，每逢刚日阅读史书，柔日阅读经书，亦即单日读史，双日读经。

作者为年轻一辈同行专家题联，既发表自己的政治思想观点，又对“中学为用”提出具体要求，表明读史、读经的重要。这是老人对于社会问题与治学之道思考的结果。

自题座右铭

冯友兰

阐旧邦以辅新命；
极高明而道中庸。

赏析

此联写于 1987 年。当时，作者在《冯友兰学术精华录》一书《自序》中谈到这副对联的形成，并作如下说明：“上联说的是我的学术活动的方向，下联说的是我所希望达到的精神境界。我还打算把这副对联亲自写出来，悬于壁上，以为我的座右铭。”

上联语出《诗·大雅·文王》：“周虽旧邦，其命维新。”联中所言“旧邦”指我国是个历史悠久的国家，有着源远流长的传统文化；“新命”则指建设有中国特色的社会主义。作者将实现“旧邦新命”视为自己的平生志向，决心努力阐释祖国源远流长的传统文化，以辅助今日社会主义精神文明建设。

下联语出《礼·中庸》：“故君子尊德性而道问学，致广大而尽精微，极高明而道中庸，温故而知新，敦厚以崇礼。”高明，高尚明达。《汉书·董仲舒传》：“曾子曰：‘尊其所闻，则高明矣。’”中庸，不偏为中，不变为庸。儒家以中庸为最高的道德标准。极高明而道中庸，正是作者治学所希望达到的境界。

此联化用古书成句纳入联中，以表明自己的学术理想与追求。作者从文字到思想将传统与现代结合起来，足显大家风范。

题湘西草堂

冯友兰

六经果开新生面；
千古长留旧草堂。

赏析

此联写于 1988 年春天。湘西草堂，在湖南衡阳县石船山，是清代著名学者王夫之晚年闭门著书的地方。草堂门额“船山祠”，堂内仅有屋三间，正厅门首题有“湘西草堂”四字。1988 年春，应衡阳县委办公室要求，冯友兰为湘西草堂题联。

上联中，六经，六部儒家经典，即《诗》、《书》、《礼》、《乐》、《易》、《春秋》。果开新生面，化用成语“别开生面”，意即果然开创新的风格面貌。此指王夫之通过对于“六经”的研究，在经学、史学、哲学方面都有许多新的开拓。

下联中，旧草堂，即王夫之晚年所居的“湘西草堂”，因其主人在我国学术史、思想史上的重要地位，自当千古长留。

此联言简意赅，既高度评价王夫之的学术研究成果，又表示深信湘西草堂必将千古长留。一“新”一“旧”，交相辉映。

挽梁漱溟

冯友兰

钩玄决疑，百年尽瘁，以发扬儒学为己任；
廷争面折，一代直声，为同情农夫而执言。

赏析

此联写于1988年6月。梁漱溟（1893—1988），广西桂林人。早年参加同盟会，投身辛亥革命。后潜心研究佛学，长期致力于乡村建设，提出改造社会要从乡村着手的“乡治”主张。曾任北京大学教授、山东乡村建设研究院院长、国民参政会参政员、中国民主同盟常务委员。新中国成立后任全国政协常务委员。有《东西文化及其哲学》、《乡村建设论文集》等著作。1988年6月因病逝世，冯友兰撰送挽联致哀。

上联中，钩玄，探索精微。韩愈《进学解》：“记事者必撮其要，纂言者必钩其玄。”决疑，解决疑难之事。梁早年曾写过一篇《究元决疑论》，批评古今中外名家学说，引起蔡元培的注意。尽瘁，竭尽心力。儒学，儒家的学说。《史记·五宗世家》：“（河间献王德）好儒学，被服造，必于儒者。”这里是说，逝者享年近百岁，一生钩玄决疑，竭尽心力研究中西文化，并以发扬儒家学说为己任。

下联中，廷争面折，亦作“面折廷争”，谓在朝廷上向皇帝谏诤，即犯颜直谏。《史记·吕太后纪》：“陈平、绛侯曰：‘于今面折廷争，臣不如君；夫全社稷，定刘氏之后，君亦不如臣。’王陵无以应之。”这里是指逝者作为爱国民主人士，在新中国成立前后对于国民党和共产党领导人，都曾表示过自己不同的意见。一代，一代人，一个时代。直声，真实的言论、正直的声音。《汉书·张敞传》：“今朝廷不闻直声，而令明诏自亲其文，非策之得者也。”这里是说，作为一个时代的正直之声，敢于为了同情农民而仗义执言。冯友兰在悼念文章中亦曾指出：“梁漱溟一生有两件事值得注重，一是以发扬儒学为己任，一是敢于犯颜直谏，批判中共农业政策。”

此联对于逝者一生治学与为人都作出充分而具体的评价。治学以“发扬儒学为己任”，为人则“为同情农夫而执言”。毕竟二人同事多年，诚为知者之言。

寿钟璞

冯友兰

百岁继风流，一脉文心传三世；
四卷写沧桑，八年鸿爪纪双城。

赏析

此联写于 1988 年 7 月。当时，冯钟璞（笔名宗璞）六十岁生日。冯友兰喜赋一联表示祝贺，并附有题识：“璞女六十生辰书以勉之。”

上联中，百岁，百岁老人，此指自己。冯友兰其时已 93 岁。这里赞扬宗璞是继百岁老人之后具有文采风流的人物。一脉，即一脉相承。三世，祖孙三代。此指冯氏祖孙三代，文心一脉相传。冯友兰当时曾为在美国攻读博士学位的孙女雯棣写诗，其中有两句：“吾家代代生才女，更出梅花四世新。”

下联中，四卷，指钟璞正在写作中的四卷本长篇小说《野葫芦引》。沧桑，沧海桑田的略称。典出葛洪《神仙传·王远》：“麻姑自说云：‘接待以来，已见东海三为桑田。’”后以此比喻世事变化很大。鸿爪，鸿雁的爪印，喻往事遗留的痕迹。苏轼《和子由渑池怀旧》：“人生到处知何似，应似飞鸿踏雪泥。泥上偶然留指爪，鸿飞那复计东西。”纪，通“记”，记载。双城，即《双城记》，英国狄更斯所著长篇小说。这里代指宗璞多卷本长篇小说《野葫芦引》。经过八年耕耘，亦已正式出版该书第一卷《南渡记》。

老人心怀喜悦，为女贺寿。既言自己一脉文心已传三世，又喜女儿八年耕耘已有成果。此系由衷之言，可见父女情深。

题武夷山朱熹学会

冯友兰

致广大而尽精微；
极高明而道中庸。

赏析

此联写于1989年1月。题武夷山朱熹学会，朱熹为南宋哲学家、教育家。一生广注典籍，阐发儒家思想中的“仁”和《大学》、《中庸》的哲学思想。因其继承和发展了程颢、程颐理气关系的学说，集理学之大成，世称“程朱学派”。1989年1月，朱熹学会正式成立，并在福建武夷山召开学术讨论会，出版纪念文集。冯友兰应约为纪念文集题词。

这是一副典型的摘句联，语出《礼·中庸》：“故君子尊德性而道问学，致广大而尽精微，极高明而道中庸，温故而知新，敦厚以崇礼。”

上联中，致，达到、求得。精微，精细隐微。此句意谓，问学应求得广大而穷尽精细隐微的程度。

下联中，高明，高尚明达。道，说。中庸，不偏为中，不变为庸，儒家以中庸为最高的道德标准。《论语·雍也》：“中庸之为德也，其至以乎！”此句意谓，德性应极高尚明达而可言中庸。

此联言简意深，以古人经典的语言，阐明尊德与问学之道。这些虽属传统文化观念，对于我们仍有一定的借鉴与启示意义。

题庄子学术讨论会

冯友兰

游于逍遥，论以齐物；
超乎象外，得其环中。

赏析

此联写于1989年4月。当时，全国首届庄子学术讨论会在安徽黄山举行，冯友兰因年事已高未能与会，应约为会议题词。

上联中，游于逍遥，由《庄子》篇名《逍遥游》化出。大意以为天地之间，万物贵任性自然，即为逍遥至乐。论以齐物，由《庄子》篇名《齐物论》化出。全篇从道是无界限差别的命题出发，论证任何事物本无确定不变的是非标准。它反对认识的片面性，但最终却倒向相对主义。

下联中，超乎象外，即超逸于物象之外。古代诗文常追求言外之意，象外之旨。环中，语见《庄子·齐物论》。环体圆而中空，立于环中，可以周转贯通。后借喻空灵超脱的境界。司空图《诗品·雄浑》："超以象外，得其环中。"这里是说，只有超逸于物象之外，才能达到空灵自如的境界。

此联是为庄子学术讨论会题词，实为一篇发言纲要。作者既阐明庄子思想的核心观点，又提出研究所要达到的境界。联句无一字无来历，均见《庄子》与《诗品》，可见作者真不愧为这一方面的专家。

题白鹿洞书院

冯友兰

祠尊紫阳，院纪白鹿；
道致广大，学尽精微。

赏析

此联写于20世纪80年代。白鹿洞书院，在江西庐山五老峰下，原为唐人李渤读书处。李渤隐居于此，因养白鹿伴读，人称白鹿先生，地亦名白鹿洞。南唐升元年间在此建"庐山国学"，宋初扩大为书院，并与睢阳、石鼓、岳麓并称天下"四大书院"。

南宋理学家朱熹曾在此讲学。这里主要有礼圣殿、御书阁、明伦堂、思贤台等建筑，且历代翰墨碑刻甚多。20 世纪 80 年代，冯友兰曾应约为白鹿洞书院题联。

上联中，紫阳，南宋理学家朱熹，别号紫阳。晚年曾在白鹿洞内紫阳书院讲学，遂书院内建崇德祠，纪念朱熹，因言“祠尊紫阳”。纪，基，基础。《诗·秦风·终南》：“有纪有堂。”此句意谓，这座书院的基础是唐代李渤（白鹿先生）的读书处。因此今日院中仍有白鹿造型。

下联中，“道致”二句，语出《礼·中庸》：“故君子尊德性而道问学，致广大而尽精微。”道，道体，道的本体。学，治学，研究学问。这里是说，了解道的本体需达到广大的程度，而个人治理学问则应穷尽精细隐微之处。

此联题白鹿洞书院，上联记述与白鹿洞有关的历史人物，下联表明对道体与治学的看法。联句叙议结合，启人深思。

九十五岁预寿

冯友兰

三史释今古；
六书纪贞元。

赏析

此联写于1990 年3 月。冯友兰九十五岁生日实际是在同年 12 月，既然提前撰联自寿，因称“预寿”。

上联中，三史，指作者自著的三部哲学史著作，即《中国哲学史》、《中国哲学简史》、《中国哲学史新编》（七卷本）。此句意谓，“三史”可以阐释我国古今哲学思想发展的历史。

下联中，六书，指作者所著《贞元六书》，即抗战时期陆续写成的六本哲学著作，即《新理学》、《新事论》、《新世训》、《新原人》、《新原道》、《新知言》。纪，通“记”，记载。贞元，据作者在《新世训·自序》中所作解释：“贞元者，纪时也。当我国家民族复兴之际，所谓贞下起元之时也。”冯氏因将上述

"六书"称为"贞下起元之书"，亦称"贞元六书"。此句意谓，"六书"记载了我国民族复兴、贞下起元的时代。

此联虽只短短十字，却系深怀感叹与喜悦之情，对于自己一生学术研究作了回顾与总结。"三史"与"六书"应属洋洋巨著，作者一生心血均已倾注其中。

寿钟璞

冯友兰

鲁殿灵光，赖家有守护神，岂独文章传三世；
文坛秀气，知手持生花笔，莫让新编代双城。

赏析

寿钟璞，1990年7月，冯钟璞（笔名宗璞）62岁生日。冯友兰时已95岁高龄，仍充满深情地为女儿写了一副寿联。

上联言自己喜家中有守护神，且深信学问文章必将世代相传。鲁殿灵光，即鲁灵光殿，故址在今山东省曲阜县。东汉王延寿《鲁灵光殿赋》序云："鲁灵光殿者，盖景帝程姬之子恭王馀之所立也。……自西京未央、建章之殿皆见隳坏，而灵光岿然独存。"后因称硕果仅存的人或事物为鲁殿灵光。此指作者自己，因同辈学者均已先后谢世。守护神，西方传说中专司看守护卫的神灵。此指钟璞。冯友兰晚年正集中精力撰写七卷本《中国哲学史新编》，钟璞为照顾父亲生活，毅然暂停多卷本长篇小说《野葫芦引》的创作计划。老人非常感激，因称自己赖有家中这位"守护神"。此系亲友称钟璞为父亲的守护神。三世，冯氏书香门第，文采传诸后世。宗璞祖父为清光绪年间进士，能诗能文，有《复斋诗集》传世。以下父女二人均为全国卓然名家，更是文采斐然。因此老人深信，岂止传至三世，自会世代相传。

下联赞女儿手中有生花笔，并希望她继续完成自己的创作计划。文坛秀气，宗璞作为当代小说作家，创作数量不多，却有迷人魅力。清灵秀雅，自成一格。她给文坛带来一股灵秀之气。生花笔，比喻文人才气横溢，文思大进。典出王仁裕《开元天宝遗事·梦笔头生花》：“李太白少时，梦所用之笔，头上生花，后天才赡逸，名闻天下。”此句意谓，你可知手中有支生花妙笔。双城，英国狄更斯长篇名著《双城记》。这里代指钟璞的《野葫芦引》，只出版了其中第一部《南渡记》，便因照顾父亲写作而停顿了。此句意谓，不要让我的《中国哲学史新编》替代了你长篇小说的写作，亦即在表示歉意之余，希望女儿继续完成多卷本《野葫芦引》的创作。

这是作者为女儿写的最后一副寿联，文思泉涌，笔墨含情。赞其有“生花笔”，称之为“守护神”。联句全属家中人事写实，均有特定内涵。让人读后备感亲切自然，实为此类联语上乘之作。

挽鲁迅

章乃器*

一生不曾屈服；
临死还在斗争。

作者

*章乃器（1897—1977），浙江青田人。长期从事经济工作，投入抗日民主运动。1936 年与沈钧儒等救国会领袖被国民党逮捕，成为轰动一时的“七君子事件”。新中国成立后，任政务院政务委员、粮食部部长、中国民主建国会中央副主席。著有《章乃器文集》。

赏析

1936 年 10 月 19 日，我国现代文学家、思想家鲁迅因病逝世于上海。上海各界隆重举行鲁迅追悼会，章乃器撰送挽联致哀。

上联谓鲁迅具有永远进击、战斗不止的硬骨头精神。其一生与满清王朝、封建军阀、国民党当局、帝国主义侵华势力作不屈不挠的斗争，从来不曾屈服。

下联中，鲁迅在遗作《死》一文中说过：“我的怨敌可谓多矣，倘有新式的人问起我来，怎么回答呢？我想了一想，决定的是：让他们怨恨去，我一个都不宽恕。”这种“不克厥敌，战则不止”的斗争到底的精神，正是上述联句最好的注脚。

此联简洁明快，刚强有力，颇为集中而深刻地概括了鲁迅一生的战斗精神。

自　勉

章乃器

无此闲情算旧账；
有腔热血效前驱。

赏析

自勉，1937年7月底，在抗日战争全面爆发的形势下，救国会七君子——沈钧儒、邹韬奋、李公朴、沙千里、史良、章乃器、王造时全部获释。章乃器出狱后写成此联，表示了渴望奔赴抗日前线工作的决心。

上联中，闲情，安闲舒适的心情。此句意谓，没有这种闲适的心情去算过去的老账。作者胸怀旷达，不咎既往，准备为推动抗日民族统一战线作出自己的努力。

下联中，前驱，前导。《诗·卫风·伯兮》：“伯也执殳，为王前驱。”也指导引的人。此句意谓，我有一腔鲜血愿效前驱，即迅速奔赴抗日前线投入战斗。

此系作者出狱后言志述怀之作，胸怀旷达，顾全大局，一片爱国热情，溢于字里行间。

挽“一二·一”惨案烈士

章乃器

反对内战，人民天职，有何理由，置之于死，
残暴专制，一至于此，国家之耻，当局之耻；
精灵感召，全民都起，亿兆同心，内战必止，
和平以奠，民主以致，独立中华，名垂青史。

赏析

此联写于1945年12月。"一二·一"惨案烈士，1945年12月1日，昆明各校师生为反内战、反独裁、争民主举行集会。国民党当局出动军警镇压，当场杀害四人，造成震惊全国的惨案。12月9日，重庆举行陪都各界公祭昆明"一二·一"反内战死难师生大会，章乃器撰送挽联致哀。

上联直接责问国民党当局。天职，天的职责。《荀子·天论》："不为而成，不求而得，夫是之为天职。"后来称人所应尽的职责为天职。置之于死，置人民于死地。这里是说，当前反对内战，实为人民应尽的职责。你们有什么理由，想置人民于死地，你们的残暴专制竟然到这样的程度，这是国家的耻辱，国民党当局的耻辱。

下联号召在烈士精神感召下继续进行斗争。精灵，灵魂。此指受到烈士英魂的感动与召唤。亿兆，极言其多，此指全国人民。奠，定、奠定。青史，古代竹简纪事，故称史籍为青史。这里是说，在烈士斗争精神感召下，全国人民行动起来，万众一心，内战必止。和平得以奠定，民主得以实现。一个独立自由的中华，自当名垂史册。

此联义正词严，剑拔弩张。既是对于这一惨案的有力控诉，指出这是"国家之耻，当局之耻"，也是对于当前时局的战斗宣言：誓将反内战、反独裁、争民主的斗争进行到底。

挽四八烈士

章乃器

愿公等精神不死；
须我侪团结向前。

赏析

四八烈士，1946年4月8日，中共中央委员王若飞、秦邦宪、新四军军长叶挺、中共中央职工委员会书记邓发等，由重庆乘飞机返回延安途中，在山西兴县黑茶山失事遇难。延安、重庆等地纷纷举行四八遇难烈士追悼会，章乃器撰送挽联致哀。

上联中，公等，公为对人的敬称，此指王若飞、秦邦宪、叶挺、邓发等人。此句意谓，四八烈士的革命业绩与战斗精神自当与世长存。作者这一愿望本身也表明希望革命烈士精神引导我们继续前进，投入现实斗争。

下联中，我侪（chái），我辈，我们。这里作者表示我们必须团结向前，争取反对内战、和平建国斗争的最后胜利。

此联哀挽四八烈士，仿佛是在烈士灵前表态。继承烈士遗志，共同团结向前。联句简短有力，充满战斗气息。

挽李公朴闻一多二联

章乃器

一

爱国家，爱大众，此等人物却遭迫害，普天同愤；
为民主，为和平，这种运动竟受摧残，环宇沾羞。

二

民主世界，不自由毋宁死耳；
民生主义，乃无罪而杀人乎？

赏析

此联写于 1946 年 7 月 28 日。同年 7 月 11 日与 15 日，国民党特务在昆明先后暗杀了现代著名学者、民主革命战士李公朴和闻一多，制造了震惊全国的“李闻惨案”。7 月 28 日，重庆各界举行李公朴、闻一多追悼会，章乃器撰送挽联致哀。

先看第一副挽联：

上联中，普天同愤，由成语“普天同庆”转化而来，意谓引起整个天下的人共同愤怒。这里是说，李公朴、闻一多都是爱国家、爱大众的人物，却遭杀害，自当引起普天同愤。

下联中，环宇，亦作寰宇，犹言宇内、天下。沾羞，沾染上羞辱。这里是说，李公朴、闻一多为了民主、和平竟然受到摧残，真使天下蒙羞，都沾染上耻辱。

再看第二副挽联，为章乃器与当时民主建国会的施复亮、俞寰澄、王绍鏊、盛丕华、张絅伯联名撰送。

上联中，毋（wú）宁，同“无宁”，宁可，不如。耳，表语气，用同“矣”。上联意谓，在民主世界，不自由宁可死。这是西方资产阶级民主革命时期所提出的口号。

下联中，民生主义，孙中山提出的中国民主革命时期关于民生问题的纲领，亦即“平均地权，节制资本”，“耕者有其田”。乃，就是、竟是。乎，吗。下联意谓，你们所讲的民生主义，竟是无罪而杀人吗？

“李闻惨案”举世震惊。章乃器作为与逝者共同战斗的爱国民主人士，指出这一事件已经引起“普天同愤”、“环宇沾羞”，进而责问何以“无罪而杀人”，并表明“不自由毋宁死”的战斗到底的决心。

感　事

章乃器

实践检查真理；
时间解决问题。

赏析

此联写于1957年下半年。同年夏天，时任政务院政务委员、粮食部部长、中国民主建国会中央副主席的章乃器，在反右派斗争中被错划为资产阶级右派分子。他有感于突然到来的政治风暴，写成此联，明志抒怀，表达自己既蒙受冤屈又充满自信的复杂心情。

上联谓实践是检验真理的标准，为众所公认的马克思主义原则。值得注意的是，联中不是这一政治语汇的某种历史巧合，而是一个具有时代感的爱国知识分子人生经验的结晶。

下联谓一切经过时间考验，自会解决实际问题。此中饱含深刻的人生哲理，相信历史自会做出公正的结论。

此联富有深刻哲理并带有预言性质，历史实践与时间终于证明了当年作者“感事”的正确性和生命力。

挽袁克文

张伯驹 *

天涯飘泊，故国荒凉，有酒且高歌，
谁怜旧日王孙，新亭涕泪；
芳草凄迷，斜阳黯淡，逢春复伤逝，
忍对无边风月，如此江山。

作者

*张伯驹（1897—1982），字丛碧，河南项城人。现代词学家、书法家、收藏家。曾任华北文法大学教授、燕京大学艺术导师、故宫博物院专门委员。新中国成立后，任中央文史馆馆员、北京书法研究会会长。著有《张伯驹词集》、《素月楼联语》。

赏析

此联写于1932年2月。袁克文（1890—1932），号寒云，河南项城人。袁世凯次子。近代诗人、书法家。不赞成袁世凯称帝，曾作诗讽劝。1919年在江苏南通等地与欧阳予倩合演《佳期》等剧。1923年在上海组织中国文艺学会，自任主席。1927年在上海登报卖字，晚年潦倒消沉。1932年2月病逝于天津，张伯驹撰送挽联致哀。

上联中，天涯，犹天边，极远的地方。唐王勃《杜少府之任蜀州》："海内存知己，天涯若比邻。"飘泊，喻东奔西走行止不定。故国，祖国、本国。这里是说，自身漂泊天涯，国家一片荒凉。高歌，大声歌唱。有酒且高歌，完全符合逝者生前作为世家子弟、落魄文人的特定身份。王孙，古代贵族子弟的通称。《史记·淮阴侯列传》："吾哀王孙而进食，岂望报乎？”司马贞索隐：“言王孙公子，尊之也。”新亭涕泪，典出《世说新语·言语》：“过江诸人，每至美日，辄相邀新亭，藉卉饮宴。周侯中坐而叹曰：‘风景不殊，正自有山河之异！’皆相视流泪。王丞相愀然变色曰：‘当共戮力王室，克服神州，何至作楚囚相对！’”后以“新亭涕泪”喻忧国伤时的悲愤心情。这里是说，有酒且放声高歌，谁去可怜那些旧日贵族子弟，聚在新亭涕泪交流呢？

下联中，“芳草”二句，意谓天涯芳草凄凉迷茫，夕阳斜照黯淡无光。伤逝，哀念已死的人。此谓正逢春日到来，复又悼念亡友。袁克文死于二月，正值早春。无边风月，形容风景无限美好。元方回《送周府尹》：“几许烟云藜杖外，无边风月锦囊中。”如此江山，这样的祖国山河。这里是说，岂能忍心面对这无边风月与如此江山。

此联哀挽逝者，以泪和墨写成。上联写亡友晚年穷愁潦倒，意气消沉；下联写自己哀伤逝者，满目凄凉。作者对于这位旧日王孙充满爱怜之意，因此笔墨含情，娓娓诉说，哀怨悲凉，凄恻感人。

寿袁克定六十

张伯驹

桑海几风云，英雄龙虎皆门下；
蓬壶多岁月，家国山河半梦中。

赏析

此联写于1937年间。袁克定（1878—1955），字云台，河南项城人。袁世凯长子。清末官至邮传部参丞。1916年父死，匿居天津。1937年，袁克定六十岁，张伯驹撰联致贺。

上联中，桑海，桑田沧海的简称。喻世事变迁。唐李商隐《一片》：“人间桑海朝朝变，莫遣佳期误后期。”风云，喻人的际遇。《后汉书·耿纯传》：“大王以龙虎之姿，遭风云之时，奋迅拔起，期月之间，兄弟称王。”此句意谓，世事变迁之中，人的际遇亦随之产生几多变化。龙虎，形容帝王的气派。《史记·项羽本纪》："范增说项羽曰：'（沛公）今入关，此其志不在小。吾令人望其气，皆为龙虎，成五采，此天子气也。急击勿失。'"这里暗指一度称帝的袁世凯。门下，门庭之下。此句意谓，当世多少英雄以至帝王皆出于袁氏门庭之下。

下联中，蓬壶，山名，即蓬莱，古代方士传说为仙人所居。岁月，泛指时间。此句意谓，关于蓬莱仙境已经流传了多少岁月。家国山河，此指故国山河，有抚今思昔之意。半梦中，多半存于睡梦之中。

我们需结合袁克定作为袁世凯长子的特定身份，方能深入领会联意。此联抚今思昔，感慨系之。想当年袁氏一门风云际会，而今已烟消云散，多半存于梦中。联句意在劝慰友人安然面对。

挽余叔岩

张伯驹

谱羽衣霓裳，昔日悲欢传李峤；
怀高山流水，只今顾曲剩周郎。

赏析

此联写于1943年5月。余叔岩（1890—1943），出身京剧世家，专攻老生。善用唱腔表达人物的思想感情，继承了谭鑫培一派的艺术特点而有所变化，形成了自己的艺术风格，世称"余派"。以擅演《问樵闹府》、《战太平》、《定军山》等剧著名。1943年5月因病逝世，张伯驹撰联致哀。

上联中，羽衣霓裳，即霓裳羽衣曲，唐代宫廷舞乐。传为开元中西凉节度使杨敬述所献，初名《婆罗门曲》，经玄宗润色并制歌词，后改用此名。白居易有《霓裳羽衣舞歌和微之》诗，对此曲的结构和舞姿作了细致的描写。天宝乱后，此曲散佚。李峤，唐代诗人，赵州赞皇人。二十岁中进士，历仕高宗、武后、中宗三朝，官至中书令。玄宗即位，贬为庐州别驾，诗多咏物之作。与同乡苏味道齐名，合称“苏李”。此句意谓，谱霓裳羽衣之曲，昔日悲欢传至李峤。这里似指谭派艺术传至余叔岩。

下联中，高山流水，典出《列子·汤问》：“伯牙善鼓琴，钟子期善听。伯牙鼓琴，志在高山。钟子期曰：‘善哉，峨峨兮若泰山！’志在流水，钟子期曰：‘善哉，洋洋兮若江河！’”后以“高山流水”为知音相赏或知音难遇之典，或比喻乐曲高妙。联中赞颂友人生前怀高山流水之志，京剧唱腔自成一格。顾曲剩周郎，即成语“顾曲周郎”。典出《三国志·吴书·周瑜传》：“瑜少精意于音乐，虽三爵之后，其有阙误，瑜必知之，知之必顾，故时人谣曰：‘曲有误，周郎顾。’”后以“顾曲周郎”借指通晓或爱好音乐、戏曲之人。联中运用此典，系作者自喻，加一“剩”字更显对于亡友痛惜、怀念之情。

此联哀挽逝者，上联言亡友师承谭派艺术，下联言自己痛惜友人之死。联句实由四个典故组成，内容蕴藉含蓄，感情哀婉凄凉，需要细加体味。

挽郭则沄

张伯驹

真梦续红楼，雪芹眼泪梅村恨；
旧游开白社，金粟词篇玉屑诗。

赏析

此联写于1947年间。郭则沄（1881—1947），福建闽侯人。清末进士，曾任浙江温处道道台。1912年后，历任袁世凯总统府秘书、侨务局总裁、国务院秘书长。1922年辞官归隐，长期著书自娱。有小说《红楼真梦》、《龙顾山房全集》传世。1947年因病逝世，张伯驹撰联致哀。

上联中，真梦续红楼，指逝者所著长篇小说《红楼真梦》。雪芹，即清代小说家曹雪芹，其代表作为《红楼梦》。此作“满纸荒唐言，一把辛酸泪；都云作者痴，谁解其中味”。梅村，即明末清初诗人吴伟业，号梅村，为复社成员。明亡后其诗多寓身世之感与激荡苍凉之音。此指逝者小说《红楼真梦》具有雪芹原著特色与梅村诗词的家国之痛。

下联中，旧游，从前交往的友人。白社，即九老会。唐白居易在洛阳时，与胡杲等人举行九老尚齿会，各赋诗纪事，堪称诗友盛会。此指逝者晚年常与旧游之人开设诗会。金粟，桂花的别名，因其色黄似金，花开如粟，故名。《唐诗纪事》李郢《中元夜》："江南水寺中元夜，金粟栏边见月娥。"玉屑，玉的碎末。宋魏庆之曾撰《诗人玉屑》。此句意谓，逝者晚年常与友人聚会，并写有如金粟（桂花）、玉屑那样的诗词。

此联哀挽亡友，既言逝者小说兼有雪芹、梅村之长，又言逝者诗词有如金粟玉屑，可谓赞扬备至。

巧　对

张伯驹

李学士，白学士，李白学士；
董圣人，康圣人，董康圣人。

赏析

巧对，联语写作中的一种格式，需应对高明而构思巧妙。因其技艺高超，常成联坛佳话。此联具体时间待考。

上联中，李学士，即李白学士，指唐代大诗人李白。李白天宝初年曾任翰林院供奉，当时因翰林院与学士院并存，亦称"翰林学士"。白学士，指唐代大诗人白居易。白居易在德宗贞元年间进士及第，宪宗元和二年方受翰林学士，次年任命为左拾遗。因其官授翰林学士，故称"白学士"。

下联中，董圣人，即董康圣人。董康（1867—1947），清末进士，留学日本。曾任北京政府大理院院长、司法总长、上海法科大学、北京大学法科教授。抗战前后晚节不终，曾在汪伪政权任职。一生著述甚多，曾与王国维、吴梅等校注《曲海总目提要》，刻有《诵芬室丛刊》等，时人呼之为"董圣人"。康圣人，即康有为。康有为（1858—1927），清光绪进士，近代改良派领袖。一生著述甚丰，有《新学伪经考》、《大同书》等传世，世称“康圣人”或“南海先生”。

这副巧对，妙在上联三个学士，意在突出李白学士。因为李学士即李白学士，而白学士只是陪衬而已。这样的出句实难应对。下联则以今人董康圣人对李白学士。同样董圣人即董康圣人，而康圣人亦作陪衬。果然巧于应对，合为一联，自成佳构。

谐　对

张伯驹

道道要刀刀刮道，刀伤道道满脸刀道；（张伯驹）

毛毛抱猫猫脱毛，猫弄毛毛一身猫毛。（厨师）

赏析

谐对，联语中的一格，即诙谐有趣的对子。据张伯驹《素月楼联语》卷四介绍：“宿舍厨师张君有幼子名毛毛，张君蓄一猫在脱毛，毛毛抱猫。余忽得联（略见上联）。隔日，张君对曰（略见下联）。张君非此中人，能对，亦复可贵。”从中可见这一谐对形成的过程。此联具体写作时间不详。

上联作者触景生情而发。道，量词，条。如一道皱纹、万道金光。刀刮道，刀刮出的一道痕迹。这里是说，道道痕迹需要刀刮，刀可刮出道道痕迹；刀伤一道道，满脸都是刀的道道痕迹。这既切合厨师工作特点，又以谐趣之语出之。

下联为厨师应对之语。他已意识到作者的意图，故从自己孩子抱猫加以发挥。“猫脱毛”纯属写实。猫在作弄（玩弄）毛毛，使得毛毛一身猫毛。这与上联自然成对，且亦富于谐趣。厨师“非此中人”，平日不擅吟咏，次日能以对出，实属难能可贵。

这种近似绕口令的联句，出句固然不易，应对也很困难。此属游戏之作，因其诙谐风趣，不妨聊备一格。

挽傅增湘

张伯驹

万家爆竹夜，坐十二重屏华堂，犹忆同观平复帖；
卅里杏花天，逢两三点雨寒食，不堪重上倚云亭。

赏析

此联写于1949年10月。傅增湘（1872—1949），四川江安人。光绪年间进士，入翰林院为庶吉士。曾创办天津北洋女子师范学堂、京师女子师范学堂。1917年任北洋政府教育总长。1927年任北京故宫博物院图书馆馆长。长期从事图书收藏和版本目录研究，著有《双鉴楼善本书目》、《藏园群书题记初集》、《藏园居士六十自述》等书。1949年10月因病逝世，张伯驹撰送挽联致哀。

上联中"万家"二句，谓除夕（万家燃放爆竹）之夜，坐于列有十二重屏风的华美堂屋之中。平复帖，西晋陆机向他朋友问候疾病的书札，字形朴质，在章草、今草之间。原藏恭王府。20世纪30年代，恭王后人溥心畬愿以高价出让。张伯驹为防此帖外流，遂在原北洋政府教育总长傅增湘帮助下，以四万大洋购得这件我国传世最早的书法真迹。此后一直珍藏，直到1956年将此帖与其他艺术珍品一起献给了国家。上联于回忆中实写二人当年一起观赏平复帖的动人情景。

下联中，卅（sà）里，三十里。杏花天，清明前后杏花盛开的时节。寒食，亦称寒食节，在清明前一天。相传起于晋文公悼念介子推事，以介子推抱木焚死，就定是日禁火寒食。倚云亭，在北京西郊旸台山大觉寺。每年清明，张伯驹、傅增湘常去观赏杏花，并坐亭中联句。而今友人已逝，哪有心情独自"重上倚云亭"。

此联哀挽亡友，感情凄婉缠绵。上联回忆二人同观平复帖的喜悦情景，下联写独自游览西郊的凄苦心情。而今喜已不在，悲从中来。漫步杏花春雨之中，更加思念亡友，哪有心情登亭。人亡物在，更觉凄然。

诗钟七联

张伯驹

一

水云下临云梦泽；
曲香遥指杏花村。

二

旧燕残莺同末路；
木牛流马是先河。

三

听来远近三更鼓；
飞入寻常百姓家。

四

残照荒凉鹦鹉冢；
大江奔放凤凰台。

五

昨日古人今日我；
秦时明月汉时关。

六

家国乐忧天下任；
阴阳燮理此中求。

七

霜杵无鸣寒洗练；
烛花不放夜悬珠。

赏析

这几副诗钟约写于20世纪50年代初期，诗钟，一种文字游戏。其写作方法是：任意取意义绝不相同的两个词，或分咏，或嵌字。前者如以“尺”、“蜂”为题：“灯下量衣催五夜，房中酿蜜正三春。”前句咏尺，后句咏蜂。后者以“女”、“花”为题：“商女不知亡国恨，落花犹似堕楼人。”前句嵌女字，后句嵌花字。两种格式均以凑合自然、对仗工整为上。清徐兆丰《风月谈余录》：“构思时以寸香系缕上，缀以钱，下承盂，火焚缕断，钱落盂响，虽佳卷亦不录，故名曰诗钟云。”这种文字游戏清代颇为流行。因需点燃寸香限时完成，实属即兴之作。张伯驹亦曾打过诗钟，今选其中七联，均为随意定题后分咏之作。

诗钟之一，以“岳阳楼”与“汾酒”为题。

上句咏岳阳楼。水云，指雾。云梦泽，古泽名。历代说法不一，约在当今湖北沙市以下，沿长江两岸到湖南北部、湖北中部一带。孟浩然《望洞庭湖赠张丞相》：“气蒸云梦泽，波撼岳阳城。”白居易《题岳阳楼》亦有“春岸绿时连梦泽”之语，可见上联分咏岳阳楼。

下句咏汾酒。曲香，酒母的香气。杏花村，在山西省汾阳县东部，历来以产汾酒著名。杜牧《清明》：“借问酒家何处有，牧童遥指杏花村。”相传即指此地，后亦用作泛指卖酒之处。

诗钟之二，以“老妓”与“自行车”为题。

上句咏老妓。末路，穷途末路，没有前途。此句意谓，像旧日的燕子与残余的黄莺一样走上了穷途末路。这里用以比喻年老色衰的妓女。

下句咏自行车。木牛流马，古代运输工具。三国时诸葛亮伐魏，曾用木牛流马运粮。《事物记源》卷八：“木牛即今小车之有前辕者，流马即今独推者是，而民间谓之江州车子。”先河，古代帝王先祭祀黄河，后祭祀海，以河为海之本源（见《礼记·学记》)，后称倡导在先的事物为先河。

诗钟之三，以“夜半”与“燕”为题。

上句咏夜半。更，旧时夜间计时单位，一夜分为五更，每更约两小时。三更，指夜间十二时左右，俗称“半夜三更”。鼓，此指夜间报更的鼓声。远近均闻三更鼓声，明显是指半夜时分。

下句咏燕。语出唐刘禹锡《乌衣巷》：“旧时王谢堂前燕，飞入寻常百姓家。”何物飞入?当指燕子。

诗钟之四，以“南唐”与“李白”为题。

上句咏南唐。残照，夕照、落日。鹦鹉冢(zhǒng)，葬鹦鹉的坟。特指唐明皇贵妃杨玉环葬其宠物白鹦鹉的坟。元顾绥《天宝宫词寓感》：“夜月不窥鹦鹉冢，春风每忆凤凰园。”此句意谓，夕阳照在荒凉的鹦鹉冢上。因喻唐代衰败景象，让人想到南唐。

下句咏李白。凤凰台，古台名，故址在今南京市的南面。李白《登金陵凤凰台》：“凤凰台上凤凰游，凤去台空江自流。”可见此句分咏李白。

诗钟之五以“月份牌”与“古战场”为题。

上句咏月份牌。此句意谓时间在不断前进，使人联想到需经常查看的月份牌。月份牌，旧式的彩画单张年历，现在也指日历。

下句咏古战场。此句语出唐代诗人王昌龄《出塞》：“秦时明月汉时关，万里长征人未还。”意谓明月照临关塞的景象秦汉时已是如此，亦即设关防胡由来已久。这就自然让人联想到抗击匈奴的古战场。

诗钟之六，以“范仲淹”与“春宫”为题。

上句咏范仲淹。家国，即国家。天下任，以天下为己任。范仲淹《岳阳楼记》：“其必曰：先天下之忧而忧，后天下之乐而乐乎?”可见，此联即由范仲淹名句化出。

下句咏春宫。阴阳，古以阴阳解释万物化生，凡天地、日月、昼夜、男女等均分属阴阳。燮(xiè)理，和理、调理。《书·周官》：“兹惟三公，论适经邦、燮理阴阳。”此句意谓，若想和理男女之事可由此中求得。这就使人想到春宫。春宫亦秘戏图、春宫画，一种涉及男女房事的图画。

诗钟之七，以“搓板”与“陶然亭”为题。

上句咏搓板，杵(chǔ)，洗衣服用的棒槌。霜杵，寒秋时洗衣棒槌发出的声音。洗练，洗白色的熟绢。这里寓意稍有转折，寒秋时节洗衣，没有发出杵声，当然是用搓衣板了。

下句咏陶然亭。烛花，蜡烛的火焰。悬珠，像挂着的珍珠一样明亮，多用以形容美目。《汉书·东方朔传》：“目若悬珠，齿若编贝。”此句意谓，夜间烛花没有放光而悬有明珠，这就让人联想到美人在亭中夜酌而陶然自得样子。此句解释“陶然亭”虽有点牵强，也还勉强说得过去。

诗钟二联

张伯驹

一

主人不在花尚在；
世事何时是了时。

二

新鬼烦冤旧鬼哭；
他生未卜此生休。

赏析

诗钟二联写于1955年间。张伯驹善作诗钟。他曾倡导饭后打点诗钟并结集。一些诗钟爱好者纷纷响应。参与者有夏枝巢、章士钊、黄君坦、溥叔明等人。每每聚饮评唱，时有趣致之作。张伯驹作联语，喜欢嵌字体；作诗钟则喜欢分咏体。今录所咏二联，并作简单诠释。

诗钟之一，分咏废弃的园林与月份牌。

上句咏废弃的园林。主人不在花尚在，显然是指被主人废弃的园林。

下句咏月份牌。世事何时是了时，系指月份牌。月份牌（亦称年历、日历）在不断更新，世事则永无了时。

诗钟之二，分咏庸医与占卜。

上句咏庸医。新鬼烦冤旧鬼

哭，集自杜甫《兵车行》："新鬼烦冤旧鬼哭，天阴雨湿声啾啾！"原诗描绘战场阴森恐怖，时闻鬼哭之声。联句则意谓，新鬼烦冤旧鬼哭，是因为庸医误人致死的缘故。

下句咏占卜。他生未卜此生休，集自李商隐《马嵬坡》之二："海外徒闻更九州，他生未卜今生休。"原诗描述唐玄宗与杨贵妃的爱情。联句则意谓，他生难以预测而今生休矣，此为讽刺社会上宣扬迷信的占卜，往往用卜卦预测他人吉凶，结果"他生未卜此生休"！

我们根据上述所录两组诗钟，可见写作上亦有几点特定要求：一是任取意义绝不相同的两个词，然后加以分咏。二是必须构成七言对偶句式，且应凑合自然。三是限时完成，属即兴写作。张伯驹生平喜爱并精于此道，曾打过数以百计的诗钟。

赠傅聪

张伯驹

傅相伯师皆是弼；
聪明正直即为神。

赏析

此联写于20世纪50年代。傅聪，1934年生，上海市人。我国著名翻译家傅雷之子。1955年参加国际钢琴大赛，获得第三名，享有"钢琴诗人"的美誉。1958年后在英国定居，作为钢琴演奏家常到世界各地巡回演出。20世纪50年代，张伯驹曾以此联相赠。

上联中，傅相，古代称辅导国君、诸侯王的官为傅相。《史记·梁孝王世家》："故诸侯王当为置良师傅相忠言之士。"伯师，指受自己尊敬钦佩的老师。弼(bì)，辅正，也指辅佐之人。此句意谓，无论是宫廷里的傅相，还是出于民间的伯师，都是辅佐之人。

下联中，聪明，即耳聪目明，听觉、视觉灵敏。正直，端正刚直。神，指人的意识和精神。《荀子·天论》："天职既立，天功既成，形具而神生。”此句意谓，能做到耳聪目明、端正刚直，即为具有精神或神采奕奕之人。

这是一副采用鹤顶格写成的嵌名联，自然嵌入“傅聪”二字。联语称赞傅聪聪明正直、勤奋好学，充分体现了一位长者对后辈的热心关怀。

赠表弟

张伯驹

克勤克俭常勤俭；
非色非空即色空。

赏析

此联写于20世纪50年代。张伯驹表弟李克非是当年西北军“五虎上将”李鸣钟的儿子，他很喜欢表兄所写的对联。有次，李克非夫妇登门拜访，张伯驹在向他们介绍我国楹联艺术趣闻逸事之后，亲书嵌名对联一副题赠表弟。

上联中，克勤克俭，既能勤劳，又能节俭。语出《书·大禹谟》：“克勤于邦，克俭于家。”联句意在勉励表弟夫妇勤俭持家。

下联中，色空，“色即是空”的省语。佛教谓世上有形之万物为色，而万物均为因缘所生，本非实有，故云色即是空。非，意通“无”。《史记·孔子世家》：“夫子则非罪。”非色非空，谓无所谓色，也无所谓空。这里是在宣扬佛家学说，引人进入禅的境界。此中有着深刻的哲理，如从积极意义上理解，可以让人在痛苦和挫折中宁静地面对现实，找到本有、光明的自我。

此联题赠表弟，既嵌入对方名字克非，又在劝导勉励表弟夫妇。联句虚实结合，可谓语重心长。下联看似宣扬佛家学说，实含深刻哲理，表弟自当心领神会。

题 崂 山

张伯驹

迎来海外三千履；
望尽齐州九点烟。

赏析

此联写于20世纪50年代。崂山，在山东省青岛市东北崂山县境，为山东半岛主要山脉，濒临黄海，山海相连。山上有太清宫、上清宫、白云洞、明霞洞、龙潭瀑等名胜古迹，为旅游避暑胜地。民间甚至流传“泰山虽云高，不如东海崂”的说法。张伯驹于20世纪50年代游崂山时应约题联。

上联中，海外，国外。古代传说我国疆土的四周有海环绕，故称国境以外为“海外”。履(lǚ)，鞋子，可代指人。三千履，即三千游客。

下联，“望尽”句，李贺《梦天》：“遥望齐州九点烟，一泓海水杯中泻。”联中化用李贺诗句，并非遨游天上“遥望”，而是崂山顶上“望尽”。齐州，州名。春秋齐地，汉为齐郡。北魏皇兴三年改称齐州，治所在历城。唐辖境相当于今济南市、历城、章丘、济阳、禹城、临邑等地。北宋为济南府。九点，并非实指，言其多也。烟，烟雾朦胧。这里是说，立于崂山之巅，眺望齐州各地犹如许多模糊的小点。

此联既化用李贺诗句，而本身也很像一首七言小诗。对仗工稳，意象鲜明，尽显青岛崂山为有名旅游胜地的特色。

贺关郑结婚

张伯驹

齐东野叟，关西大汉；
秦州牡丹，郑氏樱桃。

赏析

此联作于1962年夏。据《素月楼联话》卷三介绍：“济南画家关友声断弦后，壬寅夏在青岛与汉中郑女士结婚。余适去青岛，属余为联，余因书嵌字联云云。友声身躯本丰硕，故以调之。”

上联中，齐东野叟，由成语“齐东野语”化出。《孟子·万章上》：“此非君子之言，齐东野人之语也。”后以“齐东野语”喻道听途说、荒唐无稽之言。齐东野叟，即齐东野人中的年长者。关友声为山东济南人，古属齐地，因戏称之为“齐东野叟”。关西大汉，语见宋俞文豹《吹剑续录》：“东坡在玉堂日，有幕士善讴，因问：‘我词比柳词何如？’对曰：‘柳郎中词，只好十七八女孩儿执红牙拍板，唱“杨柳岸晓风残月”；学士词，须关西大汉执铁板，唱“大江东去”。’公为之绝倒。”这里因新郎关友声“身躯本丰硕”，故戏称之为“关西大汉”。

下联中，秦州，古州名，在今甘肃、陕西一带。新娘郑女士为陕西关中人，关中古属秦州，因誉之为“秦州牡丹”。郑氏，古代妇人称氏，因称新娘为“郑氏”。樱桃，本指果木，亦喻女子口唇，俗称樱桃小口。

这是一副嵌字联，联中嵌入关、郑二字，且以调侃之语写出，显得风趣幽默，可谓别具一格。

挽马连良

张伯驹

媲美齐周郎，绰有名传称北马；
推陈出谭派，更无人演借东风。

赏析

此联写于1966年12月。马连良（1901—1966），回族，北京人。九岁入北京喜连成科班。先习武生，后改老生。出科后博采贾洪林、余叔岩各派艺术，形成一种圆润潇洒的风格，世称“马派”。为京剧“四大须生”之一。历任北京京剧团团长、北京戏曲专科学校校长。因曾演出新编历史剧《海瑞罢官》，1966年12月被迫害致死，张伯驹撰联致哀。

上联中，媲（pì）美，比美。周郎，语义双关：既指三国时代周瑜，亦指当代京剧演员周信芳。周信芳艺名麒麟童，世称“麒派”。绰有名传，从成语“绰有余裕”化出，此指水平绰绰有余得以名传。北马，马连良以其风格卓具的马派艺术，在京剧界向有“南麒（麟童）北马（连良）”之誉。

下联中，谭派，京剧演员谭鑫培（1847—1917）在多年艺术实践中对老生表演艺术有所发展，形成自己的艺术风格，世称“谭派”。后来，马连良推陈出新，在“谭派”艺术基础上又有新的发展。借东风，马连良擅长演出《群英会》、《借东风》等传统剧目，特别是《借东风》作为他的拿手好戏，更是无人能及，只好望而却步。

此联哀挽亡友，既赞逝者可比周郎，无愧“南麒北马”之誉，又赞逝者演出、发展谭派艺术。谭派、周郎、北马、借东风等语，均有特定内容，用于联中可收言约意丰之效。

挽荀慧生

张伯驹

歌舞全休，旧梦重寻无旧梦；
尘寰永隔，留香犹在不留香。

赏析

此联写于1968年间。荀慧生（1899—1968），直隶（今河北）东光人。著名京剧演员，专攻花旦、刀马旦，功底深厚。与梅兰芳、程砚秋、尚小云合称“四大名旦”。因其吸收梆子的唱腔、唱法和表演艺术，对京剧的传统技法有所发展，形成自己的艺术风格，世称“荀派”。新中国成立后，曾任中国剧协艺术委员会副主任、北京市戏曲研究所所长。1968 年因病逝世，张伯驹撰联致哀。

上联中，歌舞全休，指荀慧生因辞世而不能演戏。旧梦，指作者早年曾与荀慧生等人共同研讨京昆艺术的一段往事。上联意谓，友人辞世歌舞全休，今日想重寻旧梦已无旧梦，亦即再也没有这样切磋戏曲艺术的机会了。

下联中，尘寰（huán），人世间。唐李群玉《送隐者归罗浮》：“自此尘寰音信断，山川风月永相思。”此言友人已逝，人间永隔。留香，留下的芳香。宋陆游诗中有句：“重帘不卷留香久，古砚微凹聚墨多。”联中“留香犹在”，指友人虽已逝去，仍有不少美好印象留在作者心中，因而余香犹在。“不留香”，没有（不是）留芳。荀慧生本人号“留芳”，此处用入联中，让人回味无穷。

此联意念深厚，语调低沉。尤其是上下联的第二句，更是婉转低回，耐人寻味。作者一片思念故友之情，溢于字里行间。

自挽

张伯驹

历名山大川，对金樽檀板，满路花，绿野堂，旧雨春风，骏马貂裘，法书宝绘，渺渺浮生，尽烟云变幻，逐鹿千年何足道。俊才老词人，浊世佳公子；

认清冰洁玉，证絮果兰因，粘天草，红豆树，离肠望眼，灵旗梦雨，泪帕啼笺，绵绵长恨，留秋碧传奇，求凰一曲最堪怜。还愿为鹣鲽，不羡作神仙。

赏析

此联写于 1969 年春。自挽，张伯驹实病逝于 1982 年，却早在 1969 年春就写好了自挽联。当时正处“文化大革命”期间，作者曾受到种种迫害，当为有所预感而作。

上联忆当年优游潇洒闲逸舒适的生活。“历名山”七句，历，游、游历。金樽，金属制成的盛酒器。李白《将进酒》：“人生得意须尽欢，莫使金樽空对月。”檀板，檀木制成的拍板，演奏音乐时打拍子用。满路花，即《满堂花》，词牌名，因与下句“堂”字重复遂加改动。始见《花间集》，因词中有“满地禁花慵扫”句，故取以为名。绿野堂，唐裴度的别墅，旧址在河南洛阳。裴度因宦官擅权，自请罢相。于午桥创别墅，花木万株，中起凉台暑馆，名曰绿野堂。与白居易、刘禹锡等作诗酒之会。旧雨，老朋友。杜甫《秋述》：“常时车马之客，旧，雨来；今，雨不来。”言旧时宾客遇雨亦来，而今遇雨不来。春风，春风温和，比喻温和可亲的境界。骏马，良马。貂裘，貂皮做的衣服。法书，指名家的书法，或对别人书法的美称。宝绘，珍贵的画。这七句意谓，当年历名山大川，对金樽檀板，以文会友，吟诗作赋，骏马貂裘，珍藏书画，多么优游闲适的生活。“渺渺”三句，渺渺，悠远，渺茫。浮生，《庄子·刻意》：“其生若浮，其死若休。”谓人生在世，虚浮无定，后因称人生为浮生。烟云变幻，像烟云那样富于变幻。逐鹿，《史记·淮阴侯传》：“（蒯通）对曰：‘秦失其鹿，天下共逐之，于是高材疾足者先得焉。’”后因称国家分裂之时，竞争天下为“逐鹿”。唐魏徵《述怀》：“中原初逐鹿，投笔事戎轩。”这三句是说，浮生若梦，烟云变幻，纵使逐鹿千年又何足称道。“俊才”二句，俊才，卓越的才智。老词人，此指作者本人。浊世，混乱的时世。《史记·平原君传》：“平原君，翩翩浊世之佳公子也。”佳公子，作者为袁世凯表弟，原直隶总督张镇芳之子，实为世家子弟。这里“佳公子”与“俊才老词人”一样，均为自我解嘲之词。

下联看今朝哀伤欲绝晚景凄凉的景象。“认清冰”七句，清冰洁玉，即冰清玉洁，比喻人品高洁。魏曹植《光禄大夫荀侯诔》：“如冰之清，如玉之洁，法而不威，和而不亵。”絮果兰因，比喻结局不幸之因缘遇合。以兰花之馨香喻美好之前因，以飞絮之漂泊喻离散之后果。此指作者一生自认冰清玉洁，晚年却出现如此悲惨的结局。粘天，谓贴近天，仿佛与天相近。此指连天芳草。红豆树，亦称“相思木”。其果实红豆向为爱情与相思的象征。唐王维《相思》：“红豆生南国，春来发几枝，愿君多采撷，此物最相思。”离肠，犹离情。唐杜牧《丹水》：“何事苦萦回，离肠不自裁。”望眼，即望眼欲穿，形容盼望殷切。灵旗，出征的战旗，或神灵的旗帜。梦雨，迷濛细雨。唐李商隐《重过圣女祠》：“一春梦雨尝飘瓦，尽日灵风不满旗。”泪帕啼笺，泪水湿帕，悲啼入笺（信笺）。这七句意谓，自认冰清玉洁，结果如此悲惨。眼前一片凄凉景象，灵旗飘摇细雨迷濛，泪帕啼笺，岂不让人为之哀伤欲绝。“绵绵”三句，绵绵长恨，即此恨绵绵无尽期之意。秋碧传奇，即陈宗枢的《秋碧词传奇》。求凰一曲，即一曲《凤求凰》。乐府琴曲歌名，因诗中有“凤兮凤兮归故乡，遨游四海兮求其凰”句，乃名《凤求凰》。联中指出，此曲最堪让人哀怜。这三句是说，此恨绵绵无尽期，留一本《秋碧词传奇》，歌一曲《凤求凰》，这一切最堪让人哀怜。“还愿”二句，鹣鲽(jiān dié)，鹣，比翼鸟，亦称鹣鹣。鲽，比目鱼。后因以“鹣鲽”喻夫妻和好。这里是说，死后愿与妻子长眠在一起，而不羡慕去做神仙。

这副自挽长联，结合自身经历感受，写得哀婉凄恻、沉郁悲凉。让人读之荡气回肠，且一掬同情之泪。

挽陈毅

张伯驹

仗剑从云，作干城，忠心不易。军声在淮海，遗爱在江南，万庶尽衔哀。回望大好河山，永离赤县；

挥戈挽日，接尊俎，豪气犹存。无愧于平生，有功于天下，九泉应含笑。伫看重新世界，遍树红旗。

赏析

此联写于1972年1月。陈毅(1901—1972)，字仲弘，四川乐至人。1919年赴法勤工俭学。1923年加入中国共产党。曾任红四军政治部主任、江西军区司令员、新四军代理军长、第三野战军司令员。新中国成立以后，历任上海市市长、国务院副总理兼外交部长、中共中央军委副主席。1972年1月因病逝世，张伯驹撰送挽联致哀。

上联言逝者新中国成立前的历史功绩与人民群众对其逝世的怀念之情。“仗剑”三句，仗剑，持剑。《史记·淮阴侯列传》：“及项梁渡淮，信仗剑从之。”从云，言从者众多。《诗·齐风·敝笱》：“齐子归止，其从如云。”干城，干，盾牌；城，城垣。均起防御捍卫作用，比喻捍卫者或御敌有功的将领。《诗·周南·兔罝》：“赳赳武夫，公侯干城。”这里是说，陈毅持剑军中从者如云，作为国之干城，一生忠心不变。“军声”三句，淮海，指以徐州为中心的淮河以北及海州（现在的连云港市）一带的地区。陈毅抗日战争时期曾率新四军在这一地区开辟抗日根据地，解放战争时期又指挥华东野战军取得淮海战役的胜利，因在军中声誉卓著。遗爱，仁爱留与后世。《左传·昭公二十年》：“及子产卒，仲尼闻之，涕泣曰：‘古之遗爱也。’”陈毅曾任华东军区司令员兼上海市长，其间善政不可胜数，联中因称“遗爱在江南”。万庶，犹言万民。衔，心中含哀，心怀悲哀。谓万民尽含悲哀。“回望”二句，赤县，中国的别称。这里是说，逝者回望祖国大好山河，永远离开了这个世界。

下联言新中国成立以后的历史功绩与逝者应含笑九泉。“挥戈”三句，挥戈挽日，亦作挥戈反日，意为将戈一挥，可使西下的太阳返回来。典出《淮南子·览冥训》：“鲁阳公与韩构难，战酣，日暮，援戈而挥之，日为之反三舍。”后多用以形容力挽危局。尊俎（zǔ），意同“折冲尊俎”。典出《战国策·齐策五》：“此臣之所谓比之堂上，禽将户内，拔城于尊俎之间，折冲席上者也。”尊为酒器，俎为载肉之具。此指不用武力而在宴会谈判中战胜对方。这里是说，陈毅从“挥戈挽日”的军事将领，接着做“折冲尊俎”的外交部长，同样豪气犹存。“无愧”三句，陈毅于个人平生无愧，于国家天下有功，可以含笑于九泉之下。“伫（zhù）看”二句，谓久立而等待着看。重（chóng）新世界，即世界重新，再一次更新。遍树红旗，到处插满了红旗。末句暗指当世之十年浩劫，此种世界必然重新，遍树真正之革命红旗。

此联从大处落笔，盛赞逝者军事、外交诸方面的杰出贡献与对祖国人民忠贞不贰的高贵品质。联句文质兼美，内涵丰富，对仗工稳，实为大家手笔。难怪毛泽东在陈毅追悼会上看到亦颇为赞赏。

挽周恩来

张伯驹

奠山河于磐石，登人民于衽席；
反殖反霸反帝反修，劳瘁一身当大任；
建社会以繁荣，措政治以休明；
不怠不骄不卑不亢，勋名千古仰先知。

赏析

此联写于1976年1月。周恩来（1898—1976），字翔宇，祖籍浙江绍兴，生于江苏淮安。1920年赴法勤工俭学。1922年加入中国共产党。曾任黄埔军校政治部主任、中共中央组织部长、中央军委副主席。新中国成立后，历任中共中央副主席、国务院总理、全国政协主席等职。1976年1月8日病逝于北京，张伯驹撰联致哀。

上联写逝者一生的伟大功业。磐石，厚重的石头，比喻坚固不动，能负重任。衽（rèn）席，朝堂宴享时所设的席位。这里是说，山河奠于磐石，将山河安置得如同磐石一般；人民登于衽席，让人民真正成为国家的主人。劳瘁（cuì），劳累病苦。《诗·小雅·蓼莪》："哀哀父母，生我劳瘁。"这里是说，在反对殖民主义、霸权主义、帝国主义、现代修正主义的斗争中，一身当此大任，做到了鞠躬尽瘁死而后已。

下联写逝者的崇高品德与深远影响。休明，美好清明。《左传·宣公三年》："德之休明，虽小，重也；其奸回昏乱，虽大，轻也。"这里是说，逝者一生决心将社会建设得繁荣昌盛，让政治得以清明公正。先知，语出《孟子·万章上》，谓对国家大事了解得比一般人早的人。这里是说，逝者一生处理国内事务和国际问题历来不怠、不骄、不卑、不亢，他的功勋和英名必将流传千古，人们共仰先知。

此联赞颂逝者不朽一生，语言高度凝练概括。联中用“四反”、“四不”，高度概括逝者的功业与品格。“劳瘁”一词，凸显逝者以年老多病之身坚持工作，鞠躬尽瘁，死而后已。一代伟人的崇高形象跃然纸上，读之令人无限景仰。

挽毛泽东

张伯驹

覆地翻天，纪元重开新史；
空前绝后，人物且看今朝。

赏析

此联写于1976年9月。毛泽东（1893—1976），字润之，湖南湘潭人。无产阶级革命家。从井冈山斗争到中华人民共和国建立，为中国革命做出了辉煌的贡献。新中国成立后，历任中共中央主席、中华人民共和国主席、全国政协主席、中央军委主席。1976年9月9日病逝于北京，张伯驹撰联致哀。

上联中，覆地翻天，天地转换了位置，常比喻巨大的变化。毛泽东《七律·人民解放军占领南京》：“虎踞龙蟠今胜昔，天翻地覆慨而慷。”这里加以化用说明我国发生覆地翻天的变化。“纪元”句，此指中华人民共和国成立重新开创了历史的新纪元。

下联中，空前绝后，从前没有过，以后也不会再有。形容非常杰出难得。人物且看今朝，毛泽东《沁园春·雪》：“俱往矣，数风流人物，还看今朝。”联中化用上述词句，意谓真正空前绝后的人物且看今朝，亦即毛泽东是当今非常杰出难得的人物。

此联明显特点在于巧妙化用逝者本人的诗句，赞颂逝者一生的丰功伟绩。联句简洁有力，格调雄浑悲壮，让人在悲痛之余深受鼓舞。

赠张伍

张伯驹

张掖河流称弱水；
伍牙山脉接金陵。

赏析

此联写于1977年春。张伍，为我国现代著名小说家张恨水之子。有关此联写作，据张伍本人回忆：1977年春，曾去拜访父亲生前好友张伯驹先生，谈与父亲的交往，谈绘画与余派的唱腔。张老还即兴挥毫题赠此联。

上联中，张掖河，即《禹贡》中的弱水。今称黑河，在甘肃省。发源于祁连山下，经张掖县西北流。弱水，凡水道由于水浅或当地人不习惯造船即不通舟楫，只用皮筏交通的，古人往往认为是水弱不能胜舟，因称弱水。《书·禹贡》：“导弱水至于合黎，余波入于流沙。”上联采用张掖河古称弱水的说法，以切张恨水之子的姓氏。

下联中，伍牙山脉，具体地点方位待查。金陵，即南京。战国时楚威王置金陵邑，后屡改名，明洪武元年建都于此，始称南京。根据有关材料，张伍1937年生于南京。联中既言“伍牙山脉接金陵”，则伍牙山似与其父故乡潜山有关。潜山亦名皖山，绵亘深远，与霍山相接。主峰天柱山，汉武帝时封为南岳。下联意在点出张伍之名与生在南京。

这是一副典型的嵌名联。联中采河、山之典，切合张伍姓名，实为妥帖工稳的巧对。

挽邓拓

张伯驹

间气钟闽海，却因与古为邻，以忠获罪；
直言话燕山，大似骂曹击鼓，照怪燃犀。

赏析

此联写于1979年9月。邓拓(1912—1966)，笔名马南邨，福建闽侯人。1930年加入中国共产党。曾任《晋察冀日报》社长兼总编辑、《人民日报》社长兼总编辑、中华全国新闻联合会主席、北京市委文教书记。因创作《燕山夜话》及与吴晗、廖沫沙合著《三家村札记》，"文革"初被迫害致死。1979年9月，中共中央组织部为邓拓平反并举行追悼会，张伯驹撰送挽联致哀。

上联中，间气，旧谓英雄豪杰上应天象，禀天地特殊之气，间世而出，称为"间气"。锺，汇聚。闽海，邓拓生于闽侯，地处福建沿海，为与下联"燕山"对应，因称"闽海"。与古为邻，邓拓对古代历史颇有研究，曾任中国科学院哲学社会科学学部委员、中国历史研究所学术委员。所著《燕山夜话》、《三家村札记》，亦常以古喻今针砭时弊。不料却因与古为邻，反而以忠获罪。这位忠于祖国、忠于人民的学者、新闻战士竟被迫害致死。

下联中，直言，正直的言论。话燕山，指邓拓在《北京晚报》开设的《燕山夜话》专栏。骂曹击鼓，即流传民间的三国故事"击鼓骂曹"。东汉祢衡，性刚傲物。曹操召为鼓吏，大宴宾客，命其改服鼓吏之衣，以此当众侮辱。祢衡即在曹操面前裸身更衣，又至营外击鼓大骂曹操。曹操非常恼怒，后借他人之手加以杀害。照怪燃犀，即燃犀照怪。据《晋书·温峤传》载："(峤)至牛渚矶，水深不可测；世云其下多怪物，峤遂毁犀角而照之。须臾，见水族覆灭，奇形异状，或乘马车著赤衣者。"后则借用这一传说，以喻洞察奸邪的意思。

此联哀挽逝者，感情激昂慷慨。作者明确指出，邓拓当年是因"与古为邻，以忠获罪"而被迫害致死。他的《燕山夜话》批判锋芒，大似击鼓骂曹，可以燃犀照怪。这是对这位出生闽地的当代英雄很高的评价。

挽吴晗

张伯驹

钟室何存，于今不倒三家店；
舞台试看，终古长传一曲歌。

赏析

此联写于1979年9月。吴晗(1909—1969)，字辰伯，浙江义乌人。现代史学家。1934年毕业于清华大学，曾任云南大学、西南联大、清华大学教授。新中国成立后，任北京市副市长、中国科学院哲学社会科学学部委员、民盟中央副主席。著有《朱元璋传》、《读史札记》、《灯下集》、《海瑞罢官》等。1969年被“四人帮”迫害致死。1979年平反昭雪，在八宝山革命公墓礼堂举行追悼会，张伯驹撰送挽联致哀。

上联中，钟室，即西汉长乐宫钟室，吕后杀害韩信的地方。《史记·淮阴侯列传》：“吕后使武士缚信，斩之长乐宫钟室。”三家店，即三家村。20世纪60年代初，吴晗和邓拓、廖沫沙曾在《前线》杂志联合开设“三家村札记”专栏，以吴南星的笔名撰写短小精炼的杂文。“文革”初期受到严厉批判，被称为“三家村”黑店，作者均遭残酷迫害。这里是说，于今钟室何存？真正不倒的还是三家店，因为《三家村札记》一书广泛流传，三位作者亦永远活在人们心中。

下联中，一曲歌，指吴晗创作的新编历史剧《海瑞罢官》。曾受到江青、姚文元之流有组织的批判和围剿，并被视为由此揭开“文化大革命”的序幕。今天终于把被颠倒的历史纠正过来了。这里是说，试看今日文艺舞台，《海瑞罢官》一剧必将终古长传。

此联义正词严，既是对吴晗、邓拓、廖沫沙的肯定，也是对“四人帮”反革命集团的控诉。需要指出两点：一是三家店即三家村。村为平声，与上联尾字要求仄声不合，故改为店。二是不少联书将钟室误为钟宝，释为吴晗收藏的历史文物，明显与作者本意不符。

寿福芝芳

张伯驹

松筠有寿方为福；
芝草无人亦自芳。

赏析

此联写作时间不详。福芝芳(1905—1980)，我国京剧表演艺术家梅兰芳的夫人。张伯驹与梅兰芳夫妇过从甚密。某年福芝芳生日，张伯驹书寿联致贺。

上联中，松筠，松与竹。因其材质坚韧，经冬不凋，常用以比喻节操坚贞。此句意谓，要像松竹那样四季常青，有着悠久寿命，才是真正福气。

下联中，芝草，香草名，即芝兰。《孔子家语·在厄》："且芝兰生于深林，不以无人而不芳；君子修道立德，不谓穷困而改节。"此句意谓，芝草生于深林，即使无人欣赏，亦自发出芳香。

这是一副典型的嵌字联，已将寿、福、芝、芳四字分别嵌入联中。作者还以松筠、芝草喻福芝芳，贴切自然，耐人寻味。

挽福芝芳

张伯驹

并气同芳，八宝芝兰成眷属；
还珠合镜，升天梅福是神仙。

赏析

此联写于1980年1月。福芝芳，为梅兰芳的夫人，本身也是一位京剧表演艺术家。1980年1月因病逝世，张伯驹撰送挽联致哀。

上联中，气，素质、气节。芳，香、香气，喻有美名、美德。八宝，亦名景天、蝎子草，多年生肉质草本。夏季开花，花极繁茂，常盆栽，供观赏。芝兰，香草。《孔子家语·在厄》："芝兰生于深林，不以无人而不芳。"亦喻人才质之美。眷属，亲属，亦特指夫妻。八宝芝兰，借指福芝芳、梅兰芳。上联意谓，梅兰芳、福芝芳具有同样的气质，散发同样的芳香，二人终于结成夫妻。

下联中，还珠，即合浦还珠。典出《后汉书·循吏传》，后以此喻人当复归或物归旧主。合镜，即破镜重圆。典出孟棨《本事诗·情感》，后用以喻夫妻离散或破裂后重又相聚。联中"还珠合镜"，比喻物之失而复得，人之散而又聚。此指福芝芳死后可与已先离世的丈夫相会。升天，旧时称人死亡为"升天"。梅福，指梅兰芳、福芝芳。此句意谓，福芝芳死后升入天国可与梅兰芳相会，从此二人都是神仙。

这是一副嵌名联。句中既嵌梅兰芳、福芝芳二人姓名，还称颂他们是神仙眷属。

春　联

张伯驹

万水千山疆永固；
五风十雨庆丰登。

赏析

此联写于 1982 年初。当时，张伯驹欣然题写春联一副，以表达他对国强民富的美好祝愿。

上联中，万水千山，万、千，言其多，用以形容路途遥远且多险阻。贾岛《送耿处士》："万水千山路，孤舟几月程。"亦指祖国的山山水水。疆，疆土，国家的领土。此句意谓，祖国疆域辽阔，万水千山，使其永远坚固。

下联中，五风十雨，语出王充《论衡·是应》："风不鸣条，雨不破块，五日一风，十日一雨。”后用以形容风调雨顺。庆，喜庆五谷丰登，亦即各种农作物均取得丰收。此句意谓，而今风调雨顺，喜庆五谷丰登。

此联对仗工稳，喜气洋溢。祝福祖国疆土永固，喜庆五谷丰登，充分表达了作者对国强民富的美好愿望。

贺人新婚

张伯驹

缔缘绾结红丝缕；
纳綵缠绵绿绮絃。

赏析

此联写作时间不详。贺人新婚，张伯驹当年为祝贺年轻友人新婚而成此联。受贺何人与写作时间有待查考。

上联中，缔缘，缔结姻缘。绾（wǎn）结，盘结、旋转打结。红丝缕，缕为线，即红丝线。典出五代王仁裕《开元天宝遗事·牵红丝娶妇》：“郭元振少时，美风姿，有才艺。宰相张嘉贞欲纳为婿。元振曰：‘知公门下有女五人，未知孰陋，事不可仓卒，更待忖之。’张曰：‘吾欲令五女各持一丝，幔前使子取便牵之，得者为婿。’元振欣然从命，遂牵一红丝线，得第三女，大有姿色。”后因以红丝线比喻缔结姻缘，称招婿为“红丝待选”。

下联中，纳綵，綵通“采”，即纳采。为男方具送求婚的礼物。《仪礼·士昏礼》：“昏礼下达，纳采用雁。”疏：“纳采，言纳者，以其始相采择，恐女家不许，故言纳。”缠绵，情意深厚、固结不解。絃，为“弦”的异体字，即琴上拨动使发音的生丝线，今多用铜丝或钢丝。绿绮，古琴名。晋傅玄《琴赋序》：“楚庄王有鸣琴曰绕梁，司马相如有琴曰绿绮，蔡邕有琴曰焦尾，皆名器也。”后用为琴的通名。上联言男方为缔结姻缘而系上红丝线，下联言女方接受聘礼之后情意缠绵拨动绿绮琴弦。

此联有个明显特点，就是上下联十四字全部利用偏旁相同的汉字组成。这里联句文字均以“系”（今简化为“纟”）作偏旁，且能做到文从字顺，情意俱佳，实属别具一格。

挽溥叔明

张伯驹

地下镜重圆，终古不分鹣鲽影；
人间琴已碎，从今休教鹧鸪声。

赏析

此联写作时间不详。溥叔明，满族人，清恭亲王奕䜣之孙。治考订、经义、音韵，能诗词。某年因病逝世，张伯驹撰联致哀。

上联中，镜重圆，即“破镜重圆”。典出孟棨《本事诗·情感》，后以此比喻夫妻失散或离婚之后重又完聚。此处指逝者将于地下与妻子重又团聚。终古，久远、永远。鹣鲽（jiān dié），语出《尔雅·释地》：“东方有比目鱼焉，不比不行，其名谓之鲽；南方有比翼鸟焉，不比不飞，其名谓之鹣。”旧以“鹣鲽”比喻夫妻感情融洽，相亲相爱。上联意谓，逝者将于地下与妻子团聚，从此恩爱夫妻形影相随永不分开。

下联中，人间琴已碎，意同“人琴俱亡”。典出《世说新语·伤逝》：“王子猷、子敬俱病笃，而子敬先亡。子猷……来奔丧，……便径入坐灵床上，取子敬琴弹。弦既不调，掷地云：‘子敬子敬，人琴俱亡！’”后以“人琴俱亡”为悼念死者之词。联中活用此典，意在悼念亡友。休教，莫使，不要令。唐金昌绪《春怨》：“打起黄莺儿，莫教枝上啼。”鹧鸪（zhè gū），鸟名。俗谓其鸣曰“行不得也哥哥”，借以比喻人事或世路的艰难。下联意谓，而今人间琴已碎，从今天起不要令我听到鹧鸪的鸣声。

此联哀挽亡友，上联愿逝者与妻子地下相聚，下联言自己为失去友人而哀伤不已。联句多用成语典故，颇为贴切自然，有助于表达沉痛哀挽之情。

赠童第周

张伯驹

寄情在物象情怀以外；
多识于草木鸟兽之名。

赏析

此联写作时间不详。童第周（1902—1979），浙江鄞县人。1930年毕业于复旦大学生物系，留学比利时、法国，获博士学位。1934年回国后，曾任山东大学、中央大学、复旦大学教授。新中国成立以后，历任中国科学院副院长、生物学学部主任、全国人大常委、全国政协副主席。张伯驹与其交往颇多，曾以此联相赠。

上联中，寄情，寄托感情。北齐刘昼《刘子·韬光》："托信于山林，寄情于物外，非有求于人也。"物象，事物的表象、气象。情怀，心情、心境。此句意谓，寄托感情在事物表象与个人情怀之外。实即劝人应有超然物外以至物我两忘的思想境界。

下联"多识"句，语出《论语·阳货》："子曰：'小子何莫学夫诗。诗可以兴，可以观，可以群，可以怨，迩之事父，远之事君，多识于鸟兽草木之名。'"此句意谓，学诗可增长各种知识。

童第周作为现代著名生物学家，平时却对文艺颇有兴趣。叶永烈所编《科学家诗词选》中就收有他的作品。张伯驹赠联亦在赞扬友人具有超然物外的胸怀和吟咏诗词的兴趣。

赠史树青

张伯驹

树不新栽休斧伐；
青山常在有柴烧。

赏析

此联写作时间不详。史树青，1922年生，河北乐亭人。北京辅仁大学研究生毕业。后任中国历史博物馆研究员。张伯驹与其时相过从，曾以此联相赠。

上联中，休，莫，不要。作为副词，表示禁止或劝阻。斧伐，以斧伐木，即用斧头砍伐木柴。《孟子·告子上》："中山之木尝美矣，以其郊于大国也；斧斤伐之，可以为美乎？"此句意谓，树还没有新栽，不要上山以斧伐木。

下联"青山"句，从民间俗语"留得青山在，不怕没柴烧"化出，与上句合在一起，意在告诉人们，只有经常栽树，才能青山常在，不愁没有柴烧。

联语言浅意深，既为日常生活的普通道理，却又包含深刻的人生哲理。

贺大新百货公司

萧　娴*

大好河山，四有兆众；
新辟世界，十二重楼。

作者

*萧娴（1902—1997），贵州贵阳人。当代著名女书法家。毕生从事书艺，早年曾列书法家康有为门墙。还应宋庆龄邀请，为护法军政府筹款劳军，被孙中山授予书画家奖章奖状。新中国成立后，任江苏省政协委员、中国书法家协会名誉理事。有《萧娴书法选》等。

赏析

此联写于1914年间。贺大新百货公司，1914年间，广州大新百货公司落成庆典时，萧娴只有十三岁，即遵父命写此丈二整匹巨联，首嵌"大新"二字。公司揭幕那天，官商云集，对联挂出，人们赞不绝口，惊呼"粤海神童"。

上联中，四有兆众，即四兆之众。有，助词，无义。兆，数目，古代有下数、中数、上数的不同说法。这里是说，我国大好河山，在民国初年，人口约四亿之数。

下联中，重（chóng）楼，层楼。语见《荀子·赋》："志爱公利，重楼疏堂。"这里是说，大新百货公司楼房建筑高达十二层，为广大顾客购物开辟出一个新的世界。

如此小小年纪，竟能撰书巨幅贺联，无愧"粤海神童"称号。

赠康有为

萧 娴

大哉南海；
撮尔须弥。

赏析

此联为作者早年之作。康有为，清光绪进士、近代著名学者、资产阶级改良派领袖人物。一生著述甚丰，有《新学伪经考》、《大同书》等传世。萧娴人称“粤海神童”，师从康有为学习书法。康有为看到她十多岁时临写的《散氏盘》书件，极为赞赏，赋诗给予高度评价。诗为：“笄女萧娴写散盘，雄深苍浑此才难。应惊长老咸避舍，卫管重来主坫坛。”萧娴有感于长者如此厚爱，遂报以榜书楹联。

上联中，哉，语气助词，表示感叹。《论语·泰伯》：“大哉，尧之为君也。”南海，康有为是广东南海人，世称“康南海”。这里一语双关，既指海，也指人，极言其人胸怀如海。

下联中，撮（cuō），量词，用于手所撮取的东西。《礼·中庸》：“今夫地，一撮土之多。”后泛指小量。尔，表语气，用同“然”。须弥，梵语，意译为“妙高”、“妙光”。古印度传说中的山名。撮尔须弥，意同“芥子须弥”，佛教谓纳至大的须弥山于至小的芥子之中，比喻不可思议。

此联言简意深，既言康氏为人胸怀如海，而又赞其书法艺术变化莫测不可思议。联中用海山以喻恩师，更显虔诚敬意。

题淮海战役纪念馆

萧 娴

奏凯犹腾野；
挥戈即渡江。

赏析

此联写于20世纪60年代初期。淮海战役纪念馆，在江苏省徐州市南郊凤凰山麓。为纪念淮海战役中牺牲的革命烈士，于1960—1965年间建成淮海战役烈士纪念塔。塔东南有淮海战役纪念馆，馆内展出各种照片、文物两千余件。萧娴曾应该馆之约题写联语。

上联中，奏凯，高奏凯歌。此句意谓，我军高奏胜利的凯歌犹奔驰于北方原野之上。1948年冬，我华东野战军、中原野战军发动了声势浩大的淮海战役，一举歼敌五十余万人，基本上解放了长江以北的广大地区。

下联中，挥戈，挥动干戈。渡江，渡过长江。此指1949年4月，我军在取得淮海战役胜利之后，随即挥师南下，发起强渡长江的战役，很快解放了南京，宣告了国民党统治的覆灭。

此联文字简练，气势宏伟。当年淮海、渡江战役胜利情景似又重现眼前，能给人以书画作品“尺幅千里”之感。

自题联

萧　娴

云龙远飞驾；
天马自行空。

赏析

此联写于1971年间。当时，萧娴时已七十一岁高龄，仍勤奋不辍，老而弥坚。自题联语一副，壮志不减当年。

上联中，云龙，即龙。《易·乾》：“云从龙，风从虎，圣人作而万物覩。”此句意谓，神龙驾云远飞而去。人们常以“云起龙骧”比喻英雄豪杰乘时而起。

下联中，天马，神马。这里是说，神马自行奔驰于太空。用以比喻人之才气纵横，超群不凡。

此联嵌有龙、马二字，意在赞扬老而弥健的龙马精神。正如明代学者张居正《答陈节推书》中所说："年涉期颐，而龙马精神，有逾于少壮。"而这正是作者晚年生活的写照。

贺《安徽画报》复刊三周年

萧 娴

渊从淮水；
美取黄山。

赏 析

此联写于1976年12月。安徽画报，由安徽省出版总社主办的以图片为主的综合性画报，每逢双月出刊。1958年创刊，"文革"初期被迫停刊，1973年得以恢复。1976年底，为纪念《安徽画报》复刊三周年，萧娴应约书联致贺。

上联中，渊，渊源，此指事物的本源。淮水，即淮河，源出河南桐柏山，东经安徽、江苏入洪泽湖。此句意谓，《安徽画报》渊源，应从淮水说起。安徽北部属淮河流域，理应成为画报取材与报道的中心。

下联中，黄山，在安徽省南部，风景秀丽，以奇松、怪石、云海、温泉著名，向为我国休养、游览胜地。此句意谓，《安徽画报》求美，自当取法黄山。

作者紧扣刊物自身特点，从地理与美学的角度切入安徽山水，南北呼应，浑然天成。

遣 怀

萧 娴

船上齐桡乐；
湖心泛月归。

赏析

此联写于1977年仲春樱花盛开时节。当时，萧娴怀着粉碎“四人帮”之后喜悦兴奋的心情，畅游南京玄武湖。湖中五岛之一的樱洲，上有一片樱桃林，春日花开，一片绯红。作者乘船游湖赏花，喜而书联遣怀。

上联中，桡（ráo），船桨。《淮南子·主术》：“夫七尺之桡而制船之左右者，以水为资。”此句意谓，游人在船上一齐划动船桨感到非常快乐。

下联中，泛，漂浮。苏轼《赤壁赋》：“苏子与客泛舟于赤壁之下。”可引申为浮现、透出之意。此句意谓，湖心亦已浮现月光，游人方才尽兴而归。

此联题为遣怀。作者游湖有感，即兴抒怀，情景交融。这里，情虽由景而生，景亦因情而美。湖景之美与人心之乐，二者相得益彰。

题黄庭坚纪念馆

萧　娴

诗风成一派；
书艺近三家。

赏析

此联写于20世纪80年代初。黄庭坚纪念馆，在江西省修水县，为纪念北宋著名诗人、书法家黄庭坚而建。20世纪80年代初，该馆建成开放，萧娴应约题联。

上联谓黄庭坚诗歌风格自成一派。黄庭坚诗学杜甫，而能自辟门径。其诗讲究修辞造句，追求奇拗硬涩的风格，在宋代影响很大，开创了江西诗派。

下联谓黄庭坚书法艺术近于三家。黄庭坚擅长行书、草书，常以侧险取势，用笔纵横奇崛，自成一格。因与苏轼、米芾、蔡襄齐名，合称“宋四家”。

此联言简意赅，高度概括。只用短短十字就将黄庭坚作为北宋著名诗人、书法家的身份地位呈现在读者面前。

集石鼓文书联

萧　娴

好花四时秀；
嘉树卅里多。

赏析

此联写于20世纪80年代初。石鼓文，我国现存最早的刻石文字。在十块鼓形的石上，每块各刻四言诗一首，内容歌咏秦国君游猎情况。所刻书体，为秦始皇统一文字前的大篆，即籀文。历来对其书法评价很高。石鼓原在天兴三畤原（今陕西宝鸡境内），唐初被发现。现十块石鼓上的文字大多剥蚀。原石存北京故宫博物院。20世纪80年代初，萧娴作为书法家，曾用石鼓文上保留的字即大篆体写成集字联语一副。

上联中，秀，指草木开花。汉武帝《秋风辞》："兰有秀兮菊有芳。"此句意谓，美好的花一年四季开放。这样可以让人尽情观赏。

下联中，嘉树，美好、吉庆的树。卅（sà），三十。此句意谓，吉祥的树种了三十里还多。形成林荫夹道，自当惠及行人。

此联写出眼前所见景物，鲜花开放，林荫夹道。难能可贵的是，要从石鼓文有限的文字中选取，且用大篆体写成，实属不易。

吴承恩逝世四百周年纪念

萧　娴

伏怪以力；
取经唯诚。

赏析

此联写于1982年间。吴承恩为明代文学家，淮安府山阳县人。一生仕途困顿，晚年专意著述，写成长篇小说《西游记》。1982年间，为纪念吴承恩逝世四百周年，淮安县人民政府举办全国性《西游记》学术讨论会，萧娴应邀参加并题写联语。此联手迹现存淮安市吴承恩纪念馆。

上联中，伏，通“服”，制服、降服。以，用、使用。这里是说，制服妖怪必须使用武力。此指唐僧师徒西游取经途中不断遇到妖魔鬼怪，只有使用武力加以降服。

下联中，取经，求取真经。唯，唯独，只有。这里是说，唐僧师徒西天求取真经，唯有依靠一片诚心。

此联实为作者阅读长篇小说《西游记》后概括出来的两点体会。联中“伏怪”、“取经”二事，本身存在因果关系，这样几乎概括了这部古典名著的全部内容。

晚年自戏

萧　娴

欲知世味须尝胆；
不识人情只看花。

赏析

此联写于1983年间。晚年自戏，据《中国近现代名家名联》一书介绍：“此联于1983年冬曾悬挂在萧氏书房。”老人时已八十以上高龄，联语题为“晚年自戏”，虽有自我解嘲的戏作成分，却有某种深意寓于其中。

上联中，世味，人世滋味，犹言世情。陆游《临安春雨初霁》：“世味年来薄似纱，谁令骑马客京华。”尝胆，典出《史记·越王勾践世家》：春秋时，越国被吴国打败。“越王勾践反国，乃苦身焦思，置胆于座，坐卧即仰胆，饮食亦尝胆也。”后则用以比喻刻苦自励，奋发图强。此句意谓，要想知道现在人世间的滋味，必须具有卧薪尝胆的精神才行。老人何以产生如此感慨？看来既有激励人们刻苦自励，奋发向上的含义，亦寓对于现实社会竞争激烈，人情淡薄的善意嘲讽。

下联意谓，不识外间人情世态，只好看看园中鲜花。这里似有两层意思：一是老人看花自娱，与其因不识人情世态让人感到背时，不如回去看花。二是意欲回归自然，老人深感与人打交道难，与自然求亲近易。我们从“欲知世味”与“不识人情”的感叹中，不难把握作者自嘲自解的心态，亦可理解老人讽喻现实的深意。

此联言少意多，耐人寻味。人生晚年，感慨良多；虽属“戏作”，意味深长。

书展三联

萧娴

一

诗札三千载；
书翰六古都。

二

风帆扬子苍添绿；
云树莱茵绿注新。

三

古谊逾千载；
芳邻隔一池。

赏析

这三副联语均写于20世纪80年代。书展三联，萧娴为我国现代著名女书法家，毕生从事书艺。早年师从康有为，且曾为护法军政府筹款义卖书画，受到孙中山嘉奖。其书法作品，不仅在国内，还远赴日本、东南亚、欧美等国展出。作者亦多次题联书怀，现录其中三副。

第一副联语，为1984年在洛阳参加六大古都书展而写。

上联中，诗，即《诗经》。本只称《诗》，儒家列为经典之一，故称《诗经》。为我国最早的诗歌总集，编成于春秋时代，相传由孔子删定。札，古代书写用的小木简。此句意谓，记载诗的木简保存至今，已有近三千年的历史。

下联中，书翰（hàn），泛指文墨、书札。翰，羽毛，古人以此为笔，故泛称笔写的书面文字为书翰。六古都，人们通称北京、西安、洛阳、开封、南京、杭州为我国六大古都。此句意谓，六大古都保存了不少历代遗留下来的具有文物价值的文墨、书札。

第二副联语，为20世纪80年代萧娴书法作品在联邦德国展出时，书以志感。

上联中，风帆，乘风扬帆的船。扬子，即扬子江，为长江别称。此句意谓，乘风扬帆的船只行驶在扬子江上，青苍的江水亦因之增添了秀色。

下联中，云树，语出杜甫《春日忆李白》：“渭北春天树，江东日暮云。”后用“云树之思”喻朋友离别后的相思之情。莱茵，即莱茵河，为欧洲大河之一，流经德国。此句意谓，莱茵河的流水亦因云树之思而注入新绿，显得更加景色宜人。

第三副联语，亦为20世纪80年代，萧娴赴日本举办书展时，书以志感。

上联中，古谊，古老的友谊。此指中日两国人民之间的友谊已有超过千年的历史。

下联中，芳邻，对邻居的敬称。池，指城濠，即护城河。《左传·僖公四年》：“楚国方域为城，汉水为池。”此句意谓，中日两国之间仅隔一条护城河而已。实指中日两国为一衣带水的友好邻邦。

这三副联语分别为在我国洛阳与德国、日本举办书展而写。作者均围绕书艺、友谊与举办地三事展开，显得颇为切题而又给人亲切之感。

为《光明日报》书联

萧 娴

道德千古事；
文章六经来。

赏析

此联写于1986年间。当时，萧娴曾应约为《光明日报》书联，并在该报正式发表。

上联中，道德，作为一种社会意识形态，是人类社会在共同生活中形成的对社会成员起约束和团结作用的准则。这里是说，道德关系千古之事，亦即进行道德教育是关系到国家千载兴亡的大事。

下联中，文章，一般指篇幅不长的单篇文章，亦可泛指各种著作。六经，指六部儒家经典，即《诗》、《书》、《礼》、《乐》、《易》、《春秋》。这里是说，文章均由六经而来，亦即今日的文章均受六经启发影响而来。由此可见，作为老一辈学者对于我国古代传统文化是非常重视的。

《光明日报》主要读者为教育、科技、文艺、卫生、体育系统的知识分子，作者针对这一读者群体，联中强调“道德”，“文章”的重要。只是“文章六经来”，提法尚可商榷。文章主要来自生活，强调传统文化可以，但亦不宜过分。

题章太炎纪念馆

萧 娴

维新真学问；
革命大文章。

赏析

此联写于1988年1月。章太炎纪念馆，在杭州西子湖畔南屏山麓，为纪念我国近代著名学者、民主革命家章太炎而建。该馆分展览、收藏两大区域。其后有章太炎墓，墓碑上字系先生生前自篆。1988年1月，章太炎纪念馆正式开馆，萧娴女士应约题联。

上联中，维新，语出《诗·大雅·文王》："周虽旧邦，其命维新。"维系语助无义，维新即新。后称变旧法而行新政为维新。联中似包含上述二义。章太炎作为近代著名学者，自当不断求新，做成真正的学问。同时章氏早年亦曾加入康有为创办的强学会，并在《时务报》上宣传改良思想。

下联中，革命，本谓实施变革以应天命。《易·革》："天地革而四时成。汤武革命，顺乎天而应乎人，革之时大矣哉！"后谓社会政治、经济之大变革为革命。此指孙中山领导的资产阶级民主革命。章太炎既是一位学问家，又是一位革命家，因此民主革命才是其一生所作的大文章。

此联概括章氏一生，学问咸与维新，革命做大文章。虽只短短十字，却对这位致力于革命的大学问家给予了高度评价。

挽林散之

萧　娴

大聪为聋；
绝艺是老。

赏析

此联写于1989年12月。林散之（1897—1989），江苏浦江人。当代著名书法家。早年曾先后从范培开学书、张栗庵学诗、黄宾虹学画，因而诗、书、画均有很深造诣。其中尤以书法名于当世，人称“当代草圣”。生前曾任全国政协委员、全国文联委员、南京书画院院长。1989 年 12 月因病逝世，萧娴撰送挽联致哀。

上联中，大聪，大的聪明才智。为，作为、以为。《左传·昭公十年》：“为人子不可不慎也哉！”聋，林散之晚年两耳听觉失灵，自称“聋叟”。此句意谓，作为“聋叟”，实系“大聪”之人。

下联中，绝艺，让人称绝的艺术。是，此。《论语·学而》：“孔子至于是邦也，必闻其政。”此句意谓，这位老人有着让人叫绝的技艺。林散之身怀绝艺，作为“当代草圣”，诗、书、画均有很深造诣，堪称“三绝”。

此联哀挽亡友，赞颂逝者为大聪之人，而且身怀绝艺。值得注意的是，联句采用倒装句式。上联实为“为聋大聪”，即作为“聋叟”实系大聪之人；下联应为“是老绝艺”，即此老身怀绝艺。

嵌字联

萧　娴

楹间新意境；
联上妙文章。

赏析

此联写于 20 世纪 80 年代。当时，萧娴曾书嵌字联一副，采用鹤顶格，有意嵌入“楹联”二字，可谓别具一格。

上联中，楹，厅堂前部的柱子。意境，指诗文创作中的情调、境界。此句意谓，楹柱之间写上联语开创新的意境。

下联中，联，对偶叫联。文章，文字、文辞。此句意谓，对偶的句子上也会出现不少好的文字。上下联中楹、联二字可作互文，也就是说楹联中间可以出现好的文字，开辟新的意境 。

此联颇有特色。在极其短小的篇幅中，既要嵌入“楹联”二字，又要写出楹联的功用，需要一定驾驭联语文字的功力。

言志联

萧　娴

廉不言贫，勤不言苦；
尊其所闻，行其所知。

赏析

此联具体写作时间不详。言志联，萧娴在南京的寓所有一书斋名“枕琴室”，是由白居易的“向夕搴帘卧枕琴”诗句而得，借以表明个人生活清雅高洁。墙上所悬兰石图两侧有副自己手书的言志联，直接道出了女主人立身处世的准则。

上联表明自己为人的准则。廉，廉洁、清廉，谓人公正不苟、品性端方。勤，勤劳、勤俭。这里是说，清廉的人不会言贫，勤俭的人不会叫苦。实谓自己做人的准则，修身务必清贫，治学当须勤勉。

下联言及立身处世的态度。语见《汉书·董仲舒传》：“曾子曰‘尊其所闻，则高明也；行其所知，则光大也。’”意为重视所闻之言，自能识见高明；力行所知之事，就会发扬光大。

此联悬于书斋，作为自己的座右铭。联句言简意深，值得仔细品味。

题扫叶楼二联

萧　娴

一

饮泉医白首；
扫叶助闲身。

二

老不白头因水好；
冬犹赤足为师高。

赏析

这两副联语写作时间不详。扫叶楼，在南京市清凉山麓，为明末清初著名画家龚贤旧居。龚贤曾以屋旁之地栽花种竹，名曰“半亩园”；又曾自画小像，穿僧服作扫落叶状，因称居处为“扫叶楼”。萧娴曾应约为扫叶楼题写二联。

第一联为萧娴己作。

上联中，白首，白头、白发老人。此句意谓，饮用清凉山麓泉水可延年益寿，能医治白发老人的疾病。

下联中，闲身，清闲之身。此句意谓，打扫院中落叶可活动筋骨，以有助于清闲安逸之身。

联中“饮泉”、“扫叶”，均与扫叶楼主人龚贤晚年生活有关，切人切事，引人遐想。

第二联为摘句，录自晚清著名诗人易顺鼎的诗句，其原名为《题还阳井》。现经萧娴题写之后，悬于龚贤自画像两侧。

上联是说，根据民间传说，南京清凉寺内有口南唐时的水井，名为“还阳井”。寺内僧人终年饮用此水，到老须发不白。

下联意谓，入冬仍然赤脚可见师父高明。这里既是实写自画像上人物昂首赤足，亦在称颂可以作为己师的龚贤志气高洁。

易氏当年赞誉清凉寺内的古井与老僧，萧娴今日移作吟哦龚贤自画像，同样显得贴切自然。

题莫愁湖胜棋楼

萧　娴

钟阜开基；
石城对弈。

赏析

此联写作时间不详。胜棋楼，在南京市莫愁湖公园内，始建于明洪武初年。楼上正中挂有明中山王徐达画像。正门与中堂之间有张棋桌，四周放着方凳。相传明太祖朱元璋与大将徐达曾在此下棋，朱元璋输了，便将莫愁湖送给徐达，因称胜棋楼。萧娴曾为胜棋楼题写此联。

上联中，钟阜，即钟山，亦名紫金山，在南京市东郊。相传刘备使诸葛亮至金陵，谓孙权曰：“秣陵地形，钟山龙蟠，石城虎踞，此帝王之宅。”故钟阜、石城均可代指南京。此句意谓，朱元璋、徐达君臣在此开创了明代帝王的基业。

下联中，石城，即石头城，故址在今南京市西郊。弈（yì），下棋。此句意谓，朱元璋、徐达君臣开国之后曾在石城相对下棋。

此联虽只短短八字，却以历史传说为依托，缅怀明代君臣，显得雄劲典雅，饶有情致。

自况与述怀二联

萧　娴

一

时向庵中推笔意；
闲来湖上看波纹。

二

事冗炼成筋骨健；
心清赢得梦魂安。

赏析

这两副联语写作时间不详。自况，谓以别人比拟自己。《宋书·陶潜传》：“潜少有高趣，尝著《五柳先生传》以自况。”述怀，陈述自己的胸襟怀抱，为旧体诗一格。萧娴联中亦以古代高士、奇人自况，进而陈述自己的怀抱。

先看第一副联语：

上联中，庖（páo），厨房。笔意，书画的意态、风格。此句意谓，时时向厨房之中推究书画创作的意态风格。这里既指作者生活俭朴，经常下厨劳动，亦指作者触类旁通，借以探求书法创作的技巧。作者联想到《庄子·养生主》一文中庖丁解牛的故事，认为书法应像庖丁那样，神乎其技，达到炉火纯青的地步。还特地治印一方曰“庖丁”。

下联中，此句意谓，闲时来到湖上观看水中波纹。这里既反映作者工作之余安逸闲适的心态，似亦与书法艺术“一波三折”典故有关。王羲之《题卫夫人笔阵图后》：“每作一波，常三过折笔。”作者亦从湖上看波纹中，领悟到写字笔画应曲折多姿。

再看第二副联语：

上联中，冗（rǒng）繁忙。此指作者日常事务均由自己处理，虽然事务繁忙，却锻炼了筋骨，促进了身体健康。

下联中，清，水澄清，与“浊”相对。梦魂，古人认为人有灵魂，在睡眠中可以离开肉体，故称“梦魂”。李白《长相思》：“天长路远魂飞苦，梦魂不到关山难。”此句意谓，心像水一样清澈纯净，自能赢得梦中灵魂的安定舒适。

这两副联语各有特色。前者自况，从庖中、湖上推敲书画艺术创作的技法；后者述怀，从日常生活谈老人健身与保持良好心态的必要。写得深入浅出，而又亲切自然。

抒　怀

臧克家*

狂来欲碎玻璃镜；
还我青春火样红。

作者

*臧克家（1905—2004），山东诸城人。长期从事诗歌创作与编辑工作。先后主编《创造诗丛》、《诗创造》、《诗刊》等。新中国成立后，任中国作协书记处书记、全国政协常委。著有《臧克家选集》、《臧克家旧体诗稿》。

赏析

此联写于1974年12月。当时，臧克家写过一首题为《抒怀》的七言绝句："自沐朝晖意蓊茏，休凭白发便呼翁。狂来欲碎玻璃镜，还我青春火样红。"此联即为诗中两句，后已录入《古今名人联话》。茅盾对此亦颇为赞赏，曾在致臧克家信中指出："尊诗'狂来欲碎玻璃镜，还我青春火样红。'令我神往而艳羡，兄之豪情胜慨，诗思潮涌，胜似青年，还有什么还的？"

上联中，狂，本指癫狂、精神失常，这里含有纵情任性狂放不羁的意思。玻璃镜，即用玻璃做成镜片的眼镜。此指年事已高，需戴老花眼镜。这里是说，作者一时癫狂起来，真想敲碎自己的老花眼镜。此系假设之词，似在效法古人，明显带有"老夫聊发少年狂"的味道。

下联中，青春，喻少年，亦指青少年时代。这里是说，作者要求还我火红的青春年华。此与上联呼应，点出发"狂"缘由。老人已届古稀之年，依然豪情似火，仍想焕发青春。让人为之叹服，而且深受鼓舞。

此联言近旨远，启人深思。就表层含义而言，作者年事已高，深知任重道远，唯愿奋发兼程。真想摘掉老花眼镜，焕发自己的青春活力。这正足以显示“老骥伏枥，志在千里”的豪情胜慨。此联尚有深层寓意。作者何以发起“狂”来？向谁要求“还我”？当时正处“文革”后期，联系广大革命干部、知识分子在十年浩劫中的种种遭遇，不难体味作者自有复杂心境。“慨当以慷，忧思难忘”，因在慷慨高歌之中，不无悲壮成分。

挽周恩来

臧克家

应凭业绩标高准；
不以浮名树伟人。

赏析

此联写于1976年1月。同年1月8日，周恩来总理因病逝世，全国人民沉浸在悲痛之中。臧克家写了一首题为《泪》的四言挽诗，仍觉意犹未尽，再献一联，以志哀思。

上联中，业绩，完成的事业和建立的功劳，亦即所取得的成就。标，显出、表明。南朝梁任昉《王文宪集序》：“汝郁之幼挺淳至，黄琬之早标聪察。”这里是说，一个人应凭工作中的业绩来表明自己的水平。此指周恩来总理正是如此，他一生所建立的丰功伟绩足以显示有着很高的水准。

下联中，浮名，即虚名。李白《留别西河刘少府》：“东山春酒绿，归隐谢浮名。”树伟人，树立伟大的人物。这里是说，人们不会以虚名来树立心目中伟大的人物。这里既有对周恩来一生注重实绩不务虚名的崇高评价，也是对于“文化大革命”中诸多沽名钓誉之徒的有力鞭挞。

此联言简意明，对仗工稳，凝聚了亿万人民对周恩来总理的怀念与评价。值得注意的是，此联录自《古今名人联话》，而《当代百家楹联集萃》收录时题为《言志联》。看来二者各有所本，可能本为个人言志，亦即作者心中人生追求的目标；后来转为挽词，意谓逝者正是这样一位值得称颂的高准的伟人。

春　联

臧克家

双肩千石重；
白发万根轻。

赏析

此联写于20世纪70年代末。1976年10月粉碎“四人帮”反党集团之后，臧克家在北京西城区自家住宅的门上，常于新年贴上自题的春联。此为其中一副，亦已编入《古今名人联话》。

上联中，石（dàn），重量单位，120市斤为一石。《汉书·律历志上》：“三十斤为一钧，四钧为一石。”今用为“市石”的简称。上联意谓，我的双肩仍挑着千斤重担。作者虽已年逾七旬，仍以“四化”建设为己任，可谓人老心红壮志弥坚。

下联中，万，极言其多，意为满头白发。这里的“轻”，既有白发虽多，分量却轻之意，又有老当益壮，依然轻松的弦外之音。因与上联对应，更觉韵味无穷。一位革命老人的豪情胜慨跃然纸上。

这副春联别具一格，纯属“夫子自道”。联语言约意丰，内涵深刻，形象鲜明，韵味浓郁。出于诗人手笔，尽显战士情怀。

题李清照纪念堂

臧克家

大河百代，众浪齐奔，淘尽万个英雄汉；
词苑千载，群芳竞秀，盛开一枝女儿花。

赏析

此联题于1980年间。李清照纪念堂，在山东省济南市趵突泉公园内漱玉泉旁，昔为宋代著名女词人李清照的故居。1956年山东省市有关部门在其故址建成纪念堂，“文化大革命”中遭到损毁，1980年加以修复。臧克家应约为重修之李清照纪念堂题写楹联。

上联以“大河”喻李清照词，突出其在我国文学发展历史上的作用。大河，指黄河。《水经注·河水》引《西征记》：“（函谷关）沿路逶迤入函道六里，有旧城，城周百余步，北邻大河，南对高山。”黄河流经济南，联中因以李清照词与黄河相比。“淘尽”句，苏东坡《念奴娇·赤壁怀古》：“大江东去，浪淘尽千古风流人物。”这里化用前人词句，改大江为大河，从赞三国周郎到赞宋代才女。这里是说，李清照词像黄河之水一样，历经百代，众浪齐奔，淘尽了我国词坛无数英雄好汉。为与“女儿花”对应，遂用“英雄汉”，亦即胜过数以万计的男性词人。

下联以“女儿花”喻李清照，高度评价她在千载词苑中取得的光辉成就。词苑，谓词林、词坛，亦即词人荟萃的地方。群芳，众花、百花。陆游《卜算子·咏梅》：“无意苦争春，一任群芳妒。”这里是说，千载词苑，百花争放，特别盛开着一枝光彩照人的女儿花。这枝“女儿花”，不仅胜过无数“英雄汉”，而且技压“群芳”，这就进一步确立了李清照在我国千年词史中的重要地位。

此联紧扣题意，比喻贴切自然，语言清丽豪放，盛赞这位宋代女词人无愧为古今词苑一枝出类拔萃的女儿花。联语属对工稳，典雅可诵，作者有意靠拢李清照词的创作风格，可与此堂相映生辉。

题辛稼轩纪念馆

臧克家

力挽山河，浩气贯日月，空余英雄心一颗；
名垂宇宙，文光射斗牛，剩有悲壮词千篇。

赏析

此联题于1980年间。辛稼轩纪念馆，亦称辛弃疾纪念祠、稼轩祠。在山东省济南市大明湖南岸。为纪念南宋爱国词人辛弃疾（稼轩），济南市人民政府于1961年建成辛稼轩纪念馆。该馆前后两进，坐北朝南，馆内陈列辛稼轩生平和创作的文物、图片。“文化大革命”期间有所损毁，1980年加以修复。臧克家应约为重修之辛稼轩纪念馆题联。

上联颂扬辛稼轩作为一名爱国英雄，一生主张抗金北伐、收复中原的正气和胆识。力挽山河，由成语“力挽狂澜”化出，谓大力挽救国家破碎的山河。浩气，浩然正气。语出《孟子·公孙丑上》：“吾养吾浩然之气。”“其为气也，至大至刚，以直养而无害，塞于天地之间。”这种浩然之气，可以上贯日月。辛稼轩一生力主抗金北伐收复中原。早年在山东就参加抗金起义军，成为一名年轻的爱国将领。渡江南下之后，历任南宋朝廷湖北、江西、湖南、浙东安抚使等职，力主抗金北伐，曾献《美芹十论》，提供抗金方略，可惜不被朝廷采纳。他还屡遭主和派的排挤打击，长期闲居上饶，空余一颗英雄报国之心。

下联颂扬辛稼轩作为一名爱国词人，一生留下大量豪放悲壮的光辉篇章。名垂宇宙，南宋爱国词人的大名永远留存于天地之间。文光射斗牛，唐王勃《滕王阁序》：“物华天宝，龙光射斗牛之墟。”联中化用前人成句，谓辛稼轩辞章的光彩上冲斗牛之宿。斗牛为二十八宿中的斗宿和牛宿，即天上的北斗星和牵牛星。辛稼轩继北宋苏东坡之后，为南宋豪放词派的代表人物，一生留下数以千计的光辉辞章。这里言其“剩有悲壮词千篇”，一则因辛稼轩词大多抒写力图挽救南宋危亡的爱国热情，倾诉壮志难酬报国无门的悲愤，因而带有悲壮的色彩。二则为与上联末句“空余英雄心一颗”相对应，所以发出“剩有悲壮词千篇”的慨叹。辛氏一生报国无门而只剩下近千首慷慨悲壮的辞章。正如茅盾七律《读稼轩词》中所言：“浮沉湖海词千首，老去牢骚岂偶然。”

此联声情悲壮，文采斐然。对于稼轩居士其人其词均能作出切中肯綮的评价。可与现代著名诗人郭沫若《题辛弃疾纪念祠》媲美，二者均能给人以思想的启迪与艺术的享受。

自 题

臧克家

必达宏标远；
兼关不计程。

赏析

此联写于20世纪80年代初。当时正值中国共产党十一届三中全会之后，我国已进入社会主义发展新的历史时期。诗人意识到自己肩负的时代使命，决心与全国人民一道，为祖国两个“文明”建设贡献所有的力量。臧克家遂在心情振奋之余书联自勉。

上联中，宏标，宏伟的目标。此指在我党召开的十一届三中全会上，进一步确立了要在我国实现四个现代化的宏伟目标。当时距离这个目标虽然还远，但是我们必须要达到，而且一定能达到。

下联中，兼关，具有兼道、间关双重含义。兼道，加倍赶路。《三国志·魏书·贾逵传》：“乃兼道进军，多设旗鼓为疑兵。”间关，历尽艰难险阻。《后汉书·邓骘传》：“遂逃避使者，间关诣阙。”李贤注：“间关，犹崎岖也。”下联意谓，我们必须加倍赶路闯过难关而不去计较前面的途程，亦即不畏艰难险阻实现自己既定的目标。

此联质胜于文，似属宽对。联意内容鼓舞人心，宏标虽远必达，不计里程间关。诗人自身的壮志豪情，全国人民实现“四化”大业的决心，均于字里行间表露无遗。但就文字表述而言，上下联之间未免属对欠工，在词性与句型对应方面尚有待斟酌。作者倡导楹联诗化，以情感人。主张“形式要服从于内容，反对因词害义”，强调格律要讲究，但这是技术，不是艺术。此亦不失为一家之言。

书赠谷向阳

臧克家

凌霄羽毛原无力；
掷地金石自有声。

赏析

此联写于1982年间。谷向阳，1944年生，山东嘉祥人。原在北京大学工作，后任《东方世界》编辑部主任，与臧克家有交往。1982年，臧克家应其索书要求，曾以此联写赠。有关此联题名，许多联书说法不一，如《自题》、《言志联》、《赠友某》、《题一九八一年春节》等。我们只能执善而从，略加诠释。

上联中，凌霄，直上云霄，形容物体升向空中离地很远。此句意谓，一片羽毛可以吹向高空，却只能随风飘荡，原是一种无力的表现。意在告诫人们，不要成为一片轻浮无力的羽毛，而应脚踏实地做好工作。且以羽毛随风飞舞为喻，指出作家若脱离生活，其作品必然缺乏生命力。

下联中，金石，金属与石块，常用以比喻坚贞、坚实。此句意谓，金石掷于地上自然有声。这里明显化用前人“掷地有声”的典故而另出新意。据《晋书·孙绰传》载，孙绰作《天台赋》成，对友人范荣期说：“卿试掷地，当作金石声。”范起初不信，打开一读，果然赞不绝口。后以“掷地有声”形容辞章优美。这里“金石”指古代钟磬一类乐器。联中加以活用，反而更近本意。既然坚如金石，自然掷地有声。希望友人要成掷地有声的金石，莫作轻浮无力的羽毛。

这是一副带有格言性质的联语，意在通过浮华与坚实的对比，阐明人生的哲理，表达作者的情志。既可用以勉励友人，亦可用以策励自己。因此作为自题、言志、赠友均无不可。

题汤阴岳飞纪念馆

臧克家

救国有心，嗟壮志未酬，捷报频传身竟死；
回天无力，恨权奸构陷，长城自毁罪难逃。

赏析

此联写于 1982 年间。岳飞纪念馆，旧称岳飞庙，在河南省汤阴县城内西街。始建于明朝初年，后历经修葺增建，形成现有规模的古建筑群。除正殿外，还有寝殿、长子殿、孝娥殿、四子殿、尚书殿、三代祠、肃瞻亭、御碑亭等。馆内立有历代碑刻和岳飞石刻像。其中有岳飞书写的《满江红》、《出师表》，“还我河山”等手迹。1982 年间，臧克家应约为汤阴岳飞纪念馆题写楹联。

上联嗟叹民族英雄壮志未酬，死于冤狱。岳飞为南宋抗金名将，一生谨承母训，怀有“尽忠报国”之心。南宋绍兴 9 年，秦桧秉承高宗意旨与金议和，岳飞上表反对，力主收复北方两河、燕云大片土地。次年，金兀术进兵河南，岳家军大破金兵主力，收复郑州、洛阳等地，可谓捷报频传。此时秦桧求和心切，一日连降十二道金牌召他还师，后更以“莫须有”罪名加以杀害。一代抗金名将，竟在捷报频传声中死去。英雄壮志未酬，让人为之嗟叹。

下联愤恨当朝权奸陷害忠良，自毁长城。权奸，此指南宋宰相秦桧，实为朝中主和派的首领。秦桧、张俊之流，力主投降金人，先诬岳飞谋反使其下狱，再以“莫须有”的罪名加以杀害。致使岳飞虽有心救国，却无力回天。长城自毁，典出《南史·檀道济传》。檀道济为南朝宋有名将领、开国功臣。宋文帝深恐其功高震主，身后难制，杀之。道济临刑时，投帻于地曰：“乃坏汝万里长城！”后成语“自毁长城”即本此。这里是说，当朝权奸秦桧之流陷害忠良，这样自毁长城，实在罪责难逃。

这副题写名胜古迹的楹联出于名家手笔。作者咏史述怀，借古喻今，并非一般抒发思古之幽情，而是联系社会现实，实有深刻寓意存焉。今日阅读此联，我们在敬仰古代民族英雄、痛恨南宋朝廷权奸的同时，自然不会忘记当代权奸“四人帮”在十年浩劫期间陷害忠良，毁我长城的罪恶。古今权奸如出一辙，有其惊人的相似之处。我们自应从中吸取深刻的历史教训。

题李白纪念馆

臧克家

酒胆海样大；
诗才天比高。

赏析

此联题于20世纪80年代。李白纪念馆，在四川省江油县。当地人民政府为纪念这位唐代大诗人，除将青莲镇李白故居修葺一新外，还在城内建立了李白纪念馆。纪念馆包括太白堂、太白书屋、陈列室、珍藏室等。建筑形式仿唐代古典风格，颇为宏伟壮观。20世纪80年代，臧克家应约为江油县李白纪念馆题写楹联。

上联先从李白人称酒仙入手。酒胆，似可作出两种解释：一、饮酒的胆量、度量。二、盛酒的容器。胆本指胆囊，可引申为胆状之物。这里是说，李白饮酒的度量像海一样阔大，或曰盛酒容器像海一样阔大。二者均在极言李白作为酒仙痛饮具有海量的豪放气势。

下联再言李白实为诗仙本色。诗才天比高，谓李白写诗才能可以与天比高。意在突出李白作为诗仙的杰出才华。

此联出语不凡，颇有创意，只是于联对规则稍有未合。作者自己的解释是：“李白是诗仙，也是酒仙，人人皆知，意思并不新，但是在表现手法上却有它的特殊性，虽然有点破格，我认为，格律应服务于内容。”此说可作参考。

题三苏纪念馆

臧克家

眉山巍峨三峰碧；
岷水苍茫一片蓝。

赏析

此联写于20世纪80年代。三苏纪念馆，旧称三苏祠，在四川省眉山县城内西南角。原为北宋著名文学家苏洵、苏轼、苏辙父子三人的故居。明代洪武年间，三苏故居被改建为三苏祠，营造了三苏大殿、启贤堂和木假山山堂。后毁于战火，清康熙年间重建。新中国成立以来又进行了多次维修，这里林木掩映，亭阁争秀，具有我国古典园林风格。祠内还保存了上千种有关三苏的文献及文物资料。20世纪80年代，臧克家曾应约为眉山三苏纪念馆题联。

上联中，眉山，即峨眉山，在现四川省峨眉山市境内，因其山势雄伟，有峰相对如蛾眉，故名。岷山自北而来，绵延三百余里，至此突起三峰，为大峨、中峨、小峨。这里正以大峨、中峨、小峨三峰喻苏氏父子，可谓神来之笔。上联意谓，峨眉山气势雄伟，尤其是大峨、中峨、小峨三峰更加碧绿。山上林木葱茏，苍翠欲滴。

下联中，岷水，即岷江，为与“眉山”对应，故称岷水。源出岷山南麓，流入四川省中部，经乐山纳入大渡河。蓝，白居易《忆江南》词：“日出江花红胜火，春来江水绿如蓝。能不忆江南？”下联意谓，岷江之水旷远迷茫，呈现出一片蔚蓝的颜色。

此联用语蕴藉含蓄，属对工稳。作者以眉山、岷水切三苏纪念馆之所在，以峨眉三峰喻苏氏父子三人，于咏景之中怀人，读来韵味盎然。难怪作者谈到自己的楹联创作，声称较为满意者有两联，即《题三苏纪念馆》与《题李清照纪念堂》。

赠 友 人

臧克家

碧海掣鲸望巨擘；
云天张翼仰高鹏。

赏析

此联写于20世纪80年代。臧克家当时曾应友人要求书赠这副联语。有关友人生平经历与此联具体写作时间有待进一步查考。

上联中，掣（chè），牵拉、拽取。鲸，海中鲸鱼。语见杜甫《戏为六绝句》之四：“或看翡翠兰苕上，未掣鲸鱼碧海中。”按《庄子·外物》，叙任公子为大钩巨缁，以五十牛为饵，投竿东海，钓得大鱼，波涌如山，声震千里。巨擘（bò），大拇指，比喻特出的人或物。《孟子·滕文公下》：“于齐国之士，吾必以仲子为巨擘焉。”上联意谓，能在碧绿的大海拽取鲸鱼，应寄希望于特出的人物。鲸体庞大，力能制鲸，非超群绝伦者难于办到。

下联中，云天，高空。《庄子·大宗师》：“黄帝得之，以登云天。”鹏，传说中由大鱼变成的大鸟。典出《庄子·逍遥游》：“北冥有鱼，其名为鲲。鲲之大不知其几千里也。怒而飞，其翼若垂天之云。”下联意谓，能在高空中张开翅膀，人们仰望着传说中高飞的大鹏。

此联托物言志，气势豪壮。作者采用象征手法，以巨擘碧海掣鲸与高鹏云天张翼，喻当代杰出的人物。还以此寄希望于友人，激励人们应具奋发向上的拼搏精神。

题双烈亭

赵朴初*

莫忘祖逖中流楫；
同领山亭一缽茶。

作者

*赵朴初（1907—2000），安徽太湖人。现代诗人、佛学家、书法家。长期从事佛教和社会福利事业。曾任中国佛教协会会长、全国政协副主席、中国民主促进会名誉主席。著有《滴水集》、《片石集》。

赏析

此联题于20世纪50年代。双烈亭，亦称双郁亭，在浙江省富阳县城东鹳山上，为纪念现代著名文学家郁达夫与其胞兄爱国法官郁华而建。抗日战争期间，郁氏兄弟分别在上海与南洋先后被日寇杀害。新中国成立后，当地人民政府追认他们为革命烈士，并在鹳山“郁氏别业”附近建成双烈亭。赵朴初当时应约题写了这副集句联。

上联集自郁达夫早年所作七言绝句《别戴某》：“莫忘祖逖中流楫，独上王生夜半楼。”祖逖（tì），东晋名将。中流楫，即中流击楫。楫，船桨。典出《晋书·祖逖传》：“仍将本流徙部曲百余家渡江，中流击楫而誓曰：‘祖逖不能清中原而复济者，有如大江！’”后以祖逖渡江北伐、中流击楫喻有志复兴的壮烈气概。郁达夫当年留学日本时曾以这一历史故事与友人共勉。

下联集自郁华（曼陀）早年所作七言律诗《偕土居香国关泽霞庵彦由三宜亭过辨天祠》：“商量钞过河桥去，同领山亭一缽茶。”山亭，山上供人观赏或休息的亭子。鉢（bō），即鉢盂，旧时僧人之食具，为梵语鉢多罗的省称。此句意谓，同在山亭小憩领受僧人的一鉢清茶。因系郁华当年纪实之作，意境清新怡人。这里似亦暗示“双郁”清雅人品堪与鸛山景色比美。

赵朴初为现代颇有影响的爱国民主人士、我国佛教协会主席。这副集句联中的“祖逖中流楫”与“山亭一鉢茶”，既直接出自郁氏兄弟早年的诗作，又完全切合作者自己的身份，且双烈亭建在富春江边亦与联意吻合。联语切人切地，读之意味深长。

题鉴真纪念堂

赵朴初

鼓螺蜀冈，羹墙南岳；
风月长屋，花雨奈良。

赏析

此联写于1973年之前一段时间。鉴真纪念堂，在江苏省扬州市北门外大明寺内。鉴真和尚从唐天宝年间应日本僧人之请毅然东渡，先后十年，历经艰险，终于到达日本。他将我国佛学、医学、建筑、书法、印刷等介绍到日本，为促进两国文化交流做出了卓越贡献。1963年鉴真圆寂一千二百周年时，中日两国宗教界、文化界在扬州共同举行隆重纪念活动，并为鉴真纪念堂奠基。1973年纪念堂建成，正殿建筑形式仿日本奈良招提寺金堂，正中供鉴真楠木雕像。附近平远楼陈列着有关鉴真东渡的许多文物和日本朋友赠送纪念堂的各种礼品。赵朴初曾应约为鉴真纪念堂陈列室题写联语。

上联写鉴真东渡之前曾主持扬州大明寺，在此讲经说法，影响深远。鼓螺，鼓和螺均为乐器。螺即法螺，常为佛、道做法事的用品。佛教还称讲经说法为吹法螺。蜀冈，山名，在扬州市西北郊。相传地脉通蜀，故名。古大明寺即建在蜀冈上。羹（gēng）墙，典出《后汉书·李固传》：“昔尧殂之后，舜仰慕三年，坐则见尧于墙，食则覩尧于羹，斯所谓聿追来孝，不失臣子之节者。”后因以“羹墙”为思慕之词。南岳，山名，五岳之一。古时霍山、衡山均有南岳之称。这里是说，唐代高僧鉴真曾在蜀冈讲经说法，深受各地信徒仰慕，视为巍巍南岳那样的一代宗师。

下联写鉴真东渡之后在奈良传授戒法，加深中日两国人民之间的友谊。风月长屋，当年鉴真在扬州大明寺应日僧之请，曾述日本国长屋王子送我国僧衣的故事，衣上绣有“山川异域，风月同天，寄语佛子，共结来缘”语。联句由日本长屋王子送僧衣的故事化出，谓中日两国虽山川异域，却风月同天，实为友好邻邦。花雨，天花坠落如雨。相传南朝梁武帝时，有云光法师讲经于南京石子岗，天花坠落如雨，故名雨花台。奈良，日本古老名城，公元 710—784 年间曾为首都，名平城京，其京城建筑仿造中国唐都长安。奈良东大寺即鉴真和尚到日本后最初驻锡处，唐招提寺为鉴真创建和圆寂之地。这里是说，鉴真大师当年曾驻锡与说法于此，因此奈良城内天花坠落如雨。

此联紧扣题意，用语典则。既言唐代高僧鉴真先在我国扬州、后在日本奈良讲经说法本事，又在借助与佛教有关的历史故事突出中日两国人民之间的友谊。“羹墙南岳”与“风月长屋”，两个典故，一中一外，颇有耐人回味之处。

题天台国清寺

赵朴初

宗依法华，判释五时八教；
行在止观，总持百界千如。

赏析

此联写于 1973 年间。国清寺，在浙江省天台县城北天台山中。始建于隋开皇十八年（公元 598 年），故有“隋代古刹”之称。初名天台寺，为我国佛教天台宗和日本佛教天台宗的发祥地。相传该寺开创者智颛大师曾梦定光曰，寺若成，国家清，隋大业中因此改名国清。后屡经兴废，今为清雍正年间重建。寺宇规模宏伟，内有四殿、五楼、四堂、二亭、一室，为我国现今保存完整的大型寺院之一。大雄宝殿里释迦牟尼佛像用青铜铸成，重十三吨；左右十八罗汉皆用楠木雕成，工极精致。寺内有隋梅一株，寺外有隋塔一座，均有千年以上历史。另藏有大量与佛教有关的文物。1973 年曾全面整修，赵朴初应约为国清寺方丈楼题联。

上联言国清寺作为天台宗的发祥地，有其宗派渊源与佛学依据。法华，即《法华经》，全称《妙法莲华经》。隋智者大师为国清寺开创者，因居天台山，遂称自己的门派为天台宗。此宗以《法华经》为依据，故又名法华宗。判释，分辨与阐释。五时八教，佛教天台宗说释迦牟尼说法的顺序为：华严时（说《华严经》）、鹿苑时（说《阿含经》）、方等时（说《维摩楞迦胜鬘》等经）、般若时（说《般若经》）、法华涅槃时（说《法华经》、《涅槃经》），称为五时。用八教来分别说法的仪式（化仪四教，即顿、渐、秘密、不定）和教法的深浅（化法四教，即藏、通、别、圆），叫五时八教。这里是说，天台宗以《法华经》为宗旨，并以此分辨与判释说法的仪式与教法的深浅。

下联言国清寺作为天台宗的发祥地，有其自身的修行途径与观心对象。行（háng），道路。止观，佛学名词。止，止息；观，明察万物。天台宗创始人智者大师谓入涅槃的主要途径，不出止观两道，并以止观作为修行方法。他的《摩诃止观》更是阐发这一学说的巨著。总持，梵语陀罗尼的义译，谓持善不失，持恶不生，无有漏忌。《维摩经·佛国品》：“心常安住，无碍解脱，念定总持，辩才不断。”百界千如，据天台宗有关经籍的解说是，由佛界以至地狱界计十界，十界交互比配而成百界。每一界又与十如是相配，而成一千种可能，称千如。这是天台宗的观心的对象。这里是说，天台宗以止观作为修行的途径，并以此认识和对待世间万物。

此联言约意深，内蕴丰厚。作者对于国清寺的历史与现状、环境与规模不着一字，而突出其作为天台宗发祥地的内在本质。联中以宗依法华与行在止观八字，高度概括天台宗的佛学渊源与修为方法，并以专业而到位的佛学用语略加诠释，可谓得其阃奥的知者之言。作者毕竟是我国佛教协会主席，若非对于佛学研究精湛的同道中人，岂能有此大家手笔。

挽周总理

赵朴初

不矜威亦重；
无私功自高。

赏析

此联写于1976年1月。同年1月8日，伟大的无产阶级革命家周恩来总理因病逝世。赵朴初怀着沉痛的心情撰联志哀。此联为作者当时所作五言古诗《周总理挽诗》中的两句，只是次序变换了一下。

上联中，不矜（jīn），不骄傲、不夸耀，亦即并不矜持而自以为贤能。语出《书·大禹谟》：“汝惟不矜，天下莫与汝争能。”此句意谓，因其并不矜持，威望反更加重。周恩来一生踏踏实实、任劳任怨，因而在党和人民中间有着很高威望。这正印证了上引《尚书》中的古语。

下联中，无私，没有私心。《书·周官》：“以公灭私，民其允怀。”《忠经·天地神明章》：“天无私，四时行；地无私，万物生；人无私，大亨贞。”此句意谓，因其大公无私，功业自会更高。周恩来一生鞠躬尽瘁，公而忘私，因而建立了丰功伟绩。

此联短短十字，言浅意深，充分肯定了逝者的崇高品德和操守。据《古今名人联话》一书介绍，此联原系作者自题言志，后用到《周总理挽诗》中，此说可供参考。

赠友人

赵朴初

天道无亲常与善；
人才非正不能奇。

赏析

此联写于1977年间。赵朴初为总结“文化大革命”十年浩劫的经验教训，得此一联，并书赠友人。

上联语出《史记·伯夷列传》：“或曰：‘天道无亲，常与善人。’若伯夷、叔齐，可谓善人者非邪?”这里是说，天道公正，无偏无私，常常帮助给予行善之人。十年浩劫期间，广大干部、群众受到残酷迫害，这只是暂时的，党和人民自会做出公正的评价。

下联由古书成句转化而来。《老子》第五十七章：“以正治国，以奇用兵。”正，正直、端正。奇，指用兵的计谋，即出人意料，变幻莫测。这里是说，人才如不端是不能带兵使用计谋的，如果出人意料变化莫测，只能给社会带来灾难性的后果。

此联总结十年教训，可谓切中肯綮。虽从古书成句化出，却能说明现实问题，此中有着深刻的人生哲理。我们需结合“文革”十年的历史加以理解。

题秭归清烈公祠

赵朴初

大节仰忠贞，气吐虹霓，天问九章歌浩荡；
修明能治乱，志存社稷，泽遗万世颂离骚。

赏析

此联写于1978年间。秭(zǐ)归清烈公祠，一名屈原祠，在湖北省秭归县城东三里长江北岸的向家坪。相传我国古代伟大爱国诗人屈原死后，有神鱼将其尸体驮回故里秭归，在城东五里安葬，是地遂名“屈沱”。祠系唐元和十五年建。后屡圮屡修，改额清烈公祠。1978年迁至今址复建，计有山门、大殿、左右配房等建筑，殿后有屈大夫墓。赵朴初当时应约为复建之清烈公祠题联。

上联赞颂屈原大节忠贞，歌

声浩荡。大节，关系存亡安危的大事。《论语·泰伯》：“临大节而不可夺也。”后谓临难不苟的节操为大节。气吐虹霓（ní），形容气魄宏大。霓为虹的一种，亦称副虹。天问、九章，均为《楚辞》篇名，屈原所作。《天问》是对上天的责问，反映出作者自身巨大的悲愤与深刻的探索精神。《九章》由《惜诵》等九篇组成，反映作者遭谗被逐的生活，抨击楚国腐朽的贵族集团，表现出要求政治改革的进步思想。上联意谓，解决国家安危存亡的大事须仰仗忠诚坚贞之士。屈原正是这样的忠贞之士，其人气势可以吞吐天上的虹霓，其诗《天问》、《九章》歌声浩荡、撼人心弦。

下联赞颂屈原志存社稷，泽遗万世。修明，昌明、整饬清明。语见《韩诗外传》之五：“礼义修明，则君子怀之。”社稷，旧时国家的代称，《礼记·檀弓下》：“执干戈以卫社稷。”泽，德泽、恩泽。离骚，《楚辞》篇名，屈原所作。作者反复倾诉对于楚国命运的关怀，表达自己要求革新政治的理想和失败后欲以身相殉的愿望。这是一首充满爱国主义思想与浪漫主义精神的长诗。下联意谓，政治修明可以治理乱世。屈原的志向在于振兴自己的国家，其德泽传于万世，长诗《离骚》亦将永远被人传颂。

此联题秭归清烈公祠，作者对于屈原其人其诗均有极高评价。其人则志存社稷，大节忠贞；其诗则歌声浩荡，万世传颂。联语文字要言不烦，评价切中肯綮。

挽邓拓

赵朴初

积毁铸奇冤，十年风雨燕山夜；
丹心同皎日，千古昭垂赤县天。

赏析

此联写于1979年9月。邓拓（1912—1966），原名子健，笔名马南邨，福建闽侯人。1930年加入中国共产党，曾任《晋察冀日报》社长兼总编辑。新中国成立后，历任《人民日报》社长兼总编辑、中共北京市委文教书记。著有《论中国历史的几个问题》、《燕山夜话》等书。1966 年“文化大革命”初期被迫害致死。1979 年 9 月，中共中央为其平反昭雪，北京市委隆重举行追悼会。赵朴初撰送挽联致哀。

上联言邓拓惨遭林彪、江青一伙迫害致死，整个国家亦陷于十年浩劫之中。积毁，语出《史记·张仪列传》：“众口铄金，积毁销骨。”谓毁谤者多，使受害者无以自存。此指林彪、江青一伙铸造冤狱，借批“三家村”之名将邓拓迫害致死。十年风雨，指“文化大革命”十年（1966—1976）风雨岁月。燕山夜，一语双关。既指邓拓杂文集《燕山夜话》，亦指人们在燕山（北京）经受十年漫漫长夜的煎熬。作者借嵌入书名《燕山夜话》的方式渲染当时黑暗恐怖的社会氛围，可谓妙思奇构。

下联赞颂逝者一片丹心，名垂青史。皎日，光明的太阳。曹植《洛神赋》：“远而望之，皎若太阳升朝霞。”谓一片赤诚之心如同明亮的太阳。赤县，中国的别称。《史记·孟子荀卿列传》：“中国名曰赤县神州。”这里是说，逝者英名千载传颂于祖国天空。

此联情真词切，纯属肺腑之言。以丹心如同皎日，喻逝者心灵赤诚无瑕，自当千古流芳；以积毁铸成奇冤，斥江青、林彪一伙。“燕山夜”更属语义双关，耐人寻味。作者将缅怀逝者与评述时事有机融合，更增联语思想艺术力量。

题杭州岳王庙

赵朴初

观瞻气象耀民魂，喜今朝祠宇重开，老柏千寻抬望眼；
收拾山河酬壮志，看此日神州奋起，新程万里驾长车。

赏析

此联写于 1979 年间。岳王庙，亦称岳庙，在杭州市西子湖畔栖霞岭下。南宋隆兴元年，岳飞冤案昭雪，改葬遗骸于此。嘉定十四年，改北山智果院为祠庙，即今之岳王庙。元、明、清及近代屡加修葺。庙内有忠烈祠、启忠祠两部，西侧为岳飞墓。20世纪60年代“文革”期间遭到严重破坏，1979年经全面整修重新开放。赵朴初应约为重修之岳王庙正殿题写了这副抱柱楹联。

上联言今朝祠宇重开，出现一片喜人景象。观瞻，瞻望，注视。民魂，民族之魂。此指岳飞精神不朽，能代表民族之魂。老柏，古老的柏树。岳庙院内与岳墓四周古柏森森，尤其是精忠桥畔一株，古木参天，人称精忠柏。寻，古代长度单位，八尺为一寻。千寻极言其高。抬望眼，举目远望。岳飞《满江红》：“抬望眼，仰天长啸，壮怀激烈。”这里是说，今日岳王庙经整修之后重新开放，人们欣喜地看到了一片崭新气象，得以使民族之魂再次放射出灿烂光芒，就连院中象征英烈精神的古柏也抬眼远望。

下联言此日神州奋起，人们决心重整山河，开始新的万里征程。收拾山河，语见岳飞《满江红》：“待从头，收拾旧山河，朝天阙。”这里加以化用，意谓重整祖国山河。神州，中国的别称，亦可代指中国人民。驾长车，驾驶战车。岳飞《满江红》：“驾长车，踏破贺兰山缺。”这里是说，经过十年浩劫之后，急需重整祖国山河，以酬历代志士仁人的壮志。今日古老的中国，人民正重新奋起，驾驭战车，开始新的万里征程。

此联写于特定历史时期，即“文革”十年浩劫结束不久，岳庙经过整修重新开放之时。联中既写历史上岳飞本事，抒发对于古代民族英雄的崇敬之情，也写今日眼前现实，表达我国人民进入社会主义新的历史阶段的振奋之情。因其历史与现实交叉，描述与议论结合，格调高昂，气势豪壮，具有鲜明时代特色。联中还融入不少岳飞《满江红》中的词句，更是浑然天成，感情浓郁，自成佳构。

题李清照纪念堂

赵朴初

历下旧游地，金线泉边丁字水，
梳妆台畔宠柳丝，徘徊无限意；

赵侯吾同邑，金石录后悲怀厅，
漱玉词采女班头，挹芬动诗思。

赏析

此联写于1980年间。李清照纪念堂，在山东省济南市趵突泉公园内。相传宋代女词人李清照故宅在漱玉泉、柳絮泉附近，且常对着泉水梳妆。当地有关部门于1956年在其故址建成李清照纪念堂，“文革”期间遭到破坏，1980年重建。赵朴初当时应约为重修之李清照纪念堂题联。

上联写出作者曾在李清照故居附近徘徊，触景生情，更增无限怀念之意。历下，古邑名，在今山东省济南市西。因其南对历山，城在山下，故名。金线泉，在趵突泉公园内。两岸泉水对流，流势均衡，日光照射池底，水面上形成一条金色水线，因称金线泉。梳妆台，相传李清照当年常对着漱玉泉、柳絮泉梳妆。徘徊，来回地行走。上联意谓，山东济南乃我旧日游览过的地方，这里的金线泉形成丁字形的流水。当年李清照经常梳妆之地(亦即漱玉泉、柳絮泉边)，到处垂挂着惹人宠爱的柳树细长的枝条。今天在这里漫步自会产生无限的意绪。

下联表现作者因仰慕赵明诚、李清照夫妇的文学艺术成就而引发诗思，并书联志感。赵侯，指宋代著名金石学家、李清照的丈夫赵明诚。侯为古代士大夫之间的尊称，犹言君。吾同邑，我的同乡，赵朴初与赵明诚都是山东诸城人。金石录，书名。赵明诚为宋代金石学家，曾著录自己所藏金石拓本，成《金石录》一书传世。厅，本指古代官府办公的地方，后私人住宅的堂屋也称厅。漱玉词，为李清照所作词集名。女班头，女首领。语见王实甫《西厢记》四本二折：“秀才是文章魁首，姐姐是仕女班头。”挹芬，吸取芬芳。下联意谓，李清照丈夫赵明诚亦与我同乡，当年却在《金石录》一书完成之后病逝，其故宅厅堂则成了让人哀伤怀念的地方。李清照的《漱玉词》因其文采华美，真不愧为两宋词坛的仕女班头。我亦从中吸取芬芳，引发诗兴，写成这副仰慕故乡先贤的联语。

此联题李清照纪念堂，感情委婉深沉，语言清丽流畅。既点出这位宋代女词人早年在历下故居的生活，又反映李清照南渡之后国破家亡的悲苦与晚年词作的成就。作者还以“历下旧游地”与“赵侯吾同邑”，从而置身其间，显得更加真切感人。

题辛稼轩纪念祠

赵朴初

湖山钟秀英杰出，仗剑入敌垒，气吞胡虏；
怒发冲冠肝胆状，词风开豪放，雄视千秋。

赏析

此联写于1980年间。辛稼轩纪念祠，亦称辛弃疾纪念祠或稼轩祠，在山东省济南市大明湖南岸。当地人民政府于1961年为纪念南宋爱国词人辛弃疾（号稼轩）而建，“文革”期间遭到破坏，1980年重修。大门上方悬有陈毅手书“辛稼轩纪念祠”匾额，厅内陈列辛弃疾画像、生平事迹和各种版本的著作。1980年间，赵朴初为重修之辛稼轩纪念祠题联。

上联热情赞颂辛稼轩青年时代直接参加抗金斗争的英雄壮举。钟秀，钟灵毓秀的省称，谓天地间灵秀之气所聚。仗剑，持剑。《史记·淮阴侯列传》：“项梁渡淮，信仗剑从之。”胡虏，古代泛指来自北方和西方的侵略者。岳飞《满江红》：“壮志饥餐胡虏肉，笑谈渴饮匈奴血。”上联意谓，这里聚集湖山灵秀之气，必然出现英雄豪杰。辛稼轩早年曾手持利剑冲入敌军营垒，其气势足以吞没来自西北地区的侵略者。此指辛稼轩青年时代就在山东参加抗金起义军，而且作战非常勇敢，曾以轻骑深入敌军营垒，活捉降将胜利归来。

下联高度评价辛稼轩一生文学创作开创了豪放派词风。怒发冲冠，形容愤怒到极点，连头发也竖起来，顶住了帽子。岳飞《满江红》：“怒发冲冠，凭栏处，潇潇雨歇。”肝胆状，肝胆照人的形状。这里是在描摹纪念祠中辛稼轩画像的神态。雄视，犹言称雄。下联意谓，辛稼轩面对异族侵略者，怒发冲冠，肝胆相照。而其创作词如其人，开创豪放一派，足以称雄千古。纵观辛氏一生近千首词作，艺术风格多样，而以豪放为主。其词激情洋溢，慷慨悲壮，与北宋苏东坡并称“苏辛”，同为豪放派代表人物。

此联抓住辛稼轩作为南宋爱国词人的特点，并从两个不同侧面加以表现。作为南宋爱国者，一生抗击金人侵略；作为宋代词人，向以豪放著称。联语言简意赅，评价切中肯綮。

题伏虎寺

赵朴初

山色千重眉鬓绿；
鸟声一路管弦同。

赏析

此联写于20世纪80年代初。伏虎寺，在四川省峨眉山麓。始建于唐代。相传因附近常有虎患，遂建尊胜幢以镇压，故名伏虎寺。为峨眉山大庙之一，四周古木参天，浓阴蔽日。寺虽覆于翠绿之中，但屋瓦终年无败叶，清康熙皇帝曾赐匾额“离垢园”。20世纪80年代初，赵朴初曾应约为峨眉山伏虎寺题联。此联摘录1960年峨眉山纪游之作《忆江南》五首之一中的词句。

上联先写山色葱茏。千重(chóng)，千层。毛泽东《到韶山》：“喜看稻菽千重浪，遍地英雄下夕烟。”眉鬓绿，似从“绿鬓”一词化出，指人眉毛与鬓发乌黑发亮。此句意谓，山上林木茂盛色彩千层，像青少年的眉毛、鬓发一样乌黑光亮。

下联再写鸟声悦耳。管弦，管乐器与弦乐器，后亦泛指音乐。《淮南子·原道训》：“夫建钟鼓，列管弦。”高诱注：“管，箫也；弦，琴瑟也。”此句意谓，山间一路鸟声实与管弦相同，亦即各种鸟儿发出像音乐一样悦耳的鸣声。

此联抓住伏虎寺周围景物的特点，写得赏心悦目，绘声绘色。出句在于绘色，突出山色形同绿鬓一样；对句意在绘声，写出鸟声犹如音乐一般。如此山间风光，实属不同凡响，让人为之陶醉。

题清音阁

赵朴初

且任客心洗流水；
不劳挥手听清音。

赏析

此联写于20世纪80年代初。清音阁，在四川省峨眉山牛心岭下。岭东有白龙江，岭西有黑龙江，两水汇于清音阁下，合流处有一石，状若牛心，名牛心石。山高谷深，两水飞泻，其声激越，颇为壮观。20世纪80年代初赵朴初曾应约为峨眉山清音阁题联。此联摘录1960年峨眉山纪游之作《忆江南》五首之二中的词句。

上联活用李白《听蜀僧濬弹琴》诗句："客心洗流水，遗响入霜钟。"联句意谓，游客之心暂且任凭清音阁畔流水的洗涤。这样既能让人收到清心寡欲的效果，又有使人洗心革面的意味。人们常说"洗心"，实即清除心中杂念。古代圣人尚且如此，何况世俗之人。

下联中，挥手，这里指弹琴。语见李白《听蜀僧濬弹琴》："为我一挥手，如听万壑松。"清音，清亮的声音。左思《招隐诗》："非必丝与竹，山水有清音。"这里是说，不用劳你挥手抚琴即可听到清亮悦耳的声音。

此联属对既工且巧。游人流连阁畔，既以流水洗心，又复清音悦耳，怎能不为之心旷神怡陶醉其中。此地飞阁清音，犹如人间仙境。

题洪椿坪

赵朴初

雨过千枝争滴翠；
云飞群岭为摇青。

赏析

此联写于20世纪80年代初。洪椿坪，在四川省峨眉山，是一座名称独特、环境清幽的山间古刹。始建于宋代，初名千佛庵。后因寺中有洪椿古树，遂易名洪椿坪。至今殿宇完整，佛像俱存。四周群峰环立，古木扶疏，清幽静雅，向为避暑胜地。20世纪80年代初，赵朴初曾应约为峨眉山洪椿坪题联。此联摘录1960年峨眉山纪游之作《忆江南》五首之三中的词句。

上联中，滴翠，滴下像翡翠一样的水珠。这里是说，山间雨过之后，万千树木枝条均争着在滴像翡翠一样清凉的水珠。因其千枝滴翠，自然凉爽宜人。

下联中，青，本谓春季植物叶子的颜色，亦可泛指青色之物。摇青，摇动山间的林木。这里是说，天上白云飞过群岭，是为轻轻摇动一片片青色的树林。群岭摇青，气象恢宏。

洪椿坪为山间避暑胜地，且“洪椿晓雨”又是峨眉十景之一。联语深得此中三昧，林间雨过、岭上云飞，构成一派迷人景色。再经滴翠、摇青点染，更加韵味浓郁，引人入胜。

题龙江栈道

赵朴初

上有青冥窥一线；
下临白浪吼千川。

赏析

此联写于20世纪80年代初。龙江栈道，在四川省峨眉山清音阁西，溯黑水上行一公里，即进入龙江栈道。这里溪流两侧巉岩壁立，形成夹缝，只留一线天光，因此又称一线天。断崖长达数百米，景色幽深奇特。20世纪80年代初，赵朴初曾应约为峨眉山龙江栈道题联。此联摘录1960年峨眉山纪游之作《忆江南》五首之四中的词句。

上联中，青冥，亦作青溟，指青天。屈原《九章·悲回风》：“据青冥而摅虹兮，遂儵忽而扪天。”窥（kuī），观看，暗中偷看。上联意谓，龙江栈道上有青天却只能看到一线亮光。这就顺带点出“一线天”的山中奇观。

下联中，临，面对，俯视。吼，本为野兽咆哮，亦指某种事物发出很大响声。千川，千条河流，极言其多。下联意谓，向下俯视龙江急流卷起白色浪花，听到犹如千条河流发出的吼声。

此联虽题龙江栈道，却充分体现这一景观又名一线天的特点。经过巧妙组合，二者融为一体。此地上有青天一线，下临龙江白浪，景色如此幽奇，令人叹为观止。

题金顶

赵朴初

天著霞衣迎日出；
峰腾云海作舟浮。

赏析

此联写于20世纪80年代初。金顶，在四川省峨眉山主峰上，海拔高达3079米。这里有建于明嘉靖年间的卧云庵，庵内仍存铜碑、铜佛、铜门等明代遗物。顶上的舍身崖、睹光台为观赏日出、云海、佛光最好的地方。20世纪80年代初，赵朴初曾应约为峨眉山金顶题联。此联摘录1977年纪游之作《五台杂咏——调寄忆江南》之五中的词句。

上联先写日出奇观。著（zhuó），“着”的本字，即穿着。霞衣，云霞织成的衣裳。上联意谓，每当晴天早晨，满天彩霞斑斓，像是仙女们身着锦衣，在迎接东方刚刚升起的太阳。

下联再写云海胜景。腾，奔腾、翻腾。云海，从高峰下望，山谷间白云弥漫，俨如大海，故称“云海”。下联意谓，满天白云构成一望无际的海浪，那一座座山峰，就像是在云海中飘浮着的船只。

日出、云海、佛光为峨眉金顶三大奇观。联中写了常见的两项，且以拟人、比喻等修辞手法加以表现，显得极其生动形象。为迎日出则天著霞衣，连老天亦通达人意；写云海则山峰翻腾似作舟浮，喻体意象鲜明。这副写景联语，可与峨眉金顶交相辉映。

春　联

赵朴初

两个文明，春风万里开新局；
四项原则，红日千山举大旗。

赏析

此联写于1983年2月。当时，赵朴初应《人民日报》要求，怀着喜悦兴奋的心情撰写了一副新春联。联语生动地描绘了党的十一届三中全会之后的历史巨变，展示了党的十二大开创的壮丽前景。

上联写出我国进入社会主义新的历史时期之后，到处呈现一片欣欣向荣的景象。两个文明，指建设社会主义物质文明和精神文明。春风，本谓春风温和，比喻温暖宜人的气象或境界。此指党的十一届三中全会之后，改革开放，春风万里，迅速开创了我国社会主义建设的新局面。

下联指出必须坚持四项基本原则，高举革命大旗前进。四项原则，即要在中国实现四个现代化，必须坚持四项基本原则：坚持社会主义道路，坚持人民民主专政，坚持党的领导，坚持马列主义、毛泽东思想。红日，红太阳。此指红日照耀千山，人们正高举邓小平理论伟大旗帜胜利前进。

此联属对工稳，言简意明。上联与下联之间，含意贯串，互为因果。意谓要想抓好两个文明建设，必须坚持四项基本原则；为了开创改革开放新的局面，就得高举邓小平理论伟大旗帜。这样的新春联语，虽政治用语较多，却富于浓厚的时代气息，能给人以极大的鼓舞。

题无锡开原寺

赵朴初

法音周遍三千界；
友谊传承亿万年。

赏析

此联题于1983年间。开原寺，在江苏省无锡市西郊。相传始建于唐代，清同治年间被毁。1930年量如和尚募化重建。1946年创办汉藏佛学院。“文革”期间受到破坏，1983年重修开放。赵朴初应约为重修之开原寺题写楹联。

上联谓宣扬佛教教义的声音传遍三千大千世界。法音，说法之音声。《无量寿经》上：“常以法音，觉诸世间。”三千界，佛教名词，三千大千世界的省称。即以须弥山为中心，同一日月所照的四天下为一小世界，合一千个小世界为小千世界，合一千个小千世界为中千世界，合一千个中千世界为大千世界，因称三千大千世界。佛教以此为释迦牟尼教化的范围。这里是说，无锡开原寺说法的声音传遍整个天下。

下联谓人间友谊传递继承亿万年之久。无锡开原寺寺内有日本明石市月照寺赠送的重达三吨以上的铜钟一口，泰国友人所赠五吨重的弥勒佛一尊，美国纽约佛教研究会会长寿冶法师手书正楷《华严经三品》两部。这一切都凝结着世界各国人民与宗教界人士之间的友谊。

值得注意的是，《古今名人联话》一书收录此联时，名为《题无锡开元寺》，且作如下说明：“无锡开元寺古钟楼联，把宗教事业和国际友谊巧为融合。”这里将无锡开原寺说成开元寺，虽一字之差，却谬以千里。另外，寺中亦并无古钟楼，有的只是放置日本月照寺所赠铜钟的地方。编者所言“把宗教事业与国际友谊巧为融合”倒是符合实际的。

题采石矶太白楼

赵朴初

有句思谪仙，争看炉火照天地；
此山腾傲气，岂惮鼻息干虹霓。

赏析

此联题于1984年10月。采石矶太白楼，在安徽省马鞍山市区西南翠螺山麓，又名谪仙楼、青莲祠。唐元和年间为纪念诗人李白而建。宋元明清多次毁于兵火。今存之楼为清光绪年间建筑。此楼依山而建，前后三进。主楼三层，飞檐翘角，雕梁画栋，金碧辉煌。历代文人题咏颇多。1984年10月，赵朴初游览采石矶，为太白楼题写楹联。此联附有跋语："曩年为马鞍山李白纪念堂撰联，久忘其句。顷翻书得旧稿，因录之。'炉火照天地'、'鼻息干虹霓'皆题太白句，前以喻马鞍山冶铁情景，当地冶金工业，唐代已相当发达；后并指斥当时中贵气焰，此以借喻'四人帮'。一九八四年十月。"

上联切其地，写登楼所思、所见。谪（zhé）仙，旧时称誉才学优异的人，谓如谪降人世的神仙。《新唐书·李白传》："往见贺知章，知章见其文，叹曰：'子，谪仙人也！'"后因用以专指李白。炉火照天地，语见李白《秋浦歌》之十四："炉火照天地，红星乱紫烟。"秋浦即今之安徽贵池县，为唐代银和铜的产地之一。这两句是炼矿的写实，夜间冶炉的火光辉映大地，火星在浓烟中迸射。太白楼所在马鞍山亦盛产铁，故将此句移用。上联意谓，有了这样的诗句（李白《秋浦歌》）就会想到这位谪仙，大家都在争看冶铁炉火照红了天地。

下联切其人，写登楼所感、所想。此山，指太白楼所在的翠螺山。此山因太白楼的存在而受其影响，上空升腾着一股傲岸之气。惮（dàn），怕、畏惧。鼻息干虹霓，语见李白《古风》之二十四："鼻息干虹霓，行人皆怵惕。”这里是写唐玄宗所宠信之斗鸡者的骄人气焰。鼻息，鼻中呼息，特指睡时鼾声。干，干犯、冒犯。虹霓，相传天上虹有雌雄之别，色鲜者为雄，色暗淡者为雌；雄曰虹，雌曰霓，合称虹霓。下联意谓，此山上空升腾着一股傲岸之气，哪里会怕朝中小人鼻息可干虹霓的骄人气焰。这里明显是以唐朝“斗鸡者”隐喻当代“四人帮”。

此联题采石矶太白楼，作者想象丰富，构思巧妙。不仅句句与太白楼挂钩，而且直接融入李白的诗句，使其古为今用，映照现实。“炉火照天地”为想象中马鞍山钢都的夜景，以喻当地经济建设蓬勃发展。“鼻息干虹霓”系即景生情以古讽今，借以表达人们对于制造十年浩劫的林彪、江青一伙的愤恨之情。此联堪称咏史而为现实服务的典范之作。

题晚晴亭

赵朴初

千古江山留胜迹；
一林风月伴高僧。

赏析

此联写于1984年间。晚晴亭，在福建省南安县湘山寺内。近人曾有三大法师弘一、太虚、芝峰会聚于此。他们谈禅悟道，赋诗著文，留下不少墨宝。1984年间，广净法师倡建“晚晴亭”以作纪念，并由赵朴初题写柱联。

上联中，千古，久远的年代。江山，高山大河，亦可引申为疆土、国家。胜迹，有名的古迹。唐孟浩然《与诸子登岘山》：“江山留胜迹，我辈复登临。”联句意谓，千百年来大好河山留下了不少有名的古迹。

下联中，一林，一片树林。晚晴亭建于湘山寺左竹林边，此处应指一片竹林。风月，清风明月，指美好的景物。高僧，此指近代弘一、太虚、芝峰三大法师，兼及建亭之广净法师。联句意谓，一片竹林风月无边，相伴几位有道高僧。这里既点出此处“胜迹”的特色，又构成极其优美的意境。

作者是位诗人，遂以诗句入联。融情入景，文辞优美，属对工巧，堪称佳构。让人在吟咏之余，尚能驻足回味。

题陈毅故居

赵朴初

殊勋炳世间；
直声满天下。

赏析

此联题于20世纪80年代中期。陈毅故居，在四川省乐至县劳动镇（旧名薛苞镇）。20世纪80年代中期，陈毅故居经修葺后正式对外开放。赵朴初应约为陈毅故居题联，并悬挂在故居大门两侧。这副联语并非新作，而是录自作者1972年所写《陈毅同志挽诗》开头两句。

上联先赞陈毅一生所建立的丰功伟绩。殊勋，特殊的功勋。炳，昭著、照耀。上联意谓，陈毅元帅一生，无论革命战争年代，还是社会主义建设时期，功勋卓著，彪炳史册。

下联再言陈毅生前深为世人称颂的品格。直声，正直的名声。《宋史·唐介传》：“梅尧臣、李师中皆赋诗激美，由是直声动天下。”下联意谓，陈毅元帅一生向以性格耿直、豪爽坦荡、疾恶如仇、刚正不阿名满天下。

此联寥寥十字，高度概括了陈毅一生的丰功伟绩和高风亮节。老一辈革命家形象跃然纸上，让人为之肃然起敬。作者直抒胸臆，气度恢弘，实属大家手笔。

赠日中友好汉诗协会

赵朴初

览万象以兴观，自是文章千古事；
偶一时之风会，待斯歌唱五洲同。

赏析

此联写于1986年间。同年，日本成立民间文艺团体日中友好汉诗协会，并出版机关刊物《一衣带水》。赵朴初作为中日友好协会副会长，又是著名诗人，应约题写联语。后刊于《一衣带水》第四号。

上联言文学创作，尤其是写诗乃流传千古之盛事。览，观看。兴观，语出《论语·阳货》："子曰：小子何莫学夫诗。可以兴，可以观，可以群，可以怨。迩之事父，远之事君，多识夫草木鸟兽之名。"朱熹注："兴，感发志意；观，考见得失，……"本谓学诗有着广泛的用途，此指观察人间万象用以写作，可以达到让人感发奋起、考见社会得失的目的。文章千古事，语见杜甫《偶题》："文章千古事，得失寸心知。"曹丕《典论·论文》亦言："盖文章，经国之大业，不朽之盛事。年寿有时而尽，荣乐止乎其身，二者必至之常期，未若文章之无穷。"

下联希望日本民间诗人一起来歌唱世界和平。偶，遇、值。风会，即风云会。吴质《答魏太子笺》："臣幸得下愚之才，值风云之会。"本谓难得的际遇，此指日中友好汉诗协会正组织联谊吟咏的活动。待斯，要这样。五洲，指亚洲、非洲、欧洲、美洲、大洋洲。这里是说，正值诸位一时之胜会，大家应一起歌唱，希望五大洲均能进入和平大同的世界。

此联用语古朴雅致，切合题赠对象要求。日中友好汉诗协会，既为日本民间诗歌团体，又由专门从事汉诗写作和研究的人组成。作者抓住这一特点，首先以中国传统诗论激励日本汉诗爱好者，又对他们提出推动日中友好与促进世界和平的希望。

赠黄锦波

赵朴初

此曲只应天上有；
龙种自与常人殊。

赏析

此联写于1986年间。黄锦波为美国医学博士，曾任美国加州喜瑞都市市长。他既以医术和政治活动驰誉美利坚，又以歌声联系中美人民之间的友谊。1985年春节联欢晚会上，黄锦波登台演唱一曲《龙的传人》，深受广大听众的欢迎。1986年来华访问时，全国政协副主席赵朴初在北京人民大会堂接见黄锦波，并以此联相赠。

上联出自杜甫七言绝句《赠花卿》："此曲只应天上有，人间能得几回闻？"原意赞赏花卿（敬定）饮宴席上音乐歌曲的美妙，如同天上仙乐一般。这里已转为以"天上曲"称赞黄锦波在春节联欢晚会上的精彩演唱。

下联出自杜甫七言古诗《哀王孙》："高帝子孙皆隆准，龙种自与常人殊。"龙种，昔日原指封建帝王的后代子孙，这里已有转义，特指今天"龙的传人"。自与常人殊，既指由华裔美国人黄锦波演唱的《龙的传人》，又指演唱者本身是位有别于常人而具有特殊身份的"龙的传人"。

这是一副典型的集句联。既巧妙集自唐代诗人杜甫诗中的成句，又非常切合题赠的对象。上联切事——黄锦波放声歌唱《龙的传人》，有如唐代"天上曲"；下联切人——黄锦波作为华裔美国人，自与一般"龙的传人"有其特殊之处。联语典雅工丽，耐人回味。

题崇禧塔

赵朴初

七星高北斗；
一塔耸南天。

赏析

此联写于1986年间。崇禧塔，在广东省肇庆市东西江畔。始建于明朝万历年间，新中国成立后重修。此塔结构奇特，呈平面八角形，外观9层，内观却为18层。塔底座各角均有一石人，或蹲或跪，神态各异。崇禧塔高57.5米，与对岸巽峰、文明两塔遥遥相对，因而装点了江山景色。1986年间，赵朴初应约为崇禧塔题写匾额和楹联。

上联中，七星，即七星岩，在肇庆市东北，由阆风、玉屏、石室等七座山峰组成。因其排列形如北斗七星，故名。北斗，为北方天空排列成斗形的七颗亮星，常被当作指示方向和认识星座的重要标志。此句意谓，七星岩山峰之高可以上接天上北斗。实因七座奇峰拔地而起，陡峭雄伟，故有此说。

下联中，一塔，即崇禧塔。此句意谓，一座古塔耸立于南方的天空。广东肇庆地处我国南部，因称“南天”。

此联语言凝练，意象鲜明。七星与一塔，点出题写对象所处的位置；高北斗与耸南天，突出山上古塔的雄伟气势。因其意象生动鲜明，给人留下深刻印象。

挽姜椿芳

赵朴初

魔氛谷里捷报遥闻，最难忘万喑时代传声手；
文化园里灵苗广种，不独是百科全书奠基人。

赏析

此联写于1987年间。姜椿芳（1912—1987），江苏常州人。现代文学翻译家、出版家。1932年加入中国共产党。先后创办《时代》杂志和《时代日报》，译介苏联文艺作品，宣传革命思想。其间，两次遭到日伪和国民党政府逮捕。新中国成立后，历任上海市文化局对外联络处处长、中共中央马列编译局副局长、《中国大百科全书》总编辑。1987年因病逝世，赵朴初撰送挽联致哀。

上联言逝者在十年浩劫期间仍能坚持斗争，不时传出正义的声音。魔氛谷，充满妖魔氛围的山谷。此指林彪、江青一伙在“文革”期间篡权横行的年代。喑（yīn），亦作“瘖”，哑。万喑，即万马齐喑，众马都沉寂无声，比喻人皆沉默不敢发表意见。龚自珍《己亥杂诗》：“九州生气恃风雷，万马齐喑究可哀！”这里是说，我们在林彪、江青一伙篡党夺权祸国殃民之际，仍能远远听到周恩来、陈毅等老一辈革命家坚持斗争并取得胜利的消息。让人最难忘记的是在那万马齐喑的年代仍能发出正义声音的人，此指逝者当年虽遭迫害仍时时传递有关斗争的消息。

下联言逝者一生在文化领域曾经做出多方面的贡献。灵苗，珍奇神异的幼苗。奠基人，打下建筑基础的人。姜椿芳在1978年就为国家出版局、中国科学院、中国社会科学院党组起草了给中央的报告，建议尽快编辑出版《中国大百科全书》。1983年7月国务院签发了姜椿芳为中国大百科全书出版社总编辑的任命书。海外则称他为“中国百科全书之父”。这里是说，逝者一生在我国文化园地里广泛种植奇花异卉，亦即在编辑、出版、翻译、创作等方面都做了大量的工作，其贡献“不独是百科全书奠基人”一个方面。

此联词工旨深，真切感人。作者分别从“万喑时代传声手”与“百科全书奠基人”，亦即国家危难时期“立德”与浩劫过后“立言”两个侧面，概括了逝者一生的历史功绩，从而收到虚实结合的艺术效果。

挽周传瑛

赵朴初

尽瘁一生，老病不忘传绝艺；
难求至宝，护持光大望群贤。

赏析

此联写于1988年2月。周传瑛（1912—1988），江苏苏州人。九岁开始习艺，热爱昆曲艺术。新中国成立后，曾任浙江昆剧团团长、中国剧协理事、浙江剧协副主席。20世纪50年代，参加整理改编并主演昆曲《十五贯》，轰动整个剧坛。1988年2月因病逝世于杭州，赵朴初撰送挽联致哀。

上联赞颂逝者生前鞠躬尽瘁，献身于昆剧艺术事业。尽瘁，尽心竭力，不辞劳苦。绝艺，极高的技艺或失传的技艺。周传瑛作为我国昆曲老一辈艺术家，一生鞠躬尽瘁，直到晚年仍以老弱多病之身，继续关注剧团的工作，不忘传授昆曲这一几近失传的艺术。

下联希望昆曲艺术事业后继有人，能将这一剧种发扬光大。至宝，最重要的宝物，周传瑛为“传”字辈的昆曲艺人，且有绝艺在身，这样的昆曲艺术瑰宝是很难求得的。群贤，众多贤者，亦即德才兼备的人。这里似应包括省市文化部门的有关领导与昆剧团的演员们，大家均须保护扶持昆曲艺术，使其发扬光大后继有人。

逝者已矣，生者何为？作者在赞颂逝者为昆曲艺术至宝的同时，寄希望于浙江戏曲界群贤能负起承前启后、发扬光大的重任。

挽林散之

赵朴初

雄笔映千古；
巨川非一港。

赏析

此联写于1989年12月。林散之（1897—1989），安徽和县人。我国著名书法家，而且诗、画造诣极深，被誉为当代诗书画“三绝”。生前曾任全国政协委员、南京书画院院长。1989年12月因病逝世，享年93岁，赵朴初撰送挽联致哀。

上联中，雄笔，犹健笔，谓笔力雄健，长于写作。杜甫《戏为六绝句》之一：“庾信文章老更成，凌云健笔意纵横。”千古，谓久远的年代。这里是说，林散之一生精于诗词、书法、绘画，因其笔力雄健，可以映照千古。

下联中，巨川，巨大的河流。港，流入江河湖泊的小河。韩愈《送王秀才序》：“道于杨墨老庄佛之学，而欲之圣人之道，犹航断港绝潢，以望至于海也。”这里是说，巨大河流并非源于一港，而是应由许多支流汇集而成。作者将林散之书法艺术喻之为巨川，实为很高的评价。林氏书法艺术，博采众家之长，而又自成一体，人称“当代草圣”。

此联为哀挽老书法家而作，既以“雄笔”誉其一生成就，又以“巨川”喻其卓然成家。均未直接点出，人们自能意会，可谓不着一字，尽得风流。

春联两副

赵朴初

一

河清人寿；
风劲鹏高。

二

天地英雄气；
风云浩荡春。

赏析

这两副春联写于20世纪80年代。我国进入社会主义建设新的历史对期之后，赵朴初写了不少富有时代色彩的春联。今据《古今名人联话》收录两副，略加诠释，具体写作时间待考。

第一联中，河清，黄河水浊，少有清时，古人因以河清为太平祥瑞的象征。且相传黄河千年一清，实属时机难遇。《左传·襄公八年》："子驷曰：周诗有之曰：'俟河之清，人寿几何?'"联中活用此典，有所引申发挥。谓今已进入太平盛世，黄河水清，人亦长寿！鹏，传说为鸟中最大的鸟，由鲲变化而成。典出《庄子·逍遥游》。风劲鹏高，喻祖国充满蓬勃生机，东风劲吹之时，大鹏展翅高飞。

第二联中，气，正气、浩然之气。春，春风、春光。这里是说，天地之间充满英雄正气，而今风云际会春风浩荡，一片繁荣兴旺的景象。此处"风云"实喻人生际遇。语见《后汉书·耿纯传》："大王以龙虎之姿，遭风云之遇，奋迅拔起，期月之间，兄弟称王。"后遂引申为风云之会、风云际会。

两副春联，言少意多。妙在保持传统文化色彩，活用某些成语典故，却能推陈出新、翻出新意，具有特定时代内容。联语字里行间，激荡时代豪情，讴歌祖国新貌。

题南京栖霞寺

赵朴初

创业溯南朝，想当年花雨六时，朗公讲席弘三论；
分身还故国，喜此日海天一色，鉴师行踪重千秋。

赏析

此联写于20世纪80年代。南京栖霞寺，位于南京栖霞山麓。南朝齐永明元年始建，时称栖霞精舍。因三论宗初祖僧朗、二祖僧诠曾住此寺传播三论之学，故被尊为三论宗之祖庭。清咸丰年间毁于火，光绪年间重建。寺内有天王殿、大佛阁、千佛岩、舍利塔等建筑。千佛岩上凿有众多佛像，有“江南云冈”之誉。舍利塔上的浮雕画像为我国美术史上的珍品。该寺为全国重点文物保护单位。

上联中，溯（sù），追求根源。花雨，亦作雨花，据佛教传说，佛祖讲法，感动天神，诸天雨各色香花。六时，佛教分一昼夜为六时。《阿弥陀经》：“昼夜六时，天雨曼陀罗华。”朗公，即僧朗，南朝齐梁高僧，主持摄山栖霞寺务，颇有德望。梁武帝欣其三论，派十名僧人从朗公学“三论”之学。三论，佛教三论宗所依据的经典，即中论、十二门论、百论。上联意谓，栖霞寺创业要追溯到南朝，想当年天雨各种香花达一昼夜，原来是南朝高僧朗公登坛说法弘扬三论之学。

下联中，分身，谓佛、菩萨真身以外的化身。这里是指唐代高僧鉴真大师的干漆夹纻像于1980年4、5月间在日本奈良招提寺长老护送下回国“探亲”。鉴真，唐代高僧，曾主持扬州大明寺，专研戒律。唐天宝年间应日僧邀请东渡，经过五次挫折，终于到达日本。后在奈良东大寺建筑戒坛传授戒法，成为日本律宗的创始者。下联意谓，鉴真大师的坐像回到祖国，让人高兴的是而今海天一色，鉴真大师像回国巡展的行踪意义重在千秋。

此联题南京栖霞寺，上联言栖霞寺的历史，朗公说法，天雨香花；下联言鉴真大师像回国巡展，意义重大。联句文字清丽，属对工稳。多用佛教语汇和典故，讲述与该寺有关的古今史迹，能给我们增加不少佛教方面的知识。

题鄞县天童寺

赵朴初

明月挂寒空，般若心传，冷香飞上诗句；
法云兴旧塔，洞庭波迸，悲光流遍神州。

赏析

此联写于20世纪80年代。　天童寺，位于浙江鄞县太白山麓。创建于唐开元二十年，至德二年重建，后屡毁屡建，几易寺名。明洪武二十五年定天童寺名，成为驰名中外的东南佛国。相传僧义兴在此结庐诵经，感动上帝，派太白金星化童子从天而降，侍奉义兴，故寺名“天童”。现存建筑为清代重建，1979年经过全面整修。赵朴初曾应约为鄞县天童寺冷香塔院题联。

上联中，般（bō）若，梵语，犹言智慧，或曰脱离妄想，归于清静。《大智度论》第四十三：“般若者，秦言智慧也。一切诸智慧中最为第一，无上、无比、无等，更无胜者，穷尽到边。”心传，一般读书人称师徒相传为心传。这里是指以心相传或内心传诵。冷香，谓清香的花。可指菊花、梅花、荷花等。宋姜白石《念奴娇》词之一：“嫣然摇动，冷香飞上诗句。”上联意谓，一轮明月挂于寒冷的空中，因得般若心传，冷香得以飞上诗句。这里是指因见寺中傲寒怒放的梅花，从而引出题词的愿望。

下联中，法云，谓佛法如云，覆盖一切。《华严经入佛界品》：“深入菩萨行，乐闻胜法云。”旧塔，即冷香塔院。洞庭，一般指洞庭湖或太湖，这里似指广庭。《庄子·天下》：“帝张咸池之乐于洞庭之野。”成玄英注：“洞庭之野，天地之间，非太湖之洞庭也。”悲光，慈悲之光。《大智度轮》第二十七：“大悲怜愍众生苦……慈悲是佛道的根本。”下联意谓，佛法如云兴于塔院，波及迸发于洞庭之野天地之间，我佛慈悲之光传遍神州大地。

此联题鄞县天童寺，上联言自己冬日深怀虔诚之心为冷香塔院碑亭题联，下联言冷香塔院佛法如云，慈悲之光流遍神州大地。联中“洞庭波迸”、“冷香飞上诗句”，具体含义尚待查考，以上聊备一说，仅供阅读参考。

题赵县柏林寺

赵朴初

本分事接人，洗钵吃茶，指看庭前柏树子；
平常心是道，搬砖盖瓦，瞻依殿里法王尊。

赏析

此联写于20世纪80年代。柏林寺，位于河北赵县城东南。始建于东汉末年，原名观音院。南宋时改为永安院，金元时因寺内多柏易名柏林禅院，明代改称柏林寺。至今已有一千七百多年历史。唐玄奘“西游”之前曾参禅于此，是我国著名的禅宗古刹。赵朴初应约为柏林寺普光明殿外柱题写楹联。

上联言做“本分事接人”。寺内众僧把接待客人（香客、施主）视为分内之事，忙着洗清鉢盂请客吃茶，指引他们观赏庭前满地柏树的果实。鉢(bō)，为僧人食器，用以盛饭菜、茶水。这里还有一个典故，传说唐代高僧从谂禅师长住寺院，嗜茶成癖，“吃茶去”为其口头禅，人称“赵州法语”。今日承续洗鉢吃茶的传统，让人边饮寺中茶水，边看庭前柏树落下的果实。

下联言以“平常心是道”。寺内众僧均有悟道之心，乐于搬砖盖瓦，从事平常劳动。末句启人深思。瞻依，语出《诗·小雅·小弁》：“靡瞻匪父，靡依匪母。”郑玄笺：“此言人无不瞻仰其父取法则者，无不依恃其母以长大者。”后亦泛指瞻仰依恃之人。法王，佛教对释迦牟尼的尊称。《无量寿经下》：“佛为法王，尊超众圣，普为一切天下之师。”此指众僧无不瞻仰依恃殿里的法王，均怀平常之心，皈依我佛。

此联语浅意深，耐人寻味。既能点出赵县柏林寺的特色，又隐约渗出某种禅机，让人领悟“平常心是道”的人生哲理。

题闻一多纪念亭

赵朴初

仰止高亭，永忆春之末章，粉碎琉璃，一生奋斗为民主；
长吟遗作，忍看你的脂膏，泪流蜡炬，千秋不息向人间。

赏析

此联写于20世纪80年代。闻一多（1899—1946），湖北浠水人。现代著名诗人、爱国民主人士。清华大学、西南联大教授。1946年任中国民主同盟中央执行委员并参与爱国民主运动，在昆明被国民党特务暗杀。20世纪80年代，赵朴初应闻一多之子要求，为纪念亭题联。

上联赞颂闻一多先生一生奋斗为民主的历史功绩。春之末章，为闻一多一首诗名；粉碎琉璃，从《春之末章》诗中“坍碎了一座琉璃宝塔一般”演化而来。人们仰望高亭，永忆诗人名篇《春之末章》。此诗原意在描写春回大地之际儿童们在室外玩耍时发出的欢笑声，作者将之与“一生奋斗为民主”联系起来，表现闻一多笑迎斗争、笑对死亡的伟大精神。

下联赞颂闻一多先生有如“红烛”的献身精神。人们经常吟诵闻一多遗作，自然想到名篇《红烛》。脂膏，油脂。联中“泪流蜡炬”等词均从《红烛》引申而来，这里赞扬红烛为了给世界带来光明，将自己的脂膏“不息流向人间”的献身精神。

此联别具一格。作者显然下过一番功夫，反复琢磨诗人遗作，从而结构成篇。其人其亭其诗，三者融为一体。我们亦应透过联句表层涵义，结合《春之末章》、《红烛》等诗篇，进而领会蕴藏其中的内在精神。

挽杨开慧

赵朴初

捐躯六十年前，雁字回时，碧血映红霞，忠魂显耀；
舒袖九重天外，嫦娥飞泪，丹心存赤县，遗像清高。

赏析

此联写于20世纪90年代初。杨开慧（1901—1930），湖南长沙人。毛泽东第一任妻子。1921年加入中国共产党，曾在中共湘区委员会负责机要兼交通联络工作。1923 年至 1927 年间，随毛泽东在上海、韶山、广州、武汉等地从事革命活动。大革命失败后，受党派遣回长沙板仓一带坚持地下斗争。1930 年 10 月被捕，狱中坚贞不屈，不久壮烈牺牲。20 世纪 90 年代初，赵朴初缅怀先烈，撰联志哀。

上联言烈士当年英勇牺牲，碧血映红朝霞，忠魂显耀人间。捐躯，为正义事业而献出自己的生命。雁字，雁飞时排成“人”字或“一”字形，称为雁字。这里用以喻革命队伍。碧血，典出《庄子·外物》：“苌弘死于蜀，藏其血，三年而化为碧。”后常用以指志士仁人为正义流血牺牲。上联意谓，杨开慧烈士六十年前曾离开原来的革命队伍回到家乡展开地下斗争，不幸遭到地方军阀杀害。革命者的鲜血映红天上的朝霞，忠魂永远显扬光耀于人间。

下联言革命胜利之后，嫦娥舒袖、飞泪，景仰人间英烈。九重天，即天。语见《汉书·礼乐志》：“九重天，灵之游。”颜师古注：“天有九重。”嫦娥，月中仙子。神话中后羿之妻，后羿从西王母处得不死之药，嫦娥偷吃后，遂奔月宫。嫦娥舒袖、飞泪，典出毛泽东《蝶恋花·答李淑一》：“寂寞嫦娥舒广袖，万里长空且为忠魂舞。忽报人间曾伏虎，泪飞顿作倾盆雨。”这里化用上述词句，意谓月宫仙子嫦娥在九重天外舒展长袖翩翩起舞，并为中国革命胜利激动得泪飞如雨。赤县，中国的别称。遗像清高，语见杜甫《咏怀古迹》之五：“诸葛大名垂宇宙，宗臣遗像肃清高。”这里化用杜甫诗句，意谓杨开慧烈士一片丹心存于中国，我们今天瞻仰烈士遗像，仍显得那么清纯崇高。

此联典雅工丽，情深意挚。用典贴切自然，碧血、丹心，让人起敬。化用古今诗人成句与意境亦恰到好处。唐代杜甫称颂诸葛丞相，今人毛泽东怀念已逝亲人，作者融入联中，自有一番新的境界。堪称当代哀挽佳作。

题浙大夏公亭

赵朴初

愿听逆耳之言，不作违心之论；

是乃立身之道，长为砭世之箴。

赏析

此联写于1997年3月。当时正值浙江大学建校一百周年之际，为纪念已故校友、革命文艺战士、著名剧作家夏衍，在玉泉校区建成夏公亭。赵朴初应约题写亭名，并撰写了这副深入浅出的楹联。

上联赞扬夏公品德高尚。夏衍作为我国老一辈革命文艺家，为人耿直，光明磊落。正如联句所说：愿听逆耳之言（刺耳的话），不作违心之论（违背本心的言论）。这也正是夏衍一生为人的真实写照。

下联是对上述内容的概括和评价。是乃，这就是。立身之道，树立己身（修养自身）的途径方法。长，经常。砭（biān），砭石，古代用于治病的石针。箴（zhēn），为古代一种文体，以规劝告诫为主。联句意谓，这就是为人的立身之道，可以经常用作针砭世事的箴言。

作者不愧为夏衍生前挚友，因能要言不烦，切中肯綮，对于逝者作出高度的评价。

题北京潭柘寺

赵朴初

气摄太行半；
地辟幽州先。

赏析

此联写作时间不详。潭柘（zhè）寺，在北京市门头沟区群峰环列的潭柘山山腰。因寺后有龙潭，山间有柘树而得名。始建于晋代，原名嘉福寺。其后名称更迭频繁，但俗名潭柘寺却名传遐迩。殿堂依山而建，气势颇为壮观。寺内有株帝王树，直干探天，腰可数围，相传辽代所植，距今已近千年。赵朴初应约为北京潭柘寺题写此楹联。

上联中，摄（shè），摄取、集聚。太行，即太行山，在山西高原与华北平原间，东北——西南走向，海拔均在1000米至2000米之间。此句意谓，其气势摄取太行之半。潭柘寺所在潭柘山，系燕山中的一座小山，而燕山又是太行山的余脉。太行山海拔在1000米至2000米之间，而燕山却在400米至1000米之间，因称其气势摄取太行之半。

下联中，幽州，为汉武帝所置十三州之一。东汉治所在蓟（今北京市大兴县），晋州治所在涿（今河北涿县）。唐幽州领郡时有变迁，天宝中为范阳郡，乾元后又称幽州，五代废。北京民间有句颇为流传的俗语："先有潭柘寺，后有幽州城。"联中因言此地（潭柘寺）开辟在幽州城之先。这是一种夸张的说法，极言此寺历史悠久。

这副五言联语，气势磅礴，引人入胜。联中表述北京潭柘寺的气势与历史，虽有某些夸张之处，却有一定的现实依据。对句源于当地民间谚语，更富地方特色。

题上海玉佛寺

赵朴初

勤学五明，弘范三界；
庄严国土，利乐有情。

赏析

此联写作时间不详。玉佛寺，在上海安远路，因供奉从缅甸请来的玉佛而命名。清光绪初年，普陀山僧人慧根至缅甸迎回大小玉佛五尊。归国后途经上海，留下两尊，并募款在江湾建寺。此寺内有弥勒殿、大雄宝殿。方丈室楼上供玉佛座像，高近两米，色泽晶莹，神态庄严。西部四合院里有卧佛堂，卧佛身长96厘米，姿态逼真。赵朴初曾应约为上海玉佛寺题联。

上联言佛教徒应有的修养和要求。五明，古印度学者通习的五种科目，包括：一、内明（佛教自宗之学）；二、因明（逻辑学）；三、声明（语言文字之学）；四、工名（工艺历算之学）；五、医名（医药之学）。这些皆为婆罗门普通之学，故佛教徒应勤于学习。弘范三界，语见《大佛顶首楞严经》："弘范三界，应身无量。"三界，佛教把生死流转的人世间分为三界，即欲界、色界、无色界。此句意谓，应在人世间成为弘扬佛法的范式。

下联言玉佛身在庄严宝地，造福我国人民。庄严，佛家指装饰美盛。语见《无量寿经上》："又讲堂精舍，宫殿楼观，皆七宝庄严，自然化成。"国土，本指领土、封地。这里是指供奉玉佛之地。利乐，即利世乐民。语见《新译仁王经·奉持品》："见佛法僧发菩提心，于众生利乐悲愍。"这里是说，玉佛有情，能给人带来福利和安乐。

此联紧扣题旨，在赞颂玉佛的同时，还宣扬佛学。希望该寺众僧，勤于五明之学，立身三界之中，本着佛家慈悲之心，多作利世乐民善举。作者作为我国佛教协会主席，可见对于佛学有着很深的造诣。

题西安广仁寺

赵朴初

无事且从闲处乐；
有书时向静中观。

赏析

此联具体写作时间不详。广仁寺，亦称喇嘛寺，在陕西省西安市城内西北隅。建于清朝康熙年间，为当时藏僧（藏民尊称为喇嘛）入京途中休憩之所。该寺周围树木葱茏，寺内殿宇雄伟，所藏佛教文物颇多。每年农历10月24、25日，举行纪念藏密黄教祖宗宗喀巴大师成道的灯会，更是热闹非凡。赵朴初曾游西安广仁寺，并应约题写联语。

上联谓无事且从清闲之处取得快乐。闲，一般解作安闲、悠闲、闲适、闲散之意；如与宗教联系，亦可释为空虚。刘克庄《水调歌头·和西外判宗湖楼韵之三》："向来幻境安在，回首总成闲。"

下联谓有书时向往在安静中阅读。静，一般解作安静、清静、寂静之意；如与宗教联系，亦可释为精神贯注专一，是道家的一种修养之术。《云笈七签·灵响词序》："修炼之士当须入静。"

此联言少意多，内含人生哲理，似亦藏有禅机。如视"闲"为空虚，当"静"作入静，自是另出新意，耐人回味。

题合肥明教寺

赵朴初

光明无量，十方普照；
圣教常住，三界齐辉。

赏析

此联具体写作时间不详。明教寺，原为教弩台，亦称曹操点将台，在安徽省合肥市城东。三国时期，曹操在此构筑军事堡垒，并亲自教练五百名弓弩手，以抗击东吴水师，因称教弩台。台高5米，面积3700平方米。唐大历年间，因由此处掘得一尊铁铸佛像，当地刺史奏请改建为寺。这就是现在的明教寺。因此寺与台，同地异名，实为一体。古人曾有诗云："曹公教弩台，今为比丘寺。"赵朴初曾应约为合肥明教寺大雄宝殿题联。

上联赞颂无量寿佛。无量，即无量寿佛，亦称阿弥陀佛。语见《无量寿经》："无量寿佛，威神光明，最尊第一。"十方，指东、南、西、北、东南、西南、东北、西北、上、下十方。《宋书·诃罗单国传》："眉间白豪，普照十方。"上联意谓，无量寿佛大放光明，可以普照十方。这里既为赞颂无量寿佛，亦与当年地下掘得铁铸佛像有关。

下联希望圣教常住。圣教，宗教徒各称其教为圣教，这里专指佛教。《大唐西域记》七《吠舍釐国·吠舍釐结集》："削除谬法，宣明圣教。"常住，恒久不变。《法华经·方便品》："是法住法位，世间相常住。"三界，佛教名词，采用古印度传统之说，将众生所住之世界分高下三层次。分别为：一、欲界，为食欲和淫欲特盛的众生所住的世界。二、色界，位在欲界之上，已离粗欲而只享受精妙境像的众生所住的世界。三、无色界，更在色界之上，为远离物质享受而只有精神存在于定心状态中之众生所住的世界。三者合称三界。下联意谓，希望圣教常住，三界齐放光辉。

此联题合肥明教寺，明显具有两个特色。一是联中嵌入寺名明、教二字，成为一副典型的嵌名联。二是几乎全由佛教用语构成，完全切合题赠对象要求。这与作者既是一位现代诗人，又是中国佛教协会主席有关，否则难以办到。

题苏州寒山寺

赵朴初

千余年佛土庄严，姑苏城外寒山寺；

百八杵人心警寤，阊浮夜半海潮音。

赏析

此联具体写作时间不详。寒山寺，在江苏省苏州市阊门外枫桥镇。始建于梁天监年间，初名妙利普明塔院。相传唐初高僧寒山、拾得曾在此主持，遂名寒山寺。后历代屡有毁建，现存寺宇为清光绪年间所建。唐代诗人张继当年途经此地，写有七言绝句《枫桥夜泊》，从此诗韵钟声名扬天下。赵朴初曾应约为苏州寒山寺题联。

上联写出寒山寺的悠久历史与地理位置。千余年佛土庄严，指具有千余年历史的寒山寺。此系供奉佛祖之地，庄重严肃，因此人们常称寺院建筑“七宝庄严，自然化成”。姑苏，苏州市的别称，因西南有姑苏山得名。此句出自张继《枫桥夜泊》：“姑苏城外寒山寺，夜半钟声到客船。”上联是说，这座具有千余年历史的庄严佛地，即苏州城外的寒山寺。

下联极言寒山寺钟声、法事的巨大影响。百八杵（chǔ），杵为捣物的棒槌。佛寺朝暮以杵击钟，共一百零八下，故称百八杵。据《百丈清规·法器》

载："（大钟）晓击则破长夜，警睡眠；暮击则觉昏衢，疏冥昧。引杵宜缓，扬声欲长，凡三通，各三十六下，总百八下。"警寤（wù），寤通"悟"，谓警觉、醒悟。阊，即阊门，为苏州西门。海潮音，海潮定时涨落，声音宏壮而远闻。佛家因用以比喻佛、菩萨应时说法的声音。《楞严经》二："佛兴慈悲，哀悯阿难，及诸大众，发海潮音，偏告诸善男子。"后指僧众念经的声音。下联是说，寒山寺朝暮的钟声能使人警觉醒悟，阊门外直至夜半仍浮荡着寺僧诵经的声音。此指该寺钟声远扬，法事夜以继日。

此联属对工稳，构思巧妙。寒山寺的历史与现状、地理与风习，均在联中有所表述。联语文字则多用佛家语汇，佛土庄严、百八杵、海潮音等融入联中，自然贴切；加上直接引用唐人张继诗句，与之有机结合，浑然一体，自成佳构。

题当涂李白墓

赵朴初

扬波喷云雷，落笔摇五岳；
举杯邀明月，垂辉映千春。

赏析

此联写作时间不详。李白墓，在安徽省当涂县青山西麓。唐上元二年，李白由金陵第七次游当涂，住在他的族叔、当涂县令李阳冰处。次年因病逝世，葬于龙山东麓。后人根据李白生前遗愿，改葬隔河相望的青山，墓旁有李白祠。赵朴初曾应约为当涂李白墓题联。

上联极赞李白诗歌卓尔不凡的豪放气势。扬波喷云雷，出自李白《古风》之三："连弩射海鱼，长鲸正崔嵬，额鼻象五岳，扬波喷云雷。"云雷，云间的雷声。这里是说，长鲸露出海面喷水，海上扬起巨大波涛，发出有如云雷之声。"落笔摇五岳"，出自李白七言古诗《江上吟》："兴酣笔落摇五岳，诗成笑傲凌沧州。"五岳，指东岳泰山、西岳华山、南岳衡山、北岳恒山、中岳嵩山。此句意谓，诗人兴酣以后，执笔赋诗，可以摇撼山岳。这里连同上句，均在极写李白诗作豪迈非凡的气势。

下联称颂李白可与月同辉，名垂千古。举杯邀明月，出自李白五言古诗《月下独酌》："举杯邀明月，对饮成三人"。此句意谓，诗人举杯相邀天上的明月。诗人月下独酌，邀月对饮，既反映出具有豪放不羁的潇洒风度，似亦流露诗人晚年落寞的情怀。垂辉映千春，出自李白《古风》之一："我志在删述，垂辉映千春。"垂辉，光辉流传后世。千春，千年。此句意谓，光辉传于后世映照千年。李白其人其诗自当永垂后世，流传千古。

这是一副集句联，且全部集自李白诗作的成句。作者经过巧妙组合，用以凭吊这位唐代诗人，却属自成一格。

题圆悟国师墓

赵朴初

昭觉堂开应众机，草偃风行三十棒；
圆悟老来垂只手，叶落归根九百秋。

赏析

此联具体写作时间不详。圆悟国师墓，在四川省成都市北郊昭觉寺内。昭觉寺建于唐贞观年间，素有"川西第一丛林"之称。宋代崇宁年间，高僧佛果克勤（名克勤，号佛果，宋高宗赐号圆悟禅师）说法于寺，死后葬于寺内。圆悟禅师著述宏富，所著《碧岩录》对我国佛教影响尤大。赵朴初曾游成都昭觉寺，并应约为圆悟国师墓题联。

上联言圆悟国师生前在昭觉寺内说法，曾以德教化民。应众机，应验昭觉寺众僧的机缘。草偃（yǎn）风行，亦作"风行草偃"。语见《论语·颜渊》："君子之德风，小人之德草，草上之风必偃。"何晏集解引孔安国云："加草以风，无不仆者，犹民之化于上。"比喻庶民被德教感化而顺从君上。后亦以此比喻有声望者的言行影响世态民情。棒，即棒喝，佛教禅宗祖师重触机，其接待初学，常当头一棒，或大喝一声，提出问题令答，借以考验其悟境，叫棒喝。三十则极言其多。这里是说，圆悟国师在成都昭觉寺内开设讲堂以应验众僧的机缘，他以德化民，并在堂上一一考察众僧。

下联言圆悟国师仙逝，回归西方极乐世界已有九百年。垂只手，似在化用“只履西归”的典故。据佛教传说，达摩既葬熊耳山，后三岁，魏宋云使西域回，遇师于葱岭，见手携只履翩翩独逝。云问：“师何往?”师曰：“西天去。”云返，奏其事，帝令启圹，内仅存草履一只。详见《景德传灯录》之三。叶落归根，比喻事物有一定的归宿，多指客居他乡的人终究要回归故里。《景德传灯录·慧能大师》：“众曰：‘师从此去，早晚却回。’师曰：‘叶落归根，来时无日。’”这里是说，圆悟国师老来撒手西去，终于叶落归根至今已有九百年了。

这是一副属对工稳的联语，也是一首整齐的七言小诗。作者紧扣题意要求，既写圆悟国师生前弘法影响深远，亦写这位得道高僧逝后回归西方极乐世界。因其纯用佛家语汇描述，颇能给人留下深刻印象。

题霸王庙

赵朴初

彼可取而代也！白眼视秦皇，一时气盖人间世；
汉皆已得楚乎？乌骓嗟不逝，千古悲风垓下歌。

赏析

此联写作时间不详。霸王庙亦称霸王祠，在安徽省和县乌江镇。相传为西楚霸王项羽垓下被围奔逃自此，因“无颜见江东父老”自刎而死的地方。其时乌江亭长曾将项羽血衣等物掩埋并建亭纪念。唐代正式建祠，历代屡有兴废，现又加以修复。庙为四合院式的古老建筑，正中大殿供有霸王和虞姬塑像，四周绕有苍松翠柏。赵朴初曾应约题写楹联。

上联赞扬项羽胸怀大志英名盖世。彼可取而代也，语出《史记·项羽本纪》："秦始皇帝游会稽，渡浙江。梁与藉俱观，藉曰：'彼可取而代也！'"白眼，露出眼白，表示鄙薄和厌恶。《晋书·阮籍传》："籍又能为青白眼，见礼俗之士，以白眼对之。"一时气盖人间世，语见《史记·项羽本纪》，这是对于当年叱咤风云的西楚霸王项羽的绝好描述。

下联写项羽的失败及其人生悲剧。汉皆已得楚乎，语出《史记·项羽本纪》："项王军壁垓下，兵少食尽。汉军及诸侯兵围之数重。夜闻汉军四面皆楚歌，项王乃大惊，曰：'汉皆已得楚乎？是何楚人之多也！'"乌骓，项羽坐骑。嗟，叹息。不逝，不跑。垓下歌，据《史记·项羽本纪》，项羽垓下被围，饮于帐中，歌曰："力拔山兮气盖世，时不利兮骓不逝，骓不逝兮可奈何！虞兮虞兮奈若何！"千古悲风涵蕴深厚，项羽原本强于刘邦，经过几年楚汉战争，竟然一败涂地，自刎身亡，让人慨叹不已。

作者为霸王庙题联，多用《史记·项羽本纪》中的语言，切人切事，言少意多，写出项羽一生。从气盖人世到垓下悲歌，浓缩了这位一世枭雄具有悲剧色彩的人生道路。联句用语虽集自古书，却对仗工稳，亦见作者艺术功力。

题李叔同纪念馆

赵朴初

无尽珍奇供世眼；
一轮圆月耀天心。

赏析

此联具体写作时间不详。李叔同纪念馆，在浙江省杭州市虎跑禅寺内。李叔同（1880—1942），浙江平湖人。早年留学日本，学习西洋绘画和音乐。归国后从事艺术教育。1918年在杭州虎跑禅寺出家，法号弘一，精研佛学律宗。1934年在厦门南普陀创办佛教养正院。抗日战争爆发后，李叔同保持民族气节，在福建各地传经。1942年圆寂于泉州。赵朴初曾应约为杭州李叔同纪念馆题联。

上联中，珍奇，珍贵奇异的物品。这里“无尽珍奇”指李叔同一生所创作的无数诗词、歌曲和绘画等文学艺术作品。此句意谓，李叔同生前以无数文学艺术珍品奉献于世人眼前。李叔同擅长篆刻、工于诗词歌曲，有《李庐诗钟》、《护生画集》传世。

下联中，天心，天空中央。唐卢仝《月下寄徐希仁》：“夜半沙上行，月莹天心明。”此句意谓，一轮圆月照耀于天空中央。这里以一轮圆月喻弘一法师高洁的人品。

此联属对工稳，比喻贴切精当。词句改录自作者自己所作七绝《弘一法师赞》：“深悲早现茶花女，胜愿终成苦行僧。无数奇珍供世眼，一轮明月照天心。”作者抓住弘一法师生前作为艺术教育家与佛学研究家的特点，既赞其文学艺术作品犹如“无尽珍奇”留传于世，又以“一轮圆月”为喻赞其精神品格永远光耀人间。

题日本长崎孔庙

赵朴初

教被寰宇光曲阜；
泽流海外润长崎。

赏析

此联具体写作时间不详。日本长崎孔庙，长崎是日本九州岛重要城市，远洋航运和渔业基地。长崎孔庙为当地纪念和祭祀中国孔子的祠庙。赵朴初作为全国政协副主席、中日友好协会副会长，当年访问日本期间，曾游长崎孔庙并应约题写联语。

上联首先说明长崎孔庙存在的意义。被，加、及。《书·禹贡》：“西被于流沙。”寰宇，犹天下。曲阜，山东省曲阜系孔子故里，有孔庙、孔府、孔林等古迹，为著名文化旅游胜地。上联意谓，孔子的教化及于天下从而光耀了中国曲阜，亦即曲阜为之感到荣耀。

下联进而指出孔子学说的深远影响。泽，恩泽、德泽。下联意谓，孔子儒家学说的德泽流向海外滋润了日本长崎，亦即长崎得以沾惠。

此联完全切合题意要求，且在联中巧妙嵌入中日两国地名，借以盛赞孔子学说对于世界思想文化方面的杰出贡献和影响。长崎孔庙本身就是中日文化交流的产物，也是中国传统文化影响及于世界的见证。

贺钱仲联七十寿

王蘧常*

怀才八斗，看诗同潮文同海；
降生七十，正露似珠月似弓。

作者

*王蘧常（1909—1989），浙江嘉兴人。现代著名文史学家。曾任上海交通大学、光华大学、复旦大学教授。除文史著作外，出版《王蘧常书法集》，有“古有王羲之，今有王蘧常”之誉。

赏析

此联写于1978年10月。钱仲联，1908年生，江苏常熟人。苏州大学中文系教授。一生从事古典文学研究与教学。著有《梦苕盦诗存》、《人境庐诗草笺注》、《鲍参军集注》等多种。1978年10月，钱仲联七十寿辰，王蘧常书联致贺。

上联中，怀才八斗，语见李商隐《可叹》：“宓妃愁坐芝田馆，用尽陈王八斗才。”相传南朝宋诗人谢灵运曾言，天下共有才一石，曹子建独占八斗，自己得一斗，天下共分一斗。后因称有才学的人为“才高八斗”。“看诗”句，从“韩潮苏海”一语化出。俞樾《茶香室丛钞》之八：“国朝萧墨《经史管窥》引李耆卿《文章精义》云：‘韩如海，柳如泉，欧如澜、苏如潮’，然则今韩潮苏海，误矣。”一般用以比喻文章的波澜壮阔。这里是说，钱仲联怀有八斗之才，看他写作与苏诗同潮，与韩文同海，言其诗文著述甚丰。

下联中，降生，出生、出世。多指宗教创始人或其他方面的伟大人物。此指钱氏七十寿辰。“正露”句，白居易《暮江吟》：“可怜九月初三夜，露似真珠月似弓。”这里化用白居易诗句，点出钱仲联生辰为阴历九月初三，因此正逢“露似珠月似弓”。

作者与寿翁师出同门，且相知多年，时有“江南二仲”之称。此联用语典雅工丽。赞誉之词，虽属夸张，却颇到位。下联结句，暗用白居易诗句以点明友人生辰，更属神来之笔。

题杭州岳庙

王蘧常

奈何铁马金戈，仅争得偏安局面？
至今山光水色，犹照见一片丹心。

赏析

此联写于1979年间。岳庙，亦称岳王庙，在杭州西湖之畔栖霞岭下。抗金英雄岳飞被投降派秦桧以“莫须有”的罪名加以杀害。南宋隆兴元年，孝宗即位，岳飞冤案得以昭雪，改葬遗骸于此。嘉定十四年，改北山智果院为祠庙，即今之岳王庙。历代屡毁屡建。1979年曾全面整修，王蘧常应约为岳庙大殿题写联语。

上联写岳飞生前。铁马金戈，亦作“金戈铁马”，指持戈跃马作战，亦可形容威武雄壮的军旅兵马。辛弃疾《永遇乐·京口北固亭怀古》：“想当年，金戈铁马，气吞万里如虎。”偏安，旧谓封建王朝不能统治全国而苟安于一方。此指南宋朝廷偏安一隅，定都临安。这里是说，岳飞生前率军北伐，却被十二道金牌召回。人们不禁要问：为什么岳飞在抗金战争中节节胜利，只换得一个偏安局面？问而不答，其意自明。因为南宋君臣为保自身利益，需要偏安之故。

下联写岳飞身后。山光水色，谓山水的景色。丹心，赤诚的心。文天祥《过零丁洋》：“人生自古谁无死，留取丹心照汗青。”这里是说，至今杭州西湖的山光水色，仍照映着岳飞的赤胆忠心。作者没有正面赞颂，却更耐人寻味。

此联构思巧妙。上联问而不答，下联赞而不露，更能引发人们思考回味。

赠周振甫

王蘧常

平生取友开三径；
尽瘁然藜拟二刘。

赏析

此联写于20世纪80年代初。周振甫（1911—1999），浙江平湖人。长期在出版单位从事编辑工作。主要研究、译注诗词和古典文学理论著作。《毛主席诗词浅释》、《鲁迅诗歌注》、《诗词例话》、《文心雕龙新注》等书，均曾产生较大影响。王蘧常与其相交甚厚，20世纪80年代初曾以此联相赠。

上联言友人平生交友重视道义。取友，交朋友。开三径，典出晋赵岐《三辅决录·逃名》，西汉末年，王莽篡权，兖州刺史蒋诩告病辞官，隐居乡里，于院中辟三径，唯与求仲、羊仲来往。这里是说，周振甫平生交朋友像古人蒋诩一样，非常重视道义。

下联言友人校阅群书，治学勤奋。然藜，即燃藜，典出《三辅黄图》："刘向于成帝之末，校书天禄阁，专精覃思。夜有老人著黄衣，植青藜杖，叩阁而进见。向暗中独坐诵书，老父乃吹杖端烟然，因以见向，授五行洪范之文。……至曙而去。"后因以"燃藜"作为夜读或勤奋学习的典故。二刘，汉代经学家刘向、刘歆父子二人，相继校阅群书，撰成《别录》、《七略》，对我国目录学的建立作出了贡献。这里是说，周振甫竭尽心力，勤奋治学，就像汉代校阅群书的刘向、刘歆父子一样。此喻友人五十年的编辑生涯。

此联用典贴切自然，以汉代蒋诩喻友人交友审慎，以汉代二刘喻友人勤奋治学，完全符合友人为人治学的特点。

赠钱钟书

王蘧常

熔铸万家，远惊海客；
雕锼万象，独得骊珠。

赏析

此联写于20世纪80年代初。钱钟书（1910—1998），字默存，江苏无锡人。曾任西南联大、清华大学教授，中国社会科学院文学研究所研究员。一生学贯中西，在学术研究与文学创作方面都取得了很大成就。20世纪80年代初，王蘧常曾以此联相赠。

上联中，熔铸，熔化而铸造。刘勰《文心雕龙·辨骚》："虽取熔经意，而自铸新辞。"海客，航海者。李白《梦游天姥吟留别》："海客谈瀛洲，烟涛微茫信难求。"这里是说，钱钟书熔铸万家之说，而自成体系，完成《管锥编》等学术著作。这些学术成果载誉海内外，连海外客人亦为之震惊。

下联中，雕锼（sōu），雕刻，可引申为彩绘、装饰。左思《吴都赋》："木无雕锼，土无绨锦。"万象，指自然界的一切事物、景象。骊珠，古代寓言说深渊中有骊龙，颔下有千金之珠，欲得之甚难。《古今诗语·探骊得珠》："元稹、刘禹锡、韦楚客同会乐天舍，各赋《金陵怀古》，刘诗先成，白曰：'四人探骊，子先获珠，所余鳞角何用？'三公乃遂罢作。"这里是说，钱钟书雕刻描摹人世万象，而能独得宝珠，创作出《围城》这样写尽人生百态的小说。

此联用语蕴藉典雅，含而不露地点出了友人在学术研究与文学创作方面的成就。

庆建党六十周年二联

王蘧常

一

神州春浩荡；
寰海日光华。

二

赤县春长在；
玄天数正周。

赏析

这两副联语写于1981年7月1日。这一天正是中国共产党成立六十周年纪念日。王蘧常怀着喜悦之情欣然属对，后觉意犹未尽又撰一联。

先看第一联：

上联中，神州，指中国。语出《史记·邹衍传》："以为儒者所谓中国者，于天下乃八十一分居其一分耳。中国名曰赤县神州，赤县神州内自有九州，禹之序九州是也，不得为州县数。"后世以神州或赤县泛指中国。此句意谓，神州大地，春风浩荡。

下联中，寰（huán）海，犹言海内。裴度《铸剑戟为农器赋》："寰海镜清，方隅砥平。"光华，光辉、光彩明丽。此句意谓，海内太阳，光芒万丈。

再看第二联：

上联中，赤县，中国的别称。这里是说，中国春天长在。

下联中，玄天，北方之天。《吕氏春秋·有始》："北方曰玄天。"也可泛指天。数（shǔ），计算、查点。正周，正好一个周期。我国古代干支纪年，天干和地支的配合，其变有六十，从甲子起至癸亥止，满六十为一周，故又名六十甲子。此处"正周"意在说明建党正好六十周年。

这两副对联的上联实为互

文，意在突出各自下句，即海内太阳光芒万丈与建党正好六十周年。言简意明，让人振奋。

题成都草堂

王蘧常

劲节参天，力开诗世界；
商声满地，爱住楚村墟。

赏析

此联写于1982年间。成都草堂，即杜甫草堂，在四川省成都市西南郊浣花溪畔。为唐代诗人杜甫流寓成都时的故居，宋代开始建园立祠，清嘉庆年间奠定现有规模。内有工部祠，诗史堂等建筑物和杜甫石刻等遗迹。为全国重点文物保护单位。1982年，杜甫诞辰1270周年之际，王蘧常应约题联。

上联中，劲节，树木强劲的枝节，亦可喻人坚贞的节操。参天，高入天空。这里既指草堂周围树木参天，亦指杜甫其人品格高尚。力开诗世界，杜甫诗歌堪称一代诗史，它真实地反映了唐王朝由盛转衰的社会现象，前人曾有“以时事入诗，自杜少陵始”的评价，故曰“力开诗世界”。

下联中，商声，凄怆的声音。商为五音中的金音，与肃杀的秋气相应。晋阮籍《咏怀诗》之十：“素质游商声，凄怆伤我心。”此指秋日寒风肃杀凄厉之声。楚村墟，指杜甫草堂所在地。村墟即村庄、村落。锦城古属巴州，一度改为楚州。因称草堂所在地为楚村墟。杜甫《秋野五首》其一有联：“系舟蛮井络，卜宅楚村墟。”此句意谓，诗人爱住这楚地的村落。虽身居茅屋，依然胸怀天下，“安得广厦千万间，大庇天下寒士俱欢颜”。

此联由眼前杜甫草堂想到当年诗人的生活处境。既因劲节参天而力开诗歌新的世界又因忧国忧民而愿住在楚地村墟。

挽张大千

王蘧常

回忆吴门，怪木奇峰追尊者；
遥伤艺苑，摹天绘海失斯人。

赏析

此联写于1983年4月。张大千（1899—1983），名正权，四川内江人。现代国画艺术大师。曾任南京中央大学美术系教授。五十岁后旅居海外，并在欧、美、日本及东南亚各大城市举办画展。1978年迁居台北。1983年4月因病逝世，王蘧常撰送挽联致哀。

上联中，吴门，古吴县城（今苏州市）的别称。吴县为春秋吴都，因称吴县城为吴门。此句意谓，回忆当年在苏州与张大千交游的往事。怪木奇峰，张大千早年在苏州刻意仿清初杰出画家石涛的画意。石涛擅画山水，主张画山水者“脱胎于山水”，“搜尽奇峰打草稿”，进而“法自我立”。尊者，佛教对和尚的尊称。石涛早年出家，法号原济，晚年病目，故有号曰“瞎尊者”。此句意谓，当时追随尊者石涛，喜画怪木奇峰。

下联中，伤，吊伤。艺苑，艺林，也指文学艺术界。此句意谓，遥遥吊伤远方的艺苑。摹天绘海，摹绘苍天大海。此指画家长期旅居海外，故多摹绘天海之作，而今却失去了此人。

此联哀挽逝者，既“回忆吴门”，赞其艺术创作，又“遥伤艺苑”，为其不幸逝世而惋惜。联句用词考究，对仗工稳，读之颇为感人。

为郑逸梅祝寿

王蘧常

同名冠香山，群尊司马；
待梅开春日，再颂罗浮。

赏析

此联写于1983年10月。郑逸梅（1895—1992），江苏吴县人。现代著名文史掌故作家。著有《南社丛谈》、《艺林散叶》等二十余种。他写散文、人物传记与剧本，尤其擅长人物掌故、名家轶事，因被誉为“补白大王”。1983年10月，郑逸梅89岁生日时，王蘧常撰联预祝90大寿。

上联以香山九老的怀州司马喻寿翁89岁生日。香山，指香山九老。唐代诗人白居易在洛阳时，与胡杲、吉皎、刘真等举行九老尚齿之会，因绘图书姓名、年龄，题为九老图。白居易别号香山居士，因以冠名此会，称香山九老会。司马，香山九老中以89岁的怀州司马胡杲为长，因此群尊怀州司马。这里以此祝郑逸梅89岁生日。

下联以文征明的诗与张西铭的序预祝友人九十大寿。同样用典祝贺友人生日。待梅开春日，化用明代书画家文征明九十赋诗“次第梅花春满日”句。再颂罗浮，指张西铭的《姚罗浮九十寿序》，人称善颂。

此联妙在明用、暗用、化用历史典故，以祝友人今年89、明年90岁生日。能将上述内容纳入一副意境清新、对仗工整的短小联语中，足见作者驾驭联语文字的功力。

贺中国楹联学会成立

王蘧常

积宋楹帖；
广孟桃符。

赏析

此联写于1984年11月。中国楹联学会，为中国文联主管的全国性一级学会，于1984年11月5日在北京成立。该会宗旨在于：广泛联系海内外楹联文化工作者，致力于搜集整理楹联史料，推动楹联的理论研究和创作，开展群众性楹联文化活动，引导和促进楹联艺术的繁荣和发展。王蘧常作为中国楹联学会的顾问之一，欣然参加成立大会并书联致贺。

上联中，楹帖，亦称楹联，我国宋代已颇为流行。当时已不再局限于写在桃符板上，而是题在楹柱上，后人则名之为楹联。宋代人题写楹联蔚然成风，像苏轼、朱熹、黄庭坚这样的大家，亦有不少楹联佳作传世。作者希望中国楹联学会今后大量积累宋代的楹帖。

下联中，桃符，古代习俗，元旦用桃木板写神荼、郁垒的神名悬挂门旁，以为能压邪。五代时后蜀宫廷里开始在桃木符上题联语。《宋史·蜀世家》：“孟昶命学士为题桃符，以其非工，自命笔题云：‘新年纳余庆，佳节号长春’”。后以桃符作为春联的别名，且将孟昶所题作为我国第一副春联。作者希望中国楹联学会能够推广与弘扬孟昶所开创的春联艺术。

此联短短八字，言少意多。既切题意要求，又将楹联历史与希望发扬光大之意纳入联中。实属小中见大，让人为之感佩。

题郑和纪念馆

王蘧常

只手提三万水犀，六十海舶，七下西洋，威灵震千岛百屿，古今谁匹；

后人效太公封神，玄奘取经，广搜异说，恣纵写神灯宝舰，童叟艳称。

赏析

此联写于1985年间。郑和纪念馆，在福建省长乐县。郑和为明朝太监，永乐至宣德三十年间，曾奉命赴西洋各地七次，经历三十余国，最远达红海海口、非洲东岸。三保太监七下西洋，这在世界远程航海史上也是空前壮举。据有关史料记载，郑和每次出访，都曾留驻长乐城关，在此避风、修船、添置实物用具、训练全队将士。他曾在此亲立“天妃灵应之记”碑。另有太平港、下橹桥、妈祖庙等，均为郑和遗迹。1989年间，王蘧常曾应约为郑和纪念馆题联。

上联写历史上郑和七下西洋的壮举。水犀，犀牛的一种，常生活于水中，其皮可以制甲。《国语·越上》：“今夫差衣水犀之甲者，亿有三千。”可用以代指海军。此指郑和独自提调三万水师。海舶，航海的大船。据明史记载，永乐三年，郑和率水手、将士27800余人，乘大船62艘，出海远航。西洋，当时称今加里曼丹至非洲之间的海洋为西洋。威灵，威力、声威。这里是说，郑和七下西洋，明朝声威震惊沿途千百岛屿。古今谁匹，古往今来谁能与之匹敌，亦即谁能比得上呢？事实证明，郑和七次远航要比西方哥伦布、达·迦马等的航行早半个世纪以上，舰队规模与船只之大都超过他们几倍。

下联言今人所写长篇历史小说《宝船与神灯》。太公封神，指古代长篇小说《封神演义》，内容记述商末政治纷乱与武王伐纣的故事，最后以周武王即天子位，姜太公于封神台宣读诸神名位结束。玄奘取经，见古代长篇小说《西游记》，写唐玄奘西天取经的故事。唐僧师徒历经许多劫难，终于取得真经。写神灯宝舰，指今人田遨根据三宝太监下西洋的故事，写成长篇历史小说《宝船与神灯》，上海文艺出版社1986年出版。这部小说广泛搜集有关三保太监各种令人惊异的传说，放开笔墨表现这一历史故事。童叟，儿童和老年人。艳称，艳羡和称许。此指效法《封神演义》与《西游记》表现手法的《宝船与神灯》，深受广大读者的欢迎。

此联题郑和纪念馆，既写郑和当年提调三万水师，同乘海船七下西洋的历史故事，又写今日根据这一历史写成的长篇历史小说。此系篇幅较长之联语，作者铺陈其事，挥洒自如，颇有艺术感染力量。

忆沈钧儒

王蘧常

抗日争先，终得朝宗归大海；
惟民为主，永留遗爱在人间。

赏析

此联写于1985年间。沈钧儒（1875—1963），字衡山，浙江嘉兴人。清光绪进士。早年参加辛亥革命和反对北洋军阀的斗争。20世纪30年代，参加中国民权保障同盟，组织上海文化界救国会。40年代为中国民主同盟中央常务委员、中国人民救国会主席。新中国成立后，历任全国人大常委会副委员长、全国政协副主席。1963年因病逝世。1985年，沈钧儒110岁诞辰，王蘧常夫妇怀念自己这位已逝的内兄，寄其子女一联。

上联中，抗日争先，早在20世纪30年代，就组织上海文化界救国会和全国各界救国联合会，在国民党统治区展开抗日救亡运动。朝宗归大海，语出《尚书·禹贡》：“江汉朝宗于海。”原谓长江和汉水合流入海，犹如诸侯朝见天子。这里是指沈钧儒自香港赴北京参加建国大典。

下联中，惟民为主，只有人民可以做主，此指积极投入爱国民主运动。遗爱，语见《左传·昭公二十年》：“及子产卒，仲尼闻之，出涕曰：‘古之遗爱也！’”杜预注：“子产见爱，有古人之遗风。”后亦谓“仁爱”遗留于后世。这里是说，逝者已将遗爱永留人间。

此联忆与赞相结合，既忆内兄当年抗日争先与力争民主，又赞内兄朝宗于海与遗爱人间。这样就将沈钧儒主要功业与社会影响表现出来了。

题康有为墓

王蘧常

万木风高，际海蟠天终不灭；
一言心许，镂肌铭骨感平生。

赏析

此联写于 1985 年间。康有为系近代资产阶级改良派领袖人物。1985 年间，青岛浮山建成康有为墓，王蘧常应约撰联致祭。

上联中，万木，指万木草堂。1890 年至 1893 年间，康有为在广州长兴里万木草堂聚徒讲学，培养维新人才，致力变法理论著述。际海蟠天，意同“际地蟠天”，语出《庄子·刻意》：“精神四达并流，无所不极，上际于天，下蟠于地。”后以此形容充塞天地之间，精神无所不在。这里是说，万木草堂主持者风格高尚，其崇高精神充塞海天之间，永远不会泯灭。

下联中，一言心许，此系追怀往事。康有为当年颇为赞赏王蘧常的书法，欲以其女康同琰相许。但王父与康弟子梁启超同榜中举，因辈分不合，故以言婉谢。康同琰不久死于车祸。王蘧常对其知遇之恩深藏心底，直到晚年方才披露。镂肌铭骨，亦作“镂骨铭肌”，语见陈亮《谢留丞相启》：“自顶至踵，横嘉惠于不赀；镂骨铭肌，怅余年之无几!”极言因受人惠而感激之深。这里是说，康氏当年一言欲许女儿婚事，使我刻骨铭心感愧平生，即一辈子均深怀感激之情。

此联情真意挚。上联赞颂康氏风格高尚，终当不灭；下联忆其一言相许，终生难忘。情恳词切，感人至深。

挽夏承焘

王蘧常

我与同庚，卌年石友；
君应不死，一代词宗。

赏析

此联写于 1986 年间。夏承焘（1900—1986），字瞿禅，浙江温州人。曾任之江大学、浙江大学、杭州大学中文系教授。一生对词学有精深研究，有《唐宋词人年谱》、《唐宋词论丛》、《月轮楼说词》等著述传世。1986 年因病逝世，王蘧常撰送挽联致哀。

上联中，同庚，年龄相同。朱熹《元范别后寄惠佳篇》："岁月幸同庚，诗书复同道。"卌（xì）年，四十年。石友，情谊坚如金石的朋友。上联意谓，我与逝者同年出生，二人做了四十年情谊坚贞的朋友。

下联中，君，指逝者夏承焘。词宗，词学宗师、擅长辞章的大师。夏承焘因在现代词学研究与创作方面的杰出成就，人称"一代词宗"。下联意谓，作为一代词学大师，你不应该死去。

此联哀挽逝者，上联忆四十年来友情，下联哀一代词宗之死。语言凝练，用词精当。

寿钱仲联八十

王蘧常

五十年昆弟之交，亲似骨肉；
八百卷文章寿世，雄视古今。

赏析

此联写于1987年间。钱仲联，1908年生，江苏常熟人。无锡国学专门学校毕业。历任大夏大学、无锡国专、南京师院、苏州大学教授。代表性论著有《韩昌黎诗系年集释十二卷》、《剑南诗稿校注八十五卷》等。另主编《清诗纪事》。1987年，钱仲联八十寿辰，王蘧常撰联致贺。

上联中，昆弟，原指兄弟，亦可引申为亲密友爱。《战国策·齐策一》："今秦楚嫁子娶女，为昆弟之国。"上联意谓，五十年来有着昆弟之交，亦即建立了亲密无间的友谊，亲如自家骨肉一样。

下联中，八百卷文章，此指逝者一生著述等身，总有不下八百卷之多。寿世，谓造福世人。雄视，称雄、压倒。《宋史·苏轼传》："其体辉目光芒，雄视百代，有文章以来，盖亦鲜矣。"下联意谓，友人一生不下八百卷的著述，足以称雄于古今文苑。

这副祝寿联语，既言二人五十年昆弟之交，又赞友人八百卷文章寿世。这些皇皇巨著，岂止寿世，实亦自寿，为世人、亦为自己留下不朽的功业。

题张菊生图书馆

王蘧常

毕生劝学书成海；
旷世高风义作航。

赏析

此联写于1987年5月。张菊生图书馆，在浙江省海盐县城内。张菊生（元济）是我国近代著名出版家，毕生主持上海商务印书馆，校印百衲本《二十四史》，影印《四部丛刊》，为发展我国文化事业作出重大贡献。海盐县有关部门为实现老人生前遗愿，在张氏后人捐赠家中藏书的基础上，建立了张菊生图书馆。1987年5月正式举行开馆典礼，王蘧常应约题联致贺。

上联中，劝学，鼓励勤于学习。古代思想家荀子有《劝学》篇，专门阐述自己的教育思想。这里是说，张元济一生都劝人勤于学习，而自己亦以身作则，沉浸于书海之中。家中藏书甚多，堪称书的海洋。

下联中，旷世，旷绝一世，犹言举世无双。高风，高尚的品格、崇高的风范。义，正义。《孟子·告子上》："舍生而取义者也。"这里是说，张元济有着举世少有的高风亮节，总是以正义作为自己航行的方向。

作者为张菊生图书馆题联，故先言书，正因张氏藏书如海，才有今日的图书馆；后再言人，张氏高风亮节以义作航，而这正是我们景仰的地方。

挽梁漱溟

王蘧常

侃侃高谈，贻谋垂千古；

循循善诱，食报享大年。

赏析

此联写于1988年6月。梁漱溟为我国现代著名哲学家、教育家。早年加入同盟会，投身辛亥革命。后潜心研究佛学，倡导乡村建设。抗战时期任国民参政会参政员、中国民主政团同盟常务委员。新中国成立后任全国政协常委、中国孔子研究会顾问。著有《东西文化及其哲学》、《印度哲学概论》、《乡村建设理论》、《中国文化要义》等书。1988年6月因病逝世，王蘧常撰联致哀。

上联中，侃（kǎn）侃，形容说话理直气壮，从容不迫。俗称侃侃而谈。高谈，通称见解高超的议论。此指逝者一生在很多场合都能勇于发表自己的见解。贻（yí）谋，致送（提出）的谋略。垂千古，流传千年。此指逝者作为爱国民主人士，在我国革命各个时期，都曾献计献策，并起过一定的作用。

下联中，循循善诱，谓善于有步骤地引导、教育人，亦泛指教育有方。《论语·子罕》："夫子循循然善诱人。"食报，收到报答。王毓岱《示和甫》："食报有达人，饱阅八千卷。"大年，高年。逝者终年86岁，应称享有高寿。

此联哀挽亡友，抓住逝者个性特征。敢于侃侃高谈，贻谋可垂千古；一生循循善诱，得以享有大年。联句全属纪实，却又包含不少特定内容。蕴藉含蓄，耐人回味。

题温州文天祥祠

王蘧常

孤屿长留天地正气；
一死终明孔孟真传。

赏析

此联写于20世纪80年代。文天祥祠，在浙江省温州市江心屿江心寺东侧。南宋抗元英雄文天祥，曾受命赴蒙古兵营谈判被扣留。后俟机在镇江逃脱，经海路到温州江心孤屿居留一月，再转福建与张世杰、陆秀夫等坚持抗元。直至战败被俘，囚于燕京四年，不屈就义。明成化年间，后人在此立祠纪念。20世纪80年代，王蘧常曾应约为温州文天祥祠题联。

上联中，孤屿，即江心孤屿，在温州市北瓯江下游江心，长约四百米，宽约二百米，岛上风光秀丽，古迹生辉。正气，文天祥在狱中曾作《正气歌》，开篇即云："天地有正气，杂然赋流形。"这里是说，因文天祥曾来孤屿筹划抗元事宜与后来人们建立祠堂，而使这里长留天地正气。

下联中，孔孟真传，据《宋史·文天祥传》记载："天祥临刑殊从容……其衣带中有赞曰：'孔曰成仁，孟曰取义，惟其义尽，所以仁至。读圣贤书，所学何事，而今而后，庶几无愧。'"这里是说，文天祥以己一死让人更加明白了孔子与孟子"成仁取义"的真义。

此联紧扣文天祥有关史迹与言论加以表述。江心孤屿因有文天祥祠而长留天地正气；文天祥之死让人明白孔孟“成仁取义”的真义。联句文约词切，慷慨悲壮。

赠苏局仙

王蘧常

笔阵纵横，足征上寿；
汉家规范，媿拜下风。

赏析

此联写于20世纪80年代。苏局仙（1882—1991），字裕国，上海南汇人。当代高龄书法家、诗人。长期从事教育工作，后任上海文史馆馆员。有《蓼莪居诗存》、《水石杂缀》等书存世。20世纪80年代，王蘧常曾以此联题赠百岁老人。

上联中，笔阵，谓写字运笔如行兵布阵。晋代书法家卫夫人著有《笔阵图》，论述写字运笔之法。征，证明。《礼记·中庸》：“无征不信。”上寿，高寿。《庄子·盗跖》：“人上寿百岁。”上联意谓，百岁老人尚能纵横于笔阵之中，足以证明高寿。

下联中，汉家，指中国。汉代声威播于国外，外人因此也习称中国为汉。规范，标准、法式。此指我国传统的道德规范。苏局仙赠王蘧常诗中有句：“汉家规范递传去，不替千秋与万秋。”联句由此化出。媿（kuì），通“愧”，羞惭、惭愧。拜下风，即甘拜下风。典出《庄子·在宥》，相传古时黄帝问道于广成子，广成子南首而卧，黄帝顺下风膝行而进，再拜稽首。后以“甘拜下风”表示诚心佩服，自信不如。下联意谓，谈到汉家规范，我很惭愧愿意甘拜下风。

百岁老人曾有一诗题赠王蘧常，王则以此联谢之。联中既赞百岁老人依然笔阵纵横，又言自己在诗、书方面甘拜下风，对于老人充满景仰之情。

赠陈左高

王蘧常

木落归根，何时结伴还水乡；
笔开生面，精意新汇记事珠。

赏析

此联写于20世纪80年代。陈左高，浙江平湖人。早年师从经学家唐蔚芝，曾任教于上海复旦大学。新中国成立以后，致力于日记文献研究，有《古代日记选注》、《中国日记史略》等专门著述。王蘧常与其时相过从，曾以此联相赠。

上联中，木落归根，即叶落归根，谓返回本源，也喻事物有一定归宿。《景德传灯录·慧能大师》："众曰：'师从此去，早晚可回？'师曰：'叶落归根，来时无日。'"水乡，友人家乡平湖，地处江南水乡。这里是说，树高千丈，叶落归根，我们何时结伴同回故乡？二人均来自嘉兴地区，而又久居上海，故有此言。

下联中，笔开生面，语出杜甫《丹青引赠曹将军霸》："凌烟功臣少颜色，将军下笔开生面。"后以"别开生面"引申为开创新的格局。这里是说，陈佐高在日记文献研究方面开创了新局面。记事珠，能帮助记忆之珠。王仁裕《开元天宝遗事·记事珠》："开元中，张说为宰相，有人惠说一珠，绀色有光，名曰记事珠。或有阙忘之事，则以手持弄此珠，便觉心神开悟，事无巨细，涣然明晓，一无所忘。"这里用以比喻日记。此句意谓，精心着意去重新汇编历代日记。

此联题赠友人。上联言二人久居上海，很想结伴还乡；下联赞友人日记研究，开创新的局面。成语典故运用，颇为贴切自然。

赠陈从周

王蘧常

叠石疏泉，长房缩地；
模山范水，云林复生。

赏析

此联写于20世纪80年代。陈从周，1918年生，浙江绍兴人。之江大学毕业。任上海同济大学建筑系教授。早年师从张大千学画，又从梁思成学习中国古建筑学，能将诗情画意与园林设计结合起来。著有《苏州园林与住宅》、《园林谈丛》等。王蘧常与陈从周过从甚密，遂以此联相赠。

上联中，叠石疏泉，意同“疏泉凿石”，语见欧阳修《丰乐亭记》：“于是疏泉凿石，辟地以为亭，而与滁人往游其间。”长房缩地，典出葛洪《神仙传・壶公》：“（费长）房有神术，能缩地脉，千里存在，目前宛然，放之复舒如旧也。”相传东汉方士费长房有缩地之术，亦即化远为近的法术。这里是说，叠石为山，疏泉为池，仿佛具有东汉方士费长房的缩地之术，可将千里之景集于眼前。

下联中，模山范水，即以山水画为范本，构筑园林。倪瓒，字云林，元代大画家、园林艺术家。他曾融合山水画法设计建造苏州狮子林，以假山为主骨，水面为对衬，建筑环周而辅之，使园中处处洞壑，曲折幽奇。这里是说，陈从周以山水画为范本构筑园林，犹如元代画家倪云林复活了一样。

此联以古人费长房、倪云林作比，极赞陈从周园林艺术，贴切而有意趣。

赠马国权

王蘧常

为章草开疆，穷大地上下；
有名著寿世，传瀛海西东。

赏析

此联写于 20 世纪 80 年代。马国权为古文字研究工作者，现代著名书法家，并工篆刻，著述甚丰。他曾编著《章草字典》一书，搜罗一百六十种以上资料，不少取自近年发现的汉简、汉陶、汉帛，均为前人所未录。王蘧常平日与其过从甚密，曾以此联相赠。

上联中，章草，早期的草书，是隶书的草写，由草隶发展而成的一种字体。它与“今草”的区别，主要是还保留着隶书笔画的形迹，每个字独立不连写，广泛流行于两汉。因为这种字体构造彰明；或因适用于奏章；也有以为因汉章帝爱好；或以为史游用以写其所著《急就章》而得名。穷，寻求到尽头。《易·说卦》：“穷理尽性，以至于命。”这里是说，为章草这一字体的研究开拓疆土，寻求大地上下以至于尽头。此指马氏所著《章草字典》搜罗各种材料极尽大地上下，汉简、汉陶、汉帛均在其中。

下联中，名著，指《章草字典》。寿世，长久流传于世。瀛海，大海。王充《论衡·谈天》：“九州之外，更有瀛海。”这里是说，马氏有名著长久流传于世，一直传到大海以外的西方东方。据说王蘧常曾接到在英国剑桥大学任教的门生来信，剑桥大学藏有马国权著作多种，联中因言“传瀛海西东”。

此联上下均围绕《章草字典》一书展开，既言此书为章草研究开拓新的疆土，又言此书传至“瀛海西东”，影响极其深远。

自　题

王蘧常

受人以虚，求是以实；
能见其大，独为其难。

赏析

此联具体写作时间不详。自题，王蘧常曾以此联勉励自己，实际也是作者一生为人治学的真实写照。

上联中，受，容纳。语见陆翙《邺中记》："龙口金樽受五十斛。"虚，虚心。《易·咸》："君子以虚受人。"联中受人以虚，意同以虚受人，亦即以自己的虚心来容纳别人。求是以实，意同实事求是，语见《汉书·河间献王刘德传》："修学好古，实事求是。"颜师古注："务得事实，每求真是也。"此句意谓，为探求真理，用事实说话。

下联中，其，一般回指上文提及的事物或人。这里是说，能看到事物大的方面，亦即在生活中能从大局出发。为，作、担当。语见《论语·颜渊》："子曰：'为之难，言之得无诃乎？'"独为其难，意即独自担当现实生活中遇到的困难。

联句多用古语，言约意丰。作者用以自勉，实亦可以励人。不妨作为格言加以记取。

贺刘海粟南京画展

王蘧常

石破天惊，中西合璧；
笔飞墨舞，仪态万方。

赏析

此联写作时间不详。刘海粟(1896—1994)，为我国当代著名书画家和艺术教育事业奠基人之一。早年创办我国第一所美术学校——上海美专，后任南京艺术学院院长。其绘画创作在海内外有着广泛影响，刘海粟曾在南京举办画展，王蘧常书联致贺。

上联中，石破天惊，极言震动之甚。李贺《李凭箜篌引》：“女娲炼石补天处，石破天惊逗秋雨。”后常用以比喻文字议论出奇惊人。中西合璧，谓某种事物中中国和西洋的精华合在一起。这里是说，刘海粟在绘画中大胆吸收西洋画法，在我国美术界产生极大震动。

下联中，笔飞墨舞，亦作“笔歌墨舞”，谓文笔奇妙精彩。仪态万方，语见张衡《同声歌》：“素女为我师，仪态盈万方。”谓容貌姿态无限美好，非语言能尽形容。这里是在赞扬刘海粟的绘画精美绝伦。

此联用了四个成语，极赞刘氏绘画艺术。以“中西合璧”、“仪态万方”誉友人绘画，可谓要言不烦，评价切中肯綮。

题嘉兴仓圣祠

王蘧常

一画开天闻鬼哭；
群书似海此薪传。

赏析

嘉兴仓圣祠，仓圣即仓颉，一作苍颉，相传为黄帝的史官，汉字的创造者。荀子《解蔽》：“好书者众矣，而仓颉独传者壹也。”仓颉可能是古代整理汉字的代表人物。后人为纪念仓颉创造汉字的功绩而建仓圣祠。王蘧常曾应约为嘉兴仓圣祠题联。

上联中，一画，汉字一笔叫一画。鬼夜起哭，典出《淮南子·本经训》："昔者，苍颉作书，天雨粟，鬼夜哭。"注："苍颉始视鸟迹之文造书契，则诈伪萌生。诈伪萌生，则去本趋末，弃耕作之业而务锥刀之利，天知其将饿，故为雨粟，鬼恐为书文所劾，故夜哭也。"作者使用这一典故已有转义。此句意谓，仓颉造字这一开端是件开天辟地的事情，使鬼也夜哭。

下联中，薪传，亦作薪尽火传。《庄子·养生主》："指穷于薪，而火传也，不知其尽也。"指为"脂"的假字，言脂膏有穷而火传燃无尽。后常用以比喻学问技艺世代相传。这里是说，从"一画开天"到"群书似海"，可见汉字世代相传发扬光大。

此联为嘉兴仓圣祠题。作者运用仓颉造字天雨粟、鬼夜哭的传说，充分肯定他对传播民族文化的不朽功绩。

题兰亭

王蘧常

修竹风吟，似闻群彦咏；
清流雾结，想见大王书。

赏析

兰亭，在浙江省绍兴市西南十四公里处，是一组纪念晋代大书法家王羲之的古建筑群。主要建筑有规模宏伟的御碑亭、精巧别致的曲水流觞亭和晋右将军祠等。王蘧常曾应约为绍兴兰亭题联。

上联中，修竹、长竹。王羲之《兰亭集序》："此地有崇山峻岭，茂林修竹，又有清流激湍，映带左右。"群彦，一群贤士。上联意谓，长竹在风中发出吟唱的声音。好像听到一群文人雅士在歌咏。此指历史上有名的兰亭雅集。晋永和九年三月三日，王羲之邀谢安、孙绰等亲友 40 余人会于兰亭。在曲水之畔，以觞盛酒，顺流而下，酒杯流到谁的面前，谁便赋诗一首，如做不出罚酒三觞。结果成诗 37 首，王羲之为诗集作序，这就是有名的《兰亭集序》。

下联中，清流，清澈的流水。雾结，雾中盘旋。语见《晋书·王羲之赞》。大王书，王羲之的书法作品。王羲之、王献之父子均擅书法，时有“二王”之称，羲之为“大王”。下联意谓，清澈的曲水似在云雾中盘旋，面对眼前景物，于想象中仿佛见到王羲之的书法作品。

此联题绍兴兰亭，全用王羲之《兰亭集序》中的有关史实与语汇，且能构成颇为优美的意境，尽显作者的智慧与才情。

题郑板桥纪念馆

王蘧常

余事艺三绝；
狂吟月二分。

赏析

郑板桥纪念馆，在江苏省扬州市。郑板桥（名燮）为清代著名画家、文学家。乾隆元年进士，曾任范县、潍县知县。以岁饥为民请赈，得罪上司罢官。后久居扬州卖画，与金农等人合称“扬州八怪”。王蘧常曾应约为郑板桥纪念馆题联。

上联中，三绝，三种超绝突出的技能。郑板桥的三种绝艺是诗、书、画。他擅画兰竹，以草书中竖长撇法运笔，体貌清疏，风格劲峭。工书法，用隶体参入行楷，自称“六分半书”。能诗文，有《板桥全集》传世。此句意谓，郑板桥将诗、书、画创作视为生活中的余事。

下联中，狂吟，狂放不羁的吟咏。其诗词皆别调，而有挚情，亦即同情人民疾苦与揭露社会时弊。月二分，即二分明月。唐代诗人徐凝《忆扬州》：“天下三分明月夜，二分无赖是扬州。”谓天下明月三分，扬州占了二分，比喻当日扬州的繁华。此句意谓，郑板桥当年在占有二分明月的扬州吟诗作画。

郑板桥为扬州八怪之一。作者抓住这一人物的个性特征，写其三绝才艺与月夜狂吟，给人留下深刻的印象。

题曲阜孔庙

王蘧常

克己复礼，仁归一贯；
嗟麟叹凤，道不终穷。

赏析

孔庙，在山东省曲阜县。原为孔子故宅，鲁哀公时立庙，历代迭加整修，至明中叶扩至现在规模。主要建筑有气势巍峨的大成殿，收藏文物的奎文阁，孔子晚年讲学的杏坛，十三座历代封建帝王为孔子竖立的御碑亭，这一切都反映了孔子在封建社会的崇高地位。王蘧常曾应曲阜有关部门要求为孔庙题联。

上联中，克己复礼，约束自己，使言行符合于礼。语出《论语·颜渊》："克己复礼为仁。"仁，为古代儒家一种含义极广的道德范畴。《礼记·中庸》："仁者人也，亲亲为大。"本指人与人相亲相爱。孔子言"仁"，包括恭、宽、信、敏、惠、智、勇、忠、恕、孝、悌等内容。这里是说，孔子"克己复礼为仁"的思想是归于一贯的。

下联中，嗟麟，典出《春秋·哀公十四年》："春，西狩获麟。孔子曰：'吾道穷矣。'"叹凤，典出《论语·子罕》："子曰：凤鸟不至，河不出图，吾已矣夫。"麟凤均为神圣吉祥之物。孔子有感于"西狩获麟"和"凤鸟不至"，而伤周道之不兴，叹嘉瑞之无应。道，一定的改治主张和思想体系。《论语·公冶长》："道不行，乘桴浮于海。"这里是说，孔子当年虽"嗟麟叹凤"，其道是永远不会穷尽的。

此联核心在于阐明孔子"克己复礼为仁"的儒家思想，指出这一思想体系既属一以贯之，而且不会穷尽。联句出自古书，点评亦颇到位。

题许慎祠

王蘧常

五经无双，通神仓圣；
三行遗迹，应冠儒林。

赏析

许慎祠，在河南省偃师县城内，亦名“许南阁祠”，清代光绪年间建成。许慎为我国东汉经学家、文字学家。著有《说文解字》十五卷，集古文经学训诂之大成，为后代研究文字及编辑字书最重要的根据。又著《五经异义》十卷，专主古文经学。鉴于他的成就与影响，后在其故乡立祠纪念。王蘧常曾应约为许慎祠题写楹联。

上联颂扬许慎学术研究的杰出成就。五经，五部儒家经典，即《诗》、《书》、《礼》、《易》、《春秋》。无双，无比、独一无二。许慎因其博通经籍，著有《五经异义》，时人谓之“五经无双许叔重”。仓圣，即仓颉。相传为黄帝的史官，汉字的创造者。许慎《说文解字》为我国第一本研究文字学的专著，因言其神通于仓圣。

下联表彰许慎遵从三行的典范作用。三行，三种德行。《周礼·地官·师事》：“（师氏）教三行：一曰孝行，以宗父母；二曰友行，以尊贤良；三曰顺行，以事师长。”遗迹，行后所遗的脚印。此指许慎遵三行之教而留下的脚印。儒林，儒者之林，旧指学术界。许慎亦已列入《后汉书·儒林传》。这里是说，许慎在遵从三行方面应当列为儒林之冠。

此联赞颂许慎《五经异义》举世无双，《说文解字》通神仓圣，遵从三行应冠儒林。联句言少意多，概括力强。

题湘中杜拾遗祠

王蘧常

缅想忠贞，补阙拾遗犹昨事；
何来环佩，清辉香雾替诗魂。

赏析

湘中杜拾遗祠，在湖南省平江县城郊，亦称杜工部旅冢。杜甫晚年为避战乱，投奔湖南亲友，流寓潭州（今长沙），死于耒阳，葬于平江，因称“旅冢”。至今存有墓祠。王蘧常曾应约为湘中杜拾遗祠题联。

上联中，忠贞，忠诚坚贞。《国语·晋二》：“昔君问臣事君于我，我对以忠贞。”此指回想过去对于君主的一片忠诚坚贞之心。杜甫诗中忠君思想时有表露，一心希望“致君尧舜上，再使风俗淳”。补阙，官名。唐武则天时置，职务为对皇帝进行规谏，并举荐人员。左补阙属门下省，右补阙属中书省。拾遗，唐代谏官名，亦武则天时置，职掌和左右补阙相同。公元757年，唐肃宗任命杜甫为左拾遗，故有杜拾遗之称。此句意谓，担任补阙拾遗之职犹如昨天的事情。

下联中，环佩，古人衣带上所系的佩玉。清辉，月光。替，替代、止歇。此处含有安慰之意。杜甫《月夜》：“香雾云环湿，清辉玉臂寒。”原为诗人于战乱中想象他的妻子在鄜州独自望月的情景。联中则化用《月夜》诗意。这里是说，在香雾弥漫的月夜，何来环佩之声，以安慰诗人寂寞的灵魂。

此联似以杜甫口吻写出。回想当年一片忠心，补阙拾遗犹如昨日之事；而今月夜何来环佩之声，安慰我这寂寞的诗魂。作者叙事、抒情、写景相结合，能给人留下较多联想的余地。

自勉

王蘧常

有万夫不当之气；
无一事自足于怀。

赏析

此联为作者晚年之作。王蘧常长期担任上海复旦大学教授，经过“文革”十年浩劫之后，曾书联用以自勉。

上联中，气，勇气、气势、气节。古人历来注重“养气”，亦即加强自身修养，养成刚正气节。《孟子·公孙丑上》：“我养吾浩然之气。”宋末抗元英雄文天祥《正气歌》：“天地有正气，……于人曰浩然，沛乎塞苍冥。”万夫不当，夫，人；当，抵挡。谓上万人都抵挡不住，形容人非常勇猛。联句意谓，做人应以气节为上，其气“万夫不当”，自能立足于天地之间。

下联中，怀，胸前、怀抱。《诗·小雅·谷风》：“将恐将惧，寘予于怀。”可引申为人的胸襟抱负。自足，自我满足。王蘧常作为我国现代著名学者，可谓著作等身，晚年仍感“无一事自足”。联句充分显示其谦逊质朴，胸怀广阔，让人钦佩之至。

此系晚年之作。这位欣欣老人（作者别号）豪情不减当年，既有万夫不当之气，又无一事自足于怀。老而弥坚，让人敬服。

嵌名巧对

华罗庚*

三强韩赵魏；
九章勾股弦。

作者

*华罗庚（1910—1985），江苏金坛人。现代著名数学家。曾任西南联大教授、中国科学院副院长、全国政协副主席、中国民主同盟副主席。著有《高等数学引论》、《优选法》等。

赏析

此联写于1953年间。嵌（qiàn）名巧对，1953年间，华罗庚参加中国科学院组织的出国考察团。一行十余人，因途中无事，华罗庚先出上联求对，众人皆感困难，后由自己续出下联，闻者无不为之叫绝。这是一副典型的嵌名巧对，足见这位教学家平时为人幽默风趣，且对楹联写作有着精湛技艺。

上联中，三强，既直接指战国时期韩、赵、魏三个强国（三者与燕、齐、楚、秦合称“战国七雄”），又隐含着此次出国考察团团长、著名核物理学家钱三强的名字。这样数字、人名，一词多用，实属难以应对。

下联中，九章，既为书名，即系统总结我国先秦到东汉初年数学成就的汉代数学名著《九章算术》，又是人名，即此次出国考察团中另一成员、大气物理学家赵九章。《九章算术》中第九章题为《勾股》，实即勾股定理的应用和简单的测量问题的解法。勾股弦，直角三角形的三条边。构成直角的两条边，短的称为“勾”，较长称为“股”，还有另一最长的斜边为“弦”。我国古代数学中早就有人提出勾三股四弦五的关系。

这副对联妙在嵌入代表团两位科学家的名字，而且将人名和数字糅合在一起，一词多义，妙语双关，充满睿智、机巧与情趣。

自　题

华罗庚

敢干赶；
严研验。

赏析

自题，1962 年春节，华罗庚手书此联贴在自己家门的两旁。因其别具一格，特别引起人们对于这一“科学之家”的注意。

上联中，敢干赶，三个字实为同音异字。声母韵母相同，均为 gan，只是声调不同，分别为上声、去声和上声。合在一起却有特定意义，可以理解为敢字当头，鼓足干劲，力争赶上世界先进水平。

下联中，严研验，亦为同音异字，汉语拼音均为 yan，声调稍有差异，为阳平、阳平、去声。看来是对自身作为科学家的特定要求，严格把关，深入研究，进行科学试验。

这是一副典型的同音异字谐趣联，把字形字义各异而读音相同、相近的字融在一副对联中，使联语更有趣味，含义更为丰富，从而产生了奇妙的效果。

题棋盘

华罗庚

观棋不语非君子，互相帮助；
举手有悔大丈夫，改正错误。

赏析

题棋盘，1965年间，华罗庚率小分队到河北省石家庄市推广“优选法”和“统筹法”时，在一张用图纸自制的象棋棋盘边上题写了这副联语。作者一反古人棋训而用之，立意颇为新颖，值得人们深思。

上联中，古代有副对联式的棋训，上联是：“观棋不语真君子。”这里改“真”为“非”，意在说明集思广益的重要，观棋不语（只看不说）并非君子，而是应当“互相帮助”，提出自己参考意见。

下联，古代棋训的下联是：“举手无悔大丈夫。”这里改“无”为“有”，意在说明举手有悔（落子可悔）才是大丈夫，只有这样才能“改正错误”。作者从平时下棋（并非正式比赛）想到做人，对于别人的缺点应及时指出做到互相帮助，对于自己存在的问题一经发现则勇于改正错误。这才是生活中的“真君子”、“大丈夫”。

古代棋训原题棋盘中间，亦即“楚河”、“汉界”之中；作者联语则题在棋盘边上。这显然是从不同角度思考问题的结果。

即兴巧对

华罗庚

妙人儿，倪家少女；
搞长弓，张府高才。

赏析

即兴巧对，1981年4月，华罗庚应邀到合肥讲学，下榻稻香楼宾馆。华老虽属年事已高，依然幽默风趣。有次看着被派来照顾自己的倪医生，想到一副绝对，脱口说出一句“妙人儿倪家少女。”作为一副拆字联的出句，如何加以应对呢？正好数学家张广厚站在身旁，老人灵机一动，续出对句：“搞长弓张府高才。”真是信手拈来，皆成妙语，轻松洒脱，雅俗共赏，引得在场的人为之开怀大笑。

上联称赞医生小倪，明显运用我国传统的拆字艺术。这种修辞手法本属文字游戏，往往把一个字拆开变成一句。联中一句话竟然拆开“妙”、“倪”二字，显得更为不易。“少女”合起来是“妙”，“人儿”，“儿”字的繁体是“兒”，合起来是“倪”。

下联赞及青年数学家张广厚。同样采用拆字手法，一句话中拆开“搞”、“张”二字。“长弓”，“长”指长方形，“弓”指弓形，合而为“张”，“高才”联而为“搞”，“搞长弓”意为研究几何三角。这里“扌”偏旁与“才”字近似，实为借用而已。

这种拆合字联，既要拆字成句，又要属对工稳，意趣盎然，实在是很不容易的。

赠广州应用数学学会

华罗庚

忧难足以兴国；
逸豫足以亡身。
横批：进益求精

赏析

赠广州应用数学学会，1983年4月9日，广州应用数学学会成立。华罗庚作为中国数学学会理事长，为成立大会书赠了这副联语，题后还就联意作了具体的解释。

关于上联，华老题后曾解释说："现在形势很好，但我们要想到难处，这样才能奋发图强，使国家兴旺。"

下联中，逸豫，安乐。语出《诗·小雅·白驹》："尔公尔侯，逸豫无期。"另据《新唐书·伶官传论》："书曰：'满招损，谦受益。'忧劳可以兴国，逸豫可以亡身。"亡身，亡及自身，失去自身。华老曾就此句解释说："如安于吃大锅饭，就不能进取。我们要不断进取，精益求精。"

横批，亦称横额、横披。过去有的联语加上横批，成为有机组成部分，往往起到画龙点睛的作用。此联横批"进益求精"，亦即希望人们争取不断进步，精益求精。

这是华老一生生活经验的总结，富于人生哲理，值得我们深思。

国民党知名人士对联

自　勉

孙中山 *

愿乘风破万里浪；
甘面壁读十年书。

作者

* 孙中山（1866—1925），名文，字逸仙，广东香山（今中山）人。我国民主革命的先行者。1905 年在日本创建中国同盟会，提出三民主义学说。1911 年武昌起义后，被推为中华民国临时大总统。后任中国国民党总理、中华民国非常大总统。1924 年在中国共产党帮助下改组国民党，确立“联俄、联共、扶助农工”三大政策。著有《孙中山全集》。

赏析

此联写于 1892 年。当时，孙中山就将此联榜于故居大门，用以勉励自己刻苦学习，奋勇前进。

上联由成语“乘风破浪”转化而来。典出《宋史·宗悫传》：“悫少时，炳（悫的叔父）问其志，悫曰：‘愿乘长风破万里浪。’”后用以喻人胸有远大抱负。

下联由佛教用语“面壁”一词加以扩展。面壁，面向墙壁，默坐静修。典出《景德传灯录》三《菩提达摩》：“寓止于嵩山少林寺，面壁而坐，终日默然，人莫之测，谓之壁观婆罗门。”本系佛教称坐禅，后读书人常以“面壁十年”谓不受任何事务干扰，聚精会神读书。

此联言志述怀，用典贴切自然，对仗亦颇工稳。

题翠亨新居

孙中山

一椽得所；
五桂安居。

赏析

此联写于1892年3月。翠亨新居，在广东省香山（今中山）县翠亨村，即今之孙中山故居。1892年春，长兄孙眉自美国檀香山汇款回家兴建住房，由孙中山利用寒假亲自设计图样，将原有一所平房扩建成中西合璧的两层楼房。新居落成之时，他亲笔题写对联，悬于大门两边。

上联中，一椽（chuán），原谓一条椽子，借指一间房子。语见朱熹《次张彦辅西原之作》："无处堪投迹，空山寄一椽。"本指一间小屋，这里泛指一座普通房舍。得所，得到合适处所。《诗·魏风·硕鼠》："乐土乐土，爰得我所。"

下联中，五桂，即五桂山。翠亨村西群山起伏，所建两层小楼就在五桂山麓。作者表示"一椽得所"足矣，愿在"五桂安居"。

此联喜题新居，表明心志，可见当年革命者不图个人享受、追求社会安定的开阔胸怀。

题双亲卧室

孙中山

法雨沾濡松柏茂；
春风披拂桂兰香。

赏析

此联写于 1892 年 3 月。当时，翠亨村新屋落成。孙中山曾为家中的双亲卧室题联。

上联中，法雨，佛家谓佛法普及众生，如雨之润泽万物。《大般涅槃经》二《寿命品》："唯烯如来甘露法雨。"沾濡(zhān rú)，浸湿、滋润，多指恩泽普及。这里是说，因法雨滋润而松柏茂盛，实为祝愿父母像松柏一样长寿。

下联中，披拂，吹拂。桂兰香，意即兰桂齐芳。芝兰和丹桂一齐散发芳香，后多用以喻人子孙兴旺发达。这里是说，双亲教育子女，犹如春风吹拂，后代儿孙自当兰桂齐芳。

此联题双亲卧室，祝愿父母像法雨滋润后的松柏一样健康长寿，亦愿后代儿孙在春风吹拂下像芝兰和丹桂一样散发芳香。

题蚕子公司

孙中山

兴创自我；
利归于农。

赏析

此联写于 1895 年冬。题蚕子公司，当时，孙中山在广东省顺德县北水乡小住数日，应一起参与筹建兴中会的友人陆皓东、尤列要求，为他们合资创办的兴利蚕子公司书写门联。

这家蚕子公司以改良蚕种为号召，宣传采用科学方法化育蚕子，并借以掩护当时的革命活动。这副门联完全以蚕子公司自身的口气，说明兴办者虽是我们这些人，而好处却归于本地养蚕的农民。

此联言简意明，用语通俗易懂，且嵌公司"兴利"之名。

题肇庆庆云寺

孙中山

众生平等；
一切有情。

赏析

此联为孙中山早年之作。庆云寺，在广东省肇庆市东北鼎湖山上，始建于明崇祯年间，后规模不断扩大，成为岭南著名的深山古刹之一。寺内有一株活了三百多年的白茶花。有的联书将此篇名为《题鼎湖山》，看来不确，按其内容并非题山，而是题寺。此联似为孙中山早年所作，具体时间不详。

作者以佛教用语题庆云古寺。联中众生、有情，佛教名词，二者均为梵文“萨埵(duǒ)”的意译。一译“众生”，意指众多有生命的，包括天、人、阿修罗、地狱、饿鬼、畜生(六道)。另译“有情”，指一切有情识的生物，即“众生”。《唯诚识论述记》一：“梵云萨埵，此言有情，有情识故。今谈众生，有此情识，故名有情。”联句意谓，社会众生理应平等，人间一切均需有情。

此联内容本指佛教禅宗思想，这里已有转义，明显含有孙中山的民主思想成分。

赠鼎湖山古庙僧人

孙中山

尘事未除人自苦；
江山无恙我重忧。

赏析

此联似为孙中山早年之作。鼎湖，在广东省肇庆市东北，包括鼎湖、三宝、鸡笼等十多座山峰，为岭南四大名山之一。据《革命前辈联语辑注》一书说明："中山先生游鼎湖山时（年代不详），来到一座古庙，寺僧请求留下墨宝作为纪念，先生即席题赠。"此联写作时间，可能与前《题肇庆庆云寺》相同。

上联中，尘事，世俗之事。佛教认为，没有忘却人间俗事的人必然受苦。上联既符合佛教的说法，似又反其意而用之，亦即革命者没有忘却尘事而甘愿自讨苦吃。

下联中，无恙，无忧、无病。重（chóng），再、重新。这里是说，眼前"江山无恙"，我却重又深感忧虑。试问，面对江山依旧、人事全非的现实，革命者能不因此而心忧天下？

此联文字内容别具一格，明显是就僧俗两界立言。上联符合古庙僧人要求，表现佛教思想；下联却又直抒己见，表现个人忧国忧民的思想情怀。这正反映出一位革命者置身深山古庙后的切身感受。

与张之洞对句

孙中山

持三家帖，见一品官，儒生妄敢称兄弟；（张之洞）
行千里路，读万卷书，布衣亦可傲王侯。（孙中山）

赏析

此联成于十九世纪末年。张之洞（1837—1909），河北南皮人。同治进士。曾任内阁学士、湖广总督、军机大臣。为清末洋务派代表人物。清光绪年间，孙中山留学归来，路过武昌想见湖广总督张之洞。至辕门前递上名片，上写"学者孙文求见之洞兄"。张看后深感来人名气不大，口气不小，便在纸条上写出上联，让门官带回，内容分明是斥责来人太不识时务。孙中山看后微微一笑，顺手在纸条上写出了下联。张见下联不禁暗暗称奇，忙传令开中门迎接。

上联中，三家帖，没有名气的名帖。三家极言户数之少，语见陆游《野意》："堤长逾十里，村小只三家。"一品官，位居一品的大官。儒生，信奉孔子学说的人。我国自汉以后儒家学说占统治地位，儒生遂成一般知识分子的通称。上联意谓，来人持三家帖，却想见一品官，一名儒生竟敢妄自与我称兄道弟。

下联中，行千里路，读万卷书，亦作"读万卷书，行万里路"，实为古人治学求知的格言。布衣，平民。《史记·李斯列传》："夫斯乃上蔡布衣，闾巷之黔首。"后多用以称没有做官的读书人。下联意谓，只要做到行千里路，读万卷书，民间饱学的布衣之士亦可笔傲王侯。

此联实为中山先生早年轶事。张之洞的态度前倨而后恭，可以看出，他在面对这位少有大志、气度雍容的革命青年，亦从心底为之折服。

戏赠邓慕韩陈和

孙中山

邓师爷厨房演说；
陈和叔冷巷失鞋。

赏析

此联写于1906年间。戏赠邓慕韩陈和，当时，孙中山流亡日本期间，组织同盟会进行反清宣传与革命活动。邓慕韩与陈和均系同盟会成员，前者常来孙寓作客，后者为厨房师傅。二人均有不少生活轶事。孙中山则以幽默诙谐的语言戏赠此联。革命同志见之捧腹，二人自己亦觉好笑。

上联中，邓师爷，即邓慕韩，绰号人称"师爷"。当时，章太炎、张溥泉、胡汉民等人常来孙中山寓所高谈革命，使得在座绰号叫"师爷"的邓慕韩无从插嘴。他既感没趣又不甘寂寞，便跑到厨房里去，向厨子陈和及日本女侜大讲时事，亦高谈阔论滔滔不绝。联中因以戏称“厨房演说”。

下联中，陈和叔，厨师陈和较为年长，人称陈和叔。冷巷，系广东土话，即“走廊”。厨子陈和虽系同盟会员，但生性好赌，常以买菜钱拿去赌博。有次把钱输光了，却声称在冷巷中丢了鞋子，想以此为借口让中山先生给钱好再去赌。这是明显的谎言。日本建筑走廊设于屋内，日俗席地而坐，鞋子放在门廊，故绝无失鞋之理。联中因以“冷巷失鞋”嘲之。

此联虽属戏作，却也饶有趣味。既反映了早年同盟会员内部的生活轶事，也表现了孙中山性格中幽默诙谐的一面。

挽刘道一

孙中山

塞上秋风悲战马；
神州落日泣哀鸿。

赏析

此联写于1906年底。刘道一（1884—1906），湖南湘潭人。1904年2月追随胞兄刘揆一加入华兴会。次年8月又在日本加入同盟会。因长于口才，且粗通英语，被黄兴誉为“将来外交绝好的人物”。1906年秋奉派回乡，策划武装起义，并负责与东京同盟会总部联系。不幸事泄被捕，于同年年底惨遭杀害。他是同盟会会员中为革命流血牺牲的第一位烈士。孙中山惊闻噩耗，当即写了七言律诗《挽刘道一》表示沉痛哀悼。诗为：“半壁东南三楚雄，刘郎死去霸图空。尚余遗业艰难甚，谁与斯人慷慨同。塞上秋风悲战马，神州落日泣哀鸿。几时痛饮黄龙酒，横揽江流一奠公。”此联即从诗中录出，同样寄托作者哀思。

上联中，塞上，边关险要之地。悲战马，战马为之悲鸣。联句极写塞上战场悲凉景象。

下联中，神州，中国的别称。哀鸿，哀叫着的大雁。语出《诗·小雅·鸿雁》：“鸿雁于飞，哀鸣嗸嗸。”后常用以比喻哀伤痛苦、流离失所的灾民。此句意谓，神州大地上的灾民在太阳落山时亦为之哭泣。

联中“塞上秋风”与“神州落日”，极力渲染悲壮苍凉的气氛；战马悲鸣与哀鸿泣血，则进而写出投入反清斗争的爱国志士与处于水深火热之中的人民对于革命烈士的悼念之情。

题　扇

孙中山

四海兄弟；
万邦归一。

赏析

此联写于 1910 年 6 月。当时，正值孙中山避居东京期间，曾为日本友人石井晓云题写过一副扇面。

上联中，四海兄弟，即“四海之内皆兄弟”的缩语，谓普天下的人都如自己的兄弟一样。语出《论语·颜渊》：“司马牛忧曰：‘人皆有兄弟，我独亡！’子夏曰：‘商闻之矣：死生有命，富贵在天。君子敬而无失，与人恭而有礼，四海之内皆兄弟也！君子何患乎无兄弟也？’”

下联中，万邦，万国。邦原为古代诸侯封国之称。语见《书·尧典》：“协和万邦。”后泛指国家。归一，趋向一致，归于一统。联句明显有着实现天下大同的思想。

联语言简意赅，明确表达了自己希望中日友好与实现世界大同的美好愿望。

题胡毅生

孙中山

驱除鞑虏，恢复中华；
创立民国，平均地权。

赏析

此联写于1911年辛亥革命之前。胡毅生（1883—1957），广东番禺人。胡汉民堂弟。早年留学日本，参加同盟会。辛亥革命后，曾任广东都督府军务处长、大元帅大本营参军、广州市市长。1925年因涉嫌廖仲恺谋杀案而逃往香港。抗日战争期间任国民政府委员，赴台后任“总统府”国策顾问。此联写于辛亥革命之前，原为孙中山提出的中国同盟会十六字方针，并写进了同盟会总章，成为革命的纲领。孙中山书以为联语题赠胡毅生，目的在于宣传革命主张，鼓舞革命党人士气。

上联中，鞑虏，对清朝统治者的蔑称。中华，古代称黄河流域一带为中华，是汉族最初兴起的地方。“驱除鞑虏，恢复中华”为孙中山早年提出的资产阶级民主革命的口号。

下联中，平均地权，系孙中山旧三民主义中解决民生问题的主张，作为在创立民国之后实现“耕者有其田”而和平解决我国土地问题的方针。

此联即中国同盟会政治纲领，仅十六字，高度概括，号召力强。作者用以题赠周围友人，意在宣传革命主张，扩大社会影响。

为恳亲会题照

孙中山

萃子姓于家乡，木有本，水有源，五世箕裘传莞岭；
妥先灵于寝庙，宗念功，祖念德，三房俎豆贡香山。

赏析

此联写于1912年初。为恳亲会题照，当时正值孙中山担任临时大总统时，广东省东莞县沙溪村数十名孙姓父老，邀请他参加广州孙姓恳亲会。孙中山赠与会者照片一幅，并在上面题写此联。

上联中，萃（cuì），草木丛生貌，引申为聚集。子姓，犹言子孙。《礼记·丧大礼》：“卿大夫父兄子姓立于东方。”郑玄注：“子姓，谓众子孙也。”箕裘，继承祖先的事业。语出《礼记·学记》：“良冶之子，必学为裘；良弓之子，必学为箕。”五世箕裘，即五代先人留下的家业。传莞（guǎn）岭，传至东莞山区。上联意谓，聚积子孙于家乡，应当追本溯源，方知经五世继承传至东莞山区。

下联中，妥，安、安慰。先灵，先人的灵位。寝庙，古代的宗庙有庙和寝两部分，合称寝庙。《诗·小雅·巧言》：“奕奕寝庙。”郑玄注：“凡庙，前曰庙，后曰寝。”宗念功、祖念德，对于宗族祖先应当思念他们的功德。三房，指房亲，包括本房、近房、远房。俎豆，俎和豆都是古代祭祀用的器具。语出《论语·卫灵公》：“俎豆之事尝闻之矣，军旅之事未之学也。”后常引申为祭祀、崇奉之意。香山，即广东省香山县。下联意谓，安先人的灵位于宗庙之中，应当经常思念历代祖先的功德，所有房亲祭祀时均供奉香山。

此联完全切合题意要求，既为东莞孙姓族人理清本源，又要他们思念祖宗功德，不忘供奉香山。联句围绕恳亲题旨展开，文笔流畅自然。

挽周阮二烈士

孙中山

喋血于孔子庙中，吾道将衰，周公不梦；
阴灵绕淮安城上，穷途痛哭，阮籍奚归？

赏析

此联写于1912年2月。周阮二烈士，指辛亥英烈、南社诗人周实、阮式。周实（1885—1911）字实丹，阮式（1889—1911）字梦桃，均为江苏淮安人。辛亥革命前，二人参加柳亚子主持的南社，又在淮安组织淮南社。武昌起义后，组织武装巡逻队响应，促成淮安光复，不久被清廷山阳县令杀害。1912年2月11日，南社与淮安学团在上海召开“山阳殉义周实丹、阮梦桃两烈士追悼会”。柳亚子在会上宣读祭文，孙中山一直关注“周阮惨案”，遂亦撰送挽联致哀。

上联中，喋（dié）血，血流满地。周阮二烈士被清山阳县令诱杀于淮安府学魁星阁下，因称“喋血于孔子庙中”。周公，周初政治家，周文王之子，曾助其兄武王伐纣。武王死后，辅佐成王。相传制礼作乐，建立典章制度。周公不梦，典出《论语·述而》：“子曰：甚矣吾衰也，久矣吾不复梦见周公。”朱熹集注：“孔子盛时，志欲行周公之道，故梦寐之间，如或见之。至其老而不能行也，则无复是心，而亦不复是梦矣。故因此而自叹其衰之甚也。”联中活用此典，意谓吾道将要衰亡，不复梦见周公。此系对于同道牺牲之后的慨叹愤激之言。

下联中，阴灵，阴间的亡灵。此言烈士阴魂不散仍盘绕在淮安城上。阮籍，三国魏文学家、思想家，竹林七贤之一。敢于蔑视礼教，臧否人物，常以醉酒佯狂保全自己。穷途痛哭，典出《晋书·阮籍传》：“（籍）时率意独驾，不由径路，车迹所穷，辄痛哭而返。”后以穷途痛哭谓因走投无路陷入困境而悲伤。联句是说，现因无路可走为之痛哭，阮籍将何以回家呢？

此联哀挽逝者，用语沉痛典则。“周公不梦”、“阮籍奚归”，用典深沉含蓄，且嵌入二烈士之姓氏，内心抑郁难平，借以喻己与周围友人均有“人间何世”之慨！

挽黄花岗七十二烈士

孙中山

五族同风，是七十有二头颅价值；
千秋堕泪，为三月念九刀俎英雄。

赏析

此联写于1912年4月。黄花岗七十二烈士，1911年4月27

日，孙中山、黄兴领导的同盟会在广州举行反清武装起义。起义军进攻两广总督署等军政机关，血战一昼夜而失败，计有一百余人英勇牺牲。后经同盟会员潘达微多方设法，得尸骸七十二具，丛葬于黄花岗，史称黄花岗七十二烈士墓。1912年4月，孙中山在广州主持黄花岗七十二烈士逝世周年公祭活动，并撰送挽联致哀。

上联高度评价黄花岗七十二烈士的历史功绩。五族，指我国汉族、满族、蒙古族、回族、藏族五个主要民族。同风，风格相同。班固《西都赋序》："而后大汉之文章，炳焉与三代同风。"这里是指当时五族共和，建立中华民国。七十有二头颅，即黄花岗七十二烈士，是他们用自己的头颅和热血换来了中华民国的诞生。

下联指出应永远纪念"辛亥广州三月二十九日之役"中牺牲的英雄。千秋堕泪，即永远悼念。念，即"廿"，三月念九，阴历三月二十九日，即阳历4月27日。这次起义通称为"辛亥广州起义"、"辛亥广州三月二十九日之役"。刀俎(zǔ)，刀和砧板。《史记·项羽本纪》："如今人方为刀俎，我为鱼肉。"刀俎本为宰割用具，这里比喻掌握生杀大权的宰割者。刀俎英雄，即辛亥广州起义中被反动统治者杀害的英雄。

此联用语文白相间，且有不少数字，对仗却很工整，可见作者驾驭联语文字的功力。

题太原文瀛湖公园

孙中山

莫嫌老圃秋容淡；
最爱黄花晚节香。

赏析

此联写于1912年9月。太原文瀛湖公园，建于清朝末年，俗称海子边，今为儿童公园。1912年秋，孙中山北上访问袁世凯，意在调和南北矛盾，巩固民国基础，协商制定“政治纲领”八条。9 月 18 日至 20 日，孙中山应阎锡山邀请访问太原，曾游太原文瀛湖公园，并应约题联留念。

上联中，老圃，圃为种植果木瓜菜之所，亦泛指园地。联中“老圃”即指太原建于清代的文瀛湖公园。秋容淡，时值北方秋季，花木亦已凋零，故有此说。何以教人“莫嫌”，因为园中尚有黄花。

下联中，黄花晚节，黄花即菊花，因其傲霜而开，可谓老而弥坚。这里既指时值中秋季节，亦喻人生晚年节操。如果联系作者自身经历，当时主动放弃中华民国临时大总统的职务，而愿去做有益于国家民族的实际工作，不难理解联中内在的含义。

此联源自宋代韩琦《九月水阁》诗中的成句：“虽惭老圃秋容淡，且看黄花晚节香。”作者稍加改动，却能另出新意，值得读者深思。

挽秋瑾

孙中山

江户矢丹忱，感君首赞同盟会；
轩亭流碧血，愧我今招侠女魂。

赏析

此联写于 1912 年 10 月。秋瑾（1879—1907），字竞雄，别署鉴湖女侠，浙江绍兴人。我国民主革命时期著名女革命家。1907 年 7 月，因参与策划皖浙武装起义被清政府逮捕杀害。辛亥革命后，1912 年 10 月 26 日，上海各界代表在绍兴会馆礼堂为秋瑾烈士隆重举行追悼大会，会场悬挂着孙中山先生撰送的挽联。

上联中，江户，日本首都东京的旧称。矢，通誓。丹忱，赤诚、丹心。秋瑾早在日本东京留学时就决心献身于革命事业。同盟会，全称中国同盟会，为资产阶级革命政党。1905 年 8 月 20 日在日本东京成立，秋瑾 9 月就率先加入了这一组织，并任浙江地区主盟人。次年 5 月孙中山赴南洋缺少活动经费，秋瑾资助1000元。联中因言“首赞同盟会”。

下联中，轩亭，即绍兴城内轩亭口。秋瑾于1907年回绍兴主持大通学堂，联络各地会党，与徐锡麟分头准备皖浙两省起义。不幸事泄被捕，同年7月15日就义于绍兴轩亭口。愧我，即我惭愧。侠女，秋瑾自号鉴湖女侠，并写有《宝刀歌》、《宝剑歌》等充满侠气的诗篇。此句意谓，直到辛亥革命胜利以后才来祭奠，因此觉得哀悼已晚而感到惭愧。

此联情真意挚，属对工稳。上联忆旧，反映了作者与烈士的革命友谊；下联哀挽，表达了作者对烈士的缅怀之情。联句完全切合二人身份经历，读来真切感人，诚为哀挽联中佳作。

挽徐锡麟

孙中山

丹心一点祭余肉；
白骨三年死后香。

赏析

此联写于1912年间。徐锡麟（1873—1907），字伯荪，浙江绍兴人。近代民主革命烈士。清末留学日本，回国后曾任安徽巡警处会办兼警察学堂监督。1907年与秋瑾组织浙皖两省起义。7月6日，枪杀安徽巡抚恩铭于安庆，率巡警学堂学生攻占军械所，与清军激战四小时，失败被俘，英勇就义。1912年，徐锡麟遗骨从安庆移葬杭州孤山，浙江各界举行隆重葬礼，孙中山撰送挽联致哀。

上联意谓，徐锡麟负伤被俘后，恩铭之妻妾剜其心以祭亡夫。余肉，多余的行尸走肉。上联怒斥清廷官吏不过是些人间多余的行尸走肉罢了。用烈士丹心来祭这种人岂不荒唐。

下联化用前人诗文典故。晋张华《博陵王宫侠曲》：“生从命子游，死闻侠骨香。”《庄子·外物》：“苌弘死于蜀，藏其血三年而化为碧。”这里化用侠骨留香与苌弘碧血的典故，借以赞颂烈士生死不渝的革命精神。

此联感情色彩强烈，用典恰切到位，充分表达了人们对于这位革命先烈的无限敬仰之情。

悼黄钟英

孙中山

尽力民国最多，缔造艰难，回首思南都往事；
屈指将才有几，老成凋谢，伤心问东亚海权。

赏析

此联写于1913年1月。黄钟英（1868—1912），字赞侯，福建闽侯人。早年入福州船政学堂及刘公岛枪炮学堂学习，毕业后任飞鹰、镜清等舰管带。1911年任海军巡洋舰舰长、海军临时舰队司令。武昌起义后，率先在九江举兵反清，出任海军副司令。南京临时政府成立任海军总长。同年年底在上海病逝。1913年1月，福州各界召开黄钟英追悼会，孙中山撰送挽联致哀。

上联中，南都，南京。中华民国临时政府在此建都。孙中山与担任海军总长的黄钟英一度共事，交往颇多。深感此人尽力民国最多，缔造艰难，功不可没。

下联中，老成凋谢，谓年高而有德之人去世，多用作挽词。清代龚炜《巢林笔谈·六·顾茂索诗》："顾粟园茂，吾邑老成人也……粟园死，有老成凋谢之感。"东亚，即亚洲东部，这里主要指中国。下联意谓，屈指可数真正将才能有几人，而今黄钟英海军上将突然病逝，今后谁能承担保卫东亚海权的任务呢？

此联深情哀悼民国海军总长黄钟英。"回首思南都往事"，感慨良多；"伤心问东亚海权"，痛失斯人。令人读后自与作者同洒悲伤之泪。

挽熊成基

孙中山

缅东瀛话别时，世路多艰，内忧方急，叹国士无双，孰料竟成易水谶；

自南京告隐后，江山依旧，边患堪虞，悲英雄不在，空教长啸大风歌。

赏析

此联写于1913年2月。熊成基（1887—1910），字味根，江苏江都人。江南炮兵学堂毕业后，曾任安庆新军马营、炮营队官，秘密加入光复会。1908年在安庆发动起义，失败后流亡日本。1909年在东京加入同盟会，不久潜回东北活动。1910年春，在哈尔滨谋刺清廷考察海军大臣载洵，因人告发，被捕遇害。1913年2月，吉林长春各界纪念熊成基就义三周年，孙中山与黄兴联名撰送挽联致哀。

上联哀叹友人在东北不幸遇害。“缅东瀛”三句，缅，缅怀、遥想。东瀛，本指东海，后也称日本为东瀛。话别，熊成基从日本回国时，孙中山曾会见并交代东北之行的任务。当时正值辛亥革命前夕，国内政治形势严峻。反清武装起义多次受挫，满清王朝日暮途穷，种种矛盾日益加深。“叹国士”二句，国士无双，语见《史记·淮阴侯列传》：“诸将易得耳。至如信者，国士无双。”意谓国中独一无二的人才。易水谶，即易水壮别的歌声竟成了谶语。此典出自《战国策·燕策三》，战国燕太子丹命荆轲入秦刺秦王，在易水边上为他饯行。高渐离击筑，荆轲和而歌曰：“风萧萧兮易水寒，壮士一去兮不复还！”联中意谓东京一别，我们的壮士果然一去不还。

下联“悲英雄不在”，深感回天无力。“自南京”三句，南京告隐，指孙中山于1912年2月被迫辞去南京临时政府大总统的职务。边患，指日俄帝国主义对我国东北的侵略日益加深，能不让人为之忧虑？大风歌，典出《史记·高祖本纪》，汉高祖刘邦称帝后，回到故乡沛县，召集父老子弟，纵酒尽欢。席间，刘邦击筑而歌曰："大风起兮云飞扬，威加海内兮归故乡，安得猛士兮守四方。"这里是说，而今英雄不在，再吟"安得猛士"的《大风歌》，也只能是空自长啸而已。

此联如泣如诉，怆恻感人。作者全由自身感受落笔，对于逝者赞颂之意与哀挽之情，自然融入联中。

挽宋教仁二联

孙中山

一

三尺剑，万言书，美雨欧风志不磨，天地有正气，豪杰自牢笼，数十年季子舌锋，效庄生索笔；

五丈原，一抔土，卧龙跃马今何在？冠盖满京华，斯人独憔悴，洒几滴苌弘血泪，向屈子招魂。

二

作公民保障，谁非后死者？
为宪法流血，公真第一人！

赏析

这两副挽联写于1913年4月。宋教仁（1882—1913），字遁初，号渔父，湖南桃源人。早年留学日本，参与筹组中国同盟会。辛亥革命后，历任南京临时政府法制院总裁、北京政府农林总长、国民党代理理事长。因主张政党内阁，制定民主宪法，深为袁世凯忌恨。1913年3月20日，被袁世凯派人刺杀于上海火车站。孙中山惊闻噩耗，立即从日本东京赶回上海，曾言："不意海外归来，失此良友，为党为国，血泪皆枯。”特连撰两联致哀。

第一副挽联：

上联概括宋教仁一生的革命事业，赞颂其具有卓越的才华。三尺剑，古剑长为三尺，故名。语出《史记·高祖本纪》：“吾以布衣提三尺剑取天下，此非天命乎？”后以比喻从事革命活动。此指 1904 年参与华兴会组织反清武装起义。万言书，原指大臣给皇帝的上书。这里是指宋教仁 1907 年所著《间岛问题》一书。此书以大量确凿证据证明东北延吉地区自古属于中国，从而揭露了日本企图侵略我国东北的阴谋。美雨欧风，此指宋教仁主张仿效欧美政体成立责任内阁。“天地”二句，语见文天祥《正气歌》，意谓天地之间有着浩然正气，而英雄豪杰自能包容。牢笼，包罗、包容。季子，战国时齐国丞相苏秦，字季子，曾游说六国抗秦，以能言善辩著称。这里借以称赞逝者宣传鼓动的才能。舌锋，指言词犀利。庄生，战国时代道家主要代表人物庄周，著有《庄子》一书，其文汪洋恣肆，想象丰富，具有哲学与文学价值。宋教仁曾参与主编《民报》、《民主报》，写过不少很有影响的文章，因言“效庄生索笔”。索笔，指大笔。赞誉逝者文字写作才能。

下联对宋教仁不幸遇刺表示沉痛的哀悼。五丈原，古地名，在今陕西周至县境内。当年诸葛亮率兵伐魏病死于此。一抔（póu）土，一捧土，可用以代指坟墓。卧龙，三国蜀汉丞相诸葛亮，世称卧龙先生。联中以卧龙跃马喻宋教仁。谓宋而今已逝，能不让人为之痛惜。“冠盖”二句，语见杜甫《梦李白二首》，意谓多少养尊处优的达官贵人塞满了京城，唯有此人为国为民焦虑忧心。苌弘血泪，典出《庄子·外物》：“苌弘死于蜀，藏其血三年而化为碧。”后常以苌弘碧血称颂为国殉难的忠臣义士。屈子，即楚国三闾大夫屈原，主张连齐抗秦，遭谗被逐，投江自沉，曾作诗篇《招魂》。这里喻指逝者系含冤饮恨而死。

此联以季子、庄生、卧龙、苌弘、屈子等历史人物喻逝者，以赞扬宋教仁具有的卓越才华和为革命建立的功业。全联用典较多，但恰到好处。联句情文并茂，感人至深。

第二副挽联：

上联中，作公民保障，宋教仁为保障公民利益而献出了自己的生命，临终前仍留下“竭力保障民权”的遗言。后死者，后死的人，活着的人。这里是说，作为后死者，应像逝者生前那样，作公民保障。

下联“为宪法”二句，宋教仁曾起草过《鄂州临时宪法》，为后来立法作出很大贡献。后又担任南京临时政府法制院总裁，并为此而奔走呼号，可以说是为维护宪法而第一个献出了生命。

此联内容集中，笔墨含情。作者突出逝者作为民国首任法制院总裁，在公民保障与维护宪法方面所作出的贡献。

再挽宋教仁

孙中山

桃源何处寻渔父；
博浪反教刺子房。

赏析

此联写于1913年间。宋教仁，自号渔父，湖南桃源人。近代民主革命家。1912年8月改组同盟会为国民党，任代理理事长。国民党在北京政府国会选举中获多数席位，拟组织政党内阁以制约袁世凯。1913年3月国会召开前夕在上海被袁世凯派人暗杀。现据永志强《联海拾珍》所载，孙中山在悼念宋教仁活动中还写过这副挽联。

上联有两层含义：一是现实生活层面，宋为桃源人，自号渔父，现已被人谋杀，我们到桃源何处去寻渔父呢？二是历史典故层面，晋陶渊明在《桃花源记》中多处言及“渔人”，联句明显与此有关。

下联中，博浪，即博浪沙，在今河南省原阳县东南。子房，即汉朝大臣张良。秦灭韩后，张良结交刺客，在博浪沙狙击秦始皇未中。此事详见《史记·留侯世家》。联中活用此典，谓在博浪沙狙击秦始皇未成，反教对方刺杀了子房。这里是在暗指袁世凯刺杀了宋教仁。

此联活用成语典故，寓意颇为深刻。上联暗用《桃花源记》故事，意谓我们失去渔父，何以去寻桃源？下联化用张良刺秦典故，意在总结经验教训。这就扩展了哀挽的主旨，值得引起人们的注意。

赠头山满

孙中山

西谚曰血重于水；
东古训唇齿相依。

赏析

此联写于1913年8月。头山满（1855—1944），日本福冈县人。早年创立玄洋社，参加国家主义运动，鼓吹大亚洲主义，并协助内田良平成立黑龙会。在甲午战争和日俄战争中主张对中国和朝鲜进行侵略。辛亥革命前后，本着自身利益，支持孙中山的反清革命活动，并有密切交往。1913年8月，孙中山因“二次革命”失败避居日本，在头山满家中会晤并赠此联。

上联中，西谚，西方谚语。血重于水，意谓应当重视用生命与鲜血取得的成果与结成的友谊。

下联中，东古训，东方古训。唇齿相依，嘴唇和牙齿互相依存。比喻双方关系密切，利害与共。《三国志·魏书·鲍勋传》：“王师屡征而未有所克者，盖以吴、蜀唇齿相依，凭阻山水，有难拔之势故也。”

此联题赠日本友人，用了一则西方谚语和一条东方古训，就将中日两国人民之间应当珍视的友谊与相互依存的关系充分表现了出来。言简意明，发人深省。

挽刀安仁

孙中山

二十年革命功成，忧患与同，安休莫共，鸟尽说弓藏，槛车就擒悲邓艾；

三百日缧囚初释，奇冤虽白，沉郁已深，豹死留皮在，疑疏谁为颂陈汤。

赏析

此联写于1913年间。刀安仁（1872—1913），云南盈江人，傣族。1891年承袭腾越府千崖宣抚司第二十四代土司。青年时代曾多次率土司军与入侵英军斗争。后东渡日本留学，加入了同盟会。辛亥革命后任滇西国民军都督府第二都督，曾被袁世凯囚禁达一年，经孙中山营救出狱。1913年病逝于北京。孙中山为其举行追悼会，并送挽联致哀。

上联言与逝者虽同忧患而未共安乐，友人竟遭袁世凯陷害。二十年，指筹建早期兴中会至辛亥革命成功，经历了近二十年的时间。休，美善、福禄。《左传·哀公二十八年》：“以礼承天之休。”杜预注：“休，福禄也。”联句谓，逝者虽同忧患而未共安乐。“鸟尽”二句，鸟尽说弓藏，语出《史记·淮阴侯列传》：“狡兔死，良狗烹；高鸟尽，良弓藏；敌国破，谋臣亡。”后以此谓鸟尽则弓无所用，喻功成而功臣被害。邓艾，三国时魏镇西将军，景元四年与钟会分军灭蜀，后钟会诬他谋反，就擒被杀。联中借以指责袁世凯杀害功臣。

下联言友人奇冤虽白而沉郁已深，作者为此而愤愤不平。“三百日”三句，缧（léi）囚，囚犯。唐柳宗元《答问》：“吾缧囚也，逃山林入江海无路，其何以容吾躯乎？”刀安仁曾被袁世凯囚禁达三百日。沉郁，沉闷忧郁。韦应物《善福阁对雨寄李澹幼遐》：“感此穷秋气，沉郁命友生。”“豹死”二句，豹死留皮在，语见欧阳修《王彦章画像记》：“公本武人，不知书，其语质，平生尝谓人曰：‘豹死留皮，人死留名。’盖其义勇忠信出于天性而然。”后常以豹死留皮喻人之留美名于身后。陈汤，西汉山阳瑕丘人。元帝时以副校尉使西域，曾因受诬陷而徙敦煌。后复启用，因攻杀郅支单于封关内侯。联中意谓如果一味怀疑疏远谁会来肯定陈汤呢？

此联蕴藉含蓄，声情悲壮。既为傣族爱国志士之死深感痛心，又对社会黑暗现状愤懑不平。联句多用成语典故，言少意多，托寄遥深。上下联末句谴责摧残人才者，虽非剑拔弩张锋芒毕露，却也绵里藏针加以鞭挞。

赠别黄兴

孙中山

安危他日终须仗；
甘苦来时要共尝。

赏析

此联写于1914年6月。黄兴(1874—1916)，字克强，湖南善化人。近代民主革命家、军事家。曾任同盟会协理、南京临时政府陆军总长兼参谋总长等职务。1913年间，因袁世凯派人暗杀国民党代理理事长宋教仁与非法签订“善后大借款”，孙中山发动“二次革命”讨袁，不久即遭失败。孙中山逃往日本后决定建立中华革命党。黄兴在组党问题上与孙存在分歧，为避免矛盾远走美国。1914年6月27日，黄兴行前举行叙别宴会，孙中山席间即兴书联相赠。

这一临别赠言表达了作者希望友人继续密切合作共同领导革命的愿望。黄兴自同盟会建立以来，一直都是孙中山的得力助手，并给予极大的支持和帮助。此次赴美以后，仍在华侨中积极策动反袁，与孙中山革命活动遥相呼应，实现了安危须仗、甘苦共尝的上述要求。

此联附有跋语：“集古句赠别克强同志。”实为集自晚清诗人沈翊清题赠中国留学日本陆军学生《七绝》诗句而成。原诗为：“上国威名溯有唐，敢辞长剑倚扶桑。安危他日终须仗，甘苦来时要共尝。”

联句言简意明，情深意挚。与友人惜别之情，慰勉之意尽在其中。

赠犬养木堂

孙中山

依民意国建；
逆民意国亡。

赏析

此联写于1914年秋。犬养木堂（1855—1932），名毅，号木堂，日本冈山县人。日本政界知名人士，长期担任参议院议员，20世纪30年代初曾任日本首相兼外务大臣。早年同情和支持孙中山的革命活动。1914年秋，孙中山在日本与其多次晤谈，并手书此联相赠。

联句言简意明，意在告诉人们：顺从民意国家可以建立，违反民意国家定会灭亡。此语似系有感而发。1912年1月，孙中山在南京就任临时大总统后，犬养毅来华并转达了日本政府“要革命党自动放弃共和主张”的干涉中国内政的妄言，孙中山当即予以批驳。实际上犬养本人也知道这是“混账话”，无非转达而已。孙中山这次题联实系重申自己的政治主张，并望日本友人理解。

此联突出民意重要，对于从政人士，实为警句格言。

挽金少穆

孙中山

天不许再到东京，生还忠郡；
君岂忍远离西蜀，死在夔门。

赏析

此联写于1914年间。金少穆，四川省忠县人。早年留学日本，积极参与同盟会活动。1914年间，孙中山从日本来电，约请金少穆前往日本讨论反袁活动事宜。金与马仁安一同前往，从忠县出发，行至夔门，不幸身亡。孙中山惊闻噩耗撰送挽联致哀。（此事详见宗晋川《孙中山赠挽联给我表叔》，载《民间对联故事》2001年第2期）。

上联中，东京，日本首都。忠郡，即忠县，在四川省东部、长江沿岸。联句谓是老天不许逝者再到东京与生还忠县。

下联中，君，指逝者金少

穆。西蜀，地名，指四川省。《史记·李斯列传》："江南金锡不为用，西蜀丹青不为采。"夔(kuí)门，即长江三峡中的瞿塘峡，因地当川东门户，故又称夔门。联中言逝者岂忍远离四川而死在夔门。

此联哀挽亡友，用语质朴无华。昔日生还忠郡，而今死在夔门。联句全属纪实，令人潸然泪下。

挽陈其美

孙中山

功业彪炳；
志行贞绝。

赏析

此联写于1916年5月。陈其美（1878—1916），字英士，浙江吴兴人。辛亥革命时期的风云人物。曾任沪军都督、北京政府工商总长。1913年宋教仁遇刺后，起兵讨伐袁世凯，任上海讨袁军总司令，因失败逃亡日本。1914年出任中华革命党总务部长，继续从事反袁活动。1916年5月，被袁世凯收买张宗昌部下刺杀于上海寓所。孙中山闻讯后撰送挽联致哀。

上联中，彪炳，文采焕发貌。晋代左思《蜀都赋》："符采彪炳，晖丽灼烁。"此句意谓，逝者生前的功勋业绩自当彪炳史册。

下联中，志行，志向和操行。《汉书·傅喜传》："少好学问，有志行。"贞绝，坚贞卓绝。这是对于逝者生前坚定不移非同寻常志行的极高评价。

此联用语高度概括，只有短短八字，就给逝者做出准确评价。

挽龚炼白

孙中山

可怜麟凤供鸩脯；
如此江山待祓除。

赏析

此联写于1916年7月。龚炼白（1888—1916），名铁铮，湖南湘乡人。早年留学日本，加入同盟会。武昌起义后，随黄兴参加汉阳保卫战。后任上海《中华民报》协理，从事反袁宣传。1916年2月，在长沙与杨玉鹏等进攻汤芗铭将军府时遇难。其父痛子心切亦亡。同年7月28日，旅沪湘人举行龚炼白追悼会，孙中山撰送挽联致哀。

上联中，麟凤，麒麟与凤凰，均为神话传说中罕见的吉祥运物。古人常用以比喻难得的人才。炰（páo），烹烤。脯，干肉。这里是说，可怜已将麟凤这类稀有动物当作干肉以供烹烤。湖南军阀汤乡铭杀害龚炼白时剖腹剜心，残酷异常。

下联中，祓（fú）除，古代除凶去垢的仪式。岁首于宗庙社坛行之，三月于水滨行之。这里含有山河需要清洗，亦即重整山河之意，表明革命党人讨伐封建军阀的决心。

此联哀挽逝者，以麟凤遭到残害喻之。一片愤激之情溢于言表。

挽黄兴

孙中山

常恨随陆无武，绛灌无文，纵九等论交到古人，此才不易；
试问夷惠谁贤，彭殇谁寿，只十载同盟有今日，后死何堪。

赏析

此联写于1916年12月。黄兴为我国近代民主革命家、军事家。1916年10月31日因病逝世于上海。同年12月间，孙中山亲自主持黄兴丧务，并三次致祭。12月21日，正式开吊，孙中山亲临致祭，撰送挽联致哀。

上联赞扬黄兴是当代文武双全不可多得的人物。“常恨”二句，语出《晋书·刘元海传》：“吾每观书传，常鄙随陆无武，绛灌无文。道由人弘，一物之不知，固君子之所耻也。”随，随何，陆，陆贾，二人都是汉高祖手下的谋臣，虽能言善辩，却不会带兵打仗。绛灌分别指绛侯周勃与颍阴侯灌婴，二人均为刘邦手下的战将，虽有武略，却少文才。联中引用此典借以赞扬黄兴是文武双全的人物。九等，古代品评人才的标准，班固在《汉书·古今人表》中曾把古今人物分为九等，后用以泛指种种人才。这里是说，像黄兴这样的文韬武略，即使在古人中也很难找到。

下联表达对亡友英年早逝的哀悼之情。夷、惠，均为古代贤士。扬雄《法言·渊骞》：“其为人也奈何？曰：不屈其意，不累其身。曰：岂夷惠之徒与？曰：不夷不惠，可否之间也。”夷指古代商竹君之子伯夷，曾阻止武王伐纣，后耻食周粟，饿死在首阳山。惠即春秋时鲁国大夫柳下惠，虽三次被黜，仍恋父母之邦。作者以此赞誉逝者的贤德，亦谓自己与黄兴都是革命者，各有千秋，不当有所轩轾。彭殇（shāng），彭即彭祖，古之长寿者；殇为殇子，指未成年而死的人。《庄子·齐物论》：“莫寿于殇子，而彭祖为夭。”意谓人的寿命长短是比较而言的，并非绝对。作者以此叹息黄兴的英年早逝，而其英风长存。十载同盟，指1905年在日本东京成立中国同盟会至黄兴逝世已经历了十年时间。大家共同战斗才奠定了今天这样的基础。而今友人已逝，作为后死的我们，如何承受这样的哀伤？

此联善于用典，以古喻今，虚实结合，重点突出。涉及八位古代历史或传说中的人物，寓意颇为深刻，收到言少意多的艺术效果。

挽蔡锷

孙中山

平生慷慨班都护；
万里间关马伏波。

赏析

此联写于1917年4月。蔡锷（1882—1916），字松坡，湖南邵阳人。早年毕业于日本陆军士官学校。辛亥革命后，曾任云南都督、护国军第一军总司令、四川督军兼民政长。因长期艰苦转战，积劳成疾，后赴上海、日本就医。1916 年 11 月 8 日病逝于日本。次年4月12日，在长沙举行国葬典礼，孙中山撰送挽联致哀。

上联中，班都护，即东汉名将班超，曾任西域都护，封定远侯，立下卓越战功。联中称赞蔡锷平生慷慨，其为人的性格、非凡的抱负与不朽的业绩均同“班都护”一样。

下联中，马伏波，即东汉名将马援，曾任伏波将军，率军南征，立铜柱以表功。后为平定叛乱病死军中。间关，谓道路崎岖难行。《后汉书·马援传》：“（援）投至西州，钦慕圣义，间关险难，触冒万死。”联中借以称赞逝者为了讨袁护国鞠躬尽瘁、死而后已的精神。

此联哀挽逝者，将其比作东汉名将班超、马援，借以赞颂逝者的功业与精神，至为贴切。这里充分寄托了作者对于这位讨袁护国名将的无限景仰与缅怀之情。

题赠山田良政之父八秩荣庆

孙中山

美意延年，宜登上寿；
高怀旷代，合应昌期。

赏析

此联写于 1917 年间。山田良政（1868—1900），日本青森县人。1890 年来华，接触中国社会。1894 年任日本陆军翻译官。1898 年戊戌政变失败后，曾保护康有为等乘日方军舰逃往日本。1899 年结识孙中山。次年毅然辞去南京东亚同文会教授职务，协助孙中山组织武装起义。10 月受孙中山之托，在与清军交战中饮弹身亡。孙中山将这位为中国民主革命而牺牲的日本友人誉之为“兴亚之先觉”。1917 年间，山田良政之父八十寿辰，孙中山撰送寿联致贺。

上联中，美意延年，心情舒

畅，可以延年益寿。语出《荀子·致士》："得众动天，美意延年。"后多用为祝寿之词。上寿，高龄。《庄子·盗跖》："人上寿百岁。"嵇康《养生论》："上寿百二十。"上联意谓，祝愿老人美意延年，应登高寿，自当长命百岁。

下联中，高怀，高洁的胸怀。旷代，犹绝代，当代无人能比。昌期，昌盛兴隆的时期。卢照邻《登封大酺歌》："千年圣主应昌期，万国淳风王化基。"下联意谓，世上能有这样高怀绝代之人，社会自应进入昌盛兴隆的时期。

此联为日本友人之父贺寿，感情忱挚，用语典则，寿人而又寿世，诚为祝寿联语佳作。

题爱春楼二联

孙中山

一

博爱从吾好；
宜春有此家。

二

爱国爱民，玉树芝兰佳子弟；
春风春雨，朱楼画栋好家居。

赏析

这两副联语写于1918年5月。爱春楼，在广东省梅县松口村，为老同盟会员谢良牧、谢逸桥兄弟的住宅。1918年5月下旬，孙中山被迫辞去陆军大元帅职务之后，在离粤赴沪途中，来到梅县松口村，在谢氏兄弟家中小住数日。当时曾应谢家兄弟之请，为爱春楼题写二联，且均构成别具一格的嵌字联。

第一副联语：

上联中，博爱，兼爱，广泛的爱。韩愈《原道》："博爱之谓仁。"这里称赞谢氏兄弟在具有博爱思想方面从我所好，亦即追随作者投入民主革命。

下联中，宜春，指宜春里，为晋左思故居。《晋书·左思传》："秘书监贾谧请（思）讲《汉书》，谧诛，退居宜春里，专意典籍。"联句意谓革命胜利之后，并不居功自傲，而是隐退乡里，在此为家居住。

第二副联语：

上联中，玉树芝兰，亦作芝兰玉树，谓优秀子弟。《世说新语·言语》："谢太傅（安）问诸子侄：'子弟亦何预人事，而正欲使其佳？'诸人莫有言者。车骑（谢玄）答曰：'譬如芝兰玉树，欲其生于阶庭耳。'"后因以"芝兰玉树"喻佳子弟，即有大志、能成才的子女。上联意谓，谢氏兄弟爱国爱民，而今又在培育有大志能成才的子弟。

下联中，春风春雨，春风和煦，春雨滋润，可以养育万物，比喻给人以良好的教育和帮助，亦喻适宜的环境和条件。朱楼画栋，红色小楼里雕梁画栋，实谓小楼典雅华美。下联意谓，谢氏兄弟的爱春楼华丽典雅，这样适宜的环境好作家居。

这两副联语各有特点：前者巧妙嵌入楼名"爱春"二字，并阐述了同盟会"博爱"、"宜春"的主张。后者再次嵌入"爱春"楼名，且将"爱"和"春"阐释得极为生动形象。这里既有对于谢氏兄弟资助革命的赞颂，又是对于新宅的赞美。联句语言清新，足见情深谊长。

赠宫崎滔天

孙中山

环翠楼中虬髯客；
涌金门外岳飞魂。

赏析

此联写于1918年6月。宫崎滔天（1871—1922），本名寅藏，日本熊本县人。清末结识孙中山，为兴中会的反清革命活动奔走效力。1905年在东京协助孙中山、黄兴，参与同盟会的组建工作，任日本方面的"全权委员"。辛亥革命期间，曾多次往返于中日两国之间，从事联络工作。1918 年 6 月，孙中山到日本箱根活动，宫崎滔天等日本友人在环翠楼设宴迎接。席间宫崎求书，孙中山当即题赠此联。

上联中，虬（qiú）髯客，典出唐代传奇小说《虬髯客传》。此人为隋末侠士，相传曾资助李世民取天下，并自愿退出中原的逐鹿场，浮海扶桑（即日本），自立为王。小说盛赞这位具有传奇色彩、生就一副卷曲胡须的民间侠士。孙中山亦曾赞扬宫崎为识见高远、抱负不凡的侠客，而且“方之虬髯，诚有过之”。

下联中，涌金门，南宋都城临安（今浙江杭州）的西城门，门临西湖。岳飞魂，民间相传南宋抗金民族英雄岳飞，被秦桧等人害死以后，其阴魂常在杭州涌金门外出现。这里作者用以自喻，表明自己献身中华革命到底的决心。

此联即兴吟咏，触景生情。以虬髯客喻环翠楼上的日本友人，并以岳飞魂自喻。一实一虚，构思机巧，给人留下诸多回味的余地。

挽陈母邓太夫人

孙中山

生于九月，殁于九月；
男善汉书，女善汉书。

赏析

此联写于 1918 年 10 月。陈母邓太夫人，邓太夫人为老同盟会员陈家鼎之母，1918 年 10 月 23 日在上海病逝。次日，孙中山领衔代为讣告，并亲笔撰书挽联致哀。

上联中，殁（mò），亦作“没”，死亡。九月，这年 10 月 23 日为阴历九月，故言“殁于九月”。逝者生卒均在九月，实属巧合。

下联中，汉书，东汉班固撰，我国第一部纪传体断代史。创始于班彪继《史记》而作的《后传》。班彪死后，其子班固整理补充，撰成本书。其中八表和《天文志》未成稿，由固妹班昭续成。因此，班氏父子兄妹均为《汉书》作出贡献。陈家鼎及其一弟家鼐、三妹家英、家杰、家庆，皆善文词，联中故比之如班固兄妹。这是借历史人物事件对于陈氏兄妹作出很高的评价。

此哀挽陈母，上联言逝者生卒在九月，下联赞逝者子女学业有成。以实带虚，诚为佳构。

祝蒋母王太夫人五十晋五荣庆

孙中山

素行乎丰约夷险；
斯锡之福寿康彊。

赏析

此联写于1918年间。蒋母王太夫人，即蒋介石之母王采玉。太夫人，汉制列侯之母方称太夫人，后来凡有一定身份地位人的母亲均称太夫人。1918年，蒋介石之母五十五岁生辰，孙中山撰送寿联致贺。

上联中，素行，语出《礼记·中庸》："君子素其位而行，不愿乎其外。素富贵行乎富贵，素贫贱行乎贫贱，素夷狄行乎夷狄，素患难行乎患难，君子无入而不自得焉。"后因称凡自行其是，不受环境转移或不受人影响者为"素行"或"我行我素"。乎，表示感叹的语气。丰约，丰，丰盛、富饶；约，简朴、节俭。夷险，谓平治险恶，也喻顺境和逆境。这里是说，蒋母不论是在丰裕与简约、顺境与逆境之中，均能我行我素，不受环境或人为的影响。

下联中，斯，连词，犹则、乃。锡，与、赐给。《书·尧典》："师锡帝曰：有鳏在下。"传："锡，与也。"康彊（qiáng），康乐强健。彊，同"强"。此句紧承上文，意谓就赐给她福寿康彊。

此联为蒋母祝寿，赞其自有素行，愿其福寿康强。采用文言词语，显得更加庄重。

新年励志

孙中山

唤起民众，导之以奋斗；
实现革命，继之以努力。

赏析

此联写于1920年初。新年励志，同年1月1日，上海《民国日报》创刊四周年，孙中山亲书“天下为公”四字，以作纪念。当日还为新年题联，既为勉励自己，亦为激励友人，共同振奋志向，继续革命。联语手迹中有“吾党同志共勉之”。

这是一副通俗易懂的白话联语，言简意明，鼓舞人心。作者希望全体革命党人唤起广大民众，引导他们起来奋斗，为真正实现民主革命的任务而继续努力。作者自己则身体力行。1918年秋辞去护法军政府大元帅之后，在上海创办《建设》杂志，发表《实业计划》，并将中华革命党改组为中国国民党，正为实现三民主义纲领而努力奋斗。

挽赵又新

孙中山

大局赖同撑，我在粤峤君在蜀；
束刍聊祭奠，生为名将殁为神。

赏析

此联写于1920年10月。赵又新（1873—1920），云南顺宁人。早年毕业于日本士官学校，回国后任云南讲武堂教官。1915 年底任护国军第一军第二梯团团长。1918 年任滇、川、黔靖国联军第二军军长，后改任驻川滇军第二军军长。1920 年川滇战争又起，10 月在泸州前线阵亡。孙中山闻讯之后，撰送挽联致哀。

上联中，大局，指南方革命势力与北洋军阀政权之间的斗争。粤峤，粤为广东的简称，峤为尖峭的高山。《尔雅·释山》："山小而高，岑；锐而高，峤。"此指广东岭南地区。蜀，四川省的简称。上联意谓，当年南方革命势力与北洋军阀政权之间的斗争有赖大家共同支撑，我在广东岭南地区你在四川。

下联中，束刍，捆草成束。《诗·唐风·绸缪》："绸缪束刍，三星在隅。"名将，赵又新生前为滇军护国、靖国战争中的名将。下联意谓，现以一束茅草聊作祭奠之用，逝者生前为一代名将，而今死去亦当像当年关羽那样成为天上的神。

此联祭奠滇军将领，誉其生为名将，大局有赖同撑，给予很高评价。

题上海寓所

孙中山

满堂花醉三千客；
一剑霜寒四十州。

赏析

此联写于 1920 年间。上海寓所，在卢湾区香山路七号，是一座深灰色两层小楼，屋前有花园草坪，为孙中山 1920—1924 年间在上海的寓所。中山先生在此进行了很多重要的革命活动。此联写于 1920 年，摘自唐朝末年诗僧贯休写给吴越王钱镠的一首七律《献钱尚夫》中的诗句。需要指出的是，此联既曾题写上海寓所，又曾题赠张静江等周围友人。

上联中，三千客，化用古代孟尝君家有食客三千的典故，以喻自己寓所亦常将士云集，高朋满座，一起议论国家大事。因有满堂鲜花，宾主其乐融融，真是花不醉人人自醉。

下联中，一剑，作者自喻。四十州，代指全国。贯休诗句原为“一剑霜寒十四州”。这里稍加更动亦有所本。据《全唐诗话》载：“钱镠自称吴越国王。休以诗投之，曰‘满堂花醉三千客，一剑霜寒十四州’。镠谕改为‘四十州’乃可相见。休曰：‘州亦难添，诗亦难改。然闲云野鹤，何天而不飞?’遂入蜀。”可见此联本自贯休的诗句，又容纳了钱镠的意思，并赋予新的时代意义。

此联意在言志述怀。上联描绘寓所高朋满座、共商国事的和谐气氛；下联表达自己的革命志向与实现天下大同的坚定信念。联语妙在借他人诗句，抒个人胸怀，却犹如己出一般。

题鲁子才墓

孙中山

为国惜英忠，捣龙事远蒸民苦；
瓣香嗟万里，化鹤魂归蜀道难。

赏析

此联题于1920年间。鲁子才（1892—1920），云南江川人。云南陆军讲武堂毕业。曾参加护国、护法战役，后任驻粤滇军第六旅少将旅长。1920年率军驻重庆时，因靖国军内部冲突，遭川军袭击身亡。死后被追认为陆军中将，墓建在江川县城东南磨盘山上。孙中山应约为鲁子才墓题联。

上联中，英忠，杰出忠诚之士。捣龙，即直捣黄龙，典出《宋史·岳飞传》：“金将军韩常欲以五万众内附。飞大喜，语其下曰：‘直捣黄龙府，与诸君痛饮尔!’”蒸民，即烝民，众民。语出《诗·大雅·烝民》：“天生烝民，有物有则。”上联意谓，我在为国叹惜杰出忠诚之士不幸身亡，现在距离革命胜利还远，广大民众还在受苦。

下联中，瓣香，古人拈香一瓣，表示对他人的敬仰，称瓣香。元《丁鹤年集》二《过九江追悼李子威太守》：“瓣香遥拜九江城，太守精诚日月明。”参见

"一瓣香"或"一瓣心香"，均用以表示真诚的心意。化鹤，典出《搜神后记》卷一："丁令威，本辽东人，学道于灵虚山，后化鹤归辽。"本谓学道成仙，后常以"化鹤"为死亡的代称，或希望逝者魂兮归来。蜀道难，乐府《瑟调曲》名，歌词内容多写入蜀（今四川）道路的艰难。后人多有此作，以李白一首尤有名。鲁子才死在四川重庆，家在云南江川，联中因言"化鹤魂归蜀道难"。下联意谓，让人嗟叹的是，与逝者家乡相距万里，只能献上心香一瓣。逝者从四川重庆到云南江川化鹤魂归亦遇蜀道难。

此联题鲁子才墓，感情诚挚，用语典则，感人至深。

题徐公祠

孙中山

毁家纾难；
功在党国。

赏析

此联写于1920年12月。徐公祠，在广东省花县（今名番花）三华店村。该村为徐姓家族世代居住之地。1909年秋，花县同盟会员徐维扬回到故乡三华店村发展会员，建立组织。1911年辛亥广州起义，番花同盟分会敢死队共牺牲18人，占黄花岗七十二烈士的四分之一。1920年12月，孙中山在重返广州之后，特派张继赴三华店村分会旧址徐公祠凭吊，并亲笔题词，以褒扬先烈为国捐躯、为民奋斗的革命精神。

联句直接表彰今日徐公。毁家纾（shū）难，倾尽家产解除国难。《左传·庄公三十年》："斗谷於菟为令尹，自毁其家，以纾楚国之难。"杜预注："毁，灭；纾，缓也。"后以此称不惜捐弃家产以解救国难的行为。党国，此指国民党和民国。这里是在表彰花县三华店村以徐维扬为代表的同盟会会员舍家报国的革命气概。

此联题徐公祠，并非怀念昔日徐公，而是表彰徐氏族人辛亥年间毁家纾难的英雄壮举。他们实为该祠增光添彩，让人景仰。

挽粤军阵亡将士

孙中山

杀敌致果，杀身成仁；
为民请命，为国捐躯。

赏析

此联写于1921年2月。同年2月20日，广东军政府在广州举行粤军阵亡将士追悼会，孙中山亲临主祭，并撰送挽联致哀。

上联中，杀敌致果，语出《左传·宣公二年》："杀敌为果，致果为毅。"后因称勇于杀敌、取得战绩为杀敌致果。杀身成仁，语出《论语·卫灵公》："志士仁人，无求生以害仁，有杀身以成仁。"后泛指为正义或理想而舍弃生命。

下联中，为民请命，谓替老百姓请求解除痛苦。语见《史记·淮阴侯列传》："因民之欲，西向为百姓请命，则天下风走而响应矣，孰敢不听！"为国捐躯，为国家而献出自己的生命。

此联实由四个成语组成，褒扬粤军阵亡将士，联句一气呵成，显得很有气势。

题桂平西山

孙中山

苍梧偏东，桂林偏北，惟此地前列平原，后横峻岭，左黔右郁，会交二十四江河，灵气集中枢，人挺英才天设险；

乳泉有亭，吏隐有洞，最妙处茶称老树，柳纪半青，文阁慈岩，掩映一十八罗汉，游踪来绝顶，眼底层塔足凌云。

赏析

此联写于1921年10月。桂平西山，桂平县在广西壮族自治区东南部，黔江与郁江在境内汇合，名胜古迹有西山及太平天国起义地金田村。1921年10月，孙中山为组织北伐，乘军舰出巡广西。10月19日曾抵桂平，次日与胡汉民等人同登西山，眺望眼前景物，题写长联一副。后还悬刻山上，抗战时期被毁。《古今名人联话》一书，收有马君武《题思宁寺》，亦为游桂平西山之作，内容颇为接近。因毕竟文字有异，故二者并存。此事有待进一步查考。

上联写出桂平西山的地理位置与其重要性。“苍梧”二句，苍梧，古代郡名，治所在今广西梧州市。这里点出桂平西山位于梧州偏东、桂林偏北。“惟此地”四句，谓此地前列平原，后横峻岭，左有黔江，右有郁江，二江在桂平县境内汇合，附近还有很多河流均汇入黔江、郁江。“灵气”二句，谓桂平系广西东部水陆交通的中心枢纽，为灵气聚集之地，且人才辈出地势险要。

下联具体写出桂平西山的人文自然景观。“乳泉”二句，谓乳泉亭、吏隐洞为西山两个有名的景点。“最妙处”四句，谓西山盛产茶叶，附近沿河植柳，当地人将茶称为“老树”，将柳说成“半青”。还有文阁、慈岩等景点，其中掩映着十八罗汉的石刻塑像。“游踪”二句，游踪，游览的踪迹。绝顶，山的最高峰。凌云，直上云霄。这里是说，游人登上山顶眺望，只觉得层层宝塔顶在眼底，而双足已踏上云霄。

此联为写景纪游之作。作者偕友人登上桂平西山，眺望眼前景物秀美如画。不禁文思泉涌，即兴书入联中。此联就地取材，多用地名和景观名胜组成，如苍梧、桂林、乳泉亭、吏隐洞等。好在挥洒自如，一气呵成，典雅工丽，自然成篇。凡此足见作者文字功底深厚。

赠宋庆龄

孙中山

精诚无间同忧乐；
笃爱有缘共死生。

赏析

此联写于1922年间。宋庆龄（1893—1981），原籍广东文昌，生于上海。早年毕业于美国卫斯理大学。1914年9月任孙中山英文秘书。1915年10月与孙中山结婚。一生致力于民主革命事业，坚持孙中山的三大政策。曾任武汉国民政府委员、国民党政治委员会委员、国民党革命委员会名誉主席。新中国成立后，历任中华人民共和国副主席、全国人大常委会副委员长。1922年间，孙中山在上海曾为宋庆龄书一条幅，除上述联句外，尚有"庆龄贤妻鉴"字样，充分表达了二人之间忠贞不渝的感情。

上联中，精诚，真诚。《庄子·渔父》："真者，精诚之至也。不精不诚，不能动人。"无间，没有隔阂。这里是说，双方真心诚意没有任何隔阂，方能同其忧愁和欢乐。

下联中，笃爱，厚爱，深厚诚实的爱情。《韩诗外传》："笃爱而不夺，原施而不代。"有缘，有缘分。这里是说，因感情深厚而又有缘分，今后愿共死生。

此联以真诚朴实的语言，表达了作者对这份姻缘的满意与珍惜，实为爱的誓言，读来令人感动。

挽张荆野

孙中山

革命尚未成，国步维艰，谁与孙策；
同胞还剩几，楚天噩耗，又坠张星。

赏析

此联写于1922年12月。张荆野（1864—1922），湖北黄冈人。清末曾任京城八旗子弟教习官、南京厘金局局长。经人介绍加入同盟会，奉命策动两江联防司令陈绍贞配合武昌起义，打败江防大臣张勋，赶走总督张人骏，为中华民国定都南京奠定基础。辛亥革命后任总统府秘书。后往湖北宜昌工作。1922 年 12 月因病逝世，孙中山亲手书写白绫挽联，派人送于灵前。

上联中，国步，国家的命运。南朝宋谢庄《孝武帝哀策文》："王室多故，国步方蹇。"维，语助词。上联意谓，国家处于艰难危急之中，谁来参与为孙中山策划呢？

下联中，同胞，原指同父母所生的兄弟姐妹，亦可引申为亲如手足的友人。楚天，古时长江中、下游一带属楚国，联中用以代指湖北的天空。噩耗，凶信，多指人死的消息。又坠张星，古人常以星坠于地表示名人的死亡。下联意谓，与我情同手足者还剩几人，而今楚地天空又传来噩耗，不幸坠落张荆野这颗大星。

此联哀挽亡友，心诚语则，属对工稳。既哀楚天"又坠张星"，又叹而今"谁与孙策"。深沉悼念之情，溢于字里行间。

书赠蒋介石二联

孙中山

一

穷理于事物始生之处；
研几于心意初动之时。

二

从容乎疆场之上；
沉潜于仁义之中。

赏析

这两副联语写于 1923 年 1 月。据《孙中山详传》载，当时，孙中山"于上海为蒋介石书数联"。跋语中均有"介石吾弟撰句属书"字样。可见应为蒋介石"撰句"，孙中山"手书"。

第一副联语，《古今名人联话》一书收录，并指出为蒋介石“1914年在日本东京听孙中山讲大学之道后题”。显系属于个人学习研究的心得体会。

上联中，穷理，深究事物的义理。语出《易·说卦》：“穷理尽兴，以至于命。”孔颖达疏：“穷极万物深妙之理，究尽生灵所秉之性。”此句意为，于事物始生之处而穷极深妙之理。

下联中，研几，研究精微。研，研究、探讨；几，隐微、细微。语出《易·系辞上》：“夫《易》，圣人之所以极深而研几也。”“几者动之微，吉之先见者也。”此句意谓，于人的心意初动之时而研究精微。

第二副联语，《古今名人联话》一书，作为《有感》之一收录，并指出为蒋介石“1922年底曾游福州鼓山，有感于石壁上‘天地正气’四字而作”。

上联中，从容，安逸舒缓，不慌不忙。《庄子·秋水》：“鯈鱼出游从容，是鱼之乐也。”疆场，战场。此句意谓，战场之上从容应敌，不失儒将风度。

下联中，沉潜，语出《书·洪范》：“沉潜刚克，高明柔克。”孔颖达疏：“沉潜谓地虽柔，亦有刚，可出金石。”后来因以沉潜为柔德，指含蕴不外露。仁义，仁爱和正义。《孟子·梁惠王上》：“王何必曰刚？亦有仁义而已矣。”这里是指沉浸于我国传统文化之中。

这两副联语颇有特色，均为蒋介石“撰句”，孙中山“手书”。可见二人关系非同一般，实为现代联坛轶闻佳话。

挽邓荫南

孙中山

爱国以命，爱党以诚；
家不遑顾，老而弥贞。

赏析

此联写于1923年2月。邓荫南（1846—1923），广东开平人。早年随父在美国檀香山经营农场，加入兴中会，追随孙中山从事革命活动。曾为反清武装起义捐资数万和提供枪械。辛亥革命后，曾任新安民军总监督、总统府咨议、内政部农务局长。参加护国、护法、平定陈炯明叛乱战役。1923年2月病逝于澳门，孙中山闻讯撰送挽联致哀。

上联中，爱党，爱护国民党。上联意谓，以身家性命报效祖国，以一片诚心拥护本党。

下联中，不遑（huáng），来不及，没有空闲，《诗·小雅·小弁》："心之忧矣，不遑假寐。"贞，坚贞、忠贞。下联意谓，邓荫南为国忘家，曾多次变卖家产支持革命，到了老年更加坚贞。陈炯明叛变革命后，邓已年逾古稀，仍设法为永丰舰上的孙中山送去一笔巨款，并在开平发动民军声援孙中山。

此联称颂逝者，爱国爱党，老而弥贞，让人无限景仰。

追悼滇军阵亡将士

孙中山

讨贼矢孤忠，魂兮不朽；
为谁易幸福，生者勿忘。

赏析

此联写于1923年4月。滇军，云南军队。辛亥革命后，唐继尧长期统治云南，不断派兵侵占贵州、四川等省，被称为“滇系军阀”。滇军在讨袁护国战争中曾起过一定的作用，此后则摇摆于南方革命势力与北洋军阀政府之间。1923年春，滇军将领杨希闵、桂军将领刘震寰等驱逐陈炯明，欢迎孙中山回粤任大元帅。同年4月10日，广州召开滇军阵亡将士追悼会，孙中山撰送挽联致哀，另有挽额曰：“英灵如在。”

上联中，讨贼，此指讨伐叛贼陈炯明。矢，通“誓”，发誓。孤忠，原指忠心耿耿而得不到支持，这里是说表现出少有的忠心。联句意谓，滇军将士发誓讨伐叛贼，表现出少有的忠心，这些阵亡将士自当灵魂不朽。

下联中，易幸福，换来幸福。联句意谓，滇军将士流血牺牲换来幸福究竟为谁，我们这些生者切勿忘记。

此联追悼滇军阵亡将士，上联赞扬逝者“魂兮不朽”，下联寄语生者勿忘先烈。用语文白相间，催人感发奋起。

挽杨仙逸

孙中山

技术湛深，志行纯洁；
尽瘁国事，懋著勋劳。

赏析

此联写于1923年9月。杨仙逸（1892—1923），广东香山人。美国夏威夷大学毕业后，再入纽约迦弥斯（Custiss）航空专门学校，取得飞行证。早年参加同盟会。1916年在美国创办国民党航空学校。1918年奉孙中山之命回国，以航空报国为己任，培养了大批航空人才。1922年任广东军政府航空局长。1923年9月20日，在惠州检查水雷时，因意外爆炸遇难，孙中山撰送挽联致哀。

上联中，湛深，深湛、深厚。志行，志向和操行。这里是说，杨仙逸生前为人，不仅技术深湛，而且志行纯洁。

下联中，尽瘁，尽心竭力，不辞劳苦。《诗·小雅·北山》：“或尽瘁事国。”懋（mào），通“茂”，盛大。懋著，大而显著。这里是说，杨仙逸为了我国航空事业尽心竭力，而且立下了大而显著的功劳。

此联言简意明，既表彰逝者技术与志行，又赞其为国操劳功勋卓著。已将一片深情融入联句之中。

赠邓演达

孙中山

养成乐死之志气；
革去贪生之性根。

赏析

此联写于1923年间。邓演达（1895—1931），字择生，广东惠阳人。早年毕业于保定军官学校。1920年起任粤军一师参谋、团长。1923年受到孙中山赏识，奉调警卫大本营，并破格提升为少将参军。1924年任黄埔军校训练部主任兼学生总队长。1926年任北伐军总政治部主任。1927年当选国民党中央执行委员。后因反对蒋介石的反共政策，1931年在上海被捕遇害。1923年奉调警卫大本营时，孙中山赠照片一幅，并于其上题联。

上联中，乐死，乐于效命。志气，志向和气概。联句意谓，革命者应有乐于效命不怕死亡的志向和气概。

下联中，贪生，过分贪恋生命。性根，犹根性，即人的本性。联句意谓，要革除人的贪生怕死的本性。

此联简洁明快，语重心长。勉励革命者应当不畏艰险，舍生忘死，方能成就革命伟业。邓演达后来遵从先生的教诲，坚持执行“联俄、联共、扶助农工”的三大政策，并为此而献出了自己的生命。

赠朱之洪

孙中山

天地本逆旅；
道义凭仔肩。

赏析

此联写于1923年间。朱之洪（1871—1950），字叔痴，四川巴县人。1905年加入同盟会，并在重庆成立分会。辛亥革命后任蜀军政府顾问。1917年当选国会议员。1923年任中国国民党本部参议。抗日战争期间任国民参政会参政员。孙中山曾应其要求书赠联语，写作时间当在1923年朱任国民党本部参议期间。

上联中，逆旅，客舍，迎止宾客之处，犹后来的旅馆。语见李白《春夜宴从弟桃花园序》："夫天地者，万物之逆旅；光阴者，百代之过客。"联句即由此化出，谓天地本为人生旅途中的客舍而已。

下联中，道义，旧谓道德和义理。《易·系辞上》："成性存存，道义之门。"后指道德和正义。凭，依靠、依据。仔肩，担任，负责。《诗·周颂·敬之》："佛时仔肩，示我显德行。"郑玄笺："佛，辅也；时，是也；仔肩，任也。"此句意谓，依靠道德和正义完成所担负的任务。

作者劝人在有限的生命中，为维护道德和正义而不要忘记自己所肩负的任务。

挽伍廷芳

孙中山

革命未成功，扶植邦基思硕德；
善邻就有道，绸缪国际赖贤郎。

赏析

此联写于1924年6月。伍廷芳（1842—1922），广东新会人。早年入英国林肯法律学院，毕业后获大律师资格。曾被香港政府聘为法官兼立法局议员。后任清政府驻外公使多年。辛亥革命后，任南京临时政府司法总长。1917年参加护法运动，任军政府外交部长。1920年兼任财政部长。当孙中山前往桂林指挥北伐时，代行总统职务。1922年6月因病逝世。孙中山当时曾手书挽词"天不憖遗"和挽额"人亡国瘁"。1924年6月，广州举行伍廷芳殉国两周年纪念会，孙中山撰写祭文与挽联。

上联中，邦基，国家的根基。硕德，大德。《晋书·索袭传》："索先生硕德名儒，真可以谘大义。"意指德高望重之人。这里是说，革命尚未成功，为扶植国家根基就会想念那些德高望重的人。

下联中，善邻，同邻国友好相处。《左传·隐公六年》："亲仁善邻，国之宝也。”有道，有道德、有才艺的人。《论语·学而》：“敏于事而慎于言，就有道而正焉。”绸缪（móu），修缮。《诗·豳风·鸱枭》：“迨天之未有雨，彻彼桑土，绸缪自牖户。”后常以“未雨绸缪”比喻事前做好准备工作。贤郎，为旧时对男子的尊称，这里指伍廷芳之子伍朝枢。这里是说，同邻国友好相处需要有德有才之人，今后做好外交事务方面还得有赖贤郎，亦即对伍朝枢寄予厚望。

此联哀挽逝者。上联言革命未成功，更加思念硕德之人；下联言善邻应有道，外交工作有赖贤郎。联语情恳辞切，实属感人至深。

挽彭素民

孙中山

吾党惜斯人，应有注海倾江泪；
廿年共患难，未遂乘风破浪心。

赏析

此联写于1924年9月。彭素民（1884—1924），江西清江人。早年毕业于江西陆军测绘学堂。做过《晨钟报》主笔。后加入中华革命党，曾任国民党一大中央候补委员，代理中央宣传部长、农民部长。1924年9月因病逝世，孙中山撰送挽联致哀。

上联中，吾党，我党，指国民党。斯人，此人。语见《论语·雍也》：“斯人也，而有斯疾也！”联中“斯人”指逝者彭素民。注海倾江，注入大海、倾泻江河。极言伤心泪水之多。上联意谓，我党可惜失去此人，人们应有流不尽的泪水。

下联中，廿年，指彭素民追随孙中山革命已有近二十年。乘风破浪，典出《宋史·宗悫传》：“悫少时，炳问其志。悫答曰：‘愿乘长风破万里浪。’”后用以比喻志向远大奋勇前进。下联意谓，彭素民与我二十年来患难与共，而今英年早逝，未能实现自己的远大抱负。

这是一副催人泪下的挽联，明白如话，情真词切。

黄埔军校门联

孙中山

升官发财，请走他处；
贪生怕死，勿入此门。

赏析

此联写于1924年间。黄埔军校，1924年孙中山得到中国共产党和苏联的帮助，在改组国民党后国共合作创办了黄埔军官学校。地点在广州附近的黄埔。蒋介石任校长，周恩来任政治部主任。该校早期以革命精神为北伐军培养了大批骨干。孙中山曾为黄埔军校题写了一副别具一格的门联。

此联言简意明，告诫学生不能贪生怕死与希求升官发财。军校前期尚能遵照孙中山的教导，所培养的学员为东征、北伐作出了贡献。大革命失败后学校性质发生了根本的变化，有人在气愤之余将此联改为：“升官发财，勿走他处；贪生怕死，请入此门。”只在上下联互相交换一字，就能点出军校前后性质的变化，成了一副具有绝妙讽刺意味的联语。

总理遗训

孙中山

革命尚未成功；
同志仍须努力。

赏析

总理遗训，1925年3月12日，孙中山在北京协和医院与世长辞。当即在北京行馆设立灵堂，并将这副联语作为遗训悬于孙中山遗像两侧。此后则在世间广泛流传。需要指出的是，此联实系孙中山于1923年11月为国民党改组而题写的字幅，并发表在同年《国民党周刊》第一期上。北京行馆灵堂所悬总理遗训，实为他人代笔书写。

此联具体内容在《国事遗嘱》中有所诠释，指出："现在革命尚未成功。凡我同志，务须依照余所著《建国方略》、《建国大纲》、《三民主义》及《第一次全国代表大会宣言》，继续努力，以求贯彻。"可见，孙中山生前已明确意识到我国民主革命尚未成功，须将反帝反封建的斗争进行到底。

这副联语作为遗训，言近旨远，情恳辞切，亦已产生颇为深远的社会影响。

题明德学堂

黄兴*

劝诸君努力加粲，每饭莫忘天下事；
看先贤断齑划粥，立身端正秀才时。

作者

*黄兴（1874—1916），字克强，湖南长沙人。民主革命家、军事家。1905年与孙中山组建同盟会，先后组织多次起义。历任南京临时政府陆军总长、江苏讨袁军总司令。1916年因病逝世。著有《黄兴集》、《黄克强诗联选集》。

赏析

此联写于1903年间。明德学堂，在湖南长沙。1903年3月由湖南近代教育家胡元倓创办。同年7月黄兴应约至该校任教。这所私立学堂力倡新学，当时曾与天津南开学校齐名。黄兴当时曾为该校学生题联。

上联中，粲（càn），精米。《诗·郑风·缁衣》："适子之馆兮，还予授子之粲兮。"朱熹集注："粲，粟之精凿者。"因"粲"亦可训为"餐"，则加粲即加餐。加餐，多进饮食，常用为劝人保重身体的客气话。这里是在劝告学生努力加餐之后，千万"莫忘天下事"！

下联中，断齑（jī）划粥，形容贫苦力学。"齑"为切碎的腌菜或酱菜。典出宋魏泰《东轩笔录》："公（范仲淹）少与刘某上长白僧舍修学，惟煮粟米二升，作粥一器，经宿遂凝，以刀画为四块，早晚取二块，断齑数十茎，酢汁半盂，入少盐，暖而啖之。如此者三年。"联中引用此典，意在劝人苦学，效法先贤。秀才，本谓才能优秀者，后成举仕科目之一，明清则专指入县学的生员。

清末亦可作为对于一般读书人的泛称，以致认为进中学堂则已取得相当于秀才的资格。立身端正，修养自身求其端正。

此联用语文白相间，多数均为口语，偶尔夹有文言词语和典故。作者意在劝导学生关心世事，勤奋好学。

赠阎幼甫

黄兴

若人如马亦如班；
笑饮壶头出玉关。

赏析

此联写于1903年间。阎幼甫，为长沙明德学堂附设高等小学学生。黄兴于1903年在该校任教时，曾应阎幼甫的要求，题赠了这副流水对。联语以东汉名将马援、班超勉之。

上联中，若人，犹言此人、那人。《论语·宪问》："南宫适出，子曰：'君子哉若人！尚德哉若人！'"这里是说，此人（阎幼甫）既如东汉名将马援，亦如东汉名将班超。

下联中，壶头，山名，在今湖南沅陵县东。相传山头同东海方壶山相似。东汉马援南征，曾驻军于此。玉关，即玉门关，在今甘肃敦煌县西北，古为通西域要道。班超曾出此关，镇守西域三十一年。

联中壶头笑饮与玉关出征，均在形象描绘古代名将马援、班超立功异域的神采风度，作者借以勉励自己的学生效法古人，投笔从戎，准备杀敌报国，成就一番事业。

赠马福益

黄兴

结义凭杯酒；
驱胡等割鸡。

赏析

此联写于1904年春。马福益（1865—1905），湖南湘潭人。清末两湖（湖南、湖北）哥老会首领。因与黄兴等革命党人合作，组织反清武装起义，被湖南巡抚端方杀害。据《黄兴年谱》记载，1904年春，黄兴、刘揆一赴湘潭会晤马福益，商讨反清武装起义计划。为避清官吏耳目，乘雪夜行三十里，相会于茶园铺矿山一岩洞中。三人席地而坐，各倾肝胆，共谋光复。且在洞中掘一土坑，埋数鸡其中，上以柴火煨之，香味逾于常烹。各自痛饮狂餐，乐至天晓。黄兴归途吟成一联，以纪其事。

上联中，结义，本指结拜兄弟，如《三国演义》中刘备、关羽、张飞"桃园三结义"。这里是指黄兴、刘揆一、马福益三人，一边举杯痛饮，一边共谋反清起义。

下联中，意谓驱逐胡虏等同于割鸡一样。割鸡，本为生活中的小事，语见《论语·阳货》："子之武城，闻弦歌之声。夫子莞尔而笑，曰：'割鸡焉用牛刀?'"联中与"驱胡"联系起来，既与岩洞土坑煨鸡开怀畅饮有关，亦将推翻满清王朝视同割鸡，气势非凡，豪情宛见。

此联实为纪实之作，而又颇具侠义之风，可谓别具一格！

挽刘文俊

黄兴

四五年壮志莫酬，叹异域长羁，未获登龙亲长者；
万余里耗音突至，恨重洋远隔，且凭来雁吊先生。

赏析

此联写于1906年间。刘文俊，为黄兴幼年私塾老师，1906年病逝于长沙。黄兴时在日本东京，闻讯撰书此联送回故乡致哀。

上联向逝者深表歉意。四五年，指自己于1902年结束两湖书院学业，被选派赴日本留学至今。壮志莫酬，没有实现自己宏大的志愿。异域，外国，此指日本。长羁（jī），长期羁留在外。登龙，即登龙门，典出《太平广记》，后用以比喻得到有名望者的接待和援引而提高身价，亦即获得亲近长者而给予提携的机会。上联意谓，因为自己长年逃亡异域，壮志未酬，故未能登门拜望老师。

下联向逝者表示哀悼。耗（hào）音，人死的消息。此指突然得到师长不幸逝世的消息。重（chóng）洋，一重重的海洋。此指日本东京与我国长沙相距万里，远隔重洋。来雁，旧有雁足传书的传说，这里是指远方送来的书信。下联意谓，而今远隔重洋，惊闻耗音，只有撰书此联，邮传万里，借以凭吊先生。

此联哀挽逝者，感情真挚。对于师长无限景仰之意与深沉怀念之情，溢于联句字里行间。

赠黄之秀

黄兴

当风纵怒马；
跨海屠神鲸。

赏析

此联写于1908年间。黄之秀，字元季。早年在日本加入中国同盟会，1908年被委任为同盟会杭州主盟人。同年因革命工作需要返国时，黄兴为其送行，并赠此联。

上联中，怒马，谓奋发健壮的骏马。苏东坡《方山子传》："方山子怒马独出，一发得之。"这里是说，临风放纵奋发健壮的骏马向前奔跑。一幅现代勇士奋马前行的英雄形象跃然纸上。这显然是对受赠者的赞许与鞭策。

下联中，神鲸，喻国内反动势力。此词似从"神奸"、"鲸鲵"二语化出，因为"神奸"与"鲸鲵"均喻凶恶奸诈之人。这里是说，革命党人誓将跨过东海以屠"神鲸"，亦即消灭国内凶恶的反动势力。

此联气势豪放，意象鲜明。“纵怒马”与“屠神鲸”，犹如两幅色彩鲜明的画面，呈现于读者面前。

赠仇亮

黄兴

天生此才必有用；
我与子别当谁从？

赏析

此联写于1910年8月。仇亮（1879—1915），湖南湘阴人。早年留学日本，参加同盟会，任湖南分会会长。1910年毕业于日本陆军士官学校，回国后任山西督练公所督练官，策划反清武装起义。辛亥革命后，曾任南京临时政府陆军部军衡局局长。后去北京主持《民主报》，参与反袁斗争。1915年被捕遇害。1910年8月，仇亮由日本士官学校毕业归国，黄兴题联相赠。

上联中，似从李白《将进酒》诗句“天生我材必有用，千金散尽还复来”中化出，却另有新意。这里明显含有互勉之意。

下联中，子，古代对男子的尊称，后亦用作通称，犹尔、汝。与子别，与你分别。从，追随、随从。谁从，谁与从游？此句意谓，与你分别后将与谁常在一起呢？

此联赠别，可见二人相知之深，相期之切。让人感佩不已。

赠洪门首领吴觉民

黄兴

既有勋名惊海内；
更携书剑客天涯。

赏析

此联写于辛亥革命之前。洪门，又称洪帮或红帮。清代民间秘密结社之一。原为天地会对内之名称，以“反清复明”为宗旨，相传以洪武（明太祖年号）的洪字为代号，入会者均称洪门或洪家兄弟。长期在珠江、长江流域秘密活动。19世纪60年代发展到海外，在华侨中建立致公堂等洪门组织。吴觉民为海外华人中的洪门首领，生平事迹不详。此联似作于辛亥革命之前，接受海外华侨赞助革命的捐款，因而题联致谢。

上联中，勋名，功名、功绩名声。《史记·高祖功臣侯者年表》：“古者人臣，功有五品，以德立宗庙定社稷曰勋。”海内，犹言天下。古人认为我国疆土四面环海，故称国境以内为海内。这里是说，你既以功绩名声震惊海内，为国人所景仰。

下联中，书剑，书和剑，语见陈子昂《送别出塞》：“平生闻高义，书剑百夫雄。”指能文能武。天涯，天的边际，指极远的地方。此句意为，你更携带书剑客居海外，亦即以书为伴、仗剑从游，成就一番事业。

此联题赠海外洪门领袖，文采华美，切人切地，只是稍有过誉之嫌。

题越南日新楼

黄兴

长剑一杯酒；
高楼万里心。

赏析

此联写于辛亥革命之前。日新楼，在越南河内。辛亥革命之前，越南华侨也建立了同盟会的组织。孙中山、黄兴等人曾多次到越南河内进行革命活动。此联则为某次在河内日新楼聚会时所作。

上联中，长剑，即倚天长剑，想象中靠在天边的长剑。语出宋玉《大言赋》："方地为车，圆天为盖，长剑耿耿倚天外。"这里是写在日新楼上聚会的志士们，身佩长剑，杯酒洗尘，愿为投入反清武装斗争而英勇献身。

下联中，高楼，此指河内日新楼。万里心，怀念祖国之心。人在高楼之上，心怀万里之外，充分表现当年革命党人"驱除鞑虏，恢复中华"的壮志豪情。

此联短短十字，却蕴含丰富而深刻的思想内容，言少意多。

赠刘复

黄兴

上马杀贼，下马草露布；
左手持螯，右手执酒杯。

赏析

此联写于1911年间。刘复，字菊坡，湖北鄂城人。早年为日知会会员。曾任《中华民国公报》编辑。1911年10月武昌起义初期，时在军中，能文能武，入则挥毫为文，出则荷枪巡哨。黄兴赴武汉任湖北民军总司令后，曾题赠此联以纪其事。刘复对此颇感欣慰，并予以珍藏。刘后来做过山东省民政厅长、安徽省府秘书长、湖北专员。1943年病逝。

上联中，露布，谓不缄封之文书。《后汉书·李云传》："云素刚，忧国将危，心不能忍，乃露布上书，移副三府。"注："露布谓不封之也。"后多指军中捷报、檄文等。联句称赞刘复，既能上马杀贼建功，又能下马起草军中文书，实为不可多得的文武全才。

下联中，螯（áo），甲壳动物第一对变形的步足。末端两歧，开合如钳，用以夹取食物，并作防卫用。持螯，手持蟹螯，指吃螃蟹。典出《晋书·毕卓传》："卓尝谓人曰：'得酒满致百斛船，四时甘味置两头，右手持酒杯，左手持蟹螯，拍浮酒船中，便足了此一生矣。'"联句由此化出，意在形容友人虽身在军中，仍具豪放不羁的名士风度。

此联题赠刘复，赞其知武善文，儒雅风流，堪称军中名士。

赠邓贤才

黄兴

腰间宝剑冲霄起；
座上阴符对酒看。

赏析

此联写于1911年间。邓贤才，字鸿卿，湖北京山人。1902年赴日本学习警察，曾与黄兴同船出国，相互开始结识。1911年10月，邓贤才参加武昌起义，任鄂军宪兵队司令长。不久黄兴应约任湖北民军总司令，他代表都督府授印。两位故友重逢，黄兴书赠联语，并以此与友人共勉。邓氏后曾参加湖北护法战争。1926年间病逝。

上联典出《太平御览·雷焕别传》："晋司空张华夜见异气起牛斗，华问焕见之乎？焕曰，此谓宝剑气。"这里化用"气冲牛斗"的典故，极写身为军人的威武气概，拔出佩在腰间的宝剑，其剑气（宝剑的光芒）则冲霄而起。

下联中，阴符，即《阴符经》，传为黄帝所撰。有太公、范蠡、鬼谷子、张良、诸葛亮、李筌等六家注。内容提出"阴阳相胜之术"，认为"治国之术百数，其要在清净自化；用兵之术百数，其要在奇正权谋"。历代史志以此书入道家。此外，又以《周书阴符》入兵家。联中提及此书，意在表现潇洒倜傥的儒将风度。将古代黄帝所撰的兵书置于座上，一边饮酒，一边阅读。一代儒将风采，跃然纸上。

此联盛赞军中友人，联句卓具特色。

题安庆徐锡麟纪念祠

黄兴

登百尺楼，看大好河山，天若有情，应识四方思猛士；
留一抔土，以争光日月，人谁无死，独将千古让先生。

赏析

此联写于1912年间。徐锡麟为我国近代民主革命烈士。1907年与秋瑾密谋策划皖浙两省武装起义。同年7月6日，在安庆领导巡警学堂学生率先发难，击毙安徽巡抚恩铭，自己亦被捕牺牲。辛亥革命胜利后，安庆大观亭旁建成徐锡麟纪念祠，黄兴应约撰写了这副对联。此联至今仍悬于祠前。

上联中，百尺楼，此指大观亭。大观亭亦称大观楼，滨江而峙，气势雄伟，故能给人以楼高百尺之感。天若有情，出自李贺《金铜仙人辞汉歌》中的“天若有情天亦老”；四方思猛士，由汉高祖刘邦《大风歌》中“安得猛士兮守四方”一语化出。这里是说，老天若真有情，应当知道中国亟待出现徐锡麟那样救国救民的勇猛战士。

下联中，一抔（póu）土，一捧土。典出《史记·张释之列传》：“假令愚民取长陵一抔土，陛下何以加其罚乎？”长陵是汉高祖的陵墓，后因称坟墓为一抔土。以争光日月，语出《史记·屈原贾生列传》，意谓与日月争其光辉，言其光彩永照人间。人谁无死，暗用文天祥《过零丁洋》诗中“人生自古谁无死，留取丹心照汗青”句意，赞颂徐锡麟为我国民主革命而死，自当流芳百世。独将千古让与先生，千古，指久远的年代，亦指不朽的事业，常用作挽辞。

此联能从大处落笔，显得气势豪放。上联登楼览胜，顿生“天若有情，应识四方思猛士”的感慨；下联由祠及人，称颂其祠可与日月争光，其人更是千古流芳。作者慷慨悲歌，文笔流畅，能让人产生共鸣。

挽吴禄贞

黄兴

李北平之将略，韩侍中之边功，大厦正资材，公缓须臾，万里早空胡马迹；

罗斯伯其激昂，来君叔其惨烈，二难同赴义，我悲后死，九原莫负故人心。

赏析

此联写于1912年3月。吴禄贞（1880—1911），湖北云梦人。早年留学日本，入陆军士官学校，不久参加兴中会。1902年毕业归国。1903年冬应黄兴之邀，到长沙筹建华兴会。历任清廷练兵处训练科马队监督、吉林边务督办、新军第六镇统制。1911年武昌起义后，赴滦州密约蓝天蔚、张绍曾等举兵反清，又赴石家庄与山西民军联系，拟联合北方新军直捣北京。同年11月6日，被袁世凯所派刺客暗杀于石家庄车站。1912年3月14日，上海举行吴禄贞烈士追悼会，黄兴撰送挽联致哀。

上联中，李北平，即西汉名将李广，曾任右北平太守，匈奴数年不敢侵扰，呼之为“飞将军”。将略，用兵的谋略。韩侍中，即北宋名臣韩琦，曾出任陕西安抚使，与范仲淹共同防西夏，因其守边有功，时人合称“韩范”。大厦，此指国家。须臾，片刻。胡马，代指异族侵略者。上联意谓，逝者具有西汉名将李广用兵的谋略，北宋名臣韩琦守边的功劳，现在国家正需要人才。你只要晚死一点，早将异族侵略者赶出我们的国土。

下联中，罗斯伯，其人生平事迹不详，待查。来君叔，东汉来歙，字君叔。曾辅佐刘秀，屡立战功，官至中郎将。建武十一年进攻蜀公孙述，为蜀方刺客所伤。他忍痛把军事任务移交副将，投笔抽刃而绝。悲，眷顾、怅念。九原，山名，在山西新绛县北。语见《礼记·檀弓下》："赵文子与叔誉观乎九原。"九原本为晋国卿大夫的墓地，后亦泛指墓地。下联意谓，吴禄贞之死，有如罗斯伯那样激昂，来君叔那样惨烈，仿佛与二君共同赴义。我在怅念作为后死者，千万不要辜负已死去的旧友的心。

此联哀挽亡友，极写逝者生之伟大，具有李广的将略、韩琦的边功；死之壮烈，有如罗斯伯那样激昂、来君叔那样惨烈。通过四位古人为喻，用典贴切，称颂到位。充分表达了作者沉痛悼念的心情。

挽黄花岗七十二烈士

黄兴

七十二健儿，酣战春云湛碧血；
四百兆国子，愁看秋雨湿黄花。

赏析

此联写于1912年4月。黄花岗七十二烈士，1911年4月27日，中国同盟会在广州发动了反清武装起义。黄兴率领起义者进攻两广总督署等军政机关，经一昼夜血战而失败，一百余人英勇牺牲。后由同盟会员潘达微转请慈善堂出面，收殓遗体七十二具，合葬于广州城外红花岗（后改名黄花岗），史称"黄花岗七十二烈士"。1912年5月，南京各界举行广州之役死难烈士追悼会，黄兴到会演讲并送上此联。手迹上款为"七十二义士英鉴"，下款署"中华民国元年三月黄兴拜题"。

上联中，酣战，久战不息，形容激烈战斗。春云，点明时间。辛亥广州起义时值农历三月，正当春天。湛（zhàn），浸、渍。碧血，语出《庄子·外物》，后常谓志士仁人为正义事业而流的血。这里是说，七十二健儿春日酣战皆浸于血泊之中。

下联中，兆，数目，百万。四百兆，即四万万。国子，本指古代公卿大夫的子弟。《汉书·礼乐志上》："国子者，卿大夫之子弟也。"联中已转义，指广大人民群众。即当时全国的四亿人民。黄花，秋天盛开的菊花。湿，浸润，含水分多。这里是说，全国四亿民众愁看秋日风雨浸润着黄花岗上盛开的黄花，仿佛秋日风雨亦在为黄花岗七十二烈士而哭泣哀悼。

此联感情强烈，对仗工稳。上联赞七十二健儿冲锋陷阵舍生忘死的战斗精神，下联写四万万同胞对烈士的无限敬仰与怀念。联句用词精当，气势豪放，具有感人的思想艺术力量。

赠陈家鼐

黄兴

古人却向书中见；
男子要为天下奇。

赏析

此联写于1912年9月。陈家鼐（nài），字寿元，湖南宁乡人。早年留学日本，入早稻田大学，参加中国同盟会。后辍学归国，在上海从事商业活动，兼事联络工作。旋与禹之谟回长沙建立同盟会机关。辛亥革命后，继续协助孙中山、黄兴。二次革命期间，被袁世凯杀害。1912年9月，黄兴曾录旧作《和谭石屏论兵事作》写成条幅赠陈家鼐，在此前后另有此联相赠。

上联中，书中见，谓古人只知读圣贤之书，一切均依书中所言作为做人的准则。这里意在指出古人所不足的地方。

下联中，天下奇，天下奇男子。此句意谓，当今男子应当顶天立地，需要成为天下的奇才。

此联言浅意深。作者指出古人不足，认为今人应有新的追求。这里既是对于陈家鼐辛亥革命前后所作所为的高度概括和特定评价，也是对于所有革命者所寄予的厚望。

赠陈翼龙

黄兴

建设共和新事业；
划除世界最强权。

赏析

此联写于1912年9月。陈翼龙（1886—1913），湖北罗田人。1909年任上海《神州日报》主笔，结识宋教仁。经宋介绍赴日本，与孙中山、黄兴交往，加入同盟会。1912年在北京组织社会党总部，任总干事。次年8月被袁世凯杀害。1912年9月，黄兴赴北京，曾出席陈翼龙代表社会党主持的欢迎会，黄兴为答谢与勉励友人书赠此联。

上联中，共和，即共和政体，泛指国家代表机关和国家元首由选举产生的一种政治制度。这里是说，在我国建设民主共和的国家还是一项新的事业。

下联中，划（chǎn）除，划通“铲”，即铲除、消灭。强权，凭借武力欺压别人的权势，多指国家或集团。这里是指侵略我国的帝国主义势力和国内封建军阀统治。

此联实为近代民主革命的口号与宣言，言简意约，生动鲜明，具有宣传鼓动力量。

挽彭家珍等四烈士

黄兴

慷慨一击烈士死；
庄严亿载民国生。

赏析

此联写于1912年9月。彭家珍（1888—1912），四川金堂人。

辛亥革命后任京津同盟会军事部部长。1912年1月在北京炸死反对清帝退位的宗社党头目良弼，自己亦当场牺牲。同年1月，张先培、黄之萌、杨禹昌在北京因炸袁世凯未中均被捕牺牲。9月24日，黄兴偕宋教仁、陈其美、谭人凤等在北京万牲园举行公祭，并献挽联致哀。1913年3月，黄兴还为彭家珍等四烈士碑文题词："慷慨一击烈士死，庄严亿载民国生。今之孑遗者断指拔眼尚健在，愿无使国士一怒兮而为此不情。宪民同志将归蜀，出手书四烈士碑文索题。呜呼！烈士死矣，国基不固，吾辈何归？知其心更苦也！"看来题词是在挽联基础上扩展而成的。

上联中，慷慨一击，指四烈士分别为炸死良弼与袁世凯而慷慨一击，对方或死或存，自己却不幸牺牲。

下联中，庄严，佛家指妆饰美盛。《无量寿经上》："又讲堂精舍，宫殿楼观，皆七宝庄严，自然化成。"亦可引申为端正尊严。民国生，中华民国诞生。此句意谓民国诞生，将亿年端正尊严地存在下去。

此联称颂四位烈士以自己的慷慨赴死换取民国永生，可谓死得其所，意义重于泰山。

赠白逾桓

黄兴

立脚怕随流俗转；
高怀犹有故人知。

赏析

此联写于1912年10月。白逾桓（1875—1935），字楚香，湖北天门人。黄兴在两湖书院求学时的同学。后留学日本，加入同盟会。辛亥革命后，被选为湖北都督府参议，参加过"二次革命"。1912年10月，时任北京《国风日报》社长兼总编辑，黄兴与其晤面时书赠此联。

上联中，立脚，站住脚跟，意谓人立足于世上。流俗，社会上流行的习俗、习惯，多含贬义。《孟子·尽心下》："同乎流俗，合乎污世。”上联意谓，革命志士应当不为世俗利益所迷惑，站稳脚跟，坚定不移。

下联中，高怀，胸怀大志和高尚的情怀。故人，旧交、老友。下联意谓，真正的朋友会彼此了解对方高尚的情怀。

此联语言平易，格调高雅，对于友人充满激励与共勉之意。

题武昌起义周年纪念二联

黄兴

一

江汉汤汤，这似水流年，常记取八月十九；
风云郁郁，愿中华民国，继自今万岁千秋。

二

百折不回，十七次铁血精神，始有去年今日；
一笔勾尽，四千年帝王历史，才成民主共和。

赏析

此联写于1912年10月。武昌起义，1911年10月10日，武汉革命党人举行起义，迅速占领督署和藩司衙门，并推黎元洪出任军政府都督。旋即发表宣言，号召各省起义。湖南、陕西、江西等省相继予以响应，形成全国规模的辛亥革命。1912年10月10日，武汉、南京等地隆重集会纪念武昌起义一周年，黄兴曾题两联以示庆祝。

第一副联语：

上联中，汤汤（shāng shāng），大水急流的样子。《诗·大雅·江汉》：“江汉汤汤，武夫洸洸。”似水流年，意谓人生岁月年华像流水一样逝去。八月十九，武昌起义为农历八月十九日，即公历10月10日。上联意谓，长江、汉水浩浩荡荡，人生岁月也像这流水一样，应常记住武昌起义的日子。

下联中，风云，喻变幻的局势。郁郁，忧伤烦闷的样子。下联意谓，面对风云变幻的局势让人感到忧伤，但愿中华民国千秋万岁永远存在下去。这里明显是在叹息辛亥革命成果亦已落入袁世凯手中。

第二副联语：

上联言武昌胜利来之不易。十七次，指中国同盟会领导的以推翻清政府为目的的十七次武装起义。铁血精神，借用俾斯麦所言“吾人所需要者惟铁与血耳”句意，指坚持武装斗争的精神。“始有去年今日”，既指武昌起义取得胜利，又切周年纪念。

下联写武昌起义的历史意义。一笔勾尽，语出宋代朱熹《五朝名臣言行录·参政范文正公》，后谓一笔勾尽即全部取消之意。四千年帝王历史，我国从夏启开始建立世袭的专制帝王制度，到1912年2月清帝被迫退位，“帝王历史”存在了四千余年。这里是说，一笔勾尽了长达四千年的君主专制制度，创建了民主共和国家体制，开创了历史的新纪元。

这两副联语前者婉转后者直接，均在强调武装斗争，主张民主共和。这既显示了作者作为革命统帅的英雄气概，更是对窃国大盗袁世凯独裁专权的有力抨击。

赠吴醒汉

黄兴

能争汉上为先著；
此复神州第一功。

赏析

此联写于1912年10月。吴醒汉（1883—1938），字厚载，湖北黄陂人。清末在湖北新军任职，加入共进会。武昌起义后，任战时总司令部主任参谋、军政府军备司长、都督府参谋长。1917年参与护法战争，任广州总统府参军。晚年任国民党党史编纂委员会编纂。1912年10月，黄兴在武汉为吴醒汉书联，并附跋语：“录武昌起义前和谭石屏旧句，赠厚载我兄正之。”

上联中，汉上，汉水之上，此指武汉。先著，即先着鞭。

《晋书·刘琨传》："与范阳祖逖为友，闻逖被用，与亲故书曰：'吾枕戈待旦，志枭逆虏，常恐祖生先吾著鞭。'"后用以表示"先一著"、"占先著"。

下联中，神州，语见《史记·孟子荀卿列传》，后以"神州"作为中国的美称。第一功，意在说明武昌举义对于光复神州、建立民国的重要性。

此联是对辛亥革命武昌起义的高度评价，出于黄兴这位军事统帅手笔，明显具有史料价值。

题东坡赤壁二赋堂

黄兴

才子重文章，凭他二赋八诗，都争传苏东坡两游赤壁；
英雄造时势，待我三年五载，必艳说湖南客小住黄州。

赏析

此联写于1912年10月。东坡赤壁二赋堂，在湖北省黄冈县（古称黄州），人们为纪念苏东坡而在黄州城外长江岸边的赤鼻矶上建造了二赋堂。宋元丰三年，苏东坡因反对新法被贬黄州团练副使。他在黄州期间曾两游赤鼻矶，误认为这里是当年曹操兵败处，写下了著名的《前赤壁赋》与《后赤壁赋》。后人兴建二赋堂，且在堂中以石勒、木勒刻下二赋，专供游人诵读。为与历史上真正发生过赤壁之战的蒲圻县赤壁相区别，因称此处为东坡赤壁。清代黄文熙《黄州怀古》："不是当时两篇赋，如何赤壁在黄州？"可见苏东坡二赋对于黄州赤壁知名所起的作用。1912年10月下旬，黄兴从上海乘楚同舰启程返湘，途经黄州赤壁，在二赋堂前写下了这副气势恢宏的联语。

上联中，才子，旧指有才华的人。二赋八诗，即苏东坡的《前赤壁赋》、《后赤壁赋》和写于黄州的《东坡八首》。这些均为诗人在黄州期间所写关于赤壁的名篇。上联意谓，黄州赤壁何以知名？这是因为文人们看重文章，凭着苏东坡在这里写下的二赋八诗，人们争相传诵，以致黄州赤壁名气越来越大。

下联中，“英雄造时势”，这是当时社会上颇为流行的说法。艳说，让人羡慕地说、盛传。湖南客，作者自称，因黄兴是湖南长沙人。下联意谓，再过三年五载，一定会盛传有位湖南客曾在黄州短暂停留。因其“英雄造时势”，必将成就一番事业。这就充分表达了作者要求建功立业的强烈愿望与对未来革命胜利的坚定信念。

此联题东坡赤壁二赋堂，虚实结合，气势豪放。上联实写，紧扣二赋堂名，对黄州赤壁加以评说。下联虚写，完全撇开周围自然景观，只就“英雄造时势”这一时髦口号借题发挥，尽情抒发一位民主革命家的豪情壮怀。作为一副名胜楹联，确属别开生面之作。

赠李寿铨

黄兴

襟怀欲吐天开朗；
意气相倾山河移。

赏析

此联写于1912年11月。李寿铨，江苏扬州人。1898年到江西安源参与建矿，曾任安源煤矿机矿处长。1912年被推为矿长。早年经黄兴介绍加入同盟会，二人交谊颇深。1912年11月，黄兴任全国矿务督办时回湘省亲，李寿铨亲赴长沙迎接。黄兴率随员七十余人参观安源煤矿，李亦陪同进入矿井深处，黄临别亲书对联相赠。

上联中，襟怀，胸襟怀抱。吐，说话，口头发表。《汉书·刘向传》：“发明昭，吐德音。”此句意谓，为人襟怀欲吐天亦为之开朗。

下联中，意气相倾，谓彼此在志趣上投合。这里是说，只要在志趣上互相投合，即使前有大山也能移开。

联中“天开朗”与“山可移”，既言友人风度气质，亦与煤矿工作人员身份地位吻合。

挽黄钟英

黄兴

一举夺得扬子江，汉势不孤，黯收幕南王气；
六州齐传奈尔逊，将星忽殒，犹存海上雄风。

赏析

此联写于1912年12月。黄钟英，字赞侯，福建闽侯人。早年入福州船政学堂及刘公岛枪炮学堂学习。1911年任海军巡洋舰长、海军临时舰队司令。辛亥革命后率部反正，出任南京临时政府海军部长兼海军总司令。在职仅七个月，因积劳成疾，于1912年底在上海病逝。黄兴撰送挽联致哀。

上联言逝者生前的历史功绩。扬子江，长江在今仪征、扬州一带，古称扬子江，因扬子津及扬子县而得名。近代通称长江为扬子江。汉势，指辛亥革命后武汉三镇的革命军势力。幕南，实为“幕北”的对称语，汉代称匈奴占据的北方为“幕北”，以南则成“幕南”（亦作“漠南”）。这里泛指我国南方。结句似从刘禹锡《西塞山怀古》诗句“金陵王气黯然收”化出，指出清室气数已尽黯然收场。上联意谓，辛亥革命后黄钟英在九江率部反清，一举夺得了扬子江水域的控制权。这就使得武汉三镇革命势力并不孤立，而且预示着清室气数已尽，必将黯然收场。

下联写人们对逝者的深情怀念。六州，语见晋代郭璞《江赋》：“滈汗六州之域，经营炎景之外。”此指长江流经之益、深、荆、江、扬、徐六州，实即长江中下游地区。奈尔逊（今译为“纳尔逊”），英国近代历史上著名的海军将领，曾率领英国海军一举歼灭法国拿破仑的舰队，并在此次作战中阵亡。将星忽殒，将星忽然坠落。古代迷信认为，人间将帅均系天上星宿下凡，故有此说。雄风，雄劲之风。战国楚宋玉《风赋》：“此所谓大王之雄风也。”下联意谓，我国南方都在一齐传颂这位中国的奈尔逊将军，而今却忽然不幸逝世。但黄钟英作为民国首任海军总司令，其人虽逝而雄风犹存。

作者深情悼念我国民初著名海军将领黄钟英，既誉之为中国的奈尔逊，又言其人虽逝雄风犹存。联语声情悲壮，属对工稳，实为哀挽佳作。

赠张孝准

黄兴

唯有真才能血性；
须从本色见英雄。

赏析

此联写于1912年间。张孝准，湖南长沙人。早年留学日本，加入同盟会。1912年4月，南京临时政府撤销，设立南京留守府，黄兴任留守。府内设政务、军务两厅，张孝准任军务厅长。1916年，护国军务院在广东肇庆成立，张孝准任驻日委员。1912年间，黄兴与张孝准留守南京，曾题联留念。

上联中，真才，真正的才能、实际的本领。血性，刚强正直的性格。这里是说，唯有真正的才能方可称之为“血性男儿”。

下联中，本色，本行、本业、本来面目。这里是说，须从自身本来面目才能显现英雄本色。

作者强调“真才能血性”与“本色见英雄”，既与受赠者个人素质有关，亦须结合民国成立初期国内现状加以理解。

赠耿觐文

黄兴

长剑倚天外；
匹马定中原。

赏析

此联写于1912年间。耿觐文（1883—1957），字伯钊，湖北安陆人。早年留学日本，进陆军士官学校，加入同盟会。辛亥革命后，历任孙中山临时大总统府军事秘书兼陆军部顾问官、南京留守府参谋处长、国民党南京政府军事参议院参议。新中国成立后任湖北省人民政府委员、省政协副主席。此联当作于辛亥革命后不久，黄兴担任南京留守府负责人，耿觐文亦任留守府参谋处长期间。

"长剑倚天外"，典出宋玉《大言赋》："长剑耿耿，倚天之外。"谓想象中靠在天边的长剑。后来诗文中则常有"倚天剑"或"擢倚天之剑"的说法。

"匹马定中原"，中原原指河南一带，亦可泛指黄河中下游地区。谓单人匹马即可平定整个中原。

联中革命者手持倚天长剑，匹马可定中原，何等英雄气概！

赠汤南恒

黄兴

敢将古史少文惠；
常忆新作非武侯。

赏析

此联写于1912年间。汤南恒，为汤增璧之父，其余生平经历不详。汤增璧早年留学日本，加入中国同盟会。1911年回国后任黄兴秘书，二人交谊颇深，黄兴遂为汤父题联留念。

上联中，文惠，文德恩惠。《史记·秦始皇本纪》："外教诸侯，光施文惠，明以义理。"后多用为谥号。至于联中"文惠"何人待考。少，缺少、轻视。此句意谓，汤南恒在论述古史时敢将"文惠"放在一边。

下联中，武侯，三国诸葛亮死后谥为忠武侯，后世通称诸葛武侯。非，非难、责怪。《荀子·正论》："不怪朱象而非尧舜。"这里是说，我常忆起汤父新作敢于非难诸葛武侯。

此联对于友人之父研究我国历史常有独到见解而极力加以赞赏。

题黄钟杰墓碑二联

黄兴

一

一死结成新世界；
万山罗拜此英魂。

二

为祖国捐躯，倡义先声垂宇宙；
择名山葬骨，稽勋旷典炳旗常。

赏析

这两副联语写于1913年1月。黄钟杰，为黄兴挚友，江西萍乡人，辛亥革命烈士。墓在萍乡南门外宝积寺前。1913年1月19日，黄兴致函黄钟杰家属，寄迁葬费银一百元，并题墓碑二联。

第一联为墓碑外联，匾额书"黄烈士钟杰之墓"。

上联中，结成，构筑而成。语见陶渊明《饮酒》："结庐在人境，而无车马喧。"这里是说，黄钟杰以一死来构筑未来新的世界。

下联中，罗拜，罗列而拜，围绕着下拜。这里是说，周围群山围绕着向黄钟杰烈士的英魂下拜。

第二联为墓碑内联，匾额为"气壮山河"。

上联中，倡义，带头发动起义。先声，指发生在重大事件之前的性质相同的某项事件。此指逝者生前早就带头发动武装起义，因而名垂宇宙。

下联中，名山，萍乡南门外宝积寺所在的山。稽勋，考核功勋。旷典，稀有难逢的盛典。常，古代绘日月图形的旗帜，一般为帝王专用。《周礼·春官·司常》:“日月为常，交龙为旂。”旗常，即旗帜。炳，彪炳、显著。下联意谓，而今名山埋葬忠骨，且烈士迁葬典礼必将举行隆重的仪式，人们不会忘记表彰烈士的功绩，追悼会场自有各种旗帜飘扬。

这两副联语分别题于黄钟杰墓碑正反两面，而且正式配上匾额“黄烈士钟杰之墓”与“气壮山河”。此系按照传统格式经过精心设计，可见对于亡友感情之深。

挽宋教仁

黄兴

前年杀吴禄贞，去年杀张振武，今年又杀宋教仁；
你说是应桂馨，他说是洪述祖，我说确是袁世凯。

赏析

此联写于1913年4月。宋教仁为近代民主革命家。辛亥革命后，任南京临时政府法制院总裁、北京政府农林总长、国民党代理理事长。1913年3月，因极力主张政党内阁被袁世凯派人刺杀于上海。4月13日，上海举行宋教仁追悼大会，黄兴撰送挽联致哀。

上联中，吴禄贞，湖北云梦人。1911年任山西巡抚时，与山西革命军联合，准备进攻北京，为袁世凯所侦悉，被暗杀于河北石家庄车站。张振武，湖北罗田人。曾参与武昌起义。1912年8月，黎元洪勾结袁世凯将其杀害。上联言吴禄贞、张振武、宋教仁相继被刺杀。

下联中，应桂馨，近代上海流氓帮会头子。洪述祖，内务部长赵秉钧的谋士。1913年3月20日，洪述祖与袁世凯、赵秉钧密谋后，找来应桂馨，指使武士英刺杀宋教仁。下联言刺杀宋教仁的幕后元凶是袁世凯。

此联锋芒毕露，一针见血地揭露和控诉了窃国大盗袁世凯的累累罪行，在当时产生极大的社会反响。

挽林述庆

黄兴

风雨无情，落花满地惊春梦；
江山如故，何日重生此霸才。

赏析

此联写于1913年4月。林述庆（1881—1913），福建福州人。清末任新军管带，秘密加入同盟会。辛亥革命后率军起义，光复镇江，任军政府都督。袁世凯在北京任大总统后，聘请他任总统府军事顾问。1913年3月宋教仁遇刺，闻讯即拟南下讨袁。4月8日，袁世凯指使总统府秘书长梁士诒邀宴于将校俱乐部，预置毒药于酒中，林述庆归家不久毒发身亡。4月27日，上海举行林述庆追悼会，黄兴撰送挽联致哀。

上联中，“风雨无情”、“落花满地”，渲染了悲剧的气氛，使人对林述庆之死感到震惊与哀惜。“惊春梦”，惊破春梦，亦即认清袁世凯的真面目。

下联中，江山如故，指袁世凯窃取辛亥革命成果，仍然进行封建统治。霸才，独霸一方之雄才。龚自珍怀念故友诗中有“湖山旷劫三吴地，何日重生此霸才”之句。这里借以赞颂和悼念林述庆。

此联表达了作者对逝者的仰慕与悲痛，也反映了作者“二次革命”前夕忧心如焚寻求战友的急切心情。

寄赠蔡锷

黄兴

寄字远从千里外；
论交深在十年前。

赏析

此联写于1913年6月。蔡锷为我国近代著名军事家。辛亥革命后，领导云南新军起义，出任云南都督。1915年底袁世凯称帝，蔡锷任护国军第一军总司令加以讨伐。讨袁护国战争胜利后任四川督军兼民政长。次年11月因病死于日本。1913年6月，黄兴撰联书赠蔡锷。

上联中，寄字，即寄赠所写之联语。黄兴时在上海布置“二次革命”讨袁事宜，由上海寄赠此联给千里之外的云南都督蔡锷，其目的在于联络感情，争取对方支持。

下联中，论交、论起交情。1903年4月，黄兴与蓝天蔚、蔡锷在日本东京组成拒俄义勇队，深交从此开始。

此联言简意明，含蕴颇深。作者以“论交”重叙旧情，以争取当时表面上仍站在袁世凯一边的蔡锷。后来，随着袁世凯倒行逆施日趋严重，蔡锷在孙中山、黄兴等人影响下，毅然走上反袁的道路，成为著名的“护国主将”。

赠黄振华

黄兴

遁世只为避俗；
良知要在能行。

赏析

此联写于1914年7月。黄振华，黄兴女儿，1896年生于长沙。曾入美国哥伦比亚大学，获理学学士、文学硕士学位。回国后从事教育工作。历任湖南省教育厅督学、国民政府编审、行政院参议、立法院委员等职。1914年7月，黄兴避居美国，得与在美学习的女儿团聚。当时曾为女儿题字“学而时习之”，同时题写此联以表达自己的心境。

上联中，遁（dùn）世，避世。避俗，避开俗务纠缠。黄兴之所以赴美“静养”，实有不得已的苦衷。既因“二次革命”失败，又因在组党问题上与孙中山产生分歧。

下联中，良知，天赋的分辨是非善恶的智能。《孟子·尽心上》：“人之所不学而能者，其良能也。所不虑而知者，其良知也。”黄兴一反这种儒家的传统观念，认为“良知要在能行”，并非不学而能，不虑而知，其关键在于去做。

这是一副格言式的联语，虽属“夫子自道”，亦可慰已励人。

挽黄慎之

黄兴

白眼十年，看到了这番民国模样，从兹目瞑；
青巾一顶，收拾起千古状元袍笏，说甚头衔。

赏析

此联约写于1915年。黄慎之，字思永，江苏江宁人。清光绪年间进士。黄兴撰送这副挽联当在民国之后不久。联中“白眼十年”可能指从同盟会成立至1915年。

上联中，白眼，露出眼白，表示鄙薄或厌恶。王维《与卢员外象过崔处士兴宗林亭》：“科头箕踞长松下，白眼看他世上人。”典出《晋书·阮籍传》：“籍又能为青白眼，见礼俗之士，以白眼对之。”十年，当指逝者参加会党活动、从事反清斗争已有十年。这番，这种、这般。目瞑（míng），眼睛闭上。上联意谓，白眼看这社会，即从事反清活动已有十年，如今看到了民国这般光景，从此可以瞑目了。

下联中，青巾，古代书生常用的头巾。袍笏（hù），古代官员上朝皆穿袍执笏。笏以玉、象牙或竹片制成，上面可以记事。状元袍笏，谓做官显赫荣耀。头衔，旧时官场所用名刺，常以官衔加于姓名之上，故称官衔为头衔。后亦指职称和荣誉称号。下联意谓，现在依然青巾一顶，收拾起过去官场那一套排场，还去计较什么头衔呢！此系作者愤激之言，联系民国初年社会现实，革命党人处处受到排挤打击，不难理解其言外之意。

这副哀挽联语从内容到文字均自成一格。作者对于逝者虽有些许慰勉之意，而更多的却是对其晚年境遇深表同情，且有诸多不平。此联内容必须联系民初社会现实，方能加深理解。

挽陈其美二联

黄兴

一

脱帻揽贤殷，早知狙伺来狂客；
横刀向天哭，如此艰难负使君。

二

蛙井竟称尊，杀贼当思慰来歙；
海天待归棹，故人何处觅陈遵。

赏析

这两副挽联写于1916年6月。陈其美为辛亥革命时期的风云人物，曾任上海都督、北京政府工商总长。“二次革命”中，任上海讨袁军总司令，失败后逃亡日本。1915年孙中山派他为淞沪司令长官。1916年5月19日，被袁世凯收买张宗昌部下刺杀于上海寓所。同年6月3日，日本东京举行陈其美追悼会，黄兴与会并送挽联致哀。

第一副挽联：

上联中，脱帻（zé），脱帽。帻为包头巾。殷，殷切、殷勤。狙（jū）伺，暗中窥伺。狂客，本谓狂放不羁的人，此指杀人凶手。上联意谓，陈其美人称“民国第一豪侠”（蔡元培语），平日招揽贤才期望殷切，早知有人暗中窥伺意欲行凶。陈其美被暗杀前，有人曾劝其提防，陈仍不以为意。

下联中，横刀，横陈佩刀。使君，古代对州郡长官的尊称，此指陈其美。下联意谓，我在横陈佩刀仰天大哭，在如此艰难的时候，深感有负于使君。

第二副挽联：

上联中，蛙井，即井底蛙。《后汉书·马援传》："子阳，井底蛙耳。"来歙（xī），东汉人，辅佐刘秀，任太中大夫。在率军入蜀进攻公孙述时，被蜀方派人刺死。这里是说，袁世凯犹如蛙坐井中，竟然妄自尊大敢于称帝。我们理当除掉此贼以慰遇刺身亡的来歙。

下联中，归棹（zhào），棹为划船的一种工具，形状和桨差不多，可引申为船。此指乘船归来。陈遵，西汉人，好客有盛名。曾任大司马护军，后奉命出使匈奴，在朔方为人所杀。这里是说，我将从日本乘船回国，何处可以寻觅故人陈遵呢？

这两副联语哀挽逝者，感情层层递进。前者言亡友平日热情好客，却遭人暗中刺杀，深感有负于逝者。后者在谴责杀人凶手的同时，以汉代来歙、陈遵作比，给逝者以很高的评价。

戏挽袁世凯

黄兴

好算得四十余年天下英雄，陡起野心，假筹安两字美名，一意进行，居然想学袁公路；

仅做了八旬三日屋里皇帝，伤哉短命，援快活一时谚语，两相比较，毕竟差胜郭彦威。

赏析

此联写于1916年6月。袁世凯（1859—1916），河南项城人。清朝末年，曾任山东巡抚、直隶总督兼北洋大臣、军机大臣、内阁总理大臣。辛亥革命后窃取民国大总统的职位。1915年12月，开始复辟称帝。次年6月6日，在全国人民声讨和反对声中忧惧而死。黄兴当时正在国外，闻讯之后戏挽一联，借以讽刺野心家袁世凯的可耻下场。

上联写袁世凯妄图复辟帝制。四十余年，袁世凯在清末民初政坛上风云际会近四十余年，算得上是个"天下英雄"。陡

(dǒu)，陡然。野心，指复辟帝制想当皇帝。筹安，袁世凯为复辟帝制而指使杨度、刘师培等人组织的筹安会。他们宣称“以筹一国之治安”，为袁世凯称帝制造舆论。袁公路，即东汉末年袁术，字公路，与曹操、袁绍争权，曾称帝于寿春。两年后为曹操击败，忧病而死。袁世凯与袁术，同样姓袁，同样称帝，同样忧惧而死。

下联写袁世凯的可耻下场。八旬三日，袁世凯从称帝到宣布退位，仅仅做了八十三天洪宪皇帝。屋里皇帝，因袁世凯死前尚未来得及举行正式登基典礼，因此只能算是“屋里皇帝”。伤，忧思、哀悼。哉，表示感叹语气。谓可叹啊，短命皇帝。“援快活”句，谓引快活一时的俗话。袁世凯的大儿子袁克定，为自己当皇太子，以便将来继承皇位，千方百计支持袁世凯称帝。他与一些死党炮制所谓袁世凯“合当天子”之类的谶语，既欺骗社会舆论，又坚定了袁世凯复辟称帝的野心。郭彦威，即郭威，原为后汉邺都留守，后取代后汉称帝，建都开封，在位约三年。袁世凯仅当了八十三天洪宪皇帝，联中因言“差胜郭彦威”。彦，旧时士的美称。为同“袁公路”对称，故加“彦”字而成郭彦威。

此联以哀挽为名，行戏讽之实。语多讥刺，痛快淋漓。充分反映了对窃国大盗袁世凯的义愤，读之大快人心。

赠汤增璧二联

黄兴

一

秋水为神玉为骨；
词源如海笔如椽。

二

立节可为千载道；
成文自足一家言。

赏析

此联写于1916年7月。汤增璧（1883—1948），字公介，江西萍乡人。早年留学日本，加入同盟会，并参与《民报》编辑工作。辛亥革命后任黄兴秘书，二人结下深厚友谊。1916年7月，黄兴从海外归来抵上海，二人相见，黄兴书联以赠。

第一副联语：

上联意在赞美友人品格高尚。语见杜甫《徐卿二子歌》："大儿九龄色清澈，秋水为神玉为骨。"言其神情风貌如秋水一样清澈纯洁，意志品格如玉石一样光洁坚贞。

下联意在肯定友人写作才华。词源，以水源喻文词之层出不穷。杜甫《醉歌行》："词源倒流三峡水，笔阵独扫千人军。"笔如椽，即大笔如椽。典出《晋书·王珣传》："珣梦人以大笔如椽与之，既觉，语人曰：'此当有大手笔事。'俄而帝崩，哀册谥议，皆珣所草。"后常以"大笔如椽"称颂他人的文字。汤增璧因担任自己秘书又善于写作，联中因言词源如海，大笔如椽。

第二副联语：

上联中，立节，树立品节，保持气节。《淮南子·氾论训》："季襄、陈仲子，立节抗行，不入洿君之朝，不食乱世之食，遂饿而死。"这里是说，能以树立品节之人，自当千载为人称道景仰。

下联中，一家言，语见司马迁《报任少卿书》："亦欲以究天人之际，通古今之变，成一家之言。"这里借以赞扬汤增璧写成的文章自成体系，常有独到见解。

这两副联语均在言志论文，充分表达了对于挚友为人品德与才华的推崇。

挽龚铁铮

黄兴

苍头突起，竟蹶初登，义烈挽黄花，三户亡秦独推季；
白云未归，毁哀何极，忠魂迟歇浦，一门报国拜先生。

赏析

此联写于1916年7月。龚铁铮，字炼白，老同盟会员，近代民主革命烈士。武昌起义后，随黄兴参加汉阳保卫战。1916年2月，在长沙进攻汤芗铭将军府之役中不幸牺牲。其父痛子心切亦亡。同年7月，旅沪湘人集会追悼，黄兴撰送挽联致哀。

上联写逝者生前所进行的英勇斗争。苍头突起，典出《史记·项羽本纪》："少年欲立婴便为王，异军苍头特起。"苍头即苍头军，用青巾裹头作为标志。这里是指另组一支军队，以喻新的力量突然出现。蹶（jué），原指颠仆，可引申为挫折、失败。初登，初进、初取。义烈，忠义正直。挽，古通"晚"。三户亡秦，典出《史记·项羽本纪》："楚虽三户，亡秦必楚也。"季，排行第四或最小。这里似指逝者为龚家小儿子。上联意谓，龚炼白等人组成的一支队伍突然出现，不料刚刚兴起竟遭到了挫折。就其忠义救国不怕牺牲稍晚黄花岗之役，具有楚人三户亡秦斗争决心者将独推龚家这个小儿子。

下联表达作者沉痛悼念的一片深情。白云未归，典出《大唐新语·举贤》："（阎立本）特荐（狄仁杰）为并州法曹，其亲在河阳别业。仁杰赴任于并州，登太行，南望白云孤飞，谓左右曰：'吾亲所居，近此云下！'悲泣，停立久之。候云移乃行。"后因以"白云亲舍"或"白云孤飞"为思念父母之词。联中活用此典，实为儿子未能回到父母身边。毁哀，旧谓居丧过于哀伤。《礼·檀弓下》："毁不危身。"此指老父悲哀之极痛子身亡。迟，等待。歇浦，黄浦江的别称，可代指上海。一门报国，儿子已为国捐躯，老父亦随之身亡。下联意谓，逝者生前虽有白云之思而未能回到父母身边，而今老父却因居丧过于哀伤而痛子身亡。我们希望烈士能在上海稍待，大家都来祭拜这一门报国的龚先生。

此联哀挽亡友，用语沉痛典则。既赞逝者苍头突起，义烈稍晚于黄花；又哀逝者一门报国，拜祭歇浦忠魂。悲壮凄恻，感人至深。

赠萱野长知二联

黄兴

一

满目云山俱是乐；
一毫宠辱不须惊。

二

雪后园林方半树；
水边篱落忽横枝。

赏析

这两副联语写作时间不详。萱野长知（1873—1947），日本高知县人。早年任大阪时事通讯社记者，并与孙中山结识。1908年随孙中山赴河内，成立中国同盟会支部，还奉孙中山之命回日本购买武器弹药。1911年辛亥革命爆发后，赴武汉会晤黄兴。1917年任广东军政府顾问。1923年任广东政府调查戒烟事宜专员。1947年病故。黄兴与萱野长知交往密切，此联当为亡命日本期间所作，具体时间待考。

第一副联语：

此联明显具有箴言性质，劝人要有乐观豁达的胸襟怀抱。云山，云雾缭绕的高山。“一毫”句，由成语“宠辱不惊”化出，即任何荣宠与屈辱都不放在心上。满目云山为乐，一毫宠辱不惊，这里意在表现一种旷达乐观的人生态度。

第二副联语：

上联中，半（pàn），大片。《汉书·李陵传》：“今军士人持二升糒，一半冰。”此指雪后园林，经太阳照射雪已融化，正出现一片绿色的树木。

下联中，篱落，篱笆院落。横枝，树枝横逸而出，为树枝繁茂之状。此指水边篱笆院落忽有横枝逸出。

此联颇有诗意。这里“雪后园林”与“水边篱落”，均为乡野田园生活的写照。

挽抗法烈士

章太炎*

是谁浩劫催成？马革分归，虫沙竞化，更摧残瘴雨蛮烟。试回看越裳殄瘁，汉帜苍茫，这无限国殇，各向天涯遥布奠；

何处巫阳招得？关门月黑，塞上云昏，尽淹滞忠魂义魄。倘他时三界轮回，九幽度脱，愿同为壮士，齐来边塞慨同仇。

作者

*章太炎（1869—1936），名炳麟，字枚叔，浙江绍兴人。民主革命家、学者。1916年参加同盟会，主编《民报》。曾任孙中山总统府枢密顾问、护法军政府秘书长。1924年脱离孙中山改组的国民党，到苏州讲学。一生著述甚丰，有《章氏丛书》、《章太炎全集》。

赏析

此联写于1895年间。抗法烈士，1884年春，法军由安南直逼广西边境，其海军亦同时侵扰福建。由于清政府战和不定，致使我南洋水师遭到惨败。1885年3月，太平军旧部刘永福率领的黑旗军与清朝退伍将官冯子材在镇南关大败法军，收复谅山。我国军队正处胜利在望之时，清政府却于4月初与法国签订越南条约，并下令各线停战撤兵，安南亦沦为法国殖民地。此后，我国各界纷纷悼念抗法烈士。1895年正值抗法战争十周年，章太炎亦撰联致哀。

上联中，“是谁”四句，浩

劫，巨大而深重的灾难。马革，即“马革裹尸”之简语，典出《后汉书·马援传》。后谓战死者无棺盛殓，遂以马革裹尸归还故里。虫沙竞化，竟相化为虫沙。典出晋葛洪《抱朴子》：“周穆王南征，一军尽化，君子为猿为鹤，小人为虫为沙。”后以“猿鹤”、“虫沙”喻战死者。瘴雨蛮烟，指南方含有瘴气的烟雨。这里是说，是谁造成如此巨大的劫难，以致抗法勇士马革分归、虫沙竞化，当时抗法前线还因恶劣气候和缺乏医药，不少人死于瘴雨蛮烟之中。“试回看”四句，越裳，古南海国名。相传周公辅成王，制礼作乐，越裳氏以三象重译而献白雉。这里代指越南。殄瘁（tiǎn cuì），困苦。《诗·大雅·瞻卬》：“人之云亡，邦国殄瘁。”苍茫，旷远无边的样子。当时安南已沦为法国殖民地，汉家旗帜亦旷远迷茫。国殇，《楚辞·九歌》有《国殇》篇，后用以指为国作战而牺牲的人。布奠，陈列酒食以祭亡魂。这里是说，我们试回看，而今安南已沦为法国殖民地，汉家旗帜亦旷远迷茫，对于无数为国牺牲的人，只有遥向各地陈列酒食以祭亡魂。

下联中，“何处”四句，巫阳，古人善卜筮者谓之巫阳。《楚辞·招魂》：“帝告巫阳曰：‘有人在下，我欲辅之，魂魄离散，汝筮予之。’”关门，此指镇南关。塞上，边关要塞之上。淹滞（zhì），久留。忠魂义魄，抗法烈士的英灵。这里是说，我们何处招得巫阳，而今镇南关上空月黑，边关要塞云昏，正由于边地月黑云昏，战地亡魂尽久留于此。“倘他时”四句，三界，佛教将生死流转的人世间分为三界，即欲界、色界、无色界。轮回，佛教认为生死之道有如车轮回转不已。九幽，地下极深处。度脱，佛家语，谓使人超度解脱人世的苦难。语见《南史·阇婆达国传》：“转尊法轮，度脱众生。”边塞，边疆要塞之地。同仇，同心协力对付敌人。《诗·秦风·无衣》：“修我戈矛，与子同仇。”这里是说，倘他时经过三界轮回，九幽超度解脱，愿仍同为壮士，一齐来到边关要塞共同对付敌人。

这副长联哀挽抗法烈士，格调悲壮苍凉。既愤怒指斥“是谁浩劫催成？”以致抗法勇士功败垂成壮烈牺牲；又深情询问“何处巫阳招得？”要为抗法烈士招魂，并愿将来同为壮士与子同仇。联句情真意挚，感人至深。

讽慈禧太后七十寿辰

章太炎

今日到南苑，明日到北海，何日再到古长安？叹黎民膏血全枯，只为一人歌庆有；

五十割琉球，六十割台湾，而今又割东三省！痛赤县邦圻益蹙，每逢万寿祝疆无。

赏析

此联写于1904年10月。慈禧太后（1835—1908），又称西太后。清末同治、光绪两朝的实际统治者。她将自己生日钦定为“圣寿节”，必须举国同庆，张贴“一人有庆，万寿无疆”寿联。1904年11月，正逢慈禧七十岁生日，章太炎则将此颠倒用之，构成这副具有讽刺意味的长联。另据天津出版《名趣联欣赏与评点》一书所载，章太炎尚有一副讽刺慈禧太后的寿联，为：“万寿无疆，普天同庆；三年败绩，割地求和。”不知写于何时，可以参照阅读。

上联揭露慈禧穷奢极欲，以致民不聊生。南苑，北京永定门外的皇家花园，为历代王公贵族游猎享乐之所。北海，在故宫西北侧，清廷帝王宫苑，即今北海公园。古长安，即西安。1900年间，八国联军入侵北京，慈禧一度仓皇逃到西安避难。黎民，众民。膏血，比喻人民耗费精力流血所积累的财富。联句意谓，慈禧执政期间，贪图享受，大兴土木，搜刮民脂民膏，耗费人力物力，使黎民百姓为之遭殃。只为一人歌庆有，从“一人有庆”转化而来。这里故意将“有庆”颠倒，讽刺慈禧庆贺己有。

下联痛斥慈禧丧权辱国、割地求和。琉球，即琉球群岛，在台湾东北，原为中国藩属。日本蓄意侵占，1879年中日签订条约，予以割让（实际上当时的清朝皇帝并未批准这一条约）。慈禧五十岁生日应为1885年，可能为了排比之故。六十割台湾，

1895年慈禧六十岁时，中日甲午战争中国战败，与日签订丧权辱国的马关条约，将台湾割让给日本。而今又割东三省，1905年为慈禧七十岁生日。清政府与日本签订中日会议东三省事宜条约，把东三省的筑路、采伐权让给日本，允许日本开设商埠。日本完全取代了沙俄在我国东北的统治地位。赤县，即赤县神州，指中国。邦圻（qí），圻通畿，亦作邦畿，指国家的边界。《诗·商颂·玄鸟》："邦畿千里，维民所止。"蹙（cù），减缩。联句意谓，让人痛心的是，我国疆土日益缩小。每逢万寿祝疆无，从"万寿无疆"转化而来，故意将"无疆"颠倒，意谓每逢慈禧祝寿，疆土就会丢失。

此联有如战斗檄文，笔锋犀利，讽刺辛辣，对慈禧穷奢极欲、丧权辱国以致国事日蹙、民不聊生的现实揭露得淋漓尽致，让人叹为观止。上下联末句，以"一人有庆"、"万寿无疆"颠倒用之，巧妙至极，大大增强辛辣讽刺的艺术效果。实为讽刺联语中的上乘之作。

题赠中国同盟会会员

章太炎

有志者，事竟成，济河焚舟，十万秦师终入晋；
苦心人，天不负，卧薪尝胆，三千越甲足吞吴。

赏析

此联写于1905年间。同盟会，全称为中国革命同盟会。1905年8月在孙中山的倡导下，以兴中会和华兴会为基础，联络光复会，在日本东京成立，推举孙中山为总理，为全国性的革命组织。当时确定的政治纲领为："驱除鞑虏，恢复中华，建立民国，平均地权。"章太炎为激励同盟会会员反清斗争的意志而题写此联。

上联中，有志者，事竟成，谓只要有志气事情终究会成功。济河焚舟，渡过河就把船烧掉，表示不获胜利决不返回的决心，亦即准备拼死一战。典出《左传·文公三年》："秦伯伐晋，济河焚舟。"当年秦伯率领十万大军，济河焚舟，终入晋国。

下联中，苦心人，天不负，意同民间俗语“皇天不负苦心人”。卧薪尝胆，春秋时，越国被吴国打败。“越王勾践反（返）国，乃苦身焦思，置胆于座，坐卧即仰胆，饮食亦尝胆也”。见《史记·越王勾践世家》。卧薪，不敢安逸；尝胆，不近甘味。后常用以形容刻苦自励，志图报复。越甲，甲为古代战士用皮革或金属做成的护身衣，此指越国的军队。越王勾践率领三千越国军队终于吞灭了吴国。

此联对仗工稳，气势非凡。联句均由民间成语与历史典故组合而成，能够极大激励同盟会员投入反清斗争的意志，具有振奋与鼓舞军心的作用。

挽陈天华

章太炎

蹈东海而死者；
岂南方之强矣。

赏析

此联写于1905年12月。陈天华（1875—1905），湖南新化人。近代民主革命烈士。1903年留学日本，与黄兴等从事反清革命活动，自动要求回国策划武装起义。著《猛回头》、《警世钟》等书，宣传革命思想，产生极大影响。后因起义事泄再次流亡日本。1905年参与组建同盟会，任《民报》撰述。同年12月，在东京参加抗议日本政府颁布《取缔清国留日学生规则》的斗争，愤而投大森海湾自杀，留下绝命书以激励同志誓死救国。章太炎撰送挽联致哀。

“蹈东海而死者”，既指陈天华抗议日本政府投东海而死的壮烈行为，又使用古代齐国义士鲁仲连义不帝秦的典故。《史记·鲁仲连邹阳列传》：“彼即肆然而为帝，过而为政于天下，则连有蹈东海而死耳，吾不忍为之民也。”联中以“蹈海之节”称颂逝者。

“岂南方之强矣”，岂，犹言其。矣，犹了，表示已然必然的语气。联句意为，其人堪称南方的强者了。

此联采用文言句式，称颂逝者蹈海之节，堪称南方强者。言简意赅，撼人心弦。

自　勉

章太炎

肩头伊尹谁能任；
脚底鸱夷未了心。

赏析

自勉，据《革命前辈联语辑注》一书所载，此联题为《报端拾联》，因只见于报端，不知作者为何而作，何时所写。我们今就联意自身来看，明显带有自勉性质，因以《自勉》名之。写作时间似在民国初年。

上联中，伊尹，商初大臣。初耕于草野，汤王三聘始往。相汤代桀，遂王天下。后曾辅佐汤、外丙、仲壬三个帝王。这里借指重任。此句意谓，今日灭清建国，肩头像伊尹那样的重任谁能担当？联句隐以伊尹自喻。

下联中，鸱（chī）夷，即范蠡，春秋时楚国人。曾仕越为大夫，辅佐越王勾践奋发图强灭了吴国。他深知越王为人可以同患难，不能共安乐，遂浮海入齐，改姓名为鸱夷子皮。后到陶称朱公，经商致富，并将财产分散与贫交和疏远的兄弟。这里是说，鸱夷脚底虽走却仍有未了之心。似乎流露了自己既想功成身退而又于心不甘的思想。如果联系辛亥革命前后章太炎与孙中山之间既互相合作又时有摩擦的实际状况，不难理解联中含意。

此联就总体而言，作者引用伊尹、范蠡两位古代贤人，仍充分表达了自己的非凡抱负和报国之心。需要指出的是，近版《现代名人名联鉴赏》一书竟将此联题为《自挽联》，明显有误。即使根据该书自身的鉴赏文字，亦无“自挽”之意。

赠人

章太炎

清明初近风光动；
万物咸登石首来。

赏析

赠人，此系章太炎题赠友人之作。题赠何人，写于何时何地，具体情况不详。《中国现代名家名联》一书题为《赠诚公长兄》，从联文“清明初近”与“咸登石首”来看，当在民国初年清明之前写于南京。这些均有待进一步查考。

上联中，清明，二十四节气之一。一般均在每年4月5日或6日，旧有踏青和扫墓的习俗。风光，风景、景象。唐卢照邻《元日述怀》：“草色迷三径，风光动四邻。”上联意谓，清明将近，景色趋新，盎然春意正在涌动。

下联中，万物，统指宇宙间的一切事物。咸，全、都。石首，即江宁之石头城，此指南京。隋薛道衡《祭江文》：“直趋金陵，行登石首。”下联意谓，万物昭苏，俱登石首。一片勃勃生机，古都焕发青春。

此联表现作者春日即景生情，以抒发民国初年喜悦兴奋的心情。

挽四川革命烈士

章太炎

一群鼠窃狗偷，死者不瞑目；
此地龙蟠虎踞，古人之虚言。

赏析

此联写于1912年3月。挽四川革命烈士，指为反对满清王朝、创建民国而英勇牺牲的邹容、喻云纪、彭家珍等四川革命烈士。1912年3月，南京川籍革命党人召开四川革命烈士追悼会。孙中山亲自出席，章太炎则送来这副挽联。此联明显流露出对于南京临时政府的不满情绪。当时，章太炎与孙中山、黄兴在使用公历、陶成章被杀案、建都南京还是北京等问题上产生分歧，不少场合意气用事，对于孙中山与同盟会多有抨击之词。

上联中，鼠窃狗偷，喻指小偷小摸。《旧唐书·萧铣传论》："自隋朝维绝，宇县瓜分，小则鼠窃狗偷，大则鲸吞虎踞。"联中所言当指组建中华民国临时政府过程中各派政治势力之间的争权夺利，主要锋芒仍然指向以孙中山、黄兴为代表的同盟会领导成员。这里是说，面对群盗争权夺利，为建立民国而死难的烈士自然不会瞑目。

下联中，龙蟠虎踞，形容地形雄壮险要。相传汉末刘备使诸葛亮至金陵，谓孙权曰："秣陵地形，钟山龙蟠，石城虎踞，此帝王之宅。"后以之代指南京。这里是说，南京龙蟠虎踞实为古人之虚言。这里意在表明作者对建都南京的否定态度。

此系革命党人内部之争，未免过于意气用事。

挽张振武

章太炎

英雄故自粗疏，犹当宥之十世；
权首能无受咎，如可赎兮百身。

赏析

此联写于1912年8月。张振武（1883—1912），湖北罗田人。早年留学日本，加入同盟会。1911 年 10 月参与领导武昌起义。湖北军政府成立被推为军务司副司长，亲临前线督师与清军激战。后因居功自傲，与黎元洪产生矛盾。1912 年 8 月，黎元洪乘张赴京就任总统府顾问，勾结袁世凯将其杀害，构成民国史上第一件政治血案。当时举国哗然，有人怀疑此事与章有关。章太炎急于自白，撰送挽联致哀。

上联中，“英雄”句，此指逝者本来自有粗疏之处，可能是说张振武居功自傲藐视黎元洪。宥（yòu），宽宥。十世，古称三十年为一世，此指三百年。此句紧承上文，逝者“故自粗疏”，仍应加以宽宥。

下联中，权首，主谋，肇事者。语见《史记·吴王濞列传》：“‘毋为权首，反受其咎’，岂（袁）盎（晁）错邪？”受咎（jiù），受到责怪和惩罚。这里虽系指责黎元洪，仍有为其辩解之处。“如可”句，语出《诗·秦风·黄鸟》：“彼苍者天，歼我良人，如可赎兮，人百其身。”意谓如允许旁人代死以赎取逝者生命，值得以百人之身来代替。这里极言逝者地位之重要与作者沉痛哀怨的感情。

此联系张振武被暗杀后作者为自己辩冤而作，读来仍觉态度暧昧不明。

挽熊成基

章太炎

早到三年，也同称国事重犯；
蠢尔元凶，敢来吊革命先驱。

赏析

此联写于 1913 年 2 月。熊成基为近代民主革命烈士。早年参加光复会。1908 年组织安庆起义失败后流亡日本。1910 年初回国，在东北策划谋刺清廷考察海军大臣载洵，不幸事泄被捕，就义于长春。1913 年 2 月，正值熊成基死难三周年，章太炎时任东三省筹边使，特在长春主持熊成基追悼会，并撰送挽联致哀。

上联意谓，自己如果早到三年也将像熊成基一样，成为清政府的“国事重犯”。

下联中，元凶，主犯，罪魁祸首。此指杀害熊成基烈士的凶手。这里是说，你们这些蠢家伙实为大恶之人，竟敢来凭吊革命先驱。

当时确有几个杀害烈士的凶手摇身一变成了新贵，包括吉林都督陈昭常，甚至前来参加熊成基追悼会。作者有感而发，撰联斥之，还要共和党将捕杀熊成基的两名凶手开除出党。

挽宋教仁

章太炎

愿君化彗孛；
为我扫幽燕。

赏析

此联写于1913年3月。宋教仁为近代资产阶级民主革命家。1913年3月被袁世凯派人刺杀于上海火车站。章太炎时在北京，惊闻噩耗，旋返上海，直接参加宋教仁的葬礼，并手书哀辞与挽联，表示沉痛悼念。

上联中，彗孛（bèi），即彗星。孛为星芒四出扫射的现象，因即以为彗星的别称。彗星亦作欃枪。《尔雅·释天》：“彗星为欃枪。”古人以为妖星，出现即有战乱。这里反其意而用之，希望友人英魂化为光芒四射的彗星。

下联中，幽燕，古地区名，今河北北部及辽宁一带。唐以前河北及辽宁属幽州，战国时属燕国。联中代指以袁世凯为首的北洋军阀政府。希望友人英魂化为彗孛去扫荡幽燕地区，亦即鼓舞人们扫除袁世凯北洋军阀政府的统治。

此联简短有力，意象鲜明。且用流水对，一气贯注，气势非凡。

挽刀安仁

章太炎

三字奇冤生竟雪；
一腔热血死难消。

赏析

此联写于1913年间。刀安仁为云南傣族近代著名爱国者。早年承袭腾越府千崖宣抚司第二十四代土司。后东渡日本留学，加入同盟会。辛亥革命后任滇西国民军都督府第二都督，被袁世凯囚禁一年。1913年经孙中山营救出狱，不久病逝于北京。章太炎撰送挽联致哀。

上联中，三字奇冤，即“莫须有”，犹言只怕有，也许有。典出《宋史·岳飞传》：“狱之将上也，韩世忠不平，诣桧诘其实。曰：‘飞子云与张宪书虽不明，其事体莫须有。’世忠曰：‘“莫须有”三字，何以服天下？’”后因称无罪被冤为“莫须有”。生竟雪，指经孙中山营救，生前已经昭雪。

下联“一腔”句，从逝者角度而言，作为具有“一腔热血”的革命者，这样被折磨致死，实在此恨难消。

此联义正词严，文笔犀利，锋芒直指当权者。

新春门联

章太炎

路傍时卖故侯瓜；
门前学种先生柳。

赏析

此联写于1914年春节。1913年夏，章太炎时任东三省筹边使，在宋教仁上海遇刺之后，托事南行，策划讨袁，旋至北京即被软禁。袁世凯软硬兼施，迫使太炎先生出任国史馆总裁。章太炎拒绝收买，斥其包藏祸心，表示不愿“与鸡鸣狗盗同事”。1914年春节之际，亲书春联贴于门上。此联摘自唐代诗人王维《老将行》诗中的成句，意在表明心志。

上联中，故侯瓜，汉初有召平，本秦东陵侯，因称故侯。秦亡之后，宁愿种瓜度日，不愿出来做官。典出《史记·萧相国世家》：“召平者，故秦东陵侯，秦破，为布衣，贫，种瓜于长安城东。瓜美，故世俗谓之东陵瓜。”

下联中，先生柳，即（陶渊明）先生宅旁的柳树。典出陶渊明《五柳先生传》：“先生不知何许人也，亦不详其姓字，宅边有五柳树，因以为号焉。”晋代陶渊明为我国“古今隐逸诗人之宗”，尝著《五柳先生传》以自况。

联中借用“故侯瓜”与“先生柳”，以表示将效法古人而不愿与袁世凯之流同流合污。

挽夏瑞芳

章太炎

寻窃有殊功，不使精神随物涡；
捐躯付公论，独留肝胆照人寰。

赏析

此联写于1914年1月。夏瑞芳（1871—1914），字粹芳，江苏青浦人。上海商务印书馆创始人之一。1914年1月，因怕陈其美在上海发动反袁战争贻害商务印刷事业，暗中勾结英美租界工部局阻挠沪军军事行动，被陈其美派人暗中杀害。章太炎闻讯之后，撰送挽联致哀。

上联中，寻窃，暗中寻找机会。此指夏瑞芳暗中联络英美租界工部局一事。物涡，事物、事俗的漩涡。此指商务文化事业不会受到损害而建有殊功。

下联中，捐躯，为国家和正义事业而献出生命。肝胆，喻直诚心意。人寰，人世。此指夏瑞芳被暗杀一事自应付诸公论。而逝者独留一片真心，可以光照人间。

此系民国初年沪地一桩公案，作者挽词所言，可供参考。

挽郑汝成

章太炎

世无光武，何有岑彭，其曹孟德之典韦乎？
刺客亦英雄，破壁竟来盗双戟；
时非周宣，怎生吉甫，乃赵匡胤之郑恩耳！
君王休痛哭，杀身犹胜斩皇袍。

赏析

此联写于1915年11月。郑汝成，字子敬，河北静海人。北洋水师学堂肄业，留学英国海军学校。曾任北洋警备军军政司教练处帮办、烟台海军学校校长、海军部军法司司长。1913年任海军中将、上海镇守使，镇压二次革命。1915年11月，被革命党人刺杀于上海，章太炎撰送一副明显具有讽刺意味的挽联。

上联中，光武，即汉代光武帝刘秀。岑彭为光武帝手下大将，帮助平定河北。刘秀称帝后，封岑彭为“廷尉行大将军事”。后率师入蜀，在舞阳被公孙述所遣刺客刺死。曹孟德，即曹操。典韦为曹操手下勇将，封都尉之职。此句意谓，逝者像曹孟德手下的典韦吗？“刺客”二句此指汉末张绣夜袭曹操大寨之事。曹操夜宿军营，有勇力过人、善使双戟的典韦守护。张绣用计设宴灌醉典韦，再派刺客凿破墙壁潜入曹操营中盗出典韦双戟。张绣军队夜半偷袭，典韦醉酒，又无双戟，力战死于乱军之中。

下联中，周宣，即周宣王，为周代中兴之主。吉甫，即尹吉甫，周宣王朝中重臣。因其文武双全，曾率军北伐猃狁，成功归来。赵匡胤（yìn），即宋代开国皇帝宋太祖。郑恩为传统戏曲《斩皇袍》中的虚构人物。相传郑恩原为周世宗手下大将，后拥立赵匡胤为帝，赵与之结拜兄弟。此句意谓，逝者乃赵匡胤手下的郑恩罢了。斩皇袍，相传宋太祖赵匡胤酒后听信宠妃韩素梅姐弟谗言，盛怒之下误杀盟弟郑恩。郑恩之妻陶三春闻讯，兴兵围困京城。赵匡胤酒醒自咎，痛哭失声，央人调解，脱下皇袍让陶三春斩之以示赎罪。

联中涉及诸多历史人物与具体事件，究其寓意尚须结合逝者经历及其相关人事加以体会。联句意谓，袁世凯岂可与历史上的汉光武、周宣王相比。袁世凯与郑汝成的关系，充其量只能比作曹孟德之与典韦、赵匡胤之与郑恩。语带讥讽，值得玩味。

挽陈其美

章太炎

瑜瑾长无点；
松筠自有操。

赏析

此联写于1916年5月。陈其美为辛亥革命时期的风云人物，曾任沪军都督、上海讨袁军总司令、中华革命党总务部长。1916年5月被人刺杀于上海寓所，章太炎撰送挽联致哀。

上联中，瑜瑾，亦作瑾瑜，美玉。《左传·宣公十五年》："谚曰：高下有心，川泽纳污，山薮藏疾，瑾瑜匿瑕，国君含垢，天之道也。"亦用以比喻美德。长，经常。点，细小的痕迹、斑点。《晋书·袁宏传》："如彼白圭，质无尘点。"上联以美玉经常无瑕，称颂逝者高洁人品。

下联中，松筠（yún），松与竹。因其材质坚韧，终冬不凋，常用以比喻节操坚贞。南齐王融《奉和南海王殿下咏秋胡妻》："日月共为照，松筠俱以贞。"下联以松竹自有操守，极颂逝者坚贞节操。

此联言简意明，以"瑜瑾"与"松筠"为喻，盛赞逝者高洁人品与坚贞节操。

赠李根源

章太炎

南方以守为固；
晋王之后有君。

赏析

此联写于1916年10月。李根源（1879—1965），云南腾冲人。早年留学日本，参加同盟会。辛亥革命后，任云南军政府军政总长兼参议院院长。1913年参加"二次革命"，失败后流亡日本。1915年10月回国参加反袁斗争，任军务院北伐联合军都参谋。1916年10月，章太炎针对当时政治形势，写了这副篆体对联，送给李根源。

上联中，"南方"句，章太炎在《自定年谱》中说："余见国势日岌，八月南赴肇庆，欲劝说岑春煊、李根源图长江以规形势，不得见听。""见南方无可与谋进，遂出游南洋群岛。"此句意谓，南方宜采取以守为固的策略。

下联中，晋王，即晋武帝司马炎。本系司马昭之子，昭死嗣为晋王。后废魏称帝，建都洛阳。时蜀已先灭，遂大举伐吴，统一全国，结束汉末以来的纷乱局面。君，对李根源敬称。作者希望李根源能步古代晋王后尘，在统一全国中发挥重要的作用。

此联表达作者希望联合以消除军阀混战的美好愿望，为此奔走各地，可谓用心良苦。

挽黄兴

章太炎

无公即无民国；
有史必有斯人。

赏析

此联写于1916年11月。黄兴为近代民主革命家、军事家。曾任中国同盟会协理、南京临时政府陆军部总长兼参谋总长、江苏讨袁军总司令。1916年10月31日，黄兴因病逝世于上海，章太炎撰送挽联致哀。

上联中，公，指黄兴，对于逝者的敬称。作者称颂黄兴为民国的开国元勋，因言“无公即无民国”。

下联中，斯人，此人，即黄兴。作者预言，今后如果有史，尤其是中华民国的历史，则必有此人。

此联赞颂逝者开创民国的历史功业必将永载史册。要言不烦，切中肯綮，短短两句话，就对逝者作出了极高的评价。

挽徐宝山

章太炎

雪九世重仇，特起异军酬阁部；
知百年怛化，肯称符命媚当涂。

赏析

此联写于1916年间。徐宝山，是清末民初著名的草泽英雄。清末原称雄绿林，后率部响应辛亥革命，出任江苏第二军军长，驻防扬州。因反对袁世凯称帝，被袁爪牙暗杀。后徐宝山夫人修建墓祠，托人求章太炎书联。章太炎因以此联付之。

上联言逝者响应辛亥革命，投入反清斗争。九世，古称三十年为一世，九世言其历时之长。重仇，明亡于清，此系国仇，因言重仇。特起异军，即异军突起。典出《史记·项羽本纪》：“少年欲立婴便为王，异军苍头特起。”常用以比喻另一种力量或派别卓然兴起。此指徐宝山原系绿林，率部响应辛亥革命，可谓异军突起。阁部，指史可法，曾任内阁大学士，因称阁部。明末清军南下，坚守扬州孤城，城破不屈而死。这里意在褒奖徐宝山在扬州一带参加反清斗争。酬阁部，意谓实现了史阁部当年反清的愿望。

下联言逝者反对袁世凯称帝。怛（dá）化，语出《庄子·大宗师》，意谓不要惊动垂死之人，后亦指人死亡。此指逝者深知人生百年总要死的。符命，古代谓天赐祥瑞于人君，以为受命的凭证。亦叙述祥瑞征兆为帝王歌功颂德的文章。当涂，当道，意谓正当仕路，执掌大权。此指逝者不愿称颂所谓“符命”以取媚于当权者，亦即反对袁世凯称帝。此句典出《后汉书·袁术传》：“术字公路，少见谶书，言代汉者当涂高，自云名字应之，遂有僭逆之谋。”这里将袁世凯比作袁术，且赞扬徐宝山拒绝袁世凯让他号召淮海士绅列名“劝进”的要求。

此联用典，切人切地切事，对逝者作出了较为准确的评价。

讽康有为

章太炎

国之将亡必有；
老而不死是为。

赏析

此联写于1917年7月。康有为（1858—1927），广东南海人。清光绪进士。近代改良派代表人物。戊戌变法失败后，成为保皇派领袖。1917年7月，安徽督军张勋勾结康有为等保皇党人，拥戴废帝溥仪复辟，改民国六年为宣统九年，激起全国人民强烈反对。孙中山、章太炎等在上海通电护法，出师讨逆。章太炎还曾写了一副兼具集句、缺字、嵌名特点的讽刺康有为的联语。

“国之将亡必有”，语出《礼记·中庸》：“国之将亡必有妖孽。”作为歇后语，作者引用成语或前人成句，字面上只用前边部分，而本意实在于后边部分。此隐“妖孽”二字，才是作者本意。

“老而不死是为”，语出《论

语·宪政》:“老而不死是为贼。”同样作为歇后语,其意在取“贼”字。

此联巧妙地将对方名字“有为”二字分别嵌入上下联句末尾,且构成歇后语,意在说明张勋、康有为之流复辟帝制,实为妖孽、盗贼所为。

题新安千唐志斋

章太炎

宁与凤凰比翼;
不随鸡鹜争鸣。

赏析

此联写于1918年间。千唐志斋,在河南新安县城西铁门镇,为具有豫西地方色彩的窑院式建筑。在丛集的拱形砖券窑洞里,镶嵌有唐代墓志石刻1193件和晋、宋、明、清以及其他书画造像石刻1374件。由于唐代墓志石刻最多,章太炎命名为“千唐志斋”,并为其篆额书联。内藏石刻为国民革命军二十路军总指挥兼河南省民政厅、建设厅厅长张钫在铁门镇兴建私邸花园时所收集。这些唐代墓志与历代书画造像石刻具有一定的历史和艺术价值。作者题斋及人,加以勉励。

上联中,凤凰,传说中的鸟名,雄为凤,雌为凰。《诗·大雅·卷阿》:“凤凰于飞,翙翙其羽。”比翼,并列飞翔。上联以凤凰比喻品德才学崇高的人,表明千唐志斋主人张钫志向高远。

下联中,鸡鹜(wù),鸡和鸭。二者均为家禽,常用以喻平庸之人。《楚辞·九章·怀沙》:“凤凰在笯兮,鸡鹜翔舞。”王逸注:“言贤人困厄,小人得志也。”下联以鸡鹜喻平庸之人,谓对于得志小人不必随之争鸣。

此联言志述怀,喻体生动鲜明,意在表示宁可与神鸟凤凰比翼高飞,而不跟随鸡鸭与之争鸣。这里既是评价,也是鼓励“千唐志斋”的主持者在学术上应有更高的追求。

挽刘人熙

章太炎

乱世才难用；
先生老未归。

赏析

此联写于1919年间。刘人熙（1844—1919），湖南浏阳人。谭嗣同之师。同治年间进士。曾在河南、广西等地任知县、道员。后返乡任湖南教育会会长、法政学堂总办。辛亥革命后，任湖南民政司司长、船山学社第一任社长。1915年投入反袁（世凯）、驱汤（芗铭）运动，次年任湖南督军兼省长，与孙中山来往密切。1919年间因病逝世，章太炎撰送挽联致哀。

上联中，乱世，混乱动荡的年代。此句哀叹逝者虽有大才，却生逢乱世，难以得到重用。

下联中，归（kuì），通“愧”，惭愧。《国策·秦策一》：“面目犁黑，状有归色。”高诱注：“归当作愧。愧，惭（惭）也。音相近，故作归耳。”联中意谓逝者七十二岁高龄出任湖南督军兼省长，可谓老当益壮，为中华民国作出了自己的贡献。

此联用语古朴典雅，以表达对于前辈学人景仰与怀念之情。

挽黄兴母易太夫人

章太炎

李临淮殁无后言，言其身而显其亲者；
陶士行起由寒畯，非此母能生其子乎？

赏析

此联写作时间有待考查。黄兴母易太夫人，黄兴为孙中山亲密战友，曾任中国同盟会协理、南京临时政府陆军总长兼参谋总长。1916 年 10 月英年早逝。易太夫人逝于黄兴之后，具体年月不详，章太炎撰送挽联致哀。

上联中，李临淮，唐代名将李光弼，曾任河东节度使，因平定安史之乱有功，升任天下兵马副元帅，封临淮郡王。这里以李临淮喻黄兴。殁（mò）无后言，此指黄兴死后无言，即不可能来祭奠自己的母亲。言其身，言及自身，亦指自身的品节、行为。此句意谓，说到他自身的品格而更能显耀其亲人，亦即易太夫人因其子而愈加受人尊敬。

下联中，陶士行，晋代名将陶侃，字士行，曾任荆州刺史，因平定苏峻叛乱有功，封长沙郡公，都督八州军事。他在军中四十余年，向以果毅善断闻名。寒畯（jùn），指出身寒微而才能杰出的人。《世说新语·贤媛》："陶公（指陶侃）少有大志。"注引晋孙盛《晋阳秋》："时豫章顾荣或责羊晫曰：'君奈何与小人同与？'晫曰：'此寒畯也。'"这里是说，陶侃少年孤贫，且有大志，后来成就由此而起。试问，如果没有像易太夫人这样贤惠的母亲能生出这样好的儿子吗？

此联用典贴切，构思机巧。作者在以历史人物赞誉黄兴的同时，自然联系到易太夫人因其子更加受人尊敬与当年培育儿子成为杰出人才的功劳。

挽张汇滔

章太炎

钝初之死可无伤，克强之死可无恨，英士之死可无惨，闻道斯得道，求仁斯得仁，肝胆有书生，凭孤郡，抗顽胡，大器推尊颜太守；

金陵共事见厥智，淮上共事见厥勇，汉皋共事见厥仁，惟我能识君，君亦能识我，男儿尚意气，观数奇，知骨梗，穷途痛哭李将军。

赏析

此联写于1920年2月。张汇滔（1882—1920），安徽寿县人。早年留学日本，加入同盟会。1911年10月，响应武昌起义，集合义军击败寿春镇总兵，收复安徽阜阳及河南固始等县，并独立与河南布政使倪嗣冲作战。"二次革命"时赴皖讨袁。1920年2月被倪嗣冲派人刺杀于上海。章太炎撰送挽联致哀。

上联中，"钝初"五句，钝初，又作"遁初"，即宋教仁，1913年被袁世凯派人刺死于上海。克强，即黄兴，1916年病逝于上海。英士，即陈其美，1916年被袁世凯派人刺死于上海。联中出现无伤、无恨、无惨，是因为他们已闻道得道、求仁得仁，可以死而无憾，没有悲伤、没有后悔、没有忧愁。闻道，指懂得圣人之道。语见《论语·里仁》："朝闻道，夕死可矣。"求仁，语见《论语·述而》："求仁而得仁，又何怨？"后多作为适如心愿之意。"肝胆"四句，肝胆，喻真诚的心意，如肝胆照人、披肝沥胆。书生，联系下文，指颜太守。孤郡，即平原郡。顽胡，指安禄山叛乱。安本胡人，因称顽胡。大器，犹大才。颜太守，即唐大臣、书法家颜真卿，开元进士，官至监察御使。因遭杨国忠排斥，出任平原太守。安禄山叛乱时，作为一介书生，毅然起兵抗击顽胡，附近十七州响应，被推为盟主。后封为鲁郡公，世称颜鲁公。

下联中，"金陵"五句，金陵，南京的别称。厥（jué）智，他的智谋。淮上，指安徽、江苏一带。逝者曾任淮上革命军总司令。汉皋，汉口旧称。1916年春夏之交，章太炎赴汉口与张汇滔策划北洋二师官兵起义。起义虽遭失败，二人却结下深厚友谊。"男儿"四句，尚意气，注重意志和勇气。数奇（jī），旧指命运不好，遇事不利。《史记·李将军列传》："大将军青亦阴受上诫，以为李广老，数奇，毋令当单于，恐不得所欲。"骨梗，亦作骨鲠，喻刚直、刚劲。李将军，即汉代名将李广。抗击匈奴，屡立战功。与匈奴前后七十余战，然未得封侯。元狩四年，随大将军卫青击匈奴，因迷失道路受到处分，自杀而死。联中因以"穷途痛哭"挽之。这里既是哀挽汉代自杀身亡的名将李广，亦为哀挽民国被人谋杀的将领张汇滔。

此联慷慨悲壮，长歌当哭。上联历数周围友人之死，且以唐代名臣颜太守喻逝者，给予很高评价；下联称颂逝者智慧、勇敢、仁义，而又穷途痛哭，叹其像西汉名将李广那样未能善终。

挽伍廷芳

章太炎

一夜变须眉，难得东皋公定计；
片时留骨殖，不用西门庆花钱。

赏析

此联写于1922年6月。伍廷芳，为近代著名外交家，曾任清廷驻美国、西班牙、秘鲁、墨西哥等国公使。1911年武昌起义后，伍氏宣布赞成共和，为南方民军全权代表，参与南北议和谈判。1912年任南京临时政府司法总长。1916年由黎元洪委任为外交总长，次年代国务总理。1917年因反对段祺瑞解散国会，参加护法军政府，后任外交部长、财政部长、广东省长。1922年6月因突发心脏病逝世。章太炎对此人因有成见送了一副过于刻薄、有伤忠厚的挽联。

上联用历史上伍子胥过昭关的故事。伍子胥因父亲伍奢被楚平王杀害，为逃出楚国急得一夜变成须眉，后采用东皋公所定之计，逃出昭关，投奔吴国。伍廷芳亦姓伍，联中遂用此典。1922年伍廷芳被孙中山委任为广东省长，因陈炯明炮打观音山，奔波折冲，须发皆白，舌敝唇焦，忧急而死。作者遂以此事为本戏说。

下联用《水浒》中武大郎火葬的故事。伍与武谐音，故加以移用。伍廷芳临死留下遗言，采用欧西火葬。章太炎因称“片时留骨殖”，而且“不用西门庆花钱”。这里与上联一样，明显带有贬义。平时二人虽同处革命营垒，却时有龃龉，故挽联亦与众不同。明显持有即兴戏作成分，用了两个与逝者姓伍有关的“君家故事”制成挽联，派人送至灵堂。

章太炎素有“章疯子”之称，就连自己也说：“古来有大学问成大事业的，必得有神经病，才能做到。”此联之怪，可见一斑。

挽孙中山

章太炎

孙郎使天下三分，当魏德萌芽，江表岂曾忘袭许；
南国本吾家旧物，怨灵修浩荡，武关无故入盟秦。

赏析

1925年3月12日，孙中山因病逝世于北京。同年4月12日，上海各界举行悼念活动，章太炎撰送挽联致哀。此联可谓独树一帜，并未正面颂扬逝者的功业品德，而是借用历史典故，在评价孙中山一生成败得失的同时，表明自己对于当时时局的看法。联中分别以孙策虽据有江东仍不忘讨伐曹魏和楚怀王被秦骗入武关遭囚致死的故事，意在说明孙中山北上之行是失策的，并对建立孙中山、段祺瑞、张作霖三角联盟表示异议，何必离开“南国”革命根据地而去南北议和。当时治丧委员会未将此联挂出，实际对于孙中山并无恶意，却有助于人们认识北洋军阀的本质。

上联中，孙郎，指三国时的孙策。策为将军时，年纪尚小，虽有爵位，而士民皆呼“孙郎”。这里借指孙中山。天下三分，一般是指魏、蜀、吴三国鼎立。这里是借指当时中国形成的三大势力，即以段祺瑞为代表的皖系军阀，以张作霖为首的奉系军阀和以孙中山为代表的南方革命势力。魏德，指曹魏政权。曹操字孟德，因称“魏德”。萌芽，开始发芽。此指曹操萌生称帝愿望的时候。江表，指长江以南地区。从中原看，地在长江之外，故称江表。袭许，袭击许昌。《三国志·吴书·孙策传》：“建安五年，曹公与袁绍相拒于官渡，策阴欲袭许迎汉帝。”上联意谓，东吴孙策在天下三分之际，便对尚在萌芽中的曹操的称帝野心保持高度警惕，且曾计划袭击许昌以迎汉献帝回东都洛阳。

下联中，南国，泛指南方。吾家旧物，指旧日之典章文物。语出《晋书·王献之传》：“青毡乃吾家旧物。”怨灵修浩荡，语出屈原《离骚》：“怨灵修之浩荡兮，终不察夫民心。”灵修，喻君王。浩荡，心无所主，义近糊涂。原指楚怀王，联中另有寓意。武关，在陕西商县，战国时为秦之南关。秦昭王曾诱骗楚怀王在此会盟。楚怀王不听屈原劝谏如约而来，以致被扣，后死于秦国。这里借以比喻孙中山于1924年11月应北洋军阀段祺瑞邀请北上讨论国是，在同段祺瑞、张作霖谈判中，1925年3月死于北京。这正是作者“怨灵修之浩荡”的原因，因其对于北方军阀势力缺乏应有的警惕。

此联特点在于利用历史抒发个人感慨，表达不同政见。这在当时的追悼会上也许不合时宜，却并非对于逝者的不敬。究其对于时局的见解仍颇有独到之处，值得引起人们的重视。

挽张謇

章太炎

承濂亭薪火之传，能以文章弇科第；
载端木胡连之器，岂因货殖损清名。

赏析

此联写于1926年8月。张謇(jiǎn)（1853—1926），江苏南通人。近代学者和工商业家。光绪年间状元。一生重视创办实业和文化教育事业。曾任南京临时政府实业总长、袁世凯政府农林总长与工商总长、全国水利局总裁。1926年8月因病逝世，章太炎撰送挽联致哀。

上联中，濂亭，指江阴凤池书院院长张裕钊。举人出身，勤治文史，著有《今文尚书考证》、《濂亭文抄》等书。张謇曾从濂亭先生问学。薪火之传，亦作薪尽火传。语出《庄子·养生主》：“指穷于为薪，而火传之，不知其尽也。”谓传火于薪，前薪尽而火犹传于后薪，因此则火无尽。后用以喻学问技艺世代相传。弇（yǎn），相承、相合。科第，语见《汉书·元帝纪》，后指科举登第。上联意谓，张謇早年曾受教于江阴凤池书院院长张裕钊，后以文章胜，于光绪年间科举及第中了状元。

下联中，端木，即端木赐，

孔子学生子贡，以货殖致富。后世商人往往自诩为“子贡生涯”。胡连，亦作瑚琏。语出《论语·公冶长》：“子贡问曰：‘赐也何如？’子曰：‘女器也。’曰：‘何器也？’曰：‘瑚琏也。’”注：“瑚琏，黍稷之器。夏曰瑚，殷曰琏，周曰簠簋。”瑚、琏皆为古代祭祀时盛粟稷的器皿，因其贵重，常用以比喻人有才能，堪当大任。货殖，经商。《论语·先进》：“赐不受命，而货殖焉；亿则屡中。”注：“子贡货殖，谓尽财货以生殖也。”下联意谓，张謇一生主张实业救国，经营工商实业，亦曾遭人非议。此人明显载有子贡瑚琏之器，哪里会因经商而有损逝者的清名。

此联哀挽逝者。上联言承濂亭之教，以文章科举及第；下联言载端木之才，以兴办实业名世。“岂因货殖损清名”，既在肯定逝者经商才能，亦显作者自身观念与时俱进。

赠曹亚伯

章太炎

英雄割据虽已矣；
文采风流今尚存。

赏析

此联写于1927年间。曹亚伯（1878—1937），湖北阳新人。早年肄业于两湖书院，后参加同盟会。多年协助黄兴、孙中山从事革命活动。1914年由孙中山派往南洋宣传中华革命党宗旨。1917年筹资参加护法运动。晚年被南京政府冷遇。1927年写成《武昌革命真史》，亦作《民国开创史》，曾请章太炎教正，并求书联。章言稍缓当为撰句，曹却索之甚急。太炎先生即以杜甫诗句移赠。

此联摘自杜甫七言古风《丹青引赠曹将军霸》：“将军魏武之子孙，于今为庶为青门。英雄割据虽已矣，文采风流今尚存。……”杜甫意在赞颂当时著名画家曹霸。曹霸官至左武卫将军，为魏武帝曹操的后代。杜诗因言曹操所建立的霸业虽已成为历史陈迹，但他的文采风流至今尚存，亦即后继有人。曹亚伯亦姓曹，且为《民国开创史》一书作者，联中移花接木，至为切当，又与民国以后的形势相吻合。

这副摘句联语引自杜甫成句。虽系应急之举，却又切人切事。见者以为工切，而其敏捷如此，让人为之叹服。

挽唐继尧

章太炎

功似周绛侯，才似李西平，僭制已除，独秉义心尊奥主；
燕昭晚求仙，齐桓晚好内，雄图虽蹶，终于民国是完人。

赏析

此联写于1927年间。唐继尧（1882—1927），云南会泽人。1911年任云南新军管带，在昆明参加起义。1912年率滇军占领贵阳，称贵州都督。次年调任云南都督。1915年底与蔡锷通电护国讨袁。1917年参加护法运动，却排挤孙中山，暗通北洋军阀。后鼓吹“联省自治”，力图保持独占云南的地位。1927年初被迫去职，不久病死。章太炎撰联致哀。

上联肯定逝者生前的历史功绩。周绛侯，指西汉以军功受封绛侯的周勃。刘邦曾说周勃厚重少文，然安刘氏者必勃。吕后死，与陈平等共诛吕产、吕禄，迎文帝继位。李西平，指唐朝受封为西平郡王的李晟。李晟初为边镇裨将，后却率军讨伐藩镇屡立战功。建中四年击败叛据长安的朱泚，收复京师，累官至太尉兼中书令，封西平郡王。僭（jiàn）制，冒用帝王的礼制，此指袁世凯复辟称帝。奥主，深居内室的主人，比喻国君。《左传·昭公十三年》：“国有奥主。”此指逝者独秉义心仍维护孙中山的领导地位。上联因作者认识局限，对于唐继尧评价过高。

下联婉言逝者晚年从政缺失。燕昭，即燕昭王，战国时燕国君。改革政治，招徕人才，一度使燕国富强。“晚求仙”出典待查。齐桓，即春秋时代第一个霸主齐桓公。据《左传》载：“齐侯好内，多内宠。”言其晚年贪恋女色。蹶（jué），摔倒，比喻失败或挫折。此指反对北洋军阀的斗争没有取得预期的效果。完人，道德上完美无缺的人。这里是说，逝者在民国终于还是一个完美的人。

此联用典，蕴藉含蓄。意在以古喻今，褒贬之间，或扬或抑。均需联系逝者生平经历与当时政治形势，方能正确理解。

挽王国维

章太炎

至诚格天，邀数百载所无旷典；
孤忠盖代，系三千年垂绝纲常。

赏析

此联写于 1927 年间。王国维（1877—1927），字静安，号观堂，浙江海宁人。清朝末年秀才。近代著名学者。在哲学、文学、中国戏曲、古代文物、古文字学研究方面均有杰出贡献。辛亥革命后即以遗老自居，专事学术研究。一度任职于溥仪的“南书房”，继为清华研究院教授。1927 年在颐和园投昆明湖自尽，溥仪谥之为“忠悫”。章太炎闻讯亦撰联致哀。

上联中，格，感通。《书·说命下》：“格于皇天。”邀，遇上，求得。旷典，谓罕见难逢的典礼。《宋史·乐志五》：“百年旷典，至是乃行。”上联意谓，逝者一片至诚，感通上天，才遇上如此难逢的盛典，即废帝溥仪感其对清王朝的忠诚，谥之为“忠悫”。

下联中，孤忠，忠心耿耿而不得支持。元胡炳《拜岳郡王墓》：“大义君臣重，孤忠天地知。”此句表彰逝者心存一片孤忠，盖过当代之人。系，继承。垂绝，将近断绝。纲常，即三纲五常。封建时代以君为臣纲，父为子纲，夫为妻纲为三纲；仁义礼智信为五常。这些均为维护封建等级制度的道德规范。这里既是对于逝者的特定评价，也反映了作者当时思想上的倒退。

此联内容有误，实为败笔。诚如当年鲁迅所言，太炎先生虽先前也以革命家现身，后来却退居为宁静的学者。先生遂身衣学术的华衮，粹然成为儒宗。而这正是写出上述联语的原因。

挽饶汉祥二联

章太炎

一

坚乎白乎，公山召欲往，佛肸召欲往；
琐兮尾兮，泥中胡不归，中露何不归。

二

陆敬舆言成典谟，翰苑经纶如孟子；
韩致光文虽绮丽，暮年哀怨即灵均。

赏析

这两副挽联写于1927年间。饶汉祥（1876—1927），湖北广济人。清末举人，留学日本。辛亥革命后，成为黎元洪的幕僚，一生随其浮沉。曾任武昌都督府书记、湖北民政长、总统府秘书长。1917年张勋复辟时，随黎元洪下台，居天津著诗词自娱。1922年黎元洪任大总统，再任总统府秘书长。次年黎被赶走，他亦去职。1927年因病去世，章太炎撰送挽联致哀。

第一副挽联：

上联中，坚乎白乎，语出《论语·阳货》：“不曰坚乎，磨而不磷；不曰白乎，涅而不缁。”后以坚白喻人之操守坚定，不同流合污。公山，即春秋时鲁国公山弗扰。佛肸（bì xī），亦春秋时鲁国人。这两句话出自《论语·阳货》。朱熹有注：“然夫子于公山、佛肸之召皆欲往者，以天下无不可变之人，无不可为之事者。其卒不往者，知其人之终不可变，而事之终不可为耳。一则生物以仁，一则知人之智也。”联中肯定逝者亦仁亦智，一生追随黎元洪而保持自身的节操。

下联中，琐兮尾兮，语出《诗·邶风·旄丘》：“琐兮尾兮，流离之子。”朱熹注：“言黎之君臣，流离琐尾，若此其可怜也。”泥中胡不归，语出《诗·邶风·式微》：“式微式微，胡不归，微君之躬，胡为乎泥中。”朱熹注：“泥中，言有陷溺之难，而不见拯救也。”中露何不归，语出《诗·邶风·式微》：“式微式微，胡不归，微君之故，胡为乎中露。”朱熹注：“中露，露中也。言有沾濡之辱，而无所芘覆也。”联中是说，处于流离琐尾的困境之中，不论“泥中”还是“中露”，何以均不归去？

第二副挽联：

上联中，陆敬舆，即唐代陆贽。大历六年进士，德宗召为翰林学士。朱泚之乱时，从帝至奉天，诏书多出贽拟，时号“内相”。官至中书侍郎同平章事。后为裴延龄所谮，贬忠州别驾。所作奏议数十篇，指陈时弊，论辩明彻，为后世所重。有《翰苑集》（亦作《陆宣公奏议》）传世。言成典谋，其言可以成为典范的谋略。这里既是赞颂陆贽奏议，亦在肯定逝者当年作为总统府秘书长所写的文稿。翰苑，文翰荟萃之处，犹言翰林。经纶，整理丝缕，可引申为处理国家大事。此指陆贽（实誉饶汉祥）言成典谋，实为翰林院中经纶之才，如同古代的孟子一样。

下联中，韩致光，即唐末诗人韩偓，字致光。龙纪进士，官翰林学士、中书舍人。从昭宗至凤翔，进兵部侍郎、翰林承旨，为帝倚重。后以不附朱全忠被贬斥，南依闽王王知审而卒。其诗多写艳情，辞藻绮丽，有“香奁体”之称。暮年哀怨，此指韩致光晚年遭到贬斥，其诗亦有哀怨之音，就像屈原遭谗被逐而写《离骚》一样。屈原又名正则，字灵均，为战国时期大诗人。

这两副挽联均以上联赞逝者从政时亦仁亦智、言成典谋；而以下联哀逝者遭贬时处于困境、心存哀怨。上述内容并未直接表述，均以历史典故或古人诗文成句喻之，能收到言少意多的效果。

挽张其煌

章太炎

丹青不渝，松柏不凋，一诺至今怀季布；
直木先伐，甘井先竭，儒冠终竟误高阳。

赏析

此联写于1927年间。张其煌（1877—1927），广西桂林人。清末进士。辛亥革命后任湖南都督府军务委员、约法会议议长。1922年任广西省省长。1925年任吴佩孚秘书长。1927年在湖北樊城一带死于乱军之中，章太炎撰联致哀。

上联中，丹青不渝，丹和青是中国古代绘画中常用之色。其色不易泯灭，用以比喻光明显著或坚贞不渝。松柏不凋，松柏常青，不易凋谢。季布，楚汉战争中，为项羽部将，多次围困刘邦。汉朝建立，被刘邦追捕，由朱家通过夏侯婴向刘邦进言，得以赦免，后任河东守。此人本为楚地著名“游侠”，当时人称：“得黄金百斤，不如季布一诺。”这里是说，季布一诺千金，至今让人怀念。联中用以誉逝者。

下联中，直木先伐，很直的树总是先被砍伐。甘井先竭，甘甜的水井往往先枯竭，比喻有才能人的往往早衰。语见《庄子·山水》：“直木先伐，甘井先竭。”儒冠，儒生戴的帽子，后转作儒生代称。杜甫《奉赠韦左丞丈二十二韵》：“纨绔不饿死，儒冠多误身。”高阳，指秦汉之季的郦食其，为陈留高阳乡人，自称“高阳酒徒”。秦末农民战争投靠刘邦，设计克陈留，封广野君。楚汉战争中，说齐王田广归汉，韩信乘机袭齐，齐王以为被他出卖，把他烹死。这里是说，儒生之见终究误了郦食其性命。联中喻指张氏不幸死于乱军之中。

此联哀挽逝者，给予很高评价。上联以“季布一诺”赞其节操坚贞，下联以“儒冠误身”哀其惨遭不测。联中赞语连篇，实有过誉之嫌。

挽章炳森

章太炎

素无大功亲，同气余三，夺我寡兄何太酷；

偕行六十载，残年有几，别当多难更谁堪。

赏析

此联写于1928年1月。章炳森（1868—1928），又名篯，字椿伯，浙江余杭人。章太炎的哥哥。清末举人，曾任浙江咨议局议员。辛亥革命浙江光复后，任余杭县议会议员。一生长于医术。1928年1月病逝，章太炎于悲痛中送挽联致哀。

上联中，素，平素、向来。大功，旧时丧服名，为五服之一。同气，本谓有血统关系的亲属，此指同胞兄弟。寡兄，少有的兄长，且形容其明智过人。上联意谓，我向来很少有五服以内的亲戚，现在同胞兄弟只剩下三人，老天竟夺我长兄是何等的残酷。

下联中，偕行，同行。《诗·秦风·无衣》："与子偕行。"章太炎生于1869年，因言与长兄共同生活了六十年。下联意谓，我与长兄共同生活了六十年，而今自己也已风烛残年时日无多，此时永别又正当家国多难之际，谁能忍受得了这种悲痛呢？

此联情真意切，如泣如诉，实话实说，更显悲怆感人。

挽黎元洪

章太炎

维大明太祖而兴，玉步未更，绥寇岂能干政统；
与五色国旗俱尽，鼎湖一去，谯周从此是元勋。

赏析

此联写于1928年6月。黎元洪（1864—1928），字宋卿，湖北黄陂人。北洋水师学堂毕业，曾为湖北新军统领。辛亥革命后，出任军政府鄂军大都督、南京临时政府副总统。袁世凯篡权后，仍任副总统、参政院议长。袁世凯死后任大总统，与国务总理段祺瑞产生府院之争，不久被赶下台。1922年一度复任总统，次年又被直系赶走。1928年6月病逝于天津。章太炎写了这副有点让人费解的挽联。

上联中，大明太祖，即朱元

璋，明朝政权建立者。此句意谓，孙中山开创的中华民国，成就了推翻清朝继明而兴的伟大事业。玉步，从容雅步，谓行走合乎礼法，雍容有节。更，更替，易换。此指辛亥革命后，特别是袁世凯执政后依然采用封建制度那一套。绥寇，安抚盗匪，实即招安。清吴伟业著有《绥寇纪略》一书。联句暗讽袁世凯，因为袁世凯在辛亥革命时是被迫起义的，故可视为被招抚之人，而此人岂可干预政统。

下联中，五色国旗，为 1911 年至 1927 年间民国使用的国旗，由红、黄、蓝、白、黑五色表示汉族、满族、蒙古族、回族、藏族五族共和。1928 年起改用青天白日旗。鼎湖，古代传说黄帝乘龙飞升处，后亦用以称帝王之死。此指黎元洪去世，因与五族共和旗帜俱尽。谯周，为三国时蜀汉大臣，曾劝蜀主刘禅降魏，后接受魏主所封的阳城亭侯。元勋，首功，大功。常指对国家有极大功绩的人。此处暗指蒋介石、汪精卫等人，从此成为新朝的元勋。

此联用语婉曲隐晦，因而其意难明。不少联书评说各异，有说给予逝者很高评价，或言联句似褒实贬，且以谯周喻之。人们常说：诗无达诂。其实联语亦然。笔者所作上述解析，作为一种看法，仅供参阅而已。

挽阮荀伯

章太炎

以乡观乡，其德乃长，良吏何劳书越绝；
有法无法，因时为业，达人原不泥韩非。

赏析

此联写于 1928 年间。阮荀伯（1874—1928），名性存，浙江余姚人。1905 年留学日本法政大学。回国后设立浙江法政学堂，任校长。辛亥革命后从业律师。1921 年参与浙江宪法起草。1927 年任浙江省政府委员兼司法厅厅长。1928 年因病逝于杭州，章太炎撰送挽联致哀。

上联中，乡，乡里，所居之

乡。德，德泽，恩惠。联句意谓，以乡里之人眼光观察乡里，即从实际出发服务地方，其德泽才会久长。良吏，旧时称清廉正直、勤于政事的地方官吏。《三国志·魏书·武帝纪》：“忠能勤事，心如铁石，国之良吏也。”此指多年在浙江任职的阮荀伯。书越绝，即越绝书，据《四库提要》说明，为东汉袁康撰，原书二十五篇，今佚五篇，十五卷。其文与《吴越春秋》相类，记春秋越国事。联句意谓，作为良吏何需劳累去写《越绝书》，亦即本身之作为自可载入地方的史册。

下联中，法，法则，准则。时，时宜，合于时宜。《孟子·万章下》：“孔子，圣之时者也。”业，事业，事务。联句意谓，不论有法还是无法，都要以合乎时宜为业。这里“无法”意在强调没有一成不变的法。达人，指通达事理的人。泥，拘泥。韩非，战国后期思想家，法家代表人物。主张“为治者……不务德而务法。”联句意谓，通达事理的人原可不必拘泥于韩非的法家学说。此指逝者生前作为从业律师，且曾担任浙江司法厅厅长，平时既执法而又不拘泥于成法，不愧是位越地的“达人”。

此联哀挽逝者，称其从政为泽及乡里的良吏，执法为以时为业的达人。诚为知者之言，评价切中肯綮。

挽梁启超

章太炎

进退上下，式跃在渊，以师长责言，匡复深心姑屈己；
恢诡谲怪，道通为一，逮枭雄僭制，共和再造赖斯人。

赏析

此联写于1929年1月。梁启超（1873—1929），字卓如，号任公，广东新会人。清末举人出身，曾从其师康有为变法维新。戊戌变法失败后逃亡日本，编辑《新民丛报》，坚持立宪保皇，受到革命派的批判。辛亥革命后，出任袁世凯政府司法总长。1915年底策动蔡锷组织护国军反袁；后又组织研究系，与段祺瑞合作，出任财政总长。一生著术甚丰。1929 年 1 月病逝，章太炎撰送挽联致哀。

上联对于逝者一生事业作出具体的评价。进退上下，指梁启超在仕途中的沉浮曲折，前半生跻身政治和后半生讲学著述。式跃在渊，式，语助词。《诗·大雅·旱麓》："鸢飞唳天，鱼跃于渊。"谓梁启超在政治舞台上犹如鱼在深渊跃动一样，进退自如，成就不凡。以师长责言，1916 年张勋复辟时，梁启超与其师康有为产生政见分歧。康与张勋辅佐溥仪复辟，梁则协助段祺瑞誓师讨逆，康因此而将其逐出师门，并致书大加抨击。匡复深心，匡复将倾之国家，使之恢复原样。亦即为了达到恢复共和制度之目的，有时宁可委屈自己。他与康有为尽管政见分歧，可对老师的态度，却始终尊敬如一。

下联言逝者虽然政治态度多变，但在反对帝制复辟斗争中做出了重大贡献。恢诡谲怪，道通为一，语出《庄子·齐物论》："故为是举莛与楹，厉与西施，恢诡谲怪，道通为一。"原谓许多极端相反的东西，如一根小草茎与一根柱子，一个丑女和一个美女，这大小美丑本来是非常矛盾的，但从道的观点看来，又是统一的。此指梁启超在近代一些历史事件中，观点与立场多变，但变的结果是变到"共和"这一方面来了。逮，及至。枭雄僭（jiàn）制，凶狠专横之人以不正当手段谋取政权，此指袁世凯称帝和张勋复辟而言。这些乱世之枭雄，都曾上台表演一番。结句谓再造共和制度依赖此人。此语虽不无一定的道理，却又明显属于溢美之词。在反对袁世凯称帝和张勋复辟的斗争中，梁启超确曾起过一定的作用，但夸大到"共和再造赖斯人"未免言过其实。

此联对于梁启超一生的评价，总体把握分寸较好。重点在于肯定他在反对张勋复辟的斗争中，具有匡复汉室的深心；后在反对袁世凯称帝的斗争中，为再造共和又建奇功。

再挽孙中山

章太炎

洪以甲子灭，公以乙丑殂，六十年间成败异；
生袭中山称，死傍孝陵葬，一匡天下古今同。

赏析

再挽孙中山，1929 年 6 月，南京中山陵落成，孙中山遗体由北京香山碧云寺移葬至此。当时曾隆重举行“奉安大典”，章太炎撰送了这副挽联。此联隐然以洪秀全、朱元璋比孙，正面歌颂了先生的伟大功业。

上联中，洪，指太平天国领袖洪秀全。甲子灭，1864 年为旧历甲子年，清军攻陷南京，太平天国灭亡，洪秀全亦于同年去世。“灭”含有贬义。殂（cú），殂落、死亡。古多用于帝王之死。《书·舜典》：“帝乃殂落，百姓如丧考妣。”1925 年为旧历乙丑年，孙中山病逝于北京。“殂”，含有褒义。六十年间，指洪秀全败亡的 1864 年至孙中山逝世的 1925 年间。成败异，指洪秀全领导的反清斗争失败了，而孙中山领导的辛亥革命却取得了成功。正是由于这相异之处，更加衬托出孙中山的伟大。

下联中，袭，合、触及。中山称，孙在日本时化名中山樵，后遂以中山相称。孝陵，明太祖朱元璋的陵墓，位于南京紫金山南麓西侧。中山陵在紫金山南麓东侧，二陵相近，因称“死傍孝陵葬”。一匡，纳入正轨，语见《论语·宪问》：“管仲相桓公，霸诸侯，一匡天下。”此句意谓，朱元璋驱逐元朝统治者，光复汉室；孙中山推翻满清王朝，建立民国，可谓古今相同，各自完成了“一匡天下”的历史使命。

此联通过洪秀全、朱元璋的对比衬托，极赞孙中山的革命功绩，更加突出孙中山伟大而光辉的一生。

挽蒋智由三联

章太炎

一

越人以参佐擅场，博如王仲壬，通如章实斋，小说怜他干县令；

高士有义方教子，隐则宗少文，见则种明逸，将才竟尔出清门。

二

卅年与世相浮沉，朝市山林，卷舒由己；
千古论才无准的，黄钟瓦缶，际遇为之。

三

大泽岂无贤，正令垂钓磻溪，谁能一顾；
衡门可终老，但未策名党国，便足千秋。

赏析

这三副挽联写于1929年9月。蒋智由（1866—1929），字观云，浙江诸暨人。近代改良派活跃人物，曾参与《新民丛报》编辑工作。1909年与梁启超组织政闻社，坚持君主立宪立场。早年参与“诗界革命”，与黄遵宪、夏尊佑一起被人称为“近世诗界三杰”。晚年思想渐趋消沉，在暗淡孤寂的生活中告终。1929年9月病逝，章太炎撰联致哀。

第一副挽联：

上联言逝者博学通才，实为大达之人。越人，此指绍兴一带的人，因古代越国建都会稽之故。参佐，僚属、部下。擅场，压倒全场，胜过众人。王仲壬，即东汉唯物主义哲学家王充，会稽上虞人。他好博览而不守章句。做过几任小官，后归乡里，从事教学著述。章实斋，即清代史学家章学诚，会稽人。乾隆年间进士，任国子监典籍。其于古今学术，辄能鉴别，而得其宗旨。著有《文史通议》、《续资治通鉴》等书。“小说”句，语出《庄子·外物》：“饰小说以干县令，其于大达亦远矣。”成玄英疏：“夫修饰小行，矜持言说，以求高名令问者，必不能大通于至道。”这里小说意指浅薄琐屑的言论。干，求取。县令，悬赏所定的等差、标准。此句实谓怜他小说干县令，亦即可怜那些修饰言行以求取高名的人。

下联言逝者教子有方，进退有据。高士，志行高尚之士，此指蒋智由。义方，旧指行事遵守的法度，后多指家教。宗少文，即南朝宋的宗炳。善弹琴，工书法、绘画。隐居不仕，好游山水，曾筑室庐山，与僧慧远等十八人结白莲社。见，“现”的本字，此指出来做官。种明逸，即北宋的种放。自号云溪醉侠，早年不应科举，隐居终南山讲学授徒。曾被召入京，屡隐屡仕，官至工部侍郎。将才，此指蒋智由之子蒋尊簋。辛亥革命后曾任浙江都督、大总统军事顾问等职。清门，清寒门第。

第二副挽联：

上联言逝者三十年与世浮沉，舒卷由己。卅（sà）年，三十年。指逝者参与近代改良活动至逝世这段时间。朝市，朝廷与市肆，多指名利场。山林，寄迹山林，辞官归隐之意。指逝者一生与世相浮沉，或从事政治活动，或隐居乡间。进退上下，全由自己。

下联言逝者或作黄钟，或作瓦缶，听任时势摆布。准的，标准、准则。黄钟瓦缶，语见《楚辞·卜居》：“黄钟毁弃，瓦釜雷鸣，谗人高张，贤士无名。”黄钟，古代音乐十二律之一，声调最洪亮，用以喻贤能之士。瓦缶（fǒu），古代瓦制用具，比喻小人。际遇，机遇。这里是说，因为论才没有标准，则能否得到重用，全由机遇来定。

第三副挽联：

上联言逝者晚年怀才不遇。大泽，《左传·襄公二十一年》：“深山大泽，实生龙蛇。”此谓深山大泽岂无贤能之士。磻（pán）溪，在陕西宝鸡市东南，传为姜子牙垂钓隐居处。此指逝者晚年无人问津。

下联言逝者衡门终老，便足千秋。衡门，横木为门，指简陋的房屋。《诗·陈风·衡门》：“衡门之下，可以栖迟。”策名，出仕做官。《后汉书·蔡邕传》：“吾策名汉室，死归其正。”此指逝者未在民国任过什么职务。足，满足、足够。千秋，婉言人死。

这三副挽联颇具特色。作者与逝者虽政见各异，却惺惺相惜，遂连书三副联语致挽。对于逝者一生事业与晚年境遇，或赞或叹，情真意切。联句大多由成语典故构成，或隐或显，言少意多。我们需要适应这种联语表述方式，认真阅读体会。

寿汪东四十

章太炎

执经看尔今强仕；
秉烛悲吾尚夜游。

赏析

此联写于1929年间。汪东(1890—1963)，江苏吴县人。早年留学日本，加入同盟会，任《民报》撰述。辛亥革命后，任《大共和报》撰述、大总统府法政咨议、国务部检事。1927年任中央大学教授，后受聘文学院院长。20世纪40年代任重庆大学教授、国民政府礼乐馆馆长。一生宣传国学，晚年定居上海。1929年汪东四十岁生日时，章太炎撰联致贺。

上联中，执经，旧指手执经书从师受业。《汉书·于定国传》："定国乃延师学《春秋》，身执经，北面备弟子礼。"章太炎与汪东有着师友之谊，因言看尔（你）"执经"。强仕，《礼·曲礼上》："四十曰强而仕。"谓男子年四十，智虑气力皆盛，可以出仕。后以"强仕"为四十岁之代称。

下联中，秉烛，手持蜡烛，语见李白《春夜宴从弟桃李园序》："古人秉烛夜游，良有以也。"意在劝人及时行乐。此系作者自谦之词，悲叹自己年事已高，尚在秉烛夜游。

此联用语精当，生动鲜明。一赞一谦之间，尽显师友之谊。

嘲南京政府

章太炎

蒋家天下陈家党；
孙氏骷髅宋氏〇。

赏析

此联写于20世纪20年代末。嘲南京政府，蒋介石于1927年发动"四一二"政变后，不久即在南京成立国民政府。章太炎晚年自动脱离国民党，一直潜心著述。他对以蒋介石为代表的国民党新军阀颇为不满，因在20世纪20年代末写成此联以嘲讽南京国民政府。

上联中，蒋家天下，南京国民政府成立后，蒋介石自任军事委员会委员长、国民党中央常务委员会主席、中央政治会议主席，完全操纵了国民政府的军政大权，联中因言成了“蒋家天下”。陈家党，陈果夫、陈立夫兄弟在1927年间参与“四一二”政变的策划。国民政府成立后，二人均身居国民党内要职，且组织中央俱乐部，很快发展成国民党内有名的CC派系，联中因言“陈家党”。

下联中，孙氏，指孙中山。骷髅（kū lóu），没有皮肉毛发的尸体或头骨。这里指孙中山死后，蒋介石完全背叛了孙中山的三民主义政治纲领，使孙中山所缔造的中华民国只剩下一个空架子而已。宋氏，指宋子文。南京国民政府成立后，宋子文任财政部部长、中央银行总裁，实际操纵国民政府的财政经济大权。○，联中有意空出一字，留有让人想象余地，且暗含讽刺宋氏家族（包括宋美龄）之意。

此联嘲讽南京政府，可谓文笔犀利，入木三分。

嘲王正廷

章太炎

正廷屡受伪廷命；
儒堂本是教堂人。

赏析

此联写于20世纪20年代末。王正廷（1882—1981），字儒堂，浙江奉化人。早年留学日本，加入同盟会。辛亥革命后，曾任北洋军阀政府工商次长、参议院副议长。1917年参加护法运动。后任巴黎和会全权代表、南方军政府外交总长、财政总长、国民党政府外交部长等职。章太炎对此人撰联加以嘲讽。

上联中，伪廷，指北洋军阀政府。此指王正廷屡次接受北洋军阀政府（伪廷）任命担任重要职务。

下联中，儒堂，王正廷字儒堂。本是教堂人，王正廷早于辛亥革命前就在上海中华基督教青年会工作，辛亥革命后也曾专任上海青年会全国协会总干事，因此作者以嘲讽的口吻说他本是教堂（而非儒堂）的人。

此联就王氏名（正廷）、字（儒堂）与其自身经历之表里不一加以嘲讽，可谓切中要害，一针见血。

挽马通伯

章太炎

一朝史事付萧至忠，虽子玄难为直笔；
晚岁文章愧李遐叔，知颖士别有胜怀。

赏析

此联写于1930年1月。马通伯（1885—1930），名其昶，晚号抱润翁，安徽桐城人。清光绪年间任学部主事、京师大学堂教习。辛亥革命后为清史馆总纂，撰有《清史稿》的光宣列传，并修订文苑传等。散文风格淡简，为桐城派末期代表，有《抱润轩文集》传世。1930年1月病逝，章太炎撰送挽联致哀。

上联中，萧至忠，唐雍州长安人。初任监察御史。中宗神农初，附武三思迁中书侍郎。尝以女妻韦后舅之子，睿宗景元初坐后党出任晋州刺史。太平公主用事，召拜吏部尚书、中书令，参与太平公主逆谋，事败被诛。一朝史事交付此人，岂能弄得清楚。子玄，即唐代史学家刘知几，自唐高宗至玄宗期间历任史官二十多年。以毕生精力撰成《史通》，因颇多精辟见解，为我国古代史学重要著作之一。直笔，谓古代史官按照事实忠实地记载，无所避忌。《晋书·郭璞传》："忝荷史任，敢忘直笔，惟义是规。"上联意谓，付与萧至忠的一朝史事，虽《史通》作者亦难于直笔。

下联中，李遐叔，即唐代散文家李华，开元进士，官至监察御史。安禄山陷长安时，曾受职，乱平贬官。其文"大抵以《五经》为泉源"。颖士，即唐代散文家萧颖士，开元进士，官至扬州功曹参军，宰相李林甫恶其不附己罢去。后客死汝南逆旅。自谓“平生属文，格不迎俗，凡所拟议，必希古文”，“魏晋以还，不尝留意”。胜怀，高妙的情怀。下联意谓，晚岁文章使李华感到惭愧，方知萧颖士别有胜怀。

此联用笔深曲，表层含义尚明。联中以唐代史学家刘知几、散文家萧颖士喻逝者，赞其在史学、文学方面的成就。至于因何以萧至忠、李华为陪衬，其寓意尚一时难明，需进一步掌握逝者有关经历方可理解。

挽田桐二联

章太炎

一

李少卿有报汉心，赋命乃不如苏武；
王仲淹献太平策，识时犹似后房高。

二

姚崇宋璟亦事则天，俟天下之清，君未逮耳；
王溥范质不死柴氏，当五代之乱，此何讥焉？

赏析

这两副挽联写于1930年7月。田桐（1879—1930），字梓琴，号恨海，湖北蕲春人。1905年加入同盟会，任评议员兼总理书记。曾创办《二十世纪之支那》、《复报》，宣传革命思想。辛亥革命后任南京临时政府参议员，参与“二次革命”和护法斗争。后任国民政府委员、立法委员。晚年反对与共产党合作，成为国民党右派。1930年7月病逝于上海，章太炎撰送挽联致哀。

上联中，李少卿，即西汉骑都尉李陵，曾率步兵五千人击匈奴，战败投降。虽有报汉之心，却病死异域。赋命，天生的命运。苏武，汉武帝时出使匈奴被扣，徙至北海牧羊，十九年坚贞不屈。后被遣回朝。

下联中，王仲淹，隋朝王

通，字仲淹，曾上隋文帝《太平策》，未见用，弃官以讲学著书为业。房高，似房乔之误。房乔，字玄龄，隋末进士，任温县尉。后归唐，协助李世民取得帝位。此句意谓就识时务而言，王仲淹好像还落后于房乔。

第二副挽联：

上联中，姚崇，唐代名臣。历任武则天、睿宗、玄宗三朝宰相。宋璟亦唐代名臣，为武则天所重，官至御史中丞。后在玄宗时继姚崇相位。俟，等待。清，清平、太平。逮，到、及。此指姚崇、宋璟均曾在则天朝出仕，后来他们等到了天下太平，而你却没赶上就去世了。

下联中，王溥，五代后汉、后周的大臣。归宋朝后，封祁国公。范直，五代后周的大臣，后亦归宋。柴氏，后周的皇帝姓柴，可见王溥、范质并没有为柴氏而死。五代，指唐灭亡后，在中原一带相继出现的梁、唐、晋、汉、周五个朝代。此何讥焉，这里是说，处于五代那样动乱的时代，这个朝代完了又做那个朝代的官，有什么可以讥笑呢?

此联特点明显在于用典。联中提到八个历史人物，寓意或显或隐，有的甚至可以意会而难于言传。我们只要联系逝者人生经历，与其加以对照，仍可悟出作者寓意所在。

挽赵铁樵

章太炎

主父偃不讳倒行，死地本来甘五鼎；
石季伦何至甕牖，孔堂今果列三千。

赏析

此联写于 1930 年 7 月。赵铁樵（1886—1930），名式金，四川叙永人。早年加入同盟会，曾在成都创办《游艺报》，鼓吹革命。辛亥革命后，至北京组建京津同盟分会，与人合办《国光新闻》、《民意报》。后任濬川源官银行总经理、上海招商局总办、国民政府建设委员会委员。1930 年 7 月被刺于上海，章太炎撰送挽联。

上联中，主父偃，西汉大臣，主张进一步削弱割据势力，使诸侯王多分封子弟为侯。武帝采用此法，下“推恩令”，从此王国封地愈来愈小，名存实亡。分封制是秦以前的制度，在秦已废，故称“倒行”。后为齐王相，因揭齐王丑行并胁其自杀，被诛。五鼎，《史记·主父偃传》：“且丈夫生不五鼎食，死即五鼎烹耳。”古代祭礼，凡大夫死用五鼎盛羊、豕、膚、鱼、腊而祭祀。联中意在肯定主父偃削弱割据势力、抑制豪强兼并的行为，因此虽然死去仍应享受隆重的祭礼。

下联中，石季伦，即西晋大臣石崇，曾于河阳建金谷园，奢靡成风，与贵戚王恺、羊绣等以豪侈相比。甕（wèng），“瓮”的异体字。瓮牖，简陋的窗户。《淮南子·原道训》：“蓬瓮牖。”高诱注：“编蓬为户，以破瓮为牖。”用以指贫穷人家。孔堂，高大富豪的房屋。三千，即三千珠履，典出《史记·春申君列传》，形容豪门食客众多，生活奢华。珠履，缀有珠子的鞋。此句意在揭露国民党官僚奢侈堕落的生活。

此联哀挽逝者，用典深曲。联中以主父偃、石季伦为喻，均有特定寓意。只是褒贬之间，尚需继续探究。

挽曾熙

章太炎

管幼安岂为汉室效贞，以一意孤行，自遂平生雅操；
王子渊能令关西学步，试再修书断，知非南北分流。

赏析

此联写于1930年8月。曾熙(1858—1930)，晚号农髯，湖南衡阳人。光绪年间进士。官兵部主事。曾主持石鼓书院，擅长书法、绘画。民国以后寓居上海，与政界人士多有交往。1930年8月因病逝于上海，章太炎撰送挽联致哀。

上联中，管幼安，名宁，三国北海朱虚人。东汉末年避居辽东讲学三十余年。魏文帝任他为太中大夫，明帝又征他为光禄卿，都固辞不就。效贞，献出忠贞。雅操，高雅的操守。上联意谓，管氏避居辽东讲学三十余年岂为效忠汉室，而其一意孤行只是为了实现自己高雅的操守。

下联中，王子渊，即北周文学家、书法家王褒。原在南朝梁元帝时作吏部尚书，江陵失陷后入北朝，出任北周官吏，文名颇高。关西学步，意同“邯郸学步”。此指王子渊、赵文深均善书法。王进关中后，大家不再学赵文深书法而从王子渊。赵生气也无法，结果连自己也跟着学习，并把原有的书法荒废了。书断，书名，唐张怀瓘撰。所录为唐以前的书法体和书法家小传。南北分流，指南北书法可以分为不同的风格和流派。我国书坛早有“南北分流”之说。曾熙在上海与书法家李梅庵同样有名，门生遍天下。李以北派自居，曾则自称南派。

此联以古喻今，用典贴切，对逝者作出了准确评价。

挽谭延闿

章太炎

治大国若烹小鲜，何曾食万钱，湖广理万事；
乐与饵而止过客，负羁全其室，康成保其乡。

赏析

此联写于1930年9月。谭延闿（1880—1930），字组庵，湖南茶陵人。光绪进士，授翰林院编修。1909年被推为湖南咨议局议长。辛亥革命时，立宪派杀害了湖南正副都督焦达峰、陈作新，由谭任都督。此后历任湖南督军兼省长、国民党中央政治委员会主席、国民政府主席、行政院院长。1930年9月病逝于南京，章太炎撰送挽联致哀。

上联肯定逝者治理国家大事的才能。“治大国”句，语出《老子》：“治大国若烹小鲜。”后以“烹鲜”比喻治国之道或治民才能。这里意在称颂逝者作为国民政府主席治国有方。食万钱，极言生活奢侈。《晋书》载，何曾“日食万钱，犹曰无下箸处”。联中采用此典当另有寓意，似用

“何曾”之言为逝者辩解，意即哪里曾食用万钱。湖广，湖南、湖北、广东、广西。逝者父子曾在湖广做官，因以日“理万事”。

下联言自身的处境与退居苏州讲学。乐与饵，声乐与食物。语出《老子》：“乐与饵，过客止。”后用以喻人所喜爱或可贵的东西。负羁，受束缚，不自由。全其室，保全自己的家室。康成，汉代学者郑玄，字康成，高密人。曾游学十余年，回乡后聚徒讲学。为避党祸，刻意研经。北海孔融深为敬佩，让高密令为特立一乡，称“郑公乡”。联中采用此典，意在自喻，作者晚年亦在苏州讲授国学，潜心著述，究其缘由，既因乐于此道，亦为全其家室。

此联既肯定逝者治理国事的才能，也感叹自身晚年的处境。上述内容均未直接道出，而是采用成语典故，给人留下诸多想象的余地。

再挽谭延闿

章太炎

荣显历三朝，前清公子翰林，武汉容共主席，南京反共主席；

椿萱跨两格，乃父制军总理，生母谭如夫人，异母宋太夫人。

赏析

此联写于1930年9月。据《中国近现代名家名联》、《一代名士张伯驹》、香港《春秋》等书刊介绍，章太炎在谭延闿去世时还写过一副挽联，用语颇多尖酸幽默之处。何以同时出现两副内容迥异的挽辞？章太炎素有“狂士”之称，且与民国政界人物关系错综复杂，因此出现上述情况，似亦不足为怪。

上联言逝者生前荣耀显达，历经三个朝代。这位前清公子为光绪年间进士，授翰林院编修。1926年5月国民党二届二中全会后，谭延闿代理国民党中央政治会议主席和国民政府主席，联中因称“武汉容共主席”。1927年后依附蒋介石，曾任南京国民政府主席、行政院院长，执行“反共”方针。

下联言逝者父母跨有两种规格。椿萱，父母的代称。两格，两种规格、两种格局。乃父，你的父亲。其父谭钟麟，清咸丰进士。历任江南道监察御史、浙江巡抚、工部尚书、两广总督等职，因称“制军总理”，制军为总督的别称。如夫人，妾的别称。谭延闿庶出，即小老婆所生，因称其母为谭如夫人。宋太夫人，即宋子文的母亲，谭延闿视为“异母”（本谓同父不同母，这里似借用，实为干娘）。与宋子文以同辈相论，且登堂认母。

此联内容虽系纪实，用语却颇刻薄。正如“民国四公子”之一的张伯驹所说：“此联无褒贬之字，然而苛削特甚。”

挽袁观澜二联

章太炎

一

激浊扬清，骂世敢为鸡九锡；
履危如坦，折冲何啻骑千群。

二

经术重齐诗，下圈定知能刺兓；
文章推汉纪，暾刍休笑倍常牛。

赏析

此联写于1930年9月。袁观澜（1867—1930），名希涛，江苏宝山人。早年肄业于上海龙门书院。1905年创立龙门师范学堂，自任校长，又筹设复旦公学。辛亥革命后，曾任教育部视学。1914年后历任北洋政府教育部次长、国际事务委员会委员、江苏省教育会会长。1930年9月病逝，章太炎撰联致哀。

第一副挽联：

上联中，激浊扬清，语出

《尸子·君治》:“水有四德……扬清激浊，荡去滓秽，义也。”本指冲去污水，浮起清水。后用以比喻斥恶奖善。九锡，古代帝王赐给有功大臣或有权势的王侯的九种器物。汉代王莽在建立新王朝前亦先加九锡。上联意谓，逝者激浊扬清，骂世敢言，那些“乃加九锡”的权贵们，不过是些鸡鸣狗盗之徒。

下联中，履危如坦，犹履险如夷，即走险路如行坦途。比喻不怕困难或本领高强。折冲，使敌人的战车后撤，即击退敌人。语见《吕氏春秋·召类》:“夫修之于庙堂之上，折冲乎千里之外者，其同城子罕之谓乎?”后引申为外交谈判。下联意谓，逝者履险如夷，参与外交谈判作用何止千骑。

第二副挽联：

上联中，齐诗，《诗经》今文学派之一，汉初齐人辕固所传。喜引谶纬，以阴阳灾异推论时政。经术，犹经学、儒学。下圈，阅读古文时加以圈点。刺彘（zhì)，刺猪、杀猪。上联意谓，传统经学重于齐诗，并对《诗经》今文学派加以圈点否定。

下联中，《汉纪》，编年体西汉史，东汉荀悦撰。仿《左传》体例，简化汉书，按年纪事。噉(dàn）刍，吃草。噉为“啖”的异体字。倍常牛，超过普通的牛。下联意谓，文章应推崇《汉纪》，且莫笑他所花的工夫倍于常人。

这两副挽联内容各有侧重：前者偏于从政，言逝者敢于得罪权贵和具有交涉谈判才能；下联偏于治学，言逝者看重《齐诗》和推崇《汉纪》。至于第二副挽联中“下圈”与“噉刍”二句作何解释为宜，尚需进一步斟酌。

哭仲兄

章太炎

门祚何衰，痛具迩多伤，比三年又弱一个；

儒风未泯，愿克家崇检，藐诸孤永念斯言。

赏析

此联写于1930年底。哭仲兄，旧时兄弟排行以伯、仲、叔、季为序，仲是老二。章太炎有兄弟三人，长兄籛，次兄箴。章箴，字仲铭，清光绪举人，终身不仕。1930年底病逝，章太炎撰联致哀。

上联哀叹两位兄长相继去世。门祚（zuò），家世。《新唐书·柳玭传》："丧乱以来，门祚衰落。"作者感叹自己家世何以如此衰落。具迩，亦作"具尔"。《诗·大雅·行苇》："戚戚兄弟，莫远具尔。"本谓亲近的意思，因上句有"兄弟"二字，后来用作兄弟的代称。晋陆机《叹逝赋》："痛灵根之夙陨，怨具尔之多丧。"注："具尔，兄弟也。"此谓令人痛心的是兄弟多已伤亡。比，近来。又弱一个，又丧亡一个，旧多用为悼人去世之语。《左传·昭公三年》："（齐公孙灶卒），晏子曰：'惜也……二惠竞爽犹可，又弱一个焉，姜其危哉！'"联中是指作者长兄于1928年1月逝世，将近三年仲兄又相继去世。

下联希望章家子孙永远保持儒风，克家崇检。儒风，儒家的传统。泯（mǐn），消灭、丧失。克家，本指治理家族的事务。杜甫《奉送苏州李二十五长史丈之任》："食德见从事，克家何妙年。"后因把继承父祖事业之子称为克家子。崇检，崇尚检点约束，多指谨言慎行。藐诸孤，几个幼小的孤儿。《左传·僖公九年》："初，献公使荀息傅奚齐，公疾，召之，曰：'以是藐孤儿，辱在大夫，其若之何？'"永念斯言，永远记住这些话。这里是在希望章家子孙永远"克家崇检"。

此联哭别亡兄，直抒胸臆。多用文言词语，表述沉痛心情。

赠胡寄尘

章太炎

七国有碑惟诅楚；
六经成炭待亡秦。

赏析

此联写于1930年间。胡寄尘（1886—1938），本名怀琛，安徽泾县人。古典文学研究家。曾任商务印书馆编辑、上海通志馆编纂、上海沪江大学、中国公学、国民大学教授。一生著述甚多。1930年间，章太炎曾应其要求书赠此联。联语摘自明王夫之《广遗兴》一诗，文字略加改动。

上联中，七国，指战国七雄，即燕、赵、齐、楚、韩、魏、秦。碑，石碑，石上镌刻文字，用以纪功言事。诅楚，即诅楚文。秦国刻石，内容为秦王祈求天神制克楚兵，复其边城，所以后世称为《诅楚文》。后已发现三石，皆以所祈神名名之。上联意谓，秦已统一六国，七国如有碑文的话，唯有留下《诅楚文》。

下联中，六经，亦称“六艺”，为六部儒家经典，即《诗》、《书》、《礼》、《乐》、《易》、《春秋》。六经成炭，指秦始皇焚书坑儒，焚烧民间所藏各种典籍。下联意谓，秦始皇焚书坑儒，以致六经成炭，等待着的是秦朝的灭亡。

此联摘自明王夫之《广遗兴》之九，只是下联“灭迹”改为“成炭”。其观点亦与早年所作《秦献记》有异，也许出于太炎先生前后期思想变化而已。

挽蒋尊簋二联

章太炎

一

夫子之道反害夫子邪，兵果自焚，可以休矣；
灭度亦生实无灭度矣，佛亦不立，如是观之。

二

行路亦良难，吾师乎，吾师乎，尚受庾郎侮弄；
与游非尽僻，可人也，可人也，且烦管仲平章。

赏析

此联写于1931年8月。蒋尊簋（guǐ）（1882—1931），字伯器，蒋智由之子，浙江诸暨人。早年留学日本，入陆军士官学校，参加同盟会。回国后任浙江讲武学堂总办、广东新军协统。辛亥革命后任浙江都督、大总统军事顾问。1917年参加护法战争，任军政府浙闽宣抚使、代参谋部长、军需总监。1928年任蒋介石总司令部高等顾问。1931年8月因病逝世，章太炎撰联致哀。

第一副挽联：

上联中，夫子，在《论语》中孔丘门徒均称孔丘为夫子。因此夫子之道亦即孔子的思想。邪，也。兵，兵器、军事。上联意谓，如果夫子之道反害夫子，兵器可以自行燃烧，则均可以休矣。

下联中，灭度，佛教语，谓僧人的死亡，梵语“涅槃”、“泥洹”的意译。不立，不应存在。如是，许可之词。《金刚经》：“佛言：‘如是，如是。’”之，代指灭度。此句意谓，按照佛经中的说法来看“灭度”，定然得出“佛亦不立”的结论。

第二副挽联：

上联中，行路亦良难，即行路难，世路艰难。吾师，我所学习效法的人。庾郎，即庾杲之，南朝齐尚书驾部郎，少时家贫，吃的只有三种韭菜。任昉曾戏弄他说，那个说庾郎贫穷啊，他吃的东西就有二十七（三种韭菜谐音）种。此句实为“庾郎尚受侮弄”。上联意谓，人生世路艰难，是我所学习和效法的人吗？就连庾郎也曾受到前辈任昉的侮弄。

下联中，与游，与人交游、结交。僻，不正、邪。可人，使人满意的人。管仲，春秋时齐国政治家，实行改革，尊王攘夷，辅佐齐桓公成为春秋第一霸主。平（pián）章，辨别明白。《礼·杂记下》：“管仲遇盗，取二人焉，上以为公臣。曰：‘其所与游辟也，可人也。’”下联即由此化出，说明邪恶之人亦可转化，变成让人满意的人。此事且烦管仲辨别明白。

这两副挽联寓意颇为深曲，似均属于作者人生体验，带有夫子自道色彩。我们只作初步解析。至于何以用来哀挽逝者，联句深层寓意何在，均需继续加以探讨。

挽哈同

章太炎

玄高有报郑之心，四海皆弟兄，章绂酬君犹浅矣；

庄周以达生自命，万物为赉送，形骸于我何有哉。

赏析

此联写于1931年间。哈同（1849—1931），英籍犹太人，生于巴格达。早年随父在印度生活。1873年到香港沙逊洋行当雇员，次年任上海沙逊洋行经理。后经营房地产成为巨富，获准加入英国籍，任上海租界工部局董事。1901年在上海南京路开办哈同洋行，以大量资金委托罗迦陵资助中国文化事业，创办仓圣明智大学等机构。与学者王国维、章太炎等皆有往来。娶中国人罗迦陵为妻，一生无子女，巨额财产全部留在上海。1931年病逝于上海，章太炎撰联致哀。

上联中，玄高，当为我国历史人物，生平事迹不详。联中以玄高喻逝者，“报郑之心”尚有迹可寻。哈同长期生活在中国，亦有报效之心。他以大量资金资助中国文化事业，创办仓圣明智大学，死后亦将全部遗产留在上海。至于“四海皆弟兄”，哈同并无种族偏见，既娶中国女子为妻，又收不少义子义女。他在租界工部局中亦反对歧视华人。章绂（fú），章为官印，绂即系印的丝带。结句意谓，如果用做官来酬报你未免失之肤浅。

下联中，庄周，即庄子，名周，战国时哲学家。达生，语出《庄子·达生》：“达生之情者，不务生之无以为。”陆德明释文：“生之所无以为者，分外物也。”赉（lài）送，赏赐、赠送。《汉书·食货志下》：“行者赉，居者送。”形骸（hái），人的形体躯壳。下联意谓，庄子以通达人生自命，认为世间万物均为送来送去的东西，形骸于我又有什么呢？这里是在喻指哈同亦有庄子这种参透人生的态度。视金钱为身外之物。以大量金钱资助我国文化事业与将全部遗产留在上海，可以作为佐证。

此联哀挽逝者，别具一格。作者与哈同平素有所交往，因此并未将其视为一般洋行买办，而是看作中国人的朋友。联中肯定逝者具有报效我国之心，且视钱财为身外之物。对于这位犹太商人，虽有某种过誉之处却大体符合实际。

赠刘文典

章太炎

养生未羡嵇中散；
疾恶真推祢正平。

赏析

此联写于1931年间。刘文典（1888—1958），安徽合肥人。1907年加入同盟会。1914年在日本加入中华革命党，任孙中山秘书，直至1916年回国。后离开政治活动，从事学术研究和古籍校刊。历任北京大学、安徽大学、清华大学、西南联大、云南大学教授。1958年因病逝世。1931年“九一八”事变后，章太炎赴北京劝张学良出兵。当时曾会见刘文典，并赠此联。

上联中，嵇中散，即嵇康，三国魏谯人，曾任中散大夫。丰神飘逸，博洽多闻，工诗文，精音乐，为“竹林七贤”之一。景元中遭钟会诬陷，为司马昭所杀。所作今传者有《养生论》等篇。此句意谓，在养生方面不用羡慕嵇康。据刘文典《追忆章太炎》文中自述，“上联是告诫我不要吸烟”。

下联中，祢（mí）正平，即祢衡。汉代文学家，性刚傲物。曹操召为鼓吏，大会宾客，欲当众辱之。衡于厅上赤身更衣，大骂曹操。操怒将其送荆州刘表，表又送江夏太守黄祖，终被杀。这里取其疾恶如仇，击鼓骂曹。据刘文典文中自述，“下联是夸奖我骂蒋介石”。刘在安徽大学当校长的时候，因为骂蒋一顿，被关过两个星期。章太炎在上海，逢人便说有这个好学生。

联中言及两个历史人物，均有特定寓意，需结合刘文典《追忆章太炎》一文自述。

赠翁照垣

章太炎

李广从来先将士；

卫青未肯学孙武。

赏析

此联写于1932年6月。赠翁照垣，翁照垣为国民政府军第十九路军某部旅长。1932年1月28日，日军进攻上海，十九路军奋起抵抗，给日寇以沉重打击。翁照垣旅在此次战斗中发挥了很大的作用，章太炎题赠此联以激励抗日将士。他在《书十九路军的御日本事》一文中还说："自民国初元至今，将帅勇于内争，怯于御外，民间兵至，如避寇仇。今十九路军赫然与强敌争，民之爱之，固其所也。"

上联中，李广，西汉名将，曾为右北平太守，匈奴数年不敢侵犯，称之为"飞将军"。前后与匈奴作战七十余次，从来身先士卒，以勇敢善战著称。

下联中，卫青，西汉名将，为汉武帝所重用。官至大将军，封长平侯。经过前后七次出击，解除了匈奴对汉王朝的威胁。孙武，春秋时齐国兵家，著有《孙子兵法》，为我国最早最杰出的兵书。此处显然另有寓意，似指李广晚年曾随卫青进攻匈奴，受到卫青歧视，因迷失道路被责而结果自杀。这里意在批评大将军卫青缺乏战略家的眼光，不善用兵御敌。

此联上句容易理解，下句"卫青未肯学孙武"似与翁照垣并无直接关系，看来与国民党军队上层执行不抵抗政策并签订《淞沪停战协定》有关。

赠宋哲元

章太炎

韩亡子房愤；
秦帝鲁连耻。

赏析

此联写于1931年"九一八"事变后。宋哲元（1885—1940），字明轩，山东乐陵人。20世纪30年代初任第二十九军军长、察哈尔省主席。1931年“九一八”事变后，立即通电全国，请缨抗日。1933年在长城各线与1937年卢沟桥事变中，均曾率部抗击日寇的进攻，成为国民党军队中著名的抗日爱国将领。“九一八”事变后，章太炎为表示赞助抗日救亡运动，写下此联，书赠具有爱国抗日思想的宋哲元将军。

上联中，子房，即张良。其家五世相韩，韩国被秦灭亡之后，张良决意复仇，“悉以家财求客刺秦王”。曾与力士埋伏在博浪沙谋刺秦王未成。后辅佐刘邦兴汉，因功封留侯。详见《史记·留侯世家》。这里是以张良喻宋哲元，要他发愤不忘国仇。

下联中，鲁连，即战国齐人鲁仲连，力主六国联合抗秦。《史记·鲁仲连邹阳列传》：“彼即肆然而为帝，过而为政于天下，则连有蹈东海而死耳，吾不忍为之民也。”联中以鲁仲连义不帝秦的历史故事，激励宋哲元奋起抗日。

此联言简意明，以历史人物张良、鲁仲连为喻，激励宋哲元率部抗日奋起救亡。

寿吴佩孚

章太炎

表海雄风生尚父；
晴川清景醉山公。

赏析

此联写于20世纪30年代初。吴佩孚（1873—1939），山东蓬莱人。北洋直系军阀首领。曾任陆军第三师师长、两湖巡阅使、直鲁豫三省巡阅副使。1926年被北伐军打垮，逃至四川依附地方军阀。“九一八”事变后蛰居北平，直至1939年病逝。此联当作于20世纪30年代初，因其不愿与日本侵略势力合作，故章太炎书赠此联。

上联中，表海，面向海。《子华子》下《晏子问党》：“且齐之为国也，表海而负嵎。”雄风，强劲的风。尚父，周武王称吕尚为尚父，意谓可尊尚的父辈。吕尚辅佐武王灭商有功，封于齐，俗称姜太公，为周代齐国的始祖。这里是说，齐地面向大海的强劲之风生出了像吕尚这样的周代名臣。吴佩孚是山东蓬莱人，故以尚父吕尚誉之。

下联中，晴川，即晴川阁，在湖北汉阳龟山东麓，隔江与黄鹤楼相对。此阁建于明代，取唐人崔颢《黄鹤楼》“晴川历历汉阳树”诗句命名。游人登临其上，可远望江汉景色。清景，清幽的景色。山公，晋代“竹林七贤”之一山涛，时人称为山公，也指其子山简。山简任征南将军，镇守襄阳，常游高阳池，饮酒辄醉。时人替他写了一首歌，中有“山公时一醉，径造高阳池”句。事见《世说新语·任诞》。这里是说，晴川阁清幽的景色常使山公陶醉其间。吴佩孚当年曾任两湖巡阅使，驻军湖北，故以晋代征南将军山简喻之。

应当指出的是，吴佩孚晚年不愿与日伪合作，尚有可以肯定之处，但联中以周朝开国功臣吕尚与晋代征南将军山简喻之，未免誉扬失当。但作者能将这两个历史人物与吴佩孚挂上钩，艺术构思上确有机巧之处。

挽江逢治

章太炎

医师著录数千人，海上求方，惟夫子初临独逸；
汤剂远西无四逆，少阴不治，愿诸公还读伤寒。

赏析

此联写于20世纪30年代初。江逢治，上海有名的西医医生。章太炎晚年研究祖国医学，曾与不少江南名医过从甚密，其中亦有西医。江逢治于20世纪30年代初患夹阴伤寒而卒，章太炎撰联致哀。

上联中，医师著录，指介绍当时名医的名册。海上，即上海。近代诗文中常用，如柳亚子诗《别海上诸子》。求方，搜求药方、单方。夫子，古代男子的尊称，此指江逢治。初临独逸，因到上海不久，没有编入名录。

下联中，远西，西方医药，

即西医。四逆，四逆汤，方剂名。由附子、干姜、甘草三味组成。功能回阳散逆，适用于阳气衰微、四肢厥冷、腹痛下痢等症。少阴，少阴病，中医学名词。主要症状为脉细微、嗜睡、恶寒、倦卧、四肢逆冷，甚至汗出亡阳等。江逢治即因少阴伤寒而卒。伤寒，中医学书名，汉末张仲景著。江逢治作为西医，仍患暴病而死，故作者奉劝人们“还读伤寒”。

此联哀挽逝者，文字全属纪实。下联颇为含蓄，明显带有婉讽之意。西医因无四逆汤剂，以致少阴不治，唯愿诸公还读伤寒。这正说明西医也有学习祖国传统医学的必要。

挽岑春煊

章太炎

暗呜叱咤有项王风，公岂徒尚勇乎，唯受善，故群材采用；

温让恭良得夫子教，老而渐闻道矣，以小人，斯北面终身。

赏析

此联写于1933年4月。岑春煊（1861—1933），字云阶，广西西林人。清末曾任甘肃布政使、陕西巡抚、四川、两广、云贵总督，多次镇压人民反清斗争。后因与北洋军阀矛盾，参加反袁、护法运动。1918年参加护法军政府，与桂系军阀排挤孙中山，任主席总裁。1920年军政府撤销，退居上海。1933年4月病逝，章太炎撰联致哀。章太炎在辛亥革命之后，先后把南北统一、安邦治国的希望，寄托在袁世凯、黎元洪、岑春煊等人身上，故对他们的评价多有失当之处。

上联中，暗呜叱咤，亦作喑噁叱咤，厉声怒喝。《史记·淮阴侯传》：“项王喑噁叱咤，千人皆废。”马司贞索隐：“喑噁，怀怒气；叱咤，发怒声。”项王，即西楚霸王项羽。尚勇，崇尚勇敢，即注重军事实力。受善，容纳和爱惜（人才）。上联意谓，厉声怒喝有项羽之风，岑公岂止是崇尚勇敢之人，因能容纳和爱惜人才，故群材为之采用。

下联中，温让恭良，语出《论语·学而》：“子贡曰：‘夫子温良恭俭让以得之。夫子之求之也，其诸异乎人之求之与？’”后用以泛指态度谦恭举止文雅。夫子，即孔夫子。温良恭俭让均为孔子的教诲，儒家的教养。闻道，懂得圣人之道。《论语·述而》：“朝闻道，夕死可矣。”小人，谦称。此指逝者晚年退居上海，不再过问世事。斯，连词，犹乃、则。北面，旧时君见臣，尊长见卑幼，南面而坐，故以北面指向人称臣。下联意谓，逝者晚年渐渐懂得圣人之道，深得孔夫子教诲而做到温让恭良，退居上海不再过问世事，则终身北面称臣，意即不再参与政界之争。

此联哀挽逝者，上联实有过誉之嫌，下联虽较符合实际，文字表述仍有失当之处。

挽汪荣宝

章太炎

陆太中常使诸侯，且欣好时端居，五子都堪传宝剑；
扬子云旁开圣则，何意甘泉恶梦，千秋更谁订玄经。

赏析

此联写于1933年6月。汪荣宝（1878—1933），江苏吴县人。早年留学日本，在东京加入国民义勇军。辛亥革命后，历任国会众议会议员，驻比利时、瑞士、日本公使、国民政府外交委员会委员长。从政同时坚持著述，著有《法言义证》、《法言疏证》、《清史讲义》、《思玄堂诗集》。1933年6月因病逝世，章太炎撰送挽联致哀。

上联中，陆太中，即陆贾，因官至太中大夫，故称。汉初政论家、辞赋家。从汉高祖定天下，常出使诸侯为说客。著作有《新语》，另有赋三篇，已失传。联中以陆太中喻汪荣宝，因逝者生前亦“常使诸侯”，出任驻比利时、瑞士、日本公使。好（hào），喜爱。端居，犹言平居。《梁书·傅昭传》："终日端居，以书记为乐。"这里是说，且可欣慰的是，平日爱好端居家中不忘著述。"五子"句，从字面看似指五个孩子均堪传承，事业后继有人。不知是否另有出典。

下联中，扬子云，即扬雄，字子云。西汉文学家、哲学家、语言学家。官为大夫，校书天禄阁，以文学名世。著有《法言》、《太玄》、《方言》等。旁开圣则，指其哲学思想既主张以"五经"为准则，又并非独尊儒术，敢于偏离圣人典则，提出以近于道家的"玄"作为宇宙万物根源的学说。甘泉恶梦，似从成语"甘泉必竭"化出，谓甘甜的泉水一定会干涸，比喻有才能的人因受累多而往往早衰。结合扬雄自身经历可作另解，因其早年曾作《甘泉赋》，后在王莽时因事被株连，投阁自杀几乎死去，可谓恶梦一场。玄经，指扬雄所撰《太玄经》。见《后汉书·张衡传》："常耽好《玄经》，谓崔瑗曰：'吾观《太玄》，乃知子云妙极道数，乃与五经相拟。'"汪荣宝生前亦曾考释疏证扬雄著作，而今斯人已逝，此后还有谁能加以考订呢？

此联哀挽逝者，以历史人物陆贾、扬雄作喻，赞其出任公使与坚持著述取得的成就。用典贴切自然，评价切中肯綮。

贺马相伯寿

章太炎

鲁连抗议定完赵；
烛武老年犹见秦。

赏析

此联写于1934年间。马相伯（1840—1939），名良，江苏丹徒人。近代著名教育家。早年曾任清政府驻日公使馆参赞，参与维新运动。先后创办上海震旦学院、复旦公学。辛亥革命后一度任北京大学校长。抗日战争爆发后任国民政府委员。作为著名爱国老人，不断呼吁团结抗战。1934年马相伯95岁诞辰之际，章太炎撰送祝寿联语致贺。

上联中，鲁连，即战国齐人鲁仲连，力主六国联合抗秦。此处采用《战国策·鲁仲连义不帝秦》中的典故，秦军围赵都邯郸，鲁仲连曾以利害进说赵、魏大臣，劝阻尊秦昭王为帝。联句意谓，有了鲁仲连的抗议。一定能使赵国的领土保持完整。这里以鲁仲连比喻马相伯，言其必能说服国民党军政当局团结抗日，共同拯救祖国。

下联中，烛武，即春秋时郑国大夫烛之武。此处采用《左传·烛之武退秦师》中的典故，意谓烛之武虽然年老，还要求见秦穆公，陈述不应侵犯郑国的理由。秦穆公遂同意解围，并与郑国结盟。这里以烛之武喻马相伯，深信老人必能为抗日救亡做出自己的贡献。

联中巧妙运用历史人物事件，以古喻今，切人切事，堪称佳作。

贺陈衍寿辰二联

章太炎

一

九聆有征，公宜黄耇；
八月既望，日躔寿星。

二

仲弓道广扶衰汉；
伯玉诗清启盛唐。

赏析

这两副贺寿联语分别写于1934年9月和1935年9月。陈衍（1856—1937），号石遗，福建闽侯人。清末举人，授学部主事。主张变法维新，设立洋文报馆。民国以后，曾任京师大学堂教习、厦门大学文科教授。一生工于诗文创作，为晚清著名诗人之一。有《石遗室诗集》、《石遗室文集》传世。章太炎与陈衍过从甚密，曾两次撰书祝寿联语。

第一副贺联，1934 年 9 月，陈衍七十九岁生日，章太炎撰联致贺。

上联中，聆，通“龄”，岁数。九聆，典出《礼记·文王世子》：“文王谓武王曰：‘女何梦矣？’武王对曰：‘梦帝与我九聆。’”“我百尔九十，吾与尔三焉。文王九十七乃终，武王九十三而终。”黄耇（gǒu），形容长寿者。《诗·小雅·南山有台》：“乐只君子，遐不黄耇。”后亦用称元老。《汉书·师丹传》：“丹，经为世儒宗，德为国黄耇。”上联意谓，《礼记》中“九聆”之说是有根据的，亦即陈衍像文王、武王一样，当活九十岁以上。您应当成为长寿之人。

下联中，既望，农历十五为望，望后一日为既望。苏轼《前赤壁赋》：“壬戌之秋，七月既望，苏子与客泛舟游于赤壁之下。”躔（chán），日月运行五星的度次，指其行经的轨迹。《方言》十二：“日运为躔，月运为逡。”星辰运行亦称为躔。寿星，即“老人星”，旧时以此星象征长寿。后亦作对被祝寿人的称呼。下联意谓，阴历八月十六日为陈衍生日。寿星与太阳一起在轨道上运行。意在祝愿老人长寿，可与日月同行。

这是一副典型的文言祝寿联语。用语古朴典雅，联句属对工稳，尽显作者之深厚文化底蕴。

第二副寿联，1935 年 9 月，陈衍八十岁生日，章太炎撰联致贺。

上联中，仲弓，春秋鲁人冉雍的字，孔子弟子。孔子称许他的德行，并谓“雍也可使南面（言任诸侯治）”。（《论语·雍也》）道，指思想、学说。道广义即学识丰富。汉，指华夏民族。此句本谓仲弓学识丰富，可以扶持处于衰微之中的华夏民族，这里借以赞颂陈衍的德行才能。

下联中，伯玉，即唐代诗人陈子昂。其诗文创作标举汉魏风骨，反对柔靡之风，对盛唐诗歌发展产生一定的影响。联中意在肯定陈衍诗歌创作方面所取得的成就。

此联以孔子弟子冉雍与唐代诗人陈子昂喻陈衍，称许他的德行与诗歌创作的成就。用典贴切自然。

挽陈少白

章太炎

孙伯符少而同游，草际定交惟一面；
伍子胥更谁强谏，吴门悬恨有双瞳。

赏析

此联写于1934年间。陈少白（1869—1934），近代民主革命者，广东新会人。早年投身反清活动，与孙中山、杨衢云等创建香港兴中会，筹划广州起义，宣传革命思想。1911年任广东都督府外交司长。1921年任孙中山总统府顾问。1934年因病逝世，章太炎撰送挽联致哀。

上联中，孙伯符，即孙策，字伯符，曾在江东建立政权。死后由孙权继位，正式称帝。这里代指孙中山。陈少白早年与孙中山一起建立香港兴中会，办报宣传革命，因言与孙“少而同游”。草际，草野之间，比喻民间。一面，一次会面。《世说新语》：“山公与嵇、阮一面，契若金兰。”早年陈少白与孙中山同处民间，二人会晤之后就结下了深厚的友谊。

下联中，伍子胥，春秋时吴国大夫。吴王夫差时，力劝吴王拒绝越国求和并停止伐齐，渐被疏远。后夫差听信谗言赐剑命他自杀。谏，直言规劝。此言伍子胥死后还有谁敢向吴王强行直言规劝呢?“吴门悬恨有双瞳”，据《史记·伍子胥列传》记载，伍子胥临死曾嘱咐周围的人，在他死后将其双目悬于吴国城门之上，相信自会看到越军来犯吴国灭亡的情景。

此联蕴含颇深。上联完全纪实，下联有所托展。收入《陈少白先生哀思录》时，孙世扬题下按：“陈君死而不瞑。”这里作者是在借题发挥，表现对于蒋介石政权消极抗日的不满情绪。

贺黄侃五十寿辰

章太炎

韦编三绝今知命；
黄绢初裁好著书。

赏析

此联写于1935年春。黄侃（1886—1935），字季刚，湖北蕲春人。章太炎的得意门生，著名音韵训诂学家。曾任北京大学、金陵大学等校教授。1935年春，黄侃五十寿辰，章太炎书赠此联以示祝贺。

上联中，韦编三绝，语出《史记·孔子世家》："孔子晚而喜《易》……读《易》，韦编三绝。"韦，熟牛皮。古代用竹简写书，以熟牛皮或皮绳将竹简编联起来，叫做韦编。孔子晚年反复研读《易经》，竟将串联竹简的熟牛皮条弄断了三次。联中借以赞扬黄侃勤奋刻苦的治学精神。知命，语出《论语·为政》："五十而知天命。"后以"知命"为五十岁的代称。这里点出祝贺黄侃五十寿辰的题旨。

下联中，黄绢初裁，表面是说黄色丝绸亦已裁好，可以用来写书，同时暗用"黄绢悟"的典故。此典出自《世说新语·捷悟》，杨修向曹操解释曹娥碑上"黄绢幼妇外孙齑臼"乃"绝妙好辞"。后则以黄绢语比喻有文才。黄侃学问很大而不轻于著述，曾言"五十以后再著书"。联中章太炎则以此语勉励黄侃，劝其抓紧著书立说。

黄侃初得此联十分喜欢并悬于室中，后经人提醒发现联中有"黄绝命"三字，认为不祥，遂不复悬挂。不久即因患肺病呕血而亡，时人以为"联谶"。这实际是一种偶然的巧合而已。

挽恽铁樵

章太炎

千金方不是奇书，更赴沧溟求启秘；
五石散竟成末疾，尚怜甲乙未编经。

赏析

此联写于1935年7月。恽(yùn)铁樵(1878—1935)，江苏武进人。我国近代名医。早年任商务印书馆《小说月报》编辑主任。中年转治医学，著有《伤寒论辑义按》等二十余种，门生弟子遍布各地。友人辑其遗著名为《药盦医学丛书》。晚年在苏州养病，即住章太炎家。1935年7月因病逝世，章太炎撰联致哀。

上联中，千金方，唐孙思邈撰，包括《千金要方》、《千金翼方》，为研究我国传统医学的一部重要著作。沧溟，即沧海、大海。启秘，寻找秘传的药方。这里是说，有人认为《千金方》并非奇书，因而仍到处搜集更好的医学秘方。

下联中，五石散，寒食散的别称。道家药名，服后身体发热，宜吃冷食，故称寒食散。相传其方始于汉代，不少魏晋名士喜服此散，也有服后造成残疾的。末疾，四肢瘫痪的疾病。宋陈师道《寄曹州晁大夫》："虚名不救饥肠厄，晚岁仍遭末疾缠。"此句意谓，因服五石散竟造成了四肢瘫痪的疾病。甲乙，指《甲乙经》，全称《针灸甲乙经》。晋皇甫谧撰。内容论针灸，兼及脏腑、经络、腧穴、病机、诊断、治疗等。后来我国医学中有关针灸的论著，无不以此书为基础。此句意谓，尚怜古医书《甲乙经》没有编印出版，亦即没有引起应有的重视。

此联哀挽逝者别具一格。作者并未赞颂逝者品德与学术成就，而是针对当时医学现状提出婉转批评。

挽黄侃

章太炎

辛勤独学鲜传薪，歼我良人，真为颜渊兴一恸；
断送此生唯有酒，焉知非福，还从北叟探重玄。

赏析

此联写于 1935 年 10 月。黄侃为章太炎得意门生。1935 年 10 月 8 日，因饮酒过量出血而死。章氏颇为悲痛，撰送挽联致哀。

上联中，传薪，语出《庄子·养生主》，指传火于薪，前薪烧完，火传后薪，火种连绵不断。故用以喻师徒相传。歼我良人，语出《诗·秦风·黄鸟》："彼苍者天，歼我良人。"歼，灭、歼灭。颜渊，即颜回。孔子的得意门生，可惜英年早逝。上联意谓，我一生研究的学问绝少继承之人，上天何以从我手里夺去这样的好人。联中还以颜渊比黄侃，表示自己要像当年孔子那样，为其英年早逝的真传弟子尽兴痛哭一番。

下联中，“断送”句，既指黄侃死于饮酒过量，亦在化用韩愈《遣兴》诗句。作者感叹黄侃一死，此生无所倚托，只好寄情于酒了。焉知非福，怎么知道不是一种福分呢？北叟，居住塞北之叟也，意即塞翁。这里暗用《淮南子·人间训》中“塞翁失马，焉知非福”的典故。此典原有一段引申发挥的文字：“故福之为祸，祸之为福，化不可极，深不可测也。”重玄，玄之又玄。《老子》第一章：“玄之又玄，众妙之门。”下联意谓，断送此生唯有饮酒，即使过量怎么知道不是一种福分呢？作者也要像失马的塞翁那样，到那祸福相依的玄之又玄中去悠然探游。此系自我解嘲，实属悲痛之极。

作者因得意门生之死哀痛欲绝。下联言黄侃离我而去，只有以酒为伴了此残生。即使饮酒过量也许还是福呢！这种反语式的自嘲，更将悲痛引向深入。

挽黄节

章太炎

赤伏自陈符，严子何心来犯座；
黄初虽定乱，管生终日尚挥鉏。

赏析

此联写于1935年冬。黄节(1873—1935)，字晦闻，广东顺德人。早年与章太炎等在上海组织国学保存会，创办《国粹学报》。曾参加南社活动，以诗文鼓吹革命。辛亥革命后为北京大学教授，思想趋向保守。主要从事国学整理和讲授古典文学。1935年冬病逝，章太炎撰联致哀。

上联中，赤伏，即赤伏符，汉代流行的一种谶语。《后汉书·光武纪》：“光武先在长安时，同舍生彊华自关中奉赤伏符曰：‘刘秀发兵捕不道，四夷云集龙斗野，四七之际火为主。’”陈符，秦末农民领袖陈胜，起义时亦利用赤伏符。据《史记·陈涉世家》载：“又间令吴之次所旁丛祠中，夜篝火，狐鸣呼曰：

‘大楚兴，陈胜王！’卒夜皆惊恐。”陈胜、吴广在大泽乡假托符命、篝火狐鸣以聚众起义。严子，即东汉严光，字子陵，少曾与光武帝刘秀同游学，有高名。刘秀称帝后，严光变姓名隐遁。刘派人召他到京，授以谏议大夫，不受，退隐富春江畔。犯座，冒犯座上之人。此指光武帝刘秀君臣。上联意谓，预言刘秀日后称帝的赤伏来自陈符，严光何心冒犯座上之人。

下联中，黄初，三国时魏文帝年号。曹丕在曹操死后，代汉称帝，建都洛阳。管生，三国魏人管宁，字幼安。东汉末年避居辽东讲学三十余年。魏文帝召他为太中大夫，明帝征他为光禄卿，均固辞不就，依然隐居辽东。鉏（chú），“锄”的异体字。挥锄，从事农业劳动。下联意谓，黄初魏文帝虽已定乱，管宁依然在辽东挥锄。

此联用典深曲，严子隐逸与管生挥锄，均与逝者生平经历有关。只有二者结合，方知寓意所在。

挽周承德

章太炎

精物起东吴，张长史独呼草圣；
才名动西蜀，郑广文偏滞冷官。

赏析

此联写于1935年间。周承德（1877—1935），浙江海宁人。早年留学日本，入早稻田大学。回国后任求是书院、浙江高等学堂教习。南社成员。书法自成一格，被康有为誉为“浙省第一人”。亦工刻印，曾任西泠印社社长。1935年因病逝世，章太炎撰送挽联致哀。

上联中，精物，意同“英物”，杰出的人物。东吴，古地名，泛指太湖流域全境，或专指苏州一府。张长史，即唐代书法家张旭，吴（治所在今苏州市）人。官金吾长史，因称张长史。精通书法，尤善草书。上联意谓，杰出人物起于吴地，时人独呼张长史为“草圣”。

下联中，西蜀，地名，指四川省。郑广文，即唐代书画家郑虔，曾将诗画呈献，帝署曰：“郑虔三绝。”因此才名震动西蜀。天宝初为协律郎，以私撰国史，坐谪十年。还京为广文馆博士，因称郑广文。冷官，职位不重要、清闲冷落的官。唐代张籍《早春闲游》：“年长身多病，独宜作冷官。”这里是说，逝者犹如唐代书画家郑虔“偏滞冷官”。周承德留学归来，终生不仕，除担任教习外，尝以诗词书法自娱。

此联用典精当，以唐代书法家张旭、郑虔喻逝者，切人切事，颇为到位。

挽费树蔚

章太炎

柏台霜冷且弹冠，当仲氏陈符，敢辞口苦；
桃坞春深聊绶带，恨华佗乏术，难愈头风。

赏析

此联写于1935年间。费树蔚（1883—1935），江苏吴江人。早年以姻亲尝留袁世凯幕中。1915年7月任北京政府肃正厅肃政使，同年11月去职。后隐居吴江。1935年因病逝世，章太炎撰联致哀。

上联言逝者早年在北京做官的一段经历。柏台，即御史台。汉御史府中列植柏树，常有野乌数千栖宿其上。后因称御史台为柏台。弹（tán）冠，整洁其冠，喻将出来做官。《汉书·王吉传》：“吉与贡禹为友，世称‘王阳在位，贡公弹冠’，言其取舍同也。”此指费树蔚一度出任北京政府肃政厅肃政使。柏台，汉代称为御史台，唐代改名肃政台，专司弹劾一职。同时暗喻作者曾遭袁世凯囚禁，亦“以事系御史狱”。联中因言“柏台霜冷”。仲氏，弟弟。语出《诗·邶风·燕燕》：“仲氏任只，其心塞渊。”诗中于归远行的女子是作者的女弟，所以称之为仲氏。费树蔚与袁世凯是姻亲，故采用此典。陈符，秦末农民起义领袖陈胜，曾利用赤伏符，在大泽乡假托上天之命（符命），篝火狐鸣聚众起义。此指袁世凯阴谋称帝。这里是说，当有人劝说袁世凯称帝之时，费树蔚作为姻亲哪敢推辞苦口婆心地劝阻。

下联写逝者后来弃官归隐吴江的生活。桃坞，即桃花坞，地名，在江苏省苏州市。明代文人唐寅在此筑桃花庵，后人屡加修葺。聊，姑且，如聊以自慰。绶带，一种彩色的丝带，用来系帷幕或印环。古代常用不同颜色的丝带标识官吏的身份和等级。此指费树蔚当年弃官归隐吴江。吴江旧属苏州府，联中因言“桃坞春深”可让曾经在朝为官之人聊以自慰。华佗（tuó），汉代名医。头风，中医学病名，症见头部剧痛或掣痛，常伴头目昏重呕吐，亦可兼见眼病。这里是说，让人遗憾的是，就连华佗再世也没有办法，难以治愈这头风的毛病。

此联写出费氏一生经历，一度宦海浮沉，后则归隐吴江。联中用了不少生僻词语典故，需要认真阅读体会。

挽国学会学生胡某

章太炎

好学果忘疲，有志竟成期项橐；
生材殊不易，华年未秀悼终童。

赏析

此联写于1935年间。国学会，即国学讲习会。章太炎晚年在苏州创办国学讲习会，出版《制言》杂志。胡某亦慕名而来拜其门下，平日好学忘疲，不幸因病早逝。章太炎撰联致哀。

上联中，好学，喜爱学习。有志竟成，即有志者事竟成，谓只要有志气事情终究会成功。项橐（tuó），春秋时人，相传七岁而为孔子师。上联意谓，作者对于这位好学不倦的学生胡某曾以古人项橐相期许，认为这位学生很有志气，定能在学术上成就一番事业。

下联中，生材，生长这样的材料，可引申为造就这样的人才。华年，犹青春，指人青年时代。终童，即汉代终军，少年好学，十八岁选为博士弟子，后官至谏议大夫。汉武帝曾派遣终军去说服南越王入朝，不幸被越相吕嘉杀害，时年二十余岁。因其少有大志，世称“终童”。这里以汉代终童喻胡某，哀其华年未秀不幸早逝。

作者哀挽自己的学生，昔日既以项橐相期许，而今又以终童英年早逝相悼惜。联句情真意切，令人同情。

挽胡汉民

章太炎

君真是介甫后身，举世谁知新法便；
我但学茂弘弹指，九原应笑老儒迂。

赏析

此联写于1936年9月。胡汉民（1879—1936），字展堂，广东番禺人。早年留学日本，参与筹建同盟会。辛亥革命后，历任广东都督、南京临时政府总统府秘书长、护法军政府交通部长、广州大元帅府代理大元帅、南京国民政府主席、立法院院长等职。1931年因与蒋介石争权被囚，“九一八”事变后获释。此后联合两广军阀势力，与蒋长期对立。1936年5月病逝，章太炎撰联致哀。

上联中，介甫，即北宋政治家、改革家王安石。后身，转世之身。新法便，新法的好处。上联意谓，胡汉民真是北宋王安石的转世之身，而举世有谁知道新法的好处。联中称胡汉民为推行新法的“介甫后身”，显系过誉之词。

下联中，茂弘，即东晋丞相王导。弹指，佛家语，有许诺、欣喜、告诫之意。茂弘弹指，典出《世说新语·政事》：“王丞相拜扬州，宾客数百人，并加沾接，人人有说色，唯有临海一客姓任及数胡人为未洽。公因便还道过任边，云：‘君出，临海便无复人。’任大喜说，因过胡人前，弹指云：‘兰阇兰阇。’群胡同笑，四座并欢。”这里意谓，但学茂弘弹指，尊美他人，说人好话。九原，原指春秋晋国卿大夫的墓地，后亦泛指坟地。老儒迂，年老儒生的迂腐，此系作者自谦之词。

此联用了两个典故，均有值得推敲之处。表彰逝者为“介甫后身”，似与实际不符；谦称自己效“茂弘弹指”，未免过于消沉。

题净慈寺

章太炎

植西土正因，相期震旦有情，我爱休耽犛尾好；
揽南屏全胜，应令晋家高士，清游更度虎溪来。

赏析

此联写作时间不详。净慈寺，在浙江省杭州市，原名慧日永明院，是吴越王钱俶于后周显德元年为永明禅师所建。南宋时改名净慈报恩光孝禅寺，简称净寺或净慈寺。寺内有口大钟，每当傍晚钟声在苍烟暮霭中回荡，格外悠扬动听。“南屏晚钟”因成西湖十景之一。章太炎当年曾游净慈寺，并应约题写楹联。

上联中，西土，信奉佛教净土宗者，指《阿弥陀经》所言西方极乐世界。因，即因缘。佛教所言产生结果的直接原因及促成这种结果的条件。震旦，古印度人对中国的称谓，在佛教经籍中也作此称呼。休，休闲、休假。耽，耽玩，专门研习、玩赏。《三国志·吴书·士燮传》：“耽玩《春秋》，为之注解。”犛(máo)尾，牦牛尾，佛教徒手中所执之物。上联意谓，此处植根西方净土的真正因缘，相期中土有情，我爱好清闲之日在此研习佛教经文。

下联中，揽，揽取、围抱。南屏，即南屏山，净慈寺在南屏山慧日峰下。晋家高士，晋代高人隐士。清游，清雅的交游，多指文人雅士间的往来。度，通“渡”，过。虎溪，水名，在江西庐山下。相传晋代高僧慧远居庐山东林寺，送客不过虎溪。一日与诗人陶渊明、道士静修边走边谈，不觉过溪，虎即骤鸣，三人大笑而别。世传有“虎溪三笑图”，即据此佛教故事绘成。下联意谓，此处可将南屏全部胜景揽于眼前，应令晋家高士，亦即像晋代陶渊明那样的文人雅士，清游更度虎溪，亦即来到净慈寺内聚谈。

此联别具一格，作者似与我佛有缘，竟然想在清闲之日来此研习佛教经文，甚至希望寺中僧人能像晋代高僧慧远那样，约请文人雅士来此清游聚谈。

题保国寺

章太炎

山启汉张侯，当时肯构相承，始就椒樊通筚路；
寺开唐可祖，千载传灯无尽，又看楼阁现华严。

赏析

此联写作时间不详。保国寺，在浙江宁波市西郊 15 公里处。始建于东汉，因在灵山上，故名灵山寺。唐会昌五年灭佛遂毁。广明元年重建，改名保国寺。北宋祥符年间重建大殿，具有独特风格，至今已有近千年历史。大殿为木质结构，屋顶、梁架、斗拱、柱子等全部结构不用一钉，全靠斗拱之间的巧妙衔接和精确的榫卯技术，托起庞大的殿堂屋顶。因系我国目前保存最好的木结构古建筑，被列为全国重点文物保护单位。章太炎当年曾游此寺，并应约题写楹联。

上联言保国寺的起步阶段。启，开发、开拓。汉张侯，相传灵山曾是汉光武帝时中书郎张齐芳隐居之处，后有人在此建寺，因称灵山寺。肯构，语出《书·大诰》："若考作室，既厎法，厥子乃弗肯堂，矧肯构?"孔传："以作室喻治政也，父已致法，子乃不肯为堂基，况肯构立屋乎!"后以"肯堂肯构"比喻子承父业。或将"肯堂"、"肯构"分用，义同。椒樊，以带刺椒木编成的篱笆。筚路，用荆竹编的车，亦称柴车。《左传·宣公十二年》："筚路蓝缕，以启山林。"言驾柴车，穿破衣，以开伐山林。后谓艰苦创业为"筚路蓝缕"。上联意谓，灵山因汉张侯隐居而得以开发，此后子承父业建成灵山寺，从此进入寺院艰苦创业的阶段。

下联言保国寺进入繁荣发展时期。唐可祖，指唐僖宗李儇。广明元年灵山重建庙宇，唐僖宗亲题寺名为保国寺，联中因言保国寺得名开始于唐可祖。传灯，佛家谓佛的教旨可以破除迷暗，像灯照明一样，因将传法曰传灯。保国寺建成千余年来弘扬佛法永无止境。华严，佛以华庄严法身，故曰华严。华严经、华严宗由此得名。此句意谓，今日又见寺宇楼阁再现我佛以华庄严法身。

此联从“山启汉张侯”，到“寺开唐可祖”，再到“又看楼阁现华严”，真实再现了保国寺自身发展的历程。脉络清晰，引人入胜。

题澳门普济禅院檀越堂

章太炎

露坐一生无步障；
春游是处即行窝。

赏析

此联写作时间不详。普济禅院，位于澳门望厦美副将大马路中端，又名观音堂，始建于明代。内有大雄宝殿、观音殿、大沙法师祖师堂等。章太炎曾应约为普济禅院檀越堂题联。檀越，佛教名词，据梵文意译为施主，即寺院僧人对施舍财物者的尊称。檀越堂为寺院接待佛教信徒与重要客人的地方。

上联中，露坐，即露地坐，谓于露地坐禅，为十二头陀行之一。《行事钞》：“在露地者，智论云，我视树下如半舍，无异荫覆凉乐。又生爱者，便爱露地，日光遍照，空中净明，易入空定。”步障，用以遮蔽风尘或视线的一种屏幕，古人常用丝绸或布料制成。此句意谓，一生信佛露地坐禅，无需任何遮蔽风尘的屏幕。

下联中，春游，春日出游。僧俗两界略有不同，一般人为春日旅游，而僧人称春日云游。行窝，宋代邵雍自名其居曰安乐窝，出则乘小车，一人挽之，唯意所适。好事者则作屋如雍所居，以候其至，名曰行窝。见《宋史》四二七本传，后来泛称小住或待客的别舍。此句意谓，如果春日出游这里就是适合小憩的地方。

此联题普济檀越堂，故以僧俗两界通用的语言出之，完全切合题意要求。

题河南省城浙江会馆

蔡元培*

畴昔开封、临安为宋京畿，朔建炎中扈跸耆臣，百世云仍，犹诵陈留风俗传；

此邦循吏、寓公有乡先正，愿诸君子迨群孟晋，一编典录，重题会稽后贤名。

作者

*蔡元培（1868—1940），字鹤卿，号孑民，浙江绍兴人。民主革命家、教育家。清光绪进士。1904年创立光复会，次年加入同盟会。曾任南京临时政府教育总长、北京大学校长、国民政府大学院院长、中央研究院院长。“九一八”事变后，力主抗日，并与宋庆龄等组织中国民权保障同盟。著有《蔡元培全集》。

赏析

此联写于1895年5月。河南省城浙江会馆，据《蔡元培先生年谱》1895年5月13日记载：“李三原孝廉属撰河南省城浙江会馆楹联：……”可见此联系应寄居河南开封的浙江同乡李三原要求而作。

上联忆南宋从开封到临安迁都的历史。畴（chóu）昔，往昔、从前。京畿（jī），国都所在地及其行政官署所管辖的地方。此指过去河南开封与浙江杭州，曾分别为北宋与南宋的京城。朔，初、开始。建炎，宋高宗年号。扈跸，意同“扈驾”，即随从帝王的车驾。耆（qí）臣，老臣。这里是说，起初宋高宗建炎年间随从皇帝车驾的老臣。百世，世代。云，语助词，无义。仍，因袭、依旧。陈留，旧县名，治所在今河南开封东南陈留城。这里是说，亦已历经百世依旧还在陈述着当年陈留（开封）传下的风俗。

下联愿寓居河南的浙江同乡勉力上进。循吏，旧谓奉职守法的官吏。寓公，原指失地而寄居他国的诸侯，后来泛指寄居他乡的具有官吏身份的人。有乡，家乡、故乡。“有”为语助词，无义。先正，原谓先代之臣，后多用以指前代的贤人。迨（dài）群，趁着群体。孟晋，勉力进取。班固《幽通赋》：“盍孟晋以迨群兮，辰倏忽其不再。”李善注：“言何不勉进而及群。”联句意谓，这里的官吏、寓公有来自故乡的先贤。愿诸君子趁着群体力量勉力上进。典录，记载言行或事物的册籍，本乡人士的名录。会稽，作为县名，指今浙江绍兴一带；作为郡名，包括古代吴越地区。这里代指浙江。联句意谓，这本记载故乡人士的名录之中自当重题浙江后贤的名字。

此为早年之作，全用文言写成。意在说明河南开封与浙江临安同为宋代都城，历史渊源非浅，勉励寓居河南省城浙江会馆同乡，依靠群体力量奋力上进。因为使用文言，且多生僻词语，以致阅读困难，只有扫清文字障碍才行。

题绍兴敬敷义塾

蔡元培

师道立则善人多，五品能驯，名义无忘推帝俊；
学馆起而吏民爱，七经还教，循经终古颂文翁。

赏析

此联写于1896年10月。绍兴敬敷义塾，在绍兴城北鲍渎村。据《蔡元培先生年谱》记载，1896年10月2日“为绍兴敬敷义塾撰写楹联”。

上联中，师道，旧指求师学习的道理。五品，功勋的一种名目。《史记·高祖功臣侯者年表》：“古者人臣，功有五品，以德立宗庙定社稷曰勋，以言曰劳，用力曰功，明其等曰伐，积日曰阅。”驯，同“训”，教诲勉励。帝俊，疑为帝佶，即帝喾，名俊，传说中上古时代的部族首领，号高辛氏，曾即帝位。《史记·五帝本纪》说，他“仁而威，惠而信，修身而服天下，取地之才而节用之，抚教万民而利诲之”。上联意谓，师道树立则善人多，古人所言五种品格是可以通过教诲达到的，为之立名取义当首推上古五帝之一的高辛氏。

下联中，学馆，原指太学的学舍，亦指私家授徒的地方。《北史·景穆十二王传》：“置学馆于私第，集群从弟子，昼夜讲读，并给衣食，与诸子同。”这里学馆实即私塾。七经，七部儒家经典。汉代以《诗》、《书》、《礼》、《易》、《春秋》，加上《论语》、《孝经》合称七经。后至宋代、清代略有变化。还，通“环”，环绕。循经，遵循，依照这样的规范。文翁，汉景帝时蜀郡守，提倡教化，曾在成都设学堂，入学得免除徭役，并以成绩优良者为郡县吏。时人称之为文翁学堂，我国学堂、学校之名由此开始。文翁兴学已成千古佳话。下联意谓，私塾兴起官吏与民众都喜欢，此后则环绕七部经典教学，遵循这样的规范办学，我们终都应称颂文翁。

此系文言联语，亦为早年所作。作者推崇确立师道的重要与学馆兴起的作用，仍属早期教育思想。

述怀二联

蔡元培

一

都无作官意；
唯有读书声。

二

谟议轩昂开日月；
文章浩渺足波澜。

赏析

这两副联语分别写于1897年8月与此后一段时间。述怀二联，为蔡元培早年之作，意在直接抒写自己的怀抱。蔡于光绪十八年（1892年）中进士，授翰林院编修。在翰林院供职期间，住北京东城绳匠胡同，曾手书联语挂于书房。

第一副联语：据《蔡元培日记》，言1897年8月18日自书一联，且注明上联录自张籍诗句。

此联实为作者自述个人志趣，无意做官，一心治学。一片书生意气跃然纸上。当时作者对于新学兴趣日增，开始阅读西方学者著作的中译本，其中包括不少自然科学方面的书籍。

第二副联语，亦写于19世纪末，同样为了表明个人的志向。

上联中，谟（mó）议，谋划与议论。轩昂，气概非凡。此语形容年轻人指点江山，气宇轩昂，可开日月。

下联中，浩渺，形容广阔无边。波澜，波涛。此句意谓，文章浩瀚壮阔，气势不凡，足以掀起巨大波澜。

这两副述怀联语内容各异：前者表明无意做官、一心治学的个人志趣；后者表现指点江山、激扬文字的少年意气。二者就其艺术均臻化境，言简意赅，引人瞩目。

题新居门联

蔡元培

夹縢无名充大隐；
结绳有史演奇觚。

赏析

此联写于1897年12月。题新居门联，当时，蔡元培由北京绳匠胡同移至北头口縢胡同，曾为新居大门题写对联。

上联中，夹（jiā），夹带。縢（téng），佩囊、口袋。屈原

《离骚》："苏粪壤以充帏兮。"王逸注："帏谓之幐，幐，香囊也。"大隐，晋王康琚《反招隐诗》："小隐隐林薮，大隐隐朝市。"指身居朝市而过隐居生活的人。这里是说，无名之人夹带香囊充作大隐之人。

下联中，结绳，文字产生以前的一种记事方法。用绳打结，以不同形状和数量的绳结标记不同的事件。《易·系辞下》："上古结绳而治，后世圣人易之以书契。"演，推演、演绎。《汉书·五行志上》："文王演《周易》。"奇觚（gū），奇书。觚为木简。汉代史游《急就篇》："急就奇觚与众异。"这里是说，有史以来则从结绳而治演绎成为今天的种种奇书。

此联既切合自己身份，且与绳匠胡同、口幐胡同有关，构思颇为奇巧。

挽夫人王昭三联

蔡元培

一

维新党人，吾所默许，乃不及于难，夜车南返，鹪巢暂栖，尚有青毡，博得工资同一饱；

自由主义，君始与闻，而未能免俗，天足将完，鬼车渐破，俄焉属纩，不堪遗恨竟终身。

二

早知君病入膏肓，当屏绝万缘，常相厮守，已矣，如宾十年，竟忘情乃尔耶？

尝与我争持礼俗，问浑圜大地，安置幽冥，嗟呼，有子二人，真灵魂所宅耳。

三

安知早死非为福；

岂有下愚不及情。

赏析

这三副挽联写于1900年6月。王昭为蔡元培夫人，1900年6月因病逝世，只活了34岁。蔡元培于悲痛中撰数联志哀。次年6月据回忆录出。联前附有小序："亡妇忌日，匆匆一年矣。鹿鹿奔走，弃子不教，哀愧交集。忆素帷联语，未留存稿录于左方。"

第一副挽联：

上联写因同情维新党人而避祸南下家居的情景。维新党人，指以康有为、梁启超为代表的主张清朝政府变法维新的资产阶级改良派。作者对于"戊戌变法"从内心是支持的，因称"吾所默许"。鷦（jiāo）巢暂栖，鷦鹩常取茅苇毛毳为巢，大如鸡卵，系以麻发，颇为精巧。《庄子·逍遥游》："鷦鹩巢于深林，不过一枝。"青毡，典出《晋书·王羲之传》，其子王献之"夜卧斋中，而有人入其室，盗物都尽。献之徐曰：'偷儿，青毡我家旧物，可特置之。'群偷惊走。"后以青毡为士人故家旧物之代称。上联意谓，对于维新党人，我是默许和支持的。至于没有遭遇这次灾难，因为当时已乘夜车南下，暂时找个地方栖身。好在家中尚有一些旧物，还可换取工资求得一饱。

下联写与夫人共同生活及夫人不幸病故。君，指夫人王昭。当时作者经常在家中介绍平权思想、自由主义，夫人开始有所了解，而未能免除旧的习俗。鬼车，传说中的九头鸟。段成式《酉阳杂俎》："鬼车鸟，相传此鸟昔有十首，能收人魂，一首为犬所噬。"这里是说，夫人王昭不再裹脚将成天足，而且开始破除迷信思想。属纩（zhǔ kuàng），语出《礼·丧大记》："疾病……属纩以俟气绝。"谓人将死在口鼻上放丝绵，以观察有无呼吸。后称病重将死叫属纩。这里是说，不久夫人病重身亡，使我不能承受这样的遗恨竟至终身，亦即留下终身遗恨。

第二副联语：

上联中，膏肓（huāng），语见《左传·成公十年》："疾不可为也，在肓之上，膏之下，攻之不可，达之不及，药不至焉。"人的心上膈下，为体内重要部位，后称病势严重为病入膏肓。厮守，互相守在一起。已矣，这一切都已完了。上联意谓，早知你病入膏肓，我当排除一切缘由，与你守在一起。而今这一切都已完了，可是夫妻相敬如宾已有十年，哪能竟然忘情于你呢？

下联中，争持礼俗，据作者在《祭夫人王昭文》中说明，夫妻二人在生活习惯、安排上存在某些差异，因此常有争持。如夫人有洁癖，持家勤且俭，作者看不惯，常常批评她。浑圜（yuán），浑即浑天，古代解释天体的一种学说。主张天地形状像鸟卵，天包地像卵包黄。圜同“圆”，亦言天体。《易·说卦》：“乾为天，为圜。”幽冥，旧称地下、阴间。嗟乎，叹词。下联意谓，过去在生活习惯与安排上常与我有所争执。而今夫人已逝，问苍天大地，冥冥之中将何安顿呢？哎，总算有两个儿子，真是灵魂可以安息的住所啊！

第三副联语：

上联中，安，哪里，怎么。此句意谓，怎么知道早死不是一种福气呢？这是一种自我安慰之词。

下联中，下愚，本指最愚蠢的人，亦可用以表示自谦。吴质《答魏太子笺》：“臣幸得下愚之才，值风云之会。”此句意谓，岂有下愚之人而不及于感情。

这三副悼念亡妻的挽联，情真意切，哀怨缠绵。作者均以平常语写深情，以平常事写挚爱。这看似平淡无奇的陈述，而爱妻之情与失妻之痛却正是在如泣如诉的娓娓叙述中得以尽情流露。

题《越铎日报》

蔡元培

春风吹开锦绣谷；
晚岁犹存铁石心。

赏析

此联写于1912年间。越铎日报，为1912年1月由鲁迅、陈子英、孙德卿三人以越社名义在绍兴发起创办的一份进步报纸。当时曾被绍兴军分政府都督王金发部下捣毁，浙江省政府赔偿损失二千元。报馆重新开张之日，蔡元培撰送此联致贺。

上联中，锦绣谷，谷名，在今江西省星子县北庐山中。谷中奇花异草，红紫遍地，如被锦绣，故名。这里以比喻《越铎日报》办得很有特色。此句意谓，辛亥革命的春风吹开锦绣谷，报纸得以顺利恢复。

下联中，晚岁，晚熟的庄稼。曹植《赠徐干》：“良田无晚岁，膏泽多丰年。”铁石心，心如铁石，喻坚定不移。这里是说，《越铎日报》犹晚熟的庄稼，依然同封建势力进行毫不妥协的斗争。需要指出的是，鲁迅不久接受蔡元培邀请赴临时政府教育部任职，《越铎日报》内部也发生分化，这份报纸则办得越来越没有生气了。

此联用语平实而精准，以春风吹开的锦绣谷喻辛亥革命后的形势，以晚熟的庄稼犹存铁石之心喻复刊后的《越铎日报》，实属贴切自然，慰勉之意甚明。

挽秋瑾

蔡元培

巾帼拜英雄，求仁得仁又何怨？
亭台悲风雨，虽死不死终自由。

赏析

此联写于1912年间。秋瑾，近代民主革命家，别号鉴湖女侠，光复会主要领导成员之一。1907年，与徐锡麟积极策划皖浙武装起义，不幸为清政府逮捕杀害。辛亥革命后，杭州、绍兴多次举行纪念活动。蔡元培对于这位故乡女杰，深怀尊敬仰慕之情，撰送挽联致哀。

上联中，巾帼，古代妇女的头巾和发饰，后作为妇女的代称。求仁得仁，如愿以偿。语出《论语·述而》：“求仁而得仁，又何怨。”上联意谓，而今拜祭巾帼英雄，逝者亦已求仁而得仁，又有何怨？

下联中，亭台，秋瑾就义前诗作中有“秋风秋雨愁煞人”之句，后曾因此在绍兴、杭州建风雨亭以作纪念。下联意谓，人们仍悲亭台风雨，需知逝者虽死犹生，终使广大人民赢得了自由解放。

阅读此联似应注意两点：一是上下联首句均为倒装句式（实

为“拜巾帼英雄”，“悲亭台风雨”)；二是核心词语“求仁得仁”与“虽死不死”，实系古语今言，内含颇为丰富。

题杭州岳王庙

蔡元培

民族主义，历元清鼎革始达完全，如神有知，稍解生前遗恨；

圣湖风景，得祠墓点缀差不寂寞，兹地之胜，允宜庙貌重新。

赏析

此联写于 1916 年 11 月。岳王庙，在杭州栖霞岭南麓。宋嘉定十四年（公元 1221 年）为纪念抗金英雄岳飞而建。庙的正殿内有岳飞塑像。殿西首为启宗祠，祀岳飞父母。岳坟在庙的右侧，葬岳飞及其义子岳云。墓道阶下跪着四个反翦双手的铁像——秦桧夫妇、张俊、万俟卨四奸臣。1916 年 11 月，蔡元培曾游杭州西湖，并为岳庙大殿题写楹联。

上联中，民族主义，三民主义的组成部分，孙中山提出的民主革命时期关于民族问题的纲领。起初强调“驱除鞑虏，恢复中华”；后来重新加以解释，主张反对帝国主义、中华民族自求解放、国内各民族一律平等。元清，即元朝与清朝，分别由蒙古族与满族入主中国。鼎革，革故鼎新的缩语，即更新除旧之意。上联意谓，谈到民族主义，经历元、清革故鼎新之后始达完全，如果岳飞英魂有知，亦可稍解生前遗恨。因为今天不仅已雪靖康之耻，而且彻底推翻元、清两朝的统治。

下联中，圣湖，即杭州西湖。相传汉时有金牛出现湖中，以为明圣之瑞，因称明圣湖，亦称圣湖。祠墓，即岳庙与岳坟。下联意谓，西湖风景因为有着岳飞祠宇和坟墓点缀其间才不致感到寂寞。而且此地之胜迹，理当庙貌重新，亦即加以修葺，使其焕然一新。

作者为岳王庙题联，抓住“民族主义”与“胜湖风景”两个侧面展开叙述，实属见解卓越与艺术独到的表现。

题刘伯温故居

蔡元培

时事造英雄，帷幄奇谋，功冠有明一代；
庙堂馨俎豆，枌榆故里，群瞻遗像千秋。

赏析

此联写于1916年12月。刘伯温，名基，元末进士。曾任江西高安县丞、江浙儒学提举，因受排挤，弃官归隐。后辅佐朱元璋翦灭群雄，北伐中原，建立帝业，为明代开国功臣之一。官至御史中丞、太史令，封诚意伯。故居在浙江青田县，附近尚有诚意伯庙、忠节祠、文昌阁等古迹。1916年12月，蔡元培曾参观刘伯温故居，并应约题写楹联。

上联言刘伯温的历史功绩。帷幄，军中的帐幕。《汉书·张良传》：“运筹帷幄中，决胜千里外，子房功也。”有，助词，无义。因一字不成词，则加有字相配。上联意谓，时势可以造就英雄，刘伯温为朱元璋运筹帷幄、贡献奇谋，成就建国大业，功劳冠于整个明代。

下联写刘伯温故居庙堂。庙堂，原谓宗庙明堂，此指刘伯温故居附近的诚意伯庙与忠节祠。馨，香气远闻，亦喻流芳后世的声誉。俎豆，俎和豆都是古代祭祀用的器具，可引申为祭祀崇奉之意。枌榆，故乡代称。汉高祖助刘邦为沛县枌榆乡人，初起兵时亦祷于枌榆社，后因以枌榆为故乡的代称。下联意谓，刘伯温故居庙堂香火不绝，故乡人民都来瞻仰他的千秋遗像。

此联用语庄重典雅，热情赞颂这位明代开国功臣，让人产生肃然起敬之感。

题蔡谷清

蔡元培

行不得则反求诸己；
躬自厚而薄责于人。

赏析

此联写于 1916 年 12 月。蔡谷清，名元康，为蔡元培从弟。据《蔡元培先生手迹》，附有落款：“五年十二月十八日将自杭赴京为谷清二弟书，元培。”

上联中，行，赐、给予。《礼·月令》季夏之月：“养衰老，授几丈，行麋粥饮食。”诸，之于的合音。此句意谓，别人给予的东西得不到就反而会求之于自己。

下联中，躬，自身。《诗·邶风·谷风》：“我躬不阅，连恤我后。”薄，减轻。此句意谓，自身应当宽厚而少去责怪别人。

此联虽系赠人之作，亦在表明自己立身处世的准则。可作人生格言置诸座右。

挽蔡锷

蔡元培

虎穴留不死之身，郁郁了余年，竟虚海内无穷望；
猿臂本难封之相，庸庸多厚福，且让人间第二流。

赏析

此联写于 1916 年 12 月。蔡锷为我国近代著名军事家，在声讨袁世凯复辟帝制的护国运动中立下了不朽功勋。1916年11月，因长期劳累过度，身患严重喉疾，赴日本治疗期间不幸病逝。蔡元培撰送挽联致哀。

上联中，虎穴，比喻危险的境地。此指蔡锷于“二次革命”之后，应袁世凯之召赴京，即被严密监视。他身处逆境，巧与周旋，并乘袁氏称帝之机逃出虎口，经海外回到云南。郁郁，忧伤、郁闷的样子。1916年讨袁护国战争胜利后，蔡锷出任四川督军兼民政长，因患有严重喉病，痛苦不堪，只好转赴日本治疗，以致不幸病逝。联中“郁郁”二字，既指生前病魔缠身，亦指依然忧国忧民。上联意谓，身陷虎穴而能留下不死之身，后则心情忧伤患有喉疾，以致英年早逝，未能满足海内人士寄予的无穷厚望。

下联中，猿臂本难封之相，由“李广难封”一语转化而来。西汉名将李广，猿臂善射，匈奴敬畏呼之为“飞将军”。一生与匈奴征战七十余次，屡立战功，却未能封侯。这里转其意而用之，指蔡锷不受袁世凯虚假之封爵而改变其志。而今社会庸庸碌碌之人倒有厚福，第一流有才能的人反而短命，只好让给那些平庸有福之人。这里系针对现实，有感而发，饱含着愤慨、惋惜和讥讽。

此联对于逝者组织反袁护国斗争给予高度评价，而对其英年早逝未能进一步发挥才能深感惋惜。

挽陈其美

蔡元培

轶事足征，可补游侠、货殖两传；
前贤不让，洵是鲁连、子房一流。

赏析

此联写于1917年5月。陈其美为辛亥革命时期的风云人物，曾任沪军都督、北京政府工商总长、上海讨袁军总司令、中华革命党总务部长。1916 年 5 月，被袁世凯派人刺杀于上海寓所。次年 5 月，陈氏灵柩归葬浙江吴兴，先在上海开吊，蔡元培撰送挽联致哀。此联后刻于陈其美墓前石柱之上。

上联中，轶事，亦作逸事，多指未经史书记载或世人不甚了解的事迹。征，证明、验证。游侠，古称喜好交游、轻生重义、勇于急人之难的人。货殖，经商，亦指经商的人。《史记》、《汉书》对于这两类人物均有列传。陈其美早年曾学习典当业和丝织业，有过实业救国思想，且参加过青帮（哥老会）组织，从事反清活动。上联意谓，这些轶事足以证明，逝者可以补入《游侠列传》与《货殖列传》。

下联中，前贤不让，即不让前贤。洵，诚然、实在。鲁连，即战国时齐人鲁仲连，善于计谋划策，常周游列国辩难解纷。曾以利害说赵、魏大臣，劝阻尊秦昭王为帝，鲁仲连“义不帝秦”历来传为美谈。子房，汉初名臣张良，字子房。为汉高祖刘邦重要谋士，“兴汉三杰”之一。下联意谓，逝者无逊于前贤，诚然是鲁连、子房一流人物。肯定他为创立民国所作出的贡献。

此联言简意赅，高度概括逝者一生，可作陈氏“评传”。

为新加坡中华俱乐部书联

蔡元培

同气相求，同声相应；
十年树木，百年树人。

赏析

此联写于1917 年5 月。蔡元培原有小序：“新加坡中华俱乐部以提倡同国人实业教育为鹄的，而陈设全用国货，爰集语为联以祝之。”

上联语出《易·乾》：“同声相应，同气相求。”孔颖达疏：“同声相应者，若弹宫而宫应，弹角而角动是也。”“同气相求者，若天欲雨，而础柱润是也。……言天地之间，共相感应，各从其气类。”后以此比喻志趣相同的人互相呼应与气质相类（常指具有血缘关系的亲属）的人互相吸引聚合。上联赞扬新加坡中华俱乐部“以提倡同国人实业教育为鹄的，而陈设均用国货”。广大海外侨胞热爱祖国，愿与祖国互相呼应。

下联语出《管子·权修》：“一年之计，莫如树谷；十年之计，莫如树木；百年之计，莫如树人。”意谓培植树木需要十年，培育人才需要百年。实喻培养人才为长远之计。下联赞扬新加坡中华俱乐部重视华人实业教育，懂得培育人才的重要。

这副集自古书的联语，充分肯定海外侨胞的爱国之心与强调进行实业教育的重要。言简意明，启人深思。

挽李蔚然

蔡元培

义旅起昆明，九世复仇原不忝；
强邻逼缅甸，重关资敌有余哀。

赏析

此联写于1917年5月。李蔚然，老同盟会员李根源之父，云南腾冲人。清末曾任都指挥佥事。光绪年间力谏收回云南天马、汉龙二关。1917年5月因病逝世，蔡元培撰送挽联致哀。

上联中，义旅，犹义师，正义的军队。此指1911年武昌起义后，李根源与蔡锷发动云南新军响应，在昆明成立大汉军政府。九世复仇，语出《公羊传·庄公四年》：“九世犹可以复仇乎？虽百世可也。”忝（tiǎn），羞辱、有愧于。上联意谓，随着云南昆明起义，成立大汉军政府，已复九世重仇可以感到问心无愧了。

下联中，强邻，此指英国侵略军。缅甸，位于东南亚中南半岛西部，与中国、老挝、泰国、印度为邻。这里是说，1885年中法战争后，英国侵略军乘机吞并缅甸，清政府亦承认了这一事实，使缅甸沦为英国殖民地。重关，重要关隘。此指云南瑞丽县南的汉龙关与瑞丽县西的天马关。1885年中法战争后，中英勘定滇缅边境时，划属缅甸。清政府竟同意让给缅甸，成为至今遗留下来的悲哀。作者在《挽李蔚然联跋》中指出：“宣统三年八月，武昌兵起，君子根源应于昆明，始雪亡明之辱，而天马、汉龙两关终不我有矣。”

此联哀挽逝者，仿佛在与亡灵对话。既告慰逝者，随着云南起义，已复九重仇；又深表惋惜，天马、汉龙二关至今未能收回。

挽陈介石

蔡元培

数故乡人物渺然，若志三，若仲容，若平子，死别经年，而今又弱一个；

得天下英才而教，在杭州，在广东，在北京，师承作记，相期共有千秋。

赏析

此联写于1917年7月。陈介石（1859—1917），名黻宸，浙江瑞安人。光绪进士。曾任京师大学堂教习、浙江咨议局议长、浙江民政司长、北京大学文科教员。1917年7月因病逝世，蔡元培发起组织陈介石追悼会，并献挽联致哀。

上联哀叹故乡人物相继死亡。“数故乡”四句，数（shǔ），查点、列举。渺然，渺茫，远隔难以闻见而记忆模糊。志三（1851—1903），即陈虬，浙江温州人。清末举人，参与康、梁公车上书，后回故乡开办学堂。著有《治平通议》、《报国录》等。仲容（1848—1908），即孙诒让，浙江瑞安人。同治举人，官至刑部主事。后引疾归乡，悉心治经，著书十余种，卓有成就。平子（1862—1910），即宋恕，浙江平阳人。早年抨击程朱理学，主张变法维新。1901年在杭州求是书院任教，与陈黻宸（介石）、陈虬（志三）并称“浙东三杰”。这里是说，列数故乡人物，像陈虬、孙诒让、宋恕，均已远我而去。“死别”二句，又弱一个，又丧亡一个，多用为哀叹别人死去。《左传·昭公三年》：“（齐公孙灶卒）晏子曰：‘惜也，二惠竞爽，犹可，又弱一个焉，姜其危哉！’”此言上述友人亦已死去多年，而今又亡一人。

下联言逝者为天下培育人才。“得天下”四句，指为求得天下英才而在杭州、广州、北京从事教育工作。“师承”二句，谓一脉相承的师法，亦已作为记载。本自互相期许，共同享有千秋，意谓得天下英才而教可以长期进行下去。

此联哀挽逝者，感情深挚。哀故乡知名人物相继辞世，忆亡友各地培育英才。如泣如诉，凄恻感人。

赠北大毕业生

蔡元培

各勉日新志；
共证岁寒心。

赏析

此联写于1917年间。赠北大毕业生，蔡元培于1917年1月出任北京大学校长。同年夏天为该校毕业生题词，勉励他们以坚定的信念投身革故鼎新的斗争。当时校方曾将此联刻在给毕业生做纪念的铜尺上。

上联中，日新，日日更新。语出《礼记·大学》：“汤之盘铭曰：‘苟日新，日日新，又日新。’”此句意谓，各自互相勉励应有天天更新不断前进的志向。

下联中，岁寒，一年到了寒冷的冬天。语见《论语·子罕》：“岁寒，然后知松柏之后凋也。”因松柏岁寒不凋，故后来诗文中常以岁寒松柏比喻虽处逆境艰困中而能保持节操的人。联中希望大家在今后的行动中能共同证实具有岁寒之心，亦即像松柏那样不畏风雪严寒经得起严峻岁月的考验。

此联用语朴实无华，耐人寻味，充分表现出一位老教育家对年轻一代的关怀与期望。

题籀公祠

蔡元培

博学于文，约之以礼；
多闻阙疑，慎言其余。

赏析

此联写于1917年间。籀(zhòu)公祠，在浙江温州，为纪念清代著名经学家、古文字学家孙诒让而建。1917年间，蔡元培曾为籀公祠怀籀亭题一集句联。孙诒让（1848—1908），字仲容，号籀庼，浙江瑞安人。同治举人，官至刑部主事。后引疾归乡，悉心治经，著书达四十余年。著有《周礼正义》、《墨子闲诂》、《古籀余论》、《契文举例》等十余种。为研究我国古代文化和古代文字作出重大贡献。

上联集自《论语·雍也》："子曰：'君子博学于文，约之以礼，亦可以弗畔矣夫!'"这两句要求人们广泛学习文化知识，并以周礼来约束自己。

下联集自《论语·为政》："多闻阙疑，慎言其余，则寡尤。"阙(quē)疑，有疑暂置勿论，不作主观臆测。慎言，慎重说话。这里是说，虽有丰富见闻仍对疑点不作主观推测，对于暂不了解之事表态要慎重，这样才能少犯错误。

此联实为从先贤一生治学中总结出来的宝贵经验，至今对于我们仍有一定的现实意义。

手书叶瀚撰句

蔡元培

贫贱何伤，只要把物与民胞安排下去；
精神能固，却须从冰天雪地磨炼过来。

赏析

此联写于1919年1月。“手书叶瀚撰句”，叶瀚（1861—1933），字浩吾，浙江杭县人。曾任北京大学、浙江大学教授。1919年1月12日，蔡元培与友人从什刹海赏雪归来，手书叶瀚所撰联语，以志胜游。联后附有跋语：“八年一月十二日，北京大学国史编纂处与张君蔚西、童君亦韩、邓君文如商学于俱乐部。是日大雪，张君约予等偕至什刹海赏雪，并乘冰橇游湖中，头面衣履俱染，六出花意甚张。归而撰此联，将悬诸部屋，以志胜游。杭县叶瀚撰句，绍兴蔡元培书。”

上联中，贫贱，旧指贫穷而社会地位低下的人。伤，妨害。此句意谓，贫贱又有何妨！物与民胞，即民胞物与。语出北宋哲学家张载《西铭》：“故天地之塞，吾其体；天地之帅，吾其性。民吾同胞，物吾与也。”此语意谓，万民都是我的同胞兄弟，万物都是我的同辈朋友。后指泛爱一切人与物，关心和同情他人的疾苦。

下联中，精神，作为哲学名词，指人的意识、思维活动和一般心理状态。通常亦可指人的精力、神态。结句既与此次什刹海赏雪游湖产生联系，又在告诉人们，欲求精神坚固，却须从冰天雪地中磨炼过来，亦即经受艰难困苦的考验。

此联为纪游述怀之作，意在阐明贫贱不移其志、精神磨炼能固的道理。由叶瀚撰句，蔡元培手书，后悬于国史编纂处办公室内。

挽冯国璋

蔡元培

自代理总统时力弭战衅，遂为南北调和派中坚，临没宣言，尤感同泽；

于私立大学中月任常捐，更有学术研究所计划，达孝继志，是在后昆。

赏析

此联写于1919年间。冯国璋（1857—1919），直隶河间（今属河北）人。北洋武备学堂毕业。清末协助袁世凯创办北洋军。辛亥革命爆发后，被清政府任命为第一军总统，率北洋军赴湖北镇压革命。1913年国民党发动讨袁战争时，奉袁之命攻下南京任江苏都督。袁死后北洋军阀分化，成为直系首领。皖系首领段祺瑞控制北洋军阀政府，冯又与湖北督军王占元、江西督军李纯联合对抗皖系。1916年当选副总统，1917年代理总统，1918年被段祺瑞胁迫下台。1919年死于北京，蔡元培时任北京大学校长，亦曾撰联致哀。

上联中，弭（mǐ），停止。衅，事端，征兆。此指冯国璋代理总统时尽力消除战争事端。南北调和派，1917年北洋军阀废弃国会和临时约法，驱走总统黎元洪。孙中山在广州召开国会非常会议，成立护法军政府。次年孙中山因受桂系军阀排挤而弃职。护法军政府成为南方军阀割据的政权。当时，一度出现重开南北议和的局面，冯国璋亦成了南北调和的中坚人物。同泽，语出《诗·秦风·无衣》："岂曰无衣，与子同泽。"本谓同甘共苦，后来成为军人间相互称谓。这里是说，冯国璋临死时的宣言，亦即主张南北议和，尤其让同僚们为之感动。

下联中，"于私"二句，月任，每月负担的经费。这里是说，对于私立大学经常捐助每月负担的经费，更有赞助成立学术研究所的计划。"达孝"二句，达孝，语出《礼记·中庸》，指最大的孝道。后昆，后代子孙。这里是说，能否尽孝以继先人遗志责任在于后辈。实即希望继任者继续赞助私立大学和学术研究事业。

此联对于冯国璋这位北洋军阀直系首领，未作全面评价。只是肯定两件事情：一是主张南北议和以力弭战衅；二是支持私立大学和学术研究事业。这种哀挽特殊逝者适度揄扬的做法，实属明智之举。

赠许寿裳

蔡元培

山水有灵，亦惊知己；

性情所得，未能忘言。

赏析

此联写于1920年10月。许寿裳（1883—1948），字季茀，浙江绍兴人。早年留学日本，与鲁迅结为挚友。辛亥革命后，历任南京临时政府教育部参事、江西教育厅厅长、中央研究院秘书长。并先后在北京大学、中山大学、西南联大担任教授。1946年赴台湾任编译馆馆长、台湾大学国文系主任。1948年被国民党特务暗杀。1920年10月，蔡元培曾为同乡并在教育部、北京大学同事过的许寿裳书写对联一副。

上联中，知己，谓了解自己的人，亦谓情深谊厚的朋友。这里是说，山水如有灵性，也会惊讶有了解自己、情谊深厚的朋友。

下联中，忘言，指心领神会，无须用语言来表达。这里是说，流连山水之际，随着性情所得，得意未能忘言。

此联意在与友人共勉，应与山水结缘，随着性灵吟咏。

题无锡唐桐卿专祠

蔡元培

存心似禹溺稷饥，乃能为所难为，拯八九省生灵于水旱频仍之际；

报德以乡祠巷祭，直觉死犹未死，视数十年富贵而瞬息即逝何如。

赏析

此联写于1922年间。唐桐卿（1847—1912），名锡晋，字桐卿，江苏无锡人。曾任安东（今辽宁丹东）教谕，后改授长洲（今江苏苏州）教谕。任内以办赈事闻名，有“大善士”之称。1912年逝世后，乡人为他设立专祠供奉。1922年间，蔡元培与姚憾联名为唐桐卿专祠撰书此联。

上联中，禹溺稷饥，语出《孟子·离娄下》：“禹思天下有溺者，由己溺之也；稷思天下有饥者，由己饥之也，是以如是之急也。”后谓视人民疾苦是由自己所造成，因此解除他们的痛苦是自己不可推卸的责任。乃，于是、就。生灵，犹生民，即百姓。频仍，连续不断。上联意谓，逝者存着禹溺稷饥之心，于是就能做好难为之事，而拯救八九个省份百姓于连续不断的水旱灾害之中。

下联中，乡祠，即乡贤祠。古代凡有品德学问为地方所推重者，死后由大吏题请祀于其乡，入乡贤祠，春秋致祭。巷祭，祭于巷陌，相当于后来的路祭。此指乡人报德遂有乡祠巷祭之举。直觉，径直让人觉得。瞬息即逝，形容在极短的时间内就消失了。这里是说，径直让人觉得此人虽死犹生，逝者生前视数十年富贵不过稍纵即逝而已。这种视富贵如浮云的人生态度，大家以为怎么样？

此联题无锡唐桐卿专祠，实即哀挽逝者。既赞逝者生前具有仁德之心，热心赈济灾民；又写逝者死后故乡人民“报德以乡祠巷祭”。完全符合题意要求，能为祠宇生辉。

题《冷月画评》

蔡元培

尽美尽善武韶异；
此心此理东西同。

赏析

此联写于1924年间。冷月画评，陶冷月为我国现代著名画家。曾任上海暨南大学、湘中礼雅大学艺术系主任。作品曾多次参加日本、美国的画展。他的画“基于国画而以欧法补充之”，因此，其画是欧画还是国画，人们争论不休。1924年间，蔡元培欣然为陶冷月所辑之《冷月画评》一书题写《赠言》一篇，同时书赠此联，表达了自己的艺术见解。

上联中，武韶，武乐和韶乐，分别为周武王和虞舜时的乐曲。《论语·八佾》："子谓韶，尽美矣，又尽善也；谓武，尽美矣，未尽善也。"朱熹注："韶，舜乐。武，武王乐。美者，声容之盛。善者，美之实也。舜绍尧致治，武王伐纣救民，其功一也，故其乐皆尽美。然舜之德，性之也，又以揖逊而有天下；武王之德，反之也，又以征诛而得天下，故其实有不同者。"上联意谓，同是我国的《武》、《韶》二乐，在尽善尽美上仍有差异。

下联意谓，在构画心理、追求艺术尽善尽美与其评价标准方面，东方与西方是应当相同的。这里既表明自己的艺术见解，也是对于冷月画作的评价。作者在同时写作的一篇文章中还指出："陶冷月先生，本长国画，继而练习西法，最后乃基缘国画，而以欧法补充之。创作新中国画数十帧，一切布景取神，以至题词、盖印，悉用国画成式；惟于远近平凸之别，光影空气之变，则采用西法。"

由此可见，蔡元培既谙文学，又懂艺术，仅以区区联文便对陶冷月画作做出了准确评价，并回答了我国国画如何学习欧画的问题。

挽孙中山

蔡元培

是中国自由神，三民五权，推翻历史数千年专制之局；
愿吾侪后死者，齐心协力，完成先生一二件未竟之功。

赏析

此联写于1925年4月。孙中山为我国伟大的革命先行者。曾任中华民国南京临时政府大总统、广州护法军政府大元帅、中国国民党总理。有《孙中山全集》等多种著作行世。1925年3月因病逝世于北京，蔡元培时在国外，亦参加英国伦敦举行的追悼会，并送挽联致哀。

上联赞颂逝者的历史功绩。

自由神，西方传说中保护自由的神。三民五权，是孙中山政治学说的重要内容。三民，即三民主义（民族主义、民权主义、民生主义）。五权，即五权宪法，为立法、行政、司法、考试、监察五权分立的政府组织制度。上联意谓，逝者是中国的自由神，极力推行三民五权学说，终于结束了数千年封建专制制度，建立了中华民国。

下联表明生者的斗争决心。吾侪（chái），我辈，我们。这里是说，愿我们这些后死者，齐心协力，切切实实逐步完成逝者未竟的事业。

此联虽与传统联对规则稍有未合，却因文字质朴无华与内容亲切感人，仍不失为哀挽孙中山联语中上乘之作。

挽张謇

蔡元培

为地方兴教养诸业，继起有人，岂惟孝子慈孙，尤属望南通后进；

以文学名光宣两朝，日记若在，用裨征文考献，当不让常熟遗编。

赏析

此联写于1926年8月。张謇为近代著名学者、工商业家。光绪年间状元，授翰林院修撰。辛亥革命后，曾任南京临时政府实业总长、袁世凯政府农林总长、工商总长、全国水利总局总裁。一生创办实业，包括南通大生纱厂、大达轮船公司、资生铁冶公司等。1926年8月因病逝世。蔡元培应逝者之子张孝若约请撰送挽联致哀。

上联中，教养诸业，指发展地方教育与社会经济方面的事业。张謇先后创办通州师范、南通学院、南通图书馆等文教事业和大生纱厂、通海垦牧公司等实业。孝子慈孙，孝敬父母及祖先的子孙后辈。《孟子·离娄上》：“虽孝子慈孙，百世不能改也。”属（zhǔ）望，注目、向往。上联意谓，为地方兴办教育和实业，唯望继起有人，岂止逝者子孙后辈，尤其应注目南通年轻一代。

下联中，文学，指文章博学，为孔门四科之一。《论语·先进》："文学子游、子夏。"此句意谓，张謇曾以文章博学闻名于光绪、宣统两个朝代。裨(bì)，增添、补益。征文考献，即征考文献，根据文献资料加以核实说明。常熟遗编，指翁同龢日记。翁同龢为江苏常熟人，咸丰状元，光绪帝老师，支持戊戌变法。有《翁文恭公日记》传世。下联意谓，逝者曾以文章广博闻名于光绪、宣统两个朝代，如果日记还在，用以征考文献，当不亚于《翁文恭公日记》。

此联哀挽逝者，上联肯定其在赞助教育与兴办实业方面的贡献，并且希望后继有人；下联着重以逝者日记与翁同龢日记比较，肯定其日记在文献方面的价值。联语内容高度概括，充分肯定逝者一生作出的贡献。

再挽陈其美

蔡元培

浙沪依然，革故鼎新，先烈庶几瞑目；
袁冯安在，流芳遗臭，国民自有定评。

赏析

此联写于1927年5月。再挽陈其美，1927年5月18日，辛亥革命时期的风云人物陈其美逝世十一周年，蔡元培因再献挽联致哀。

上联中，革故鼎新，语出《易·杂卦》："革，去故也；鼎，取新也。"后以此指革除旧的，创建新的。庶几，也许可以，表示希望和推测之词。这里是说，浙江上海依然如故，而且正在革故鼎新，先烈也许可以瞑目了。

下联中，袁冯，即袁世凯与冯国璋。袁世凯为北洋军阀政府总统，一度复辟帝制，1916年死于北京。冯国璋追随袁世凯，曾任江苏都督、北洋军阀政府副总统、代总统，1919年病死。流芳遗臭，即流芳百世与遗臭万年。这里是说，北洋军阀头子袁世凯、冯国璋而今还在吗？究竟谁能流芳百世，谁将遗臭万年，今日广大国民自有定评。

此联既为悼念民国革命先烈陈其美，亦在鞭挞杀害陈其美的凶手袁世凯之流。

赠郑宾于

蔡元培

高文落笔妙天下；
清论挥犀服座中。

赏析

此联写于1927年间。郑宾于为蔡元培的学生。1927年在厦门时，蔡元培应郑宾于之请书联以赠。这是一副摘句联，摘自宋代诗人欧阳修《送前巫山宰吴殿丞》的诗句。

上联中，高文，高超的文章。落笔，下笔、挥毫。杜甫《八哀诗赠左仆射郑国公严公武》：“阅书百氏尽，落笔四座惊。”此句意谓，落笔写成高文让天下人均为之称妙。

下联中，清论，清谈高论、清雅的言谈议论。《三国志·魏书·刘劭传》：“臣数听其清谈，览其笃论，渐渍历年，服膺弥久，实为朝廷奇其器量。”挥犀，犹言挥麈，挥动麈尾。晋朝人清谈时，每执麈尾挥动以助谈兴。这里是说，挥动麈尾清谈高论使满座之人均为之叹服。

此联摘引前人成句以勉励自己的学生，可谓语重心长。

挽胡达

蔡元培

末世高风，无双国士；
神州科学，第一牺牲。

赏析

此联写于1927年间。胡达（1891—1927），江苏无锡人。早年留学美国，归国后任大同大学、交通大学等校教授。因其精于数学研究，为我国最早成立的现代科学学术团体中国科学社发起人之一。1927年因病逝世，蔡元培撰送挽联致哀。

上联中，末世，指一个朝代的末期，含有衰乱之意。《易·系辞下》："易之兴也，其当殷之末世，周之盛德邪？"无双国士，亦作"国士无双"，谓国中独一无二的人才。《史记·淮阴侯列传》："诸将易得耳，至如信者，国士无双。"上联意谓，逝者生逢末世，却有高风亮节，实为国中独一无二的人才。

下联中，神州，战国时齐人邹衍称中国为"赤县神州"，后世用"神州"作中国的美称。神州科学，即指我国现代第一个科学学术团体中国科学社。而今胡达英年早逝，既为中国科学社成员中第一个牺牲之人，也是我国科学界一个重大的损失。

此联哀挽逝者，言简意明。赞为"国士无双"，哀其"第一牺牲"。让人读后亦为之扼腕叹息。

题国立艺术院二联

蔡元培

一

濒湖望波，天水一色；
旧楼新颜，书画五彩。

二

十年树木，百年树人；
同气相求，同声相应。

赏析

此联题于1927年。创办国立艺术院有个过程：1918年，犹太商人哈同借助帝国主义势力，强行占用杭州平湖秋月以西土地，建造以其妻罗迦陵之姓为名的“罗苑”（俗称哈同花园），此后杭州有关部门与有识之士纷起抗议。直至1927年，“罗苑”才由浙江省政府勒令收回，并决定作为创办国立艺术院（后改名国立西湖艺术专科学校，即今中国美术学院最早前身）校址。蔡元培时任国民政府大学院院长，闻讯后亲书两副对联表示庆贺。

第一副联语：

上联中，濒（bīn），靠近、迫近。这里是说，站在湖边眺望眼前碧波，湖水与蓝天几乎成了同样颜色。

下联中，旧楼新颜，此指昔日罗苑旧楼亦已面貌一新，改建成为国立艺术院。书画，书法与绘画。五彩，红黄蓝白黑等各种色彩。此指艺院师生创作的书画作品必将五彩缤纷。

第二副联语：

上联中，十年树木，百年树人。树，种植、培育。谓培植树木需要十年，培养人才需要百年。既形容培养人才很不容易，也指培养人才是长久之计。

下联“同气相求，同声相应”，语出《周易·乾》前者形容志趣相同的人互相呼应。后者比喻气质相类者互相吸引聚合。联句意谓，艺院师生因其志趣相同、气质相类而自然结合在一起，今后必将相互呼应共同进步。

这两副联语题国立艺术院，紧紧围绕书画艺术与培育人才展开。既合长者身份，又符题意要求。

挽范源濂

蔡元培

教育专家，最忆十六年前同膺学务；

科学先进，岂惟数百社友痛失斯人。

赏析

此联写于1927年3月。范源濂（1876—1927），字静生，湖南湘阴人。早年留学日本，归国后曾任清政府学部参事。辛亥革命后，历任南京临时政府教育部次长、段祺瑞内阁教育总长、靳云鹏内阁教育总长、中国科学社董事。1927年3月病逝于天津，蔡元培撰送挽联致哀。

上联中，教育专家，逝者生前三次出任教育总长，且为清华大学、北京师范大学校长，堪称我国近代教育方面的专家。十六年前，指1912年在南京临时政府，蔡元培任教育总长，范源濂为次长。同膺学务，亦即二人同时受命担当办学方面的任务。

下联中，社友，指中国科学社成员，该社均由归国留学生组成。1922年举行第七次年会，正式成立董事会，蔡元培、范源濂均为董事会理事。下联意谓，逝者实为我国科学界的前辈，如今岂止数百社友，而是社会各界都在“痛失斯人”。

此联情真意切，既在追忆当年与逝者的友谊，也表达了自己沉痛哀挽之情。

纪念北伐徇义将士及死难民众

蔡元培

北伐必成，如此成仁，看河水洋洋，气吞万里；
中原既定，今兹奠石，有华堂奕奕，名垂千秋。

赏析

此联写于1928年1月。当时，南京各界举行北伐徇义将士及死难民众纪念活动。蔡元培时任国民政府大学院院长，亦撰送联语致哀。北伐，指1926年7月开始进行的北伐战争。徇义，徇通“殉”，指为正义事业而献身。

上联中，成仁，语出《论语·卫灵公》，指为正义事业而牺牲自己的生命。河水洋洋，语出《诗·卫风·硕人》。河，指黄河。洋洋，水势盛大的样子。气吞万里，语出辛弃疾《永遇乐·京口北固亭怀古》：“想当年，金戈铁马，气吞万里如虎。”原为颂扬当年刘裕北伐的功业。他曾驰骋于中原万里之地，先后灭掉南燕和后秦，光复洛阳、长安等地，气吞胡虏。这里用以赞喻今天北伐战争取得同样的胜利。

下联中，中原，原指河南一带，后亦泛指黄河中下游地区。奠石，奠定了基石。华堂奕奕，华美的殿堂熠熠生辉。这里是说，而今中原已经平定，从此奠定了基石。此指人们建祠纪念北伐徇义将士，相信他们的英名必将流传千古。

此联用语平实，含意甚明。赞殉义将士英雄气概，“看河水洋洋，气吞万里”；写人民群众虔诚祭奠，“有华堂奕奕，名垂千秋”。赞颂之意与哀挽之情，尽在其中。

挽蔡公时

蔡元培

躯壳云亡，亘古精神系党国；

牺牲受辱，千秋气节贯星辰。

赏析

此联写于1928年7月。蔡公时（1888—1928），江西九江人。早年留学日本，加入同盟会。辛亥革命后，曾任江西军政府交通司司长、广东大元帅府参议。1928年任国民政府外交部山东交涉员。同年5月3日，在济南惨案中被日本军方杀害。7月15日，国民政府在南京清凉寺开吊，祭奠蔡公时烈士。蔡元培撰送挽联致哀。

上联中，躯壳，谓身体，对精神而言。云，语助词，无义。亘（gèn）古，犹言终古，整个古代。党国，指国民党和民国。上联意谓，逝者躯体虽已消失，而亘古长存之精神仍系于党国。

下联中，牺牲受辱，1928年5月3日，日本军队侵占济南，屠杀中国军民五千余人，造成济南惨案。国民党政府特派交涉员蔡公时亦遭日军凌辱，被割去耳、鼻，最后与十七名外交人员同遭杀害。下联意谓，逝者牺牲遭到凌辱，而其崇高气节将永远上贯星辰。

此联哀挽逝者，既赞其“亘古精神系党国”，又赞其“千秋气节贯星辰”。上下两句联意相贯串，构成一副流水对。

挽徐仲可

蔡元培

嫉恶如仇，独对我过事宽容，平生风义兼师友；
多文为富，无片刻暂离铅椠，等身著述付儿孙。

赏析

此联写于1928年间。徐仲可（1869—1928），浙江杭州人。光绪年间进士，曾任袁世凯幕僚，戊戌年间支持变法活动。袁世凯称帝时，曾任以高官，徐仲可拒而不就。后在上海以著述为生，有《可言》、《纯飞馆词》、《历代白话诗选》等传世。1928年因病逝世，蔡元培撰送挽联致哀。

上联言逝者与己“平生风义兼师友”。嫉恶如仇，痛恨坏人坏事如同仇敌。过事宽容，过失与事故加以宽容。风义，风骨气节。李商隐《哭刘蕡》：“平生风义兼师友，不敢同君哭寝门。”论逝者的风义，应奉为学习的榜样，所以可“兼师友”，即亦师亦友。

下联赞逝者勤奋治学著述等身。多文为富，文指文辞、撰述，因称文章撰述多为富有。铅椠（qiàn），铅，铅粉；椠，木板。皆古代记录文字之具，后也指著作和校勘。等身著述，即著述等身，编写的书摞起来和自己的身高相等。形容著作极多。可以交付儿孙。

此联对于逝者的人品、学术给予很高评价，以至声称“平生风义兼师友”，可谓推崇备至。

赠李金发

蔡元培

文学纵横乃如此；
金石刻画臣为能。

赏析

此联写于1928年12月。李金发（1900—1976），广东梅县人。1919年赴法勤工俭学，曾入第戎国立美术专门学校、巴黎艺术大学学习雕塑。留法期间大量阅读法国象征派诗歌，并开始新诗创作。后陆续出版诗集《微雨》、《食客与凶年》、《为幸福而歌》，成为我国20世纪20年代象征诗派的代表人物。1925年回国后，历任上海美专、杭州国立艺术院教授。曾为孙中山、蔡元培等人塑像。1928年12月，蔡元培时任国民政府大学院院长，因李金发一度担任大学院秘书并为自己雕塑头像，特书赠此联表示感谢。

上联中，纵横，奔放，不受拘束。杜甫《戏为六绝句》：“庾信文章老更成，凌云健笔意纵横。”此句意谓，文学创作奔放不羁达到如此程度。这里是指李金发诗歌大量采用象征暗示手法，打破程式，任意涂抹，刻意追求新奇神秘的色彩，以至人称“诗怪”。

下联中，金石，语见《吕氏春秋·求人》：“故功绩铭于金石。”高诱注：“金，钟鼎也；石，丰碑也。”后因称钟鼎碑刻为金石。刻画，雕刻、绘画。臣，役使、统率。《战国策·秦五》：“而欲以力臣天下之主。”此句意谓，在统率金石雕刻绘画方面为其能事。这里是指李金发在雕塑、绘画方面的成就。

此联言约意丰，极赞年轻友人在文学创作与雕刻绘画方面的成就。

挽梁启超

蔡元培

保障共和，应与松坡同不朽；
宣传欧化，不因南海让当仁。

赏析

此联写于1929年2月。梁启超为近代资产阶级改良派的代表人物，曾与其师康有为一起倡导变法维新，参与戊戌变法。后任北洋军阀政府司法总长、财政总长。1929年2月因病逝世，蔡元培撰送挽联致哀。

上联中，松坡，即蔡锷，字松坡，蔡锷于1915年底袁世凯称帝之后潜回云南，组织护国军予以讨伐，很快粉碎了袁世凯称帝复辟的美梦。梁启超在这场斗争中尽力支持，参与策划，发挥了重要的作用。上联意谓，在保障共和政体方面，应与蔡锷同样不朽。

下联中，宣传欧化，此指梁启超通过办报著述，宣传西方资产阶级社会、政治、经济学说，希望中国模仿西方，走资产阶级改良主义道路。南海，即康有为。康系广东南海人，世称康南海或南海先生。让当仁，即当仁不让。《论语·卫灵公》：“当仁不让于师。”下联意谓，梁启超在宣传欧化方面“当仁不让于师”，比起老师康有为也毫不逊色。

此联哀挽逝者，作者精心选择“保障共和”与“宣传欧化”两点来写，颇为准确。此系梁氏一生两个亮点，作者加以评述，可谓切中肯綮。

再挽孙中山

蔡元培

生荣死哀倡革命，而有志事成，胜似丰碑显功德；
知难行易论科学，当迎头赶上，愿皈遗训惜光阴。

赏析

此联写于1929年6月。再挽孙中山，1929年6月1日，国民政府将孙中山遗体移至南京中山陵，举行奉安大典，蔡元培献联致哀。

上联中，生荣死哀，语出《论语·子张》："其生也荣，其死也哀。"意谓活着显得荣耀，死了使人哀痛。后用以称誉受敬重的死者。有志事成，有了决心毅力，事情终可成功。丰碑，高大的碑。这里是说，逝者倡导革命，有志事成，其本身就胜过建立丰碑以显扬功德。

下联中，知难行易，孙中山的认识论命题，与古代流传下来的"知易行难"学说相对。他以"心理建设"为号召，宣扬"知难行易"，批判了当时革命党人在革命前惧怕困难的退缩思想。皈（guī），皈依，佛教名词，一作"归依"。信仰佛教者的入教仪式。遗训，即孙中山的临终遗嘱："革命尚未成功，同志仍须努力。"下联意谓，谈起知难行易的科学理论，当迎头赶上，且愿归依孙中山遗训而珍惜宝贵的光阴。

此联为孙中山奉安大典敬献挽辞。肯定逝者一生倡导革命有志事成，表示愿意归依总理遗训而继续努力。

挽谭延闿

蔡元培

以黄老自然，剂商吴急进，功名非盖一世，而弭患恒在于无形；

有亭林骑癖，传常熟书风，年寿纵逊二公，但垂名必同乎悠久。

赏析

此联写于1930年9月。谭延闿，生前任国民政府主席、行政院院长。1930年因病去世，蔡元培撰送挽联致哀。

上联中，“以黄老”二句，黄老，黄帝和老子。世称黄老之学，主张顺乎自然。剂，调节、调和。商吴，商鞅和吴起，均为战国时期法家代表人物。他们分别在秦国和楚国实行变法，采用某些急进措施，推行政治、经济改革。这里是说，逝者生前能以道家自然之说，调节法家急进主张。“功名”二句，弭（mǐ）患，消除祸患。恒在于无形，常常在于无形之中。这里是说，逝者虽非功高盖世，却能弭患于无形。

下联中，“有亭林”二句，亭林，即顾炎武，号亭林，明清之际学者。早年参加抗清斗争，后则从事著述。骑癖，对于骑马的特别嗜好，暗喻早年曾进行过反清斗争。常熟书风，指清末翁同龢的书家之风。翁同龢为江苏常熟人，光绪帝老师，官至军机大臣，后因支持戊戌变法而被革职。工诗文，善书法，书法自成一格。这里是说，逝者生前亦有骑马爱好，且传常熟善书之风。“年寿”二句，二公，指顾亭林、翁同龢。二人都活了七十岁或七十以上，而谭延闿只活了五十五岁，因言“逊二公”。这里是说，逝者纵然寿数不如二公，但留传后世的名声却与二公同样悠久。

此联称颂逝者，均以历史人物为喻，且能做到揄扬有度。上联肯定其善于处理各种矛盾，而其中似亦隐含贬义。下联肯定其自当名垂后世，却又寿年不永。凡此均需结合逝者生平仔细回味。

题林太夫人百岁坊

蔡元培

百岁富光阴，看寿母从容暇豫；
重闱尊圣善，启后人德业文章。

赏析

此联写于1930年间。林太夫人，浙江瑞安人，陈黻宸之母。陈黻宸为清癸卯年间进士。曾任京师大学堂教习、北京大学教授。蔡元培与之交谊甚厚。1930年间，友人黻宸已死，陈氏后人为林太夫人建百岁牌坊，蔡元培应约题写此联。

上联中，百岁富光阴，谓百岁老人富于光阴，即在人世有着充实的时间。寿母，长寿之母。暇豫，悠闲逸乐。联句意谓，百岁老人在人世有着充裕的时间，看长寿之母从容悠闲。

下联中，重（chóng）闱，意同“庭闱”，为父母住处，并指父母。圣善，聪明善良。《诗·邶风·凯风》：“母氏圣善，我无令人。”后因以作对母亲的美称。联句意谓，寿母林太夫人推崇圣善之教，并启示后人应注意自己的德行、事业和文章。

此联完全切合题意要求，既颂扬百岁老人福体康泰，又赞扬寿母林太夫人对于儿孙的圣善之教。

挽徐志摩二联

蔡元培

一

说话是诗，举动是诗，毕生行径都是诗，诗的意味渗透了，随遇自有乐土；

乘船可死，驱车可死，斗室坐卧亦可死，死于飞机偶然者，不必视为畏途。

二

活得风流，死得火速，不愧文学家态度；

逝者目瞑，存者魂销，仍是历史上白科。

赏析

这两副挽联写于1931年11月。徐志摩（1896—1931），浙江海宁人。早年赴美国留学，获文学硕士学位，再赴英国剑桥大学皇家学院深造。1922年回国后，在北京、上海等地大学任教，开始文学创作生涯。编辑《晨报诗镌》和《新月》杂志。

著有诗集《志摩的诗》、《翡冷翠的一夜》、《猛虎集》、《云游》。为我国新月派代表诗人。1931 年 11 月因飞机失事不幸遇难，蔡元培撰送挽联致哀。

第一副挽联：

上联中，毕生行径，一生的所作所为。乐土，安乐的地方。《诗·魏风·硕鼠》："逝将去女，适彼乐土。乐土乐土，爰得我所。"上联意谓，逝者作为现代著名诗人，说话是诗，举动是诗，一生所作所为都是诗，诗的意味渗透了一切，无论遇到什么环境，都自然会有乐土。

下联中，斗室，比喻极小的屋子。畏途，艰险可怕的道路。下联意谓，人生坐船可以死，开车可以死，在小房间里坐着也可以死，而死于飞机是偶然的，不必因此而视为畏途。

第二副挽联：

上联中，风流，多指有才学而不拘礼节，如风流才子。火速，用最快的速度（做紧急的事）。这里是说，逝者活得风流潇洒，死得如此火速，真不愧为文学家的态度。

下联中，目瞑，即瞑目，闭上眼睛。魂销，即销魂。语见江淹《别赋》："黯然销魂者，惟别而已矣。"谓为情所惑，若魂魄离散，用以形容悲伤愁苦的样子。臼科，意同窠臼，比喻旧的格调。下联意谓，对于生者而言，如果再说逝者可瞑目，存者为之销魂，则仍是历史上老一套，没有什么新意。

这两副挽联卓具特色，为与逝者诗人浪漫主义气质相吻合，联句显得洒脱自然，寓庄于谐，而深沉悲痛的心情仍溢于字里行间。

挽张相文

蔡元培

硕学重江淮，锐力典坟，更喜楹书传梓舍；
直言满南北，有功党国，只怜反服在椿庭。

赏析

此联写于1933 年1 月。张相文（1866—1933），自号沌谷居士，江苏泗阳人。辛亥革命后任国会众议院议员，参与反袁斗争。曾任天津北洋女子高等学校校长，并在北京大学等校讲授地理学。出版多种地理学著作。1933年1月因病逝世，蔡元培撰送挽联致哀。

上联中，硕学，学问精深博大。《南史·姚察传》："时硕学名儒，朝端在位，感希旨注同。"锐力典坟，专心致力于研究古代典籍。典坟，即坟典，三坟五典的简称。相传三坟为伏羲、神农、黄帝之书，五典为少昊、颛顼、高辛、尧、舜之书。后常用以泛指古代典籍。楹书，典出《晏子春秋·杂下》："晏子病，将死，凿楹纳书焉，谓其妻曰：'楹语也，子壮而视之。'"后由此引申指先人的遗言。梓舍，家乡的房舍。上联意谓，逝者学问精深博大，名垂江淮地区，一生致力于研究古代典籍，更喜有张氏先人的遗训传与家中的后代子孙。

下联中，直言，直率而言，无所忌讳。反服，尊长为卑幼亲属服丧。此指逝者父亲仍健在，在为子送丧。椿庭，指父亲。明代朱权《荆钗记》传奇二："不幸椿庭殒丧，深赖萱堂训诲成人。"下联意谓，逝者生前向以直言无讳著称，且已传遍大江南北。其一生有功于党和国家，只是可怜死在父亲前面，让老父为子送丧。

此联哀挽逝者，用语典雅质朴。既赞其"硕学重江淮"、"直言满南北"，又哀其不幸"反服在椿庭"。既悲且壮，感人至深。

挽陈去病

蔡元培

含英咀华，早岁文章鸣党国；
枕流漱石，暮年栖遁在林泉。

赏析

此联写于1933年间。陈去病（1874—1933），号巢南，江苏吴江人。早年要求变法维新，后参加同盟会。为近代革命文学团体南社创始人之一，其诗颇多悲愤国事之作。辛亥革命后，曾任江苏博物馆馆长、东南大学教授等职。晚年政治思想日趋消极。有《浩歌堂诗钞》传世。1933 年因病逝世，蔡元培撰联致哀。

上联中，含英咀华，指欣赏、玩味诗文的精华。咀（jǔ），咀嚼。原指咬碎食物，亦喻对事物反复体会。韩愈《进学解》："沉浸醲郁，含英咀华。"早岁文章，指逝者早年从事爱国活动，撰文反清，颇多悲愤国事之作，因此闻名党国。

下联中，枕流漱石，即漱石枕流，比喻隐居山林。典出《世说新语·排调》："孙子荆年少时欲隐，语王武子'当枕石漱流'，误曰：'漱石枕流。'王曰：'流可枕，石可漱乎？'孙曰：'所以枕流，欲洗其耳；所以漱石，欲砺其齿。'"后以此指士大夫的隐居生活。栖遁，隐居。林泉，山林与泉石，指幽静且宜于隐遁之所。这里是说，陈去病晚年由于不满黑暗现实，过着隐逸生活。

此联哀挽逝者，抓住早岁文章与暮年栖遁两端，概括其人一生。要言不烦，点到为止。

贺马叙伦五秩寿辰

蔡元培

白眉最良，谈经解惑；
丹桂齐馥，介寿承欢。

赏析

此联写于 1934 年 4 月。马叙伦（1884—1970），字夷初，浙江杭县人。早年参加同盟会。曾任清华大学、北京大学等校教授，北洋政府和国民政府教育部次长。抗战期间从事抗日反蒋活动。新中国成立后，历任中央教育部和高等教育部部长、中国民主促进会主席、全国政协副主席等职。1934 年 4 月，马叙伦五十寿辰，蔡元培撰联致贺。

上联中，白眉最良，典出《三国志·蜀书·马良传》，马良字季常，兄弟五人皆用"常"字，并有才名。良眉有白毛，才学尤为出众，乡里谚曰："马氏五常，白毛最良。"后世称兄弟中才俊突出者为白眉。谈经解惑，谈论经书，解除疑惑。这里是说，马叙伦才华出众，宜于从事学术研究与教学工作。

下联中，丹桂，旧时以丹桂比喻科举及第者。五代末窦禹钧五子都科举及第，冯道赠诗有“灵椿一株老，丹桂五枝芳”。馥(fù)，香气。这里是指马叙伦五个儿子都很有出息。介寿，语出《诗·豳风·七月》：“八月剥枣，十月获稻，为此春酒，以介眉寿。”后来因称祝寿为“介寿”。承欢，多指侍奉父母，如承欢膝下。当时，马叙伦的五个儿子为了让父亲高兴，特在南京世界饭店举行庆典，祝贺其父五十寿辰。

这副祝寿联语，写得端重雅致。既赞寿翁“白眉最良”，又赞诸子“丹桂齐馥”。能将诸多内容，纳入短小联语之中，实属功力匪浅。

挽刘半农

蔡元培

其人如春风冬日；
尽瘁于文字语言。

赏析

此联写于1934年间。刘半农（1891—1934），名复，江苏江阴人。现代文学家、语言学家。早年参加五四新文化运动，尝试新诗创作。1920年赴欧洲留学，获文学博士学位。1925年回国，任北京大学中文系教授。后专攻语言学，著有《中国文法通论》、《四声实验录》。1934年夏，去绥远、内蒙古一带考察方言民俗，染疾回京，不幸病逝。蔡元培撰送挽联致哀。

上联中，春风，有春风风人之意，比喻能给人以教益和帮助。冬日，谓冬日可爱，喻和蔼可亲仁惠感人。此句意谓，刘半农其人如和煦的春风、温暖的冬日，给人留下美好的印象。

下联中，尽瘁，竭尽心力。刘半农大半生致力于语言文字的研究，最后亦为考察方言民俗而死，可谓“鞠躬尽瘁，死而后已”。

此联虚实结合，言少意多，

对于逝者其人其文均已作出评价。

挽伍朝枢

蔡元培

知宪法精义，在保障民权，以外交手腕，废不平条约，敭历多年，党国勋劳真柱石；

握使节美洲，是家门旧事，作公断海牙，亦先德良模，缵承弗替，庄严堂构有光辉。

赏析

此联写于1934年间。伍朝枢（1886—1934），广东新会人。伍廷芳之子。幼年随父赴美求学，后又赴英留学。1912年回国后，历任湖北军政府外交司长、袁世凯政府外交部参事、孙中山大本营外交部长、南京国民政府外交部长、驻美公使、广东省政府主席等职。1934年病逝于香港，蔡元培撰送挽联致哀。

上联中，“知宪法”四句，精义，精研事物微妙之义。《易·系辞下》：“精义入神，以致用也。”民权，亦称“政权”或“四权”。孙中山提倡的人民管理国家的权力，包括选举权、罢免权、创制权和复决权。这里是说，逝者熟知宪法要义在于保障民权，且能运用外交手腕废除世界列强与我国政府签订的种种不平等条约。“敭历”二句，敭（yáng）历，今文《尚书·盘庚》有“优贤敭历”一语，后因称居官经历多、时间长为敭历内外。因敭通扬，亦作“优贤扬历”。这里是说，居官经历多年，为党国屡建功勋，真是国家柱石，亦即担当大任的人。

下联中，“握使节”四句，逝者曾任中国驻美公使，因言“握使节美洲”。其父伍廷芳亦曾多年担任驻美洲各国公使，因称此系逝者“家门旧事”。逝者还于1929年和1931年两度以中国首席人权代表身份出席国际联盟大会，并在荷兰海牙参与公断处理国际事务。此事亦系有德行的前辈（指其父）做出了良好的榜样。"缵承"二句，缵（zuǎn）承，继承。弗替，没有废弃。庄严堂构，典出《书·大诰》："若考作室，既厎法，厥子乃弗肯堂，矧肯构。"传："以作室喻政治也。父已致法，子乃不肯为堂基，况肯构立屋乎？"后因以"堂构"比喻祖先的遗业。这里是说，逝者继承而没有放弃父辈的外交职业，其父伍廷芳留下的庄严事业已经放出了光辉。

此联情真语切，属对工稳。先赞逝者从事外交工作多年，为国屡建功勋；再赞其父已树先德良模，此后子承父业，一门俱放光辉。

贺刘海粟四十寿辰

蔡元培

技进乎道，庶几不惑；
名副其实，何虑无闻。

赏析

此联写于1935年3月。刘海粟（1896—1994），江苏武进人。历任上海美术专科学校校长、南京艺术学院教授、全国政协常委、中国美术家协会顾问、上海美术家协会名誉主席。通中西绘画，长期从事美术创作和艺术教育工作。1935年3月14日，为刘海粟四十寿辰，时任上海美专校董事会主席的蔡元培特撰联致贺。

上联中，道，哲学名词，指法则、规律。因为道是无形的，含有规律、准则的意义。《易·系辞上》："形而上者谓之道，形而下者谓之器。"《庄子·养生主》："臣之所好者道也，进乎技矣。"庶几，近似，差不多。不惑，遇事明辨不疑。语出《论语·为政》："四十而不惑。"谓人到了四十岁就不致迷惑。后称四十岁为不惑之年。这里既指刘氏已届不惑之年，亦指刘氏绘画技艺已进入到一种很高的境界。

下联中，名副其实，语见宋范祖禹《唐鉴·玄宗下》："故夫孝子慈孙之欲显其亲，莫若使名副其实而不浮。"谓名称和实际完全符合。无闻，没有名望。《论语·子罕》："四十五十而无闻焉，斯亦不足畏也已。”这里是说，只要画家的称号与实际水平相符合，何必担心四十岁还没有名望哩！只要名副其实，何虑默默无闻。

此联为年轻友人贺寿，赞其绘画艺术技进乎道，而又愿其名副其实。“庶几”、“何虑”二词，亦寓勉励之意，符合长者身份。

为“四教厅”书联

蔡元培

博学于文，行己有耻，亭林毕生铭诸座；
为人谋忠，与友交信，曾子每日省吾身。

赏析

此联写于1935年4月。为“四教厅”书联，据蔡元培手稿记载，1935年4月题锦镛先生“四教厅”。当时，浙江省政府下设民政、财政、建设、教育四个厅，因称教育厅为“四教厅”。作者受友人之托，为浙江省教育厅书写联语。

上联中，博学于文，广博地学习知识学问。语出《论语·雍也》：“君子博学于文，约之以礼。”行己有耻，对自己的行为要有羞耻之心。语出《论语·子路》“子曰：‘行己有耻，使于四方，不辱使命，可谓士矣。’”亭林，即顾炎武，字亭林，为明末清初的爱国学者。他在《与友人论学书》中指出：“愚所谓圣人之道如之何？曰‘博学于闻’，曰：‘行己有耻。’”上联意谓，顾亭林一生将“博学于文，行己有耻”两句话刻于座位之上，亦即作为座右铭以警策自己。

下联中，曾子，即孔子学生曾参。省（xǐng），检查，反省。语出《论语·学而》：“曾子曰：‘吾日三省吾身，为人谋而不忠乎？与朋友交而不信乎？传不习乎？’”朱熹注：“而三者之序，则又以忠信为传习之体也。”下联意谓，曾子每天都检查自己，为别人办事是否尽己之力，与朋友交往是否诚实相待。

此联善于古为今用，能以传统文化激励今人，符合题意要求。亭林先生座右铭与曾子人生格言，至今仍有一定的借鉴意义。

挽章太炎

蔡元培

后太冲、炎武已二百余年，驱鞑复华，窃比遗老；
与曲园、仲容兼师友风义，甄微广学，自成一家。

赏析

此联写于1936年6月。章太炎（1869—1936），名炳麟，字枚叔，浙江余杭人。早年参加同盟会，主编《民报》。辛亥革命后任孙中山总统府枢密顾问。1917年任护法军政府秘书长。1924年脱离孙中山改组后的国民党，潜心于学术研究，有《章氏丛书》传世。1931年“九一八”事变后，主张抗日救国。晚年在苏州设国学讲习会。1936年6月因病逝世，蔡元培撰送挽联致哀。

上联中，太冲，清初思想家、史学家黄宗羲，字太冲。清兵南下时，在浙东召集义兵抗清。南明灭亡后，隐姓埋名，讲学著述。炎武，即清初朴学大师顾炎武。明末参与复社活动，清兵南下，与人举兵反抗。失败后仍考察山川形势，图谋匡复明室，坚辞清廷征召。驱鞑复华，即驱除鞑虏、恢复中华。窃，犹言私下，常用作表示个人意见的谦词。遗老，旧称前朝之臣。上联意谓，章太炎虽生活在太冲、炎武二百余年之后，仍在进行“驱鞑复华”的斗争，因常自称为前朝“遗老”。

下联中，曲园，清末学者俞樾，号曲园，道光进士，翰林院编修。曾主讲苏州紫阳学院、杭州诂经精舍。章太炎早年出其门下。仲容，清末学者孙诒让，字仲容。曾任清廷刑部主事，后专心研究学问，一生著述甚丰。章太炎曾向他问学。风义，亦作风谊，风概高义、情谊。李商隐《哭刘蕡》：“平生风义兼师友，不敢同君哭寝门。”甄微广学，考证细微，学识广博。下联意谓，章太炎与俞樾、孙诒让均兼师友之谊，而做学问则在他们的基础上有所发展，从而自成一家。

此联高度评价章太炎一生的革命功业与学术成就，且均以清代著名志士、学者喻之，赞誉颇为到位。

挽高梦旦

蔡元培

理想尽超人，平易只求合理化；
文章能寿世，菁华犹在教科书。

赏析

此联写于1936年9月。高梦旦（1869—1936），名凤谦，福建长乐人。早年曾任浙江大学堂总教习。后任上海商务印书馆国文部部长、编译所所长、出版部部长。1904年为商务印书馆编小学国文教科书，开近代教科书改革之先河。1936年9月因病逝世，蔡元培撰送挽联致哀。

上联中，超人，超过别人。逝者早年曾撰《论废除跪拜事》一文，受到梁启超赏识。类似这样的主张，显得平易合理，而且颇为超前。

下联中，寿，长久。菁华，即精华。教科书，指1904年为商务印书馆编的小学国文教科书。这里是说，文章能长久存于世间，尤其是小学国文教科书堪称逝者一生编著的精华所在。

此联内容平易务实，语言清新流畅。反映了逝者为人与治学的真实风貌。

挽鲁迅

蔡元培

著述最谨严，岂徒中国小说史；
遗言太沉痛，莫作空头文学家。

赏析

此联写于1936年10月。鲁迅（1881—1936），原名周树人，字豫才，浙江绍兴人。我国现代伟大的文学家、思想家。曾在北京大学、厦门大学、中山大学等校任教。参与发起组织中国左翼作家联盟、中国民权保障同盟等进步组织。著有小说集和杂文集多种。1936年10月因病逝世，蔡元培撰送挽联致哀。

上联中，著述，著作撰述。中国小说史，鲁迅曾在北京大学讲授《中国小说史略》，后经整理出版问世，堪称研究我国小说发展历史的开山之作。鲁迅生前写作大量匕首投枪式的杂文，反动当局极为恐惧，便攻击鲁迅没有什么学术成就，只有一部《中国小说史略》而已。蔡元培针对这一谬论加以批驳，指出鲁迅一生著述最为谨严，岂止一部《中国小说史略》而已。

下联中，遗言，指鲁迅临终所写《死》一文中“七条遗言”的第五条为：“孩子长大，倘无才能，可寻点小事情过活，万不可去做空头文学家或美术家。”太沉痛，这一遗言本身让人深感沉痛而启人深思，具有深远的意义。

此联用词精当，言约意丰。充分表达了鲁迅一生的事业及对后代的劝诫。情深意切，感人至深。

挽熊希龄

蔡元培

宦海倦游，还山小试慈幼院；
鞠躬尽瘁，救世惜无老子军。

赏析

此联写于1937年12月。熊希龄（1870—1937），字秉三，湖南凤凰人。光绪进士，授翰林院庶吉士。辛亥革命后，任袁世凯政府财政总长、热河都统、国务总理。1928 年任国民政府赈灾委员会委员。“九一八”事变后，积极投入抗日救亡运动，自发组织义勇军、救护队，走上抗日前线。1937 年 12 月因突发脑溢血于香港逝世，蔡元培撰送挽联致哀。

上联中，宦海，旧谓官场险恶，如处海潮浮沉无定，故称官场为宦海。倦，指做官不如意而思退隐。还山，返回深山，此指辞官归隐。小试慈幼院，1917 年间京津地区水灾严重，熊希龄辞去官职，主持募捐，救济灾民。次年奏请政府同意，将北京香山静宜院改建为香山慈幼院，收养教育流浪儿童。

下联中，鞠躬尽瘁，语出诸葛亮《后出师表》，谓不辞劳苦贡献一切。老子军，熊希龄于“九一八”事变后，曾组织全家和慈幼院师生二百余人为义勇军，开赴抗日前线。长城抗战爆发后，曾携长女熊芷组成救护队，往长城前线救护伤员。“七七”卢沟桥事变后，曾与李根源等人倡义组织老子军，后因猝发脑溢血病逝，联中因言“惜无老子军”。

此联质朴无华，“还山小试慈幼院”与“救世惜无老子军”，内容均有所本，是以愈加真实感人。

为中国国际图书馆书联

蔡元培

爱竹不除当路草；
伐薪常护有巢枝。

赏析

此联题于 1938 年 4 月。为中国国际图书馆书联，据《蔡元培先生年谱》记载，1938 年 4 月 6 日，“萧子升来，携去我为日内瓦中国国际图书馆书联及横幅。子升说，曾见我为人书联，用‘爱竹不除当路草，伐薪常护有巢枝’集句……语在爱生物”。可见此联当写于 1938 年前。《古今名人联话》所录，题为《赠人》，文字亦稍有差异：“惜竹不除当路笋，伐薪教护带巢枝。”

上联中，当路草，拦路草，此指生于道路中间的小草。这里是说，因其爱竹而不去除掉拦在路上的小草，深恐误伤刚刚出土的竹笋。

下联中，伐薪，砍伐作燃料用的木柴。这里是说，上山砍柴亦常保护上有鸟巢的树枝，深恐伤及小鸟。

此联劝人爱惜生物，一片仁者之心溢于言表。与此同时，作为智者之言，亦能启人深思。

题菲律宾《华侨商报》

蔡元培

积两年之奋斗；
祈最后之胜利。

赏析

此联写于1939年7月。华侨商报，据《蔡元培先生年谱》记载，1939年7月7日，蔡元培寓居香港，曾为菲律宾马尼拉《华侨商报》之“抗战建国纪念日特刊”题词。

此联言简意明，宣传抗战建国。两年，指1937年7月7日“卢沟桥事变”至1939年7月7日题词之时，抗日战争已进行了整整两年。祈，本指向上天或神明祷告，后引申为向人请求的通称。联句意谓，我们积两年之奋斗经验，并祈求抗日战争早日取得最后的胜利。

作者为菲律宾《华侨商报》之“抗战建国纪念日特刊”题联，遵其所约，直奔主题。联句简洁明快，富于战斗气息。

题新昌大佛寺

蔡元培

理哲家言同源西圣；
华严法家现象南明。

赏析

此联写作时间不详。新昌大佛寺，位于浙江新昌县城西南南明山上。该寺大殿依山崖建造，正面外观五层，内有依崖雕成的弥勒佛一座。大佛建成于南朝梁天监年间，至今已有一千五百年的历史。附近还有我国天台宗祖师智者大师圆寂处等古迹。蔡元培曾游新昌大佛寺，并题写楹联。

上联中，理哲，即哲理，研究宇宙和人生的根本原理。西圣，西方圣哲。此句意谓，我国哲理家们的种种言论，与西方思想家所创立的学说几乎同出一源。

下联中，华严，即华严宗，我国佛教主要宗派之一。佛以华庄严法现身，故曰华严。此宗以《华严经》为法典。法家，疑为“法身”之误。法身为佛的真身。现象，显露原身形象。此句意谓，大佛华庄严法在南明山上显现出自己的原身形象。

此联题新昌大佛寺，下联扣紧题意不难理解；上联似与大佛无关，深感旨意难明。另上下联两个“家”字重复，其中必有一误。

题黄文彬编《师古小言》

蔡元培

多闻阙疑，慎言其余，则寡尤；
多见阙殆，慎行其余，则寡悔。

赏析

此联写作时间不详。黄文彬，字雅然，浙江浦江人。曾编《师古小言》一书。该书首页附有蔡元培的这幅题词。题词本身实为摘句联。联文摘自《论语·为政》：“子曰：多闻阙疑，慎言其余，则寡尤；多见阙殆，慎行其余，则寡悔。言寡尤，行寡悔，禄在其中矣。”

上联中，阙疑，阙同“缺”，

谓对疑难未解之处不妄加评论，宁可暂付阙如。慎言，慎重说话。尤，过失。上联是说，虽多见闻仍对疑点不作主观评论，表态必须慎重，这样就会少犯错误。

下联中，殆（dài），危险。《老子》：“知足不辱，知止不殆。”慎行，谨慎行事。悔，懊悔、后悔。下联是说，虽然见多识广，对于危险之事也不要随意处置，必须行动谨慎，这样才不至于后悔。

此联摘录古代圣人之言，用以借花献佛，谨供友人学习参考。

自题二联

于右任*

一

爱自由如发妻；
换太平一颈血。

二

玄竹气同贤者静；
春山情若故人长。

作者

*于右任（1879—1964），原名伯循，陕西三原人。清末举人。早年参加同盟会。创办《神州日报》、《民呼日报》、《民立报》，宣传革命。曾任南京临时政府交通部次长、陕西靖国军总司令、国民政府监察院院长。1949 年去台湾，任国民党中央评议委员。晚年渴望祖国统一。著有《右任诗存》、《右任文存》。

赏析

这两副联语写于辛亥革命之前。自题二联，为于右任早年在上海所作，分别题在一帧照片上和寓所书房内，借以表明自己献身革命的心志与高尚淡泊的情操。

第一副联语：

上联中，发妻，结发妻子。古代青年成婚之夕，男左女右共髻束发。汉苏武《留别妻》："结发为夫妇，恩爱两不疑。"后称元配之妻为发妻。此句意谓，热爱自由就如同热恋自己结发的妻子一样。

下联中，颈血，头颈上的鲜血。这里是说，愿以自身颈血换取天下太平。有志青年甘洒热血写春秋，这是何等一往无前的英雄气概！

此联简洁明快，表明心志，充分反映了辛亥革命时期有志青年热爱自由、向往太平的思想与朝气蓬勃、奋不顾身的战斗精神。

第二副联语：

上联中，玄竹，青黑色的竹子。玄可引申出幽远与深沉静默之意。此句意谓，玄竹有着与贤者相同的气质。

下联中，春山，春天的青山。此句意谓，春山有情就像故人那么长久。

联中在以“玄竹”、“春山”为喻，以反映自已“淡泊以明志，宁静以致远”的哲人风范与珍惜故人情谊的高尚情操。用语清新自然，启人心志。

题明孝陵

于右任

与钟山终古；
为民族争光。

赏析

此联写于1912年2月。明孝陵，明太祖朱元璋的陵墓，在南京市东郊钟山南麓，为我国现存最大的帝王陵墓之一。1912年2月15日，孙中山率南京临时政府文武官员谒明孝陵，以清帝退位、民国统一祭告明太祖。于右任随行并题写此联。

上联中，钟山，即紫金山，在南京市东郊。终古，久远，永远。此句意谓，明孝陵将与钟山一起永远存在下去。

下联中，为民族争光，谓朱元璋推翻元朝异族统治，恢复汉室江山。这里所言“为民族争光”，实际是为汉民族争光，符合孙中山早年所提出的“驱除鞑虏，恢复中华”的指导思想。

此联言简意明，明孝陵“与钟山终古”，是因明太祖“为民族争光”。二者互为因果，符合谒陵题旨。

挽宋教仁

于右任

我不为私交哭，我不为民立报与国民党哭，我为中华民国前途哭；

君岂与武贼仇，君岂与应桂馨和洪述祖仇，君与专制魔王余孽仇。

赏析

此联写于1913年4月。宋教仁，近代民主革命家。辛亥革命后，曾任南京临时政府法制局局长、北京政府农林总长、国民党代理理事长。1913年3月20日，被袁世凯派遣的刺客刺杀于上海。同年4月，上海举行宋教仁追悼会，于右任撰送挽联致哀。

上联中，私交，私人之间的交情。于右任与宋教仁均为老同盟会员，二人有着深厚的友谊。民立报，资产阶级革命派报纸。1910年创立于上海，于右任任社长，宋教仁为主笔，还以“渔父”为笔名连续发表时评，深受读者欢迎。上联意谓，我既不为私交，也不为民立报与国民党，而是为民国前途痛哭。这里意在说明宋教仁之死非同寻常，势必影响民国前途。

下联中，武贼，即上海歹徒武士英，杀害宋教仁凶手之一。应桂馨，上海流氓帮会头子，受洪述祖收买，指使歹徒武士英暗杀宋教仁。洪述祖，袁世凯政府国务总理赵秉钧的机要秘书。他秉承主子的旨意一手策划了刺杀宋教仁的活动。专制魔王，此指清王朝统治者。余孽，封建余孽，此指北洋军阀袁世凯之流。下联意谓，宋君岂与武士英、应桂馨、洪述祖有仇，从根本上是与满清王朝及其封建余孽有仇。

此联语言简洁明快，层层递进。既使我们加深了对于这一事件的认识，又将斗争矛头直接引向深居幕后的杀人凶手。

挽陈其美二联

于右任

一

求仁而得，何怨；
贼民之主，不忠。

二

十年薪胆余亡命；
百战河山吊国殇。

赏析

这两副挽联写于1916年5月。陈其美（英士）为辛亥革命时期的风云人物。生前曾任沪军都督、上海讨袁军总司令、中华革命党总务部长。1916年5月，被袁世凯收买张宗昌派人刺杀于上海寓所。于右任撰送挽联致哀。

第一副挽联：

上联二句，意同成语“求仁得仁”。语见《论语·述而》：“求仁而得仁，又何怨？”后多用作适如心愿之意。

下联中，贼民，杀害人民。联句意谓，杀害人民的主子均系对于国家民族不忠的人。

第二副挽联：

上联中，薪胆，“卧薪尝胆”的缩语，典出越王勾践报仇复国的故事。此指革命党人在辛亥革命之后，亦决心十年教训、卧薪尝胆，推翻以袁世凯为代表的北洋军阀统治。余亡命，余下亡命海外一途，在“二次革命”失败后，于右任曾与孙中山、黄兴等人一起流亡日本。

下联中，国殇，本为《楚辞·九歌》篇名，礼赞为楚国而战死的将士。后用以指为国家作战而牺牲的人。此句意谓，我们将为保卫祖国河山而战，以吊唁为民主革命而献身的人们。

这两副联语哀挽逝者，分别

采用六言和七言句式。联文虽极短小，而称颂烈士之意与悼念亡友之情，仍能充分展现，可见作者驾驭联语文字的功力。

挽黄兴

于右任

谤满天下，泪满天下；
创造共和，再造共和。

赏析

此联写于1916年11月。黄兴为我国辛亥革命时期资产阶级革命派的重要领袖，当时人们把他和孙中山并称为“孙黄”。1916年10月31日，因病逝世于上海。于右任撰送挽联致哀。

上联中，谤满天下，谓黄兴生前由于种种原因，既受到封建军阀势力的恶意攻击，也受到来自革命党人内部的无端责难。泪满天下，形象描绘黄兴去世后举国同悲的情景。

下联中，创造共和，谓逝者为推翻清王朝、建立民国立下了不朽功勋。再造共和，指挫败袁世凯复辟帝制保卫共和所作出的历史贡献。黄兴曾任江苏讨袁军总司令，与孙中山发动“二次革命”，在反袁斗争中发挥了重大的作用。

此联语言简练，气势恢宏，概括了逝者巨大的社会影响与卓越的历史功绩。言约意丰，诚为佳作。

题陈英士墓

于右任

春尝秋祠生民泪；
山色湖光烈士坟。

赏析

此联写于1917年5月。陈英士墓，陈英士墓在湖洲南门岘山之麓。1917年5月，陈英士（其美）逝世一周年。上海各界在隆重举行开吊仪式之后，将其灵柩运回家乡湖州安葬。于右任为陈英士墓题写联语一副。

上联中，春尝秋祠，应为“春祠秋尝”，即春祭与秋祭。语出《诗·小雅·天保》：“禴祠烝尝，于公先王。”毛传：“宗庙之祭，春曰祠，夏曰禴，秋曰尝，冬曰烝。”生民，人。《孟子·公孙丑上》：“自有生民以来，未有孔子也。”此句意谓，人们在流着眼泪经常祭奠先烈。

下联中，山色湖光，陈英士墓坐落在湖州碧浪湖畔的岘山上，湖光山色，景色宜人。联句是说，烈士的坟墓掩映在山色湖光之中。

此联庄肃典雅，用语文白相间。能将陈英士墓的地理方位与受人祭奠的情景生动呈现，让人产生亲临凭吊之感。

追悼陕西靖国军阵亡将士

于右任

百战功高，魂魄归随秦塞月；
三军泪坠，哭声欲撼栎阳城。

赏析

此联写于1918年4月。陕西靖国军，北洋军阀政府于1917年间废弃临时约法，解散国会，张勋等阴谋复辟清朝帝制。孙中山在广州组织军政府，宣布维护临时约法。云南、陕西等省通电赞成护法，纷纷成立靖国军。陕西靖国军于1918年1月在三原成立。同年4月，靖国军在陕西栎阳举行集会，追悼反击皖系军阀陈树藩战斗中阵亡的将士。于右任时任陕西靖国军总司令，与井勿幕联名撰献挽联致哀。

上联中，秦塞月，秦地要塞

的月光之下。陕西为古秦国之地，因亦简称为秦。这里是说，陕西靖国军历经百战劳苦功高，其阵亡将士的阴魂将归随于秦塞——当年浴血战斗的地方。

下联中，栎阳，古城名，治所在今陕西临潼县东北。当时陕西靖国军在此举行追悼大会，三军泪下如雨，哭声震撼古城。

此联追悼阵亡将士，感情色彩浓烈。魂随秦塞月与哭撼栎阳城，有声有色，有情有景。让人深受感染，为之潸然泪下。

挽井勿幕

于右任

我哭井勿幕，耿耿爱国热忱不亚宋渔父；
谁言李栋才，明明杀人凶犯就是陈树藩。

赏析

此联写于1918年11月。井勿幕（1888—1918），陕西蒲城人。早年留学日本，加入同盟会。1908年回陕西参加并领导席卷全省的学生运动，后积极准备武装起义。1911年10月西安光复，任陕西北路安抚招讨使，处理渭北军务。二次革命后避居日本。1918年春被陕西靖国军举为总指挥，协助于右任投入反对北洋军阀的斗争。同年11月，被靖国军内部叛徒李栋才杀害。井勿幕遗体安葬时，于右任撰送挽联致哀。

上联中，耿耿，形容忠诚，如忠心耿耿。宋渔父，即孙中山亲密战友宋教仁，1913年被袁世凯派刺客刺杀于上海。这里是说，逝者一片忠心，其爱国热忱可与宋教仁相比。

下联中，李栋才为靖国军内部的叛徒，在陕西督军陈树藩指使下，设计残杀井勿幕以向主子邀功。陈树藩系北洋皖系军阀，时任陕西督军，实为谋杀井勿幕的罪魁祸首。联中直接加以痛斥，使其不容诡辩。

此联哀挽逝者，感情强烈，态度鲜明。作者悼念亡友的同时，矛头直指杀人凶手陈树藩。联句义正词严，充满战斗气息。

挽孙中山

于右任

总四十年胼手胝足之工，直是为生民立命，为天地立心，历程中，揖让征诛，举同尘土；

流九万里志士劳民之泪，始知其来也有由，其生也有自，瞑目后，精神肝胆，犹照人寰。

赏析

1925年3月12日，我国伟大的革命先行者孙中山在北京逝世。当时曾在北京中央公园举行公祭仪式，于右任撰送长联致哀。

上联言孙中山一生的事业。“总四十年”句，转述了孙中山所言“余致力国民革命，凡四十年”之意。胼（pián）手胝（zhī）足，谓手掌和脚底都磨出了老茧，形容长期辛劳。语见《庄子·让王》：“颜色肿哙，手足胼胝。”“直是”二句，语出朱熹、吕祖谦合著《近思录》：“为天地立心，为生民立命，为往圣继绝学，为万世开太平。”立命，谓修身以顺从天命，此指安身立命。立心，确立了中心，树立了准则。这里是说，孙中山四十年来为革命四处奔走，艰苦卓绝，完全是为人民能安身立命，也符合天地之心。揖让，犹禅让，古人以位让贤，称作“揖让”。这里指孙中山迫于当时形势不得已而在1912年2月将中华民国临时大总统之职位让于袁世凯。征诛，征战讨伐。这里指孙中山所领导的历次武装起义，包括1914年发动的反对袁世凯的“二次革命”。这里是说，逝者视揖让征诛，举同尘土，即全同尘土一样。因其完全从国家与民族利益出发，所以才能达到这样的境界。

下联言孙中山逝后举国同悲的情况。九万里，极言地域之广。志士劳民，广大爱国志士与劳苦人民。“始知”二句，宋苏轼《潮州韩文公庙碑》：“其生也有自来，其逝也有所为。故申吕自岳降，傅说为列星，古今所传，不可诬也。”有由，有其来由。有自，有其原因。这里是说，凡孙中山当年经历或影响所及的地方，广大爱国志士和劳动人民无不为先生之死而伤心流泪。他知道自己肩负着拯救国家与民众的重任，自己的一生就应当献给革命事业，献给亿万国民。“瞑目”二句，人寰，犹言人世。意谓孙中山肝胆相照的革命精神，在其死后依然永远照耀人间。

此联出于国民党元老手笔，最能代表当时国民党人对孙中山的感情与评价，因而产生了颇为广泛的影响。

挽“三一八”惨案烈士

于右任

烈士之血；
主义之花。

赏析

“三一八”惨案，1926 年 3 月 18 日，北京群众五千余人，为了抗议日本军舰炮击大沽口事件和帝国主义列强无理军事通牒，举行集会游行。段祺瑞在执政府门前竟令卫队开枪，造成一起骇人听闻的流血事件。于右任时在北京，深为这些青年拳拳爱国之心和英勇斗争精神所激奋。当北京大学为死难烈士召开追悼会时，于右任挺身出席会议并作了讲话，还当场撰书挽联致哀。

联句简洁有力，言浅意深。主义，指孙中山所提出的联俄、联共、扶助农工新三民主义。作者高度赞颂烈士们反帝反封建的爱国精神，指出“三一八”惨案烈士的鲜血，在浇灌着新三民主义的胜利之花。

此联要言不烦，切中肯綮。今日“烈士之血”必将催开明日“主义之花”，其历史功绩与评价尽在八字之中。

挽张謇

于右任

厚殖善亡，愿散资财及当世；
中天胪唱，尚留文采殿前朝。

赏析

此联写于1926年8月。张謇为我国近代著名实业家和立宪派代表人物。光绪年间状元。曾任南京临时政府实业总长、袁世凯政府农林和工商总长。1926年8月因病去世，于右任撰送挽联致哀。

上联中，厚殖，宽厚的商人、厚道的实业家。殖，货殖、经商。《列子·杨朱》："子贡殖于卫。"善亡，犹善终，未曾遭受祸患，而能尽其天年。愿散资财，张謇作为近代著名实业家，热心文化教育事业。他投资创办通州师范、南通学院、南通图书馆等，且对与于右任有关之中国公学、复旦学校、神州日报等亦多所赞助。上联意谓，张謇这位厚道的实业家得享天年，他的一生愿散个人资财及于当世之文化教育事业。

下联中，中天，古史称尧舜时为中天之世，犹言盛世。后来成为对帝王歌功颂德的套语。胪唱，科举时代，进士殿试，按甲等唱名传呼召见，称胪唱。张謇曾中光绪甲午年间状元，因被皇帝第一个召见。文采，辞采、才华。庾信《哀江南赋》："潘岳之文采，始述家风。"殿，古代行军的尾部。前朝，即清朝。这里是说，逝者作为清朝末年最后一名状元，尚留文学才华而成科举制度的殿军。

此联抓住"厚殖"与"文采"两个重要侧面加以评价，完全切合逝者的身份地位。用语亦能掌握分寸，因而评价恰到好处。

挽罗佩兰二联

于右任

一

是杨虎夫人，应习战马；
为革命女子，等死沙场。

二

有灵为我促杨虎；
多难思君吊木兰。

赏析

这两副挽联写于1926年冬。罗佩兰（1901—1926），亦作培兰，四川广汉人。1916年与杨虎城结婚。1926年冬病逝于陕西三原县。于右任闻讯撰送挽联致哀。

第一副挽联：

上联中，杨虎，即杨虎城，为朋友之间一种亲切的称呼。应习战马，应该习惯于骑马，而且会骑战马。罗佩兰虽系女流，却勇敢机智，常随杨虎城出征助战。

下联中，等死，语见《史记·陈涉世家》："陈胜吴广乃谋曰：'今亡亦死，举大计亦死，等死，死国可乎？'"意谓既然同样是死，不如为国而死。这里是说，罗佩兰作为革命女子，随时准备死于沙场。

第二副挽联：

上联中，促杨虎，1926年4月至11月，杨虎城率西安军民进行了一场异常艰苦的保卫战，被围长达八月，五万民众死于疾病饥饿。后于右任率军救援得以解围。杨虎城深感有愧于陕西人民而隐居乡间。于右任、冯玉祥多次写信请他出山。联中"促杨虎"即指此事。希望逝者有灵亦帮助促成杨虎出山，完成革命大业。"杨虎"原为明代农民起义军将领，这里借指杨虎城。

下联中，君，一般用于对男

子的敬称，古代亦可用于上层社会的妇女。木兰，即花木兰，原为北朝民歌《木兰诗》中的人物。相传花木兰女扮男装，代父从军，转战出征，胜利归来。这里借喻罗佩兰亦系能征善战的女英雄。此句意谓，当此国家多难之时，我更思君而前来凭吊这位现代花木兰。

第一副挽联称颂逝者既是杨虎城夫人，又是革命女子，实为能征善战的女英雄。第二副挽联既以古代代父从军的女英雄花木兰赞誉逝者，又在上下联末句嵌“虎”、“兰”二字，更见艺术匠心。

挽吴昌硕

于右任

诗书画而外复作印人，绝艺飞行全世界；
元明清以来及于民国，风流占断百名家。

赏析

此联写于1927年间。吴昌硕（1844—1927），浙江安吉人。近代著名书画家、篆刻家。一生工于诗词、书法、绘画，尤精篆刻。曾与同道在杭州创立西泠印社，并任社长。1927年间因病逝世，于右任撰送挽联致哀。

上联中，印人，善于制作印章的人，亦可作为篆刻家的代称。绝艺，极其高超的技艺。这里是说，逝者除了诗书画以外，还是一位篆刻家，他的高超技艺已经传遍全世界。

下联中，元明清，元朝、明朝、清朝。民国，中华民国。风流，风度、标格。《晋书·王献之传》：“高迈不羁，虽闲居终日，容止不怠，风流为一时之冠。”占，据有。断，绝对，决然无疑。这里是说，自元明清以来，他所据有的风流决然在上百名家之首。

此联在近年出版的《西湖楹联与景典》一书中，将其名为《题西泠印社》。不知是于右任当年同时题赠西泠印社，还是西泠印社因吴昌硕曾任社长而将此联纳入景点楹联之中。需要指出的是，根据题意应为题人而非题社。明显是在赞扬逝者，诗书画印绝艺传遍世界，元明清以来位居名家之首。

题新安汉函谷关

于右任

送千年客去；
移一个关来。

赏析

此联写于1927年间。汉函谷关，在河南省新安县城东一公里处。古函谷关在今河南省灵宝县东北，战国秦置。因关在谷中，深险如函得名。汉元鼎三年，移至新安城东，两地相距三百里，故名新关。于右任主持陕政期间，曾为汉函谷关题联。

“送千年客去”，指当年老子出关。《史记·老子韩非列传》：“莫知其所终。”司马贞索引汉刘向《列仙传》：“老子西游，关令尹喜望见有紫气浮关，而老子果乘青牛而过也。”这里指的是古函谷关。

“移一个关来”，指汉元鼎三年移关至此。相传汉将梁侯杨朴平南越有功，被封为“楼船将军”。杨朴于西汉元鼎三年在此建关。汉函谷关还有一副对联：“胜迹漫寻周柱史，雄关重睹汉楼船。”亦咏此事，可作参考。

此联堪称于氏短联精品，一送一移与一去一来之间，包含着极其丰富的历史内容。

题龙亭

于右任

六代迹沉，英雄破梦；
中原天晓，汉族登台。

赏析

此联写于1929年间。龙亭，在河南省开封市城内西北隅。清康熙年间建成，遇皇帝生日，文武百官来此朝拜，因称龙亭。此亭金碧辉煌，巍峨壮观。1929年在龙亭前建孙中山铜像，于右任应约题联。

上联言以往历史。六代，指战国的魏，五代的梁、晋、汉、周和北宋均曾在开封建都。六代迹沉，指六代的遗迹已随岁月的流逝而湮没。英雄，指各个特定历史时代的风云人物。由于历代封建王朝不断更替，多少"英雄"想当霸主的美梦都已破灭。

下联写今日现实。"中原"二句，意谓整个中原地区天已破晓，华夏民族重新登上了政治舞台。此指孙中山领导的"驱除鞑虏，恢复中华"的民主革命已经取得胜利。

此联文字虽短，却怀古论今，给人以沧桑奋发之感。且将龙亭古迹与亭前新建之孙中山塑像巧妙联系起来，堪称佳构。

挽孟纯荪母

于右任

今之孟母，昔之孟母；
儿有文章，孙有文章。

赏析

此联写于20世纪20年代。孟纯荪（1868—1938），名森，号心史，江苏武进人。1901年留学日本。不久回国从事政治活动，曾参加预备立宪公会，编辑《东方杂志》。民国成立后，出任共和党执行书记和国会议员。1913年袁世凯解散国会，从此专心学术研究。曾任北京大学教授，著有《明元清系通纪》、《清史稿》等多种。其母于20世纪20年代逝世时，于右任撰送挽联致哀。

上联中，昔之孟母，指孟轲（即孟子）之母。相传孟轲少时废学，孟母三迁居处，改变环境，使其得以卒业。昔日孟母一直被推崇为贤母的典范。与“昔之孟母”相对，因称孟纯荪之母为“今之孟母”，且含赞扬逝者与孟轲之母同样贤惠的意思。

下联中，儿，指孟纯荪。孙，为孟纯荪之子。父子二人均能为文，因称均“有文章”。

此联用语浅近平实，却又颇有文字技巧。只用四个特色鲜明的四言短句，就将孟母及其子孙的诸多内容纳入其中。

赠陶冷月

于右任

异石归海岳；
高士称云林。

赏析

此联写于20世纪20年代末。陶冷月（1895—1985），我国现代画家。曾任上海暨南大学、湘中礼雅大学艺术系主任。画作自创一格，曾在日本、美国多次展出。20世纪20年代末，于右任应约书赠此联。

上联中，海岳，北宋杰出画家米芾，自号海岳外史。他以“烟云掩映树石”的意似手法，突破了勾廓加皴的传统手法，开创独特画风。此句意谓，画奇特怪异的石头应归米海岳。

下联中，云林，元代杰出画家倪瓒的号。倪瓒为人高洁，喜与名士往还。此句意谓，画坛高雅之士应称倪云林。

此联以宋元时代杰出的画家米芾、倪云林作比，给予陶冷月以很高评价。

赠钱君匋二联

于右任

一

时雨光万物；

大云庇九州。

二

艰险自得力；
金石不随波。

赏析

此联写于1932年间。钱君匋，1907年生于浙江桐乡。现代美术家、作家。长期从事美术、音乐编辑和教学工作，且有多种著述。新中国成立后历任上海音乐出版社总编辑、上海文史馆馆员、杭州西泠印社副社长。1927年至1934年间，在上海开明书店任美术编辑。上海“一·二八”事变后，与于右任、陈望道一起巡视劫后战场。于右任应其要求题联相赠。

第一副联语：

上联中，时雨，及时雨。此指上海军民奋起抗战，一度取得胜利，全国人民为之振奋。万物，泛指宇宙间的一切事物。此句意谓，时雨光及世间万物。

下联中，大云，乌云，战云。此喻日本帝国主义侵略和国民党当局妥协投降政策。庇，遮盖。这里是说，战争的乌云已经笼罩了整个中国。

第二副联语：

此联“艰险”二句，金石，《吕氏春秋·求人》：“故功绩铭乎金石。”高诱注：“金，钟鼎也；石，丰碑也。”后因称钟鼎碑刻为金石，联中用以代指绘画艺术。作者赞扬钱君匋不避艰险寻访战地，绘画艺术自能得力，而不会随波逐流。

这两副联语虽为题赠友人，却又包含特定的历史内容，即与1932年“一·二八”淞沪抗战有关。前者表现当时淞沪抗战取得初步胜利后既喜悦又忧虑的心情；后者称颂友人绘画艺术，亦与当时战地巡视密切相关。

挽袁克文

于右任

风流同子建；
物化拟庄周。

赏析

此联写于1932年间。袁克文（1890—1932），号寒云，河南项城人。袁世凯次子，但反对其父称帝，且作诗讽劝。经常寄迹天津、上海，擅长诗词、书法创作。1923年在上海发起中国文艺学会，并在上海登报卖字。有《寒云诗集》存世。1932年因病逝世，于右任撰联致哀。

上联中，风流，语见《晋书·王献之传》："高迈不羁，虽闲居终日，容止不怠，风流为一时之冠。"后多指有才学而不拘礼法的人，人称风流才子或名士风流。子建，即曹操之子曹植，字子建，才思敏捷，富于文采，为三国时代著名诗人。这里是说，袁克文风流儒雅如同曹子建一样。

下联中，物化，庄子用语，一种泯除事物差别、彼我同化的意境。《庄子·齐物论》："昔者庄周梦为蝴蝶，栩栩然蝴蝶也，自喻适志与，不知周也。俄然觉，则蘧蘧然周也。不知周之梦为蝴蝶与？蝴蝶之梦为周与？周与蝴蝶则必有分矣。此之为物化。"庄周，战国时哲学家。他继承和发展了老子"道法自然"的观点，强调事物自生自化，否认有神的主宰，其思想包含朴素辩证法因素。著作有《庄子》传世。这里是说，袁克文超然物化的观念类似于庄周。

此联以曹植喻逝者文才出众，以庄周喻逝者超然物外，至为贴切。

挽陈少白

于右任

党论共尊陈仲举；
高风远挹介子推。

赏析

此联写于1934年间。陈少白（1869—1934），广东新会人。1895年参与组织兴中会，筹划广州起义。1905年香港同盟会成立，被推为会长。1911年任广东都督府外交司长。1921年任孙中山总统府顾问。晚年致力于家乡建设，著有《兴中会革命史要》等书。1934年因病逝世，于右任撰送挽联致哀。

上联中，党论，出于党派之见的争论。陈仲举，东汉大臣陈蕃，字仲举，为人刚正不阿，崇尚气节。桓帝时任太尉，与李膺等反对宦官专权，为太学生所敬重。灵帝时为太傅，与外戚窦武谋诛宦官，事泄遇害。这里是说，陈少白为人刚正，崇尚气节，国民党内各种持不同政见者都很尊敬这位像汉代名臣陈仲举一样的人。

下联中，高风，高尚的品格、操守。如高风亮节。挹，通“抑”，抑制、谦退。介子推，春秋时晋国贵族，曾从晋文公流亡国外。文公回国后赏赐随从臣属，没有赏到他，就和母亲隐居绵上山里。相传文公放火烧山逼他出来，因坚持不出被烧死。这里是说，逝者高尚的风范远远胜过了古人介子推。

作者善于用典，联中以古人陈仲举、介子推喻逝者，赞其参与民主革命的斗争精神和不求富贵的高风亮节。

题陈少白墓

于右任

中山三友；

外海一人。

赏析

此联写于1934年12月。陈少白为近代民主革命者，孙中山的挚友。1934年12月因病逝世，于右任除撰送挽联致哀外，还为陈少白墓题联。

上联中，中山三友，指陈少白、杨鹤龄、尤列。三人均为孙中山早年创立兴中会时代的挚友，常在一起议论时政、高谈反满，时人称之为“四大寇”。

下联中，外海，陈少白墓在江门市外海乡，因其为我国民主革命而死，这在当时地方上堪称“外海一人”。一人，一个人。《诗·郑风·野有蔓草》：“有美一人，清扬婉兮。”联句由此化出，寓有褒意。

此联只有八字，短小精当。指出逝者生前为“中山三友”，死后为“外海一人”。内容高度概括，文字对得工巧，诚为短联精品。

题峨眉山报国寺方丈室

于右任

立身苦被浮名累；
涉世无如本色难。

赏析

此联写于1935年夏。报国寺，在四川省峨眉山麓，为入山第一座大型庙宇，始建于明万历年间。寺内正殿四重，依山而建，结构宏伟自然，松柏掩映其间。方丈室，一般指禅寺长老或住持所在之处，取“室方一丈”之意。1935年夏，于右任曾游峨眉山报国寺，见客堂有当时显贵赠方丈果玲的诗幅，觉此人好名之心未除，因撰此联相劝。相传果玲读后深感愧怍，有所醒悟。

上联中，立身，谓树立己身，修养自身。昔日强调立身处世、立身行道。浮名，犹虚名。李白《留别西河刘少府》：“东山春酒绿，归隐谢浮名。”上联意谓，立身处世若为浮名所累，其苦实不堪言。为人追逐浮名必将带来身心之累。

下联中，涉世，经历世事。本色，本来的颜色，本来的面目。下联意谓，为人处世最难的是保持本来的面目，亦即按照个人善良的心志行事。

此联虽为劝诫该寺方丈，亦属作者现身说法。联句既符佛教劝人清修向善的教义，也是立身处世顺其自然的人生哲学。内涵警策，启人深思。

贺赵熙寿辰

于右任

诗篇浣花集；
年序摩顶松。

赏析

此联写于1936年9月。赵熙(1867—1948)，字尧生，四川荣县人。光绪年间进士，近代著名诗人。大半生以讲学、吟诗为主。1936年9月，赵熙七十寿辰，东训书院门人在慈香阁为老人祝寿。于右任闻讯亦从南京书赠此联表示贺意。

上联中，浣花集，五代前蜀韦庄撰，共收古近体诗246首，分为十卷。唐末韦庄入蜀，事前蜀王建，得杜甫浣花草堂旧居，故以名集。这里借以赞美赵熙诗词创作所取得的成就，可与当年《浣花集》的作者媲美。

下联中，年序，犹年岁。摩顶，典出《莲华经》之六《嘱累品》，本指释迦牟尼以大法付嘱摩诃萨时，用右手摩其顶。后业佛教受戒时，也摩其顶，传为定式。松本不老，经过摩顶，更加长寿。此语用以祝贺寿翁健康长寿。

此联为赵熙贺寿，赞其诗作成就，祝其健康长寿。用语庄重典雅，深表虔诚敬意。

挽二十六路军阵亡将士

于右任

经百战浴血功，洗清汉水；
留一片伤心地，还我长城。

赏析

此联写于1936年间。二十六路军阵亡将士，1936年冬，国民革命军第二十六路军为纪念抗日阵亡将士，在湖北安陆县城内建成忠烈祠一座及两亭一坊。曾约请国民党军政要人题词。于右任应约为阵亡将士纪念碑碑亭题联。

上联中，汉水，长江最大支流。流经陕西、湖北两省，在武汉汇入长江。这里是说，二十六路军将士们历经百战，浴血奋斗所建立的功绩，得以“洗清汉水”，亦即保卫了长江、汉水流域的广大地区。

下联中，伤心地，让人伤心的地方，此指二十六路军阵亡将士祠。长城，亦称“万里长城”。常有双重引申意义：一是指代北方广大区域；二是抵抗异族侵略的正义力量。联中“还我长城”，明显含有这两方面的意义。希望能有更多的抗日武装力量，为收复东北、华北失地，为保卫祖国万里河山而战。

此联题安陆忠烈祠纪念碑亭，既称颂二十六路军阵亡将士浴血奋战，保卫了汉水流域广大地区，又激励人们面对碑亭，誓为保卫祖国山河而战。联句气韵沉雄，催人感发奋起。

挽李仪祉

于右任

殊功早入河渠志；
遗宅仍归水竹居。

赏析

此联写于1938年3月。李仪祉（1882—1938），陕西蒲城人。近代水利专家。早年留学德国。曾任南京河海工程专门学校教授及华北、陕西各地水利机关重要职务。提出“治理黄河方策”，主办泾惠、洛惠、渭惠等水利工程，对推动陕西农业发展起了一定作用。1938年3月因病逝世，于右任撰送挽联致哀。

上联中，河渠志，指记载河道和水利建设工程的书篇。《史记》有《河渠书》，宋、元、明、清史书有《河渠志》。这里是说，逝者对于我国水利建设的特殊功勋早已载入了《河渠志》。

下联中，遗宅，此指坟墓。水竹居，指在有水有竹的地方居住。逝者在生前因工作需要，常卜宅水中沙洲，濒水邻竹而居。这里是说，逝者的坟墓仍然建在有水有竹的地方。

此联哀挽逝者，既称逝者水利建设的特殊功勋早已载入《河渠志》，又言死后坟墓仍在傍水邻竹的地方。下联未言逝者生前艰苦奋斗，而艰苦奋斗之状已昭告天下，含而不露，启人深思。

挽罗芳珪

于右任

转战输忠烈；
成仁作楷模。

赏析

此联写于1938年4月。罗芳珪（1907—1938），湖南衡东人。生前任国民政府军第八十九师五二九团团长。抗日战争爆发后，该团受命扼守北京昌平县南口，曾击退十倍于己之敌，被誉为抗战初期英勇杀敌的“四大名团”之一。1938年4月初，率团奔赴台儿庄，浴血奋战，壮烈牺牲。灵柩运回湖南故乡，各界举行公祭。于右任撰送挽联致哀。

上联中，输，捐输、献纳。忠烈，忠诚正直。此句意谓，逝者为了神圣抗战而转战各地，献出自己忠诚正直之心。

下联中，成仁，语出《论语·卫灵公》，后谓为正义事业而献出生命。楷模，模范、典范。此句意谓，逝者英勇杀敌为国捐躯，可以作为三军学习的榜样。

此联言简意明，称颂逝者转战各地，成仁就义，可作三军楷模。

挽谭曙卿

于右任

衡岳降英豪，鼙鼓方殷，百战功名思大将；

云湖崇马鬣，松楸在望，万里风雨吊忠魂。

赏析

此联写于1938年间。谭曙卿（1884—1938），字镇湘，湖南湘潭人。早年加入滇军与粤军，参与东征和北伐。1932年任新编第三军军长，中将参议。抗日战争爆发后襄理西北军务。1938年病故于甘肃平凉。于右任闻讯之后，撰送挽联致哀。

上联中，衡岳，即南岳衡山。逝者系湖南湘潭人，因言“衡岳”降生的“英豪”。鼙（pí）鼓，军中的大鼓和小鼓，用以指挥军事。《礼·乐记》：“君子听鼓鼙之声，则思将帅之臣。”殷，沉重紧急。上联意谓，南岳衡山降生了人间英豪，而今战鼓声声，抗日战争正在紧张地进行着，人们都在思念身经百战功名卓著的将军。

下联中，云湖，地名，在湖南湘潭县。马鬣（liè），坟上的封土，因其形如马鬣，亦称马鬣坟。白居易《哭崔二十四常侍》：“豹冠初别九重门，马鬣新封四尺坟。”崇马鬣，高大的坟墓。松楸，松树和楸树。因多植于墓地，常用为墓地的代称。风雨，《诗·郑风》篇名。《诗序》说：“《风雨》，思君子也。乱世则思君子不改其度焉。”下联意谓，湘潭县云湖已建起高大的坟墓，墓地松树和楸树遥遥在望，风雨之中人们身处万里之外仍在思念和凭吊将军的忠魂。

此联哀挽逝者，用语典则。鼙鼓声中思大将，松楸在望吊忠魂。声情悲壮，撼人心魄。

贺马相伯一百大寿二联

于右任

一

先生年百岁；
世界一晨星。

二

当全民族抗战之时，遥祝百龄，与将士同呼万岁；
自新教育发萌以后，宏开复旦，论精神独有千秋。

赏析

这两副寿联写于1939年4月。马相伯为近代著名教育家。早年在上海创办震旦学院、复旦公学。后一度担任北京大学校长。1931年“九一八”事变后，不断向国民党政府呼吁团结抗日。抗日战争爆发后，任国民政府委员。1939年4月，正值马相伯百岁诞辰，于右任撰送二联致贺。

第一副寿联：

此联喻体鲜明，言浅意深。晨星，清晨出现在东方天空的行星。联中似有双层含义：一是百岁老人，寥若晨星；二是世界反法西斯战争终将取得胜利。这位爱国老人矢志抗日，犹如黎明前的一颗明星。

第二副寿联：

上联中，“与将士”句，于右任当时身为国民政府监察院院长，兼任国防最高委员会常务委员，因此愿“与将士同呼万岁”，遥祝百岁老人健康长寿。这里是说，正值全民族抗战之时，我们遥祝先生百龄华诞，愿与全体抗日将士同呼万岁。

下联中，宏开，宏通“弘”，

大力开办。复旦，即复旦公学（今复旦大学前身），于右任早年曾就学与就业于复旦公学。独有千秋，犹独步千秋，意谓独具流传久远的价值，有独到的专长或优点。这里是说，当新教育发生萌芽以后，先生大力开办复旦公学，论其兴学精神堪称独步千秋，深为世人景仰。

马相伯百岁华诞，于右任执弟子礼一片诚心撰联致贺。既将老寿翁喻之为高空少见的晨星，又赞其宏开复旦独有千秋。情辞恳切，引人共鸣。

挽郭朝沛

于右任

中兴有哲嗣；
遗惠溥西川。

赏析

此联写于1939年间。郭朝沛（1854—1939），字膏如，四川乐山人。毕生经商行医，为人乐善好施，深得乡里敬重。1939年7月病逝于乐山家中。逝者因系郭沫若之父，治丧期间，国共两党要人与各界知名人士纷纷献上挽联、挽幛。于右任亦撰送挽联致哀。

上联中，中兴，由衰落而重新兴盛。《诗·大雅·烝民序》："任贤使能，周室中兴焉。"哲嗣，旧时称人之子为哲嗣。此指郭沫若。此句意谓，有郭沫若这样的人，祖国复兴就有希望。

下联中，遗惠，遗留在世间的恩惠。溥（fū），通"敷"，分布。西川，乐山在四川西部，因将这一带称为西川。这里是说，逝者的恩德将传布于西川各地。

这副挽联，先赞逝者之子为民族复兴的希望，又赞逝者本人恩德播于西川。言简意明，褒扬得当。

挽马相伯

于右任

光荣归上帝；
生死护中华。

赏析

此联写于1939年11月。马相伯在抗日战争时期，积极投入抗日救亡活动，人称“爱国老人”。1939年11月，在他刚举行过百龄寿典之后不久，即在越南谅山病逝。于右任撰送挽联致哀。

“光荣归上帝”，马相伯早年入徐家汇天主教耶稣会小修院。1870年获得神学博士，并经教会授职为神甫，成为耶稣会教士。这位天主教徒中的爱国人士，一生为我国民主革命做出了很大贡献。按照宗教说法，光荣归于上帝。

“生死护中华”，这是对于爱国老人一生的评价，生死均在维护中华。尤其是在晚年，参加宋庆龄、鲁迅等组织的“中国民权保障同盟”，积极投入抗日救亡运动。坚决主张对内团结，对外抗战，为维护中华民族献出了自己的力量。

此联用语通俗而又精当，既完全切合逝者身份，又能给予高度评价。

赠妓青凤

于右任

青娥皓齿瑱相怜，唱遍那丑奴儿令、粉蝶儿令；
凤泊鸾飘同一慨，醉倒在黄四娘家、吴二娘家。

赏析

此联写于20世纪30年代。赠妓青凤，“妓”在古代原称歌舞女艺人。后则专指卖身的妓女。联中所言青凤，当为20世纪30年代能歌善舞的秦淮名妓，不少达官贵人、文人墨客亦常光顾。她为附庸风雅，特请于右任亲笔题字。

上联中，青娥，同青蛾，指女子的眉毛。唐韦应物《拟古》之二：“娟娟双青娥，微微启玉齿。”皓齿，洁白的牙齿。青娥皓齿形容女子的美丽。瑱(tiàn)，美玉。南朝梁江淹《杂体诗》：“荣重馈兼金，巡华过盈瑱。”李善注：“盈瑱，盈尺之玉也。”瑱相怜，谓像美玉一样让人怜爱。丑奴儿令、粉蝶儿令，均为曲牌、曲调名。青凤能唱遍小曲，可见其歌妓出身。

下联中，凤泊鸾飘，比喻漂泊无定所或夫妻、情侣离散天各一方。清黄景仁《失题》：“神清骨冷何由俗，凤泊鸾飘信可哀。”此指青凤天涯漂泊，同样让人慨叹。黄四娘，出自杜甫诗：“黄四娘家花满蹊，千朵万朵压枝低”。吴二娘，出白居易诗：“吴娘暮雨萧萧曲，自别江南更不闻。”自注：“江南《吴二娘曲》词云：‘暮雨萧萧郎不归。’”黄四娘、吴二娘并非实有其人，泛指南京秦淮河畔开设妓院的鸨母。青凤作为歌妓，为陪客人而常醉倒。

清末民初，狎妓之风颇盛，赠妓对联亦多。文人雅士更喜作嵌名赠妓联。于右任虽洁身自好，亦未能免俗，撰写赠妓联语，且嵌“青凤”二字。联中虽多青楼用语，倒也雅而不狎，尚属自成一格。

挽张善子

于右任

名垂宇宙生无忝；
气壮山河笔有神。

赏析

此联写于1940年9月。张善子（1881—1940），号虎痴，四川内江人。早年加入同盟会，参加反对袁世凯的斗争。后任上海美术专科学校教授。一向以画虎见长，与其弟张大千同为著名画家。抗日战争期间，积极投入抗日救亡运动。曾赴欧美各国宣传中国抗日主张，并以举办画展、卖画募捐支持国内抗战。1940年9月，回国之后不久即病逝于重庆。于右任撰送挽联致哀。

上联中，忝（tiǎn），羞辱、有愧于，后多用作自谦之词。生无忝，无愧于自己一生。名垂宇宙，大名流传于宇宙之间。此句意谓，逝者名垂宇宙，无愧于自己一生。

下联中，气壮山河，形容气势像高山大河那样雄伟壮观。此句意在赞扬逝者具有高超的绘画艺术，下笔如有神助，足以气壮山河。

此联气势豪壮，格调高昂。就逝者一生事业与艺术成就作出高度评价。

题留侯祠二联

于右任

一

送秦一椎；
辞汉万户。

二

不从赤松子；
安报黄石公。

赏析

这两副联语分别写于1942年和1948年。留侯祠，亦称张良庙，在陕西省留坝县庙台子镇西。相传为西汉张良晚年隐居处，后人立祠建庙以作纪念。于右任当年两次视察西北路过此地时，均曾题写联语。

第一副联语，写于1942年秋。

送秦一椎，指张良曾与力士在博浪沙椎击秦始皇。典出《史纪·留侯世家》："良尝学礼淮阳，东见仓海君，得力士，为铁椎重百二十斤。秦皇帝东游，良与客狙击秦皇帝博浪沙中，误中副车。"当年送秦一椎，可惜未中。

辞汉万户，据《史记·留侯世家》记载，汉高祖刘邦分封功臣，拟让张良"自择齐三万户"，张良辞而不就刘邦赐予的"三万户侯"。他只肯做个"留侯"，留在京都，不要封地。联中因言推辞万户侯的封号。

第二副联语，写于1948年春。

上联中，赤松子，我国古代神话传说中的仙人，后为道教所信奉。相传张良曾随他云游。张良亦曾自言："愿弃人间事，从赤松子游耳。"此系假托神仙以求自脱之辞。

下联中，黄石公，据《史记·留侯世家》记载，张良博浪沙刺秦未中后，逃亡到下邳，遇圯上老人黄石公，得《太公兵法》。

这两副题写留侯祠的联语，给人突出的印象是：言约意丰，劲短有力。前者八字纪实，涉及张良一生两大重要历史事件；后者十字虚写，作为神话传说包含丰富的历史内容。

赠张简斋

于右任

风云未展康时略；
天地能知许国心。

赏析

此联写于1943年间。张简斋为著名中医，1880年出生于南京中医世家。抗战时期在重庆行医，与国府要员于右任、林森等人交往颇深。1943年间，于右任因故愤而出走成都，作《浣溪沙》词讽喻时政。蒋介石派要员赴成都劝驾，于回重庆，气犹未平，遂以此联书赠友人，并诉衷曲。

上联中，风云，语出《易·乾》，后因以喻人的际遇。康时，匡时、治世。王勃《常州刺史开原郡开国公行状》："是非山川倒徙，太阶怀息乱之臣；天地离乖，元首伫康时之具。"此句意谓，由于个人际遇，未能正常施展匡时济世的谋略。

下联中，许国，以身许国。此句意谓，天地定能知道我以身许国之心。

这是一副摘句联，录自陆游七律《咏史》。作者实为借他人酒杯，浇自己胸中块垒，用以倾诉衷曲。

挽石瑛

于右任

人传清操真余事；
世际艰难悟大贤。

赏析

此联写于1943年12月。石瑛（1878—1943），湖北阳新人。光绪年间举人。曾赴欧洲留学，武昌起义后归国，总办禁烟事宜。1924年当选国民党中央执行委员。1932年任南京特别市市长兼财政局局长。1939年任湖北临时参议会议长。1943年11月因病逝世。同年12月重庆举行公祭，于右任撰送挽联致哀。

上联中，清操，清白的操守。石瑛为政清廉，人称"民国第一清官"、"湖北一怪"。余事，语出汉何休《公羊传序》："此世之余事。"意谓末事、小事。这里是说，人传逝者为政清廉，对其本人而言，乃小事而已。

下联中，世际，犹世事，当世之事。大贤，德才兼备之人。此句意谓，当代社会世道艰难，更加让人感悟到需要这样德才兼备的人。

此联哀挽逝者，赞其清白操守，哀其世失大贤。用语精当，评价到位。

题青城山上清宫

于右任

于今百草承元化；
自古名山待圣人。

赏析

此联写于1944年。青城山，在四川省灌县西南，其形如城，故名。相传东汉张道陵曾修道于此。为我国道教和旅游胜地。上清宫在青城山顶，始建于晋朝，为至今保留下来的著名道观之一。上清相传为神仙居住处，故道教常用以名其宫观。1944年间，于右任曾游青城山，并为上清宫题词。现在此联仍刻于上清宫山门。

上联中，元化，造化，大自然的发展变化。陈子昂《感遇诗》之六："古之得仙道，信与元化并。"此句意谓，如今百种草木生长发育都承大自然的发展变化。

下联中，圣人，谓人格品德最高的人，亦为佛教、道教对佛祖、上仙的尊称。这里是说，自古以来天下名山总是等待着佛祖或上仙的到来。联中"圣人"当指道教祖师张道陵。

自古名山待圣人，当从"天下名山僧占多"化出，而又内涵丰富得多。这里"圣人"喻指张道陵，完全切合题意要求。

题青城山建福宫

于右任

累尽神仙端可致；
心虚造化欲无功。

赏析

此联写于1944年间。建福宫，在灌县青城山文人峰下，相传为五岳丈人宁封子修道处。始建于唐代，为青城山现仍留存的少数道观之一。1944年间，于右任曾游青城山，应约为山上建福宫题联。

上联中，累，忧患、危难。《庄子·至乐》："诸子所有，皆生人之大累也。"端，真正。致，达到。此句意谓，人生累尽连做神仙都可以达到目的。

下联中，心虚，谦虚不自满。《老子》："虚其心，实其腹。"《淮南子·原道》："故得道者，志弱而事强，心虚而应当。"造化，指自然的创造化育。此句意谓，心虚可以自然创造化育，而有贪欲则不会成功。

此联言约意丰。作者强调人应心虚无欲、历经忧患，如此则神仙可致，若有贪欲则不会成功。此言既符道家思想，又含人生哲理。

题青城山古黄帝祠

于右任

启草昧而兴，有四百兆儿孙，飞腾世界；
问龙跷何道，是五千年文化，翊卫神州。

赏析

此联写于1944年间。古黄帝祠，在青城山古常道观（俗称天师洞）大殿后，传说古轩辕黄帝曾游青城山，故于唐朝兴建此祠以作纪念。1944年间，于右任游览青城山，应道教主持彭椿仙大师之请，为轩辕"古黄帝祠"书写祠名后题写楹联。

上联中，启草昧，开发蒙昧。"草昧"原指天地开创时的混沌状态，亦指原始未开化的状态。兆，百万为兆，此指当时我国四亿人口。上联意谓，黄帝轩辕氏开拓蒙昧时代而兴盛起来，而今有四亿黄帝子孙正求飞腾于世界。

下联中，龙跷（qiāo），即《龙跷经》。相传黄帝在青城山访得仙人宁封，受《龙跷经》，学得飞行之术。翊（yì）卫，辅佐，保卫。神州，中国的别称。下联意谓，试问龙跷为何种道术？实系我国源远流长的五千年灿烂文化，辅翼和护卫着神州大地。

此联题古黄帝祠，赞颂黄帝文化。充分反映炎黄子孙的民族自豪感和中华腾飞世界的愿望。

新闻馆

于右任

复旦新闻馆；
天下记者家。

赏析

此联写于1945年4月。新闻馆，抗日战争后期，重庆复旦大学新闻系在系主任陈望道主持下，于1944年7月筹建新闻馆，至次年4月投入使用。该馆内设编辑室、收音广播室、印刷房等。于右任应约为复旦新闻馆题联。

上联中，复旦，即复旦大学。1905年，上海震旦学院（教会学校）的部分爱国师生脱离原校，自办复旦公学。1917年改名复旦大学。抗日战争时期先后迁庐山、贵阳、重庆。抗战胜利后迁回上海。1952年经院系调整，成为一所文理科综合大学。

下联中，记者家，记者之家。复旦新闻馆为我国第一家高等学校自办的新闻研究与实习基地，因而可以称之为天下记者之家。

此联言简意明，看似信手拈来，实属自然天成。

题常德保卫战阵亡将士公墓

于右任

御侮身殉国，绩勋耀九州；
名成瘗忠骨，壮烈永千秋。

赏析

此联写于1945年间。常德保卫战，1943年11月，日军分三路进犯鄂西南和湘西北，主力则指向常德附近地区。国民政府军亦相应安排八个军参战，其中第七十四军五十七师坚守常德。该师六千多人参战，五千多人阵亡。1945年，在这里修建了“常德阵亡将士公墓”，并修建了纪念塔和纪念坊。于右任应约题写楹联。

上联中，御侮，抵御外侮。绩勋，功勋劳绩。九州，古代中国设置九个州，后用以泛指中国。这里是说，参与常德保卫战的将士们，为了抵御外侮而以身殉国，他们的功勋劳绩必将光耀九州。

下联中，瘗（yì），埋葬。《诗·大雅·云汉》：“上下奠瘗，靡神不宗。”孔颖达：“奠谓置之于土，瘗谓湮之于土。”壮烈，勇敢而有气节。永，通“咏”，《书·舜典》：“诗言志，歌永言。”这里是说，而今功成名就在此埋葬忠骨，将士们英勇杀敌壮烈牺牲的不朽业绩，将为人们千秋传颂。

此联哀挽抗日阵亡将士，语端词肃，声情悲壮，让人产生肃然起敬之感。

巧作方位联

于右任

游北温泉，吃西瓜，吴南轩作东；
到上清寺，请下车，于右任朝左。

赏析

此联成于抗日战争期间。抗日战争时期，于右任与郭沫若在重庆邀复旦大学校长吴南轩同游市郊北温泉。于右任途中得句吟成此联。方位，语见汉张衡《东京赋》：“辨方位而正则。”今以东、西、南、北为基本方位，上、下、左、右等都属方位词。

上联中，北温泉，在重庆市郊北碚附近，泉中含有石灰，自缙云山麓涌出，流入嘉陵江。因有温泉浴室与游泳池，向为旅游、休养胜地。这里是说，三人同游北温泉，为了解渴吃西瓜，由吴南轩掏钱作东。这样就将北、西、南、东四个基本方位词自然嵌入上联。

下联中，上清寺，为重庆市区的一座庙宇，附近设有公共汽车站头。于右任喜得上联之后，即请郭沫若、吴南轩应对，二人苦于难觅对句。后搭车返市区，车抵上清寺，售票员连呼请下车。于右任当即得到启发，因自己家住上清寺左边，于是有了下句。这样又将上、下、左、右四个方位词嵌入下联。

这是一副典型的方位联。上下联均将相应的方位词自然嵌入联中。虽属游戏笔墨，巧作亦复不易。

挽朱少屏

于右任

报国填沧海；
成仁重泰山。

赏析

此联写于1947年7月。朱少屏（1881—1942），上海人。早年加入同盟会，曾任南京临时政府秘书。后长期从事新闻工作，参与《太平洋报》、《中华日报》、《申报》等报社工作，任全国报社俱进会会长。1924年任《中国评论周报》社总经理、上海通志馆副馆长。1942年任国民政府驻菲律宾领事，同年被日本占领军杀害。1947年7月，遗骨运回国内，南京举行追悼会，于右任撰送挽联致哀。

上联中，填沧海，化用《山海经》中“精卫填海”的典故，相传炎帝之女在东海被淹死，其灵魂化为精卫鸟，常衔西山之木石，以填于东海。后常以此比喻不畏艰难奋斗不懈。这里是说，逝者报国之心有如精卫填海一样奋斗不息。

下联中，成仁，语出《论语·卫灵公》，后谓为正义事业而献出生命。重泰山，即重于泰山。司马迁《报任少卿书》：“人固有一死，死有重于泰山，或轻于鸿毛，用之所趣异也。”联中肯定朱少屏为抗日救国而死，因而重于泰山。

此联巧妙化用成语典故，赞颂逝者成仁报国精神。文字简洁精当，诚为短联佳作。

赠雅云女士

于右任

玉壶买春，赏雨茅屋；
座中雅士，左右修竹。

赏析

此联写于1947年间。雅云女士，南京大集成茶馆女招待。抗日战争胜利后，国民政府还都南京。某次国民代表大会秘书处在大集成请客，于右任也应邀出席。席间女招待雅云表现不俗，温雅娴静，举止大方，而且酒量惊人。于右任应其要求书赠此联。这副摘句联引自司空图《诗品·典雅》前四句。

上联中，玉壶，珍美的酒壶。春，指酒，唐人多称酒为春。茅屋，亦作茆屋，指屋顶用芦苇或稻草盖成的房子。用玉壶买酒，在茅屋赏雨，应属文人雅事。

下联中，修竹，长竹。这里是说，茶室座中多高雅之士，茅屋周围则绿竹环绕。构成优游闲适的氛围。

联中以古朴典雅之词，赠与雅云女士。信手拈来，切人切事，颇见艺术功力。

挽 张 继

于右任

开国推元老；
劳身似苦工。

赏析

此联写于1947年间。张继（1882—1947），字溥泉，河北沧县人。早年留学日本，参加同盟会，任《民报》发行人和编辑。与孙中山、黄兴、章太炎均有密切交往。辛亥革命后任第一届国会参议院议长，参加"二次革命"与护法运动。1924年当选国民党中央监察委员。后历任国民政府立法院副院长、党史史料编纂委员会主任委员、国史馆馆长等职。1947年因病去世，于右任撰送挽联致哀。

上联中，元老，旧时称政界年辈资望高的人。《后汉书·章帝纪》："（赵熹）三世在位，为国元老。"此指逝者张继应推为开国元老，因其作为孙中山友人，为民国的建立作出了很大贡献。

下联中，劳身，与"劳心"相对，意同"劳力"，即从事体力劳动。此指张继生前为人勤奋、喜爱劳动，有时竟像做苦工一样。

此联哀挽亡友，极具个性色彩。逝者既推党国元老，又似劳身苦工。二者相反相成，矛盾统一，堪称今之完人。

挽陈布雷

于右任

文章天下泪；
风雨故人心。

赏析

此联写于1948年11月。陈布雷（1890—1948），字畏垒，浙江慈溪人。1912年参加同盟会。曾任上海《天铎日报》、《商报》、《时事新报》主笔。1927年加入国民党，历任国民党中央宣传部副部长、中央政治会议副秘书长、蒋介石侍众室第二处主任等职。1948年11月在南京自杀身亡，于右任撰送挽联致哀。

上联中，文章，此指擅写文章的人。陈布雷长期为蒋介石草拟文稿，素有“文胆”之称。此句意谓，陈布雷自杀身亡，天下人亦为之下泪。

下联中，风雨，《诗·郑风》篇名。《诗序》说：“《风雨》，思君子也。乱世则思君子，不改其度焉。”故人，指作者自己。此句意谓，身处乱世思念陈君，以表故人之心。

于右任与陈布雷均系国民党中“文人从政”的代表人物，此联实属有感而发。叹息之意与怀念之情，均存故人心中。

自　题

于右任

当无事时自固气；
大有为者能知人。

赏析

此联录自《励志修身对联赏析》一书，写作时间不详。这副自题联语实为作者一生经验之谈。因其言近旨远，可作格言励志。

上联言“固气”。当无事时，系指人生失意之时与赋闲之时的两种境遇。固气，即孟子提倡的“养气”。《孟子·公孙丑上》：“我善养吾浩然之气。”意在强调涵养人的气质、意志。实践证明，能在“无事时自固气”者，必然意志坚定，坚忍不拔，从而克服困难，走出逆境。

下联言“知人”。有为，有作为，有志气。《礼记·儒行》：“养其身以有为也。”知人，能识别人的贤愚善恶。《书·皋陶谟》：“知人则哲，能官人。”联句意谓，大有作为者定能知人，而知人者亦当大有作为。

联中所言“固气”与“知人”，既为加强自身修养的古训，也是当今立身处世的准则。读来启人心智，醒人耳目。

题曹娥孝女庙

于右任

海必有邻，江涛接近清风木；
文能载道，金石遒传黄绢辞。

赏析

此联写作时间不详。曹娥孝女庙，在浙江省上虞县曹娥江边，为表彰汉代孝女曹娥而建。曹娥，会稽上虞人。东汉汉安二年，其父在端午节迎神时不幸溺水而死。曹娥沿江寻尸，痛哭十七昼夜，后亦投江而死。时人以为孝女，乃名其江为曹娥江，并为其筑墓立碑。宋元祐八年建曹娥庙正殿，蔡卞据汉碑重书的曹娥碑，至今保存完好。于右任当年曾为曹娥孝女庙题写楹联。

上联中，海必有邻，海必与江相邻，因江流入海之故。此指东海与曹娥江。江涛，指曹娥江的浪涛。清风木，似指青风岭上的枫木。清风岭在浙江嵊县北，岭上多枫木，因名清枫岭。宋末临海民妻王氏为元兵所掠，过此岭时，啮指写诗石上，然后投崖而死，后人因易名为清风岭。联中为与“黄绢辞”在文字与内容上对应，因用“清风木”三字。这里是说，东海与曹娥江相邻，江涛接近青风岭上的枫木。

下联中，文能载道，谓用文章可以说明道理，旧时多指儒家思想。金石，《吕氏春秋·求人》：“故功绩铭乎金石。”高诱注：“金，钟鼎也；石，丰碑也。”后因称钟鼎碑刻为金石。遒（qiú），坚固、刚劲有力。黄绢辞，即曹娥碑。据《世说新语·捷悟》记载，魏武帝曹操经曹娥碑下，见碑上题着“黄娟幼妇外孙韲臼”八字，因问随从杨修何意。杨修答曰：“黄绢，丝色也，于字为绝；幼妇，少女也，于字为妙；外孙，女子也，于字为好；韲臼，受辛也，于字为辞；所谓‘绝妙好辞’也。”后常以比喻有文才或诗文佳作。这里是说，自古文以载道，曹娥碑上仍存刚劲有力的黄绢辞。

此联题曹娥孝女庙，文字典

雅工丽，内容蕴藉含蓄。“清风木”与“黄绢辞”为关键词语，虽有出典而寓意深曲。这里只作初步解说，尚需深入探讨。

题净慈寺

于右任

一偈遍梵天，看东土普现光明，照澈净慧姻缘，庄严色相；

百年有桑海，与西湖长留香火，记取灵山塔影，上界钟声。

赏析

此联写作时间不详。净慈寺，在杭州南屏山下，为西湖四大古刹之一。五代后周显德元年(公元954年)，吴越国王钱俶为供奉当时有名的永明禅师所建，故初名慧日永明院。建筑分前中后三殿，两侧有众多楼阁经幢。于右任曾应约为净慈寺题写楹联。

上联中，偈(jì)，梵语“偈佗”的简称，意译为颂，就是佛经中的唱词。梵天，佛教名词。佛经称三界中的色界（共有十八重天）初三重为梵众天、梵辅天、大梵天，统称梵天。此句意谓，众僧一唱诵佛偈语则响遍梵天。“看东土”三句，东土，一般泛指今陕西以东地区，亦用以代指中国。净慧，与该寺名中有净慈、慧日有关，此指清静与智慧之光。净慧姻缘，化用成语香火姻缘，佛家称彼此契合为香火姻缘，言似前生已结盟好，故在今生得以相爱。庄严，佛家指装饰美盛。色相，佛教名词，指一切事物的形状外貌。《华严经》：“无边色相，圆满光明。”联中是指寺院建筑华美。这里是说，看东土大地亦已普现光明，这里因与佛结缘得以照澈智慧之光，且寺院建筑亦庄严华美。

下联中，桑海，化用成语“沧海桑田”，以喻世事变迁。典见晋葛洪《神仙传》：“麻姑自说云：‘接待以来，已见沧海三为桑田。’”灵山，佛家称灵鹫山为灵山，亦可泛指各地仙山。这里是指净慈寺前的夕照山。山上的雷峰塔始建于五代后周，此后雷峰夕照成为西湖十景之一。1924年因长久失修自然倒塌，只是留下一点塔影。上界，天上、天界，佛教所指神佛居住的地方。钟声，此指净慈寺的钟声。明代洪武年间，曾铸重达十余吨的铜钟一口悬于寺内。每当西阳西下，钟声乍起，响入云霄。南屏晚钟遂成西湖十景之一。下联意谓，人生百年世事变迁，还是与西湖净慈长留香火，永远记取夕照山上的雷峰塔影，聆听南屏晚钟犹如上界传来的声音。

此联题杭州净慈寺，上联写寺院本身，照澈净慧姻缘，庄严色相；下联转向西湖典实，言及雷峰塔影，南屏钟声。联语格调清新，对仗工稳。寺与杭州山水相连，让人心驰神往。

题上海乐园

于右任

乐与众人同，玉作栏杆金作柱；
园从天外起，花为眷属月为邻。

赏析

此联具体写作时间不详。上海乐园，为当时上海主要游乐场所之一。于右任作为现代著名书法家，曾应上海乐园游戏场要求题写联语。

上联中，乐与众人同，语出《孟子·梁惠王下》：“独乐乐，与人乐乐，孰乐？曰：不若与人。曰：与少乐乐，与众乐乐，孰乐？曰：不若众乐。”上联意谓，希望人们在此游玩共同快乐。上海乐园建筑华丽，玉栏金柱，确属气概非凡，望之有若仙境。

下联中，园从天外起，取自魏迪元“又从天外起楼台”诗意，联句表明上海乐园范围虽然不大，却与周围自然环境融为一体。园中环境幽雅，花为眷属，月为邻居，给人无穷遐想，具有浪漫色彩。

这是一副嵌名联，采用鹤顶格，将“乐园”嵌入上下联首字。联语立意新颖，文字清新，颇有诗情画意。

题马来亚关帝庙

于右任

忠义二字，团结了中华儿女；
春秋一书，代表着民族精神。

赏析

此联写作时间不详。马来亚，为马来西亚的一部分，位于东南亚马来半岛南部。人口一千余万。其中，中国血统马来西亚籍人和华侨占三分之一以上。关帝庙，三国蜀汉大将关羽死后，后主刘禅追谥为壮缪侯，明万历年间敕封“三界伏魔大帝神威远镇天尊关圣帝君”，清顺治年间敕封“忠义神武关圣大帝”。此后各地纷纷兴建关帝庙。这一习俗同样影响到东南亚华侨聚居地区。于右任曾应约为马来亚关帝庙题写楹联。

上联中，忠义，关羽忠义之士，一生尽忠报国维护正义。在我国历史上，不仅民间广泛尊崇忠臣义士，且在农民起义军中亦多建有忠义堂。联中因言“忠义”二字，团结了中华儿女。

下联中，春秋，儒家经典之一，我国第一部编年体史书，相传孔子依据鲁国史官记载整理修订而成。当年关羽虽在军中，仍对《春秋》爱不释手。这里是说，关羽生平爱读的《春秋》一书，代表着中华民族的传统精神。

此联深入浅出，通俗易懂。“忠义”二字与《春秋》一书，作为中华传统文化，至今仍有现实意义。

挽丁惟芬

于右任

开国有元老；
传经作大师。

赏析

此联写于1954年5月。丁惟芬（1874—1954），山东日照人。早年留学日本，加入同盟会。回国后在山东办学，参与辛亥革命与反袁斗争。为国民党首届中央执行委员，后任国民党中央宣传部长、训练部部长、国民政府监察院副院长。赴台后任国民党中央评议委员、“总统府”资政。1954年5月病逝于台北，于右任撰送挽联致哀。

上联中，元老，旧称天子的老臣，后指政界中辈分与资望很高的人。联中称颂逝者为民国的“开国元老”。

下联中，传经，传授经学。大师，指有巨大成就而为人宗仰的学者或艺术家。丁惟芬对于《毛诗》、《尔雅》多有研究，曾著《毛诗韵律》、《尔雅释名》等书。联中以经学研究方面的“大师”赞之。

此联哀挽逝者，尊之为开国元老，誉之为传经大师，评价可谓高矣！

挽胡毅生

于右任

离乱悲元老；
存亡忆故人。

赏析

此联写于1957年间。胡毅生为胡汉民堂弟。早年追随孙中山从事革命活动，参加过广州起义和讨袁、护法斗争。后任大元帅大本营参议、广州市市长、国民政府委员。赴台后任台湾政权“总统府”国策顾问。1957年病逝于台北，于右任撰送挽联致哀。

上联中，离乱，离通“罹”，遭受动乱。元老，此指政界中辈分与资望很高的人。这里是说，遭逢乱世更为元老之死而感到悲哀。

下联中，故人，旧友。此句意谓，当此危急存亡之秋，更加忆念当年的友人。

此联哀挽逝者，语短情长。“离乱”、“存亡”之语，实为寓台国民党人艰难处境的缩影。作者伤世怀人，能不悲从中来！

题台北指南宫

于右任

骑鹤定重来，与君纵目穷沧海；
登楼如更醉，寄我归心过洞庭。

赏析

此联写于20世纪50年代。指南宫，在台湾台北市东南郊山上。建于清光绪七年，原名“盹风社”，光绪十七年改为今名。宫内供有吕洞宾像，为全台著名的大神祠，配祀各种神佛偶像甚多。指南宫建在山腰，登楼可眺望台北市区全貌。于右任在20世纪50年代曾为指南宫题写此联。

上联中，“骑鹤”句，联系吕洞宾当年“岳阳弄鹤”的传说，希望仙人能骑鹤重来。沧海，大海。因大海水深呈青苍色，故名沧海。上联意谓，希望仙人定能骑鹤重来，我愿与你一起纵目眺望大海极远之处。一片向往大陆之情溢于言表。

下联中，“登楼”句，联系吕洞宾“客店醉酒”的传说，希望仙人“更醉”之后，能够帮助实现自己的愿望。洞庭，即洞庭湖，位于湖南省北部，为我国第二大淡水湖，经岳阳城陵矶汇入长江。下联意谓，仙人登楼饮酒如果更醉，愿能助我寄一片“归心”过洞庭而去，回到故乡陕西三原。

作者结合在指南宫登楼所见的眼前景物与吕洞宾三醉岳阳楼的传说，表达了自己爱国思乡的热切情怀。

题屏东关帝庙

于右任

独往独来，为英雄本色；
大仁大勇，真圣哲楷模。

赏析

此联写于20世纪50年代。屏东关帝庙，屏东县在台湾本岛西南部，下淡水溪东侧。关帝庙为该县名胜古迹之一。20世纪50年代，于右任游览屏东关帝庙，应约题写楹联。

上联中，独往独来，原指一个人独自往来。这里似指“美髯公千里走单骑，汉寿侯五关斩六将”，意在赞美关羽义薄云天，真乃英雄本色。

下联中，大仁大勇，具有极大仁义和勇敢的人。关羽向以仁、勇著称，并为后人称道。圣哲，圣哲之人，具有超凡的道德才智。这里是说，关帝大仁大勇，真是圣哲之人的典范。

此联称颂关帝大仁大勇，英雄本色，符合历史人物性格特征。

题彰化仁和宫

于右任

仁可颂，云寿业写祥兴福建；
和为贵，母仪之久德沾儒林。

赏析

此联写于20世纪50年代。仁和宫，在台湾省彰化县二林镇西平里儒林街。始建于清康熙六十年（公元1721年），重建于清嘉庆二十年（公元1815年），后多次重修。宫内供奉天上圣母，自鹿港天后宫诣请妈祖神像。于右任于20世纪50年居台期间，应约为彰化仁和宫题写了这副嵌名楹联。

上联中，仁可颂，仁可称颂。“仁”为古代儒家的一种含义极广的道德范畴，其核心指人与人相亲、爱人。后衍生出仁爱、仁义、仁政、仁道等诸多概念。云寿业写，文字本身颇为难解。据《台湾风景名胜对联大观》编者所注：“此联个别字待考。”似指此处。祥兴福建，供奉天后妈祖始于福建莆田，联中故言这一祥瑞使福建兴旺。

下联中，和为贵，以和为贵。母仪，旧指为母者的典范，多用于皇后。《后汉书·光武郭皇后纪》：“好礼节俭，有母仪之德。”后亦用于一般妇女。联中是指天后妈祖。德沾儒林，德泽沾溉儒林。儒林，旧指学术界。这里一语双关，系指彰化仁和宫所在地儒林街，谓天上圣母让儒林一带沾光。

这是一副嵌名联，采用鹤顶格，将“仁和”二字嵌入上下联首字。联中称颂天后妈祖，当年祥兴福建，而今德沾儒林，自然点出彰化仁和宫的来历。

题仓海亭

于右任

耿耿孤忠，为民族复兴斗士；
峥峥大笔，亦诗坛崛起人豪。

赏析

此联写于20世纪50年代。仓海亭，在台北新公园内，为纪念台湾民族斗士丘逢甲（别号仓海君）而建。20世纪50年代，于右任曾为仓海亭题联。

上联从政治上称丘逢甲“为民族复兴斗士”。耿耿，形容忠诚。孤忠，一片忠心而不得支持。胡炳文《拜岳鄂王墓》：“大义君臣重，孤忠天地知。”斗士，斗争的勇士。丘逢甲为台湾彰化人，中日甲午战争期间刺指血书“拒倭守土”四字，在乡督办团练，并与台湾军民抵抗日本侵略，因此堪称“民族复兴斗士”。

下联从文学上称丘逢甲“亦诗坛崛起人豪”。峥峥，犹峥嵘，本为高峻，亦喻超越寻常。大笔，对别人书法或文词的赞词。这里是说，丘逢甲实为不同寻常的大手笔。人豪，人中豪杰。《史记·张耳陈馀列传》：“于此时而不成封侯之业者，非人豪也。”丘逢甲为光绪进士、近代诗人。其诗发扬爱国感情，语多奋发向上，堪称近代诗坛崛起之人中豪杰。

此联对仗工整，用词精当。对于丘逢甲其人其诗均给予很高评价。

赠蒋经国

于右任

计利当计天下利；
求名应求万世名。

赏析

此联写于1961年间。蒋经国（1910—1988），浙江奉化人。蒋介石之子。早年留学苏联。1937年回国后曾在国民政府有关部门任职。1949年赴台后，历任台湾政权“国防部”部长、“行政院”院长、“总统”等职。1961年间，于右任为规劝其以祖国统一大业为重，早日结束海峡两岸长期对立的局面，特意书赠此联。蒋经国亦将此联挂在办公室内自勉。

这副联语言简意明。作者集古人论述“名”、“利”之精要，不仅阐述“利”、“名”二字的内涵，并晓以“天下”、“万世”之理，进而深刻指出为人“计利”、“求名”应当遵循的准则。蒋经国曾将此联印在书签上，并在背面印上古语：“利在一身勿谋也，利在天下者谋之；利在一时勿谋也，利在万世者谋之。”

1981年，于右任先生女婿、全国政协副主席屈武为纪念辛亥革命七十周年，再次书写此联“奉赠蒋先生”，并寄语：“愿不要辜负于右任先生的期望，做个民族功臣。”

贺李石曾八十寿

于右任

是革命老兵，亦文化斗士；
喜故人上寿，有仙侣同心。

赏析

此联写于1961年间。李石曾（1881—1973），河北高阳人。早年参加同盟会。曾任国民党中央监察委员、北平大学校长、北平研究院院长。1949年赴台后任国民党中央评议委员。1961年为八十周岁，于右任撰送寿联致贺。

上联中，革命老兵，李石曾为国民党“四大元老”之一，因称“老兵”。文化斗士，长期从事文化与教育工作，堪称“文化斗士”。

下联中，故人，旧友。上寿，高寿。王充《论衡·衡正说》：“上寿九十，中寿八十，下寿七十。”八十已属高寿，联中因称“上寿”。仙侣，神仙伴侣。一般比喻高逸不凡的朋友，这里当指老寿星的夫人健在。

此联用语平易近人。似在向人介绍：寿翁有双重身份，革命老兵与文化斗士；寿星不仅本人高寿，且有夫人做伴，真乃神仙伴侣，给人可亲可敬之感。

挽 胡 适

于右任

著作有千秋，此去震惊世界；
精神昭百代，再来造福人群。

赏析

此联写于1962年2月。胡适(1891—1962)，字适之，安徽绩溪人。早年留学美国。回国后提倡文学改良和实用主义，成为"五四"新文化运动的重要人物。历任北京大学教授、中国公学校长、国民参政会参政员、中央研究院院长。1962年2月因病猝死于台湾，于右任撰送挽联致哀。

上联中，著作，胡适作为现代著名学者，一生著有《中国哲学史大纲》、《白话文学史》、《胡适文存》、《胡适论学近著》等书。上联意谓，这些学术著作可以传之千秋，而今猝然死去自当震惊世界。

下联中，再来，再过来。这里是说，逝者精神昭示百代，必将再来造福人群。

此联用语平中见奇，四组颂词之间插入"此去"、"再来"，一经渲染，更显逝者卓尔不凡。

贺张默君七十九寿

于右任

开国精神元不老；

抡才岁月冠群伦。

赏析

此联写于1962年间。张默君（1883—1965），湖南湘乡人。早年加入同盟会。辛亥革命后，发起成立神州女界协会，出版《神州日报》，创办神州女校。1918年出国考察教育，回国后主持江苏女子第一师范学校。此后历任国民政府考试院委员、立法院委员。赴台后任国民党中央评议委员。1962年七十九岁生日时，于右任撰送寿联致贺。

上联中，元，通"原"，本来。此句意谓，张默君仍保持开国精神，本来就不会老。

下联中，抡才，即抡材，原指选择木材，后亦借指选拔人才。冠，超出众人，位居第一。

群伦，诸多同辈。此句意谓，张默君多年参与选拔人才，而自己才能亦超出诸多同辈之上。

此联用语文白相间，称颂友人保持开国精神与善于选拔人才，愿其健康长寿。

挽许世英

于右任

江左数人豪，政事文章俱不休；
病中怀老友，秋灯风雨倍凄然。

赏析

此联写于1964年10月。许世英（1872—1964），字静仁，安徽贵池人。光绪举人，曾任清政府刑部主事、奉天高等审判厅厅长。民国以后，历任北洋军阀政府司法总长、内务总长、内阁总理，国民党政府驻日本大使、行政院政务委员兼蒙藏事务委员会委员长。1950年至台湾，任台湾政权“总统府”资政。1964年10月病逝于台湾，于右任撰送挽联致哀。

上联称颂逝者为江左人豪。江左，亦称江东，一般指长江下游以南地区，亦即安徽、江苏的南部。许世英家乡属于这一地区。数人豪，数得上的英雄豪杰。俱不休，如按“不休”解，则为都没有停下来过。语见曹丕《典论·论文》：“下笔不能自休。”逝者早年为清末举人，后又长期在政府任职，因此政事文章都没有停下来过。

下联写病中沉痛怀念故友。病中，1964年10月，于右任亦在病中，且于一月之后与世长辞。进而具体描述病中怀友的凄凉景象，意谓秋日风雨之中面对眼前孤灯更让人倍觉凄然。

此联哀挽逝者，情真意切。赞友政事文章，江左人豪；伤己病中怀友，倍觉凄然。如泣如诉，悲怆凄凉。

题 西湖

蒋介石*

洗眼认前朝，湖水冰清，照尽兴亡千古事；
拨云开异境，园林澡浊，保持造化十分春。

作者

*蒋介石（1887—1975），名中正，浙江奉化人。早年加入同盟会。曾任黄埔军校校长、国民革命军总司令。南京国民政府成立后，任军事委员会委员长、国民党总裁、总统。1949年去台湾，任国民党当局“总统”与国民党总裁。著有《蒋公思想言论总集》。

赏析

此联当为早年之作，具体时间不详。蒋介石早年曾与友人同游杭州西湖，即兴题写此联。

上联中，洗眼，洗清眼目，指仔细观看。这里是说，我们仔细观看以认清以前的朝代，只见湖水冰清玉洁、透明如镜，可以照尽千古兴亡的恨事。

下联中，澡浊，冲洗掉污浊之物。造化，指自然界的创造化育。杜甫《望岳》：“造化钟神秀，阴阳割昏晓。”春，比喻生机。联句意谓，拨开云雾开出一片奇异的景象，眼前园林如同冲洗过一样，保持自然界创造化育功能而使西湖具有十分蓬勃的生机。

此联语言清新，属对工稳。虽然内容一般，尚能即景抒情，融合自然与历史，倒也颇具特色。

挽陈英士

蒋介石

天道无知，苦思公十年旧雨；
中原多故，乃坏汝万里长城。

赏析

此联写于1916年5月。陈英士（其美）早年加入同盟会，为辛亥革命时期的风云人物。历任沪军都督、北京政府工商总长、上海讨袁军总司令、中华革命党总务部长。1916年5月，被袁世凯派人刺杀于上海。蒋介石惊闻噩耗，一手操办友人后事，并撰送挽联致哀。

上联中，天道，上古时代指自然现象所表示的吉凶祸福的征兆。《国语·周语下》：“吾非瞽史，焉知天道?”后亦解为天理，如天理人事，天道酬勤。旧雨，语见杜甫《秋述》：“常时车马之客，旧，雨来；今，雨不来。”谓旧时宾客遇雨也来，而现在遇雨就不来了。后以“旧雨”为老朋友的代称。蒋介石于1906年由陈英士介绍参加同盟会，并引见孙中山。至1916年陈英士遇难，追随达十年之久，二人结下非同寻常的友谊。上联意谓，天道何以如此无知，竟然夺去这样一位卓越的人物，我与逝者相识十年已经结下深厚友谊，而今只有苦苦思念恩公。

下联中，中原，原指河南一带，后延伸到整个黄河中下游地区。多故，犹多事、多难。当时由于袁世凯称帝，中原地区正多变故。“乃坏汝万里长城”，据《南史·檀道济传》记载，檀道济是南朝宋有名将领，为刘宋王朝立下不少汗马功劳。后为宋文帝所忌，被杀时气愤得投帻于地叹曰：“乃坏汝万里长城!”这里用“长城”比喻自己的事业和最可依靠的人。下联意谓，而今中原地区正多变故，逝者竟遭暗杀，这是在毁坏我们国家的万里长城。

此联哀挽逝者，情真意挚。既充分表达对这位“十年旧雨”不幸遇难的苦苦思念之情，又愤怒斥责操纵杀人凶手的幕后势力是在毁我长城。联句既能显示作者与逝者的特殊关系，又具有一定的艺术感染力。

题母亲墓庐

蒋介石

愧为逆子，当日顽梗悔已晚；
祸及贤慈，终身沉痛恨靡涯。

赏析

此联写于1921年12月。题母亲墓庐，1921年6月，蒋介石母亲王采玉在浙江省奉化县溪口镇家中因病逝世，同年12月安葬于当地白岩山鱼鳞岙中垄。蒋介石自撰挽联，并请时任浙江省主席的张静江书写，刻于墓前两根石柱之上。此联按《古今名人联话》一书收录。《近现代名人对联辑注》一书则稍有差异，为："祸及贤慈，终身沉痛恨靡涯；愧为逆子，当日顽梗悔已晚。"

上联中，逆子，忤逆不孝的儿子。此系自责之词。顽梗，即顽梗不化，非常顽固的意思。上联意谓，我自愧是个忤逆不孝的儿子，当日顽梗不化，而今后悔已晚。

下联中，贤慈，对母亲的尊称。靡涯，即无涯，没有边际。下联意谓，因我愧为逆子，而今祸及贤慈，自己沉痛悔恨之情无边无涯。

此联题于母亲墓前，仿佛是在灵前自白，深深忏悔自己多年未尽孝道，以致母亲过早离世。愧为逆子，祸及贤慈。作者含泪沉痛自责，一片悔恨之意与思念之情，溢于联句字里行间。

自题二联

蒋介石

一

是非生死应先辨；

苦辣酸甜必遍尝。

二

成败生死何足计；
毁誉得失总相忘。

赏析

这两副联语写于1922年间。自题，1922年6月16日，广东军阀陈炯明公然发动武装叛乱，炮轰总统府，欲置孙中山于死地。蒋介石随孙中山“共历艰险”四十余日，离粤赴沪之后题写两联志感。

第一副联语：

此联言简意明，意在告诉人们，对大是大非关系生死存亡的问题，应先辨别清楚；只有尝遍人世间酸甜苦辣，才能掌握自己人生的命运。这里“苦辣酸甜”喻人生各种不同的境遇。

第二副联语：

此联言浅意深，谓人在是非辨别清楚之后，至于成败生死倒可以不必计较；甚至对于一切毁誉得失都可以忘记。应当指出，不计成败生死，忘记毁誉得失，这是一种大彻大悟不易达到的人生境界。

这两副自题联语，意在写出经历战乱之后，自己的人生感悟。前者从正面表述人生需要经过各种境遇的考验，后者为经历劫难之后的感悟。凡此，均寓人生哲理，可作“醒世恒言”。

有　感

蒋介石

养天地正气；
法古今完人。

赏析

此联作于1923年1月。有感，蒋介石当时曾游福州鼓山，有感于石壁上“天地正气”四字而作。次年春天曾请孙中山写成条幅用以自勉。

上联言养气。《孟子·公孙丑上》：“我善养吾浩然之气。”养气为孟子提出的一种修养方法，亦即涵养自身的正气与注重自身的修养。正气，刚正之气。文天祥《正气歌》：“天地有正气……于人曰浩然，沛乎塞苍溟。”

下联言效贤。法，效法。完人，德行完美的人。作者表示愿意效法古往今来一切德行完美的人。此句紧承上句意旨，亦即效法像孟子那样的古圣先贤和文天祥那样的民族英雄。

此系格言式联语，可以置诸座右。当时在国民党上层人士中广泛流传。孙中山亦曾手书此联赠别人。不少联书因此误传，《革命前辈联语辑注》一书题为孙中山《卧室自勉》，《现代名人名联鉴赏》一书视为孙中山《赠友人联》。

挽东征阵亡将士

蒋介石

讨逆立功先我死；
冲锋摧敌尽人惊。

赏析

此联写于1925年3月。挽东征阵亡将士，1925年春，蒋介石时任黄埔军校校长兼粤军参谋长，率部参加东征，击败退守东江的粤新军阀陈炯明余部。此次东征取得胜利，为次年进行北伐打下了基础。同年3月底，粤军祭奠讨伐陈炯明而阵亡的将士，蒋介石撰联致哀，且书横额为“主义之花”。

上联中，讨，讨伐、征伐。《书·皋陶谟》：“天讨有罪。”逆，叛乱、叛逆，亦指制造叛乱的人。此句意谓，东征阵亡将士此次讨伐陈炯明立下大功却先我而死了。

下联中，摧敌，摧毁敌人阵地。此句意谓，我军将士冲锋陷阵摧毁敌人，让世人为之震惊，亦即浴血奋战取得了惊人的胜利。

此联挽东征阵亡将士，既对逝者冲锋摧敌讨逆立功加以表彰，又为他们战场阵亡“先我　　死”而沉痛哀悼。

挽孙中山

蒋介石

主义敭中外；
精灵炳日星。
横额：高明配天，博厚配地。

赏析

此联写于1925年3月。孙中山为我国近代伟大的革命先行者。曾任中华民国临时大总统、护法军政府大元帅、中国国民党总理。1925年3月12日在北京因病逝世，蒋介石撰送挽联致哀。

上联中，主义，指三民主义。孙中山提出的中国资产阶级民主革命的纲领，即民族主义、民权主义和民生主义。敭(yáng)通“扬”，传播、称颂。言其名扬中外，产生广泛影响。

下联中，精灵，灵魂。炳，明亮、显著。此句意谓，其人英灵像日月星辰那样照耀人间。

横额所言，高明，高尚明达，高超明智。博厚，广博深厚。横额意谓，此人高尚明达，可以配之于天；而其广博深厚，可以配之于地。

此联语言简练，极言中山先生之思想与精神，影响极其深远。进而配以横额，更赞逝者德配天地。

挽廖仲恺

蒋介石

革命奋精神，血染珠江，薄海同悲惟我最；
牺牲为党国，魂招黄埔，大仇未报负公多。

赏析

此联写于1925年8月。廖仲恺，国民党左派主要代表人物。孙中山去世后，坚决执行联俄、联共、扶助农工的三大政策，引起国民党右派的忌恨。1925年8月20日，在广州遇刺身亡。蒋介石闻讯撰送挽联致哀。

上联中，奋，振作、发扬。贾谊《过秦论》："及至始皇，奋六世之余烈。"珠江，流经广州市区，为南方大河。廖仲恺在广州遇害，因称"血染珠江"。薄海，接近海边。《书·益稷》："外薄四海，咸建五长。"疏："薄者，逼近之义……外迫四海，言从京师而至于四海也。"后用以泛指海内外广大地区。上联意谓，革命需要振奋，廖仲恺为此而血染珠江，海内外人士无不为之悲伤，唯我最为哀痛。

下联中，党国，指国民党和民国。黄埔，指设在广东黄埔岛的黄埔军校。负公多，廖仲恺为筹办黄埔军校不辞辛劳，使军校得以如期开学。孙中山又委以国民党驻校代表的重任，全力帮助担任军校校长的蒋介石。下联意谓，逝者牺牲为党为国，而今大家在黄埔为逝者招魂，我则更因大仇未报有负廖公之处甚多。

此联哀挽逝者，既赞逝者为党为国血染珠江，又写人们招魂黄埔薄海同悲。作者深感"大仇未报负公多"，完全符合实情；至于"薄海同悲惟我最"，更显内心沉痛。凡此均给人以慷慨悲壮之感。

挽"二七"惨案烈士

蒋介石

为解放民族而奋斗；
是无产阶级之先锋。

赏析

此联写于1927年2月。"二七"惨案，1923年2月1日，京汉铁路工人在中国共产党领导下，在郑州举行京汉铁路总工会成立大会，受到北洋军阀吴佩孚的阻挠。总工会决定举行总罢工以示抗议，并将总工会移至汉口江岸办公。武汉各工团代表和江岸工人一万余人举行示威游行。2月7日，吴佩孚在帝国主义支持下，命令部下在郑州、江岸、长辛店等地进行血腥镇压，工人被杀四十余人，伤数百人，造成“二七”惨案。1927年2月，武汉各界举行“二七”惨案四周年纪念活动，蒋介石撰送此联。

此联哀挽“二七”惨案烈士，就其文字本身对于逝者作出很高评价，称颂他们为了中华民族的解放而奋斗，是无产阶级的革命先锋。我们如果察其言而又观其行，联系此后不久发生的“四一二”政变，特别是镇压上海工人第三次武装起义，可以看出完全是言不由衷的应付之词。

题丰镐房报本堂

蒋介石

报本尊亲，是谓至德要道；
光前裕后，所望孝子顺孙。

赏析

此联写于1927年间。丰镐房，为蒋氏祖宅，在奉化溪口镇锦溪村。其名取周文王、周武王分别建都丰京、镐京之意。丰镐，即丰京与镐京，同为西周国都。丰镐遗址现已成为全国重点文物保护单位。报本堂，为丰镐房的中堂，取其报恩本族之意。1927年间，蒋氏扩建祖宅，蒋介石亲书此联悬于堂前楹柱。

上联中，报本，语出《礼记·郊特牲》，意谓受恩思报，不忘本源。尊亲，尊敬父母或祖辈。《汉书·韦玄成传》：“尊亲之大义，五帝、三王所共，不易之道也。”至德要道，最高尚的道德和最精要的道理。《孝经·开宗明义》：“先王有至德要道，以顺天下，民用和睦，上下无怨。”上联意谓，为人尊敬祖辈，受恩思报，不忘报本，此系至德要道。

下联中，光前裕后，亦简作光裕，意谓光耀前代，造福后人，后多用为称颂别人功业隆盛之词。孝子顺孙，亦作孝子贤孙，即对父母先人孝顺的儿孙后辈。下联意谓，能否光前裕后，则寄希望于孝子顺孙。

此联题蒋氏祖宅报本堂，完全切合题意要求，开篇即突出“报本尊亲”的主旨，以后逐步展开。可见作者愿作蒋氏家族孝子顺孙。我们今天对于这种封建伦理道德，似应加以具体分析。不妨剔除其封建性糟粕，而适当保留其合乎社会发展与人性要求的部分。

挽张绍曾

蒋介石

平生江海心，侧身天地双蓬鬓；
零落蛟龙匣，万古云霄一羽毛。

赏析

此联写于 1928 年间。张绍曾（1879—1928），河北大城人。早年留学日本，入士官学校炮兵科。回国后历任北洋督练公所教练处总办、新军第二十镇统制。武昌起义后，通电清廷，要求立宪。后任北洋政府陆军训练总监、陆军部总长。1923 年出任国务总理，主张迎孙中山入京协商南北统一，为总统曹锟所忌，不久去职而退居天津。1928 年在天津被刺死，蒋介石撰送挽联致哀。

上联言逝者胸怀天下。江海心，意近“江海之士”，旧指隐居不仕的人。《庄子·刻意》：“此江海之士，避世之人，闲暇者之所好也。”逝者生前亦闲居天津，因称具有江海之心。侧身，置身。杜甫《将赴成都草堂途中有作先寄严郑公》之五：“侧身天地更怀古，回首风尘甘息机。”双蓬鬓，两边纷乱的鬓发，喻指为国操劳不修边幅。此句意在称颂逝者生平业绩。

下联言逝者影响深远。零落，凋谢、衰亡。曹植《箜篌引》：“生在华屋处，零落归山丘。”蛟龙匣，化用“匣里龙吟”的典故，以喻逝者所产生的社会影响。晋代王嘉《拾遗记·颛顼》："（颛顼）有曳影之剑，腾空而舒，若四方有兵，此剑则飞起指其方，则克伐；未用之时，常于匣里，如龙虎之吟。"本指剑的神通，后常用来比喻人虽在野，而名声远闻于外。这里是说，逝者虽蛰居天津，犹如剑处匣中，仍不时发出龙吟之声，可惜今天亦已零落遭人陷害。结句典出杜甫《咏怀古迹》之五："诸葛大名垂宇宙，宗臣遗像肃清高。三分割据纡筹策，万古云霄一羽毛。"本指诸葛武侯好比鸾凤高翔独步云霄，这里借以赞颂逝者亦似诸葛武侯，自当流芳千古。

这副挽联，就其艺术技巧而言，倒也对仗工整，用典自然。只是对于这位北洋军阀政府下野人士过度恭维，喻为"匣里龙吟"亦已过分，比之以诸葛武侯更属不当。

题外祖父母墓

蒋介石

精神不灭；
教泽长存。

赏析

此联写于1930年间。题外祖父母墓，蒋介石的外祖父王有则、外祖母姚氏，合葬奉化县葛竹董家坑。1930年间，蒋介石回乡探亲时，为外祖父、外祖母墓前石头柱题写此联。后曾分别撰写《外王父品斋王公传》、《外王母姚太夫人传》，进而表达对于外祖父母的怀念之情。

上联中，精神，哲学名词，主要指人的意识与思维活动。亦指人的意志心神与心理状态。这里当指外祖父、外祖母的可贵精神是永远不会泯灭的。

下联中，教泽，教育与训诲的恩泽。这里是说，外祖父、外祖母对于儿孙辈教诲的恩泽将与世长存。

此联高度概括，只有短短八字，就将已故外祖父母的恩德与自己的虔诚敬意，尽纳其中。

题万斯同墓

蒋介石

史笔殿千军，先生不死；
布衣终一生，后进群瞻。

赏析

此联约写于1930年间。万斯同（1638—1702），字季野，浙江鄞县人。清代史学家。康熙十七年被荐博学鸿儒，力辞不就。次年赴京，参加修撰《明史》，不署衔，不受俸，前后十九年，世称“布衣太史”。主张撰写史书必须“事信而言文”，著有《明史稿》、《历代史表》等。万斯同墓在奉化县莼湖镇乌阳观山麓。蒋介石曾应约题联，写于何时待考，疑与上联时间相同。

上联中，史笔，史官直言记叙历史的笔法。殿千军，走在千军万马的尾部，亦即殿后。这里稍有引申，意在赞扬逝者在我国史学界史笔可殿千军，具有极其重要的地位，因而先生不死。

下联中，布衣，平民。《史记·李斯列传》：“夫斯乃上蔡布衣，闾巷之黔首。”后用以称没有做官的读书人。万斯同终生不仕，因称“布衣太史”。群瞻，众所仰望。此指后辈都很仰慕这位无意功名、不同寻常的史学家。

作者虽身居高位，仍为故乡先贤题写墓联。且能紧扣逝者身份与性格特征，称颂其人一介“布衣太史”，史笔可殿千军，评价到位，切中肯綮。

挽谭延闿

蒋介石

持颠扶危，一片赤心在党国；
忧时痛世，百万同志哭先生。

赏析

此联写于1930年9月。谭延闿为光绪年间进士。1909年被推为湖南咨议局议长。辛亥革命后，历任湖南省督军、孙中山大元帅府秘书长、国民党中央执行委员、国民政府主席、行政院院长等职。1930年9月因病逝世于南京，旋即举行国葬，蒋介石撰写挽联致哀。此联据《古今名人联话》一书收录。另见台湾版《总统蒋公思想言论总集》第35卷所载，文字稍有差异，为："持颠扶危，一片苦心垂党国；忧时悯世，千秋公论在人寰。"此系作者修订后的文字，可供参阅。

上联中，持颠扶危，亦作持危扶颠。语出《论语·季氏》："危而不持，颠而不扶。"此为孔子责备季路之词，后以持危扶颠为扶持危殆局面。这里是说，逝者生前扶持危殆的局面，一片忠心为了党和国家。

下联中，忧时痛世，为时世而忧虑与悲伤。同志，我国公民彼此之间的一般称呼，国民党内早期亦互称同志。这里是说，逝者生前经常为时世而忧伤悲痛，国民党百万同志都在哭悼谭延闿先生。

此联哀挽逝者，用语平实。仅就持颠扶危与忧时痛世，做出恰切的评价。

题谭延闿墓

蒋介石

凤翙鹰扬，一代羽仪尊上国；
龙蟠虎踞，千秋陵墓边中山。

赏析

此联写于1930年间。题谭延闿墓，谭延闿于1930年9月病逝，因其曾任国民党中央常务委员、国民政府主席，故举行国葬，并在南京紫金山上建立陵墓。蒋介石为谭延闿墓题写此联。

上联中，凤翙（huì），凤凰飞行发出的声音。《诗·大雅·卷阿》："凤凰于飞，翙翙其羽。"郑玄笺："翙翙，羽声也。"鹰扬，威武的样子。《诗·大雅·大明》："维师尚父，时维鹰扬。"羽仪，羽饰。语见《易·渐》："鸿渐于陆，其羽可用为仪。"孔颖达疏："其羽可用为物之仪表，可贵可法也。"旧时因以"羽仪"比喻被人尊重，可作表率。上国，京师、首都。上联意谓，逝者生前凤翙鹰扬，亦即有其非凡的风采威仪，作为一代表率在首都受人尊敬。

下联中，龙蟠虎踞，典出《太平御览》卷一五六引晋吴勃《吴录》，诸葛亮在吴谓孙权曰："秣陵地形，钟山龙蟠，石城虎踞，此帝王之宅。"后以"龙蟠虎踞"形容地势雄壮险峻，可作帝王之都，亦可代指南京。千秋，婉言人死。边中山，此指谭延闿死后墓在紫金山上中山陵的旁边。下联意谓，此地龙蟠虎踞，且逝者墓道即在中山陵的旁边。

这副墓联写得庄重典雅，极显逝者特殊地位。竟然誉之为"一代羽仪"，视之为中山传人，实系代表当时国民政府对于逝者的评价。

挽第十七军阵亡将士

蒋介石

血战七旬，先争赴义捐躯，捍卫平津思壮绩；
英名千古，应共报功崇德，□明俎豆妥忠魂。

赏析

此联写于1933年间。挽第十七军阵亡将士，1933年春、秋两季，国民政府军第十七军，在长城抗战的古北口、新开岭之战中，历经大小战斗数十次，英勇杀敌，视死如归，伤亡将士一万多人。长城抗战结束后，第十七军举行全军阵亡将士追悼会，蒋介石撰送挽联致哀。

上联颂扬十七军阵亡将士的战斗功绩。先争，即争先，争先恐后之意。赴义捐躯，慷慨赴义，为国捐躯，愿为正义事业而献出生命。平津，北平与天津。

上联意谓，第十七军将士浴血奋战七十天，他们英勇争先，慷慨赴义，捍卫平津，为国捐躯，让人想起他们悲壮的战斗功绩。这里是指长城抗战为捍卫平津作出了重大贡献。

下联写人们沉痛祭奠烈士的忠魂。报功崇德，亦作崇德报功。语出《书·武成》："惇信明义，崇德报功。"此语意谓，崇尚有德之人，酬报有功之人。烈士亦已留下千古英名，我们理应报功崇德。此句首字不明，今据《中国抗战楹联大观》一书暂付阙如。俎豆，俎和豆都是古代祭祀用的器具，可引申为祭祀崇奉之意。妥，安、安慰。许慎《说文解字》："妥，安也。"这里意谓，举行祭奠以告慰长眠于地下的忠魂。

此联哀挽第十七军阵亡将士，赞其赴义捐躯的壮绩，祭奠英名千古的忠魂。慷慨悲歌，催人泪下。

挽陈少白二联

蒋介石

一

艰难缔造怀先进；
淡薄襟期式国人。

二

贫贱不移，亮节高风昭党史；
诗书自乐，衡门泌水寄幽情。

赏析

此联写于1934年间。陈少白，近代民主革命者。1895年与孙中山、杨衢云等成立香港兴中会，筹划广州起义，遭破坏后逃亡日本。1899年回香港创办《中国日报》，积极宣传革命。1905年任香港同盟会会长。1911年广州光复，任广东都督府外交司长。不久辞职，组织粤航公司。1921 年任孙中山总统府顾问。晚年致力于家乡建设，并从事著述，著有《兴中会革命史要》、《兴中会革命史别录》等。1934 年因病逝世，蒋介石撰送两副挽联致哀。

第一副挽联：

上联中，缔造，创立、建立（多指伟大的事业）。先进，在许多人中最进步，可以作为学习的榜样。亦有先行、先辈之意。蔡邕《答元式诗》：“先进博学，同类率从。”此句意为，逝者早年参与艰难缔造民国的事业，今日更使我们怀念这样先行之人。

下联中，淡薄，亦作“澹薄”，意同“淡泊”，恬淡寡欲。《淮南子·主术训》：“是故非澹薄无以明德，非宁静无以致远。”襟期，情怀、抱负。式，榜样、模范。此句意谓，逝者情怀淡泊，可以作为国人的榜样。

第二副挽联：

上联中，贫贱不移，语出《孟子·滕文公下》：“富贵不能淫，贫贱不能移，威武不能屈，此之谓大丈夫。”谓不因贫贱而改变自己的志向。亮节高风，即高风亮节，指人高尚坚贞的风格节操。此句意谓，逝者高风亮节自当昭示于国民党人的历史。

下联中，诗书自乐，此指逝者晚年隐居家乡，常以阅读诗书自娱自乐。衡门，横木为门，指简陋的房屋。《诗·陈风·衡门》：“衡门之下，可以栖迟。”泌水，涌出的泉水。《诗·陈风·衡门》：“泌之洋洋，可以乐饥。”后以“衡门泌水”借指隐者所居。此句意谓，虽隐居乡里亦足以寄托幽雅的情怀。

这两副挽联写出了逝者一生经历、业绩与个性襟怀。从早年参与艰难缔造，其人先进可以昭示党史，到晚年隐居乡间诗书自乐，其人亮节高风可式国人。娓娓诉说，情真意挚。

挽阎书堂

蒋介石

德昭颜训，勋业付儿曹，多士讴歌思元老；
数备箕畴，声名垂党国，吾公福命是神仙。

赏析

此联写于1934年12月。阎书堂，为山西军阀阎锡山之父。1934年12月病死于山西太原。因阎锡山时任国民党陆海空军副总司令兼山西省政府主席，蒋介石撰送挽联致哀。

上联中，颜训，即《颜氏家训》，北齐颜子推撰。该书述立身治家之法，辩证时俗之谬，以训子孙。勋业，功勋和业绩。儿曹，儿辈。元老，多指政界中年辈资望很高的人。上联意谓，逝者的品德显示于《颜氏家训》之中，已将功勋与业绩付与儿辈，众多之士都在讴歌和思念这位党国的元老。

下联中，箕畴，即《洪范九畴》，古代相传为箕子所撰，故曰箕畴。内容系向周武王陈述的"天地之大法"，文中提出帝王统治人民的各项政治经济原则。数，道理、命运。垂，流传下去。福命，福分与命运。下联意谓，道理皆备于《洪范九畴》之中。你们父子的声名将在党国永远流传，我公的福命与神仙一样。

作者为阎锡山之父撰联致哀，实系应酬之作。联句多用符合传统规范的谀词，并无多少真情实意，一般歌功颂德而已。

题太白楼

蒋介石

胜迹画图中，莫辜负此日登临，倚山枕渚；
奇才诗酒老，忆记取当年狂放，动地惊天。

赏析

此联写于1935年间。太白楼，又名谪仙楼、青莲祠，在安徽省马鞍山市翠螺山下采石矶（原名牛渚矶），为纪念唐代大诗人李白而建。这是一座两进三层木结构楼阁，古色古香，清幽雅致，掩映于翠螺山松影竹帘之间，富于诗情画意。千百年来，文人名士纷至沓来，吟咏题联，赞不绝口。1935 年 3、4 月间，蒋介石曾游太白楼，并应约题联。此联用木刻雕成悬于正殿两旁，并刻有“民国二十四年孟春日，奉化溪口蒋中正撰并书”字样。

上联写眼前胜景。胜迹，有名的古迹。此指太白楼周围风景优美，犹如在画图之中。登临，登山临水。作者谓莫辜负来此游览山水的雅兴。太白楼所处的位置真好，它背倚翠螺山，头枕牛渚矶。

下联发思古之幽情。奇才，奇异的才能。老，老年、晚年。此句意谓，李白这样的奇才以诗酒度过自己的晚年。李白人称“诗仙”，向以狂放著称。以至有时做出的事情极不寻常，令人震惊。当年所传“醉草吓蛮书”与“骑鲸捉月”的故事，均足以让人产生惊天动地之感。

此联题太白楼，上联写景，下联怀人，显得颇有气势。属对尚称整齐，如将下联“忆”改为“应”，也许更为工妥。

挽叶琪

蒋介石

北定中原，忆当年智勇兼雄，屡以神奇成伟绩；
西临蜀会，冀此日艰危共济，那堪驰骤失元良。

赏析

此联写于1935 年7 月。叶琪（1893—1935），广东容县人。毕业于保定军官学校，曾在湘军任职。1926 年后，历任国民革命军第五师师长、第十八军军长、第十二军军长，率部多次参与桂系的反蒋活动。1930 年曾代表桂系赴山西参加冯阎反蒋会议。1935 年7 月在南宁坠马身亡，蒋介石撰送挽联致哀。

上联中，北定中原，此指1926 年至1927 年间的北伐战争，国民革命军大举北伐平定中原。这里是说，回忆当年参与北伐平定中原的战争，叶琪智勇兼备雄风犹存，屡以神奇的指挥建成丰功伟绩。

下联中，临，到。蜀会，蜀地都会即成都。这里是说，20世纪30年代叶琪曾亲临西南驻军成都。本来希望艰危共济，共同度过艰难危险的境遇，哪能承受叶琪竟因策马奔驰而坠地身亡，让我们失去一位大善之人。

此联哀挽逝者，或赞逝者当年智勇兼雄屡创伟绩，或言自己今日痛失元良，均显气势非凡，文采斐然。对于多次参与反蒋活动的人，作者究竟出于大度能容还是虚情假意，这里暂且勿论。如就挽辞本身而言，应属上乘之作。

题安陆抗日阵亡将士祠

蒋介石

威武靖萑苻，百战殊勋昭汉水；
精忠报党国，千秋浩气护燕云。

赏析

此联写于1936年冬。安陆抗日阵亡将士祠，1936年冬，国民革命军第二十六路军为纪念抗日阵亡将士，在湖北省安陆城内考棚旧址建祠一座及两亭一坊。蒋介石应约为忠烈祠题联。

上联中，威武，威武之师，此指二十六路军。靖，平定。萑苻（huán fú），泽名。《左传·昭公二十年》："郑国多盗，取人于萑苻之泽。"萑苻为芦苇丛密之泽，易于藏身，旧时常以此指盗贼聚众出没之处。这里是指入侵我国的日本强盗。汉水，长江最大支流，流经陕西、湖北，在武汉入长江。湖北安陆在汉水流域，联中因言"百战殊勋昭汉水。"

下联中，精忠报党国，这些抗日阵亡将士们一片忠心，报效党和国家。燕云，即燕云十六州。五代石敬瑭割让给契丹十六州的总称。其地相当于今之河北、山西北部。燕指契丹所建之燕京，云指云州。联中是指我抗日将士充满浩然正气在护卫着北方的土地。

此联用语文白相间而又言简意明。二十六路军阵亡将士，因百战殊勋立祠光昭汉水，他们的千秋浩气永护燕云。联句切人切地，读来感人至深。

挽郝梦龄刘家骐

蒋介石

浩气亘长城，策马衔枚思二将；
悲风寒白水，日星河岳共千秋。

赏析

此联写于1937年10月。郝梦龄（1898—1937），河北藁城人。国民政府军第九军军长。1935年调往贵阳负责修筑川黔、川滇公路。1937年由贵阳率部北上，赴石家庄前线抗日。同年10月，率部参加太原保卫战。16日凌晨，亲临大白水前线指挥作战，不幸牺牲。刘家骐（1894—1937），湖北武昌人。1937年任国民政府军五十四师师长。抗战爆发后，主动请战赴晋北前线抗日。同年10月参加忻口会战，16日在激战中殉国。当时，国民政府为他们举行了追悼会，蒋介石撰送挽联致哀。

上联中，浩气，正气，浩然之气。亘（gèn），横贯。这里是说，一股浩然正气绵亘于万里长城上。策马衔枚，策马前行，衔枚疾走。策，马鞭。枚，其形如箸，两端有带，可系于颈上。古代进军袭击敌人时，常令士兵衔在口中以防喧哗。欧阳修《秋声赋》："又如赴敌之兵，衔枚疾走，不闻号令，但闻人马之行声。"联中策马前行、衔枚疾走，均在形容我军将士开赴抗日前线。

下联中，悲风，凄厉的风。白水，即大白水河，郝、刘二将殉国之地。联句意谓，二将英灵可与日月、星辰、河流、山岳千秋共存。

此联有一明显特点，就是将对二位烈士的赞颂之意与怀念之情，均寓于某些特定场景之中，故能给人留下深刻的印象。

挽饶国华二联

蒋介石

一

虏骑正披猖，闻鼓鼙而思良将；
上都资捍卫，冒锋镝以建奇勋。

二

秉节之来，捍国卫民方倚畀；
存仁而达，唁生吊死倍哀思。

赏析

这两副挽联写于1937年12月。饶国华（1894—1937），字弼臣，四川资阳人。曾任国民政府军第二十三集团军第一四五师师长。1937年9月出川抗日，10月奉命设防广德，阻敌北犯，拱卫南京。11月在广德保卫战中以身殉职。忠骸经长江运回四川故乡时，重庆、成都分别举行了追悼会，蒋介石亦为两地所设灵堂撰写了挽联。

第一副挽联，作者为重庆灵堂题。

上联中，虏骑，敌骑。此指日本帝国主义的军队。披猖，猖狂。鼓鼙（pí），大鼓和小鼓，古代军中常用以指挥军事行动。《礼记·乐记》：“听鼓鼙之声，而思将帅之臣。”联句即由此意化出。上联意谓，日本军队正在向我猖狂进攻，今闻军中战鼓之声，而想到我军优秀的将领。

下联中，上都，古代对京都的通称，这里指南京。资，凭借。锋镝（dí），锋为刀口，镝指箭头。犹言刀箭，泛指兵器，亦可引申为战争。下联意谓，南京正凭借着你们去捍卫，需要你们冒着敌军的炮火建立奇勋。

第二副挽联，作者为成都灵堂题。

上联中，秉节，手持符节。节为古代使者所持以作凭证。捍国卫民，捍卫国家民族。倚舁（jī yú），倚赖其全力支持。倚，单独。舁，扛、抬。上联意谓，饶国华奉命率军而来，而这里正需要饶国华这样的将领独立担当保卫广德的战斗任务。

下联中，存仁而达，想念仁厚而通达之人。存，想念、思念。唁生吊死，唁（yàn），慰问生者；吊，哀悼死者。《诗·鄘风·载驰》："载驰载驱，归唁卫侯。"孔颖达疏："此据失国言之，若对吊死曰吊，则吊生曰唁。"下联意谓，想念那些仁厚而通达的人，而今慰问生者，哀悼死者，让人倍增哀思。

饶国华为抗战初期广德保卫战中阵亡的抗日爱国将领，蒋介石亦特别重视，同时为重庆、成都灵堂题写挽联，深情悼念逝者。"秉节之来"、"闻鼓鼙而思良将"，均以三军统帅口吻落笔，倒也符合作者的特殊身份。

挽"二一八"空战烈士

蒋介石

武汉踞天下之中，歼敌太空，百万军民仰战绩；
滂沱挥同胞之泪，丧我良士，九霄风雨招英魂。

赏析

此联写于1938年2月。"二一八"空战烈士，1938年2月18日，日寇结集38架飞机，疯狂地扑向武汉。我空军第四大队驾9架飞机迎战，一举击落敌机12架，开武汉空战以来胜利之新纪录。在此次战斗中，我空军大队长李桂丹、队长吕基淳与飞行员巴清正、王怡、李鹏翔五人英勇牺牲。2月21日，武汉各界隆重集会追悼在"二一八"空战中牺牲的五位烈士，蒋介石、宋美龄与会，并送挽联致哀。

上联言空军勇士歼敌太空。武汉为华中首府，因言"踞天下之中"。我空军勇士歼敌太空，武汉百万军民都在仰观战绩。

下联言同胞挥泪风雨招魂。滂沱，大雨貌。《诗·陈风·泽陂》："寤寐无为，涕泗滂沱。"此处用来形容挥泪如雨。九霄，九天云霄，指天的极高处。下联意谓，同胞挥泪有如大雨滂沱，是为丧失我英勇牺牲的空军飞行员。而今九天云霄的风雨亦在召唤武汉空战烈士的英魂。

此联哀挽空战烈士，无论赞颂勇士，还是沉痛悼念，均与空中挂钩。歼敌太空、泪雨滂沱、九霄风雨，既切合哀挽题旨，又增强悲壮气氛，正是此联感人之处。

挽罗芳珪

蒋介石

善战久知名，讵冀妖氛摧猛士；
临危能受命，好将浩气振军魂。

赏析

此联写于1938年4月。罗芳珪早年毕业于黄埔军校第四期，后任国民政府军第八十九师五二九团团长。抗战爆发后，该团受命扼守北京昌平县南口，曾击退十倍之敌，被誉为抗战初期英勇杀敌的“四大名团”之一。1938年4月6日，奉命率团赴台儿庄，浴血奋战，不幸牺牲。不久灵柩运回湖南，各界举行公祭，蒋介石撰送挽联致哀。

上联中，讵（jù），何、岂。妖氛，妖气，多指灾害与祸乱。上联意谓，罗芳珪英勇善战，早已全军知名，哪里想到日本帝国主义者发动的这场战争竟摧残了猛士的生命。

下联中，临危能受命，即临危受命，语出诸葛亮《出师表》：“受任于败军之际，奉命于危难之间。”军魂，军队的灵魂，实为军人崇高的革命精神。下联意为，罗芳珪能在抗战危难之际接受任命开赴台儿庄前线，浴血奋战英勇献身，正可将这种浩然之气振奋我国军队的灵魂。

此联语言精练概括，“善战久知名”与“临危能受命”，充分显示了逝者的军人本色，可谓写到实处。

挽李必蕃

蒋介石

转战徐淮，早识精忠能报国；
同舟风雨，眷怀节烈信念悲。

赏析

此联写于1938年5月。李必蕃（1892—1938），字子琪，湖南嘉禾人。保定军官学校毕业。曾任国民政府军第二十三师师长。抗日战争爆发后，转战于津浦、陇海各线。1938年春，率部守卫山东郓城，在与日军作战中牺牲。同年5月29日，武汉各界举行李必蕃追悼会，蒋介石撰送挽联致哀。

上联中，徐淮，指以徐州为中心的广大地区。《书·禹贡》："海岱及淮惟徐州。"传："东至海，北至岱，南及淮。"跨地约今江苏、山东、安徽部分地区，实即津浦、陇海沿线。早识，蒋介石与李必蕃早年同学于保定军官学校。精忠能报国，尽其忠心，不惜牺牲一切报效祖国。这里称颂逝者具有岳飞"精忠报国"之心。上联意谓，逝者生前转战徐淮广大地区，我已早识此人能一片忠心报效国家。

下联中，同舟风雨，即风雨同舟，患难与共。眷怀，眷顾怀念。节烈，气节功业。信念，自己认为可以确信的看法。下联意谓，多年来同舟经历风雨，而今回顾与怀念具有刚正气节之士确实让人感到悲痛。

此联哀挽逝者，赞其转战徐淮精忠报国，哀其同舟风雨眷怀节烈。"早识"句言简意深，点明自己与逝者的关系；"眷怀"句稍显生涩，对仗亦不甚妥帖。

挽空军四烈士

蒋介石

搏斗太空，非成功即成仁，无负十年教训；
死生常事，惟为国不为己，永怀万古云霄。

赏析

此联写于1938年6月。空军四烈士，1938年4月29日，日寇36架战斗机和18架重型轰炸机直扑武汉，进行狂轰滥炸，扬言要以空战胜利，为裕仁天皇祝寿。我国空军会同苏联空军志愿队共驾69架战斗机迎敌，击落敌机21架，取得空战大捷。6月5日武汉各界为在历次空战中殉职的张效贤、杨慎贤、陈怀民、孙金鉴四位空军烈士举行追悼大会，蒋介石撰送挽联致哀。

上联中，非成功即成仁，即民间俗语不成功便成仁，意谓不能取得成功自当献出生命。十年教训，据《左传·哀公元年》记载，吴王夫差败越于夫椒，越王使大夫文种求和，吴王将许之，伍员力陈不可，吴王弗听。伍员退而告人曰：“越十年生聚，十年教训，二十年之外，吴其为沼乎！”这里指经过十年努力，越国由弱变强，终于打败吴国。上联意谓，我空军勇士搏斗太空，抱着不成功便成仁的决心，无负十年教训，定要报仇雪耻。

下联中，万古云霄，典出杜甫《咏怀古迹》之五：“三分割据纡筹策，万古云霄一羽毛。”原意赞颂诸葛亮在历史上好比鸾凤高翔独步云霄，联中稍有转化，是在怀念武汉空战中牺牲的烈士。下联意谓，对于空军勇士来说，他们只知为国不知为己，人们将永远怀念那些空战牺牲的勇士。

此联哀挽空军四烈士，语言平易质朴，用典贴切自然。无负十年教训，谓我空军经过训练能以胜利一雪前耻；永怀万古云霄，颇切空军勇士殉国情景。均能给人留下想象的余地。

挽刘桂五

蒋介石

绝塞扫狂夷，百战雄师奋越石；
大风思猛士，九边毅魄拟睢阳。

赏析

此联写于1938年6月。刘桂五（1902—1938），辽宁朝阳人。1935年任骑兵十八团上校团长。次年参与“西安事变”，因捉蒋有功升任骑兵第六师少将师长。后编入马占山的“东北挺进先遣军”，在绥远一带抗日。1938年4月22日，在内蒙古固阳县与日军交战时壮烈牺牲。6月9日，西安各界举行刘桂五追悼会，蒋介石亦送挽联致哀。

上联中，绝塞，极远的边塞。狂夷，狂妄的夷狄。这里指日本帝国主义者。越石，指晋代著名将领刘琨。《晋书·刘琨传》：“琨字越石……在晋阳，尝为胡骑所困数重，城中窘迫无计，琨乃乘月登楼清啸，贼闻之，皆凄然长叹。中夜奏胡笳，贼又流涕歔欷，有怀土之切。向晓复吹之，贼并弃围而走。”上联意谓，刘桂五在边塞地区横扫日寇，且与晋代刘琨（越石）一样，率领雄师奋战胡骑。

下联中，大风思猛士，典出《史记·高祖本纪》，刘邦平定天下后，回到故乡。“酒酣，高祖击筑，自为歌诗曰：‘大风起兮云飞扬，威加海内兮归故乡，安得猛士兮守四方？’”九边，本谓明代设在北方的九个边防重镇。这里指绥远、固阳一带，两处均系当年九边之地。睢阳，指古代忠义之士张巡。据《旧唐书·张巡传》载，张巡为唐开元进士，曾出任县令。安禄山谋反，张起兵固守睢阳（今河南商丘），与太守许远共同作战。在内无粮草外无救兵的情况下，依靠民众坚守数月不屈，直至城破被杀。联句意谓，刘桂五对日作战不幸牺牲，其坚毅的魂魄可以拟作唐代坚守睢阳的忠臣张巡。

此联有两个明显特点：一是逝者当年在西安事变中捉蒋有

功，作者不计前嫌难能可贵。二是联中以历史上的刘琨、张巡喻逝者，给予高度评价，用典贴切自然。

挽蒋百里

蒋介石

旷代挺奇英，望重寰区，谈兵远绍孙吴绪；
暮年襄化育，风寒绛帐，教战长怀颇牧贤。

赏析

此联写于1938年11月。蒋百里（1882—1938），名方震，浙江海宁人。早年毕业于日本陆军士官学校，后又赴德国学习军事技术，回国后历任浙江都督府总参议、保定军官学校校长、国民政府军事委员会高等顾问、陆军大学代理校长。1938年11月因病逝世，蒋介石撰送挽联致哀。

上联言逝者谈兵论战望重寰区。旷代，绝代，当代无人能比。挺，突出。奇英，杰出英俊的人才。此句意在赞颂逝者为当代无与伦比的突出人才。望重，声望很高。绍，继承。孙吴，古代兵法家孙武与吴起。绪，世业，功绩。这里是说，逝者望重寰宇，谈论军事，继承古代兵法家孙武、吴起的事业。

下联言逝者晚年从教教学有方。化育，化生和养育。此指逝者晚年仍协助政府从事军事教育。绛帐，红色帐帷。语出《后汉书·马融传》，为师长或讲座的代称。教战，教授作战的方法。颇牧，战国赵将廉颇、李牧，皆著战功，堪称一代名将。后因以“颇牧”作为大将的通称。此句意谓，逝者作为陆军大学代理校长，向学生教授作战的方法，令人长久怀念古代战将廉颇、李牧那样的贤者。

作者深怀景仰之情，高度评价逝者在军事理论与军事教育方面的成就。用语古朴典雅，并以孙武、吴起、廉颇、李牧喻之，可谓恰到好处。

挽范筑先

蒋介石

碧血卫山河，百里危城，留与社会树模范；
浩气存天地，千秋青史，合为民族表英雄。

赏析

此联写于 1938 年 12 月。范筑先（1881—1938），山东馆陶（今属河北）人。早年在北洋陆军和冯玉祥西北军中任职。抗日战争爆发前后，任山东省第六区行政督察专员、保安司令兼聊城县县长。积极发展抗日武装，并与共产党合作，创建了鲁西北抗日根据地。1938 年 11 月，日寇进犯聊城，范率部坚守，终因城破壮烈殉国。同年 12 月，重庆各界召开范筑先追悼会，蒋介石撰送挽联致哀。

上联中，碧血，典出《庄子·外物》，此后常用“碧血”与“丹心”连举，称颂为国死难的人。百里，百里之地，常指一县。上联意谓，愿以一死保卫祖国的山河，坚守被日军所包围的聊城，为社会树立了模范。

下联中，浩气，浩然正气。青史，史书。古代在竹简上记事，因称史书为“青史”。下联意谓，浩然正气存于天地之间，千年史书理应为我们的民族表彰这样的英雄。

这副挽联写得庄重典雅，逝者坚守百里危城，浩气存于天地，我们理应表彰这样的民族英雄。

寿马相伯

蒋介石

天下皆尊一老；
文章独擅千秋。

赏析

此联写于1939年4月。马相伯早年曾任驻日公使馆参赞、驻神户领事，创办震旦学院、复旦公学。辛亥革命后，历任北京大学代理校长、参政院参政、国民政府委员。20世纪30年代不断向国民政府呼吁团结抗战，积极投入抗日救亡活动，被誉为爱国老人。1939年4月，马相伯百岁诞辰，蒋介石撰送贺联祝寿。

上联中，一老，指有德行的老人。《诗·小雅·十月之交》："不慭遗一老，俾守我王。"联句意谓，普天之下都很尊重这位有德行的老人。

下联中，独擅千秋，独揽千秋，独步千秋，亦即在历史上胜过别人。这里肯定马老文章在我国历史上应有的重要地位。

联语凝练概括，对于寿翁一生的道德文章作出高度评价。

祭成吉思汗

蒋介石

扬震旦天声，前无古人，后无来者；
作欧亚盟主，博我皇道，宏我汉京。

赏析

此联写于1939年6月。成吉思汗（1162—1227），名铁木真，古代蒙古首领，后被追尊为元太祖。1200年在忽里勒台（大聚会）上，被尊称为"成吉思汗"，建立了蒙古国。一生东讨西征，曾经建起庞大帝国。1939年初，日军占领归绥，阴谋劫走安葬在伊金霍洛的成吉思汗灵柩，以分裂蒙汉，诱逼蒙古族同胞成立降日的"蒙古联合政府"。为抵制日寇这一行动，晋绥边区总司令邓宝珊等，根据国民政府行政院决定，同年6月将成吉思汗的灵柩迁至甘肃省榆中县兴隆山。这次迁柩，不仅挫败了日本侵略者的阴谋，而且设灵堂祭吊，通过歌颂成吉思汗的功绩，起到了振奋民族精神的作用。当时蒋介石亦为成吉思汗灵堂题联。

上联中，震旦，古代印度人对中国的称谓。天声，用以比喻盛大的声威。班固《封燕然山铭序》："振大汉之天声。"上联赞颂成吉思汗扬中国声威之广及其在历史上空前绝后的地位。

下联中，盟主，古代诸侯盟会中的首领，主持盟会的人。此指成吉思汗在位期间展开大规模军事活动，将版图扩大到中亚和南俄，成为亚洲、欧洲的盟主。"博我"二句，语出班固《西都赋》："愿宾摅怀之旧念，发思古之幽情，博我以皇道，弘我以汉京。"博，丰富、广大。皇道，帝王治世之道。宏，弘扬、光大。汉京，汉朝都城。此指博我帝王之道，宏我汉室声威。

此联祭成吉思汗，高度评价此人，赞其"扬震旦天声"、"作欧亚盟主"。继而笔锋一转，指出其意义在于"博我皇道，宏我汉京"，这才是本意所在。希望通过歌颂成吉思汗的功绩，起到振奋民族精神的作用。

挽郭朝沛

蒋介石

耄寿喜能跻，忧时何竟成千古；
中原终克定，告庙毋忘慰九泉。

赏析

此联写于1939年10月。郭朝沛为郭沫若之父，毕生经营商业，为人乐善好施。除在家乡行医治病外，还热心乡里公益事业，为当地一位德高望重的长者。1939年7月因病逝世，同年10月落葬，举行家祭。丧事受到各方关注，国共两党要人与各界知名人士纷纷敬献挽联、挽幛。蒋介石亦撰送挽联致哀。

上联中，耄（mào）寿，高寿。《礼记·曲礼上》："八十、九十曰耄。"跻（jī），登上，进入。这里是说，逝者喜能达到八十多岁的高寿。忧时，忧伤时世。千古，本指长远的年代，后多用作挽词，哀悼死者，表示永别。上联意谓，逝者生前喜达高寿，活到八十多岁，何以竟因忧伤时世而死去。

下联中，中原，即中土、中州，以别于边远地区而言。原指河南一带，后延伸到黄河中下游地区。克定，攻克平定。此指抗日战争终将取得胜利。收复我国北方大片失地。告庙，古代皇帝及诸侯外出或遇有大事，按例需向祖庙祭告，称“告庙”。这里是指祭祀。毋（wú），不要。此语似从陆游诗句“家祭毋忘告乃翁”转化而来，意谓今后家中祭奠不要忘记以抗战胜利消息告慰逝者于九泉之下。

此联完全切合逝者与作者的身份，用典也很自然。联句化用南宋爱国诗人陆游《示儿》诗意，既表对于逝者的哀挽之情，亦显自己抗战必胜的信心。

挽马相伯

蒋介石

毕生广造英才，化育百年尊绛帐；
临死尚饶敌忾，精神万古式炎黄。

赏析

此联写于1939年11月。马相伯为我国近代著名教育家。这位爱国老人于1939年4月度过百岁华诞之后，同年11月即在越南谅山不幸病逝。蒋介石闻讯之后，撰送挽联致哀。

上联中，英才，杰出的人才。语出《孟子·尽心上》：“得天下英才而教之。”马相伯毕生从事教育工作，因而广泛造就杰出人才。化育，自然生成和长育成物。绛帐，红色帐帷，典出《后汉书·马融传》，后则以此作为师长或讲座的代称，含有尊敬称颂的意思。联句意谓，逝者一生广泛造就杰出人才，而百年化育应尊敬师长。

下联中，饶，很多、丰富。敌忾（kài），对于敌人的仇恨与愤怒。万古，千年万代，极言长久。式，榜样、模范。炎黄，传说中的上古帝王炎帝和黄帝。下联意谓，马相伯临死还对日本侵略者充满仇恨与愤怒。逝者精神千秋万世均足以作为炎黄子孙的榜样。

此联哀挽逝者，对于这位爱国老人，就毕生广造人才与抗日爱国精神两个侧面，作出高度评价。言简意明，令人景仰。

挽吴佩孚二联

蒋介石

一

落日黯孤城，百折不回完壮志；
大风思猛士，万方多难惜斯人。

二

三呼渡河，宗泽壮心原未已；
一歌见志，文山正气自长存。

赏析

此联写于1939年12月。吴佩孚（1873—1939），字子玉，山东蓬莱人。北洋军阀直系首领，多次参与军阀混战和镇压工人运动。1926年被北伐军打垮，逃至四川依附地方军阀。1931年“九一八”事变后，蛰居北平，倾向抗日，公开拒绝与日伪合作，表现出一定的民族气节。1939年12月病逝。当时，国民政府因其能在逆境中保全晚节，明令褒扬，并在重庆举行吴佩孚追悼会，蒋介石撰送挽联致哀。

第一副挽联：

上联是对逝者晚年的评价。孤城，指亦已沦陷的北平。时值黄昏落日，一片黯淡景象。意在渲染吴佩孚去世的悲凉气氛。完壮志，实现抗日爱国的壮志。吴佩孚于1932年1月由成都返北平定居之后，拒绝与日伪合作，反对“华北自治”。抗日战争爆发后，拒不出任北平维持会长、华北五省行政长官等职。联中因以抗日之志百折不回赞之。

下联言对逝者的怀念。大风，即大风歌。汉高祖刘邦平定天下后，回故乡会见父老乡亲时曾唱：“大风起兮云飞扬，威加海内兮归故乡，安得猛士兮守四方?"这里作者自比汉高祖，又以猛士喻吴佩孚，二者均属揄扬失当。万方，指全国各地。杜甫《登楼》："花近高楼伤客心，万方多难此登临。"此句谓值此万方多难之际更加怜惜逝者。

此联鉴于作者与逝者二人特殊身份，故在当时产生广泛影响。就联语艺术本身，属对工稳，文采斐然。内容则瑕瑜互见。逝者晚年抗日能保全节应予肯定，但亦需掌握分寸。至于"大风思猛士"，自比汉高祖而以猛士喻逝者，显然均有过誉之嫌。

第二副挽联：

上联中，宗泽，为南宋抗金名将，曾任东京（今河南开封）留守，并用岳飞为将，屡败金兵。他还多次上书力请高宗还都开封，收复北方失地，都被投降派所阻。后忧愤成疾，临死时犹连呼三声渡河，抗击金兵南侵。联中赞誉吴佩孚，犹如当年宗泽，三呼渡河，壮心未已。

下联中，一歌见志，指吴佩孚于 1930 年病重时所写的《自挽联》。据传，1939 年 1 月，日伪曾在吴佩孚家里举行记者招待会，企图造成吴氏赞同"中日和议"的假象。吴佩孚却在中堂挂起"自挽联"，并即席发表"华夷之界，仇友之分"的演说。文山，即南宋抗元英雄文天祥，坚决抗击元兵，虽在大都狱中仍作《正气歌》以明心志。联中以南宋抗元英雄文天祥喻吴佩孚，与前表彰逝者犹如宗泽壮心未已一样，均系溢美之词。

此联问题与前相同。对于逝者晚节保全应予肯定，但比之以南宋抗金名将宗泽与抗元英雄文天祥，显然揄扬失当。

题昆仑关抗日阵亡将士纪念碑

蒋介石

烈士长存，为国家尽忠，民族尽孝；
英豪继起，信抗战必胜，建国必成。

赏析

此联写于 1940 年春。昆仑关，在广西邕宁和宾阳两县交界的昆仑山，位于南宁市东北45公里处。此关向为南宁天然屏障，易守难攻，素称天险。1939年11月，日本侵略军从钦州湾登陆，占领此关，并企图长驻以控制我桂南地区。同年12月18日，国民政府军第五军军长杜聿明奉命率部攻关，浴血奋战，搏斗兼旬，终于将号称钢军的日本第五师团第十二旅团围困，击毙日军旅团长中村正雄，取得全歼守敌的昆仑关大捷。次年为庆贺这一胜利，建昆仑关抗日阵亡将士纪念碑，蒋介石亦题写了这副联语。

上联意谓，昆仑关抗日阵亡将士为国家尽忠，为民族尽孝，他们的英名将万古长存。

下联意谓，英雄豪杰必将继之而起。人们深信抗日战争必将取得胜利，建设新的中国亦将取得成功。

此联哀挽逝者，意在化悲痛为力量，且全用口语写成，能起到推动抗战建国的作用。

挽宋哲元二联

蒋介石

一

佛日方中，忽痛阴云遮护法；
倭奴未灭，为怜民族失干城。

二

砥柱峙中流，终仗威棱慑骄虏；
星芒寒五丈，不堪殄瘁恸元良。

赏析

这两副挽联写于1940年4月。宋哲元为国民党抗日爱国将领之一。曾任第二十九军军长、察哈尔省政府主席。1933年3月率部长城抗战，一度取得胜利。1935年任冀察政务委员会委员长。1937年7月，所部在北平卢沟桥奋起抗战，因受蒋介石影响而对和谈抱有幻想，致使抗战失利。后调任第一战区副司令长官，因积郁成疾，1940 年 4 月病逝于四川绵阳。4 月 17 日举行宋哲元安葬仪式，蒋介石撰送挽联致哀。

第一副挽联：

上联中，佛日，佛教用语，谓佛的法力广大，如太阳之普照大地。方中，正处于天空中央。护法，护持佛法，亦称保护佛法的人。上联意谓，佛日正处天空中央，忽痛阴云遮住护法之人。亦即我国人民所进行的抗日战争正处于重要的阶段，而坚持抗日的宋哲元将军却不幸离开人世。

下联中，倭奴，对日本侵略者的蔑称。干城，干，盾牌；城，城郭。二者都起捍御防卫作用，因用以比喻捍卫者或御敌立功的将领。下联意谓，日寇尚未消灭，可惜我们民族失去了这样英勇的保卫者。

第二副挽联：

上联中，砥柱峙中流，即中流砥柱。砥柱，山名，屹立在三门峡附近的黄河中流。故常用中流砥柱比喻能顶住危局的坚强力量。威棱，声威、威势。骄虏，虏为对敌方的蔑称，骄虏即骄横的敌人。上联意谓，宋哲元将军能以砥柱中流支撑危局，终仗他的威势以震慑极其骄横的敌人。

下联中，星芒，星光昏暗。芒通“茫”，模糊不清。寒，忧惧、战栗。五丈，即五丈原，在今陕西岐山县南，三国蜀汉丞相诸葛亮伐魏病死之地。星芒寒五丈，五丈原上空将星昏暗战栗，意谓诸葛亮之死。这里借指宋哲元病逝。殄（tiǎn）瘁，困苦。《诗·大雅·瞻卬》：“人之云亡，邦国殄瘁。”毛传：“殄，尽；瘁，病也。”恸（tòng），大哭，哀痛之至。元良，至德，大善之人。下联意谓，宋哲元将军不幸病逝，人们不堪邦国如此困苦而痛失元良。

这两副挽联，或采用佛家语言，或运用成语典故，均在颂扬宋哲元将军生前英勇抗战的壮举和人们对逝者深沉悼念的感情。用语质朴平实，比喻形象鲜明，格调雄浑悲壮，具有较强的艺术感染力。

挽雷鸣远神父

蒋介石

博爱谓之仁，救世精神无愧基督；
威武不能屈，毕生事业尽瘁中华。

赏析

此联写于1940年6月。雷鸣远（1877—1940），比利时人。1902年来华传教，并在天津、绍兴等地创办报纸、开设学堂。1920年返欧，从事资助中国留学生的工作。1927年再度来华，在河北省安国县开设神学院。抗日战争爆发后，积极援助中国抗战，曾任宋哲元部残废军人教养院院长、傅作义部前线救护队队长，多次受到中国政府表彰。1940年6月不幸病逝，蒋介石闻讯，撰送挽联致哀。

上联中，博爱，兼爱，广泛的爱。语见韩愈《原道》：“博爱之谓仁。”基督，希腊文的音译，为基督教加于救世主耶稣的称号。上联意谓，逝者这种博爱仁心与救世精神无愧于基督信徒的称号。

下联中，威武不能屈，赞人刚强而有骨气。下联意谓，逝者刚强而有骨气，其一生的事业就是不辞劳苦为中华民族作出自己的贡献。

此联哀挽逝者，赞其既是西洋神父，精神无愧基督，又是我国英雄，毕生尽瘁中华。

挽谢晋元

蒋介石

坚苦矢成仁，终古光腾孤岛血；
英魂应不泯，从今怒吼浦江潮。

赏析

此联写于1941年5月。谢晋元（1905—1941），广东蕉岭人。抗战初期任国民政府军第八十八师五二四团团长，率部驻防上海北火车站，与敌对峙两月之久。后率一营守卫四行仓库，为掩护我军撤退，激战四昼夜，人称“八百壮士”。直至奉命带领余部退入公共租界，遭羁禁三年。1941年4月为叛兵刺杀。同年5

月中，国民政府追赠陆军少将，蒋介石撰联致哀。

上联中，矢，通“誓”。成仁，语出《论语·卫灵公》，后谓为正义事业而献出生命。此指逝者率部浴血奋战坚苦卓绝，誓为抗战事业献出自己的生命。终古，久远。孤岛，指1937年11月至1941年12月被沦陷区包围的上海租界。谢晋元所部三百余人即被羁禁在上海租界的“孤军营”内。此句意为，因谢晋元之死，孤岛飞溅的血花将久远光耀升腾在沪地的上空。

下联中，泯（mǐn），泯灭，消失净尽。浦江，即黄浦江，在上海市境内。这里是说，谢晋元烈士的英魂应不会泯灭，从今黄浦江上的潮水亦将发出怒吼的声音。

这位抗日爱国将领，没有死于战场，而是死于内奸杀害，让人为之叹息。联中言其成仁“光腾孤岛血”，英魂“怒吼浦江潮”，写得恰如其分，生动传神。

挽张冲

蒋介石

赴义至勇；

秉节有方。

赏析

此联写于1941年8月。张冲（1903—1941），字淮南，浙江乐清人。1923年进哈尔滨法政大学读书时加入国民党，曾任哈尔滨市党部委员兼青年部长。1935年冬当选国民党中央执行委员，奉命同中共中央代表进行秘密谈判。后任军事委员会第六部主任秘书、军委办公厅顾问事务处中将处长、中央组织部代理副部长。1941年8月因病逝世。重庆各界举行张冲追悼会，蒋介石撰送挽联致哀。

上联中，赴义，自愿献身国家急难。这里是说，逝者看到国家危难敢于慷慨赴义，而且至为勇敢。

下联中，节，符节，古代使者所持以作凭证。秉节，执持符节。此指张冲作为国民党代表与中国共产党多年进行谈判。有方，具有一定的方略、办法。

此联用语凝练概括，言少意多。只有短短八字，就将逝者作为国民党谈判代表的身份地位与功勋劳绩表现出来了。切人切事，要言不烦。

挽张季鸾

蒋介石

天下慕正声，千秋不朽；
崇朝嗟永诀，四海同悲。

赏析

此联写于1941年9月。张季鸾（1888—1941），名炽章，陕西榆林人。民国时期报界巨擘，早年主编北京《民立报》，上海《中华新报》，因反对北洋军阀政府两次被捕入狱。1926年起长期担任《大公报》总编辑。抗日战争中，陆续创设《大公报》上海版、汉口版、香港版、重庆版，对于宣传抗日救亡起过一定作用。1941年9月因病逝世，重庆各界举行张季鸾追悼会，蒋介石撰送挽联致哀。

上联中，正声，原指纯正的乐声，亦指和平中正的诗文。李白《古风》之一："正声何微茫，哀怨起骚人。"张季鸾从事新闻工作三十年，写了不少颇有影响的文章，以至受到天下人的仰慕。其文章自当流传千年，永不磨灭。

下联中，崇朝，一个早晨。《诗·卫风·河广》："谁谓宋远，曾不崇朝。"谓卫距宋不远，不要一个早晨即可到达。嗟，叹词，表示感叹。下联意谓，一朝逝去遂成永别，自当四海同悲。

此联哀挽逝者，赞其正声"千秋不朽"，哀其永诀"四海同悲"。言简意明，感人至深。

挽李宗仁母

蒋介石

大地遍干戈，正倚贤郎同扫荡；
寸心怀饥溺，遥瞻慈范更低回。

赏析

此联写于1942年间。李宗仁母，李宗仁为国民党桂系首脑，抗战时期任第五战区司令长官兼安徽省主席。其母于1942年在广西桂林病逝，蒋介石撰送挽联致哀。

上联言正倚贤郎同扫日寇。干戈，干与戈是古代战争中常用的防御和进攻的武器。《礼记·檀弓》：“能执干戈以卫社稷。”亦可引申指战争。贤郎，您的儿子。贤为旧时对人的敬称。扫荡，扫除涤荡，意即用武力肃清敌人。上联意谓，中华大地遍布干戈而处于战争状态，现正倚仗您的儿子一同用武力肃清敌人。

下联言遥瞻慈范更觉内心忧伤。寸心，内心。心位于胸中方寸之地，故称寸心。饥溺，即己饥己溺，意谓对别人的苦难表示同情，并把解除这些苦难引为己任。语出《孟子·离娄下》：“禹思天下有溺者，由己溺之也；稷思天下有饥者，由己饥之也；是以如是其急也。”遥瞻，遥遥仰望。慈范，慈母的风范。低回，徘徊、流连，含有恋恋不舍的意思。下联意谓，我从内心同情人的苦难，而今遥遥仰望慈母风范使我低回不已，亦即更增忧国忧民之心。

这副挽联颇有特色，全从“我”的角度切入。“正倚贤郎同扫荡”，虽带上级口吻，却也切合身份；“遥瞻慈范更低回”，更显亲切而又自然。能将自身感受融入联中，更易引起读者共鸣。

挽邓秀挺

蒋介石

邛筰倚干城，威服百蛮齐内向；
鼓鼙思将士，风凄六诏失奇才。

赏析

此联写于1943年3月。邓秀挺，据《古今名人联话》一书介绍，邓秀挺为国民党军队中将，曾任西昌宁属靖边区司令。1943年3月因病逝世。蒋介石因其在西南边疆守土有功，特撰送挽联致哀。

上联言逝者威服百蛮的历史功绩。邛筰（qióng zuó），邛都、筰都两地名的合称，二者均为我国西南少数民族国名。邛都夷在今西昌地区。筰都夷主要分布四川汉源一带。这里代指西南少数民族。干城，干为盾牌，城即城堡，二者均喻捍卫者。此句意谓，逝者生前为川西地区可以倚仗的捍卫者。百蛮，泛指与华夏对称的各少数民族。班固《东都赋》："内抚诸夏，外绥百蛮。"内向，归服中央政权。

下联言自己思念将士，痛失奇才。鼓鼙（pí），大鼓和小鼓，古代军中常用的乐器，借以指挥军事。六诏，我国唐代西南部的少数民族称王为"诏"，当时有蒙巂诏、越析诏、浪穹诏、邆赕诏、施浪诏、蒙舍诏，合称六诏，其地在今云南及四川西南部。奇才，指邓秀挺将军。此句意谓，六诏风声凄厉使我们失去了这样杰出的人才。

此联哀挽逝者，赞其守土有功，哀己痛失奇才。用语古朴，对仗工稳。"威服百蛮"与"风凄六诏"，有着鲜明的地方色彩。

挽戴笠

蒋介石

雄才冠群英，山河澄清仗汝迹；
奇祸从天降，风云变幻痛予心。

赏析

此联写于1946年6月。戴笠（1896—1946），字雨农，浙江江山人。黄埔军官学校毕业。曾任蒋介石侍从副官、国民党军事委员会调查统计局副局长和中美特种技术合作所主任。为国民党军统特务系统主要负责人。1946年3月17日从青岛飞往重庆途中，在南京上空因飞机失事丧生。6月12日，蒋介石为戴笠举行隆重葬礼，亲读长篇祭文，并送挽联致哀。

上联中，雄才，非常的人才。冠，超出众人、位居第一。澄清，使混浊变为清明。《后汉书·范滂传》："乃以滂为清诏使，案察之，滂登车揽辔，慨然有澄清天下之志。"迹，前人遗留下来的功业和言论。上联意谓，逝者具有杰出才能，且在当代群英之上，因此澄清山河尚须仰仗你留下的功业。

下联中，从天降，此处一语双关，既指祸从天降，亦指飞机失事，空中遇难。风云变幻，比喻事物变化复杂或局势动荡不定。下联意谓，真是奇祸从天而降，值此风云变幻、政局动荡的年代更加使我心痛。

此联实为特定历史时期的产物。蒋介石对于自己得力助手与忠实信徒戴笠之死深感悲痛，为其举行隆重葬礼，这是顺理成章的事。也许正是因为动了真感情，这副挽联写得颇为成功，属对工稳，声情悲壮，不失为哀挽佳作。

题南京航空烈士公墓

蒋介石

英名万古传飞将；
正气千秋壮国魂。

赏析

此联写于抗日战争胜利以后。南京航空烈士公墓，位于南京东郊紫金山北麓的王家湾。公墓始建于1932年8月，至1948年3月，先后五次共计安葬了159名为抗日而牺牲的中国、苏联、美国空军烈士，抗日战争胜利后全面进行整修，多次举行祭奠活动。蒋介石为公墓牌坊题联书额。其横额是："精忠报国"。

上联中，飞将，亦作飞将军。《史记·李将军列传》："广居右北平，匈奴闻之，号曰汉之飞将军。"后以称矫健敏捷的将领。联中是指为抗日作战而牺牲的空军烈士，他们的英名将万古流传。

下联中，国魂，国家崇高的精神。此句意谓，这股人间正气将千秋万代激励着国人的灵魂。

此联题航空烈士公墓，言简意明，属对工稳，语言流畅，声情悲壮，诚为短联佳作。

题芷江受降纪念坊

蒋介石

克敌受降，威加万里；
名城揽胜，地重千秋。

赏析

此联写于1947年2月。芷江受降纪念坊，1945年8月15日，日本政府宣布无条件投降。18日，蒋介石急电侵华日军总司令冈村宁次，要求日方代表于8月21日到达湖南芷江洽降。日方代表今井武夫等八人按时来到洽降会场乞降。为了永久纪念这一伟大的胜利，国民政府拨款在芷江城东七里桥洽降旧址建起了“受降纪念坊”。1947年2月，“受降纪念坊”落成。此坊正、背两面均刻有国民政府军政要员的题额、题联。中柱为蒋介石所题。

上联中，克敌，克敌制胜，战胜敌人。威，威名、声威。加，施于、加诸。上联意谓，克敌制胜对方投降，威名施于万里之外，亦即震动日本朝野。

下联中，名城，指湖南芷江。揽胜，收揽这一胜迹。千秋，千年，表示长久。这里是指“受降纪念坊”必将成为芷江名胜之地，而且芷江将因此坊而永久有着重要的地位。

此联题于芷江受降纪念坊中柱之上，显得位置重要而又气势非凡。上联言克敌受降声威远播，下联言名城揽胜世代流传。而今勒石纪功，充满胜利豪情。

题正气亭

蒋介石

浩气远连忠烈塔；
紫霞笼罩宝珠峰。

赏析

此联写于1947年8月。正气亭，在南京紫金山南麓紫霞洞前，介于中山陵和明孝陵之间。此亭于1947年4月动工，同年8月建成，实为蒋介石自选墓地。亭名由蒋介石本人楷书，并题楹联其上。后曾一度毁损，1986年重新修葺。

上联中，浩气，正气、浩然之气。忠烈塔，即灵谷塔，1929年为纪念北伐死难将士而建，亦称国民革命烈士纪念塔。此塔位于中山陵东侧，在正气亭不远处。

下联中，紫霞，似有双义：既指紫色霞光，亦指紫霞洞。紫霞洞在宝珠峰上，常有紫色云雾缭绕，因称“紫霞笼罩”。根据民间习俗，紫云、紫霞、紫气均属祥瑞的云气，且为帝王或圣人出现的先兆。

此联写出正气亭的名称由来与所在位置，可谓言约意丰。此中诸多隐含的意义，透过“浩气”与“紫霞”，不难让人领悟。

挽陈布雷

蒋介石

当风雨飘摇之秋，弥微劲节；
待乾坤整顿而后，再吊斯人。

赏析

此联写于1948年11月。陈布雷早年加入同盟会，长期从事新闻工作。1927年参加国民党，历任国民党中央宣传部副部长、中央政治会议秘书长、蒋介石侍从室主任等职。多年为蒋介石起草文稿，向有“文胆”之称。1948年11月在南京服药自杀，蒋介石曾书此联致哀。

上联中，风雨飘摇，语出《诗·豳风·鸱鸮》，谓在风雨中飘荡摇摆，后用以比喻动荡不安的局势。秋，日子、时机。诸葛亮《出师表》：“今天下三分，益州疲蔽，此诚危急存亡之秋也。”弥，益、更加。微，少、衰败。劲节，本指竹、木生出椏杈处质地坚固，后常用以比喻坚贞的节操。这里是说，每当风雨飘摇之秋，更加容易影响坚贞的节操。

下联中，乾坤整顿，即整顿乾坤，治理天下，使混乱的局面转为安定正常。吊，祭吊、凭吊。这里是说，待混乱局面转为安定正常以后，再来凭吊此人。

蒋介石对于陈布雷自杀身亡，深怀既哀且怨之情。联中“弥微劲节”与“再吊斯人”，明显含委婉批评与不满之意。

阿里山祝山观日出

蒋介石

云山云海云面寺；
道天道地道中人。

赏析

此联写于1953年间。阿里山，在台湾省南部嘉义县境内，是玉山西峰的一条主要支脉，包括大小塔山、祝山、石水山诸峰。主峰海拔2676米，是台湾著名的旅游避暑胜地。祝山之顶有观日楼，东眺近在咫尺的玉山山峰，下览苍茫无际的云海奇景，是观日出的理想之所。1953年间，蒋介石曾游阿里山，并在祝山顶上观日出，即兴写成此联。

上联中，云海，阿里山向以云海奇景著称。云面寺，为山间古寺。此句系眼前即景，一片云山雾海，蔚为壮观；云面古刹，隐约浮现其间。

下联亦系眼前即景，而又有所寓意。阿里山主峰高达海拔两千米以上，山间云雾缭绕，仿佛让人感到道路既在天上，又在地上，而道中之人岂不成了神仙一样。

此联即兴抒怀，语浅意深。上联三个“云”字，下联三个“道”字，对仗工稳，自成一格。“道中人”一语更能启人遐思。是道中之人，还是同道中人，抑或得道之人，均可让人意会。

题国父史绩纪念馆

蒋介石

恢复中华的起点；
复兴民国的基地。

赏析

此联写于1954年间。国父史绩纪念馆，国父即孙中山，因其为民国的缔造者，民国之父，故称“国父”。史绩，历史业绩、历史功绩。1954年，台湾当局决定建立国父史迹纪念馆。该馆在台北奠基时，蒋介石亲书此联并刻石。

此联用语直白，其意甚明。“恢复中华”、“复兴民国”，就是要“恢复”中华大地，复兴“中华民国”。蒋介石到了台湾之后，仍念念不忘反攻大陆，复兴民国。这只能是一种不切实际的幻想而已。只有坚持两岸和平统一，才是唯一正确的出路。

作者为国父史绩纪念馆题联，却完全背离中山先生当年“联俄、联共、扶助农工”三大政策的教导，真是莫大的讽刺。

挽胡适

蒋介石

新文化中旧道德的楷模；
旧伦理中新思想的师表。

赏析

此联写于1962年2月。胡适为我国现代著名学者，历任北京大学教授、中国公学校长、国民参政会参政员、驻美国大使、行政院高等顾问、中央研究院院长等职。1962年2月，因心脏病猝发逝世。台湾当局隆重举行胡适追悼会，蒋介石亲往祭唁并书此联。

上联中，楷模，模范、典范。这里肯定逝者在提倡新文化的同时，仍能继承我国传统道德中的有益成分，且成这一方面的典范。

下联中，师表，表率、学习的榜样。伦理，人与人相处中的各种道德准则。我国传统伦理学中，有孔子的“仁”、墨子的“兼爱”、孟子的“性善”、荀子的“性恶”等。联句肯定逝者能在旧伦理中发掘新思想，而且成为人们学习的榜样。

此联用语深入浅出，颇有个人见地，能抓住逝者较为复杂的思想特征，给予恰如其分的评价。

挽陈诚

蒋介石

光复志节，已至最后奋斗关头，那堪吊此国殇，果有数耶？

革命事业，尚在共同完成阶段，竟忍夺我元辅，岂无天乎？

赏析

此联写于1965年3月。陈诚（1896—1965），字辞修，浙江青田人。1922年毕业于保定陆军军官学校。此后历任黄埔军校教官、国民革命军第十八军军长、第六战区司令长官、军事委员会政治部部长、国防部参谋总长等职。去台后又任台湾政权“行政院”院长、“副总统”等职。1965年3月病逝于台湾，蒋介石撰送挽联致哀。

上联中，光复，恢复原有的土地、统治或事业。志节，志向和节操。这就表明以蒋介石为代表的国民党人赴台以后倡导的“志节”，仍是所谓“光复”大陆的事业。国殇，原为《楚辞·九歌》篇名，是礼赞为楚国而战死的将士的乐歌。后以“国殇”指为国作战而牺牲的人。数，旧谓气数，即命运。耶，表示疑问语气。上联意谓，国民党人“光复”大陆的事业，已经到了最后奋斗的重要关头，哪能承受吊唁这样重要人物的死亡，难道果然是气数吗？

下联中，元辅，意同宰辅，原指古代帝王身边的重臣。天，天理、天意。乎，表示疑问或反诘的语气。下联意谓，革命事业尚在共同完成阶段，竟然忍心夺我身边的得力助手，难道没有天理了吗？

此联哀挽逝者，对于逝者的

历史功业与人们的深情怀念，几乎只字未提。作者却在借题发挥，侈谈什么“光复志节”，什么“最后奋斗关头”、“共同完成阶段”，还是赴台国民党人早期心理状态的反映。

书为蒋经国

蒋介石

以国家存亡为己任；
置个人生死于度外。

赏析

此联写于1975年4月。蒋经国为蒋介石长子。早年留学苏联。1927年回国后，一直在国民党军政机关任职。1949年赴台后，历任台湾政权“国防部”部长、“行政院”院长、国民党中央主席、“总统”等职。1975年4月，蒋介石临死前书赠此联，对其长子提出最后的要求。

上联意谓，要将国家的兴衰存亡作为自己的责任。

下联由成语“置之度外”扩展而成，意谓对于个人生死不要放在心上。置之度外，搁在忖度之外，即不放在心上。语出《后汉书·隗嚣传》：“帝积苦兵间，以嚣子内侍，公孙述远据边陲，乃谓诸将曰：‘且当置此两子于度外耳。’”

此系临终遗言，意在激励后辈。

题秋瑾墓

冯玉祥*

丹心应结平权果；
碧血长开自由花。

作者

*冯玉祥（1882—1949），字焕章，安徽巢县人。国民党抗日爱国将领。曾任国民军总司令、国民党第二集团军总司令、国民政府军政部部长、军事委员会副委员长。抗战以来，一直采取与共产党合作的立场。1948 年出国考察返回途中，因轮船失火遇难。著有《冯玉祥自传》、《冯玉祥诗选》。

赏析

此联写于 1912 年间。秋瑾墓，秋瑾为我国近代民主革命家，别号鉴湖女侠。1907 年 7 月因从事反清斗争在绍兴轩亭口英勇就义。辛亥革命后，由湖南运回遗骸葬于杭州西泠桥畔。冯玉祥时经杭州，为秋瑾墓题联并刻于望柱上。

上联中，丹心，犹赤心、忠诚的心。文天祥《过零丁洋》："人生自古谁无死，留取丹心照汗青。"平权，秋瑾在日本留学时，鼓吹推翻封建统治、提倡男女平权的思想。这是秋瑾妇女解放思想的一个重要方面，也是她在诗文中多次强调的内容。

下联中，碧血，典出《庄子·外物》，后常与"丹心"并举，用以指为正义事业而流血。秋瑾烈士的"丹心"终于结出"平权"之果，而其"碧血"，亦常催开"自由"之花。

此联语言凝练，言约意丰。既是对于先烈的礼赞，也是对于生者的激励。

题留侯祠三联

冯玉祥

一

豪杰今安在，看青山不老，紫柏长芳，想那志士忠臣，千古犹存凭吊所；

神山古来稀，设黄石重逢，赤松再遇，得此洞天福地，一生愿作逍遥游。

二

侯封敝屣，汉家三杰，如公的是完人，明功成身退之义；

奋志击秦，博浪一椎，不中亦寒敌胆，以匹夫有责为心。

三

收秦关百二河山，奇谋独运；

辅汉室统一事业，成功不居。

赏析

这三副联语分别写于1915至1928年间。留侯祠，在陕西省留坝县紫柏山东南脚下，距县城十五公里，亦称张良庙。相传汉初留侯张良晚年在此隐居。祠宇建筑宏伟，周围风景秀丽。1915年1月，冯玉祥率部由长安到汉中，途中瞻仰了留坝县的留侯祠，并题写了第一副楹联。后于1922年1月、1928年12月，又曾两次旧地重游，并再为之题写联语。

第一副联语：

上联言张良这样的志士忠臣人们千古凭吊。联语开篇设问，给人以豪杰已去英雄无觅的失落与追思。看这里青山不老、紫柏长芳，人们都怀想历史上的志士忠臣，所以留侯祠这样凭吊古人的场所会千古犹存。

下联赞许张良功成身退，同时婉转表达自己的愿望。黄石，即黄石公，又称圯上老人。相传张良刺秦始皇失败后逃至下邳，遇老人于圯上，授以《太公兵法》。赤松，即赤松子，古代神话传说中的人物。《汉书·张良传》："愿弃人间事，欲从赤松子游耳。"洞天福地，道教传说中神仙所居的名山胜境。此指留侯祠所在的紫柏山。逍遥游，《庄子》篇名。郭璞集注："顺万物之性，游变化之涂，超然物外，无往而不适。"凡此均在表明，张良建功立业之后，淡泊名利，放弃荣华富贵，过上逍遥自在的生活。这也正好表达了作者本人的愿望。

第二副联语：

上联称许张良明了功成身退之义确是完人。敝屣（xǐ），破鞋。此指张良视封侯为身外事而弃之如敝屣。汉家三杰，指萧何、张良、韩信，均为汉初开国功臣，世称"汉三杰"。完人，道德上非常完善的人。功成身退，此指张良在汉朝建立以后，功成身退，辞官归隐。联中曲折表达了作者也有这样的愿望。

下联称许张良当年奋志击秦，匹夫有责为心。博浪一椎，典出《史记·留侯世家》："张为韩报仇，使力士为铁椎，狙击秦始皇于博浪沙中。"博浪，即博浪沙，传为张良与力士刺秦始皇处。椎（chuí），铁椎，古代一种兵器。匹夫有责，明清之季思想家顾炎武提出："天下兴亡，匹夫有责。"此指张良为韩报仇未遂，不中亦寒敌胆，可见以匹夫有责为其信念。

第三副联语：

上联赞张良取得的历史功绩。秦关百二河山，典出《史记·高祖本纪》："秦，形胜之国，带河山之险，悬隔千里，持戟百万，秦得百二焉。"裴骃集解引苏林曰："秦地险固，二万人足当诸侯百万人也。"后用以形容秦陇地势险要之词。奇谋独运，汉高祖曾赞张良："运筹帷幄中，决胜千里外，子房功也。"这里是说，张良以其出奇制胜的谋略，收秦关百二河山。

下联言张良淡泊名利，成功不居。张良辅佐刘邦一统天下建立汉室江山，刘邦拟封他为三万户侯。他却表示："臣愿封留足矣，不敢当三万户。"可见其淡泊名利，功成不居。

这三副联语篇幅或长或短，却都围绕一个中心，既颂扬张良作为兴汉三杰之一的历史功绩，更称许张良功成身退辞官归隐的生活方式。联语在凭吊古代英雄豪杰的同时，亦在抒发作者的情怀，且自然流露愿步古人后尘的思想。

题勉县武侯墓二联

冯玉祥

一

伊吕伯仲间，岂惟管乐自期，徒夸玉垒经边远；
申商名法后，尽遣老韩同传，别觉黄宫俎豆长。

二

成大事以小心，一生谨慎；
仰流风于遗像，万古清高。

赏析

这两副联语分别写于1915和1928年。武侯墓，在陕西省勉县城南定军山下，是三国时期著名政治家、军事家诸葛亮的陵园。此地山环水绕，古木蓊郁。相传诸葛亮率军北伐途中病死于五丈原，根据他的遗嘱礼葬于此。冯玉祥于1915年与1928年先后率军路过此地，在瞻仰武侯祠、墓之后，分别题过两副对联。

第一副联语：

上联中，伊吕，伊尹和吕尚。伊尹佐商汤，吕尚佐周武王，先后成就帝业，旧时并称为贤相。杜甫《咏怀古迹五首》："伯仲之间见伊吕，指挥若定失萧曹。"管乐，春秋时齐国名相管仲与战国时燕国名将乐毅。自期，诸葛亮寓隆中时，曾以"管乐"自比。这里是说诸葛亮岂止可比管仲、乐毅，与伊尹、吕尚亦在伯仲之间。玉垒，山名，在四川省理番县东南，为自成都出西山入吐蕃要隘。经边，指对边远之异族，"叛则伐之，降则抚之"。这里是说，诸葛亮多次伐魏、北征都未取得彻底胜利，就病死军中，因此"徒夸"谓之。

下联中，申商，即战国时韩国宰相申不害与秦国宰相商鞅，二人均为著名的法家。名，刑名。《史记·老庄申韩传》："申子之学，本于黄老，而主刑名。”申不害所主刑名，实为法家的一派。老韩，即道家代表人物老聃与法家代表人物韩非。韩非与申不害一样，亦本老子刑名之学，《史记》中有《老庄申韩传》，因言使与“老韩同传”。夤（yín）宫，深宫，此指武侯祠。俎豆，俎和豆都是古代祭祀用的器具，可引申为祭祀、崇奉之意。这里是说，诸葛亮虽然在申不害、商鞅这些名家、法家之后，但他吸收百家之长，创造了一番事业，被后人长远地祭祀着。

此联别具匠心，内蕴丰厚。将诸葛亮放在众多历史人物中间加以比较，进而作出评价。不少连接或转折词语，如“岂惟”与“尽遣”、“徒夸”与“别觉”等，既恰到好处，又属对工巧。实属大家手笔。

第二副联语：

上联中，一生谨慎，语见诸葛亮《出师表》：“先帝知臣谨慎，故临崩寄臣以大事也。”明代李贽自题联语亦言：“诸葛一生惟谨慎，吕端大事不糊涂。”上联指出“一生谨慎”、“小心”是诸葛亮“成大事”的原因。

下联中，流风，即流传于世的风采。此指瞻仰古人流传下来的风采于遗像之中。万古清高，从杜甫诗句“诸葛大名垂宇宙，宗臣遗像肃清高。三分割据纡筹策，万古云霄一羽毛”化出，赞其高尚品德万古流芳。

此联大多化用前人成句，借以赞颂诸葛武侯，同样朗朗上口，文采斐然。后曾复制悬挂于成都武侯祠的过厅。

赠子格言

冯玉祥

欲除烦恼须无我；
历经艰难好作人。

赏析

此联写于1924年4月。当时，冯玉祥之子冯洪国将出国学习。临别时，冯玉祥书赠此联，并对周围子女语重心长地说：

"联语既是写给洪国的，也是写给你们的，还包括我自己。一个人要做到'无我'，才能使自己无怨言，才能甘愿为老百姓效劳。'历经艰难'也不易做到，你们年纪尚小，不知为人做事的难处。要做个好人，就必须经过磨炼。"详见尚文化《古今对联故事选》。需要指出的是，此联实为清代学者俞樾所作之自箴联。看来系冯玉祥根据记忆写成，这就成了摘句联。

上联中，无我，即无私。原为佛教名词，指须进入一种忘我之境。联句告诉我们，人生烦恼均从"我"来，无我则无私，有何烦恼可言？这是深寓人生哲理的经验之谈。

下联中，作人，培育人才。语出《诗·大雅·棫朴》："周王寿考，遐不作人。"孔颖达疏："作人者，变旧造新之辞。"此句意谓，人生不会永远一帆风顺，只有历经艰难，才能渐趋成熟，培养成为有用之才。

这副格言联语，言浅意深，耐人思索回味。

挽孙中山

冯玉祥

要固三秦革命根基，争独立，争自由，全凭热血精诚，相率就死，数将士人民暨先进国同志，高冢千秋，甘为牺牲殉主义；

恰值二年哀祭时节，哭总理，哭国殇，对此青天白日，誓承遗愿，与工农阶级和共患难弟兄，兼程并进，最后胜利策全功。

赏析

此联写于1927年3月。孙中山于1925年3月在北京因病逝世。据联中"恰值二年哀祭时节"，可知此联写于1927年3月。冯玉祥因受北伐战争胜利形势的鼓舞，于1926年9月在绥远五原誓师，宣布所部集体加入中国国民党，被公推为国民联军总司令，出师陕甘，参加国民革命。并在次年深情悼念孙中山，并且表示“甘为牺牲殉主义”。

上联中，“三秦”五句，三秦，地名，故地在今陕西一带。项羽破秦入关，三分秦国关中之地，立雍王、塞王、翟王，合称三秦。后则合称关陕一带为三秦。这里是说，冯玉祥五原誓师以后，进军陕甘，意在夺取三秦，巩固革命根基。为了争独立，争自由，全凭满腔热血与一片至诚，而相率就死，亦即不惜献出自己的生命。“数将士”三句，高冢（zhǒng），高大的坟墓。此指正在兴建中的孙中山陵墓。这里是说，历数全军将士、人民大众与先进的国民党内同志，面对即将建成的中山先生陵墓，表示甘为他所倡导的三民主义牺牲自己的生命。

下联中，“恰值”五句，国殇，原为《楚辞》篇名，后指为国牺牲的人。青天白日，指国民党党旗。遗愿，即“总理遗嘱”，孙中山的遗愿。这里是说，正值举行两周年纪念的时候，我们哭悼总理，哀悼为国牺牲的人，面对青天白日党旗，誓承总理遗愿，将革命进行下去。“与工农”三句，兼程，一天走两天的路。这里是说，与工农大众和共患难弟兄兼程前进，争取最后胜利，互相策励以竟全功。

此联哀挽逝者有一明显特点，就是能以自身两年来投身国民革命的实际行动祭奠中山先生，决心誓承遗愿，以至“甘为牺牲殉主义”。此联篇幅较长，慷慨悲歌，激情洋溢，既是一篇悼文，也是革命誓词。

赠于右任

冯玉祥

万里归国来，宣传党化；
五原誓师后，先解陕围。

赏析

此联写于1926年间，于右任（1879—1964），陕西泾阳人。早年留学日本，参加同盟会。曾任南京临时政府交通部长、陕西靖国军总司令、南京国民政府审计院院长、监察院院长等职。1949年去台后，任国民党评议委员。1926年间，冯玉祥曾题赠此联语。

上联中，万里归国，冯玉祥于1926年3月赴苏联考察，经慎重考虑，决定接受孙中山的“联俄、联共、扶助农工”三大政策。回国之后不久，即在绥远五原誓师，宣布率领国民军集体加入国民党，配合南方革命军北伐，参加国民革命。宣传党化，谓冯玉祥正式加入国民党，信奉三民主义，从此接受与宣传“党化”的政治主张。

下联中，五原誓师，1926年9月17日，冯玉祥率国民军在五原誓师，于右任为监誓与授旗的国民党代表。二人结下颇为深厚的友谊。陕围，五原誓师之后不久，亦即同年11月，冯玉祥、于右任派遣精锐之师进入陕西，声援杨虎城“苦撑八月”之西安保卫战，西安得以解围。

此联纯属纪实之词，可作史料阅读。

赠邓鉴三

冯玉祥

五原誓师，赴宁往甘，宣传三民主义；
平凉守土，筹粮运草，供给十万大军。

赏析

此联写于1926年间。邓鉴三，名长跃，字鉴三，河北静海人。早年在冯玉祥所部第十六混成旅当军医官，并常随军为冯讲解古书。他曾一度当过陕西民政厅长、代理陕西省政府主席。冯玉祥在南京、汉口、重庆期间，均留邓在身边，并且视为挚友。1926年间，冯玉祥曾以此联题赠。

上联中，五原誓师，1926年8月17日，冯玉祥在绥远五原组织国民联军，愿与南方革命势力合作，誓师讨伐直奉军阀。赴宁往甘，邓鉴三作为冯玉祥身边随军人员，亦曾转战宁夏、甘肃地区，沿途宣传孙中山的三民主义政策。

下联中，平凉，地名，在甘肃省东部。十万大军，冯玉祥率领的国民联军计有十余万人。这里是说，冯玉祥当时曾给邓鉴三委以“平凉守土”的重任，让他负责筹粮运草，以供十万大军。

此联题赠友人，全属纪实之词。作者如实记录当时军事活动情况与友人所作贡献，显得亲切自然，倒也别具一格。

联讽国民党官僚

冯玉祥

一桌子点心，半桌子水果，哪知民间疾苦；
两点钟开会，四点钟到齐，岂是革命精神。
横批：官僚旧样

赏析

此联写于1927年6月。联讽国民党官僚，1927年北伐期间，冯玉祥出任国民革命军第二集团军总司令，率军进驻郑州一线。6月11日，与武汉北伐军会师于郑州，史称“中原会师”。不久，武汉国民政府要员汪精卫、谭延闿、唐生智等人齐集郑州，约冯玉祥开会议事。只见会议桌上摆满水果、点心、香烟，而那些要员们都姗姗来迟。原定下午两点开会，直到四点才陆续到齐。冯玉祥极为不满，即席写成一联，以表达对于国民党官员的奢侈作风和怠惰恶习的不满。

联语加一横批，可谓一针见血。官僚，封建制度或资本主义制度政府里的官员。这批国民党政府要员，虽口称“革命军”，其实仍是“旧官僚”。

此联全用口语写成，通俗易懂。作者直抒胸臆，斥责国民党上层人士的官僚作风。一片憎恶之情溢于言表，充分表现出对联亦可用以口诛笔伐的战斗作用。

联语在流传过程中常会出现异体。据尚文化《古今对联故事选》，该联文字稍有差异，为“三点钟开会，五点钟到齐，是否革命精神应该如此；一桌子水果，半桌子饼干，忘了前线战士饥饿未曾?”其他似乎还有，不妨参照阅读。

挽南口战役阵亡将士

冯玉祥

不共国贼戴天，四月战边关，
视死如归，数万健儿余白骨；
终教元凶授首，两年收燕蓟，
招魂何处，一腔血泪奠黄沙。

赏析

此联写于1928年7月。南口战役，1926年4月15日至8月15日，鹿钟麟所部国民军数万人坚守南口，顶住直系、奉系军阀和直鲁联军几十万人的围攻，浴血奋战，伤亡惨重，后为保存实力撤出南口。南口防御战历时四月，为全国革命形势的发展作出了很大的贡献。1928年7月上旬，冯玉祥在北平参加国民政府军事善后会议期间，在南口召开万人大会，追悼南口战役中国民军阵亡将士，并送挽联致哀。

上联忆当年南口战役的惨烈情景。国贼，指直系军阀吴佩孚、奉系军阀张作霖之流。不共国贼戴天，即与国贼不共戴天。《礼记·曲礼上》："父之仇，弗与共戴天。"后以"不共戴天"谓仇恨极深，决不共存于人间。联句意谓，我国民军将士誓与国贼不共戴天，为了守卫边关，南口防御战整整进行了四个月，数万健儿只余白骨，亦即浴血奋战英勇牺牲。

下联看今日所取得的胜利，更应祭奠阵亡将士。元凶，此指奉系军阀头子张作霖。授首，被杀。此指1928年6月，张作霖被北伐军战败，退回东北途中在皇姑屯被炸死。燕蓟（jì），蓟为古代燕国国都，在今北京市西南隅。这里指国民革命军收复了北平，结束了北洋军阀政府的统治。我们在胜利中更加思念阵亡将士，不知何处可以招回死者的灵魂，只有在掩埋阵亡将士尸骨的黄沙之上进行祭奠。

此联哀挽南口战役阵亡将

士，忆当年“数万健儿余白骨”，看今朝“一腔血泪奠黄沙”。作者身为国民军负责人，自当情动于衷而言于外，含泪诉说，声情悲壮，颇具艺术感染力量。

题许昌关帝庙

冯玉祥

曹公待己厚矣，上书辞去岂是绝情，此际心中存汉；
金虏无可弃也，班师归来原非素志，当下军命敢违？

赏析

此联写于1928年间。许昌关帝庙，在河南许昌西郊灞陵桥附近，传为三国蜀汉关羽以刀挑受曹操所赠锦袍的地方。现桥头尚存明代所立石碑，上镌“汉寿亭侯挑袍处”。清康熙年间曾于桥畔建关帝庙，后在关帝庙内同祀岳飞。1928年间，冯玉祥出任国民革命军第二集团军总司令，驻守开封，经常巡视各地。此联为途经许昌时题写。

上联中，曹公，即曹操。关羽当年曾被曹操俘虏，曹操意欲收买，赐以黄金美女，又封汉寿亭侯，可谓“待己厚矣”。关羽面对曹操如此厚待，却没有动心，依然上书辞去，岂是绝情之举，因其“身在曹营心在汉”。

下联中，金虏，即金国侵略者。班师，旧指军队出征归来。素志，素通“愫”，本来的心愿。这里是说，不应放弃打击金虏的机会，岳飞班师回朝并非出于本人意愿，而是因为朝廷连下十二道金牌，军命岂敢违抗？

此联题许昌关帝庙，却在上下联中分咏关羽和岳飞。何以如此安排？究其原因：一则许昌关帝庙内同祀岳飞；二则关公挑袍与岳飞班师均与河南有关。作者遂在联中分咏二事，以抒个人爱国情怀。

题马公祠

冯玉祥

千秋功名基事汉；
一篇遗疏痛仇曹。

赏析

此联写于1928年12月。马公祠，即马超墓祠，在陕西勉县诸葛武侯祠东约半公里处。祠有殿宇三座，成品字形排列。墓在祠后一座小山丘后面，与定军山遥遥相望。1928年12月，冯玉祥率军途经陕西勉县，为纪念三国蜀汉名将马超，在其墓祠题写楹联一副，并且刻石立于祠内。

上联中，基，开始。这里是说，马超一生的功名从侍奉蜀汉刘备开始。刘备称帝之后，封马超为骠骑将军，五虎上将之一。

下联中，遗疏，疏为封建时代臣下向君主分条陈述事情的文字，这里是指生前遗留下的奏章。据有关史料记载，马超临终上疏汉献帝刘协曰："臣门宗二百余口，为孟德所诛略尽，唯有从弟岱，当为微宗血食之继，深托陛下，余无复言。"马超一家均为曹操所杀，自当痛恨视为仇敌。此联言约意丰，写出马公一生。

挽梁启超

冯玉祥

矢志移山亦艰苦；
大才如海更纵横。

赏析

此联写于是1929年间。梁启超为近代资产阶级改良派代表人物。戊戌变法失败后逃亡日本。曾任北京政府司法总长，因反对袁世凯称帝策动蔡锷组织护国军讨袁。后任段祺瑞政府财政总长。1929年因病逝世，冯玉祥撰联致哀。

上联意谓，发誓立志移山也是一件艰苦的事情。此指逝者政治活动方面的作为，即在反清、反袁斗争方面均曾作出自己一定的贡献。

下联意谓，逝者大才如海，能在文化学术领域纵横驰骋。梁氏学识渊博，著作内容宏富，涉及政治、经济、哲学、历史、文学、语言诸多方面。

此联虽未实写，但通过“矢志移山”与“大才如海”，仍能间接反映逝者在政治与学术领域的成就。

军中二联

冯玉祥

一

为国为民的请进来；
升官发财的滚出去。

二

轻裘缓带羊叔子；
劈柴烧茶冯玉祥。

赏析

这两副对联写于1930年秋。当时，冯玉祥在各派联合反蒋的中原大战失败以后，只带少数部队退居山西汾阳。他在驻军营地里先贴出第一副联语，后又即兴吟成第二副联语。

第一副联语：

此联直接表明自己军队的宗旨。冯玉祥是位平民出身的将军，向以“治军严，不扰民”著称，因此才会书写并张贴这样别具一格的联语。

第二副联语：

上联中，羊叔子，即西晋大臣羊祜。据《晋书·羊祜传》载：“祜在军中常轻裘缓带，身不被甲。”意谓羊祜在军中穿着轻暖皮衣，系着宽大带子，借以形容态度闲适从容。联中以历史人物为喻，意在说明自己穿着随便态度从容。若与下联并读，可见作者比起历史人物则又进了一步，岂止“轻裘缓带”，还能“劈柴烧茶”。

下联中，劈柴烧茶，此系军中纪实。冯玉祥暂住汾阳期间，有天工作人员的开水喝完了，于是他走进厨房，亲自劈柴烧水，并随口吟成这一充满谐趣而又雅俗共赏的联语。

军中二联，各有特色。前者表明军队宗旨，严肃认真；后者记述军中轶事，诙谐风趣。

赠马相伯

冯玉祥

松柏长春，前年曾绣公像；
乾坤一老，大笔特序拙文。

赏析

此联写于1932年间。马相伯为近代著名教育家。早年创办震旦学院、复旦公学。曾任北京大学校长。抗战爆发后任国民政府委员，主张抗战救国，人称“爱国老人”。1932年间，冯玉祥曾书此联相赠。

上联中，春，比喻生机。谓马老像松柏那样永葆青春。前年曾绣公像，指1930年马相伯90寿辰时，冯玉祥等人曾合送老人一幅丝织绣像。

下联中，乾坤一老，谓天地间一位有德行的老人。这里明显含有“天下尊一老”之意。大笔，对别人书法或文章的赞词，亦称大家手笔。特序拙文，马相伯曾为冯玉祥发表的著作写序。

此联题赠马老，既有深情祝颂，又有交往记述。虚实结合，卓具特色。

自　勉

冯玉祥

救民安有息肩日；
革命方为绝顶人。

赏析

自勉，此联写于1933年间。1933年5月，冯玉祥在中国共产党影响下，于张家口组织民众抗日同盟军，自任总司令。6月出师，收复察北四县，民心大振。后因日伪与蒋介石联合进攻而失败。冯玉祥再次隐居泰山，发愤读书，砥砺志节。他在泰山住所石壁上刻下此联自勉。

上联中，息肩，让肩头得到休息，即放下肩上的担子。语见《左传·襄公二年》："郑成公疾，子驷请息肩于晋。"此句意谓，为了救国救民哪有放下肩上重担的日子。

下联中，绝顶人，登上高山极顶的人。杜甫《望岳》："会当凌绝顶，一览众山小。"这里是说，只有胸怀大志，投身革命，才能算是站得最高，亦即高瞻远瞩的人。

此联言浅意深，内涵丰厚。作者亦曾多次为人题写，故在流传过程中题名各异。如《自题》、《题泰山居室》、《题滦州起义烈士祠》等。可见影响颇为广泛。

题益都范公亭

冯玉祥

兵甲富胸中，纵教他虏骑横飞，也怕那小范老子；
忧乐关天下，愿今人砥砺奋起，都学这秀才先生。

赏析

此联写于1934年5月。范公亭，在山东益都县城西门外阳河畔。宋皇祐二年，范仲淹任青州知府，居官清廉，遗爱在民。相传当时阳河边忽出醴泉，范仲淹即建亭于此，后人遂名之曰范公亭。1934年5月，冯玉祥游览益都范公亭，挥笔题写此联。

上联称颂范仲淹守卫西北边疆的历史功绩。虏骑，虏为对敌方的蔑称，虏骑指敌方的军队。小范老子，据史书记载，范仲淹曾任陕西经略副使，兼知延州，大力巩固边防。西夏王喟然叹曰："今小范老子胸中自有数万甲兵，不比大范老子（范雍）可欺也。"上联意谓，范仲淹胸中自有甲兵数万，纵教胡虏横行，也怕这位"小范老子"。

下联勉励国人学习范仲淹忧乐关天下的精神。范仲淹《岳阳楼记》一文中留有名句："先天下之忧而忧，后天下之乐而乐。"下联首句即由此意化出。砥砺，磨刀石。《山海经·西山经》："崦嵫之山，若水出焉，其中多砥砺。"郭璞注："磨石也，精为砥，粗为砺。"可以引申为磨砺。秀才先生，范仲淹原系宋朝进士出身，是一位很有建树的文臣、儒将。联中为求通俗，且与上联"小范老子"相对，因称之为"秀才先生"。

作者有感于强敌压境国事如麻的现实，遂在联中赞古人胸富兵甲，愿今人砥砺奋起。一片忧时伤世的爱国情怀和救亡图存的忧患意识，充溢于字里行间。

与李烈钧联句

冯玉祥

蓬莱阁中高谈抗日；（冯玉祥）
抗倭城头纵论保民。（李烈钧）

赏析

此联成于1934年5月。李烈钧为国民党元老之一。辛亥革命后，曾任江西都督、护国军第二军总司令、大元帅府总参谋长。1931年“九一八”事变后，力主“停止内战，一致抗日”。1934年5月登泰山看望冯玉祥，二人同游胶东半岛。5月19日在蓬莱阁纵谈国内形势，即兴联句抒发抗日爱国之情。

上联中，蓬莱阁，在山东省蓬莱县丹崖山上，是一组闻名中外的古建筑群。海拔千仞，气势雄伟，下临波涛滚滚的大海。仙阁凌空，优美壮观。二人在此高谈抗日。

下联中，抗倭城头，指蓬莱水城，为我国最早的海军要塞之一。宋代已置水寨，屯战船，驻水师。明代始建水城，筑有城墙、码头、灯塔、炮台，民族英雄戚继光曾在此训练水师，巡戒海域。二人在此纵论保民。

此联由二人联句构成。冯玉祥、李烈钧二人登临高阁，“高谈抗日”、“纵论保民”，一片抗日爱国之情溢于言表。

题戚继光祠

冯玉祥

先哲捍宗邦，民族光荣垂万世；
后生驱劲敌，愚忱惨淡继前贤。

赏析

此联写于1934年5月。戚继光祠，在山东省蓬莱县城，为明代抗倭英雄戚继光的旧居，后人立祠纪念。1934年5月19日，冯玉祥与老友李烈钧一同瞻仰戚继光祠堂，即兴题写此联致感。

上联中，先哲，先贤、前代有才德的人，垂万世，流传万世。上联意谓，先贤戚继光当年捍卫祖国，这位民族英雄的光荣业绩将流传万代。

下联中，后生，本指晚辈、年轻人。此为冯玉祥自谦之词。劲敌，指日本帝国主义者。“愚忱”句，谓我的真诚的心意是愿在困难的境况下艰难地进行，以继前贤的事业。

此联述怀言志，在瞻仰颂扬先哲的同时，表示决心效法前贤，驱除劲敌，为国争光。

题威海环翠楼

冯玉祥

劲节励冰霜，对万顷碧涛，凭此丹心垂世教；
登临余感慨，望中原戎马，擎将热血拜乡贤。

赏析

此联写于1934年5月30日。当时冯玉祥登临威海环翠楼，瞻仰了丁汝昌、邓世昌等甲午海战阵亡将士的牌位，徘徊良久，书联志感。

上联中，劲节，原指竹、木生出桠杈处质地坚固，后常用以比喻坚贞的节操。励，通“砺”，磨炼。此指冰霜严寒的环境可以磨炼人的坚贞节操。“对万顷”二句，意谓甲午海战中战死的丁汝昌、邓世昌等人，面对万顷碧波，凭着一片丹心，给后世留下了爱国的思想。

下联中，登临，登山临水。这里是说，我们登临山水不禁让人感慨，面对中原戎马（军队），决心要用热血来拜祭这些抗击日寇为国捐躯的先贤。

此联题威海环翠楼，上联怀先哲，下联抒感慨。感时伤世，心潮难平。一片爱国激情，溢于字里行间。

挽蒋叔南

冯玉祥

半世功名随流水；
一生事业在名山。

赏析

此联写于1934年夏。蒋叔南为现代旅行家，浙江乐清人。

早年投笔从戎，后又解甲归田，寓居雁荡山二十余年，开发山林，经营畜牧。1934年夏，不慎失足落水身亡，冯玉祥撰送挽联致哀。

上联中，功名，功绩和名声。这里似指逝者早年投身军伍，已有半世功名。随流水，一语双关，既有功名付诸流水之意，又含逝者不幸落水身亡之实。

下联句意，既指逝者作为一名旅行家，一生游历不少名山大川，亦指寓居雁荡山二十余年，同样成就一番名山事业。

此联哀挽逝者，用语切人切事，且都含有双关寓意。让人读后深思并为之扼腕叹息。

赠吴茂荪

冯玉祥

雅量含高远；
诗书见古今。

赏析

此联约写于1934年间。吴茂荪（1911—1984），安徽泾县人。早年毕业于中央大学。抗日战争时期，曾在川军中展开工作。1941年参与发起中国民主革命同盟，后参与创建中国国民党革命委员会。新中国成立后，历任全国人大常委、全国政协常委、民革中央副主席。20世纪30年代，冯玉祥在泰山隐居期间，曾为吴茂荪书联。

上联中，雅量，宽宏的度量。此句意谓，一个人有宽宏的度量自能包含高远的思想境界。

下联中，诗书，原指《诗经》、《尚书》，亦可泛指书籍。此句意谓，一个人饱读诗书自能发现古今有用的知识。

有雅量、读诗书，这是作者对于年轻人提出的殷切期望。联句语短情长，值得人们珍视。

挽陈少白

冯玉祥

失土未收，临终恨事；
此目不瞑，爱国雄心。

赏析

此联写于1934年间。陈少白为近代民主革命者，孙中山先生挚友之一。早年参加兴中会，主编香港《中国日报》。1905年任香港同盟会会长。1911年任广东都督府外交司长。1921年任孙中山总统府顾问。晚年致力于家乡建设并从事著述，著有《兴中会革命史要》等书。1934年因病逝世，冯玉祥撰送挽联致哀。

上联意谓，陈少白逝世在1931年“九一八”事变与1932年淞沪抗战之后，其时抗日救亡运动方兴未艾。作为爱国志士，怎能不为已沦陷的东北三省土地没有收复而成临终恨事?

下联意谓，陈少白临死也不能闭上眼睛，说明心中还有放不下的事情。何以死不瞑目？正是因为面对日寇侵略，国土沦丧而自己爱国雄心尚在。

此联哀挽逝者，只写临终瞬间。逝者死不瞑目，因恨失土未收，爱国雄心犹存。此情此景，撼人心弦。

赠张学良

冯玉祥

要想着收咱失地；
别忘了还我河山。

赏析

此联写于1935年11月。张学良（1901—2001），字汉卿，奉系军阀张作霖之子。历任东三省保安司令、国民党陆海空军副总司令、军事委员会武昌行营主任、西北“剿总”副司令。1936年12月发动“西安事变”，后被蒋介石长期扣押。直至1961年才在台湾解除其“管束”。1935年11月，冯玉祥出任南京军事委员会副委员长，与时任西北“剿总”副司令的张学良在南京开会相晤时，曾以此联相赠。抗战期间，冯玉祥还将此联多次书赠他人。《抗战楹联大观》中题为《赠曾树屏》，《近现代名人对联辑注》题为《题青城山天师洞》。在抗战后期，冯玉祥带头卖字鬻画，抗日献金，亦常书写此联。

联语言简意明，还我河山，原为岳飞题词，表示决心从侵略者手中夺回本属自己的国土。“收咱失地，还我河山”，这里明显与蒋介石的“攘外必先安内”的政策针锋相对。同时激励张学良学习民族英雄岳飞，收复失地，还我山河，早日率领东北军打回老家去。

此联全用口语，词浅意深，爱国之情，溢于言表。

赠杨虎城

冯玉祥

永志五原，奋斗到底；
苦撑八月，生死与之。

赏析

此联写于1935年间。杨虎城（1892—1949），陕西蒲城人。早年参加辛亥革命、护法战争。曾任国民联军第十路军总司令、国民革命军十九路军总指挥、陕西省绥靖公署主任。后因参与发动“西安事变”而被蒋介石长期监禁，重庆解放前夕遇害。冯玉祥与其交往密切。杨虎城于1935年任陕西绥靖公署主任期间，冯玉祥写赠此联。

上联中，永志五原，永远记住“五原誓师”这一重要事件，而且决心奋斗到底。杨虎城亦曾参与其事，并任国民联军第十路军总司令，此为友人间共勉之词。

下联中，苦撑八月，指1926年4月至11月间，北洋军阀吴佩孚派出十万大军包围西安，杨虎城率领西安军民奋起抵抗，直到冯玉祥、于右任率军救援得以解围。在西安保卫战中，杨虎城已下决心与之共存亡。

此联题赠友人，共同回首往事。“永志五原”与“苦撑八月”，此中包含丰富的历史内容，二人正是在上述战斗经历中结下了深厚的友谊。

赠杜重远

冯玉祥

真学问都从悲愤起；
大文豪何惮斧钺加。

赏析

此联写于1936年3月。杜重远（1897—1943），吉林怀德人。早年留学日本。“九一八”事变后，积极投入抗日救亡运动，任东北民众抗日救国会常务委员。1936年赴西安，促成张学良、杨虎城发动“西安事变”。1939年任新疆学院院长，1943年在新疆被盛世才秘密杀害。1935年5月，因在《新生》周刊发表《闲话皇帝》一文，日本驻沪总领事以“侮辱天皇，妨碍邦交”为由，向国民党政府提出抗议，国民党当局竟将杜重远逮捕入狱。冯玉祥对此深为不满，故在次年3月杜重远出狱时赠送此联表示慰问。

上联中，真学问，真正的学问。此指杜重远帮助邹韬奋编辑《生活》与《新生》周刊，满怀悲愤，针对现实，写了不少很有分量的文章。

下联中，大文豪，杰出、伟大的作家。惮（dàn），怕、惧怕。斧钺，古代刑罚用以杀人的斧子。这里暗喻国民党当局因

"新生事件"将杜重远判刑入狱，作为大文豪又何惧官方斧钺相加呢？

此联言简意明，称颂杜重远有真学问，是大文豪，且具英勇无畏的斗争精神。这既是对爱国志士的激励，也是对反动当局的谴责。联句铿锵有力，掷地有声。

挽章太炎

冯玉祥

名已震耀千秋，顾怪归奇公并擅；
天不憖遗一老，山颓木坏世安宗。

赏析

此联写于1936年6月。章太炎为我国近代民主革命家和著名学者。辛亥革命后，曾任孙中山总统府枢密顾问、护法军政府秘书长。后以著书讲学为业，于文学、历史、语言诸方面均有杰出贡献。1936年6月因病逝世，冯玉祥撰送挽联致哀。

上联中，震耀，震动与光耀。此指逝者英名已震动与光耀我国千年的历史。顾怪归奇，顾怪指顾炎武。清江藩《汉学师承记·顾炎武》："炎武生而双瞳子，中白边黑，见者异之。读书一目十行，惟耿介，绝不与世人交。但与里中归庄善，同游复社，相传有归奇顾怪之目。"这里是说，逝者同时具有顾炎武、归庄的长处。擅，擅长、专长。

下联中，憖（yìn）遗，《诗·小雅·十月之交》："不憖遗一老，俾守我王。"不憖，犹言宁不、何不。遗，留下。一老，指有德行的老人。魏汉碑文多用"天不憖遗"作为哀悼大臣之辞。山颓木坏，语出《礼记·檀弓上》："孔子蚤作，负手曳杖，消摇于门，歌曰：'泰山其颓乎！梁木其坏乎！哲人其萎乎！'……盖寝疾七日而没。"后因以山颓木坏喻有重要影响人物的死亡。下联意谓，老天何不留下这位有德行的老人，太炎先生死后，世上谁是可以尊崇的人。

此联哀挽逝者，语言古朴典雅。"天不憖遗"、"山颓木坏"，均系传统悼念用语，借以表示对尊者虔敬的心情。

纪念五原誓师十周年

冯玉祥

从五原转战宁甘陕豫以来，身作国殇，先吾辈成仁取义；
居今日回思辛苦艰难之侣，魂归华表，好男儿遗烈垂勋。

赏析

此联写于1936年9月。五原誓师，冯玉祥于1926年3月赴苏联考察，经慎重考虑，决定接受孙中山“联俄、联共、扶助农工”的三大政策，并率全军加入国民党。回国之后，同年9月17日在绥远五原（今内蒙古河套地区）举行誓师大会，将所部改为国民革命军，正式发表宣言，表示遵守孙中山遗嘱，进行国民革命。1936年9月17日，冯玉祥主持召开五原誓师十周年纪念会，会上宣读了亲自撰写的“九一七十周年纪念日祭阵亡将士文”，此联内容完全与之相应。

上联中，国殇，原为《楚辞·九歌》篇名，后多用以纪念为国捐躯的将士。成仁取义，语出《论语》、《孟子》，指为正义事业而献出生命。《宋史·文天祥传》：“其衣带中有赞曰：‘孔曰成仁，孟曰取义，惟其义尽，所以仁至。’”上联追述五原誓师以来转战宁（夏）甘（肃）陕（西）豫（河南）的经历，深切表达对于牺牲将士的哀悼之情。

下联中，侣，同伴、战友。这里亦含经历、行程之意。华表，泛指古代设在陵墓、宫殿、庙宇前作为标志和装饰的石柱。这里是在希望当年牺牲的战友魂兮归来，在墓前华表处聚集。遗烈，遗留下来的业绩。垂勋，流传下来的功勋。语见王逸《九思·守志》：“相辅政兮成化，建烈业兮垂勋。”下联回忆五原誓师以来艰难困苦的经历，深切怀念为国捐躯的将士，希望他们魂归华表，好男儿的不朽功绩将永世长存。

此联主旨明确，夹叙夹议，回忆五原誓师艰难困苦的经历过程，高度评价与深情怀念已牺牲的将士。联语虽对仗有欠工整，却情绪饱满一气呵成，仍不失为哀挽佳作。

纪念甲子革命十二周年

冯玉祥

烈士竞捐躯，记昔年为国兴师，芟余孽，逐元凶，励志有诸贤，漫说春秋无义战；

同袍咸奋袂，当此际合群拒寇，修戈矛，聚糈饷，竭诚扶大厦，要从板荡识忠良。

赏析

此联写于1936年10月。甲子革命，1924年10月，原直系将领冯玉祥在南方革命势力影响下发动政变，将自己所部改称国民军。包围总统府，囚禁曹锟，迫使北京政府下令停战并解除吴佩孚的职务，从而打破了直系军阀企图武力统一全国的美梦。这一事件史称“北京政变”，冯称“甲子革命”。1936年10月23日，冯玉祥在北京主持召开“国民军甲子革命十二周年纪念会”，会上宣读“甲子革命十二周年纪念日祭诸先烈文”，此联内容亦与之相应。

上联充分肯定甲子革命反封建的性质与意义。芟（shān）余孽，铲除封建余孽。芟，除去杂草。逐元凶，元凶指清朝末代皇帝溥仪。当时为防清室复辟，曾将溥仪驱逐出宫。春秋无义战，典出《孟子·尽心下》。后人因将春秋三百年间，诸侯混战，互相残杀，斥之为“春秋无义战”。上联意谓，记当年为国兴师发动北京政变，不少国民军将士竞相为国捐躯。当时铲除封建余孽，驱逐溥仪出宫，与诸位参与合作的直系将领相互勉励。不要枉说春秋无义战，这里明确指出，把甲子革命与春秋时期的诸侯混战同样看待是错误的。

下联呼吁全军同仁振奋精神，积极准备，抗日救亡保家卫国。同袍，语出《诗·秦风·无衣》：“岂曰无衣，与子同袍。”旧时军界常用同袍互称。咸奋袂（mèi），全都举起衣袖，形容奋发的样子。糈饷（xù xiǎng），粮饷、军粮。板荡，《诗·大雅》

有《板》、《荡》二篇，皆咏周厉王无道，后用以指政局混乱，社会动荡不宁。下联意谓，愿我军中同仁都能感发奋起，当此需要联合群起抗拒日寇之时，准备武器，聚积粮饷，竭尽诚心保卫国家，要从板荡识忠良，亦即要从混乱政局中识别谁是忠良。

此联能从大处落笔，上联缅怀甲子革命，下联呼吁团结御侮，承前启后，气势恢弘。联语洋溢着强烈的爱国主义精神，不久发生的“西安事变”，更显作者的先见之明。

题胡景翼祠

冯玉祥

携手奠幽燕，恢弘伟略昭寰宇；
宣猷绥汴洛，遐迩讴歌动地天。

赏析

此联写于1936年10月。胡景翼（1892—1925），字笠僧，陕西富平人。1910年参加同盟会。曾任陕西靖国军总指挥。1924年参与北京政变，出任国民军副司令兼第二军军长、河南军务督办。1925年4月因病逝世。冯玉祥为其在华山筑墓立碑，并在郑州市内建了“胡公祠”。1936年10月为北京政变十二周年，国民党有关当局派员赴郑州，参加胡景翼祠落成典礼，冯玉祥亲题联语悬于祠内。

上联中，幽燕，即今河北北部及辽宁一带。冯玉祥与逝者均曾参与北京政变，因称“携手奠幽燕”。此后成立国民军，分任正副司令。此人有着气势恢宏的伟大谋略，这一点已昭示于天下。

下联中，宣猷，亦作宣犹，谓遍谋于众人。《诗·大雅·桑柔》：“秉心宣犹，考慎其相。”绥，安抚、绥靖。汴洛，即开封、洛阳。这里是指胡景翼曾任河南军务督办，曾为绥靖汴洛做出贡献。因此，远近讴歌之声震动天地，人们都在传颂逝者的功德。

此联题胡景翼祠，热情颂扬逝者当年“奠幽燕”、“绥汴洛”的历史功绩，并对友人恢弘之伟略与宣猷给予很高的评价。

赠李烈钧

冯玉祥

叙府缔盟，情深袍泽；
金陵怀旧，感切沧桑。

赏析

此联写于1936年间。李烈钧早年加入同盟会。曾任江西都督、护国军第二军总司令、大元帅府参谋总长、国民党中央监察委员等职。1936年间，冯玉祥出任国民政府军事委员会副委员长，得以会晤旧友李烈钧，并以此联相赠。

上联中，叙府，四川宜宾古名。缔盟，缔结盟约。此指1916年间李烈钧担任护国军第二军总司令，冯玉祥虽为北洋军驻守泸州的第十六混成旅旅长，却主动与护国军议和，并任护国军第五师师长，直接参加了讨伐袁世凯的斗争。袍泽，语出《诗·秦风·无衣》："岂曰无衣，与子同袍。""岂曰无衣，与子同泽。""袍"为长衣，军士日以当衣，夜以当被，即今之披风，或名斗篷。"泽"为汗衣，"同袍"、"同泽"均属友爱之意。旧时军人相称为"同袍"，也称相互之间的友谊为"袍泽之谊"。

下联中，金陵，即南京。作者来到金陵得晤旧友，因而怀念昔日的友情。二人早年均曾参加护国讨袁斗争。1925年间，李烈钧还曾一度担任冯玉祥国民军总参议。而今故友重逢，深切感受到社会已发生很大的变化。

此联题赠友人，突出二人交往中的两个片段：昔日"叙府缔盟"与今日"金陵怀旧"。这样以点带面，几乎贯穿一生。二人抚今思昔，自然倍感亲切。

题岳飞墓

冯玉祥

还我河山，一片忠心为报国；
驱尔异族，百年奇耻不共天。

赏析

此联写于1936年间。岳飞墓，通称岳坟，在杭州栖霞岭下岳王庙西侧。此处埋葬南宋抗金英雄岳飞及其义子岳云。墓道阶下跪着四个反翦双手的生铁铸造像，即陷害岳飞的秦桧、王氏、张俊、万俟卨四个奸臣。1936年，冯玉祥在南京任军事委员会副委员长期间，曾来杭州西湖拜谒岳飞墓，并题写此联。

上联中，还我河山，岳飞生前曾手书“还我河山”四字，作为决心抗金北伐、收复失地的誓言，可见其一片忠心报效国家。

下联中，驱尔异族，驱逐你们这些异族侵略者。百年奇耻，亦即岳飞《满江红》词中所言“靖康耻”。宋朝当时徽钦二帝被掳，北方大片土地沦陷，实属“百年奇耻”。不共天，不共戴天。语出《礼记·曲礼上》：“父之仇，不与共戴天。”意谓不共存于人世间，比喻仇恨极深。

作者面对岳坟，怀古思今，歌咏历史人物，抒发爱国情怀。这里既在缅怀宋代抗金英雄，亦属表述已志，誓与日本侵略者斗争到底。

题辛亥滦州革命先烈纪念园二联

冯玉祥

一

此日园林簇锦绣；
当年勇烈动山川。

二

尺山尺水永留血迹；
一花一木想见英风。

赏析

这两副联语写于1936年间。辛亥滦州革命，即滦州起义。1912年1月，在辛亥武昌起义影响下，驻守河北滦州的新军第二十镇官兵在王金铭、施从云、冯玉祥领导下举行起义，宣布成立北方革命军政府。他们在进军京津途中被清军围歼，王金铭、施从云等五十余人壮烈牺牲，北方革命军政府仅仅存在了五天。1936年由冯玉祥等人赞助发起建成滦州起义烈士陵园，地点在北京西郊温泉南。墓园立有石门，阳面额题“辛亥滦州革命先烈纪念园”，联曰：“此日园林簇锦绣；当年勇烈动山川。”背面上题“努力革命”，联曰：“尺山尺水永留血迹；一花一木想见英风。”

第一副联语：

上联中，园林，指滦州起义烈士陵园。簇，丛聚、陈列。锦绣，原指精致华丽的丝织品，后常用来形容美好的事物。此句意谓，今日园林陈列着一片锦绣。

下联中，勇烈，英勇壮烈。此指滦州革命先烈们当年英勇奋战震动山河。

第二副联语：

此联言简意明，语浅意深。园中山山水水“永留血迹”，一花一木均受滋润而茁壮生长，所以不难想象当年革命先烈英武的气概。

这两副联语分别刻于辛亥滦州革命先烈纪念园石门正面和背面，反复表述今日园林锦绣与当年革命斗争的关系，富有启示和教育意义。

赠张继

冯玉祥

风岸嶙峋，心神澡雪；
襟怀潇洒，肝胆照人。

赏析

此联写于20世纪30年代中期。张继（1882—1947），字溥泉，河北沧县人。早年留学日本，参与组织同盟会。辛亥革命后被选为第一届参议会议长。参加二次革命，护法运动。1924年后成为国民党右派，历任国民党中央监察委员、立法院院长、党史史料编纂委员会主任委员及国史馆馆长。20世纪30年代，冯玉祥曾书此联题赠。

上联中，风岸，谓风格态度严峻。《新唐书·仇士良传》：“李石辅政，稜稜有风岸。”嶙峋，原指山崖高耸突兀或建筑物矗立层叠，可用以比喻做人刚直。心神，心情与精神。澡雪，洗涤使之洁净。《庄子·知北游》：“汝斋戒疏瀹而心，澡雪而精神。”上联称赞张继为人严峻刚直，而又心神洁净。

下联中，襟怀，胸襟怀抱，犹言胸怀。潇洒，洒脱，无拘无束。肝胆照人，肝胆为肝脏和胆囊，照人指心地坦诚，比喻能以真诚之心待人。下联赞扬张继胸怀洒脱，能以真诚之心待人。

联句均以四言短语组成，言简意明，极写友人之精神风采。

赠赵秀昆

冯玉祥

抗战必须到底；
坚持就是胜利。

赏析

此联写于1937年底。赵秀昆为国民党军队将领。其时担任一一二军军长。1937年底，冯玉祥到达武汉。当时国民党内部与社会上的恐日分子，鼓吹向日求和之声甚嚣尘上。冯玉祥面对某些人的悲观动摇情绪，则到处演讲，宣传必须坚持抗日的意义。他作为军事委员会副委员长，曾给赵秀昆军长题写一联，以激励三军将士。

此联简洁明快，近于标语口号。这里既表明了自己抗战到底的决心，也是对于全体抗日军民，特别是对某些怀有悲观动摇情绪的人们，以极大的鼓舞。

冯玉祥既是爱国将领，也是一位诗人。他在自己诗中声称："我是一军人，素昔好文艺。"并将"兵"字拆开，自称为"丘八诗人"。此联通俗易懂，鼓吹抗战，无愧爱国诗人本色。

挽刘湘

冯玉祥

倭寇未灭，必伤良将；
抗战必胜，足慰英灵。

赏析

此联写于1938年1月。刘湘（1888—1938），四川大邑人。曾任川军总司令、川滇边防督办。1926年起任国民革命军第二十一军军长、四川省政府主席。抗日战争爆发后率军出川抗日，被任命为第七战区司令长官。1938年1月病逝于汉口，冯玉祥撰送挽联致哀。

上联中，倭寇，原指十四至十六世纪劫掠我国和朝鲜沿海的日本海盗，这里是指当时入侵我国的日本帝国主义强盗。联句意谓，日寇没有消灭，势必伤我良将。

下联中，英灵，英魂，对死者的美称。联句意谓，全国军民怀着抗战必胜的信念，足以告慰逝者的英魂。

此联哀挽逝者，心诚语直，深信抗战必胜，足以告慰英灵。没有浮词套语，同样感人至深。

题夔门绝壁

冯玉祥

踏出夔巫；
赶走倭寇。

赏析

此联写于 1939 年 5 月。夔门，即瞿塘峡，因地处川东门户，故又称夔门。1939 年 5 月，冯玉祥从宜昌乘船去重庆，途经瞿塘峡的夔门，满怀挽救民族危亡的激情，针对大后方出现的投降论调，挥笔题写此联于南岸绝壁之上。

上联中，夔（kuí）巫，即夔峡（瞿塘峡）、巫峡。此句意谓，我们不能屈处西南一隅，应当踏出夔峡、巫峡，与日本侵略者展开斗争，以收复大片沦陷的国土。

下联中，赶走倭寇，即赶走日本帝国主义强盗。

作者奋笔疾书，题于夔门绝壁。虽只短短八字，犹如战斗号角，能够引起共鸣。

斥国民党内投降派

冯玉祥

头可断，身可杀，民族斗争不可屈；
将非骄，卒非惰，外交妥协岂非忧？

赏析

此联写于 1939 年夏。当时冯玉祥来到重庆。他针对国民党内投降派的反动言行和一些人的动摇情绪，写了这副对联直接予以抨击。

上联中，民族斗争，指反对日本帝国主义的民族解放斗争。这里是说，头可断，身可杀，抗日民族解放斗争的意志不可屈服。

下联中，将非骄，卒非惰，我们的将领并非放纵之士，我们的士兵亦非懒惰之人。外交妥协，指国民党当局内部存在的妥协投降的对日外交活动。继1938年12月汪精卫公开投降日本之后，次年1月国民党五届五中全会亦确定政策由对外转向对内，这一切怎能不让人为之担忧?

此联用语简洁，态度鲜明，充分表达了作者抗日救亡的决心，以及对不抵抗政策的忧虑和愤懑。

纪念鲁迅逝世三周年

冯玉祥

学博思深，群尊儒林巨擘；
笔枪墨剑，实开抗倭先河。

赏析

此联写于1939年10月。当时，中华全国文艺界抗敌协会在重庆举行纪念鲁迅逝世三周年大会。冯玉祥将军时任“文协”理事，结合全国抗日战争形势，撰书联语一副悬于会场。

上联中，学博思深，学识渊博，思想深厚。儒林，即儒者之群。《史记》中有《儒林列传》。巨擘（bò），大拇指，比喻杰出的人物。《孟子·滕文公下》：“于齐国之士，吾必以仲子为巨擘焉。”也泛指各种行业中的特出人物。这里是说，大家都尊鲁迅为我国文化界杰出的人物。

下联中，笔枪墨剑，从成语“唇枪舌剑”转化而来，此指以笔作枪，以墨为剑，意谓鲁迅以笔墨为武器投入现实斗争。先河，语出《礼记·学记》：“三王之祭川也，皆先河而后海。”河是海之本源，故先祭河，后祭海。后指事物或学术的创始人和倡导人。这里肯定鲁迅当年实开抗日救亡斗争的先河。

此联纪念鲁迅，颇有新意。既尊之为儒林巨擘，又赞其开抗倭先河。结合抗战形势，推动救亡斗争。

悼马君武

冯玉祥

大雅云亡，击铎临风思国士；
寇氛日亟，挥戈洒泪哭先生。

赏析

此联写于1940年秋。马君武早年加入同盟会。辛亥革命后，历任南京临时政府实业部次长、孙中山非常大总统府秘书长、广西大学校长。1940年秋因病逝世，冯玉祥撰送挽联致哀。

上联中，大雅，原为《诗经》组成部分之一，亦作对才德高尚者的赞词。云，语助，无义。铎（duó），古代乐器，形似大铃，宣布政教法令或有战事时用之。国士，旧指一国杰出的人才。联句意谓，当今有位才德高尚之人已亡故，我们只好临风击铎而思国士。

下联中，寇氛，日寇侵略的妖氛。亟（jí），急切，迫切。挥戈，挥动干戈。下联意谓，日寇侵略的气焰更加嚣张，我们在一边拿起武器抗击日本帝国主义者，一边挥洒泪水祭奠马君武先生。

此联哀挽逝者，心忱语挚。“击铎临风思国士，挥戈洒泪哭先生”，具有较强的艺术感染力。

挽张自忠

冯玉祥

抗战屡建最大功勋，正气千秋，死无遗恨；
从我后同半生患难，国仇初雪，恸失元良。

赏析

此联写于1940年冬。张自忠（1890—1940），字荩忱，山东临清人。为国民党抗日爱国将领。抗战爆发后任国民政府军第五十九军军长。1938年3月台儿庄战役中，率部增援临沂，取得大捷。后升任第三十三集团军总司令，率部转战于豫南鄂北，取得随枣会战的胜利。1940年5月在枣阳南瓜店战斗中牺牲。同年冬，冯玉祥在重庆亲自迎灵与主持安葬仪式，并撰送挽联致哀。

上联中，最大功勋，指张自忠于1938年3月大败日军板垣师团、坂本旅团，取得“临沂大捷”，以及碾庄、徐州突围，潢川之战、长寿店之战中立下的战功。还有1939年取得的“鄂北第二次大捷”等。上联意谓，逝者抗战初期屡建奇勋，浩然正气千秋长存，自当死而无憾。

下联中，从我后，张自忠从1916年至1930年一直在冯玉祥部担任军职，二人同过半生患难。逝者在抗日战争初期开始取得平型关大捷、台儿庄会战等一些胜利，因称“国仇初雪”。恸（tòng），哀痛之极。元良，大善之人。逝者国仇初雪，而我却痛失元良。

此联哀挽逝者，情深意切。逝者原为自己部下，忆及半生患难与共，更觉黯然神伤。联中赞颂逝者之意与怀念亡友之情溢于字里行间。

题理发店

冯玉祥

倭寇不除，有何颜面对镜？
国仇未报，负此头颅为人！

赏析

此联写于抗战期间。据赵利伟主编的《中国楹联故事》介绍：抗战时期重庆闹市区有家理发店，老板趋炎附势专为达官权贵服务。冯玉祥经过看到进出此店的都是西装革履、长袍马褂的新旧官僚和妖里妖气的女人，愤而题写此联，并让卫兵贴于该店门前。

上联中，倭寇，本指十四至十六世纪骚扰劫掠我国和朝鲜沿海的日本海盗，现指发动侵华战争的日本帝国主义强盗。联句谓不赶走日本侵略者，有何脸面对着镜子梳妆打扮？

下联意谓，日军侵华的国仇未报，即使为人亦有负于这颗头颅。此系有感而发，前线抗日将士在抛头颅洒热血，你却有心思在此变着花样追求时髦，岂不有负此头！

此联寓庄于谐，贴切自然。既符合题赠理发行业的要求，又在嘲讽那些无颜对镜的达官贵人和太太小姐。切中时弊，引人关注。

题重庆“穷人饭店”

冯玉祥

你要俭省，我也要俭省，咱们都要俭省；
你是穷人，我也是穷人，咱们都是穷人。

赏析

此联写于抗日战争期间。当时，大量难民离乡背井，啼饥号寒，流落城市街头。冯玉祥体悯民瘼，便派人在重庆陈家桥开了一家“穷人饭店”，并且写了一副白话对联贴在门口。

上联中，俭省，勤俭节约，省吃俭用。联句意在强调，不仅你我，咱们都要俭省。

下联中，我也是穷人，冯玉祥出生于安徽巢县农村贫苦人家，从小懂得生活的艰难，联中因言“我也是穷人，咱们都是穷人”。

此联纯用口语，通俗易懂。联中反复出现三个“俭省”、三个“穷人”，尽显作者平民将军本色。此联贴出，产生很大反响，激励着成千上万的人为抗日节衣缩食，共赴时艰。

赠峨眉山神水阁众僧

冯玉祥

试思父母未生汝身体之前，本来面目是怎样？

为问寇仇正灭我国家之际，列位师徒当如何？

赏析

此联写于抗日战争期间。峨眉山，在四川省峨眉县西南，为我国四大佛教名山之一。神水阁，一名圣水阁，因阁前有玉液泉著名。泉出石下，清洌异常，终年不涸，俗称神水。泉旁石室存有不少历代题刻。冯玉祥抗战时在重庆期间，曾为峨眉山神水阁题写隶字对联一副。

上联中，汝，你。本来面目，佛教用语，指人本有的心性。宋释道源《景德传灯录》第四卷："不思善，不思恶，正恁么时，阿那个是明上座本来面目。"联句意谓，人在出生之前，本不存在，切记父母养育之恩。

下联中，寇仇，仇敌。《孟子·离娄下》："君之视臣如土芥，则臣视君如寇仇。"此指日本侵略者。列位师徒，指神水阁众僧。联句意谓，日寇正灭我国家，列位师徒应紧急行动起来，投身抗战救亡。

这位抗日爱国将军，三句不离本行。题赠神水阁众僧，亦在宣传抗日救亡。联句妙在采用与列位师徒对话的方式，提出两个与佛门子弟有关的问题，颇能发人深省。

嘲国民党官僚机构

冯玉祥

乡公所，镇公所，一人得所，万人失所；

文干事，武干事，专干坏事，不干好事。

赏析

此联写于抗战期间。今据《中国近现代名人名联》一书收录。冯玉祥为国民党抗日爱国将领，且为平民出身，对于以蒋介石为代表的国民党独裁统治一直不满，常写诗、文、联语加以讽刺。《嘲国民党官僚机构》即为其中之一。

上联中，乡公所，镇公所，旧时乡、镇政权基层组织。当时的情况是，一人得到乡公所或镇公所的职位，就会弄得万人流离失所。联句嘲讽国民党统治时掌控基层政权的人作威作福鱼肉乡民。干事，在团体组织中负责具体事务的人员。这里文、武包括两层含义：一是分工，分管文的或武的工作。二是表现方式，亦即采用文的或武的方式，愚弄或欺压百姓。他们专干坏事，不干好事，这就充分揭露了这一伙人的本质。

此联别具一格，尽情嘲讽国民党官僚机构，贬斥这些机构内的贪官污吏。借助某种特殊的修辞手法，叠用四“所”四“事”，予以深刻揭露，可谓入木三分。

赠冯洪谦

冯玉祥

孝子贤孙，须先救国；
志士仁人，最重保民。

赏析

此联写于1941年夏。冯洪谦为冯玉祥的侄儿，安徽巢湖人。“九一八”事变后，曾到山西汾阳投奔伯父，冯玉祥劝其回乡组织民众抗日。1941年夏，冯洪谦从敌后游击队到重庆看望冯玉祥，伯父得知侄儿积极参加抗战非常高兴，遂赠以联。

上联中，孝子贤孙，本指孝顺父母、尊崇祖先的人。今日何谓孝子贤孙？不同的人有不同理解。作者认为，抗日救国才是今天的孝子贤孙。

下联中，志士仁人，语出《论

语·卫灵公》："志士仁人，无求生以害仁，有杀身以成仁。"这里是说，具有远大志向和高尚品德的人，最为重视保卫人民的利益。作者将"最重保民"作为衡量是否志士仁人的标准，极有见地。

此联既对后辈寄予厚望，亦见这位平民将军"救国保民"之心。

赠石凌鹤

冯玉祥

判明是非无烦恼；
铲走倭寇好做人。

赏析

此联写于1941年间。石凌鹤为我国现代著名剧作家。1906年生于江西乐平。1927年加入中国共产党。抗日战争期间，先后参加军委政治部第三厅和文化工作委员会工作。新中国成立后，任中国剧协常务理事、江西省文化局局长等职。1941年，冯玉祥在重庆写了一副对联，题赠石凌鹤。

上联中，判明，判断明白、分辨清楚。此句意谓，只有弄清是非曲直，才能没有烦恼。

下联中，铲走，铲除赶走。倭寇，对入侵我国的日本帝国主义强盗的蔑称。这些用语均带有强烈的感情色彩。联句意谓，只有铲除日寇才能好好做人，否则将会落入做亡国奴的命运。

此联语浅意深，既是对于抗战时期文化人的要求，亦在提出当时为人处世的准则。

斥政客

冯玉祥

纸糊三阁老；
泥塑六尚书。

赏析

此联写于1941年间。冯玉祥当时在重庆出于对某些国民党官僚政客消极抗日、腐败无能的不满，在自己寓所的客厅里挂出一副短联加以贬斥。

上联中，三阁老，唐代对中书舍人中年资长久者及中书省、门中省属官，敬称为阁老。此处加上“纸糊”二字，借以嘲讽贬斥国民党政府中的高官大员。

下联中，六尚书，即六部尚书。古代朝廷由吏部、户部、礼部、兵部、刑部、工部的尚书分掌政务，相当于后世的国务大臣。此外加上“泥塑”二字，言其形同虚设，不会做事。

这副短联，原为明朝人讽刺当时不说话、不做事的大臣的两句诗。作者信手拈来，古为今用，寓意颇为深刻。

题青城山上清宫

冯玉祥

上德无为，行不言之教；
大成若缺，天得一以清。

赏析

此联写于1943年3月。青城山，在四川省灌县西南三十里处，为我国道教发祥地之一。相传东汉张道陵（张天师）曾在此创立五斗米道，因此历代宫观林立，至今尚存三十余处。上清宫为青城山上著名道观之一，始建于晋，屡有兴废，现仍留存。冯玉祥于1943年3月曾游青城山，并为上清宫题写楹联。

上联中，上德无为，语见《道德经》第三十八章：“上德无为而无不为。”上德，指具有高尚德行之人。无为，道家的哲学思想，即顺应自然变化之意。老子认为，宇宙万物的根源是“道”，而“道”是“无为”而“自然”的，人效法“道”也应以“无为”为主。行不言之教，语见《道德经》第二章：“是以圣人处无为之事，行不言之教。”意谓圣人用“无为”的自然法则来对待事物，而不用空洞的语言教训别人，就像天地一样，让万物自然地发展壮大。

下联中，大成若缺，语见《道德经》第四十五章：“大成若缺，其用不弊言。”谓天下最美好的东西似乎也有缺陷，但是它经久耐用。天得一以清，语见《道德经》第三十九章：“昔之得一者，天得一以清，地得一以宁，神得一以灵，谷得一以盈，万物得一以生，侯王得一以为天下贞。”这里的“一”，实为“道”的别名，亦即万物都有的一个总原则。因此，天得到这个“一”就清晰明亮，地得到这个“一”就安宁稳定。

这是一副集句联，均用《老子》书中成句，可见作者对于老子学说颇有研究。全部引用古语而能构成属对工整的联文，更属难能可贵。

赠玛丽·安妮

冯玉祥

纪念花木兰；
要学秦良玉。

赏析

此联写于1943年间。1929年，杨茂修获巴黎大学法学博士后回国，瑞典的玛丽·安妮亦修完巴黎大学美术系学业，二人在上海结婚。1935年杨茂修任北大教授，二人与张学良、冯玉祥时有交往。玛丽·安妮支持我国抗战救亡事业，捐钱捐物，动员青年参军，出力甚多。1943年在四川乐山遇冯玉祥，冯以此联书赠。

上联中，花木兰，我国古代民间传说中的女英雄。故事最早见于北朝民歌《木兰辞》。她曾女扮男装，代父从军，转战十载，胜利归来。后有不少传统戏曲小说均以此为题材，故在民间成为家喻户晓的人物。

下联中，秦良玉，我国古代历史上的女英雄。明代四川忠州人。石柱宣抚使马千乘妻。马死，代领其职，所部号白杆兵。

天启元年率军北上抵御后金（清），崇祯三年又入援京师，成为我国历史上抗击外侮屡立战功的巾帼英雄。

此联以我国古代两位巾帼英雄勉励玛丽·安妮，既符长者口吻，亦寓赞扬之意。玛丽·安妮对此非常珍视，长期悬于家中壁上。

挽四八烈士

冯玉祥

一朝群杰逝；
四野挽歌声。

赏析

此联写于1946年4月。四八烈士，1946年4月8日，王若飞、秦邦宪、叶挺、邓发等同志，乘飞机由重庆返延安时，在山西兴县黑茶山失事遇难。冯玉祥与夫人李德全联名送挽联致哀。

上联中，一朝（zhāo），一个早晨，指短时间，含有突然之意。四八烈士中，王若飞、秦邦宪为中共中央委员，叶挺为新四军军长，邓发为中共中央职工委员会书记，联中因称他们为“群杰”。而今却突然逝去。

下联中，四野，四方原野，泛指中华大地。挽歌，哀悼死者的歌。此指中华大地充满挽歌之声。

此联属流水对，上下句意贯串。因一朝群杰逝世，而四野挽歌声声。作者赞誉之意与怀念之情，均浓缩并寄寓于这副短联之中。

挽佟麟阁赵登禹

冯玉祥

报国敢云天职尽；
立身当与古人争。

赏析

此联写于1946年7月。佟麟阁（1892—1937），河北高阳人。早年在冯玉祥部任职。1937年任国民政府军第二十九军副军长。7月28日，日寇对二十九军驻地的外围南苑等地发动攻击，佟麟阁率部反击，不幸中弹牺牲。赵登禹（1898—1937），山东菏泽人。1933年任国民政府军第二十九军第三十七师师长。“七七”卢沟桥事变后，任第二十九军北平南苑驻地临时指挥官，战斗中英勇牺牲。1946年7月28日，北平市政府和各界人士为纪念佟麟阁、赵登禹的历史功绩，在中山公园举行了追悼大会，冯玉祥撰送挽联致哀。

上联中，天职，天的职责。《荀子·天论》：“不为而成，不求而得，夫是之谓天职。”后来称人所应尽的现职为天职。佟麟阁在抗战爆发后，曾通电全国，发出“杀敌救国，军人天职”的誓言。这里是说，就逝者角度而言，敢说已经尽了自己报国的天职。

下联中，立身，谓树立己身。此句意谓，在树立己身方面当与古人一争高低，亦即效法古代英雄人物成就一番事业。

此联肯定逝者报国已尽天职，立身不让古人。“敢云”与“当与”，尽显自信与自强，用词颇为精当。

挽佟麟阁

冯玉祥

儒雅端悫，经武知兵，博爱尤娴基督义；
慷慨悲歌，同仇敌忾，成仁共许道麟忠。

赏析

此联写于1946年7月。冯玉祥在7月28日北平各界举行的追悼大会上，除向佟、赵二位烈士共献挽联外，还为自己当年的部将佟麟阁单独写了一副挽联。

上联中，儒雅，风度温文尔

雅，而又富有学问。庾信《枯树赋》："殷仲子风流儒雅，海内知名。"端悫（què），端正诚实。荀子《修身》："端悫诚信，拘守而详。"经武，整治武备。《左传·宣公十二年》："子姑整军而经武乎?"知兵，通晓军事。联句意谓，逝者平生温文尔雅，端正诚实，善于整治武备而又通晓军事，是位军中不可多得的将才。"博爱"句，谓逝者充满爱心，尤其熟悉于基督的教义。这里是指佟麟阁早年信奉基督教，并把它引入军中，用以教育官兵效法耶稣的献身精神，借以转变当时的不良风气。

下联中，慷慨悲歌，情绪激昂地放歌，以抒发悲壮的胸怀。同仇敌忾（kài），全体一致地痛恨和打击敌人。联句意谓，逝者生前慷慨悲歌，率领全军将士共同打击敌人。人们共同赞许称道逝者为国尽忠而献出了自己的生命。

作者深知自己军中爱将的性格特点，儒雅、知兵、博爱，给予很高评价。并与全军将士一样，"成仁共许道麟忠"。

赠女儿结婚

冯玉祥

民主新伴侣；
自由两先锋。

赏析

此联写于1947年9月。冯玉祥当时正在美国考察期间，女儿冯理达结婚，将军自海外寄来一副贺联，联上手书"元铮吾婿理达吾女结婚纪念"。

上联中，民主，本属政治范畴的术语，这里是指符合民主原则的作风。作者希望他们成为发扬民主作风的新式伴侣。

下联中，先锋，本指率领先头部队迎敌的将领。后多用于比喻，泛指冲锋在前能起先导作用者。此句意谓，祝愿一对新人成为争取自由的先锋。

此联寄语新人，于美好祝愿同时而又有所期冀。当时国内正值解放战争时期，作者意在鼓励他们为建成真正民主、自由的新中国作出自己应有的贡献。

挽高汝桐

张学良*

陷胸断脰是男儿，死非其所，痛矣；
沐雨栉风先士卒，事不得人，惜哉！

作者

*张学良（1901—2001），字汉卿，辽宁海城人。张作霖之子。曾任东三省保安总司令、国民党陆海空军副总司令、西北“剿总”副司令。1936年与杨虎城发动西安事变，随后被长期关押。1959年蒋介石解除其“管束”。1995年旅居美国。著有《张学良文集》。

赏析

此联写于1927年3月。高汝桐，北洋直系军阀吴佩孚手下的豫军将领。1927年3月24日，在郑州与奉系张学良部队作战阵亡。张学良一向爱惜人才，对于敌军悍将也不例外。他让部下将高汝桐尸体予以“妥为装殓”，并撰挽联致哀。

上联中，陷胸断脰（dòu），意谓活埋砍头，形容死得惨烈。《礼记·檀弓下》：“毋使其首陷焉。”注：“陷，谓没于土。”陷胸，即埋至胸部。脰，颈项、脖子。断脰，砍断脖子。上联意谓，逝者死得惨烈，可惜死非其所，亦即死得没有价值，岂不让人痛心。

下联中，沐雨栉风，语出《庄子·天下》。谓用雨来洗头，用风来梳头，形容饱经风雨，劳苦奔波。事，侍奉、服侍。《孟子·梁惠王下》：“事齐乎？事楚乎？”下联意谓，逝者栉风沐雨身先士卒，可惜所事不得其人（即跟随吴佩孚）。

此联别具一格，哀挽敌军将领，自当别有一番滋味。作者仍能直抒胸臆，褒贬自有分寸，并在赞扬与痛惜中表达深沉的哀悼之情。

挽陈琛

张学良

知杨太尉在堂，忍把锦裘追往事；
为马幼常流涕，至今黄壤怆平生。

赏析

此联写于1927年5月。陈琛(chēn)，为奉军第十一军第六旅旅长。1927年5月，河南上蔡战役中，奉军第十一军副军长富双英兵败被俘。该军第六旅旅长陈琛，因援救不力与有投北伐军嫌疑而被枪决。张学良对于这位部下之死，颇有哀怜之意，写了这副挽联。

上联中，杨太尉，即东汉太尉杨彪。东汉末年，其子杨修任丞相曹操主簿。杨修好学能文，才思敏捷，积极为曹植谋划，欲使其取得魏太子的地位。曹植失宠于操，操因杨有智谋，又是袁术之甥，虑有后患，遂借故杀之。杨彪因思念儿子消瘦，曹操见而怜之，赠锦裘等物加以安抚。陈琛被杀后，张学良知其老父尚在，遂用此典。当年曹操知杨太尉在堂，忍把锦裘相赠，并追忆与杨修相处的往事。

下联中，马幼常，三国蜀将马谡，字幼常。因违背诸葛亮的部署丢失街亭，诸葛亮按军法“挥泪斩马谡”。黄壤，黄土，亦即黄泉，指葬身之处。此句意谓，至今面对黄泉之下的部将，仍悲伤地想到其平素之事。

此联哀挽逝者，以历史人物杨修、马谡不幸结局喻之，切人切事，用典精当，能收到言少意多的效果。

自题

张学良

两字听人呼不肖；
半生误我是聪明。

赏析

此联写于1928年1月。据新华出版社《张学良文集》第一卷所载，题为《书赠杨云史条幅》，并附有跋语："军次保阳，闲以笔墨自遣，云史兄见而爱，索之，特赠，并志。临溟张学良十七年一月。"（临溟为辽宁海城市古称。张学良为海城人）杨云史原任吴佩孚秘书，时为张学良幕僚。张以自遣笔墨赠人，仍名《自题》为宜。

上联实为倒装句法，意即听凭人家呼我不肖二字。不肖，不贤，亦谓儿子不似其父。张学良有着强烈的爱国之心，反对日本帝国主义控制东北，与其父与日本关系暧昧完全不同。正因不愿与父亲同流合污，任凭别人呼为不肖，他也并不放在心上。

下联亦为倒装句法，意谓我被聪明误了半生。宋苏东坡《洗儿》："人皆养子望聪明，我被聪明误一生。"联句采用"聪明反被聪明误"语意，这里似属自我解嘲，自我调侃。个中寓意需要结合这位少帅自身经历与所处环境加以理解。

需要指出的是，不少联书收录此联，而在解析方面却众说纷纭。写作时间有"九一八"事变后与西安事变后等不同说法。笔者只能执善而从，拟以《张学良文集》所载为准。

挽梁启超二联

张学良

一

党人李范今千古；
文学欧苏此一时。

二

是岭学传人，我思不见；
以文言觉世，公适其时。

赏析

这两副挽联写于1929年1月。梁启超为近代著名学者与资产阶级改良派代表人物。与其师康有为一起，倡导变法维新，人称“康梁”。曾任袁世凯政府司法总长、段祺瑞执政府财政部长。早年倡导诗界革命与小说界革命。写作长于政论，流畅奔放，甚有特色。有《饮冰室合集》传世。1929年1月19日在北平因病逝世，张学良撰送挽联致哀。

第一副挽联：

上联中，党人，指政治上结成朋党的人。李范，东汉士大夫李膺、范滂，与太学生首领郭泰等相结交，反对宦官专权。宦官诬其密结朋党，诽谤朝廷，先后将李膺、范滂等“党人”逮捕入狱，并予杀害。此处指康有为、梁启超所发动的“戊戌政变”，清政府亦曾以“结党营私，莠言乱政”的罪名加以通缉。联中是说，汉代党人李范亦已千古，今之党人康梁也已辞世。

下联中，欧苏，指宋代著名文学家欧阳修、苏轼。这里以“欧苏”喻梁启超，借以肯定他在我国近代文学史上的重要地位。

第二副挽联：

上联中，岭学，康有为系近代著名学者，又系广东南海人，地处五岭以南，因称康有为学说为“岭学”。梁启超是康有为弟子，因称其为“岭学传人”。我思不见，我虽思慕而未得相见。

下联中，文言，指连缀成篇的文字。唐梁肃《修禅道场碑》：“汝吾徒也，盍纪于文言，刻诸金石。”后也指有别于白话的古汉语书面语言。此指梁启超以浅近文言写成的文章能使世人觉醒。公适其时，你正适逢其时。

作者第一副挽联以“党人李范”与“文学欧苏”喻逝者，用典贴切自然。第二副挽联中“岭学传人”与“文言觉世”，则与逝者政治经历、学术成就有所疏离，这一评价似与作者当时的政治态度有关。

挽杨宇霆

张学良

讵同西蜀偏安，总为幼常挥痛泪；
凄绝东山零雨，终怜管叔误流言。

赏析

此联写于1929年1月。杨宇霆（1886—1929），奉天法库人。日本士官学校毕业。历任奉军参谋长、东北陆军训练总监、奉军第三和第四方面军军团长、东三省兵工厂督办。作为奉系军阀中的核心人物，其地位与声望在少帅张学良之上。1928年6月，张学良在张作霖被日军暗杀后继承父位。因杨宇霆独断专行，于己不利，遂于次年1月将其秘密处决。张学良给杨风光大葬，对其家属优予抚恤，并送挽联致哀。

上联中，讵（jù），副词，曾。西蜀，三国时刘备建立的蜀汉政权，地在西部，因称西蜀。张学良自言据有东北，如同当年西蜀偏安一隅。幼常，即蜀国太守马谡，才气过人，好论军事。诸葛亮对其欣赏有加，后因失街亭而正军法。联中采用诸葛亮挥泪斩马谡的典故，以喻张学良不得不杀杨宇霆，充分反映了作者的矛盾心情，因而“总为幼常挥痛泪”。

下联中，东山零雨，语见《诗·豳风·东山》：“我徂东山，慆慆不归。我来自东，零雨其濛。”东山，为诗中军士远征之地。零雨，小雨。这里是说，士兵在东山雨中，思念家乡亲人，内心颇为凄凉。联中意在渲染悲凉的气氛。管叔误流言，管叔、蔡叔均为周武王之弟。武王死后，成王年幼，周公摄政。他们散布流言，勾结殷纣王之子武庚叛乱。周公东征平叛，杀了管叔，流放蔡叔。详见《史记·管蔡世家》。后世常以管蔡喻叛乱之臣。联中以周公诛管叔自况，意指杨宇霆误信日本间谍阴谋，心怀反叛，招致杀身之祸。

此联属对工稳，用典贴切自然，切人切事，寓意深沉，富于艺术感染力，给人诸多思索回味的余地。

挽常荫槐

张学良

天地鉴余心，同为流言悲蔡叔；
江山还汉室，敢因家事罪淮阴。

赏析

此联写于1929年1月。常荫槐，吉林梨树人。奉系军阀张作霖的老部下，曾任京奉铁路局局长、东三省交通委员会副委员长、黑龙江省省长。1929年1月，因与日寇勾结，图谋不轨，被张学良处决。其公开理由与杨宇霆相同。张学良亦念其袍泽之谊，撰送挽联致哀。

上联中，鉴，了解、审察。首句即表明天地可知我心。蔡叔，典出《史记·管蔡世家》。这里采用周公流放蔡叔的故事，以表明自己的心迹。蔡叔同样散布流言，参与叛乱，招致惩处。

下联中，江山还汉室，此指东北易帜，江山还于汉室。既有利于国家统一，又稳定了东北局势。淮阴，指西汉开国功臣淮阴侯韩信。他与张良、萧何并称“汉初三杰”。后因有人告他谋反被吕后斩于长乐宫的钟室。这里是说，为了保住汉室江山，敢因家中事务而治淮阴侯的反叛之罪。杨、常二人确有谋反之嫌，但无确凿证据，不杀危险太大，杀后有点怜惜，充分表达了张学良当时的矛盾心情。

此联最大特色亦在用典，借助“流言悲蔡叔”与“家事罪淮阴”两个历史故事，意在以古喻今，从而表明心迹，把公义与私情处理得恰到好处。

挽郑鸣之

张学良

往事话南皮，忽省姓名伤鬼录；
修词问东里，忍将文字概平生。

赏析

此联写于1929年1月。郑鸣之，曾任江苏省省长、东北交通委员会委员长、东北边防军司令长官公署秘书厅厅长。与杨宇霆关系密切，杨被处决后，郑颇为惊恐。1929年1月28日，突发脑溢血逝世。张学良撰联致哀。

上联中，南皮，即南皮之游，典出曹丕《与朝歌令吴质书》："每念昔日南皮之游，诚不能忘。"南皮县在河北省。魏文帝曹丕为五官中郎将时，与友人吴质等文酒射雉，欢聚于此，传为佳话。从此南皮即成为称述朋友间雅集宴游的典故。忽省，忽然想起，忽然省悟。鬼录，死者的名册。曹丕《与吴质书》："观其姓名，已在鬼录，追思昔游，犹在心目。"此句意谓，忽然省悟到友人的姓名已让人忧伤地列入死者的名册。

下联中，修词，修饰词句。东里，地名，在河南新郑县故城内。春秋时郑国大夫子产居北，当时郑国的外交文书常需由他润饰，使其具有文采。事见《论语·宪问》。结句意谓，岂忍心用文字概述死者的生平。当时处死杨宇霆后，长官公署曾召郑鸣之要他草拟向南京政府报告的电稿，郑恐惧紧张，竟写不出来。

此联用语典则，能将古典与近事两相对应，做到自然吻合，文字功底不俗，尽显作者儒将本色。

挽韩麟春

张学良

世间多少事业待吾二人，风劲天门偏折翼；
平时生死交情如君有几，月寒辽海百伤心。

赏析

此联写于1930年1月。韩麟春（1885—1930），字芳辰，辽宁辽阳人。生前任奉军第四方面军军长兼陆军大学校长，与张学良共事多年。1930年1月18日因患脑溢血逝世，张学良撰送挽联致哀。

上联中，天门偏折冀，典出《晋书·陶侃传》，陶侃梦中生出八翼，已飞进八层天门，只剩最后一层就到天堂。此时却因高空风劲而折断左翼，掉到了地上。联句意谓，人世间正有多少事业等待我们去做，而友人在事业顺利进行途中折翼而亡，让我失去了得力的助手。

下联中，辽海，辽河、渤海，指代东北。联句意谓，平时如君与我有着生死交情者能有几人，而今月光寒冷地照在东北大地上，让人感到百倍伤心。具有“生死交情”的友人逝去，而今徘徊月下，能不倍感凄凉！

此联哀挽亡友，如泣如诉，用语文白相间，且以景语抒情。让人读后亦一掬同情之泪。

挽“一·二八”阵亡将士

张学良

百战为公理，浩气丹心，赢得誉满全世界；
千里吊英雄，凄风苦雨，忍看血染吴淞江。

赏析

此联写于1932年5月。“一·二八”阵亡将士，1932年1月28日，日本侵略军由上海租界向闸北、吴淞一带进攻，我驻守上海的十九路军奋起抵抗，开始了震惊中外的淞沪抗战。上海军民英勇斗争，坚守了一个多月，给日本侵略者以沉重打击，终因国民党政府坚持不抵抗政策遂告失败。同年5月28日，十九路军在苏州举行“一·二八”抗日阵亡将士追悼大会，张学良从北平寄来挽联一副，以表沉痛哀悼之情。

上联中，浩气丹心，语见明杨继盛《临刑诗》：“浩气还太虚，丹心照万古。”联句意谓，十九路军阵亡将士，百战为求公理，充满浩然正气且有一片忠心，淞沪抗战赢得全世界的赞誉。

下联中，千里，张学良时任北平绥靖主任，未能亲临致祭，因言“千里吊英雄”。而今在凄风苦雨之中忍看抗战烈士的鲜血染红了吴淞江。

此联哀挽“一·二八”阵亡将士，对仗工稳，声情悲壮，诚为同类联语中的佳作。

挽安营长

张学良

守土共存亡，先鞭著我三军气；
挥戈思勇决，信史传兹百世名。

赏析

此联写于1933年2月。同年1月，日军对山海关发动袭击，我守军第六二六团官兵奋起抵抗。一营营长安德馨与几位连长战死沙场，一营、三营亦伤亡殆尽。2月12日，上海回教徒举行追悼安德馨等殉国烈士大会。张学良时任军事委员会北平分会代委员长，亦为部下安营长壮烈殉国撰送了这副挽联。

上联中，先鞭，典出《晋书·刘琨传》："与范阳祖逖为友，闻逖被用，与亲故书曰：'君枕戈待旦，志枭逆虏，常恐祖生先吾著鞭耳。'"后以"先鞭"表示占先一着。联句意谓，安营长等抗日将士深知守土有责，并愿与之共存亡。这占先一着的爱国行动大大鼓舞我三军将士的勇气。

下联中，挥戈，挥动兵器。信史，确实可信的历史。兹，此。联句意谓，逝者挥戈上阵，要同敌人决一死战。此举自应载入史册，流芳百世。

此联哀挽自己部下，感情深挚，用语精当，充分表达了赞誉之意与悼念之情。

戒毒条幅

张学良

陋习好改志为鉴；
顽症难治心作医。

赏析

此联录自《少帅风云录》一书，作者1933年3月12日写于上海。这一戒毒条幅为直挂的长条字画。

上联中，鉴，古代器名，青铜制成，形似大盆，用以盛水。古代没有镜子，因常盛水于鉴，用来照影。战国以后大量制造青铜镜照影，因此铜镜也称为鉴。《新唐书·魏徵传》："以铜为鉴，可整衣冠。"这里是说，吸食毒品的陋习可以改掉，但必须立志为鉴。

下联中，顽症，顽固的病症。此句意谓，吸食毒品确是顽固的病症，但心可以作为治病的良医，亦即只要下定决心便可以治愈。

此联完全根据自己的切身体验写成，充分说明了戒毒的重要与可能。

挽陈少白

张学良

揽辔匡时昭伟略；
束刍为国吊长才。

赏析

此联写于1934年间。陈少白为近代民主革命者，早年参加孙中山领导的兴中会。1905年任香港同盟会会长，1911年任广东都督府外交司长，1921年任孙中山总统府顾问。著有《兴中会革命史要》等书。1934年因病逝世，张学良撰送挽联致哀。

上联中，揽辔，典出《后汉书·范滂传》："滂登车揽辔，慨然有澄清天下之志。"后用以表示从政者具有澄清天下的抱负。此指逝者当年在广东都督府和孙中山总统府任职期间，慨然有澄清天下之志，竭力挽救艰危的时局，显示出宏伟的谋略。

下联中，束刍，一束青草。典出《后汉书·徐稺传》："林宗（郭泰）有母忧，稺往吊之，置生刍一束于庐前而去。"后因称吊丧礼物为生刍。长才，高才、英才。杜甫《述古》之三："经纶中兴业，何代无长才。"这里是说，我当献上生刍一束于逝者灵前，为国凭吊这位人间的英才。

此联哀挽逝者，既赞逝者揽辔匡时之功，又表自己束刍凭吊之忱。用语精当，言少意多。

挽高东园

张学良

泽壮梓桑崇雅望；
裴兴风树有雄才。

赏析

此联写于1934年12月。高东园（1859—1934），辽宁开原人。毕生从事教育工作。其子高崇民曾是张学良的部属，“九一八”事变后，一直从事抗日救亡活动。1934年12月，高东园因病逝世，其子高崇民举行祭奠活动，张学良撰送挽联致哀。

上联中，梓桑，即桑梓，故乡。语出《诗·小雅·小弁》：“维桑与梓，必恭敬止。”桑与梓为古代住宅旁常栽之树木，后遂用以喻故乡。这里是说，逝者有恩泽于故乡因而声望很高。

下联中，裴，通“徘”，徘徊。裴兴，徘徊寄兴。风树，典出《韩诗外传》卷九：“树欲静而风不止，子欲养而亲不待也。”这是齐国孝子嘉鱼对孔子所说的话，后以“风树”比喻父母去世，子女不得奉养。此句意谓，今在逝者灵前徘徊寄兴，怀有风树之悲者乃具有雄才大略之人。这里称颂逝者之子高崇民。

此联用语典雅精致为其所长，而求之过甚反显艰涩，似亦不足为训。

题洛阳精忠祠

张学良

背邙面洛；
斩凶除奸。

赏析

此联写于1935年6月。当时，河南洛阳精忠祠（祀关羽、岳飞）重修竣工。张学良应邀主持了落成典礼，并书写楹联悬于祠门两侧。

上联中，邙（máng），山名，即河南洛阳东北的北邙山。多古代王侯公卿的陵墓。三国魏应璩《与程文信书》：“南临洛水，北据邙山。”洛，洛水，即今河南洛河。此句意谓，洛阳精忠祠背靠邙山面对洛水。

下联意谓，斩除奸邪凶恶之徒。包括以“莫须有”罪名杀害岳飞的秦桧夫妇、张俊、万俟卨，即为宋代有名的四大奸凶。

此联咏怀古迹，言简意明，充分显示了这位抗日爱国将领的浩然正气。

自　题

张学良

温酒常邀名将；
焚香爱读道书。

赏析

此联约写于1935年间。张学良这位东北军少帅，28岁任东北边防军司令长官，30岁升任全国陆海空军副总司令，35岁授予陆军一级上将军衔。他曾自题联语言志述怀，还多次手书此联，题赠周围友人。

上联中，温酒，使酒变温。联句谓自己公余常常邀请军中名将一起，边饮酒边谈论军国之事。

下联中，焚香，旧时家境富裕的读书人有焚香夜读的习惯，即在书房用熏炉点燃沉香，以营造温馨的读书环境。道书，道家的书籍。南朝梁武帝《述三教诗》：“中复观道书，有名与无名。”焚香爱读道书，表明作者读书不拘儒家经典而愿博览群书，更显清静无为、风流潇洒的个性。

此联言志述怀，以示自己文武双全、风流儒雅，实为当时个人生活的真实写照。

挽何故师长

张学良

忠节常昭；
精诚不灭。

赏析

此联写于1936年4月。何故师长，即国民政府军第六十七军一一〇师师长何立中。1935年10月1日，在劳山战役中，该师两个团和师部被我红十五军团歼灭，师长何立中亦重伤身亡。次年4月22日，西安各界在东关八仙庵举行公祭，张学良撰送了这一挽词。

上联中，忠节，忠贞节烈。此句意谓，逝者忠贞节烈气概可常昭示于天下。

下联中，精诚，真诚。此句意谓，逝者真诚之心永不泯灭。

需要指出的是，张学良时任西北“剿总”副司令，执行“先安内后攘外”的错误政策，在进攻陕北根据地过程中损兵折将，其后开始转向联共抗日，并于同年4月同周恩来在延安会谈。这副联语正是依然坚持反共立场而又处于转折时期的产物。

挽章太炎二联

张学良

一

哲人其萎，倚梁栋以何从；
经术既衰，抚简篇而空往。

二

天丧斯人，朴学难继；
瞻言国故，悼悲极深。

赏析

这两副挽联写于1936年6月。章太炎为我国近代民主革命家和著名学者。早年参加同盟会，主编《民报》。曾任孙中山总统府枢密顾问、护法军政府秘书长。后以讲学为业，一生著述宏富，有《章氏丛书》传世。1936年6月因病逝世，张学良撰送两副挽联致哀。

第一副挽联：

上联中，哲人其萎，哲人，智慧卓越的人；萎，枯萎、死亡。语出《礼记·檀弓上》："泰山其颓乎！梁木其坏乎！哲人其萎乎！"后谓贤者病逝，且常用作悼念死者之词。梁栋，即栋梁，房屋的大梁，亦喻能为国倚重的人才。联句意谓，而今哲人已逝，今后何所倚仗栋梁之材，将使人无所适从。

下联中，经术，经学、儒术。简篇，均指竹简，古代文字书写在竹简上，因以代指古代书籍。联句意谓，经术既已衰微，而今手抚古代书简而空自神往。

第二副挽联：

上联中，朴学，本指上古朴质之学。后来泛指经学为朴学。汉儒治学，注重名物训诂考据，故名。联句意谓，章太炎斯人已逝，现代朴学势将难以为继。

下联中，瞻（zhān），敬仰。国故，亦作国学，即我国固有的学术文化。章太炎亦著有《国故论衡》。联句意谓，怀着敬仰之心以言国学。我们悼念与悲伤的感情极其深沉。

两副挽联言简意赅，文字洗练质朴，于深情哀挽之中，高度评价逝者的学术成就。

为东北大学廿五年毕业班同学录题词

张学良

努力崇明德；
随时爱景光。

赏析

此联写于1936年7月。东北大学，1923年正式建立的一所综合性大学。张学良一度兼任校长。"九一八"事变后迁往内地。新中国成立后并入东北师范大学。1936年7月，张学良曾为该校毕业班题词。

上联中，明德，美德、完美

的德行。《礼记·大学》："大学之道，在明明德。"郑玄注："谓显明其至德也。"崇，尊敬、崇敬。此句意谓，希望莘莘学子要努力尊崇完美的德行。

下联中，景光，光阴、年华。语见汉代苏武《诗四首》之四："愿君崇令德，随时爱景光。"注："景光，即光景也。"联句由苏武诗句而来，希望人们随时爱惜光阴，不要虚度年华。

这副近于集句式的题词，表明这位东北军少帅对家乡莘莘学子的关怀。

屈将室

张学良

恨天低，大鹏有翅愁难展；（张学良）
悲国破，独夫无术挽危亡。（胡梦云）

赏析

此联写于1939年5月。屈将室，在湖南郴州苏仙观正殿左侧，新中国成立后有关部门为纪念张学良一度被囚于此而建。张学良发动西安事变后被蒋囚禁，1939年5月辗转来到郴州，即被拘于此。上联系张学良当时题于住房墙上，原迹已不存。下联则由胡梦云补足。现据《中华名胜对联大典》一书收录。

上联中，大鹏，传说中的大鸟。典出《庄子·逍遥游》："鹏之徙于南溟也，水击三千里，抟扶摇而上者九万里。"此句意谓，恨天幕低垂，大鹏有翅亦愁难以展开飞翔。

下联中，独夫，谓残暴无道众叛亲离的君主，此指消极抗日、积极反共的蒋介石。此句意谓，人们都在悲叹国家山河破碎，而独夫民贼蒋介石却毫无办法挽救祖国的危亡。

此联应作具体分析，上联喻自己身为屈将受到囚禁的艰难处境，颇为真实；下联系他人续对，既承上联原意，而又有所生发。张学良当时虽身在禁中，仍"读书思过"，并对蒋介石抱有不切实际的幻想。续句用语过激，似乎并不完全切合张学良当时的心理状态。

挽蒋介石

张学良

关怀之殷，有如骨肉；
政见之争，宛若仇雠。

赏析

此联写于1975年4月。同年4月5日，蒋介石在台北病逝。张学良虽早已被解除“管束”，仍有种种限制，经有关部门特许前往灵堂吊唁。他在回溯与这位盟兄几十年的恩恩怨怨之后，撰书此联致哀。张学良在《西安事变回忆录》一文中亦曾言及：“而蒋公同良之关系，亦十分微妙，痛恨，有若仇雠，爱护斯许，则如骨肉，真是前无之事，使良在回忆之中，有永不能忘却之一幕。”（详见新华出版社《张学良文集》（二））

上联言关怀之殷切有如兄弟。20世纪30年代初，蒋张联盟，结为兄弟，私人情谊颇深。

下联中，政见，政治见解。这里是指20世纪30年代中期张学良与蒋介石在联共抗日等问题上有着不同的政治见解。宛若，仿佛、好像。仇雠（chóu），仇敌。《国语·越上》：“夫吴之与越也，仇雠敌战之国也。”此句意谓，因各自政见不同以致就像仇敌一样。

此联切人切事，似颂似嘲，似赞似怨，褒贬有度。二人一生恩怨尽在这十六字中。

嵌字联

张学良

惟大英雄重本色；
是真名士自风流。

赏析

此联写于1994年1月5日。这一天，张学良应邀出席夏威夷京剧爱好者欢迎会。他在会间兴致勃勃地一连唱了《战太平》等好几段京剧，还应约即兴作《戏为友人助兴》七绝诗，撰写“英雄本色”嵌字联。一位94岁老人依然豪兴不减当年，才思如此敏捷，实在令人感佩。

上联中，“英雄本色”为一常见成语，而今自然嵌入联中。这里不仅保留原有内涵，而且有所深化。联句强调只有大英雄才会注重保持本来的颜色，亦即敢于以本来的面目示人。

下联中，为与出句相应，对句则由另一成语“名士风流”化出。名士风流，即名士的风韵气度，一般指有名气有才华的文人所具有的不拘礼法、放荡不羁的风度。联句同样有所深化，突出如果是真名士自会风流潇洒，言外之意若假名士则等而下之了。

我们从这一明显带有自娱自嘲与反讽意味的联语中，依稀可以看到这位世纪老人身上仍留有当年少帅的神采风韵。

题赠东北故旧之子女

张学良

鹤有还巢梦；

云无出岫心。

赏析

此联写于1994年间。当时，张学良在美国会见不少东北故旧之子女，因有诸多感慨而即兴题赠此联。

上联“鹤有还巢梦”，张学良常说自己是“闲云野鹤”之人，云鹤本是飘逸之物，这很切合将军闲散超脱的心态。既然连鹤都有了还巢之心，更何况是人呢？这就自然激发了思乡怀故的人之常情。

下联中，岫（xiù），山洞。陶渊明《归去来辞》中言“云无心以出岫”，联句反其意而用之，云并非无心出岫，而是本无出岫之心。这里意在说明当年实属不得已而离开故乡。作者 95 岁时还表示，一旦身体允许，将回东北老家看看，可见浓浓思乡之情，拳拳赤子之心。

此联夫子自道，言出由衷。晋代诗人陶渊明《归去来辞》中有句：“云无心以出岫，鸟倦飞而知还。”作者据此加以化用而成此联，借以表达思念故国之情。

挽孙中山

吴稚晖＊

闻道大笑之，下士应多异议；
贻谋后死者，成功不必及身。

作者

＊吴稚晖（1865—1953），名敬恒，江苏武进人。清光绪举人。1905 年加入同盟会。曾任里昂中法大学校长、国民党中央监察委员、国民政府委员、中央评议委员。1949 年去台湾，任“总统府”资政，著有《吴敬恒选集》。

赏析

此联写于 1925 年 3 月。同年 3 月 12 日，孙中山因病逝世于北京，吴稚晖撰送挽联致哀。

上联语出《老子》第四十一章：“上士闻道而勤行之。中士闻道，若存若亡。下士闻道而大笑之。不笑不足以为道。”闻道，领会某一道理。下士，指才德差的人。这里是说，下士闻道因其不解，故而大笑，且多不同或反对的议论。这里正好从反面说明了孙中山理论的伟大，当时社会上不正有些人将孙中山理论视为空谈，且称之为“孙大炮”吗？联中将他们斥之为“下士”，且从另一角度证明“不笑不足以为道”。

下联中，贻（yí）谋，语出《诗·大雅·文王有声》：“贻厥孙谋，以燕翼子。”后以贻谋指父祖对子孙的训诲。此指孙中山作为革命先行者对于同仁的教导。及身，及于自身，即由自己实现。下联实由孙中山遗言“革命尚未成功，同志仍须努力”衍化而来，意即逝者谆谆教诲后死者，虽然其政治理想与抱负没有实现，但自有后来的人继续努力奋斗。

此联在众多哀挽孙中山联语

中自成一格。作者采用诙谐奇诡的笔法写出，表现的却是非常严肃的内容，在当时颇为引人注目。

挽“三一八”惨案烈士

吴稚晖

口孝悌，笔忠信，讲礼明义，廉隅自干楯，所失之于神经部者惟耻耳，遂至豺狼蛇蝎无比凶残，实屠我兄弟姐妹；

南悲哀，北摧怆，绝恸大号，哭声震衢途，当逍遥乎官舍中人独笑之，必非饕餮穷奇能状丑态，远愧乎魑魅魍魉。

赏析

此联写于1926年3月。同年3月18日，段祺瑞政府在北京制造了枪杀请愿群众的流血事件。3月12日，冯玉祥所部国民军与奉系军阀作战期间，日本军舰掩护奉军军舰驶进天津大沽口，炮击国民军，被守军击退。日本竟联合英、美等八国于16日向北洋军阀政府提出撤除津沽防务的“最后通牒”。这一野蛮行径激起中国人民的无比愤怒。3月18日，北京各界人士举行抗议集会，并向执政府请愿。段祺瑞竟下令军警开枪，造成死47人，伤百余人的惨案。吴稚晖在追悼会上向“三一八”惨案烈士献上挽联。

上联中，“口孝悌”五句，孝悌（tì），亦作“孝弟”。《论语·学而》：“其为人也孝弟。”朱熹注：“善事父母为孝，善事兄长为弟。”忠信，忠厚诚实。《论语·学而》：“曾子曰：吾日三省吾身。为人谋而不忠乎？与朋友交而不信乎？”廉隅，棱角。比喻人的行为、品德端方不苟。《礼·儒行》：“近文章，砥砺廉隅。”干楯（dùn），古代作战时防身的盾。有的人口中讲孝悌，笔下表忠信，表面上讲礼明义，似乎端正不苟以作自己的盾牌。只是所失之于神经部者唯有羞耻而已，实即无耻之人。此指那些为北洋军阀张目和辩护的御用文人。“遂至”二句，豺狼、蛇蝎（指北洋军阀段祺瑞之流）无比凶残实际是在屠杀我的兄弟姐妹。

下联中，“南悲哀”五句，摧怆，悲伤。绝恸（tòng），极度悲恸。大号（háo），大哭。衢途，四通八达的道路。逍遥，优游自得的样子。《庄子·让王》：“逍遥于天地之间而心意自得。”官舍，馆舍，官吏的住宅。南方在悲哀，北方在悲伤，人们极度悲痛放声大哭，以至声震各地的道路。你们还可以逍遥吗？那些馆舍中的官员正逍遥自在并为此而独自高兴。“必非”二句，饕餮（tāo tiè），传说中的一种贪食的恶兽。《吕氏春秋·先识》：“周鼎著饕餮，有首无身。”穷奇，亦恶兽名。《山海经·西山经》：“邽山，其上有兽焉，其状如牛，蝟毛，名曰穷奇，音如獋狗，是食人。”魑魅（chī mèi），古代传说中山泽中的鬼怪。魍魉（wǎng liǎng），古代传说中精怪名。张衡《西京赋》：“魑魅魍魉，莫能逢旃。”联句意谓，只有以饕餮、穷奇之类的恶兽才能描摹其丑恶的形态，就连魑魅魍魉都远远感到惭愧，正说明这些人间恶兽凶残到何种程度。此语是对于北洋军阀的致命一击！

作者疾恶如仇，文笔犀利诙谐，联语能收到嬉笑怒骂皆成文章的战斗效果。

挽吴观岱

吴稚晖

何物鹄烈拉的微生虫，竟公开挈阿兄老命而跑，空想用一支秃笔，信今传后，就写成顾虎头、倪云林，亦徒然为无锡艺术志中，增加不少篇幅，于我们大家笑笑谈谈，终归完了；

可恨驹过隙般真短世，难设法留胜会群贤之盛，伤心眠七尺桐棺，闭目埋身，只剩有孙来鹤、廉潭柘，尽将是还北平石板屋里，共历许多兴亡，向四方吊者惨惨切切，诉说从前。

赏析

此联写于1929年间。吴观岱（1862—1929），江苏无锡人。壮年游京师，并置一处石板屋。他精研书法、绘画，山水、人物、花鸟皆精，尤其擅长水墨梅竹。1929年因病逝世，吴稚晖撰送挽联致哀。

上联中，“何物”二句，何物，哪一个，什么人。《晋书·王衍传》：“何物老妪，生宁馨儿，然误天下苍生者，未必非此人也。”鹄（hú）烈拉，“霍乱”一词的英文译音，通常译作“虎烈拉”。挈（qiè），提，引申为提携、带领。这里是说，那一个叫鹄列拉的微生虫，竟然公开携带阿哥老命而跑了。“空想”三句，秃笔，因久写脱去锋毛的笔。信（shēn），通“伸”，舒展、伸张。写，描摹、作画。顾虎头，即东晋画家顾恺之。倪云林，即元代画家倪瓒。这两位名画家都是无锡人。这里是说，空想用一支秃笔，伸张今日，传之后世，就能画成顾恺之、倪云林的画来。“亦徒然”四句，艺术志，记载艺术创作情况的书。这里是说，也只是徒然为无锡的艺术志中，增加不少篇幅，在我们大家笑笑谈谈之中，终归完了。

下联中，“可恨”二句，驹过隙，即白驹过隙。谓日影如白色的骏马飞快地驰过空隙，形容时间过得飞快。《庄子·知北游》：“人生天地之间，若白驹之过隙，忽然而已。”胜会，犹盛会。这里是说，可恨时间过得很快，人生多么短暂，难以设法留住盛大集会群贤相聚的场面。“伤心”三句，桐棺，桐木做的棺材，指质地朴素的棺木。闭目埋身，指人已死。孙来鹤，即近代无锡诗人孙寒崖。廉潭柘，即吴芝瑛之夫廉泉（南湖）。为作者寓居北平期间的两位友人。这里是说，让人伤心是七尺桐木棺材，埋葬已死之人，只剩下友人孙来鹤与廉潭柘。“尽将”四句，谓作者还将和孙来鹤、廉潭柘等人，在北平的石板房里，共历天下兴亡，且向四方发出凄惨悲切之声，诉说从前家乡友人相聚之事。

此联采用诙谐戏谑口吻，而又寓庄于谐，仍在肯定逝者绘画艺术成就与表达自己哀挽之情。作为挽联可谓别具一格。

挽陈炯明

吴稚晖

一身外竟无长物，青史留传，足见英雄有价；
十年前所索悔书，黄泉送达，定邀师弟如初。

赏析

此联写于1933年间。陈炯明（1875—1933），广东海丰人。早年毕业于广东法政学堂，加入同盟会，参与筹划广州起义。辛亥革命后任广东军政府副都督，二次革命失败下台。1917年任援闽粤军总司令。1920年任广东省省长兼粤军总司令。1922年背叛孙中山，炮轰总统府。次年率部退守东江。1925年所部被革命军消灭，此后避居香港。1933年病死，吴稚晖撰联致哀。

上联中，长物，多余的东西。明黄宗羲《申自然传》："匡床布被之外，更无长物。"青史，古代在竹简上记事，因称史书为"青史"。上联意谓，逝者一身之外竟别无长物。相传陈炯明在香港死后，家中别无长物，贫至难以为殓。今后在历史上将留传这一佳话。足以看出英雄有价，而非无价，实即肯定逝者仍不失为英雄，且一生清廉。

下联中，所索悔书，所要（索取）的悔过书。据称陈炯明在孙中山病逝前，已有痛悔之心，曾请吴稚晖代写悔过书，只是未等送到孙已去世。下联意谓，十年前要我代写悔过书，现在只有送达黄泉，届时一定邀约师弟如同当初一样。这里与逝者仍以师兄弟相称，回溯逝者与自己当年一起师事孙中山的经历。

逝者身份颇为特殊，早年参加革命却又晚节不终，给这样的人写挽联并非易事。作者巧妙选择切入角度，只从逝者死后家中别无长物与生前已有忏悔之意落墨，褒贬之间分寸适宜。

挽易培基

吴稚晖

最毒悍妇心，沉冤纵雪公为死；
误交卖友客，闲官相攘谋竟深。

赏析

此联写于1937年9月。易培基（1880—1937），湖南长沙人。20世纪20年代以来，历任湖南教育委员会委员长、广州大元帅府顾问、北京女子师范大学校长、国民政府农矿部长、故宫博物院院长。1937年9月死于上海，吴稚晖撰送挽联致哀。

上联中，悍（hàn）妇，泼妇。此指崖振华。1933年，易培基作为故宫博物院院长，因得罪司法院副院长张继之妻崖振华，竟被诬陷为盗换故宫珍宝。易只好辞去故宫博物院院长职务，匿居天津租界。联句意谓，最毒莫过于泼妇之心，而今沉冤纵然昭雪易公已为之而死。

下联中，卖友客，出卖朋友的人。此指司法院副院长张继及参与制造“盗宝案”阴谋的马衡。马衡正因此而取得故宫博物院院长的职位。闲官，职务清简之官。联句意谓，因为友人误交出卖朋友的人，他们对于故宫博物院院长这样的闲官加以排斥，而且计谋竟然很深，以致对方有口难辩上告无门。

此联有个明显特点，就是寓控诉于哀挽之中。作者既为友人鸣冤叫屈，又在揭露事件真相，谴责对方阴谋陷害置人死地的恶德败行，故能收到针砭时弊大快人心的艺术效果。

题成都姑姑筵菜馆

吴稚晖

粒片脔块丝，淡嫩硬烂盘盘别；
焄煮燉烹炒，咸酸油辣样样精。

赏析

此联写于抗日战争中期。姑姑筵菜馆为四川成都一家历史悠久颇有名气的菜馆。原来老板竟是清末进士，还曾做过两任县官，后由名士而成名厨，所以生意兴隆。当时国民党有关当局不少要人常去光顾，吴稚晖则应其要求题写联语。

上联中，脔（luán），切成块状的肉。谓将蔬菜鱼肉切成粒、片、块、丝等各种不同的形状。淡嫩硬烂，亦即清淡、鲜嫩、坚硬、烂熟，指将各种菜肴在有关烹调器具内加工注意掌握火候，以至盘盘有别。

下联中，焄（xūn），同“熏”，熏炙，如熏鱼、熏鸡。烹（pēng），烹饪方法之一，先用热油略炒，然后加入酱油等佐料迅速搅拌，随即盛出。这里提出五种不同的烹饪方法。咸酸油辣，川菜明显具有咸酸油辣的特点。此指满足食客对于菜肴口感的不同要求，做到样样皆精。

此联显示作者对于川菜厨艺加工与烹饪方法了如指掌，对于川菜菜肴火候与口味精通，不愧是位美食家。这副联语可与这家名店交相辉映。

挽陈独秀

吴稚晖

思想极高明，于社会有功，于祖宗负罪，且累董狐寻直笔；

政治大失败，走美西若辈，留楚口如斯，终输阿Q能跳梁。

赏析

此联写于1942年间。陈独秀（1879—1942），安徽怀宁人。早年参加反清革命活动。1915年主编《新青年》，提倡新思想。

1916年任北京大学教授、文科学长。1920年在上海成立共产主义小组，为中国共产党主要创始人之一，曾任中共执行委员会总书记。1927年8月因大革命时期犯有路线错误被撤销总书记职务。1929年11月被开除出党。1932年被国民党政府逮捕，1937年获释。1942年病逝于四川江津。吴稚晖写了一副讽刺挖苦的挽联。

上联中，董狐，春秋时晋国史官。晋灵公十四年，赵盾因避灵公杀害而出走，尚未出境时其族人赵穿杀灵公。董狐认为责在赵盾，并在史册上写道，赵盾弑其君。因其直言不讳，旧时誉为“良史”。直笔，谓古代史官按照事实，忠实地记载而无所顾忌。上联明显带着讽刺的口吻，谓陈独秀思想极其高明，对社会（志趣相投者结合的团体，此指共产党）有功，对祖先却有罪，还得连累董狐这样的史官去寻直笔，亦即如实记载此人的问题。

下联中，美西，指美国和西欧，亦可泛指资本主义国家。若辈，汝辈、你们。楚口，犹楚囚之口。“楚囚”典出《左传·成公九年》，本指被俘的楚国人，亦可借指处境窘困的人。阿Q，鲁迅小说《阿Q正传》中的人物。跳梁，人们常以“跳梁小丑”喻微不足道的人物上蹿下跳兴风作浪。下联直接指出，陈独秀政治上大失败，既受共产党开除，又被国民党逮捕。自己已作楚囚，口中还说你们（指国民党人）走西方资本主义道路，最后终于输给能作跳梁小丑阿Q这样的人物。

陈独秀一生政治道路曲折，且有诸多争议，其是非功过，自有后人评述。而吴稚晖所写挽联，以幸灾乐祸的口吻讽刺逝者在政治上的失败，未免过于失态。

挽林森

吴稚晖

继国父之受终民主，以令百揆；
丧先生而筑室独居，亦逮三年。

赏析

此联写于1943年8月。林森（1867—1943），字子超，福建闽侯人。1905年加入同盟会。辛亥革命后，曾任南京临时参议院议长、广州大元帅府外交部长、福建省省长。1924年当选国民党中央执行委员。1928年后任国民党中央监察委员、立法院院长。1932年起任国民政府主席。1943年8月因车祸不治逝于重庆，吴稚晖撰送挽联致哀。

上联中，国父，民国之父，对孙中山的敬称。受终，承受帝位。《书·舜典》："正月上日，受终于文祖。"百揆（kuí），百官。上联意谓，林森继国父孙中山之后承受国民政府主席之位，可以号令百官。实际上林森名为国民政府主席，实权则完全掌握在蒋介石手里。

下联中，先生，指孙中山。筑室独居，建房独自居住。逮（dài），及、到。这里是说，孙中山逝世之后，林森被推为孙中山陵墓建筑主持人。中山陵于1926年奠基，1929年完工，用了三年时间。联中因言在墓地附近建室独居亦至三年，既为建造陵墓，亦含守灵之意。

此联哀挽逝者，用语典雅恭肃，对仗亦颇工稳，只是存有过誉之嫌。

挽石瑛

吴稚晖

抱建造现代国家之才，未能一试；
得遗留超人风节而逝，自足千秋。

赏析

此联写于1943年11月。石瑛为国民党元老之一。清末举人。早年留学欧洲，加入中国同盟会，协助孙中山成立欧洲同盟会组织。辛亥革命后回国，经孙中山特派总办全国禁烟事宜。后任国民党首届中央执行委员、湖北省建设厅厅长、浙江省建设厅厅长、南京特别市市长等职。1943年11月病逝于重庆，吴稚晖撰送挽联致哀。

上联中，建造现代国家之才，石瑛曾两次留学英国，先在伦敦大学学习铁路工程，后去伯明翰大学学习采矿冶金，实属我国建造现代国家不可多得的人才。可惜国家多难，战乱频仍，虽抱有奇才而未能一试。

下联中，超人风节，超过常人的风骨气节。此指逝者生前在任湖北省建设厅厅长、南京特别市市长期间，重视市政建设，而且为官清廉，人称“湖北一怪”、“民国第一清官”。这里是说，得以遗留超人风节而死，自然可以千古流芳。

此联以大才未用与超人风节赞誉逝者，可谓知友之言，切中肯綮。

挽徐忠汉

吴稚晖

赤手犹存，为国未邀功，妇女节足惊太保良玉；
黄花遍地，端居不言禄，巾帼中亦有绵山介推。

赏析

此联写于1944年3月。徐忠汉（1876—1944），广东香山人。黄兴夫人。1907年在南洋加入中国同盟会，开始革命活动。1911年参与广州黄花岗起义，负责枪弹运送，奔走于省港之间。武昌起义后，随黄兴奔赴前线。1913年又随黄兴流亡国外。1916年黄兴死后，主要从事社会慈善工作。“九一八”事变后，赴美洲及南美各国，宣传抗日，筹集捐款。1944年3月病逝于重庆，吴稚晖撰送挽联致哀。

上联中，太保良玉，即秦良玉。明代四川石柱宣抚使马千乘妻，马死代统其众，所部号白杆兵。天启元年，率部北上御后金（清）。崇祯三年，复入援京师。因其战功，授以太保之衔。上联意谓，徐忠汉靠着自己双手仍然可以生活，为了国家而并未邀功请赏，作为现代妇女的高风亮节足以震惊明代女英雄秦良玉。

下联中，黄花，既指秋日黄花（菊花），亦指广州黄花岗。徐忠汉当年曾参与广州黄花岗起义。巾帼（guó），古代妇女的头巾和发饰，后作为妇女的代称。介推，即介子推。春秋时晋国贵族，曾从晋文公流亡国外。文公回国后赏赐随从臣属，没有赏到他，遂和母亲隐居绵山山中而死。这里以绵山介子推相比，言其功成不居，隐于民间。下联意谓，如今黄花亦已开遍，即反清民主革命已经胜利，而徐氏却端居家中不言俸禄之事。让人惊异于今日女界也会有“绵山介推”。

此联语言平实，用典贴切。能抓住女性革命党人的身份与性格特征，以古代历史人物“太保良玉”与“绵山介推”喻之，颇为准确到位。

寿蒋介石六十

吴稚晖

成吉思加勤西回伊始；
华盛顿再主北美之年。

赏析

此联写于 1946 年 10 月。当时，蒋介石六十岁生日，吴稚晖撰联致贺。此联附有跋语，说明写作意图。原文为：“总裁主席周甲诞辰，在昔一二一三年，成吉思六十岁，金势内促，始一意加勤于西回花剌子模而西。一七九二年，华盛顿六十岁中，当选北美连任总统。凡此皆中外著名之史实，时代不同，成就各殊。我总裁继承国父，盛造新邦，既三民趋重民生，其从古不逮今，而四海福寿康宁，亦必后来居上。敬以此祝。”

上联中，成吉思，即元太祖铁木真，曾统一蒙古部族，建立强大的蒙古帝国。成吉思汗是他的尊号，为与华盛顿对应，因称成吉思。加勤，更加致力于。伊始，当初、开端。此指成吉思汗于 1219 年率领蒙古军第一次西征，攻灭了花剌子模，版图扩展到中亚地区。

下联中，华盛顿，美利坚合众国的奠基人，第一任总统。再主北美之年，指 1792 年。华盛顿于 1789 年当选美国第一任总统，1792 年任期已满，再次当选，连任总统，因称“再主北美之年”。北美，即北美洲，美国为其主要国家，因以代指美国，并与上联“西回”对应。

此联并附有跋语，可见对于寿主阿谀奉承，竟以一代天骄成吉思汗与美国首任总统华盛顿喻之，未免言过其实。

放焰口二联

吴稚晖

一

替鬼化缘，或拜李，或求张，拾芝麻凑斗；
随人作福，不争多，不嫌少，尽蜡烛念经。

二

哼两句大众听听，不因出色高僧，哪得请他入座；
弄几文随时用用，只要有钱到会，何妨借此搭台。

赏析

这两副联语写作时间不详。放焰口，焰口为佛教用语，形容饿鬼渴望饮食，口吐火焰。和尚向饿鬼施食叫放焰口。这种仪式旧社会颇流行，往往作为对死者追荐的佛事之一。吴稚晖曾戏作两联，以嘲讽这种迷信活动。

第一副联语：

上联中，化缘，僧尼或道士向人求做布施。拾芝麻凑斗，斗为量粮食的器具，这里有积少成多的意思。联句意谓，替鬼化缘，求张拜李，以求积少成多。

下联中，作福，意同作威作福，表示妄自尊大，滥用权势。联句谓随人作福，不争多少，根据蜡烛念经。

第二副联语：

上联中，入座，举行宴会或仪式时就座。联句谓哼两句大家听听，不因他是出名高僧，哪能请他入座。

下联中，搭台，搭个台阶，这里有借此捞钱的意思。下联以僧人口气，弄几文随时用用，只要有钱到会，何妨借此搭个台阶捞钱。

放焰口为旧社会常见的迷信活动。作者戏作两联加以嘲讽，无情揭露僧人借机骗取钱物的本质。

题无锡香草居

吴稚晖

擎取都梁三百里；
飞渡巫山十二峰。

赏析

此联写作时间不详。香草居，在江苏省无锡市西梁溪蒋圃十二峰右侧，清代以来为私人别墅，向以培植兰草著名。吴稚晖与香草居主人有所交往，遂应约题写联语。

上联中，擎（qíng），举、托。都梁，兰的别名。据《荆州记》载，都梁为地名，汉置县。县西有小山，山上有渟水，既清且浅，其中悉生兰草。俗谓兰曰都梁，山因名都梁，县亦因为名。隋废置邵阳县，故城在今湖南省武冈县东北。上联意谓，香草居遍植兰草，仿佛托取都梁三百里方圆之地，以此极言兰草之盛。

下联中，巫山十二峰，在四川、湖北两省边境的巫山中，并列长江两岸，奇峰峭壁，连绵不断，其中以神女峰为最奇。作者因无锡市西梁溪亦有十二峰，得以产生联想，遂有“飞渡”说。

此联题赠无锡香草居主人，切人、切事、切地，可谓艺术佳构。

题刘基祠

林森[*]

出处进退与任圣冥符，运启成风云，临代勋华民族史；
事业文章有姚江继武，桑梓崇俎豆，千秋祠宇括苍山。

作者

*林森（1868—1943），字子超，福建闽侯人。1905年加入同盟会。历任南京临时政府参议院院长、国民党中央执行委员、立法院院长、国民政府主席。1943年因车祸去世。

赏析

此联写于民国初年。刘基，字伯温，浙江青田人。元末进士，曾任江西、浙江地方官吏。后辅佐朱元璋建立明王朝，官至御史中丞、太史令，封诚意伯。晚年忧愤而死。此联似作于民国初年，当时以反清复明为己任的革命党人纷纷纪念朱元璋和开国军师刘基，林森亦为刘基祠题联。

上联中，出处，进退。《易·系辞上》："君子之道，或出或处。"任圣，似指"任圣童"。《后汉书·循吏传·任延》："任延字长孙，南阳宛人。年十二，为诸生，学于长安，明《诗》、《易》、《春秋》，显名太学，学中号为'任圣童'。"冥符，暗合。这里是以任圣童喻刘基，少年即已显示非凡才华。联句意谓，刘基早年进退与历史上的任圣童暗合，此后世运开启而形成风云际会的局面。刘基的功勋才华在我国民族发展的历史上有着历时长久的影响。

下联中，姚江，指姚江学派。明代哲学家、教育家王守仁，浙江余姚人。其学说以反传统的姿态出现，用以反对程朱理学，因称姚江学派或阳明学派。继武，两人走路时足迹相连。《礼·玉藻》："大夫继武，士中武。"原谓古人行步徐疾以明贵贱的礼仪，后用以比喻继承前人的事业。这里是说，刘基的事业文章有姚江学派来继承。桑梓，桑和梓是古代家宅旁边常栽的树木，后常用作故乡的代称。俎豆，古代祭祀用的器具，引祭祀崇奉之意。括苍山，在浙江省东南部，西接仙霞岭，绵延瓯江、灵江间。联句意谓，家乡人民尊崇祭祀先贤，将刘基祠宇建立在括苍山麓。

此联凭吊明代开国功臣刘基，用语古朴典雅，赞颂其人历史功绩。联中"与任圣冥符"和"有姚江继武"，实为关键性词句，而所用典故含义却让人不甚了然。我们所作诠释亦只推测而已。

挽陈英士

林森

万里归来，精灵若接；

百年论定，功烈在人。

赏析

此联写于1916年5月。陈英士，名其美，为辛亥革命时期的风云人物。曾任沪军都督、上海讨袁军总司令。1916年5月18日，被袁世凯派刺客刺杀于上海。林森撰送挽联致哀。

上联中，万里归来，指陈氏从日本回到上海组织武装起义。精灵，灵魂。晋左思《吴都赋》："舜禹游焉，没齿而忘归，精灵留其山阿，玩其奇丽也。"此言逝者精灵若接于天地之间，亦即虽然被人暗杀而精神永留人间。

下联中，百年论定，人生百年盖棺论定，就是对其一生作出评价。功烈，功劳与业绩。《左传·襄公十九年》："铭其功烈，以示子孙。"此言逝者功劳与业绩长留人间。

此联全由四言句式组成，语言凝练，情真意挚，给逝者以崇高评价。

题林氏祠堂

林森

受氏始周家，历秦汉晋唐，以迄明清，看累代称帝称王，庙祭几如林县远；

发祥由陶水，从鲁齐河洛，迨迁闽越，溯上世自南自北，族居传至干官兴。

赏析

此联似写于20世纪30年代任国民政府主席期间。林氏祠堂，林森为福建闽侯人，曾为闽侯尚干林氏祠堂题联。联中极言闽侯林氏家族源远流长，突出了陶江发族衍进的历史。

上联中，“受氏”三句，受氏始周家，指出闽侯林氏同天下林氏一样，皆源于殷商少师比干。比干为纣王叔父，因忠谏惨遭剖心，其妻陈氏避祸于长林石室，生遗腹子坚。周武王克商，赐其氏为林，食邑博陵，天下林姓的始祖便是林坚。后经过秦、汉、晋、唐，直到明、清各个朝代。“看累代”二句，累代，历代。庙祭，宗庙祭祀。林县，在河南省北部，代指林氏始祖出生地长林石室。这里是说，看历代称帝称王者，在宗庙祭祀方面有多少如林氏祖先那样久远。

下联中，“发祥”三句，发祥，语出《诗·商颂·长发》。后亦泛指建立基业的地方。陶水，即陶江，在今山东省定陶县境。鲁齐，古代鲁国、齐国均在今山东省。河洛，黄河与洛水，均在河南省境。迨（dài），等到。闽越，古国名，在今福建省。这里是说，陶江林氏先人由山东转到河南，然后迁入福建。“溯上世”二句，溯（sù），往上推求或回想，如追溯、溯源。族居，聚族而居。干官，指宋代尚书干官林津龙（字若云）系陶江林氏的传人，为后人崇仰，其迁居的村落亦称“尚干”。此言追溯先代自南自北，（似应为自北至南），聚族而居传至宋代尚书干官林津龙而兴旺发达。

作者为闽侯林氏祠堂题联，追溯天下林氏发族衍进的历史，源远流长，娓娓道来。足见其旧学功底之深厚与缅怀先人之赤忱，以此激励闽侯林氏子孙沿着先人的足迹前行。

挽长城抗日阵亡将士

林森

青山有幸瘗忠骨；
黑水何时入版图？

赏析

此联写于1934年春。长城抗日阵亡将士，1933年3月，日本侵略军侵占热河后继续向华北进攻，驻守长城沿线的中国军队奋起抗战。国民政府军第七军团总指挥、第五十九军军长傅作义率部防守昌平、怀柔一带，保卫北平。当时在怀柔曾与日军展开激战，双方死伤惨重。同年7月，傅作义派人到怀柔收殓烈士遗骨，并在城北大青山下修建“华北军第五十九军抗日阵亡将士公墓”。次年春天，绥远各界召开追悼大会，南京国民政府主席林森撰送了挽联。

上联中，青山，指大青山。瘗（yì），埋、埋葬。《诗·大雅·云汉》：“上下奠瘗，靡神不宗。”孔颖达疏：“奠谓置之于地，瘗谓埋之于土。”忠骨，指长城抗日将士的遗骨。

下联中，黑水，本指黑龙江，这里泛指整个东北地区。其时东北诸省已为日本侵略军占领，作者因而发出何时才能收入中国版图的疑问。

此联上句由杭州岳飞墓前一副名联化出，“青山有幸埋忠骨，白铁无辜铸佞臣。”古今民族英雄同样受人敬仰。下句则自出机杼，联系眼前现实，发出深沉诘问：“黑水何时入版图？”以激励生者投入抗日民族解放斗争。

题连江青芝寺

林森

前殿涌祥光，迨白马载经，声树千年方暨讫；
名山开法会，引青芝献瑞，神灵百洞尽皈依。

赏析

此联写于1934年间。连江青芝寺，连江县在福建省东部沿海，岱溪河下游。县内青芝山上有青芝寺，为有名的游览胜地。1934年间，连江青芝寺前殿遭焚，当地征社诗友联名电告国民政府主席林森，很快筹建新殿——纯以钢筋混凝土结构筑成中西合璧的大殿，林森为此亲书一联。

上联中，祥光，吉祥之光。迨，同“逮”，及、趁着。白马载经，相传东汉明帝遣使赴西域求佛法，遇到来自天竺的迦叶摩腾和竺法兰，便用白马驮载经像而入洛阳，次年即建白马寺，为我国最早的寺院。暨讫，到终了，到现在。联句意谓，青芝寺前殿涌现吉祥之光，自白马载经，佛教传入我国已有千年，极言我国佛教历史悠久。

下联中，名山，即连江青芝山。法会，佛教名词，指佛教内举行的宗教仪式的集会。青芝献瑞，相传连江青芝山上盛产青色灵芝，因此得名。此言名山召开法会，引来青芝献瑞。百洞，青芝山山势奇特，岩洞很多，又称百洞山。皈（guī）依，原指佛教的入教仪式，后泛指全心全意信奉佛或参加其他宗教组织。此言百洞神灵都皈依佛教。

林森当年曾一度退居连江，自号“青芝老人”，因对百洞山、青芝寺地理历史了如指掌，所题联语亦情境俱佳。

挽胡汉民

林森

风雨契平生，忧患同尝，回忆卅年悲往事；
经纶推伟抱，艰难待济，怆怀吾党失斯人。

赏析

此联写于1936年5月。胡汉民为国民党元老之一。早年留学日本，加入同盟会。历任广东都督、南京临时政府总统府秘书长、国民政府外交部长、立法院院长、国民党中央常委会主席。1936年5月病逝于广州，林森撰送挽联致哀。

上联中，契平生，平生意气相合。卅（sà）年，三十年，指1905年成立同盟会以来的三十年。悲，眷顾、怅念。联句意谓，回忆三十年来风雨同舟，忧患共尝，让人怅念种种往事。

下联中，经纶，整理丝缕，可引申为处理国家大事或政治才能。伟抱，宏伟的抱负。怆怀，悲怆与怀念。联句意谓，逝者满腹经纶有着宏伟的政治抱负，而今国家艰难，正有待于你去救助、接济。让我们悲怆与怀念的是我党失去了此人。

联句如泣如诉，或抒个人怀念之情，或言党国失贤之痛，具有颇为强烈的感情色彩。

挽郝梦龄刘家骐

林森

壮烈可传，张许双忠光历史；
英灵如在，甫申再毓翌兴邦。

赏析

此联写于1937年10月。郝梦龄为国民政府军第九军军长。1937年10月，率部参加太原保卫战，不幸于16日凌晨牺牲。刘家骐为第五十四师师长，同年10月率部参加忻口会战，16日在激战中殉国。郝梦龄、刘家骐牺牲后，国民政府在武汉举行了隆重的追悼会，林森撰送挽联致哀。

上联中，壮烈，勇敢而有气节。可传（zhuàn），可以立传。传为记述某人事迹的文字。张许，为唐代名臣张巡、许远的并称。二人作为地方官吏，在安史之乱中守城数月不屈而死。联句意谓，郝、刘二将勇敢而有气节，可以立传，就像当年张、许这两位忠义之士一样可以光耀祖国的历史。

下联中，甫，即甫田，古泽薮名。申，古国名，姜姓，传为伯夷之后，在今山西、陕西间。这里指代烈士牺牲的地方。再毓，再次孕育。翌（yì），明（明日、明天）。联句意谓，逝者英灵如在，山西大地再次孕育这些英雄人物预示着明天将使国家复兴。

此联语言洗练，对仗工稳。以古代“张许双忠”喻今日两位抗日烈士亦很贴切。

挽王铭章二联

林森

一

执干戈以卫家邦，拼取忠诚垂宇宙；
闻鼓鼙而思将帅，忍标遗像肃清高。

二

云暗鲁天，魂归蜀道；
忠昭党国，绩著旌旗。

赏析

这两副挽联写于 1938 年 4 月。王铭章为国民政府军第四十一军一二二师师长。1938 年 3 月奉命把守徐州门户滕县，以全师覆灭的代价顽强坚守了四天，为台儿庄会战的胜利赢得了时间。王铭章亦以身殉国。不久，武汉各界隆重举行公祭，林森撰送挽联致哀。

第一副挽联：

上联中，干戈，干和戈是古代作战时常用的防御和进攻的两种武器，亦用为兵器的通称。联句意谓，拿起武器以保家卫国，拼取一片忠心求得名垂宇宙，亦即英名流传于天下。

下联中，鼓鼙，大鼓和小鼓，古代军中常用以指挥军事行动。《礼记 · 乐记》："听鼓鼙之声，则思将帅之臣。"联句意谓，闻鼓鼙之声而思前线的将帅，而今忍心地标树烈士的遗像显得那么肃穆而清高。

第二副挽联：

上联中，鲁，山东省的简称。因王铭章在山东滕县牺牲，因言云暗鲁地的天空。蜀，四川省的简称。因王铭章为四川新都人，死后灵柩送回故乡安葬。

下联中，旌旗，旗帜的通称。这里是说，忠诚昭示于党和国家，功绩标显于旗帜之上。

两副挽联各有特色。前者虽以国民政府主席口吻且多用哀挽俗套之语入联，倒也对仗工稳，切合时宜。后者艺术上更臻成熟，不仅上下联对仗工整，而且当句自对，更显写作功力。

挽宋教仁

许世英*

是豪杰下场，爱国舍身，名已千古；
这迷离公案，摘奸发伏，责在藐躬。

作者

*许世英（1873—1964），字俊人，安徽贵池人。清光绪举人。曾任北洋政府福建巡按使、内务总长、交通总长、内阁总长、国民党政府全国赈灾委员会委员长、驻日本大使、蒙藏事务委员会委员长。1950年去台湾，任“总统府”资政。著有《治闽公牍》、《黄山揽胜集》。

赏析

此联写于1913年3月。宋教仁为我国近代民主革命家。生前曾任北京政府农林总长和国民党代理理事长。1913年3月20日，被袁世凯派刺客刺杀于上海火车站，许世英撰送挽联致哀。

上联意谓，这正是英雄豪杰的下场。因其热爱国家而舍弃自身，逝者英名必将流传千古。

下联中，迷离，模糊不清。公案，一般指疑难案件。摘奸发伏，通作“发奸擿伏”，谓揭露隐蔽的坏人坏事。《魏书·良吏传·宋世景》：“民间之事，巨细必知，发奸擿伏，有若神明。”藐，弱小、幼稚。躬，亲身、自身。藐躬，意谓弱小的自身。联句意谓，要揭露这桩扑朔迷离的公案（即让世人震惊的宋教仁遇刺事件），责任在我们身上。

作者怀着深沉悲痛的心情哀挽逝者，既赞其为爱国而舍身的英雄豪杰气概，又表示要弄清迷离公案进而发奸擿伏的决心。

题 西 湖

许世英

立马驻斜晖，沧海横流谁揽辔；
举杯邀明月，湖山无恙且高歌。

赏析

此联写于1914年间。西湖，在福州市区西北部卧龙山下，为晋太康三年郡守严高所凿，唐末辟为游览胜地。五代时闽王在此建造亭台楼榭，西湖成了御花园。1914年辟为公园，许世英时任北洋军阀政府福建巡按使，曾应约为福州西湖题写楹联。

上联中，驻，止住、停留。斜晖，傍晚的阳光。沧海横流，让海水到处泛滥，比喻时世动乱不安。晋范宁《〈穀梁传〉序》："孔子睹沧海之横流，乃喟然而叹曰：'文王既没，文不在兹乎！'"揽辔（pèi），拉住马的缰绳。《后汉书·范滂传》："时冀州饥荒，盗贼群起，乃以滂为清诏使按察之。滂登车揽辔，慨然有澄清天下之志。"后因以"揽辔"喻从政者能澄清政治、稳定乱局。联句意谓，我立于马上很想止住傍晚的太阳，使其不要落山，值此社会动荡不安之际，谁能澄清天下、稳定政局呢？

下联中，举杯邀明月，语见李白《月下独酌》："举杯邀明月，对影成三人。"湖山，指眼前的卧龙山与西湖。无恙，没有什么疾病，没有受到伤害。联句意谓，我举起手中酒杯邀约天上明月，既然眼前湖山安然无恙，不妨对月饮酒放声高歌。

此联即兴抒怀，既面对湖山饮酒高歌，又立马揽辔慨然有澄清之志，颇能显示作者文人从政的本色。

题林文忠公祠

许世英

一舍岿然，并丞相祠堂不朽；
此湖可爱，问钱塘风月如何？

赏析

此联写于1914年间。林文忠公祠，在福州，祀林则徐。林则徐为清末爱国政治家。嘉庆年间进士。官湖广总督时，被任命为钦差大臣，赴广东查禁鸦片。曾严令英美烟贩交出鸦片237万斤，在虎门当众销毁，成为抗击英国侵略的代表人物。1850年因病逝世，清廷谥为“文忠”，并建林氏祠堂。许世英于1914年曾为福州林文忠公祠题写楹联。

上联中，一舍，一所房舍，此指林氏祠堂。岿（kuī）然，高峻独立的样子。丞相祠堂，指成都纪念诸葛亮的武侯祠。联句意谓，这座房舍岿然独立，眼前的福州林文忠公祠可与成都诸葛武侯祠并列，同样永垂不朽。

下联中，此湖，指福州西湖。林则徐于清道光八年曾为湖岸砌石，至今仍存桂斋，为当年林氏浚湖的办事处。钱塘，旧县名，秦置钱塘县，治所在今杭州市西灵隐山麓。可代指杭州。这里“钱塘风月”是指杭州西湖风光。作者谓“问钱塘风月如何”，一是因为福州西湖与杭州西湖同名，二是福州西湖之畔的林文忠公祠与杭州西湖之畔的岳王庙相类，二者之间有着一定的内在联系。

此联即景抒情，蕴藉含蓄。上联明喻，可与丞相祠堂并列；下联暗喻，给人留下更多想象空间。实为咏怀古迹上乘之作。

题南安郑成功祠

许世英

东海望澎台，风景不殊，举目有河山之异；
南天留祠宇，雄图虽渺，称名则妇孺皆知。

赏析

此联写于 1915 年。郑成功祠，在福建省南安县石井乡。郑成功为明末民族英雄，一直坚持抗清斗争，且在永历十五年率军从荷兰殖民者手中收复台湾，被封为延平郡王。他在台湾建立行政机构，推行屯田，对台湾社会经济发展做出很大贡献。1915 年，许世英任福建巡按使，曾专程到南安石井拜谒郑成功祠，并题写此联。作者充分表达了对民族英雄郑成功的敬意和对台湾被清政府割让的沉痛心情。

上联中，东海，南安石井地处东海之滨。澎台，即澎湖列岛与台湾本岛。联句意谓，站在东海之滨，遥望澎湖列岛与台湾本岛。那里与大陆风景没什么不同的地方，但因中日甲午战争失败后已割让给日本，今日抬眼望去，自然有山河变色之感。

下联中，南天，南方的天空，此指郑成功故乡所在地。雄图，宏伟的谋略。此指郑成功收复台湾后反清复明的宏伟计划。渺，渺茫。称名，称号名声。联句意谓，在福建南安永远留下郑成功的祠宇，他的立足台湾反清复明的雄图大业虽然未能实现，但是他的英名，包括国姓爷、延平郡王的称号却妇孺皆知。

此联慷慨悲歌，气势充沛，充分表达了作者对郑成功的崇高敬意和对台湾被割让的沉痛心情。

寿阎锡山

许世英

都督阎公雅望；

晋国天下莫强。

赏析

此联写于民国初年。阎锡山(1883—1960)，山西五台人。早年留学日本，加入中国同盟会。辛亥革命后，历任山西都督、国民党第三集团军总司令、山西省政府主席、军事委员会副委员长、行政院院长。去台湾后，任国民党当局“国防部”部长、“总统府”资政。民国初年，阎锡山做寿，许世英撰集句联致贺。

上句出自王勃《滕王阁序》：“都督阎公之雅望，棨戟遥临。”阎公，古代洪州都督府都督。雅望，好名声。这里，以古代都督阎公喻今日山西都督阎锡山。

下句出自《孟子·梁惠王上》：“梁惠王曰：‘晋国天下莫强焉，叟之所知也。’”晋国，春秋时诸侯国，其地据有今山西省大部与河北省西南地区，地跨黄河两岸。莫，安定。《诗·大雅·皇矣》：“监观四方，求民之莫。”联句以历史上的晋国代指阎氏主政的山西。喻指这里安定富强。

此联瑕瑜互见。好在用典贴切自然，以古代都督阎公与历史上的晋国喻今日山西阎锡山，切人切地，工巧之至。问题在于揄扬失当，“阎公雅望”与“天下莫强”，均有过誉之嫌。

挽伍廷芳二联

许世英

一

我公遐迩知名，内政外交，风流流传瀛海远；
此会华洋毕集，抚今追昔，湖声呜咽沪江寒。

二

休休相度，寰海有声，当年坛坫东西，羞称毛遂；
莽莽神州，台星忽陨，异日沟通南北，空忆鲁连。

赏析

此联写于1922年6月。伍廷芳为我国近代外交官。早年留学英国。回国后从事外交工作，曾任清政府驻美国、秘鲁、墨西哥、古巴等国公使。辛亥革命时宣布赞成共和，作为南方革命军代表参加南北议和。中华民国临时政府成立，任司法总长。1916年由黎元洪委任为外交总长。次年代国务总理，因反对段祺瑞解散国会，参加孙中山的护法军政府，任外交部长。1922年兼任广东省省长。同年6月在陈炯明叛变时因突发心脏病去世，许世英撰送挽联致哀。

第一副挽联：

上联中，遐迩（xiá ěr），远近。风流，英俊、杰出。《世说新语·赏誉》："范豫章谓王荆州：'卿风流儁望，真后来之秀。'"瀛（yíng）海，大海。这里是说，逝者远近闻名，在内政外交方面，其英俊杰出之名已流传海外。

下联中，此会，指伍廷芳追悼会。抚今追昔，因眼前事物而引起对往事的追思。湖，似指北京昆明湖。沪江，亦作沪渎，指上海市区内的吴淞江。联句意谓，中外人士都来参加伍廷芳追悼会，人们抚今思昔。湖水发出呜咽（低声哭泣）之声，沪江亦因人们凄怆而充满寒意。意在说明全国各地都在悼哀死者。

第二副联语：

上联中，休休，宽容，气量大。《公羊传·文十二年》："其心休休。"此言其人宽容似宰相度量，海内有着很高的声望。坛坫（tán diàn），古代诸侯盟会的地方。《史记·鲁仲连邹阳列传》："桓公朝天下，会诸侯，曹子以一剑之任，枝桓公之心于坛坫之上。"毛遂，战国时赵国平原君门下食客。秦围赵都邯郸，平原君至楚求救，毛遂自荐同往。平原君和楚王谈判，不得要领，毛遂晓以利害，说服楚王同意联合出兵。后则以自告奋勇者为毛遂自荐。这里是说，辛亥革命时伍廷芳代表革命军参加南北议和，使得毛遂都羞于提起他的功绩。

下联中，莽莽，长远无际。台星，台端的大星。忽陨，忽然坠落。天上大星坠落，将有重要人物死亡。此言莽莽神州，台端大星忽然坠落。沟通南北，当时南方和北方同时存在两个政权。北方有北京北洋军阀政府，南方有孙中山领导的广州军政府。鲁连，即鲁仲连，战国时齐国人，善于计谋划策，常周游各国，排难解纷。这里是说，异日（今后）如何沟通南北两个政权，只让人空自回忆当年有古人鲁仲连之才的伍廷芳了。

这两副哀挽联语情深语挚，对仗工整。既对逝者内政外交才能给予高度评价，又对追悼场景加以具体描绘。一片赞颂之意与怀念之情，溢于联语字里行间。

寿张謇七十

许世英

耆英海内推前辈；
经济江南第一人。

赏析

此联写于1922年间。张謇为近代工商业家、立宪派代表人物。光绪年间状元。曾任南京临时政府实业总长、袁世凯政府农林总长、工商总长、全国水利总局总裁。著有《张季子九录》、《张謇函稿》。1922年张謇过七十岁生日时，许世英撰联致贺。

上联中，耆英，年高而优异的人。唐司空图《太尉瑯玡王公河中生祠碑》：“宾筵备礼，耆英尽缀于词林；将略求材，剑戟自森于武库。”这里是说，张謇作为年高德劭之人，在海内应推作老前辈了。

下联中，经济，可作两种解释：一是经世济民、治理国家。杜甫《上水遣怀》：“古来经济才，何事独罕有。”二是指一个国家的国民经济或国民经济的一个部门。张謇辛亥革命后曾多年在政府任职，具有经世济民、治理国家的才能。他还带头创办实业，陆续开设大生纱厂、通海垦牧公司、大达轮船公司、资生铁冶厂、淮海实业银行等十多个企业，堪称我国江南发展民族经济的第一人。

此联言简意明，含蕴丰富。高度概括了这位古稀老人的身份地位与杰出贡献。

挽孙中山

许世英

四十年建革命之勋，立志坚贞，身可殁，家可破，国不可亡，三民五权，大名永著；

八千里循合肥之请，征尘况瘁，声相应，气相求，面未相觌，九仞一篑，遗憾难忘。

赏析

此联写于1925年3月。同年3月12日，孙中山因病逝世于北京。许世英撰送挽联致哀。

上联中，“四十年”五句，孙中山从1884年由夏威夷檀香山回香港、广州读书以来，四十年来一直从事反清民主革命活动。殁（mò），死。联句意谓，四十年来建立了革命的功勋劳绩，立定志向坚定不移，人可死，家可破，国不可亡。“三民”二句，三民即三民主义，包括民族主义、民权主义和民生主义，为孙中山提出的中国资产阶级民主革命的纲领。五权，即五权制度，包括立法、行政、司法、考试、监察五权，为孙中山提倡的五权分立的政府组织制度。此指逝者提出三民五权学说，因而大名永著。

下联中，“八千里”五句，循，依照、遵循。合肥，指段祺瑞。他是安徽合肥人，因称段合肥。况瘁（cuì），益加憔悴。此指孙中山应北洋军阀政府段祺瑞之邀，抱病北上，行程八千里。旅途劳顿，益加憔悴。声相应，气相求，语出《易·乾》：“同声相应，同气相求。”本指乐声相和，后用以比喻志同道合的人互相呼应。觌（dí），见、相见。这里是说，作者与孙中山虽同声相应、同气相求，却未能见面深谈。“九仞”二句，九仞一篑，语出《书·旅獒》：“为山九仞，功亏一篑。”谓堆九仞高的山因只差一筐土而未能成功，常用以比喻做一件事只差最后一点努力未能完成，含有惋惜之意。孙中山此次北上与皖系、奉系北洋军阀会谈，因病逝世，未能成功。作者为之感到遗憾难忘。

此联哀挽逝者，既对逝者的功业、品德给予高度评价，又对逝者北上之行功亏一篑表示深深遗憾。内容充实，语言流畅，对仗工整，堪称佳构。

挽张謇

许世英

应文苑货殖而并传，为兴实业，荣耀大魁，旷代名贤尊北斗；

合台阁山林为一事，共济时艰，几经世变，万方多难哭南通。

赏析

此联写于1926年间。张謇为近代著名工商业家、学者。1926年因病逝世于南通，许世英撰送挽联致哀。

上联中，文苑，旧时文人会聚之处。《后汉书》立《文苑传》，记载文士的言行，后来各史多相承有《文苑传》。货殖，经商，也指商人。《史记》、《汉书》均有《货殖传》。这里是说，张謇既为光绪年间状元，又是清末民初工商业家，如果为他立传，应将文苑、货殖两个方面合并而为一传。实业，旧时对工商企业的通称。大魁，科举考试殿试一甲第一名称大魁，即状元。旷代，绝代，世所未有。北斗，也叫"北斗七星"，在北方天空排列成斗形的七颗亮星，常被当作指示方向和认识星座的重要标志。人们常用泰山、北斗比喻德高望重或有卓越成就而为众所景仰的人。这里是说，因为兴办近代工商企业，这位清末状元显耀于当世，作为绝代名贤，被人尊为天上的北斗。

下联中，台阁，尚书的别称。《后汉书·仲长统传》："虽置三公，事归台阁。"注："台阁谓尚书也。"山林，有山有树林的地方，亦喻人隐于民间。这里是说，可以合台阁与山林为一体。张謇生前曾在南京临时政府和袁世凯政府身居高位，袁世凯阴谋称帝后则退出政坛。此人亦官亦隐，可合台阁山林为一。共济时艰，共同解救时世的艰难困苦。几经世变，几度经历世事的变化，此指逝者一生经历清末民初社会的种种变化。万方多难，犹言四方多难。南通，因张謇是江苏南通人，故以“南通”代指逝者。这里是说，共同解救时世艰难，几经世事变化，而今四方多难，我们在为失去张南通先生而痛哭。

这副哀挽长联属对工稳，文情并茂。提出“应文苑货殖而并传”与“合台阁山林为一事”亦颇有见地，逝者从文经商、能官能隐，确为其人一生的亮点所在。

挽淞沪抗战阵亡将士

许世英

东望琉球，南望台澎，北望旅大，铁血巩金瓯，九世复仇还国土；

一战盘泽，再战野村，三战植田，青山埋白骨，万家堕泪哭忠魂。

赏析

此联写于1932年5月。挽淞沪抗战阵亡将士，1932年1月28日，日本侵略军发动淞沪战争，我十九路军和上海民众奋起抵抗，血战三十余日，迫使日军三易统帅，击毙击伤敌军万余人。这就是我国现代史上著名的“一·二八”淞沪抗战。同年5月28日，在苏州召开淞沪抗战阵亡将士追悼大会，许世英撰送挽联致哀。

上联中，“东望”三句，琉球，即琉球群岛，在中国台湾省与日本九州岛之间。台澎，即台湾岛与澎湖列岛。旅大，即旅大市，包括旅顺、大连等地，为我国北方重要港口城市。这些地方在清朝末年均已先后割让给日本。“铁血”二句，金瓯（ōu），原为盛酒器，后用以比喻疆土完固，亦可代指国土。《南史·朱异传》："我国家犹若金瓯，无一伤缺。"联句意谓，我们要拿起武器，不怕流血牺牲，以巩固我国的领土。世世代代不忘复仇，定要讨还我被侵占的国土。

下联中，"一战"三句，盘泽、野村、植田，三人均为当时发动"一·二八"事变的日本军事指挥官。由于我十九路军和上海民众奋起抵抗，迫使日军三易前线司令官。最后因国民党执政当局妥协投降，才与日本签订《淞沪停战协定》。"青山"二句，白骨，死人骨。曹操《蒿里行》："白骨露于野，千里无鸡鸣。"联句意谓，祖国的青山埋葬战死者的骸骨。上海万户人家都在挥泪哭悼淞沪抗战阵亡将士的忠魂。

作者慷慨悲歌，赞我军将士奋起抗日浴血奋战的斗争精神，表广大人民九世复仇还我国土的决心，堪称哀挽佳作。

挽梁士诒

许世英

负经济奇才，勋业早为天下见；
聆临终痛语，是非待与后人论。

赏析

此联写于1933年间。梁士诒（1869—1933），广东三水人。清光绪进士。辛亥革命后，任袁世凯内阁邮传部大臣、总统府秘书长、交通银行总理。积极为袁世凯称帝奔走效劳。1916年袁世凯死后，被列为帝制祸首，逃往香港。1918年回到北京，任安福国会参议院议长。1921年一度出任国务总理。1925年参加段祺瑞执政府的"善后会议"，再任交通银行总理。1928年被国民党政府通缉。1933年死于上海，许世英撰送挽联致哀。

上联中，负，抱持、享有。经济，经国济民。李白《赠别舍人弟台卿之江南》："令弟经济士，谪居我何伤。"这里是说，逝者生前负有经国济民的非凡才能，其功绩事业早为天下人所共见。

下联中，聆，聆听。临终痛

语，当指逝者临死前结合自身惨痛经历而给身边亲友留下的遗言。联句意谓，聆听逝者临终痛语，其人一生是非功过有待留与后人评说。

此联立意值得推敲。作者对于逝者的惜才与宽容，尚可理解，而盛赞其“勋业”，则大可不必。毕竟此人为袁世凯“帝制余孽”和北洋军阀政府要员。

挽段祺瑞

许世英

一生刚介，三造共和，定大难，决大疑，峙如泰山，渟如止水，晚节愈艰贞，莽莽乾坤能有几？

卅年论交，百年知己，言可坊，行可表，进思尽忠，退思补过，衷肠今割裂，茫茫人海更何之！

赏析

此联写于1936年间。段祺瑞（1865—1936），安徽合肥人。北洋皖系军阀首领。北洋武备学堂毕业后，留学德国学习军事。回国后协助袁世凯创办北洋军。1912—1916年间，历任北京政府陆军总长、参谋总长、代国务总理。袁世凯死后，以国务总理兼陆军总长把持北洋政府。1920年被直系军阀打败下台。1924年直系军阀垮台又成北京临时政府执政。1926年被冯玉祥驱逐下台。1933年被蒋介石迎居上海。1936年在天津病死，许世英时任驻日大使，仍撰送挽联致哀。

上联中，“一生”二句，刚介，刚正耿介。三造共和，指段祺瑞在清帝退位、袁世凯之死、反张勋复辟中均曾起过重要作用。此系溢美之词。只能说在反张勋复辟时，他担任讨逆军总司令，曾起过一定的作用。“定大难”四句，峙（zhì），耸立。渟（tíng），水停滞。止水，静止不流的水。《庄子·德充符》：“人莫鉴于流水，而鉴于止水。”后用以比喻心境宁静、胸怀纯洁。联句意谓，平定大的祸乱灾难，解决大的疑难事件。平时能像泰山一样耸立，像止水一样聚积，亦即动静合宜。“晚节”二句，艰贞，在艰危时守正不移。这里是说，逝者后期在三造共和中发挥过重大作用，试问莽莽天地之中能有几人？

下联中，“卅年”二句，谓论起交往已有三十年，二人已成人生百年知己。“言可坊”四句，坊，牌坊。封建时代表彰忠孝节义、功德、科第等所立之建筑物。表，仪范、表率。《礼·丧记》：“仁者，天下之表也。”联句意谓，其言可以立牌坊，其行可作表率。进则想到尽忠报国（一片忠心，报效国家），退则想到补过（改正错误，弥补过失）。“衷肠”二句，意谓我内心感情今天真像刀割一样，试问茫茫人海之中更有何人可以与之交往呢？

此联颇多溢美之辞，显然评价有误。作者曾长期在北洋军阀政府任职，且一度曾为段祺瑞的心腹，所以才会如此不吝溢美之辞。

挽穆藕初

许世英

侠骨慈肠，凭吊铁板铜琶，无复唱大江东去；
农粟女布，遗有宏规矩制，是真擅科学西来。

赏析

此联写于1943年间。穆藕初（1876—1943），上海浦东人。早年赴美留学，获农业硕士。归国后相继创办德大、厚生、豫丰等规模宏大的棉纱企业，复手创上海纱布交易所、中华劝工银行，经营棉种实验场。1928年出任国民政府工商部常务次长。抗战时期在重庆任经济部农本局局长。1943年因病逝世，许世英撰送挽联致哀。

上联中，侠骨，旧指勇武仗义的性格或气质。慈肠，慈悲的心肠。意同成语侠骨柔肠。凭吊，对着遗迹、坟墓、灵堂悼念古人或感慨往事。铁板铜琶，典出宋俞文豹《吹剑续录》：“东坡在玉堂日，有幕士善讴，因问：‘我词比柳词何如？’对曰：‘柳郎中词只好十七八女孩儿执红牙拍板，唱“杨柳岸晓风残月”；学士词须关西大汉执铁板，唱

“大江东去”。’公为之绝倒。”后人演为“抱铜琵琶，执铁绰板”，因以“铜琵铁拍”形容豪爽激越的文词。这里是说，对着逝者灵堂感慨再也无人抱铜琵琶执铁绰板高唱大江东去。

下联中，农粟女布，农民种粟、妇女织布。宏规矩制，宏大规划与规矩制度。这里是说，农民种粟，妇女织布，自古皆然。逝者留下来的宏大规划与规矩制度，是真正擅长的从西方传来的科学技术。穆藕初为我国现代企业科学管理的创始人，首译美国戴乐尔之科学管理法，改革棉纺企业的管理体制，并在农工商方面均有建树。

穆藕初作为我国近代民族实业家与现代企业科学管理创始人，是值得加以肯定和赞颂的。此联充分突出了这一点，显得颇有见地。

挽杜月笙

许世英

班生投笔，卜式输财，历济艰危昭史乘；
范式凭棺，伯牙碎轸，忍教生死隔胸襟。

赏析

此联写于1951年8月。杜月笙（1888—1951），上海人。早年靠贩鸦片起家。1921年与黄金荣、张啸林结拜兄弟，成为上海青帮头目之一。1927年积极参与蒋介石发动的“四一二”政变，此后历任国民党政府陆海空总司令部顾问、中国通商银行董事长、中华信托实业公司董事长。1951年8月病死于香港。许世英撰送挽联致哀。

上联称颂逝者一生的功绩。班生，指东汉名将班超，早年投笔从戎，立功西域，后封定远侯。卜式，东汉卜式以牧羊致富，能仗义疏财，多次将财产献给国家，以作抵御匈奴军费。汉武帝任为中郎，后迁御史大夫，赐爵关内侯。史乘，记载历史的书。《孟子·离娄下》：“晋之《乘》，楚之《梼杌》，鲁之《春秋》，一也。”后遂称一般史书为“史乘”。联句意谓，逝者当年像班超、卜式那样，历次帮助国家度过艰危而光耀史册。

下联表达生者悼念之情。范式，东汉范式，少与张劭为友。后式梦劭告以已死，式素服奔丧，至友人棺前凭吊，直至会葬之后离去。事见《后汉书·独行传》。伯牙，据《吕氏春秋·本味》载，伯牙善鼓琴，钟子期善听琴。后钟子期死，伯牙破琴绝弦，终身不复鼓琴。碎轸（zhěn），弄碎琴腹下转动弦的木柱，实即破琴绝弦之意。联中范式凭棺、伯牙碎琴均系自喻，借以表达自己与逝者生死不渝的友情，以及对于亡友深沉的怀念。能不哀叹亡友，岂忍让人间生死隔断人们的胸怀。

此联仅就艺术而言，倒也属对工稳，声情悲壮，颇有可取之处。只是哀挽对象并非善类，以历史人物班超、卜式喻之，未免言过其实，内容明显有误。

挽吴敬恒

许世英

平生以禹墨为心，流辈数咸同，立懦廉顽真健者；
斯世值贞元之会，群风亘欧亚，口诛笔伐失斯承。

赏析

此联写于1953年10月。吴敬恒（1865—1953），字稚晖，江苏武进人。清光绪举人，曾任天津北洋学堂教习、上海南洋公学校长。1905年加入中国同盟会。1915年与李石曾组织留法勤工俭学会，曾任里昂中法大学校长。1924年后，历任国民党中央监察委员、国民政府委员、国民革命军总政治部主任、中央研究院院士、台湾政权“总统府”资政。1953年10月病逝于台湾，许世英撰送挽联致哀。

上联中，禹墨，即夏禹、墨子。夏禹为古代治水英雄。相传大禹治水，历十三年，三过家门而不入。墨子为战国时期思想家、墨家学派创始人。其学说以兼爱非攻、力行勤俭为主旨。流辈，同辈、同一流的人。咸同，指清朝咸丰、同治年间。这里是说，逝者平生以大禹、墨子精神为自己思想，与其同流之辈要数咸丰、同治年间出生包括作者在内的一批朋友。立懦（nuò）廉顽，通作“顽廉懦立”，语出《孟子·万章下》：“故闻伯夷之风者，顽夫廉，懦夫有立志。”谓使贪婪者变得廉洁，使懦弱者能够自立。常用以形容志节之士对社会的感化力量之大。此指逝者能以使顽夫廉懦夫有立志，真是当代的健者。

下联中，贞元，即贞观（唐太宗年号）、开元（唐玄宗年号）。会，时机、际会，联句意为，现在（当世）适逢贞观、开元盛世的际会，而且群体气势亦已横贯欧亚两洲。口诛笔伐，用言语或文字谴责他人的罪状或错误言行。现在可惜已失去这位可以承担此项任务的人。

此联赞誉逝者堪称“禹墨为心”的健者倒也恰如其分，而将国民党统治时期说成是“贞元”盛世则过于夸张失实了。这完全是作者的政治立场使然。

大潜亭

许世英

水深鱼乐民咸阜；
云起龙骧剑有花。

赏析

此联写于20世纪50年代。大潜亭，在台湾台北市新公园内，为纪念台湾第一任巡抚刘铭传而建。许世英于20世纪50年代曾应约为此亭题写楹联。

上联中，民咸阜，民众都很富足。似从成语“民安物阜”或“民康物阜”化出。这里是说，大潜亭旁水深鱼乐，让人想到太平盛世景象。

下联中，龙骧（xiāng），龙腾跃。古语有“云从龙，风从虎”之说，因此云起处自有龙在飞腾。剑有花，剑锋生花。此系剑术高明，剑锋所及，似有火花飞舞。刘铭传当年曾奉旨督办台湾军务，在台抗击法军八个月。作为第一任台湾巡抚，后又开办铁路、煤矿，对台湾经济发展颇有贡献。

作者从亭名中有“潜”字，联系刘铭传的历史功绩，想到此字包含“潜龙”与“鱼止息处”等多种解释，写下这副即景生情的联语。

自题春联

胡汉民*

文明新世界；
独立大精神。

作者

*胡汉民（1879—1936），字展堂，广东番禺人。早年留学日本，参加同盟会。曾任广东都督、南京临时政府总统府秘书长、广州大元帅府代理大元帅、南京国民政府立法院院长、国民党中央政治会议主席。著有《胡汉民先生政论选编》、《不匮室诗抄》。

赏析

此联写于19世纪90年代末期。胡汉民早年崇尚资产阶级民主革命学说，十九岁时即与革命党人接触。曾自题此联贴于门前，以宣示个人的政治理想。

上联中，文明，指人类社会进步状态，与“野蛮”相对，旧时亦指新的或新式的，如文明戏、文明结婚。此句意谓，要创造文明的新世界，就必须推翻野蛮的旧世界。

下联中，精神，本为哲学名词，指人的意识、思维活动和一般心理状态。此指资产阶级民主革命精神。此句意谓，从一个人到一个国家追求独立，这是一种“大精神”。

这副春联出现于清朝末年，可谓惊世骇俗。据说当时路人见此标新立异的春联，亦悄悄私议：这家一定有革命党！

应对陈融

胡汉民

胡衍鸡，胡衍鹅，胡衍鸭；（陈　融）
陈皮梅，陈皮榄，陈皮羌。（胡汉民）

赏析

此联成于1897年间。陈融（1876—1955），广东番禺人。早年留学日本，加入同盟会。1911年参加广州黄花岗起义。历任广东司法厅长、高等法院院长。1931年任广州国民政府秘书长。1948年任总统府国策顾问。陈融从政之余，精于诗词、书法、篆刻。陈融与胡汉民同乡、同事，过从甚密。1897年间，有次在家乡酒席宴上，陈融出联戏之，胡汉民随口应对，满座无不叹其才思敏捷。

上联为陈融出句。胡汉民原名衍鸿，且胡氏兄弟均以“衍”字排辈，末一字均有“鸟”旁。陈融因以衍鸡、衍鹅、衍鸭戏之，此中“衍”与“阉”、“腌”谐音，与鸡、鹅、鸭联系起来更添诙谐调笑的成分。

下联为胡汉民对句。陈皮，中药名。陈切对方姓氏，皮有表面、表相之意，加上梅、榄，自然天成。至于“陈皮羌”实为生造，纯属游戏笔墨。作者能以与陈姓氏有关食物对之，亦可看出思维敏捷，反应之快。

此联虽属游戏之作，倒也风趣幽默，亦显二人友谊与才情。

挽宋教仁

胡汉民

江湖多风波，舟楫竟失坠；
乾坤病疮痏，忧虞毕何时。

赏析

此联写于1913年3月。宋教仁，近代民主革命家。辛亥革命后，曾任南京临时政府法制局局长、北京政府农林总长、国民党代理理事长。1913年3月，被袁世凯派刺客刺杀于上海火车站，胡汉民以一集句挽联致哀。

上联集自杜甫《梦李白》之二："江湖多风波，舟楫恐失坠。"舟楫，楫为船桨，亦可泛指船只。失坠，遗失坠落，此指翻船。这里原为梦中李白所说的话，意在指出现实生活中充满了危险。告诫友人注意江湖风浪，随时防止翻船。联中改"恐"为"竟"，更加切合逝者已被枪杀于车站。

下联集自杜甫《北征》："乾坤含疮痍，忧虞何时毕？"联中加以化用，文字稍有差异。疮痏（wěi），创伤、瘢痕。《抱朴子·擢才》："乃有播尘埃于白珪，生疮痏于玉肌，讪疵雷同，攻伐独立。"疮痏，喻民生疾苦。忧虞，虞通"娱"，此系偏义复词，即忧愁、忧虑之意。这里是说，天地间有了这样多的创伤，人们的忧伤何时才能结束呢？

此联虽集古人成句，然亦针对现实，文字稍加改动，更显战斗锋芒。

挽陈英士

胡汉民

其魄至弱，其魂至强，死者亦有知，豺狼当道岂能久？
为道太厚，为身太薄，天下正多事，麟凤非祥奈若何！

赏析

此联写于1916年5月。陈英士（其美）为辛亥革命时期的风云人物，曾任沪军都督、上海讨袁军总司令。1916年5月，被袁世凯派刺客暗杀于上海寓所。胡汉民撰送挽联致哀。

上联中，魄，古指人身中依附形体而显现的精神，以别于能离开形体的魂。因其依附形体而存在，人死则亦消失，联中故言“至弱”。《左传·昭公七年》：“人生始化曰魄，既生魄，阳曰魂。”疏：“附形之灵为魄，附气之神为魂。”魂，古人想象人的精神能离开形体而存在，这种精神叫做“魂”。因属“附气之神”，联中因言“至强”。《礼·郊特牲》：“魂气归于天，形魄归于地。”此指逝者肉体虽已消失，而其精神自当永存。豺狼，凶恶的野兽，亦喻残暴的人。此指北洋军阀袁世凯之流。这里是说，死者地下亦有所知，坏人当道的日子岂能长久？

下联中，道，属于哲学范畴，旧指道德、道义与一定的思想体系。此指逝者就道德、道义而言是很厚重的，作为身体来说却是单薄的，竟然轻易被人暗杀。麟凤，麒麟和凤凰都是传说中的珍异动物，且为祥瑞的象征，常用以比喻品格高尚的人。这里是说，现在天下正处多事之秋，这样品德高尚的人竟遭不测，可又有什么办法！

此联并未正面歌颂逝者的功勋业绩，亦未直抒哀伤沉痛的感情，而是就魂与魄、道与身加以议论，同样收到肯定逝者历史功绩与预言封建势力必然灭亡的艺术效果。

挽山田良政

胡汉民

弹指二十年，凄怆熏陶，一息犹存惭后死；
同心四亿众，飘摇风雨，九原何以慰先生。

赏析

此联写于20世纪20年代初。山田良政（1868—1900），日本青森人。为同情和支持中国革命的日本友人。1899年经人介绍结识孙中山。1900年任南京东亚同文会教授兼干事。同年10月受孙中山之托，密赴广东参加惠州之役，在与清军交战中饮弹身亡。其葬地二十年后才找到，在举行悼念活动时，胡汉民与汪精卫同挽一联致哀。

上联中，弹指，一弹指的省略语，极言时间的短暂。佛经说二十念为一瞬，二十瞬为一弹指。凄怆，哀伤、悲痛。熏陶，长期接触的人对生活习惯、思想行为、品行学问等逐渐产生好的影响。联句意谓，弹指之间二十年过去了，我一直处于悲痛之中而受到先烈精神品德的感染影响。我们这些后死者一息犹存，面对先烈怎能不感到惭愧？

下联中，四亿众，此指我国当时已有四亿人口。飘摇风雨，即风雨飘摇。语出《诗·豳风·鸱鸮》："风雨所漂摇，予维音哓哓。"谓在风雨中飘荡摇摆，后用以比喻整个社会动荡不安。九原，原春秋时晋国卿大夫的墓地，后亦泛指墓地。联句意谓，四亿民众同心同德，面对社会动荡不安的局面，将何以慰先生于九泉之下。

这副挽联选取独特的角度，全从生者切身感受出发。既有深深的自责，又有奋起的决心，愿与四亿同胞一起考虑"九原何以慰先生"。联语感情深挚，属对工稳，颇具艺术感染力量。

题广州镇海楼

胡汉民

五岭北来，珠海最宜明月夜；
层楼晚望，白云犹是汉时秋。

赏析

此联写于1924年间。镇海楼，在广州市越秀山上，始建于洪武年间，取名镇海，以示"威镇岭海"之意。楼高二十八米，五层，故又称"五层楼"。1924年间，胡汉民在广州任代理大元帅时，曾为此楼题过一副楹联，且用《曹全碑》隶体书写，曾产生过一定的社会影响。

上联中，五岭，即越城、都庞、萌渚、骑田、大庾五岭的总称，在湘赣和粤桂等省的边境。广州地处五岭以南，登楼远眺，会有"五岭北来"之感。珠海，即珠江，在广东省境内，以广州附近江中有海珠石而得名，至虎门注入南海。此句意谓，人们登上高楼，最宜在明月之夜欣赏珠海景色。上联二句明显紧扣“威镇岭海”之意展开。

下联中，层楼，重叠的高楼，此指五层楼。白云，即白云山，在广州市北郊。主峰高处常为白云所掩，故名。这里是说，人们登楼晚望，只有天上白云仍似汉时秋天景色。此处既属眼前即景，而又含有江山依旧、人世全非的感叹。

此联反映作者当年登楼晚望即景抒情，虽无明显时代特色，却也生发思古之幽情，收到情景交融的艺术效果。后曾被誉为该楼楹联代表作之一。

挽孙中山

胡汉民

博爱无穷，革命造共和，尽瘁犹为民众死；
知行不二，遗书遍天下，创垂自与昔人殊。

赏析

此联写于1925年3月。孙中山于同年3月12日在北京逝世，后北京、上海等地纷纷举行悼念活动。胡汉民撰送挽联致哀。

上联中，博爱，旧谓泛爱一切人。韩愈《原道》：“博爱之谓仁。”后亦成为西方资产阶级的政治口号。尽瘁，尽心尽力，不辞劳苦。这里是说，逝者的爱人之心是无穷尽的。通过革命缔造了共和制度，建立了民国，一生尽心竭力不辞劳苦还为民众而死。

下联中，知行不二，谈到知与行的关系，历来思想界众说纷纭。孙中山则坚持知行统一的观点。遗书，含义二：一是前人遗著，二是写成文字的遗言，即书面遗嘱。此指孙中山留下的“总理遗嘱”。创垂，谓开创业绩，传之后世。语见《孟子·梁惠王下》：“君子创业垂统，为可继也。”此指孙中山开创的事业留给后人与古代完全不一样。既有自身开创的三民主义学说，又有语重心长的遗嘱：“革命尚未成功，同志仍须努力。”

作者曾为孙中山的得力助手，因对逝者怀有景仰钦佩之情。此联言简意深，属对工稳。既赞逝者功业、学说，又表自己深情怀念。情辞俱佳，颇为感人。

挽谭延闿

胡汉民

景星明月归天上；
和气春风在眼前。

赏析

此联写于1930年3月。谭延闿生前曾任国民政府主席、行政院院长。1930年3月病逝于南京，胡汉民撰送挽联致哀。联语文字本身简约易懂，却寓褒贬于字里行间。

上联中，景星，亦称瑞星、德星。《史记·天官书》："天精而见景星。景星者，德星也。其状无常，常出于有道之国。"这里是将逝者喻为景星、明月，指已离开人间归于天上。

下联中，和气春风，逝者平时待人谦和，让人有如坐春风之感。现在人虽已逝，这种印象仿佛仍在眼前。此语看似褒扬，却含贬义。谭延闿一身处事圆滑，时有"水晶球"之称。胡汉民亦说他除"混"字妙诀外，还有一个"和"字妙诀。

此联虽属应景之作，倒也褒贬得当，能收到让人认同的效果。

挽桂军某师长

胡汉民

虎豹噬人，既伤逝者行自念；
荆棒载道，孰教伯也为前驱。

赏析

此联写于20世纪30年代初。桂军，指以李宗仁、白崇禧为首的广西地方势力所掌握的军队。20世纪30年代初，桂军有位师长自杀未遂反为乱兵所杀。胡汉民惊闻此事，撰联致挽。

上联中，虎豹，皆为猛兽，此处用以喻战争。噬（shì），咬。既伤逝者行自念，语出曹丕《与吴质书》："间者历览诸子之文，对之抚泪，既痛逝者，行自念也。"这里是说，战争是要伤人的，我既伤痛逝者，也就自然想到了自己。

下联中，荆榛（zhēn），荆棘、榛莽，皆丛生杂木。载道，充满了道路。这里用以喻纷乱的局势与险恶的处境。伯也为前驱，语出《诗·卫风·伯兮》："伯也执殳，为王前驱。"伯，古代女子可称自己的丈夫为"伯"。原意是指古代女子想象中出征的丈夫，正手执兵器去为自己的主子作战呢！

此联为哀挽现实生活中的特定人物，既要切人切事，又要有所生发，确有一定难度。作者却能从国民党军队派系之争的角度切入，对于这位师长之死作出特定的评价。从而引出必要的教训。

戏　题

胡汉民

民法必公平，莫道生男胜生女；
税则须通过，难得师傅帮师爷。

赏析

此联写于20世纪30年代初。当时，南京国民政府立法院讨论海关新税则一案时，湖南人罗鼎与广东人邓召荫各用方言，相互争执而又彼此不懂，顿时形成僵局。幸有立法委员傅秉常在场，帮助两人翻译解释，意见乃得接近，议案获准通过。胡汉民时任国民政府主席，见此情景戏成一联。

上联是指立法委员傅秉常，向来关心民法，坚持男女平等原则，认为生男生女一样。联中因言民法必须公平，莫道生男胜过生女。

下联中，税则，指当时正在讨论的海关新税则。师爷，广东人邓召荫绰号叫“师爷”。“师傅”的傅指帮助两人沟通的傅秉常。此指税则必须通过，难得师傅来帮师爷。

此联戏题颇具特色，联句庄谐结合，生动风趣，让人解颐。实系政坛轶闻，亦属联坛佳话。

赠金梁

胡汉民

天下更无栖隐处；

人间犹有是非存。

赏析

此联写作时间不详。金梁(1878—1962)，号息侯，浙江杭县人。光绪年间进士，曾任奉天省政务厅长、沈阳故宫博物馆长。主编过《清史稿》(关外本)，为《大公报》写过社评。平日工书法，擅篆籀，后在天津租界卖字为生。胡汉民曾有联语相赠。

上联中，栖隐，栖身隐遁，隐居。《隋书·徐直传》：“草褐蒲衣，餐松饵术，栖隐灵岳，五十余年。”此句意谓，现在天下更无可以栖身隐遁之处。

下联中，是非，这里似有双重含义：一是正确与谬误，需要是非分明。二是存在纠纷、口舌。《庄子·盗跖》：“摇唇鼓舌，擅生是非。”人间存有是非，复杂纷纭，故避之唯恐不及。

此联明显有感而发，颇多弦外之音。既赠友人金梁，亦属夫子自道。

赠湘帆学兄

胡汉民

少孙尚拟续迁史；
子云奚惮反离骚。

赏析

此联写作时间不详。湘帆学兄，有关此人生平事迹待查。据《古今名人联话》一书所载，有“赠湘帆学兄隶书联云：……”就联意来看，湘帆似为爱好文史的政界人士。

上联中，少孙，即西汉史学家褚少孙。尚拟，还打算。迁史，指司马迁的《史记》。相传司马迁《史记》中有十篇有录无书，后由褚少孙补缀而成。

下联中，子云，即西汉文学家扬雄。奚惮（xī dàn），奚为疑问词，奚惮即何惧之意。反离骚，楚国屈原作《离骚》，其后投汨罗江而死。汉代扬雄悲其文，作《反离骚》以悼屈原。《汉书·扬雄传》：“（雄）乃作书，往往摭《离骚》文而反之，自岷山投诸江流以吊屈原，名曰《反离骚》。”

此联似在肯定友人具有文史才华的同时，激励友人效法古代文史名家，以求自身研究工作更上层楼。

赠胡元倓

胡汉民

事本无私，欲公诸世；
求同乎理，不异于人。

赏析

此联写作时间不详。胡元倓（1872—1940），湖南湘潭人。早年留学日本，从明治维新的成功得到启发，以教育救国培养人才为己任。1903年在长沙创办明德学堂，大力提倡新学。后曾一度在北京、上海设明德大学。1940年11月病逝于重庆。胡汉民生前与其时相过从，曾手书这副集句联语相赠。《古今名人联话》将此联误为《挽胡元倓》，胡汉民死于1936年，岂能在1940年再写挽联。

上联为福泽谕吉语。福泽谕吉是日本明治时代的启蒙思想家，著有《劝学篇》、《文明论概略》等书，产生很大社会影响。欲，希望、应该。诸，"之于"的合音。上联意谓，一切事物（包括事理、事实）本不属于私有，应该公之于世。

下联出自王阳明语录。王阳明为我国明代哲学家、教育家。主张以心为本体，提倡"格物致知，自求于心"。反对朱熹的"外心以求理"，提出"求理于吾心"知行合一说。求，寻求、责求。《论语·卫灵公》："君子求诸己，小人求诸人。"联中特指求心，即求诸内心。乎，介词，同"于"。下联意谓，自求于心必同乎理，而这并不异于别人。

作者集古代中外思想家成句为联，充满人生哲理，启人深思。

自　挽

胡汉民

抱道独能坚，险阻半生完大命；
救亡空有愿，归来万里负初心。

赏析

此联写于1936年5月。胡汉民1936年5月12日因病逝世于广州。生前曾留下自挽联一副，用以表明心志。

上联中，抱道独能坚，道指思想、学说，语见《论语·里仁》："吾道一以贯之。"抱道，持守正道。此句意谓，自己抱定宗旨，独自坚持孙中山的三民主义学说。这里既标榜自己是孙中山的忠实追随者，也暗指蒋介石之流背离了孙中山的三民主义。大命，重大的命令和决定，多指帝王的命令。《后汉书·王常传》："臣蒙大命，得以鞭策，托身陛下。"这里是指接受当年孙中山所安排的任务。此句意谓，自己半生经过多少艰难险阻，总算完成了孙中山的遗命。实际上，胡汉民早期确实是孙中山的得力助手，而晚年却背离了孙中山"联俄、联共、扶助农工"三大政策，并非抱道独坚，此处流于自我标榜。

下联中，救亡空有愿，指蒋介石在"九一八"事变后，对日本采取不抵抗政策，胡汉民表示坚决反对，公开与蒋介石进行对抗，采取了多种形式的倒蒋活动。他还想借助桂系势力，在广州另组国民政府，与南京分庭抗礼。这一计划未能实现，因此感到"救亡空有愿"。归来万里，指1935年6月赴欧洲考察，次年1月回国。自己万里归来，本想在当时全国抗日救亡运动的高潮中有所行动，却于5月一病不起，实在有"负初心"。逝者生前曾多次声言参加抗日救亡运动，虽非真心实意，但在客观上有利于当时反蒋抗日的斗争。

此联言简意赅，属对工稳。就其内容，虽有某些自我标榜成分，然亦具有反蒋抗日色彩。

挽黄忠浩

谭延闿*

思危授命，是公本怀，恻恻感前言，所怨未竟平生志；
亡年下交，视余犹弟，冥冥负知己，凄切难为后死人。

作者

*谭延闿（1876—1930），字组庵，湖南茶陵人。清光绪进士，授翰林院编修。历任湖南省长兼督军、广州大元帅府内政部长、国民党中央政治委员会主席、南京国民政府主席。

赏析

此联写于1911年10月。黄忠浩（1859—1911），湖南黔阳人。早年以优贡生入赀为内阁中书，主讲沅州教席。后任湖南提督、巡房营统领。1911年10月武昌起义后，湖南革命党人急于响应，黄因阻拦湖南新军起义，被起义士兵击毙。谭延闿撰送挽联致哀。

上联中，思危授命，犹见危授命，谓在危难关头，不惜牺牲生命。语出《论语·宪问》："见利思义，见危授命，久要不忘平生之言，亦可以为成人矣！"恻恻，伤痛。杜甫《梦李白》："死别已吞声，生别常恻恻。"上联意谓，能在危难关头不惜牺牲生命，是你本来的心意。我很痛心地有感于你以前说过的话，所怨未能实现平生的志愿。

下联中，亡年，亡通"忘"，忘记年岁。这里是说，忘记年岁向下交往，将我看成弟弟一样。可我却有负于冥冥之中的友人，而今凄凉悲切难为后死之人。

此联情真意挚，言出由衷。上联出于认识局限，将阻挠新军起义视为"思危授命"，明显有误。

自　题

谭延闿

颇有清香凝画戟；
翩然彩服放扁舟。

赏析

此联写于辛亥革命后任湖南都督期间，作者自题联语以自我标榜。

上联中，画戟（jǐ），古代武器，有彩画的戟。作者化用前人成句，韦应物《郡斋燕集》："兵卫昂画戟，燕寝凝清香。"上联是说，香气凝于画戟之上。作者焚香舞戟，虽系武将而有文士气质。

下联中，翩（piān）然，翩翩然，自得其乐的样子，喻风流潇洒。扁（piān）舟，小船。下联亦系化用前人诗句。李白《宣州谢朓楼饯别校书叔云》："人生在世不称意，明朝散发弄扁舟。"李白原意表示不愿做官而去过自由自在的隐逸生活。谭延闿则身着彩服翩然放舟，极写从政之余纵情山水的悠闲生活。

此联名为《自题》，实属夫子自题。联中化用前人成句，表明自己文武兼备而又纵情山水，具有儒将风采。作者本系将门之后，晚清进士出身，现又握有兵权，遂以儒雅风流的将军自诩。虽有自我标榜成分，倒也事出有因。

挽余翁

谭延闿

晚岁作遗民，尽有声华在莲社；
生天定成佛，不留尘世看桑田。

赏析

此联似写于民国初年。余翁，当为余姓老人，生平事迹不详。辛亥革命后，谭延闿在湖南任职曾为余翁逝世撰写挽联致哀。

上联中，遗民，一般是指改朝换代后不仕新朝的人。汉杜笃《首阳山赋》："其二老乃答余曰：吾殷之遗民也。"余翁晚年尚作遗民，当为清朝遗老之一。声华，美好的名声。莲社，东晋僧人慧远居庐山东林寺时，与刘遗民、雷次宗等十八人同修净土之宗。因寺中有白莲池，号莲社，亦曰白莲社。后人撰《莲社高贤传》，列名者 123 人。这里是说，逝者晚年尚作前清遗民，却尽有美名留于莲社，自可列入莲社高贤的行列。

下联中，生天，佛家谓死后更生于天界。《正法念处经·观天品》："一切愚痴凡夫，贪著欲乐，为爱所缚，为求生天，而修梵行，欲受天乐。"后亦用以婉言人之死亡。尘世，即人世。桑田，语见晋葛洪《神仙传》："麻姑自说云：'接待以来，已见沧海三为桑田。'"后以"沧海桑田"喻世事变迁。联句谓逝者死后定然成佛，不用留在人间看世事变迁。

此联哀挽余翁，多用中性色彩语汇，颇切此人遗老身份。

挽黄兴

谭延闿

当世失斯人，几疑天欲亡中国；
遗书犹在箧，此行我愧负平生。

赏析

此联写于 1916 年 10 月。黄兴为近代民主革命家、军事家。曾任南京临时政府陆军总长兼参谋总长、江苏讨袁军总司令。1916 年 10 月病逝于上海，谭延闿撰送挽联致哀。

上联谓，当代失去此人，几乎怀疑老天要亡我中国。联句既是对黄兴的极高评价，也是哀挽逝者的真情流露。

下联中，箧（qiè），小箱子。1916 年 7 月护国讨袁战争胜利后，黄兴曾给谭延闿发出专函，劝其“二次督湘”，再次出任湖南省省长，联中因言“遗书犹在箧”。而今却让我惭愧有负平生之志。此句意谓，我本不愿意二次督湘，只是勉为其难而已。果然此后不久即因恐惧北洋军阀攻击而辞去湖南省长职务，离湘赴沪。这虽是黄兴去世之后的事，但就他的“此行”，的确是应该有“愧”的。

此联语言平实，既高度评价逝者，又联系自身实际，倒也深切感人。

代挽黄兴

谭延闿

一时毁誉总皮毛，记当年复壁留宾，早识英雄本天授；
廿载交期如骨肉，十几日寓庐话别，空余涕泪望魂归。

赏析

此联写于 1916 年 10 月。当时黄兴病逝于上海。黄兴早年曾在长沙明德学堂任教，并从事反清革命活动。湖南攸县的龙萸溪曾将他藏匿家中以避清廷缉捕，此后二人时相过从。谭延闿受龙萸溪之托，代撰挽联一副。

上联中，毁誉，诋毁和赞誉。黄兴生前各方面对他的评价并不一致，包括革命党人对他亦时有误解。复壁，夹墙，即两重而中空的墙。留宾，留住宾客。联句意谓，社会上一时诋毁或赞誉总是一些皮毛的事情，尚记得当年复壁留宾，即为掩护黄兴而将之藏于夹墙之中，早就见识英雄本系上天授予。

下联中，廿载，二十年。交期，似交契之误，即交情，友好投合。指当年明德学堂同事到黄兴逝世二十年间。寓庐，寓所的房舍。联句意谓，二十年交情情同骨肉，此次在黄兴上海寓所话别才过了十几日。而今空余涕泪，盼望逝者早日魂归故里。

此联完全以所委托之人的口吻，寓抒情于叙事之中，“复壁留宾”与“寓庐话别”均系纪实，更增深沉怀念之情。

挽蔡锷二联

谭延闿

一

天地一英雄，出死入生，提挈河山还故有；
邦家两愁惨，眼枯泪尽，艰难身世复何言。

二

心事如白日青天，遂使贞诚回劫运；
家国正风潇雨晦，况兼孤客哭余生。

赏析

此联写于1916年11月。蔡锷，近代著名军事家。生前曾任护国军第一军总司令、四川督军兼民政长。1916年11月病逝于日本，谭延闿撰送挽联致哀。

第一副挽联：

上联中，出死入生，从死亡里获救。此指蔡锷曾被袁世凯软禁，后终于逃出虎口，潜回云南举事。提挈，携带、举起。故有，过去所有。联句意谓，逝者堪称天地间一位英雄，能出生入死逃离虎口，终于携带河山还与故有之人，亦即从称帝复辟的袁世凯手中夺回河山，使其回到共和轨道。

下联中，邦家，国家。两愁惨，两次忧愁惨淡，此指黄兴、蔡锷相继死亡。联句意谓，国家两次丧失人才，使我眼枯泪尽，伤心至极。个人艰难的经历和境遇，还有什么话可说。

第二副挽联：

上联中，白日青天，谓天气晴好。这里喻指逝者心地光明。联句意谓，逝者心事如白日青天，遂以坚贞忠诚，挽回遭遇劫难的命运。此指讨袁护国取得胜利。

下联中，风潇雨晦，形容风

急雨骤，天色昏暗，亦喻形势险恶。语出《诗·郑风·风雨》：“风雨潇潇，鸡鸣胶胶。既见君子，云胡不瘳。风雨如晦，鸡鸣不已。既见君子，云胡不喜。”孤客，孤立无助的客人。联句意谓，家国正风雨如晦，而临险恶形势，我在失去友人之后已成孤客，只有痛哭余生。

这两副联语哀挽逝者，带有强烈的感情色彩。既赞逝者出生入死挽回劫运，又叹自己眼枯泪尽哭泣余生。联语如泣如诉，字字血泪，诚为哀挽佳作。

挽孙中山二联

谭延闿

一

先觉觉后觉，先知觉后知，其自任天下之重；
有饥由己饥，有溺由己溺，微斯人吾谁与归？

二

旭日丽中天，数万古英雄，孰堪匹敌；
大星沉朔野，率三湘子弟，共哭元戎。

赏析

此联写于1925年3月。同年3月12日，孙中山因病逝世于北京。谭延闿当时留守南方，惊闻噩耗，撰送两联致哀。

第一副挽联：

上联中，“先觉”二句，语出《孟子·万章上》：“天之生此民也，使先知觉后知，使先觉觉后觉也。”后以“先知先觉”指对事物发展的认识早于一般人。“先知先觉”是孙中山思想理论的一个组成部分。孙中山认为人可以分为三等，即先知先觉者，后知后觉者与不知不觉者，革命和建国大业只能由先知先觉者来领导。作者用孙中山的语言来赞扬孙中山，更加让人折服。自任天下之重，因为革命和建国大业只能由先知先觉者来领导，则天降大任于斯人，逝者不愧是位

"自任天下之重"的先知先觉者。

下联者，"有饥"二句，语出《孟子·离娄下》："禹思天下有溺者，由己溺之也；稷思天下有饥者，由己饥之也，是以如是其急也。"后因以"己饥己溺"谓对别人的苦难表示同情，并把解除这些苦难引为己任。"微斯人"句，语出范仲淹《岳阳楼记》："噫！微斯人，吾谁与归。"微，无，没有。谁与归，即归向谁。这里借用范仲淹名篇的结句，意谓要是没有孙中山这样的人，我将同谁在一道呢？作者盛赞这位一生为民造福，不惜"己饥"、"己溺"的民主革命家。

第二副挽联：

上联中，"旭日"句，丽，附着。《易·离》："日月丽乎天，百谷草木丽乎土。"引申为照射着。此句意谓，初升的太阳照射着天空。数（shǔ），计算，有数得着、称得上的意思。联句意为，历数万古英雄，有谁堪与他相比呢？

下联中，大星沉朔野，旧时常以"星陨"或"星沉"喻重要人物的死亡。这里是说，天上有颗大星坠落在北方的原野，以指孙中山在北京逝世。我将率领湖南子弟，一起来哭悼这位国民革命军的大元帅。

孙中山去世时，谭延闿留守南方，任大本营秘书长。作为孙中山晚年主要追随者之一，他的挽联，尤其是第一副因其用语贴切，意蕴深刻，产生了颇为广泛的影响。

挽何天炯

谭延闿

又弱党中一健者；
我为天下哭斯人。

赏析

此联写于1925年7月。何天炯（1877—1925），广东兴宁人。早年留学日本，加入同盟会。后被选为广东同盟会会长。曾参加黄花岗之役、武昌起义与二次革命。后任孙中山驻日本代表。

1925年3月孙中山逝世后，他悲痛不已。同年7年病逝于广州，谭延闿撰送挽联致哀。

上联从成语“又弱一个”化出，用以哀叹别人死去。弱，丧失。健者，具有雄才大略的人。这里是说，今天国民党中又失去一位有雄才大略的人。

下句意谓，我为天下痛哭此人，即为何天炯之死表示沉痛哀悼。

此联言简意明，表述到位，为天下苍生因失去这位党中健者而放声痛哭。

挽廖仲恺二联

谭延闿

一

为党为国，竭尽忠勤，进德更堪钦，此日牺牲原自许；
足食足兵，正同艰巨，过谈曾有约，故人魂梦尽频来。

二

振起革命精神，独往独来，三十年如一日；
誓扫国民障碍，立功立德，亿万姓纪千秋。

赏析

此联写于1925年8月。廖仲恺为国民党左派代表人物。生前曾任广州大元帅府财政部长、广东省长、国民党中央常务委员、黄埔军校党代表。坚决拥护孙中山确定的“联俄、联共、扶助农工”三大政策。1925年8月遭国民党右派暗害，谭延闿撰送挽联致哀。

第一副挽联：

上联中，进德，荐引贤德之人。自许，自己称许自己，自负而又自信。联句意谓，逝者为了国民党和民国忠心勤劳，用尽全部力气。平时注意荐引贤德之人，更加值得钦佩。而且本人早就许下了随时准备牺牲的心愿。

下联中，足食足兵，足够的食物和足够的武器。意谓逝者身任大元帅府财政部长和黄埔军校党代表兼军需总监，必须解决人民生活和加强武装建设，而这两样正是同样艰巨的任务。“过谈”二句，指在逝者生前曾经约好前往访谈，而今已逝故人的英魂频频出现在自己的梦中。

第二副挽联：

上联中，独往独来，独自往来，不与别人为伍。此处含有独立不群的意思。联句意谓，逝者振起革命精神，独树一帜，三十年如一日。

下联中，立功立德，建立功绩、树立德业。语见《左传·襄公廿四年》：“大上有立德，其次有立功，其次有立言，虽久不废，此之谓不朽。”联句意谓，发誓扫清前进道路上的障碍，在斗争中树立功勋德业，亿万老百姓永久纪念逝者。

这两副联语哀挽逝者，语言平实，对仗工整。赞颂之意与悼念之情，溢于字里行间。只是比较而言，第二副挽联内容略显空乏，不如第一副来得充实。

挽长兄朴吾二联

谭延闿

一

年来家国事多端，独杖履逍遥，神游物外；
地下先公应有问，道楹书珍重，犹似儿时。

二

供子职数十年，愉色婉容，谁识胸怀有侠气；
记叮咛千万语，伤心殒涕，哪堪兄弟半凋零。

赏析

此联写于20世纪20年代。朴吾为谭延闿长兄，其余生平事迹不详。20世纪20年代某年因病逝世，谭延闿撰联致哀。

第一副挽联：

上联中，杖履，老人扶杖漫

步。神游，精神或梦魂往游。物外，世外或超脱于世事之外，亦可作为死的婉称。指长兄精魂已离开这个现实世界。上联意谓，近年以来家事国事头绪纷繁变化多端，长兄独自扶杖漫步自在逍遥，而今去神游物外，离开人世。

下联中，先公，旧称已死的人为先，多用于尊长。楹书，典出《晏子春秋·杂下》："晏子病，将死，凿楹纳书焉，谓其妻曰：'楹语也，子壮而示之。'"引申指先人的遗言。下联意谓，地下先人自当有问，说起生前留下的楹语需加以珍惜，其口气犹如我们儿时听到的一样。

第二副挽联：

上联中，子职，旧时称人子奉事父母的责任。《孟子·万章上》："我竭力耕田，其为子职而已矣。"愉色婉容，和颜悦色。侠气，旧指勇武仗义的性格或气质。联句意谓，长兄奉事父母尽了几十年的责任，一直都是和颜悦色，这样一个长期在家孝顺父母的人，谁能知道他的胸中有着侠义之士的气质。

下联中，殒（yǔn），通"陨"，坠落。凋零，原指花木凋谢零落，也指人事衰亡。这里是说，记起离别时长兄千言万语的叮咛，怎能不伤心落泪。而今哪里经受得起兄弟之间已半数凋零。谭延闿兄弟三人，长兄一死，应属半数衰亡。

这两副联语哀挽亡兄，可谓情深意切。作者只从自家父子兄弟之间的亲情切入，尽显逝者实为坚守孝悌忠信的仁厚长者，让人为之感佩。

挽曾熙

谭延闿

兄事卅年，岂意违离成死别；
才高三古，只将书画了生平。

赏析

此联写于 1930 年间。曾熙为近代书画家，晚号农髯，湖南衡阳人。光绪年间进士，曾主持石鼓书院。民国以后从事书画创作，并与政界人士多有交往。1930年病殁于上海，谭延闿撰送挽联致哀。

上联先言与逝者的关系。逝者生于1856年，作者生于1876年，年长二十岁。故二人交往三十年来作者均以兄长之礼事之，亦即视为自己的兄长一样。只是哪里想到一段时间分离竟成永别。

下联中，三古，指伏羲、文王、孔子代表的三个时代。《汉书·艺文志》："易道深矣，人更三圣，世历三古。"颜师古注引孟康曰："然则伏羲为上古，文王为中古，孔子为下古。"联句意谓，逝者才气高于古人，而其一生喜爱书法绘画，因言"只将书画了生平"。此中明显含有对于逝者"才高"而未能为世所用的惋惜。

挽辞直抒胸臆，文字朴实无华，颇为亲切感人。

挽彭资纯

谭延闿

今无古或闻，五世同居非易事；
父贤子能肖，一经相授感遗规。

赏析

此联写作时间与逝者生平事迹均有待查考。今据《古今名人联话》收录，该书指出："挽五世同堂的彭贤纯联曰：……"

上联中，五世同居，即五世同堂，指自高祖至玄孙，五代并存，不分家而同居。这里是说，今天没有，古代或有所闻，五代同堂实在并非容易的事情。

下联中，肖，类似。《书·说命上》："说筑傅岩之野，惟肖。"《传》："肖，似。似所梦之形。"此句意谓，父亲贤良儿子便能相似，亦即以父亲为学习的榜样。一经，一种经书。《史记·乐书》："通一经之士，不能独知其辞。"汉初儒者重家法，专通一经，后才兼通诸经。遗规，遗留下来的规范。此句意谓，以一种经书相传授而能感受到古人遗留下来的规范。

此联哀挽逝者，用语文白相间。"五世同居非易事"为纪实之词，"一经相授感遗规"则据前者有所发挥。二者虚实结合，顺理成章。

题桂林仰止亭

谭延闿

小筑正宜邀月到；
古人不见仰山高。

赏析

此联写作时间不详。桂林仰止亭，据《中华名胜对联大典》介绍，谭延闿曾为桂林仰止亭题写楹联。就联意本身而言，仰止亭似即桂林市区北部叠彩山上的仰止堂。为纪念明末抗清大臣瞿式耜和张同敞而建，作者面对这一山间“小筑”，因而产生“古人不见仰山高”的感叹。

上联中，小筑，环境幽雅的小建筑物。陆游《小筑》：“放翁小筑寄江郊，屋破随时旋补茅。”此句意谓，这一小小建筑正宜二三知己举杯邀月以尽其兴。

下联化用成语“高山仰止”，表示对于古人的仰慕之情。《诗·小雅·车辖》：“高山仰止，景行行止。”孔颖达疏：“于古人有高显之德如山者，则慕而仰之。”

此联即景抒情，言浅意深，颇合题意要求。

题绮罗宗祠

李根源*

介大山大水之间，我先人守卫贻谋，厥惟文武忠孝；
从诸父诸兄而后，予小子奉祠承祭，敢忘缔造艰难。

作者

*李根源（1879—1965），字印泉，云南腾冲人。早年留学日本，参加同盟会。曾任云南陆军讲武堂督办、云南军政府军政部总长、北洋政府农商总长、国民政府云南监察使。新中国成立后，任西南军政委员会委员、全国政协委员。著有《曲石诗录》、《曲石文录》。

赏析

此联为早年之作。绮罗，腾冲地名。宗祠，祠堂、家庙。旧时同族子弟供奉并祭祀祖先的处所。此系作者早年为故乡绮罗李氏宗祠所题的联语。

上联中，介，处于二者之间。这里首先说明绮罗宗祠所处的位置。贻谋，语出《诗·大雅·文王有声》："诒厥孙谋，以燕翼子。"贻，通"诒"，遗留给。"贻谋"则为谋及子孙。厥(jué)，其、他的。文武，文德和武功。忠孝，忠诚和孝顺，亦指忠于国家，善事父母。联句意谓，介于大山大水之间，我们的祖先守卫谋及子孙的事业，其要求为"文武忠孝"。

下联中，诸父，对同宗族伯叔辈的通称。诸兄，对同宗族兄弟辈的通称。予小子，作为小辈的自称。奉祠承祭，承奉祭祀。联句意谓，跟从诸父诸兄之后，我辈应承奉祭祀祖先的任务，哪敢忘记先人缔造大业的艰难。

此联题写家乡李氏宗祠，文字古朴典雅，联句属对工稳，虽无多少新意，然亦符合此类联语的写作规范。

挽蔡锷

李根源

非流芳百世，即遗臭万年，前途方遥，成败英雄公自论；
未围项三重，而止纣七步，大武远震，艰难吾道此身孤。

赏析

此联写于1916年11月。蔡锷为我国近代民主革命家、军事家。生前曾任护国军第一军总司令、四川省督军兼民政长。1916年11月病逝于日本，李根源撰送挽联致哀。

上联中，流芳百世，谓美名永远流传后世。遗臭万年，死后恶名流传，永远遭人唾骂。语见《资治通鉴·晋简文帝咸安元年》："男子不能流芳百世，亦当遗臭万年。"上联意谓，古人曾言，非流芳百世，即遗臭万年。前面的道路还很遥远，亦即前程未卜，不必忙于断言，因为英雄成败自有公论。这里明显针对当时对于逝者有所非议而言。

下联中，围项三重，在楚汉战争中，刘邦围项羽于垓下，使其四面楚歌，招致惨败。联中"围项"隐指袁世凯，因袁为河南项城人，亦称袁项城之故。止纣七步，典出《尚书·牧誓》。武王伐纣，行前明誓："今予发，惟恭行天下之罚。今日之事，不愆于六步七步，乃止齐焉。"以鼓舞士气。这两句暗喻，蔡锷云南起兵护国讨袁各地纷纷响应，不久袁世凯即取消帝制忧惧而死。大武，周代《六舞》之一，表现周武王伐纣的武功。周代用以祭祀祖先。此指蔡锷护国讨袁威名远震。吾道，汉代郑玄受业于关中大儒马融之门，学成辞归，马融叹曰："郑生今去，吾道东矣。"吾道，原指马融在学术上的见解主张，这里是指蔡锷所从事的讨袁护国的斗争。孤，特立，单独。联句意谓，逝者护国讨袁亦已威名远震，其人吾道艰难，此身特立卓行，亦即所从事的讨袁护国的斗争艰难而有成效。

作者与蔡锷共事多年，相知甚深。此联外柔内刚，看似为逝者申辩，实在是高度赞扬。尤其是“未围项三重，而止纣七步”，借古喻今，鞭辟入里，能给人以思索回味的余地。

题千唐志斋

李根源

大翼垂天九万里；
长松拔地三千尺。

赏析

此联写于1918年间。千唐志斋，在河南省新安县。原为中国历史博物馆副馆长张钫先生的私邸花园。园内藏唐人墓志千余块，故名千唐志斋。另有其他名人书画石刻及造像、经幢若干件。1918年兴建花园时刻嵌于十五孔砖质窑洞内外壁间，堪称历史资料陈列馆。李根源当年参观以后曾题写联语。

上联典出《庄子·逍遥游》，鹏鸟“怒而飞，大翼若垂天之云”。“鹏之徙于南冥也，水击三千里，抟扶摇而上者九万里”。这里是说，大鹏翅膀像垂在天空的云彩，飞向九万里的远方。

下联意谓，长松拔地而起，高达三千尺。

此联以松高千尺、鹏程万里喻人志向远大卓尔不凡。这是对千唐志斋主人的赞扬与勉励。

挽孙中山二联

李根源

一

开国极辛勤，大业炳之，全力注革命事业；
中原犹况瘁，斯人往矣，一身系天下安危。

二

摧千年之专制，复五族之共和，有史以来公为首出；
总万国之宝书，通百王之大法，一言足蔽是曰三民。

赏析

此联写于1925年3月。同年3月12日，孙中山因病逝世于北京。李根源闻讯，撰送挽联致哀。

第一副挽联：

上联中，开国，原为建立邦国，此指建立民国。联句意谓，孙中山作为开国元勋是极其辛劳的。这一伟大的事业将彪炳史册。谓逝者已将全部精力贯注于革命事业。

下联中，况瘁，更加憔悴，益发困苦。《诗·小雅·出车》："忧心悄悄，仆夫况瘁。"往，死。《左传·僖公九年》："送往事居。"杜预注："往，死者；居，生者。"联句意谓，中原仍处非常困苦的境地，而今中山先生已逝，此人一身维系天下安危。

第二副挽联：

上联中，"摧千年"二句，意谓摧毁千年之专制制度，五族，指汉族、满族、蒙古族、回族、藏族五个民族。联句意谓，摧毁千年之专制制度，恢复五族共和的体系，可以说是有史以来逝者首先创立的。

下联中，万国，犹言万邦，极言其多。宝书，旧称官修的史书。百王，历代帝王。大法，基本规范，重要法令。足蔽，足以概括。三民，即孙中山创立的民族、民权、民生三民主义学说，亦即我国资产阶级民主革命的政治纲领。联句意谓，逝者一生总汇世界各国的宝书，通晓历代帝王的大法，其学说一言可以概括，就是三民主义。

这两副联语哀挽逝者。作者怀着深沉悲痛的心情，对于孙中山一生的品德、功业、学说（即古人之立德、立功、立言）作出崇高的评价。

挽胡景翼

李根源

多难损天年，已是大名垂宇宙；
有才齐管乐，那堪无命似关张。

赏析

此联写于 1925 年间。胡景翼早年加入同盟会。1917 年参加组织陕西靖国军，推于右任为总司令。1922 年冯玉祥任陕西督军时，他任第一师师长。1924 年与冯玉祥、孙岳联合倒直，发动北京政变。后与冯、孙组织国民军，任副司令兼第二军军长、河南军务督办。1925 年不幸因病逝世，李根源撰送挽联致哀。

上联中，天年，谓人自然的年寿。《韩非子·解老》："行端直则无祸，无祸害则尽天年。"此句意谓，由于国家多难而有损逝者寿命。胡景翼因在军中长期劳累，只有 33 岁即英年早逝。大名垂宇宙，语出杜甫《咏怀古迹》之五："诸葛大名垂宇宙，宗臣遗像肃清高。"指逝者虽英年早逝，而其大名将永远流传于宇宙之间。

下联中，管乐，管仲与乐毅。管仲为春秋齐之名相，乐毅为战国燕之名将。后则管乐并称，指有抱负有才能的人。此指逝者具有的才能可与管、乐相比。无命，命运无端，此指意外遭遇。关张，指三国时代的关羽、张飞，二人皆为虎将，而又不得善终：一个因兵败被杀，一个被部将刺死，均因意外遭遇而死。联中将逝者比作"关张"，既赞其生前英勇善战，亦为其英年早逝表示惋惜。

此联最大特点在于用典准确到位，以四个历史人物为喻，赞其杰出才能，哀其不幸夭亡，收到了言少意多的艺术效果。

挽黎元洪

李根源

仁厚公忠，元首之德备矣；
艰危险阻，辅相无才奈何。

赏析

此联写于 1928 年间。黎元洪于 1911 年武昌起义后，任军政府鄂军大都督、南京临时政府副总统。袁世凯篡权后，仍任北京政府副总统、参政院议长。1916 年袁世凯死后任大总统，次年因与段祺瑞发生“府院之争”下台。1922 年复任总统，次年又被直系赶走。1928 年死于天津，李根源撰送挽联致哀。

上联中，仁厚公忠，仁义、厚道、公正、忠诚，这里肯定逝者为仁厚君子，公忠体国，已经完全具备了元首之品德。

下联中，艰危险阻，本指道路行进中的艰难、危险、阻碍，亦喻人生所经历的艰险。联句意谓，遇到艰难险阻，奈何辅相无才。这里辅相可作两种解释：一是佐助、辅佐之人；二是专指宰相。联中“辅相”采用这两种解释都说得过去，既可泛指逝者当年身边辅佐之人无才又有什么办法，亦可专指国务总理段祺瑞制造“府院之争”迫使黎氏下台。

黎元洪做过两任北洋军阀政府总统，可以称为“元首”，至于赞其“仁厚公忠”，且备“元首之德”，未免过甚其词，以至恭维过度。

题苏州半园

李根源

半榻眠琴，半瓯瀹茗；
园花献佛，园鸟呼朋。

赏析

此联写于20世纪20年代。半园，在苏州仓米巷。初由清代学者俞樾所居，后转溧阳史伟望，取知足而不求全之意名半园。李根源应主人之请，为制嵌字联一副。此联当作于20世纪20年代作者旅居苏州期间。

上联中，榻，几案。眼(ěn)，突出貌。《周礼·考工记·轮人》："望其毂，欲其眼也。"郑玄注："眼，出大貌也。"此指古琴颇为突出，占了半个几案。瓯(ōu)，盆盂一类的瓦器。瀹(yuè)茗，煮茗、烹茶。朱熹《康王谷水帘》："追薪炊绝品，瀹茗浇穷愁。"此指半瓯自煮的浓茶。

下联中，园花献佛，从成语"借花献佛"转化而来，意谓园中鲜花供人观赏，足见主人盛情。园鸟呼朋，园中的鸟儿在呼唤自己的朋友。园鸟都在呼朋引类，何况主人？同样是在赞美主人好客。

这副联语实为四言小诗，形象描绘园中自然风光。游人抚琴饮茗，花鸟亦在迎客，一片喜人景象。此联巧妙嵌名，"半园"两次出现，颇有特色。

题半园君子居

李根源

池荷出水清于我；
庭草当风瘦可人。

赏析

此联写于20世纪20年代。君子居为苏州半园中一座颇为雅致的建筑。李根源20世纪20年代应主人之请，题写楹联一副，悬于室内。

上联中，池荷，池中荷花。荷花向以清纯著称，因其出污泥而不染。池中荷花比我还清，可见我亦属于清雅之人。

下联中，庭草，庭院小草。可人，犹言可人意，使人满意。黄庭坚《次韵师厚食蟹》：“趋跄虽入笑，风味极可人。”这里是说，庭院小草当风而立，虽然显得清瘦，却使人感到满意。可见君子居周围景物，均深受君子感染而不失君子风度。

此联采用拟人化手法，池荷比我还清，庭草也很可人，均与君子居融为一体，相映成趣。

挽梁士诒

李根源

正春雨江南，报道先生归去也；
咏凉风天末，每怀君子意如何？

赏析

此联写于1933年间。梁士诒为光绪进士，后长期追随袁世凯。1912年起任袁世凯总统府秘书长、交通银行总理，为其复辟帝制效力。1916年袁世凯死后被通缉。1921年依靠奉系出任国务总理，次年下台逃往日本。1925年任段祺瑞政府交通银行总理。1927年因反对革命军北伐被通缉。1933年死于上海，李根源撰送挽联致哀。

上联中，春雨江南，点明逝者去世的时间地点。时间正是春天多雨之日，地点则在江南。梁氏死于上海，正好地处江南。联句意谓，正当春雨江南，新闻媒体报道了先生（梁士诒）死去的消息。

下联中，天末，天边，指极远的地方。杜甫《天末怀李白》：“凉风起天末，君子意如何？”这里化用杜甫诗意，表达怀念逝者之情。凉风起于天末，应属秋天景象，说明作者吟咏这副联语是在当年秋季举行悼念活动之时。

此联显系应景之作。逝者其人本无多少可以赞颂之处，遂写先生归去在春雨江南，君子怀人咏凉风天末，既能渲染哀挽气氛，又不涉及正面评价，实属巧妙之处。

挽章炳麟二联

李根源

一

继往开来，范顾精深君尤过；
经师人表，山梁颓坏我何依？

二

微斯人其谁与归，平生风义兼师友；
临大节而不可夺，万古云霄一羽毛。

赏析

此联写于1936年间。章炳麟（太炎）为近代著名学者和民主革命家。早年加入同盟会，主编《民报》。1917年任护法军政府秘书长。后曾反对孙中山三大政策与国共合作。“九一八”事变后，主张抗日救国。一生著述甚丰，有《章氏丛书》、《章太炎全集》传世。1936年因病逝世，李根源撰送挽联致哀。

第一副挽联：

上联中，范顾，指范晔和顾炎武。范晔为南朝宋学者，博涉经史，善为文章，撰《后汉书》，成一家之作。顾炎武为明末清初学者，学识渊博，著述甚多，开清代朴学之风。联句意为，逝者继往开来，其学问精深超过了范晔和顾炎武。

下联中，经师人表，指通经学而立身可作为表率的人。南朝梁任昉《王文宪集序》：“国学初兴，华夷慕义，经师人表，允资望实。”山梁颓坏，亦作“山颓梁坏”，典出《礼·檀弓上》：“孔子蚤作，负手曳杖，消摇于门，歌曰：‘泰山其颓乎！梁木其坏乎！哲人其萎乎！……盖寝疾七日而没。”后诗文中以此喻有重要影响人物的死亡。这里是说，可作“经师人表”者已逝，我还有什么可依仗呢？

第二副挽联：

上联中，“微斯人”句，此

句出自范仲淹《岳阳楼记》一文的结尾："噫！微斯人，吾谁与归！"微，非，没有。谁与归，即归向谁。此句意谓，无此人我将依附于谁呢？作者深感此人已逝无所适从。"平生"句，出自李商隐《哭刘蕡》："平生风义兼师友，不敢同君哭寝门。"风义，情谊、道义。此指逝者与作者平生交往兼有师友之谊。

下联中，"临大节"句，集自《论语·泰伯》："曾子曰：'可以托六尺之孤，可以寄百里之命，临大节不可夺也。'"此指逝者在民主革命中，与清王朝、封建军阀进行英勇斗争，始终保持临难不苟的节操。"万古"句，集自杜甫《咏怀古迹》之五："三分割据纡筹策，万古云霄一羽毛。"杜诗原将诸葛亮比作鸾凤高翔独步云霄。联中则以此喻逝者，言其为民国建立了不朽的功业。

章太炎与李根源均为民国时期的风云人物。二人惺惺相惜时有交往，李根源寓居苏州期间更是过从甚密。这两副挽联言出由衷情见乎辞。"平时风义兼师友"，"山梁颓坏我何依"，可见其推崇备至，怀念之忱。

挽唐淮源寸性奇

李根源

大署英名，忠肝义胆迈巡远；
是惟浩气，岳色河声共昔今。

赏析

此联写于1941年5月。唐淮源（1884—1941），云南川江人。生前为国民政府军第三集团军军长。1941年5月在中条山战役中以身殉国。寸性奇（1895—1941），云南腾冲人。生前任第三集团军第十二师师长。同年5月亦在中条山激战中英勇牺牲。唐、寸均为云南人，云南各界为他们举行了有数万人参加的追悼会，李根源时任国民政府监察委员兼云贵监察区主任，撰送挽联致哀。

上联中，大署，签署、题写。"大"为指称对方有关事物的敬辞。迈巡远，超过了历史上的张巡、许远。二人均为唐代名臣，安史之乱坚守睢阳数月，城破后遭杀害。联句意谓，大书烈士英名，其忠肝义胆超过了唐代名臣张巡、许远。

下联中，是惟，唯独，只有。“是”为表示肯定判断。岳色河声，此指中条山的色彩与黄河的声音。联句意谓，正是因为浩然正气，古往今来，这里的岳色河声都因英雄人物的相继出现而显得异常悲壮。

此联以唐代历史上守土有功的名臣张巡、许远喻逝者，至为贴切。“岳色河声”更增烈士牺牲的悲壮色彩与历史意义。

题腾冲思沐小墅

李根源

静听鼓鼙思将帅；
好栽桃李耀旌旗。

赏析

此联写于抗日战争期间。腾冲思沐小墅，李根源是云南腾冲人，思沐小墅即为其退休以后准备的栖身之所。沐，休假。墅，亦称别业。抗战时期，作者一度家居，曾为思沐小墅题字。

上联中，鼓鼙（pí），大鼓和小鼓。古代军中常用鼓声策励将士，因可借指军事。《礼记·乐记》：“君子听鼓鼙之声，则思将帅之臣。”此指作者虽家居休养仍心系国家安危，关心抗战前线的军事斗争。

下联中，好（hào），喜爱。旌旗，旗帜的通称。《周礼·春官·司常》：“凡军事，建旌旗。”此句谓园中所栽桃李盛开的花朵，亦如战场上的旗帜一样耀人双目。

此联题思沐小墅，居安思危，即景抒情。老将军虽在家休养却雄心犹存，仍保持军人本色。

题腾冲龙光台

李根源

鲲鹏水击三千里；
组练军驱十万夫。

赏析

此联写作时间不详。龙光台，在云南腾冲城西山上。大盈江水从断崖一泻而下形成瀑布，称为“叠水瀑布”。瀑布下有一深潭称“龙潭”。潭畔的龙光台，始建于明代嘉靖年间，为腾冲著名古刹。因寺正对大盈叠水瀑布处有一平台，登台观瀑，时虹时霓，故得寺名。李根源曾为龙光台题写楹联。

上联中，鲲鹏，典出《庄子·逍遥游》：“鹏之徙于南冥也，水击三千里，抟扶摇而上者九万里，去以六月息者也。”联中是在形容大盈江叠水瀑布奔流而下的气势，有如传说中大鹏展翅，水击三千里。

下联中，组练，“组甲被练”的简称，指精锐的部队。辛弃疾《水调歌头·舟次扬州》：“汉家组练十万，列舰耸层楼。”组甲、被练皆指古代将士的衣甲服装，后因借指精锐的部队或军队之武装阵容。腾冲为我国西南边防重镇，蜀汉诸葛武侯、明朝王骥尚书均曾在此用兵。作者回顾前人业迹，亦想能组练十万大军驱驰疆场，实现自己救国救民的理想。

作者虽在家居，触景生情，抗日救国的壮志仍时在念中。

题华亭寺

李根源

梵语数声烟寺绕；
渔歌一曲海天秋。

赏析

此联写作时间不详。华亭寺，在昆明市西郊华亭山上。元代延佑年间建成，历代重修扩建。殿宇巍峨，规模宏大。寺外茂林修竹，又有鲜艳茶花，风景优美异常。李根源曾为该寺题此联。

上联中，梵（fàn）语数声，即梵声，和尚念经的声音。烟寺绕，华亭寺内香烟缭绕。

下联中，渔歌，琴曲，内容及歌词取柳宗元《渔翁》诗意。海，大湖亦可称海，此指昆明湖（滇池）。华亭山在滇池岸边。此句意谓，人在寺中偶闻渔歌一曲，举头仰望只见滇池上空一片秋色。

华亭寺在昆明湖畔，联中以“梵语数声”与“渔歌一曲”咏之，可谓情景交融。

题昆明虚凝庵

李根源

游客此间来，喜千仞高峰，有人立马；
飞仙何处去，见一湾流水，容我观鱼。

赏析

此联写作时间不详。虚凝庵，此联据《古今名人联话》一书收录。“庵”常含有二意：一指小庙，多为尼姑所居；另指书斋，旧时文人习用，如陆游名书斋为老学庵。作者题联所指似为后者。

上联中，游客，游人，此指自己。立马，立于马上。这里是说，我到这里来，喜千仞高峰，有人在此立于马上。可见骑手为尚武之人，气势非凡。

下联中，观鱼，观赏游鱼。这里是说，不知飞仙何处去，高山之上，一湾流水，可以容我观鱼。何等闲情逸致！

此联即兴抒怀，气势非凡。能在山上立马、观鱼，颇有古代儒将风采。

题洱源弥苴阁

李根源

百川学海期于至；
不泛经山锁水流。

赏析

此联写作时间不详。洱源，县名，在云南大理白族自治州北部，南临洱海。弥苴阁，为纪念洱源文化名人所建，位于当地拦河坝上。李根源曾应约题联，并就眼前情景论学以启迪后知。

上联中，学海，常用以比喻学识渊博。语出汉代扬雄《法言·学行》："百川学海而至于海。"谓江河模仿海水流动不止，终能汇聚于海，以喻学者如川流奋进不已。期于至，希望能到达。联句意谓，学问之道犹如百川汇海，关键在一个"至"字。

下联中，经山，经本指作为典范的书，经籍如山喻学术经典高大厚实不可动摇。这里紧承上联句意，百川应当归于大海，而不使经山泛滥成灾则更要锁住水流。

此联深入浅出，意在阐明治学之道犹如百川面对学术的海洋而期于到达，面对经籍构成的高山应锁住水流。实属经验之谈，可作治学格言。

题玉溪杯湖亭二联

李根源

一

杯前醉柳垂金带；
湖外灵峰列玉屏。

二

游钓忆儿时，万里归来，只嘘吸山绿湖光，莫问人间何世；

风月足幽趣，百年几许，尽雍容裘轻带缓，好从亭上衔杯。

赏析

这两副联语写作时间不详。玉溪，县名，在云南省中部。杯湖亭，因在杯湖之畔，故名。李根源曾应约为玉溪杯湖亭题写此联，且署“李仪廷撰”。

第一副联语：

上联中，杯前，杯湖之前。此指杯湖岸边柳树像醉了一样，枝叶下垂如同金色的丝带。

下联中，灵峰，神奇美好的山峰。玉屏，用玉制或玉饰的屏风。此指周围的山峰像玉制屏风一样罗列。

第二副联语：

上联中，游钓，出游垂钓。此指万里归来之时，忆起儿时出游钓鱼的情景。嘘吸，呼吸、吐纳。这里是说，只管欣赏湖光山色，莫问人间成了什么世界。

下联中，风月，清风明月，指美好的景色。这里是说，人生百年又有多少，眼前美好景色足够幽静而有情趣。雍容，形容文雅大方从容不迫。裘轻带缓，即轻裘缓带，典出《晋书·羊祜传》：“祜在军中常轻裘缓带，身不披甲。”此指穿着轻暖的皮衣，系着宽松的带子。形容态度轻松闲适，多誉军人有着儒将风度。好（hào），喜爱。如嗜好、好奇。从（zòng），通“纵”，放纵。衔杯，谓饮酒。这里是说，尽可雍容儒雅轻裘缓带，喜欢放纵自己亭上饮酒。

这两副楹联均为即景抒情之作，而又各有侧重。前者偏于眼前即景，后者侧重抒情写意。看似寄情山水雍容风雅，实则仍念裘轻带缓的军旅生活。

题玉溪龙王庙

李根源

隐德合潜龙，际会明时，应作苍生霖雨；
倦游似归鸟，相逢耆旧，只谈绿野桑麻。

赏析

此联写作时间不详。龙王庙，龙王为神话中统领水域并兴云布雨的神，民间为之建祠立庙。李根源曾为玉溪龙王庙题写楹联，联末署“李鸿祥撰”。

上联中，隐德，亦作潜德，不为人知的美德。潜龙，典出《易·乾·文言》：“初九，曰：‘潜龙勿用。’何谓也？子曰：‘龙德而隐者也，不易乎世，不成乎名，遁世而无闷，不见是而无闷，乐则行之，忧则违之，确乎其不可拔，潜龙也。”旧时常用来比喻有大德而未用之人。际会，遇合、时机。明时，指政治清明的时代。霖雨，犹甘霖。《书·说命上》：“若岁大旱，用汝作霖雨。”联句意谓，世上有大德而未为所用的，若遇政治清明的时代，应为天下苍生普降甘霖，亦即为民造福。

下联中，倦游，指仕官不如意而思退隐。耆（qí）旧，故老，故乡熟悉的老人。绿野，绿色的田野。桑麻，桑和麻，亦可泛指农事。唐孟浩然《过故人庄》：“开轩面场圃，把酒话桑麻。”联句意谓，作者很想离开政界，像飞鸟归林一样回到家乡。相逢当年熟悉的老人，只谈田野桑麻，不再过问政事。

此联虽为龙王庙所题，亦系自身感怀之作。一生宦海浮沉，隐然以潜龙自喻，而又有退出政界之心。

题玉溪双林寺

李根源

吉祥琼树是双林，此处有鱼跃鸢飞，恍忆宝池征悟境；
璀璨莲台成九品，何时看水流花放，庄严净土证禅心。

赏析

此联写作时间不详。玉溪双林寺，李根源曾为该寺题写此楹联，署名李鸿祥。

上联中，吉祥，原指美好的预兆，后来通用为祝词。琼树，原为神树，亦作树的美称。鱼跃鸢（yuān）飞，亦作鸢飞鱼跃。《诗·大雅·旱麓》："鸢飞戾天，鱼跃于渊。"后以"鸢飞鱼跃"谓万物各得其所。宝池，指双林寺附近的九龙池。悟境，佛教用语，谓觉醒的境界。这里是说，双林寺旁有九龙池，此处有吉祥琼树，有鱼跃鸢飞，能让人进入大彻大悟的境界。

下联中，璀璨，光辉灿烂。莲台，即莲座，佛像的座位。佛座作莲花形，故名。九品，古代本指官吏的等级，这里似指因佛与菩萨不同设有不同等级的宝座。水流花放，此指九龙池水流动与荷花开放。净土，佛教名词，谓无五浊垢染的清净世界，如西方极乐世界为"阿弥陀佛净土"。禅心，佛教用语，谓寂定的心，即清静寂定的心境。这里是说，双林寺有璀璨莲台，有水流花放，实为人间净土，足以印证禅心。

此联题写双林，全由佛教角度切入，证验悟境禅心。

题韶关南华禅寺

李根源

重新震旦河山，盖结法缘参六祖；
谁再修罗兵仗，终败威力殄群魔。

赏析

此联写作时间不详。南华禅寺，位于广东省韶关市曲江县马坝，被誉为“东粤第一宝刹”。始建于南朝梁天监三年（公元504年）。初名宝林。宋初赐名南华禅寺。现有大殿、经楼、灵照塔等，并藏有唐代千佛袈裟、北宋木雕罗汉等珍贵文物。还供有唐慧能、明丹田和明德清真身像。李根源曾应约为南华禅寺大殿题写此楹联。

上联中，古印度人称中国为震旦，佛经中也作此译法。联句谓重新整顿中国大好河山。法缘，佛教语，谓与佛结缘，即皈依三宝的意思。常指入教仪式。六祖，佛教的禅宗，在中国衣钵相传共六世。初祖达摩，二祖慧可，三祖僧璨，四祖道信，五祖弘忍。弘忍有慧能、神秀二弟子。慧能六祖，其教行于南方，称南宗。神秀之教行于北方，称北宗，分别称六祖。这里“参六祖”是参慧能。南华禅寺有六祖殿，殿内供六祖像，相传是慧能真身。

下联中，修罗，阿修罗的简称。阿修罗，梵语音译，意译为非天。古印度神话中恶神名，曾与帝释争权。佛书中列为天龙八部之五。兵仗，亦作兵杖，兵器的总称。威力，强大的使人畏惧的力量。殄（tiǎn）群魔，消灭这群恶魔。这里是说，谁再使用修罗兵杖，人间威力终会打败群魔而使其消失。

此联别具一格，作者身进佛门，依然关注人世。希望能借六祖之力，重整祖国山河，消灭为害人间的恶魔。

挽孙中山

孔祥熙*

唐虞汤武合冶一炉，至弥留时，犹为同胞唤后起；
松柏茑萝忝联十载，于痛定后，更从群众哭先生。

作者

*孔祥熙（1880—1967），山西太谷人。早年留学美国，耶鲁大学毕业。历任广东革命政府财政厅长、南京国民政府财政部长、行政院长、中央银行总裁。为旧中国“四大家族”之一。1948 年赴美国定居。1967 年在纽约病逝。著有《二十五年来中国之工商》等。

赏析

此联写于 1925 年 3 月。同年 3 月 12 日孙中山病逝于北京。北京、上海等地纷纷举行悼念活动，孔祥熙因跟随孙中山北上，时任治丧处主任，撰送挽联致哀。

上联中，唐虞汤武，唐尧、虞舜、商汤、周武王均为古代贤明君主。合冶一炉，合起来冶炼于一炉。联句意谓，逝者兼有“唐虞汤武”的全部德行，并将他们熔在一起。直到临终弥留之际，犹在唤醒同胞后来兴起。此指孙中山遗嘱：“革命尚未成功，同志仍须努力。”希望革命事业后继有人。

下联中，松柏茑萝，语出《诗·小雅·頍弁》：“茑与女萝，施于松柏。”朱熹《集传》：“又言茑萝施于木上，以比兄弟亲戚缠绵依附之意。”这里以松柏喻逝者，以茑萝喻自己，说明二者之间有着亲戚关系。孔祥熙于 1913 年与宋蔼龄结婚，孙中山于 1915 年与宋庆龄结婚，二人存在连襟关系，因言“忝联十载”。忝，辱、有愧于，用作谦词。而今痛定思痛，更应跟随广大群众一起来哭先生。

此联用典贴切，表述到位。上联赞颂逝者为将古圣先贤品德集于一身的杰出人物，下联转而说明与逝者的特殊关系，并融入广大人民群众之中，为失去领袖而痛哭。

再挽孙中山

孔祥熙

奉令谒尊灵，念三年旅榇多惊，有缺省瞻惭重任；
同侪承大业，虽此日中原初定，愿依奋厉竟全功。

赏析

此联写于1928年7月。同年7月6日，国民党中央执行委员会在北京西山碧云寺，举行“北伐完成祭告典礼”。蒋介石主祭，孔祥熙参与并献挽联于孙中山灵前。

上联中，尊灵，此指孙中山死后将遗体盛入水晶棺，暂厝于北京西山碧云寺内。作者遵奉国民党中央执行委员会的命令前来灵前拜见。旅榇（chèn），榇，即棺。指暂时寄放外地的棺材。此言想起三年来暂寄北京的灵榇多受惊恐，亦即处于北伐战争时期时局多变。省瞻（xǐng zhān），探望瞻仰。此言因未能常来探视有负重任而深感惭愧。

下联中，同侪（chái），同辈。联句意谓，我辈承继大业，而今中原初定，此指北伐战争已经结束，并在南京建立国民政府。愿依靠大家一起振奋激励以竟全功，即完成民国革命大业。

此联敬献于孙中山灵前，仿佛在与泉下有知的逝者对话，既表示自身的歉意，也表示自身的决心。读来颇为亲切感人。

挽　鲁　迅

孔祥熙

一代高文树新帜；

千秋孤痛托遗言。

赏析

此联写于1936年10月。鲁迅为我国现代著名的文学家和思想家。1936年10月因病逝世于上海，孔祥熙撰送此联致哀，并派人送往鲁迅灵堂。作者与鲁迅并无深交，可见先生伟绩与人格，就连敌对阵营的人亦为钦佩敬仰。

上联中，高文，高士之文，优秀诗文。此句意谓，一代高士之文为我国现代树立了新的旗帜，亦即为新文化运动做出了重大贡献。

下联中，孤痛，孤独哀痛。托遗言，此指作者为了化解自己的孤独痛苦，将更好地阅读逝者留下的文章，借以寄托自己的缅怀之情。

此联用语平实，言简意赅。既肯定鲁迅作品对中国文化的杰出贡献，称他不愧为新文化运动的一面光辉的旗帜，又表达广大生者的意愿以寄托自己的缅怀之情。

挽李必蕃

孔祥熙

一死振英声，风云河岳千秋壮；
长歌发哀奋，子弟湖湘百战余。

赏析

此联写于1938年5月。李必蕃生前为国民政府军第二十三师师长。1938年5月在山东菏泽与日军作战中牺牲。武汉各界举行追悼会，孔祥熙撰联致哀。

上联中，英声，美好名声。河岳，黄河和泰山，亦可泛指山川大地。联句意谓，逝者英名因死而引起震动，使祖国河岳风云千秋壮丽。

下联中，长歌，即长歌当哭，以歌代哭，多指用诗文抒发胸中悲愤之情。此句意谓，长歌当哭以表达悲哀奋发的感情。作者希望湖湘子弟百战有余，继承逝者遗志，与敌战斗到底。

此联构思巧妙，上联言烈士战地牺牲，“风云河岳千秋壮”；下联写烈士故乡人民“子弟湖湘百战余”。赞颂之意与悼念之情，尽在其中。

挽郭朝沛二联

孔祥熙

一

仁术泽乡闾，有道碑铭无惭德；
佳儿恢志事，景纯文采有高名。

二

乃翁德望在乡，远绍汾阳福泽；
令子文章名世，蔚为西蜀灵光。

赏析

这两副挽联写于1939年10月。郭朝沛为郭沫若之父，1939年7月病逝于四川乐山家中。同年10月举行家祭，孔祥熙撰送两副挽联致哀。

第一副挽联：

上联中，仁术，指医术。谓逝者懂医术会治病，因而恩泽及于乡闾。“有道”句，典出《后汉书·郭泰传》，东汉郭泰博洽多闻，尝举有道，不应征召。居家讲学，弟子千人。时人蔡邕在其死后为作碑铭，曾言自己所撰碑铭，惟于郭有道无愧色。此句意谓，郭有道对于碑铭中就德行的赞词可以毫无愧色。这里以郭泰喻逝者。

下联中，佳儿，指逝者之子郭沫若。恢，扩大，谓能发扬光大逝者的志节与事业。景纯，郭璞字景纯，东晋文学家、训诂学家。博洽多闻，擅长辞赋。且好古文奇字，释《尔雅》、《方言》等书。此处以郭璞喻郭沫若，言其富于文采而有高名，颇为切当。

第二副挽联：

上联赞逝者本人。乃翁，你的父亲。绍，承继。汾阳，指唐代名臣郭子仪，累官至太尉、中书令，封汾阳郡王，号“尚父”。世称郭汾阳。联句意谓，你的父亲在乡里有着很高的德行和名望，逝者远继唐代汾阳郡王郭子仪的福利恩泽。

下联赞逝者之子。令子，对别人儿子的美称。这里称颂逝者之子郭沫若以学问文章知名于世。灵光，汉代宫殿名，为景帝之子鲁恭王所建。东汉王延寿有《鲁灵光殿赋》序云：“鲁灵光殿者，盖景帝程姬之子恭王余之所立也。初恭王始都下国，好治宫室，遂因鲁僖基兆而营焉。遭汉中微，盗贼奔突，自西京未央、建章之殿皆见隳坏，而灵光岿然独存。”后因称硕果仅存的人或事物为“鲁殿灵光”或“灵光”。这里是说，郭沫若蔚为西蜀鲁殿灵光，亦即四川硕果仅存的人才。

这两副联语哀挽逝者，虚实结合。既正面赞颂逝者德望仁术与其子文章志事，又分别采用几个历史典故以古喻今，从而加深这一方面的内容。

挽薛宗元

孔祥熙

至德跻郭陈，早树人伦千秋范；

律功媲韩范，伫看家祭九州同。

赏析

此联写于1941年1月。薛宗元为国民政府军高级将领薛岳的父亲。1939年9月病逝于广东省乐昌县家中。当时正值第一次湘北会战，薛岳遵父遗嘱，移孝作忠，没有回家奔丧。直至1941年1月才回乡安葬其父，国民党军政要员蒋介石、孔祥熙等均发唁电、唁函或送挽联致哀。

上联中，至德，最高尚的道德。跻（jī），登、上升。郭陈，指汉代郭泰和陈遵，均为两位道德高尚的古人。人伦，封建社会指人与人之间的关系和应当遵循的行为准则。联句意谓，逝者崇高的品德可以跻身于古人郭泰、陈遵的行列，而且早为处理人与人之间的关系树立了千古的范式。

下联中，律功，律为古代爵命的等级。《礼·王制》："有功德于民者，加地进律。"媲(pì)，媲美、比美。韩范，即韩琦、范仲淹，均为宋代守土有功的名将。这里用以赞美逝者之子薛岳，言其在抗日战争中守土有功，可与韩琦、范仲淹比美。伫(zhù)，伫立，长时间地站着。这里是说，我们等着今后家祭可以奉告先人抗日战争胜利（九州已经统一）的消息。

此联哀挽逝者，兼及其子，且均以古代历史人物喻之，大体符合逝者父子的身份地位。这已成为哀挽名人之父的常见写法。

挽穆藕初

孔祥熙

往事记工曹，百折能宏衣被愿；
危时策农务，一哀竟压老成人。

赏析

此联写于1943年间。穆藕初为我国近代民族实业家。早年留学美国，获农业硕士。回国后相继创办德大、厚生、豫丰纱厂。1919年被选为华商纱布交易所理事长。1921年创办劝工银行。1928年出任国民政府工商部常务次长。抗战爆发后在重庆任经济部农本局局长。1943年因病逝世，孔祥熙撰送挽联致哀。

上联中，工曹，管理工业的部门。曹为古代分职治事的官署或部门。西汉置尚书五人，其一为仆射，四人分为四曹。这里是指逝者生前曾应孔祥熙之邀出任工商部常务次长。孔祥熙因而记起当年合作的往事。宏，通"弘"，扩充、光大。衣被，犹言给人衣服穿，以喻加惠于人。此指逝者当年在工商部任职期间，百折不挠地光大加惠于民的愿望。

下联中，策，策划。此指抗日战争危难时期参与策划农务，亦即出任农本局局长。老成人，年高有德之人，亦指社会上有声望的人。这里是说，一经出现哀伤之事竟然夺去了这样有声望的人。

此联内容颇为务实，寓对逝者颂扬与个人怀念于往事记述之中，完全切合这位民族实业家的身份特征。

赠居正

马君武*

相见无杂言，但道桑麻长；
结庐在人境，而无车马喧。

作者

*马君武（1881—1940），广西桂林人。早年留学日本，参加同盟会。后两度赴德国学习，为我国第一个工学博士。历任南京临时政府实业部次长、孙中山非常大总统府秘书长、广西省省长、广西大学校长。著有《马君武诗稿》。

赏析

此联写于1921年间。居正（1876—1951），湖北广济人。早年留学日本，参加同盟会。辛亥革命后，历任南京临时政府内务部次长、中华革命党党务部长、国民党中央执行委员、立法院院长等职。1921年间，马君武与居正为邻住在上海宝山杨行，二人过从甚密。居正题赠集句联："岭树重遮千里目；绿阳宜作两家春。"马君武亦以这副集句联回赠。

上联集自陶渊明《归田园居》之二："时复墟曲中，披草共来往。相见无杂言，但道桑麻长。"杂言，杂谈。桑麻，桑树和麻，后泛农作物或农事。这里在写隐居之后交游稀少，人们相见并无杂言，但道桑树与麻长势如何。

下联集自陶渊明《饮酒》之五："结庐在人境，而无车马喧。问君何能尔，心远地自偏。"结庐，构屋居住。人境，尘世，有人之境。喧，喧哗。这里是说，虽然结庐于人群聚居之地，却没有车马的喧哗。此指住处安静，已与权贵断绝往来。

此联虽系集句，却也自见性情，借以表达作者对社会现实的不满，渴望能过恬静淡泊的生活。寄意抒怀，寓意婉曲。

题桂林普陀精舍

马君武

城东佳境，常绕梦魂，叹半生飘零，遂与名山成久别；
岭表旧都，屡经离乱，望故乡英俊，共筹长策致升平。

赏析

此联写于1921年间。普陀精舍，在桂林城东普陀山上，七星岩附近。精舍为道士、僧人修炼居住之所，也指书斋、学社，集生徒讲学之所。1921年8月，马君武奉非常大总统孙中山之命，出任广西省省长。当时曾为普陀精舍题写此联。

上联中，城东佳境，指桂林市东的名胜，有骆驼山、普陀山、七星岩等处。这些景物常常萦绕于作者的梦魂之中。飘零，犹漂泊、流落无依。联句意谓，叹自己半生漂泊：早年海外求学，回国之后亦政事纷繁，身心均不得闲，遂与名山成为久别。

下联中，岭表，即岭南，指五岭山脉以南的地区，包括广东、广西在内。旧都，旧时都会，此指桂林。屡经离乱，变乱、战乱。这里实有所指。作者民国初年曾奉孙中山之命回桂林任省长，因被地方武力反对又匆匆出走，还在漓江遭遇兵变。英俊，才智卓越，俊逸超群。作者希望故乡英俊之士，共筹长久之策，以求天下升平。

此联写出作者对故乡的深切怀念与久别重逢以后的感慨。在感叹飘零身世的同时，切盼与家乡父老共致升平。作者以“我”入联，忧国怀乡，情真意切，感人至深。

题思灵寺

马君武

桂林偏北，邕宁偏南，苍梧偏东，惟此地前列平原，后横峻岭，左黔古郁，汇交廿四江流，灵气集中枢，人挺英才天设险；

冼石有庵，吏隐有洞，乳泉有亭，最妙处茶称老树，柳说半青，文阁慈岩，掩影十八罗汉，狭峰尤绝顶，峦高层塔足凌云。

赏析

此联写于20世纪20年代初。思灵寺，在广西桂平县西山上。周围古木参天，清泉甘洌，有李公祠、冼石庵、龙华寺、乳泉亭、飞阁等名胜古迹。20世纪20年代初，马君武与邹鲁同游桂平思灵寺，撰写长联一副，描绘眼前景物。值得注意的是，《革命前辈联语辑注》一书所载孙中山《题桂平西山》，内容颇为接近，不知二者关系如何。笔者以为，此联当为马君武所作，后孙中山游桂平西山，遂在此联基础上改作，或根据记忆录写。因二者文字存有一定差异，故一并收录，以供识者鉴别研究。

上联中，“桂林”三句，写出思宁寺所在桂平县的地理位置。北有桂林市，西南有邕宁县，东有苍梧县。“惟此地”四句，此地前列平原，后横峻岭，左黔右郁，即左有黔江，右有郁江，二江在桂平县境内汇合而入浔江，附近还有二十四条河流均注入黔江、郁江。“灵气”二句，桂平人杰地灵，既为广西东部水陆交通的中心枢纽，又是人才辈出的地方，且地势非常险要。

下联中，“冼石”三句，指西山三处景点，即冼石庵、吏隐洞、乳泉亭。有，语助词，无义，为与上联开头对应加上的衬字。“最妙处”四句，桂平盛产茶叶，且沿河种植柳树。更为有趣的是，当地人将茶称为“老树”，将柳说成“半青”。还有历史悠久的十八罗汉石刻造像，身影掩于文阁慈岩景点的深处。“狭峰”二句，狭峰，险峻的山峰。峦高，峰峦之高。凌云，直上云霄。这里极言西山绝顶之高，就连眼前所见的多层宝塔亦足以凌云。

这副联语长近百字，而能一气贯通，状写眼前景物，颇为淋漓尽致，实属大家手笔。

挽　　妻

马君武

归我三年，如形影相依，那堪一死成长别；
思君永夕，念精魂何在，未必来生得再逢。

赏析

此联写于1922年5月。为作者献给妻子彭文蟾的哀辞。1922年5月，马君武时任孙中山非常大总统府秘书长、广西省省长。当时在邕江遭军阀袭击，其妻彭文蟾以身体掩护，不幸中弹身亡。马君武悲痛之极，撰联志哀。

上联中，归，古时谓女子出嫁曰归。语见《诗·召南·江有汜》：“江有汜，之子归。”郑玄笺：“妇人谓嫁曰归。”形影相依，像身体和影子那样互相依恋。形容彼此关系密切，互相依靠，紧密相连。联句意谓，嫁给我三年来，夫妻二人形影相依，那里经受得起一死成为长远的别离。

下联中，永夕，长夜、彻夜。精魂，谓人的精神灵魂。来生，佛教宣扬人死后会重新投生，因称转生之世为来生。联句意谓，我常长夜思念爱妻，念你的精神灵魂不知在什么地方，未必到了来生得以再逢。这里“未必”二字值得注意，比用“但愿”等语更显沉痛悲切。

此联哀挽亡妻，上联言夫妻亲密感情与生离死别之痛；下联写对亡妻的思念以致永夜难安。哀思绵绵，悲怆凄恻。让人为之潸然泪下。

挽母亲

马君武

守寡逾卅年，以手杖教儿子读书，以工资给儿子吃饭，夜半且缝衣，且课读，往事历历如在目前，至今辜负慈恩，大罪此生莫可赎；

离乡廿九载，以祈祷祝国家兴盛，以悲哀叹国家危亡，年来益思乡，益念旧，天下滔滔未能归去，自有永生乐土，灵魂不死岂须招。

赏析

此联写于1930年间。马君武之母诸淑贞，勤劳善良，知书识礼，对儿子教育非常严格。1930年病故于上海。马君武含泪撰写此联悬于家中灵堂。

上联中，“守寡”五句，逾卅（sà）年，超过三十年。马君武的父亲马衡臣于1890年因病去世，马母守寡已近四十年。马君武时年九岁，因家道中落，母亲靠摆香烟摊供他上学。当时母以手杖（戒尺之类）教儿子读书，以工资（摆烟摊）给儿子吃饭，半夜里一边缝衣，一边课读（考查读书的成绩）。“往事”三句，上述往事历历如在目前，至今辜负慈母的恩情，我这一辈子也无法弥补自己所犯的罪过。

下联中，“离乡”五句，廿（niàn）九载，二十九年。祈祷，宗教仪式之一，向人们所信的天、地、神进行祷告。这里是说，母亲离开故乡已二十九年，平时总是以祈祷祝愿国家兴盛，以悲哀叹息国家危亡，近年以来更加思念故乡，更加怀念故旧，爱国怀乡之情犹存。“天下”三句，天下滔滔，谓如今天下处于正在变革的多事之秋。永生乐土，即佛教所言之极乐世界。这里是说，而今天下滔滔未能归去，自有西方极乐世界可以永生，逝者灵魂不死，哪里还需要招魂。

此联哀挽亡母，文字朴实

无华。上联追忆当年母亲含辛茹苦教子与相依为命往事；下联叙写母亲对国家命运的关注与对故乡的思念之情。如泣如诉，文情并茂，具有感人的艺术力量。

题寓所门联

马君武

种树如培佳子弟；
卜居恰对好湖山。

赏析

此联写于20世纪30年代。马君武时任广西大学校长，曾为坐落在桂林市杉湖北岸的自家住宅亲手题写了这副门联。

上联实为借用清代诗人沈德潜的联句："种树乐培佳子弟，拥书权拜小诸侯。"这样既与从事教育工作的身份相吻合，又充分表达了自己的敬业精神。

下联中，卜居，古代常用占卜选择定居之地。《史记·周本纪》："成王使召公卜居，居九鼎焉。"后泛指择地定居。湖山，指杉湖、榕湖和象鼻山。这里是说，作者担任广西大学校长之后择地居住，因其面对杉湖、榕湖与象鼻山，可以尽情领略湖光山色之美。

此联言志述怀，充分反映了作者对教育事业的挚爱和对桂林山水的向往。

自题桂斋

马君武

旧学商量加邃密；
新知涵养转深沉。

赏析

此联写于20世纪30年代。桂斋，为马君武晚年桂林寓所中书斋的名称。作者当时曾为桂斋自书此联。

上联中，旧学，旧学问，一般指旧时学者所钻研的义理、考据、辞章等学，亦可泛指我国传统文化。商量，原指商略裁决，后称与人交换意见讨论问题为商量。邃密，深邃严密。此句意谓，旧学必须进行交流讨论才能进入更加深邃严密的境地。

下联中，新知，原指新结交的知己，这里转指“五四”前后西方传入我国的自然科学知识和资产阶级社会政治思想。涵养，身心方面的修养。此句意谓，新知可以增强人们的涵养转而使思想更加深沉。

这是一副摘句联，录自宋代学者朱熹《鹅湖寺和陆子寿》一诗。此处一经摘引即赋予新的含义，并从一个特定的角度道出了治学求知的真谛。

挽廖磊

马君武

大树威名，饮马长淮惊敌胆；
千秋遗爱，驻军三皖颂循声。

赏析

此联写于1939年10月。廖磊（1890—1939），广西陆川人。生前曾任国民政府军第二十一集团军总司令、安徽省政府主席。参加“八一三”上海抗战，并在淮南阻击日寇北侵，后回大别山坚持抗战。1939年10月因患脑溢血病逝，马君武撰送挽联致哀。

上联中，大树，语见《后汉书·冯异传》：“异为人谦退不伐……每所止舍，诸将并坐论功，异常独屏树下，军中号曰：‘大树将军。’”此处言廖有古代名将的勇猛、谦和之风。威名，威望名声。饮马，让马饮水。联句意谓，逝者像古代名将一般威名远播，生前曾率军饮马淮河惊破敌胆。

下联中，遗爱，语见《左传·召公二十年》："及子产卒，仲尼闻之，出涕曰：'古之遗爱也。'"杜预注："子产见爱，有古人之遗风。"后则用以指仁爱遗留于后世。三皖，皖为安徽省的别称，因地分皖南、皖北与皖中平原，亦称"三皖"。循声，奉职守法的名声。联句意谓，逝者将仁爱遗留于后世，且在生前驻军三皖与主持皖政留下了美好的名声。

此联哀挽抗日爱国将领，属对工稳，声情悲壮。

题柳宗元衣冠墓

马君武

魂归河东，无愧子厚之名；
神游柳郡，勒思铭于众美。

赏析

此联写作时间不详。柳宗元衣冠墓，在广西柳州市柳侯祠内，为纪念唐代著名文学家柳宗元而建。柳宗元为唐贞元进士，曾任监察御史、礼部员外郎。因主张革新政治被贬为永州司马，后迁柳州刺史。与韩愈均倡导古文运动，同被列为"唐宋八大家"。死后灵柩运回原籍，柳州有祠及衣冠墓。衣冠墓，即将逝者平日穿戴的衣冠葬在墓里，以作纪念。马君武曾为柳宗元衣冠墓题此联。

上联中，河东，柳宗元原籍河东，即今之山西省永济县，死后归葬故里。子厚，柳宗元字子厚，有此人忠厚之意，因称无愧此名。

下联中，柳郡，即广西柳州。柳宗元虽已魂归故里，其精神仍然常游柳州。勒，即勒石，刻文于石。思，语助词。铭，记载。众美，众多的美德。此句意谓，勒石记载逝者众多的美德。

此联题柳宗元衣冠墓，作者以雅词丽句发思古之幽情，围绕一人两地展开，颇见艺术功力。

题合浦东坡亭

马君武

两朝政绩，人间威凤祥麟，浩气岂随春梦去；
一代文豪，海角蛮烟瘴雨，谪星曾是夜光来。

赏析

此联写作时间不详。合浦东坡亭，在广西合浦县廉州镇。传为北宋文学家苏东坡于元符三年自昌化至廉州的居住地，后人建亭以作纪念。这里绿水环绕，风景绝佳。马君武当年曾游合浦，并为东坡亭题联。

上联中，两朝，苏东坡曾在北宋神宗、哲宗两朝为官，均有显著政绩。威凤祥麟，凤是瑞鸟，旧说凤有威仪，因称威凤。凤凰和麒麟，皆为古代传说中的祥瑞之物，因用以比喻非常卓越难得的人才。春梦，一般比喻人事繁华如同春夜梦境一样容易消逝。这里暗用与苏东坡有关的典故。据赵德麟《侯鲭录》卷七载，相传苏东坡贬昌化时，一日行歌田野，“有老妇年七十，谓坡云：‘内翰昔日富贵，一场春梦。’坡然之，里人呼此妪为春梦婆”。联中意谓，苏东坡虽遭贬谪，浩气仍存，岂随春梦而去。

下联中，海角，苏东坡作为一代文豪曾被贬至海南儋州，地处天涯海角。蛮烟瘴雨，亦作瘴雨蛮烟，谓南方有瘴气的烟雨，此指蛮荒地区。谪星，旧时称颂才华出众的人，谓如天上星宿谪降人间。夜光，指月。《楚辞·天问》：“夜光何德，死则又育。”洪兴祖补注引《博雅》：“夜光谓之月。”联中因与“春梦”相对，故用“夜光”代月。

此联题合浦东坡亭，全部采用与苏东坡有关的人事故实，抒情写意，浑然天成。

题安庆大观亭

李烈钧*

秋色满东南，自赤壁以来，与客泛舟无此乐；
大江流日夜，问青莲而后，举杯邀月更何人？

作者

*李烈钧（1882—1946），字协和，江西武宁人。1907 年加入同盟会。曾任江西都督、江西讨袁军总司令、广州护法军政府参谋总长、江西省主席、国民党中央监察委员、国民政府委员。著有《李烈钧将军自传》。

赏析

此联写于 1911 年秋天。安庆大观亭，在安徽省安庆市郊外长江边上。该亭依山而建，气势雄伟。1911 年武昌起义之后，李烈钧一度被推为安徽都督，曾游安庆大观亭，并应约题写楹联。

上联中，秋色，深秋宜人的景色。东南，安庆在长江下游，地处我国东南地区。“自赤壁”二句，苏东坡《前赤壁赋》：“壬戌之秋，七月既望，苏子与客泛舟游于赤壁之下。”作者即景生情，意谓自己亦曾游览赤壁，今日泛舟大观亭畔，深感自游赤壁以来尚无此种乐趣。

下联中，“大江”句，杜甫《旅夜书怀》：“星垂平野阔，月涌大江流。”此指长江在日夜奔流。青莲，诗人李白号青莲居士。其诗《月下独酌》：“举杯邀明月，对饮成三人。”联中发问：“举杯邀月更何人？”作者既有自诩之意，更属以询问的方式希望像李白那样的豪放之士后继有人。

作者身为安徽都督，颇为儒雅风流。登安庆大观亭而即景生情，浮想联翩，从苏东坡泛舟赤壁，到李太白举杯邀月，尽显作者豪放乐观的情怀。

庆祝辛亥革命周年纪念

李烈钧

领吴头楚尾小河山，黑子弹丸，遗一介使，衔命章江，观光汉水，幸获与雍容樽俎，接上朝中将威仪，嗟余治剧理繁，追随未克，只遥望晴川阁耸，黄鹤楼巍，最相期国士无双，慷慨共谈天下事；

是旋乾转坤大纪念，去年今日，揭百尺竿，金风肃杀，铁血飞鸣，竟混同南北车书，值千载难逢盛遇，际此星移物换，节序初更，盼当前五色旌旗，万户冠带，溯并世英雄余几，联翩高会武昌城。

赏析

此联写于1912年10月。辛亥革命周年纪念，1912年10月10日，武汉市召开武昌起义胜利一周年纪念大会。李烈钧以江西都督的名义写过一副长联，以示庆祝与纪念。此联气势雄伟，极具感染力量。

上联中，“领吴头”七句，吴头楚尾，今江西省北部，春秋时为吴楚两国接界之地，因称“吴头楚尾”。黑子弹丸，语见庾信《哀江南赋》：“地惟黑子，域犹弹丸。”二者均喻地域狭小。遗(wèi)，赠予、致送。衔命，奉命，接受命令。《礼记·檀弓上》：“衔君命而使。”章江，亦作章水，在江西省西南部，至赣江市和贡水汇合称赣江。汉水，即汉江，源出陕西，入经湖北在武汉汇入长江。这里代指武汉。雍容，形容态度大方，从容不迫。樽俎，古代盛酒和盛肉的器皿，常用为宴席的代称。威仪，礼仪。联句意谓，作者时任江西都督，故谦称“领吴头楚尾”之地是小河山，犹如黑子弹丸一样。上遗一介信使，我则受命章江，即担任江西都督。今日有幸观光武汉，得以与不少革命党重要人物聚会，还接受上朝安排的授予中将军衔的仪式。“嗟余”六句，治剧理繁，治理繁难。晴川阁，在湖北汉阳龟山东麓禹功矶上，登临高阁可远望江汉景色。黄鹤楼，在湖北武昌蛇山的黄鹤矶头，下临大江，为游览胜地。国士无双，谓国中独一无二的人才。《史记·淮阴侯列传》："诸将易得耳，至如信者，国士无双。"联句意谓，可叹我治理一个省份亦感困难，想追随而未能如愿。只遥望晴川阁与黄鹤楼高耸巍然，最希望能与中山先生相会，与其慷慨陈词共谈国家大事。

下联中，"是旋乾"七句，旋乾转坤，谓旋转乾坤，改天换地，根本扭转局面。揭百尺竿，即揭竿（百尺为与上联"一介"相对，并言其高）。高举旗杆，聚众起义。金风，秋风。武昌起义在1911年10月10日，正值秋天季节，因此秋风肃杀。铁血，铁与血，战场上兵器鸣响，血花飞溅，形容战斗的激烈。车书，语出《礼记·中庸》："今天下车同轨，书同文。"后以"车书"泛指国家礼制制度。联句意谓，是改天换地的大纪念，去年今日，革命党人在武昌揭竿起义，其时秋风肃杀，战场铁血飞鸣。因正取得胜利，方能统一南北的礼制制度，并有今日千载难逢的盛会。"际此"六句，星移物换，星位移动，景物改换，形容时序变迁。五色旌旗，即五色旗。旧中国于1912年至1927年间使用的国旗。五色为红、黄、蓝、白、黑五种颜色，表示汉族、满族、蒙古族、回族、藏族五族共和。冠带，旧为官吏或士大夫的代称。联中泛指各地来武汉聚会的人士。联句意谓，值此星移物换、节序变更之际，看当前五色旌旗飘扬，各地知名人士前来聚会。追溯举世英雄能有几人，而今连续不断来武昌参加这一盛会。

这副长联洋洋百余言，夹叙夹议，一气呵成。作者紧扣辛亥革命周年纪念题旨，围绕自身特定身份和主观感受，将个人感情融入这一重大历史事件之中。因其壮怀激烈、气势宏伟而卓具特色，实为上乘之作。

题李氏宗祠二联

李烈钧

一

才高倚马，望重登龙，载诵清芬宏启佑；
鄂渚班师，章门推节，敬从新历奉烝尝。

二

先代著仪型，春祠秋尝，蕃衍本支流百世；
后昆承庇荫，怜闻僾见，馨香俎豆荐千秋。

赏析

此联写于1912年间。李氏宗祠，在江西省武宁县。李烈钧在辛亥革命后曾为与自己家世有关的李氏宗祠题写了这两副楹联。

第一副联语：

上联中，倚马，极言才学之高。典出《世说新语·文学》。此后李白《与韩荆州书》中亦有“请日试万言，倚马可待”的名句。登龙，亦作登龙门，典出《太平广记》第四六六卷引《三秦记》，用以比喻得到有力者的援引而增长声誉。另见《后汉书·李膺传》：“膺独持风裁，以声名自高。士有被其容接者，名为登龙门。”载诵，记载诵读。清芬，比喻高洁的德行。陆机《文赋》：“咏世德之骏烈，诵先人之清芬。”启佑，即佑启，帮助启发。《孟子·滕文公下》：“佑启我后人，咸以正无缺。”上联言李氏先人才高倚马（李白）、望重登龙（李膺），还诵先人之清芬以佑启我后人。

下联中，鄂渚，即鄂州，治所在江夏（今武昌）。班师，出征的军队胜利归来。此指武昌起义取得了胜利。章门，章水之门。章水在赣州与贡水汇合而称赣江。节，符节，古时使臣执以为信之物。推节，指作者被推荐引进而担任江西都督。新历，民国开始用公元纪年。烝（zhēng）尝，祭祀。《诗·小雅·天保》：“禴祠烝尝，于公先王。”朱熹注：“宗庙之祭，春曰祠，夏曰禴，秋曰尝，冬曰烝。”下联言自己，武昌起义后胜利归来，被推举为江西都督，应敬从公元纪年并祭祀天地祖先。

第二副联语：

上联中，先代，先世、祖先。仪型，亦作仪刑，犹言法式、模范。《诗·大雅·文王》：“仪刑文王，万邦作孚。”春祠秋尝，语见《诗·小雅·天保》，意谓每年春秋祭祀先人。蕃衍，繁盛众多。《诗·唐风·椒聊》：“椒聊之实，蕃衍盈升。”支，从总体分出来的。联句意谓，祖先已著仪型，只要春秋祭祀，李家这一支定会不断增多兴旺，定能流芳百世。

下联中，后昆，后代、子孙。庇荫，庇护、保护。闻，名誉、名声。怜闻，爱惜名声。僾（ài），仿佛、隐约。《礼·祭义》：“祭之日，入室，僾然必有见乎其位。”馨香，芳香，特指散布很远的香气。俎豆，俎和豆都是古代祭祀用的器具，引申为祭祀、崇奉的意思。荐，献，进。《论语·乡党》：“君赐腥，必熟而荐之。”何宴集解：“荐其先祖。”联句意谓，后代承蒙先人庇护，应爱惜名声仿佛先人看见一样，要虔诚崇奉祭祀祖先以千秋万代。

这两副联语据《中华名胜对联大典》一书收录。第二联较合题写宗祠规范，祭奠李氏先人，寄语后代子孙。第一联就对联艺术而言，对仗工整，气势恢弘，只是存有突出自我之嫌。此联赠李氏族人犹可，悬于宗祠似属不宜。

挽钟滂原

李烈钧

求贤反害贤，一击竟成千古恨；
身死名不死，此心唯有九原知。

赏析

此联写于1912年间。钟滂原，名震，江西九江人。早年东渡日本留学，1905年加入同盟会，被推为江西省区主盟人。1911年武昌起义后参加光复萍乡事宜。1912年被李烈钧任为江西军政府内政司长，不久遇刺身死。李烈钧撰送挽联致哀。

上联中，一击，一次攻击、一次刺杀。联句意谓，求贤反而害贤，此次遭人刺杀竟成遗恨千古之事。

下联中，九原，山名，在山西新绛县北。春秋时为晋国卿大夫的墓地。《礼记·檀弓下》：“赵文子与叔誉观乎九原。”后亦泛指墓地。联句意谓，逝者为国身死而名不死，耿耿此心（指求贤反而害贤，终成千古恨事）唯有九泉之下友人可知。

此联哀挽亡友自成一格，似

在故人灵前与之对话，且于自谴自责之中更显情深义重。

挽隆裕太后

李烈钧

敝屣天下，能顺时顺命顺理顺人，开千古未有之才，我后真女中豪杰；

归赗邻邦，犹自西自南自东自北，在四裔且深追悼，吾侪况清代子民。

赏析

此联写于1913年间。隆裕太后（1868—1913），满族，清光绪帝后，慈禧太后侄女。1908年光绪与慈禧相继病故，立醇亲王载沣的三岁幼子溥仪为皇帝，年号宣统，她被尊为太后垂帘听政，并以载沣为摄政王。1911年10月武昌起义，各省纷纷响应，袁世凯乘机要挟她交出政权。1912年2月12日，被迫宣布清帝退位。1913年因病去世。不少人认为她当政时签署清帝退位诏书交出政权，有功于建立民国缔造共和，给她以很高的评价。江西都督李烈钧亦因此而撰送挽联致哀。

上联中，敝屣（xǐ），破旧的鞋子，比喻没有价值的东西。《孟子·尽心上》："舜视弃天下，犹弃敝屣也。"此指隆裕太后签署清帝退位诏书，放弃统治天下的政权，乃顺应时势、天命、义理、民意之举。"我"为旧史家对当朝或本国的称谓。我后，即当朝太后。这里称颂隆裕太后开千古未有之才，真乃女中豪杰。

下联中，归（kuì），通"馈"，馈赠，赠送。赗（fèng），送给丧家的送葬之物。《左传·隐公元年》："天王使宰咺来归惠公仲子之赗。"此指来自东南西北邻邦使者参加葬礼。四裔，四方极远的地方。《左传·文公十八年》："投诸四裔，以御魑魅。"此指远方都在深深追悼。吾侪（chái），我辈。子民，谓爱民如爱子。此言邻邦尚且追悼，何况我辈是清代的子民。

需要指出的是，李烈钧作为老同盟会员、孙中山的忠实追随者，吹捧“我后真女中豪杰”，自称“吾侪况清代子民”，这样的口吻与态度是欠妥的。

悼黄花岗七十二烈士

李烈钧

死国埋名，公等争先入地；
挥戈挽日，某也何敢贪天。

赏析

此联写于1915年5月。黄花岗七十二烈士，1911年4月27日，孙中山、黄兴领导的同盟会，在广州发动武装起义。起义者进攻两广总督署等军政机关，血战一昼夜而失败。后收殓烈士遗体七十二具，丛葬于广州东郊黄花岗，史称“黄花岗七十二烈士”。1915年5月，南京各界举行悼念活动，李烈钧撰送挽联致哀。

上联中，死国埋名，为国而死，不求扬名。公等，指七十二烈士。争先入地，起义者舍生忘死，争着冲锋在前，勇于自我牺牲。

下联中，挥戈挽日，挥动兵器，挽回落山的太阳。典出《淮南子·览冥训》：“鲁阳公与韩构难，战酣，日暮，援戈而挥之，日为之反三舍。”后多用以形容勇敢战斗扭转危局。联句意谓，自当继续组织武装起义，直到推翻满清王朝。某，暗指袁世凯。贪天，即贪天之功。《左传·僖公二十四年》：“窃人之财，犹为之盗，况贪天之功以为己力乎？”后多指攘夺他人的功劳。这里是说，袁某人何以贪天之功为己有？亦即窃取辛亥革命的胜利果实。联中虽未明言，而愤慨之情溢于言表。

此联充满战斗豪情，既热情赞颂革命烈士英勇献身的豪迈气概，又在表示要继续前人的伟大事业，永远不能忘记烈士们的功绩。

赠杨赓笙二联

李烈钧

一

山中有宅开三径；
天下何人守四知。

二

杨柳不随春色老；
松柏惟有岁寒知。

赏析

此联写于1916年间。杨赓笙（1869—1955），江西湖口人。清末拔贡。早年参加同盟会，曾任孙中山秘书。1913年任江西省议员、江西讨袁军参谋长。杨赓笙在“二次革命”时曾变卖家产筹集讨袁军饷，其住宅亦在战争中毁于兵火。护国战争胜利后，李烈钧在湖口石钟山下为他重建新宅，并名之曰“攸芋堂”。攸芋，意即安居。语出《诗·小雅·斯干》：“君子攸芋。”

第一副联语：

上联中，山中，指湖口石钟山。三径，典出晋赵岐《三辅决录·逃名》：西汉末年，王莽专权，兖州刺史蒋诩告病辞官，隐居乡里，于院中开三径，唯与求仲、羊仲来往。后常用“三径”指归隐后所住的家园。陶渊明《归去来兮辞》：“三径就荒，松菊犹存。”

下联中，四知，典出《后汉书·杨震传》：“王密为昌邑令，夜怀十金遗震，曰：暮夜无知者。震曰：天知，地知，我知，子知，何谓无知?”震死后，居人为震立庙，名为“四知庙”。守四知，即守住“四知”之诫。联中赞扬友人秉公廉洁。

第二副联语：

上联中，杨柳，杨树与柳树的合称。杨、柳均为落叶乔木，生命力极其旺盛。且杨柳之杨，切杨赓笙的姓。此句意谓，杨柳并没有随着春色已去而显得衰老。此为激励友人永葆青春。

下联中，松柏，松树和柏树的合称。岁寒，一年的寒冬。常喻逆境，困境。语见《论语·子罕》：“岁寒，然后知松柏之后凋也。”联中将友人喻为岁寒中的松柏，言其堪称在逆境艰难中能保持高尚节操的人。

这两副联语题赠友人，用语简朴雅洁。第一联称许友人隐逸山林、正直清廉；第二联祈愿友人青春永驻、松柏常青。

挽蔡锷

李烈钧

凭支手挽苍穹，与公生死同袍，立马华山，移得桑田近沧海；

悲风雨悯人天，愧我弱庸多病，伤心万里，望穿蓬岛哭将军。

赏析

此联写于1916年11月。蔡锷为近代军事家。1911年10月领导云南新军起义，被举为云南都督。1915年12月在云南组织护国军起兵讨袁。袁世凯死后任四川督军兼省长。因病赴日本就医，不幸于1916年11月逝世。李烈钧惊闻噩耗撰联致哀。

上联中，首句似从成语“只手擎天”化出，赞扬逝者凭借只手力挽苍天。同袍，语出《诗·秦风·无衣》：“岂曰无衣，与子同袍。”旧时军界中人常用此互称。李烈钧与蔡锷一起在云南发起护国讨袁，因称“同袍”，而且建立了生死之交。桑田近沧海，化用成语“沧海桑田”而另出新意。这里是说，我们立马于华山之巅，护国讨袁，定要国家恢复共和制度。

下联中，“悲风雨”二句，意谓风雨、人天均为将军之死悲痛哀伤，让我感到惭愧的是自己却懦弱、平庸、身体多病。蓬岛，即蓬莱山。《山海经·海内北经》：“蓬莱山在海中。”相传为海上三神山之一，这里代指日本。蔡锷赴日本就医治疗无效逝世。作者面对远方蓬岛望眼欲穿，伤心地哭悼远在万里之外的蔡锷将军。

此联哀挽亡友，全属肺腑之言。情动于衷而言发于外，如泣如诉，感人至深。

题西湖涵碧楼

李烈钧

挥戈拨云雾；

把酒看湖山。

赏析

此联写于1917年间。西湖涵碧楼，在广东省潮州市西北。原为西湖游人宴集场所，楼台倒映水中，更增湖山景色之美。李烈钧于1917年驻节潮汕时，曾游西湖涵碧楼，并题联语述志抒怀。

“挥戈拨云雾”，意谓挥动干戈拨开漫天云雾。此指开展武装斗争，反对北洋军阀政府反动统治。作者当时正参加护法运动，并任广州护法军政府参谋总长。

“把酒看湖山”，意谓手里端着酒杯欣赏眼前的湖光山色。既挥戈于前，又把酒于后，一代儒将潇洒英姿跃然纸上。

此联言简气壮，语浅意深。寓情于景，英姿宛见。把玩之余，值得让人回味。

挽滇军阵亡将士

李烈钧

海南岭北赋同仇，可堪百战云中，流血惊闻多士死；

保泰定功肩重任，他日一匡天下，锡圭应慰九原心。

赏析

此联写于1918年8月。挽滇军阵亡将士，1916年初，云南护国军出师讨伐袁世凯。第一军总司令蔡锷进军四川，第二军总司令李烈钧进军两广，第三军总司令唐继尧坐镇云南。李烈钧进入两广之后，相继参加护国战争与护法运动。1917年8月，广州成立护法军政府，李烈钧任参谋总长。当时滇军曾在湖南抗击北洋军阀段祺瑞的进攻并取得了胜利。1918年8月举行滇军阵亡将士追悼会，李烈钧亲书挽联致哀。

上联中，海南岭北，海南即广东西南部海中的海南岛。岭北原为元朝的一个行省，辖境包括今天的内蒙古和黑龙江省一部分。这里并非实指，实为天南地北之意。赋，不歌而诵，如横槊赋诗。同仇，同心协力对付敌人。《诗·秦风·无衣》："修我戈矛，与子同仇。"云中，语出《左传·定公四年》："楚子涉雎济江，入于云中。"注："入云梦泽中。"本指古云梦泽，这里代指湖南。百战云中，护法运动期间滇军曾在湖南与北洋军阀作战。多士，众多之士。《诗·大雅·文王》："济济多士，文王以宁"。上联意谓，我国天南地北均赋同仇，表示同心协力对付仇敌，可堪百战云中，即在湖南与北洋军阀作战。我已惊闻不少滇军将士流血牺牲。

下联中，一匡天下，使天下得以匡正，意即统一天下。《论语·宪问》："管仲相桓公，霸诸侯，一匡天下。"锡圭，赐以圭田，以供祭祀之用。《孟子·滕文公下》："卿以下必有圭田，圭田五十亩。"注："古代卿以下至于士，皆受圭田五十亩，所以供祭祀也。"九原，原为春秋晋国卿大夫的墓地，后亦泛指墓地。下联意谓，保持国家安宁与建立不朽功业，本是军人肩负的重任。等待他日统一天下，自当抚恤祭奠以慰阵亡将士之心于九泉之下。

作者作为护法战争时期滇军统帅，挽悼滇军阵亡将士，深沉悲痛，情见乎词。

祭黄花岗烈士二联

李烈钧

一

励此晚节；
鼓其芳风。

二

故老掩涕；
秋风生哀。

赏析

这两副挽联写于1918年间。黄花岗烈士，1911年4月27日，中国同盟会组织和发动广州武装起义。黄兴率部攻入两广总督衙门，并分兵进攻督练公所等处，与清军展开激战。终因孤军奋战，起义失败，死难百余人。同盟会员潘达微请慈善堂出面，收敛遗体72具，丛葬黄花岗。1918年间，建成黄花岗烈士墓园，李烈钧题联致祭。

第一副挽联题黄花岗烈士墓墓前牌楼。

上联中，晚节，指晚年节操。龚昱编《乐庵语录三》："韩魏公（琦）尝言初节易保晚节难，在《北门九日燕诸曹诗》有曰：'莫羞老圃秋容淡，要看寒花晚节香。'"此句激励人们保持革命的晚节。

下联中，芳风，美好的风气。此句意谓，应当鼓动与激发社会美好的风气。

第二副挽联题黄花岗烈士墓牌楼。

上联中，故老，本指年老而有声望的人，后亦泛指年老的人。此句意谓，面对烈士墓园，老人为之掩面垂泪。

下联中，哀，悲伤。这里是说，烈士墓前，故老为之掩涕，秋风亦为之生哀。

作者为黄花岗烈士墓园题联，哀挽情深，言简意明，可供游人凭吊。

挽孙中山

李烈钧

才逾汤武，功盖桓文，九万里震威名，天授如斯，前无古人，后无来者；

出秉节钺，入赞戎机，二十年共患难，山颓安仰，上为国恸，下为私哀。

赏析

此联写于1925年3月。同年3月12日，孙中山在北京病逝。李烈钧作为中山先生的忠实追随者，当即撰送挽联致哀。

上联中，汤武，商汤和周武王。语出《易·革》："汤武革命，顺乎天而应乎人。"夏桀无道，汤伐而灭之；商纣无道，武王伐而灭之。史称"汤武革命"。桓文，春秋五霸中齐桓公与晋文公的合称。二人均曾大会诸侯，相继成为霸主。上联意谓，逝者才能超过了商朝建立者成汤与周朝建立者武王，功劳盖过了春秋时代的霸主齐桓公和晋文公，因而威名远震。是天意把开创民国的重任交给他，使他成为"前无古人，后无来者"的伟大人物。

下联中，节钺，符节和斧钺。二者均为古代君主授予将帅权力的标志。此指作者追随孙中山革命，常常被委以重任，因此出则手持节钺带兵作战。戎机，战争、军事。此指作者常常赞理军机，参与谋划。二十年共患难，作者自从1907年加入同盟会，一直追随孙中山，近二十年患难与共。山颓安仰，语出《礼记·檀弓》："子贡曰：泰山其颓，则吾将安仰。"山颓，喻重要人物死亡。恸（tòng），大哭，联句意谓，而今先生逝世我将依靠谁呢？只能上为国家痛哭，下为个人悲哀。苏轼《祭欧阳文忠公文》中有句："上以为天下恸，而下以哭吾私。"作者套用此语以抒发内心悲哀。

此联借古喻今，用典贴切，文采斐然，气势非凡。联句论国勋而兼及私谊，至为深切感人。

挽“三一八”惨案烈士

李烈钧

成仁取义，身虽已殉，名殊不朽；
祸国殃民，心犹未死，贼在当诛。

赏析

此联写于1926年3月。“三一八”惨案，1926年3月12日，冯玉祥所部国民军与奉系军阀作战期间，日本军舰掩护奉军兵舰驶进天津大沽，炮击国民军，经守军击退。日本竟联合英美等八国于16日向北洋军阀段祺瑞执政府提出撤除大沽口国防设施的无理要求。3月18日，北京总工会等团体和各校学生五千余人在天安门举行“反对八国最后通牒国民大会”，会后群众赴执政府请愿，要求拒绝八国通牒。段祺瑞竟令卫队开枪，群众死47人，伤150余人，史称“三一八”惨案。3月29日，北京各界举行追悼大会，李烈钧撰送挽联致哀。

上联中，成仁取义，为正义事业而牺牲。《宋史·文天祥传》：“天祥临死殊从容……其衣带中有赞曰：‘孔曰成仁，孟曰取义，惟其义尽，所以仁至。读圣贤书，所学何事，而今而后，庶几无愧。’”殉，为维护某种事物或追求某种理想而牺牲自己的生命。联句意谓，“三一八”惨案烈士为正义事业而牺牲，身体虽已殉国，英名殊为不朽，亦即流传后世。

下联中，贼，为害社会的坏人。此指段祺瑞之流。联句意谓，祸国殃民之人，心犹未死，而对段祺瑞之流的卖国贼理当加以讨伐。

此联义正词严，作者态度分明。赞颂烈士成仁取义，虽死犹生；谴责北洋军阀政府，贼在当诛。

挽孙岳

李烈钧

是生死道义之交，水云挥手，别绪犹萦，万象起江南，忍向九霄骑鹤去；

本燕赵悲歌之士，关塞横戈，殊勋早建，千营屯蓟北，那堪三唤渡河声。

赏析

此联写于1928年6月。孙岳(1878—1928)，河北高阳人。早年毕业于保定武备学堂。辛亥革命后，应江西都督李烈钧之聘参赞军务，参加二次革命。1920年任陆军第十五混成旅旅长。第二次直奉战争时，与冯玉祥、胡景翼联合发动北京政变，任国民军副司令兼第三军军长。1927年任国民政府军事委员会委员。1928年6月在上海病逝，李烈钧撰送挽联致哀。

上联中，“是生死”三句。道义，道德和正义。水云，水云之间雾气迷蒙。联句意谓，二人从江西共事以来，亦已成了生死之交、道义之交。后在水云之间挥手告别，而离情别绪至今犹在脑际萦回。“万象”二句，万象，指自然界的一切事物景象。九霄，九天云霄，天空极高处。骑鹤，即骑鹤化，道士称安坐而死为骑鹤化。后以此指人死亡。联句意谓，大革命时期江南万象更新，各方面都起了很大变化，逝者岂能忍心向九天骑鹤而去离开人间？

下联中，“本燕赵”三句，古称“燕赵多慷慨悲歌之士”。燕、赵均古国名，在今河北、山西地区。关塞，边关要塞。联句意谓，孙岳系河北高阳人，本属燕赵悲歌之士。逝者据守关津要塞，多年马上横戈，早就立下不少特殊的功勋。“千营”二句，千营，极言军营之多。屯，屯兵、驻守。蓟北，古地名，即今河北蓟县一带。三唤渡河声，宋代抗金名将宗泽，在徽、钦二帝被掳之后，继任东京留守，用岳飞为将，屡败金兵，声威大震。多次上书请高宗还都开封，收复失地，未被采纳。后忧郁成疾，临终时连呼“渡河”者三。联句意谓，逝者当年曾经率领大军驻守蓟北，让人哪堪忍受三唤渡河的声音。此指逝者临终未忘革命事业，仍像宗泽那样发出三呼渡河的声音。

此联哀挽亡友，从当年共同战斗说起，进而表彰逝者历史功绩。能于质朴平易的文字中融入无尽的哀思，让人为之唏嘘落泪。

挽蔡公时

李烈钧

靡役不从，革命军中拼九死；
以身作则，外交史上第一人。

赏析

此联写于1928年7月。蔡公时早年加入同盟会。辛亥革命后，曾任江西军政府交通司司长、广东大元帅府参议。1928年任国民政府外交部山东交涉员。同年5月在济南惨案中被日本军队杀害。7月15日，国民政府在南京举行祭奠活动，李烈钧撰送挽联致哀。

上联中，靡（mǐ），无。九死，多次近于死亡。屈原《离骚》：“亦余心之所善兮，虽九死其犹未悔。”联句意谓，逝者追随革命无役不从，且在革命军中拼却九死一生，亦即义无反顾英勇战斗。

下联中，以身作则，以自己的行动作出榜样。蔡公时作为国民政府外交部山东交涉员，身入险地，以身殉职，堪称我国“外交史上第一人”。

此联高度评价逝者，作为革命军人无役不从，作为外交人员以身殉职。让人肃然起敬，为之同声哀悼。

童子军大本营

李烈钧

龙盘虎踞英雄地；
棋布星罗子弟兵。

赏析

此联写于1928年间。童子军，为某些国家使儿童接受军事化训练的一种组织。中国也于1912年成立童子军，首创于武昌文华书院。1928年国民党南京政府成立后，曾设中国童子军司令部，领导全国童子军训练事宜，并在初中设童子军课程。南京中山陵有童子军大本营，李烈钧曾应约题写联语。

上联中，龙盘虎踞，形容地势雄壮险要，用以特指南京。晋张勃《吴录》："刘备曾使诸葛亮至京，因睹秣陵山阜，叹曰：'钟山龙盘，石城虎踞，此帝王之宅。'"此句意谓，南京历来为英雄辈出的地方。

下联中，棋布星罗，通作"星罗棋布"，形容罗列分布，有如天上的星星、棋盘上的棋子。子弟兵，原指本乡本土的青年战士，这里是指各地投入军事训练的童子军，星罗棋布，到处都有。

此联只用两个成语，且只短短两句，就点出了童子军大本营的所在与童子军本身的性质，可谓要言不烦。

挽谭延闿

李烈钧

日月俱悬，鬼神尽哭；
山林永闷，朝野皆悲。

赏析

此联写于1931年9月。谭延闿为光绪进士，授翰林院编修。辛亥革命后，历任湖南督军、国民党中央政治委员会主席、国民政府主席、行政院院长等职。1930年9月因病逝世。次年9月举行逝世周年纪念活动，李烈钧撰联致哀。

上联中，悬，吊挂。《易·系辞上》："悬象著明，莫大乎日月。"此指日月俱高悬于空中，因凭吊逝者而出现的天象，以至鬼神尽皆哭泣。

下联中，閟（bì），关闭。可引申为清静、幽深。朝野，朝廷与民间。这里似指逝者墓地山林清幽，全国上下都很悲痛。

此联言简意明，极写逝者生荣死哀，影响巨大。虽有过誉之嫌，却也颇见艺术功力。

挽"一·二八"抗日阵亡将士

李烈钧

赖有雄师摧劲敌；
休将协定告英魂。

赏析

此联写于1932年5月。"一·二八"抗日阵亡将士，1932年1月28日，日军进攻上海吴淞、闸北一带，我十九路军奋起抵抗。在上海各界支持下，沉重打击了来犯之敌。国民党政府坚持不抵抗政策，却于5月5日与日方签订了屈辱的《淞沪停战协定》。5月28日，十九路军在苏州举行"一·二八"抗日阵亡将士追悼大会，李烈钧撰送挽联致哀。

上联中，雄师，指我十九路军将士。劲敌，指日本侵略军。此次淞沪抗战，我军坚守一个多月，敌军死伤万余，三度更换司令，足以显示我国军民抗战的决心。

下联中，协定，指淞沪停战协定。这是一个丧权辱国的协定，它规定上海市区不得驻扎我国正规军，却可以驻扎日本海军陆战队。联中因言休将这一协定告诉抗日阵亡的英雄。

此联直抒胸臆，上句热情赞颂抗日阵亡将士的历史功绩，下句则将批判锋芒指向《淞沪停战协定》，公开否定国民党当局的不抵抗政策。

挽“一·二八”京沪杭甬铁路国难殉职员工

李烈钧

东北苦烽烟，军令无闻诛马谡；
员工殉国难，邦人垂泪吊忠魂。

赏析

此联写于1932年6月。“一·二八”，指“一·二八”上海事变。同年6月，有关方面为悼念沪宁、沪杭甬铁路死于国难的员工举行集会，李烈钧撰联致哀。

上联中，烽烟，即烽火，原为古代边防报警的信号，亦可代指战争、战乱。马谡，蜀国大臣。诸葛亮出师北伐，以谡为先锋，街亭之战，违反节制，为魏将所破。诸葛亮执行军令，挥泪斩了马谡。这里是说，东北人民正在饱受战争之苦，而今失去了东北三省，却没有听说当局执行军令而诛当代马谡（应当承担失去东北责任的将领）。此言明显是对蒋介石执行不抵抗政策的批评。

下联中，员工，即沪宁、沪杭甬铁路的员工。如今已殉国难，国人正凭吊那些在淞沪抗战中为国尽忠的英魂。

作者当时倾向抗日，敢于直言批评国民党当局的不抵抗政策。“军令无闻诛马谡”，锋芒所向，明眼人一看便知。

为云南首义纪念日书联

李烈钧

赤手空拳，能擒韩傀；
卧薪尝胆，可报夫差。

赏析

此联写于1932年12月。云南首义，1915年12月25日，蔡锷、李烈钧、唐继尧等在云南通电反对袁世凯称帝，组织护国军讨袁，出兵贵州、四川和两广，史称云南起义。云南首起义兵，护国讨袁，因言首义。1932年12月25日，为云南首义17周年纪念日，李烈钧书联志感。

上联中，韩傀与夫差相对，应属历史人物。当自有出典，有待查考。

下联中，卧薪尝胆，据《史记·越王勾践世家》载，春秋时越王勾践战败，为吴所执，既放还，欲报吴仇，苦身焦思，置胆于座，饮食尝之，欲以不忘败辱之耻。夫差，即吴王夫差。越王勾践卧薪尝胆，终于报仇雪耻。

纪念云南首义，并未直入本题，而是引用两个历史典故，让人回味思考。

挽王乐平

李烈钧

如此河山，难乎后死；
平生瑰杰，邈矣先型。

赏析

此联写于1933年10月。王乐平（1884—1930），山东诸城人。1907年加入同盟会。1912年任胶东革命军司令，并参加反袁活动。后任山东省议会秘书长、国民党山东省党部主任委员。1926年被选为国民党中央执行委员。1928年与陈公博、顾孟余等在上海成立中国国民党改组同志会，主持改组派总部。后策划李宗仁、张发奎等军事倒蒋。1930年2月被蒋介石派人刺死。1933年10月，国民党旅沪中委联合各界在上海山东会馆举行移灵祭，李烈钧撰送挽联致哀。

上联中，河山，亦作山河，常用以代指国土、疆域。1931年

“九一八”事变后，日东侵占我国东三省，并向华北推进，联中因言“如此河山”。作者进而表示感慨，发出“难啊，后死之人”的叹息。

下联中，瑰杰，瑰异杰出，亦即不同寻常、才能出众。邈，久远、渺茫。先型，先辈的典范。联句意谓，平生瑰异杰出的人，远哉，先辈的典范。

此联将参与国民党内部派系之争的人物，誉之为杰出人才、先辈典范，显系溢美之词。

挽杨树庄

李烈钧

袖手看萁豆相煎，如我伤时总悒悒；
关心到海洋多故，惜公辞世太匆匆。

赏析

此联写于1934年1月。杨树庄（1882—1934），福建闽侯人。早年毕业于黄埔海军学堂。曾任海军舰长、练习舰队司令、海军副司令。1927年任国民革命军海军总司令。1929年任国民政府海军部部长。1934年1月因病逝世，李烈钧撰送挽联致哀。

上联中，萁豆相煎，典出《世说新语·文学》，相传魏文帝曹丕欲害其弟曹植，限他七步成诗，否则便要处死。曹植才思敏捷，应声便为诗云：“煮豆持作羹，漉菽以为汁。萁在釜下燃，豆在釜中泣。本自同根生，相煎何太急！”后以萁豆相煎比喻内部自相残杀。联中采用此典，意在指出当时日寇侵华、大敌当前，国共两党却在内部自相残杀。何以袖手旁观？实在出于无奈。我也因此而感伤时事总是忧闷不乐。

下联中，多故，犹多事、多难。杨树庄为国民政府海军部长，因此作者关心到海上多难，不由得为他过于匆匆辞世而感到叹惜。

作者在哀挽逝者的同时，忧时伤世，心情悒郁，不满黑暗现实。

题蓬莱阁

李烈钧

攻错若石，同具丹心扶社稷；
江山如画，全凭赤手挽乾坤。

赏析

此联写于1934年5月。蓬莱阁，在山东省蓬莱县城北丹崖山上，下临大海，殿阁凌空，为著名游览胜地。1934年5月19日，冯玉祥隐居泰山期间，曾陪老友李烈钧同游蓬莱阁。李烈钧此行特为约请冯玉祥出山抗日，并即兴题写此联。

上联中，攻错，语出《诗·小雅·鹤鸣》："它山之石，可以为错。""它山之石，可以攻玉。"攻错本谓琢磨，后多比喻借鉴他人的长处，改正自己的过失。社稷，社是土神，稷是谷神。古代皇帝和诸侯都祭社稷，后来就用"社稷"代表国家。联句意谓，我们好像可以攻错的它山之石，同样都有一片丹心来扶持我们的国家。

下联中，乾坤，天地。联句意谓，面对眼前如画的江山，友人虽已下野，仍可全凭赤手空拳，挽救天下危亡的局面。

此联表面是题蓬莱阁，实则为冯玉祥而写，意在劝他出山抗日。联句表达了同心扶社稷、携手挽乾坤的心意，让冯玉祥深受感动。

挽方声涛

李烈钧

抵掌论艰危，方期聚首匡庐，筹支大厦；
缔交由患难，何虞患躬沪渎，遽丧良朋。

赏析

此联写于1934年7月。方声涛（1885—1934），福建闽侯人。早年赴日留学，学习军事，加入同盟会。辛亥革命后，参加二次革命、护国与护法战争。曾任护国军第二军第二梯团长、驻粤滇军第四师师长、护法军政府大元帅府卫戍司令。1924年任广州大本营参谋长。1930年任福建省政府代理主席。1932年退隐。1934年7月因病逝世，李烈钧撰送挽联致哀。

上联中，抵掌，击掌。《战国策·秦一》："（苏秦）见说赵王于华屋之下，抵掌而谈，赵王大悦。"作者当年曾与友人抵掌而谈，共论天下艰危。匡庐，即江西庐山。20世纪20、30年代之交，李烈钧曾任江西省政府主席、国民党中央执行委员、军事参议院院长。此处表示多么希望能与友人聚首庐山，共同筹划支撑危局。

下联中，缔交，订交。此指二人在患难中建立了友谊。1913年李烈钧在江西湖口起兵讨袁，方任第三独立旅旅长。1916年李烈钧任护国军第二军总司令，方任第二梯团长。何虞，哪里预料。患躬，身体害病。沪渎（dú），古称吴淞江下游近海处一段为沪渎，因当地人用"扈"在江海之滨捕鱼而得名。后则移指今上海市区的吴淞江，并可作为上海的代称。遽（jù），遽然、突然。这里是说，哪里预料你在上海生病，且使我突然丧失了好友。

此联寓沉痛哀悼于往事回忆之中，共同战斗，抵掌谈兵，而今遽丧良朋，更增怀念之情。

为云南首义二十周年书二联

李烈钧

一

返日挥戈仗群力；
跨驴携酒话当年。

二

媿无旨酒奠先烈；
欲把丹心唤国魂。

赏析

此联写于1935年12月。云南首义，1915年12月25日，为反对袁世凯称帝，云南首起义兵，护国讨袁。李烈钧时任护国军第二军总司令，进军两广，促使两广独立。1935年12月25日，为纪念云南首义二十周年，李烈钧在寓所张灯结彩，设宴招待冯玉祥、孙科等人，还自书对联二副悬于壁间。

第一副联语：

上联中，返日挥戈，即挥戈返日。典出《淮南子·览冥训》："鲁阳公与韩构难，战酣日暮，援戈而挥之，日为之反三舍。"鲁阳公可以挥动兵器赶回太阳，后多用以形容英勇战斗扭转危局。联中是指当年护国讨袁挽回危局，完全依仗群策群力。

下联中，跨驴，骑驴。谓骑驴带酒出游共话当年之事。这里看似优游闲适，实仍念念不忘当年。

第二副联语：

上联中，媿，"愧"的异体字，惭愧。旨酒，美酒。奠先烈，祭奠讨袁护国战争中牺牲的革命先烈。

下联中，丹心，赤诚的心。宋文天祥《过零丁洋》："人生自古谁无死，留取丹心照汗青。"联句谓想以赤诚的心唤起国人的灵魂，亦即希望人们积极投入抗日救亡运动。

这两副联语为纪念云南首义二十周年而作，回首往事，感慨良多。作者念念不忘的是两件事情：祭奠革命先烈与召唤国人灵魂。

挽胡汉民

李烈钧

往事溯珂乡，记从岭海屠龙，曾仗提携纾粤难；
耆贤易华箦，讵意茶陵跨鹤，又弹清泪吊斯人。

赏析

此联写于1936年5月。胡汉民（1879—1936），广东番禺人。早年留学日本，参加同盟会。辛亥革命后，任南京临时政府总统府秘书长、中华革命党政治部长、大元帅府总参议。1924年后成为国民党右派代表人物。支持蒋介石发动“四一二”政变。后任国民政府主席、立法院院长、中央常务委员会主席。因与蒋介石争权，亦产生矛盾。1936年5月病逝于广州，李烈钧撰送挽联致哀。

上联中，珂乡，亦作珂里，对人乡里的尊称。《新唐书·张嘉祐传》：“（嘉祐、嘉贞）昆弟每上朝，轩盖驺导盈闾巷，时号所居坊曰‘鸣珂里’。”后尊称人的家乡为珂里、珂乡即本此。岭海，两广地在五岭之南，临近南海，故称岭海。屠龙，典出《庄子·列御寇》：“朱泙漫学屠龙于支离益，单千金之家，三年技成，而无所用其巧。”后因称高超的技艺为屠龙之技。纾粤难，解除广东地区战争的灾难。上联意谓，回溯往事还得从逝者的家乡广东说起，因为逝者早年，就在两广地区从事革命活动。我率滇军来粤参加护国、护法斗争，经常得到逝者的提携与帮助。

下联中，耆贤，年高而有才能、德行的人。易华箦（zé），即易箦，调换寝席。据《礼记·檀弓上》载，春秋时，鲁国曾参临终，以寝席过于华美不合当时礼制，命子曾元扶起调换席子。既换，反席未安而死。后因以“易箦”喻人病危将死。讵（jù）意，岂能想到。跨鹤，谓飞升成仙。典出《云笈七签·太上肘后玉经方》，旧时谓人死为跨鹤西归。茶陵，县名，在湖南省东部。胡汉民为广东番禺人，且死于广州，联中却言“茶陵”，是否另有出典，有待查考。下联意谓，这位年高而有才德之人本已病危，哪里想到竟跨鹤西归，我则又弹清泪凭吊此人。

此联措词用典，切合人物身份。情深意挚，对仗工稳。格调深沉悲壮，颇有感染力量。

挽吴醒亚

李烈钧

昔日共驰驱，忆从岭海兴师，曾劳硕划；
中原方板荡，孰意匡山息迹，警丧斯人。

赏析

此联写于1936年8月。吴醒亚，具体生平事迹不详。仅据联意而言，逝者当为国民党军界人士，早年曾在李烈钧所率部队任职，有过共同战斗的经历。1936年8月在江西庐山因病逝世，李烈钧撰送挽联致哀。

上联忆昔日共同战斗。驰驱，策马疾行。岭海，即岭南。其地北倚五岭，南临南海，故名岭海。指五岭以南地区。硕划，亦作硕画，远大的计谋。联句意谓，昔日曾共同驰驱沙场，想起当年从岭南起兵北伐，曾有劳你参与谋划。

下联中，哀友人不幸病故。中原，地区名，通常是指黄河中下游地区。板荡，《诗·大雅》有《板》、《荡》二篇，皆咏周厉王无道，后用以指政局混乱，社会动荡不宁。匡山，即江西省庐山，也叫匡庐。息迹，语出《庄子·渔父》：“不知处阴以休影，处静以息迹。”因人行有影迹。亦可婉言人之死亡。警，惊。联句意谓，现在中原正处于混乱的局面，谁料庐山息迹，惊闻丧失此人。

此联哀挽逝者，情真意切。上联忆昔日共同战斗的经历，下联哀故人庐山离别人世。读之让人一掬同情之泪。

挽蒋锡侯

李烈钧

潮音近振普陀洒；
众口哀传棠棣华。

赏析

此联写于1936年间。蒋锡侯（1875—1936），浙江奉化人。曾任宁波海关监督兼国民政府外交部驻宁波交涉员、浙江省政府委员。1936年间因病逝世，李烈钧撰送挽联致哀。

上联中，潮音，潮声。本为海潮之声，后多用以指众僧诵经所发出的声音。《楞严经》二：“发海潮音，遍告同会。”普陀，山名，在浙江省普陀县。四面环海，庙宇林立，为我国佛教四大名山之一。“潮音近振普陀”，当指近期为超度逝者亡魂而做法事诵经的声音。酒，用普陀山上的酒以祭奠逝者。

下联中，棠棣，又作“常棣”，木名，子如樱桃，可食。古代诗人常因棠棣的花彼此相依而喻兄弟或兄弟之间的情谊。《诗·小雅》中有《常棣》篇，《诗序》即称召公宴兄弟所作。“众口哀传棠棣”，当指兄弟之死众人哀传，亦即众人哀传兄弟之死。华（huā），古体作“華”，同“花”。这里意指以棠棣之花敬献逝者。

此联哀挽逝者，只是集中描述有关悼念的情景，且句式结构颇为特殊，让人难以把握，并无多少实际内容。

挽章炳麟

李烈钧

少比仲长统，晚比扬子云，在列传应兼儒林文苑；

博如郑康成，淳如方正学，后后生共守大义微言。

赏析

此联写于1936年间。章炳麟（太炎）为近代著名学者和民主革命家。少从俞樾学经史。曾参加光复会、同盟会。辛亥革命后任孙中山总统府枢密顾问。1917年任护法军政府秘书长。1924年脱离孙中山改组的国民党。后在苏州讲学，发表大量学术论著，集为《章氏丛书》。1936年因病逝世，李烈钧撰送挽联致哀。

上联中，仲长统，东汉哲学家。官至尚书郎，参丞相曹操军事。敢直言，语默无常，时人以为狂生。曾提出“人道为本，天道为末”的观点，否定“天命”与谶纬迷信之言。此指章太炎年轻时好比仲长统，敢于发表惊世骇俗的言论。扬子云，名雄，西汉文学家，曾校书天禄阁，官为大夫。早年以辞赋名世。后来主张一切言论都应以“五经”为准则，遂鄙薄辞赋，转而研究哲学、语言学。著有《法言》、《太玄》、《方言》等书。此指章太炎晚年好比扬子云，致力于学术研究。列传，我国传记体史书的体裁之一，用以“列叙人臣事迹，令可传于后世”。儒林，儒者之林，旧指学术界。《史记》有《儒林列传》。文苑，文人会聚之处，犹言文坛、文学界。《后汉书》有《文苑传》。此指章太炎如在列传应当兼入儒林、文苑二传。

下联中，郑康成，名玄，东汉经学家。一生聚徒讲学，潜心著述。西汉儒生大多专治一经，郑玄却力主博通，遍注五经，成为汉代经学集大成者。此指章太炎学识渊博有如郑康成。方正学，明代学者方孝孺为宋濂弟子。蜀献王聘为世子师，名其室为正学，人称正学先生。惠帝时任侍讲学士。燕王朱棣兵入京师，命其起草即位诏书，因不从被杀。此指章太炎为人敦厚质朴有如方正学。后生，后辈、年轻人。大义微言，通作“微言大义”。《汉书·艺文志》：“昔仲尼没而微言绝，七十子丧而大义乖。”微言，精深微妙的言辞。大义，谓有关《诗》、《书》、《礼》、《乐》诸经的要义。后用以指精微的语言中所包含的深奥意义。此句意谓，后来者年轻人应共守太炎先生的教诲，深入领会其中的微言大义。

此联最大特点在于擅长借古喻今，用典贴切自然。作者通过四位古人，就少、晚、博、淳四个侧面，对于章太炎的人生经历和学术思想作出了崇高的评价。

挽段祺瑞

李烈钧

硕德久为天下望；
大雄终合佛字风。

赏析

此联写于1936年间。段祺瑞(1865—1936)，安徽合肥人。北洋皖系军阀首领。早年协助袁世凯创办北洋军。后任北京政府陆军总长、参谋总长、国务总理。袁世凯死后把持北洋军阀政府。1920年被直系军阀打败下台。1924年任北京临时政府执政，召开善后会议，破坏反帝斗争。1926年被冯玉祥驱逐下台。1936年病故于上海，李烈钧撰送挽联致哀。

上联中，硕德，大德。《晋书·索袭传》："阴澹奇而造焉，出而叹曰：'索先生硕德名儒，真可以谘大义。'"此句意谓，逝者大德久为天下人所敬仰。

下联中，大雄，梵文的意译，古印度佛教徒用为教主释迦牟尼的尊称，意为像大勇士一样，一切无畏，故名。佛字，似为"佛子"之误，意即信佛之人。《添品妙法莲华经·譬喻品》："今日乃知真是佛子，从佛口生，从法化生，得佛法分。"此句意谓，逝者终合大雄佛子之风，似指逝者晚年一心向佛。

此联哀挽逝者，下联言其晚年一心向佛犹可，上联则内容明显有误，作为北洋军阀政府首脑何来"硕德"?

赠马伯援

李烈钧

坐谈立使淮南惧；
问讯方知冀北空。

赏析

此联写于抗日战争初期。马伯援（1884—1939），湖北枣阳人。早年留学日本，加入同盟会。南京临时政府成立时，以总司务长负责内务部事宜，旋卸职。从事基督教社会服务事业，后赴日任中华留日基督教会总干事。抗战后回国，曾受孔祥熙密令由渝飞港，暗向日本人探询谋和条件。1939年因病去世。李烈钧在其生前曾以此联相赠，就其联意似与“由渝飞港”与日暗通关节一事有关。

上联中，淮南，指汉高祖刘邦之孙淮南王刘安。此人好读书鼓琴，善为文辞，曾“招致宾客方术之士数千”集体编写《鸿烈》（后世称为《淮南子》）。因其综合先秦道、法、阴阳等各家思想，攻击儒家为“俗世之学”，《汉书·艺术志》列为杂家。汉武帝元狩元年，有人告他谋反，下狱自杀。上联意谓，坐而谈论立使淮南王刘安恐惧不已。

下联中，冀北空，亦作“群空冀北”，典出唐韩愈《送温处士赴河阳军序》：“伯乐过冀北之野，而马群空。”后用以比喻人才被选拔一空，也指做到人尽其用。下联意谓，询问之后方知河北北部良马已空，即被识马之人带走。

此联巧用历史典故，颇多弦外之音。具体含义不妨结合马伯援的身世经历加以理解。

挽姻母

李烈钧

母教凛无违，八二春蓼辛荼苦，遭际备历坎坷，艰险中勉力支持，幸人安义集，泽衍书香，抚衷念前徽，先姑遗训差无悖；

儿曹当自励，三四代竹立葛垂；鬻闵无忘茕独，贤肖者多方调剂，须公平处事，仁恕居心，修德回造化，节孝门闾庶益昌。

赏析

此联写作时间不详。姻母，岳母。俗称妻子的父母、兄弟、姐妹为夫家的姻亲。李烈钧因岳母逝世撰送挽联致哀。此联篇幅较长，如泣如诉，感人至深。

上联中，“母教”二句，凛，通“懔”，严肃、严峻，令人敬畏。八二，指姻母活了八十二岁。春蓼，春天的蓼草，辛荼（tú），辛辣的苦菜。这些均喻辛勤劳苦。

联句意谓，母亲对于儿女的教育凛然不可违抗，在世八十二年一生辛勤劳苦。“遭际”四句，遭际，犹遭遇，指生活中的经历。义集，善事、合宜的事会集在一起。泽，恩泽、德泽。衍，扩大、展延。联句意谓，姻母一生遭遇备历坎坷，全凭在艰险中勉力支撑，所幸人口平安，善事会集，可以展延书香门第的德泽。“抚衷”二句，抚衷，抚摸内心。前徽，前人的美德。先姑，妻称丈夫的亡母。悖（bèi），违反。联句意谓，我抚摸内心念及前人的美德，深感对于先姑遗训大体上没有什么违背的地方。

下联中，“儿曹”二句，竹立葛垂，此系成语还是典故，遍查辞书无果。就文字本身而言，似在状写三四代子孙繁衍之状。联句意谓，后辈应当自励，三四代子孙不断繁衍。“鬻闵”四句，鬻（yù）闵，语出《诗·豳风·鸱鸮》：“恩斯勤斯，鬻子之闵斯。”朱熹注：“鬻，养；闵，忧也。”“以我情爱之心，笃厚之意，鬻养此子，诚可怜悯。”此言育子不易，诚可怜悯。茕（qióng）独，语出《书·洪范》：“无虐茕独。”茕，无兄弟；独，无子女。此指孤独无靠的人。贤肖者，有才有德而能继承祖业的人。仁恕，仁爱忠恕。儒家的伦理。联句意谓，须知育养不易诚可怜悯，仍应不忘孤独无靠的人。贤肖者能以多方调剂，须公平处理一切事情，且存仁爱忠恕之心。“修德”二句，修德，美好的品德。节孝，守节尽孝。联句意谓，美好的品德自能赢回自己的运气，守节尽孝的门庭庶几可以更加昌盛。

这副挽联采用传统方式写成，应属文言联语范畴。作者多用古语雅言，以表虔敬心情。读者先需扫除文字障碍，方能有所体味，进而感受这些哀挽文字让人荡气回肠的艺术魅力。

题南京扫叶楼

李烈钧

戴甲满天地，诗赋动江关，惟战士文人，到此偏多千古恨；

烟波浩渺处，齐鲁青未了，只湖光山色，而今犹是六朝春。

赏析

此联写作时间不详。扫叶楼，在江苏省南京市清凉山上，是明末清初著名画家、诗人龚贤的故居。龚贤于明亡后，在清凉山买屋定居，以屋旁半亩田栽花种竹，名曰“半亩园”。他曾自画小像，穿僧服，作扫落叶状，时人亦称此屋为“扫叶楼”。李烈钧曾游南京扫叶楼，感慨系之，题写此联。

上联中，戴甲，穿戴盔甲，即身穿军服。杜甫《送远》：“戴甲满天地，胡为君远行。”“诗赋”句，杜甫《咏怀古迹》之一：“庾信平生最萧瑟，暮年诗赋动江关。”江关，本指湖北荆州江陵，这里意在说明作者有故园乡关之思。作者既是战士，又是文人，常怀忧国忧民之心，因而面对古迹，偏多千古遗恨之感。

下联中，烟波，水波渺茫，看远处有如烟雾笼罩。这里烟波浩渺处，当指长江中下游南京附近一带。“齐鲁”句，语见杜甫《望岳》：“岱宗夫如何，齐鲁青未了。”齐、鲁本春秋时代两个国名，后来作为这一地域的代称。泰山因其高大，从齐至鲁可以望见它的青色。这里加以移用，描绘南京山川景物。湖光山色，当指南京玄武湖、清凉山的自然风光。六朝，南京为六朝古都，三国的吴、东晋、南朝的宋、齐、梁、陈都曾在此建都。联句意谓，而今只有湖光山色依然与六朝时的春天一样。作者面对社会现实，油然产生“江山依旧，人世全非”的诸多感慨。

作者为南京清凉山扫叶楼题联，即景生情，感慨系之，千古兴亡之恨涌上心头。联中引入不少杜甫诗句，更显战士文人本色。

题玄武湖

李烈钧

居安思危，励精图治；

盘游有度，好乐无荒。

赏析

此联写作时间不详。玄武湖，在江苏省南京市玄武门外，周围长15公里。湖中有环洲、樱洲、梁洲、翠洲、菱洲。五洲之间有堤相通，洲上遍植花木，景色宜人，为著名旅游胜地。李烈钧曾应约为南京玄武湖题写楹联。

上联中，居安思危，在安全时考虑到可能发生的危险，即有备无患之意。《左传·襄公十一年》："《书》曰：'居安思危。'思则有备，有备无患。"励精图治，亦作"厉精图治"，谓振奋精神，想办法把国家治理好。《宋史·神宗纪赞》："厉精图治，将大有为。"

下联中，盘游，游乐。《书·五子之歌》："（太康）乃盘游无度，畋于有洛之表，十旬弗反。"联中希望人们切忌"盘游无度"。好（hào）乐，喜爱享乐。荒，迷乱、享乐过度。《书·五子之歌》："内作色荒，外作禽荒。"《逸周书·谥法》："外内从乱曰荒，好乐怠政曰荒。"联中希望人们不要"好乐怠政"。

此联采用集句形式而局部稍有变化，构成一副有如格言的联语，内容与艺术均有一定特色。

题崇雅楼

李烈钧

从心所欲；
随遇而安。

赏析

此联写作时间不详。崇雅楼，在江西庐山万松林，为冯玉祥赠与李烈钧的别墅。李烈钧常在此避暑，并为此楼自题楹联。

上联谓随自己心意，想怎样就怎样。语出《论语·为政》："七十而从心所欲，不逾矩。"朱熹集注："孔子所以为方者也，随其心之所欲，而自不过于法度。”

下联谓处于各种境遇，皆能安然自得。语见《孟子·尽心下》：“孟子曰：‘舜之饭糗茹草也，若将终身焉；及其为天子也，被袗衣，鼓琴，二女果，若固有之。’”朱熹集注：“言圣人之心，不以贫贱而有慕于外，不以富贵而有动于中，随遇而安，无预于己，所性分定故也。”

此联言简意明，采用集句形式，借以表达自己旷达乐观的胸怀。

题齐贤阁

李烈钧

五云天际起；
万象眼中收。

赏析

此联写作时间不详。齐贤阁，在江西省武宁县。李烈钧为江西武宁人。辛亥革命后任江西都督、江西讨袁军总司令。1927年又任江西省政府主席。他与江西渊源既深，且善书法，遂曾应约为家乡齐贤阁题写楹联。

上联中，五云，五色的瑞云。此句意谓，只见五色祥云从天边涌起。

下联中，万象，指自然界的一切事物、景象。此指作者登上齐贤高阁，周围一切自然景象尽收眼中。

此联属对工稳，语言清新自然，犹如一首小诗。

题劝工陈列所

阎锡山*

以中原地大物博，实冠全球，惜工艺夙乏专书，坐使弃货于地，利源外溢；

如冀州襟山带河，最称古域，为民智力求进步，庶几引人入胜，风气渐开。

作者

*阎锡山（1883—1960），字百川，山西五台人。早年留学日本，参加同盟会。曾任山西都督、国民党第三集团军总司令、海陆空军副总司令兼山西省政府主席、第二战区司令长官、国民政府行政院院长。1949 年去台湾，任国民党当局“国防部”部长、“总统府”资政。著有《阎伯川先生言论辑要》。

赏析

此联写于辛亥革命之后。劝工陈列所，我国旧时陈列并推销手工业产品的场所。1905 年清政府商部创设劝工陈列所后，曾附劝业场，此后全国各大城市大都设有此类商场。辛亥革命之后，阎锡山曾为北方某地劝工陈列所题联。

上联中，中原，此指黄河中下游地区。地大物博，谓地域辽阔，特产丰富。工艺，劳动者利用生产工具对各种原材料、半成品进行加工或处理，最后使之成为产品的方法。夙（sù），过去、素来。联句意谓，以中原地区地大物博而言实为全球之冠。可惜在手工技艺方面，我们向来缺乏专书，亦即没有很好加以总结，以致无故使货物弃于地上，而让利益财源外流。

下联中，襟山带河，谓山河屏障环绕，如襟如带，比喻地势险要。联句意谓，如冀州有山河屏障环绕，地势险要，最称古老的区域。为了开发民智力求进步，在此开办劝工陈列所，也许能够引人入胜而使社会风气渐渐开放。

此联用语平实，既写发展手工工业的重要，又望冀州古域能开风气之先，办好劝工陈列所。

挽孙中山

阎锡山

人群进化，天下为公，壮志竟未伸，大厦栋梁归后死；
国难方殷，台星遽殒，平生期不负，十年蓝筚愧无功。

赏析

此联写于1925年3月。孙中山于同年3月12日在北京病逝。北京、上海等地隆重举行悼念活动，阎锡山撰送挽联致哀。

上联中，天下为公，语出《礼记·礼运》："大道之行也，天下为公。"原指君位不为一家所有。后为一种美好的社会政治理想。孙中山谓政权为一般平民所共有。壮志竟未伸，此指逝者竟然未能实现自己的三民主义理想。上联意谓，人民群众处于不断进化之中，人们都在向往孙中山所提出的天下为公的理想社会，只是逝者的壮志未伸。作为支撑大厦的栋梁理应归属后死之人。意即责任所归，责无旁贷。

下联中，殷，深。台，旧时对人的敬称。星，星宿。旧谓人间杰出人物均为天上星宿下凡。遽殒（jù yǔn），骤然坠落。这里喻人突然死亡。蓝筚，即成语"筚路蓝褛"。《左传·宣公十二年》："筚路蓝褛，以启山林。"意谓坐上柴车，穿着破衣去开辟山林。后因以此形容创业艰辛。联句意谓，国家正处灾难深重之时，而你这颗大星突然坠落。我总希望自己不负平生之志，民国成立十余年来创业艰难，我却因没有什么功劳而愧对逝者。

此联哀挽逝者，重在表明态度。既对"十年蓝荜愧无功"有所自责，更在希望不负平生之志，愿作大厦栋梁，担起救国救民的重任。

再挽孙中山

阎锡山

只手造共和，记者年小驻征轺，使三晋云山增色；

大名垂宇宙，看将来巍然铜像，与千秋风月争光。

赏析

此联写于1925年间。山西地方军阀阎锡山继北京、上海等地之后，曾在太原举行孙中山追悼会，并再次撰送挽联致哀。

上联中，共和，即共和政体，泛指国家机关和国家元首由选举产生的政治制度。者年，这年。征轺（yáo），亦作“征轮”，指远行者所乘的车。这里是指1912年秋孙中山北上议事，曾应阎锡山邀请访问山西，并在太原小住数日。三晋，春秋末，晋国为韩、赵、魏三家卿大夫所分，各立为国，史称“三晋”。近代则用为山西的别称。联句意谓，孙中山只手造就了共和政体的民国，记当年曾在太原小驻，此次访问使山西云山为之增色不少。

下联中，大名垂宇宙，语见杜甫《咏怀古迹》之五：“诸葛大名垂宇宙，宗臣遗像肃清高。”风月，清风明月，指美好的景色。一般均称与“日月争光”，这里改为“风月争光”，且与“云山增色”相对，倒也别具一格。联句意谓，孙中山大名将流传于天地之间，看将来巍然耸立的铜像，自会与千秋风月争光。

此联言简意明，切人切地。在赞颂逝者“只手造共和”、“大名垂宇宙”的同时，忆及当年逝者曾访问山西，深信其人千古流芳，可与风月争光。

挽梁启超

阎锡山

著作等身，试问当代英年，有几多私淑弟子；

澄清揽辔，深慨同时群彦，更谁是继起人才？

赏析

此联写于1929年间。梁启超，近代资产阶级改良主义代表人物，与其师康有为一起倡导变法维新。曾主编《时务报》，主讲长沙时务学堂。戊戌变法失败后，坚持保皇立场，专心从事著述。有《饮冰室合集》传世。1929年因病逝世，阎锡山撰送挽联致哀。

上联中，著作等身，著述加起来和身体一样高，极言其多。英年，意同“英才”，杰出的人才。为避免与下联末句中“才”字重复改用。几多，多少。方言用语，询问数量。私淑弟子，语出《孟子·离娄下》：“予未得为孔子徒也，予私淑诸人也。”赵岐注：“淑，善也。我私善之于贤人耳，盖恨其不得学于大圣人也。”后来对自己所敬仰而不得从学的前辈，常自称为“私淑弟子”。联句意谓，逝者著作等身，试问当代优秀青年，有多少梁氏私淑弟子！

下联中，澄清揽辔（pèi），亦作“揽辔澄清”，典出《后汉书·范滂传》：“滂登车揽辔，慨然有澄清天下之志。”后因以“揽辔澄清”或“揽辔”表示刷新政治、澄清天下的抱负。这里意在肯定逝者当年从政的才能。彦，旧时士的美称。《书·太甲上》：“旁求俊彦。”孔传：“美士曰彦。”联句意谓，逝者有揽辔澄清之志，让人深为感慨的是，同一时代诸多俊杰之士，更有谁是继梁启超之后而起的人才？

此联从治学与从政两个方面给逝者以很高的评价，且以私淑弟子之多与继起人才之难，更加突出逝者在我国近代史上的地位。

挽章炳麟

阎锡山

海内通儒，浙西一士；
文高皇汉，心雄万夫。

赏析

此联写于1936年间。章炳麟，号太炎，浙江余杭人。早年筹建光复会，参加同盟会。辛亥革命后，曾任孙中山总统府枢密顾问、护法军政府秘书长。晚年以讲学为业。有《章氏丛书》传世。1936年因病逝世，阎锡山撰送挽联致哀。

上联中，海内，古人认为我国疆土四面环海，故称国境以内为海内。通儒，指博古通今、学识渊博的儒者。浙西，谓浙江西部及西北部地区，即今杭嘉湖一带。士，士子。章炳麟为浙江余杭人，因称浙西一位饱学之士。

下联中，文，文治，即以文教施政治民。皇汉，秦皇汉武，即秦始皇汉武帝。此句意谓，就其文治而言高过秦皇汉武。心雄万夫，形容极有抱负，气概不凡。李白的《与韩荆州书》："白，陇西布衣……虽长不满七尺，而心雄万夫。"

此联要言不烦，仅以"海内通儒"、"文高皇汉"寥寥数语，就对逝者一生作出了崇高的评价。

绝　对

阎锡山

阎锡山过无锡登锡山锡山无锡；（阎锡山）
范长江到天长望长江长江天长。（范长江）

赏析

此联成于抗日战争期间。这是一副绝妙的现代名人对联。1937年，时任国民党第二战区司令长官的阎锡山到无锡游览，登上著名景区锡山后想出了一副上联。出句自成一格，一时无人能对。1945年，《新华日报》华中分社社长范长江随陈毅到安徽采访，当到达长江沿岸的天长时，突然触发灵感对出这一出句。

抗战时期国共两党知名人士的应对联语，遂成我国现代联坛佳话。

先看出句，无锡有个锡山，在该市西门外，相传周秦时产锡，故名。到了汉初，因锡山已无锡生产，遂将所治之县名为无锡，沿用至今。当地在清代本有“无锡锡山山无锡，空得其名”的旧联，阎锡山加以改造成为“阎锡山过无锡登锡山锡山无锡”，实属信手拈来而成的妙句。这里一连出现三个“锡山”、两个“无锡”，而且又是人名，又是地名，确实应对不易。

再看对句，天长，县名。在安徽省东北部，高邮湖西岸，邻接江苏省。范长江对句既是即景生情，亦属神来之笔。这里同样一连出现三个“长江”、两个“天长”，两样既有人名、又有地名，完全符合出句要求。因其珠联璧合、气势恢宏，堪称现代绝对。

题昭义大厅

阎锡山

千秋庙貌光华胄，九曲涛声壮国魂；
百战鼓鼙思壮士，三河袍泽仰英灵。

赏析

此联写于1940年间。昭义大厅，在山西省吉县克难坡。抗日战争初期，阎锡山任国民政府第二战区司令长官。1940年春曾将司令部设在这里。昭义大厅系阎自己命名，实为用于办公的窑洞而已，并为之题联。他在当时采取“拥蒋联共抗日”的方针，一度组织太原会战，连挫日军于晋北原平、忻口等地。因在《题昭义大厅》、《题望河亭》中表露出来某种投身抗战的爱国精神。只是不久即转向“降日反共”的道路。

上联中，庙貌，语出《诗·周颂·清庙序》郑玄笺：“庙之言貌也，死者精神不可得而见，但以生时之居，立宫室象貌为之耳。”后因称庙宇及神像为庙貌。这里似指附近有座千年古寺。光华胄（zhòu），光耀华夏民族的后代子孙。九曲，言黄河河道之曲折，因以代指黄河。九曲涛声，指吉县西部黄河壶口瀑布发出的声音。此地河道中央有道峡谷，黄河远来，一泻千丈，跌入峡谷，而成巨大瀑布，激流翻卷，响声如雷。国魂，国人的灵魂，特指某种崇高精神。

下联中，鼓鼙（pí），大鼓和小鼓，古代军中常用的乐器，因借以指军事。这里是说，身经百战常闻军中鼓声而想到需要能征惯战的壮士。三河，汉以河内、河南、河东三郡为三河，即今河南洛阳市黄河南北一带。《史记·货殖列传》："昔唐人都河东，殷人都河内，周人都河南，夫三河在天下之中，若鼎足，王者所更居也。"袍泽，语出《诗·秦风·无衣》："岂曰无衣，与子同袍。""岂曰无衣，与子同泽。"衣中衬棉絮者为袍，贴身里衣曰泽。旧时军人相称为"同袍"，也称相互之间的友谊为"袍泽之谊"。英灵，英魂，对死者的美称。这里是说，中原抗日武装都在仰望阵亡将士的在天之灵。

作者自题吉县昭义大厅，上联写大厅所在的地理风貌，下联言当地抗日武装仰望阵亡将士英灵。具有特定时代气息，倒也显得声情悲壮。

题望河亭

阎锡山

裘带偶登临，看黄河澎湃，直下龙门，走沙扬波，淘不尽千古风流人物；

风云莽辽阔，正胡马纵横，欲窥壶口，抽刀断水，誓收复万里破碎河山。

横批：北天一柱。

赏析

此联写于1940年间。望河亭，在山西吉县克难坡。阎锡山时任第二战区司令长官，曾在当地修建一座八角亭，定名"望河亭"，并题楹联。

上联中，"裘带"三句，裘带，即"轻裘缓带"，穿轻暖的皮衣，束宽缓的腰带，形容从容闲适。典出《晋书·羊祜传》："祜在军常轻裘缓带，身不披甲。"后用以称具有儒将风度。澎湃，波涛冲击声。龙门，在山西河津县西北与陕西韩城县东北，黄河至此，两岸峭壁对峙，形如阙口，故名。联句意谓，作者以羊祜自喻，今日轻裘缓带，登临望河亭，站在亭上可以看到黄河奔腾澎湃、直下龙门的雄伟景象。"走沙"二句，黄河之水卷走泥沙，扬起波涛。却淘不尽千古英雄人物。苏东坡《念奴娇·赤壁怀古》："大江东去，浪淘尽千古风流人物。"这里明显反其意而用之，意在歌颂今天的英雄人物。

下联中，"风云"三句，风云，喻局势。莽辽阔，苍莽辽阔，景色迷茫。胡马，胡人的兵马，此指日本侵略者。窥（kuī），窥伺、窥探。壶口，山名，在山西省吉县西，黄河自北而来流经山侧，上下游河床高低悬殊，水势倾注如壶口，故名。联句意谓，社会政治局势激荡迷茫，日本侵略者在我国中原大地上恣肆横行，正窥伺壶口，意图进犯。"抽刀"二句，李白《宣州谢朓楼饯别校书叔云》："抽刀断水水更流，举杯消愁愁更愁。"这里是说，明知抽刀断水水还在流，但仍决不放下手中宝刀，誓要收复祖国亦已破碎的万里河山。

横批"北天一柱"，北言原野上的一根擎天大柱。由成语"一柱擎天"化出，明显含有自喻、自矜之意。

从建望河亭到题写楹联，可见阎锡山虽系地方军阀，亦颇有儒将风度。上联写登亭所见，下联言登亭所思。气势雄壮，文采斐然。只是"北天一柱"，未免过于自大。

春联六副

阎锡山

一

春到山庐早；
鸟惊客梦频。

二

叱犊扶犁，且向风中培黍稷；
轻裘缓带，还从陇上话桑麻。

三

有酒有肴，一室檀栾能卒岁；
无衣无褐，万家饥溺敢忘怀。

四

仁里胪欢，有脚阳春来大地；
德林成荫，无声雨露润圆山。

五

胜地接阳明，高山仰止，景行行止；
光华歌复旦，卿云烂兮，纠缦缦兮。

六

收获为心，归宿为元，身外色色形形，岂真有物；
奇花悦目，好鸟悦耳，世间生生息息，毕竟皆春。

赏析

这六副春联均写于20世纪50年代。1949年3月，阎锡山逃出太原，6月就任国民政府行政院院长兼国防部部长。年底至台湾，改任台湾政权“总统府”资政和国民党中央评议委员。整个50年代，一则不满于当局所安排的上述虚职，二则自己年事已高，遂退隐台北郊外阳明山区。他租地开办农场，构筑菁山草庐，日逐著书自娱。每年均题春联，遍贴农场各处。这些联语写景、叙事、抒怀，各体兼备，不乏佳作。今选其中六副，略加诠释。

第一副春联：

上联中，山庐，山中寄居的小屋，指作者自己所造的菁山草庐。此句意谓，春天早早来到了菁山草庐。

下联中，频，屡次、连续多次。此句意谓，鸟的叫声多次惊醒了客人的好梦。

作者隐居山中，山庐春早，鸟惊客梦，尽显隐逸情趣。

第二副春联：

上联中，叱犊，大声呵斥小牛。犁，耕地用的农具。我国过去一直用牛拉犁人扶把手耕田。黍（shǔ），北方重要粮食作物之一，可供食用或酿酒。稷，黍的变种。一说称高粱。且向风中，言其培育黍稷劳作的辛苦。

下联中，轻裘缓带，典出《晋书·羊祜传》，意谓穿着轻暖的皮衣，束着宽缓的腰带，表示闲适从容。古代军中常用以称颂具有儒雅风度的将领。陇，通“垄”，垄亩、田埂。此句意谓，在田埂上与人谈论桑和麻的事情。

作者躬耕南亩，共话桑麻，颇有陶渊明遗风。

第三副春联：

上联中，肴（yáo），荤菜。《楚辞·招魂》：“肴羞未通。”王逸注：“鱼肉为肴。”檀栾，美好貌，形容竹。枚乘《梁王菟园赋》：“修竹檀栾夹池水，旋菟园，并驰道。”后多用作竹的代称。卒岁，过年。句中“一室”疑为“一园”之误。既有美酒佳肴，又有一园修竹，当然可以过年。

下联中，褐（hè），兽毛或粗麻制成的短衣，古时贫贱人所穿着。《诗·豳风·七月》：“无衣无褐，何以卒岁。”饥溺，语出《孟子·离娄下》：“禹思天下有溺者，由己溺之也；稷思天下有饥者，由己饥之也；是以如是其急也。”后以“饥溺”喻民疾苦。此句意谓，万户人家的疾苦岂敢忘怀。

此联表明作者虽过着隐逸闲适的生活，却没有忘记民间疾苦，万家饥溺仍存心头。

第四副春联：

上联中，仁里，指仁者居住的地方。《论语·里仁》：“里仁为美。”后泛称风俗淳朴的地方。胪欢，传告人间的欢乐。胪（lú），传告、陈述。《国语·晋六》：“风听胪言于市。”注：“风，采也；胪，传也。”有脚阳春，典出五代王仁裕《开无天宝遗事·有脚阳春》：“宋璟爱民恤物，朝野归美，时人咸谓璟为有脚阳春，言所至之处，如阳春煦物也。”旧时用为称颂官吏行德政之词。

下联中，荫，树阴。《荀子·劝学》：“树成荫而众鸟息焉。”此句谓功德如林形成树荫，后人均可得到庇护。圆山，作者居处附近小山。此句意谓，早春雨露无声滋润着圆山。

此联堆砌古语，空言“仁政”，颇有乌托邦色彩。似亦流露作者怀才不遇之慨。

第五副春联：

上联中，胜地，名胜之地。此指作者居处接近阳明山风景区。“高山”二句，语出《诗·小雅·车辖》：“高山仰止，景行行止。”谓品德像高山一样的人，就会有人敬仰；行为光明正大的人，就会有人仿效他。

下联中，复旦，即夜而复明。《尚书大传·虞夏》：“日月光华，旦复旦兮。”郑玄笺：“言明明相代。”旦复旦，谓光明又复光明。文中喻舜禹禅位。“卿云”二句，语出《尚书大传·虞夏》，相传舜将禅位给禹，和臣僚在一起唱歌，歌云：“卿云烂兮，纠缦缦兮。”注：“教化广远，或以为云出岫回薄而难名状也。”卿云即庆云，一种彩云，因而显得灿烂。纠，绞合的绳索。缦缦，纡缓回旋貌。谓像绳索一样纡缓回旋。

此联华丽典雅有余，并无多少现实意义。

第六副春联：

上联中，收获，收割农作物。心，心脏、中心。归宿，语见《淮南子·本经训》，意谓住处、安身之所。元，大。这里意在强调吃、住的重要。色色形形，亦作形形色色。语出《列子·云瑞》：“形形，谓生此形；色色，为生此色。”后称品类繁多为形形色色。这里是说，种种身外之物，岂真有物。

下联中，悦目，好看、美观。悦耳，好听。生生息息，生生不已，气息相续。这里是说，人世间生殖蕃息，毕竟皆有春意。

此联与四、五两联比较，似从天上回到人间。借助排比句式极力渲染，强调吃、住重要，重视生生息息，虽隐逸山林而不忘现实生活，尚有阅读欣赏价值。

题菁山草庐

阎锡山

频年迁播异乡，最难忘三晋风云，六朝城郭；
今日欢欣佳节，且来看淡江春水，横海楼船。

赏析

此联写于20世纪50年代。阎锡山去台湾后，挂职退隐。他在阳明山租地为农场，植松杉柑橘万余株，筑菁山草庐，寄情田园山水。菁山，地名。草庐，结草为庐，隐者所居。某年春节前夕，作者曾为菁山草庐题写此联。

上联中，频年，频为屡次，此谓多年。迁播，亦作“播迁”，流离迁徙。此句意谓，多年流落他乡。指作者随着国民党军队的节节败退，离自己的家乡山西越来越远，致有播迁异乡之感。三晋，春秋末年，晋国为韩、魏、赵三家卿大夫所分，各立为国，史称三晋。近代则用作山西省的别称。风云，喻变幻的局势。阎锡山作为山西军阀，历任山西都督、省长、主席等职，因此难忘“三晋风云”，且亦流露思乡之情。六朝，三国的吴，东晋，南朝的宋、齐、梁、陈，都以建康（今江苏南京）为首都，历史上合称六朝。此指阎锡山在解放战争结束前，曾离开山西，就任国民政府行政院院长兼国防部部长，联中因言难忘“六朝城郭”。

下联中，佳节，此指春节。淡江，即淡水河，在台湾省本岛西北部。这里是说，今日欣逢佳节，且来看淡江春水。横海，汉将军名，谓能横行海上。语见《史记·卫将军骠骑列传》。楼船，有楼的大船，古代多用于作战。

此系述怀之作，流露出相当复杂的思想感情。既有游子思乡的情怀，又有反攻大陆的妄想。这也反映了当时寓台国民党人一度普遍存在的幻想。

题种能洞

阎锡山

岁月十年过，洞天不老安安像；
春风多户被，篱落长生簇簇花。

赏析

此联写于20世纪50年代末。种能洞，阎锡山隐居阳明山区后，在构筑菁山草庐的同时，还在菁山挖了一座窑洞，且命名为种能洞。他曾为之自题联语，根据首句“岁月十年过”，可知此联写于20世纪50年代末。

上联中，十年，指自己赴台之后退隐，已在阳明山区过了十年岁月。洞天，洞中别有天地之意，此指种能洞。安安，安然、舒缓的样子。像，法式、式样。屈原《九章·橘颂》："行比伯夷，置以为像兮。"注："像，法也。"这里虽是写洞，实为反映自己退隐自娱的晚年生活。

下联中，被，加、及。此指春风及于多户，亦即吹到了很多人家。篱落，篱笆，用竹或树枝编成起隔离作用的栅栏。簇（cù），丛生、丛聚的样子。这里是说，山里人家的篱笆旁边长生一簇一簇的花草。

此联自题种能洞，实为夫子自道，状写十年隐逸山间的悠闲生活。

题台北龙山寺

阎锡山

龙象尽调驯，法力弘施，使万物各得其宜适；

山川映辉媚，慧心了照，无一息可止之生机。

赏析

此联写于20世纪50年代。龙山寺，在台湾省台北淡水镇。建于清乾隆三年（1738年）。供奉福建泉州龙山寺观世音菩萨之分身，另供奉妈祖、注生娘娘、文昌公等。寺内悬有清嘉庆、咸丰、同治、光绪年间的匾额。阎锡山20世纪50年代居台期间曾为台北龙山寺题写楹联。

上联中，龙象，佛家语。称诸阿罗汉中，修行勇猛有大力者为龙象。因水行龙力最大，陆行象力最大，故以龙象为喻。见《大智论》三。后亦用以名高僧。调驯，调教训导。驯，古"训"字，可通用。法力，佛教指佛法的力量。联句意谓，该寺得道高僧，在尽力调教训导，弘扬与施行佛法的力量，使人间万物各得其所。

下联中，辉媚，光辉明媚。极言当地山河秀丽。慧心，心思聪慧。了照，了悟心照。佛教禅宗认为，每个人心中都有佛性，认识到这一点，叫了悟。联句意谓，当地山川如此秀丽，只要人能“慧心了照”，就会永远生机不止，亦即充满生命活力。

作者晚年历尽沧桑颇多彻悟，自然慧心了照与佛结缘。能用佛家语言题写寺院，就是有力明证。

自挽四联

阎锡山

一

避避避，断断断，化化化，是三步工夫；
勉勉勉，继继继，通通通，为一等事功。

二

摆脱开，摆脱开，沾染上洗干净很不易；
持得住，持得住，掉下去爬上来甚为难。

三

有大需要时来，始能成大事业；
无大把握而去，终难得大机缘。

四

对在两间才称善；
中到无处始叫佳。

赏析

这四副自挽联写于1960年5月。阎锡山于同年5月23日在台北病逝，临终前曾作自挽联四副，嘱咐家人在他死后分贴指定地方。

第一联贴于灵前，另有横额：“朽瞋化欲”。朽，衰老、衰落。引申为磨灭、消散。瞋

(chēn)，同“嗔”，怒。朽瞋，消散怒气。化欲，化解一切贪欲。

上联连用三个“避”字、三个“断”字、三个“化”字，意在加重语气，表示强调。这里是说，从回避，到隔绝，到化解，这是三个不同步骤（阶段）的工夫。实为横额“朽瞋化欲”具体内容的形象说明。

下联采用同样表现手法。这里是说，从勉力去做，到愿意承受，到事理通达，堪称一等做事的功劳。

第二联贴于楹柱前，另有横额：“努力摆持”。意即努力摆脱和把持。

上联两个“摆脱开”，意在强调对于一切贪欲与恶习均须摆脱，否则一旦染上要想洗干净就很不容易。

下联两个“持得住”，亦在强调为人立身处世，要把握得住，否则掉下去想爬上来是很难的。

第三联贴于院中，其横额为：“公道爱人”。

上联中，大需要，此谓国家和社会的需要，有“天降大任于斯人”之意。这里是说，国家与社会有需要时就来，才能成就一番大的事业。

下联中，机缘，佛教名词，谓众生皆有善根，时机成熟，起信佛之缘，而得正果。后泛指为机会、缘分之义。这里是说，如果没有大把握就离去，最终很难得到大的机会，意在劝人要有奋斗精神，不要知难而退。

第四联贴于院门，其横额为：“循中蹈对”。意谓遵守持中、应对的规则。

上联中，对，应对，回答。两间，天地之间。这里是说，为人能应对在天地之间，才称得上好。

下联中，中，不偏不倚，无过无不及，叫中。实即中庸，儒家以此为最高的道德标准。这里是说，必须持中到无过无不及之处才能叫好。

自挽四联，自成一格。尤应注意四副联语的横额：“朽瞋化欲”、“努力摆持”、“公道爱人”、“循中蹈对”。实为临终遗言，是在大彻大悟之后人生经验的总结。人之将死，其言也善。值得引起人们注意和深思。

挽陈其美

张群*

窃国者侯，一部春秋诛乱贼；
有功则祀，大江南北吊将军。

作者

*张群（1889—1990），字岳军，四川华阳人。早年留学日本，加入同盟会。曾任广州大元帅府参军、国民党政府上海市长、四川省政府主席、外交部部长、行政院院长。1949年去台湾，任“总统府”资政、国民党中央评议委员、国防会议秘书长。著有《谈修养》。

赏析

此联写于1916年5月。陈其美为辛亥革命时期的风云人物。历任沪军都督、北京政府工商总长、上海讨袁军总司令等职。1916年5月18日，被袁世凯所派刺客刺杀于上海。张群撰送挽联致哀。

上联中，窃国者侯，语出《庄子·胠箧》：“彼窃钩者诛，窃国者为诸侯；诸侯之门，而仁义存焉。”后以“窃钩者诛，窃国者侯”喻小偷被重惩，而大盗反获富贵。这里是指窃国大盗袁世凯，一度窃取辛亥革命的胜利果实而成了民国大总统。春秋，本为儒家经典之一，相传孔子依据鲁国史官所编《春秋》加以整理修订而成。后亦作为古代史书的通称。这里是说，一部史书就曾记载着不少诛除乱臣贼子的史实。联中以此讽喻袁世凯终将被诛除，而且钉在历史的耻辱柱上。

下联中，祀，祭祀。联句意谓，有功之臣则应受到人们的祭祀，因此大江南北的人们都在沉痛哀悼陈其美将军。

此联爱憎分明，既吊陈其美

将军，又讨伐袁世凯之流乱臣　　贼子。

自　　嘲

张群

张昔穷时，钱亦无，米亦无，其谁忘八丘九，肯为雪中送炭？

群今贵矣，亲也来，戚也来，毋论猪三狗四，皆思锦上添花。

赏析

此联写于20世纪20年代末。自嘲，自我解嘲。往往以幽默风趣的语言表达颇为严肃的内容。张群所作《自嘲》为20世纪20年代末追随蒋介石发迹之后，对无谓的应酬深感烦恼，而仿宋朝宰相吕蒙正写下这副讽世联。此联实际表达了“贫居闹市无人问，富在荒山有远亲”的思想。

上联中，其，助词，无义。忘八，亦作“王八”，骂人的话。丘九，自造新词。兵字可拆为丘八，过去戏称兵为丘八。因“八”字与前重复，故改称丘九。这里显然是对于嫌贫爱富者的蔑称。雪中送炭，比喻在别人困难或急需的时候给予帮助。这里是说，张某过去穷的时候，无钱无米，哪个王八丘九，肯为雪中送炭？

下联中，群，即张群。亲、戚，多指内外亲属。一般族内称亲，族外言戚。毋，通“无”。猪三狗四，从成语“张三李四”转化而来，联中显然出于对那些趋炎附势之徒的蔑视而称之为猪三狗四。锦上添花，比喻美上加美、好上加好。这里是说，我今天富贵了，里里外外亲戚都来了，无论猪三狗四，都想锦上添花。

这是一副采用顶真格的嵌名联。作者能以白话入联，直抒胸臆，通过强烈对比，揭露人情世态，倒也淋漓尽致，不乏艺术特色。

挽王铭章

张群

卮酒告英灵，已有先声清海岱；
旗常昭上烈，长留正气壮山河。

赏析

此联写于1938年3月。王铭章为国民党抗日爱国将领。生前任国民政府军第四十一军一二二师师长。1938年3月，参加山东台儿庄会战，奉命坚守滕县，在与日军激战中壮烈牺牲。张群撰送挽联致哀。

上联中，卮（zhī），古代的一种酒器，容量四升。《史记·项羽本纪》："项伯即入见沛公，沛公奉卮酒为寿。"先声，即先声夺人，用兵先大张声威，挫伤敌人的士气。海岱，语出《书·禹贡》："海岱惟青州。"指东海与泰山之间地方。联句意谓，愿以卮酒告尉烈士的英灵，我军将士已经先声夺人（取得台儿庄会战的胜利），从而澄清了东海与泰山之间的国土。

下联中，旗常，即旗。常为古代旗帜的称谓。上烈，上等的功业。联句意谓，旗帜上显扬着上等的功业，长留浩然正气以壮祖国山河。

此联用语文白相间，以表达对于抗日烈士的虔诚敬意。

挽李必蕃

张群

壮士不生还，丹旐入云增岳色；
万人争巷哭，素车挥泪咽湘沧。

赏析

此联写于1938年5月。李必蕃生前任国民政府军第二十三师师长。抗日战争爆发后，开赴华北前线，参加保卫沧州的战役。1938年春，率部守卫山东郓城，后在转战菏泽途中殉国。同年5月，武汉举行李必蕃追悼会，张群撰送挽联致哀。

上联中，丹旐（zhào），古代丧礼中用以为棺柩引路的旗幡。岳色，指泰山山色。这里是说，壮士杀敌报国不求生还（已在山东郓城牺牲），今日送丧，旗幡入云，可为泰山增色。

下联中，巷哭，于里巷中争哭。相传春秋时郑子产死，郑人巷哭三月，竽瑟不作。后多用作称颂官吏生前有善政者的套语。素车，涂以白土的车，古代用于凶丧之事。后亦泛指丧事用的车子。湘沧，即湘江。李必蕃是湖南嘉禾人，联中因言“咽湘沧”。联句意谓，这里上万的人在里巷中争哭，为逝者送丧的车子经过，人们无不挥泪，连湘江都为之哽咽。

此联擅用雅言古语，极写逝者葬礼的隆重场面。丹旐入云与万人巷哭，可谓声情悲壮。

挽李家钰

张群

孔曰成仁，孟曰取义，一死遏横流，万里忠魂归故土；
上为日星，下为河岳，千秋传壮烈，九天灵爽佐中兴。

赏析

此联写于1944年5月。李家钰（1890—1944），四川蒲江人。抗日战争爆发后，率部出川抗日，曾任第四十七军军长、第三十六集团军总司令，在山西、河南作战多年，屡立战功。1944年5月，在豫中与日军交战中以身殉国。国民政府在成都举行公祭，张群撰送挽联致哀。

上联中，孔曰成仁，孟曰取

义，语出《论语·卫灵公》与《孟子·告子上》，后以杀身成仁、舍生取义指为正义事业而牺牲。《宋史·文天祥传》：“天祥临死殊从容……其衣带有赞曰：‘孔曰成仁，孟曰取义，惟其义尽，所以仁至。’”遏（è），阻止、遏止。横流，本指洪水泛滥，亦喻动荡局势。联句意谓，逝者为正义事业而牺牲，以一死遏止动荡的战局，而今烈士忠魂（遗骸）从万里以外的豫东前线回到了川西故土。

下联中，上为日星，下为河岳，语出文天祥《正气歌》：“天地有正气，杂然赋流形。下则为河岳，上则为日星，于人曰浩然，沛乎塞沧冥。”壮烈，勇敢而有气节。九天，指天的中央和八方；一说九为阳数，九天即天。灵爽，指神明、精气。郭璞《江赋》：“奇相得道而宅神，乃协灵爽于湘娥。”联句意谓，逝者浩然正气永世长存，其勇敢和气节将千秋流传。逝者如在九天之上为神明，亦望辅佐国家得以中兴。

文天祥为我国古代民族英雄。此联有意采用文天祥临终遗言与《正气歌》中成句，以古喻今，赞颂逝者，颇有独到之处。

挽张大千

张群

五百年，国画大师，阅览之博，造诣之深，规范轶群伦，无忝邦家称瑰宝；

半世纪，知交莫逆，忧患共尝，艺文共赏，仓皇成永诀，空余涕泪对梅丘。

赏析

此联写于1983年4月。张大千（1899—1983），四川内江人。著名国画艺术大师。曾任南京中央大学美术系教授。抗战胜利后赴印度讲学，后在欧美及东南亚各大城市举办画展。1978年初，经张群安排，张大千从美国旧金山回到台湾，定居摩耶精舍，结束了三十年海外侨居生活。1983年4月因病逝世，张群撰送挽联致哀。

上联中，“五百年”四句，造诣，学问技艺所达到的程度。联句意谓，我国画坛五百年来出了这么一位国画艺术大师，其人阅览范围广博，学术造诣精深。“规范”二句，轶，本意为后车超越前车，引申为超越。无忝，无愧。联句意谓，作为典范大大超越了同辈艺术家，而无愧于称为国家的珍宝。

下联中，“半世纪”四句，知交莫逆，即莫逆之交，情投意合的朋友。《庄子·大宗师》：“四人相视而笑，莫逆于心，遂相与为友。”联句意谓，半个世纪以来，我们成了情投意合的朋友。二人有了患难共同经历，有了诗画作品共同欣赏。“仓皇”二句，梅丘，为张大千台北所居摩耶精舍园中的巨石。此石原从美国西海岸海滩上发现，因爱其巧，遂高价请人辗转移来台湾，置于精舍园内高处。之所以取名“梅丘”，因为主人爱梅，并寓“归正首丘”之意。张大千逝世后，亲友遵从遗愿，将其骨灰暂埋厝于梅丘巨石之下。联句意谓，而今仓促之间竟成永别，我只有对着放置友人骨灰的梅丘哭泣。

此联卓具特色，出于一位95岁高龄老人的手笔，且为85岁的亡友致挽，实属难能可贵。上联赞颂这位国画大师的艺术成就，下联回顾二人半个世纪的交谊。如泣如诉，情深谊长。

题鸦片烟馆

戴季陶*

门外债主雁行列；
室内烟人鱼贯眠。

作者

*戴季陶（1890—1949），名传贤，笔名天仇，原籍浙江吴兴，生于四川广汉。早年留学日本，加入同盟会。曾任孙中山机要秘书、广州大元帅府秘书长、国民党中央宣传部长、国民政府考试院院长。长期充当蒋介石谋士，1949 年在广州自杀。著有《戴季陶先生文存》。

赏析

此联写于 20 世纪初年。题鸦片烟馆，清末上海法租界燕子窝为当时有名的鸦片烟馆。这里门外经常聚集着许多小商贩，平时向瘾君子赊账，年终则候立索取。二十世纪初年，戴季陶见此情景题联讥之。

上联中，雁行（háng），谓相次而行，如群雁飞行之有行列。这里是说，门外讨债的人像飞行中的大雁一样整齐地排列着。

下联中，鱼贯，指连续而进，如鱼群相接。有成语“鱼贯而入”、“鱼贯而出”。这里是说，室内抽大烟的人像水中游鱼那样一个接一个躺在烟榻上。

联中雁行列、鱼贯眠，均以动化静，取其形态之逼真，从而达到讽刺的效果。

挽陈其美

戴季陶

不敷衍，不调停，不畏人言，一副侠骨，妒煞宵小；

为民福，为国利，为谋革命，全身热血，保障自由。

赏析

此联写于1916年5月。陈其美为辛亥革命时期的风云人物。历任沪军都督、北京政府工商总长、上海讨袁军总司令。1916年5月，被袁世凯派刺客刺杀于上海，戴季陶撰送挽联致哀。

上联中，侠骨，语见晋张华《博陵王宫侠曲》之二："生从命子游，死闻侠骨香。"此指逝者具有勇武仗义的英雄气概。宵小，盗贼昼伏夜出，因称宵小，现在泛指坏人。煞（shà），表示极甚之词。联句意谓，逝者为人不敷衍了事，不居间调停，不怕流言蜚语，一副侠义风骨真让袁世凯、张宗昌等宵小之徒妒忌极了。

下联中，这里三"为"，指逝者一生为民造福，为国求利，为了谋划革命，宁愿拼却全身热血，也要保障中华民族的自由。这里意在赞颂逝者的革命热情和献身精神。

蔡元培说过，陈其美可以和历代侠士齐名列传，称得上是民国第一豪侠，是辛亥革命时期具有峥嵘特异品格的英雄。这副挽联正好是上述论断最好的诠释，具有较强的说服力。

挽黄兴

戴季陶

屈指数近日英雄，惟公有提剑百战功。综厥生平，成转为败，败又转为成，其毅力决心，前不见古人，后不见来者；

惊心是劫余局阵，中国无一片干净土。发为吊唁，慨当以慷，慷尤当以慨，定开来继往，明以泣风雨，幽以泣鬼神。

赏析

此联写于1916年12月。黄兴为我国近代民主革命家、军事家。曾任中国同盟会协理、南京临时政府陆军总长兼参谋总长。1916年10月31日因病逝世。同年12月上海隆重举行祭奠活动，戴季陶撰送挽联致哀。

上联中，“屈指”二句是说，扳着指头历数近日英雄人物，只有黄兴作为辛亥革命前后的军事领导人，身经百战，屡立战功。“综厥”六句，厥（jué），其。这里是说，综合他的生平经历，几经挫折终获成功，就其毅力决心，可谓前不见古人，后不见来者。结句语出陈子昂《登幽州台歌》，更增联语悲壮的气氛。

下联中，“惊心”二句，此指袁世凯称帝失败后的政治形势，各地军阀割据纷争，中国已无一片干净土地。“发为”六句，“慨当以慷”，语出曹操《短歌行》：“慨当以慷，忧思难忘。”结句化用杜甫《寄李十二白二十韵》：“笔落惊风雨，诗成泣鬼神。”联句意谓，作者怀念逝者的感情起伏变化，时而转为意气激昂，时而复又感慨叹息。进而表示继承遗志定要开来继往。须知黄兴之死影响极大，在阳间则风雨为之悲泣，在阴间则鬼神为之流泪。

此联哀挽逝者，慷慨悲歌。上联突出黄兴作为革命家、军事家的本色，下联抒发对逝者的哀挽之情。长歌当哭，感情真挚。对仗虽有欠工稳，用典却不露痕迹，有较强的艺术感染力。

题千唐志斋

戴季陶

量敌而后进，虑胜而后会；
好学近乎智，力行近乎仁。

赏析

此联写于1918年间。千唐志斋，在河南省新安县。民国初年原为河南民政厅、建设厅厅长张钫的私邸花园，因内藏唐人墓志千余块，故名千唐志斋。1918年兴建花园时刻嵌于十五孔砖质窑洞内外墙壁间。章太炎、李根源、戴季陶等人先后应约题写联语。

上联集自《孟子·公孙丑上》:“量敌而后进，虑胜而后会，是畏三军者也。舍岂能为必胜哉，能无惧而已矣。”朱熹集注:“舍自言其战虽不胜，亦无所惧。若量敌虑胜而后进战，则是无勇而畏三军矣。”联中引用古语却自出新意，意在突出量敌与虑胜的重要。

下联集自《中庸》第十九章:“好学近乎知，力行近乎仁，知耻近乎勇。”朱熹集注:“故好学非知，然足以破愚；力行非仁，然足以忘私；知耻非勇，然足以起懦。”联中肯定好学近乎智者，力行近乎仁者，意在劝人敏而好学与身体力行。

这是一副典型的集句联。联句来自四书，劝人量敌虑胜、好学力行。作为人生治学格言，仍有一定启示意义。

挽孙中山

戴季陶

继往开来，道统直承孔子；
吊民伐罪，功业并美列宁。

赏析

此联写于1925年3月。同年3月12日，孙中山在北京因病逝世。此后北京、上海等地相继举行悼念活动。戴季陶亦撰送挽联致哀。

上联中，继往开来，继承前人的事业，开辟未来的道路。道统，宋明理学家称儒家学术思想授受的系统。孔子作为儒家学说创始人，自汉以来一直成为我国封建文化的正统。联句意谓，逝者继往开来，直承孔子道统，誉其有如圣人。

下联中，吊民伐罪，慰问被压迫的百姓，讨伐有罪的统治者。列宁，马克思、恩格斯事业和学说的继承人，苏联的缔造者。联句意谓，逝者吊民伐罪，其所建立的功业，可与列宁并美。

此联对于逝者作出了很高评价：上联赞颂孙中山“继往开来”、“直承孔子”，实为当今圣人；下联将孙中山誉为“功业并美列宁”的革命领袖。作者早年曾参与上海共产主义小组筹备活动，故在联中以列宁喻逝者。只是后来背离孙中山的新三民主义，成为国民党右派核心人物。

题中山大学礼堂

戴季陶

对世界文化，迎头赶上去；
把中华民族，从根救起来。

赏析

此联写于1926年10月。中山大学，1924年由孙中山发起在广州创办了一所文理科综合大学，原名广东大学，孙中山逝世后为纪念创办人而改今名。1926年10月，戴季陶出任广州中山大学校长，曾集孙中山所说的话，为孙中山昔日演讲三民主义的礼堂制成一联。

上联希望广大师生，对于世界文化科学，应当急起直追，迎头赶上先进水平。

下联进而提出要求，要将中华民族彻底从根本上挽救起来。

此联明白如话，却有机巧之处。既用孙中山讲过的话题中山大学礼堂，又给广大师生提出努力的目标。赶上世界文化，拯救中华民族！

挽胡汉民

戴季陶

立高节而不可摇，定群疑而不可惑，操危虑深，共仰良工心独苦；

尊德行则为良师，道学问则为益友，生离死别，怆怀令我泪偏多。

赏析

此联写于1936年5月。胡汉民早年留学日本，参与组织中国同盟会。辛亥革命后，历任广东都督、南京临时政府总统府秘书长、广州护法军政府交通部部长、南京国民政府主席、立法院院长等职。1936年5月病逝于广州。戴季陶与其同为国民党右派代表人物，特撰送挽联致哀，并给予高度评价。

上联中，高节，高尚的节操。这里是说，确立高尚的节操而不可动摇，订正很多人的疑虑而不可困惑。操危虑深，操心危避忧虑甚深。语见《孟子·尽心上》："独孤臣孽子，其操心也危，其虑患也深，故达。"良工心独苦，语出杜甫《题李尊师松树障子歌》："已知仙客意相亲，更觉良工心独苦。"本指技艺高明的画师费尽心血地构思经营，这里是说，逝者犹如良工苦心经营。

下联中，德行，道德与品行。此指尊其道德品行应为我的良师，说起学问则为我的益友。怆（chuàng）怀，悲伤的情怀。这里是说，而今生离死别，悲伤的情怀让我眼泪直流。

作者与逝者交往多年，对于这位良师益友倍加推崇。遂在沉痛哀挽亡友过程中，对其节操、德行、学问给予很高评价。

挽章炳麟

戴季陶

国学失名贤，寿世文章沾溉广；
天声扬大汉，盛年风节感兴多。

赏析

此联写于1936年间。章炳麟（太炎）为近代著名学者和民主革命家。光复会创始人之一。1906年加入同盟会，主编《民报》。1917年任护法军政府秘书长。后曾反对孙中山三大政策和国共合作。“九一八”事变后，主张抗日救国。有《章氏丛书》、《章太炎全集》传世。1936年因病逝世，戴季陶撰送挽联致哀。

上联中，国学，旧时称研究我国古代的学问，包括哲学、历史、考古、文学、语言等，亦可泛指我国固有的学术文化。寿世，寿谓长久，寿世即能长久流传于世。沾溉，润湿浇溉，亦喻施授恩泽。联句意谓，我国国学失去一位素有名望的贤者，但其长存于世的文章却沾溉后人之处甚广，即从多方面使后人受益。

下联中，天声，如天之声，比喻盛大的声威。班固《封燕然山铭序》：“下以安国后嗣，恢拓境宇，振大汉之天声。”大汉，本为汉代对朝廷的尊称，后亦代指中华民族。盛年，壮年。风节，风骨气节。感兴（xìng），感发兴起，感慨兴会。联句意谓，逝者盛大的声威弘扬了中华民族的文化，其壮年具有高尚的风骨气节，更让人为之感慨而兴会良多。

戴季陶亦系文人从政，故对这位革命营垒的学者推崇备至。联中尊章太炎为扬大汉天威的国学名贤，一片景仰之情溢于言表。

挽邵元冲

戴季陶

帷幄卫元戎，忠勇不殊侍中血；
英灵归首善，哀歌同吊国殇魂。

赏析

此联写于1936年间。邵元冲（1890—1936），浙江绍兴人。早年加入同盟会。曾任孙中山大元帅府机要秘书、国民党中央执行委员、立法院副院长、代院长。1936年应蒋介石之召去西安，在西安事变中因跳窗逃走被击伤，经抢救无效死亡。戴季陶撰送挽联致哀。

上联中，帷幄，军中的帐幕。元戎，主将。此指守卫蒋介石。侍中血，据《晋书·嵇绍传》载，三国魏嵇康之子嵇绍，仕晋，官至侍中。八王之乱时，随惠帝与成都王颖战，兵败，百官侍卫皆溃散，独绍以身护卫惠帝。乱兵至，被杀，血溅帝衣。后乱平，左右欲洗衣。惠帝曰："此嵇侍中血，勿去。"联中引用此典意在说明邵元冲为保护蒋介石而死，其忠勇与历史上的嵇侍中没有什么不同。

下联中，首善，语出《汉书·儒林传序》："故教化之行也，建首善之京师始。"后因称京师为首善之区。国殇，原为《楚辞·九歌》篇名，后用以指为国作战而牺牲的人。这里是说，邵元冲灵柩运回南京并进行祭奠，人们唱着哀歌一同悼念为国捐躯者的英魂。

邵元冲于西安事变中护卫元戎，忠勇可嘉。此事是否值得称颂，尚可质疑。但联中以"侍中血"、"国殇魂"誉之，仅就用典而言，颇为贴切自然，不失为方家手笔。

题中央图书馆

戴季陶

作人当立大志，彻始彻终，有为有守；
求学须定宗旨，知本知末，通古通今。

赏析

此联写于20世纪30年代。中央图书馆，即南京中央图书馆。戴季陶曾应约题联。

上联先言“作人”，指出做人要立下大志，而且贯彻始终，成为有作为有操守的人。

下联再言“求学”，指出求学必须抱定宗旨，了解事情的本末，通晓古今的学问。

此联用语通俗，言浅意深。做人有为有守，求学通古通今。实为人生治学格言，启人深思。

赠胡适

戴季陶

天下文章，莫大乎是；
国内名士，多出其门。

赏析

此联写于20世纪30年代。胡适为我国现代著名学者，曾任北京大学教授、国民参政会参政员、中央研究院院长等职。20世纪30年代，戴季陶任中央考试院院长时，曾以此联题赠胡适，对其学问文章给予高度评价。

上联中，是，此、这。这里是说，天下文采辞章莫大于此，亦即难于超过胡适。

下联中，名士，古时指已经知名而没有出仕的人，后亦泛指有名的人士。这里是说，国内知名人士，大多出于胡适门下。

此联明白晓畅，语浅意深。文章莫大乎是，名士多出其门。仅此两句就确立了胡适在我国文化界和教育界的重要地位。

题汤山温泉

戴季陶

一天明月；
五柳清风。

赏析

此联写于20世纪30年代。汤山温泉，在南京市东郊。水温常在六、七十度，含硫黄、钾、钙等多种矿物质，久浴可以治疗皮肤、肠胃、关节炎等多种疾病。新中国成立前，国民党政府要员，均曾前往沐浴。戴季陶一次浴后即兴题写此联。

上联中，明月，皎洁明亮的月亮。昔有成语“明月入怀”，比喻美好的自然景色进入心怀，让人心胸开朗。

下联中，清风，清凉宜人的风。五柳，五棵柳树。让人想到曾自号“五柳先生”的晋代诗人陶渊明，他因居室旁有五株柳树而作《五柳先生传》以自况。联中似借明月、清风，既写温泉夜晚自然景色的美好，亦喻浴客超尘脱俗的悠闲生活。明代沈采《千金记·遇仙》：“恋功名水上鸥，俏芒鞋尘内走，怎如明月清风随地有，到头来消受。”

此联只有八字，言近旨远，给人留下诸多想象的余地。

与蒋纬国联句

戴季陶

红海碧波翻白浪；（戴季陶）
爬虫睡蛹化飞蛾。（蒋纬国）

赏析

此联成于1940年冬。蒋纬国，1916年生于浙江奉化，蒋介石次子。20世纪50年代以来，历任台湾当局装甲兵司令、“国防部”高级参谋，三军大学校长等职。抗日战争前夕，戴季陶访问欧洲途经红海，偶得一上联，此后一直没有满意的对句。1940年冬，蒋纬国来访时述及此事。蒋纬国思虑有顷，脱口对出下联。戴季陶为之击节称赏。

上联中，红海，在亚洲阿拉伯半岛和非洲东北部之间，为印度洋西北的长形内海，因沿岸水中生长许多红色藻类，使海水呈红色而得名。联中用语色彩鲜明而又符合实际情况。

下联中，爬虫，爬行虫类。一般先变成睡蛹再化成飞蛾传子，以延续后代。

此句应对上联，“爬虫”一语虽然欠雅，文字倒也贴切工稳，尚称佳构。

题双溪寺红棉红堂

戴季陶

四面云山凝翠黛；
五羊春色醉红棉。

赏析

此联写作时间不详。双溪寺红棉红堂，在广州东北郊白云山上，其建筑式样与堂名本身均雍容典雅。戴季陶曾应约为该堂题写楹联。

上联中，翠黛，古时用螺黛（一种青黑色的矿物颜料）画眉，故称眉为翠黛。此句意谓，白云山上四周白云缭绕，让游人在凝眉眺望。山上本有“白云晓望”、“白云晚望”等景点，联中“凝翠黛”正形容游人在聚精会神地眺望。

下联中，五羊，即五羊城，广州的别称。传说古有五仙人乘五色羊执六穗秬至此，其后州厅梁上绘画五仙人和五羊像。红棉，即木棉，落叶乔木，早春开花，大而且红。此句意谓，广州一片春色，木棉亦如醉如痴地开放红色的花朵。这里“红棉”一语双关，既指木棉树，亦喻红棉红堂。

此联像是一首小诗。寓情于景，意境清新，让人赏心悦目。

挽廖仲恺

何应钦*

党有军，我公惨淡经营，鸿爪雪泥，回首东江，往事不堪空涕泪；

国之福，吾辈艰苦奋斗，鸡鸣风雨，伤心中道，今朝真感失提携。

作者

*何应钦（1890—1987），字敬之，贵州兴义人。日本士官学校毕业。历任黄埔军校总教官、国民革命军第一军军长、国民党政府军政部长、总参谋长、国防部部长、行政院院长。1933年与日方签订“何梅协定”，出卖华北主权。1949年去台湾，任“总统府”战略顾问委员会主席、国民大会主席团主席。

赏析

此联写于1925年8月。廖仲恺为国民党左派代表人物。早年参加同盟会。1924年国民党改组后，被选为中央执行委员会常务委员，并任工人部部长、农民部部长、财政部部长、黄埔军校党代表、军需总监等职。1925年8月在广州被暗杀，何应钦撰送挽联致哀。

上联中，“党有军”二句，此指国民党有了自己的军队，亦即已成立建国粤军和举办黄埔军官学校。此系我公惨淡经营的结果，指廖仲恺担任黄埔军校党代表、军需总监，为军队建设做了大量工作。鸿爪雪泥，即雪泥鸿爪，鸿雁在雪地上走过留下的脚印。苏轼《和子由渑池怀旧》：“人生到处知何似？应似飞鸿踏雪泥。泥上偶然留指爪，鸿飞哪复计东西。”后用以比喻往事遗留的痕迹。东江，在广东，珠江支流。此指1925年初，何应钦为黄埔军校教导团团长，率部参加第一次东征。联句意谓，回首东江战斗留下的遗迹，真是往事不堪，空余伤心泪水。

下联中，“国之福”二句，真是国家的福分，我辈在艰苦奋斗。鸡鸣风雨，《诗·郑风·风雨》：“风雨如晦，鸡鸣不已。”此处化用上述诗句，以喻恶劣环境中而不改变气节操守。中道，中途、半路。联句意谓，逝者在恶劣的环境中坚持斗争，竟然在革命的道路上不幸遇刺，岂不让人为之伤心，使我今天真感失去提携之人。

作者深情哀挽逝者。上联回首往事，赞扬逝者当年建军有功；下联伤心今朝，中道失去提携后进之人。能于沉痛诉说之中表达虔诚敬意。

挽阮性存

何应钦

以子产治术，兼子文治才，左右逢源，卓有绩名传绝越；
与伯安同乡，是伯元同姓，后先继美，自然独步擅江东。

赏析

此联写于1928年间。阮性存（1874—1928），浙江余姚人。早年留学日本法政大学。回国后任浙江法政学堂校长，秘密策应辛亥起义。1927年任浙江省政府委员兼司法厅厅长。1928年病逝于杭州，何应钦撰送挽联致哀。

上联中，子产，即公孙侨，春秋时政治家。在他执政期间实行改革，整顿田地疆界和沟洫，创立按“丘”征“赋”制度，把“刑书”铸在鼎上公布，这些均给郑国带来了新气象。子文，《论语·公冶长》：“令尹子文三仕为令尹……”朱熹集注：“其为人也喜怒不形，物我无间，知有其国而不知有其身，其忠盛矣。”绝越，边远的越地，此指逝者故乡会稽山一带。联句意谓，逝者有子产之治术，兼子文之治才，因此左右逢源得心应手，已有卓越的成绩名声流传于越地故乡。

下联中，伯安，明代哲学家、教育家王守仁，字伯安，尝筑室会稽山阳明洞中，世称阳明先生。王为浙江余姚人，联中因称逝者“与伯安同乡”。伯元，清代学者阮元，字伯元，乾隆进士，曾在杭州创立诂经精舍，提倡朴学。逝者与伯元均姓阮，因属“同姓”。这里是说，逝者作为后来者继承先人的美德，其品德才华自然可以独步江东。

大革命时期，何应钦曾任浙江省政府主席，与逝者有过交往。此联哀挽逝者，虽系官场应酬，倒也文采斐然。连用四个历史人物，赞誉逝者从政卓有绩名，治学独步江东。用典颇为贴切自然，只是稍有过誉之嫌。

挽吕焕炎

何应钦

师尚父有钤录传家，祖武克绳，百战勋名惊贯耳；
右将军为范张所刺，罪人斯得，万家公祭欲甘心。

赏析

此联写于1930年6月，吕焕炎，历任国民革命军第七军第九旅旅长、第十五军第四十五师师长、新编第十六师师长。1929年5月任国民政府国军编遣委员会广西省部队编遣特派员，同年10月任广西省政府主席。1930年6月病逝，何应钦撰送挽联致哀。

上联言逝者祖先声名显赫。尚父，周武王称吕尚为尚父，意为可尊尚的父辈。《诗·大雅·大明》：“维师尚父，时维鹰扬。”传：“师尚父，太公望为太师而号尚父也。”钤（qián）录，盖有官印的记载。此指吕焕炎作为吕尚后代，自有“钤录传家”。祖武，祖先的行迹。《诗·大雅·大武》：“昭兹来许，绳其祖武。”传：“绳，继；武，迹也。”祖武克绳，意同“绳其祖武”，谓依祖先的遗迹继续走下去，比喻继承祖辈事业。勋名，功勋名声。此指逝者身经百战让人惊其勋名如雷贯耳。

下联言逝者为人所刺。右将军，吕焕炎在军中任职，且为广西省部队编遣特派员，联中因称右将军。范张，东汉范式与张劭友善，重义守信，后人因以范张事为生死之交的模范。这里是指吕焕炎为军中要好友人所刺。关于吕焕炎之死，有关辞典言“病逝”，何应钦指出“为范张所刺”，此事有待进一步查考。斯得，尽得，皆得。《书·金滕》：“周公居东二年，则罪人斯得。”疏：“二年之间，罪人皆得。”此指谋刺吕焕炎的罪人皆已获得，这里似为假设之词。结句意谓，举行万人公祭，且将罪人示众，以这种祭礼才能让九泉之下的死者称心满意。

此系文言联语，多用古语雅言。虽收到言少意多效果，却也增加阅读困难。上下联首句用典切人切事颇为得体，但需要仔细体味。

题南京航空烈士公墓

何应钦

捍国骋长空，伟绩光照青史册；
凯旋埋烈骨，丰碑美媲黄花岗。

赏析

此联写于抗日战争初期。南京航空烈士公墓，位于南京东郊紫金山北麓的王家湾。该墓于1932年间建成，此后几经扩建整修，至1948年共安葬159名抗日空军烈士。何应钦当年应约为墓碑题联。

上联中，骋（chěng），原为纵马奔驰，可引申为放任。青史，古代在竹简上纪事，因称史书为青史。联句意谓，为了捍卫祖国而任意飞行于祖国的万里长空。空军勇士们的丰功伟绩光照史册。

下联中，烈骨，烈士的遗骨。美媲（pì），即媲美，比美。联句意谓，取得空战胜利之后埋葬烈士的遗骨，南京航空公墓的丰碑可与广州黄花岗比美，亦即具有黄花岗七十二烈士一样的历史功绩。

此联立意与内容均好，只是用语稍嫌生涩。骋长空、青史册、埋烈骨、美媲等均需斟酌润饰，力求顺畅自然。

挽王铭章

何应钦

木梃夜撄城，罴威当道；
铁枪今殉国，豹死留皮。

赏析

此联写于1938年4月。王铭章为国民党抗日爱国将领。1938年3月在台儿庄会战中，率领一二二师坚守山东滕县，与全师将士一起以身殉国。何应钦时任国民政府军政部长兼总参谋长，撰送挽联致哀。

上联中，木梃（tǐng），棍棒。《孟子·梁惠王上》："杀人以梃与刃，有以异乎？"可引申为凶器，这里代指日寇。撄，迫近、侵犯。城，指滕县城。罴（pí），熊的一种，俗呼人熊。罴威当道，意同豺狼当道，比喻残暴的坏人当权。

下联中，铁枪，与上联"木梃"对应，铁枪作为一种武器，用以代指我军。殉国，为国牺牲。豹死留皮，比喻留美名于后世。《新五代史·王彦章传》："（彦章）常为俚语谓人曰：'豹死留皮，人死留名。'"这里是说，逝者以身殉国自当扬名于后世。

此联别具一格，其明显特点在于全用比喻，且生动贴切。以"木梃"、"铁枪"代指敌我双方；以"罴威当道"喻日寇猖獗；以"豹死留死"喻逝者英名，均能给人留下深刻印象。

挽郝梦龄刘家骐

何应钦

一死壮山河，立懦廉顽，已起鼓声作士气；
双忠昭日月，报功崇德，应隆祠典吊国殇。

赏析

此联写于1938年10月。郝梦龄、刘家骐均为国民党抗日爱国将领。1938年10月，国民政府军第九军军长郝梦麟、第五十四师师长刘家骐，分别在山西太原保卫战和忻口会战中壮烈牺牲。国民政府在汉口举行追悼活动，何应钦撰送挽联致哀。

上联中，立懦廉顽，即顽廉懦立。语出《孟子·万章下》："故闻伯夷之风者，顽夫廉，懦夫有立志。"赵岐注："后世闻其风者，贪顽之夫更思廉洁，懦弱之人更思有立义之志也。"后常以此指志节之士对改造社会风气的模范作用。联句意谓，两位烈士以一死使祖国山河壮丽，且能改变社会风气，已起战鼓之声振奋人们的士气。

下联中，双忠，此指郝梦麟、刘家骐两位烈士的忠魂。报功崇德，酬报有功之人与崇尚有德之人。《书·武成》："惇信明义，崇德报功。"传："有德尊以爵，有功报以禄。"两位烈士光昭日月，理应酬报有功之人与崇尚有德之士，应举行隆重的典礼，以祭祀为国牺牲的将士。

此联慷慨悲壮，对仗工整。以"一死壮山河"赞烈士以身殉国振奋军威，以"双忠昭日月"表生者凭吊国殇永志不忘。堪称哀挽佳作。

挽郭朝沛

何应钦

市隐然圭，医鸣华扁；
身怀成德，子尽达才。

赏析

此联写于1939年10月。郭朝沛为郭沫若之父。生平教子有方，兼通医术，饮誉乡里。1939年7月因病逝于四川乐山故乡，同年10月举行家祭。国共两党要人纷纷献上挽联挽幛，何应钦亦撰送挽联致哀。

上联中，市隐，在闹市中隐居。《晋书·邓粲传》："夫隐之为道，朝亦可隐，市亦可隐。"然，乃、是。圭，原指玉器，亦用以喻人美好的品德。鸣，著称，闻名。华扁，古代名医华佗和扁鹊。联句意谓，逝者在闹市中隐居如玉器有着美好品德，且精通医术，犹如古代名医华佗与扁鹊著称于乡里。

下联中，成德，盛德、全德。达才，通达之才。联句意谓，逝者身怀美好品德，其子郭沫若极尽通达之才。

此联用语古朴典雅，切合哀挽题旨。"医鸣华扁"虽有过誉之处，结合"然圭"、"成德"，总体尚与逝者身份地位相吻合。

题南岳忠烈祠

何应钦

湘水忠魂齐永壮；
衡岳正气共长存。

赏析

此联写于1942年间。南岳忠烈祠，在湖南衡山香炉峰下，系国民政府为纪念抗日阵亡将士而于1942年建成。其祠布局结构采用南京中山陵的形式，规模雄伟壮观。正厅上"忠烈祠"三字为蒋介石手书，何应钦应约题写楹联。

上联中，湘水，即湘江，湖南省最大河流。此句意谓，湘江之水与烈士忠魂一同永远威武雄壮。

下联中，衡岳，即南岳衡山，在湖南省衡山县西，俯瞰湘江，山势雄伟。此句意谓，南岳衡山与英烈浩然正气一道长存。

此联言简意明，围绕"南岳"与"忠烈"二义展开，切合题意要求。烈士忠魂与湘水永壮，而其浩然正气将与衡岳长存。赞词有声有色，要言不烦。

挽王葆心

何应钦

我来经院，君已知名，正学获师承，直以淹通追广海；
时值晚清，士皆思奋，宏文办夷狄，也应享礼媲船山。

赏析

此联写于1944年间。王葆心（1864—1944），湖北罗田人。地方史志学者。早年在黄州书院、两湖书院获中优贡。曾任湖北博通学院、潜江传经书院院长。1903年中举人。辛亥革命后，任北京图书馆总纂，武昌师范大学、武汉大学教授，湖北省立国学馆馆长。抗战时期拒任伪职，潜心著述。1944年因病逝世，何应钦撰联致哀。

上联中，经院，即逝者当年担任院长的潜江传经书院。此指作者曾经来过这里，逝者时已知名于世。正学，汉武帝时排斥百家，独尊儒术，以儒家学说为正学。师承，师徒相传的系统。此指获得师承儒学的传统。淹通，博洽而通达。广海，本谓宽广的大海。这里似指康有为，因康有为字广夏，广东南海人。联句意谓，逝者获得师承儒学的传统，就其博洽而通达简直可以追上近代学者康有为。

下联中，晚清，清朝末年。此指清朝末年我国知识分子都渴望奋发图强。宏文，宏伟的文辞。办，处罚，如惩办、法办。夷狄，我国古代对边境异族或外国的统称。此指逝者生前宏伟的文辞可以惩罚外国侵略者。享礼，享有的祭祀。媲（pì），匹敌、比得上。船山，即明清之际思想家、学者王夫之，晚年居衡阳之石船山，世称船山先生。早年坚持反清斗争，晚年从事学术研究。此指逝者可与船山先生媲美，实为极高评价。

此联哀悼近代知名学者，用语切合人物身份，评价亦颇到位。上下联末句均为点睛之笔，认为逝者就其博洽而通达可追近代学者康有为，就其享有的礼遇应比明末清初思想家王船山。实为确切而颇有见地的评价。

题芷江受降坊

何应钦

名城首受降，实可知扶桑试剑，富士扬鞭，还输一着；
胜地倍生色，应推倒铜柱纪功，燕然勒石，独有千秋。

赏析

此联写于1946年2月。芷江受降坊，1945年8月15日，日本政府宣告无条件投降。8月21日，根据我国政府安排，日本侵略军代表来湖南芷江受降。为了永久纪念抗日战争的伟大胜利，次年2月在芷江洽降旧址建成“受降纪念坊”。蒋介石、李宗仁、何应钦等国民政府军政要员纷纷题联。

上联中，名城，此指湖南芷江。当时在这里首次举行受降仪式。扶桑试剑，富士扬鞭，指日本帝国主义者张扬武力，发动侵华战争。扶桑，东方古国名，后亦代指日本。《梁书·诸夷传·扶桑国》：“扶桑在大汉国东二万余里，地在中国之东，其土多扶桑木，故以为名。”富士，日本第一高山，山顶终年积雪，上有温泉、瀑布，日人奉为“圣山”。在这里试剑、扬鞭，实即发动侵略战争。最后还是输了一着，而以失败告终。中国人民最终取得抗日战争的胜利。

下联中，胜地，亦指湖南芷江。此地成了名胜之地而倍加生色。“推倒”一词，意在称颂抗日战争胜利的丰功伟绩超越前代。铜柱纪功，东汉伏波将军马援南征平乱后，曾竖起两根巨大铜柱纪功；燕然勒石，“燕然”即今蒙古境内的杭爱山。据《后汉书·窦宪传》记载，东汉永元元年车骑将军窦宪领兵出塞，大破北匈奴，登燕然山，勒石纪功，颂汉威德。而今抗日战争的胜利，比起马援当年铜柱纪功，窦宪燕然勒石，均有过之而无不及，因此“独有千秋”。

此联在当时诸多庆贺联语中可谓佼佼者。上联以“扶桑试剑，富士扬鞭”喻日本侵华战争终以失败告终，下联以“铜柱纪功，燕然勒石”赞我国人民抗战取得伟大胜利。情动于衷而言发于外，胜利喜悦之情，溢于字里行间。

挽杜月笙

何应钦

忧国耿孤忠，不仅垂声游侠传；
首丘慰遗志，成同酧洒大招篇。

赏析

此联写于1951年8月。杜月笙，上海人。早年靠贩卖鸦片起家。1921年与黄金荣、张啸林结拜兄弟，成为上海青帮头目之一。1927年积极参与蒋介石发动的“四一二”政变。此后历任上海地方协会会长、中汇银行董事长、国民政府行政院参议、上海市参议会副议长。1951年8月因病死于香港，何应钦撰送挽联致哀。

上联中，耿孤忠，耿耿此心，一片孤忠。垂声，声名流传下去。游侠，古称爱好交游且能急人之难者为游侠。《史记》一书中有《游侠列传》。联句意谓，逝者忧伤国事耿耿孤忠，其声名应不仅流传于“游侠传”。

下联中，首丘，语出《楚辞·九章·哀郢》：“鸟飞返故乡兮，狐死必首丘。”相传狐死时，头犹向着巢穴。后以“首丘”谓人死后葬归故土，也用为怀念故乡之意。成，通“诚”。酧，为“酬”的异体字，劝酒之意。大招篇，《大招》为《楚辞》篇名，内容与形式均近于《招魂》。联句意谓，死后归葬故土以慰逝者遗志，人们诚心一同洒酒于地诵读《楚辞》中的《大招》篇，以为逝者招魂。

杜月笙作为现代特殊历史人物，如列入“游侠传”尚可聊备一说，至于“忧国”、“孤忠”云云，只能适用于蒋家王朝而已。

挽蒋介石

何应钦

追随逾五十年，谊如部属，情若家人，两语

忆亲题，安危同仗，甘苦共尝，弥感深知蒙重任；

哀思合亿兆众，世事方艰，大云顿远，全民勉奋起，团结自强，中兴复国，完成遗志慰公灵。

赏析

此联写于 1975 年 4 月。当时，蒋介石病逝于台湾，何应钦撰送挽联致哀。

上联中，逾五十年，何应钦于1924 年任黄埔军校总教官、教导团团长，在黄埔军校校长蒋介石手下工作，此后一直追随长达五十余年。作者深感逝者于己谊如部属，情同家人。两语忆亲题，此指何应钦六十寿辰时，蒋介石表示祝贺，曾亲笔题词："安危同仗，甘苦共尝。"每当想起蒋氏亲笔题写的两句话时，更加感到而且深知自己承受的重任。

下联中，大云顿远，从"白云亲舍"一典转化而来，古人常以白云为思念亲人之喻。下联意谓，全体民众都在哀思，而今世事正当艰难，亲人辞世又离我们远去。全民应勉力奋起，团结自强，中兴复国，完成遗志以慰蒋公在天之灵。"中兴复国"云云，实即反攻大陆，这只能是流寓台湾的国民党人的梦想而已。

此联述怀言志，颇为情真意切。只是述怀部分犹可，至于言志则仍站在当年国民党人立场，有违历史发展潮流。

挽孙中山

李宗仁*

举数千年帝制扫荡无遗，改良政治，铸造共和，盖世景勋猷，岭海苍茫锺间气；

为四百兆民族牺牲以死，功在国家，名垂简册，周年逢纪念，河山黯淡有余哀。

作者

*李宗仁（1891—1969），字德邻，广西桂林人。国民党内桂系首脑。历任广西绥靖公署督办、国民党第四集团军总司令、第五战区司令长官、国民党政府副总统、代总统。因与蒋介石矛盾激化赴美就医。1965年回到北京。著有《李宗仁回忆录》。

赏析

此联写于1926年3月。孙中山于1925年3月12日在北京病逝。据联中“周年逢纪念”，可知李宗仁这副挽联写于次年3月广州举行孙中山逝者一周年纪念活动的时候。

上联中，开头三句意谓，攻克我国几千年的封建帝制并将其扫除荡涤干净，进而改良政治制度，建立共和政体。“盖世”二句，景，高、大。勋猷，功劳与谋划。岭海，广东、广西两省地在五岭之南，临近南海，故称岭海。锺，聚、集。间气，旧谓英雄豪杰上应星象，秉天地特殊之气，间世而出，称为“间气”。语见《太平御览》卷三百六十引《春秋演孔图》。联句意谓，逝者英名盖世有大功劳于人世，因此两广之地云海苍茫，大片间气聚集。此指南方革命政府组织官员民众隆重祭奠孙中山先生。

下联中，四百兆，今以一百万为兆，故四百兆即四万万。此指中华民族四万万同胞。这里是说，逝者为四亿同胞而牺牲，自当功在国家，英名永载史册。“周年”二句，这里是说，正逢周年纪念活动，就连山河均显得黯淡而有余哀。

李宗仁作为国民党内桂系代表人物，与孙中山关系一般，因此哀挽联语从内容到文字均属一般，实为应酬之作。

挽高成忠

李宗仁

危难见公忠，忆当年屡护孤城，乡党至今思德惠；
勋猷昭史乘，悼此日闻歌蒿里，鼓鼙声处想旌旗。

赏析

此联写于1932年间。高成忠（1875—1932），字景纯，广西柳州人。光绪三十年升管带，民国初年为统领，获少将衔。曾任护国军第三司令。后退隐家居，关心公益事业。1932年因病逝世，李宗仁撰送挽联致哀。

上联中，当年，指民初护国、护法战争年代。孤城，被敌军围困而孤立无援的城市。此指广西柳州。乡党，家乡。联句意谓，危难之中更见逝者忠心，忆起护国、护法战争年代将军守土有功，屡护柳州孤城，家乡父老至今还在思念你的德泽恩惠。

下联中，勋猷，功劳与谋划。史乘，记载历史的书。蒿里，古挽歌名，言人死魂魄归于蒿里。晋崔豹《古今注·音乐》：“《薤露》、《蒿里》并丧歌也。”联中“闻歌蒿里”，谓举行祭奠活动。鼓鼙（pí），大鼓和小鼓。古代进军时击鼓以励将士。联句意谓，逝者的功勋已昭示史册，此日闻歌蒿里，正在举行祭奠。我似乎于战鼓声声之处想到当年战斗的旌旗。

作者撰联哀挽家乡军界前辈，“忆当年屡护孤城”与“此日闻歌蒿里”，足见赞颂之意诚与悼念之情深。

题辛亥滦州起义烈士祠

李宗仁

百世名犹存，众所瞻依，祠巍泰岱；
三代道未泯，闻兹义烈，气肃冰霜。

赏析

此联写于1933年间。辛亥滦州起义烈士祠，位于泰山南麓石室遗址东北。1912年1月3日，清军第二十镇第一、二营管带施从云、王金铭为响应武昌起义，根据同盟会指示，举行滦州起义，成立北方革命军政府，并通电全国，使京、津为之震动。袁世凯调重兵予以镇压，起义终于失败。为纪念滦州起义牺牲的王金铭、施从云等烈士，当年一起参与起义的冯玉祥倡议并于1933年建成烈士祠，李宗仁应约为该祠题写联语。

上联中，瞻依，敬仰依恃。《诗·小雅·小弁》："靡瞻匪父，靡依匪母。"笺："此言人无不瞻仰其父取法则者，无不依恃其母以长大者。"联句意谓，滦州起义烈士英名自当流芳百世，万民景仰，而今烈士祠宇亦巍然耸立在泰山之侧。

下联中，三代，语见《论语·卫灵公》："斯民也，三代之所以直道而行也。""三代"指夏、商、周三个朝代，后亦用作自古以来。道，《论语·公冶长》："道不行，乘桴浮于海。"原指政治主张和思想体系，后亦指革命理想。闻，声所至，传布。《诗·小雅·鹤鸣》："鹤鸣于九皋，声闻于天。"义烈，侠义忠烈。肃，恭敬，肃然。冰霜，冰霜冷洁莹净，喻人操守纯洁清白。联句意谓，在烈士们身上自古以来的大同理想没有泯灭，我们传布这些侠义忠烈之士的事迹，定会让人肃然起敬，且能纯洁自身的操守。

此联文字古朴典雅，感情真挚深沉。字里行间渗透着对烈士的礼赞与缅怀，使读者深受感染与鼓舞。

挽郝梦龄刘家骐

李宗仁

为国家作抗战，为民族争生存，忻口领雄军，杀敌本无畏精神，一瞑捐躯，忠烈牺牲钦节概；

留浩气在寰宇，留殊勋垂党史，汉皋归遗榇，翘首念同胞风谊，千秋崇祀，褒扬典礼慰英灵。

赏析

此联写于1937年11月。郝梦龄、刘家骐均为国民党抗日爱国将领。郝任国民政府军第九军军长，刘为该军五十四师师长。1937年10月，二人率部在山西抗日前线参加忻口会战，同时在前沿指挥作战中牺牲。同年11月，国民政府在武汉为他们举行了隆重追悼会，李宗仁撰送挽联致哀。

上联中，忻口，即忻县，在山西太原附近。1937年10月，日军板垣师团进犯忻口，郝梦龄、刘家骐率领我军浴血奋战，展开了一场声势浩大的保卫战。联句意谓，二位将军为国家作抗战，为民族争生存，率领雄军奔赴忻口前线，本着无畏精神英勇杀敌，慷慨捐躯，这样忠贞刚毅，其志节气概让人钦敬。

下联中，汉皋，汉口的别称。榇（chèn），棺材。风谊，即风义，风概高义。联句意谓，二位将军浩气留在人间，殊勋永垂党的史册，而今武汉迎归烈士的灵榇，人们无不仰头思念自己同胞的风概高义，定将千秋推崇祭祀，并以隆重表彰的典礼以慰两位烈士的英灵。

此联慷慨陈词，礼赞二位烈士投身抗战的无畏精神，表达广大生者翘首思念的哀伤情怀。

挽王铭章二联

李宗仁

一

君真三峡豪，拼血肉作墙垣，顿使瓮城成铁壁；
我忝五区帅，率健儿驱丑虏，誓将凯奏慰忠魂。

二

碧血洒滕城，壮志难酬，只惜英才多死职；
玄棺归蜀道，忠魂不返，当作厉鬼助平倭。

赏析

此联写于1938年4月。王铭章为国民党抗日爱国将领。生前任国民政府军第四十一军一二二师师长。1938年3月，奉命把守徐州门户滕县。该师以全师覆灭的代价顽强坚守了四天，为我军主力在台儿庄一带集结赢得了时间。王铭章在战斗中以身殉国。身为台儿庄战役指挥官的李宗仁连撰两副挽联致哀。

第一副挽联：

上联中，三峡，即长江三峡，王铭章为四川新都人，率师出川抗日，因称其为长江三峡真正的英雄豪杰。瓮（wèng）城，大城门外的月城，用以增强城池的防御能力。王铭章所守的滕县县城，系徐州的门户，故以此喻。联句意谓，逝者以血肉之躯筑成守卫之墙，顿使滕县成为保护徐州的铜墙铁壁。

下联中，忝（tiǎn），有愧于，谓愧对超过自己才德的职位。常用作谦词。李宗仁当时为第五战区司令长官，负责指挥台儿庄会战，故谦称“我忝五区帅”。进而表示，我将率领抗日健儿驱逐丑恶的日本强盗，誓将高奏胜利的凯歌以慰烈士的忠魂。

第二副挽联：

上联中，碧血，典出《庄子·外物》：“苌弘死于蜀，藏其血，三年而化为碧。”后常指忠臣志士为正义事业献身而流的血。联句意谓，逝者血洒滕县县城，而壮志未酬，作者只有叹惜优秀人才大多死于职守。

下联中，玄棺，黑色的棺材。王铭章牺牲后，其灵柩运回四川新都故乡安葬，因称“玄棺归蜀道”。厉鬼，本指恶鬼，这里则有“生当作人杰，死亦为鬼雄”之意。联句意谓，希望烈士忠魂不返蜀地，留在抗日前线，自当化作厉鬼帮助我们扫平倭寇。

这两副挽联，气势豪迈，格调高昂。第一联紧密联系自己，充分表达对于爱将不幸牺牲的沉痛心情，以及化悲痛为力量的坚定信念。第二联在沉痛悼念的同时，希望逝者虽玄棺归蜀而忠魂不返，化作厉鬼以助前线将士扫平倭寇。真正实践“生当作人杰，死亦为鬼雄”的豪壮誓言。

挽郭朝沛

李宗仁

惟仁人克善其终，上寿全归，成仙恰值落梅日；

有德者必昌厥后，九泉可慰，育子同钦绝世才。

赏析

此联写于1939年10月。郭朝沛为郭沫若之父，1939年7月病逝于四川乐山家中。同年10月举行家祭，李宗仁撰送挽联致哀。

上联中，上寿，高龄。王充《论衡·正说》：“上寿九十，中寿八十，下寿七十。”郭父终年85岁，故称上寿。全归，全身返回，犹言寿终。落梅日，黄梅季节结束的日子。江南初夏气候湿润多雨，正当黄梅成熟，俗称此时为梅天。郭父死于7月5日，正值该年出梅的日子，因称“成仙恰值落梅日”。联句意谓，惟有仁德之人能够有其善终，逝者高寿而逝，而且死于该年落梅的日子。

下联中，昌，兴盛。厥，其。联句意谓，有德之人，其后代必然兴旺发达，九泉之下可以感到欣慰，你所培育的儿子，大家都钦佩他的绝世才华。

在挽郭父联中，此联较为切合实际。上联言仁人善终，上寿全归，下联言有德昌后培育英才。赞颂有度，恰到好处。

挽廖磊

李宗仁

死而后已，无愧完人，举世自滔滔，独劲勤昭大节；
天不憖遗，邃榷良栋，前尘犹历历，那堪凤仪平生。

赏析

此联写于1939年10月。廖磊（1890—1939），广西陆川人。早年参加北伐战争，后在李宗仁部任师长、军长，长期驻守广西柳州。抗战爆发后，任第二十一集团军副总司令、总司令，参加武汉、徐州、随枣等战役。1939年10月，在安徽省政府主席任间患脑溢血病逝，李宗仁撰送挽联致哀。

上联中，滔滔，盛多，普遍。《论语·微子》："滔滔者，天下皆是也，而谁以易之？"此处含有贬义。劲，坚强有力。勤昭大节，昭示勤王大节，即为国家效忠尽力。联句意谓，逝者终生奋斗死而后已，无愧为当代完人。而今举世滔滔，唯有逝者坚强有力昭示勤王大节，亦即为国尽忠效力。

下联中，天不憖（yìn）遗，语出《诗·小雅·十月之交》："不憖遗一老，俾守我王。"不憖，犹言宁不、何不。后常以"天不憖遗"用为悼念之辞。邃榷，似为"邃榱"之误。榱（cuī），屋椽、屋桷的总称。邃榱，精深的椽桷。良栋，良好的栋梁。此语似从成语"栋折榱崩"转化而来。联句意谓，天不憖遗，栋折榱崩，此系叹息有德之人不幸逝世。凤仪，似为"风义"之误。唐李商隐《哭刘蕡》："平生风义兼师友，不敢同君哭寝门。"风义，即情谊。联句意谓，过去交往之事犹历历在目，哪能承受想起二人平生的情谊。

此联哀挽与自己关系密切的同辈友人，多用嘉语美言。赞其"死而后已，无愧完人"，哀其"天不憖遗，邃榱良栋"。一片深情，溢于言表。只是"邃榷"、"凤仪"二语有误，不知出于作者本人，还是传抄问题。

题受降纪念坊

李宗仁

得道胜强权，百万敌军齐解甲；
受降行大典，千秋战史记名城。

赏析

此联写于1946年2月。受降纪念坊，在湖南省芷江县。1945年8月21日，根据中国政府的安排，日本侵略军代表来湖南芷江洽降会场乞降。为永久纪念抗日战争的胜利，芷江建成受降纪念坊，李宗仁应约为该坊侧柱题联。

上联中，得道，符合道义。《孟子·公孙丑下》："得道者多助，失道者寡助。"联句意谓，得道者多助必然战胜强权，日本百万侵华军队终于被解除武装，向我国政府和人民乞降。

下联中，大典，盛大的典礼。此指举行隆重的受降仪式。我国千年战史定会记载芷江受降这一重大的历史事件，而且芷江将成为名城。

此联明白晓畅。得道战胜强权，百万敌军乞降；举行授降大典，千秋永记名城。全属纪实之词，读之令人鼓舞。

题桃柳蜜蜂图

陈果夫*

红桃柳绿含春意；
从此相亲蜜蜜甜。

作者

*陈果夫（1892—1951），浙江吴兴人。曾任国民党中央常务委员、组织部部长、监察院院长。与其弟陈立夫成立中央俱乐部（即CC）和国民中央执行委员会调查统计局（即中统）。与蒋介石、宋子文、孔祥熙，合称为旧中国“四大家族”。著有《陈果夫全集》。

赏析

此联写于1926年冬天。当时，陈果夫之弟陈立夫与青年画家孙禄卿结婚。孙禄卿在婚礼上即兴泼墨作画，画了一幅《桃柳蜜蜂图》。陈果夫作为婚礼主持人，亦欣然应众人要求在画上题词。题词近于联语，虽不太讲究对仗，大体属于宽对而已。此事颇为引人注目，弟媳作画，兄长题词，成为一时佳话。

这副题词紧扣《桃柳蜜蜂图》画意，春日桃红柳绿，蜜蜂萦绕其间，满含无限春意。意在祝贺新人新婚幸福，白头偕老。希望二人从此永葆青春，相亲相爱，生活犹如蜂蜜一样，永远甜蜜幸福。

此联虽系即兴题写，却也切人切事，而且饶有风趣。遂在坊间广泛流传，产生了一定影响。

挽郭朝沛

陈果夫

以孝为医，鹏举经方传白鹿；
因人化俗，郑玄纯德感黄巾。

赏析

此联写于1939年10月。郭朝沛为郭沫若之父，1939年7月病逝于四川乐山家中。同年10月举行家祭。国共两党要人纷纷敬献挽联、挽幛，陈果夫亦撰送挽联致哀。

上联中，鹏举，即岳飞，字鹏举，为宋代抗金英雄。经方，古代医药文书的统称。白鹿，指江西庐山五老峰下的白鹿洞书院，南宋理学家朱熹曾在此讲学。据《宋史·岳飞传》记载，岳飞事母至孝，虽为军中名将，母病仍亲奉汤药。母亲死后葬于江西庐山。岳飞曾在母亲墓前搭建小屋居住守丧。岳飞向以忠孝闻名。联中借题发挥，因岳母葬于庐山，遂言岳飞以孝为医，而且这一治世经方已传于当地白鹿洞书院。联句所言，既与逝者通晓医术有关，似亦勉励其子“以孝为医”。

下联中，郑玄，东汉经学家。曾入太学，师从北海孔融。游学十余年，后回乡聚徒讲学，弟子上千人。黄巾，东汉末年农民大起义，因起义军以黄巾裹头，人称“黄巾军”，史称黄巾起义。据《后汉书·郑玄传》载：“建安元年，（郑玄）自徐州还高密，道遏黄巾贼数万人，见玄皆拜，相约不敢入县境。”陈果夫据此因言人可教化民俗，郑玄即以纯美德性感化了黄巾起义军。此系正统的儒家观念，完全出于作者思想认识局限。

郭沫若之父经商，亦通医术，且在家乡颇有声望。作者遂以历史人物喻之，某些观念虽然明显有误，联语倒也自成一格。

挽沈若臣

陈果夫

做一世教书先生，严谨而有恒，医若干贫病乡民，济众难自救；

看两载敌伪暴行，痛苦未便说，蒙多年殷勤作育，解厄愧无能。

赏析

此联写于1940年间。沈若臣为陈果夫早年塾师。沈先生在私塾除教学生读四书外，还读《古文观止》、《东莱博议》，让学生看报刊杂志，了解世事。他的为人学识、教学方法，均给陈果夫留下深刻印象。1940年间因病逝世，陈果夫时在政府担任要职，除撰送挽联致哀外，还写了一篇《挽沈若臣先生》悼文，以表达敬仰感激与怀念之情。

上联中，济众，救济民众。联句意谓，沈若臣做了一辈子教书先生，治学态度严谨而有恒心。他既能教书，又会给乡民治病。他以医术接济了别人，却救不了自己。

下联中，解厄，解除苦难。联句意谓，沈先生家在湖州，那里已沦陷两年，直接看到了日伪的种种暴行，这些痛苦却没法诉说。我虽蒙受多年辛勤教育之恩，却无力解除先生的苦难，深感内心有愧。

此联哀挽逝者，感情真实自然，能用口语表述。只是某些联句随意遣词，不太注意对仗。即使用白话写作联语，平仄要求可以从宽，但一般的粘对规则还是应当遵守的。

题南泉小学二联

陈果夫

一

进来做好学生，出去做好国民；

修身成大丈夫，立志成大事业。

二

熟读深思，明理致用；
循序渐进，身体力行。

赏析

这两副联语写于1943年12月。当时，陈果夫曾应重庆南泉小学要求，题写了两副联语。

第一副为学校门联。

此联言简意明。修身，语出《礼记·大学》：“欲齐其家者，先修其身。”指努力提高自己的品德修养。1922年以前，我国中小学校有修身课。这里是说，希望全校学生，进来做好学生，出去做好国民，修身成大丈夫，立志成大事业。

第二副题学校礼堂。

上联中，熟读深思，反复地阅读，认真地思考。苏轼《送安惇秀才失解西归》：“旧书不厌百回读，熟读深思子自知。”明理致用，谓读书明理，学以致用。

下联中，循序渐进，语出《论语·宪问》：“知我者其天乎？”朱熹集注：“但知下学而自然上达，此但自言其反己自修，循序渐进耳。”指顺着次序逐步深入和提高。身体力行，谓亲身体验，努力实行。

两副联语完全切合学校性质与培养目标。前者全用口语，勉励小学生立志成才。后者用了四个成语，提出教学原则，实为治学求知的格言。

春联四副

陈果夫

一

保持革命精神，抗战自能胜利；
扫除因循习惯，建设总可成功。

二

革命基础在于高深学问；
建设事业全凭力行精神。

三

抗战在军事外交上取得胜利；
建设从经济政治中自力更生。

四

有革命精神，才好担任建设事业；
无科学知识，怎能认作新进人才。

赏析

这四副春联写于1944年底。据《陈果夫日记》载，1944年底，陈果夫应有关方面的要求，写了一组与抗战、建国内容有关的春联。今选其中四副略加诠释。

第一副春联：

上联意谓，我们只要保持革命精神，抗日战争自能取得最后胜利。

下联中，因循，守旧法而不思变更。《史记·太史公自序》："其术（道家）以虚无为本，以因循为用。"这里是说，如果能够扫除因循守旧的习惯，国家建设总可以取得成功。

第二副春联：

上联意谓，我们从事革命工作的必须具有高深的学问基础。此指革命需有理论指导，基础在于好好学习。

下联中，力行，努力从事，尽力去做。《礼记·中庸》："好学近乎知，力行近乎仁。"这里是说，国家建设事业全凭我们发扬身体力行的精神才能取得成功。

第三副春联：

上联意谓，当时正处于八年抗日战争胜利的前夕，我国在国际反法西斯阵线的支持下，军事与外交上取得了一系列的胜利。

下联中，自力更生，谓依靠自己的力量把事情做起来。这里是说，建设事业必须从我国现有经济、政治条件出发，依靠自己的力量去进行。

第四副春联：

上联意谓，有了革命精神才好担负建设任务。

下联中，新进，旧称新入仕途或刚登科第的人为“新进”。语见《汉书·赵广汉传》：“所居好用世吏子孙，新进年少者。”这里是说，今天如果没有科学知识，怎能称作是新进的人才，即国家急需的有用人才。

这些春联究其内容与文笔均属一般，且都带有标语口号的味道。但处抗日战争时期，各机关部门新春贴于门上，仍有一定的宣传与激励作用。

中国农民银行行训

陈果夫

一个不取谓之清，深思熟虑谓之慎；
刻苦耐劳谓之勤，注重时效谓之敏。

赏析

此联写于 1945 年 10 月。中国农民银行，旧中国四大官僚资本银行之一。1933 年 4 月成立，长期为蒋、宋、孔、陈“四大家族”服务。1945 年 10 月，陈果夫出任中国农民银行董事长。他除制定“中国农民银行经营方针”外，还亲笔题写了“清慎勤敏”的行训（银行工作的准则），并以联语形式加以具体诠释，要求下属工作人员做到清廉、谨慎、勤劳、机敏。

这一联语形式的行训，简明扼要，深入浅出。从“清慎勤敏”，到“清廉、谨慎、勤劳、机敏”，再到“一个不取、深思熟虑、刻苦耐劳、注重时效”，步步深入，从而清晰地呈现在银行工作人员面前。

此联作为行训颇有特色，实由四个排比句式组成。清廉、谨慎、勤劳、机敏，理应作为银行工作人员的行为准则。这些行规至今仍有一定的借鉴意义。

春联两副

陈果夫

一

胜利还乡，勿忘八年苦战；
和平建国，正是千载良机。

二

研究科学，必须赶上原子弹；
从事建设，不可习染旧官风。

赏析

这两副春联写于1945年底。据《陈果夫日记》载，1945年12月31日，曾即兴撰写两副春联。现就联意内容来看，似为重庆国民党党政机关题写。

第一副春联：

上联意谓，抗日战争胜利后，重庆各级机关和工作人员正在准备迁回内地与复原还乡。希望大家现在胜利还家，不要忘记八年艰苦抗战。

下联意谓，当时国共两党经过重庆谈判，共同确定了“和平建国”的方针。希望大家意识到这正是千载一时的大好机会。

第二副春联：

上联中，原子弹，原为威力巨大的杀伤破坏性武器，这里是指在科学上赶上世界先进水平。

下联意谓，从事建设工作，不可习惯性地沾染上旧的官府衙门的作风。作者这一愿望虽好，可惜国民党官僚机构腐败堕落积重难返，此风根本无法根治。

这两副春联充分表达了作者对于抗战胜利、和平建国的喜悦心情。希望大家抓紧战后时机，能在经济与科学上有所发展。可惜这一切只是纸上谈兵，国民党当局不久所发动的内战，使这一切均化为泡影。

自勉

陈果夫

合法、合情、合理，做成大事；
轻权、轻利、轻名，修得长生。

赏析

此联写于1950年3月。据《陈果夫日记》载，1950年3月21日，陈果夫时在台北家中养病，曾题写联语一副，用以自勉。

上联表明自己立身处事的准则，必须合乎法律，合乎情理，才能做成大事。这些从理论上是对的，问题在于察其言、观其行，作为“四大家族”的重要成员与国民党“中统”要人，难免大相径庭。

下联表达自己与世无争的态度，看轻权势，看轻名利，只求健康长寿。长生，谓生命长存。我国传统宗教认为，人可通过修行，求得长生不老。

作者年近六十，步入人生晚年，似乎有所彻悟。想到淡泊名利，只求健康长寿，倒是个人处境与心态的真实反映。

挽高成忠

白崇禧*

戎行久历，宏任艰难，平生好义急公，宣力梓桑欣誉望；

瀛峤归真，长贻德泽，争道嘉猷伟绩，缅怀硕旧痛凋零。

作者

*白崇禧（1893—1966），字健生，广西临桂人。早年毕业于保定军官学校，长期在桂军任职。曾任国民革命军副参谋长、第四集团军前敌总指挥、军委会副总参谋长、国防部部长。1949年去台湾，任“总统府”战略顾问委员会主任、中国回教协会理事长。著有《白崇禧回忆录》。

赏析

此联写于1932年间。高成忠，广西柳州人。光绪三十年升管带，入民国后升为统领，获少将衔。曾任护国军第三司令。后退隐家居，热心公益事业。1932年因病逝世，白崇禧撰送挽联致哀。

上联中，戎行，军队，行伍。宏任，宏大的责任、任务，指逝者曾任护国军第三司令等军中要职。梓桑，即桑梓，语出《诗·小雅·小弁》：“惟桑与梓，必恭敬止。”桑与梓为古代住宅旁常栽之树木，遂用以喻故乡。联句意谓，逝者长久地经历军队生活，且在护国军中担任要职，平时急公好义，因致力于家乡建设而颇有声誉和名望。

下联中，瀛（yíng），大海。汉王充《论衡·谈天》：“九州之外，更有瀛海。”峤（jiǎo），尖峭的高山。《尔雅·释山》：“山小而高，岑；锐而高，峤。”归真，佛教人死的别称。联句意谓，逝者经历多少大海高山，而今终于离开人世。贻，赠送，遗留。德泽，德化与恩惠。嘉猷伟绩，良好的计谋与伟大的业绩。硕旧，犹硕交故旧，指感情深厚牢不可破的友人。联句意谓逝者长久遗留德化恩泽于人民，人们争着称道逝者的嘉猷伟绩，缅怀硕交故旧痛其不幸辞世。

此联哀挽逝者，感情深挚，对仗工整。赞颂逝者生平功业，缅怀故旧离开人世。语言质朴，感人至深。

挽郭朝沛

白崇禧

仲子为民族诗人，大海发龙吟，顿使虾夷胆慑；
先生乃华阳真逸，寥天回鹤御，犹令鸿彦心仪。

赏析

此联写于1939年10月。郭朝沛为郭沫若之父，1939年7月病逝于四川乐山故乡。同年10月举行家祭，白崇禧撰送挽联致哀。

上联中，仲子，居中的儿子。郭沫若排行在中间，因称“仲子”。龙吟，琴曲名。《北齐书·郑述祖传》：“述祖能鼓琴，自述《龙吟》十弄，云尝梦人弹琴，寤而写得，当时以为绝妙。”后因用以形容琴声。虾夷，北海道的古称，这里代指日本。联句意谓，逝者仲子郭沫若是位具有民族气节的诗人，其诗作犹如大海发出龙吟之声，顿使日寇胆寒恐惧。这是对于郭沫若诗文所作的高度评价。

下联中，华阳真逸，巴蜀真正的隐逸之士。东晋常璩撰《华阳国志》，包括巴、汉中、蜀、南中等十二志，记远古到东晋期间巴蜀史事。鹤御，即鹤驭。旧谓仙人驾鹤升天。元好问《缑山置酒》：“人言王子乔，鹤驭此上宾。”后来挽词中常用为死的讳称。鸿彦，对于社会上有才德之人的美称。联句意谓，逝者是巴蜀真正的隐逸之士，而今驾鹤升天，犹令社会各界知名人士为之向往叹息。

此联先赞逝者之子为民族诗人，再赞逝者本人乃华阳真逸。笔墨含情，手法灵活。前者实写，后者虚写，二者结合，恰到好处。

挽唐淮源寸性奇

白崇禧

百战英雄，钦羽足成壮烈志；
太行云暗，传芭遥望国魂归。

赏析

此联写于1941年5月。唐淮源、寸性奇，均为国民党抗日爱国将领。1941年5月，国民政府军陆军第三军军长唐淮源、第三集团军第十二师师长寸性奇，在山西中条山与日军激战中相继牺牲。二人均生于云南，云南各界为他们举行了隆重的追悼会，白崇禧撰送挽联致哀。

上联中，钦羽，即钦翼，恭敬谨慎。陆机《皇太子宴玄圃宣猷室有令赋诗》："钦翼昊天，对扬成命。"联句意谓，二位烈士均为身经百战的抗日英雄，而今钦羽昊天足成壮烈之志。

下联中，传芭，语出《楚辞·九歌·礼魂》："成礼兮会鼓，传芭兮代舞。"芭为初开的鲜花。古代南方祭祀时，巫女一边舞蹈，一边将花朵互相传递。联中借以礼赞为国捐躯的英魂。联句意谓，太行山云天暗淡，家乡人民传芭代舞遥望国魂归来。

此联用语文白相间，搭配恰到好处。以"钦羽"言百战英雄的壮志，以"传芭"言迎候国魂的归来，均能给人留下深刻的印象。

题南岳忠烈祠

白崇禧

射马擒王，英风浩气；
有我无寇，虽死犹生。

赏析

此联写于1942年间。南岳忠烈祠，在湖南衡山香炉峰下，系国民政府为纪念抗日阵亡将士而建，1942年建成。祠宇规模雄伟壮观，内有“七七”纪念碑、纪念堂、致敬厅、正厅，均为花岗岩砌成。正厅上“忠烈祠”三字为蒋介石手书，白崇禧题写挽联。

上联中，射马擒王，此句化用民间俗谚：“射人先射马，擒贼先擒王。”意谓必须狠狠打击日本侵略者。英风，英雄风采。浩气，浩然正气。以示我抗日将士英风动地，浩气长存。

下联中，寇，日寇，日本侵略者。联句谓先烈们有我无寇血战到底，他们虽死犹生。

此联内容尚好，文笔无甚特色，显系急就而成。

题宜昌抗日阵亡将士公墓

白崇禧

千年留碧血；
两地挺黄花。

赏析

此联写于1943年间。宜昌抗日阵亡将士公墓，在湖北省宜昌市北黄花场，内葬有保卫宜昌战役中牺牲的国民革命军第三十二军一四一师抗日阵亡将士。此墓于1943年建成，白崇禧题写挽联。

上联中，碧血，典出《庄子·外物》：“苌弘死于蜀，藏其血，三年而化为碧。”后尝以“碧血”指为正义事业而流血牺牲。此句意谓，抗日阵亡将士的碧血将留存千年。

下联中，两地，指广州黄花岗和宜昌黄花场，两地均有烈士公墓，墓地黄花挺立，仿佛是在凭吊这些烈士。

此联言少意多，意象鲜明。“碧血”留存千年，“黄花”挺立两地。想象丰富，构思精巧。由黄花场而想到黄花岗，亦属神来之笔。比起此前所写题南岳忠烈祠，要高明得多。

题新竹关帝庙

白崇禧

山别东西，前夫子，后夫子；
圣分文武，著春秋，读春秋。

赏析

此联写于20世纪50年代。新竹关帝庙，在台湾省新竹市，建于清乾隆年间，专门祭祀关羽。关帝，即关羽，西蜀五虎上将之首。由于他对刘备极其忠诚，宋代追封他为昭烈武安王，明代又被追封为“护国大帝”。此后各地纷纷建立关帝庙。白崇禧于20世纪50年代曾为新竹关帝庙题写此联。

上联中，山别东西，指山东、山西。前夫子，孔丘。后夫子，关羽。这里是说，山东出了个孔夫子，山西出了个关夫子。孔丘生活于公元前，因称前夫子；关羽生活于公元后，因称后夫子。

下联中，圣，圣人。春秋，为儒家经典之一，我国第一部编年体的史书，相传孔子依据鲁国史官所编《春秋》加以整理修订而成。这里是说，孔夫子为文圣人，生前曾著《春秋》；关夫子为武圣人，生前喜读《春秋》。

此联构思精巧，作者以儒家思想为基础，对孔丘、关羽大加赞赏。语言通俗明快，而且颇有文采，因此流传其广。

题台南延平郡王祠

白崇禧

孤臣秉孤忠，五马奔江，留取汗青垂宇宙；
正人扶正义，七鲲拓土，莫教成败论英雄。

赏析

此联写于20世纪50年代。延平郡王祠，在台湾省台南市东区，为纪念收复和开发台湾的民族英雄郑成功而建。郑成功曾被南明永历帝封为延平郡王，因称延平郡王祠。20世纪50年代，白崇禧为该祠题联。值得注意的是，《中华名胜对联》一书所载，文字稍有差异，为“孤臣秉孤忠，浩气磅礴留千古；正人扶正义，莫教成败论英雄”。此系异体，可以参阅。

上联中，孤臣，封建王朝中孤立无助的臣子。秉孤忠，本着少有的忠心。五马奔江，晋时有童谣：“五马浮渡江，一马化为龙。”旧指司马氏五王渡过长江，其中瑯玡王司马睿坐上帝位。王安石《答张奉议》：“五马渡江开国处，一牛吼地作庵人。”汗青，史册。古人在竹简上书写，先以火炙竹去其湿，取其易书，并可免虫蛀，谓之汗青。文天祥《过零丁洋》：“人生自古谁无死，留取丹心照汗青。”联句意谓，郑成功作为明代孤臣本着少有的忠心，辅佐南明永历帝坚持抗清斗争，其事迹已载入史册流传于天地之间。

下联中，七鲲，亦作七鲲洋，台湾省南方的海口。因此鲲洋、鲲海亦作台湾的别称。此指郑成功当年七鲲登岸拓展领地。联句意谓，正直的人扶持正义的事业，郑成功当年七鲲登岸拓展领地，恢复明代江山，虽壮志未酬，仍不失为抗敌救国的英雄。

作者为台南延平郡王祠题联，盛赞郑成功五马奔江、七鲲拓土的历史功绩。全联属对工稳，音韵和谐，堪称佳构。只是下联末句“莫教成败论英雄”，未免有点突兀，似亦流露作者个人流寓台湾的失落情绪。

挽阚维雍

陈诚*

白日青天，忠昭宇宙；
丹心碧血，气壮山河。

作者

*陈诚（1898—1965），字辞修，浙江青田人。1922 年保定军官学校毕业。曾任第四集团军总司令、第六战区司令长官、军委政治部常务部长、国防部参谋长兼海军总司令。1949 年去台湾，任台湾省主席、“行政院”院长、国民党副总裁、“副总统”。

赏析

此联写于 1944 年间。阚（kàn）维雍（1900—1944），广西柳州人。1921 年毕业于广西陆军讲武堂。早年追随孙中山参加北伐战争，且在李宗仁所属桂系部队任团长、副师长等职。1942 年任第三十一军一三一师师长。1944 年湘桂战役期间率部坚守桂林，与敌激战旬余，终因弹尽援绝而自戕殉国。陈诚闻讯撰送挽联致哀。

上联中，白日青天，亦作青天白日，本谓天气晴好，比喻政治清明。后用作国民党党徽。宇宙，天地万物的总称。《淮南子·齐俗训》：“往古来今谓之宙，四方上下谓之宇。”哲学上又叫世界。此句意谓，逝者对于党国一片忠心可以昭示于整个世界。

下联中，丹心碧血，亦作碧血丹心。碧血，语出《庄子·外物》，谓血化为碧玉，以称颂为正义而流血。元代郑元信《张御史死节歌》：“孤忠既足明丹心，三年犹须化碧血。”此言逝者一片丹心，为国流血牺牲。气壮山河，形容气势像高山、大河那样雄伟壮观，此言逝者生前坚守孤城气壮山河。

此联哀挽烈士，虽多用套语，却亦称典则，且声情悲壮。

挽戴笠

陈诚

制敌著奇勋，数捷无惭飞虎队；
御空绝尘世，惊谶真同落凤坡。

赏析

此联写于 1946 年 6 月。戴笠，浙江江山县人。曾任国民党军事委员会调查统计局（简称军统）副局长、代局长。为蒋介石特务系统主要负责人。1946 年 3 月 17 日，戴笠在青岛冒大雾乘专机南飞重庆，因气候恶劣，在南京上空失事身亡。国民党当局为其举行隆重葬礼，陈诚与汤恩伯、张群、白崇禧等九人联名撰送挽联致哀。

上联中，数捷，历数功绩。飞虎队，是美国空军陈纳德将军在抗战期间组织的美国志愿飞行团队，全力协助中国抗战，给予日本侵华空军以有力打击。联句意谓，戴笠在制服敌人方面卓著奇勋，抗日战争中论其功绩不亚于飞虎队。

下联中，“御空”句，指戴笠飞机失事遇难，撒手人寰。谶，本来是秦汉间巫师、方士编造的预示吉凶祸福的隐语，迷信的人指将会应验的预言、预兆。落凤坡，是当年刘备军师庞统毙命之处。庞统世称凤雏先生，后竟死于“落凤坡”，迷信的人则认为有某种天意、命运在起作用。联中“惊谶”，是指戴笠字雨农，飞机失事死在镇江“戴山”，尸体又被水冲到“困雨沟”，与庞统颇有相似之处。

此联哀挽戴笠，将其功绩与抗战时期鼎鼎大名的飞虎队相比，将其身亡与三国蜀汉高级谋士庞统相比，明显揄扬失当。但其艺术联想丰富，颇有匠心独运之处，亦可耐人寻味。

挽张静江

陈诚

及身建开国规模，脱手黄金，早有奇勋关大计；
久病剩经邦心事，盈头白发，尚余危涕望中兴。

赏析

此联写于1950年9月。张静江（1877—1950），浙江吴兴人，早年加入同盟会。1914年孙中山在日本东京组织中华革命党，应邀任财政部长。1924年当选国民党中央执行委员。此后历任国民政府委员、浙江省政府主席、国民政府建设委员会委员长，抗战爆发后赴欧美养病。1950年9月病逝于纽约，陈诚撰送挽联致哀。

上联中，及身，及于自身。脱手黄金，逝者早年为驻法商务随员，并在巴黎经营通运公司，曾以巨款捐助革命党人发动萍浏醴之役和广州黄花岗之役。大计，重大的谋划，亦指聚众起义。《史记·陈涉世家》："陈胜、吴广乃谋曰：'今亡亦死，举大计亦死，等死，死国可乎？'"联句意谓，逝者早年亲身参与开创民国的事业，曾以巨款捐助革命党人，逝者早为推动武装起义与民主建国立下不少特殊的功勋。

下联中，久病，指从1937年起一直在国外治病。经邦，治理国家。《周礼·天官·大宰》："以经邦国。"危涕，忧伤的眼泪。中兴，复兴。指复兴民国。联句意谓逝者生前虽长久疾病缠身仍将国事放在心上，已经满头白发，尚在伤心流泪希望国家中兴。作者从自身利益出发，希望国民党政权复兴民国，这只能是一种梦想而已。

作者对于这位国民党元老颇存敬意，联句自然流露沉痛悼念之情。及身建开国规模与久病剩经邦心事，将其一生高度概括。哀挽情深，对仗工稳，堪称佳作。至于"望中兴"云云，此系寓台国民党人立场使然。

挽傅斯年

陈诚

本忠诚孝友模楷士林，亲好契尤深，数昆弟交，与我不忘攻错；

以气节文章转移风俗，早生才未尽，为天下惜，哭君何止私哀。

赏析

此联写于1950年12月。傅斯年（1896—1950），山东聊城人。早年北京大学毕业后，留学英国伦敦大学与德国柏林大学。1926年回国，历任中山大学文学院院长，中央研究院历史语言研究所所长，台湾大学校长。1950年12月突发脑溢血病逝，陈诚撰送挽联致哀。

上联中，孝友，孝顺父母与友爱兄弟。士林，旧指学术界、知识界。契，相契，意气相合。数（shǔ），计算，查点。攻错，《诗·小雅·鹤鸣》："它山之石，可以攻玉。"、"它山之石，可以为错。"传："错，石也，可以琢玉。"本指玉的加工，后借喻为借人之长，治己之短，多指研究学术。上联意谓，逝者生前本着忠诚孝友之心，可作我国文化学术界的模范。对于至亲好友相契尤深，论起兄弟的友情，与我不忘攻错，亦即互相切磋取长补短。

下联中，才未尽，逝者英年早逝，长才未尽。私哀，个人的悲哀。下联意谓，逝者生前以其气节文章移风易俗影响社会，可惜平生长才未尽，哭悼傅君并非一己的私哀，而是为天下苍生叹惜。

此联哀挽逝者，上联赞逝者"模楷士林"，亦即堪称文化学术界的模范；下联哀逝者英年早逝，长才未尽。作者还结合与逝者兄弟情谊叙写，显得更为真挚。

挽陈果夫

陈诚

卧病一榻，著书等身，斗室神全气更健；
听雨连床，闻丧万里，高堂亲在世同悲。

赏析

此联写于1951年8月。陈果夫（1892—1951），浙江吴兴人。曾任国民党中央常务委员兼组织部长、监察院副院长等职。与蒋介石、宋子文、孔祥熙合称“四大家族”。1951年8月病逝于台北，陈诚撰送挽联致哀。

上联写逝者生前卧病在床的情景。著书等身，形容著书之多，可与身体等高。陈果夫生前有《通礼新编》、《鹤林歌集》等多种著述问世。斗室，狭小的房子。陈果夫为延医购药方便，从台中迁往台北，住一公寓楼内。此时虽已病重，仍神清气爽，关心国事，写成《诤谏论》，向当局提出自己的建议，对蒋介石亦有规劝。

下联言逝者与亲人生离死别。听雨连床，即风雨连床。谓兄弟或亲友久别重逢后共处一室倾心交谈的欢乐之情。此指陈立夫于1949年由川赴台，一度与兄欢聚，不久即赴美国。闻丧万里，指陈立夫当时仍寄居美国，因此联丧于万里之外。高堂，指父母。陈果夫死时，其父尚在。老人亦与世人同悲。

此联哀挽逝者文情俱佳。既赞逝者著书等身、神全气健，又悲逝者兄弟远离，高堂仍在。语言质朴含情。

挽曾慕韩

陈诚

慷慨论中兴，万里寄书犹在箧；
平生志开济，九原遗憾未收京。

赏析

此联写于1951年间。曾慕韩（1892—1951），名琦，四川隆昌人。早年留学日本和法国。1924年回国后，历任上海大夏大学、同济大学、法政大学教授，创办《醒狮》周报，鼓吹国家主义。1926年任青年党中央委员长。抗日战争期间，任国民参政会参政员，曾与汪伪政权勾结。抗战胜利后，任青年党主席，投靠蒋介石成了国民政府委员。1948年10月移居美国。1951年逝于华盛顿，陈诚撰联致哀。

上联中，中兴，复兴。此指逝者生前慷慨激昂谈论复兴之事，亦即台湾国民党人当年所言之“反攻大陆”。箧（qiè），小箱子，如书箧。此指曾琦身居美国，由万里之外寄来的书信犹在我的小箱子里。

下联中，开济，创业济时。此指曾平生有志于开创基业、匡济危时。九原，本为春秋晋国卿大夫的墓地，后亦泛称墓地为九原。这里是说，逝者九泉之下仍在遗憾未有收复都城南京。

作为一副挽联，仅就联语文字来说，堪称属对工稳，但就内容而言，则将20世纪50年代流寓台湾国民党人“反共复国”之心暴露无遗。

挽居正

陈诚

艰难抱一德始终，志节梅川旧居士；
开济数卅年勋业，风裁苇布老书生。

赏析

此联写于1951年11月。居正（1876—1951），湖北省广济人。1905年留学日本，加入同盟会。参加过二次革命、护法战争。历任国民党中央执行委员、国民政府司法院院长兼最高法院院长、立法院院长等职。1951年11月病逝于台湾，陈诚撰送挽联致哀。

上联中，一德，同心同德。《书·秦誓中》：“乃一德一心，立定厥功。”志节，志向与节操。梅川旧居士，居正昔日自号梅川居士。联句意谓，在艰难困厄中始终抱着同心同德的态度，梅川旧居士的志向与节操让人敬佩。

下联中，开济，开创大业，匡济危时。杜甫《蜀相》：“三顾频烦天下计，两朝开济老臣心。”风裁，风纪法度。《后汉书·李膺传》：“是时朝廷日乱，纲纪颓阤，膺独持风裁，其声名自高。”苇布，以苇作布，喻清贫。老书生，年老的书生，或曰年纪虽老仍保持书生本色。下联意谓，开创大业与匡济危时，历数逝者三十年的功勋与业绩，而这位老书生却能独持风裁清贫自守，保持书生本色。

此联哀挽逝者，语言凝练含蓄，且能切人切事。礼赞逝者志节与风裁，符合人物身份地位。

挽陈济棠

陈诚

许国共艰危，犹记昔年陪节钺；
收京期指顾，不留余日补乾坤。

赏析

此联写于1954年11月。陈济棠（1890—1954），广东防城人。早年加入同盟会，参与护国、护法战争。历任国民党中央执行委员、国防委员会委员、农林部部长、海南特区行政长官兼警备司令。赴台后任台湾政权“总统府”资政与战略顾问。1954年11月病逝，陈诚撰送挽联致哀。

上联中，节钺，符节和斧钺。古代授予将帅，作为加重权力的标志。联句意谓，我们以身许国共赴艰危，还记得当年与你一起接受任务，指二人被委以军事重任。

下联中，指顾，手指目顾。联句意谓，收复京都的大业（此系寓台国民党人的反共老调）还期望你能指顾阵前，可惜老天没有留下余日让你去补救乾坤。

此联实为借他人酒杯浇自己胸中块垒，哀挽亡友同时，流露个人寓台失落的情怀。

题陈济棠墓园

陈诚

此地景殊幽，旗鼓风云凭想象；
名山枕丹凤，园林草木有光辉。

赏析

此联写于1954年间。陈济棠墓园，在台北市郊北投的一座山上。陈诚应约为其墓园题联。

上联意谓，此地景色特别幽美。逝者作为军人长眠于这幽静的山上，对于当年战争风云只能凭空想象而已。

下联中，丹凤，头和翅膀上的羽毛为红色的凤鸟，可用以喻杰出人物。联句意谓，陈济棠陵墓枕名山而建，这里的园林草木也都有了光辉。

此联题写逝者墓园，倒也文情兼具，可为墓地增色不少。

挽汤恩伯

陈诚

擐甲胄以卫邦家，战垒勋高，出塞早传三箭定；
闻鼙鼓而思将帅，慈闱亲在，倚闾不见一帆归。

赏析

此联写于1954年间。汤恩伯（1898—1954），浙江金华人。

早年毕业于日本士官学校。1926年回国后参加北伐。历任国民党第十三军军长、第一集团军总司令、南京卫戍司令、代陆军总司令。赴台后任“总统府”战略顾问。1954年病逝于台湾，陈诚撰送挽联致哀。

上联中，擐（huàn）甲胄，语见《左传·成公十三年》：“文公躬擐甲胄，跋履山川。”擐，套，穿。甲胄，古时作战用的铠甲和头盔。出塞，汉乐府曲名，声调悲壮，内容大多反映将士的边塞生活。三箭定，典出《新唐书》，太宗时尤姓为乱，薛仁贵为总管御之，三箭杀三魁首，敌慑服皆降。军中歌曰：“将军三箭定天山，壮士长歌和汉关。”联句意谓，逝者生前身披盔甲以卫国家，军功尤高。出塞早传三箭定，这里意在颂扬汤恩伯当年作战中的功劳。他在抗战初期参与娘子关、台儿庄诸役，均曾立有战功。

下联中，鼙鼓，军中的小鼓和大鼓，借以指挥军事。《礼记·乐记》：“听鼙鼓之声，而思将帅之臣。”慈闱，旧时母亲的代称。倚闾，闾为古代里巷的门。倚闾而望，形容父母盼望子女归来的殷切心情。联句意谓，汤恩伯死时其母仍在，老母倚门而望，不见其子扬帆（乘船）归来。

此联哀挽逝者，上联赞其战垒勋高，英名远播；下联哀其慈闱亲在，倚闾望归。我们只就联意评析，至于逝者作为国民党高级将领的历史功过，自需另行评价。

挽 何 东

陈诚

神仙立功德三千，旷代勋华重耆老；
贵寿备箕畴九五，名家忠爱有传人。

赏析

此联写于1956年4月。何东（1862—1956），原籍广东宝安，生于香港。早年毕业于香港书院。1881年任怡和洋行华人副经理。1915年获英王室封爵士勋衔。1921年任中国出席华盛顿会议代表团顾问。后长期在香港从事各种社会活动。1956年4月在香港病逝，陈诚撰送挽联致哀。

上联中，功德，佛教用语，指念佛、诵经、布施诸事。三千，即三千大千世界，佛教以此为释迦牟尼所教化的范围。勋华，《尚书·尧典》称尧为放勋，舜为重华，后因合称为勋华。耆老，年高德劭之人。联句意谓，神仙立功德于三千大千世界，而当代可与尧舜相比的人首重像何东这样年高德劭的人。

下联中，贵寿，富贵寿考。箕畴，即《洪范九畴》，古代相传为箕子所作，故曰箕畴。联句意谓，逝者富贵寿考已备箕畴，九十五岁高龄辞世。作为当代名家的忠厚仁爱之心一定会有传人。

此联用语质朴典雅，切合逝者身份特征。勋华、耆老、箕畴等，用语颇为精当。

挽俞鸿钧

陈诚

生年同日，许国同心，晚节共艰难，欲仗丹心回国运；
律己以诚，服人以德，中兴多绩效，定以青史记殊勋。

赏析

此联写于1960年6月。俞鸿钧（1898—1960），广东新会人。早年毕业于上海圣约翰大学。历任上海市市长、国民政府财政部部长、中央银行总裁。赴台后任台湾省政府主席、“行政院”院长。1960年6月因病去世，陈诚撰送挽联致哀。

上联中，晚节，晚年节操。联句意谓，逝者与我生年同月同日，在以身许国方面同心同德。大家都想保持晚节共度艰危，并倚仗一片丹心挽回国家的命运。

下联中，中兴，由衰落而重新兴盛。联句意谓，逝者以诚律己，以德服人。在使国家中兴，亦即在治理台湾方面有着功绩与实效，定在史书上记下特殊的功勋。

此联哀挽同龄友人，感情悲

痛深沉。只是中兴、国运等语，仍带幻想色彩。

挽陈其业

陈诚

两代英贤出故家，更继述相承，忠孝平生真不愧；
一门志士光青史，有勋名常在，哀荣并世已无伦。

赏析

此联写于1961年间。陈其业（1870—1961），浙江吴兴人。为陈其美之兄，陈果夫、陈立夫之父。一生经营商业。抗战时期曾任国大代表、国民参政会参政员。1961年病逝于台湾，陈诚撰送挽联致哀。

上联中，两代英贤，指陈其业、陈其美与陈果夫、陈立夫，这两代人均曾在国民党及其政府中担任要职。故家，犹言世家大族，亦指旧时做官人家。联句意谓，更能做到承继先人的事业，一生忠孝真不愧。

下联中，志士，有高尚志向和节操的人。哀荣，死后的荣耀，指殡葬哀悼仪式之隆重。联句意谓，这一门革命志士光耀着我国现代的历史，其功勋与声名常在，在死后哀荣方面更是举世无人能及。

联句“两代英贤出故家”、“一门志士光青史”，虽有过誉之处，亦属纪实之辞。

挽胡适

陈诚

开风气而为之师，由博涉融合新知，由实验探求真理；
瘁心力以致于学，其节概永传寰宇，其行谊足式人群。

赏析

此联写于1962年2月。胡适为我国现代著名学者，新文化运动代表人物之一。早年留学美国。历任北京大学教授、中国公学校长、国民参政会参政员、驻美国大使、中央研究院院长。有《中国哲学史大纲》、《胡适文存》等多种著述行世。1962年2月病逝于台湾，陈诚撰送挽联致哀。

上联中，博涉，意同博洽，谓知识广博。实验，本指科学上进行某种试验的过程。这里是指胡适当年宣扬美国杜威的实用主义、实证主义哲学。联句意谓，逝者开一代风气能作为人们的表率，由博洽而融合西方科学知识，由实验主义而探求真理。

下联中，瘁，劳累，如心力交瘁。节概，志节气概。行谊，品行、道义。谊，通“义”。联句意谓，逝者一生勤奋好学，他的志节气概自当永传天下，他的品行道义足以作为人们学习的榜样。

此联哀挽逝者，赞辞褒扬适度，能与学者身份吻合。在众多悼念胡适联语中，有其独到之处。

挽朱家骅

陈诚

其学问以笃实践履为归，毕世精勤，允有丰功昭国史；
于文物尽披讨保全之责，斯人长往，不徒清望重儒林。

赏析

此联写于1963年1月。朱家骅（1893—1963），浙江吴兴人。早年留学德国获博士学位。1924年回国后，历任北京大学教授、中山大学副校长、南京中央大学校长、国民政府教育部部长、浙江省主席、中央研究院代理院长。1963年1月病逝于台湾，陈诚撰送挽联致哀。

上联中，笃实，认真踏实。

践履，身体力行。毕世，毕生、一生。联句意谓，就其学问以笃实好学亲身实践为归宿，一生精心勤奋，允有丰功伟绩光耀国家的历史。

下联中，披讨，披露探讨。长往，死亡的婉辞。清望，清白的名望。儒林，旧指学术界、知识界。联句意为，逝者对于国家文物尽了披露探讨与加以保护的责任。而今此人已逝，不只清白的名望为我国学术界所敬重。

此联能就学问与文物称颂逝者望重儒林、功昭国史，如此评价，切中肯綮。

挽许世英

陈诚

雪楼故事定能传，谈笑见经纶，曾记雍容归使节；
鲁殿灵光今莫比，艰难凋硕彦，可堪寥落数晨星。

赏析

此联写于1964年1月。许世英（1873—1964），安徽贵池人。清末秀才、拔贡。曾任刑部主事、奉天高等审判厅厅长。民国以后，历任北洋军阀政府内务总长、交通总长、国务总理，国民党政府赈灾委员会委员长、驻日大使、国民政府委员。赴台后任台湾政权“总统府”资政。1964年1月病逝，陈诚撰送挽联致哀。

上联中，雪楼故事，许世英曾任驻日本大使，在江户的寓所曰雪楼，著有《雪楼纪事》。此句意谓，有关雪楼的故事（包括书与人）定能流传下去。经纶，原指整理丝缕，可引申为处理国家大事的政治才能。此指谈笑间可见其有经纶之才。使节，原为古代卿大夫受聘于诸侯时所持的符节，后借以称一国常驻他国的外交官。此指许世英态度雍容大方，完成驻日大使任务后胜利归来。

下联中，鲁殿灵光，即鲁灵光殿，汉代宫殿名，故址在今山东曲阜。《文选·汉王延寿〈鲁灵光殿赋序〉》：“鲁灵光殿者，盖景帝程姬之子恭王余之所立也。初恭王始都下国，好治宫室，遂因鲁僖基北而因营焉。遭汉中微，盗贼奔突，自西京未央、建章之殿，皆见隳坏，而灵光岿然独存。”后因称硕果仅存的人或事物为鲁灵光。此句意谓，许世英作为硕果仅存的元老，今天无人可与之相比。硕彦，品德高尚、学识渊博之士。寥落数晨星，即寥若晨星，稀少得像早晨天上可数的几颗星星。这里是说，而今正值艰难时期，品德高尚、学识渊博之士纷纷谢世，人们哪堪去数天上寥落的晨星。

此联长于取材。赞扬逝者从政经历，突出“雪楼故事”；哀挽逝者不幸辞世，谓失“鲁殿灵光”。堪称文情俱佳。

对　句

易君左*

笑比河清包孝肃；（姑　母）
忧先天下范希文。（易君左）

作者

*易君左（1899—1972），湖南汉寿人。早年留学日本。参加过五四运动和北伐战争。曾任《民国日报》主编、出版《文艺青年》等刊物。1938年任国民党中宣部专员、中央文化运动委员会委员。1949年后，往返于台湾香港间。著有《中国文学史》、《闲话扬州》、《君左诗选》。

赏析

此联成于作者幼年时代。对句，据易君左自著《少年忧患集》序文中言及，幼年时代姑母曾以命对测试他的学问，因而形成这副对联。

上联中，包孝肃，即宋代包拯，字希仁，死后谥孝肃，有《包孝肃奏议》十卷传世。因其为官清正，执法不阿，人称“包青天”。笑比河清，谓态度严肃，难见笑容。语出《宋史·包拯传》：“立朝刚毅，贵戚宦官为之敛手，闻者皆惮之。人以包拯笑比黄河清。”

下联中，范希文，即范仲淹，字希文。北宋政治家、文学家，有《范文正公集》传世。忧先天下，化用范氏名言，语见范仲淹《岳阳楼记》：“先天下之忧而忧，后天下之乐而乐。”

此联属对工稳，人事故实，上下呼应，足见易君左幼年时代才智过人。

题血印寺

易君左

川流不息，挺一身保数百人安全，纵遭惨死何妨？智仁勇信真兼备；

血印犹存，傍三塔留千万年业迹，早自破天飞去，贪痴嗔爱了无关。

赏析

此联写于1933年间。血印寺，浙江省嘉兴市南湖本来有座雪印寺。明嘉靖年间倭寇侵犯，该寺住持妙谛为保护避难寺中数百民女的安全，被敌毒打致死，血印犹存。雪印寺故改名为血印寺。1933年间，易君左应约为该寺题联。

上联中，智仁勇信，智慧、仁义、勇敢、信诚，为儒家伦理思想。这些均被视为“天下之达德”。联句意谓，人世间川流不息，妙谛住持能挺一身而保护数百人安全，纵然惨死又有何妨，其行为真属智仁勇信四者兼备。

下联中，傍三塔，依傍三座古塔。破天飞去，化用古人“破壁飞去”的典故，谓人震破天宇腾空飞去。此指当年死难者早已飞升天界。贪痴嗔爱，贪婪、痴迷、嗔怒、喜爱，反映人的各种欲念感情。联句意谓，血印犹存，依傍三座古塔将留下千万年不会磨灭的业迹，而今逝者早升天国，已与尘世喜怒哀乐完全无关。

此联紧扣题意，从“血印犹存”想到明代该寺住持妙谛舍身救人的业绩，盛赞其“智仁勇信兼备”。

题湖南行政干校

易君左

为中国建设湖南，以湖南复兴中国；

欲生存惟有抗战，必抗战始能生存。

赏析

此联写于 1937 年 12 月。当时，张治中任国民党湖南省政府主席，为配合抗战需要与适应战时状态，决定创设湖南行政干部学校，以训练地方行政人员。学校开学之日，易君左挥笔书联，悬之牌楼。因其切合时宜，言简意明，曾经传诵一时。

上联中，复兴，衰落之后再兴盛起来。此指随着日本帝国主义侵略，已经失去大片国土，我们要把湖南建设成为复兴中国的基地。

下联“欲生存”二句，采用与上联同样的句式，深入阐明了国家生存与坚持抗战的内在关系。

此联语言通俗，明白如话。却将建设湖南与复兴中国、唯有抗战与始能生存二者之间的辩证关系呈现于众人之前，可收到振聋发聩的效果。

题大雷湾亭

易君左

望太湖三万六千顷，历尽风帆沙岛；
想南朝四百八十寺，多少烟雨楼台。

赏析

此联写作时间不详。大雷湾亭，江苏省宜兴县大雷湾风景甚佳，在此登山可览太湖全貌。当地有位士绅建亭一座以供游人休憩，并请易君左为大雷湾亭题写楹联。

上联中，太湖，在江苏省南部，为我国第三大淡水湖。湖中有大小岛屿四十八个，其中以洞庭西山和马迹山为最大。这两句是说，游人站在亭上眺望太湖，眼前碧波万顷，湖中帆船、沙洲、岛屿历历在目。

下联中，南朝，东晋灭亡至隋统一，我国历史上形成南北对峙的局面，史称南北朝。南朝历经宋、齐、梁、陈四代。南朝皇帝及世家大族都崇信佛教，梁武帝时尤甚，庙宇多达五百余所。楼台，即指各地寺院建筑。杜牧《江南春》诗中有句："南朝四百八十寺，多少楼台烟雨中。"联中即景生情，化用前人诗句，借以表达从眼前所"望"转入心中所"想"的内容。

此联题宜兴大雷湾亭，寓情于景，情景交融，给人赏心悦目之感。

挽卢前

易君左

烽火乱离天，一别仓皇，与我只数语匆匆，
看苦脸愁眉，小立黄浦江边，带女携儿寻友去；
才人坎坷命，半生落拓，从此更前尘寂寂，
倘归魂入梦，永忆采蘋桥畔，携风抱雨挟诗来。

赏析

此联写于1951年4月。卢前(1905—1951)，字冀野，江苏江宁人。现代著名诗人与戏曲理论家。1922年入东南大学，受教于词曲大师吴梅。1926年毕业后，在金陵、中央、暨南等大学任教。抗战时期与于右任一起创办刊物《中兴鼓吹》，宣传抗日救亡。后任南京通志馆馆长。一生致力于词曲研究，著有《南北曲溯源》、《明清戏曲史》等书。1951年4月病逝于南京，易君左在香港撰写此联致哀。

上联中，烽火，原指边防报警所点的烟火，后亦用以喻战火或战争。乱离，因遭战乱而流离失所。黄浦江，长江下游支流，在上海市境内。这里是说，战争烽烟四起，人民流离失所。当年卢前小立黄浦江边，与我仓皇离别，匆匆数语，苦脸愁眉，携女带儿，一派凄凉景象。

下联中，前尘，指旧事，过去的事。联句意谓，才人命运坎坷，半生落拓。我从此回首往事更加感到寂寞冷落。倘逝者归魂入我梦中，永忆当年采蘋桥畔，友人冒着风雨挟着诗稿而来。

作者与卢前是交往多年的知己和文友，惊闻友人辞世，含泪撰联致挽。上联深情回忆当年上海分别的情景，形象刻画逝者一家饱受战乱、颠沛流离的苦难。下联怅惘才人命途多舛、半生落拓，特别提到“携风抱雨挟诗来”。才情与往事，让人为之伤感不已。此联笔墨含情，对仗工整，实为哀挽佳作。

挽影星莫愁

易君左

与尔同销万古；
问君还有几多？

赏析

此联写于20世纪50年代。当时，香港国泰影星莫愁因情自杀，曾经引起轰动。易君左挥笔撰联，表达哀悼之情。因其别具一格，颇为引人注目。这是一副集句联，分别集录古代诗人成句，借以构成一副缺字联。上下皆缺原句一“愁”字，以暗嵌“莫愁”人名。

上联集自李白《将进酒》诗中的名句：“五花马，千金裘，呼儿将出换美酒，与尔同销万古愁。”

下联集自南唐后主李煜《虞美人》词中的名句：“问君能有几多愁？恰似一江春水向东流。”上联隐去一个“愁”字，下联除隐去一个“愁”字外，又改“能”为“还”，更加切合逝者因情自杀的内容。

此联运笔机巧，隐去两个“愁”字，依然工整贴切，自成佳构。

题荣康杂货店

易君左

店如斗大；
货比山高。

赏 析

此联写于二十世纪五、六十年代。香港钻石山有一家荣康杂货店，为前国民党政府农林部长左舜生所经营。该店门前对联出自易君左的手笔。易君左其时经常往返于台湾与香港之间。

上联中，斗，口大底小的方形量器。亦可用作量词，如粮食十升为一斗。此句意谓，其店犹如斗大，可见规模之小。

下联中，货比山高，谓货物堆得像山一样高。作者极言店小货多，二者均用极其夸张的艺术手法，从而给人留下很深的印象。

此联别具一格。上下句同样夸张，却又用法不同。上句为缩小夸张，其店虽小，哪能如斗；下句为扩大夸张，货物虽多，岂有山高。均系夸张笔墨，显得生动风趣，而又让人不觉失真，自能起到招引顾客的作用。

挽于右任

易君左

敬老古贤同，犹记去夏离台，探病荣民医院，更殷切关怀，微拂银髯，执手相看泪眼，盼早日身心康泰，盼早日亲友团圆，盼早日国运中兴，盼早日寰宇宁靖，含凄成一别，声细已如丝，何期返港未兼旬，浪涌云腾，地坼天崩，旷代完人忽星殒；

感恩知己重，回忆当年客蜀，躬临黄桷新村，正艰难抗战，愁邀明月，无言独上西楼，曾几度杖履追随，曾几度山川啸傲，曾几度诗词唱和，曾几度衣食解推，垂爱迈群伦，情深真似海，讵料还京才数载，霜凋雹碎，风毛雨血，万里神州竟陆沉。

赏析

此联写于1964年11月。于右任（1879—1964），陕西三原人。清末举人。早年留学日本，参加同盟会。历任南京临时政府交通部次长、反袁靖国军总司令、南京国民政府监察院院长。一生娴诗词，工书法。有《右任文存》、《右任诗存》传世。晚年寓居台湾，深切怀念故国。1964年11月病逝于台湾，易君左撰写挽联致哀。

上联中，“敬老”六句，回忆与老人去年夏天见面的情景。这里是说，就敬老而言应与古代贤者一样。犹记去年夏天离台赴港之际，曾去荣民医院探望。老人对我更是殷切关怀，银色的长须微微飘动，二人互相执手交谈，眼中充满泪光。“盼早日”四句，为二人交谈的内容，盼望早日身心康泰、亲友团圆、国运中兴、天下太平。“含凄”六句，兼旬，两旬，二十天。浪涌云腾，波涛汹涌，乌云翻腾。地坼（chè）天崩，天崩地裂。二者均喻变化剧烈，灾难骤至。旷代完人，世上少有的完善之人。这里是说，当时含着凄凉告别，老人说话声音已轻得如游丝一样。哪里想到我回到香港不过二十天，竟然出现惊人变化，让世上少有的完美之人忽然像天上的巨星一样坠落。

下联中，“感恩”六句，就感恩而言当以知己朋友为重，回忆当年我们客居蜀地，您曾亲自来到重庆郊区黄桷新村看我。当时正处艰难抗战时期，只好愁邀明月，无言独上西楼。这里借李后主《乌夜啼》词中名句，表达当时友人相聚忧愁与喜悦交集的感受。“曾几度”四句，回忆当年相与交游的具体情景。杖履，语出《礼记·曲礼上》，古人席地而坐，老人出行，必须持杖着履，后因以“杖履”为敬老之辞。“杖履追随”即追随老人。啸傲，谓言行自在，无拘无束。诗词唱和，此唱彼和，互相酬答。衣食解推，即解衣推食。《史记·淮阴侯列传》：“汉王授我上将军印，予我数万众，解衣衣我，推食食我。”后用为慷慨施惠之意。“垂爱”六句，垂，犹言俯，用为敬辞。讵（jù）料，岂料。霜凋雹碎，严霜冰雹造成灾害。风毛雨血，语见班固《西都赋》：“风毛雨血，洒野蔽天。”此指鸟兽被击杀时所洒落的羽毛和鲜血。二者均言遭到灾难。陆沉，比喻国土沉沦。联句意谓，老人对我垂爱超过诸多友人，岂料回到南京才几年，就会遭到如此巨变，万里神州竟然陆沉。此指蒋介石集团在解放战争中遭到惨败，不得已而离开大陆逃到台湾。

作者以几近两百字的长联哀挽这位国民党的元老与自己心目中的完人。深情回忆逝者当年提携后进的热忱与自己在逝者临终前接触的情景。娓娓叙说，如泣如诉。既显作者擅长诗联与驾驭文字的功力，亦见作者怀念前辈学者的真情。

题基隆中正公园

易君左

东望意茫茫，大海重洋浮日月；
南来心寂寂，雄文丽句付山川。

赏析

此联写于 1968 年间。中正公园，在台湾基隆，园名与纪念蒋介石有关。园中亭台水榭，花木繁盛。1968 年间，易君左游览此园，有感于当时社会现实，题联即兴抒怀。

上联中，茫茫，模糊不清。此指遥望东方大陆，深感前途渺茫。重洋，一重重海洋。此句既属写实，天上日月浮于大海重洋之上；亦有一定寓意，似在感伤晚年境遇。日月，《诗·邶风》篇名，《诗序》以为卫庄姜感伤自己的遭遇而作。《诗集传》谓："庄姜不见容于庄公，故呼日月而诉之。"

下联中，寂寂，寂寞、冷落。"南来"之说，因基隆位于台湾北端，故作者回到台北或香港，均可称为"南来"。雄文，气势雄健之文。此句意谓，只有将自己的雄文丽句付与眼前的山川景物而已。

此联题写基隆中正公园。作者面对园中亭台花木盛景，并无喜悦欣赏之情，而是"东望意茫茫"、"南来心寂寂"。身处以蒋氏命名的"中正公园"，却如此郁郁寡欢，这正是大陆赴台人员晚年凄凉心境的真实写照。

挽左舜生

易君左

交深四十余年，举世皆知，君姓左不左，我字左不左；
才高百千万辈，一朝忽逝，生享名成名，死垂名成名。

赏析

此联写于1969年间。左舜生（1893—1969），湖南长沙人。1924年在上海创办《醒狮》周报。1925年加入中国青年党。1935年当选中国青年党执行委员会委员长。1937年任国民政府参政会参政员。1941年加入中国民主政团同盟，任秘书长。1949年去香港，在新亚学院、清华学院任教。1969年死于台湾，易君左撰联致哀。

上联中，交深，交谊深厚。此指二人交往已有四十余年历史。这里的“左”系政治概念，含有“左”倾、左派的意思。作者标榜自己（易君左）“字左不左”，肯定对方（左舜生）“姓左不左”。

下联中，享名，享有的名声。垂名，流传下去的名声。联句意谓，左舜生才华大大高于同辈的人，一朝忽然逝世，生前享有的名亦已成名，死后流传下去的名声自会成名。

此联在文字与内容上均平平，唯在二人“不左”与逝者“成名”上做文章，稍有与众不同之处。

戏赠简又文三联

梁寒操*

一

简直一元大武；
又充无赖斯文。

二

简又文；
烛之武。

三

简又文编粤剧；
烛之武退秦师。

作者

*梁寒操（1899—1975），号君默，广东高要人。早年即以诗文书法被誉为“高要才子”。曾任国民党中央党部书记长、国民党中央立法委员兼秘书长、中央宣传部部长。1949年去台湾，任“总统府”国策顾问、中国广播公司董事长。著有《三民主义理论之探讨》、《西行乱唱》。

赏析

这三副联语写于上世纪二、三十年代初。简又文（1896—1979），广东新会人。早年留学美国获硕士学位。回国后曾任北平燕京大学教授、国民政府立法院立法委员。抗日战争期间先后在香港、桂林、重庆主办刊物，搜集整理太平军史料。1949 年去香港，任香港大学东方研究院研究员。1979 年病逝于香港。1930 年前后，梁寒操与简又文时相过从，曾戏赠联语三副，成为联坛轶事。

第一副联语：

上联中，一元大武，指古代祭祀用的牛。《礼记·曲礼下》："凡祭宗庙之礼，牛曰一元大武。"郑玄注："元，头也；武，迹也。"孔颖达疏："牛若肥则脚大，脚大则迹痕大，故云一元大武也。"此句戏言友人简直其笨如牛。

下联中，斯文，语见《论语·子罕》："天之将丧斯文也，后死者不得与于斯文也。"后以斯文指儒者或文人。此句戏称友人又充无赖斯文，且在一头一尾将又、文二字嵌入其中。简又文阅后，亦回以嵌名联曰："寒酸有素，操守无常。"

第二副联语：

此联言简意明。烛之武，为春秋时郑国大夫。此处以古人烛之武对今人简又文，显得贴切而又自然。

第三副联语：

上联中，编粤剧，当时简又文正编撰广东史剧《张玉乔》，故言简又文编粤剧。

下联中，烛之武退秦师，据《左传·僖公三十年》记载，当时晋秦两国围攻郑国，郑文公派遣烛之武说服秦穆公，使秦撤兵罢战。烛之武利用秦晋之间的矛盾，根据事实说明利害，让秦穆公心悦诚服。秦穆公不仅撤兵回国，还留下一部分人助郑御晋，历史上留下了"烛之武退秦师"的一段佳话。

这是一组谐趣联，虽属游戏笔墨，倒也赏心悦目。且可从中了解一些现代文人雅士的趣闻轶事。

应　对

梁寒操

古道照人，应有芬芳留后世；（简又文）

简子不肖，又将文字祸群伦。（梁寒操）

赏析

此联成于1931年间。据曾载此联的《东南风》介绍："梁寒操与简又文二人为莫逆交，而又最喜相谑。前年，古勤翁（应芬）名归道山，简以其姓名作一联，请梁属对。"

上联中，古道，指古代所崇尚的节操风义。芬芳，本指香气，亦可比喻品德或声誉的美好。联句意谓，逝者（古应芬）古道热肠，肝胆照人，应有美好的品德或声誉留于后世。

下联中，简子，即简又文。群伦，诸多同辈。此指古应芬为国民党内前辈人士，简又文联中却直呼其名。故梁寒操指出"简子不肖"，又将文字（指上述对联）祸及诸多同辈之人。

这种即兴应对联语，需要一定文字功力。既要嵌入人名，又要形成对仗，且有一定内涵。此系文人雅士的"小玩意儿"，可供茶余饭后一读。

戏赠刘维织

梁寒操

惧同陈季良；
惨遇唐生智。

赏析

此联写于20世纪30年代。刘维织，字季生，曾任平汉铁路局局长，向有惧内之誉。梁寒操抓住这一特点，以同样惧内的两位今人喻之，且陈季良、唐生智名中第二字合在一起则为季生，与友人字同。因属游戏之作，故言"戏赠"。

上联中，陈季良（1883—1945），福建福州人。曾任国民党政府海军第一舰队司令、海军部政务次长、海军总司令部参谋长。在军界有惧内之称，联中因言友惧内同陈季良一样。

下联中，唐生智（1889—1970），湖南东安人。保定军官学校毕业。历任国民革命军第八军军长、第四集团军总司令、军事委员会执行部主任等职，多次参与国民党内部反蒋活动。此人亦有惧内之名，联中因称友人与其“惨遇”。

此联名为“戏赠”，实属雅谑，尚可聊博一笑。

戏赠简经纶

梁寒操

焚琴煮鹤；
走石飞沙。

赏析

此联写于20世纪30年代。简经纶（1888—1950），字琴石，广东番禺人。精谙各体书法。篆书雄迈古朴，隶书苍深朴茂。篆刻放送自如，时有佳趣。晚年倡以书法作文人画，亦雅淡宜人。曾设琴石斋于香港，从游者甚众。梁寒操作为“高要才子”，与其时相过从，遂以戏作相赠。联中不仅内容带有玩笑成分，而且暗含“琴石”二字，正合友人字号与书斋名称。

“焚琴煮鹤”，把琴当作柴火烧了去煮白鹤，比喻糟蹋美好事物因而大杀风景之事。宋代洪适《满江红》：“吹竹弹丝谁不爱，焚琴煮鹤人何肯？”这里虽有开玩笑的成分，却也道出友人放达不羁的性格。

“走石飞沙”，亦作飞沙走石，石块滚动，沙土飞扬，形容风势迅猛异常。元代苏彦文《斗鹌鹑·冬景》套曲：“寒风凛冽走石飞沙，阴云黯淡闭日华。”这里明显采用夸张手法，意在称赞友人笔力雄健的书法艺术。

此联只用两个成语组成，却嵌友人人名、斋名，且符友人个性与书法特征，实属机巧之至。

挽陈少白

梁寒操

频年遁迹滞幽燕，尽销磨绣虎才情，如虹豪气；
千古勋名在党国，又岂止雕龙善辩，倚马雄文。

赏析

此联写于1934年间。陈少白为近代民主革命者。早年与孙中山、杨衢云等创建香港兴中会。1905年任香港同盟会会长。1911年任广东都督府外交司长。1921年任孙中山总统府顾问。两次任职均很短暂。后隐居乡里，致力于家乡建设。1934年因病逝世，梁寒操撰送挽联致哀。

上联言逝者生前多年隐居。遁迹，隐居。幽燕，幽指幽州，燕指燕国，其区域均在河北一带。绣虎，《玉箱杂记》："曹植七步成章，号绣虎。"绣，言其文采华美；虎，言其才气雄杰。联句意谓，逝者当年脱离政坛后曾多年隐居滞留在河北一带，因而尽销磨了你像曹植那样的才华诗情和可贯长虹的豪气。

下联中，雕龙，战国时齐人驺衍"言天事"，善闳辩。驺奭"采驺衍之术以纪文"。齐人因称驺衍为"谈天衍"，驺奭为"雕龙奭"。《史记·孟子荀卿列传》，裴骃集解引刘向《别录》："驺奭修衍之文，饰若雕镂龙文，故曰'雕龙'。"因用以指能言善辩之人。倚马，据《世说新语·文学》载，晋桓温北征，袁宏倚马前草拟文告，顷刻写成七纸。后称人文思敏捷为倚马才。联句意谓，逝者千古功勋和英名留在国民党和民国，又岂止能言善辩与才思敏捷能撰写有才气有魄力的文章。

此联对于逝者早年革命活动与毕生文学才华给予高度评价，且对逝者离群索居"尽销磨绣虎才情，如虹豪气"表示惋惜。联中颇多成语典故，需要仔细体会。

挽雷鸣远

梁寒操

一士诞于欧陆，毕生献于中华；
本自来从天阙，如今复返神家。

赏析

此联写于1940年6月。雷鸣远为比利时人。1902年来华传教，先后在北平、天津等地举办文化教育和慈善事业。抗日战争爆发后，曾以实际行动积极支持中国抗战，屡受我国政府表彰。1940年6月在华病逝，梁寒操撰送挽联致哀。

上联中，士，原指士子、士民。这里一语双关，既称逝者为友好人士，亦切合对方传教士的身份。这里是说，这位友好人士诞生于欧洲大陆，却将自己的一生奉献于中华民族。

下联中，天阙，星名。《史记·天官书》：“两河、天阙为关梁。”天阙为南斗六星之一。神家，神仙的家族。这里是说，逝者本自从天上而来，如今回到神仙的居处。雷鸣远为比利时神父，故言“来从天阙”与“复返神家”，用语中西合璧，显得自然贴切。

此联哀挽一位具有特殊身份的外国友人，用语颇费斟酌。“诞于欧陆”而“献于中华”，“来从天阙”又“复返神家”，切人切事，妥帖自然。

挽阚维雍

梁寒操

铁血铸孤城，不许红羊沦万劫；
馨香崇百世，岂惟黄鸟痛三良。

赏析

此联写于1944年间。阚（kàn）维雍，为国民党抗日爱国将领。生前任国民政府军第三十一军一三一师师长。1944年在湘桂战役后率部坚守桂林，与敌激战旬余，击退多次进攻，终因弹尽援绝自戕殉国。梁寒超闻讯撰送此联致哀。

上联中，红羊，即红羊劫，指国难。古人迷信，以丙午和丁未为国家发生灾祸的年份，而丙、丁均属火，色赤，未属羊，故称红羊劫。唐殷尧藩《李节度平虏》："太平从此销兵甲，记取红羊换劫年。"联句意谓，逝者生前用铁与血浇铸这座孤城，亦即坚守桂林，不许在红羊之年让国家沦入万劫不复的地步。

下联中，馨（xīn）香，谓香气远闻，喻流芳后世的声誉。黄鸟，黄莺。三良，三个贤良的人。黄鸟痛三良，典出《诗·秦风·黄鸟》。《左传·文公六年》："秦伯任好卒，以子车氏之三子：奄息、仲行、鍼虎为殉，皆秦之良也。国人哀之，为之赋《黄鸟》。"《黄鸟》实为古代的挽歌，三章分挽三良。联句意谓，逝者美好声誉百世让人推崇，岂止是《黄鸟》篇痛惜三良，我们今天则更为痛惜抗日殉国的将军。

作者擅长运用成语典故，尤其表现在上下联末句。以"红羊沦万劫"喻战争灾难，以"黄鸟痛三良"喻痛失贤良，颇为生动贴切，更加深化了赞颂与哀挽逝者的感情。

挽衡阳保卫战阵亡将士

梁寒操

贯日丹心辉楚乘；
参天黛色峙衡峰。

赏析

此联写于抗战胜利之后。衡阳保卫战，1944年6月至8月间，日本侵略军占领湖南长沙后进犯衡阳。国民政府军第十军坚守衡阳，血战四十七昼夜，歼灭日军两万余人，进行了一场轰轰烈烈的保卫战。抗战胜利后，在此次保卫战的主要阵地，即让日寇两个师团遭到惨重打击的岳屏山修建牌坊亭阁，以作纪念。蒋介石将这片建筑题名为“衡阳抗战纪念城”。白崇禧、张群、梁寒操等人纷纷题联。

上联中，贯日丹心，即丹心贯日，谓一片丹心贯穿太阳，此系精神感天之兆。楚乘，楚国的史乘，楚地的历史。

下联中，参天黛色，即黛色参天。语见杜甫《古柏行》：“霜皮溜雨四十围，黛色参天二千尺。”参天，高出天际。黛色，青黑色，形容树叶的颜色。联句意谓，阵亡将士一片丹心贯穿太阳，光耀楚地的史册，而其墓地则古木参天耸立于南岳衡山之上。

此联属对工稳，寓情于景，能收到言少意多的艺术效果。

题美国加州孙中山纪念馆

梁寒操

行汤武之事，本尧舜之心，天下为公彰大道；
以耶孔为师，合科哲为一，念中无我见真人。

赏析

此联写作时间不详。梁寒操当年曾为美国加州首府孙中山纪念馆制一联。

上联中，汤武，指商汤和周武王，历史上作为推翻、取代旧王朝暴虐统治的代表人物。就连《易·革》中亦称：“汤武革命，顺乎天而应乎人。”尧舜，唐尧和虞舜，相传为上古时代的贤明君主。后常用以泛指圣人。天下为公，语出《礼记·礼运》：“大道之行也，天下为公。”本指君位不为一家所私有。孙中山借以解释民权主义，主张政权为一般平民所共有。联句谓孙中山以实现天下为公表明自己政治上的最高理想。

下联中，耶孔，耶稣和孔子。前者为西方基督教所信奉的救世主，后者为我国儒家学说的创始人。真人，原为道家“修真得道”或“成仙”的人。此指真正的人。联句意谓，孙中山在思想上以耶稣、孔子为师，合科学与哲学为一，平时考虑之中从不想到自己，可见是真正的人。

此联对于孙中山作出自己的评价，大体遵循我国儒家学说的正统，以汤武、尧舜、孔子喻之，而视为当今的圣人。与孙中山逝世后出现的诸多评价存在较大的差距。

挽吴敬恒

梁寒操

本是至性人，情厌凡间富贵，目空身外功名，从浪大化中，不喜不惧；

永为革命者，舌翻西海新潮，心惓汉家旧物，逍遥尘鞅上，奇慧奇痴。

赏析

此联写于1953年10月。吴敬恒，字稚晖，清末举人。早年加入同盟会，参与辛亥革命。1915年与李石曾组织留法勤工俭学会，曾任里昂中法大学校长。1924年后历任国民党中央监察委员、国民政府委员、国民革命军总政治部主任、中央研究院院士。去台后，任“总统府”资政。1953年10月病逝于台湾，梁寒操撰送挽联致哀。

上联中，至性，性情淳厚。从浪，追随波浪，听其自然，有随波逐流之意。大化，指人生的变化。《列子·天瑞》：“人自生至终，大化有四：婴孩也，少壮也，老耄也，死亡也。”后即以大化为生命的代称。上联意谓，逝者是性情淳厚之人，从感情上厌恶人间富贵，根本不把身外功名看在眼里，顺其自然于人生之中，因此不喜不惧。

下联中，西海，西方自然与社会科学的海洋。惓（quán），拳拳，诚恳、深切之意。汉家旧物，指祖国传统文化。尘鞅，鞅为套在马头上的皮带，此指受到世俗事务的束缚。白居易《登香炉峰顶》：“纷吾何屑屑，未能脱尘鞅。”奇慧奇痴，出奇的智慧，出奇的痴迷。下联意谓，逝者永为革命者，生前一直大力宣传西方近代新的学术思潮，而又同样关心祖国传统文化。平日逍遥于尘鞅之上，亦即摆脱世俗观念与事务的束缚，表现出出奇的智慧与出奇的痴迷，亦即智慧出众，痴迷革命。

作者对于这位前辈友人景仰备至，相知亦深。此联盛赞逝者身为革命者，依然至情至性，能将西方进步思潮与我国传统文化结合起来。这是颇为客观公允的评价。

挽朱霁青

梁寒操

勤国无功名富贵之思，先生伟矣；
革命至老病穷愁以死，君子息焉。

赏析

此联写于1955年2月。朱霁青（1882—1955），辽宁北镇人。早年留学日本，参加同盟会。后在东北地区从事反清、反袁斗争。1926年被选为国民党中央候补执行委员。“九一八”事变后任辽热抗日义勇军指挥，保卫乡邦，抗击日寇。1950年任台湾“总统府”国策顾问，1955年2月病逝，梁寒操撰送挽联致哀。

上联中，勤国，勤劳国事。矣，语气助词，表示陈述。联句意谓，逝者尽心国事而无求取功名富贵的想法，先生真伟大啊！

下联中，君子，有德之人。焉，了。联句意谓，逝者晚年在台湾，一生革命到年老多病穷愁潦倒而死，这位有德之人终于可以安息了。

作者怀有愤懑不平之情，联中既言逝者一生革命勤国伟绩，更叹逝者老病穷愁晚景凄凉。这也许正是不少寓台国民党人晚年生活的共同悲剧。

贺马超俊七十寿辰

梁寒操

老骥不忘千里志；
乔松弥励百年心。

赏析

此联写于1955年11月。马超俊（1886—1976），广东香山人。1905年在日本加入同盟会。曾组织广东华侨敢死队支援武昌起义，参加二次革命、护法运动。后任国民政府劳工局局长、中央训练部部长、南京市市长。赴台后任台湾政权“总统府”国策顾问、评议委员。1955年11月七十寿辰，梁寒操撰送寿联志贺。

上联中，老骥，老马。典出曹操《步出夏门行》：“老骥伏枥，志在千里；烈士暮年，壮心不已。”联中化用曹操诗句，喻人虽已年老仍有雄心壮志。

下联中，乔松，语见《诗·郑风·山有扶苏》：“山有乔松。”即高大的松树，因其不畏霜雪严寒，以喻坚贞的人物。弥励百年心，更加砥砺百年之心，意即愈老活得愈有精神。

此联为古稀老人祝寿，以老骥、乔松喻之，自然贴切，符合对方身份地位。

挽胡适

梁寒操

名既大，谤亦随焉，学术之争，犹有待千秋定论；
健则行，倦则睡耳，哲人遽萎，究难消一代沉哀。

赏析

此联写于1962年2月。胡适为我国现代著名学者，“五四”

新文化运动代表人物之一。早年留学美国。历任北京大学教授、中国公学校长、驻美国大使、中央研究院院长。著有《中国哲学史大纲》、《白话文学史》、《胡适文存》等。1962年2月病逝于台湾，梁寒操撰送挽联致哀。

上联中，“名既大”二句，意谓名声既大，诽谤之言也就跟着来了。这是针对某种社会现象而言，作者显系有感而发，似指当年对胡适的批判。“学术”二句，意谓，学术上的争论，有待时间和历史来作结论。自从“五四”以来，对于胡适的政治、哲学、历史、文学等方面的观点，学术界一直存在争论。作者此言虽有一定倾向，但“有待千秋定论”的提法还是对的。

下联中，“健则行”二句，就字面而言，谓人在身体强健的时候就行动起来，到了疲倦的时候就睡吧！显得颇为潇洒。此与上联“名既大，谤亦随焉”均系引用古语，出自何处待查。“哲人”二句，语出《礼记·檀弓上》：“哲人其萎乎！”这里是说，胡适突然去世，究难消一代人深沉的悲哀。意在表明胡适去世带来的广泛影响。

作者亦系文人出身，且与胡适交往多年。此联对于逝者评价较为客观公正，认为“学术之争，犹有待千秋定论”。作者既肯定逝者在学术上的影响，也表达对于其逝世的沉哀。全无虚泛的溢美之词，情真意挚，启人深思。

题台北新公园翠亨亭

梁寒操

于两间留正气；
为万世开太平。

赏析

此联写于1962年间，当时，台北新公园增建亭阁五座。正中一阁名翠亨亭，亦称翠亨阁。为纪念孙中山先生，因其家住广东香山翠亨村，故名。梁寒操应约为此亭题联。

上联中，两间，天地之间。正气，刚正的气节。文天祥

《正气歌》："天地有正气，杂然赋流形。下则为河岳，上则为日星。于人曰浩然，沛乎塞苍冥。"此句意谓，孙中山虽已逝去，却于天地之间留下浩然正气。

下联中，万世，万代。开太平，开创太平世界。此句意在称颂孙中山推翻清王朝、建立民国的历史功绩。

此联因亭及人，极言我国伟大的革命先行者孙中山先生所带来的深远影响。用语朴实自然，韵味自在其中。

题大木亭

梁寒操

骑鲸海上忆英风，重看一旅中兴，更无缺憾留天地；
焚服世间传伟业，愿种十围大木，长有奇材作栋梁。

赏析

此联写于1962年间。大木亭，在台北市新公园内，为纪念明清之季收复台湾的郑成功而建。郑成功字大木，故名。1962年建成，梁寒操应约题写楹联。

上联中，骑鲸，即骑鲸客，谓骑鲸背以游海上。唐代诗人李白自署曰"海上骑鲸客"。重看，重新看到。联句意谓，郑成功当年骑鲸海上让人至今犹忆他的豪迈杰出的气概。而今希望再看到以一旅之师复兴国家，这样更无缺憾留于天地之间。这里是在婉言反攻大陆，亦系当年寓台国民党人的痴心妄想。

下联中，焚服，似为"焚修"之误，谓佛教徒焚香修行。唐张继《赠闻一上人》："坛场在三殿，应召入焚修。"十围大木，将十个人的手臂连起方可合抱的大树。这里"大木"一语双关。既指树，亦指人，自然嵌入郑成功的名字。栋梁，房屋的栋梁，比喻担负国家重任的人，俗称栋梁之材。联句意谓，我们应焚香礼拜将逝者的伟业传于人间，愿种十人合抱的大树，以求长有特殊的木材用作大厦的栋梁。

此联属对工稳，用语质朴流畅。誉郑成功为"海上骑鲸客"，愿其英风长存，伟业永留人间。只是"重看一旅中兴"，仍然落入当年寓台国民党人不切实际的幻想。

贺张默君八十寿辰

梁寒操

学通今古，咏满江山，八秩而齿德爵俱尊，足使易安低首拜；

草檄柳营，量才棘院，一人能文字诗三绝，真疑大士化身来。

赏析

此联写于1962年间。张默君（1884—1965），湖南湘乡人。早年参加同盟会。辛亥革命时曾策动江苏独立，后创办女报、女学。1918年赴美国考察教育，历任杭州教育局局长、中央立法院立法委员、考试院考试委员等职。生平探究文史、诗词、书法。1962年八十寿辰时，梁寒操撰送寿联致贺。

上联中，“学通”二句，意谓学问贯通今古，吟咏情满江山。八秩（zhì）即八十岁。白居易《喜老自嘲》：“行开第八秩，可谓尽天年。”易安，南宋著名女词人李清照，号易安居士。联句意谓，年已八十而年齿、德行、爵位都受到人们的尊敬。张默君所取得的成就，足以使得李易安都要低首下拜。

下联中，“草檄”二句，柳营，细柳营的简称，亦可泛指军营。谓张默君当年曾在军营起草战斗檄文，此指辛亥革命时策动江苏独立之事。棘院，科举时代的试院，为了防止传递作弊，围墙上均插棘枝，使人不能爬越，故称棘院。张默君曾任国家考试委员，自当常在试院衡量人才。三绝，三种卓越的技能集于一身。张默君不愧为现代女才子，其文章、书法、诗词堪称三绝，人们真疑女寿星是由南海观音大士化身而来。

此联尽情颂扬这位老寿星，既已“齿德爵俱尊”，而又“文字诗三绝”。进而还以宋代女词人李清照和神话传说中的观音大士喻之，更为这位现代革命营垒中的女才子增光添彩。

题于右任墓

梁寒操

风雨任纵横，大老谋猷搘国命；
山河增壮丽，真人歌哭代天声。

赏析

此联写于1964年11月。于右任，清末举人。1906年加入同盟会，先后创办《神州日报》、《民呼日报》、《民立报》，宣传革命。辛亥革命后，历任南京临时政府交通次长、陕西靖国军总司令、南京国民政府审计院院长、监察院院长等职。1964年11月病逝于台湾，其墓建在台北淡水镇大屯山顶。梁寒操曾为墓地题此联。

上联中，风雨，本指自然界风和雨，亦喻艰难局势。大老，语出《孟子·离娄上》："二老者，天下之大老也。"后用以对年高望重者的尊称。谋猷，计谋、谋划。搘（zhī）国命，支撑国家的命运。联句意谓，任风雨交错国势艰危，自有德高望重者谋划以支撑国家的命运。

下联中，真人，道家称"修真得道"或成仙的人。歌哭，以歌代哭，多指用以代人倾吐悲愤的感情。天声，如天之声，亦喻国家的声威。班固《封燕然山铭》："振大汉之天声。"联句意谓，山河亦增壮丽的色彩，真人以歌代哭亦振大汉之天声。此指于右任晚年常以诗词抒发自己忧国忧民的感情。

联语悲壮苍凉，对已逝去的"大老"、"真人"，深表虔诚敬意与怀念之情。读之令人潸然泪下。

挽李万居

梁寒操

流水夕阳千古恨；
暮云春树一天愁。

赏析

此联写于1966年间。李万居（1902—1966），台湾云林人。早年留学法国。回国后在上海执教，并任中山文化教育馆编译。抗战期间入国民党军委会国际问题研究所，任军委会驻港粤办事处少将主任。1946年任台湾省参议会副议长。晚年贫穷多病。1966年在台病故，梁寒操撰联致哀。

上联中，流水夕阳，流水无情，夕阳将逝，均喻人生晚景凄凉，自当成为千古恨事。

下联中，暮云春树，语见杜甫《春日忆李白》：“渭北春天树，江东日暮云。”后人常以“云树之思”比喻朋友阔别后的相思之情。联中之所以出现“一天愁”，皆因这里并非一般与友人阔别，而是与友人诀别，能不哀愁之至！

此联寓情于景，言及逝者之“恨”与生者之“愁”，均以景语出之，让人产生自然联想。古人云，一切景语皆情语，此说诚然有理。

挽梁士诒

陈立夫*

事业功名，身后是非，都付与千秋青史；
文章经济，生前佳话，还留传几辈苍生。

作者

*陈立夫（1900—2001），原名祖燕，浙江吴兴人。曾任国民党中央党部秘书长、组织部部长、国民政府教育部长。1949 年由川赴台转赴欧美。1969 年回台湾任“总统府”资政、中央评议委员会主席团主席。晚年热心促进两岸交流与沟通，被誉为爱国老人。著有《孟子之政治思想》、主编《中华文化概述》。

赏析

此联写于 1933 年间。梁士诒在辛亥革命后曾任袁世凯总统府秘书长、交通银行总理，为袁复辟帝制奔走效力。1916 年袁世凯死后被通缉。1921 年依靠奉系出任国务总理，次年奉系战败逃往日本。1925 年又任段祺瑞政府交通银行总理，后因反对革命军北伐，1928 年被国民党政府通缉。1933 年因病死于上海，陈立夫撰送挽联致哀。

上联中，身后是非，死后的种种褒贬、评论。指逝者曾为袁世凯心腹，作为帝制余孽而遭通缉。此后，又因参加段祺瑞“善后会议”、反对革命北伐而受国民党政府通缉。青史，古代竹简纪事，故称史籍为青史。这里是说，逝者一生的事业功名与身后是非都应付与千秋青史，亦即让历史去加以评论。

下联中，文章经济，学问文章与经世济民之才。苍生，指百姓、人民。这里作者对于逝者生前“文章经济”方面的业绩，给予肯定评价，认为许多“佳话”可以保留传与几代人。

梁士诒与几届北洋军阀政府均有牵连，理应受到谴责。作者对其肯定中有所保留，但“身后是非，都付与千秋青史”，还是公允的，历史自会做出正确的评价。

挽刘半农

陈立夫

边裔考方言，人生仅数十年，竟成谶语；

名山藏著述，残篇剩四五卷，谁续完书。

赏析

此联写于1934年间。刘半农(1891—1934)，江苏江阴人。现代著名诗人、语言学家。曾任北京大学教授、中央研究院特约研究员。著有《中国文法通论》、《四声实验录》等书。1934年间赴内蒙古考察方言，因染回归热返京后不治而卒。陈立夫撰送挽联致哀。

上联中，边裔，边远的地方。谶（chèn）语，关于吉凶得失的预言，迷信的人指后来应验的话。联句意谓，逝者生前赴边远地区考察方言，他曾说过人生仅数十年，不幸竟成谶语。

下联中，名山，《史记·太史公自序》：“藏之名山，副在京师，俟后世圣人君子。”后因称自成一家之言的著作为名山事业。残篇，这里当指边疆采风考察方言的书稿，只完成了一部分。联句意为，逝者不少著述藏之名山，还剩四五卷残篇，谁来将它写完呢?

此联沉痛哀挽现代著名诗人、语言学家刘半农，对其英年早逝深表惋惜，对其生前遗著亦很关注。如此言论出自国民政府党国要人手笔，实属难能可贵。

挽郭朝沛

陈立夫

国手擅岐黄，化行豹虎丛中，春风时雨化无类；
乡心梦峨碧，盼到子规声里，爱日晴曛不少留。

赏析

此联写于1939年10月。郭朝沛为郭沫若之父。1939年7月病逝于四川乐山故乡。同年10月举行家祭。国共两党要员均表关注，陈立夫亦献挽联致哀。

上联中，国手，本来专指棋艺高超、国内几无敌手的棋人，今则一般通用。岐黄，岐伯与黄帝传为医家之祖，后为中医学术的代称。化行，教化施行。豹虎丛中，本为虎豹出没的地方，这里似指瘟疫灾害流行的地方。“春风”句，像春风拂面、时雨沾灌土地一样，用以比喻善于教化人。无类，施教不分对象。《论语·卫灵公》：“子曰：‘有教无类。’”上联意谓，逝者生前擅长医术堪称国手。他曾不避瘟疫流行施行教化救治病人，像春风时雨那样造化乡民，不分贵贱，均给治病。

下联中，乡心，乡民之心。峨碧，即峨眉山，因峨眉山青翠如碧玉，故称。子规，杜鹃鸟的别称。此鸟春日啼鸣，声似“不如归去”。爱日，指太阳，因生物赖以滋生，故有此称。晴曛(xūn)，曝光照射。下联意谓，乡民之心常常梦到已入峨眉仙境的长者，人们一直盼到杜鹃鸟声声啼鸣的日子。在这春光明媚的日子里，逝者英灵却并未稍留人间。

此联哀挽郭父，上联称逝者为岐黄国手，不避艰险，治病救人，造福乡里；下联言乡民怀念逝者，盼望魂兮归来。联语全从逝者本人下笔，没有落入多数写手父子同赞的套路。

挽李叔同

陈立夫

三乘阐微言，省识南山新佛祖；
一心皈净土，谁知复社旧词宗。

赏析

此联写于1942年10月。李叔同（1880—1942），浙江平湖人，早年留学日本，学习绘画、音乐，参加同盟会。回国后从事艺术教育。1918年在杭州虎跑寺出家，法名弘一，精研佛教戒律。1934年在南普院创办佛教养正院，并在福州等地传经。1942年10月圆寂于泉州，陈立夫撰送挽联致哀。

上联中，三乘，佛教以车乘喻佛法，学者接受的能力不一，分三种情况，称三乘，即声闻乘、缘觉乘、菩萨乘。阐微言，阐述含义深远且极精微的言辞。省识，察看，认识。南山，泛指住地南面的山。联中似指福州南普陀，因位于浙江普陀山之南，故有此说。新佛祖，指逝者圆寂已成正果，因而成了南普陀的新佛祖。

下联中，皈（guī），同“归”，归依。净土，佛教名词，谓无五浊垢染的清净世界。复社，明末江南士大夫结成的团体，清初被取缔。词宗，文学辞章为众所宗仰的人。这里是说，李叔同早年工诗词，参与南社活动，不少诗词为人传诵。

此联赞颂弘一法师宣扬佛法阐释微言大义，势将成为南山新佛祖。同时告诉人们，逝者在皈依净土之前，还是一位在文学艺术上有很深造诣的人。

挽戴笠

陈立夫

功在新邦，骖靳当年能益我；
患生无妄，艰难来日备思君。

赏析

此联写于1946年6月。戴笠曾任国民党军事委员会调查统计局副局长、代局长，为蒋介石特务系统的主要负责人。1946年3月，在南京郊区上空死于飞机失事。同年6月举行隆重葬礼，陈立夫撰送挽联致哀。

上联中，新邦，新的国家。骖（cān），古代指驾车两旁的马。靳（jìn），驾辕两马当胸的套革。《左传·定公九年》："吾从子如骖之靳。"意谓我之从子如骖马当服马靳，后称先后相随为骖靳。联句意谓，逝者生前功在国家，当年因其相随能于我有所助益。

下联中，无妄，即无妄之灾。后称平白无故受害为无妄之灾。联句意谓，飞机失事实属"患生无妄"。来日艰难倍加思念逝者。作者当时作为国民党中央执行委员会调查统计局（简称"中统"）局长，对于另一特务系统的"军统"负责人戴笠之死，自会产生物伤其类、惺惺相惜之感。联语中加以吹捧也是可以理解的。

春　联

陈立夫

礼言改正朔；
书曰作新民。

赏析

此联写于1947年春节前夕。当时，南京社会服务处主办春联义卖，陈立夫参与此项活动并手书一联。

上联中，礼，古书名，《仪礼》、《周礼》、《礼记》的合称。正朔，语出《礼·大传》："改正朔。"正为一年的开始，朔为一月的开始。正朔就是一年的第一天。

下联中，书，宋代将《大学》、《中庸》、《论语》、《孟子》合称"四书"。新民，语出《大学章句》："大学之道，在明明德，在新民，在止于至善。”朱熹注：“新者，革其旧之谓也。言既自明其德，又当推以及人，使之亦有以去其旧染之污也。”这里意即除旧布新，成为新人。“改正朔”与“作新民”，均取祝贺新春伊始、颂人除旧布新之意。

春联作为我国传统文化的组成部分，采用文言词语写作，亦受社会欢迎。此联虽用“三礼”、“四书”的传统语言，却能推陈出新，给人以启示和鼓舞。

述　怀

陈立夫

头先发白因忧国；
事与愿违求脱身。

赏析

此联写于20世纪60年代末。述怀，1949年国民党南京政权覆灭后，陈立夫赴台被国民党中央委员会解除一切要职，遂赴美国定居。1968年回台湾，任台湾政权“总统府”资政、中央评议委员会委员。此后并不得志，曾作此联述怀。

上联意谓，头先发白，因其忧心国事，亦即担忧国家的命运前途。这显然是对国民党台湾政权失去威信而产生的忧虑。

下联意谓，事实与愿望相违背，因而只有寻求脱身之策。赴台之初曾经脱身，赴美定居数年；现在回台湾仍不遂心，又有脱身之念。

此联言志述怀，心情颇为抑郁。这正反映老一代国民党人在台湾的两难处境：想求脱身而不得，不知出路在何方。

挽李石曾

陈立夫

党国懋勋华，淡泊一生，名世不让商山绮里；
志行贻典范，畴陈五福，高龄有过洛社耆英。

赏析

此联写于1973年9月。李石曾（1881—1973），河北高阳人。早年参加同盟会，为国民党“四大元老”之一。历任中法大学、北京大学、北京师范大学校长及北平研究院院长。赴台后任国民党中央评议委员。1973年9月病逝于台北，陈立夫撰送挽联致哀。

上联中，懋（mào），通“茂”，盛大。勋华，功勋才华。商山绮里，据《史记·留侯世家》记载，汉初商山有四位隐士，名东园公、绮里季、夏黄公、角里先生，四人须眉皆白，故称“商山四皓”。联句意谓，逝者在党国有极大功勋才华，一生恬淡寡欲不求名利，就其在世之声名，不下商山四皓中的绮里季。

下联中，志行，志向和操行。贻，遗留、留下。畴陈，陈列。畴，助词，无义。五福，《书·洪范》:“五福：一曰寿，二曰富，三曰康宁，四曰做好德，五曰考终命。”洛社耆英，据司马光《洛阳耆英会序》载，宋文彦博留守西都洛阳，集年老的士大夫十一人，聚会作乐，时人称为“洛阳耆英会”。这里是说，李石曾一生可谓五福齐备，而且活了九十多岁，高龄已超过当年的“洛社耆英”。

九十岁以上老人辞世，一般称为喜丧。此联不同于一般挽辞，几乎全用赞颂之语写成。尤其是上下联结句，以“商山绮里”与“洛社耆英”喻之，用典颇为精当，给这位党国元老以极高的评价。

挽蒋介石

陈立夫

总理以革命未竟事业付公，自受命而还，历东征北伐，戡乱抗日，宪政树宏规，溯五十年沾溉追随，饱渥领袖深情，叔侄契谊；

吴天俾旷代出类圣哲降世，从献身厥后，秉大公至正，盛德休容，闿泽流寰宇，纵一夕间尽瘁溘逝，长流民族浩气，党国馨香。

赏析

此联写于1975年4月。蒋介石（1887—1975），名中正，浙江奉化人。早年加入同盟会，追随孙中山革命。曾任粤军参谋长、黄埔军校校长、国民革命军总司令。1927年“四一二”政变后，历任国民政府军事委员会委员长、总统、国民党总裁。1975年4月病逝于台湾。陈立夫撰送长联致挽。

上联中，“总理”五句，而还，以来。“而”为语助，同“以”。东征，指1925年间国共合作从广西出发东征，打垮了军阀陈炯明，收复东路惠、潮、梅一带，是统一广东革命根据地的重要战役。北伐，即北伐战争。1926年7月，国民革命军从广东出师北伐，分三路进军，取得节节胜利。戡（kān）乱，原指用武力平定叛乱。20世纪30年代初，国民党当局为镇压共产党和人民革命斗争，提出了“戡乱建国”的口号。抗日，即八年抗日战争。宪政，即宪政时期。孙中山提出建立“民国”的程序，分为军政、训政、宪政三个阶段。主张在宪政时期召开国民大会，制定宪法，直至民选政府成立，建国大功告成。这五句概括逝者一生的功业。联句意谓，孙中山以革命没有完成的事业付与你，自接受任务以来，历经东征、北伐、戡乱建国、抗日战争，直至宪政时期树立宏伟的规范。“溯五十”三句，溯（sù），追溯，回顾。沾溉，沾润灌溉，可引申为使人受益。渥，沾润。契谊，意气相合交谊很深。联句意谓，追溯五十年来的受益与追随，饱受沾润领袖的深情与叔侄的契合交谊。陈立夫为陈其美侄儿，因蒋介石早年与陈其美相知，故称“叔侄契谊”。

下联中，“昊天”五句，俾，使。厥后，之后。盛德休容，谓美盛的品德，美好的仪容。阖泽，全部的恩泽、德泽。这五句概括逝者一生的品德。联句意谓，吴地天空使绝代少有的圣贤降临人世。自从献身革命以后，秉着公平正直，有着美盛的品德与美好的仪容，将全部德泽流向全世界。“纵一夕”三句，溘（hè）逝，溘然长逝，忽然死去。馨香，芳香，亦可形容好的德行，能如芳香一样远闻。联句意谓，纵然一夕之间尽瘁国事溘然长逝，仍然长流民族浩然正气，为党国留下芳香，即美好德行永留人间。

陈立夫追随蒋氏一生，斯人已逝，自然深情缅怀。联句多属谀词，竭力歌功颂德。既与作者政治观念有关，亦属身份地位使然。但就联语本身艺术而言，倒也善于铺陈，洋洋洒洒，对仗工整，气韵沉雄，仍不失为哀挽佳作。

挽梁寒操

陈立夫

主义重宣传，革命乃平生志业；
骚坛尊祭酒，诗文成一家之言。

赏析

此联写于1975年间。梁寒操（1899—1975），广东高要人。曾任国民党中央执行委员、中央宣传部部长。赴台后任中国广播公司董事长，“总统府”国策顾问。1975年在台北病逝，陈立夫撰写挽联致哀。

上联中，主义，指孙中山倡导的三民主义。宣传，既指主义应重舆论宣传，亦寓梁氏曾担任国民党中央宣传部部长。联句意谓，三民主义重在宣传，逝者视革命为平生的志向与事业。

下联中，骚坛，屈原作《离骚》，因称诗人为骚人，骚坛即诗坛。祭酒，酹酒祭神。古代飨宴酹酒祭神必由尊者或长者一人举酒祭地，遂称位尊者或年长者为祭酒。联句意谓，逝者生前在我国诗坛应尊为祭酒，因其娴于诗文，人称“高要才子”，诗文自成一家之言。

此联言简意明，评价亦很全面。革命重宣传主义，诗文成一家之言。大体概括了逝者一生的功绩。

挽钱思亮

陈立夫

为扶元气回阳九；
曾放光明照大千。

赏析

此联写于1983年9月。钱思亮（1908—1983），浙江余姚人。早年赴美国留学，获理学硕士及哲学博士学位。1934年回国后，曾任北京大学、西南联合大学教授。1949年赴台后，任台湾大学校长、中央研究院院长。1983年9月因病去世，陈立夫撰送挽联致哀。需要指出的是，这副录自《古今名人联话》一书的挽联，同中央文献研究室与南开大学合编的《周恩来早期文集》中周恩来《与王朴山联句》基本相同。周、王联句成于1918年留日学习期间，只是文字稍有差异："共扶元气回阳九，各放光明照大千。"陈立夫联语是否受上述影响，还是另有所本，值得研究。

上联中，元气，为我国古代哲学概念，指产生和构成天地万物的原始物质。王充《论衡·言毒》："万物之生，皆亲元气。"阳九，为古代术数家的说法，后用指灾年或厄运。文天祥《正气歌》："嗟予遘阳九，隶也实不力。"这里是说，为了扶植人间正气以挽救处于厄运之中的国家。

下联中，大千，佛教名词，大千世界的简称。北齐李济《造极德像碑》："放光明于大千，燎华灯于深夜。"这里是说，逝者曾尽自己的努力放出光明以照亮整个大千世界。

此联颂扬逝者，未作直接评价，而以形象语言写出，让人思而得之。

题山水画

陈立夫

高山藏古寺；
飞瀑发雷声。

赏析

此联写于1990年3月。当时，陈立夫故乡湖州在铁佛寺举办"海峡两岸书画展"。陈立夫夫妇精绘善书，闻讯之后，欣然泼墨，寄来书画作品。陈立夫除手书“大勇生于大智，求智原为求仁，不惑不忧不惧，全凭无间精诚”屏条外，另在夫人孙禄卿所作一幅山水画上题词。这些书画作品充分表达了作者对于故乡的思念之情。

上联联语似从“深山藏古寺”一语化出，而又另有新意。既然深山可藏古寺，高山同样可以，而且只有高山，才会出现飞流直下的瀑布。

下联谓瀑布从高山飞泻而下，发出雷鸣般的声音。

此联近于小诗，题在夫人画上。诗画合璧，相得益彰。

题　词

陈立夫

忘老则老不至；
好乐则乐常来。

赏析

此联写于1991年1月。当时，陈立夫在台湾欣然为武汉老龄科学研究院题词。

上联“忘老则老不至”，这是一种夸张的说法，亦即开朗乐观永葆青春之意。

下联中，好，喜爱。这里是说，喜欢快乐，快乐就会经常来到你的身边。

这副六言联语深入浅出，充分体现了生活的辩证法。作者时已九十一岁高龄，实属“夫子自道”，本身就是对于老龄科学研究的心得。

赠陈广源

陈立夫

事若可传都合德；
人非有品不能贫。

赏析

此联写于1991年间。赠陈广源，此联录自《古今名人联话》，该书附有说明："友人陈广源著有《壮游八十年》，陈为之作序，并有联曰：……"据此看来，似属陈氏晚年居台之作。1991年作者还将此联书赠湖南益阳市政协彭济美，可见他对于这副格言式的联语还是颇为珍视的。

上联意谓，某些事情若是可以宣扬传布定然都是符合道德规范的。亦即必为善事，人们知而可传。

下联意谓，人非有了高尚品德是不能安于贫贱的，实即安贫乐道才是有品之人。这里，"贫"与"品"之间的辩证关系，启人深思。

此联言浅意深，实为作者一生人生经验和感悟的结晶，可以置诸座右，化为前进动力。

赠李海珉

陈立夫

高明络绎开茅塞；
蕉影玲珑怡性情。

赏析

此联写于1998年12月。据李海珉《与陈立夫老先生互赠对联》（载《对联》2002年第2期）一文介绍：李海珉为我国现代研究南社专业人员，在江苏吴江柳亚子纪念馆工作。因缺少陈英士资料，特向陈立夫请教。1996年起互相通信。1998年12月奉上四六体对，赞其晚年人品学问。次年年初收到回信并附有引联。联末落款："海珉先生属陈立夫时年九十九，八七、十二、卅一"。这里"八七"指"民国八十七年"，即1998年。

上联中，开茅塞，意同成语"顿开茅塞"，谓心里像被茅草塞着，忽然被打开了，比喻因受启发而忽然明白了道理或消除了疑团。这里是说，高贵的朋友络绎不绝常于交谈之中使人茅塞顿开。此指南社研究工作经南社后裔与知情者点拨，往往豁然开朗。

下联中，蕉，即芭蕉，为庭院常见观赏植物。玲珑，空明而灵巧。这里是说，晚间院子里蕉影摇曳玲珑多姿，可以怡人心情。此指研究工作的辛苦，窗外几株芭蕉成了忠实的朋友。难怪李海珉认为这副赠联写出了自己人际交往的心境和自身环境。

我们从《题山水画》、《为武汉老龄科学研究院题词》、《赠李海珉》等联语可以看出，陈立夫晚年确曾热心促进两岸文化交流与沟通，因此被誉为流寓台湾的爱国老人。

后　记

对联亦称楹联或联语，作为一种传统文学样式至今已有一千余年的历史，而且仍在民间广泛流传。我国现代当代联苑，正像旧体诗词一样，并未因“五四”新文化运动彻底反对文言文与冲击封建文化而完全消失，却能做到古为今用、推陈出新、旧瓶装新酒、老树开新花，继续放出灿烂的异彩。特别值得注意的是，不少老一辈革命家、爱国著名作家、民主人士，还有国民党知名人士，多为此中行家与联坛高手。他们在二十世纪均曾先后以自身特有的人生经历与胸襟气魄，深厚的古典文学修养与艺术才华，写下了许多广为人们称道与传颂的对联。他们分别在不同历史时期采用雅俗共赏的对联形式，或抒情写意、言志述怀，或应酬赠答、沟通感情，或怀故悼亡、寄托哀思，或感时纪事、用于宣传，凡此均曾出现了不少佳作，产生了一定影响。

近年来，老一辈革命家、著名作家与爱国民主人士的诗词创作已引起人们的广泛重视，不少个人专集与多人合集陆续出版，各种编选注释的本子亦时有所见。与此形成鲜明对照的是，他们的对联创作，却并没有引起人们足够的重视。至于国民党知名人士的对联，则更少有人关注，至今仍散见于各种报刊与有关图书资料之中。《古今名人联话》《中国近现代名家名联》《中国近现代名人名联品鉴》等书，在这方面做了良好开端与起步工作。但这些联书因需涵盖“古今名人”或“近现代名家”，势必在选择现当代著名人士与所收联语数量方面存在一定的局限。为此，我们特编写了这本《中国现当代著名人士对联赏析辞典》，意在弥补这一方面的不足，以期让人了解中国现当代著名人士对联创作的整体风貌，进而引起人们学习与研究的兴趣。

本书编写有个较长的酝酿与写作的过程。笔者长期从事中国现代当代文学教学与研究工作，退休以后，因与文艺界、学术界联系日少，而自身尚有余勇可贾，遂将主要精力放在早年即有兴趣的现代名人对联的收集与整理上。原定计划作为一部套书，总名《中国现代名人对联注析》，下面有四个分册：《老一辈革命家对联赏析》、《现代著名作家对联赏析》、《国民党知名人士对联辑注》、《现代爱国民主人士对联辑注》。后经商务印书馆国际有限公司有关部门审议，建议改为《中国现当代著名人士对联赏析辞典》。笔者尊重出版单位意见，并完全同意这一方案。认为采用“辞典”形式，既易于包容众多现当代著名人士及其大量的对联作品，也更能反映二十世纪中华楹联写作的整体风貌。但这也相应带来两个具体问题：一是如何适应体例的变更，即将原计划中两本对联辑注改成对联赏析。因此对于每副对联不再只是从题意到有关人事故实、成语典故、生僻词语逐条加以注释，更要分别写成一篇简明扼要的赏析文字。这得花费不少的时间精力。好在身体尚健，可以勉力为之。二是赏析具有一定的难度。笔者本来之所以将国民党知名人士与爱国民主人士的对联采用“辑注”的形式，意在只对对联加以诠释，力求客观介绍，不做具体评价。作为“赏析”则无法回避对于联文本身思想内容与艺术的评价。爱国民主人士部分尚不难解决，而国民党知名人士，尤其是其中右翼，如蒋介石、阎锡山、陈诚、何应钦等人，对于他们的不少对联如何赏析则难于把握。原想绕道而行，现在无法回避。笔者在商务国际汉语室领导与责任编辑鼓励下，只能本着认真学习、实事求是的原则，知难而上，细加斟酌，力求做出较为客观公允的评价。

这本辞典规模较大。我国现当代著名人士，包括老一辈革命家、著名作家、爱国民主人士、国民党知名人士，入选者多达 102 人，收录他们各个历史时期所著对联共计 2201 副。因为入选者人数众多，他们的对联写作数量不等，政治倾向有异，且驾驭联语文字功力也参差不齐，我们仍以辑录为主，选收为辅。力求原汁原味，一般均尽量收录并加评析，少数作者因对联数量过多，如章太炎、蔡元培、郭沫若、谢觉哉等人，则适当控制在七八十副以内，余者只能割爱。这里需要指出的是，本书所录现当代著名人士对联，均从公开出版的有关图书资料与各种报刊中加以收集。赏析文字中虽未一一注明出处，但都有所依据，以求保证入选对联具有一定的文史价值。为帮助读者进一步掌握联语的内容，在每副（组）对联联文之后均附一篇简明扼要的赏析文字，首先介绍联语的写作“本事”，即写作的时间、过程与有关人事故实。在初步介绍写作缘起之后，进而分析对联的内容与艺术特色，以期与读者一起鉴赏各界著名人士的有关作品。赏析文字力求简明扼要，少则三五百字，多则一千余字。联中某些疑难字句、成语典故，不再另作注释，而是在赏析过程中随文加以疏解。某些生僻难读的字词，也在行文中夹注汉语拼音。

现当代著名人士对联在民间流传与公开发表过程中往往出现两种值得注意的情况：一是有些材料并不准确，需要加以甄别。我们既想尽可能收录得完备一些，又要有意识地排除某些误录、误传的部分。如某些联书误传为孙中山所撰的一副名联：“养天地正气；法古今完人。”此联实为蒋介石当年游福州鼓山有感于石壁上“天地正气”四字而作，后请孙中山写成条幅用以自勉。类似的情况有不少，不再一一列举。第二种值得注意的情况是，不少著名人士的对联在民间长期流传与编者选录注析过程中，存在文字明显差异与疏解互不相同的情况，我们一般都在联语赏析行文过程中随时加以订正或说明，也有少数放在篇末作为异体并存，或就某些争议表明看法。如冯玉祥写于1927年的一副名联《联讽国民党官僚》，不少联书收录，甚至写成对联故事。但在流传过程中，从题目到文字均有差异。我们在择善而从的同时，也在联文赏析结尾介绍异体并作说明。再如张学良早年有副《自题》：“两字听人呼不肖；半生误我是聪明。”不少联书收录，而在题名、写作时间与联文诠释上众说纷纭，差异极大，我们也在考释、订正上下了一点功夫。本书在编写过程中，对现当代著名人士不少对联所存在的题名与联文的差异，均尽力作了一些文字校勘的工作，力求符合作者的原意与恢复本来的面目。

本书名为《中国现当代著名人士对联赏析辞典》，这里还涉及一个文史学界争议较多的问题，即现代与当代在时间上如何界定。笔者长期在高校从事现当代文学的教学与研究，故基本仍采用较为传统而常见的说法，即将1919年五四新文化运动前后活跃在我国文坛上的作家称为现代作家，1949年中华人民共和国成立前后活跃在文坛上的作家称为当代作家。这是一个原则上的划分，涉及具体作家，总有趋于边缘交叉的部分，因此近代与现代、当代与当前（亦称新时期）只能依照惯例大体言之。本书所选载章太炎、蔡元培、孙中山、黄兴、杨度、谢觉哉等人均属近现代交叉时期的人物，我们因其仍属二十世纪文化名人加以收录。至于当代与当前，本书对于当代特别是当前活跃在联坛上的著名人士明显关注不够，毕竟新中国成立至今已有六十余年，加之笔者囿于自身见闻，以至当代仍有不少著名人士的联语未能入选而有遗珠之憾，这些只有等待今后如有修订机会再作补救。同时更加希望热心此道的专家学者能编写出新的专著。但愿本书能起到引玉之砖的作用。

本书在编写过程中先后得到多方面的支持与帮助，商务印书馆国际有限公司王新民、朱洪军两位先生在编辑过程中做了大量的工作，浙江大学人文学院黄金贵教授于自身科研任务中挤出时间为本书作序，对此一并表示由衷的感谢。还应加以说明的是，目前虽尚无集中介绍我国现当代著名人士对联的专书，但与此相关的联书，尤其是报刊资料还是有的，这些均为我们从收集整理到展开撰述提供了很大的帮助，其中有些已在本书赏析文字中给以说明，但多数因篇幅体例所限难于一一列出。凡此理应在此一并表示衷心感谢。

由于受到笔者学术水平和自身精力所限，本书对我国现当代著名人士对联的收集整理依然还很不完备，书中鉴赏分析文字也可能存在这样那样的问题，竭诚欢迎有关方面专家与广大读者批评指正。

丁茂远　于杭州